太古

殷谦
·
著

人民东方出版传媒
東方出版社

著名作家贾平凹为《太古》题字

本故事纯属虚构，请勿对号入座

代序　论神话

人类之文学现象，大抵始于神话。在文学产生前，文学无形，但有形式——或体现为说唱，或包含在庆典和祭祀活动中，或传播于一代又一代的讲述过程。

第一种情况产生了后来的诗。

第二种情况产生了后来的戏剧。

第三种情况产生了后来的小说。

基本如此。

文字产生后，特别是书籍产生后，三种情况不但自身都发生了变化，关系也发生了变化。自身之变化体现在由内容的“神本位”向“人本位”转化；关系的变化体现在你中有我，我中有你——戏剧中往往有诗的元素，中外古典戏剧的这一特征都很显然；小说中包含了更多的戏剧成分，故小说往往被改编为戏剧；而诗有了小说的样貌。此类诗曰叙事诗。天下事，盖由人起，所以也有了人物。某些国家的古代叙事诗甚长。几千行是寻常事，几万行、十几万行也并不鲜见，曰史诗。

有一种文学现象极其长久，那就是神话现象。

至今，神话现象仍不断地改编在戏剧和电影、电视剧中，某些故事一改再改，一编再编，常创常新，似乎新意不绝。

简直也可以说，神话是人类文学现象中最经久不衰的现象。它已经成为全人类文学的一种古老的徽标。

比较中国神话与希腊神话、罗马神话的区别，我们不难发现，三者既有共同之处，也有不同之处。全世界各国神话的共同之处，乃是——皆分神界、人界、冥界三种界域，而这表明人类古先民们的想象力不分轩轾，其实属于同一水平。不同之处在于——希腊神话和罗马神话各有谱系，详细到祖孙三代乃至四代。而中国神话没有彼国神话那么复杂的谱系，分析起来与孔子有一定关系。

孔子的弟子所记录的孔子的一句名言是“子不语怪力乱神”。孔子被尊为圣人后，“子不语”遂成“圣人不语”，又推而成圭为“君子不语”“士不语”。

君子也罢，士也罢，皆古代文化知识分子。希腊、罗马的神话谱系，是由他们的文化知识分子接续完成的。单靠民间的想象力，完成不了那一文化工程。而在中国，既然“圣人不语”“君子不语”“士不语”，神话之现象，便只能散存于民间记忆。故从春秋至清末，神话是不登文化大雅之堂的现象。也正因为如此，蒲松龄的《聊斋志异》自序，隐忍地对“圣人不语”表达质疑，而别人为《聊斋志异》所作的重要的序，则直接论及了“圣人不语”对神话故事存在与发展的负面影响。

殷谦的百余万字长篇小说《太古》，显示出了一种驾驭大格局创作的自信和能力。

确乎，中国神话是片断的，多种故事互不关联，单独自成。而且，某些故事的文学属性、思想内涵，影响了中国人几千年，起码在民间是这样。

这是一种既成事实的神话现象。

或许有人会问：今天有必要非将之整合成一体吗？

我的回答是：如果某人有此雄心，为什么不支持呢？

文学的现象，难道不是越广泛、越丰富、越好吗？

故我的态度是乐见其成。

关键在于整合得怎样。

而这不但要由专家学者来评价，也要由读者给出结论。

我非专家学者，我只不过是《太古》付梓前的一名读者，而且仅读了一小部分。

故我只能谈点读后感。

我的印象是——作家受《圣经》中上帝创世故事的影响颇大，受《聊斋志异》的影响也不小。尤其是在写到男女关系时候，《聊斋志异》的文风潜在。就文采而言，亦白亦文，介于冯梦龙和蒲松龄之间。比《三言》的文风还雅一些，比《聊斋志异》的文风浅白。

一百余万字的长篇，蒲松龄也难以完全以他写《聊斋志异》那种绚丽旖旎的文风来完成。

作者所实行的文风，我觉得比较适合他这部作品。

又，希腊神话也罢，罗马神话也罢，所有神谱，故事却并非连贯的，多数故事是谱系故事，神们各有各的身世、命运和业绩传说，包括劣迹。后来的人们，没谁偏要将那些故事整合起来，只不过对各个故事有所延展。

现在，殷谦试图将中国神话故事进行格局宏大的组合，这确实需要不同寻常的勇气。首先，中国神话故事百种千般，内容广泛，取舍便是莫大考验。

故我只能再强调一次，我所读到的只是一小部分，委实无法谈出整体印象，这是要请作者见谅的。

但仅以我所读到的一小部分而言，已能看出，作者具有宝贵的想象能力。

很难之事，有人做了，且又是年轻人勇气可嘉地做了，我钦佩其执著，鼓励其实践。

预祝此书受到关注！

2018 年 8 月 14 日

北京

自　序

上古神话是我国远古人类通过对自然的发现以及对其表面现象之认知，继而产生较为理想化的想象，随之将其人格化，也反映了远古人类对社会和自然朴素而朦胧的理解，初步形成理想观、自然观和价值观等。我国上古神话极具庄严感和沉重感，其中不乏救世和悲壮型的英雄，充分体现了中华民族具有坚定执著、坚韧不拔的责任感，以及高贵的精神品格。

上古神话所表现初民的民族文化精神，通过历代文化传承，深深扎根于人们心底，对民族文化形成产生了积极影响，并且深深地影响着民族性格，以及思维、行为和生存方式，潜移默化地影响着社会的发展。简而言之，便是上古神话充分体现初民的人生观和价值观，以及初民的心理活动和精神生活等，塑造后人的民族性格和精神力量，通过不断传承，强化了后人坚韧的性格、顽强的意志和坚定的信念。我们一代又一代人从上古初民那里继承了这种高贵的精神品格，并将这种精神品格转化为战胜自然灾难的精神力量。

我创作《太古》这部小说，缘于我在山西省怀仁县的一次野外考察。早在 1963 年 7 月，著名旧石器考古学家、古人类学家贾兰坡就在山西省怀仁县城西北的鹅毛口村西 1 公里处的瓜地沟内发现石器时代遗址，在《山西怀仁鹅毛口古石器制造场遗址》一文中推断："如果在附近能发现他们的住地和墓地，那将是一个非常完整的居民区。"在这个推断的基础上，我在距离鹅毛口村瓜地沟旧石器遗址 2 公里外的一处斜坡土下发现了文化层堆积，并从文化层堆积中发现了 100 余件比较粗糙的石器。为了体现成果的严谨性和权威性，我将发现的石器、动物骨骼和陶片样品送检，经过碳十四测定，该遗址年代为距今 10500 至 11600 年。基于这次野外考察，我开始尝试以中国上古神话传说为蓝本创作一部长篇神话小说，希望为影视化提供详尽的原始素材。

神话题材自古以来就是文学作品表现的对象，如古希腊神话，它不仅是希腊文学丰沃的土壤，而且对欧洲文学产生了巨大影响。中国传统神话虽零零散散，但也足够丰富多彩，相关记载散见于如《山海经》《易》《书》《诗》《淮南子》《楚辞》《列子》《庄子》等古籍中，甚至《史记》《帝王世纪》《左传》《国语》等一些史书中也有不少神话记载。汉文古籍保存下来的神话大都残缺不全，一部分主要在《山海经》《淮南子》《楚辞·天问》等古籍中，而其中多有抵牾之处，未可尽据，多有遗憾。如女娲和伏羲来自哪里？女娲挥鞭甩泥点儿造人的依据又是什么？三皇、五帝究竟都是哪些人？盘古和形天为何争帝？女娲是如何补天的？补天的依据是什么？共工氏到底死于谁手？夸父究竟是何人？他又为什么要不可思议地追日？上古时天上真有九个太阳吗？天神与人类因何联系在一起？粗举一二端，然不能尽备，皆一家之言，仅供读者娱乐。

长篇小说《太古》共一百余万字，主要讲述创世大神盘古经过三次轮回一统三界的故事。泰初，盘古创世后去往未来世界，遗命弟子泰初四神守护天阙。后泰初四神被天斗所弑。在盘古化身指引下，天斗借照石之力造了五大弟子——女娲、女姬、伏羲昊、轩辕昊、笪殷昊，众弟子又造了众神。女娲又率众神下界在太行山一带造人。伏羲昊和女娲吃芃果互生情，生下须菩提。天斗坐化后，玉帝继位，伏羲、笪殷、轩辕三昊借机夺星自立为祖。后笪殷项又弑玉帝篡位，自封天尊。此时，盘古轮回体龙帝轩辕健自太阳宫而出，与形天轮回体轩辕姝涵结为夫妻。笪殷项闻轩辕健乃龙帝出世，恐危己之天位，便设计将轩辕健投入烊龙池以绝后患，结果反助轩辕健炼就大乘道法。笪殷项又逼迫须菩提将轩辕健骗至西天门，将其投入凡间轮回。龙帝轩辕健下凡后，生于叶氏人家，名铭昌。在陆正及众神的帮助下，铭昌记起三界之事，并在冥界建立根据地，带领冥兵打上天极星，剿灭了轩辕昊、伏羲昊为首的地方割据势力，推翻了笪殷项为首的中央天廷，建立了强盛无比的轩辕神国。

从女娲补天到大禹治水，中国神话传说中的人物完全是以救世英雄的形象出现。《太古》中除了泰初盘古、天斗等部分内容外，主要是以女娲造人、女娲补天为主线展开故事的，创作灵感来自我在山西省怀仁县鹅毛口的野外考察，其中的很多发现不禁令我联想到上古人类的生活场景和画面。

怀仁，心怀仁德、归服于仁德之意，上天有好生之德，因以怀仁。“怀仁”二字一语双关，作为地名出现意义非凡，《太古》核心所说：“天下之事莫过于怀仁。”古人云：“忝此钦贤性，由来常怀仁。”《礼记》曰：“君子有礼，故物无不怀仁。”因此在这部小说中，女娲造人地，我选择以太行山作为大背景，怀仁作为具体地点。

创作《太古》这部小说，我研究了大量古籍。譬如《山海经》，颇为复杂，随其想象而再想象，根据多方学科还原真貌，实难也。地理多参考《水经注》，亦难免有谬误，因遂忽视，故不依引。如研究怀仁地名，发现《地理志》记载："怀仁县有夹山。"又发现《左传》记载："夹山在县西四十里，齐鲁会于夹谷。"我查阅资料，发现山西省怀仁县并无夹山，原来《地理志》中所记载的怀仁县实为江苏省连云港市赣榆区历史名称，与山西省怀仁县并无涉。

《太古》中将女娲造人的地点安排在怀仁，将伏羲教民佃渔畜牧安排在桑干河一带。而怀仁就地处桑干河上游。《怀仁县新志》载："桑干河，西北距县治三十里，邑中诸水俱汇入桑干河，而过境处，止黄家庄、西安堡十余里。"

《水经注·漯水》载："桑乾水又东，左合武周塞水。"此处武周应为武州。"水出故城，东南流出山，迳日没城南，盖夕阳西颓，戎车所薄之城故也。"故城即指武州故城南。"东南日中城，城东又有早起城，亦曰食时城，在黄瓜阜北曲中。"日中城即今怀仁县金沙滩镇日中城村古城遗址。早起城即今怀仁县金沙滩镇安宿疃村古城遗址。《金志》载："怀仁有早起城，在今怀仁三十里，亦曰食时城。"旧志又谓之"鸡鸣城"。从《方舆纪要》记载来看，诸城俱是北魏孝文帝所筑。"其水又东流，右注桑乾水。桑乾水又东南，迳黄瓜阜曲西，又屈迳其堆南。"此为明确记载桑干河流经怀仁地域。

《水经注·漯水》又载："桑干枝水又东流，长津委浪，通结两湖，东湖西浦，渊潭相接，水至清深。晨凫夕雁，泛滥其上，黛甲素鳞，潜跃其下。俯仰池潭，意深鱼鸟，所寡惟良木耳。俗谓之南池，池北对汪陶县之故城。"此即指怀仁县海北头一带。先秦文献记载蚩尤曾居南池城（《怀仁县新志》一曰兰池城），后被黄帝所灭。《太古》中详细介绍了蚩尤被黄帝所灭的具体细节。"又东历故亭北，右合火山西溪水，水导源火山。"怀仁县有火山，即此。《魏书·孝文帝纪》："秋七月辛亥，行幸火山。"《元和志》《环宇记》并云："火山在云中县西五里。"云中县即在今怀仁县西南。"元魏初居云中，即今山西大同府怀仁县，后迁洛阳。"此可说明。

《太古》中将女娲补天主要地点也安排在怀仁。小说中女娲携众神下界勘察火灾，就住在怀仁玉龙洞中。《怀仁县新志》载："怀仁县七峰山有玉龙洞。"火山（或为七峰山之一支）即在此。《怀仁县新志》又载："考〈水经注〉，火山南岸有风穴，阙大容人，其深不可测，穴中肃肃，常有微风，虽三伏盛暑，犹须袭裘，寒吹凌人，不可暂停。"而《御览》四十五、《环宇记》俱载："南崖下有风穴，阙大容人，其深不测，而穴中肃肃常有微风，虽三伏盛暑，犹须袭裘。寒吹凌人，不可暂停。”对比只有个别字之差，也可以作为小说里玉龙洞设置的一个依据。

清学者杨同桂所辑之《沽故》记载，怀仁县有“神穴”，据考为今怀仁县之燕家山。《怀仁县新志》载：“东北距县治六十里，上有燕家洞，石镌‘燕洞宾重修’五字。又西南十里，曰金龙山……”据此可知洞中有修道者。县志记载与《沽故》记载，距离只有十里之差，或为笔误。《沽故》记载：“怀仁县东七十里乱山重迭中有穴焉，土人名曰‘仙人洞’，名禨神者也，口极狭，入者须匍匐蛇行，再进百余步，乃能伛偻，四壁皆石，作龙凤狮象，种种形状，再进则临陡崖，越而下如击鼓声，盖中空也，再进则有石七级……”《怀仁县新志》记载玉龙洞的神奇，曾有人见“仙人趺坐洞口。相传，芒鞋草笠，肩挑巾箱，独跻三清殿上，尸解于此，至今巾箱犹存。”又记载怀仁县有燕家洞：“在县西南六十里燕家山，其西向阳之石洞，名张良洞，子房（汉初功臣之一）辟谷从赤松子游寓此。”说明此地极具仙气，吸引方外人士来此修道。《怀仁县新志》又载怀仁县有聚仙台：“在县西南六十里，产房村北之天罗寺。寺废台存，上有仙人铁拐李脚迹拐印。”又载：“滴水崖，在县南西六十五里之金仙洞，石壁有孔，曰滴水数壶，可供一人用。”又载：“神泉，在县北四十里，泉二眼，水甚甘冽。”又载：“双井，县南九十里。地一丈，涌泉二所，古镜泉，莎泉。今砌为井，故名。”又载：“黑龙池，在县西南一百二十余里，土山下涌出泉水。”又载：“五龙海，在县西南十五里，广亩余，深不可测。”又载：“镇子海，在县东二十里，脉通黑河。”又载：“娘娘山，在县西南一百一十里，与山阴接界。上有北岳圣母诸庙，因以得名。”又载：“南寺山，中林木茂盛，石径崎岖。上有千佛寺。”又载：“得胜山，在县西北二十五里，口名寺峪。入口石岩暂峭，山脊崎岖。又名葫芦峪。隆庆年，上建元帝庙、老君庙。下有石井，深不可测。”又载：“禅房山，在县西北三十里。”其他不胜枚举。结合这些历史记载，我把怀仁这些可挖掘的神话传说都写进了《太古》中。

贾平凹先生说：“《太古》是一部中国神话史诗。”它所描绘和歌咏的不是众神在物质欲望方面的斗争和索求，而是在精神境界方面的奋斗和追求。它是大千世界和万众生灵的一面镜子，是中国神话传说中英雄人物的一部历险记。

殷谦

2018 年 6 月 18 日

于新疆哈密

目 录

第一章　盘古开天

盘古开天辟地斩形天　天斗窃石篡位弑四神

作者词曰：

镜鸾更眺远，看烛光摇曳，盈盈泪滴。坠落人间是何处，等归一到天极。玉软花柔，神来仙去，任泪溅玉梭。绛阙明婳，望穿雕栏云际。莫道仙凡隔，聚少离愁多，醉枕星河。倚天舞剑惊烟霞，心系壶中天地。倩女萦梦，万头千绪，何庸寄尘忆。蕊珠宫里，几曾摧弦恸泣。

云转气旋，混然一体；烟蒸雾集，紫气冉冉；惊雷震天，电光闪闪……

宇宙中央，有阴阳二气抱成一团，如二鱼交合追逐，极速旋转，开始运行。突然，天空一声闷响打破亘古宁静，就像一个膨胀的球体就在一瞬间爆炸——众多的星球布满了暗冥的天宇，它们没有一丝光亮，看不到诸星所在的方位，这正是泰初自然而成的太极星系。

泰初，宇宙犹如密封的空间，充满阴阳大气，又如一条红鱼和一条黑鱼抱成一团，形成一个巨大的旋涡不停地逆向旋转。茫茫宇宙，黑暗就像暗蒙蒙的广袤无边的海域，此时显得神秘而安详。在混沌的、一处像镜子般平滑的黑魆魆的地面上，矗立着一方纯蓝色的宽三百米、高九百米的长方形巨石。巨石表面透出一抹银色，周边错综盘绕的石纹构成了类似龙鳞片、祥云以及相互对称的阴阳鱼形等图案。

突然，一道紫色耀眼的电光闪过，照亮了巨石上的三个宽约一百五十米、高约六百米的古篆体大字——“太碑石”，在黑云滚滚的宇宙中非常醒目和壮观。

泰初没有时间概念，茫茫宇宙除了天极星，只有一片椭圆形的、被黑暗笼罩的空间，这就是天极星所在，也叫作宙室。

宇宙很偏狭，四方不足十万光年，宙室就像一个细腰葫芦，上天和下天各是暗沉沉的苍穹，而中天就像葫芦的腰肢，中间细长的一部分则是漆黑无比的黑洞。此时的宙室上天，犹如密封的、充满阴阳大气的空间，又像一个巨大的、逆向旋转的旋涡，永无止息，而空间的形状则像一个巨大的心房，心房顶部左右方位各有一个空腔，就像两座直冲苍穹的巨大烟囱，两股滚滚烟柱冉冉升向太虚，左为白色，右为黑色，盘旋激射，何止千丈万丈，这便是阴阳二气。

漆黑中，太碑石、黑云、空腔烟柱……

一切仿佛都在忽明忽暗中扭曲、撕裂、变形……一切都在一种浑厚、沉重、诡异的声音中出现，其中有阴阳二气在旋转中剧烈碰撞的轰鸣声，也有云起云涌的嘶鸣声，还有哔哔剥剥的碎裂声，更有闪电交舛的霹雳声……

不知过了多久，一切在刹那间宁静下来，灼灼红光犹如尘埃，席卷滚滚彩云涌向太碑石上方。在阴阳二气的运转中，孕育出一个元灵——太。他化成人形，自称昊天盘古，独居一方圣境。盘古历经九亿九万九千九百九十九“天年”的修炼，终于生成这一方巨大的太碑石，盘古双目紧闭，安静对坐于太碑石下。

就在此时，一切诡谲的声音戛然而止，方圆之内已被蓝色的寒光笼罩，周边的情形已开始渐渐从黑暗和朦胧中显露出来，一看如茫茫珠玑错落，再看若点点晶玉辉煌。远处，隐约可见一片山谷，谷中有囲山，又有九十九棵苍翠芃树，还有九十九棵茂盛桃树……万景朦胧隐去，倏地凝为一亮点，又瞬时炸开，又一峰飞来，现出缥缈亭台，四方积翠，十里碧光焱焱，锦屏琼楼，玉篁森肃，烟紫如沐，天桥架空似长虹飞去。银河光凝，湛湛若一洗皎镜，影动融融；芃桃成排，桃鲜芃嫩，一时香霏八方，縠纹旖旎如万道流光。

盘古兀的睁开眼睛，向太碑石望去，太碑石中央飘出一缕摇曳不定，又如雾似烟、彩虹般的神奇光带，时而动，发出射线状的光芒，五彩缤纷；时而静，显出雾帐云幔般的光线，逐渐形成硕大光环，一如游龙般盘绕于太碑石周围。

一日，“太”化成人形，身高九尺余，素衣加身，英俊潇洒，长发漆黑柔顺披肩，光滑的额头上有一枚神秘图案，硕大的双眼透一丝令人敬畏的目光。他在芃树和桃树中间的一块空地歇息。突然，树上掉下两只芃果和两只桃子，“太”捡起来仔细端详，自言自语道：“我自出这混沌之天，独自一人，若是你们与我一样儿却好了，也好与我做个伴儿。”话音方落，手中的果实就被一团红光和白光笼罩，红光在外，白光在内。“太”面带微笑，静静盯着光团细看，手中的芃果和玉桃突然消失，光团慢慢飘起来，又缓缓落地，再看去，地上却立着四个与他相貌一样的人。“太”起身，高兴道：“果然如此，你们就叫作芃神和桃神吧。”四神跪拜，谢过“太”，然后跟在“太”身后。“太”领他们来到囲山旁，仰望金碧辉煌的山峰道：“我自出这混沌之天，就有你们了，若你们与那芃神和桃神一样儿，就显现出来与我为伴吧。”话音刚落，峰头冒出两股白烟，烟雾散去，出现两只白色灵兽，头有双角，下颌垂白色长须。灵兽来到盘古身旁，用双角顶他的双膝，显得非常亲昵。“太”很高兴，对两只灵兽道：“看你们出现时的样子，又出自这山，那就叫你们两个为商羊吧。”突然，山顶又闪出一道弧形红光，红光一头落在他脚下，另一头落在太碑石方位，就像一条通往太碑石的翡翠大道。“太”想看个究竟，就踩着红光大道走去，芃和桃以及两只灵兽紧随其后，来到太碑石前，红光便消失了，眼前出现一只灵兽，头顶五枝开杈的玉角，闪烁着银白色光环。“太”对五角兽道：“看你出现在这天路之中，那就叫你天鹿吧。”

自从“太”有了芃、桃四神与两只商羊以及天鹿为伴，经常与他们一起在囲山游玩，他们可以变化，拥有有形无形、有象无象之身，一会儿变成光团或各种颜色烟雾，一会儿又现回本身，一会儿出现，一会儿又消失。其中一芃神道：“天神啊，你用至高的神力造就了我们，你究竟是谁？”盘古声如洪钟道：“我是你们的天帝。”其中一桃神道：“天帝啊，请你显出更多的大能让我们看看。”盘古笑道：“你们看我变化如何？”其中一芃神道：“我想看苍穹中的彩光！”盘古道：“好！看我来！”蓦地，大家尚未定睛看来，盘古已变成一团七色光，在山谷中飞速穿梭，时而飞过山岩，时而又飞过芃树和桃树间，发出“嗡嗡”声响。七色光落地，盘古方显出人形。另一芃神疑惑道：“你和我们一样儿，这就是天帝本来的模样儿么？”盘古回道：“我是昊天，我是苍生万物，我有众生相。”另一芃神道：“我想看昊天的模样儿！”盘古笑道：“好！看我来！”盘古一转身，一道紫气飘来，盘古就不见了，却见一条白色天龙腾空而起，咆哮几声，穿梭在上空云雾中，一会儿露出头，一会儿又露出尾巴……又听一声长啸，天龙落地，盘古显出人形。其中一桃神道：“我想变得高大，看一看这天宇之外是何物！”盘古兴奋道：“好！看我来！”忽见盘古身体开始拔高，越来越高，直到大家望不见他的头。其中一芃神高兴道：“好高大啊！他果然就是天帝！”天鹿道：“他是我们的龙帝！”其中一桃神双手扩在嘴边，高声喊道：“龙帝！你可见那天宇之外又是何物？！”盘古如洪钟般的声音从高空传来：“天宇之外是云雾！”芃、桃四神和商羊、天鹿相视一笑。其中一桃神高声道：“龙帝！你若是我们的天帝，就为我们将那云雾拿来一看！”盘古伸手摘下一朵白云和一朵黑云，缓缓放下，云朵还滴着水珠儿。

大家兴奋不已，同声惊叫："看到了！看到了！"盘古便缩回身体，站在他们面前，两手一伸笑道："你们看，这是你们想要的云雾。"大家望去，见盘古左手掌心有一滴清亮的水珠儿，右手掌心有一滴黑亮的水珠儿，都开心地咯咯地笑了起来。天鹿问道："龙帝，山下有芃树和桃树，它们不言不语，寂然不动，难道永远是那样吗？"盘古想了想，摇头道："将来它们就不是那样儿了，它们会开花结果，它们会繁衍苍生。"天鹿央求道："龙帝，我们想看它们将来的样子。"盘古笑道："好！看我来！"盘古摇身一变，一株芃树和一株桃树就显现出来，碧绿的树叶，树干又高又大，发出七彩斑斓的光芒，芃果和玉桃沉甸甸地压弯枝头，苍翠欲滴……天鹿即上前，扬起前蹄趴在树干上，想吃上面的果子。盘古立即显回人形，笑道："原来你是想吃我！"大家又开心大笑。二商羊长须飘飘，如白绫垂地。其中一商羊望着盘古问道："龙帝，世界大么？"盘古颔首道："说大也大，说小也小。"其中一商羊道："多大世界？"盘古捡起一片芃叶儿，笑道："就像这个！"众皆惊疑，其中一商羊急道："我们想看那世界有多大。"盘古笑道："也好！看我来！"盘古随即将那芃叶儿抛了出去，芃叶儿在空中旋转着，突然，只见一黑一白两道闪光霹雳而至，那一片芃叶儿便伸展开来，变大，膨胀……金光四射，光芒散去之后，芃神、桃神、商羊、天鹿仰头望去——盘古已立在芃叶儿上了，在云雾之间肃然屹立。桃神惊叹道："啊！好个大世界！"盘古坐在芃叶儿上笑道："你们都上来吧！也看看这世界！"盘古一挥手，众神就如脚下腾云，眨眼间就到芃叶儿上了。商羊摇头摆尾道："吾帝，吾帝，这是最大世界么？"盘古笑道："你再看来！"商羊尚未反应过来，却发现自己就在一座巍峨的、色彩绚缦的天宫内了……芃神、桃神、商羊、天鹿不由啧啧称奇。盘古笑道："我来设宴，与你们同乐！"忽然，一道紫光拂过，平地生出八棵通天大梁柱，破云而上，梁柱有游龙盘绕，楼榭精莹，华珰炫煌……一张炫煌玉案倏地出现在大家面前——上面摆满仙果、酒肴；古乐响起，一群仙女从空而降，腰细惊风，振袖倾鬟，翩翩翔起，五色奇花如烟絮般纷纷飘落。

盘古坐在玉案中间龙榻上，问道："你们都看到了么？"众神只顾观看，早已入迷，皆不答话。盘古摇头笑道："你们皆为凡神，无大道真身，不能绝尘于外，如此贪恋声色，早晚都会灭寂，又岂能长久！"众神一听此言，脸色一惊，目光慌乱地投向盘古。其中一芃神急问道："龙帝，何谓绝尘？何谓声色？"盘古认真道："不染一尘方仙骨，五色灵光护真身。你们虽为仙灵神兽，却也难绝尘世欲念，我料你们将来必会坠入五行，轮回于尘世。”盘古的声音如穿云裂石，惊起梁尘，如雾般降落在他们身上，众神皆掩鼻，看梁柱落下灰尘，露出厌恶的神情。二商羊同声道：“龙帝，我有天须，可以绝尘。”二商羊一抖长胡须，长须越来越长，如白练般在宫内横扫一气——瞬间，宫内的尘土都消失了，一切都恢复如初，如明镜一般。芃神、桃神、天鹿皆惊讶不已，目不转睛。盘古沉吟道：“只是，若心中有尘，又何以扫除？你们要这无用之物做什么？”盘古伸手一指，二商羊的长胡须就不见了，众皆看去，原来商羊的胡须变成一把带柄的工具，柄的一端便是商羊的长胡须，二仙女看着手中的这个工具，又看看盘古，奇怪问道：“龙帝，我们手中的是什么？”盘古道：“此物叫作拂尘。”二仙女又问道：“什么是拂尘？”盘古道：“仙界本无垢，唯有心头尘。身为仙人，当净心修真，时时拂尘，以达净眼三昧。”二仙女似懂非懂，不再言语。此时，商羊嚷道：“还我天须！还我天须！”盘古正色道：“你们既已染尘，只等那机缘到来，你们便要轮回界下，但有后世之嗣续，在界下繁衍，等它们走出苦海，我再还你二神的天须。”其中一商羊不解道：“它们何时才能走出苦海，你又何时能还我天须？”盘古道：“你们那界下的后世之嗣，也有这般长须，出自山谷，攀走岩上，只等它们的长须垂地之时，方是走出苦海之日，那时，我自会还你二神的天须。”商羊急道：“我们要下界去，不在这世界了！”盘古闻言，大声笑道：“你们已在世界中了，又如何离开世界？”芃神、桃神、商羊、天鹿惊看去——宫殿、仙女、酒肴等早就消失了，他们仍然在囲山的芃、桃树下，而盘古却手里捏着一片芃叶，望着他们微笑。芃神、桃神、天鹿看二商羊，却不见它们的天须了，于是哈哈大笑，二商羊扭头就往山谷中跑去……

又不知过了多长时间。太碑石下，盘古入定。突然，他化为一团大气盘绕在太碑石上，急速旋转。太碑石发出低沉的、如电流般的滋滋声，此起彼伏，光环亮度急剧增强，宛如皓月悬挂当空，向太碑石泻下一片银色光华，闪闪烁烁一团蓝光，忽隐忽现，犹如明胶，继而开始撕裂、剥离……渐渐地，“太”在太碑下就像细胞分裂一样，变成了一阴一阳两个元灵。

盘古元灵是阳，此时的他仿佛一团蓝色火光；而阴的元灵则是一团银灰色光团。他们显出人形来，盘古头顶一轮灵光，身旁站立着一位女神，头顶一轮紫色光圈。女神环顾四周，见盘古立在侧，惊奇问道：“你是谁？”盘古声如洪钟道：“我是盘古。”女神疑道：“你看不到自己，如何为自己取得名字？”盘古一笑道：“我能看见自己，也能看见你。”女神低头一看，自己果然不是一团阴气了，而是有形有体的，她抬头看看盘古，发现他和自己是一样儿的，便问道：“我们是什么？”

盘古笑道："看形体，我们是'人'形，就叫'人'吧。"女神又问道："我们在何处？"盘古笑道："在寰宇苍穹。"女神奇道："何谓寰宇苍穹？"盘古笑道："你且看，我们头顶各自的灵，你一个我一个，按这形体，寰宇苍穹就叫'天'吧。"女神又问道："你为何叫作盘古？"盘古沉吟道："天未形成之时，我就是那大气，盘旋于寰宇之中，修炼不知多少时日，才有了这方天极星域，故而我叫作盘古。"女神笑道："如此说来，既然我像天，那我就叫作形天吧。"盘古笑道："那就叫你形天吧。"阴的元灵发出女声道："天下我最大，我要做天下的神，今后你要侍奉我。"盘古一愣道："我是天帝，你不能指使我。"盘古是阳的元灵，仿佛一团蓝莹莹的火光，他大声道："我是昊天盘古，我最大。"而阴的元灵则像一团银灰色的光团，她亦毫不示弱地道："我就像天一样，所以我是形天，我为大。"盘古不悦，发怒道："天道唯一，尊无二上，昊天之下，唯我最大。"形天咆哮道："道无常形，强则为王，寰宇内外，唯我至尊！"盘古怒道："先出者为大！"形天大吼："后来者最大！"盘古道："长幼有序，阴阳有别，你为何颠倒是非？"形天回道："贵贱有等，后来居上，你果然是非不分！"二灵相争，难分高下，他们就像两团巨大的火球，时隐时现，忽上忽下，忽左忽右，风驰电卷般地互相追逐，并发出巨大的声响。不一会儿，一切似乎又平静了，出现两个一动也不动的披着光晕的人形对峙在太碑石旁，他们争论着，越发激烈，彼此相持不下。一瞬之间，他们又变成一条五爪白龙和一条四爪黑龙，翻腾跳跃，盘旋回舞，具全身变化，有八面威风。黑龙追着白龙撕咬，盘旋抽掣，好生厉害，不停扑打白龙，白龙身体轻捷，转动便利，其势纠纠，状若流云蜿蜒，长有数千尺，腾掉于半空之间，见黑龙扑来，白龙喷出火焰射向黑龙，使它旋旋不得舒展。

盘古与形天一直打到山谷的囲山下。两只商羊跑出来，其中一只商羊挡在他们中间，急道："你们本是一体，为何要这般厮杀？"盘古回道："我出自于天，而她出自我，此番却与我争大。"形天也急道："他虽出自于天，而我像天，形天者为大。"商羊横在中间，插话道："罢了罢了，以我看来，你们谁都不是最大，只有天道最大。"盘古与形天不约而同问道："何为天道？"商羊望着他们道："天道是理，理可顺天下，顺天下者为王，故而王者最大。我有一理，你二位大神若能以理取道，你们谁能说出这其中道理者，谁就为大。"盘古和形天停止打斗，双双落地，同声问道："你且说来。"商羊抖了抖白胡子道："两点一横长，两横在中央，一竖立口上，二神必争王。一点是泰阴，一点为泰阳，一横到太一，两横有短长。竖者为太碑，左右坐阴阳，口上有二灵，阴阳不相让。三界总归一，尊者居天阎，两羊站口上，声声念昊苍。万物始出一，真元自始黄，众生好善行，来世到仙壤。”商羊说完，摇头摆尾，只等他们回答。形天急得龙眼暴睁，却半晌说不出来。盘古想了想道：“我知道这个理儿，你说的就是一个‘善’字！”商羊点头摆尾道：“善哉，善哉！昊天之道，止于至善，故而为善最大！”盘古得意地转身，对形天道：“你我不必再争了，我既知天道，我最为大。”形天不服输，怒道：“其道无由，何足道哉！我要以力取道，赢者为大！”说完龙躯一抖，现出人形，长发覆面，袒胸露乳，左手执金盾，右手执大斧，连翻两个筋斗，阴气飕飕，斧声飒飒，左右开弓气冲冲杀向盘古，两神厮杀起来，刀光剑影，斧如闪电。突然间，白龙一冲飞天，又旋冲直下，变成一个蓝色光团，紫气焱焱，飘至形天眼前道：“形天！你且住手！你本出自于我，却反而与我争大，此般无道之争，久战何为！阴阳有别，阳为至尊，你我便是争出个胜负，又有何益？你乃阴气，岂能为上？不如我现在就杀了你，你死之后，我自会御天。而你的元灵将轮回到下一世，直到我将来去轮回之时，方是你我后会之期。”形天闻说，怒不可遏，怒道：“你想杀我，怕是不容易！”不等她话说完，只听一声霹雳巨响，一道紫光便射向形天，她方举起的利斧还未落下，一颗头就滚落在地了。白龙现回人形，站在原地静静看形天之头，二商羊见状，大惊失色，目不转睛地看着形天之头瞬间便化为一颗五光十色的灵珠儿。其中一只商羊跑来，用鼻子嗅了嗅灵珠儿，想吞食了它，却被盘古喝止：“孽畜！不可妄动！”商羊害怕，退下几步，便与另一只商羊一溜烟跑进山谷深处，消失得无影无踪。此刻，盘古呼口气吹去，将那灵珠儿罩住，如困玄瓮之内，形天此时就觉飞身直下阎浮世界，刹那间，变成一个窈窕娇娆的女子，盘古揭起她的翠裙，端端正正地就将七道七色玄光，直入她数万天年形成的豆蔻含葩的玄窍，形天只觉得心潮暖暖，对盘古心生爱慕，又觉脑门透进一股香气，骨软筋酥，缩作一枚灵珠儿。盘古深出一口气，慢慢伸出双手，只见那光芒四射的灵珠儿拖着一缕光絮飘落掌中，盘古将灵珠儿轻轻拎起，藏于软玉红香的袖子里。

再看那形天的身体，在原地摇摇晃晃地转圈儿，而后轰然倒地，这还不罢休，那身体似乎心中尚堵着一口恶气，又看她双乳变成一对大眼，肚脐变成一张大口，双手挥舞着金盾和大斧，怒道：“盘古，你仔细听我说话，既然你我本为一体，你为阳，我为阴，当不分离才好，而如今你杀了我，便失一面也，我死之后，你这天下怕也不得安宁！”盘古面色凝重，双脚离地，缓缓升起，继而化成蓝色光团，即刻又传出话来，声如洪钟道：“你与我争天帝，有此番恶战也是注定，你欲杀我，便是刑天，你今已被我刑杀，这也是天道注定，你且回来，等那机缘到时，你自有造化！”话音方落，只见形天的身体变回一团银灰色的光团，慢慢移向蓝色光团，又慢慢交融在一起。

盘古回到太碑石旁，他盘腿坐在石碑旁闭目养神，休息了很长时间。

某一日，盘古打坐醒来，便觉得腹中空空，去囲山寻找果实，恰遇二芃神和二桃神，见盘古前来，急忙跪迎，盘古一边走一边道：“你们起来吧，我打坐时不知睡了多久，困乏无力，你们为我献上果实吧。”话罢，只见一道红光之后，芃神和桃神的双手就捧着芃果和玉桃，献给盘古，饱吃一顿之后，盘古又去太碑石下休息了。又过了七日，盘古惊醒，双目圆睁，静静地环顾着四周。他抬起双手上下左右旋转着，犹如抟弄八卦。再看那太碑石旁边的碎石，如见磁体，全都盈盈然地飘浮了起来，真像真空中飘浮的一堆闪光的陨石。盘古放下手，碎石便又缓缓落地，只有两块碎石固执地飘浮在他左右。盘古将左手轻轻一挥，他左边的碎石瞬时变成一个仙婢，再将右手轻轻一挥，右边的碎石也变成一个仙婢。

只看这双仙婢生得这般模样——

> 秋波之焰焰兮，千娇百媚；红晕之两腮系，双眉黛娇；婀娜之容华兮，霄房无俦；逶迤之玉体兮，仙廷无匹；腰肢之束绦兮，弱柳依依；轻身之弱体兮，妆点霓裳。

二仙婢双双走上前，跪拜盘古。盘古道：“你们是我用这太碑之石所造，我看你们就叫石女吧，从今往后，你们就在我身边侍奉。”二石女叩首，恭敬地答道：“是，盘古太师。”盘古颔首，又站起身来，摊开双手朝着前方，二石女随着他的手势看去，见有不计其数的碎石忽然升空，而后又落下，变成一座宫殿，富丽堂皇，美轮美奂，宫殿有门四座，全是精雕风云，鎏金龙凤，好不气派：大门为光门，进入之后是一面十八龙壁，龙壁之后又有三座大殿，东殿之门乃是望门，西殿之门是亚门，南殿之门是角门。此时，盘古起身轻轻一转，便与二石女站在殿外了。盘古道：“此宫就叫太阳宫吧。”话音落地，盘古身体射出八道缤纷颜色的光芒，有几块形体较大的碎石瞬间就变成了八条闪烁着各种光芒的龙，分别是青龙昊龙、水龙长肱、乌龙太聂、黄龙䴉号、应龙少阴、烛龙少阳、角龙天听、玉龙望舒，它们盘旋在宫殿顶上。二石女见此情景，脸上露出惊讶的神色，相视一笑。盘古又对二石女道：“你们随为师出去看看。”他大步朝着宫殿外走去，二石女紧随其后。走出光门，再回首看去，只见昊龙、长肱、太聂、䴉号、少阴、少阳、天听、望舒八条龙游弋在宫门前，足如玉鹰利爪，尾如金丝银线，口中吐火，威武无比。再看去，那宫殿前矗立着七座华表，上面分别有金、木、水、火、土五条龙，还有飓和飚两种大气组成的祥云浮雕，远远望去，盛为壮观。华表之后是宝鼎焚香，漾漾紫雾，金殿玉楼，瑰丽万千。进入东殿，见内有一方瑶台，台上流淌着七色之水，一直流到台下的龙池中，龙池旁边有琪花瑶草，花如明珠，茎泛白光，可谓是十色四方披，八面散清香。须臾之间，忽又至西殿，光彩遍地，香风袅绕，内有一方诞龙台，色彩艳艳，光芒万丈，台后又有一排泛着青光的燧木，瑶台两侧，游龙若飞，精灵如梦。再看南殿：

> 金台照银阙，罗帷垂锦绣。灵光宽敞，梅梁玉栏，如凝饮天池之长虹；黄龙浮柱，玲珑映耀。雕甍画栋，室宇穹崇，若隐现玄台之娇凤。地上有一方瑶池，仙雾弥漫，色如水银，香气袅袅。

北殿更是绚缦，可谓奇观，有高阁九重，阶陛碧琳；耀眼金银，珠光宝气。台阶两侧有九棵泛着白、红、蓝、绿、黄五种颜色的树，一侧叫作芃树，上面结满泛着红光的果实，另一侧叫作桃树，上面结满了泛着银光的果实。台阶上还有九龙浮雕，之上是一面雕饰螭龙纹的龙椅，龙椅后是天鹿，头如麒麟，但长着如珊瑚状的鹿角，闪烁白、红、蓝、绿、黄五色光芒。盘古走入角门，进南殿，登上九龙台阶，坐上龙椅，顺手将形天的头变化而成的灵珠儿放入天鹿的口中，天鹿口中衔着灵珠儿，摇头摆尾。

盘古走下九龙台阶，石女看到盘古头顶宝光已经变成一个浑圆的光环，五光十色，煞是耀眼。盘古走出殿外，石女跟出。盘古望着殿顶上的八条飞龙，双手抬起，其中昊龙、长肱、太聂、跚号四条龙立即飞了过来，青龙昊龙立即变成一辆幡幢十分富丽的龙辀，金黄色的幡伞下是一张辇座，座前还置一张雕饰着七彩龙纹的桌案，桌案前有一道像金丝玉珠织成的帘子。盘古登上龙辀，正色道："你是为师出行时所乘的龙辀，为师为你赐名叫轩辕龙吧。"紧接着水龙长肱变成人形，一身素衣，腰上系着五色鸾绦。盘古又道："你是为师的侍者，今后助我治理这天界吧，为师为你赐名叫伏羲肱，凡是为师吩咐之事，你且谨记。"说完，人形跪叩三拜，又变回白龙，盘旋在龙辀周围。又接着，黄龙跚号也落地变成人形，盘古道："今后你为卷帘者，为师为你赐名叫勾弋跚，你要传达为师的旨意。"人形叩首拜谢，之后又变回黄龙，盘旋在龙辀左侧。乌龙太聂缓缓落下，也变成人形，盘古指着他道："你为驾辕者，为师为你赐名叫笪殷晸，为师所到之处，你要驾辕抵达。"人形跪地叩首，三拜之后又变回黑龙，盘旋龙钠右侧。盘古走下龙钠，龙钠随即恢复为青龙，盘旋而起。四条龙在盘古身边盘旋着，盘古双手翻转，轻轻推出，一道金光射向四龙，笼罩着它们，四条龙又化作四个人形跪在阶下。盘古道："我是昊天盘古，我造化了你们，你们当侍奉为师。"众弟子领命。

盘古造了石女和四位弟子之后，休息了七日。之后，盘古又传授四弟子一些道术，他们学会了道术，便用太碑石下的碎石为各自建造出宫殿，还造出了弟子以及童子。轩辕龙为自己造了一名弟子，取名叫天斗，又为自己造了男、女童子各十八名。伏羲肱、笪殷晸、勾弋鄙三位根据自己的法力造出了属于自己的宫殿，由于他们的道术都不及轩辕龙，因而无法造出自己的弟子来。四位弟子平时和睦相处，倒也逍遥快活。在第十日的时候，盘古召见众弟子，对他们道："为师欲创造世界诸星海，然后只等机缘一到，便去下一世轮回，如此便可修得至高法力。你们几个要团结和睦，到时候，自然会有后世之神造出众神和万物生灵，这大千世界必会兴盛起来。"轩辕龙问道："太师如何造出诸星海？弟子该如何协助？"盘古声如洪钟道："当初，为师与形天争帝，曾将这宙室称之为天。因这天本来是浑然一体，非唯精唯一者不能治之，为师故而将她斩于北谷，其灵已与为师合二为一。你们不知天有九重，阙有九层，天道自然，一切皆有轮回，而后九九归一，方能更进一步，所以，为师就造化出八十一星海吧。"弟子们静心聆听，一脸似懂非懂的神情。盘古见状，又道："你们随为师前来。"于是，四弟子紧随盘古走出殿外，盘古笑道："摆驾北谷囲山。"说罢，轩辕龙立即变成龙钠，勾弋鄙上前卷起辇帘，盘古登上龙钠，只听勾弋鄙高声道："太师起驾！"话音方落，笪殷晸立即化为黑龙，驾辕朝着囲山的方向飞去，龙钠如游龙腾空而起，如光如云，眨眼就到了囲山。

盘古开始纪年，定这一天为泰初元年。此时的天色依旧是漆黑一片。盘古命令四位弟子各站在东、西、南、北四个方位，并说道："为师以道法开天，自然而然，等那东、西、南、北四天闾形成，这世界即形成了。"四位弟子领命，各自去了距离太阳宫九万九千九百九十光年的地方，轩辕龙在东方，伏羲肱北方，笪殷晸在南方，勾弋鄙在西方。盘古以太阳宫为中心，背西面东盘腿坐在太阳宫殿外的华表前，他双目紧闭，二石女伴其左右。盘古周身有光雾盘绕，只见他双目突睁，左手指着东方道："万物始于东！"只见一道金光从他身上远射向东，漆黑中出现了闪电般的白光，好像天被撕裂来一道一望无际的口子，而在东方守候的轩辕龙看到眼前出现了一座天门，天门外还出现一颗硕大的星球，披着巨大的光晕，于是他激动地叫道："元天门开了！"盘古接着又指西方道："众生归于西！"依然是金光远射西方，漆黑被闪电般的白光撕裂，勾弋鄙正在等待，只听轰隆一声巨响，他转身一看，身旁出现一座天门，天门外也出现一颗披着巨大光晕的星球，他也兴奋地叫道："西天门开了！"此时的半边天已经有了微微的亮光，由东至西，已出现了点点星光。盘古稍作休息，然后对身旁的石女道："为师已造东极星与西极星，元、西二天门已开。现在，你二人随为师前往天垓，为师要造南极星与北极星，等那南天门和中天门打开之后，这世界也就形成了。"说着又卷起二石女，随着一道金光落地，眨眼间就到达了天垓，眼前一片幽暗深渊，但见：

> 近看，云层错落有致，高如峰朵，低如水沤；远眺，星云笼罩着渊渊穆穆之气，犹如用巨斧经千万年凿穿而成崖巇之形；云气高低起伏，威棱横天，仿佛用大刀经数亿载削劘而就岏巑之势。霞气蒸蒸，光彩艳艳，烟波万顷，星斗分明。真可谓是苍穹之灵奇，玄天之妙绝。

盘古背北面南，闭目养神片刻，便开始抟力作法，二石女伴随左右。盘古突然睁开眼睛，右手指着南方大喝一声："至尊出于南！"话音刚落，一道蓝光射向南方，半边天犹如被一道一望无际的白光撕开一条细长的口子。守候在此处的笪殷聂正在惊讶，却见身后出现了一座天门，天门外有一颗硕大的星球闪烁着光芒，他惊奇地喊道："太师，南天门开了！"盘古又指着北方喝道："天下统于北！"依然是这样惊奇和壮观的一幕，北极星出现后，伏羲肱立即跪在突然出现的天门前，双手高举，他默默地望着壮观的北极星道："太师，中天门开了！"此时天幕已经彻底明亮，如一间掩着窗户的漆黑的房屋被忽然拉开了窗帘，由南至北，从东往西，众星光灿炫目，无边浩瀚的宇宙布满奇光异色的星云，整个天仿佛瞬间都被擦亮了。

二石女沉浸在壮美的天景中，还没回过神儿来，盘古已经站在高空了，二石女与四位弟子不约而同跪在盘古脚下。盘古声如洪钟，道："为师命令你们看守好天阙。"四位弟子同声答道："谨遵太师之令！"盘古又道："二石女守护太阳宫，轩辕龙镇守元天门，笪殷聂镇守南天门，勾弋鄙镇守西天门，伏羲肱镇守中天门，你们各自镇守一天年，不得有误！"众弟子叩首领命。

天界众星海还在孕育之中，直到泰初三年。

这一天，盘古来到囲山，极目远眺，星辰灿烂，巨大的星球悬挂在眼前，蔚为壮观。囲山上有青壁万寻，下有碧潭千仞。二石女见盘古闭目养神，便双双飞去，看其霞绡雾縠，身轻若燕，宛似精灵。须臾之间，忽至岩峦间，看琪花瑶水，香风扑鼻，光彩遍天。第二天，盘古回太阳宫，静坐于南殿太碑石下的龙椅上，开始翻转双手，抡打太极。二石女在旁，手持香笼。突然，从东西南北四个方向汇集而来四道金光，渐渐地融在一起，变成了一个灼耀的火球，并且拖着很长的如烟如缕的紫色光丝。二石女见状，惊愕地叫了一声，盘古睁开眼睛，火球冷却了，盘古伸出双手，火球变成了一只硕大的圆球，璨若明珠，缓缓移到盘古掌中。站在旁边的二石女惊奇不已，她们放下香笼，情不自禁地凑到跟前，仔细地看着这个如硕大明珠的透明圆球，色彩纷呈，再仔细看，圆球内竟含藏八十一星海，每星海内另有不计其数的星系，每星系又含藏不计其数的星辰，各组成如太极阴阳鱼的图案，璀璀璨璨，缓缓移动。

二石女惊奇地问道："太师，果然是个壮观的景致，但不知这个却是何物？"盘古笑道："这就是玄灵球，它掌握着整个宇宙的运行规律，它是创世的玄力，也是万物生命的源泉。你们随为师来看。"盘古起身，带二石女进入东殿，将玄灵球置于瑶台之上，二石女好奇，正要伸手去摸，被盘古拦下，盘古郑重道："此物不可妄动，不可妄动也，除为师之外，再无神可擅动此物，否则，触者即亡。"二石女听到这话，悚息而起，慌忙将手缩了回来。"你们回来吧！"盘古声如洪钟般地召唤了一声。顷刻间，又一道白光落地，轩辕龙、伏羲肱、笪殷聂、勾弋詘四个弟子已站立在他面前。盘古携他们转身出殿，才一出殿门，只见盘古一挥长袖，随着一道金光落地，众弟子发现已身在南天门了。盘古与弟子们观赏这个刚刚诞生的世界，目光里充满欢喜。轩辕龙脸上布满疑惑，盘古似乎看出他的心思，问道："龙，你有什么思虑？"轩辕龙答道："太师，如此大世界，有不可胜数的星球，也未曾见过有那别的生灵，莫非这万千世界里，就只有我们师徒几个人么？"盘古颔首，答道："龙，这便是洪荒世界，玄黄之间，事变无垠，一切并不是亘古不变的，而且将变化不止，这才是生命。为师告诉你们，将来必有后出者开拓苍穹，宇宙诸星海必将生机勃然，不可胜数的新世界将源源不断地诞生。"伏羲肱问道："太师，不可胜数的世界，将由谁来统御？这些万物生灵也和我们一样么？"盘古笑道："万千世界，各有造化，你们乃是天宇至尊者，泰初之神，与其他世界生灵有别。万物生灵也各自不同，后世之神会根据各自世界而造人神和万物生灵，自然化物，各自世界当然是得道者统御，失道者消亡，此事不必多虑。"笪殷聂也问道："太师，各自世界有各自世界的统御者，而这最终还是由我们几个弟子们统御么？"盘古摇头道："你只说对一半，你们不必干预别的世界的事，统御他们的世界的是自然。”勾弋鸖又问道：“徒儿请教太师，我们将会亘古吗？会不会消亡？那后世之神又是谁？”盘古正色道：“此乃天机，到时候你们自然会知道。”四弟子听了盘古这句话陷入沉思。

盘古已经完成造天，他在太阳宫休息了七日。

翌日，盘古往南殿去，唤天鹿出来，天鹿见盘古来，卧倒礼拜。盘古道：“为师欲轮回去了，也须做些准备，你自己出殿去玩罢。”天鹿仍卧地不起，盘古一挥手，天鹿显出人形。天鹿道：“太师为何去轮回？轮回是个什么？”盘古看着她，笑道：“为师知道你不舍，可你要明白这个道理，缘从劫来，一劫一缘，否则纵有千缘万缘，终有分离之时。千千万万个劫难方可成就亘古之缘，轮回即是渡劫，一世一劫，万世万劫，为师为苍生而渡，只有经历不计劫难，方可成就亘古之身。”天鹿似懂非懂地点头，盘古笑道：“你与为师同出生天，自有你的使命，待为师轮回归一之时，你便是为师轮回之身的生母，你将与为师亘古永生。”天鹿不解地望着盘古，问道：“太师，何为生母？”盘古道：“为师乃为阴阳聚合之灵，故为宇宙之母，继而造化苍生。此番去轮回，将诞生于下一世界，你就是为师转世之身的生母也。”天鹿依然不懂，困惑地看看盘古。盘古摇头笑道：“你且去玩吧，到了那时，你自然就明白了。”盘古说完，手一挥，一道七彩光云飞出殿外，那天鹿便也一直跟着光云的方向走出太阳宫。

天鹿出了宫门，却不见了七彩光云，她正纳闷，忽见一群七彩灵蝶，其状如叶，缤纷斑斓，自东飞来，忽而又往西缓缓飞去。天鹿非常吃惊，艳羡不已，心中思道：“我只见过太师修养时方有这些精灵儿，被太师唤作灵蝶，为何这里也有？灵蝶所到之处，必有琪花瑶草，我就跟着它们去看看，到底去了什么地方。”她一边想一边走，那群灵蝶儿也是飞飞停停，好像给她引路。直飞到了围山南谷，在一块平坦地面，忽然，灵蝶不见了，天鹿正吃惊，再一看，眼前出现一座琼楼玉宇来，园外峰峦层叠，茂林修竹，又一个仙境所在。天鹿犹豫中，忽见一群灵蝶又飞了过来，轻盈画一弧，又转去楼宇处了，天鹿就跟着前去，眼前出现一座门楼，半开半掩两扇粉色玄门，门上有一匾额，题有“轩辕玄元”四个大字，天鹿暗暗惊奇，思道：“我久居天阙，为何从未见过这个大园子？怕是太师的隐逸之所，太师从未说过此处，趁太师在太阳宫，我何不进去看看。”如此想着，才回过神儿来，就见那群灵蝶已往园内飞去了，天鹿放开脚步，追着灵蝶往园里走去，经过一处回廊，又见一湾清泉流过，两岸芃花，一片晶莹翠绿。天鹿喜不自胜，痴了半晌，远远望见前面一座缥缈楼阁，灵蝶却飞过清泉去了，天鹿见身旁不远有一座玉桥，便急匆匆上桥，追逐灵蝶去了。天鹿跟着灵蝶儿左转右转，拐弯抹角地走过几处玉阁亭台，才眨眼间，灵蝶又不见了踪影。天鹿正心急，寻找灵蝶去处，又见一座园子，玉扉垂下金丝银丝，缀满宝玉，似乎听到有许多女子追逐嬉闹，笑声不断。天鹿驻足细听，确实听得清楚，她吃惊道："怪哉！这是何人的园子？莫非太师又造出许多神灵来么？"天鹿蹑手蹑脚地凑近园门，这时，那群灵蝶儿又出现在眼前，忽然从里面跑出一个十四五岁的小仙婢，手中拿一把拂尘，追着灵蝶就去扑，边扑边喊道："快来看啊！哪里来的一群飞虫儿，快来扑住它！"天鹿见状，急忙躲到园门后，这时园门里又出来一个仙女，年方十二三岁，天鹿细看去，不觉就直了眼睛：

秀雅玉面弯眉娇，轻柔体态扶柳腰。彩裙难掩凌波步，云鬓如烟真窈窕。

那仙女披罗戴翠，不像是个仙婢，倒像个小主儿，手里也拿了一把金柄拂尘，急步走来，望着那小仙婢，小心问道："飞虫儿在哪里？"小仙婢蹙眉，摊开双手做了一个扑状，嗔怨道："刚才明明还在这里的，只怪我这么一扑，就扑散了，现在却一个都不见了。"那仙女笑道："我知道是你骗我出来的，小心我告诉师尊，非揭你的皮。"说着，嘻嘻笑了起来，仙女牵着仙婢转身，一眼就看到了天鹿，不觉地惊叫一声，天鹿也没有躲处，只好站出来。仙女定睛问道："你是谁？是从哪里来的？"天鹿经这么一问，也不知如何回答了，支支吾吾半晌才道："我是从哪里来的，我倒要问问你们是从哪里来的？"仙婢掩口一笑道："我们一直都在这里的，你倒反问我们了！"天鹿疑道："我久居天阙，从未见过你们，也不曾知晓还有这么一个地方，莫非是我糊涂了？"仙女笑道："姐姐快走吧！我们这里是不许生人进来的，若被我师尊知道了，我们也被你连累了。"天鹿边走边问："师尊？请问妹妹们，你们的师尊是何模样儿？"仙女半袖掩面，扑哧一声笑道："你一个生人，打听这个作甚？"天鹿正欲说话，抬眼一看，却不见了仙女和仙婢，只觉得耳边呼呼一阵风，自己也飞了起来，落地一看，又到了一处所在，一堵粉墙绕着一弯清溪，芃桃争芳，竟耸出墙外。天鹿走进去，自言自语道："也不知这么富丽的宅院，又是谁的。"刚说完，忽然闪出一个仙婢，东张西望，却不像先前那个。见了天鹿也不言不语，就要走了。天鹿急忙上前一步，拽住仙婢，问道："我站在这里了，你竟没看到？我就问你，这到底是谁的园子？"仙婢答道："我只当你也是这里的婢子，故而没有招呼，怎么，你原来不是这里的？你从哪里来的？快快走吧！这是我们师尊修行之所，不见生人的。”天鹿低声道：“怎么这里也有一个师尊？你们的师尊是谁？”仙婢努了努嘴，道：“我们师尊岂能是你一个生人随意打问的？快走，快走！”天鹿急得跺脚，仙婢拿出一只芃果递给她，又道：“我知道你是来偷这果子的，这个你拿去吃！以后别再来了！”说着就塞进她的手中，又道：“快走吧！叫师尊看到，我可就要受罚了！”天鹿大惊道：“你们竟敢吃这个果子？太师……这可是禁果！”仙婢推搡她道：“快走快走！什么太师，什么禁果，这么好的果子，你不吃就拿来，我们想吃还没有呢！”天鹿无奈，只好拿着芃果退走，再转眼看时，整个园子又不见了，眼前烟云缭绕。

天鹿走了几步才知道自己在桥上，眺望四周，又隐约看到了一处楼宇。天鹿感觉自己走了很远的路，又乏又渴又饿，看着手里的果子，就想吃了它，转念一想又不敢，犹豫片刻，自言道：“他们都能吃，我何故就不能吃？这可不是太师那太阳宫里的果子，不如先吃了解解渴。”想到这里，闭着眼睛就咬了一口，果然是清脆可口，天鹿三口两口就将芃果吞下肚去了。天鹿觉得有些眩晕，在桥头坐了一会儿，不到片刻，又觉得神清气爽，心中思道：“我倒不如回去，太师若知我在外贪玩许久，定会怪罪于我。”心下这般想，便没心绪起来，天鹿走下桥头，一直朝前走，朦朦胧胧，却不知不觉又来到了一处园门前，抬头仔细一看，门额上有“轩辕健玄阙”几个字，天鹿大吃一惊，正疑惑着，又见先前那个仙女跑了过来，问道：“姐姐怎么又来了？”天鹿不知如何应答，正要转身，又见一个神仙朝这边走来，仙女暗叫一声：“不好！师尊来了！”说完便往后一闪，躲过去了。

天鹿被这神仙撞见，却不知所措，留也不是，走也不是。神仙近前，天鹿仔细一看，心里暗暗吃惊，寻思道：“这个神仙，怎么看起来像太师，但仔细看又不像太师，似曾相识，似是而非，这到底是怎么了？”神仙看着天鹿道：“天鹿，你怎在这里？”天鹿惊诧道：“敢问师尊，你怎么认得我是天鹿？”神仙笑道：“我怎么就不认得你？你就是天鹿，我就是你的太师，莫非你忘了么？”天鹿也觉得奇怪，隐隐约约又觉得合理，眼前的这个神仙，正是自己的太师。天鹿立即拜道：“太师，你怎么看去和原来不一样了？”神仙扶起她，笑道：“灵体在不同世界各有不同模样，然而元灵无论在哪里，却和原来是一样的。你看，为师在太阳宫时是你记得的那个模样儿，如今轮回到了这里，就不是你记得的那个模样儿了，但是为师还是为师，你可明白了？”天鹿似懂非懂，觉得似有些道理。神仙接着道：“你若不信，且看看你自己，是不是和原来是一样的？”神仙手一挥，眼前出现一台水镜，天鹿怯生生地向前，对着镜子一看，竟然自己也吓了一跳，掩面惊道：“呵！这个是谁？”只看镜中的自己素服淡妆，桃腮杏脸，娇娆妩媚，袅袅婷婷。神仙道：“你不是天鹿吗？”天鹿接道：“我是天鹿，可镜子里却不是我。”神仙笑道：“这分明就是你自己，你却说不是。为师问你，你的宫殿在何处，你为什么在这里？”天鹿道：“我的宫殿？就是太师所在的太阳宫，我本来是出来玩的，可不知怎地就到了这里。”神仙道：“这里就是太阳宫。”天鹿道：“我怎么不知，才出去一会儿时间，怎么全都变了？”神仙笑道：“一点儿变化都没有的，只是你不记得了。”天鹿半信半疑，问道：“莫非是太师已经轮回到了这里，我也跟着来轮回了？”神仙道：“为师还未轮回，有一些事还未准备好，不过马上就好了，为师就要去轮回了。”天鹿还在疑惑，抬眼看神仙，目光相遇时只觉得心头撞鹿，羞晕不行。神仙拉住她的手边走边道：“你是我的佳人，才出去一会儿，这些你都忘记了。”天鹿好像记起来什么，身子一软就倒在神仙怀里，目光温柔，满怀爱慕，不一会儿又觉得困乏，竟然迷迷糊糊睡着了。

过了很久，天鹿才起来，又见自己和神仙赤身裸体躺在一处香阁内，缠绵恩爱，极尽温柔。一番云雨，彼此倒也和谐，不觉得尴尬。之后，天鹿和神仙又去了园子里的长廊里叙话。神仙喃喃道：“如今你身体里已有了为师的元灵，这就已经准备齐全了，为师就要去轮回，下一世里，你就是我的生母，我必诞生于太阳宫，你要切记保重。”天鹿温柔道：“这话你先前也给我说过。”神仙又道：“为师离去，最放心不下的便是轩辕龙，若有机缘，你便要教化他，他若听你便好，若不听你，那就是他的终结了，也不能勉强。”天鹿道：“我当如何教化他？”神仙叹道：“他必痴迷，偷食芃果而心生凡念，他若近女色，必致祸患，你当用不净观为治，唯望其能玄指一变，乃是三界之福。”天鹿听到“偷食芃果，心生凡念”一句，大惊道：“那芃果不能吃？”神仙道：“那是禁果，断不可吃！否则必坠入凡尘，轮回苦海！”天鹿吓得面如纸色，惊道：“本来好端端的，谁知道来个什么仙婢，给我一只芃果，我饥渴难耐，忍不住就吃了！”神仙忽然变脸，怒道：“你我情缘至此！快快离去吧！”言毕。抽身就走，天鹿哭喊，追着要留他，忽然一阵冷风吹来，天鹿被一声炸雷惊醒，睁开眼睛，自己靠在太阳宫的玉阶上，方知却是一梦。

天鹿惊讶不已，定一定神，回想梦中那些情景，历历在目，处处分明，只是不解那些仙婢仙女神仙到底是谁，沉吟半晌，顿然大悟，暗思道：“原来是太师要轮回去了，我于梦中已怀太师元灵，下一世太师归一回来，我便是他的生母了。”又想道：“也不知如何是好，我怎么担当得起！”想着想着便掉下泪来。

天鹿恍恍惚惚回到太阳宫，又不知不觉地进入南殿，见盘古正在盘膝打坐，还是原来的模样儿。天鹿跪在盘古身边，一言不发。盘古看见她半醒半梦，两泪交流，惊问道："天鹿，你这是为何？怎么只是呆坐在此？"天鹿半晌不语，凝眸而视，接着长叹一声，梦呓般地道："太师，你的天鹿没什么好结果了。"盘古道："天鹿，好端端的，你怎么说这不祥的话来？"天鹿道："倒不是不祥的话儿，因我出去游玩，困倦少息，梦见几个仙婢，还给了我吃了芃果，又梦见太师与我男欢女爱，身怀太师元灵，不知道这是真的还是假的？"说罢，嘤嘤啜泣，神情恍惚。盘古宽慰道："天鹿莫怕，梦随心生，心随念起，为师已寻得轮回体的宿主，故你睡着就有这样梦，万事随缘，自然而成。"天鹿听到这话，如释重负，竟然破涕为笑了。盘古问道："天鹿，为师曾赠你一颗元灵珠儿，此时可在你身上？"天鹿点点头，张开嘴巴，伸出手儿自舌底取出一枚灵珠儿，盘古接过，只见金光万道，变炫无穷，盘古笑道："此为形天灵珠也，你可知道？"天鹿问道："我不知道，太师让我收藏，我岂敢遗失了呢。"盘古颔首，举起灵珠儿轻轻吹了一口气，只见那灵珠儿冉冉升起，在他周身盘旋，映得满殿辉煌，炫人心目，突然，只听嗖的一声，一道莹白光团便冲出轩窗而去了。天鹿惊得目瞪口呆，问道："太师，那是何物？"盘古笑道："我轮回体之妻，将来为帝后。不久为师入世，她便也入世，她本为为师之阴气，如今归来，与为师轮回体合二为一了。"天鹿急问道："既然是太师之阴气，为何却放它走了？万一丢失如何是好？"盘古道："岂能丢失，她若丢失，为师灵体无阴气滋养，岂能长久？"说完笑了一笑，又将灵珠儿握在手中，递给天鹿道："这颗灵珠儿且拿去，好好收着，将来还有用途。"天鹿疑惑道："阴气已然离去，还要此灵珠儿做什么？"盘古笑道："方才离去的便是帝后元灵，而这颗灵珠儿，将来帝后入世，还须吞下，不然岂能获得仙体？你勿要多疑。"天鹿接过灵珠儿，又含入舌底。盘古又吩咐道："你且去吧，为师有大事须托付他人，你守好殿门，切记不可偷窥。"天鹿嗯了一声便出去了，倚在殿门前的柱子后。

且说天鹿等了半晌不见盘古出来，侧耳细听，也不见动静，便来到轩窗边，从窗隙偷窥，倏忽见殿中有一少年，十分俊朗，身旁跪着一个女子，但见她翠眉朱唇，娇面蛮腰，双手加额，盈盈而拜，那手儿如玉笋，指儿纤纤嫩，一身浅蓝绡纱翠裙，真是：惊鸿一瞥明眸闪，一缕柔情醉银河。那少年挽起女子，女子嫣然展笑，娇声问道："夫君别来无恙？"少年笑道："就去轮回，故造化你来，与我共度此生。"女子嗔道："难怪将妾化为灵珠儿，一藏便是九千年。"少年笑道："然，否则，焉能有这九天星宇？"说着二人相拥，逸乐非常。天鹿在窗外目不转睛暗窥，又见女子问少年道："初时夫君说我叫形天，此时妾当叫个什么名字？"少年笑道：

“轩辕姝涵。”女子依偎少年，笑道：“夫君坏矣。”少年问道：“我真坏乎？”姝涵笑道：“妾以戏言之耳。”少年叹道：“我一旦入世，不久你便与我相见，再也不分离了。”姝涵噘起嘴儿道：“不，这就再不分离，让妾侍奉夫君，何如？”少年笑道：“我还未入世，如何与你在一起，你我皆无仙体，岂能做夫妻？”姝涵问道：“夫君轮回，入世后为谁？”少年答道：“乃是轩辕健。”姝涵又问道：“相貌如何？身在何处？我如何认得？”轩辕健笑道：“就是我这般模样儿，在太阳宫里，自是好认。”姝涵努着小嘴儿道：“只怕到那时，你不愿相认，必弃我了呢。”轩辕健道：“我岂能自弃伴儿。”姝涵谛视良久，泣道：“妾既入世在前，等待夫君入世，此时当去何处安身？”轩辕健道：“你愿去圣安星乎？”姝涵问道：“那是何处所在？”轩辕健道：“现在还未开辟，你可先躲入囲山，将来必知此地，我此番轮回，必以我灵骨与锁骨化两男一女，一个为我保护神，一个为我大力神，一个为我护法神。我让你去圣安星，便是那里有一个叫洛雅的女子，是我锁骨所化，她当收留你，秘密安置，你勿担心，到时候你再寻机会，先来到仙界，知我消息，便来太阳宫找我便是了。”姝涵喜道：“妾愿意。”说罢，只见少年一挥手儿，那姝涵便化为一团白烟，又突然冲出轩窗去了，而后腾空直上，度雾穿云，不知去向。天鹿受了惊吓，大叫一声。再向殿内窥去，又不见轩辕健了，却见盘古盘膝坐在榻上，闭目养神。盘古笑道：“叫你不要偷窥，你偏要看见，还不进来？”天鹿只得进去，低头不语。盘古道：“莫怕，为师不怪罪你，你既已看到，那便是轩辕姝涵，将来帝后是也。”天鹿跪谢不遑，盘古扶起，摸其粉额而叹道：“唉，为师本不该如此，但只怕机密泄露，不可不防。”说着又抬手一挥，只见洒下一抹金光，天鹿便不记得刚才所见了。盘古又推了她一把，大声道：“你去吧。”天鹿被推扑地，起身再看，发现自己已在大殿之外了。

六十天年后，天界天甲年。

泰初，第八日。盘古养静完毕，自去南殿探望护殿的四龙，行至殿门前，盘游在殿顶上的应龙少阴、烛龙少阳、角龙天听、玉龙望舒见盘古驾临，立刻显出了人形，跪地迎驾。盘古心思凝重，欲言又止，只是望着他们半晌才缓缓道：“你们四个听着，为师这就要轮回去了，你们好生守护这太阳宫，不得怠慢。为师灭寂之后，除御座旁那天鹿的话之外，这天界众灵诸神的话，你们皆不可听从。”四人似有不解，面面相觑，应龙正欲发问，却见盘古已不见踪影。四人叩首，复化为龙身，低鸣一声，各自飞过光门、望门、亚门、角门，盘旋在金殿檐翼上。

盘古出太阳宫，径直来到轩辕龙居住的宫院。盘古举目四顾，见轩辕龙自己造的园亭虽小，但富丽深邃：

雕栏曲曲，画栋巍巍，玉砌辉辉。绕廊楹桷，但见琪草瑶葩；帘庑深处，又闻清香氲氲；更见楼槛清清映玄池，灵花莹莹依楯轩。

盘古踱步暗思：“看来我这个弟子轩辕龙已得我真传，这宫殿造的却是个好模样。”不知不觉便又到了前院。此时，轩辕龙所造的弟子天斗正与几个仙婢炫耀法术，一会儿变化成琪花，一会儿变化成瑶草，一会儿又变化成芃树，一会儿又变化飞龙，但凡他见过的，尽数可随意变化，惹得几个仙婢又笑又跳的，却不知盘古就在身后。天斗念了一声口诀，摇身一变，变成了盘古的模样，仿着盘古的声音道：“尔等见了本尊，焉能不跪？”几个婢子嬉笑着跪下，异口同声道：“拜见太师！”天斗正欲说话，突然见盘古就在婢子们的后面，一时吓得六神无主，竟然变不回去了，于是惶惶然地跪下道：“弟子叩见太师！”婢子们这才反应过来，回头一看，见是真的盘古来了，各个吓得爬起身，朝宫里逃去。盘古微怒，一言不发，只是伸手一指，天斗便现回本身。天斗跪在地上，战战兢兢，头不敢抬。婢子们逃回宫中急报于轩辕龙，轩辕龙忽听得盘古驾临，吓得出宫去迎，飞奔不及。

轩辕龙来到盘古面前，扑通一声跪下道：“不知太师驾到，弟子未曾远迎，还望太师恕罪！”盘古斜睨天斗一眼，又看着轩辕龙问道：“那个就是你造出来的弟子？”轩辕龙回头一看，见天斗跪地战栗，知道他又闯了祸，便慌忙答道：“太师，他正是弟子所造，名叫天斗，可是劣徒冲犯了太师，请太师发落。”天斗心急如焚，不知所措，心里止不住突突直跳。盘古冷笑道：“你起来吧。为师看他学得一身好法力，这都是你的功劳，为师却为何要惩罚他。”轩辕龙起身，转头望着天斗道：“你还跪在那里做什么？还不过快来叩首谢恩！”天斗闻言，爬到盘古脚下连连叩首。

盘古见天斗离去，一边走一边问道：“龙，你这个弟子，如何造的这般模样儿，男不男女不女，此中有何缘故？”轩辕龙作揖回道：“太师，并非弟子有意如此，只怪弟子学艺不精，况且也是首次造神，故而就成了这副模样。”盘古听到这里，停下脚步，若有所思道：“若未学得大法力，便不宜造生灵也，为师只怕你这个弟子性情反复，将来给你惹下大祸！”轩辕龙大惊失色，急忙问道：“太师，已然如此，弟子当如何是好？”盘古道：“你自己多加小心，平日里对他要严加管束。”轩辕龙道：“弟子谨遵太师教诲！”盘古又问道：“龙，你这个宫殿造的甚好，可见你也不是学艺不精，只是你行事过于急躁，不能静心而顺其自然啊！”轩辕龙不知如何回话。盘古见他沉默，又问道：“这个宫殿叫什么名字？”轩辕龙答道：“弟子岂敢自专，恳请太师赐名！”盘古笑道：“你叫轩辕龙，此宫就叫龙宫吧。”轩辕龙跪地谢恩道：“谢太师赐名！”盘古道：“你召集你的师弟和弟子们来太阳宫，为师有话要说。”轩辕龙正欲答话，却不见了盘古踪影。

话说到了次日，整个天宫都有了祥瑞之气，雾帘云幕，乃是赤橙黄绿；楼台亭阁，真个莺花缭乱。一时间竟然飞来许多的仙鸟，弄晴枝上，顿时香气四溢。

轩辕龙携伏羲肱、笪殷晸、勾弋鄙，还有天斗往太阳宫觐见盘古，一路见这些景致，不觉游兴大发，耽搁了一会儿。轩辕龙怕盘古怪罪，又急着催促他们快走。盘古在太阳宫正殿龙椅上打坐，身上穿一领白衣，神态飘然，浑身凌云气概。龙椅之后坐卧着灵兽天鹿，殿内光彩相映，恍若玉树琼枝。

四位弟子跪拜，而后毕恭毕敬立于天阶下。盘古睁眼环视，才慢悠悠地对他们道：“如今这造天的事情已经完成了，不久之后，九重天即成亿万大千世界，三界最终将成就于后世。为师遥感机缘已到，这就去轮回了，为师走后，将有众神争天帝而战事不断，你们要代为师守护天宇，各自珍重。”众弟闻言大惑不解。轩辕龙出列，作揖道：“太师，弟子不明白，既然世界已经成了，太师为何要离开我们，而去所谓的什么轮回？”盘古叹息道：“为师虽为昊天之元灵，但仍然脱离不了涅槃的命运，所以为师要轮回到下一世，在那一世建造一个太平三界。到时候天廷始成，诸事待兴。为师灭寂之后，你们要在这里守护，不可怠慢。”四弟子和二石女无不惊讶，面面相觑。唯有轩辕龙的弟子天斗在一旁左右环顾，看似侧耳聆听，却心不在焉，颇有狼顾鸢视之状，天斗思索道：“涅槃，涅槃，原来盘古太师要去世了。”他忍不住偷看盘古一眼，而后又偷窥盘古的龙椅，这一举动却引起坐卧在盘古龙椅之后的天鹿的警觉，天鹿高声鸣叫三声，盘古心下明白，他瞥了天斗一眼，闭上眼睛不再说话。天斗知道盘古有所察觉，知他所思，所以觉得羞恶，便不敢正看，却时不时地偷眼而觑。

轩辕龙听说盘古将要灭寂去轮回，凄恻不已，于是问道：“不知太师此去，何日能归来，弟子们在此守候。”盘古闭目道：“为师轮回到下一世将成为三界之主，那时将脱离生死轮回，不再有涅槃的束缚，从此成为亘古之神。为师此去轮回，无有归期，你们当尊轩辕龙为长，坐镇天廷，封闭这太阳宫，切记诸事不可强求，顺其自然方好。”轩辕龙闻言，更是泣不成声，见盘古去意已决，只好携众弟子跪叩道：“遵太师旨意。”众弟子抬头的时候，却见九龙石阶两旁的芃树泛着耀眼红光，大家的目光都被这一奇景吸引了过去。盘古见此，警告道："这殿中之物，你们尽可赏玩，唯有那芃果不可食，若食此果者，在那三界形成之时，将坠入五行，轮回六道，化为凡类，仙缘尽绝。"大家听了都一脸茫然，但是心中也觉得害怕，见盘古太师望着他们，便又忙着跪地叩首。

盘古在龙椅上将腿盘起，双手合十，头顶上的十色光环逐渐扩大，将他整个身体都包围了起来，众弟子低下头，不敢正视，又过了片刻，等他们抬头看时，龙椅上已经空无一物，盘古已不见了。轩辕龙大哭一声，众弟子跟着大哭不停，二石女也跪地悲泣，痛不欲生。殿外的四条龙也躁动不安起来，它们盘绕着太阳宫长啸悲鸣，盘古龙椅背后的灵兽天鹿也哀鸣不止，两只大眼睛长泪不断。

过了许久，轩辕龙示意大家出南殿，又进入亚门，在西殿的太碑石下礼拜盘古。大家正在出南殿的时候，只有天斗迟疑了一下，他好奇地注视着螭龙纹龙椅，发现龙椅上盘古灭寂的地方留下一块闪闪发光的照石，犹如明镜一般。天斗见身旁无人，心里想道："盘古灭寂化成此物，想必是个稀罕的东西，不如我自己先藏了，看看它是个什么宝贝。"天斗拿起照石捧在手中，他第一次从这一小块照石上看到了自己的相貌：双面双身，前身是男，后身是女，两个脑袋分别是一男一女貌，这让他惊恐不已，他又情不自禁地摸了摸自己的脸。天斗将照石握在手心里，这时他感觉有人来回走动，由于心虚，他不敢挪动脚步，一直面对龙椅站立，直到他的后身女面看到自己的师尊轩辕龙朝他慢慢走来。

轩辕龙看了看天斗，天斗立即装出十分悲伤的样子，前身男面低着头，后身女面不敢正视轩辕龙。轩辕龙伤心道："难得你对太师还有这般孝心，但太师已然灭寂，再不归来了，现在你就随为师前往西殿太碑石下礼拜太师吧。"天斗转身，跟随轩辕龙走出南殿。

众弟子与二石女齐聚太阳宫西殿礼拜盘古龙帝三日。跪拜礼之后，细心的伏羲肱发现，原本一直在太阳庙正殿盘古太师龙椅背后的灵兽天鹿却不知去向，但是他并没有在意。

三日之后，众弟子和二石女遵照盘古灭寂之前的意思，跪拜轩辕龙为王，称呼他为龙王。轩辕龙道："我受太师重托，今做了王，但南殿乃是太师所居，我岂敢亵渎龙台，我还是回我的府邸去吧。"

龙王携诸神转过一处玉栏，又出一重园门，却在阶阼处看到一排仙树，再细看去，仙树中仿佛隐藏一处景致，龙王觉得惊奇，揉揉眼睛，确实树中暗藏一方天地，只见好一个琼楼金阙如烟梦，玉所彤庭似霞宫——

烟峦壁立峻峻，又凿石磴曲曲。小涧流出玉泉，香径引来天籁音；重山不尽水无穷，林中洞天分明；峰急转而路又回，何异九天仙境。莫道此应通玄穹，谁知缘来有尘寰。

龙王越看此景越奇妙，不知不觉走了进去。诸神一眨眼不见龙王，都在惊疑中，伏羲肱心内转道：“真是奇怪，方才还在我眼前，怎么转瞬就不见了？”龙王只顾往林中景象中走去，却见一处斜堤琪树，清泉汹涌，没有尽头，他只得缩身转回，再往左边走去，迎头碰见高山，却发现只身站在峰顶上。龙王有些惊吓，又要下山去，但却挪不开脚步，龙王心如火燎，眼底昏花。正疑间，又见一个园子，自己却已不在峰顶，而是站在园门前，往里看去，园内广阔，又有二十一座仙阁，循环错乱，奇幻无比。

龙王又入园中，又见遍地琪花瑶树，尤其那些树木，分明眼熟，不觉心中暗思道：“这不是太阳宫中的芃树吗？我怎么会在此处？”想到太师临走嘱托，他也不敢驻留，就想走出去，顿时两脚酸楚无力，只得在阶矶少坐片时。不一会儿又觉得腹中饥饿，越发难忍。抬头看去，见满目皆是翠色欲滴的芃果，十分脆嫩，龙王忍不住伸手去摘，却忽然想起盘古曾说此芃果不可食。此时见了芃果，饥饿更甚，哪里还顾得上这些，心中思道：“只是一枚芃果而已，能奈我何？焉知太师不曾独享？”思罢，三口并两口就吞下肚去，顿觉饱腹，精力充沛。

龙王起身，正要行走，突然又见自己站在太阳宫南殿，正对着盘古的龙椅。龙王大惊，细思道：“怎么可能？我分明带诸神才出圣殿，如何又在这里？”疑惑间，只听见一声鹿鸣，又见龙椅背后有一个仙女，只看她——

凤钗青丝如行云，钿螺绿鬓似飞扬。玉肌花貌，宛现美仙；娇容媚颜，恍临瑶台。轻盈淡雅，频惊雁落鱼沉；绰姿姝姝，倾国更倾天人。凌波孅步，妩媚青春；裙襕飘逸，扶纤腰于阶前。一笑胜百媚，凝眉伤万春。如愁似恨，如夜雨春睡意；盈盈秋水，让星光暗淡去。

龙王不觉心绪恍惚，春心暗涌，竟也知了男欢女爱之事。龙王朝仙女走去，忽然，眼前一切都消失了。只听身后伏羲肱叫唤道：“王兄！不可再向前了！”龙王如梦方醒，这才发现自己已在太阳宫外了。见诸神已经赶来，龙王问道：“本王方才在太阳宫南殿中，怎么又会在这里？”伏羲肱回道：“王兄只顾走，就来这里了。”龙王道：“你们可曾见到什么？”诸神摇头齐声道：“未曾见过。”龙王心下明白，原来是虚幻一场，然而又想起那仙女，心中不觉羞耻起来。

轩辕龙封闭了太阳宫，改称太阳庙，又宣布天界改元，称太古元年。

且说轩辕龙自偷吃了芃果，每日思淫欲，只恨不能遂愿。他自己造的婢女们也个个颇有几分颜色，身材袅娜，如花似玉，但凡进出，他便时时以目顾盼，恨不得牵来亲近。他正寻思着，又转念一想，便打消了念头，自言自语道：“这些女子都是我以法力造来的，也不过是囲山上的几颗石头罢了，哪里懂得云情雨意。”如此反复，越想心里越乱。

一日，轩辕龙在后园中闲步，见石女挎一篮桃子缓步而来，他见她走近，便叫住问道：“这是要给本王吃的么？”石女见龙王问她，遂欠身道：“正是送与大王用的。”他又笑道：“和你一起的那位婢子去哪里了？”石女见龙王一改昔日威严，竟突然如此和蔼，于是笑道：“她给肱、聂、腨三位上神送桃子去了。”龙王笑道：“你们都叫什么名字？我自出世便见有你们伴随着太师，也未曾打听过你们的名字。”石女含笑不语。龙王笑道：“本王问你话，你也不要怕，说说也无妨的。”石女低头说道：“小婢名唤石女，她也名唤石女。我们两个是太师造出来的，其他的我们也不晓得。”龙王道：“好个石女！这名字听着不雅不俗，倒也好记。”石女莞尔一笑，放下篮子就站在一边。轩辕龙目不转睛地盯着她，暗思道：“太师造的婢子，怕也是和我一样的真元真身。”石女见龙王直愣愣地盯着她一言不发，也不知道他怎么了。龙王道：“你可愿意陪本王到侧殿，本王有事与你一谈，不知可否？”石女听他这么说，笑了一笑道：“小婢谨遵王命。”龙王见状，早已是春心波动，牵着石女的手就往侧殿走去。刚进殿中便抱起石女乱摸乱亲起来，石女也不知龙王在做什么，只是觉得好生奇怪，笑道：“大王这是在做什么？快放开婢子吧，只怕伤着了大王便是小婢的罪过了。”龙王哪里还管这些，越发抱得紧了，急喘道：“这里再无人来，你不要怕，本王看你也是有情人，可能乐从？如若你不见爱，本王亦不勉强。”龙王岂知盘古造石女时，用的太碑石下的碎石子，本就无淫心淫思，更别说淫欲，故而那石女只是低头不语，傻眉愣眼地任其摆布。

龙王见石女不言不语，遂以为她是芳心已动，于是淫情勃然，终于按捺不住，直接就将她抱上绣床。石女被龙王褪下小衣，见她云鬟雾鬓，玉肤花貌，下身光洁如玉，越发不能自持。龙王自出世以来，未曾经过什么风流情节，怎奈欲火中烧，遂举起金莲，直赴花蕊，不料这一猛入，只听“咯嘣”一声脆响，倒像是什么东西撞碎了金莲，一时疼痛难忍，呻吟着连忙爬起。龙王大惑不解，掰开石女玉股，再细看去，方知那妙处竟无一隙可进，活脱脱一个实物儿。龙王又羞又恼，暗思道："怪不得她叫石女，原来是个不能淫的东西！"龙王站起，转身便天衣加身，对石女大声道："你们两个就去太阳宫为太师守灵吧！"说罢愤愤而去。石女见龙王发怒而去，也不知发生何事，只好穿好云裳，急匆匆出去了。为何这里龙王说守灵？原来盘古灭寂，既不是凡人，也就不能说他死了，但也不能说他活着，因为盘古确实消失了。那么，为何又叫作守灵？故而，此"守灵"非凡间所说的守灵。盘古灭寂之前，曾对诸神说过，他将来要轮回到下一世，归一之后便会重返天阙，所以，他们要守的便是盘古再次归来的元灵。

再说天斗，几日闲来无事，便在龙王宫偏殿内偷偷地将那枚照石取出来仔细端详，他忽然厌恶起照石上映出的自己的相貌，越想越生气，于是便去找轩辕龙问个是非。天斗出了偏殿，径自往龙宫大殿奔去，宫中有其他师弟师妹，见他怒气冲冲，也不知发生了何事，不敢招呼，只是望其项背远去。快到正殿时，才发现龙王的宫殿已今非昔比了，远闻灵鹤鸣嗷，玄音袅绕，近见幡旆摇曳，紫光祥云，直铺天际。天斗目睹此景，惊思道："拂拂彩云，霞光冉冉，紫气漾漾，自东而至，这必是盘古太师灭寂之后所赐，看来封龙为王，确实乃是圣意，不然这宫殿为何突然变得如此巍巍峨峨。我万不可冲撞了龙王，自招祸端，不如忍一时罢了，何必去找他？"天斗正要转头离开，又一想："不可转回，我方才趾高气扬前来，此时再回去，岂不是让人笑话？不管如何，我倒要问问龙王一个长短，他能将我如何？"想到这里，又大步流星地朝大殿走去。

到了大殿门前，早就见伏羲肱、笪殷聂和勾弋罽，以及二位石女站在殿堂内。还有几千兵将站在殿外，诸神拜礼毕，分左右立于侧。龙王身居宝座，见天斗不请自来，大声问道："为师并未召见你，你不在自己的殿里，到这里来做什么？"天斗气昏了头，也不管在场的诸神，劈头就问道："师尊，弟子前来就问一事，弟子乃是你亲手所造，为何我是个双面双身，前阳后阴的模样？"轩辕龙见问，一时竟然不知道如何回答，又见天斗男身面目狰狞，竟然不由地胆怯起来，沉默片刻才道："徒儿，盘古太师在时，传授为师道法与法术，谁知为师学艺不精，无法分合阴阳，造出你之后就是这般模样儿了，为师并非有意如此，你要体谅为师啊。"天斗听了后没有答话，愤然离去。龙王望着天斗的背影道："天斗竟然无端来寻衅，不把我这个师父放在眼里，他性情顽劣，若不防备，将来必生后患，你们说说，这该如何是好？"伏羲肱拱道："王兄，臣弟有一言，说出来休要怪罪我不敬，太师灭寂前说的一些话，云里雾里的，什么后世之神争天帝，臣弟思前想后越觉不对，这后世之神还能有谁？也就是王兄所造的这些个弟子？如今再看这个天斗，不阴不阳之物，生性怪戾，迟早是个祸害，莫不是应了太师临终之言？”龙王点头不语，笪殷聂冷笑道：“他能有什么本领？若敢造次，我必取他性命！”不等龙王说话，勾弋豣拱道：“方才看他怒气冲天离去，也不知道是去哪里了，不如让臣弟去看看，若有什么动静，我们再商议如何处置。”龙王道：“也好，也好，那就劳烦师弟前往察看。”勾弋豣转身出殿，飞奔而去。

话说天斗出了龙王宫，怒气冲天来到囲山北谷，仰天大吼一声宣泄自己的愤怒，没想到他却发现自己的声音出奇得大，堪比雷声。他突然意识到这是盘古太师遗留下来的照石所起到的作用，他摸摸藏在衣襟里的照石，试着朝囲山的峰顶岩石打出一记空拳，只见一道金光射向岩石，随着一声巨响，岩石就在一阵烟雾中化为尘硝。

本来在悲伤和愤怒中的天斗立即喜出望外，他知道这是身上这块照石给他增加了无上的法力。于是他又试了几次，凡是被他指向的地方，无坚不摧。此时正在兴头儿的天斗几乎忘记了自己身在何处，不停地试着自己的法力。

却说勾弋豣去寻找天斗，宫里宫外都不见他的踪迹，于是就来到囲山察看，忽闻阵阵炸雷声响起，甚是惊奇，于是就跟着声响来到北谷，果然见天斗在这里抡臂挥拳，左扑右打，威风凛凛。天斗也正打得起劲，却不知道勾弋豣突然出现在他面前。勾弋豣大声呵斥道：“好你个恶徒！此乃太师的圣境，岂能容你放肆？”天斗并没有理会在平日里他都会毕恭毕敬的师叔，而是收手朝师叔走去。来到勾弋豣面前，天斗抱拳道：“不知师叔前来，弟子失礼了。不瞒师叔，弟子近日刻苦修炼，自觉已修成大法，故来此地演习。我素知师叔法力高深，无人能敌，若师叔看得起弟子，弟子倒愿请师叔赐教，不知师叔可愿与弟子过个一招二式？”勾弋豣见天斗已拉开架势，双拳紧攥，怒目攒眉，咬牙切齿，怒斥道：“你是个什么东西？敢在我面前放肆？你有何品第敢与我一争高下？你若识相，就速速跟我回去，听候龙王发落，如若不然，我只略施仙法，便立见死亡，叫你死无葬身之地！”天斗闻言，冷笑一声道：“你也不过就是太师所造的小神，先我而出罢了，你当你有何殊奇？我虽为晚辈，然而就是不服，特来与你一比高下！”勾弋豣怒道：“你真不知轻重！狂妄至极！”天斗冷笑道：“何来许多废话？莫非怕我要了你的命吗？”天斗说完，男身展开怀中抱月的架式，女身眉毛一挑，右手敏捷地向上一横，又将身子一蹲，扎下马步，又“啪”地一声起一个飞腿，收右腿，微微转回左腿，慢慢回过身来，又使一个金鸡独立，双手抱拳道：“请！”勾弋豣见他如此嚣张，气不打一处来，大怒道："来吧！今天就让我断了我们的孽缘！"说罢便出拳打上去，只见你一拳我一掌，拳路所过之处金光射目，彩色炫人，开始还见得着人影儿，后来越战越猛，只见白森森的光，光丝毫不漏护着全身，此时只看见一团白光在山谷间飞来飞去，几个回合下来，勾弋鼦已精疲力竭，难以招架。

天斗看到此情形，知道勾弋鼦已不是对手，于是忽然左右开弓，最后击出一掌，一色蓝光突从掌内出，直击勾弋鼦腹部，勾弋鼦疼痛难忍，被击出倒退数步，踉跄倒地，勾弋鼦疾声詈道："我今不能胜你，皆乃天意耳！恨太师当初不识你真面目，以致我王兄养虎为患，今虽伤于你手，也算揭开你的真皮，你必不得好死！"言毕，灵体便化作一缕白烟，朝西飞走。天斗哈哈大笑，扬长而去。谁知这一幕早被笪殷聂看在眼中，正欲逃时，被天斗伸手牵住。原来这天斗自得了盘古灭寂后所遗留的照石，便有了无上法力，无人可匹敌。这照石究竟是何来历？正是泰初时，盘古在轮回涅槃后，仙体化成这一枚照石，它相当于盘古的一半儿法力，除盘古之外，又有何人能敌它！天斗突然见笪殷聂在场偷窥，怕他回去告密，本想伸手一掌击死，这手一伸却变得无限长，如鬼影手，活生生就把一里开外的笪殷聂给擒住了。笪殷聂又惊又怕，但也无路可逃，只好故作镇定，怒视天斗。天斗笑道："我不知道师叔你也前来观战，既然来之，你敢与我一试高下乎？"笪殷聂道："你我同出一门，素无仇嫌，何必相残？"天斗笑道："你与他们一样，皆视我为恶神，当我不知？我果为恶神，则太师既生龙王，便不应生我，既然生我，当皆为善类。天不绝我，你们反要绝我，今日相逢，何不分个好坏？"笪殷聂知道天斗法力高深莫测，便不敢莽撞，只好连连作揖，赔了许多不是，笑道："我不是勾弋鼦之辈，有勇无谋，却不知识时务者为俊杰，我知道你法力无人可敌，今亲眼所见，佩服之至！又岂能与你作对？"天斗笑道："师叔果然向我？如此甚好！"笪殷聂道："只盼你有朝一日得势，勿忘我便是。"天斗眉毛一挑，笑道："这个自然，这个自然！"

只说笪殷聂好不容易摆脱天斗纠缠，回到龙王宫，便怨气冲天奏报经过，不曾想龙王早就听了勾弋鼦的奏报，反而哈哈大笑一阵道："本王这个徒儿果然长了本领，却连你们也不是他的对手了！本王有爱徒如此，何忧之有？你们各自回去吧，他冒犯了你们，本王自会训斥他。"见龙王毫不在意，笪殷聂甩袖而去。天斗有照石在手，越发知道了照石的威力，它几乎是无所不能，于是天斗借助照石的法力，为自己造了三千天兵，各个都武艺高强。为讨好龙王，他将这些天兵安排在龙王宫中，成为龙王的卫士。

话说勾弋踊被天斗打伤之后，气愤不过，虽心中不悦，也无可奈何。只好闭门不出，与自己的童子们在自己的宫中修养。某一日，太阳庙上空发出一声震天巨响，万道金光同时射向太阳庙三殿，过了许久，金光消失。这一幕正好被在外修炼的笪殷聂看到，暗思大事不好，于是飞报给轩辕龙。龙王闻报，不敢怠慢，慌忙命人召集伏羲肱、勾弋踊和天斗、童子，以及三千天兵前去察看。龙王怕天兵杀气重，冲撞了盘古太师的灵位，便叫他们在庙外等候，只有龙王和伏羲肱、笪殷聂、勾弋踊、天斗、童子等急入光门，朝南殿奔去。到了南殿，只见矗立于盘古龙椅背后的太碑石比先时显得更大更高，上有赤、橙、黄、绿、青、蓝、紫七种光雾盘绕，如水光般莹莹闪烁。大家甚为好奇，走近太碑石观看，光雾立即就消失了，太碑石表面浮着一层白色的玄光，在其背面有浮雕的文字："昊天龙帝轩辕健御宇三界。"细细察看后，龙王等惊奇不已，正在疑惑时，却听霹雳一声巨响，太碑石后出现一座玄灵石门，石门慢慢打开，炫光四射。诸神颇为震惊，都探头往门内望去，只见门内又好像是一个世界，有富丽堂皇的琼楼金阙，还有英俊洒脱的男神和貌美无比的女仙，处处是祥云缭绕楼台，琪花瑶草缤纷……

正当诸神暗自称奇时，玄灵石门又随着一声巨响关闭，眼前的景象戛然消失，犹如虚幻。龙王疑惑不解，携诸神又急匆匆地跨进望门，进入东殿。诸神看到九尺瑶台上有一颗硕大的泛着光芒的圆球，并且圆球在瑶台上缓慢地旋转，底下有七种颜色的水流如小溪般流动。这是在盘古在时，除了石女见过，他们都未曾见到过的玄灵球。龙王等贴近玄灵球仔细观看，见其中暗藏乾坤。诸神面面相觑，又凑近细看，见里面有如太极阴阳鱼图案般的八十一星海在缓缓移动，每个星海都有数不清的星系，而且每个星系中都有数不清的星球。天斗暗思道："果然是奇妙！"正要伸手触摸，却被龙王喝止："徒儿勿动！"天斗吃了一吓，忙缩回手，不解地瞥了龙王一眼，他那冷嗖嗖的目光让龙王心中一颤，竟说不出话来，只是指着旁边的一杆高九尺的金色柄杖。天斗顺着龙王的手指看向金柄，只见柄上有细镂铭文："昊天龙帝御用，触者即亡。"天斗眼睛睁大，这才惊出一身冷汗。龙王转身道："东南二殿皆有异象，想必那西殿也不寻常，此地不可久留，你们随本王去西殿察看，然后再作打算。"诸神紧跟龙王跨进亚门，进入西殿，只见九尺瑶台上竟多出一块九尺玄石碑，色如黑墨，左右有九龙环绕，远看如游蛟吐珠，但若定睛细看，则如蟠夔嵌壁，黯淡无色。诸神吃惊不小，近前一看，碑面上也有一缕铭文："昊天龙帝轩辕健之诞龙台。"看到这里，龙王脸色大变，慌忙道："此地乃太师诞生之处，万不可渎扰，诸位速速出殿！"龙王率众出殿，再次施法玄封太阳庙，并严令道：

“无论是谁，不得闯入太阳庙圣地！”

星移电掣，不觉又是一年有余，这便是太古二年。

一日，龙王想去中天门游玩，便叫天斗随驾出宫，天斗带天兵护驾。刚出宫不远，便觉地动山摇，苍穹传来阵阵巨响。龙王喝令停下，惊道：“天动地摇，这是何征兆？”天斗不知发生何事，东望西看，却不见有何迹象。龙王又道：“速传你师叔们前来！”天斗忙派兵卒前去召唤，不消一会儿，伏羲肱、笪殷聂、勾弋夻匆忙赶来。诸神议论纷纷，但都不知发生了何事。就在诸神疑惑之时，突然看见位于太阳庙的上空出现一个黑洞，再细看去，黑洞下方出现了一个乌云聚集而成的巨大的旋涡，并且有水像瀑布一样倾泻而下，冲到太阳庙殿顶。龙王大惊，喊道：“唉！这又是何故？眼看太师宗庙危矣！一旦有失，本王愧对太师也！”说完大哭起来。天斗见状，轻蔑一笑，自去近处察看。伏羲肱等也近前仔细察看，过了一会儿，发现旋涡中有两条巨型灵鱼，红鱼朝正向游走，黑鱼则逆向游走。伏羲肱对龙王拱道：“王兄请看，此兆凶险。”龙王惊道：“此主何兆？”伏羲肱道：“天极星将有巨大变故。”龙王不解，问道：“师弟，到底有何变故？可有化解之策？”伏羲肱道：“苍穹显现太极阴阳鱼，乃是天廷权力将要更替的征兆。”龙王听后紧张起来，目光很快落到伏羲肱、笪殷聂、勾弋夻的脸上，细细打量他们，三个师弟察觉龙王怀疑他们，也不慌不忙地望着龙王，这时候，勾弋夻和笪殷聂不约而同地将目光落到天斗身上，嘴里“哼哼”一声，挤出一丝轻蔑和不屑的冷笑。

龙王见状，急道：“唉！勿再猜疑也！你们说说，如何是好？可有化解之法？”伏羲肱贴近龙王耳朵道：“王兄，宫中有奸佞，若不早除，恐有大灾患。”龙王越发着急，泣道：“先不管谁要篡位，眼下这圣庙将毁于一旦，如何是好？本王受太师重托，愧为王尊，若太师不佑，本王愿让出王位，只是不能让这灾祸殃及太师宗庙啊！”说完又悲伤号哭，二石女以及身边侍候的童子们见状，也跟着伤心落泪。伏羲肱见天斗从不远处走来，故意提起嗓门，道：“也不是没有办法，只是要将阴阳鱼打捞出来，然后将黑洞弥补上，旋涡自然就会消失，那水也就淹不了圣庙了。”龙王转悲为喜，道：“笪殷聂、勾弋夻二位师弟，你们与伏羲肱速将那阴阳鱼打捞上来。”伏羲肱一言不发，随即摇身一变，显出一条青龙，游走在云层间，忽然又变成一辆龙车。勾弋夻见龙车游来，遂扎下马步，翻转双掌，施法运气，掌中射出几道蓝光，太碑石下的碎石便冉冉升起，飘落在龙车上，又见满载太碑碎石的龙车在黑洞周围游走，突然霹雳一声巨响，一道强大的光芒灼烧着碎石，刹那之间，太碑碎石化为强大的气流冲向黑洞，黑洞渐渐地黏合在一起了。说时迟，那时快，笪殷聂见状，急忙摇身一变，一条黑龙直冲旋涡，在旋涡边缘游走片刻，只看那黑龙又变成一只巨大的竹篮，直投旋涡，两条巨型灵鱼挣脱不得，都落入竹篮中，随着“砰”一声脆响，竹篮落下，诸神细看，那竹篮中挣扎的红鱼和黑鱼，立时化为两颗元灵珠，“嗖”一声便朝着西天门方向飞去，消失在天际之中。

再看去，那旋涡已经消失，水流也不见了踪迹。龙王见危机解除，又令诸神随驾，继续向中天门而去。车驾快到囲山北谷时，放眼望去，琪花种种，弄影吹香，芳草台榭，拖烟映水。偶有林间鸟声，但见参差竹影。龙王见景致幽美，自言自语道：“昔日太师在时，这北谷未见有此景色，太师轮回而去，天阙时时变化，今见这北谷景致如此幽美，想必是太师之灵顾念所致也。”正思间，林中突然闪过一黑影，隐隐在花枝外，龙王疑道：“这谷中难道还有其他神灵？”龙王令车驾靠近，这才发现有一只黑色灵兽，口中衔一颗灵珠，头上有美丽的珊瑚状的玉角。原来，这龙王所见灵兽，正是盘古御前的天鹿，自盘古涅槃后，它便不愿独自守在太阳宫内，暗中逃出后一直在躲在囲山游荡，寻找二商羊和芃桃四神，然而一直未果。它又不放弃，继续穿梭于山谷间，有时变成绝色仙女，有时又还了本形，生怕有人撞见。那日恰好从南谷回到北谷，正从谷口的林子里经过，见天廷这许多人马，兵戈龙车，又有诸神护卫，怎敢不回避？天鹿看到他们，啼叫一声，就像婴儿的号哭。龙王转身问伏羲肱道：“本王曾在太阳庙南殿见过此兽，但不知这灵兽叫什么名字，它又为何在此？”伏羲肱拱道：“王兄所言正是，它就是太阳庙中的灵兽，今失而复现，预示天廷将要易主啊。”龙王闻言色变，怒道：“休要再说什么天廷易主的话了！本王看你是昏了头，你看这天阙上下，也不过就我们这些人，都是些知根知底的，谁要造逆篡位？”伏羲肱低头不言，龙王则怒视灵兽。灵兽察觉事情不妙，拔腿就逃。龙王道：“太师宫中之物，岂能私逃？你们去将它拿来！”伏羲肱急忙扯出雕弓，拈了羽箭，右手用力上扯，左手使劲下推，照着天鹿所在，对镫一箭射去，只听“嗖”的一声，一箭射中灵兽前腿，灵兽四脚蹬空，呻吟一声倒地。

龙王伸长脖子左顾右盼，想仔细看清楚。伏羲肱见龙王正在探看，只好又抽出一支箭，瞄准天鹿，天鹿见伏羲肱弯弓搭箭，便知他又要射杀来，于是慌了手脚，无奈又无隙可躲，只好变成人形。伏羲肱正瞄着，忽见地上升起滚滚青烟，笼罩着灵兽，伏羲肱凑上前去想探个究竟，青烟缓缓散去，只见一个绝美仙子，年纪不过十六七岁，穿一身缟素，坐卧在地嘤嘤低泣，不时掩面，回头顾盼。伏羲肱心头一紧，赶忙蹲下，用伟岸的身躯遮挡住她，又细细看去，见她貌美绝伦，浓密的乌发盘起，晶光闪闪，犹如一盘珍珠顶在头上，上面还有五根分枝状的金黄色头冠，细眉大眼，额头上嵌一枚闪闪发光的灵珠。伏羲肱遂将箭矢丢在一旁，心里想道："这天廷上下没有我未见过的人，这荒山野岭的，哪里来的这个美仙子？"正在忖度，忽听那美仙哭诉道："上神勿害我，我本是盘古太师御前天鹿，太师轮回去后，我便无心久居太阳宫，本来想过自由自在的日子，不料今日在此被你箭矢所伤。"伏羲肱生怕龙王知道后会杀死她，不知如何是好，见她小腿血流如注，便伸手拔去箭扔在一旁。

龙王见林中有烟雾起，更加疑惑，待烟雾散去，又看伏羲肱蹲在原地发呆。龙王喊道："师弟，为何还不擒来？"伏羲肱犹豫片刻，又不好当众放她离去，只好将她献给龙王，他对龙王道："王兄，此女子并不是太阳庙中的灵兽，而是昊天所造化的神灵，不如放归。"龙王奇道："既是神灵，为何只身在此？"龙王见她依依弱柳，焰焰横波，貌美无双，已是魂不附体，遂又起淫心，问天鹿道："你叫什么名字，来自哪里？"天鹿泣道："小婢来自于天，无名无姓。"龙王看她头饰华丽精美，犹如皇冠，笑道："本王乃是天王，就赐你随本王姓轩辕。'白'水鉴心，且出自'王'者，就赐名为媓吧。"天鹿跪道："谢大王赐我姓名。"龙王道："你且前来，让本王看看你。"轩辕媓暗自庆幸保住一命，也不敢违抗，只得乖乖前去，龙王抬眼看去，不觉吓了一跳，心中连连叫道："怪哉！这女子好像哪里见过，好生面熟！"龙王忍不住脱口道："你不是那太阳庙……"话说了一半又咽回去，又见诸神盯着他看，只好改口道："既然你也是神灵，就随本王进宫吧！"龙王起驾回宫，一路无话，不题。

话说龙王回宫，即安排二石女将轩辕媓安顿住在西香阁，轩辕媓只当龙王也是好心，未曾多想，暂住了下来。龙王却不安分，他住的东殿正好与西香阁相对，轩辕媓一举一动，尽收眼底。每时见轩辕媓于阶庑进进出出，一弯玉臂挽丝带，娇蝉瘦腰凌波步，他一时竟欲火烧身，不能自持。龙王知道轩辕媓并未吃芃果，哪里懂得男欢女爱，只当她懵里懵懂。龙王再也不想出宫去察看，全将盘古太师嘱托忘却脑后，每日只管细思轩辕媓的窈窕风流，不出宫门半步。不消几日，龙王便忍不住，火急火燎地往西香阁看她。轩辕媓见龙王驾到，已知其动尘念淫欲之心，本欲躲避图个干净，忽又想起盘古嘱咐之语，只好出去跪迎。龙王见到她出来，不等她跪，早就神魂飘荡，恨不得扑个满怀消消欲火，怎奈被她轻盈一闪躲了过去。龙王心花怒放，笑道："最近住得可好？"轩辕媓道："谢大王关照，小仙甚好。"龙王得寸进尺，嬉笑着扶起轩辕媓，嗤嗤道："本王见到你甚是喜欢，你如此姿色，独守空闺，焉能受得寂寞？"轩辕媓故作不解，道："大王这是何意？小仙一向如此，只是谢大王见怜之意。”龙王这才晓得她不知男女之事，越发壮了胆子，急命二石女出去，便携了轩辕媓的手，同入卧房。看衾裯床缦，玉锦缎香，更有清香扑鼻，龙王抱轩辕媓置于膝上，仔细端详其容貌，越觉她娇柔美艳。轩辕媓不懂，也不曾躲闪，任其亵慢。龙王神魂颠倒，越加大胆，竟撩开她衣襟，见其肌肤雪白，莹然如玉，探抚其胸，柔滑如脂，不觉心荡神摇起来。

轩辕媓见龙王举止怪异，心下思道：“太师曾说轩辕龙将迷于惑障，偷食禁果，生发尘念而害其慧智，如此不辨是非，不能预感，命不由己，便不长久，如今看来果然如此，我当遵师命，以小乘诱引而行教化，再以大乘而度脱之。”想到这里，轩辕媓莞尔一笑，柔声细语道：“大王这是做什么？”龙王忽觉她温柔起来，越发不能自持，急喘道：“本王甚爱你，只想让你做本王的王妃，不知道你可有意思？”轩辕媓问道：“什么是王妃？”龙王不答，只管动手动脚地撕扯她的云裳，忙乱一会儿却纹丝不动。龙王疑道：“你这身云裳，如何解不开？”轩辕媓正色道：“天衣无缝，我乃是太师所造化，除非我自解云裳，他人岂能解得？”龙王正要说话，忽然，香阁内刮起一阵凄凄切切的凉风，风声悲楚，如人哭泣，龙王不禁打了一个寒噤，顿觉浑身冰凉。龙王也未免动了一个惧心，急忙松开手，轩辕媓也惊吓不行，转身出去了。

一时雷电交作，冷风骤至——声若天裂，势如地崩，“嘎”一声霹雳巨响，轰隆隆似地动山摇；“嚓”两条雷霆闪电，亮灿灿擦亮苍穹。风起云涌，风摧星罗棋布寒气来；云满乾坤，云迷雾锁魔头咆哮去。似银河倒悬，不住倾盆流星雨；如天幕泻下，一时孽海黑风。只教那天廷玉楼崩离析，诸神仙灵皆慌遽。

风云过处，有摧枯拉朽之势，龙王登楼远眺，见囲山满是火光，又隐约见火光中有无数魔兵。龙王觉得颇有些蹊跷，疑是轩辕媓故意使出妖风来躲避他，急忙又返回殿中，却见她与二位石女蜷缩一处。龙王问道：“为何如此？何处来的妖风？”轩辕媓道：“我哪里知道？”龙王怒道：“一定是你所施的妖术，只是不愿做本王的妃子，故而使诈！”轩辕媓亦怒道：“大王如此轻慢，就不怕太师降罪吗？”龙王一听太师二字，又不觉一个冷战，怯声怯气道：“你究竟是何人？为何知道太师？”轩辕媓道：“我正是太师所造之灵兽天鹿，大王偷食芃果，触动凡心，竟敢纳我为妃，岂不知大王已闯下大祸！”龙王闻言大惊，道：“原来你是天鹿！本王有何灾祸？”轩辕媓道：“太师轮回去之前曾说，你必然会偷吃芃果，心生凡念而召来四魔，如是，大祸将至。”龙王不信，大笑道：“何处来的四魔？太师既早知，为何不除之？”轩辕媓道：“天地混沌之时，太师开天辟地，造化诸神灵，所谓阴阳有别，善恶两立。太师之所以留此四魔者，亦是卫道之意也。倘若无恶，善将何出？若无此四魔，不足以治牧三界；而有此四魔者，方可见善恶之大，大道之深。”龙王有似懂非懂之状，问道：“太师造此四魔，是为治牧三界？此话怎讲？既已造化善，又何故造出恶？你休要诡辩，莫非视本王愚钝乎？”轩辕媓叹道：“唉，太师曾说大王愚昧，让我机缘来时即行教化，若你得教化，则三界从善源而始终，若你不得教化，则三界随恶流而初始。太师之嘱托，我不敢怠慢，今随缘而已，你且听我教化，成败在于天命，只看你造化如何了。”龙王冷笑道：“你且说来，若说的好，我便听你，若说不好，本王定不轻饶！”轩辕媓忙道：“大王息怒，且听我慢慢道来。太师造化众生，善化万物，本初为善，然而善、恶二者，都是因缘而生的，其中并无实体，故而空性平等，并无差别，焉知善不致恶？又焉知恶即非善？如同阴阳，谁善谁恶？又如祸福相随，焉知好坏？太师说，世界相对，善恶对立，并无实质可言，仅为虚妄分别，若无善则无恶，无恶自然无善。太师造化众生诸灵，其中就有四魔之类神灵，你若为恶，招致四魔来祸害，这岂不是四魔乃是善举？你若为善，四魔前来祸害，他们便是为恶，自有因果报应，此便是万物轮回之理。”龙王冷笑道：“照你这么说，善恶倒成一家了？”轩辕媓正色道：“也不是一家。太师说了，顺理名善，违理名恶，顺名为善，违名为恶。”龙王冷笑道：“那你倒是说说，本王是顺理还是违理，那四魔前来害我，他是顺名还是违名？”轩辕媓道：“那就要看大王如何修行了，大王偷食禁果，已违反师命，注定你已经与大道无缘了，而如今你又不能克制淫心，竟然要亵渎我，你可知我是太师所造之神灵？你倒行逆施，对太师大不敬，就不怕太师怪罪吗？”龙王听到太师二字，心中怒火已消大半，听轩辕媓这么一说，心里也害怕起来。

龙王正在犹豫，忽闻勾弋鼦来报，道：“西极星海魔云滚滚，正向西天门扑来。”龙王大惊道：“速召伏羲肱前来！”勾弋鼦忙派兵前往南天门去请。龙王自觉不妙，便派天兵将轩辕媓与二石女囚禁在囲山北谷。伏羲肱闻召急忙入宫，龙王道：“原本好端端的，哪里来的魔云？”伏羲肱闭目占算，突然眼睛一睁道：“王兄，太古二年时，太师宗庙上空出现旋涡，其中有巨型灵鱼，笪殷聂投篮打捞一黑一红太极阴阳鱼，却不曾擒获，二鱼化成灵珠向西飞去，今在西极星修得无上大法，二鱼阴阳二气聚合，化成阴灵，自封为魔天王，其道高魔重，可以戡天，西极星海已成魔界，从此将与我天廷为敌，从今以后，我仙界中人但凡修行，十有九不成，因遇魔障，慧根尽失。那魔王以西极星为魔天，日渐势大，又自造阴魔、死魔、罪魔、业魔、心魔、恶魔六大魔统治魔境，一旦众魔犯我仙界，天廷将不得安宁，此乃天将易主之兆也。”龙王闻报不悦，问道：“黑鱼红鱼自何处来？如今却阴阳二气聚合，修成阴灵，自封魔天王来犯我天阙？这都是哪里来的混账东西，怎么太师在时我也闻所未闻？”伏羲肱答道：“宇寰混沌之时，太师开天辟地，创造宙合及众生，运行阴阳二气，以太碑碎石造金、木、水、火、土五龙，又造东极、西极、南极、北极四星。魔，‘磨’也，原是太师采太碑碎石之阳，取囲山化石之阴，溶为二气运行于天，二气又化为真元之珠，运行久之乃生水，水生太极阴阳鱼，阴阳鱼相互运转而保护真元之珠，这才生出这天界万物，它们确实出自太师之手，太师造天之后，此真元之珠又分化为二气，阳气归于太碑，阴气复归囲山，久经修炼而成阴灵。”龙王听说阴灵众魔来源于太师，又敬又怕，抱怨道：“我坠疑网，故谓是魔所为。既然他们都出于太师，囮育鸿天，想必那阴灵也应从善，却为何是这般凶煞之物？”伏羲肱道：“这恐是天将易主之兆，如今那阴气修炼成阴灵，有通天的本领，或许得知太师灭寂，天廷有变，他欲成霸业，故而来犯啊。”龙王又惊又怕，在殿堂上不停徘徊，不知所措。这时，天斗也入宫来觐见，正好听到伏羲肱的后半句话，还未等龙王问他，他就气愤道：“伏羲肱危言耸听，句句皆言这是亡国之兆，上次说天将易主，这次又说天将易主，分明就是他想篡夺师尊之位，难道师尊看不出来吗？”伏羲肱镇定自若，道：“你还有什么要说的，你的心你知道，太师知道，我也知道。你又何必在这里胡说？”龙王听后，停顿一下，瞥一眼伏羲肱，然后温声和气地对天斗道：“劣徒休得妄言，为师尚且对你师叔礼让三分，你岂能当着我的面如此放肆！”天斗气急败坏，一声不吭甩袖而去。

龙王见天斗愤愤离去，知道他心中有怨气，也只好作罢。唉声叹息一会儿，他忽然又想到伏羲肱所说的“天将易主”，于是耿耿于怀。龙王心生一计，暗思道：“若说篡位者，我这几位师弟倒有嫌疑，不如将他们三个打发出去镇守天门，今群魔入侵，正好叫他们去御敌，若他们击败群魔，则我无外患也；若他们被群魔杀害，我亦无内忧矣。”想到这里，龙王嘴角扬起，露出一丝得意的微笑。龙王见诸神焦急万分，他慢慢起身道：“你们不必怕魔天王阴灵，本王早有御敌之策。昔日，天斗敬献给本王三千天兵，如今各分给你们五百，你们领兵去镇守天门吧，如此便可抵御群魔入侵。”伏羲肱拱道：“王兄，大敌当前，何故分散兵力？那魔天王阴灵自西极星而来，必攻我西天门，若我兄弟三人分兵去守天门，区区五百兵力如何抵御？再者说，我们都走了，若王宫生变，何人来勤王护驾？”笪殷聂与勾弋䨻附和道：“二师兄所言极是，请王兄三思！”龙王不耐烦道：“本王也颇懂用武，你们又何须多言？若你们三人都去了西天门，魔天王若分兵进攻元天门、中天门、南天门，那将如何是好？”伏羲肱急道：“王兄！群魔自西极星而来，必攻西天门，那元天门、南天门、中天门相距甚远，群魔岂会舍近求远？王兄请三思！”龙王怒道：“不必再说了！本王心意已决，你们去御敌便是了！集结天兵于宫外，本王稍后便来饯行！”伏羲肱等虽然心中有一万个不愿意，但念在盘古太师留下的旨意，只好遵从王命。

再说那魔天王阴灵，原来是盘古开天辟地时作法所运行的阴阳二气的阴气，后来有了灵性，遂化成了真元之珠，盘古将它藏在太碑石。因盘古轮回灭寂，这颗珠子便从太碑石逃了出去，自往西极星另立门户，经历了数年的修炼，不曾得真道，倒是练成了魔灵，自称魔天王。这阴灵毕竟出自太碑石，又是盘古运气所生，所以也是法力高深，自创魔界之后，便一直觊觎天阙，对龙王一举一动也是了如指掌，得知龙王偷食芃果动了凡心，已知他必成不了真神，故而一心想攻取天阙，取其位而代之。

天斗早就想篡权夺位，只是惧怕轩辕龙是盘古太师所封的天王，若是杀了龙王，盘古太师万一降罪下来，自己岂不是得不偿失，故而暂且打消了这个念头。然而，面临西极星魔天王阴灵来犯，天斗转念一想，便又觉得大好时机已经悄然到来。天斗思忖道：“我虽不敢冒犯龙王，但阴灵未尝不可，若阴灵来犯，斩杀龙王，正好替我除了心头大患，待到那时，我再杀了阴灵，这天阙岂不是唾手可得？”天斗想到此处，喜不自禁，遂摇身一变化为一团黑云，朝西极星滚滚压去。天斗到了西极星便收走黑云，霎时化为仙鹤，展开羽翼，直刺云霄，转而直冲而下，俯瞰去，虽然可见星罗绣错，但是处处黑天墨地，看不见一物。又飞游一程，果然见到了亮光，放眼望去，也是一个不同处，河异山殊，绝不是仙界的景物，时而见黄尘埃埃，楼宇寥寥，只是不知哪个是魔王宫殿。又游弋片刻，这才看到了魔王宫殿，虽无仙界太阳宫的宏伟气势，但也是巍巍峨峨。

天斗落地，化为一股青烟潜入魔王宫，但见大殿中人言籍籍，细看去，个个都是些看不清五官的人物。殿内有廊，栏楯浮雕黑色龙纹，长廊尽头有九阶，阶上有宝座，宝座背后立着一面背景，上有阴阳太极图。宝座上的阴灵也是看不清五官，身穿鱼鳞云青黑色长袍，头上有玉蛟螭冠冕，而旁立的二位童子，却生得眉清目秀，美如白玉。天斗心下奇道：“怪哉！群魔都看不清面目，怎生这两个童子却五官清晰，倒不像是同类。”方思罢，就见一魔入内，跪地叩道：“那龙王派伏羲肱、笪殷曻、勾弋嗣镇守元中西三大天门！”阴灵问道：“何人镇守西天门？”魔兵报道：“乃是勾弋嗣，领五百天兵！”阴灵大笑道：“我当是谁，原来是天斗手下败将，区区五百天兵如何抵挡我数万大军？”又问道：“可知天斗动向？”魔兵报道：“龙王派他镇守南天门。”阴灵闻言，大笑不止，道：“我所忧者乃天斗也！他去镇守南天门，我再无敌手！本王知天斗必反，故而先去滋扰，待他灭了龙王和他的三位师叔之后，本王再乘虚而入，杀天斗逆贼，一举可得天廷！你们都听着，即刻火速进兵，直取西天门！”众魔将领命而出，阴灵随后跟出。天斗暗叫不好，转身一溜烟飞去了。

且说伏羲肱、笪殷聂、勾弋郾三神领兵镇守天门，天兵组成三队，旗幡鲜艳，上有各自的名号。行至宫门外，等候龙王饯行，却迟迟不见龙王驾到。勾弋郾怨道：“王兄不会再来，我们还是先走吧。”笪殷聂道：“等等无妨，果若不来，我们再走不迟，若是现在走了，他若来了又不见我们，岂不是让他生疑？”伏羲肱接道：“师弟所言极是，王兄多疑，不可不防。”勾弋郾沉思半晌，叹道：“我有一事相告，请两位师兄明鉴。”两位师兄回头看他，伏羲肱问道：“师弟有何事相告？”问到这里，笪殷聂却心下明白，欲言又止。勾弋郾道：“那日，我去寻找王兄的大弟子天斗，行至囲山，见他法力高深，竟然寻衅与我斗法，我不能敌，险些死在他手里。我担忧的是，王兄这位大弟子野心勃勃，如今又颇得王兄宠信，将来他必祸乱仙宫。”伏羲肱疑道：“他能有多大道行？不过就是王兄的弟子，而我们皆是太师的亲授弟子，莫非还不敌他么？”勾弋郾道：“当然不敌他，否则，我岂能被他所辱？师兄若不信，去试试便知。”伏羲肱疑惑地望着勾弋郾，笪殷聂忍不住道：“师弟所言极是，那天斗确实厉害，我那日去寻师弟，也见识过他的法力，依我看，就算我们师兄弟四人一同战他，也非他的对手。”伏羲肱惊道：“他如何得来如此大法力？”勾弋郾道：“此贼行踪诡秘，或盗取了太师什么密法也未可知。”伏羲肱正欲再说，却见一道青光之后，天斗忽然来到，旁边伴随两位童子。天斗趾高气扬，环视一周，拱手道：“师叔们可都准备好了？”勾弋郾怒视天斗。伏羲肱上下打量天斗一番，冷言回道：“就等龙王前来饯行！”天斗冷笑道：“龙王不能来了，派我来为三位师叔饯行！”伏羲肱冷笑道：“你算什么东西？辄敢代龙王说话？”天斗怒道：“我乃是龙王大弟子，师叔为何口出恶言？今魔王扰乱天廷，我师派我来为你们饯行，见我如见龙王，有何不可？”伏羲肱大怒，欲要发作，却被笪殷聂悄然按住。天斗大声道：“拿酒来！”此时只觉罡风忽起，彩光缭绕，一童子伸手向空中一展，眼前如烟缕般飘过一道紫光，一具精美的酒器便立在童子手中，只看器皿色彩莹莹，顿时馨兰麝飘，沁人心脾。

说起这酒器，原来也是有些来历。这酒器是盘古太师之物，二石女常用此侍奉盘古饮酌。二石女与轩辕媓被龙王囚禁之后，这酒器便落入龙王之手，专令自己喜爱的一个名叫元真的童子持酒器于御前侍奉。酒壶与酒杯全是盘古采太碑碎石所造，特别是那八角水晶壶，空明俨若玻璃镜，本为盘古静坐时供奉在身边的散香壶，上下两个囊，都有六个面，有六条蟠龙，口中衔环，乃是壶耳，壶盖顶上有一紫龙，龙口喷出六色烟雾，就像是一个细腰的葫芦。二石女常见盘古太师闭目静坐时面向此壶，周绕香云缭缭，如光如丝，甚为壮观。八角壶旁边置有九只太碑石杯，玲珑剔透，金光焱焱。

太师每当静坐，先是令石女摘些芃叶和桃叶来，填入八角壶中，只须五时分，太师睁眼，九只太碑石杯凌空飞来，悬浮在他面前，八角壶也慢慢升起，只看那壶嘴便依次浇下琼浆款款流入杯中。太师举杯饮下，津津有味道："这第一宫饮下，心安神定，青绛宫真人就好了。"又举第二杯饮下道："这第二宫饮下，肾气固本，丹元宫真人就好了。"再依次举杯饮下，回味道："这几宫饮下，肝胆轮困，兰台宫真人就好了；肺腑清妙，尚书宫真人就好了；脾气和畅，黄庭宫真人就好了；胆壮心雄，天灵宫真人就好了；小肠清顺，玄灵宫真人就好了；大肠安净，未尽宫真人就好了；膀胱平下，玉房宫真人也就好了。"两位石女看得是目瞪口呆，暗相惊异。石女忍不住问道："真是奇怪了，太师说的这几个真人是谁？他们却在何处？"太师放下石杯，抬手一挥，酒器落在桌上。见石女疑问，太师笑道："九宫有九个真人，也叫作真元，他们乃是心、肾、肝、肺、脾、胆、小肠、大肠、膀胱，就在你的体内。"石女更加骇然，问道："小婢孤陋，却不知太师饮的什么？为何每饮一宫它们便好了？"太师道："这便是芃桃叶子化成的玄津，上三辰少饮能使九宫脩久，下三辰多饮则使九宫聪察，九宫久察，方可修养三命。"石女又问道："太师，三命又是什么？"太师颔首笑道："除了为师亘古永生之外，你们皆有寿命，上寿与众星同岁，中寿与山河同岁，下寿与凡类同寿，三命有极，所以才要供养九宫，而饮此物，便可得也。"石女不解，问道："只有太师亘古永生，这永生却是多少寿命？"盘古笑道："寿命长远之数，不能穷尽，没有限极。"石女又托腮问道："小婢不懂什么察察、久久的，只有一事不解，太师既已亘古得永生，却为何还要饮此物？"太师大笑道："为师不过品玩而已。"石女笑道："果然深奥又奇妙。"太师哈哈大笑道："还有更奇妙的，为师让你们看看来。"

说起这天界时辰，自与这凡间不同，天有九时五辅辰。九时依九天门而生，何为九天门？即天界的四大天门：元天门、西天门、中天门和南天门，又有太阳宫四座天门：光门、望门、亚门、角门；再加上通往帝廷的玄天门，这便是九大天门了。九时分为上三时：天时、元时、西时；中三时：中时、南时、光时；下三时：望时、亚时、角时。每时有四正辰，四正辰相当于凡间四十天，加上五辅辰，相当于凡间六十个时辰，如此说来，天界九时五辅辰等于凡间三百六十五天，故有“天上一日，地下一年”之说，这已是后话。

却说盘古太师言毕，眨眼间就跳入这八角壶中，直到第二天才出来，这让二石女大开眼界，又惊又奇。一日，二石女伴随在盘古太师身边，等他静坐完毕后，便知他要跳入壶中了，说时迟那时快，二石女趁机拽住太师的衣襟，闭上眼睛一起被卷入壶中，直觉耳边生风，呼呼坠入无底深渊，二石女惊呼道：“太师救我！”只听见盘古道：“莫怕，莫怕！”又飘了片刻，方才定住。二石女睁开眼睛，惊愕不已，原来壶中竟有天地，好一湾桃花流水，玉桥天台，还有那瑶殿金屋，点缀珠帘绣幕，映衬着画阁丹楼。看此情景，又像是一座太阳宫。石女惊问道：“太师，分明刚才进入壶中，为何却还在这宫里？”盘古太师见二石女痴态可掬，只是笑而不答，径直往南殿，殿中情形与太阳宫南殿别无二致，高耸的太碑石和龙椅赫然在前，就连龙椅背后坐卧的天鹿也活灵活现。龙椅前亦有一张八角石桌，上有相同的八角壶，壶盖顶上的紫龙嘴喷六色香云。盘古伸出手，便见八角壶落入左手中，又伸右手，九只石杯皆悬浮在壶前，龙口喷出的紫烟却化成黄、玄、黑、赤、白、青六色神水，汩汩流入九只石杯中，盘古逐一蒙袂饮尽，然后一挥袖，八角壶又落到石桌上，刹那间，九只石杯竟变成九个仙女，袅袅婷婷，齐齐整整，在殿堂前翩翩起舞。二石女瞠目结舌，忍不住问道：“太师，小婢见此壶甚小，我们是怎么进来的？却又为何能容得下这太虚仙境？”盘古双目微闭，笑道：“大中有小，小中有大，我中有你，你中有我，大千世界，万象包罗。”二石女不解，疑惑地望着太师。太师又笑道：“为师问你们，你们双目有这八角壶大么？”石女摇头，莞然笑道：“双目如何有那么大！若似八角壶般大，那岂不是成了怪物？”盘古颔首，笑道：“你们的双目还没有这八角壶大，却能容得下这仙界万物，为师这八角壶又如何不能？”石女若有所思，然后道：“小婢明白了，小婢所见之处，皆在小婢眼中。”太师点头道：“为师这么一点化，你们也算是开悟了，你的眼界有多大，你的世界也就有多大。”石女又问道：“何谓大千世界，万象包罗？”太师伸手，指着前面道：“你们再看——”二石女随太师所指看去，却发现自己又回到太阳宫中的南殿，而眼前的景象俨然不是在壶中天地的那种感觉了。石女惊道：“八角壶在何处？”盘古又指了指八角石桌，她们这才看到，八角壶就好好放在桌面上。

自此以后，二石女但见盘古太师不在宫中，便取来酒器自斟自饮，后来却被轩辕龙和伏羲肱、笪殷晸看到，见者皆问石女道："你们饮的是什么？"谁料二石女早就把盘古说的'九宫三命'之语忘到脑后去了，也不知如何作答，只回道："这是太师令我们用芃树和桃树的叶子做的玄津，叫什么'察'和什么'久'来着，真的是好饮么。"轩辕龙等便取来一品，味道各有不同，却是美味。自那以后，他们便各在府中令童子们采集芃桃叶子，自己取来囲山天水泡制，竟出两种饮品，一是茶，二便是酒，原来天界的茶酒却是这么来的。

言归正传。却说这酒器在二石女手中时还能散香，但到了元真童子的手里，却不能散香，仅能斟酒了。天斗端起石杯，也不敬三位师叔，独自连饮两杯。接着，天斗端起第三杯酒，高高举过头顶，斜视三位师叔，厉声道："我奉龙王之命特来为你们饯行，望你们不负龙王重托，镇守天门，抵御六魔！"伏羲肱和笪殷晸急忙下跪，双手高举，准备接酒，只有勾弋韶怒不可遏地背过身子，站立在原地不动。天斗忽然调转为女身，对着跪地的两位师叔，嬉笑道："且慢接酒，此酒岂能敬三位师叔，岂能忘了太师在上之灵？我特以此酒敬太师，太师有知，定会保佑三位师叔凯旋！"说完，随手将酒泼到地上。伏羲肱和笪殷晸面面相窥，举起的手慢慢放下，而后摇摇头站起身来。勾弋韶见此情形，大怒，破口骂道："呸！你这个大逆不道的贼子，当我不知，你窥视神器[11]久矣！只要有我们在此，你就休想篡逆！"天斗勃然大怒，摔下杯子，怒道："我忍你很久了！今天我就替龙王杀了你这逆贼！"言毕便拉开姿势准备出招。这时却发现石杯落下，然而并未着地，反而慢慢升起，悬浮在天斗眼前，接着又冉冉散开一阵香雾，突然一条黄龙破雾而出，腾空飞起，朝他愤然咆哮，天斗未曾见过这般情景，出掌一击，却发现毫无法力，再出掌击之，仍无法力，天斗无奈，又怕诸神看出破绽，也只好悻悻作罢。这时，黄龙又复变为石杯，落到童子的酒器玉盘中。天斗对三位师叔道："我不与你们计较！是龙王让你们去抵御六魔，又不是我下的令，你们去也好，不去也罢，与我何干！"说完便下令回宫，甩袖而去。诸神无奈，只好领兵开拔。伏羲肱带五百天兵奔赴元天门，笪殷晸带五百天兵赶往中天门，勾弋韶带五百天兵前往西天门。

话说天斗返回龙王宫，还未到门口，就见龙王来迎，天斗拜过，报道："弟子已为三位师叔饯行，他们各自领兵去守天门，师尊不必担忧。"龙王叹道："为师并非为他们担忧，而是担忧那魔天王阴灵，若他们不能敌，阴灵果若破门而来，如何是好？"说着便携起天斗的手朝殿内走去。天斗道："请师尊放心，有弟子在，那魔天王阴灵纵使有三头六臂也不能踏入天门一步！"龙王闻言先是一愣，而后连连跌足道："然也，然也，有我徒儿在，本王便高枕无忧矣！"天斗笑道：

“师尊有所不知，弟子曾变化成云雾，前往那西极星魔宫探过虚实，我非夸口，那魔天王阴灵也不过如此，岂敢犯我仙界！师尊不必忧虑。”龙王叹道：“卿既知我苦恼，我虽死亦甘心。不过，那魔头势大，万不可轻敌啊。”天斗笑道：“非弟子轻敌，即使那魔头势大，也必非我对手，他若敢来，我必让他有来无回！”龙王又是一愣，心下暗思道：“看来我那三个师弟所言不虚，我这个徒儿果然有了大法力，他若有异志，我安能保全，岂非应了师弟所说‘天将易主’的谶言？不可，我须试探他一番，他若无异心则罢，若有异志，我须早图良策！”如此思罢，而后问道：“哦？徒儿如此有把握，莫非早有御敌之法？”天斗笑道：“区区魔头，来便击之而已，还需什么计谋，弟子愿竭股肱之力，以死济之，以报师尊造化之恩！”龙王也笑道：“多承徒儿费心，听徒儿一席话，真乃大快人心啊，来，为师设宴，与你同饮几杯。”天斗拱手，笑而不语，跟随龙王入殿。

席间，龙王与天斗又畅叙片时。须臾，见元真童子又携二童执酒器而来，才置于桌面，便见酒杯飞来面前，酒器自动悬起，逐一斟酒。天斗接着，细看，才发现这正是为三位师叔饯行时所用酒器。天斗问：“师尊可知道这酒器的玄妙？”龙王盯着他问道：“只是酒器，有何玄妙？”天斗道：“不然，弟子曾亲眼看到，这酒器竟然能化身为恶龙，方才为师叔饯行，险些被它伤了性命。”龙王惊道：“哦？有这等奇事？”说完，转身看元真童子，元真回道：“果然如此，弟子也亲眼看到。”龙王疑道：“本王常用此酒器，从未见过它化身为恶龙，莫非是尔等的幻觉？”天斗道：“不见得，若是幻觉，为何众人都亲眼所见？想必这酒器也大有玄机。”龙王道：“只是一具酒器，有何可惧的。这酒器乃是太师所留，岂能伤自己人？徒儿莫怕。”天斗道：“我不怕它，只怕这酒器化为恶龙伤了师尊。”龙王笑道：“本王却不信，即使它化身恶龙，也奈何不得本王，来，本王与你同饮。”天斗接杯一饮而尽，道：“不说此物也罢。”饮毕，酒器又自动满斟一觞，龙王又接过，道：“权以此酒敬我徒儿，若那阴灵来犯，还望徒儿出手退敌。”天斗双手接过道：“承赐琼浆，愿为师尊效死，若是那阴灵胆敢来犯，弟子将它灭了就是。”龙王心下疑惧，仍佯装无事，频频敬酒，你来我往，对饮甚欢。龙王突然问道：“前些时候，你师叔伏羲肱说，天将易主，不知你如何看？”天斗见问，心下疑道：“莫非龙王疑我不忠？我可佯装不知，而后表明忠心，切莫令他生疑。”天斗笑道：“想必是师叔怕那魔天王阴灵来犯，故有此言，师尊何必疑虑？”龙王叹道：“就怕不是阴灵所致，而是这宫中之人啊。”天斗一愣，接道：“莫非是师尊担心我那三位师叔会造逆不成？”龙王复叹道：“人心难测，不可不防。”说完蒙袂饮酒，又偷窥天斗神情。天斗接杯饮道："师尊何须担忧，有弟子在此，我看谁敢作此妄想！弟子乃是师尊所造化，侍奉师尊绝无二心！"龙王听到这话，终于释然，忙道："为师并非疑你，你何出此言啊？有你护驾，为师再也不会忧虑了。"天斗誓道："弟子若有二心，太师天灵有知，必让我死无葬身之地！"龙王道："徒儿言重矣，何须发誓，今日为师与徒儿乍会，不说不祥之语。"说罢，又传斝飞觞，欢饮起来。

酒过几巡，龙王道："切勿只顾饮酒，今日吉时难得，我与你既是师徒也是君臣，况太师之灵在天，为师正好与你盟誓，然后畅饮未迟。"天斗拱道："徒儿何德何能，敢与师尊盟誓，但师尊有旨，徒儿岂敢不尊。徒儿受师尊再造，生死无负，今日沥胆倾心，在此盟誓，我愿侍君如父，九死靡变，一节终生，倘若违背此盟，神天共殛！请受徒儿一拜！"天斗说完，跪地叩拜。

二人盟毕，龙王喜道："上酒！上酒！"说罢，酒器自动悬起，又满斟两杯飘到龙王和天斗手中。龙王满斟一觞，笑道："自今以后，一师一徒，一君一臣，福难同享，再无二心。"天斗道："师尊过虑，徒儿断不会负盟以负师尊。"龙王道："今夕相对畅饮，极尽欢乐，但为师还有一问，不知徒儿可愿实话相告？"天斗道："师尊垂问，弟子不敢不从实回禀。"龙王疑问道："徒儿乃是为师所造化，明知你的法力高深，但又听说你法力大增，曾伤了你的师叔勾弋韶，可有此事？"天斗心下一惊，暗思道："既然龙王已经知道此事，我隐瞒反而不妙，不如承认下来，但那照石之事，绝不可透露，否则焉能有我安身之处。"思毕，天斗笑道："确有此事，不过并非弟子恶意伤人，那日与师叔请教大法，实属误伤。"龙王又道："徒儿何时有的如此大法力？"天斗道："只是勤于修炼，也不曾得大法。"龙王笑道："徒儿法力大增也是好事，为师深感欣慰。但不知徒儿的法力究竟有多大？"天斗回道："不瞒师尊，弟子的法力，目前已无人可敌。"龙王心头一紧，佯装大笑道："哦？你若有如此本领，那本王何忧之有啊？"天斗忙跪拜道："纵有本领，也是拜师尊所赐。"龙王连忙扶起，笑道："免礼！免礼！"天斗坐起接杯一饮。龙王若有所思，心下涟漪四起，思道："如此说来，我这个弟子已经法力无边了，就是我与三个师弟也奈何不了他，有朝一日他若造反，我岂能安生，这天廷之主，岂不是被他窃夺。不如我用一计，让他自投罗网，我若成功则我除一心头大患，我若失败则由太师在天之灵去惩治他，他横竖难逃此劫！"思毕，龙王慨然道："徒儿如此忠心，为师何惜一宝物，不如取来，与你同享。"天斗奇道："哦？师尊有何宝物？"龙王转身对元真童子道："快去将那玄果取来。"元真童子退下，约莫一会儿便取来一盘芃果。龙王笑道："这便是宝物。"天斗拿起一颗芃果，端详道："此物好生面熟，这不是太阳宫南殿的芃果么？太师灭寂前曾说，不得食用此物，师尊又为何取来享用？”龙王笑道：“此言差矣！此果非彼果。此玄果乃是太师秘藏，太师灭寂之前留给为师，让为师享用，一可增法力，二可使长寿，如此便可长久坐镇天廷啊。”天斗听龙王这番话，竟信以为真，道：“既是太师秘藏之物，弟子岂敢享用？”龙王道：“今你与为师已经盟誓，为师又何惜一果？你放心享用便是。”天斗闻言，也不客气，一口气吞下两颗。龙王如释重负，笑问道：“味道如何？”天斗回道：“果然是玄妙至极，令人神清气爽。”龙王笑道：“区区一玄果，何足挂齿，本王令宫中仙娥歌舞一曲，以助酒兴。”天斗笑道：“这倒新鲜，愿乞一观。”

龙王手一挥，见有数十个怀抱玉轸的仙婢，拥着一位仙娥走将出来，柔臂轻舒，织指钭飞，拨弄冰弦，临波凝睇。天斗看了一会儿，渐觉妙处，越看越喜欢，不觉间已浑身酥麻，手脚温软。龙王见天斗男面一双蒙眬醉眼，一脸迷离颠倒，再窥其女面，桃萼映脸，雨润芙蓉。龙王便知芃果下肚，天斗已情窦顿开，心生欲念。龙王问道：“徒儿，你觉得这歌舞如何？”天斗道：“果然妙极，以往从未有过。”龙王故意又问一次，天斗凝睛熟睨，龙王问话也充耳不闻，只觉眼前女子奇幻异常，更觉心内循环错乱，一股热气从丹田下渐渐透将起来，直渗遍全身。龙王又一挥手，女子们便不见踪影，如烟雾般消失了。天斗一愣，男面看向龙王，问道：“这是何故？”龙王笑道：“纵然美妙，然而也是虚无幻境，都是为师幻化而出的，没有一个是真人。”天斗道：“天宫可有真人？”龙王道：“唯有轩辕媓，不过，为师劝你勿作妄念，小心招来祸端。”龙王一句话说得天斗冰冷，天斗谢道：“师尊所言极是，弟子告退。”龙王笑道：“既已盟誓，你我不分彼此，来去自便。”天斗拱手作揖，若有所思，缓慢退出。

天斗从宫中出来，神情恍惚，心内转道：“这倒是有些蹊跷了，以往不曾对女色动心，为何此时却情肠纠扰？我看龙王给我吃下的正是芃果，故而至此。”天斗好生烦闷，不知要去哪里，只是东串西走，忽然间想起轩辕媓，酥了半晌，如痴如醉，停了一会儿，方才转出王宫，直奔囿山。到了囿山又东张西望，见已没个人影儿，就大着胆，朝囚禁轩辕媓的山洞走去。两位天兵早就在洞门口把守，见天斗前来，慌作一团，也不行礼，放下戟盾就逃了。天斗来到洞门口，见洞内幽深，阴森可怖，心内思道：“将美人儿囚禁于此，岂能活命，我且去劝她随我做个妃偶，若依着我，我便将她纳入府邸，若不从我，我便取了她性命，免得她在此处遭罪。”想到这里，便径直入洞，曲曲绕绕走了一段，抬头见洞门被玄封，就像是用水做的洞门，银光闪闪，正欲施法破洞，倏地从洞壁两侧出来两位天兵拦住去路，天斗大喝一声道："安敢放肆！"两位天兵见是天斗，又倏地将身子缩回洞壁。二石女忽然听到洞外一声吆喝，有人走将进来，吓得急奔进去。轩辕媓见状，问道："怎么了？什么东西，瞧把你们吓得。"石女回道："不好了，想必是天斗那贼进洞来了！媓姐姐，你速速去里面躲一会儿吧！"轩辕媓急忙躲进里间一个洞，急得心头小鹿儿乱撞。二石女便站在里间洞门口，这时天斗已经闯入。

天斗见洞内却不同，金炉宝香，紫烟袅绕，芬气弥漫，晶帘低垂，更有琉璃屏障。天斗又往前一步窥视里间香洞，却吓得二石女连退几步，天斗见二石女羽衣霓裳，俏环佩响，眼蒙蒙，捎带一丝恼意，唇颤颤，挂着吁吁微喘。天斗已经目眩神迷，魂飞魄荡，男面望着二石女笑道："方才是谁说我是贼来着？"二石女怒道："你是没眼珠子么，这里可是龙王关押轩辕媓的地方，你是什么人，敢闯入这里？"天斗笑道："我正是奉龙王之命来的。"轩辕媓听说，急忙出来问道："请问龙王有何旨意？"天斗望去，见二位石女含娇敛态，清水盈盈，一双玉臂护着轩辕媓，再看她，更是玉颜温润，惊鸿艳影。天斗不能自持，竟淫笑道："我就是奉了龙王旨意来的。"轩辕媓见天斗这般情景，心下思道："莫非他也偷食了禁果？今日前来必将亵渎我，我岂能让他得手而愧对太师。"转而怒视道："你岂敢侮慢太师，轻蔑龙王？莫非你要造反么？"天斗忽然调转身子，以女身面对轩辕媓，吓得二石女拉着她的衣襟战栗不停。天斗邪笑道："想我堂堂大神，拥有无上法力，岂能久居人下？你若开明，不如与我结为夫妻，待我取昏君而代之，封你为王妃，不知美人意下如何？"轩辕媓闻言，脸色大变，怒骂道："无耻贼逆，妄想篡位！我本为太师御前天鹿，身负师命重托，胆敢亵渎我者，必死无葬身之地！"天斗哈哈大笑，一歪身子又以男身对向她，厉声道："太师在何处？太师在何处？你可知道，如今就连太师的弟子们也奈何不了我，你一个弱女子又待怎样？"轩辕媓怒道："无耻之徒！你却将三位师叔怎样了？"天斗拱道："我令他们去看守天门了！"轩辕媓斥道："逆贼！胆敢妄为，就不怕龙王降罪于你？"天斗收敛笑容，怒道："实话对你说，那龙王也是唯我是听，又岂能降罪于我？今日你从也得从我，不从也得从我，你若敢拒我，今天你便活不了！"

二石女已惊得半死，轩辕媓已知难逃天斗之手，宁死不愿受辱，竟烈性暴起，骂道："我乃是太师所造真神，千金之体，谁要与你为妻？今日宁可碎尸万段，也绝不受逆贼之辱！"天斗笑道："美人儿，你今日既落入我手中，就是想死也没那么容易，在这洞中你便是插翅也难飞去。我实话对你说，你若是从我便罢了，若你不从，我就给你留个囫囵尸首！"说完，就淫笑着向轩辕媓扑去，被她轻轻一躲，却扑了个空。天斗又扑去，被二石女挡在面前。天斗气急，愤然拔剑，结果将身上的那一枚照石也带了出来，一道白光射向二石女，只见二石女瞬间化成一只碧色的凤和一只红色的凰，抓起轩辕媓就腾空飞起，破洞而出。再看那照石，突然收光，黯然失色，就像冷却了一般。天斗急忙追出，见凤和凰已托起轩辕媓飞走了。天斗急令三百天兵围追，追到半途，空中响声大作，闪电如鞭打一样击落在天兵和天斗的身上，天斗大惊失色，领兵抱头鼠窜。

响声戛然停止，天斗再望去，只见凤和凰托着轩辕媓展翅翱翔于高空，天斗急忙拉弓，一箭射去，只听凤和凰一声凄厉的惨叫声，之后轩辕媓便不见踪影，一颗明亮的珠子从高空坠下，恰好落在太阳庙所在，而凤和凰则悲鸣不停，消失在苍穹云雾之中。天斗急忙赶到太阳庙前，却看到轩辕媓蹲在那里嘤嘤啜泣，一身素衣，翠蛾云鬟，越发显得窈窕轻盈。天斗笑道："这下看你还往哪里跑？"说着就要扑将来，就在此时，眼前却一团金光浮现，只看得一神闪闪而至，天斗止步，凝目细看，这一瞧不得了，原来是盘古太师现身了。天斗不敢多想，忙跪地叩首。天斗不敢抬头，只听得盘古声如洪钟道："劣徒！你有今日也是造化，我本想取了你性命，然而天缘未尽，大道至善，你尚且还有可造之处。你本来也是个阴阳合体，诸神中最类我者，只可惜你心存恶念，六欲缠身，今我收去你的男身，断了你的淫根，也免得你祸害仙界，你若从善，必能善终，你若为恶，必被恶杀！你且回去吧！"言毕，只看一团蓝光罩住天斗，使他动弹不得。不消一会儿，金光消失，盘古也不见踪迹，再看自己身上也不见蓝光，天斗起身再寻轩辕媓，早就不见了踪影。天斗有些恍惚，觉得莫名其妙，他在地上拾到灵珠一颗，发现正是轩辕媓额前的那枚灵珠，他怀疑轩辕媓躲进了庙里，正要进庙里去搜，突然听守护在太阳庙的少阴、少阳、天听、望舒四条天龙怒啸起来，天斗不敢贸然闯入，只好收起灵珠藏在衣襟里，领兵回宫。

却说龙王听天兵来报，方知天斗欲霸轩辕媓而不能，料他中计，便点了一千天兵在宫门外等候，只等他来伺机杀之。天斗领兵方到，却见龙王杀气腾腾地立在宫门口，他看这般情形，已知大事不妙，索性与龙王两阵对峙。龙王斥道："劣徒！亏我错看你，既然盟誓，又为何害我？轩辕媓乃本王囚禁之人，你也敢抢，却让她给跑了！你目无王法，逆情悖理，我今要拿你问罪！你若束手就擒，我便不杀你，你若抵抗，我必不饶你！"天斗见事已败露，原形毕露，回骂道："无耻昏君！你想霸占轩辕媓不成，反来诬我！你有何德何能，竟然也配为王？"龙王气得浑身颤抖，怒斥道："劣徒！你是我所造化的，你却要恩将仇报！"龙王这厢骂着，那边又暗中派了童子驰往飞报给伏羲肱、笪殷聂、勾弋韶三位师弟发兵勤王。天斗大笑道："老贼！你不造我便罢了，既然造我，为何使我不阴不阳，不男不女？我既到此，这便是你的报应！"说完就飞向龙王，龙王倒也不觉惊慌，于是上前迎敌。两人迅速打开，空中地上，你来我往，法力所到之处千光交错，几十回合下来也难分胜负。

天斗停下站立，龙王以为天斗怯战，于是羞辱道："劣徒，为师可造化你，也能灭了你，此时我若不杀你，便是愧对太师！"说完飞起一掌击出，只见三道蓝光齐刷刷射向天斗。天斗手握照石，纹丝不动，龙王见状大惊，天斗突然展开手掌，照石射出一道青光，龙王便显出原形，一条青龙腾空而起，咆哮着再度向天斗扑来。天斗不慌不忙，只是用力击出一掌，数道紫光如刀剑般劈向青龙，只听一声哀号，青龙的头坠下，随即龙身化为一枚灵珠，被天斗迅速收起。

恰在此时，伏羲肱、笪殷聂、勾弋韶赶到，将天斗团团围住……

第二章　仙魔大战

天斗造弟子大战阴灵　女娲食禁果犯戒生子

天斗见三位师叔引兵到来，倒也不急，稳住阵脚，长袖一挥大笑道："真是笑话，你们手下的这些甲士都是我造化的，他们岂能效命于你们！"话音方落，忽然三路天兵一起散开，跑去天斗阵中，个个面露凶相，执戟挥戈。伏羲肱、勾弋鼱、笪殷聂见龙王已被天斗杀死，心中有恨，然而早就没了底气，如今又见手下兵卒倒戈，更有些不知所措。伏羲肱又恨又羞，大骂道："逆贼！你杀龙王罪不可赦！我们皆为太师的弟子，受太师托付保护天廷，又岂能容你窃夺神器！今日即使战败，虽死犹荣！"又转而对笪殷聂和勾弋鼱道："莫非忘记太师之托付乎？我们师兄弟三人，今日除贼，报效太师，以雪心头之恨！"勾弋鼱响应道："二师兄！切莫多言，今日便是有我没他，只管合力，将这逆贼斩杀！"笪殷聂本有些犹豫，见二位师兄如此，也顾不了许多，只好拉开阵势。天斗冷笑道："既来送死，我便成全你们！"言毕，双手合十，继而翻转，"唰"的一声，一把白森森的玄剑便落入天斗手中，天斗手一扬起，便将玄剑掷在空中，只见玄剑飞舞回旋，倏地又化作两把玄剑，左右起舞，在伏羲肱和笪殷聂、勾弋鼱头上飞来飞去，作格斗之势，三神只顾看那利刃，突然，双剑合并，又忽然变作七剑，自舞回旋，寒光闪闪。勾弋鼱见状，拔剑相搏，只听得叮叮当当一阵脆响，与悬空的其中一剑纠缠起来，也足够他应付。伏羲肱伸手，口中念诀，只见三道红光向六剑抛去，霎时半空一声巨响，六剑便不见踪迹，只有一剑仍在与勾弋鼱打来打去。

天斗手一挥，空中那把剑又飞到他手中，他挥剑冲了过来，勾弋鼱也只好收剑，与伏羲肱和笪殷聂背靠背排成一阵。天斗怒气勃勃，吼道："非要逼我杀你们，简直是自寻死路！"说罢，又将剑丢下，剑便陡然消失。伏羲肱思道："不曾想到此贼练就如此大法，竟然能化虚为刃，我们纵使有千般力气，也不过是在斗虚空，却不能近他半步！”天斗握着照石，挥拳击来，只听声如霹雳，顿时地惨天愁，伏羲肱、勾弋骊、笪殷晸来回迎击，不消一会儿便精疲力竭，败下阵来。三神欲要慌忙逃避，天斗紧追不舍，下令天兵围追。伏羲肱、勾弋骊、笪殷晸三神逃至囲山北谷，化身飞龙，正欲飞逃，天斗连击三掌，三道赤光霹雳闪过，犹如三把利剑一起劈向三龙，只听得几声悲鸣声过后，三颗龙头徐徐坠下，龙头化为三枚灵珠，被天斗收起。天斗振臂高呼道：“我当为王！”三千天兵齐跪于地，高呼道：“天王无极！天王无极！！”

诗曰：

混元有自方创始，宇寰载道应自成。神界祥瑞含紫气，世间善恶有报期。
太古仙人穿天衣，轮回谁何躲得去。焉知诸缘由命运，造化定数从不移。

天斗怀揣着四枚灵珠回到龙王宫，便召来元真童子说道：“龙王已死，这宫殿便要改名了，我今为天宫之主，登极为天王。”元真童子听完，扑通一声跪地道：“天王在上，受小的一拜。”天斗道：“快起吧，这算个什么拜法，明日召集众神前来，我们摆个宴席，当众拜才好。”元真童子起身问道：“不知天王想改个什么名儿？明日的宴又叫个什么宴？”天斗笑道：“本王写下三个字，你且拿出去，须对着宫门念出来，它自己就上去了。摆宴的事情你一会儿进来，本王再和你说。”元真童子拱道：“遵旨！”只见天斗抬手一划，眼前就出现三个黑墨大字“斗率宫”，再看天斗轻轻吹一口气，三个大字变成了一小块金帛，三个大字也在金帛上了。天斗取金帛交给元真童子，笑道：“快去吧。”元真童子接过金帛，急忙出宫，到了外边抬头看宫门上仍悬着“龙王宫”三字大匾额。元真童子自语道：“那个龙王宫的匾如何取下来？这斗率宫三个字又如何挂上去？”正思间，突然手中的金帛自己飘了起来，而后升空，直接变成一块大匾镶在宫门上，原来的那一面匾额也不见了，只可见“斗率宫”三个大字。元真童子欢喜进宫，见天斗便拜道：“回禀天王，宫名字已经改过来了。”天斗道：“明日叫他们都来斗率宫赴宴，本王要登极。”元真童子问道：“叫个什么宴？”天斗思忖道：“就叫极天宴。”元真童子领旨，又匆匆出宫去了。天斗独自在宫中徜徉，来到自己居住的偏殿，虽然亭榭清幽，但空无一人。天斗见状，更是觉得寂寥，他坐在榻上，长吁短叹，感慨万千，自思道：“师尊和师叔们在时，好歹有个伴儿，如今他们都死了，而我只剩下这些童子和甲兵，谁还能与我争长论短的，这还有什么意思。”如此胡思乱想一阵，不觉困倦异常，便枕着圆枕躺在榻上，一会儿就睡着了。

且说天斗在梦中迷迷糊糊登上一座山，环视四周，见峰头题着“囲山”两个大字，又见轩辕龙与伏羲肱、笪殷聂、勾弋韶在一起有说有笑，他再仔细一看，又看不见他们了。天斗思道：“我如何到了这里？”便一直往谷中走去，但见芃桃花开满山遍野，又有凤和凰在山林鸣叫，然而却杳无人迹。他便继续往前走，隐约看见一座宫殿，明亮清净，一尘不染，近前一看原来是太阳宫。天斗有些心慌意乱，暗思道：“我如何又来到太阳庙？此处有四龙把守，若被发现那就坏事了。”正转身要离开，又听得“吱”一声，回头一看原来是宫门打开了，万道白光射出。天斗觉得奇异，便走进去看。才走几步便觉到了南殿门前，门是闭着的，但好像有一副字，定睛一看，上书：“莫愁灭杀是无情，一朝变化一朝新。昨日方是男中女，今天阴阳定一身。”天斗若有所思，自语道：“这是谁留下的字，看着确有些道理，不过这‘男中女，定一身’之句，所指的可是我？”天斗推门，却推不动，只好又去北殿，殿门紧闭，仍有两行题字，上书：“四颗灵珠造诸神，一日成就万世功。”天斗念完，只觉得意味索然，便想推门而入，但是无论如何用力都推不动。于是想返回，正要转身却又看到太碑石就在眼前，天斗自忖道：“这是怎么回事？这太碑石就在殿中，却为何又在殿外了？”又见太碑石上有些泛着金光的字词，只是看不清楚。天斗想细看，这时空中出现一个声音喝道：“你是个什么东西？竟敢在这里偷窥！”天斗大吃一惊，然后就从梦中惊醒了。天斗睁眼一看，原来自己睡在榻上，只是一个梦而已。他忙起身出殿，往王宫后园走去，甚有些无精打采，于是一边走一边拿出照石来把玩，他无意中照了照自己的模样，更是吓得不轻，原来从照石中见自己只剩女身，自己的男身早已荡然无存，天斗自语道：“这是为何？难道是那天在太阳庙前欲捉轩辕媓，不想却看到盘古太师……莫非是太师要断我淫念，故而收走了我的男身？罢了，如此也好，总比双身双面好得多。”说着自己又出了园子回殿中去了。

第二日，天斗来到斗率宫极天宴上，见自己所造化的一些仙童仙婢，还有三千天兵都到了。元真童子一声大喝：“天王驾到！”众神听见天斗到了，便齐刷刷一字跪着。元真童子和两个仙婢将天斗迎上龙王之前坐的宝座，而后众神灵又三叩九拜。天斗道：“诸位弟子，今天本王登极，也是顺应昊天之命，本王受盘古太师天灵指引，成为这仙界之主，此乃暗合盘古太师之意，从今往后，你们都要侍奉本王以开创天界！”话音未落地，只见众神又拜，齐声道：“天王亘古无极！天王亘古无极！”但见一道七色炫光飘过，大殿内外忽然变了颜色：

紫烟缭绕，雕柱披翠，看玄台芃桃争妍，又见园中琪花瑶草笼愡。雕柱披翠，挂满那锦帷纱帐红彤彤；芃桃争妍，映衬着苑囿宫花雕梁栋。玉案几楱，摆搠着馔异肴珍；玄灵杯里，泛着琼露光莹莹。

却说轩辕媓自被凤和凰救出之后，又被天斗一箭射中，丢了盘古太师曾让她的元身天鹿衔在口中的灵珠，已是懊恼不已。想起那天从空中坠落，在太阳庙前险些被天斗捉住，心中就有些后怕。轩辕媓自语道："幸好有盘古太师在天之灵及时搭救，又有守护太阳庙的天听、望舒二龙变成万道金光将我隐身，并带到太阳庙中藏于西殿，否则我定会被天斗所害。"想到这里又是凄凉一回，愤恨一回。她又坐立不安，思量道："天斗屠戮忠良，却不知这也是太师之意么？"她觉得十分困乏，在瑶台上歇了一会儿便昏昏睡去。

轩辕媓渐入梦境，迷糊中发现自己却在囲山南谷的一处园子，她心里感觉好像是曾去过的地方，亭轩依旧，只是不见了园门上那"轩辕玄元"四个大字，思来想去，又觉得困乏，便想回太阳宫休息，于是匆匆向园外走去，才走了几步，左右顾盼，踌躇半晌，原来是忘了来时的路，正在焦急时，突然见一道白光闪过，光芒中走来一位神仙，凝眉细看去，风姿翩翩，仪表亭亭，更有濯濯王者之度。轩辕媓越觉都面熟，好像在哪里见过，神仙眉目含情，轩辕媓只觉得眼波一动，不由得呆了一呆，一时心头撞鹿，身子一歪便故意转过头去，只装作根本没有看见他。轩辕媓思道："他就是我上次在这园中遇到的神仙，莫不是盘古太师的化身？"突然又想起自己和盘古太师化身有过鸾颠凤倒的事儿，不禁两腮绯红，羞晕得不行了，于是就随地坐在一块玉晶石阶上。神仙慢慢地走回来，见轩辕媓一个人坐在那里，一双纤手托着香腮，痴痴地出神。见神仙过来，她便有意无意地瞟了他一眼，思忖着这个神仙到底是不是盘古太师的化身。神仙微笑着仔细打量她，看得轩辕媓不好意思起来，她放下双手，忍不住"哧"的一笑，对着神仙调皮地把头略略一歪，凝视着神仙。神仙笑道："我们好像是哪里见过的，你是不是太阳宫的天鹿？"轩辕媓粲然一笑，问道："我就是天鹿，不过你到底是谁？可是盘古太师？"神仙转身道："你说是便是了，你且跟我前来。"说完便朝另一个方向走去了，轩辕媓起身，赶紧寸步不离地跟着他，直到一个楼阁，眼前的景物她好像也见过。轩辕媓跟着上楼，打开一个朱红色门，进去一瞧，这哪里只是一个阁儿，里面却是一个偌大的宫殿，轩辕媓惊疑，暗思道："这怎么可能？外面看明明是一个小阁楼，怎料里面却是如此大的一个宫殿，小阁楼里怎么装得下如此大的殿堂？"轩辕媓只觉得神清气爽，放眼望去，只见：

雕栏作槛，彩石铺径，径旁琪草更葩华，槛外瑶蕊放异彩。芃桃映翡帷，琼池对玄台。霞光照太碑，芬馨紫气瑞。罗帏锦帐，鸳枕玉床。更有罡风吹灵花，满堂娇媄斗芳菲。

轩辕媓随意坐在玉床上，东张西望，神仙走近前来，一手搀住她道："我与你一别有些日子了，你还记得我么？"轩辕媓含情脉脉地望着他，抿嘴笑道："还记得，只是我不知道你是不是盘古太师变化的？"神仙道："正是为师。"轩辕媓听闻，也不答话了，纳头便拜道："又见太师，喜出望外，我正有许多话要对太师说。"盘古化身将轩辕媓扶起，笑道："你我乃是至亲，不需要这般的套礼。"盘古化身看她憔悴，又想她受了不少委屈，心里不觉惨然起来，而后问道："你可是受罪了？"轩辕媓轻轻摇头，眼泪扑簌簌就下来了，泣道："心中只惦记着太师的托付，忍辱负重而已，算不得受罪。只是我丢了那灵珠，想必是被天斗窃去了，不知如何是好？"盘古化身叹道："为师已知道所有事，这不是你的过错。那灵珠乃是形天所化成的，为师交给你也是等待机缘，如今被天斗所获，也是等待一种机缘，等这机缘到来时，它迟早会出世的。"轩辕媓听罢，嘤嘤啜泣起来，越显得娉婷可喜，千娇百媚。见轩辕媓情绪萧条，又愁眉不展，盘古化身问道："你有什么心事，说给为师听听。"轩辕媓道："我只觉得腹中闷胀，越来越沉重，不知道这是怎么了。"盘古化身笑道："你别愁烦这个，况这事也有定数。"轩辕媓疑道："什么定数？"盘古化身道："那是你已经有了天孕，不久将诞下一子。"轩辕媓大惊道："怀了天孕？可是前次我与太师化身……"说到这里声音越来越小，便又咽回去，只羞得她低下头去。盘古化身道："正是如此，你将来诞生一子，便是为师的轮回体。"轩辕媓闻言，百思不得其解，而后问道："这是什么道理？我与太师化身交合，所生之子，岂能又是太师？这般没有嫌避的，我如何称之？将来又要如何相处？"盘古化身正色道："现在我是帝父，而你所怀之子乃是帝灵，是我这一世的轮回体，也是帝子，是你的儿子，我本是集帝父、帝灵、帝子为一身的三位一体的真元。"轩辕媓似懂非懂，梦中也觉得这些话也是真理。轩辕媓问道："帝父，我该如何做？"盘古化身道："你就住在太阳宫西殿，照顾好这诞龙台，每七日以七彩之水清洗，一直到满四十九日才好。”轩辕媓不解，一脸茫然问道：“清洗这个作甚？”盘古化身道：“为师大道已成，修得那亘古不灭之身，如今也快归一了，过些日子，就会通过你诞生于此，你现在怀的，就是为师轮回到这一世的真身。”轩辕媓非常高兴。盘古化身又道：“四十九日之后，天斗要进太阳宫东殿取一法宝，势必会被护宫的四龙阻止，到那时候，你就让四龙为他放行。”轩辕媓杏脸生愁，柳眉低蹙，叹道：“天斗杀害龙王和三位师叔，篡了王位，太师怎么能任由他来取这殿中的宝物？再者说，那淫贼常常觊觎我美色，欲霸不能，我令四龙放行，他若真的进来殿里，岂不又发现了我，到时候要捉拿我，那时当如何？”盘古化身道：“天斗的恶行我尽知道，但这也是万物轮回中的必然，为师给他宝物，也是让他开辟八十一星海。”轩辕媓细细一想，终于释然。盘古化身又道：“八十一星海开辟完毕，将有火龙坠入界下，界下星球将有太阳星出，你可自南天门而下，轮回去界下，为师自会复原你的元身，只等归一之后，你便可直抵天廷，成为亘古正神。”轩辕媓困惑道：“我愿依太师之言，只是不知界下那是什么样的世界？”盘古化身笑道：“到时候你去了便知，大千世界，一语岂能道尽玄机。”轩辕媓正要追问，见盘古化身已经消失在眼前，她正要追赶，却被庙外的一声响亮的龙啸声惊醒，才知道又是一梦，情思凄怆，不觉泪如雨下。但见：

宫梦沉沉，琼香隐隐。绣阁垂珠琲，帷幔挂闲庭。窗寮萧飒有愁人，芃桃妍妍空留影。云屋花蕊芳沁心，绣榻鸾丝仙姝美。辰星烁烁，苍穹长梦。危楼耸长空，檐马诉凄风。正是千忧难消时，更不堪心烦意闷。

轩辕媓起身看了看殿外，心下思道：“肯定是太师来过，否则守护太阳宫的龙就不会这般长鸣了，一定是也看到了太师。”轩辕媓将梦境里的事牢牢记在心中，并且按照盘古化身吩咐，开始每隔七日，便用七色水将诞龙台清洗一次，不题。

却说西极星魔天王阴灵听闻天斗弑师自立，又杀了他的三位师叔，竟不敢相信，又派手下去打听，果然是事实，于是勃然大怒，即刻召集众魔上朝。但看魔王宫内：

丹楼披紫云，悬阁袭寒气。黑烟袅袅绕旌旗，魔兵纠纠握剑戟。玄珠帘卷，水晶殿堂是鸾舆；灵羽翣开，兰金阶阈有宝辇。一声镗锣清脆响，两班天魔行跪礼。

魔天王阴灵稳坐玉舆，怒道：“仙界天斗造反，杀师弑叔，自立为王，此罪大恶极昊天所不容！本王虽在西极创立魔界，然而寻根问底也是出自仙界，盘古太师也是本王的师祖，师祖的弟子轩辕龙、伏羲肱、笪殷聂和勾弋鼦等众，也是本王的手足，今遭天斗弑杀，本王焉能坐视不理！今命你们为将，发兵西天门收伏此逆贼，你们可有异议？”众魔齐声奏道：“遵旨。”而后出朝，便去点兵三万，直抵西天门。

天斗登极不久，忽闻魔天王阴灵来犯，便亲自点两千天兵镇守西天门，等了五六日，也不见一个魔兵的影子，大笑道：“他们岂敢进犯仙阙，一定是吓破胆了！”于是提兵回宫。谁料天斗却不知，魔王阴灵早化为一团乌烟往天廷察探，乌烟卷过太阳庙上空，发出阵阵巨响，闪闪烁烁的亮光划破苍穹。驻守太阳庙的天兵看到这番景象，飞报天斗，天斗率天兵再去探，果然见太阳庙上空乌云滚滚，雷声阵阵，光亮划过长空。众天兵惊恐万分，个个畏首缩脚，不敢前行。天斗道：“众兵莫慌，这有什么惧怕的？阴阳二气遇风而生雷，雷以电为鞭，乃自然之象，你们不必惊慌。”天兵继续前行，快到囲山的时候，却见一片乌云囤积在山顶，忽然一阵冷风起，酸雨倾盆而下，只见囲山上的岩石都冒起了烟雾，在烟雾中，一群鸟儿惊飞而起，密密麻麻旋在高空，再看囲山顶上，出现两只头上长着一双长角，下巴垂着长须的灵兽，它们正在抬头望天。天兵第一次见到这种景象，不知那些飞鸟是何物，也不知从哪里来的两只灵兽，众兵惊愕不定。天斗感觉奇怪，正要上山细察，忽然风雨戛然而止，又见那群鸟儿纷纷坠地，天斗定睛一看，原来全是山中的岩石。天斗惊讶万分，暗思道：“囲山之石，遇风见雨化飞燕而群飞，雨停风止而复为石，不知这是什么征兆？”

天斗随手捡起岩石细细揣摩，寻思着这些石头为何遇风见雨就化成了飞燕，正在纳闷的时候，却见山顶上坐着一位长发飘逸的男子，手中举着个八角石壶，壶体铭着一个“佛”字。天斗定睛一看，暗吃一惊，想道：“这神仙好生面熟，却想不起他是谁，莫非这里还有其他神仙不成？”天斗苦思冥想，忽然猛地醒悟，暗思道：“他就像是盘古太师的模样儿，只是这位神仙显老了一些。再者太师已经灭寂，他如何能来到这里？恐怕未必是他，莫非是那魔天王阴灵变化成太师模样来哄我的？”忽又想道：“不对，那盘古太师的模样儿，岂能是那阴灵能够变化出来的，这究竟为何，还需我缓缓地问他。”天斗上前询问，才到跟前细看，哪里有个什么神仙，眼前是一块冷冰冰的岩石。天斗心中疑惑，正要转身，却见那岩石又变回神仙模样儿，他心上踌躇，大声问道：“你是何方来的大神，却为何在此仙境？”神仙将八角石壶放在身旁，悦色道：“我看你虽然心高气傲，但终究也解脱不了色身的束缚，不然你怎么会不认得我？”天斗愣了半晌，又问道：“何以见得我被色身束缚？你又是谁？”神仙笑道：“你原本是那双身双面的神灵，并常以此自哀，故而心怀仇恨，后来，我使你失去男身，只留女身，想使你斩断了淫念，协助轩辕龙操持天廷之事，没想到你却杀了他们，你已犯下弥天大罪，你不知道么？”天斗心头一紧，细思神仙说的话，意味之间，甚觉憾然。脑子灵光一闪，才知道眼前这位神仙便是盘古太师，立即跪下，央求道：“求太师怜悯我，赐我解脱之道。”盘古点点头，停顿一会儿，又笑道：“你还知道是我，说明你心里尚存一丝善念，只是你无善行，且杀业太重，怕是成不了亘古不死的真身，若想入道，修得那亘古不死的真身，必先消解你所犯下的杀业。”天斗问道：“太师，若修得亘古真身，便能不死不灭么？”盘古道：“神仙与众生皆有寿量，只是寿量不等，如我则是无量寿佛，是为亘古真身，若不悖逆天道，以大善为本，当为不死不灭。”天斗疑问道：“轩辕龙偷食禁果，思邪淫，欲霸轩辕媓未遂，太师让此等恶人为天界之主，只怕后患无穷，弟子不才，斩杀此人，也算是为天界除一害，弟子这也是善行，为何却不能入道？”盘古回道：“轩辕龙虽入邪道，而你却以邪制他，并一连杀害我四个弟子，这莫非也是善行么，在我看来仍为恶行。”天斗闻言，大恸道：“如此说来，我既然无善行，又如何能入道？”盘古沉吟道：“天道好还，你若能改邪归正，偿还夙孽，天道既容万物，也能容你。”天斗又问道：“如太师所说，我将入轮回，又如何偿了孽债？恳请太师大发慈悲心，求全其事，弟子必当一遵所命，绝不食言。”盘古说道：“我看你不昧其灵性，然而你夙孽太深，非寻常善行能够偿满，你若不行大善，不求功德，很难圆满，你前身为阴阳身，男女集一体，我为断你淫念，去除你的男儿身，只留女儿身，但你的秉性和思想依然是男儿身，若你不入道，轮回去则成雄雌不分的野兽，很难得道归一，若你能行大善，便得昊天护佑，自作之孽消除也不难。”天斗问道：“但不知如何行得那大善？还求太师明示。”盘古反问道：“行善在你，何必问我？”天斗急道：“弟子怎得才能消解杀业？又如何能修得亘古真身？”盘古回道：“你须经历一世轮回，好生修行，方能消解杀业，而后修得亘古真身。”天斗恍然大悟，又问道：“如今魔天王阴灵侵扰仙界，我若往去轮回，但这仙界交于何人看守？”盘古指着囤山道：“这囤山之石乃是化石，可以造物造神，被你所窃之照石，本是我灵体灭寂的凝瀫之物，固有灵气。我往去轮回，留下四弟子镇守天界，随后他们都被你杀害，你既然已得到四神所化的元灵珠，便可将他们的元灵珠放在化石之上，再用那照石之力，便能再造化出四位神仙来，可作为你的弟子。

除此而外，你的肋骨也可造化一弟子，你这四位弟子都是主神元灵所化，道法自成，魔天王阴灵也非对手，你可让他们镇守天界。”天斗闻言，又惊又喜，接着问道：“太师，我如何才能去轮回？”盘古道：“如今天界之外有八十星海开始形成，若八十星海尽得开辟，你才能去下一世轮回。”天斗摇头道：“弟子道法寡浅，怎能开辟了那众星海？”盘古道：“你往前来，为师有个开天的道法密授于你。”天斗急忙上前，神仙就如此这般地告诉他如何布坛作法，天斗一一记下。

而后，盘古对他道：“开天辟地，为师有‘三宝一经’，可助你一臂之力。”天斗激动不已，双手举过头顶准备接宝，并满脸堆笑道：“弟子若得此宝，何愁那天地不开？请太师速速赐我。”盘古又道：“莫急，这‘三宝一经’都不在我身上。”天斗急问道：“那宝物现在何处？”盘古知道他的心思，笑道：“宝物在太阳宫东殿，殿中有瑶台，瑶台下有一宝匣，宝物就在里面。”天斗急忙起身道：“弟子这就去取来。”盘古道：“不急。你可知道这些都是什么宝物？”天斗问道：“请太师赐教。”盘古说道：“这‘三宝’都是为师开天辟地时以阴阳真元之气变化的法器，个个都是法力无边，第一件乃是‘昊灵宝盒’，盒内藏有万法之源，它可变化成万相万物，可集万千力量于一身，只要默念密法，便能发挥出它的威力；其次乃是‘昊灵宝镜’，此镜可识真元之相，不论是神是魔，是正还是邪，只要用它一照便知，往后众神往返天界众星的通道都是此镜开辟的；最后一件乃是‘昊灵宝剑’，此剑锐不可当，可力敌千钧，剑锋所到之处，没有不消亡的。”盘古话还未完，天斗便急问道：“太师方才说的是‘三宝’，另外还有‘一经’，现在何处？那又是个什么宝贝？”盘古道：“为师有‘一经’，名叫《昊经》，此乃为师用阴阳二气变化成的天书，天界文字皆从其来，中有道法之学和星象之术，得此天书者，无所不通。”天斗听得入迷，竟一时愣在那里。盘古道：“为师赐给你这些宝物，只用来造化万物，开辟重天，切不可用来行恶。”天斗只把那眼珠子一转，匆忙拜谢，然后转身就想离去。盘古又叫住他，警告道：“你要记住为师说的话，进庙之后直往东殿取这‘三宝一经’就好，切记，除此而外，不可妄动殿中的其他东西，否则你将死无葬身之地！”天斗连连答应，然后问道：“太师，那三宝法力如此强大，一旦丢失，或被弟子们误用，岂不是惹下了祸事？”盘古知道天斗心中算盘，于是笑道：“不妨。那三宝本是为师所造之物，只等那众星开辟后，宝物自会消失。”天斗闻言，有点失望。天斗正欲告辞，又想起轮回事，转而问道：“请太师教我往去轮回的办法。”盘古道：“你且与你的弟子们用心开辟星海，等诸事完成之后，西天门外将出现六星，分为上、中、下三台而聚之，此星两两并排而斜上，形同阶梯，故名为泰阶星。此星始出南极，并向西移，只有等到光芒显现，你方可看到，到时候，你若在囲山看见金光之树，并有两个商羊在旁边守护，这时候，你会看到有一位神女之子诞生在树下，此乃祥瑞之兆，你就在此树下坐化，元灵即可轮回到下一世，那时便可得到亘古真身。”天斗忙问道：“那神女是谁？商羊又是何物？”盘古答道：“神女就是你所造的弟子，那商羊乃是为师所造之灵兽，此兽头有双角，长须垂地，平常所不见，一旦得见，便是祥瑞。”天斗惊讶道：“真巧了，方才弟子在这里还见过此灵兽。”盘古闭目，点头不语。天斗又问：“不知弟子轮回之后，真身是何等模样？”盘古笑道：“轮回归一之后，真身于有形无形、有相无相之中，可千变万化。然而你尚未经过轮回，现在还不是亘古真身，故而你现在的元身不变。”天斗迟疑一阵，忍不住问道：“太师，那元身又是何等模样？就像我现在的模样么？”盘古答道：“修真之术贵在心念，向阳得阳，向阴得阴，混元分明，岂能并存？你轮回往下一世之后，若能广结善缘，多行义事，你的元身自然就不是这般色相了。”天斗闻言，喜出望外，随即跪地拜谢，等他抬头再看时，已不见盘古。

却说那魔天王阴灵，本率兵三万攻取西天门，又恐遇不测，便自己化成一团乌云去斗率宫上空察看，返回经过囲山，突然见盘古太师正在和天斗一起说话，心中急道：“不好！我要攻打天阙，不料这天斗却搬来救兵，既然盘古太师都来助他，那我岂能取胜，不如早早退兵，免得被太师捉住。”思毕，便一溜烟逃回西极星去了。天斗急回宫中，召集众天兵采集囲山之石，扩建斗率宫，更名为玉京宫，又仿照太阳宫建成富丽堂皇三大殿：前殿为灵霄殿，是天斗上朝理政的地方；中殿为太真殿，是天斗作法修行的地方；后殿为卧龙殿，是天斗用膳和休息的地方。但看：

> 云阙玉台，万紫千红；金栋银梁，贯连长虹。峻宇雕甍，若排天娇凤；苍龙浮柱，似长河盘根；云纹饰窗棂，玲珑映星辰。三面长廊，椽桷玳瑁垂珠；九重高阁，琉璃翡翠碧莹。鬌虹为壁，映照玄瓦粼粼；水晶作阶，节节延伸殿中。

翌日，天斗率五百天兵和二十八名童子来到囲山上，搭建法坛，左边挂有三面黄旗，上绘有天、金、木、水四龙纹；右边也挂三面黄旗，上绘青、火、土、黄四龙纹。天斗头上戴着乌角巾，腰间系黑角带，身穿五龙锦绣赤霜袍，中间一童子手执祥云赤色玄幡一面，旁边又附白幡一条，上书“奉昊天盘古神位敕令阴阳元气运行法坛”，旁边左右各立着两个童子，手执绣龙青幡两面，左边幡上有“祈请盘古太师加持”八个金光大字；右边幡上则是“敕令八面天龙护法”八个金光大字。幡下有童子二十七人，长发披肩，头上绾着金花玉簪，穿着青彩花衣，摆列在最后。九宫八卦在上，四时五行在中，五音七声在下。坛前有一张玉案，案上放置那枚照石，又令元真童子在案前奉玄香。天斗担心魔天王阴灵突袭，又命七百天兵围坛守卫，然后将二十八名童子分成四组，两组穿白衣，分别立于法坛东西方位；两组穿皂衣，分别站在法坛的南北方位。诸事齐备后，天斗采集四块大一些的囲山化石，按照盘古化身的指示，分别将轩辕龙、伏羲肱、笪殷聂、勾弋鬸所化成的元灵珠置于四块化石之上。正是：

> 丹台映丽，法坛幽严。丹台映丽，三级宝阶列皓天；法坛幽严，寥廓太虚始化元。神仙来处芬芳满，瑞气缤纷四方贯。五蕴皆空，六尘不染，便是七日作法坛。念玄语八音缭绕，持秘咒太师尊前。诸神仙娥唤盘古，九天众生齐礼赞。

天斗见准备停当，自己却四顾踌躇起来，只坐在法坛上迟迟不作法，心中疑惑道：“这四枚元灵珠是龙王、伏羲肱、笪殷聂、勾弋鬸所化，我若将它们再度造化成真神，却不知他们是否有前世的记忆，若没有，便是四个新人，做我的弟子也是好事；若是有，必然会伺机报仇，坏我而来，这可如何是好？”想到这里，天斗更加犹豫难决，又转念一想，自言自语道：“我何必担忧，既然是盘古太师教我将他们造化成我的弟子，想必他们不会有前世记忆，能够为我所用；即使他们有前世记忆，我也不必怕，我有照石在手，他们若敢造次，我就地便杀了他们！”想到这里，他便将心放了下来，安心作法。天斗取出照石放在法坛上，照石发出四道蓝色耀眼光芒，直射向四块元灵珠化石。他手持双剑，口中念念有词道：“混沌始创，万灵含胎。昊天明鉴，神光如来。我设法坛造神灵，此后开辟诸星海。我告太师，助我开泰。”方念毕，突然，剑锋指向由轩辕龙的元灵珠化石，只见一道刺眼的白色光芒闪过，此元灵珠化石突然升高至半尺许，而后又变为一团五色烟雾的旋涡，旋涡急速旋转，逐渐变成漏状，将那五色烟雾统统都吸了进去，不消一会儿旋涡便消失了。元灵珠化石也不见踪迹，烟雾也缓缓散去，蒙罩中见一个女子，约有十七八岁，穿着轻纱异锦，一弯玉臂，隐隐在蝉纱衣内；纤纤笋尖，微微在粉红袖里；回眸一笑，翩若惊鸿。天斗定睛细看，见这女子生得是：

蛾眉淡淡，薄薄脂粉，风鬓雾鬓。素手娟娟，笋指凝香软盈盈，秋波一转，惊得是花枝颤颤。看她燕体轻盈，凌波婻姺訬婧；又看亭亭玉立，出水芙蓉婷婷；再看娜娜多姿，娇颜妩媚娉娉。果然沉鱼落雁貌，仙阙无双姣美人。

天斗盯着跪地的神女，喃喃道：“想不到轩辕龙元灵珠原来是这般造化。此女便是盘古所说的神女，我若去轮回，还须待她产子，既然她与众不同，我须好好照料她才是。”神女不敢抬眼，只是跪在地上。天斗微笑道：“你是为师所造化的，看你刚才出来的情景，为师就为你赐个名字，你就叫女娲吧。”女娲叩首，谢恩道：“谢师尊造化之恩！”天斗点头道：“你起来吧。”女娲起身，然后站立一旁。

天斗又开始舞剑，剑锋一指，突见一线晶光乍出，勾弋鼦的元灵珠化石被一团紫光包围，刹那间炸开，天斗吓了一跳，急忙躲闪，后退几步，紫色烟雾缓缓散去，眼前又是一位金冠霞帔的仙女，安静地跪在那里，风姿绰约，姿容秀美，只看她：

玉颜朝霞，妩眉点翠，窈窕天然生成；眸凝秋水，梨花带雨，一张樱桃小嘴。两鬓绿云，莹莹簪环，纤腰似柳低垂。娇女静姝一跪，琪花叶落凋悴。

天斗上前道：“你是为师所造化的，看你貌美，又从紫气而出，为师就赐你个名字，叫女姬附宝吧。”女姬附宝叩首，谢恩道：“谢师尊造化之恩！”天斗笑道：“起来吧，去见过你的师姐。”女姬附宝起身，莲步轻移，对着女娲嫣然一笑，乖巧地站立在女娲旁边。

天斗已造出两个弟子，心里虽然高兴，但也有担忧，暗思道：“怪哉！我连造两个弟子，皆非男儿身，若再造又是女儿身，可如何是好？莫非这是太师之意？”天斗也顾不了许多，继续舞剑作法，剑锋指向伏羲肱的元灵珠化石，倏地就被一道焱焱红光劈开，一阵红色烟雾散去之后，终于出现一个神仙，是个男儿身，默然跪地候命，但看他：

髻云披肩，浓眉大眼。英姿飒爽，一身气宇不凡；风度翩翩，仪容俊雅伟岸。穿白色衮龙绣袍，楚楚风骨瞬如电；脚踏一双飞凤靴，貌白神清真轩轩。腰间丝绦盘绕，果然是美少年。

天斗见状，欢喜非常，收起玄剑到他面前，细细打量一番，展开眉眼笑道："你可知道，为师就是这昊天始祖，在我之上再没有别的天神了，你是为师所造化的，我就赐你一个名字，你就叫伏羲昊吧，你是男儿身，我的众弟子当拜你为兄长。"伏羲昊叩首，谢恩道："弟子谢师尊造化之恩！"天斗含笑点头，伏羲昊起身立于女姬附宝身旁，左顾右盼，再看看女娲，自觉很是新奇。

天斗本想歇息一会儿，突然感觉装着那枚照石的左胸口隐隐作痛，此时才想起盘古所说的话，心下思道："只怕是我的肋骨要变化了，也不知道能变出个什么人物来。"一边想着，一边忍住剧痛，伸手取下一根左肋骨，气喘不行。这时，照石乍然飞出，只见一道烁烁金光射向那根肋骨，肋骨便化成了一颗元灵珠，照石倏地收回金光，那枚元灵珠立地变成一个神仙，跪在眼前，天斗看他也是个男儿身，心中大喜，再细看去，看他生得如何：

双眸炯炯又睒睒，雍容大度，悦色喜人面。两颊粉粉淡浅浅，仪表轩昂立人前。说他风流雅澹，云中白鹤，看长发玉颜。侠骨肉肠凌霄汉，英俊之气惹人羡。

天斗笑道："你是为师取下自己的左肋骨造化成的，为师也为你赐个名字，你就叫轩辕昊吧，快快起身，去拜见你的师兄和师妹们。"轩辕昊叩首，谢恩道："谢师尊造化！"然后起身，分别拜见伏羲昊和女娲、女姬，几个弟子互相施了礼，嬉笑着乐成一团。

天斗兴致大发，一鼓作气，继续挥舞玄剑，剑锋指向笪殷聂的元灵珠化石，顷刻间，笪殷聂的元灵珠化石发出灼灼光芒，蓦地腾空而起，拖着长长的黑色烟尾。天斗仰头看去，却已不见踪影，正在纳闷时，突然，那元灵珠化石直冲而下，"嗖"的一声砸向法坛，将那香炉和照石都震落在坛下，天斗正欲捡起照石，却见一团黑雾散去，又一个神仙跪在面前，生得俊雅，好像玉琢一般，他手中捧着照石做出敬献的样子道："弟子刚才捡到此宝物，特来呈献。"天斗大惊，凝目望去，但看他：

绰约丰姿，风流体态。玉面无须粉，朱唇不必抹红。凌云气质，此时十分俊健；面若冠玉，举止俊雅翩然。目光炯炯，令使秋波黯淡；锦绣藏胸，更有气贯霓虹。

天斗暗思道："此徒虽然是男儿身，然而颇像我，怕是性情顽劣，他才出来，就要觊觎我这照石了，今后我须多加防备才好。"想到这里，急忙收下照石，塞入襟中。天斗对他道："你是为师所造化的，我就赐你个名字，就叫笪殷昊吧，快去拜见你的师兄师妹们。"笪殷昊叩首，谢恩道："谢师尊造化之恩！"而后起身，分别拜见了伏羲昊、轩辕昊以及女娲、女姬附宝，众人见面，自是皆大欢喜。

天斗造了五个弟子后，心满意足，于是收起法坛，携弟子们回玉京宫了。进宫之后，弟子们再叩拜天斗，跪地候旨。天斗便思忖着为弟子们造个殿宇来让他们居住。话说念由心生，天斗只是这么一想，怀中的照石便"扑通扑通"地动了起来，十分着急，他本要用力按住，却没想到那照石"嗖"一声便飞出殿外去了，拖曳着一道紫光。天斗慌忙追出，众弟子紧随而出，只见照石拖着紫光落在玉京宫不远处，天斗与众弟子随紫光前去，正在寻觅照石，却听得一声炸雷震天响，个个惊骇不定，只见照石所落处腾起一团团紫云。众弟子举目望去，紫云已渐渐消失，眼前慢慢显现出一处景色，奇花异草，空翠欲滴，雾开云散处，隐隐绰绰出现琼楼玉宇无数，真是雕梁画栋灿焕，亭台楼阁烂然。天斗暗思道："原来照石懂我心思，却为他们造好了居处，太师果然显灵了。"此时，女娲用手指着殿阁，向天斗道："师祖，何处来的楼宇，真好壮观。"天斗一愣，继而笑道："这是为师为你们造的宫殿，你们跟我来。"众弟子欢欣雀跃，紧跟天斗上前探看，天斗指着一殿道："这是朝阳殿，伏羲昊、轩辕昊、笪殷昊，你们三个今后就住在这里。"三昊忙道谢，一溜烟儿便跑进殿中看去了，再看着朝阳殿是何景致：

峥嵘轩峻，叠嶂层峦，围山一抹紫云。清泉小涧流，潺潺溶溶；云桥水上立，映对灵湖。玄鸟栖志诸神山，山外洞府有仙人；玉殿丹台绕璇宫，楼阁亭榭有十重。

天斗又指着另一殿道："这是南灵殿，女娲和女姬附宝今后就住在这里。"女娲和女姬附宝相视一笑，赶忙拜谢，女娲喜道："好美的殿阁！"但看那殿：

霓虹亭，碧玉栏，望云架上看桃芄，葱葱琪花，清香弄影。紫金阁，灵鹤轩，琼瑛楼，梅香亭，瑶坛云榭，映托凝烟。天上星阙披瑞霞，仙界只此一家。

过了一些时日，天斗召集众弟子在玉京宫灵霄殿上朝，他对众弟子道："为师原有一弟子，因不听教化，背叛而去，如今在西极星称王称霸，自封为魔天王，与为师分庭抗礼，其间多有侵扰。今天，为师封你们为天神，令你们各自去镇守天门，若恶魔来犯我天阙，就将他们统统剿灭！"众弟子跪地接旨。天斗接道："我为天王，众弟子且听封，封女娲为天使，领五百天兵镇守西天门；封女姬附宝为天使，领五百天兵镇守南天门，另赐你们侍仙、仙婢四个，侍奉左右。封伏羲昊、轩辕昊、筥殷昊为王，赐侍仙、仙婢各六个。伏羲昊领五百天兵镇守中天门，筥殷昊领五百天兵镇守元天门，轩辕昊领一千天兵坐镇玉京宫。"众弟子领旨，齐跪道："弟子等恭祝天王无极！"散朝之后，众弟子领命而去。

女娲和女姬附宝安顿好天门防卫，便急着赶回南灵殿，进去一看，才知殿中有阁有廊，有宅有园，便见一处园子，处处是琪花瑶草，有玉篱环天池，更有碧水绕石阶。玉桥有红亭，亭中有珍石，石旁一株白梅树，曲折玲珑，清香满楼；梅花似雪，紫瑞连云。满眼的无限好景，女娲一时看得入迷，一番徘徊后却不忍走了，女姬附宝牵她的襟子道："快走吧，看看里面去。"二人说说笑笑往里走，才上长廊，便见三个仙婢和一个侍仙站在面前，欠身拜道："拜见二位上神！"女娲又惊又喜，瞅着女姬附宝笑道："这便是师尊为我们赐的仙婢和侍仙了。"女姬附宝看着几位仙婢、侍仙，轻声道："姐姐，不知道这四个，哪两个是你的？哪两个是我的？"女娲打量着仙婢们道："不妨问问她们。"说着便来到仙婢和侍仙面前，女娲掩口一笑，问道："你们叫什么名字？都是侍奉哪位上神的？"其中一位仙婢拉过来另一个仙婢，欠身回道："禀告上神，我们两个是侍奉女娲上神的，我叫碧霞。"说完又回头看了看旁边的仙婢说道，"她叫碧玉。"女娲高兴地拍手，笑道："这便好了，以后有你们在身边，我就有个作伴的了。"说完又细看碧霞和碧玉，果然生得聪明乖巧，娇嫣鲜妍，韵致万般。女姬附宝瞅瞅另外两个，笑道："那么，你们两个就是侍奉我的了？"一个侍仙上前，对着女姬附宝拜道："我叫金童，奉了天王的旨来侍奉上神的。"旁边紧跟着一个仙婢，欠身拜道："我叫玉女，也是来侍奉上神的。"女姬附宝喜欢得跳了起来，笑道："金童和玉女，这正是我想要的。"又细看他们两个，一个是豆蔻玉面，一个是俏眼娇波，果然生得标致。女娲和女姬附宝自是欢喜，携侍仙和仙婢们进殿，不题。

却说那魔天王阴灵几番化成乌烟探得天廷消息，见天斗造宫殿，又造弟子，心中万分恼火，便想去试探一下天斗所造的弟子，于是一个回转又化成一阵风直扑南灵殿而去。

话说女娲和女姬附宝进入殿中，带着侍仙和仙婢们又进各自的香阁。女娲一进去不免神思困倦，便躺在榻上蒙胧睡去，梦中迷迷糊糊走入一片林子，抬眼望去，迷雾中可见峦屹，也不知此处是个什么地方。女娲心中暗想道：“我分明回到殿中，怎么又到了这个地方？待我慢慢游览一回。”四顾一下，又想道：“师尊问我为何不守天门，定要怪罪于我，不如早早地回去。”女娲转身要走，迎面碰到一个黑衣黑袍的人，只是站在跟前，但看不清面目。女娲惊道：“你是谁？我这是在何处？”黑袍人抬起宽袖一挥，女娲一看自己却在南灵殿的后花园里，正在纳闷之际，转脸却不见黑袍人。这时，碧霞过来欠身道：“上神为什么一个人在园子里？”女娲问道：“你可曾见有人到这园子里来？”碧霞道：“不曾见到。”女娲心中想道：“莫非刚才是我眼花么？分明是到了一处林子，又看到山峦，怎么一眨眼却在园子里了，那个黑衣黑袍人又是谁？莫非这南灵殿还有其他人不成？”一边想，一边往外走，正想得出神了，就听碧霞在身后轻声叫道：“上神快快请回吧，这园子里冷清，我听说常有精怪出没，迷惑害人，上神独自在这里，若是有个不好，小婢可就活不成了。”女娲听话里有话，止步问道：“哦？听你这么说，你一个婢子倒比我知道得多了。我来问你，你听谁说这个园子里有精怪的？”碧霞犹豫片刻，低头答道：“小婢也是听天王这么说的。”女娲疑道：“放肆！师尊怎么会对你一个婢子说这些？”碧霞慌忙道：“上神息怒，容小婢细禀。天王让我们侍奉上神，就这般交代的，让小婢好生照看上神，小心被那精怪迷惑。”女娲心中疑道：“在这仙界，哪里来的精怪？想必是师尊怕我们贪玩，故意让侍婢们来吓唬我的。”看碧霞站在那里，女娲点头道：“别再歪缠了，你先回去吧，我自己能回去的。”说完便不睬碧霞，一溜烟竟往园子深处去了。

女娲见园子里花柳争妍，便越走越远，刚绕过一个亭子，又看不远处有个池子，泛着七彩光芒，女娲好奇，便要前去看个仔细，才抬脚，就觉得背后有脚步声，女娲蓦然回头，见还是那个穿黑衣黑袍的人，女娲心中一惊，自思道：“这个莫非就是精怪？”女娲定一定神，小心问道：“你是何人？为何要跟着我？你莫非就是精怪？”黑衣黑袍人笑道：“不是我跟着你，是你跟着我来的，我若真是精怪，你害怕么？”女娲一听，感觉他也无恶意，便不畏惧，回道：“我为何要害怕你？但不知你的来历，为何在这里？”黑袍人笑道：“我并不是精怪，我和你一样，也是真神，只是你不知道我罢了。”女娲疑道：“休要骗我了，你若和我一样，我为何看不见你的眉脸？我师尊并未造过你这样的真神！”黑袍人哈哈大笑一阵子。女娲问道：“你笑什么？”黑袍人道：“你说的师尊可是天斗？”女娲惊道：“你怎敢直呼师尊名讳？”黑袍人笑道：“我当是谁，原来是他，他能造化你，然而却不能造化我。我自出世，这仙界还没有他！我是他老祖，直呼他名讳有何不可？”女娲惊道：“你妄说什么！我师尊开天辟地，创造仙界众神，哪里还有比他更早出世的人。我听说精怪迷惑人，看来你是来迷惑我的。”黑袍人唏嘘道：“天斗欺师灭祖，竟然连盘古太师的功德也算在他自己头上，真的是厚颜无耻，我就是魔天王阴灵，我盘古太师开辟混沌，造化诸神万物，那时候我就是他所运行的阴阳二气。你可知道你是谁？你是盘古太师的大弟子轩辕龙，天斗篡位，杀了盘古太师的四位弟子，其中就有轩辕龙，龙王被天斗杀害，变化成元灵珠，你就是天斗用龙王的元灵珠造化出来的！你且不可听信天斗，这一切真相，你终有一天会知道的。”女娲闻言，惊骇万分，心中暗想道：“似乎有这样的事儿，那日被师尊造化出后，我分明见那玄幡上有盘古太师等字样，看来阴灵所言不虚。”女娲瞪大眼睛望着阴灵，后退一步道：“你就是阴灵，辄敢来此，你不知道我师尊派我们守护天门，正要等你来自投罗网么？”阴灵厉声道：“谁敢杀我！本王欲兴兵直取天廷，斩杀逆贼！今天我便先杀了你这个贼子！”说完便伸出双手来拿女娲，女娲又急又慌，大叫一声：“谁来救我！”

碧霞和碧玉正在香阁外一边戏耍，一边等女娲醒来，却突然听到女娲大叫一声，便急忙进入，将女娲喊醒。女娲惊寤，起身喘道：“好一场噩梦，真的吓死我了！”女娲见碧霞在身边，于是问道：“刚才可有什么人进来么？”碧霞还未答话，碧玉就抢着回道：“并无人走过，小婢们就在香阁外面照应呢。”女娲又躺下，神思恍惚，欲睡不能，只好又起来，下庭除闲步，又想起梦中情景，徘徊一阵子，突然阴风凄厉，远远就听到半空中传来喧闹之声不绝于耳，女娲侧耳细听，丁零当啷的声音自西面而来，犹如波涛汹涌。女娲惊道：“不好！怕是魔界要来打仗了！”说罢，提起宝剑便匆匆赶往西天门。

话说魔天阴灵潜入南灵殿托梦试探女娲，才知道天斗唯我独尊，一怒之下便回到西极星魔王宫，召集阴魔、死魔、罪魔、业魔、心魔、恶魔等商议攻取天廷的事。众魔立于阶下等候阴灵发号施令，阴灵坐在镶金坠玉的王座上，瞪着眼睛一言不发，过了许久，他突然起身大怒道：“我本是盘古太师造天时所运行的阴阳二气，盘古太师涅槃轮回，我才逃出，始创这魔界。本王尚且不敢造逆自封天廷天王，而那个轩辕龙的弟子天斗，如今却篡位做了天廷之主，实在让我怨气难消，真是岂有此理！盘古太师轮回去后，我曾与二灵鱼盘踞在太阳宫上，打算施法破坏那太阳宫神器，却被龙王阻止，如今，龙王被天斗这厮杀害，取而代之，造宫殿，造弟子，不但如此，他自比昊天，封其三个弟子为‘三昊’，各自称王！简直狂妄至极，今誓必剿除，消我心头之恨！”六魔齐声响应，叫道：“誓与天斗不两立，为天王夺回天廷！”于是下令起兵，直取西天门。

天斗正在玉京宫太真殿修行，忽然感觉身边有动静，他睁开眼睛起身察看，却见殿中出现很多四足石龙，满地乱窜。天斗大惊，取剑要砍，这时石龙又突然不见了，只见两条黑龙长啸一声，飞旋而出，天斗冲出太真殿寻找，两条黑龙已冲天西去。天斗知是魔天王阴灵派来的探子，便急召元真童子道：“阴灵来犯，快去快去，令伏羲昊和笪殷昊，让他们快去西天门助女娲破敌！”元真童子领命驰往。

女娲提剑来到西天门，见台前高插旌旗，随风飘荡，四面聚起乌云，有天兵前来报道：“上神请看，魔天王阴灵来犯！”女娲朝天门外望去，只听得喧嚷声渐渐逼近，魔云滚滚而来。女娲大喊道：“你们都摆开阵势，若魔兵进犯，杀他个片甲不留！”众兵领命，一字排开，手执戟盾严阵以待。忽然一阵狂风扑来，黑云闪闪处，只见一个身材伟岸的神仙，手执双刀，威然独立。女娲自语道：“方才在园子里未看到他的面目，现在我倒要细细看看。”那阴灵是何等模样？但见：

身着黑袍，霜鬓雪鬓。星驰如电，执双刃而飞屐。横眉吐气，势如长虹，威猛直前赴敌；躯颜桀骜，挥袂生风，持锋灿灿铁钺。石破天惊，苍穹震动。

女娲暗思道：“原来阴灵面目并不凶煞，虽然他在魔界，然而相貌与我们神仙并无二致。”想着又偷眼看去，只见阴灵身后随有六将，个个凶神恶煞，貌极狰狞。女娲见阴灵扑来，直竖柳眉，便挥剑杀去，刀剑相碰，彩光缤纷，你来我往，混战了一会儿。女娲只觉气力不足，剑法慢慢乱了起来。女娲暗想：“阴灵果然厉害，我若纠缠，必被他所伤，不如狠使一招，乘机退兵。”女娲提起宝剑，对准阴灵全力砍去，只听见空中铮然一响，一道红光劈向阴灵，阴灵举刀挡住红光，再一个转身，向女娲挥刀劈下，突然，红光转而劈向女娲，女娲大叫一声跌倒在地，众天兵见女娲倒地，顿时怯战，不由地后退几步。

就在这时，伏羲昊和笪殷昊赶来。还未站定，笪殷昊就握拳擦掌，怒气冲天道：“师尊说魔天王侵入，他在何处？本王慕他威名而来，今天要见识见识，他到底有何本领！”话音刚落，就听天兵叫道：“三大王，女娲上神被贼逆砍倒，快快救她！”伏羲昊和笪殷昊俱是一愣，朝天门外而去，天兵纷纷让路，刚出天门，只见一片魔云前来，“嗖”地发出一道蓝光，阴灵便像幽灵似的出现在他们面前，在他左右，跟随着阴魔、业魔、罪魔、死魔、心魔、恶魔六将，前头又有一只满身白毛的大狗，龇牙咧嘴，身后有数万魔军，个个凶煞无比。女娲见两位师兄驾到，大喊道："两位师兄！快来救我！"笪殷昊不容分说，提剑飞起，冲向阴灵，瞪眼呵斥道："本王在此，你若有胆就来与我杀个痛快！"阴灵挥动双刃，呵斥道："大胆窃贼！泰初之神在此，你也敢称天称王，今天我就取你性命！"笪殷昊看去，那阴灵身材俊拔，两眼冷峻，浑身透出一股邪气，倒使他有些心胆俱怯。伏羲昊见阴灵与笪殷昊纠缠，乘机救回女娲，在一旁观战。笪殷昊回骂道："你是何方妖魔？也敢称泰初之神，唯有我师尊天斗才是泰初之神，哪有你这个泰初之神！"说完便抖擞精力与他杀了几个回合。女娲见笪殷昊体力不支，于是对伏羲昊道："我们去助三师兄破敌！"说着又杀将上去，伏羲昊也紧跟而上，三神围住阴灵，阴灵见状哈哈大笑，扬起大刀指向笪殷昊厉声道："你们仔细听着，本王乃是阴灵，泰初之时盘古太师开天辟地时所运行的阴阳二气，你们所拜的天斗，他是盘古太师的徒孙！在他之前有盘古太师封大弟子轩辕龙为龙王，盘古太师涅槃之后，他杀害了龙王和盘古太师的另外三个弟了伏羲肱、笪殷聂和勾弋嗣，而后篡窃天位，自封为王，已犯下滔天杀业！你们虽然是他所造化的，然而岂能是非不辨，善恶不分！"女娲、伏羲昊和笪殷昊听后，不知真假，众天兵止步，更是交头接耳起来，女娲恍惚听见有人呼道："不好！阴灵怎么会知道这些！"阴灵见时机来到，接着道："你们若不信我，可问问你们手下的这些天兵，他们都是在你们之前出世的，天斗恶行，他们都亲眼见过！"众天兵骇极，一时乱了方寸，纷纷后退。女娲见状，厉声喝道："不许后退，临阵脱逃者斩！"女娲转脸又朝阴灵大喊道："我不信你强辩之辞！狂言妄语，乱我军心！你这个逆贼，背师叛门，见我师尊掌管天廷便心中不服，常怀不忿，所以起兵造逆以图王位，你若早降，尚能留一条性命，你若敢踏入天门一步，我们三个便让你有来无回！"魔天王阴灵笑道："来，来，我不惧你！"又转身命死魔、心魔、恶魔道："快将这三个不知高低的狂妄之徒给我拿下！"死魔得令，飞身而至，伸出双手猛扑前去，只见那双手越来越长，笪殷昊大惊，手一伸来，手中便出现一把九环大刀，他猛刺一刀，一道金光直射死魔心口，死魔惨叫一声翻身倒下，而后又化为一股黑烟逃走。笪殷昊看死魔远去，怒骂道："好个贼魔！竟也杀不死，这是何道理！"正说着，只听身后汪汪几声狗叫，震耳欲聋，笪殷昊只觉刺耳，扔下大刀捂着耳朵转身看去，见阴灵那只大白狗凶戾地朝他扑来，一时来不及躲避，便已被它扑倒在地。笪殷昊抓住白狗前腿尽力向后推去，那白狗吐出两颗獠牙，笪殷昊不曾见过此猛兽，心中害怕，于是大叫道："大师兄！快来救我！"

伏羲昊听到呼救，急忙转身，见笪殷昊被狗扑倒，于是操刀大喊：“孽畜！看我来收拾你！”这一叫，那白狗转头就朝他猛扑过去，伏羲昊出掌一击，两道白光闪出，当头劈下，白狗惨叫几声便逃去了。

再看这边，女娲见死魔败逃，又挥剑直取魔兵。阴灵见女娲强悍，法力高深，此时又大败死魔，转战魔兵，可谓越战越勇，阴灵暗吃一惊，思道：“女娲不过是天斗造化的弟子，为何却如此厉害？我须叫心魔扰乱她心智，否则难以取胜。”而后阴灵唤来心魔道：“女娲难降，你去乱她心智，令其自相残杀。”心魔得令，直冲军中，对着女娲便抛出一道黑烟，只听一声轰隆隆震响，黑烟直绕女娲，女娲手执利剑，左劈右砍，五彩光芒时隐时现，只看那黑烟变成一线，直入女娲口中，女娲立时恍惚起来，满脑子都是轩辕龙与天斗打斗的情景，又感觉自己就是轩辕龙，而对面搦战的便是天斗，竟将伏羲昊和笪殷昊看成了天斗的爪牙，顿时脸色大变，突然倒戈，挥剑朝两位师兄杀去，伏羲昊见状大惊，喊道：“师妹还不住手！莫非你投了那贼魔！”女娲一言不发，只顾乱砍乱杀，吓得天兵们也纷纷后退，伏羲昊打也不是，不打也不是，只得敛避其锋芒。笪殷昊见女娲一时变疯，知是阴灵从中作祟，于是对伏羲昊道：“师妹是被那阴灵施了魔法，故而如此，切不可误伤她性命！”魔天王阴灵哈哈大笑道：“好个不知好歹的东西，让你们见识一下我心魔之法力！”笪殷昊大怒，合掌瞬映抟成一团蓝光火焰，直朝阴灵抛去，三道蓝光冲刺而来，阴灵急忙出掌抵住，往前一推，又朝笪殷昊掷去，三道蓝光直击笪殷昊，令他猝不及防，应声倒地。女娲见笪殷昊倒地，猛惊一下，她倏地又清醒过来，将手中宝剑化作金光一线，掉头便向恶魔砍去，恶魔不曾防备，却被女娲一剑砍中脑袋，挥为两段，恶魔惨叫一声，立时化为一股黑烟溜走了。伏羲昊见笪殷昊受伤，赶忙跑去扶起，令天兵冲锋出击，天兵不敢抗命，冲入魔军阵中拼死厮杀，魔军不敌，阵脚大乱。魔天王阴灵见三魔将败逃，大吃一惊，又见天兵虽然不多，但魔军竟也不是对手，死伤不少，节节溃退。阴灵暗思道：“不曾想女娲如此悍战，不愧是轩辕龙元灵珠所造，果然法力高深，我若不出手，怕是无人可敌她！”想到此，阴灵急道：“阴魔、业魔、罪魔三将，你们且守住阵脚，抵挡这些天兵，本王亲自去会会他们！”说罢，便飞去与女娲过招，你一拳，我一掌，刀光剑影，光彩交错，只杀了十几回合，也未分上下。伏羲昊和笪殷昊见状，赶来相助，操刀挥剑，三个战一个。阴灵抖擞精神，避开刀，闪开剑，直杀到天昏地暗。

且说天斗携元真童子去太阳庙取“三宝一经”，才来到光门前，见檐牙云团乍起，朵朵如箕，盘旋不止。忽然，四条天龙便咆哮在前，张牙舞爪，昂首吐火，势若倾盆。天斗见状，心中也有些害怕，不敢冒然入内，只得跪地祈道：天龙在上，你们乃是盘古太师的护宫天龙，定然知道我今来此的缘故，我有幸得了太师的指点，专程到此取那三件法宝，待我与众弟子开辟星海之后，定当奉还，若你们奉太师之命镇守于此，当以大义为先，且莫拒我于门外。”祷毕，见四条天龙并无退让的意思，反而啸叫声愈加凶猛。正在此时，藏在西殿的轩辕媓听到天斗祷告，便知梦中的事要应验了，她遵从盘古嘱咐，发出心念，令少阴、少阳、天听、望舒四龙为天斗让道。四龙低鸣一声，闪在两旁，放天斗入内。天斗并不知轩辕媓在殿内，以为自己祷告果然奏效。天斗与元真童子入内，不敢四处走动，径直往东殿，走到瑶台前，搜寻宝物，却一无所获。他心中暗想道：“想必这宝物非拜不能轻易示人，我当虔诚礼拜才是。”于是又携元真童子跪地三叩九拜，忽然，瑶台上发出一阵沉闷的咯吱声，果然见台面上有石板徐徐开启，缝隙内发出数道金光，将那整个殿堂都照得通亮。天斗凑上前，低头朝石板看去，见有一团紫光萦绕着一只长方形宝匣，他小心翼翼地打开匣盖，取出《昊经》和“昊灵宝盒”“昊灵宝镜”“昊灵宝剑”四件法宝，小心收起，交给元真童子，待天斗走出殿门，四龙又归原位，盘旋在太阳庙门顶端。

天斗匆匆赶回玉京宫太真殿，从元真童子手中接过宝物，闭门独自欣赏，宝物陈列一处，彩光迷露，紫气逼人，确实非同一般。天斗打开《昊经》，只看头一页有些文字：“阴阳之精，孚化盘古真元；开天辟地，玄造乾符坤珍。混元之初，刱启星域，泽三界众生；囮育胚胎，生千品万类。落落星辰，卓卓有道，纷罗太空，一元行运……”再往下看时，却突然合上了，天斗使出全力再也打不开了，于是暂且放下，暗思道：“太师既然允我，而我为何却打不开此物。罢了，先看看这宝镜是个什么稀罕物，我且先照照自己到底是神仙还是妖魔。”想到此处，便伸手拿起“昊灵宝镜”来看，不看还好，这一看竟连叫不妙，只见镜中显现出西天门情景来，那里已是光彩交错，杀声震天，笪殷昊受伤倒卧在天门旁。天斗大吃一惊，又仔细看去，只见镜中显现一个画面：女娲与伏羲昊正和魔天王阴灵厮杀，眼看就要败下阵来。天斗惊奇于宝镜的奇妙处，又担心弟子们的安危，心中惶惑，急忙收好宝物，亲自驰往西天门去了。

天斗骑乘黑白两龙，左手操钺，右手操锏，杀气腾腾而来。阴灵听到有喊杀声过来，才转头看去，见天斗已经横刀于前，阴灵本想转战天斗，却被女娲和伏羲昊拖缠，一时脱不开身来，女娲与伏羲昊本已疲惫，忽见天斗前来助阵，一时又斗志勃然，打得更猛。此时，几个魔兵一拥而上，想杀死天斗立个头功，还未出手，就看天斗一挥玄钺，随着咔嚓一声脆响，几个魔兵的头颅已然坠地。又有一个胆大的魔兵，手持尖刀，飞来就刺，天斗只轻轻一挥长袖，那贼便神灭形消了。天斗来到笪殷昊跟前，抬起一手，只见笪殷昊灵体悬浮而起，瞬间就被一团紫光笼罩，伤势片刻就痊愈了，一个筋斗翻过身来，挥刀就向阴灵砍去，大喊道："师兄师妹，我来相助也！"女娲和伏羲昊、笪殷昊一起围住阴灵厮杀起来。阴灵见三人燥战不止，此刻又有天斗在一旁助阵，竟也方寸大乱，急忙使出杀手锏，只见他摇身一变，一个巨人屹立在三人面前，恰似山头崩来，一双大手用力一挥，顿时黑云密布，飞沙走石，天斗翘首望去，见西天门几近摇摇欲坠。女娲和伏羲昊、笪殷昊险些被这巨大力量吹倒在地，竟也无处躲闪了，只听见女娲大叫一声："师尊救我！"天斗见状，急忙取出照石攥在手心，而后对着阴灵就一掌击出，刹那间如山崩地裂，三道白光劈向阴灵，阴灵不知照石威力，竟出掌还击，却被迎面袭来的三道白光击倒，一声哀叫之后，阴灵翻身欲逃。天斗怒喊道："贼魔休走！"阴灵转身显出原形，回应道："逆贼！本王并非惧你，今日你以众敌寡，我实不能胜，只待来日再与你们细细计较！"说完便化成一团黑烟逃之夭夭。天斗大喝道："徒儿们！速速追击！"女娲和伏羲昊已精疲力竭，见阴灵败逃，顿然精神大振，引军而出，乘势追击，魔军一时大乱，死伤无数，只剩数百余，随魔天王阴灵四散溃逃。见魔天王阴灵败走，天斗不想穷战，下令女娲和伏羲昊等诸弟子看守天门，他自提几百天兵回玉京宫去了。

魔天王阴灵大败而归，暴跳如雷，独自在魔王宫内生闷气，每想到天斗弑师篡位便火冒三丈。次日一早，阴魔、业魔、罪魔三将奏请出兵，为首的阴魔奏道："天王，上次攻打西天门大败，都是因为天斗忽然而至，偷袭我军，在下请奏出兵，我等已有防备，此番出征必能剿灭天兵，拿下天廷！"阴灵冷笑道："就凭你们？一个女流都对付不过，还有脸来请战！你们守住这个西极星就好，如今那天斗也不是好惹的，你们岂是对手，听本王号令，胆敢再请战者立斩不赦！"众魔见阴灵震怒，战战兢兢不敢再多说一句，只好作罢。

女娲屯兵西天门数日，不见西极星魔军一兵一卒。她在天门徘徊，四下寂然，自语道："那魔天王阴灵法力如此高深，不信他就此罢兵，但是这都几日了也不见他引兵来犯，却不知他又有什么诡计。只是这样眼巴巴地等他前来也不是个办法，不如我先回去一阵子，他若再来，我再打他也不迟！"才说完便转身要走，却不想与女姬附宝撞个满怀，女娲回避不及，手中的剑也咣当落地，吓得女姬附宝哆嗦一下，掩口惊视。女娲笑道："好个附宝，冒冒失失地吓我一跳，你不守在南天门，跑我这里来作甚？”女姬附宝柔声细语道：“我是来看看姐姐！见你一个人在这里呆思痴想的，本想悄悄地惊你一下的，却被你突然一转身，我这心都快跳出来了。”女娲莞尔一笑，道：“你也是个守阙的门神，岂不知好歹，没有师尊的旨意，怎敢擅自到此？”女姬附宝回道：“南天门太平，我那五百兵卒闲得慌，每天眼巴巴地等着魔贼前来，到现在也不见一片云彩，即使不守也没人去，我闲得无聊，想和姐姐回南灵殿住两日。”女娲道：“你们怎么还盼着魔贼前来？只怕是来了你们要吃亏，那魔头可不是等闲之辈，我们打斗了好一阵子才把他们赶走了，要不是师尊前来解围，怕这会儿早就没有我了。”女姬附宝道：“师尊那么能耐的，为何却让我们守天门，为何不亲自去西极星剿了那魔窟？”女娲拽起雾袖，掩口四顾，轻声道：“小声些说话，让兵卒们听到了不好，跟姐姐去天门金阁里坐一会儿。”说着两人便携手登上玉阶，朝那金阁里去了。才进来，女姬附宝便深深地欠了一身，笑道：“拜见师姐！”女娲笑道：“少贫嘴了，你我还要这般虚礼，真的是见外了。”女姬附宝撇嘴一笑，踩着脚踏坐下，她四下望了一会儿，见阁子十分宽敞，靠墙还有一扇门，水晶浮柱，上有楹帖，上联曰：“一重仙阙一洞天重重大千世界”，下联曰：“九层天宇九阂关层层万象包罗”，再看去碧玉缘阶，龙梁凤栋，异常庄重。阁内彩光飘影，香烟缭绕，两扇绮窗上各有九块“卍”字格，晶光莹莹，面前是一张铭有龙纹的玉案，摆着令箭与印玺。女姬附宝暗暗惊羡，不由问道：“姐姐，为何你这阁子与我那南天门的阁子不同？这阁子从外边看也不大一点儿，可是进这里头却出奇得宽大。”女娲疑道：“虽然我没去看过，却不知它们有何不同？”女姬附宝起身，抬起纤手指指点点道：“姐姐这阁子从外面看倒是与南天门的阁子一样，可这里面却不一样了，南天门的阁子没有这般宽阔奢绮，里面也只有一扇窗子，且看上去简陋，没有奇光异彩，没有令箭玉案。”女娲笑道：“我却不信，按说四大天门一模一样的，哪有轻此厚彼之理？”女姬附宝道：“真正是这样，我为何要哄姐姐，不信你跟我去看看。”女娲沉思片刻，笑道：“这我就不知道了，都是师尊安排的，怕是有他的道理。”女姬附宝问道：“我看那边有一扇门，那里面又是什么？”女娲瞥一眼门楣，笑道：“也没什么，里面就是些对付逆贼的玄器和剑戟之类的东西罢了。”女姬附宝撇嘴道：“为何我那里却没有这些？师尊好生偏心，尽捡好处都给你了。”女娲不觉失笑道：“真是个痴附宝，我也是奉命驻守西天门，师尊偏心我什么？你要觉得我这里好，不如你来守西天门，我去南天门也好图个清静。”女姬附宝道：“不好，不好！若说打仗，我真不如姐姐，这里金阁虽好，可是不太平，我才不要和你换地方。”女娲笑道：“那不就行了。”女姬附宝起身道：“姐姐，我看那贼魔也不会来了，不如我们回南灵殿去，好几日都未见我那婢子和侍仙了，甚是想念。”女娲蹙眉叹道：“唉，我倒是想回去的，只是恐怕我前脚一走，那魔天王阴灵后脚就赶来了！”女姬附宝轻轻跺脚，急道：“这里还有兵卒们守着，即便他们来，好歹也有个报信的人，我们再赶回来便是了。”女娲望着女姬附宝一揖道：“说的也是，看把你急的，我们现在就回去可好？”女姬附宝拍手，连声答应道：“好好好！”说罢出阁，脚下出现一团七彩光，二人瞬时就不见了踪影。

却说金童、玉女、碧霞、碧玉四人在南灵殿后园戏耍，不知女娲和女姬附宝已回来。女娲正要进南灵殿大门，却被女姬附宝拽住，女娲道：“怎么，到家了却不进去了？”女姬附宝携女娲的手，笑道：“先不急着进去，也不知道那些婢子和侍仙在殿里做什么，且不要惊动，只在暗处偷偷地看看他们就好。”说完又朝女娲眨了眨眼睛，吐了吐舌头。女娲无奈，摇头笑道：“附宝，你看看你怎么也像个婢子了，好歹也是个当主子的，怎么也没个正经，却这般俏皮的！”女姬附宝笑道：“这是在自己家里，又不是别处，我还管什么正经不正经的。”女娲不答话，携着女姬附宝悄悄落在后园里，二人蹑手蹑脚近前，一扇玉门自动打开。女姬附宝伸长脖子探探，还没看到人影儿，便听见一阵阵的喧阗笑语了。女姬附宝撇嘴道：“小婢子们，我们不在家，她们倒闹泛起来了！”女娲瞥了她一眼，笑道：“这不是正合你的意了，一会儿你也去和他们玩儿，我要去睡觉了。”女姬附宝步伐愈加轻捷，从旁边一个花坛缓缓转到楼阙后面，又是一扇半掩的门儿，女娲跟着女姬附宝将身子轻轻闪入门内，又弯腰低头跑到柱廊旁边，隔着柱子朝里看去。只见是碧霞和碧玉还有金童和玉女他们几个围坐在一张桌子旁玩儿，每人手里捏着五枚芃叶。女娲和女姬附宝相觑一下，也不知他们在玩什么，只是觉得新奇，便又蹑手蹑脚地凑近到阶檐跟前再看。只听碧玉道：“这一回都赖不掉了，我是四个门神，一个兵卒，这一次我可是当了一回天王。”女娲惊得瞪大眼睛，见玉女嘟着嘴，娇嗔道：“我却是晦气，一个门神，两个没用的兵卒，一个魔天王，一条石龙。”碧霞笑道：“虽然做不得天王，我却有三个魔天王，一个兵卒，两条石龙，反正也不是个垫后的。”金童蹙眉，将芃叶撂到桌子上，低声叹道：“不玩了，每次都是我垫后，就没有赢过一次，真是没趣儿。”大家低头看去，碧玉念道：“一个兵卒，一个魔天王，两条石龙，一枚芃叶。”玉女大笑道：“你也算运气好的，就那么一枚芃叶，还让你摸到了。”四个人又哄笑起来，将手中的芃叶都摊在桌子上。碧霞笑道：“我也不想玩儿了，下回再玩儿吧。”碧玉努嘴道：“你说不玩儿了就不玩了，可这输赢都有规矩的，这次我做了天王，你们得进贡，一人给我一只桃子。”三个人每人递过一只桃子，碧玉笑嘻嘻地收下。女娲和女姬附宝这才看出点道道儿，还不等女姬附宝直起腰，女娲就走过去，大声道："好大胆的婢子，你若是天王，那我这个门神当如何？"四个人被这突如其来的情景吓住了，见是女娲和女姬附宝来了，先是愣了一会儿，而后慌忙起身，低着头规规矩矩地站在一旁。

女姬附宝见女娲面带愠色，也不敢出头，只好跟在女娲身后。女娲走近前来，牵着碧玉的衣襟问道："你说说，你们玩的这是什么？好好的芃桃叶子都叫你们糟践了，你可知平日里饮的茶酒都是用它们来做的？这还不算，你们竟胆敢犯讳师尊和我们的名号，还有什么魔天王，这都谁教给你们的？"碧玉被女娲责问，受了惊吓，不但不回话反而抽抽噎噎地哭了起来。女娲见状，松开碧玉，又扯起碧霞的裙帔，厉声问道："她不说，你来说说，这到底是怎么一回事儿？"碧霞纳头便拜，低声道："上神息怒，小婢知罪了。前些时候上神们不在殿院，我们闲来无事便去园子里游玩儿，恰好遇到一个神仙，说教我们一个游戏耍耍，等将这芃叶子玩得好了，就给我们吃芃果，所以我们就学了来玩，不曾想到冒犯上神，叩请上神恕罪。"碧霞说完，忙磕头不迭。女娲松开碧霞，转头疑惑地望着女姬附宝，低问声道："这里会来什么神仙？"女姬附宝呆呆地望着女娲摇头。女娲忿忿道："看来这里也不能不管了，我们在天门击敌，或是那魔天王阴灵吃了败仗，又变化成神仙模样来诡惑婢子们，看来安的也不是好心！"女姬附宝连忙道："是要小心了，魔天王阴灵时时盯着我们，也不知他有什么谋算，他那么大的本事，这些侍仙和婢子又知道些什么。"女娲不觉长叹一声，转身望着园子里的情形，左顾右盼，好像就要将那阴灵搜出来似的。女姬附宝乘机给金童玉女使了个眼色道："你们还愣在这里做什么？还不回房里伺候你们的主子！"四人闻言，如得了赦令，低头匆匆退下。女娲和女姬附宝一时也无话，便各自回自己的殿阁去了。

翌日元时，女娲在南灵殿前院舞剑，侍婢碧霞和碧玉在一旁伺候，这时女姬附宝姗姗而来。碧霞轻声道："上神来了。"女娲按剑回头，笑道："附宝也来舞剑么？"女姬附宝又要欠身行礼，女娲忙笑道："既是来练剑，又不是上朝，你我是姐妹，何须又行这些个虚礼，以后别再拜我了。"女姬附宝牵着女娲的手说道："我才不愿意动刀动剑的，只是想起来要与姐姐品茶，才叫金童和玉女去后园香亭准备，我们一会儿就去吧。"女娲松手，剑飞起轻轻落入碧霞持的剑鞘中，而后笑道："我从天时起，舞剑到元时，身子困倦得紧，正好想饮茶来着，正巧妹妹来叫，这正合我意。"二人说着便向后园香亭去了，碧霞碧玉收拾停当紧跟着去了。

女娲和女姬附宝正饮茶说话间，碧霞近前欠身说道："两位上神，这会儿又来了三位上神呢，小婢这就去斟茶来。”话音方落，就见伏羲昊翩翩而来，轩辕昊相随，笪殷昊也在后同行，身后紧随三个雾鬓云鬟、花开媚脸的侍婢。女娲和女姬附宝忙起身施礼，伏羲昊忙道：“两位师妹不必拘礼的，我们三个也是忙里偷闲，前来寻你们说说话儿。”女娲和女姬附宝相视一笑，正要说话，却听轩辕昊道：“听说两位师妹有几个侍婢，我们也都带来了，让他们都认识一下，只是我们的婢子尚未脱俗，怕是不如师尊赐给你们的几个。”说完，笪殷昊就在后面嚷道：“你们四个，还不快拜见两位上神。”三个侍婢忙踩着莲步上前，纳头便拜，一个道：“小婢名叫尚翠，拜见两位上神。”伏羲昊接道：“这婢子是师尊赐给我的，看她生得机灵，确有些个福相，只是不爱说话。”女娲瞅着尚翠笑道：“这叫作丰颊曲眉，慧中秀外。”第二个接着拜道：“小婢名叫邠夙，拜见两位上神。”轩辕昊点头笑道：“师尊赐给我的婢子，很是乖巧。”第三个和第四个跟着拜道：“小婢岄灵、璟琄，拜见两位……”话还未了，就听笪殷昊粗声粗气喊道：“她们两个是我的！”惹得女娲和女姬附宝掩鼻笑，女娲笑道：“知道她两个是你的侍婢，我们又不和你抢的，你急的什么！”众神都开怀大笑。女姬附宝掩鼻一笑，对四个婢子道：“你们下去吧，和那些姐妹们去玩儿。”四个侍婢退下，与碧霞和碧玉、金童和玉女站在一起，有的拣芃桃叶子，有的添水，还有的端茶，开始忙碌起来。女娲笑道：“三位师兄殿里的婢子，有师兄们教诲，料也不俗。”说着又令碧霞和碧玉斟茶。

茶过三巡，闲话之间，婢子们又摆出鲜桃来。正待取来吃，却被金童和玉女的一声惊叫打断。众神转身看去，眼前忽然飞过几只石龙，虽说形貌各异，但体型小巧，生有两翅，飞旋往来，玲珑可爱。众神面面相觑，伏羲昊惊道：“刚才飞去的是何物？”女娲和女姬附宝第一次见这东西，也呆住了，不知如何答话。众神起身跟着石龙所去的方向寻找，一直跟到囲山，再一看，漫山遍野都是这种小精灵盘旋飞舞，五光十色，十分好看，直到囲山南谷方止。众神见南谷有许多芃树和桃树，果实硕大，鲜艳欲滴。石龙颜色各异，都很鲜丽，轻飞的时候还缀着长长的五色光雾，它们似乎已发现众神到来，便亲昵地围着他们飞旋，一会儿落到他们肩膀上，一会儿又飞舞起来，惹得大家十分欢喜。女姬附宝疑道：“怪哉，怎么突然来这么些石龙？”伏羲昊望着石龙，摇头道：“如今这天界一天一个模样，什么事儿都有，或许这又是师尊变化出来的呢。”笪殷昊瞪着双眼，大声道：“师尊造这些个小东西有何用处？让他们去敌那魔天王，还是让它们就这么飞来飞去的当一处风景？”轩轩昊笑道：“师弟这张嘴，不论走到哪里，却谁都不饶。”伏羲昊见女娲沉默不语，问道：“师妹，你怎么不说句话？”女娲回过神儿来，笑道：“这石龙也不是个新鲜事，我倒是知道它来历。”众神皆惊，目光向她投去。伏羲昊问道：“哦？这却奇了，那么就请师妹说说看，这些东西到底是怎么来的？”女娲笑道：“我也不知详细，只是脑中有些记忆的，我曾梦里见过一个老神仙，告诉我天界初创，泰初九年，九时以囲山化石化生九土龙，名曰主龙、禽龙、暴龙、剑龙、梁龙、雷龙、跃龙、翼龙、腱龙，天出这般异象，兆示众神要造化三界了。”伏羲昊沉思良久，问道：“如此说来，如今便是泰初九年了。”笪殷昊道：“师妹一个梦境，能作数吗？我还梦到我当上了天王呢！”伏羲昊瞪他一眼，厉声道：“师弟休得胡言！这话你也敢随口乱说。”笪殷昊忙低头，轻声道：“只是个梦而已，大惊小怪什么。”轩辕昊接话道：“虽然是个梦，却听着有眉有眼的，我觉着似有几分道理的。”女姬附宝插话道：“姐姐这梦里的老神仙是谁？若是魔天王阴灵作祟，怕不是什么好事吧。”女娲叹道：“不论是谁，总之说的正是今天所见的这番景象，不说这些了，让婢子们去摘些桃来吃吧。”

女娲和女姬附宝各令碧霞、碧玉和金童、玉女去采摘玉桃，伏羲昊转身对尚翠和郃夙、岣灵、璟琄道：“你们也去采些来。”众婢去了一会儿就采来许多，众神一边吃一边聊了起来。伏羲昊若有所思，缓缓道：“西天门一战，那魔天王阴灵说的那些话，不知师弟师妹们是如何想的？那魔天王阴灵说，在我们师尊之前，还有一位大神名叫盘古，并且有四个弟子，大弟子是龙王，龙王的弟子是师尊。他好像说是师尊反叛，大逆不道，杀了四神，篡夺王位，不知此话是真是假？”众神一听，惊得脸色大变，一个个都不敢说话。笪殷昊咬了一口桃子，摇摇头道：“我看未必，如果那盘古和什么龙王是大神，怎么能轻易被师尊所杀害？为妖恶言，居心不善，他是教我们背叛师尊，然后投了他去，其言不足为信！”话刚说完，只听身旁传来一个声音道：“你们太愚钝，那魔天王所说的话不假，在你们的师尊天斗之前，确有大神盘古和他的四个弟子，尽数被天斗所害。天斗造化你们的时候，怕你们知晓这事儿，便让你们气迷心窍，识不得这真相罢了。”众神闻言大惊，回头一看，却见一条石龙飞停在他们头顶，说话的声音正是它所发出来的。女娲捂着胸口，惊道：“想不到你这个畜生也能说话。”女姬附宝也惊得瞪大眼睛，大声道：“我说什么来着，我就知道这些石龙与魔天王阴灵有关，一定是他用囲山之石造了这些畜生来迷惑我们的。”伏羲昊起身道：“先不管它们是不是与魔天王阴灵有关，且听它把话说明白了。”伏羲昊盯着石龙问道：“什么是师尊令我们气迷心窍？”石龙拍拍翅膀道：“你们的师尊天斗造化你们的时候，用的是泰初四神轩辕龙、伏羲肱、笪殷晸和勾弋鬸的元灵，为了使你们不记得前生之事，故意施法用一种阴气封住了你们的慧觉，只有解除那阴气的封阻，就能打开你们的慧觉，你们才能变得聪慧，便能洞察世事了。”轩辕昊站起来，怀疑地盯着石龙，急忙问道：“听起来他们都是泰初四神的元灵造的，那我是谁的元灵造的？”石龙道：“你们究竟是泰初四神的哪个元灵所造的，这个你们去问天斗，我又岂能知道。”轩辕昊盯着石龙问道：“你可知打开慧觉的办法？”石龙道：“我见你们都吃玉桃，说句实话，这玉桃不比那芃果味道鲜美，你们为何不尝尝那芃果？你们现在也看到了，我本是这天界的灵兽，本来不会说话，但自从我食用了那芃果之后，便也能洞察万物，通晓世事，与你们这些大神一样能够说话了。”众神听了，无不吃惊，抬头一看，见每条石龙口中都衔着一只泛着红光的芃果，吃得津津有味。女娲厉声道：“大家勿听它妖言惑众，这芃果乃是天界禁果。”女姬附宝忙道：“师姐所言极是，这些石龙看来就是魔天王阴灵造化的，来蛊惑我们食用芃果，谁知道它有什么谋算！”轩辕昊趁大家七嘴八舌争吵时，自己将掉在身边的一只芃果收起塞进袖子里。石龙道：“我们并非魔天王阴灵所造化的，昨日囲山突起风云，一场七彩雨下过之后，便有了我们。至于这果子，你们吃不吃自便，我只是告诉你们打开慧觉的办法，我们吃了芃果后，虽然形貌与众神不同，但思想却和你们一样，又能言语，这莫非不是证明吗？”女娲有点犹豫，正在此时，四周弥漫起一阵阵芃果的奇香。女娲忍不住咽咽口水，如痴如醉的模样，她伸手摘下一只芃果，刚要放在嘴边，却被女姬附宝抬手打落了，女姬附宝神色慌张，道：“师姐，莫非你真忘了师尊的诫命，这芃果不能吃，若让师尊知道了，必不会饶你的。”碧霞和碧玉也急了，跪地乞求道：“上神不要吃，免得受师尊责罚。”轩辕昊疑惑道：“师尊也好生奇怪，只许让我们吃桃子，却为何不让我们吃这芃果，一定是怕我们吃了它打开慧觉。”众神恍然而悟。石龙见状，搭腔道：“正是如此，你们若是吃了这芃果，就变得与他一样聪慧了，他怕你们知道太多，所以才不让你们吃这果子。”石龙话音方落，芃树上又掉下两只芃果，正好打在金童和玉女身上，那玉女拿起芃果，跪地道：“上神若想吃芃果，又怕被师尊惩戒，小婢不怕，愿先尝个味儿，若是好吃，再敬上神们吃，如此可好？”女姬附宝忙道：“若芃果有毒，如何是好？”伏羲昊道：“不如让她先试试，芃果无毒，若真有毒，石龙就不会在这里说话了。”玉女如得了命令，便将果子塞进嘴里，还没等她嚼动，芃果就顺溜一下滑进了肚里，玉女纳闷，一脸茫然地盯着大家。金童见状笑了起来，他问玉女道：“你吃得这么急，也未尝出这果子是什么味道，还是让我来尝尝吧。”说完也放塞进嘴里，大家都看他吃，和玉女吃时一样，那果子到了口中就不见了。众神皆哈哈大笑，突然，一道白光闪过，天斗突然到来，怒吼道：

“休要吃此果！”接着一双大手便伸了过来，一手捏住那条说话的石龙，一手卡住金童的脖子，那芃果已经滑在金童的喉咙，被天斗这么一卡，就聚在了喉咙处，众神细看去，见金童的脖子上凸出一块喉结，这才慌乱起来。天斗松手，叹息道：“唉！劣徒！为师的训诫你们忘了么？却在这里偷吃芃果！”众神急忙跪地，不敢抬头。此时，伏羲昊斗胆道：“并非弟子们贪吃，都是这些石龙叫我们吃的，它只说吃了这芃果，便可以开大智慧。”天斗心中一惊，厉声道：“一派胡言，这些四足石龙都是西极星的心魔所化，它们专门来这里设下魔障，企图加害于你们！”天斗又扭头对另一只手上攥着的石龙道：“你们这坏事儿做尽的恶魔，上次念你们败走，我却不忍追杀，今天，你们却来这里为恶！”那石龙哀鸣起来，天斗轻轻吹一口气，只见石龙全身瘫软，已无力挣扎，天斗又道：“你们本来是天界之物，可也偷吃了芃果，犯下天戒，本王岂能轻饶你们！现在将你们囚于囲山，让你们等待轮回六道！”说完便将石龙摔在地上，刹那间，只见不计其数的石龙纷纷都化成一股黑烟，聚集在摔在地上的那条石龙身旁，那条石龙渐渐变大，躺在地上一动不动，天斗一挥手，一股巨大的蓝光将石龙包围，瞬间被凌空卷起飞入山洞中。

金童吞下芃果，却被天斗伸手捏住脖子，芃果卡在喉咙里，于是就有了喉结。天斗冷笑一声，问道：“你既然吃了这果子，你告诉大家，你可有了那大智慧？”金童又惊又怕，战栗道：“小童只觉喉头刺痒，并无其他异样，也未见有什么大智慧。”天斗狠狠瞪伏羲昊一眼，怒道：“亏你们还是我门下的弟子，孽畜几句妖言就迷惑了你们！他们吃了禁果，触动凡尘，这仙界是留不得他们了！”且看玉女，天斗顾不上阻止她，她已将整个芃果都吞入腹中，没过一会儿，脑中不断闪过一些她从未见过的场景：天空漆黑，电光闪闪，巨响阵阵，一道白光将天空撕裂开一个大口子，一会儿又闪过四位大神的模样，但他们的相貌和天斗不同，一会儿又看到天斗将另一个大神打伤在地，一会儿又见天斗追杀一条青龙，并将龙头斩落在地，一会儿又看见另三位大神也变成飞龙，也被天斗斩头……玉女开始抽搐，天斗怒喊一声道：“劣徒还不快醒来！”玉女闻声，一个激灵翻起身，双目直视天斗，她突然觉得天斗面目狰狞，十分可怖，于是吓得躲在女姬附宝身后。天斗怒视玉女，问道：“你已吃下这个果子，你可得了大智慧？”玉女战战兢兢，已不能说话，众神见状，已经吓得魂不附体了。

天斗盯着女娲怒道：“你当为师不知么？是你先要吃那芃果，若不是女姬附宝警告，你险些就犯了天戒！”女娲跪地，害怕地看了看天斗，然后小心翼翼地问道：“我们为何就不能吃芃果？弟子愚钝，恳请师尊教诲。”天斗向前踱了几步，望着芃树，意味深长道："芃果是昊天造化之物，你们也是为师所造的神灵，若吃了这果子，你们将会心生凡念，到那三界形成之时，便会坠入五行，轮回六道，化为凡类，仙缘尽绝，天界就不能留你们了！"大家听了这话，个个惊愕不已。天斗又道："女娲，此事因你而起，为师罚你从今天起就在囲山潜心修行，不得离开半步！"话一出口，女娲已瘫坐在地上。金童和玉女才知道已闯下大祸，急忙跪地抽泣道："求师尊怜悯，快快救我们！"天斗转身怒道："你们已经吃了芃果，必受惩罚，你们元身已为天界所不容，必将坠入六道。"金童和玉女更是害怕，哭道："师尊饶我，师尊饶我！"说着便连连叩头乞饶。天斗无奈，摇摇头道："天道无亲，法无二门，事已至此，为师也无可奈何。"女姬附宝见天斗也无计可施，只好问道："请问师尊，金童和玉女坠入六道轮回将会怎样？"天斗沉思片刻，道："他们虽然不是正神，但在天界也是个仙灵，轮回六道，自然会往人道，经历七情六欲，从善而修行。金童因我及时阻止，他并未吞下芃果，化为喉结，所以他在凡间寿数却没有玉女的多，而玉女已吞下芃果，她身上已有灵气，寿数比金童的多，也要比金童更聪明些。为师若所料不错，那凡间世界必将由金童和玉女而繁衍，若凡间有人类，必将是女人比男人长寿，女人比男人聪明，男人也必将因女人而祸乱于世……"天斗未说完，便将话头按住，又轻声叹道，"唉，不说也罢，未来之事，不说也罢！"女姬附宝泣道："再请问师尊，那三界何时才能形成？"天斗冷冷道："昊天玄玄，顺其自然吧！"说完便消失在一闪白光中。众神泪如泉涌，莫能仰视，女姬附宝和伏羲昊、轩辕昊、笪殷昊以及众仙婢亦哽咽不能止。

却说女娲被天斗禁在囲山南谷悲凉境地，自是闷闷不乐，心上恍恍惚惚的。她在南谷的芃树下坐憩片时，天色已渐渐暗了下来，这是天界一天当中要经历的望时、亚时、角时这三个时辰的"暗时"，也就是天界的夜晚，除这三时辰之外，天界光明如白昼。在暗时里，也只能看见天界闪烁的星星发出的寒光，周围的景物虽然看上去没有那么醒目，但在暗时里也能清晰地分辨出来。空旷的山谷中除了她和遍山的芃桃树，一连过去七天，女娲觉得孤独无趣，心下想道："我并未吃下芃果，却被师尊惩罚，如今回不得南灵殿，与师兄师妹们隔绝了，我一个人在这里，不知何时是个头。"心下才这般想，突然，一股强劲的风掠过，南谷响起一片喧嚣声，芃树发出低沉的哗哗声，此起彼伏，树枝跟着颤抖起来，几只芃果惊落了下来，掉在她身旁。突如其来的风，骤然间又平息下来，女娲仔细看去，见芃树旁的桃树瞬间都不见了，她疑惑起来。远处，隐约传来魔天王阴灵的凄切的嚎叫声，有时却是令人毛骨悚然的狂笑声……

一团黑云压在芃树顶上，就像使足了劲要把芃树压倒似的。苍穹又淅淅沥沥落下酸雨，女娲有些惧怕，她紧紧地靠着树干，凝神警觉起来。一声霹雳骤然响起，忽然，一个高大魁梧的黑影一闪而过，芃树林中响起一连串折断树枝的噼啪声。囲山顶上惊起一群飞鸟，张开像箭一般的羽毛，尖叫着飞旋在上空，突然风停雨止了，那些飞鸟眨眼间变成了一个个小黑点，纷纷降落在囲山上，发出沉闷的“砰砰”的敲击声，把整个山谷都震荡得轰鸣起来。

却说女姬附宝到了第二天一早就出殿来，神情恍惚地在阶廊走动，碧霞、碧玉来了，遇到女姬附宝连忙站住，欠身施礼。女姬附宝恻然道：“姐姐被禁在囲山，我也是心痛得不行，金童和玉女也不在身边了，如今见到你们也亲切。”碧霞和碧玉低头不语，早已是泪流满面了。这时，伏羲昊和轩辕昊也来了，女姬附宝长吁短叹一阵，而后又对碧霞和碧玉道：“你们去备些茶水来吧。”碧霞和碧玉点点头，默默转身去了。伏羲昊道：“师妹这么早就起了。”女姬附宝苦笑道：“师姐不在，我一会儿也睡不着了。”轩辕昊道：“咱们去亭子里说话吧。”众神就到香亭里去了，坐了一时，又不说话，各自远眺了一会儿。女姬附宝道：“想我们师兄妹几个在一起也是惯了，如今师姐被囚禁，我也觉得没什么意思了，每天想起来就难受。”说着又长叹几声。伏羲昊道：“师尊会让她回来的，也不是多大的一点事儿，你不要担心她。”女姬附宝泣道：“我如今是孤家寡人了，师姐不在这里，金童和玉女也不在这里，想想这枯燥的日子何时能到头？”女姬附宝心上一酸，早呜呜咽咽的，眼泪就如断了线的珍珠一般落了下来。轩辕昊道：“师妹说的也是，以前你们都在一起，如今孤孤单单地也实在难受。”女姬附宝道：“我们去求师尊，让他开恩放了她们吧？”伏羲昊摇头道：“师妹莫急，这时候去请求师尊不妙，师尊怒气未消，我们去了反而又添怒气。”轩辕昊看着女姬附宝在那里拭眼泪，轻声道：“师妹别伤心，只要等些时日，我们自会去请求师尊的。”女姬附宝道：“只是怕师姐她在囲山孤零零地受的什么罪。”伏羲昊叹道：“唉，那也是没办法，但也不会有危险，师妹法力高强，即使遇见阴灵或怪兽，自会保护自己的。”说着碧霞和碧玉将茶水和桃子都捧上来放在圆桌上，众神一起坐下，饮了一会儿茶，相对无语，便又走了。

且说女娲自嗟自叹，冷落孤凄，忽然见芃林中有黑影闪过，不由警觉起来，她高声问道：“是谁在这里？还不快快现身！”忽然，黑影又出现了，站在她面前，女娲仔细一看，原来是魔天王阴灵。女娲怒道：“大胆魔王，你竟敢来这里送死！”阴灵哈哈大笑道：“本王来这里并不是寻你打架，你知道那天斗为何将你囚禁于此？”女娲冷笑道：“我师尊惩罚我而已，与你何干？”阴灵正色道：“他怕你知道真相，将你囚禁在这里，我便是来告诉你真相的！”女娲冷笑道：“我不晓得什么真相，也不想知道什么真相！你这个魔头，又来蛊惑我，到底是想置我于死地！不如少费些口舌，要打要杀来得痛快些！”阴灵急道：“打杀之事且放后面，你也见了，玉女吞下芃果，她已知道泰初之事！不信你可去问她！天斗囚禁的何止你们，还有泰初之神天鹿，你若能见她，就相信我所说的了。”女娲厉声道：“让你走不走，就在这里纠缠不休，也好，我先杀了你，省的你再来为祸天界！”说罢便抬手击出一掌，却丝毫没有动静，女娲大惊，又连试几次，依然如故。阴灵大笑道：“不要白费气力了，你当你还是正神么？天斗收了你的神光，你也就算个庶神而已，哪里来的法力？”女娲恼羞变怒，斥道：“那又如何？待我出去，定杀了你这魔头！”阴灵听见魔头二字，气夯胸脯，怒道：“我好心来为你，你竟一再恶口凉舌的辱我，今天我便不饶你，叫你进得来这里却出不去！”说完便一挥手，一团黑气直扑她去，女娲哪能经得起这般力道，一下就瘫坐在地。女娲喘息道：“你杀死我吧，反正我也是被囚禁的人，死活都是一样的。”阴灵怒气渐消，劝道：“不如你随我去魔境，在那里自由自在的，何苦在这里受罪！”女娲怒道：“休想！我即使一死也不会背叛师门，与你这逆贼为伍！”阴灵怒道：“真不知好歹！看来我不得不杀你，杀了你也少一个麻烦！”说罢，抬掌就要劈下，说时迟那时快，那阴灵还没来得及出手，就见一道白光落地，一个年轻的神仙站立在他们面前，阴灵抬头一看，大惊失色道：“盘古太师！”话音一落，阴灵变成一团黑云席卷而去了。女娲暗自吃惊，抬头看时，那神仙已不见了。

到第八天的时候，女娲实在饥渴难忍，想摘几颗玉桃充饥，却找不见一个，心下怀疑道：“难道是师尊将玉桃都收了去，不让我吃，以此来惩罚我。”女娲心里又委屈又气愤，流泪自言自语道：“既然师尊弃我，我又何必苟活？不如吃了这芃果，解一时饥渴，即使死去也无所惜了，不管那三界五行六道是何模样，就是刀山火海又有何惧？”想着想着，于是就捡起芃树下的果子吃了起来，一连吃了好几个。就在这时，树后突然响起一阵沙沙的脚步声，女娲回头望去，只见芃树后探出一张白色的精美无比的脸庞，头上长着一对带许多枝杈的鹿角，发出白色的光，就像是笼罩着一个白色光环，女娲又惊又喜，这是她连日来头一次见到这样的灵物。

女娲站起来，想慢慢靠近这浑身泛着彩光的天鹿，而天鹿鼻子痉挛地抽动着，似乎不敢靠近。女娲也不敢妄动，怕惊跑了它，于是又坐下来，只是眼巴巴地望着，然后低声道：“想不到这天界如此凄凉处，还有你这般美丽的灵物，你既然来了，为何又躲着我？”说着眼圈儿又一红。天鹿犹如一尊雕塑站在空地上，它的角闪闪发光，就像是富丽堂皇的皇冠。女娲看得入迷了，忽然，那天鹿身上出现了一团银色的光芒，女娲再看时，天鹿却变成一位美丽绝伦的女神，见她风鬟雾鬓，眼角上挂着泪水。女娲惊问道："你是谁？"女神轻声答道："我叫轩辕娌，我和你一样，曾被囚禁在北谷的洞中。"女娲心中暗暗着急，又问道："自我出世，除我师尊和众师兄师妹，还有宫中的天兵和侍婢外，还从未见过你这样的仙女，你来自何处，住在哪里？"轩辕娌道："我来自泰初，住在太阳宫中，但你切勿告诉别人你曾见过我。"女娲忙道："不论是谁，我绝不透露半点消息的。"

女娲心想，原来那魔天王阴灵说的也是实话，便更加着急，双眉紧皱，把轩辕娌的手紧紧拉住，低声泣道："娌姐姐，我因想吃芃果，被师尊囚禁在这里，因我不能回宫去，所以悲伤。而如今我真的吃了好几个芃果，听师尊告诫说，凡吃芃果者，将来三界形成之时，便会坠入五行，轮回六道，不知将来我会去何处。"轩辕娌凝视着女娲的眼睛，笑道："吃便吃了，是你吃它，又不是它吃你，你担忧什么？"女娲一听，破涕为笑，急道："姐姐！我都火烧眉毛了，你却有心开玩笑的。"轩辕娌抬头远眺，缓缓说道："那金童和玉女吃了芃果，将来恐怕会有如此下场，但是你却不一样，即使吃了果子也没什么。"女娲心下疑惑，小心问道："姐姐何出此言？"轩辕娌笑道："妹妹是一个聪明绝顶的人，又是天斗以泰初元灵造化的第一正神，难道还担心吃几个果子？依我看来，那魔天王阴灵说的话也不全是假话，起码有一半儿的话是真的，只是你不领会他的意思。"女娲闻言，惊愕不已，问道："我看姐姐也是个善神，却为何替那魔头说好话？"轩辕娌眨巴着长睫，笑道："你怎知他是魔头？阴灵原本也是盘古太师造化的灵物，只是不能忍天斗造孽，故而独占西极星，分庭抗礼，自封魔界之主，要说起名分，他与你师尊天斗也不相上下。"女娲大惊道："姐姐小声些说话，你怎敢直呼师尊名讳？"轩辕娌笑道："不妨，他只是你们的师尊，并不是我的师尊，我出世时，这天界还没有他呢！"女娲觉得她的话也有三分道理，又问道："姐姐的意思是，那魔天王阴灵也是个好神仙了？"轩辕娌正色道："你想想，阴灵为何从天界逃了出去？我看这也或是我盘古太师的意愿呢！这一牵一制，以恶制恶，结果必得着善。天道无亲，昭昭之宇，三界若要形成，必使万物催生，所以有些事儿也就不觉得那么奇怪了。"女娲听她一席话，顿觉如饮甘露，沁入心脾，心里也左左右右地徘徊起来。轩辕娌望着她问道："妹妹可明白了？"女娲摇头，问道："若阴灵是泰初之神，又是好的，那为何师尊还要派我们驻守天门，拼死力战呢！"轩辕娌道："他若不战，岂不是将天廷拱手让于阴灵？"女娲笑道："罢了，罢了，我也不问这些个事儿了，还是我自己的事儿要紧。姐姐说我吃了果子也不打紧，这又从何说起？”轩辕媓道：“我如何说你才能明白？不如细细道与你听罢，那金童和玉女本来是天斗以照石作法，变囲山化石所造，也只是个庶仙，而你却不同，你是天斗以龙王之元灵所造，是昊天造化的正神，岂能因为吃了几颗芃果而坠入五行，轮回六道？”女娲摇头，忙道：“话虽如此，但师尊的话岂能有假？姐姐莫要再安慰我了。”轩辕媓思忖片刻，笑道：“既然妹妹担心，我却有一个好办法，可救妹妹超脱五行外，不在六道中。”女娲大喜，忙问道：“姐姐有什么好办法？”轩辕媓近前，贴着女娲的耳朵低语道：“我本是太阳宫的灵兽，口中曾含着一枚泰初大神形天的元灵珠，后来我被天斗追杀，灵珠被他盗走据为己有，你若能见得着此珠，便能躲过芃果之祸，不知妹妹意下如何？”女娲低头想了想，无奈笑道：“我被囚禁在此地，也不知何时才能出去，又如何能见得着那元灵珠。”轩辕媓笑道：“不急，天斗不久便会召你回宫。”女娲心下释然，又转头问道：“见了那元灵珠，我当如何？取来给姐姐送去？”轩辕媓说道：“只是你见着就行了，助你脱离轮回六道，我要那元灵珠子做什么，你也不要拿它，万一被天斗发现，倒弄一场没趣。”女娲点头道：“就听姐姐的。”

却说伏羲昊一连几天都不知女娲近况，心中着急，只好去玉京宫觐见天斗。才到宫门口，就见元真童子挡在前面。伏羲昊拱手道：“我来拜见师尊，请你通报一声。”元真童子道：“天王有令，凭他是谁，一个不见，你还是请回吧。”伏羲昊无奈，正转身欲走，又突然想起什么，转头问元真童子道：“可有我师妹女娲的消息？”元真童子摇摇头。伏羲昊心下思道：“不见就不见，我自己去找师妹！”于是瞒着天斗，一个人到囲山南谷去探女娲。伏羲昊见南谷中静悄悄的，一个人影儿也没有，心中疑道：“师妹在何处？偌大一个山谷，去何处寻她来。”正发愁时，突然见一只鹿飞奔而过，穿过一个山洞便不见了。伏羲昊大步追去，直到山洞口，走进去看，见香雾缭绕，女娲睡在地上，额角上两绺细发散乱开来，遮盖在她脂玉般的半张脸上，一弯玉臂当枕头压在雪白的脖子下。

伏羲昊跨进去，忽闻幽香扑鼻，桂馥兰馨。女娲见有人进来，霍地翻起身，瞠目而视，一看是伏羲昊，深感意外，滴羞笃速，急欲躲避时，不料已被伏羲昊从头至脚看了个仔细，女娲又怯又急，泫然欲泪，变脸断红，怨恨之容令人生怜。伏羲昊期期艾艾道：“师妹怎么住在这里？”女娲面露娇怯，轻声道：“不然住在哪里？师尊不让我回宫了，我只能在这里当个洞主。师兄，你怎么来这里了？可是师尊让你来接我回宫的？”伏羲昊摇摇头，笑道：“若是师尊让我来接你就好了，我去见师尊也见不到，自己偷偷过来看你的。在南谷也找不见你，一会儿又看到一只鹿进这洞中了，师妹不曾看到么？”女娲道：“师兄是眼花了，这里除了我，哪还有什么鹿。”伏羲昊道：“这洞里也确实只有师妹，可能是我看花眼了。”女娲笑而不语。伏羲昊打量了一下女娲，疑道：“师妹在这里都七八天了，看上去不但不伤心，反而很高兴。”女娲把鬓儿掠一掠，臂上露出金镯儿，亮光闪闪的，眨眼笑道：“我见师兄来看我，自然很高兴。”伏羲昊问道：“师妹，你这几天受苦了。”女娲只傻傻笑，顺手抓起一只芃果塞进嘴里。伏羲昊惊道：“师尊的话你可是忘记了？不能吃这果子，否则三界成时，师妹将尽绝仙缘，化为凡类。”女娲一边吃一边笑道：“管不了那些了，此时只觉得饥肠雷动，不吃便要饿死了。”伏羲昊奇道：“为何如此？我们都不会饿，想吃什么时才吃，不吃也没什么不适，你却怎么觉得饥饿？”女娲道：“我原先也不会饿的，许是师尊收了我的神术，故而如此。”伏羲昊点头道：“我倒忘了这回事儿，不想师尊会这般惩罚你。”女娲叹道：“我都已经习惯了。”伏羲昊道：“那也不要再吃这禁果，若被师尊知道，便又来惩罚你，即使师尊不来，吃了这芃果，你就不怕坠入轮回么？”女娲笑道：“我才不怕，我已得解脱之道，小小的芃果能奈我何！”伏羲昊见女娲吃得津津有味，也忍不住拿起芃果揣摩起来，女娲笑道：“你那么怕的，还拿着它作甚？要吃么？”伏羲昊道：“我怕什么？要怕我就不来看你了，吃便吃了，大不了陪师妹一同受罚。”说着便咬了一口，笑道：“果然是美味！”吃了半晌，伏羲昊便觉不对，只觉得一丝灵光灌顶，眼前一亮。女娲见他这般光景，心里已经明白，咯咯地笑问道：“师兄怎么了？是要坠入轮回了么？”伏羲昊直勾勾盯着女娲，此刻已是神情飘漾，顷刻难持。伏羲昊转念一想，暗思道：“原来吃了这果子是这般感觉，莫非这便开了慧觉么？”女娲在一旁痴痴凝视，伏羲昊偷眼视之，见她秀发齐眉，轻霞晕颊，果然是袅娜无伦，又想起她独自一人在这山洞中受了许多艰苦，不觉泪下。女娲亦然，粉脸缀羞晕，痴痴娇娇，两人眼对眼看了一会儿，心里突突跳个不停，不知不觉就偎在一起，抱作一团……事后，女娲整妆而起，对伏羲昊道：“你我本为师兄妹，因吃禁果而心生凡念，这一桩罪若师尊追究起来，怕是大祸临头了。我虽爱你，奈何天廷法重，我们不能在一起厮守，若妾有个长短，你自保重。”说着，回头凝视伏羲昊，恋恋不舍。伏羲昊叹息道：“我能与你在一起已经知足了，任凭师尊发落，我绝不会丢下你的。”说完便渐渐睡着了。

女娲料想凶多吉少，自嗟自叹起来，想起已经酿成大祸，不知还会遭受什么惩罚，又想起女姬附宝和碧霞碧玉来，再不能得见一面，每思量了一会儿，便泪如雨下。南谷上空渐渐有了灰色的光线，微微地闪光，围山和围绕在它脚下的芃树也清楚地显现了出来。

突然苍穹一声炸雷将他们惊醒，翻起身才看见自己都是赤身裸体。伏羲昊和女娲都大惊失色，女娲羞晕满面，急忙躲在一棵芃树后面，抓起芃树叶儿遮住玉体。伏羲昊又羞又怕，也急忙躲在另一棵芃树后面，惊恐地看着女娲。伏羲昊道："难道这就是对我们的惩罚吗？"女娲双眸凝泪，一言不发。山谷被潮湿的寒气笼罩着，透过他们的皮肤，一直侵袭到骨头，他们蜷缩在树下，微微地颤抖着。

女娲在洞中暗暗悲泣，忽见一个白衣神仙，从空中徐徐降落，对着女娲低声唤道："女娲，你还认得我否？我是来救你的。"女娲抬头一看，只见洞外有一个神仙，好生面熟。女娲默然不答，徐徐伸出素手，稍理鬓丝，双颊微生春晕。白衣神仙似乎又近前了一些，女娲即刻认出是盘古太师，便纳头拜下道："望乞太师快快救我。"盘古道："不消忧苦，我知道你们做了什么，现在就出来吧！"女娲泣道："我不敢出洞去。"盘古道："仔细看看吧，我就在这里。"伏羲昊偷偷看去，只见是一个年轻的神仙，更是又羞又怕，躲在树后，不敢言语一声。女娲伏下身体，瑟瑟发抖，说道："我知道你是盘古，请饶恕弟子的罪过，我不是故意要吃那芃果的，如今我心生凡念，又羞又怕……"盘古正色道："我正是盘古，你不要惊慌，听为师细细道来。"伏羲昊和女娲仔细聆听，盘古道："昊天之始，阴阳出于混沌蒙昧之中，众星未开，吾与形天争帝，杀形天于北谷，造四神而创天界，终成此天极仙境，岂不知这清都绛阙不受尘，所造之物皆为灵物，所造之人皆为神仙，元灵皆来自阴阳之气，元身皆出自太碑之石，诚为昊天造化。尔等之师天斗乃是吾之徒孙，吾入涅槃之后留下灵骨一枚，他自窃取而得大道，后造汝等，故尔等实乃出自元神之灵，乃为神人，眼、耳、鼻、舌、身、意乃为六根，皆令清净，自出而冰清玉粹；独善元身，介然特立仙界；高尚其志，超逸天阙九霄。今尔等吃了这芃果，生出凡心，自经于亵越而不知，犯下天戒，将来必遭惩罚。"伏羲昊恐惧起来，他不安地问道："不知者何罪之有？何谓天戒？请大神教我！"盘古道："神人自出，天衣自成，故而无缝，若非正神，自解其衣而不能。此诚为昊天绝俗于神人而天成，养精爱气，故能清心少欲，修成六丈金身，能变能化，无通无不通，无大无不大，以为普度众生。此芃树之果专惑神智，非无欲者难避其惑，使自堕落而化为凡类。"女娲泣道："请恕弟子愚钝，不知天戒恢恢，如今吃了禁果，失去天衣，求太师救我！"盘古道："无妨，到时候天斗要开辟三界，创化万物，你会建功立业，以使罪孽自消。"伏羲昊急问道："弟子当如何？莫非就要坠入五行，轮回六道么？"盘古笑道："你也莫怕，有两个理由可使你躲过轮回六道之劫。其一，你与女娲私情，嬿私于此，女娲已身怀灵胎，将有贵子诞生于此。此子慧觉极致，尽知世界真谛，仅此也不会让你往六道轮回。其二，你与女娲将下界去创化万物，定会将功补过，故而罪孽自消。”女娲愁眉道：“若被师尊知道，又要责罚，这可如何是好？”盘古道：“你既在这树下怀娠，我将此树化为灵树，命名为菩提树，赐子名为‘须菩提’。至于天斗，我自有办法，他必不会责罚于你们。”女娲躲在树后，黯然道：“如今没有了天衣，出去如何见得人？”盘古一挥手，顿时洞中腾起云雾，绕着伏羲昊和女娲，飘飘漾漾，顷刻间二神已着云裳。女娲大喜，连忙拜谢道：“若非太师超救，弟子的性命旦暮不保，今有幸遇到太师，赐我们天衣，使弟子恢复法力，太师天恩，容弟子们后报。”伏羲昊也跟着拜了三拜，再一抬头，盘古已消失在眼前了。女娲和伏羲昊出洞远眺，也不见盘古身影，只听得半空响起盘古的声音，道：“今日之事，切不可告知他人。”伏羲昊和女娲连忙下拜。再起身看去，只见女娲所藏身的艽树瞬间变得又壮又高，枝繁叶茂，满树散发着阵阵红光，蔚为壮观。

忽一日，女娲觉得腰酸肚痛，坐卧不宁，伏羲昊见状，慌得不知所措，急问道：“这到底是怎么了？莫非昊天反悔，又来惩罚么！”女娲额头香汗涔涔，气喘不定，勉强说道：“夫君莫妄议太师，妾怕是要生了。”伏羲昊恍然大悟，又惊又喜，更是手足无措了。女娲渐渐疼得紧了，躺在地上呻吟，片刻，便见一团彩雾萦绕她周身，将她隐蔽得严严实实。伏羲昊在一边踱来踱去，也只好等待。忽听雾气里传来婴儿一声清脆的啼哭声，顿时，彩雾散去，只见女娲怀中已抱着一个玉婴，伏羲昊急凑过去看，见他怎生模样：

> 腮颊馥馥透红光，满头乌丝水灵灵。秋水一波蓄两眼，遍体冰心玉骨。人中端正，山根直直连印堂；鼎角匿犀，顶圆眼秀有龙颜。面带王者气，身着五铢衣，色彩华丽焱焱，果然是气质不凡。

女娲和伏羲昊自是高兴，视这孩子为珍宝，每日悉心照顾，在洞中一住就是几年。

太古七年。

天斗发现伏羲昊已有好久不在宫中，于是派众弟子去囿山寻找，果然在囿山南谷发现了伏羲昊和女娲，在一棵奇树下，女娲怀里抱着孩子歇息了。轩辕昊暗思道：“南谷多艽树，但这树上的果子到哪去了？”女姬附宝正要上前去叫醒女娲，却被轩辕昊拦下，女姬附宝道：“这是为何？”轩辕昊低声道：“他们两个将芃果都吃尽了，你看女娲怀中还抱着个孩子，这不是很奇怪的么？且先不要惊动他们，我去对师尊说，让师尊来发落吧。”女姬附宝一想，事关重大，也只好听从轩辕昊，暂且回宫。

天斗听轩辕昊说完看到的情景，大惊失色，他知道伏羲昊和女娲定是吃了那芃果开启了慧觉，懂得了男女之事，故而私情生子，于是带众弟子们气冲冲地赶到囲山南谷……

第三章　开星造神

五神借四宝辟众星海　女娲奉敕命造诸人神

天气清新，天斗携众弟子奔往囤山南谷，远眺便见红光照眼，花草怡魂。远远就看到那棵高大的树，光雾缭绕，彩光闪闪，两只商羊抬头在侧，女娲与伏羲昊依偎在一起，怀里抱着一个孩子，远看奕奕有光。轩辕昊眺望道："快看！头生两角的那是何怪物？"女姬附宝道："这是什么灵兽，生得好生奇怪。"话音刚落，再看时，两只商羊已不见了。

天斗忽然念起一事，豁然大悟，心下思道："盘古太师曾言，只待灵羊与金光之树出现，必有神子诞降于此，看来只待我开辟众星之后，就能到此灵树下坐化而轮回去了。"他转怒为喜，对众弟子们道："你们不知，这是昊天降下祥瑞，大喜之事啊。"女姬附宝不解地问："漫山遍野的芃果都被师兄和师姐吃光了，而如今又凭空多出一个小神仙来，不知道哪里来的喜事儿？"天斗闻言，大笑道："芃果并非被你师兄和师姐吃尽了，而是去了南天门。如今，出现这棵金光之树，又有神子诞生于此，这是昊天夺其天衣，而玉成他俩的姻缘啊！"众弟子俱是一愣，他们不知什么叫作姻缘，大家也只好跟随天斗来到菩提树下。

见到女娲和伏羲昊，因多日不见，师兄妹们甚是想念，于是喜极而泣。又见那孩子长得水灵可爱，更是欢喜了，纷纷抢着要抱那孩子。轩辕昊转身，目光在神树周围搜索商羊，却始终没找到。轩辕昊疑道："师兄师妹，你们将那两角灵兽藏在何处了？刚看见还在这里的，怎么眨眼就不见了？"伏羲昊和女娲感到莫名其妙，相视一下，女娲转身道："你说的是什么灵兽，我们怎么没见过？"轩辕昊疑惑，见伏羲昊和女娲也不知情，只好作罢。

伏羲昊和女娲害怕天斗动怒，不敢正视，见天斗并未发怒，这才愁愫略释，慢慢放下心来，女娲盈盈起立，欠身施礼。女姬附宝抱着孩子笑道："师兄师姐好私心，吃完了满山的芃果，也不留一个给小妹，如果我吃了，说不定也能得一个这般俊秀的神子呢！"女娲脸色微红，辩解道："附宝，你不知情，就会信口乱说，这遍地的芃果，我与师兄怎能全部吃完？也不知为何，前时在这树下，见红光漫天，一阵彩云卷来，这遍地的芃树都摇动起来，然后就不见芃果了，细看却被一阵彩云卷到南天门方向去了！"说完，女娲转身，翩若惊鸿，众神见她密发虚鬟，丰姿娟媚，比原来更加丰韵迷人。伏羲昊不敢回眸正视，唯有心绪荡然，如风扫落叶，不知何所止。见女娲玉颜泛红，女姬附宝惊叫道："师姐，你果然是得了大道，这脸上都泛起红光了！"伏羲昊一听，脸红耳赤起来。笪殷昊和轩辕昊奇怪地望着伏羲昊和女娲。笪殷昊玩笑道："这是好事儿，等这些芃树再结了果子，我一定要吃它个精光，说不定我也得一神子！"女娲听了掩鼻而笑。轩辕昊也打趣道："早知吃了这芃果能得着姻缘，小弟也不管那个什么天戒，宁死都要吃上它几个。"女娲下巴高抬，笑而不答，伏羲昊嘴唇紧闭，双眼低垂。天斗瞪了轩辕昊一眼，不悦道："休得放肆！"众弟子不敢再多言。

天斗明白其中的玄妙，于是只字不提孩子的来处，只问伏羲昊和女娲道："你们可知这棵金光之树是从哪里来的？"女娲以指掠其鬓丝，看了看伏羲昊。伏羲昊思忖半晌道："这金光之树是自然而成的，那日弟子听见高空有声音传来，说什么此树叫作'菩提树'，师妹诞下神子，故为他取名叫'须菩提'。"天斗点头道："此乃上善之树，善能得道，道可成果，只有修为菩提心，方能得到亘古真身。"众弟子顿然有悟，点头不语。天斗见菩提树已经出现，知道自己轮回的时机已到，便思谋开辟众星海的事。天斗望着伏羲昊和女娲，正色道："伏羲昊和女娲，你们虽然触犯天戒，但自有昊天护佑，为师赦免你们的罪孽，你们回南灵殿吧。"伏羲昊和女娲忙跪地谢恩。

伏羲昊和女娲居住在南灵殿，有碧霞和碧玉侍奉，也好不惬意，女姬附宝搬至西芳殿了，却一得空儿便来南灵殿探望女娲，时间又过去了几天年，须菩提也渐渐长大，轩辕昊和笪殷昊、女姬附宝听说，特意来看师兄师姐，便向后园而来。进了园门，笪殷昊道："我看到那间香亭，便闻到了茶香。"女姬附宝笑道："今天就来这里喝茶。"说着，便听见一阵嬉笑声传来，轩辕昊眼光一瞥，只见伏羲昊携着女娲的手，女娲牵着一个白面朱唇，细腰窄背的少年，看他气宇轩昂，眉目之间别有一种英爽之气。再看女娲凌波微步，袅娜依人而来，身后跟着碧霞和碧玉两位仙婢，也是姿容妍媚，头上别着钗环，更加艳丽。轩辕昊暗暗叹羡，笪殷昊更看得呆在一旁了，直到轩辕昊起身迎上去，他才回过神来，与女姬附宝紧跟着也迎上去。众神不约而然走进香亭，泡茶坐下，见他们同坐在一张圆桌上，真是芃桃玉树，交枝合璞，相映生辉。

须菩提躲在女娲身后，四下盼睇。女娲将他拉出来，笑道："我儿，快来见过你师叔们和师母。"菩提低头，一步一步，香风淅淅，轻轻走到亭子中间，规矩地站着，而后作揖道："见过师叔师母！"笪殷昊慌忙立起身来，向着须菩提深深作了三个揖，笑道："幸会幸会。"众神皆笑起来。女娲指着笪殷昊向须菩提道："这就是三师叔笪殷昊，你且认得了。"须菩提不说话，只是望着他。女娲又指着轩辕昊道："这是你二师叔轩辕昊，他见识高超，才华卓荦，往后让他教你学识。"轩辕昊笑道："我可不敢，后生可畏，等他大了，怕我要向他请教了。"女娲指着女姬附宝道："你瞧那是个谁？"须菩提跑过去抱着女姬附宝的腰道："师母！"惹得女姬附宝连忙搂住道："哦，就只认得你师母了！"说着便又乱亲一通他的额头。

茶毕，众神散去，回到朝阳殿，轩辕昊觉得事情蹊跷，便开始相信那石龙所说的话，暗思道："吃了这芃果，便开慧觉，我何乐而不为？只怕我万一吃了，师尊说要坠入五行，轮回到六道，这可如何是好？"于是又担惊受怕起来，躺在榻上，翻来覆去不能安宁，又思道："大师兄和女娲都吃了果子，不但没有坠入五行，两人反而在一起了，我吃了怕它什么，横竖就是一死了。"轩辕昊忍不住，偷吃了藏于袖中的芃果，这一吃他觉得也没有什么，只是睡意袭来，做了好长时间的梦，梦境都是他所未见过的景象：有四个大神在跪拜盘古，还有一个女神被一神用箭射伤，又出现两个仙婢，接着又变成了两只大鸟飞去……在梦里还遇到一女子，不觉神魂飘荡，那女子笑嘻嘻走进一间香阁，轩辕昊也跟她去，女子媚笑道："请君随我到香榻叙话儿。"轩辕昊一双眼睛只顾看着那女子，女子低头含笑，他便觉欲火中烧，恨不得立刻就与她做一处，梦里与那女子百般调戏，情意浓浓，正待卸衣，忽然又听到元真童子喊道："大神快醒来，莫为邪魔所迷，师尊召你入宫议事！"轩辕昊睁眼细看去，却是元真童子，再看自己，已是披头散发，衣扣半开，轩辕昊被元真童子一句说中机关，又羞又慌，一时手足无措。元真童子笑道："莫要惊慌，师尊正在大殿等候诸神商议大事。"说着一道蓝光一闪，便与他一同去玉京宫了。

却说天斗在玉京宫召见众弟子，商议开辟众星海之事。弟子们齐聚大殿，三呼礼毕，依次而立。天斗道："本王登极以来，创化众神，抵御魔界，天廷始成。今菩提树已现，伏羲昊与女娲又得贵子，此乃昊天所降祥瑞，为师知天道已成，故召尔等来商议开辟众星海之事。为师得'三宝一经'，各为昊灵宝盒、昊灵宝镜，昊灵宝剑，还有《昊经》一书，欲赐与尔等，借此法宝开天辟地！”

众弟子一听，眼睛一亮。天斗见状，命元真童子将宝物呈上，放在御案上，又道：“此乃昊天之物，需结天缘而可得之，尔等上前自取，能打开法宝者，便可得之。”伏羲昊、轩辕昊、笪殷昊、女娲、女姬附宝纷纷上前，各自去试着打开那些法宝。笪殷昊一下就抽出了“昊灵宝剑”，高兴地又将剑刃推入鞘中。天斗道：“此剑能斩妖灭邪，入火火灭，入水水散，能收雾行云，变化无穷。”笪殷昊谢过天斗，立于一旁。

轩辕昊顺利打开“昊灵宝镜”，抱在怀中，心中念道：“若真是昊天之物，就能解我之忧，我偷吃了那芃果，你可使我避免坠入五行，轮回六道。”心里刚念完这句话，只见镜子发出一道绿色的光照在他脸上，他急看镜子，见镜中有他和女姬附宝，正在纠缠在一起亲热，正是那梦中情景，又见女姬附宝抱着一个婴儿，与女娲在菩提树下所生的婴儿相同……看到这里，轩辕昊惊恐不已，慌忙合上宝镜，然后不安地看了看众神，见众神都没注意他，这才放下心来。天斗道：“持此镜可辨善恶，可照过去未来，邪魔若见此镜，定会气化形消，此物大有神通。”

女姬附宝想打开《昊经》，可无论怎么捯饬，就是打不开它。她又试着去拔笪殷昊手中的宝剑，也是拔不动，又去夺轩辕昊手中的宝镜，拿到手中依然是不能开启。女姬附宝又来到伏羲昊面前，抢过宝盒，使尽全力最终也没能打开，只好气恼地站在一旁。女娲在一旁看着他们，见伏羲昊也打不开那宝盒，就上前去看，笑道：“夫君，你还是去看那些经卷吧，这宝盒与你们无缘，看来它非我莫属了。”于是抬手轻轻一碰，那宝盒刷地就打开了，便有一道七彩之光飘出，盒子复又盖上。伏羲昊去取《昊经》，果然一打即开了。天斗见众弟子已领得法器，吩咐道：“明日天时，为师要在玉京宫外筑坛作法，你们要借用这些玄器，与为师一同开辟众星海。”众弟子跪地领命。

第二日，天时尚未到，众弟子们便各捧玄器奉命而至，这时候，宫外已筑起法坛，伏羲昊指着法坛对众神说道：“这是我据《昊经》中所说布置的。你们看，坛为三层，每层高九尺，总高二十七尺，坛底盘是七菱形石台，总有七方，每方七米，方圆共四十九米。”女娲道：“这其中必有讲究，不然怎么能造这么精准的。”再看去，坛前置一张长为九米的石案，靠北面南，案上放着一只香鼎，里面有七色火焰熊熊燃烧。香鼎之上是一幅黄幔，上书“奉昊天之灵开天辟地”。左右各有三幡，左边三幡为蓝色，两幡为辅，上有九龙图腾，中幡上书“敕令东西两极星神加持”；右边三幡也是蓝色，两幡为辅，上有九龙图腾，中幡上书“敕令南北两极星神护法”。众神看了，都说极妙。再看坛周围有一百零八名黑衣童子手执红幡，上有太极阴阳图；坛上三层各有三十名白衣童子手持五色旗而立，环绕四周。

天斗见诸事具备，缓步登坛，坐在坛前的八角石台上，女姬附宝则手持长剑立于侧。女娲、轩辕昊、笪殷昊三神则各持玄器站在坛南六十四步远的方位待命。

天斗合掌开始作法，渐渐风起云涌，电闪雷鸣，沸天震地，有黑白两种颜色的光焰将法坛笼罩。天斗大声道：“昊灵宝盒，天降大道，无边法力，助我神威！”只见女娲手中的昊灵宝盒突然打开，万道金光射向苍穹。天斗又道：“昊灵宝镜，天赐重器，自出天眼，助我神威！”只见轩辕昊手中的宝镜也发出一道巨大的白光，向远空射去，再细看去，只见南天显现出了八十一星海，星海就像一个个巨大的旋涡，金碧错杂，光彩陆离，众神见此景象无不惊愕。

天斗又大声喝道：“昊灵宝剑，锋不可当，神工仙斧，助我神威！”只见笪殷昊手中的宝剑射出万道金色的锋芒，在一声巨响中汇集成八十一道白光，直刺那定格在南天的八十一星海，随着一声震天巨响，只见那八十一星海顷刻间爆炸，四散开来，一阵巨大的震波袭来，震动得西极星天摇地动，众神都被震得跌倒在地，就连玉京宫玄天门前的八根柱子也轰然倒塌了，唯一法坛坚如磐石，岿然不动。众弟子惊慌失措，过了好久，响声骤然而止，此时，天界进入暗时，在南天的苍穹之上，大家都看到了美丽的天象，到处布满了星云，且有彩色的微光，只见有十二星闪烁在空中，因为它们所在的方位仿佛包围了天极星，天斗将它们叫作“紫宫十二星”，极目望去，十二星犹如十二颗金色的光球在缓缓转动。

天斗和女娲、女姬附宝慢慢走上前，遥望着美丽的星空。这时的宇宙仿佛换了一身新装，广袤而浩瀚。众神眼界大开，心里也顿时宽敞了许多。天斗感慨道：“你们可知这天有九重，何谓九重？”那伏羲昊自吃了芃果，慧觉已开，他张口答道：“弟子知道。”天斗道：“你且道来。”伏羲昊道：“九重天分上三重：乃极天、元天、中天；极天为太虚，元天为太阳，中天为帝廷。中三重：乃环天、玉天、灵天；环天乃元神，玉天为天仙，灵天为极乐。下三重：乃玄天、盖天、界天；玄天为太阴，盖天为列宿，界天为阴阳。上三重乃太虚层，中三重乃神、灵层，下三重乃阴、阳层。”天斗笑道：“所言极是，三界自此始成也。你既然已看过那《昊经》，想必能察星象，为师令你将这八十一星海绘制成星宫图，并为各星海命名。”伏羲昊欣然领命。

天斗正要说话，却听到身后霹雳一声巨响，惊了一跳，急忙转过身去察看，却见太阳庙有三道白光，直冲向他们而来。这时，伏羲昊手中的《昊经》突然飘起，被一道金光卷去了，而在女娲和轩辕昊、笪殷昊手中的三件法器也突然收起，玄器发出各种光也骤然消失，被一道金光席卷而去。众神顿时乱成一团，轩辕昊急道：“师尊，法宝被魔天王阴灵夺去了！”天斗不慌不忙，叹道：“也未见得，这些玄器本来就是昊天所赐的，如今众星海开辟已成，它们自会消失。”天斗忽然想起盘古化身曾说，等泰阶星出现，他就该去轮回了。天斗道：“你们随为师前来！”大家跟着来到西天门，天斗向天门外望去，却未见有三台六星显现，心下思道：“或是我还未到往去轮回的时机。”

天斗正要携众神回玉京宫，忽闻雷声震动，恍如天崩地裂，西天门外有一片乌云杀气腾腾而来，定睛一看，却是西极星的阴灵率兵杀来，旌旗密布，剑戟如林。天斗怒道：“为师正待明日再征剿魔天王阴灵，不想他却打上门来了，众弟子听令，随为师领天兵杀将出去，生擒此贼！”天斗冲锋在前，伏羲昊、轩辕昊、笪殷昊、女娲便率天兵分四路冲杀出去。那天斗有照石在手，入阵无影，一路所向无敌。四弟子也杀个痛快，魔军不敌，渐渐溃退，死亡过半，有一半魔军敌不过照石巨大的力量，纷纷坠入界下三重天世界，不知去向。

阴灵全军覆没，独自逃往魔宫而去，天斗便率众弟子通过神道杀进魔宫，却不见阴灵踪迹，在宫中搜寻时，众神看到，魔天王阴灵的宝座后面有一面倒立着的泛五色光芒的太极方台，台上有一个仿佛是水形成的旋涡，其中有黑、红两鱼在追尾旋转，就在此时，一道黑光直刺旋涡，只见黑红二鱼立即乱了方寸，惊跳不止。天斗怒道：“这黑红二鱼，一定被阴灵施了魔法，故而如此。你们拆去这方台，带回天廷处置，只留下三百天兵镇守西极星。”

天斗与众弟子方从西极星出来，通过神道直抵西天门，却见一条庞大的四足石龙伸长脖子，怒目圆瞪，獠牙切齿，咆哮着挡在天门前。天斗不觉一惊，低声喊道：“且慢靠近！这是那心魔，为师曾将这孽畜封禁于囲山洞中，不想他竟然挣脱封禁跑了出来！”伏羲昊和轩辕昊站在一旁望着发怒的石龙，女娲手握长剑严阵以待，而笪殷昊则提着九环大刀怒吼一声冲出：“看弟子去斩下那龙头！”天斗忙喝止道：“不可妄动！这石龙乃是心魔所化的，你们可曾忘了他化成千万石龙在我天界，诱你们吃那芃果。这孽畜法力何其大也！为师尚且惧他，你这一去岂不是送命！”笪殷昊闻言，只好收回九环大刀，退到一旁。天斗令众弟子退后，他取出藏在身上的照石，然后摆开姿势，双手翻转一下，整个身体都悬浮在空中。石龙昂起头朝他喷火，天斗连出三掌，三道蓝光击出，在面前形成一道深蓝的屏障，挡住石龙喷出的火焰，石龙怒吼一声冲向蓝色光焰的屏障，瞬间就被弹了回去，屏障落下，天斗乘机又击出一掌，只见石龙哀鸣一声，轰然倒地，长尾落下砸在西天门上，将那天门震得晃动起来，一股黑烟笼罩着龙躯，石龙眼中溢满泪水，奄奄一息地瞅着天斗。天斗收手，走向石龙道："孽畜！本王原想你在那洞中可得悔悟，回归正道，不想你却逃出，与我为敌！本王今将你逐出天界！"说完转身，又对众弟子道："你们将这孽畜推下西天门！"众弟子围着石龙齐力施法，只见四道白光射向石龙，然后慢慢扩散，将石龙托起移向天门外，四弟子突然收手停止施法，石龙随着一阵阵哀号，滚卷着坠入界下。

自此以后，天界每逢望时、亚时、角时，便突然失去光亮，天色骤暗下来，黑暗的深处传来阵阵的嚎叫声，声音震天，异常恐怖。天斗不解，自语道："天宇无光，这又是何故？"众神一个个都愣在那里，茫然无措。这时，伏羲昊问道："我曾看过《昊经》，知道其中一些缘故，却不知当讲不当讲？"天斗道："既然知道，还不速速奏来，尽管啰唆什么！"伏羲昊沉吟道："《昊经》有曰，天逢暗时，失阳元，阴盛炽，神灵濒死，非光明弗能复兴。芃桃献……"伏羲昊说到这里便无声了，天斗急道："而后怎样？为何不说了？"伏羲昊低声道："那《昊经》也好生奇怪，看它时只那么一瞬，字迹便又消失了，弟子实在记不住太多，只有这些了。"天斗无奈，只好原地盘坐，而后闭目遥感，方知阴灵大败后逃至界下，进入下三重世界，称王称霸，不可一世，但不知其藏身之所。

天斗与众弟子正欲回宫，却见有不计其数的幼小的石龙席卷而来，女娲惊叫道："就是这些个孽畜，诱我吃芃果的，前些时候已被师尊打入心魔元身，怎么又出来了！"天斗不慌不忙取出照石，又拉开姿势，双手翻转片刻，一掌击出，又出现一道蓝光，接着形成了一道蓝色的屏障，将那些石龙纷纷挡在西天门之外，众石龙如千军万马汇集在屏障之后，不停撞击着屏障，直到撞死跌落。天斗怒道："你们这些毁坏智慧的孽畜，生出无穷的魔障，诱我金童和玉女吃下芃果，坠入六道，我必惩治你们，让你们在那凡间生生世世以腹代步，以土为食！"屏障忽然落下，一团蓝光包围着众石龙，天斗即刻收手，蓝光散去，众石龙惊叫着坠下界去了。

回玉京宫后，天斗召来元真童子道："你将那有黑红二鱼的太极方台置于太真殿，要时时看守好。"元真童子道："伏羲昊在殿外等候多时了，师尊见是不见？"天斗疑道："他来做什么？"元真童子道："说是要敬献什么星宫图……"天斗忙道："还不快让他进来！"伏羲昊见了天斗，将绘制好的八十一星海星宫图呈上。天斗御览，只见图中最中央是天极星，于是笑道："此乃天廷所在，是我们居住的地方。"再看其周遭，便是众星海了，有牧夫星、貂狮星、鹿豹星、巨蟹星、泰阶星、大伏仪星、小伏仪星、摩羯星、冰辰星、仙灵星、天马星、仙王星、金鱼星、西麟星、孝母星、天鸽星、乐发星、南冕星、北冕星、银蛇星、圣安星、白虎星、天狮星、玉狮星、天兔星、天平星、天狼星、乌枭星、台琴星、宗神星、水镜星、麒麟星、大熊星、夸尺星、爵骑星、猎户星、朱雀星、无尘星、英明星、凤子星、绘织星、双龙星、南王星、金树星、天网星、天灵星、河灵星、鹿雅星、仙女星、玉富星、天爵星、南天星、天鹅星、海云星、龙角星、玉龙星、蛺来星、罗刚星、双子星、仙鹤星、武仙星、墨律星、玄冥星、戟通星、天燕星、宝瓶星、天鹰星、天坛星、白羊星、天西星、玉津星、女宾星、巨龙星、金牛星、三神星、北极星、西极星、南极星、东极星、飞天星。

天斗皱眉问道："见这众星海之名却也怪异，诸如这'貂狮''鹿豹''巨蟹'等是什么意思？"伏羲昊小心答道："各星海之中皆有不计其数的星系，星系中又有不计其数的星球，弟子是根据星系所分布的形状来命名的，一时想不出以何命名，突发奇想而为之。"天斗若有所思道："既然如此，待女娲造人神及众生，可据此星名而命名之。"伏羲昊领命，正要退出，却见驻守天门的兵卒来报，天斗忙问道："你来此何事？"兵卒奏道："一连数日，四大天门都黯然无光。"天斗并未理会，看了一眼伏羲昊道："你们都退下吧。"天斗见伏羲昊和兵卒俱已退出，心下暗思道："天界连日昏暗不明，只有微光显现，而这玉京宫中漆黑一片，泰阶星也未显现，这又是为何？莫非我少做了什么，太师不悦，故而如此？"如此想了一会儿，有些倦意，便去卧龙殿休息。天斗思来想去，心中烦恼，口干舌燥，腹中也饥饿起来。天斗起身道："元真，去给为师取些桃子来吃。"话音刚落，殿里便出现了四个银色的云光，他定睛一看，原来是四个素衣之神，手中各端着玉盘，盘中是芃果和玉桃。

说来也巧，轩辕昊本想晋见天斗，询问那金童和玉女之事，刚到太真殿门口，就看到了这一幕，惊奇不已。而殿内的天斗见此情景，也很惊奇，警觉起来，他起身欲看门外动静，窥视的轩辕昊怕被天斗发现，胆战心慌，化一阵青烟遁逃而去，但殿中之事已窥探了然。

天斗出门，见四下无异常，关门入内，急问道："你们四神是从何处来的？"四神镇定自若，其中一个答道："小神们乃是太阳宫芃神和桃神，专司芃果玉桃侍奉太师，得知太师心念，故而采摘此果，前来献上。"天斗疑惑，斜目而视，问道："盘古涅槃已久，何来太师？"四神相视一笑，其中一个道："太师在时，心念一动，所思所念小神尽知，太师虽然涅槃轮回而去，但是曾留有灵骨一枚，此灵骨名为照石，被师尊所得。照石在身，心念一出，我等便知了，方才在太阳宫中殿，得知师尊又饥又渴，思念芃果玉桃，故而呈来。”天斗一听，慌忙摸了摸身上的照石。天斗坐下，盯着盘中的芃果玉桃，迟迟不敢食用。四神明白天斗疑心，其中一个笑道：“师尊饥渴，何不享用此美味？”天斗疑道：“莫非你们是来为那龙王报仇的？我若吃下此果，突然暴亡，岂非中了你们的诡计！”四神四目相对，其中一个叹息道：“师尊疑心怎如此重的，枉费我们一片好意！自太师往去轮回，龙王、肱、聂、韶四神皆已亡，此乃天道自然，龙之元灵成女娲，肱之元灵成伏羲，聂之元灵成笪殷，韶之元灵成女姬附宝，此与轮回何异？师尊已为天廷之主，此岂非昊天之意乎？我等当顺应天道，辅佐师尊御天才是，岂能生此恶念，拳拳之心，还望师尊明鉴！”天斗闻言大喜，他虽犹豫片刻，还是取来果子吃了几颗，果然美味无比，全无饥渴了。

天斗吃罢芃果玉桃，意味深长道：“泰初混沌之时，有阴阳二气之精元化身盘古，又开天辟地，方有宙室。盘古往去轮回前曾说，禁食此芃果，我却不解。轩辕龙诱我吃下芃果，心生淫念，险些坠入凡尘，有幸得盘古太师开示，他断我淫根，使我只留一具女身，而我心却是须眉，如今我继他之志，开辟众星，创化万物，功德圆满，我也要去轮回了。女娲和伏羲因吃禁果而险些坠入凡尘，有幸被盘古太师所救，而金童和玉女因吃芃果已经坠凡尘。此物万不可再让他们拿去，否则必将祸害天廷！”芃神回道：“这几颗芃果也是从太阳宫里摘来的，别处已经没有芃果了，请师尊宽心。”天斗本想仔细看看芃果和玉桃，怎想殿中昏暗，又生愁绪，当下叹道：“暗黑盖天，如之奈何？”四神之一应声问道：“只等天宇复明即可，师尊又何须发愁？”天斗摇头道：“神之精元为阳，阳为火，灵之精气为阴，阴为水；阴阳相克，水火不容，如此下去，众神元灵焉能长久？”四神思忖半晌，其中一神灵机一动，奏道：“师尊乃是大神，何不自取发鬓为芯，以太碑之石为臼，造出一个神灯来照亮？”天斗喜问道：“果真如此？”四神之一答道：“果真是如此。”于是天斗拔下自己的一缕头发，捻成灯芯，然后令元真童子往太阳庙太碑石取一方碎石来，雕凿成灯台。天斗见四神还不离去，问道：“本王已吃了你们供奉的果子，你们这就回去吧。”四神齐声道：“愿为师尊效力，还望师尊不弃！”天斗笑道：“为师受了你们的供奉，理应为你们安排个神位，但不知你们欲为何职？”四神齐声道：“小神愿驻守天廷天门。”天斗凝神思忖片刻，正色道：“为师也正有此意，你们近前听封。”四神跪地等候，天斗道：“本王封你们为元天门和西天门门神，速去赴任吧。”二芃神、二桃神领命，各自往天门去了。

天斗造出神灯，却不知如何将它燃亮，正在发愁之际，突然一阵阴风嗖嗖袭来，天斗大吃一惊，抬眼一看，原来是死魔、心魔、恶魔的灵体忽至，跪在神灯旁。天斗怒道："何处来的妖孽，竟敢来宫阙送死？"说完便要出掌，二魔灵体慌忙叩首，只听心魔急道："师尊息怒，我们来此，非为行凶作恶，只求师尊慈悲相救。"天斗道："你们三魔是阴灵麾下三将，本王曾与你们交过手，本王正思剿灭，却为何自投罗网？"死魔带头先道："先前西天门一战，师尊将我三人打死，元身消散，只剩灵体在浩宇游荡，本以为我们不久便灰飞烟灭，却有幸遇到一个神仙，悉心点化，让我们一心从善，又教我们来拜求师尊宽赦，以得度脱，我三人立誓从道，不再与那阴灵为伍！特来乞求师尊开恩，使我们重获真元！"天斗叹道："善哉！善哉！"言犹未已，又听恶魔乞道："我三人愿献出灵体，以供师尊施法！"天斗疑道："施何法？所为何事？"恶魔道："如若不弃，愿为燃灯。"天斗心上一动，暗思道："三魔说曾遇到神仙点化，莫非那神仙便是盘古太师？既有太师点化，自有其玄妙，我且试问一回。"思毕，天斗问道："近期天阙忽致昏暗，本王造出神灯，却不知如何使其光明，你们三人既然知其玄妙，不妨说来听听。"三魔相觑片刻，死魔禀道："不瞒师尊，我们三人遇到那位上神，倒是说过玄妙，他说，不日师尊便会造神灯以求宙室光明，却奈何无法燃灯。他有一法，让我们三人当谨遵法旨。"话还未了，天斗急问道："此神说的是什么法旨？"死魔接着道："上神说，让我三人来拜师尊，师尊盼望燃灯，心念一动，便可将我们三人化为灵珠一枚，再将其按入灯芯，神灯即可明亮。"天斗疑道："那是什么灵珠？"死魔道："上神说，这就是我们三人的灵体化成的元灵珠，叫作'舍利'，此珠一尘不染，如火光赫赫，是大性光、大神通，可觉照阎浮提，普度一切众生。"天斗不解，问道："舍利珠我却知道，那阎浮提又是何物？"死魔道："上神只说，那是未来一世界，机缘到时，自会开创。至于其他，我们也不晓得了。"天斗沉思良久，正色道："也罢，你们有此善念，也是功德无量，既然愿意化神燃灯，本王就成全了你们。"三魔灵体叩首，拜过三遍。天斗取出藏在身上的照石，三道红光射向三魔的灵体，眨眼之间三魔灵体立刻化为一颗元灵珠儿，天斗拿起，按入灯芯中，刹那之间，神灯被点亮，宫内骤然通亮起来。再看去，那元灵珠儿慢慢飘起，焰光刺眼，天斗一伸手，那灵珠儿便徐徐落入掌中，光芒渐渐殄熄，再细一看，灵珠儿变得通体翠绿，莹琇焕焕。

元真童子见天宫通亮，前来观瞻，连连道奇，问道："师尊，看这宝物神光焜耀，普照十方，它是什么？"天斗笑道："此物叫作长明灯"。元真童子道："小童有幸先见着了，若众神见了，肯定也觉神奇。"天斗斜睨他道："此为玄器，岂能供人把玩儿？为师正要请诸神进宫议事，你去将他们召来。”元真童子领命急出。

女娲和伏羲昊以及碧霞、碧玉、尚翠三个仙婢正在南灵殿后园陪须菩提游玩，却见一团五彩祥云平地而起，原来是元真童子来了，躬身行礼。元真童子对女娲道：“师尊召见二位上神，请随小仙入宫觐见。”伏羲昊道：“请先行一步，待我安顿好小儿，随后就到了。”元真童子消失在祥云之中，女娲令碧霞、碧玉照看须菩提，随即奉诏前往玉京宫。一路上天色昏暗，但进宫之后就不同了，在长明灯的光照下，凌霄宝殿之内通明亮丽，雾帘云幕，气紫烟香，祥云缥缈。

天斗端坐于御台之上，面向珠帘玉案，背靠翡翠碧屏，左右各有四个仙童伴随，堂上早有轩辕昊、笪殷昊、女姬附宝立地待命。见女娲和伏羲昊前来，天斗喟叹道：“天界暗时已有数天，此实为不祥之兆。为师以为，此乃昊天降罪于我，故天界不见光明，只因那众星海虽然开辟而成，但并无生灵居住，看这茫茫浩宇，全无生机，开辟众星有何意义？故而，为师让你们创造众神，继而再造人神及众生，遣往八十一星海居守，繁衍生息，使昊天恩泽广施于众星天宇，如此，天界将得以复明。”伏羲昊问道：“什么是人神和众生？”天斗答道：“九重天内，上三重世界无星海，极天乃是太虚世界，昊天之灵所在之地，元天乃是天界之大气所在，有紫宫十二星；中天乃天界所在，只有众神居住于此。八十一星海分布在中三重世界和下三重世界，人神乃是仙民，上界之人，故赐其神明之智慧，居住在中三重世界，众生乃是人、禽、畜三类，其无神明智慧，乃是界下之人。”女娲又问道：“弟子明白。只是天界之众神是何模样？与弟子等有何不同？”天斗道：“天界之众神与你们相同，正如这宫中的侍仙、侍婢，只是元灵法力不同而已，故而他们是辅神，你们皆为正神。你们不知，造人神与众生，必须女神为之不可，但也须众神协助。当下先根据造人神和众生之所需而造众神，再与众神广造人神和众生，如此大业可成。”天斗沉吟半晌，随即又道：“造众神与人神的任务就交给女娲吧，为师有昊天所赐照石一枚，交给女娲，此石可创化万物，让她用来创造众神、人神及众生，伏羲昊、轩辕昊、笪殷昊，你们三神须协助女娲才好。”

“三昊”领命退出，召集兵卒，准备诸事。女姬附宝见天斗未给她差事，微微一噘嘴，转身也跟着出去了。众神齐聚囲山，“三昊”领一百兵卒上山采集化石，忙得不亦乐乎。轩辕昊正踅摸着奇石，蓦地瞅见女姬附宝也跟着来了，便对伏羲昊、笪殷昊说道：“各找各的宝贝吧，找到了便送与师妹便好，我们何必扎成堆儿的一处找，找来找去谁也找不着。”伏羲昊笑道：“你自己想去就去，囲山这么大，找些奇石还是有的。”轩辕昊转身就走了。笪殷昊觉得可疑，正要看轩辕昊去哪里，却瞥见一道白影子从眼前闪了过去，于是不管轩辕昊了，只四顾着寻找那影子。原来，两只商羊躲在囲山洞中，忽然听得山巅雷动，以为是西极星魔天王又来搦战，便出洞窥探，不料才露出头看，竟被兵卒发现，兵卒以为怪物，大叫道："快来看！那是个什么东西！"伏羲昊应声看去，急道："又是这两个精怪！快去捉回来！"笪殷昊笑道："我刚才也看到它闪过去了，我去捉它，看它往哪里逃！"笪殷昊带几十兵卒上前去抓，商羊见笪殷昊追来，眼看躲不及，霍地变成两块大石头。笪殷昊空扑一场，四下不见商羊踪影，气呼呼道："果然是精怪，竟比本王还跑得快！"正要离去，却见脚旁有两块奇石，笪殷昊疑道："天界之中，山石皆黑，为何独此二石彻白？不如拿去让师妹造化，不定能造出个什么诡殊来。"说罢，令兵卒将两块白石送与女娲，自己又去寻找石头。

轩辕昊独自一人在一处开满琪花的山岩旁藏着，见女姬附宝纤体蛮腰，姗姗而至，便侧目偷觑，走近时，更见娇靥含春，肌肤凝脂，如带雨的梨花，顿时暗生怜爱。女姬附宝才要过去，脚下却绊了一下，低头一看原来是一颗五彩奇石，粲然可爱，喜欢得不行，便握在手中，正要去找女娲，还未迈开莲步，轩辕昊就闪了出来，一把将她拽到岩后面，女姬附宝惊得就要叫喊，却被他一只大手掩住了嘴儿。女姬附宝挣扎一会儿看去，见是轩辕昊，这才安静下来，问道："二师兄，怎的一个人在这儿呢？"轩辕昊笑道："哥哥在这儿等你呢。"女姬附宝疑惑道："等我作甚？师尊只让你们四个造化众神、人神，又没叫我来助的，我见这里花儿好看，便来采摘，不想却碰见你了。"轩辕昊见她娇媚婉转，一时按捺不住，笑道："哥哥就是喜欢你，等你来一起耍会儿。"女姬附宝一脸疑云瞅着他，问道："耍什么？"轩辕昊忽然抱她入怀，乱摸她素腰，又将脸凑上去亲嘴儿，就要剥她的衣服。此时女姬附宝尚不经事，只觉心头小鹿儿乱撞，娇羞半掩，将髻鬟一偏道："师兄，你做什么。"说着，急忙将脸儿侧开，一双纤手而将他推开，而后提着翠裙咚咚地跑了。轩辕昊见女姬附宝朝女娲那边跑去了，顿觉无趣，痴望了半晌，又无精打采地朝伏羲昊和笪殷昊那边去了。女娲正在拾掇石头，见女姬附宝跑来了，瞅他一眼，看她粉脸飘着红晕，满腹心事，便悄问道："附宝，这是怎的了？"女姬附宝回头瞧了瞧，噘起嘴儿，慢慢道："方才我去寻石头，却碰见了二师兄，他就搂着我亲我的嘴儿，还要剥我的衣服，我挣脱了，便来你这里了。"女娲听了大吃一惊，瞅着她笑问道："可是真的？他怎么就剥你的衣服？"女姬附宝娇嗔道："可不是么，不然我怎的跑来了。"女娲掩口一笑，说道："二师兄喜欢你了。"女姬附宝斜睃了她一眼，疑道："什么喜欢我？"女娲捏了捏她粉脸儿，笑道："真个是傻附宝。"说着又拣着石头。女姬附宝将手伸出来，将那块石头递了过去，笑道：“姐姐，你看我寻的这块石头，可能造化？”女娲接过一看，莹若水晶，五色错杂，惊道：“真好美的一块石头。”女姬附宝问道：“可造化么？”女娲瞧了半晌，笑道：“你可立了大功，这块石头可造得一个主神呢。”说着就在石头上写了一个名号，女姬附宝看去，见是“北方辰星水德真君”几个字。女姬附宝高兴地拍手道：“师尊还不让我来助你，瞧吧，我无意之中就寻了一个主神来。”话刚说完，只听咔嚓一声脆响，见那块石头显出一团紫色烟气，从中落下一枚指头肚儿般大小的珠子，通体晶黑，形如燕卵。女姬附宝问道：“这个是什么？”女娲捏在手里端详半晌，笑道：“这石头儿奇特，怎的还生出一个小石子儿来，别看它小，可是大有能量的，拿着它便能随意去诸星，还能穿行界外。看来它与我有缘，我给它取个名儿，就叫‘女娲石’吧。”女姬附宝伸手儿笑道：“给我吧，这石头是我捡来的。”女娲不给，嘴儿一噘，急道：“这是给我的，你捡来的石头在这里呢。”说着便将那写了神位名号的五彩石指给她看，女姬附宝不依了，娇嗔道：“姐姐好赖皮，明明是我这块石头上掉下来的，怎的就是你的了？”女娲忙道：“你要它做什么？你驾驭不了它的，万一被它带去其他星域，或带你去界外了，那可怎好？岂不是我们姐妹再也见不着了！”女姬附宝听了有些害怕，便不想要了。女娲捧着奇石爱不释手，见女姬附宝绷着脸儿，便对她笑道：“就当你给姐姐造化生灵的奖赏，可好？你若不给我，索性这块五彩石我也不造化了，将那字儿擦了去，连同这小珠子你都拿去吧，我才不稀罕呢！”女姬附宝一听，撇了撇嘴儿，蹙眉道：“那就赏给姐姐了，但以后你有什么好的，须赠我才行。”女娲笑道：“这个自然。”说完将那女娲石收好，两人又拣选着石头，忽然，女姬附宝不慎被脚下一绊，一个趔趄倒了下去，女姬附宝啊的一声摇摇欲坠，却被身后一个人扶住，站定一看，是一个身着白衣飘飘，眉清目秀的少年。女娲瞅着女姬附宝笑道：“看吧，好人有好报的。附宝，你给了我奇石，而我造的神仙又救了你一命，这便是天佑好人，如果你不给我那奇石，只怕是昊天不佑你了，这一跤摔下山去，我就真见不到妹妹了。”女姬附宝转身问少年道：“你是个谁？”那少年忙跪地叩道：“小神乃是女娲娘娘才造的，还没有名字呢。”女姬附宝笑道：“多亏你扶住我了，不然我就跌下山崖去了。”少年拱道：“正巧路过，举手之劳而已。”女姬附宝转脸瞅着女娲，笑道：“姐姐，不如就让他认我做个姐姐吧。”女娲笑道：“那不是好事么，今后你们姐弟也好有个照应呢。”少年忙问道：“姐姐姓个什么？叫什么名字？”女姬附宝掩口一笑，问女娲道：“姐姐，我姓什么？”女娲举着一截儿树枝摆一摆，笑道：“你姓这个。”女姬附宝努嘴儿道：“姐姐又要笑我，那是什么？”女娲扑哧一声笑道：“你问我姓什么，我怎知道？你看我手里的这个杨枝儿，可是师尊给我的，我用它蘸着玄水造化众神、人神，这可是个玄物，你以此为姓也不亏你的。”女姬附宝笑道：“好吧，那我姓杨，岂不是叫杨女姬了？”女娲瞅着她笑道：“你叫杨女姬，小名儿叫附宝，可以了么？”女姬附宝问道：“那给他取个什么名字？”女娲笑道：“他救了你，你认他做弟弟，那他就叫杨天佑如何？”女姬附宝看着少年，少年忙跪谢，喜道：“这名字好，我有名字了，我叫杨天佑！”女姬附宝牵着杨天佑的手，欢欢喜喜走了。

一会儿，伏羲昊和轩辕昊、笪殷昊三王，不断派兵士运来石头，不到三个时辰，北谷空地上已经摆满各种石头。女娲在拣选好的石头上写下众神名号，写到两块白色石头时，女娲停下来，捧着两块白色石头细看，一边惊道：“真是两个奇特之石，白得如玉一般！”随手将照石放在白石旁边，只见照石射出一道亮光，照在那块白石上，白石越发清莹皎洁，女娲心里欢喜，在上面写下“南方荧惑之火德真君”几个字，而后又放回原处。女娲拿另一块白石时，那白石突然化成一股青烟，变成一只商羊逃跑了，女娲疑惑，当时也未多想，收起照石便去摆设法坛。法坛前弥漫着七色祥云，光彩夺目。女娲按照天斗所教的办法开始造众神和人神，她对着法坛三拜，然后取出那枚照石，只见金光万道，齐射化石，整个北谷的空地上瞬间涌起七彩云，笼罩这些数不清的化石，彩云散去之后，见空地上人山人海，前边有八十一位神仙站立，身后都是相貌不一的人神，男的须发乌黑，神采英拔，素衣飘飘；女的雾鬓云鬟，仙姿玉貌，彩衣翩然。

女娲看着手中的照石暗思道：“这照石神力居然如此之大，怪不得师尊有了它，便无所不能。”女娲见众人神虽然站立在那里，但看上去体态僵直，神情恍惚，毫无灵气，女娲惊喜道：“只差这一步了！”

女娲先点名八十一位神仙，并令他们列成一班，他们为别是——金童、玉女；千里眼、顺风耳；雷神、电神、风神、雨神；山神、地神；天蓬、杨天佑；玄女；日游、夜游；太乙、圆融、佑圣；海龙、江龙、天河、瑶池、天池；东岳、南岳、中岳、北岳、西岳；武德、文曲；东方岁星、南方荧惑、西方太白、北方辰星、中央镇星；聚灵、捕灵；东斗、西斗、中斗、南斗、北斗；司命、福寿、福禄、司禄、上生、下生、度厄；青龙、玄武、白虎、朱雀；角、亢、氐、房、心、尾、箕；斗、牛、女、虚、危、室、壁；奎、娄、胃、昴、毕、觜、参；井、鬼、柳、星、张、翼、轸……众神个个出列，跪拜道：“天母女娲娘娘万福！”此处不赘。

女娲令伏羲昊、轩辕昊、笪殷昊各手执黄、红、蓝三色旗幡，站在人海前方。

女娲指挥道："红旗紫盖，分别部居！"轩辕昊得令，手中的红旗一挥，只见一阵状如车盖一样的红色云气涌起，人海东边立即排列出三支队伍，每支队伍又分为三组人神站立，女娲将这些人神按组分为九大氏族——轩辕氏、伏羲氏、笪殷氏、笪燕氏、尧禹氏、神农氏、夸娥氏、大庭氏、五龙氏。女娲又令道："蓝旗紫盖，分别部居！"笪殷昊得令，手中蓝旗一挥，只见一阵状如车盖一样的蓝色云气涌起，人海西边立即排列出三支队伍，每支队伍也分出三组人神站立，女娲将这些人神也同样按组分为九大氏族——涂山氏、西陵氏、勾弋氏、采文氏、胡臾氏、巴屺氏、佽辛氏、平茜氏、戌闰氏。女娲又命令道："黄旗紫盖，阴阳交接，灵复神合！"伏羲昊得令，手中黄旗一挥，一阵状如车盖一样的黄色云气涌起，人海上空出现黑白两色的云雾交织在一起，浮在众人神头顶。此时，东西两边的人神都齐聚在了一起，女娲举起照石大声道："昊天罔极，造化人神，广施恩泽！"众神、人神开始活泼起来，欢呼雷动，交头接耳，乐乐醄醄。女娲将各氏族第一个造化的人神命为各氏族首领，他们分别是轩辕敖、伏羲昇、笪殷元、笪燕雈、五龙炙、大庭岘、神农蚩、西陵柘、勾弋丛、平茜寐、涂山阌、佽辛廉、夸娥夫、尧禹皎、胡臾芎、戌闰桀、巴屺仁、采文夔等。女娲喜不自胜，对轩辕昊道："不如师兄进宫去禀报师尊，就说众神和人神都造好了，请师尊前来检阅。"轩辕昊应了一声便去了，这时伏羲昊和笪殷昊收了旗幡，来到女娲身边，伏羲昊道："这十八氏人神都造好了，每氏族各又造男女三万至一万人神不等，大功已告成，我们也该回府了。"笪殷昊急道："再没有事了，我也回府歇着去了！"女娲瞪他们一眼道："回府，回府，要回你们回吧，我这里还忙着呢！"伏羲昊问道："还有什么事儿要忙的？"女娲指着各氏族首领道："我们都回去了，他们怎么办？就留在囤山么？"笪殷昊道："就让这些首领，各自领着他们的民众回八十一星海去！"女娲叹道："这也要等师尊见过他们之后，由师尊分配，不然送到哪里去，我也不晓得。"笪殷昊怨道："真是麻烦！倒让我们正神伺候他们这些人神了！"女娲剜他一眼道："你不愿意伺候，那你就回去，到时候师尊问起，我就照实说了。"笪殷昊急道："那接下来我们做什么？"女娲徐徐道："我奉师尊密令，要从这十八氏人神族长中先封一个王出来，再赐他一个王妃，安排到一个好星域，叫他们生育，将来也让各氏族向他学习，治理好自己的家族，如此一来，各氏族人神就能繁衍了。"伏羲昊问道："这封一个氏族族长当王不难，但要赐他个王妃，到哪里给他找个王妃去？"女娲笑道："这有什么难的，从府中那些婢子中找一个来就行了。"伏羲昊道："那如何使得，要说人神生来就知道婚配，可我们那些婢子混沌，她们知道什么婚配？莫非要给他们偷个芃果来吃？”女娲举起照石，笑道：“这就不需要操心了，你瞧，师尊给我这玄器是做什么的？”伏羲昊笑道：“纵然如此，可让我们的仙婢许给一个人神，到底不公。”女娲笑道：“一个氏族之王，一个王妃，倒也没什么不公的，只是这人神如何飞升成仙，这就要看他自己的造化了。”笪殷昊听说，肚里转道：“繁衍生息？若我能安插自己的仙婢成了这事儿，我便可掌握一个人神氏族，这倒是个好事情。”女娲见笪殷昊愣神儿便问道：“三师兄，你不说一句话，想什么呢？”笪殷昊回过神儿来，笑道：“这个事就听师妹安排，我府上有两个婢子，一个叫岉灵，一个叫璟琄，你要哪个都行，我也舍得给。”伏羲昊笑道：“你倒是先报上名了，怎么不说我府上还有几个婢子呢！”笪殷昊笑道：“这婚配之事，还是让婢子们去选吧，中意哪个便跟哪个走，你们说如何？”女娲笑道：“这个好，就将他们的名号写了，各自回府去问，让她们自己去选，只要自情自愿的就好。”笪殷昊问道：“不知师妹说的氏族之王是谁？”女娲笑道：“我不偏不倚，多少各取一个，一个是族中人数最多的族长采文夔，另一个族中人数最少的族长戌闰桀，就这两个族长吧，两者选一，婢子们有人愿意的，选上哪个就封哪个为王。”伏羲昊道：“那我们就去问了。”说罢，便和笪殷昊各自回府了。

却说伏羲昊回到南灵殿去，就把碧霞、碧玉、尚翠三个叫出来，将人神氏族选王选妃的事儿说了一遍，问道：“这可是个好机会，你们有愿意的，这就报名来。”谁知话刚说完，婢子们害羞，一溜烟全跑了。又去轩辕昊府上去问仙婢郃夙，也说不愿意，伏羲昊无奈，只好又去囲山回复女娲。笪殷昊回到朝阳殿，将那岉灵和璟琄唤来，也如是这般的说了一番。谁知岉灵道：“谁想去就去，我也不稀罕那个妃子什么的，反正我是不愿意的。”笪殷昊骂道：“贱婢子要造反不成？本王是为今后做打算，你不为本王分忧也就算了，反而说风凉话！”吓得岉灵跪在地上不敢抬头。璟琄见状，回道：“小婢愿为大王分忧，但这婚配之事不小，小婢有个请求。”笪殷昊心中暗喜，问道：“有什么请求，你尽管说来，本王尽数应了你。”璟琄道：“小婢只有两个请求，一是大王只说两个族长要选妃子，小婢一个都不曾见过，好歹也让小婢看一看，方能做出选择。二是，一旦选定小婢便要去那人神世界去了，小婢虽然是婢子，但也是个仙子，那人神纵然为王，毕竟也只是个人神，小婢是大王府上的，大王需准备些嫁妆将小婢风风光光嫁了才好，这也是为大王的体面。”笪殷昊喜道：“这个好办，他们两个已被安置在玉京宫花园，我让你去看看便是了。只是本王也有个要求，你若去看，只准你选那个采文夔，他可是采文氏族长，数他家族最大，事成之后与本王有利，你可听仔细了。”璟琄也不说话，只是轻轻点了点头。

翌日元时，笪殷昊去见伏羲昊和女娲，就将那璟琄愿意做王妃，并提出要求的事儿，如实说了一遍。伏羲昊听了，笑问道："三师弟，你府上几时有的如此伶俐的仙婢？真是个聪慧又识大体的婢子，比我府上那几个顽童强多了。"笪殷昊道："总要有人出来做这些事儿，若都像你那里的婢子，师妹这事儿就做不好了。"女娲点头笑道："这也算是有一个愿意配合我的婢子了，不论怎样也不能委屈她，你这就去安排，让她自己选一个，我让伏羲昊领着采文夔和戌闰桀去玉京宫后园等着。"笪殷昊应一声又回府去，吩咐岄灵将璟琄仔细打扮一番，便又领着去玉京宫了，到了那里，果然就看到有两个男子在园中踱步。笪殷昊故意咳嗽一声，采文夔和戌闰桀应声望去，见有一个纤体盈盈的绝色美人正伫在廊庑，朝他们这里观望，一时也愣了神儿。笪殷昊指着采文夔，对璟琄附耳道："那个穿白衣的便是采文夔。"璟琄低声问道："那个穿青衣的可是戌闰桀？"笪殷昊忙道："不可选他，那戌闰家族不过一万人，将来必不能成望族。"璟琄又瞅了一会儿，低声道："小婢心里有数了。"说完便又随笪殷昊朝园子后门走去，经过戌闰桀身边时，丢下一块绢帕儿，便低头匆匆离去。戌闰桀捡起绢帕儿一看，原来是姑娘丢下的，已明白她有意，便收了起来，一路心旷神怡，与采文夔又回到囲山见女娲，女娲笑问道："她选中你们谁了？"两人摇摇头，女娲便叫他们先回殿阁了。戌闰桀回到殿中，取出绢帕儿细看，心底涌出千种情思，只是跏坐榻上，回想璟琄的丰神儿。戌闰桀暗思道："她既对我有意，我岂能坐等她来，不如就去三大王府上瞧她去，说不准这事儿就成了。"说完便起身前往。到了朝阳殿，还没进去就见岄灵出来关门，忽然见来一个生人，便问道："你是谁？为何在这里？"戌闰桀道："我是戌闰桀，特来……"话未说完，就听岄灵道："不管谁谁，回去吧，我家大王不在府上。"说着就将殿门闭上了。一会儿又听墙里有婢子道："你刚才和谁说话？"又一个道："门前来一个生人，想必是又来烦扰大王的，我就让他回去了。"那婢子又道："你怎的这样儿？即使大王不在府上，也该问问他有什么事儿，而后再让他去玉京宫找大王，你就三言两语打发他走了，若是宫里来的宣旨的，你这便是自找麻烦！"另一个婢子道："那如何是好？"那婢子道："你进去吧，我出去看看他还在不在了。"说着便推门出来，戌闰桀看见正是璟琄，不觉喜动眉宇，忙仰面举手，将那绢帕儿抖了抖，问道："这可是小姐的？"璟琄一看是戌闰桀，忙掩鼻一笑，羞涩地低声说道："那绢帕儿是妾误丢的，你既然还来了，那就给我吧。"戌闰桀忙答道："原来真的是小姐的帕儿。"正要递过去给她，却看见岄灵探出头来微窥，璟琄转身看去，她却早影一影又闪进里面了。

璟琄又伸手来要，戌闰桀笑嘻嘻道："那天有幸得睹小姐芳容，只令我将那仰慕一时竟变作了相思，只恨自己没生翅膀，万不能飞到小姐身边来，今天来还这芳帕，就是为了再见小姐一面。"璟琄听了不觉脸颊绯红，掩面站立，半晌不说话。戌闰桀又道："小姐为何不说话？"璟琄叹道："哥哥多情，妾只是三大王府上一个婢子，虽有此心思，却怎敢自主？"戌闰桀道："这次是女娲娘娘恩典，让小姐自选的，小姐只要选我就好了，为何不能自主？"璟琄掩鼻笑道："你怎知我就偏要选你？"戌闰桀笑道："不然这绢帕儿怎么会在我手上？"璟琄叹道："妾虽有意，但毕竟做不得主的，三大王要逼我选那采文氏的。"戌闰桀道："果真如此，听天由命罢了，今日我尚能见得小姐一面，心愿已足了。"说着便将绢帕递了过去，璟琄接过，忙藏于袖内，正要道谢，却忽然听见说话声，这才两两走散。

戌闰桀在玉京宫花园殿阁内思慕璟琄，因她在笪殷昊府上，故而不便相见。璟琄暗想道："戌闰桀真情一片，我也算遇到知音，可是三大王要我选采文夔，这可如何交代。"等了几个时辰，又见笪殷昊出去了，便出来问岈灵道："三大王去哪里了呢？"岈灵道："进宫望天王去了。"璟琄一听，如久旱逢甘雨，也不问笪殷昊几时回，一心就想戌闰桀，因前时去过，便自己去了玉京宫花园，一头竟走入殿阁内，恰逢采文夔也不在，只见戌闰桀一个人坐在窗前唉声叹气。戌闰桀忽然见璟琄一人来了，上前一把将她抱住，急道："我真受不了这般煎熬了！既然你情我愿，三大王他为什么要逼我们分开？"璟琄看他着急，又见他面色憔悴，一时忍不住泪如雨落，泣道："叫我怎么办？"戌闰桀道："你非要选我，三大王他能如何？你回去就说，非要选我可好？"璟琄抽泣了几声，点头而已。过了一会儿，璟琄要走，戌闰桀又去偎抱璟琄。璟琄推开他道："还未成婚，为何做出这轻狂之态。你保重，我先回府去了。"戌闰桀叹道："小姐莫非变心了？"璟琄收泪，叹道："妾未变心，只等明明白白的嫁了！"说完便低头跑出去了。

璟琄闷闷不乐回到朝阳殿，心事重重，才跨进门就取出绢帕在手中揣摩，阶前有两只鸟儿啁啾着打架，她看迷了眼，一直愣在那里。忽然就听"吱呀"一声，殿门打开了，她转脸望去，只见笪殷昊抱着手立在门口，璟琄慌忙将绢帕藏进袖子里，低头福了一福。笪殷昊一脸愠色，问道："你这一阵子去哪里了？这么久都不回来。"璟琄低声回道："昨天出去时不慎丢了绢帕儿，我刚才出去又找了回来。"笪殷昊道："你进来吧。"璟琄忙跟着进去，触目见琳琅满目，金光烁亮，岈灵正在一旁笑嘻嘻地拾掇着锦鸳绣枕和玉奁、环佩等物品。笪殷昊抓起一把珠玉钗环，笑道："本王给你准备的这些个嫁妆，你可喜欢？"璟琄道："喜欢是喜欢，不过……"璟琄本想说戌闰桀的事儿，又想笪殷昊脾气暴躁，说了定会火冒三丈，还不知要闹出什么事儿，于是欲言又止。笪殷昊见她半晌不语，又问道："不过什么？你怎么不说话？"岹灵见势不妙，早就吓得退缩在一旁，璟琄伸手取来一支点葱翠的金钗儿往发髻上一别，笑道："不过这嫁妆虽好，但所嫁之人却不称小婢心意。"笪殷昊脸色稍平静下来，沉吟道："有什么不称心的，那采文氏族长虽说只是个人神，但你嫁了他，他便成了诸星域之王，自然不亏你的，此事就这么定了。"说完径自出殿去了。璟琄也无话，郁郁不乐，独自去偏殿里歇息。

翌日，岹灵早起，准备为璟琄梳妆，就要送她去女娲那里与采文夔听封，结果叫门没人应，暗忖道："可能是睡着了，待我进去叫她醒来。"推门进去，就见一张空榻，再看那轩窗是开着的，心里一慌道："坏了，璟琄跑了！"忙报笪殷昊，笪殷昊惊起，怒道："能跑哪里去！你去看看都带着什么去了？"岹灵又去看了，回来报道："不见了玉衣、佩环、珠宝、金钗一些东西都不见了。"笪殷昊怒道："这婢子真是不想活命了！"骂着就冲殿门外去了。原来璟琄携着嫁妆偷跑出来，径直去玉京宫花园的殿阁去寻戌闰桀，一见面就急催道："我们快跑，若晚了就来不及了！"戌闰桀大惊，问道："小姐这是怎么了？"璟琄记得直跺脚，泣道："妾实话告诉你罢，三大王他要逼我嫁给采文氏，今天就要带着嫁妆去见他了，妾心里惦记着，宁死也不想嫁他，就跑了出来，你若心里真的有妾，现在就领着我跑，跑到远远的地方，不要再回来了。"戌闰桀见璟琄红蕖映脸，如露润桃花，星眼蒙眬，如梨花带雨，一时情不自禁，便将她偎抱在怀中，说道："小姐愿抛去一切跟随我，我有什么舍不得的，大不了不要那个王了，不做那个驻星守将了，愿与小姐相依为命，永不分离！"二人急忙收拾东西，朝那元天门方向飞去。才到元天门，就被门神令十几个天兵将他们团团围住。门神喝道："大胆人神，竟敢携王府仙婢私奔！"戌闰桀正要上前辩解，却见笪殷昊已经落地，怒道："将他们押往王府！"几个天兵得令，迅速将他二人架起飞往朝阳殿。

回到殿里，笪殷昊也不问一句话，就令天兵将戌闰桀和璟琄五花大绑。笪殷昊冲上来，将璟琄的头发扯起，先是用鞭子抽打一顿，后又抽了戌闰桀几十下，又叫天兵把二人吊在横梁上，笪殷昊怒道："你们几个过来打，将这两个逆贼打死算了！"几个天兵各执玄鞭，一起动手，打得二人鲜血淋漓，体无完肤，旁边的岹灵见状，心内道："这还了得，若不去找女娲娘娘来，怕他们今天活不成了！"想到这里，偷偷退出殿去。笪殷昊又抽出刀来，将戌闰桀两肋戳出一口子，令天兵取来吊钩，将那钩子穿过两肋，斥问道："你可认得本王？"戌闰桀痛得大叫，不发一言。笪殷昊又问："你可认得本王？"戌闰桀疼痛难忍，喘道："在下认得三大王。"笪殷昊冷笑道："既然认得本王就好，胆敢欺负到本王头上，看来你也算得一条英雄，敢作敢当！此番你让本王颜面扫尽，本王就让你碎尸万段！"璟琄见状，哭喊道："三大王饶命！不要杀他了，小婢愿意嫁给采文氏！"笪殷昊转脸，看璟琄浑身血肉模糊，冷笑道："都快要死了，你现在才愿意嫁给采文夔了？已经晚了！你当那采文夔是何人？堂堂一星域驻星守将，难道非你一个贱婢不娶？你想嫁他，他现在却不想要你了，你这个淫奔之女，丢尽了本王的脸面！待我先杀了这厮，再来杀你，只要本王在一时，你们就休想做美梦，既然要做恩爱夫妻，那本王就送你们去下一世做吧！"说完就喝令天兵将戌闰桀吊起，天兵正要动手，忽听身后一声大喊道："还不住手！"

笪殷昊回头一看，原来是女娲来了，只好咬牙切齿，闪身坐在一旁。女娲盯着天兵道："你们还愣着作甚，还不快给他二人松绑？"天兵未敢轻动，只回头窥笪殷昊脸色，见他点了头，这才上前急将璟琄和戌闰桀松开。女娲又令岄灵道："快去扶他们起来。"岄灵便搀起璟琄，两人又搀扶着戌闰桀。女娲又瞪了天兵一眼道："还不快滚！伫在这里等领赏么？"几个天兵慌不择路，连滚带爬逃出殿去。笪殷昊一言不发，恨得心里只叫痛，抱头坐在地上唉声叹气。女娲问道："三师兄，你这又犯什么脾气了？将他们两个打成这样儿，你这是要做什么？"笪殷昊也不一抬头，愤愤道："本王正在教训自家的婢子。"女娲正色道："你的婢子你如何处置那是你的事儿，我也不想管，可这戌闰桀是我造化的人神，也是戌闰氏族长，更是星域守将，你竟然动用私刑，难道就不怕犯罪么？"笪殷昊霍地站起身，瞪着女娲冷笑道："戌闰桀一个人神，竟不知深浅，勾引我府上的婢子，让我颜面扫地，难道我就不该管么？我即使打死了他，他也是死有余辜！"女娲立眉问道："我且问你，若真的将他打死，你就能逃脱了罪责？"笪殷昊一听，只好按下脾气，低声问道："那要我怎样才好？一向都是师妹主事天廷，若师妹想奏报给师尊知道，我也不拦，师尊要治我的罪，我也不怨，任由你们裁处吧。"女娲叹道："你我师兄妹一场，我怎么能参奏你，只是事情到了这一步，只能死马当作活马医了。你听我的，明日将那婢子风风光光嫁了，就让她跟着戌闰桀去吧，也只有这样，你才能全身而退。"笪殷昊问道："这是为何？"女娲正色道："因为我已奉命赐封戌闰桀为戌闰氏王，驻守宝瓶星海神府，师尊已经允准。我让你这样做，一来是为了保全三师兄的体面，二来也好让你脱罪，落下个举贤任能的美名，这一点你就想不明白？"笪殷昊一时沉默，女娲转身离去，见女娲消失的背影，笪殷昊咬牙恨道：“咱们走着瞧，别让我逮着你的短处，一旦逮着了，我迟早让你后悔。”说完，愤然转身去了寝殿。第二日，笪殷昊按照女娲吩咐，好言宽慰戌闰桀和璟珇，令人将他们送去宝瓶星海神府。不题。

话分两头。却说轩辕昊进宫，直往太真殿，见天斗正在太真殿打坐，口中念念有词，当下不敢打扰，只在门外窃听。只听见天斗道：“昊天龙帝盘古太师在上，弟子启祚至今，大业未成，弟子在此告祈，若太师元灵有知，德施福庇，助弟子完成大业，以盼早日轮回，伏望太师显佑……”轩辕昊听到这里，大吃一惊，想起在西天门大战魔天王阴灵时，阴灵所说过的话。轩辕昊正要离去，却被天斗发现，喝问道：“你要哪里去？却为何在此？”轩辕昊跪地拜道：“并未潜伏，女娲造众神已完毕，弟子才要来奏请师尊前往检阅众神，不巧看见师尊正在作法，不便打扰，便想着先回去。”天斗听轩辕昊说女娲造众神与人神都已完毕，心中欢喜，笑道：“为师要亲自去囲山北谷察看一番。”

话说女娲造化众神和人神完毕，颇为高兴，此时已有些困乏，独自坐在一块方石上发呆。女姬闲得无聊便来看她，见女娲发呆，举步到女娲后面，抬手轻轻一拍她的肩，笑道：“姐姐发什么呆？”女娲惊了一下，急回头见是女姬，笑道：“附宝，你怎么突然冒出来了，好吓我一跳。”女姬欢眉大眼，笑吟吟地挨着她的身自坐下，轻叹道：“唉！谁叫我是个最没用的，师尊他不给我派差事，我闷得心慌，便来瞧你。”女娲戳了一下她的额头，笑道：“你又发什么牢骚！师尊这次不给你派差事，是让你歇着，等下一次可不让你闲着了。”女姬陪陪嘴儿，问道：“姐姐这就要交差了么？”女娲望着她笑道：“嗯，不然，你说那还要怎样的？”女姬道：“师尊让你造化众神人神，生灵万物，那么，生灵万物在何处呢？”女娲一愣，凝眉道：“师尊让我造化众神人神，未听他说过生灵万物，你是听谁说的？”女姬央求道：“管他的，反正你手里有了法宝，不妨造些花花草草什么的，就宫里那些琪花瑶草，我早就看腻了的。”女娲笑道：“这个好说，我也正有此意。快说，还有些什么东西，你一遍都说了，我都造化了，否则师尊一旦收了这法宝，想造都造不得了。”女姬咬着嘴唇，想了想道：“就像那些个石龙一样的灵物吧。”女娲道：“让我造那些孽畜，我可不敢。”女姬急道：“我不是那个意思，我只是说像它们那样的。”女娲笑道：“那到底不是一样儿的。”女姬急了，拍着玉臂，欲言又止的，女娲忙笑道：“附宝别气了，我知道了，你只看姐姐的。”说着就站起身来。

女娲取出照石合在掌心，闭目冥想，女姬在一旁呆呆地观望，女娲睁开眼睛在原地转了一圈儿，朝空中大叫一声："奉昊天盘古之法旨！阴阳罡气，冷暖玄风，分子缔合！但我所思所想之万物生灵，俱皆生化！"只见照石朝天射出三道七色光柱，打上霄汉，又聚成七彩云盖，瞬间又沥沥落下，光彩溢日，缤纷绚焕。再看去，漫山遍野已是花红叶绿，虫鸟率舞，眼前嫣红腻翠，绿蓝黄紫；身边媚态娇姿，鸟语花香。

女娲见女姬看得痴迷，笑问她道："附宝，此间可好？"女姬啮指盼盼，喜道："这里就已经芳香扑鼻了，都是些个什么花儿？"女娲笑道："多得数不清了，我先说几样儿你听，这好看的花儿都有那梅花、莲花、芙蓉、杜鹃、牡丹、玫瑰、菊花、栀子、芍药、桂花、腊梅、兰花、海棠、水仙、玉兰、茉莉、珠兰、石榴、桃花、梨花、蓝菊、木香、绣球、夜来香、罂粟、秋海棠、山茶、紫薇、碧桃、丁香、瑞香、凤仙、蔷薇、李花、杏花、月季……"说到这里，女娲轻喘一下，伸伸舌头笑道："哇，说的我舌头都麻了，不说了，你自个儿看吧。"女姬笑道："那我就不跟着你了，走近些赏花去！"说着转身就往山谷去了。

天斗摆驾至囲山北谷，果见人山人海，场面宏伟。天斗举起双手，声音洪亮道："诸位人神都是天神女娲所造化的，皆为天界的子民，本王遣送你们各往八十一星居守，繁衍生息，再造万物，光大宇宙！"人海齐跪于地，三呼道："天王无极！天王无极！"天斗放下手，人海又站立起来。天斗转身对三昊道："你们精选三千万人神留居在天极星，作为天廷子民，将余众送往中三重世界之环天、玉天、灵天各星，但见有水之星，即可安置，仙民智慧超凡，定可安居乐业，繁衍不息，不出三年，这中三重八十一星海便可成为繁华世界了。"三昊领命而去。天斗问女娲道："所造众神有多少？"女娲答道："整整八十一个。"天斗沉吟道："就让他们去紫宫十二星居守。元天乃是天界之大气所在，有紫宫十二星域，他们可暂居此处，而后听候赐封。"女娲领命，携八十一神而去。

女娲造众神、人神完毕以后，天界果然恢复了光明。女娲、轩辕昊、笪殷昊、伏羲昊赶回玉京宫复命。天斗见众神来齐，便道："你们随为师开辟众星，造众神和人神普施星宇，可谓功德无量，自今而后，你们更要和睦共勉，与为师携手，共治三界，合力御天。"众神跪地谢恩。女娲奏道："师尊，那八十一神居于紫宫十二星，至今尚未得封，弟子请师尊召见，以行封赐。"天斗转身又令元真童子道："你即刻去紫宫十二星去宣诏，令八十一神进宫听封。"就在此时，宫外传来一阵阵吵杂声，天斗与众神侧耳细听，却被一阵大笑声惊扰。天斗起身道："这是魔天王阴灵的笑声，不知阴灵在界下何处。"话音刚落，就见女姬慌里慌张进来，跪地报道：

“师尊，大事不好了！”天斗急问道：“何事惊慌，速速报来！”女姬慌忙道：“西天门芃神来报，界下怪声冲天，似有魔贼打上天廷来！”天斗闻报，愣了一下，然后说道：“莫要惊慌，为师看未必如此，那阴灵坠入界下，除非他得了大道大法，否则怎么能轻易越过下三重世界而打上天廷？你且令门神再去细探！”女姬领命而去。这时，吵杂声越来越大，响彻天界，令天斗烦不胜烦，怒道：“他敢如此扰我天廷！”说完又徘徊片刻，见女姬又进入殿中报道：“师尊，怪叫声确实来自西天门，但界下漆黑，什么也看不见，也不知那魔贼的藏身之处。”天斗气呼呼地转向女娲道：“你所造化的那八十一神为何还不到？速宣进宫，为师要他们探明阴灵所居之处，定要将那魔头斩下！”女娲见天斗动怒，正要出殿去催，却听元真童子在殿外急报：“八十一诸神觐见！”天斗高声道：“速速进殿！”八十一神依次而入，其中只有那火德真君东张西望，打量着殿中的诸神，心中暗思道：“没想到我也竟然被化为一神，这是昊天龙帝之意，我之造化！”天斗正欲册封这八十一神，无奈魔天王阴灵的笑声越来越大，直冲灵霄殿中，只听他道：“窃贼天斗，本王等你多时！还不下界受死！”天斗听到辱骂声，勃然大怒，他将封册扔在一边，急命女娲和伏羲昊道：“魔头欺我太甚！你们去西天门察看，找出阴灵所在，待为师前去剿杀！”女娲和伏羲昊领命，急往西天门。

女娲走后，天斗正与轩辕昊、笪殷昊说话，商讨册封众神的事，忽闻元真童子急入，大喊道：“师尊，大事不好！”天斗问道：“又有何事？”元真童子道：“收于太真殿的石台中的阴阳二鱼不见了。”天斗问道：“你在那里看守，怎么就不见了？”元真童子道：“小童前时看还好好的，这去看便不见了，只留下一团黑烟和红烟，小童追出，见黑鱼和红鱼直冲南天门而下了！”天斗一惊，道：“孽畜，定是下界去随那魔天王阴灵了。”于是，就命元真童子道：“速去西天门告知女娲和伏羲昊。”女娲和伏羲昊接报，赶到西天门，门神芃神慌忙拜道：“西天门门神拜过二位上神。”女娲和伏羲昊还礼，也未多言。女姬伸长脖子往西天门下探看，女娲急问道：“师妹看到什么了？”女姬转身，摇头道：“只闻声音，不见一物。”伏羲昊也站在西天门往下看，只见黑云滚滚，漆黑一片。女娲想起照石还在手，于是急道：“我有个办法，可使那群恶魔现身。”女姬转脸问她道：“师姐，你有什么办法？”女娲自知失口，也不正面回答女姬，只是唯唯道：“你们在此等我，我去去就来。”

女娲离开西天门，直奔太阳庙而去，进入光门时，应龙见来者是女娲，便闪在一旁，让她进去，女娲也没看到应龙出现。女娲进去之后，见玉龙望舒守在东殿望门，烛龙少阳守在西殿亚门，角龙天听守在南殿角门，三龙口中衔着龙珠在守护，口中喷出蓝、红、绿、白四种火焰。女娲见状，不敢擅入，只好在殿门外叫道："媓姐姐，若知是我来，速速现身吧，妹妹有事相求！"女娲不见动静，又连喊三声，这才见西殿的亚门缓缓开启，轩辕媓出来，见是女娲，问道："妹妹怎么来了这里？"还未等女娲答话，她又激动地问道："莫非众星已开，三界初成了？"女娲兴奋地点点头。轩辕媓喜道："妹妹勿急，若界下看不清楚，我倒有办法。我令那护庙的烛龙少阳和玉龙望舒前去，只站在天门前，它们口中衔有龙珠，必能让界下通亮，如此你便能看仔细了。"女娲大喜，急忙央求道："还请媓姐姐相助！"轩辕媓转身对烛龙少阳和玉龙望舒道："你们若知太师之意，就听我号令，即刻随天神女娲前往西天门相助！"话音刚落，其中两条天龙跃出，就是烛龙少阳和玉龙望舒，二龙口中各衔着一枚火光闪闪的龙珠。轩辕媓对女娲道："御魔事大，妹妹快去吧。"女娲道谢，而后与二龙离去。轩辕媓见女娲远去，暗自高兴，心里想道："八十一星已开辟，三界初成，只等那界下的太阳星出来，我便可遵太师之命下界去了。"

伏羲昊和女姬等了许久也不见女娲前来，正在焦急中，忽见女娲来了，两条衔着龙珠的天龙紧跟其后。伏羲昊惊讶地瞅着女娲，问道："它们是太阳庙护庙之灵物，你怎么能请得来？不知二龙叫什么名字？"女娲支吾片刻，不知如何作答，又见女姬站在一旁，正欲开言，心里又想道："若与他二人说知，岂不辜负了媓姐姐？"遂闭口不言。又见伏羲昊和女姬盯着自己，她便随口道："你们看，它们口中衔着龙珠，它们是火龙，有通天的本领，有它们在，一会儿便可看清界下情形了。"说完，女娲朝着二龙一拜，伏羲昊和女姬也急忙随拜。只见烛龙少阳和玉龙望舒长尾一摆，尾巴伸向西天门里，龙头探向西天门外，五爪腾空，抓云吐雾，西天门被五色彩云笼罩住，好一番壮观美丽的景象。

二龙口中的龙珠犹如一个燃烧的火球，并且越来越亮，光芒将整个西天门照得亮煌煌的。万道光芒瞬间射向界下，伏羲昊、女娲、女姬往界下看去，不觉瞠目结舌——只见有九个星球各自环绕，并且在缓缓转动，整个星系就像是一个正方向旋转的太极图案的旋涡，其中有一颗蓝色莹莹的星球，特别显眼。就在此时，魔兵的怪叫声戛然消失，伏羲昊呆呆地望着界下九颗星球，低声说道："那蓝色星球乃是下三重世界之界天，魔天王阴灵就在这个星球上，怪声也来自这里。"女娲问道："何以见得？"伏羲昊笑道："你忘了？前日师尊令我绘制九重天八十一星海星宫图，我看那里有北斗七星显，便知道那就是界天。"接着他又如数家珍道："下三重世界分为玄天、盖天、界天三重，你再看龙珠光照之处，穿过玄天和盖天，玄天和盖天虽有众星系，然而都不明朗，唯有界天的众星如此明亮，你再看，那蓝色星球便是地球，在它之上，有冥王、海王二星；在它之下，有水、土二星；在它之左，有天王、木二星；在它之右，有金、火二星。金、木、水、火、土诸星是地球的填卫之星，二十八星宿环其四方，东有角宿、亢宿、氐宿、房宿、心宿、尾宿、箕宿；北有斗宿、牛宿、女宿、虚宿、危宿、室宿、壁宿；西有奎宿、娄宿、胃宿、昴宿、毕宿、觜宿、参宿；南有井宿、鬼宿、柳宿、星宿、张宿、翼宿、轸宿。咱们现在看到的这个星系，属于中三重世界天极星海，位置就在天极星下方，也是距离天廷最近，我们所谓的界下凡间，便是这里了。”女娲听后望着伏羲昊，恍然大悟，喜道：“听到了！魔天王阴灵的声音果然来自凡间。”又转脸对女姬吩咐道：“师妹，你速去奏报师尊吧，看师尊还有什么打算。”女姬急忙进宫去了。

天斗见女姬匆忙进殿，急问道：“界下有何动静？”女姬奏道：“师姐去太阳庙请来两条天龙相助，已探明魔天王阴灵就在界下凡间。”天斗听女姬说完，心里想道：“太阳庙四条天龙乃是盘古太师的灵兽，专司守护那太阳庙，凶猛非常，就连我都不敢轻动，却为何能听女娲指使？”如此一边想，一边疑惑地盯着女姬不放。女姬颇不解，问道：“不知师尊有何旨意？”天斗回过神来，忙道：“如此说来，魔天王阴灵在凡间，当火速派众神下界察看！”在一旁的轩辕昊忙起身，提醒道：“师尊还未赐封众神，这叫他们如何领命？”天斗点点头，朝殿下看去，见八十一位神仙个个相貌不同，犹豫片刻，问道：“这些都是什么神仙？”轩辕昊答道：“女娲曾呈上一奏表，想必就是众神名册了。”御前侍仙取案前奏表呈上，天斗细看，上有“敕命主辅神表”六个字，翻开再看，上书各神仙的名号。天斗自语道：“那金童和玉女因犯天戒而被罚下界，为师见此表中仍有此二神名号，不知是何用意？”轩辕昊答道：“我听女娲说，那金童和玉女虽被罚下界，但仙职不可空缺，此金童、玉女二仙乃是她造化的，献于师尊御前侍奉。”天斗点头，对堂前听候封赐的众神道：“你们都是天神女娲取元气之精所造化的，你们当奉我为始祖，今敕封你们为天界的主神或辅神，你们当尽职尽忠，效命天廷！”众神跪地，等候听封。

天斗说完，那奏表便被一道紫气旋绕，随即飘到轩辕昊手中，轩辕昊授命宣诏道：**“玄昊天德，圣尊有旨，敕封钦此：**封金童、玉女为辅神，居灵霄殿，主司天廷内廷之事，御前侍奉；封千里眼、顺风耳为辅神，居文武殿，主司下三重世界看察、监听之事；封雷神、电神、风神、雨神为辅神，居文武殿，主司下三重世界打雷、闪电、布风、施雨之事；封山神、地神为辅神，居文武殿，主司下三重世界化育之事；封天蓬、杨天佑为辅神，居文武殿，主司天廷军务，统领天界神兵天将；封玄女为辅神，居天香殿，主司天廷童子、侍婢，及九重天八十一星女命之事；封日游、夜游为辅神，居灵霄殿，主司下三重世界值年、值月、值日、值时之事；封太乙为主神，居天廷天极宫，赐号真神，主司天廷卦卜之事，观乎天文，以察时变；封圆融为辅神，居文武殿，主司下三重世界凡人婚配之事；封佑圣为辅神，居文武殿，主司下三重世界兵车之事；封海龙、江龙、天河、瑶池、天池为辅神，居灵霄殿，主司下三重世界水域之事；封东岳、南岳、中岳、北岳、西岳为辅神，居灵霄殿，主司下三重世界山岳之事；封武德、文曲为主神，居文武殿，赐号星君，主司九重世界众生文武之事；封东方岁星为主神，居东极星太一宫，赐号木德真君，主司九重世界避凶化吉之事；封南方荧惑为主神，居南极星紫真宫，赐号火德真君，主司九重世界化灾解厄、治疾之事；封西方太白为主神，居西极星善元宫，赐号金德真君，主司九重世界惩恶扬善、教化文明之事；封北方辰星为主神，居北极星金斗宫，赐号水德真君，主司九重世界滋养生息、财福禄寿之事；封中央镇星为主神，居天廷天极宫，赐号土德真君，主司九重世界广育万类、兼善天下之事；封聚灵为主神，居聚灵阁，主司三界守护诸神元灵之事；封捕灵为辅神，隶属聚灵神统领，主司三界神灵、精灵、魂灵捕拿之事；封东斗星君为辅神，居东极星东斗宫，主司下三重世界万物生灵寿运之事；封西斗星君为辅神，居西极星西斗宫，主司下三重世界万物生灵福禄之事；封中斗星君为辅神，居文武殿，主司上三重世界众神灵福禄寿运之事；封南斗星君为辅神，居南极星南斗宫，主司下三重世界万物生灵超度之事；封北斗星君为主神，居北极星北斗宫，主司下三重世界万物生灵灾祸之事；封司命、福寿为辅神，隶属东斗星君；封福禄、司禄为辅神，隶属西斗星君；封上生、下生为辅神，隶属南斗星君；封度厄为辅神，隶属北斗星君；封青龙为主神，居东极星天龙宫，镇守天廷东方，守护八十一星海生灵万物，赐号孟章神君；封玄武为主神，居北极星天真宫，镇守天廷北方，守护八十一星海生灵万物，赐号执明神君；封白虎为主神，居西极星天玄宫，镇守天廷西方，守护八十一星海生灵万物，赐号监兵神君；封朱雀为主神，居南极星天元宫，镇守天廷南方，守护八十一星海生灵万物，赐号陵光神君；封角、亢、氐、房、心、尾、箕为辅神，隶属孟章神君青龙统领，镇守下三重世界之东方；封斗、牛、女、虚、危、室、壁为辅神，隶属执明神君玄武统领，镇守下三重世界之北方；封奎、娄、胃、昴、毕、觜、参为辅神，隶属监兵神君白虎统领，镇守下三重世界之西方；封井、鬼、柳、星、张、翼、轸为辅神，隶属陵光神君朱雀统领，镇守下三重世界之南方。**讫毕。天廷玄封，玺诏九天。"**

轩辕昊宣诏完毕，众神叩首齐声道："始祖无极！始祖无极！"

太古十年。

天斗一挥袖，众神都退立在一侧。女姬猛然听诏书封号中有金童和玉女二人，心上一个激灵，便在一旁仔细地打量着那新封的金童和玉女，见他们不是金童和玉女，叹息一声，又思念起二人来，不觉入了神。天斗见女姬呆立在那里，就对女姬道："附宝，你还愣着作甚？快领千里眼和顺风耳二神，去西天门助女娲察看界下。"又对众神道："你们也各自回府去吧，但听天神女娲调遣即可。"众神领命，纷纷出殿。

女姬郁郁不乐，恍惚中走出殿外，千里眼和顺风耳紧跟其后。轩辕昊看到这光景，也跟了出来，叫千里眼和顺风耳暂避，于是拉着女姬走到偏僻处，问道："师妹，见你闷闷不乐，你有何心事？"女姬抱怨道："这师尊也不知何故，好生偏昵，但有什么事儿都让女娲去做，还要我们做什么！"轩辕昊一听，笑道："那自然是不同。"女姬气道："师尊每天女娲长女娲短的，天天挂在嘴边，我就不明白了，都是他的弟子，我们有什么不同？"轩辕昊四顾一下，附耳对女姬道："女娲有子，师妹你有吗？"女姬先是一愣，脸上微露懵懂之色，目不转睛地盯着轩辕昊，问道："那又如何？她偷吃芃果才得子，师尊明知她有罪而不处罚，反而处处让她主事儿！"轩辕昊低声道："师妹，你这话就不对了，你是不知其中的玄妙，为兄早已了然于胸。"女姬急问道："师兄你说，这其中有什么玄妙？"轩辕昊道："师尊往去轮回的时间很快就到了，师妹，你仔细想想，师尊一旦灭寂，这天廷岂能一日无主？大师兄与女娲食芃果而得子须菩提，可继承天廷帝祚，师尊已无后顾之忧了！所以，天廷但凡大小事儿，师尊定然让女娲去做。"女姬仔细一想，疑道："我就说师尊为何偏着师姐，原来如此。"轩辕昊点点头。女姬沉默半晌，突然问道："师兄，那我若得子，师尊将会怎样？"轩辕昊道："二帝相争，必选其一。"女姬半信半疑，摇头道："不信会如此，我们都是师尊的弟子，且不说我与师姐乃是女流，不能继承帝位也罢了，但尚有三位师兄，师尊为何不用，反而寄望于一个孩童？"轩辕昊一时不知如何回答，沉思片刻，笑道："以我看来，师尊若立一个孩童做天廷之主，要比在我们师兄弟中选一个天廷之主好得多。"女姬问道："这又是为何？"轩辕昊道："孩童无知，空有帝位而已，等他长大了，咱们的师尊早就轮回归一了，便可复取帝位而代之！”女姬恍然有所悟，叹息一声道：“可惜芃果都被女娲吃尽了，我纵有此念，也是枉然！”轩辕昊笑道：“不然！为兄见过此果，师妹若真想吃，我可为你寻它一个来！”女姬一听大喜，羞晕满面，娇嗔道：“师兄若能寻得着，还等什么，这就去寻一个来吧。”轩辕昊瞬间一愣，心下疑道：“师妹这是怎么了？看她神色，似乎已知其中奥妙，难道她已吃了那芃果，也有慧觉了？又看不像，且先试试再说。”想到这里，轩辕昊笑道：“师妹不要心急！你领千里眼和顺风耳先去西天门吧！”女姬这才想起，大呼一声道：“不好！我险些误了大事！”

第四章　龙帝降世

日月初成盘古会燃灯　龙帝降世女娲吞灵珠

伏羲昊和女娲正在看界下的星象，见女姬带千里眼、顺风耳匆匆而来，伏羲昊问道："我当你请师尊来了，怎么只有你自己来了。"女姬笑道："谁说只有我自己来？师兄你看，这里还有两位神仙，他们是千里眼和顺风耳，界下的情景，就让他们察看吧。"伏羲昊和女姬看看二神，千里眼和顺风耳上前，拜道："见过大王，见过女娲娘娘。我等特来相助。"伏羲昊和女娲还礼，请他们二位往界下看去。千里眼站在天门前张望，顺风耳则在一旁聆听。约莫一会儿，千里眼道："那界下有山有水，地上有数不尽的四足巨龙，它们体型庞大，有吃草者，有吃同类者。"顺风耳道："那界下有大风大水，风声隆隆，水声涛涛，水中有数不清的鱼儿。"伏羲昊忙问："可曾见到那魔天王阴灵？"千里眼忙道："界下尽是魔众，小神看到他们四处奔逃。"顺风耳道："小神听到魔众哀号，说怕见到明光。"伏羲昊不明白是何情况，于是看看女娲和女姬，两位女神也表情茫然。

正说间，千里眼惊叫道："不好！那魔天王朝天拉弓！"顺风耳道："不妙！箭声冲天而来！"伏羲昊和女娲、女姬一惊，面面相觑，然后往界下望去，只见一道金光拖着光芒直冲西天门而来，还没等他们反应过来，只听烛龙少阳一声悲鸣，晃动了一下，口中的燃烧的龙珠坠下界去，竟然悬在半空。伏羲昊惊叫道："那龙珠悬在下三重世界之玄天了！"众神一看，见那地球也变得光亮了，而界下又多了一颗大火球，光耀闪闪。伏羲昊又道："龙珠在玄天成为太阳星了！"烛龙少阳颈部中了一箭，这支箭长九尺，金光灿灿，众神都未曾见过。伏羲昊急忙拔下箭，却见那烛龙少阳身子一晃，也坠下界去了！众神大吃一惊，往界下望去，早不见踪影。伏羲昊朝下看去，惊叫道："大事不好！烛龙为阴灵所害！坠下界去，我见龙体落到南天了！”玉龙望舒见烛少阳坠下，凄厉咆哮一声。众神惊魂未定，又听元真童子来报道：“女娲娘娘，大事不好，那太真殿的阴阳二鱼出南天门下界去了！”女娲听后，忙道：“速去南天门察看！”伏羲昊、女姬跟随女娲奔向南天门，千里眼和顺风耳以及玉龙望舒紧随其后。到了南天门，却听到界下魔众咆哮声四起，界下漆黑一片。玉龙见状，龙头探往南天门外，龙尾摆到南天门内，口中龙珠闪烁白光，一环一环循环散开，整个南天门界下顿时通亮，伏羲昊和女娲、女姬顺着白光往下看去，见界下有大水，水中有一条黑鱼和红鱼，庞大无比，在水中兴风作浪。众神正看得入迷，却听千里眼大叫一声：“不好！又有箭矢射来！”这一吼，吓得众神脸色大变，伏羲昊急忙提醒玉龙望舒，喊道：“天龙闪避！”望舒因龙珠白光刺眼，并未看清，只听千里眼和伏羲昊这一吼叫，那望舒的龙躯一震，口中龙珠忽然坠入南天门界下，龙珠看上去变得越来越小，一道火光冲天而来。女娲慌忙大喊道：“速速闪避！”望舒龙躯一摆，慌忙退后，只看到又一支九尺金箭“嗡”的一声扎在南天门的门柱上，随着一阵剧烈晃动，两根门柱骤然坍塌，也坠下了南天门界下。

众神大惊失色，千里眼急忙朝界下望去，见两根门柱已经消失在天际中。众神半晌才回过神来，见望舒还在，这才放下心来。而此刻望舒面有愤怒之色，龙尾一摆，哀鸣长啸一声，飞去太阳庙了，女娲见它如此，伤心不已。

却说魔天王阴灵自下界之后，召集阴魔、业魔、罪魔三魔王在凡间七度空间创建幽冥界，居住幽冥宫。幽冥界虽在七度空间，与凡间三度空间相隔十二刹，何谓“刹”？就是以光年计算，也就是十二光年的距离。仙界到凡间共计有九万九千九百九十九光年的距离，也就是九万九千九百九十九刹，仙界到西极星灵界共计有三百三十三光年的距离，也就是三百三十三刹。

魔天王阴灵得知死魔、心魔、恶魔已被天斗收纳，入了真道，化神燃灯，当下就勃然大怒，随即召来众魔在幽冥宫升殿，商讨如何兵伐天廷。看两班魔众列于阶下，阴灵怒道：“简直可笑至极，那死魔、心魔、恶魔都是我魔界之神灵，却被天斗招安，化成一体成了什么长明灯，本王必兵伐天阙，将我魔界夺回！”众魔闻言，哈哈大笑起来。业魔出列奏道：“仙凡两隔，况且我冥界距离西极星足有九万九千九百八十七刹，如何去得？”阴灵道：“我冥界到西极星域自有通道，刹那之间便可抵达，先潜入西极星，而后再大破西天门直捣天廷，有何不可？”众魔异口同声道：“天王圣明。”阴灵问道：“本王欲兴兵收复西极星魔界，谁敢领兵？”阴魔出班奏道：“臣愿领兵出战！”阴灵闻奏大喜，宣道：“阴魔向来骁勇，令天兵闻风丧胆，今又奏请挂帅，本王实在欣慰，着封阴魔为讨天大元帅，三日之后出兵！”阴魔领旨谢恩，众魔也都纷纷请命出战，阴灵逐一分拨封赐，不题。

且说阴灵安排妥当，正欲大宴众魔，忽见有魔兵入报，大叫道：“禀报天王，小的探听到消息，天斗欲派女娲和女姬下界来。”阴灵吃惊道：“派她们下界所为何事？”魔兵气喘吁吁道：“下界，下界造众生。”阴灵霍地站起，离开宝座，踱步沉吟道：“造众生？天斗此贼欲让女娲等下界在凡间造众生，意在遏制我冥界，本王岂能坐视不理！”正絮叨着，又见一魔兵闯进喊道：“天王！大事不好了，天廷派下许多怪兽，已到凡间了！”阴灵闻报大惊，问道：“什么怪兽？”魔兵道：“却是些庞然大物，有两足的，还有四足的，更有长翅膀的，面目狰狞，十分害怕。”阴灵冷笑道：“真是咄咄怪事！你们随本王去凡间察看，若是天廷派下来的灵兽，不论什么，一律杀了！”众魔领命，而后跟随阴灵通过阴路，出冥门，直出阳关，一路阴风飒飒，黑雾漫漫。

阴灵等来到阳间，见苍穹云催雾趱，出现一个巨大的旋涡，漩涡中有不计其数的石龙纷纷坠落，有的落地后已经奄奄一息；有的变成蛇，扭动着身子，以腹部滑行；还有的变成各种蜥蜴，四下窜逃。阴灵见此情景，指着石龙哈哈大笑道：“这是什么怪物？分明就是本王昔日在西极星时，以围山化石造的石龙，肯定是被天斗驱下界来了。来的好，本王看它们虽然坠落而致重伤，却尚有一息，你们随本王施以大法，将这些石龙统统都变成嗜血巨兽，本王倒要看看那女娲还如何造得人来！”说完，当下就令众魔分别站在三个方位，他便在中间捡个空旷的地方，盘腿一坐，口念法诀，瞬间便腾空浮起，整个身体急速旋转起来，渐渐化成一团魔云。果然有了奇异出现，那东海一时大浪滔天，那从南天门逃下界的黑鱼和红鱼就藏身于海中，突然感应到阴灵的法力，开始绕圈而游弋，互相追逐，在大海里搅出一个巨大的旋涡，看那形状，就像是太极阴阳图。片刻，东海上空突然阴风大作，乌云密布，一直漫过天际，又听见空中一声炸响，接着就下起了滂沱大雨，将地上的石龙尽数淹没了。再看阴灵，高举双手，朝天咆哮，吼声震天。

云过雨停后，东海恢复了平静，黑白阴阳二鱼游弋在大海中，地上涌现出数不尽的四足巨龙，还有恐龙，它们各个体型庞大，獠牙切齿，面目狰狞，有的以草木为食，有的以同类为食，凶恶残暴。阴灵大笑道：“凡间有这些嗜血猛兽，我倒要看看那女娲如何造人众？”三魔王也跟着哈哈大笑。正在开心时，突然，只见南天闪过一道金光，将那天边撕出一道光芒刺眼的大口子，众魔大惊，四散逃去。阴灵慌忙仰天看去，见西天门大开，烛龙少阳衔着龙珠探看界下，龙珠灼眼的光芒将西天照的通亮。阴灵怒道："天斗可恶，让天龙探看此间寻找我们，欲斩尽杀绝！拿我神弓来！"话音刚落，忽然，龙珠从天坠下，阴灵大喊道："不好！龙珠一旦坠地，此间必会化为灰烬，你们快快闪避！"三魔闻声大惊，进入阴暗处躲藏，才到山崖下，却见那龙珠悬在了半空，犹如金光闪闪的火球。阴灵道："这烛龙的龙珠悬于苍穹，从此凡间有光在地面上，我魔众惯在七度阴暗之地，如何见得光明，以后再出阳关怕是不行了！"阴魔、业魔、罪魔围了上来，罪魔道："天王请看，烛龙仍在西天门窥探！"阴灵怒道："将那两支金箭取来，看本王将它射下！"魔兵取来金箭呈上，阴灵搭弓置箭，笑道："此箭是本王在天界囲山北谷所得，本王料定这一定是盘古太师所遗之物，此箭射出，那烛龙必死！"说完，便将手一松，金箭射出，直冲西天门烛龙而去，随着一团蓝光炸开，见那烛龙果然被射下，又随着一团刺眼的大火从天而降，龙躯轰然坠落，在地上砸出一个巨大的坑来，满山遍野的恐龙躲避不及，许多已是粉身碎骨。众魔被眼前的景象吓呆，等反应过来，见那烛龙的龙躯已变成一座绵延二百里的大山，山石通红，火光冲天。阴灵又大笑道："烛龙已死！烛龙已死！"三魔也跟着大笑起来，笑声还未散去，只听得业魔惊叫一声："天王！快看那南天门！"众魔望去，见南天门大开，整个南天霎时也通亮了，玉龙望舒衔着一颗龙珠盘在南天门口。阴灵大怒道："是那玉龙望舒！待本王射下它来！"说完，又取另一支金箭搭在弦上，满弓射去。众魔抬头望天，约莫一会儿果见又一颗火球冲天而下，还未等阴灵下令，众魔便躲逃而去了。阴灵心里道："方才烛龙少阳的龙珠坠下，未见落地，我看玉龙望舒的龙珠也不见得会坠地，怕是又要悬在天上了。"如此想着，果见那火球越来越低，到了半空也悬在了高空。三魔见龙珠并未坠下，又从山崖下钻了出来，对阴灵道："天王威力无比！一箭上去，又射下一颗龙珠来。"阴灵疑道："怪哉，两颗龙珠都未见坠下，莫非这就是天廷所说的已化为日月？那玉龙明明被本王射中，为何未见它坠下来？"四魔望向苍宇，正思忖着，只听得一声轰隆隆巨响穿过天际，如天雷滚滚，又见一团火光从玄空坠下。罪魔见火光下坠，喊道："看，那玉龙坠下了！"阴灵见状，立刻扎下马步，合掌运气，口中念一声隐身诀，瞬间黑气弥漫开来，将那众魔都掩遮起来，直到火光越来越近时，再举目细看，原来火光中包着一块巨石，轰然落地，击出一个大坑，一块巨石落在北边，另一块巨石落在了南边，深如峻谷，一时火光乱窜，天摇地动，黑雾腾腾，遍地恐龙四处奔逃。

阴灵被这突如其来的一幕震住，心下想道："不知天斗那贼投下这什么东西，果真要亡我么？"这时，太阳越来越灼热了，阴灵感觉双眼刺痛，头痛欲裂，急叫道："速速回宫！"说罢便化成一团黑烟飞走了。三魔知道阴灵已走，急召众魔，又通过阴路赶往幽冥宫。第二天，等到那太阳西下，阴灵召集众魔又到阳间察看，巨石已经不见，却见南方大地上耸立一座绵延四百余里的大山，巍峨挺拔，山体上隐约有"泰都"二字。又往北方望去，也是一片连绵山峦，走近再一看，见山体上隐约有"太行"二字。众魔惊疑不定，阴灵道："昨日坠天的火光，原来是南天门二柱，现在已化为两座山脉，本王神箭未射中玉龙望舒，却把天门二柱给射下来了！"阴魔问道："天王，何以见得这两座山就是那南天门的两根柱子化成的？"阴灵笑道："你们没去过南天门，本王却去过。昔日，本王攻打西天门，无奈女娲驻守，强悍无比，令本王左右为难。于是本王得知南天门是女姬驻守，料她软弱，便想从南天门攻入，不想那南天门早被盘古太师以大法玄封，本王却进入不得。"话未说完，业魔急问道："这与此二山有何关联？"阴灵道："本王虽未进得去南天门，却看得真真切切，南天门耸立云端，门额上有'南天玄门'四个琉璃大字，门额下又有一方琥珀匾额，上有'行运开泰'四个金字，门两旁有两根玉柱，玉柱上各有一联，上联是'九天仙境五方天兵保泰都'，下联为'三界净地六道轮回通太行'。"阴灵说着，又指着南方之山道："你们且看，这山上有'泰都'二字，正是南天门一柱，只是这柱子坍塌，下半截坠落在凡间了。"众魔听了都纷纷叫好，阴灵又指着北方之山道："你们再看，这座山有'太行'二字，分明就是南天门另一根柱子，也是坠下半截儿，天玉是玄物，能量无限，落入凡间化为两方山脉。"众魔恍然大悟，又齐声叫好。阴灵继续道："本王开弓射中南天门，柱坠南地而成山，昔日昊天盘古开天时曾言'至尊出于南'，本王料定，凡间必有尊者出世，你们不可掉以轻心，每日仔细察看，但见有什么人出现，当速速来报！"众魔跪地领命，不题。

且说伏羲昊见烛龙少阳坠下，惊魂未定，又听界下怪叫声四起，于是朝下望去，只听他大声道："那界天之上又多出一星！"女娲忙问道："怎么就多出一个星？"伏羲昊喃喃道："《昊经》有曰：'阴阳之珠，自成日月。'想必这坠入界下的两颗龙珠就是凡间的日月了。"女娲又问道："龙珠在天龙口中衔着的时侯也不见那么大，为何坠下界去却成了一个偌大的星球，这又作何解？"伏羲昊道："龙珠乃是灵物，昊天之元精所成，在天界时乃是龙珠，到了界下三重天，那玄天世界无阴阳大气，龙珠爆发变星，烛龙少阳之龙珠，坠入玄天为日，而玉龙望舒之龙珠，坠入界天为月，成为地球填卫之星。”众神听后，似懂非懂地看着伏羲昊。女娲问道：“那魔头从何处得来神箭，如何就到了凡间？”伏羲昊双手举着两支神箭道：“我也不知这箭的来历，不过，没想到它竟有如此大的威力，我们当禀报师尊处置为好！”

天斗听千里眼和顺风耳说完所见所闻，仔细端详伏羲昊呈上来的神箭，而后悠悠道：“那凡间许多四足龙，定是那心魔坠下所化成的！魔天王阴灵用此神箭射杀火龙，火龙岂能活命！火龙坠天，绝非好事，界下的情形，还须细细察看。”女姬问道：“师尊，不知此箭是何神箭，竟能射天！”天斗迟疑一下，低声道：“此乃昊天之箭，当归置于太阳庙，不可妄动！”伏羲昊和女娲都明白其中隐情，佯装不知。见天斗要将箭放在太阳庙，女娲便主动请命道：“就让弟子将此箭送往太阳庙吧。”天斗盯着女娲看了一会儿，沉思良久，这才慢吞吞道：“准奏。”

待众神散去，刚出玉京宫玄天门，顺风耳便拉着千里眼到阶旁，千里眼问道：“躲躲闪闪的，你到底有什么机密的事儿？”顺风耳左顾右盼，见四下无人，低声问道：“你我都是天廷辅神，当否效忠于始祖？”千里眼道：“那还用说，你真是奇怪，为何偏偏问这样的话？”顺风耳道：“既然如此，你我二人当返回宫中觐见始祖。”千里眼怪道：“已经散朝，又去作何？”顺风耳道：“我有机密之事奏报始祖，兹事体大，要面奏始祖才好。”千里眼转身道：“既为机密的事情，还是你自去奏报，我又无事可奏，进宫作甚？”顺风耳紧跟不舍，忙道：“你我乃同出一门，自然要同甘共苦，我有大事密报始祖，这可是大功一件，始祖必有嘉奖，我一向视你为兄长，岂能背着你而独享天恩？”千里眼笑道：“话虽如此，但你到底有什么机密的事儿？”顺风耳凑上前，附耳道：“你竟忘了前阵子的事儿。”千里眼急道：“好不啰唆！”顺风耳又四顾一下，轻声道：“前阵子封神之后，轩辕王随右玉天使女姬出殿，轩辕王将我们支开，却与女姬窃窃私语好一阵子。”千里眼摇头，笑道：“我倒也忘了！轩辕王不知你有这一双阔耳，却将你支开，真是多此一举。”顺风耳急道：“不要说笑了，这么大的事情，我怎么能戏言！”千里眼正色道：“那又怎样？他们上神的事儿，与我等小神有何相干？”顺风耳道：“你却不知，他们……”于是附在千里眼耳朵边，如此这般地说了一会儿。千里眼听后，大吃一惊道：“竟有这样的事？”顺风耳道：“此事若不奏报始祖，乃有负天恩也！”千里眼疑道：“且慢。我看此事还是不报为好。”顺风耳不解，千里眼道：“你当是始祖闻奏大喜，将施恩于你？只怕是始祖闻听了不高兴，你我二人命将不保吧？”顺风耳道：“我是顺风耳，我这一对子耳朵就是天职，如若知情不报，万一被始祖知道了，那才叫罪不容赦！”千里眼想了想，点头道：“只怕我们位卑职小，那轩辕王和女姬娘娘是何等大神？就连我们都是他们造化的，始祖纵然有震天之怒，也不会将他们怎么样的，但万一发现你我背地里告发他们，那就真正的要死了。”顺风耳道：“既为天神，当一身磊落，忠心侍主才对，不想你竟如此奸猾！”千里眼道：“好吧，我就随你进宫，奏报始祖，好坏听天而已，我们本来就是始祖所造化，生便是好，但死又有何惧？”于是二神匆匆进宫。

天斗闻千里眼和顺风耳密报，果然怒形于色，只是默然不语。只等了好大一会儿才微睁眼睛，低声慢气道：“你们所奏，本王已知了。你们暂且回去，此事本王自有计较，你们切记，此事不可告知他人！”千里眼和顺风耳退出，一脸茫然。回来的路上，千里眼怒视顺风耳道：“始祖并未施恩，今后但凡此等不义之事，你自去为之，不要烦我便好！”顺风耳也埋怨道：“何谓不义之事？身为神臣，此乃分内之事！岂能瞒而不报？”千里眼道：“轩辕王与女姬娘娘乃是你我的上神，我们当听从于他们，如此背后参奏上神，乃宵小之举，君子所不为！未见始祖发怒，竟也一言不发，看来我们此举，恐为始祖所耻笑了！”顺风耳气呼呼地道：“若是都如你这般，那才真是宵小之辈！我不听那什么王，什么娘娘的，我只听命于女娲娘娘！”说罢甩了甩袖子，愤愤而去。

却说女娲拿着神箭前往太阳庙，正欲踏入光门，只听应龙少阴伸展脖子朝她悲鸣起来，她不顾那么多，直接去西殿找轩辕媓，刚进殿院中，又见角龙天听和玉龙望舒朝她大放悲声。女娲不敢靠近，这时，轩辕媓推门而出，一眼就看见女娲手中的两支神箭，轩辕媓脸色大变，泣问道：“此箭是从何处得来的？”女娲便一五一十告以实情。轩辕媓听后，大哭一声，昏厥于地。女娲大哭，抱起轩辕媓唤道：“媓姐姐！媓姐姐！”过了许久，轩辕媓才缓缓醒过来，泪流不止，泣道：“当年，伏羲肱用此箭射杀我，一箭射伤我，另一箭未发，不曾想此箭被魔天王窃去，今日却用它射杀了烛龙少阳！又使玉龙望舒失去龙珠！”说完，轩辕媓双手举箭跪地，朝殿檐上的三龙三拜，女娲在一旁也哭个不停，跟着轩辕媓跪地三拜，三条天龙飞下三殿门檐，盘在轩辕媓身边，闪闪发光的泪水从龙眼中流出，时而还有一声声低沉的呻吟声，好像对轩辕媓在说些什么。

女娲听不明白，正欲告辞，轩辕媓转身道：“妹妹且留步，我有话要说。”女娲泣道：“媓姐姐有何吩咐？”轩辕媓玉面挂满泪痕，勉强一笑道：“妹妹言重了！我方才听少阴、天听、望舒三龙说，烛龙少阳坠亡，龙躯降于界天地球，成为山脉，而龙珠坠于玄天太空，成为太阳星，阳光暖日，普照界下四方，那凡间从此可滋养众生万物，这也算是功德无量了，故而不必为此忧伤。”女娲稍感欣慰，又问道：“不知玉龙望舒的龙珠又去了何处？”轩辕媓道：“玉龙望舒的龙珠被魔天王所射之箭劈为三瓣，两大瓣成为界下木星之卫星，另一小瓣成为地球之卫星，成为太阴星。”女娲听完，转悲为喜道：“如此甚好，媓姐姐安歇，我这就回宫复命。”轩辕媓忙道：“妹妹且慢，姐姐有一事相求。”女娲忙道：“姐姐大恩，妹妹就是九死也难报其一！不论何事，姐姐尽管吩咐就是了！”轩辕媓道：“我曾受盘古太师重托，只等那太阳星出现，便去界下轮回去，我这一走，不知归来是何期，这太阳宫怕也要空了。方才听应龙少阴、角龙天听、玉龙望舒对我说，他们思念烛龙少阳，放心不下，故想为天廷效命，请妹妹念他们的功德，请奏你师尊为他们封赐神位，以效命天廷。”女娲忙道：“姐姐放心，妹妹一定遵照，请三位龙神在此等候听封就是了。”

女娲回宫复命，天斗问道：“神箭可安置好了？”女娲答道：“都安置好了。”天斗忽然问道：“女娲，你可有御龙之术？”这一问女娲慌张起来，支吾片刻。见天斗盯着不放，女娲心里想道：“莫非师尊疑我？”女娲也不敢多想，只好回道：“弟子不知那御龙之术是何物，弟子去太阳庙时，见有天龙盘在殿顶咆哮，弟子不敢擅入，便上前礼拜，说明来意，不料两位天龙却明白弟子心意，便随我一同去了。”天斗又问道：“那烛龙的龙珠成为太阳星，既然能恩泽地球，也是功德无量。玉龙望舒的龙珠既成为太阴星，也是自然之道，定有大用。太阳星是火龙珠所成，它就叫作‘日’吧，那太阴星乃是残缺之龙珠所化成，它便叫作‘月’吧。日月丽天，同明相照，大可光济众生。”女娲又道：“册封三天龙的事，还望师尊早下旨意。”天斗颔首道：“准奏。封应龙少阴为太阴神，主司下三重世界阴阳调和之事；封角龙天听为太阳神，主司下三重世界太阳星之事；封玉龙望舒为辅神，赐居广寒宫，赐号广寒仙子，主司下三重世界太阴星之事。”女娲领旨欲出，想又奏呈什么，忽然脑中昏闷一阵，一时又想不起来，便又转身出殿。

女娲领旨从玉京宫玄天门出来，便又去太阳庙宣旨，应龙和角龙以及玉龙都接旨赴任去了。女娲本想与轩辕媓说说话儿，结果等了半晌也不见她出来，于是闷闷不乐，便想回南灵殿去了。

却说须菩提已有十三四岁，已是堂堂七尺须眉，他头戴紫茸珠冠雕镂青虫簪，身穿茜红镂金蟠龙玉锦袍，肩披明黄缯绣麒麟盘丝纱，凤眉龙眼，粉面朱唇，果然是气宇非凡，神采奕然。但见他生得：

面若白玉，唇如丹朱。双眼凝清澈秋水，眉睫似长长密翳。轩昂气宇，胸怀锦绣，脚下步步生风；玉树临风，潇洒间翩翩风度。神采奕然最英俊，才貌双绝更风流。

须菩提自小备受宠溺，女娲和伏羲昊更视他为心头肉，怕他生事便不让他出门，就在南灵殿任由他散漫。他每日无事便与南灵殿中的婢子们戏耍，玩那“丢绢儿”。怎的“丢绢儿”？原来是一人拿着轻雾似的绡绮帕子，这便是绢儿了，而后追逐另一个跑，追到了便将绢儿黏在他的背上，被黏上的人转身又追黏他的人，追到了便让他将绢儿取下，而后又追他，如此反复。先是须菩提拿这绢儿追碧玉，碧玉拼命地跑，一边跑一边笑，直跑到一间偏阁，便累得没力气了，想蹲下藏起来。须菩提举着绢儿狠追，眼看就追上了，不料碧玉忽然蹲下，他也忽地不防绊倒了，一下子就压在了碧玉身上，碧玉一翻身，须菩提就压了个满怀，两张嘴儿险些就粘在了一起，碧玉伸手搡着须菩提的胸膛，笑嘻嘻地望着他，忽然也不知怎么了，碧玉发呆了，瞳翦秋水，凝眸盯住他，羞晕满面。须菩提也愣住，痴痴地盯着她，周身突然变得酥麻，心窝也突突地跳了起来。碧玉大须菩提一岁，这厢已经羞得粉面绯红，心里想道：“我这是怎么了，原来都玩儿了无数次了，也不曾有这种感觉，怎么一下子就这样了。”须菩提也暗想道：“坏了坏了，怎么我和她总是不有别的，这么美的一个人儿，倒让我喜欢得心疼。”心里这么想着，两眼痴痴地凝视她，看她生得这样：

花开媚脸，娇红满面。明眸闪闪，秋波莹莹，雾鬓璀璨散芬郁。风鬟缀玲珑珠玉，云衣琪花披紫绿。羞羞答答忙闭眼，朱唇微启却不语。

且说须菩提此时已是神魂飘荡，气喘吁吁，慌忙爬起来，坐在了一边。碧玉突然怀春，此刻也是芳心大动，整容而起，低头拈带，时不时秋波频盼，窥视一二。须菩提见她袅娜娉婷，娇态袭人，竟一时按捺不住，伸手戏褰她的云裳，直探胸带，碧玉嘤咛一声，慌忙趋避，怒目瞋视道：“少主如此，待要怎样？”须菩提也不说话，又凑上前从背后将她揽进怀中，搂抱求欢，两手扣住她那粉莹莹的束胸。碧玉羞得满面绯红，半推半就道：“再不松手，我便要喊人了！”须菩提又将她扳转过来紧紧抱住，喘息道：“那你喊吧，娘娘今日不在府上，只有碧霞在阁里睡觉，正好喊她来咱们一起耍子。”碧玉娇喘连连，此时已是浑身酥软，经他这一番挑弄，越发春心难遏了。须菩提笑道：“天衣无缝，非自解不能褪去，眼下到了这一步，姐姐你若从了我，改日我求娘娘去，让她把你许给我，我们时时都在一块儿了。”碧玉双脸腻霞，羞怯怯问道：“少主说话可当真？”须菩提已是欲火如焚，愈加不能按捺，拉起她如玉的手腕，喘道：“我岂能戏言，姐姐不信我，可问问我这颗心。”碧玉将头一偏，雾鬟倾泻下来，娇嗔道：“我去哪里问你的心？”须菩提忙拽住她的袖子，急道：“不论如何，姐姐你是知道我心的。”碧玉撇撇嘴，把月眉一蹙，笑道：“我不知道，你叫你的心儿出来，我问问它。”须菩提忽地举手，发誓道：“我须菩提对昊天盘古发誓，若负姐姐，叫他来把我打入六道去。”碧玉笑道：“谁是个盘古？六道又是什么东西？”须菩提挠耳，憨笑道：“我也不知盘古，只是听我母后说过的，母后说了，但有那些个不听话的坏人，盘古就将他打下凡间，入得那六道去，罪轻的押往那人道去轮回了，罪重的便押往那畜道和鬼道去轮回了。”碧玉笑道：“那就好，你可是起过誓的，若你负了我，小心让盘古把你打入畜道鬼道，让你不得翻身。”须菩提急道：“绝不负姐姐。”碧玉低鬟微笑，以手摆弄裙带，须菩提便以为她许了，将她缓缓儿推倒，碧玉咯咯笑着，半推半就，娇喘道：“少主，你轻些儿可好。”碧玉闭眼一会儿，生出解衣心念，只见云裳已化为五色烟缕，露出粉红亵衣，又一会儿也化为彩烟不见了，玉体呈露，酥胸全露，冰肌雪肤，一概映入他眼帘。须菩提温柔抚摩，但闻碧玉轻吟，他便徐徐问道：“姐姐，我可入否？”碧玉闭目，微微噘嘴，笑道：“只管问什么，此刻不论什么都随你的。”须菩提眼睛一闭，身上的衣裳无声无息便消除了，二话不说就压上云端，将那灵犀凑近，直入花蕊，碧玉娇吟一声，只觉有一物直抵私处，十分着急，弄得生疼，轻摆柳腰道：“少主，你轻些儿可好？”须菩提管不了许多，少时，喘息问道：“你觉乐否？”碧玉轻咬朱唇，连连摇头儿。

且说碧霞在殿中睡觉，糊里糊涂就做了一个怪梦，她本来是去后园园圃给女娲娘娘摘果子去的，才到桃树跟前，就看飞来两只蓝翅鸟儿，嘴对着嘴叽叽喳喳的一阵子，又纠缠在一起，一会儿一只鸟儿飞上另一只鸟儿的背上，行交合之事，碧霞一看似乎就明白了其中妙趣，不觉就羞红了脸颊。正看得入迷，桃树也不见了，却见自己在一座楼阁前，提着篮子推门而入，见须菩提赤条条躺在一张绣花春凳上呼呼大睡，吓得她丢下篮子，转脸掩口，羞晕不行，心口也一阵阵发烫，便逃也似的出门去了。又一会儿发现将篮子丢在了楼阁，只好又返回去拿篮子，进门就见自己却躺在春凳上，玉体上仅覆一束薄纱，双腿修长微微掰开。她在榻上正纳闷，忽然，须菩提赤条条就推门进来，左顾右盼，又听他叫唤道：“碧霞。”她不敢应声儿，就见须菩提两眼色眯眯地丈量着她的雪白玉腿，接着又叫唤道："碧霞，碧霞。"她想翻起来，然而身子就像钉在了春凳上，她想喊，又像喉咙里塞了东西喊不出声来。又见须菩提轻轻撩起她身上的薄纱，她那一双含香豆蔻就一览无余了，须菩提把手摸去，只觉玉肌光滑如脂，也不顾她玉腿乱蹬，便将那硬邦邦一物潜入花房，碧霞娇吟甚是急切，只见她云鬓蓬松，玉体转辗，娇态可掬，须菩提更是纵行，碧霞香汗如雨。须菩提看她面露含羞之态，越发不能持，嘴里胡乱道："姐姐，就只从我这一回，我明天去与母后讨你来做个娘子。"碧霞兴奋不已，泪水涟涟地娇吟道："那便好，只是你莫忘了。"就在此时，忽然听楼阁传来步履声，须菩提眨眼间就不见了。碧霞又急又慌，倏地一下惊醒，这才发现自己还在殿中榻上，知道原来是一场春梦，一时竟茫然无措。

碧霞整装下榻，唤了几声碧玉，却不见应答，心下想道："这个丫头，怕是又和少主在后园耍了。"如此想着便去后园寻找碧玉，穿过香亭，但听偏阁内笑声不断，帐钩摇响。碧霞心下奇怪，就蹑手蹑脚前去察看，但见须菩提压着碧玉翻云覆雨，十分孟浪。碧霞脸上刷地飞上一团红晕，羞得连忙掩面，欲要喊时，又怕揭穿了他们，少主下不来台，只好隐忍，欲要离开，脚底绵绵已不听使唤，只得不时偷窥一两眼，情动不已，忽然见须菩提消受完了，欲翻起身来，碧霞急忙闪身，忿忿地走开了。

碧霞一连几天郁郁不乐，独自一人在香阁里发呆，神烦意乱，定睛凝想，时而记起那一段梦境又不觉双颊晕红，花容愈媚，慢慢展开笑靥，时而又想起须菩提和碧玉在偏阁一幕，顿时烦恼不安，心怀不满，眉头锁翠。一日，她正胡思乱想着，就听一阵阵脚步声渐进，转脸一看，原来是须菩提回来了，碧霞就故意转过身去。须菩提看她半脸斜偎，愁眉重蹙，察觉出异常，于是慢慢凑近问道："碧霞姐姐这是怎的了？"碧霞霍地转过身来，怨嗔道："你说呢？你这一阵子去哪里了？"须菩提见这光景，心下已明白三分，试探道："我能去哪里，你难道没见我和碧玉在后园子里丢绢儿么？"碧霞撇嘴道："哼！看是看到了，看到你们丢人了，却不是丢什么绢儿。"须菩提脸一红，笑道："姐姐看到甚了？"碧霞白他一眼道："你还瞒我做什么？我看到一个下流的人哄骗一个无耻的女子做那件羞人的勾当。"须菩提知道她讽刺有因，尴尬不已，低声道："我岂敢瞒着姐姐，我本无心，只是也不知道怎么了就……你千万保密，别让我母后知道了。"碧霞见他惭愧不安，便可怜起他来，斜觑他一眼，温柔地笑道："你放心，我岂能把这事儿告诉别人，你不害臊，我还觉得臊得慌呢！"

须菩提又看碧霞温柔娟娟，神带桃花，娇态袭人，知是她动了芳心，当下又把持不住了，伸手就把她搂在怀里，笑道："姐姐心疼我便好，我就和你也结个交情，从此就喜欢你。"碧霞也不拒绝，直瞅着他道："唉呀，我哪里配你，还是让碧玉同你交好吧。"须菩提笑问道："姐姐还恼我么？"碧霞娇羞低头，只摇头不语，须菩提轻喘道："姐姐对我好，我也对姐姐好，保证不负姐姐嬖爱。"说着一手就探到碧霞胸前，不时低头嗅她粉面。碧霞身子早已酥到半边，一弯玉臂勾住他的脖子，只把那小嘴儿温温柔柔贴上他厚唇，不住地咂嘴咂舌，碧霞秋水凝眸，娇声婉转道："少主是什么意思？快快出去吧，小心有人来了。"须菩提欲火中烧，哪里还顾得这些，急道："不怕他谁，此刻就是我母后来了，我也绝不放手的。"说着就直赴阳台，抱碧霞到榻上，云衣褪落，见碧霞玉体光洁如银，顿觉神迷意荡，怎奈热情似火，忙解衣裳，轻举玉茎欲探花蕊。碧霞顿觉紧张，伸手遮住下体，苦楚轻吟道："我虽是个侍婢，但尚未破瓜，少主且怜念些儿，轻轻弄玉才好。"须菩提急不可耐，粗喘道："我自慢些儿就是了。"说着便入花心，碧霞痛得叫出声来，须菩提怕人听见，忙翘指按着朱唇，轻声道："嘘！禁声，外头听见怎的了！"碧霞咬牙忍住，过了好一阵子方觉惬意。两人倒凤颠鸾已毕，碧霞起身整饬云鬓，温柔央道："少主污了贱婢身子，以后万万不可忘情，时时想着婢子才好。"须菩提吃吃笑道："姐姐柔情，我自难忘，又怎舍得抛弃你！"又浓情蜜意说了一会儿话。半晌后，只见轩窗紧闭，珠帘放下，两人又蜷成一团。

且说女娲正回南灵殿，路过朝阳殿时，忽想起两位师兄了，心下暗道："这朝阳殿原来是三位师兄的居所，如今伏羲昊已随我住进南灵殿，这殿中只有二师兄和三师兄居住，既然路过了，不如进去看看他们。"女娲想着便走了进去，庭院深深，却空无一人，她又去了花园看，四周花木葱翠，环抱曲池，一湾流水潺潺，萦绕石径。走进一个亭子，见有一株桃树吐红，香气连云。女娲看亭子周围也没有人，心下想道："他们这是去哪里了？"正欲折回去，忽闻一曲琴声飘来，悠扬逸响，婉转清音。听了一会儿，琴声渐渐低沉下来。女娲转头一看，原来有个玲珑廊阁，琴声正是从那里传来的。女娲又惊又喜，自思道："想不到两位师兄还通音律，这更要去看看了。"正要抬步，却见有人出来，女娲定睛一看，依稀仿佛记得像是哪里见过的婢子，细一想，低声道："正是她，二师兄轩辕昊的侍婢邠夙。"女娲正要上前问话，却又见轩辕昊迎了上去，女娲连忙躲在桃树后面窥视。女娲见轩辕昊问邠夙道："弹得好好的，为何不弹了？"邠夙欠身回道："小婢见大王来了，正要去端茶来。"轩辕昊笑道："本王今日不吃茶。"邠夙忙低头道："小婢去取玉桃来。"轩辕昊道："也不想吃玉桃。"邠夙问道："大王想要些什么？"轩辕昊笑道："本王今日得了一个好吃的宝贝，想与你分享。"邠夙问道："是什么宝贝？"轩辕昊道："这宝贝要去秘境去吃，在这里万一让我师弟瞧见，那就不好了。"说罢，女娲见轩辕昊一挥长袖，从廊阁的玉壁上就出现两扇瑶扉，里面却是雕楹碧槛，瑶池阆苑，景色别致。女娲看得惊奇，暗思道："不想二师兄的府上别有洞天。"再看去，见轩辕昊牵着邠夙的手道："请随本王入内。"说着便携手同入洞中，轩辕昊已闻得她满身异香扑鼻，芬芳沁心，已有陶然欲醉之态。

女娲思忖道："二师兄这是做什么？难道他……"想到此处，女娲不由掩口，于是想看个究竟，只看她纤腰轻轻一转，已到洞中了。女娲见里面又有回廊，便藏在廊柱后，再看去，里面的情景可得清清楚楚。只见轩辕昊扶邠夙坐上云榻，自从袖中取出一颗芃果递给她，邠夙端详着手中的芃果，不解问道："大王给的这是什么？"轩辕昊笑道："你吃了它，本王赏赐给你的！"女娲看到这里心中暗叫不妙，心中暗思道："没想到二师兄早就偷吃了芃果，竟是这般龌龊。"再看去，邠夙举着芃果满心欢畅，低声道："谢大王赏我果子。"轩辕昊见邠夙娇媚柔丽，已经神魂飞荡，连忙催道："快快吃了吧。"邠夙便放入口中，还未咬合，芃果就已经顺到腹中去了。邠夙望着轩辕昊道："好怪的果子，还没吃它自己就下去了。"轩辕昊哈哈大笑，道："这便是芃果，如今天界一果难求，本王好不容易从师尊那里窃来的。"邠夙大惊失色，跪地泣道："大王要杀便杀，为何让小婢吃此禁果！小婢犯下天戒，怕是要和那金童玉女一样坠入凡尘了。"轩辕昊扶起她，笑道："绝无此事，你所说的那是过去，如今已无此天戒，吃便吃了，你怕什么？"邠夙泪眼未干，疑道："已经没有此天戒了？此话可当真？"轩辕昊道："千真万确。"此时邠夙已觉腹中搅动，不一会儿便有了恍惚之态，面露娇容，烟眼微醉，吃吃问道："小婢这是怎么了？"轩辕昊见她已有万种风情，便急忙解衣宽带，见她露出雪白酥胸，更将她推入榻上，云雨起来。见到此景，女娲不觉羞晕满面，心中暗骂道："真是败类，师尊怎么有这么一个弟子！"正要离开，却又听见女子的哭泣声，女娲望去，见邠夙云鬓半偏，一弯玉臂抱着头嘤嘤垂泣。只听邠夙道："大王污了小婢，让小婢有何颜面活着？"轩辕昊看她粉香腻玉，娇弱可怜，便搂着她道："这有什么？那女娲和大大王也这样了，有什么不好的？你莫悲伤，我定禀明师尊，讨你回来做我的妾妃。"说着又对面喘息，嬉笑起来。女娲气愤不已，身子一闪又退到洞外。

话分两头，且说天斗因连日忙碌，竟也感觉得困乏，便去卧龙殿休息，才合眼就蒙蒙眬眬中进入了一个梦境。梦里自己是一个双头龙，正在空谷中与四条天龙打斗，他杀死四条天龙，正欲离开时，却见一个天神出现在眼前，手里拿着弓，正朝他弯弓搭箭，他看到那箭金光四射，于是十分害怕，可是那大神突然又按下箭头，将弓扔在一旁，而后双手合十，盘腿坐在地上，闭目不语。此时，他内心为杀那四条龙而感到不安。忽然又见天神拾起弓箭，转身就走了，在他的背后出现了一个由金光形成的“佛”字，他想去追回，又看到那金光却直直朝自己射来，立时惊出一身冷汗，不由大叫一声，翻身而起，这才知道原来是一梦。他睁开眼睛，见室内金光闪闪，他更是一惊，仔细看去，有一个浑身闪金光的神仙合掌低头，立在榻前。天斗问道：“你是谁？为何在此？”神仙合掌答道：“拜见师尊，弟子就是那长明灯。”天斗急忙起身，见殿内石案上的长明灯果然不见了踪影，疑道：“你怎的变成这个模样儿？”神仙答道：“弟子乃是师尊取发丝所造，又幸得师尊照石之灵，成为长明灯。弟子为灯时，虽不会言语，但明白师尊之心，每日每时伴随师尊，悉知师尊所思所念，如此天长日久，弟子便得了真道，成了神仙，弟子愿为师尊分忧。”天斗忽然想起什么，暗思道：“当时神灯造出后，我因无法燃灯而发愁，幸好有恶魔、心魔、死魔三人来投，化为舍利珠，使得神灯长明，又曾说过什么阎浮提世界，普度一切众生……现在看来，机缘已到，这长明灯度化成神灵，不如就令他去创化一界，是为灵界，如此，我便又增一大功德，何乐而不为呢？”想到这里，天斗感叹道：“可谓日久生心，怀仁含德，善莫大焉。”他细细打量着神仙，想起梦中的情景来，然后问道：“你果真知道为师在想什么？”神仙合掌不语。

天斗下榻，徘徊片刻，叹道：“既然如此，为师就不瞒你了，为师得昊天龙帝盘古开示，开辟众星，创化万物，为的就是有朝一日能去那无名世界轮回修行，求得亘古真身。今众星已开，三界始成，却不见盘古龙帝所说的泰阶星显现，常常忧心于此，为师知道，三界尚未圆满，故而为师还不能望去轮回。”神仙问道：“三界怎得能圆满？”天斗若有所思，缓缓道：“天界虽已初成，但魔天王阴灵逃往界下，占据下三重世界之界天，在凡间自成一界，那里阴气冲天，俨然成为幽冥之境。为师想让女娲下界造人众，如此一来，阳气兴盛，阴气必衰。三界之中，虽有仙、冥两界，然而还缺一界，为师令你往西极星自成一界，你可愿往？”神仙问道：“那是何界？”天斗道：“你既然是以灵得道的，尽善尽美，终于修成主神，那西极星域若成一界，就为灵界吧！”神仙又问道：“灵界有何修为？”天斗道：“为师开辟九重天界，造化众神，其中有正神、辅神、庶神、人神，终是后造者，他们因慧觉不同，各自法力与神力也不同，境界更不同，故而其行为有别，故而昊天盘古有戒，是为律令，以约束元身，节制欲望，不使堕落。灵界可为众神楷模，修为更高境界，使众神众生精进，更创辉煌世界。而如今，界下凡间被魔天王阴灵所占，邪魔外祟，万物幽冥昏蒙，为师担忧女娲下界造人众之后，虽说万灵丛生，可怜没有神智慧觉，越发愚钝无知，善恶不分，自毁生路。灵界形成之后，你当以无量寿佛盘古为至尊，不论天上人间，以法教化四生，而后再教诸弟子，亦各分化十方，恢弘其道，若对界下众生施以教化，扶正祛邪，以善万物，也不枉昊天之恩德。”神仙想了想，合掌问道：“师尊大善，而弟子道薄德浅，恐有负师尊重托。”天斗叹道：“你是为师自取毛发所造，尽得为师之灵气，昊天有德，使你终成正果。今三界初成，你当堪以大任，为何又推却？为师封你为光大之佛，赐名为燃灯，往那西极星开造灵界，普度下三重世界之众生，但凡界下有善心、慧眼、慧根者，皆可修成菩提心，引往西天，登升灵界以成正果。如此，你也可成为一界之主。”燃灯佛领命告退，才出殿门便化成一团闪光，自往西极星去了。

却说女娲撞见轩辕昊偷情侍婢，气不打一处来，正打算进宫禀报天斗，不料心上想着南灵殿，才一转身，落地时已到南灵殿跟前了，正欲进殿去，迎面碰到侍婢尚翠，女娲想起邠夙丑行，心中正窝火，猛然见到尚翠，劈头便问道：“你要往哪里去？”尚翠与女娲撞个满怀，惊得花颜失色，又见女娲一脸怒色地叱问，一时不知所措，只得跪下战栗道：“大大王见娘娘不在殿中，便让小婢前往玉京宫去看，不想刚一出玄天门，就撞着了娘娘，娘娘恕罪吧！”女娲一听，方知是错怪了她，这才消气，笑道：“你不要怕，我这不是回来了么。”说着便扶起尚翠，正要与她一同进去，却被身后赶来的女姬叫住。女姬道：“师姐这是从哪里回来？”女娲愣怔一下，回道：“我奉命去太阳庙安置神箭，实在有些倦了，这才回来休息。”女姬笑道：“姐姐来得正好，我也才出来找姐姐，你还未进过我的楼阁，不如去我那里坐坐。”女娲笑道：“也好，我当早去探望才是，只是连日来天廷事多，都顾不得了。”说完，又对身后的尚翠道：“你先回去吧，大大王问起，你只对他说我去师妹府上了。”尚翠欠身回道：“小婢知道了。”女娲牵着女姬的手，又转往西芳殿。女娲进殿，方在客厅坐下，就看见一个婢子正在轩窗前细细地梳头，见女娲来了，那婢子上前对女娲请安道：“娘娘万福，小婢岄灵这厢有礼了。”女娲仔细打量她一番，问女姬道：“这个婢子怎么在你这里？她不是三师兄的侍婢岄灵么？”女姬端茶来放在鸾几上，回道：“她正是岄灵，前几日，三师兄把她领来了，说他一个人惯了，不需要婢子伺候，见我的侍仙金童和侍婢玉女也不在了，便将岄灵送与我做个伴儿。”女娲叹道：“三师兄是个忠厚之人，却不像那二……”话到此处，女娲又闭口不说了，女姬奇怪地望着她，问道：“姐姐，你这话儿怎么只说了半截儿？却不像那什么？”女娲端起茶呷一口，心里想道：“我须存他些体面，不揭破这件事儿为好。”女姬回头对正在梳头的岄灵道：“岄灵，你去找邠夙玩儿吧。”岄灵乖巧地应了一声便出去了。女姬见岄灵走远了，又道：“现在只我们两个了，你说吧。”女娲摆手道：“算了，都是些小事儿，不说他了。”女姬见女娲不答，也不好再问，只勉强笑道：“姐姐也真是的，有什么话不能给我说的，不说我就不听，我的耳朵也能清净些。”

女娲听她这么说，竟有些尴尬了，就将他路过朝阳殿时如何见轩辕昊与侍婢邠夙在殿中调戏，又如何诱邠夙吃了芃果，又如何在榻上苟且的情景，由头至尾仔细说了一遍。女姬听了，十分诧异，急问道：“姐姐，你这话可当真么？”女娲细眉一挑，怨道：“附宝，我这话怎么就不当真，我亲眼看见的，我何时哄过你。”女姬笑道：“我觉得二师兄不会是那样儿的，以为姐姐戏言呢！”女娲不悦道：“不信算了，哪有拿这种事儿来戏言的！”女姬见女娲言之凿凿，料定所言不虚，顿时花容失色，脸也阴沉下来。女娲看她变了脸色，问道：“你这是怎么了？突然这般怪怪腻腻的。”女姬强笑道：“没有呵，只是觉得有点奇怪。”女娲问道：“怎么就奇怪了？”女姬忙道：“也没什么的，二师兄我也了解的，怎么会做出这种事儿来，姐姐不觉得奇怪么？”女娲一想，点头道：“嗯，是很奇怪，我觉得你也有些奇怪。”女姬粉面一横，小嘴儿一撇，急道：“姐姐这是什么话？我奇怪什么了？”女娲紧盯她道：“你懂什么？如何知道这是什么事儿？又奇怪的什么？”女姬见女娲怀疑，不由得脸上一红，急道：“我只是想，他们若偷吃禁果，定然会因犯了天戒而被师尊惩罚，所以他们怎敢如此，没想到姐姐疑到我身上了。”女娲努嘴道：“那是你先怀疑我说假话的！”女姬气得直跺脚，急道：“也不是怀疑姐姐的，我……”女娲忙道：“你什么？我看你脸色一阵红一阵白的，此中必有些蹊跷！”女姬气得团团转，又一转身，甩袖道：“哼！我不和你说了！”未等女娲说话，她便扭头走了。

女娲见女姬去了外间，自觉没趣，也径直走出西芳殿回南灵殿去了。单说女娲回至阁内，碧玉上来服侍着，端上妆奁，除卸钗环簪珥，女娲只一转身又换了一身雾绡紫衣。尚翠送上茶来，欠身敬上道：“请上神用茶。”碧霞跟上来就瞪他一眼，怨怼道：“说过多少回了，要改称娘娘，怎么还上神上神的，你总是记吃不记打的！”尚翠低头不敢说话，女娲接过茶，回头问碧霞道：“我去了这两日，府中没有什么事儿吧？”碧霞回道：“也没什么大事儿。”说毕，掩鼻微笑。女娲听她这口气，觉得奇怪，又问道：“什么是大事儿？怎么遮遮掩掩的，快说出来听听，那有小事儿么？”这时，伏羲昊却走了进来，女娲忙将茶盅递给尚翠，欠身道：“夫君万安。”伏羲昊坐在茶桌旁，碧霞又忙端茶敬上，伏羲昊接过呷一口，笑道：“休听婢子嘴里乱说，若真有个什么要紧的事儿，岂能瞒过我的，她说的那些个事儿，不过是小辈们调戏玩耍罢了！”女娲一听就不高兴了，抬眼问伏羲昊道：“夫君这是怎么了？我问碧霞话儿，你急什么？”伏羲昊原本就惧女娲，见她变脸诃问，忙将盅子搁在茶盘上，赔笑道：“我急什么了，我只是应你的话儿说说罢了，一回府就听你咋咋呼呼的，到底是怎么了？”女娲不答话，又瞪着碧霞叱问道：“到底是什么大事儿小事儿的，你怎么不说了？”碧霞见女娲动怒，惊惶不安，急忙跪下，两手加额，回道：“娘娘，却也不是什么大事儿，就是少主他……”碧霞欲言又止，轻抬眼睑溜瞅着女娲和伏羲昊。女娲恼了，一拍茶桌案子，吓得碧霞抖了一下，女娲怒道：“说！”还没等碧霞说话，碧玉却在一旁嘤嘤啜泣。女娲这才看出点儿眉目来，转脸小声问碧玉道：“你哭什么？”碧玉胆小，手中举得妆奁已经战栗起来。伏羲昊见状，无奈地摇摇头，轻叹一声。女娲又转脸对着碧霞，碧霞低声道：“只是少主他亵慢了碧玉……”女娲闻言目瞪神呆，举手扶额，顿觉头晕目眩起来，强忍下来，愤道：“哎呀！这还了得么？我不过出去一两天，又不说一两年的，家里即闹出了这么大的事儿！”碧霞见女娲又急又气，反懊悔不迭，心下想道：“都怪我这张嘴，到底不该说出来，这下可算完了，如今听娘娘这口气，是要剥了少主的皮了，这便怎好？这话已出口，已难收回，不如先劝劝娘娘再看。”如此想着，便劝道：“小婢曾告诉过大大王的，可是大大王叫小婢先别急着回娘娘，恐娘娘听了生气，等大大王访明了情由再来回禀娘娘的。”女娲听了这话，转脸怒视伏羲昊，伏羲昊本想瞒着，抬眼遇着女娲那利剑般的目光，小腿哆嗦一下，勉强站起来瞪着碧霞，顿脚道：“说的这是什么话儿，本王何时不让你回禀娘娘的？本王是说娘娘一旦回府，立即禀告，将那逆子交由娘娘拘管，你看你这个婢子，说话没大没小的……”话未说完，女娲便斥道：“休要再说了！为父不教，一再溺爱，这孽障将来反天了，还怎了得？”碧霞见女娲如此强势，伏羲昊又这般孱弱，又后悔说了这番话，本指望着伏羲昊能出来挡一挡，结果反被女娲给唬住了。碧霞料女娲必要发作的，于是分外心慌，连忙给碧玉使眼色，望着碧玉能主动认个错。碧玉心下明白，喉间颤巍巍道：“并非碧霞和大王有心欺瞒娘娘，只怪少主年幼，尚不懂事儿……”言犹未尽，女娲猛地抬手朝碧玉照脸就甩了一巴掌，碧玉娇躯一歪就跌倒在地，妆奁带玲珑珠玉洒了一地，她却捂着粉脸不敢出声。伏羲昊连忙起身，狠狠剜碧霞一眼，而后搀着女娲，温慰道：“这个不成器的逆子，看把娘娘气得，是要着实打他一顿！”女娲推开伏羲昊，指着碧玉斥道：“你个狐媚魇道的东西！还不是你勾勾搭搭地惹他，若有下次，看我不把你扔下南天门去！”碧玉斜躺在地上不敢动弹，碧霞跪地不语，尚翠吓得裙衩颤颤。伏羲昊又扶着女娲玉臂，劝道：“不要理他们了，待一会儿等那逆子来了，教训他就是了。”女娲瞪碧霞和碧玉一眼，责道：“还不快出去，都在这里碍眼的！”碧玉爬起来，收拾了妆奁，与碧霞与尚翠退了出去。

女娲见她们退出，捂脸啜泣起来。伏羲昊一时乱了方寸，站也不是，坐也不是，来回踱了几步，又去劝慰道：“娘娘勿伤心，娘娘勿伤心，事已至此，伤心有何用。”女娲怨嗔道：“还不是你这个做父王的不管教他！这才多大一点儿就开始胡作非为了！”伏羲昊无奈道：“唉！我岂能知道他……”说到这里时，眉头却皱了起来，转念一想，疑道：“岂有此理？我颇怀疑，这逆子如何就变得这般怪异？莫非他从哪里窃得芃果吃了？”一句话点醒了女娲，她倏地起身，将那乌珠般的明眸转一圈儿，一拍手道：“这就奇了！你说府上也没有此物，他从何处窃得芃果？”伏羲昊又踱来踱去，自言自语道：“绝无可能，绝无可能的。”女娲一下又落座抽泣起来，伏羲昊见状，又忙来抚慰，劝道：“勿伤心，勿伤心……”，女娲娇嗔道：“要不伤心也行，你去把他给我牵来，我自有道理。”伏羲昊转身道：“好，好，我这就去把这个逆子绑了来！”伏羲昊随即出门，急往偏殿走去了。

却说碧霞和碧玉、尚翠出了女娲的殿阁，往那偏殿候命，碧霞不理她们两个，自己往前边走了。经过长廊时，尚翠即将碧玉叫住，附耳说了几句话，只惊得碧玉目瞪口呆，转脸望着碧霞的背影，恨得咬牙切齿。原来尚翠见碧玉受了打骂，已是羞愧难当，只恐她没脸见人而寻了短见，于是就将碧霞和须菩提偷情的事儿一股脑儿全端了出来，碧玉未料到如此，羞恼不已，嘴里嘟哝道：“碧霞平日里看着端庄，谁曾想她竟然是这种人，妒我与少主交好，便在娘娘面前告发我，原来她是想让我死了才好。”尚翠劝道：“这话儿也不能这样说的，总是少主也有不是，我们做婢子的，又能怎样呢，你也不要恨碧霞姐姐了吧。”说完牵着碧玉的手朝偏殿走去。

碧玉和尚翠才进偏殿，就见碧霞和须菩提坐在那里，碧霞两眼发呆，须菩提则在一旁问长问短。见碧玉和尚翠也来了，便将尚翠支走，抓着碧玉的香肩，问道：“你怎的也满脸愁容的？到底怎的了？谁惹着你们了？”碧玉猛地躲开，怒视他道：“没有什么！就是有个恶人先告状，想置我于死地呢，我若不恼，莫非让我笑么？”此时碧霞听得明明白白，脸上一阵红一阵白，低头不敢搭腔。须菩提一听便觉不妙，急问道：“告的什么状？谁给谁告状？到底怎么了，好好说说，别绕舌头了！”碧玉剜了他一眼，怒嗔道：“还不是你做的好事儿！你倒来问我，你既负我，与碧霞背地里苟且，你怎么就不去问她？”须菩提一听这话心下明白了，想碧玉竟然发现他与碧霞的私情，心中暗暗叫苦。须菩提急得跺脚，勉强笑道：“我的亲娘，你就饶了我吧，无论如何，你们都是我的命根子，我一个也不舍得，从今以后我谁也不负，就和你们在一起了，不要再闹了好不好？”说着两行清泪垂下脸颊，碧玉见状一下心就软了，取出绢帕儿，赶忙前去为他拭泪，自己也泣道：“你可不要乱说，我一个做婢子的，怎么受得起你这么叫唤，若是真被你亲娘听见了，哪里还有我们的活路！好了吧，你也不要伤心了，总归都是我们不好。如今娘娘知道这件事儿了，方才还打骂我，我羞得无地自容，本来想去死，可是又舍不得你，只好巴巴儿地又回来了。”须菩提听闻女娲也知道了这桩事儿，跺脚叹道：“真倒霉了，偏生传到了我母后的耳朵里，这便怎么好？打我骂我都不怕的，若她撵你们出府，那我的心也死了。再说叫我怎生见母后？羞也该羞死了。”碧霞见他急得团团转，也心疼起来，起身拉住他的手，嘤嘤泣道：“都是我不好，连累了你和碧玉，你不要害怕，如果再有什么事儿，我全担着就是了。”碧玉闻言，对碧霞的怒气也消了一大半，见须菩提万分着急，一时也没有办法。

三个人战战兢兢地缩成一团，不知该如何是好，偏在这个时候，尚翠又推门进来，轻声道：“你们别哭了，大大王到这边来了！”须菩提听见伏羲昊来了，大惊失色，慌忙松开她们的手。见碧霞和碧玉也吓得直哆嗦，须菩提对碧霞和碧玉道：“不怕，不怕，我父王若问起来，即说是我逼你们的，此事与你们无关。”碧霞和碧玉急得直落泪，咬着朱唇连连摇头。此时，伏羲昊已经进来，须菩提扑通跪下，道：“孩儿给父王请安。”伏羲昊叹息道：“起来吧，为父不怪罪你们，只是你母后现在叫你过去说话，你就去吧，不许惹恼她了。”说完转身走了。须菩提连忙起来，本来不敢去，偏他父王前来传唤，只好硬着头皮跟了过去。碧霞和碧玉觉得事情已经闹大，有些一发不可收拾了，想起女娲平日里一直都对她们俩宠爱有加，只怕经过此事之后便会冷落她们，以后再想要扬眉吐气，只怕是不能了，如此越想越恨，唯有默默哭泣。

此时女娲已气了个半死，这回又见须菩提前来，更是怒不可遏，怒视他半晌，只恨他为人太过轻薄。须菩提见女娲大怒，立时浑身发抖，面如死灰，痛自懊悔不该干那蠢事儿，此刻是走开不能，不走又惹母后生气，心慌意乱，如坐针毡。女娲见须菩提耷拉着脑袋，不发一言，便冷笑几声，喝问道：“你是哑了么？怎么不说话？难道等我替你说么？”须菩提急得是上天无路，入地无门，磕头不跌，哭道：“孩儿知错，孩儿真正该死，不想一时中了心魔，做下了糊涂事儿，只求母后恕罪！母后勿要伤心，但若气坏了身子，叫孩儿如何担待得起，只要母后消消气，此刻就是打死孩儿，孩儿便也知足了！”女娲怒道：“那两个贱婢子在哪里？”须菩提又磕头道：“都是孩儿的不是，与婢子们丝毫无涉，请母后放过她们吧。”说着号啕大哭起来。伏羲昊在一旁越发心疼须菩提，想劝说几句，又见女娲怒容满面，于是欲言又止，不敢出头。

女娲此刻仍不能释怀，叫唤了尚翠进内，狠狠骂道：“贱婢子，平日里我是如何吩咐你的，叫你好好看着他，怎么就出了这样的事儿！”尚翠见她怒目切齿，早吓得魂销魄散了，身子一软便瘫坐在地。女娲又转脸骂须菩提道：“不成器的东西！你倒是说说，为何就做下这等下流的事情！小小年纪就诲淫诲盗的，你也不怕昊天收了你的命！”须菩提心惊肉跳，已不敢辩解一句，汗流浃背，愧不能对。女娲又斥道：“尚翠，你去把碧玉给我牵来，我今天就把这两个作死的孽畜打死！”尚翠一听，已是魂销魄散，脑子一乱，嘴巴也不听使唤了，吭吭哧哧道：“娘娘，这事儿也不是碧玉一个人的过，请娘娘饶过他们两个吧！”女娲听见话语不对，问道：“那你说来，还有谁的过？”须菩提闻言，便知尚翠也知端倪，更加惊惶不安，单怕她张嘴泄露机密，连累碧霞受罪，就在一边红着眼睛给尚翠眼色看。尚翠哪里顾得看他眼色，只对着女娲连连叩头，泣道：“那碧霞也不管着他们，她自己也勾惹少主狎媟……”女娲听得这话，气冲咽喉，险些昏厥过去，伏羲昊见她有晕倒之状，犹如急杵捣心，慌忙又来抚慰，女娲霍地列过身子来，骂道：“你休要来管我，亏得昊天怜悯你，你却生了个好儿子，真正羞了天了！今天死了也算是恕罪了！”伏羲昊见她这般光景，想已无挽回可能，便站在一旁任她所为。女娲呜呜哭着，声嘶力竭喝道：“尚翠！取我的宝剑来！”尚翠赶忙去里间，端上宝剑呈上，女娲自己动手，用那剑柄以平生之力狠狠抽打须菩提，打了几十下，恨不得将他劈成两截，才能解气。须菩提跪在那里一动不动，背上已经是血迹斑斑，尚翠见状，便悄悄退了出去。女娲正在气头，眼睛都气红了，打完五六十下，还要再打，伏羲昊不忍，就上去夺剑，又被她推开。

且说尚翠退出正殿，慌忙往偏殿跑去。碧霞和碧玉正在各自发呆，忽然见尚翠上气不接下气地进来，双双霍地站起，不约而同问道：“少主他怎样了？”尚翠捂着胸口，喘息道：“不行了，不行了！少主就快被打死了！”碧霞听闻如此，也无所畏惧了，拔腿就往门外冲去，碧玉听见须菩提挨打，哇地一声就哭了出来，也不顾死活冲了出去，她们冲进正殿里，见须菩提一动不动地蜷缩着，身上早就被打的皮开肉绽，两腿的鲜血浸出锦袍外，惨不忍睹。碧霞和碧玉嘤嘤低泣着，也不管女娲和伏羲昊在场，三步并作两步冲到须菩提跟前跪下，双手抚着他的身子，一时忍不住了，两人号啕大哭起来。

女娲见这情景，越发气恼，咆哮道："真反了！真正反了！尚翠！你快取鞭子来！此刻要死便一起死！"尚翠不敢怠慢，又去里间取来鞭子递给女娲，女娲扬起鞭子就朝她们抽了上去，伏羲昊急得直跺脚，压低声音道："且慢，且慢，你这一顿毒打，她们不死也就奇了！"说着又来夺鞭子，女娲岂肯罢手，又将他猛地推开。伏羲昊无奈，气愤道："好！好！打吧，打死算了！这府上我是在不得了，我走了，就由你们去！"说完抬脚就走，女娲不理他，只冷冷说道："你走便走，只是到了外边休要对人说，这样的丑事若被外人知道了，我就是死了也羞得慌！"伏羲昊摇摇头，疾步走出。女娲只顾抽着她们，不一会儿就见碧霞碧玉娇弱的身子渐渐蜷成一团了，云裳布满道道血印。碧霞和碧玉只顾用身子护住须菩提，女娲又连抽了十多鞭子，还不解气，碧霞呜呜哭道："娘娘打吧，索性打死了干净！贱婢们的身子是娘娘给的，这一条小命也是娘娘给的，今天便打死了也是该的，就当从来没有我们。"这一下更是火上浇油，女娲一边抽打一边骂道："吓！真是反了！我今天就要打死你们，早知你们两个是这般的淫女，当初就不该有你们的。"须菩提猛地又被惊醒，看碧霞和碧玉遍体鳞伤，勉强挣扎起来，气若游丝，哀哀乞饶，哭道："求母后手下留情，不要再打她们了！儿子就这一条命，你拿去吧，唯求你饶了她们！"说完便抬起脸眼泪巴巴地望着女娲。女娲本欲扬鞭，忽见须菩提脸色惨白，浑身是血，反倒不忍起来，暗想道："看他气若游丝，果然是我打得重了，不能再打了。"女娲叹一口气道："尚翠，你把碧霞和碧玉搀扶到偏殿去吧，我也打得累了，权且饶了她们，等她们好了再作计较！"碧霞和碧玉听女娲说完，趴在地上叩了几个响头，嘶哑道："娘娘仁慈，此大恩婢子碎身难报。"说完就跟着尚翠出去了，须菩提见她们都走了，这才放心，舒了一口气又晕厥过去。女娲见婢子们走了，扔下手中的鞭子，一下就扑过去，抱起须菩提置于怀中，号啕起来，撕心裂肺哭道："我的儿啊！"女娲眼泪扑簌簌落下玉颊，沾满衣襟，只是不停揉摩着他，嘤嘤哀泣，心摧肝裂，痛不欲生。

话分两头，且说燃灯佛奉天斗之命前往西极星，经过围山时，在北谷见着一座园子，心下奇道："这围山我也是知道的，从来都没有如此宏丽的一处所在，怎么就突然有了？也不知是哪个上神的宝地。"如此想着，便不知不觉到了跟前，想进门去打探，心里又想道："既然不知上神名号，我又何必进去叨扰，不如去西极星，免得误了正事。"正要离去，忽然不知从哪里来了两个仙婢，欠身拜道："世尊，我家太师有旨，请你入府一叙。”燃灯佛合掌还礼，徐徐问道：“太师？敢问仙娥所说的太师，却是何方神圣？”仙婢们笑而不语，只是往前走，燃灯佛也只好随着她们进园去了。只见楼观高敞，两边一带绀色宝墙，中间有东西琉璃栅门，门内立着两座金狮子，门楼上嵌祥云牌额，四个紫晶大字煊赫在目：“七宝精舍。”入得门楼，又有两座镂银大门，门前俱是琪花瑶树：金树金花、银花银树、琉璃花琉璃树、玻璃花玻璃树、珊瑚树珊瑚花、玛瑙花玛瑙树、砗磲树砗磲花。周满大世界，转共七宝花，合成七宝树；金叶银叶，华果硕硕。但看那花那树：

> 色如紫金，茎似白银；砗磲乃其实，玛瑙为其华。琉璃琼叶流晶莹，珊瑚瑶蕊溢光瑞。光如水晶，条似紫金；白银为其本，珊瑚乃其实。舒展千仞琉璃枝，平伸万缕水晶条。相值以行，相望于茎；相向以叶，相准于枝。实实相当，华华相顺。正是：清风吟诵五音声，微妙观达自然成。

燃灯佛不觉眼花缭乱，神清气爽，又随仙婢跨进那琉璃门，然后又见中间耸立一座雄阔宫殿，四周抱围一排排玻璃雕栏，中间坐落一处琥珀罗台，台前仪仗整肃，十八个仙娥拨弄瑶琴，琼音袅袅。殿檐上书金光大字，题曰“三昧雷音寺。”见那两个仙娥，笑盈盈地带着燃灯佛踏上丹墀，忽然迎面来了一个衣裳华丽的仙女，大咧咧叫道：“且止步，不许进来，待我禀明太师！”约莫一会儿，只见纷纷琼花冉冉飘下，落到燃灯佛头上肩上，瞬间即化了，四周奇香弥漫，妙音齐响。又听仙女喊道：“无双菩萨，速速卷帘，太师要会客了。”话音刚落，就见一个身着白纻六铢衣的仙娥持紫金珠帘缓缓半卷，两个仙娥欠身对燃灯佛道：“世尊请。”说完便立在两侧。燃灯佛只得入内，只觉得里面敞豁壮丽，放眼望去，里边又有一排精舍，七座宫殿、六幢楼观，都是自然化成，甚为庄严，但看：

> 七宝交络，覆盖层楼。摩尼真珠璀璨，云衣璎珞耀炫。琼花妍芳，华叶垂布。浴池纵贯五颜六色，浮光德水渟膏湛碧，黄金池白银池，池底有金沙银沙；水晶池琉璃池，池底满水晶琉璃沙；珊瑚池琥珀池，池底铺琥珀珊瑚沙；砗磲池玛瑙池，池底尽玛瑙砗磲沙；白玉池紫金池，池底皆紫金沙白玉沙，一沙一世界，一池一洞天。二宝三宝七宝，转共合成岸上，再看旃檀树，香气自熏天。

燃灯佛正看得入迷，忽听身后来一个素衣仙娥道：“世尊请随我来。”燃灯佛回过神来，紧跟而去。又入一殿，只见里面金碧错杂，光彩陆离。远远望去，见翠凤翩幡，闻佩玉鸣銮，四个美丽风艳、面若美玉的仙娥撑着七宝掌扇立在两旁，中间莲座上，坐着一位韶颜稚齿的仙人。妙音渐止，前来的那素衣仙娥走近前跪拜道："启奏太师，世尊到了。"神仙笑问道："来者可是燃灯佛？"燃灯佛一时愣怔，未及回应，急得素衣仙娥扯着他的襟子也来跪着。神仙又问道："来者可是燃灯佛？"燃灯佛这一回听真切了，眙视回道："正是。"神仙笑问道："你可知我是谁？"燃灯佛心下正生疑，见神仙反来问，随即道："在下不知，还请太师赐教。"神仙又问道："你要去那西极星开创灵界，竟无慧眼，如何创的？你可知灵界敕条玄规？"燃灯佛见问，一时答不出来，只在心里道："也不知这是何所在，这位莲座上的又是何方尊神，只顾叨叨问我，却不说他是谁。"神仙笑道："燃灯佛，你心中疑惑，却不能自己解惑。我来告诉你，我就是昊天盘古，我就是阿弥陀佛。"燃灯佛一听，大吃一惊，急忙叩头道："小神前因不知，故而生疑，实为得罪，现在已甚明白，伏乞我佛怜悯，宽容小神。"盘古道："有无皆空，唯识而已。"燃灯佛道："静听我佛教诲。"盘古起身笑道："入得佛门，心外无境，此间是真亦假，全凭念定。为师与你换个去处说话。"说罢，又听妙音四起，只见香雾袅绕，倏地不见一人了。燃灯佛四顾一看，自己却身在野外，围山巍巍，如在眼前。

燃灯佛又吃一惊，心下想道："怪哉，莫非方才种种，一切皆为幻觉？"才胡思乱想着，又见四周云兴霞蔚，山川瞬间化为平地。燃灯佛大惊，左右顾盼，蓦地发现自己又置身于一处旷荡恢廓所在，如一座井形方城，四下香雾缭绕，万道祥光，直绕天际。细看地面，都是以金、银、琉璃、珊瑚、琥珀、砗磲、玛瑙等铺设的，光赫煜烁，瑰丽无比。他又向前一看，见盘古在一方金台上跏趺而坐，双目紧闭。燃灯佛慌忙跪下，合掌吟道："无量寿佛。"盘古声音洪亮，道："燃灯佛，你心念不宁，当如为师这般打坐，使心入定。"燃灯佛忙道："遵法旨。"说着便合掌打坐，与盘古对膝而踞。

默坐良久，盘古睁眼道："燃灯佛，你可知你为何在此？"燃灯佛被忽然一问，有些懵怔，不知如何作答。盘古说道："为师细说，你且静听。为师幻化此景，实为让你亲眼看一看那灵界模样儿，灵界如仙界，无地狱、饿魅、禽兽，也无四时春夏秋冬，不寒不热，安安合适。你往西极星开创灵界，也好做个参考，心里有个数儿。灵界众生皆为佛，其意识更高，境界更高，有别于诸神众仙，有如凡类世界，就精神而言，禽兽高于植物，人类高于禽兽，而在三界来说，魇魅高于人类，人神高于魇魅，庶仙高于人神，上仙高于庶仙，庶神高于上仙，辅神高于庶神，正神高于辅神。即使如此，各类精神也有高低深浅，譬如仙类，尚有九阶，如第一上仙，二高仙，三火仙，四玄仙，五天仙，六真仙，七神仙，八灵仙，九至仙，不等。佛众虽然也是神仙，而其精神略高于神仙，故以灵界庄严净地作为三界第一世界，令众生以及众神诸仙也有个慕念，故思进取精进，以达圣境。”燃灯佛合掌问道：“灵界佛众也有阶级，弟子凭佛众修为而定，初为佛弟子、沙弥、比丘、尊者、长老、菩萨、佛陀不等。敢问我佛，灵界佛众修为若至菩萨和佛陀，当是如何模样儿？”盘古道：“燃灯佛，即使佛类中亦有修为阶级，如为师者则已是至尊，颜貌端正，容色微妙，非天非人，乃是自然虚无之身，无极之体，拥有最尊第一威神光明，光照四维上下，东南西北恒沙佛刹，乃至千万佛世界，此光明为诸佛光明所不能及。若说为师之下的诸佛、菩萨、长老三者以上，可得大精神，神智洞达，其威力自在，无为而无所不为，便能于掌中持一切世界。至于长老以下者，如尊者和比丘等，努力修为，法身可得大神力，世界万类，欲见则见，如正神那般，不饥不饿，不眠不睡，云衣珍膳，意念即得。”

燃灯佛合掌道：“阿弥陀佛，弟子心内已豁然明亮。”而后又问道：“请我佛开示，灵界佛众为何叫作‘佛’？”盘古徐徐道：“混沌未开之时，为师真身的阴气形天从恶，有一日见商羊模样儿，以为怪兽，便欲引弓射杀，幸被为师遏制，告其曰：‘同为神灵，弗敢杀生。’形天突发善心，问曰：‘何谓弗耶？为虺弗摧，我必格杀弗论。’为师曰：‘神灵杀戮，是为弗吊。’形天笑曰：‘你只知弗弗弗弗，可知善恶不二？为何善是对而恶是错？’形天言罢收箭而去。为师当下大悟，故以形天射杀一事为大善之果命名，谓之为‘佛’。你当知晓，凡间世人有自然三涂，故有无量苦恼辗转其中，世世累劫，难以解脱，永无出头之日。为师常哀悯诸天人民，甚于父母念子。为师令你在此世作佛，降化五恶，消灭五痛，灭绝五烧，以善攻恶，拔脱生死之苦。人类世界文明之时，你下界轮回凡尘后，经历苦劫，现世成佛，令众生看到，以弘扬佛法，为其斩断诸多疑网，杜绝众恶之源，开拔爱欲之本。”

燃灯佛颔首，又问道：“弟子明白，佛当以善为终。请我佛开示，弟子当如何开创那灵界？”盘古答道：“你往西极星开创灵界，也只是建些宫阁楼宇，而灵界除你之外，并无佛众，只待女娲下界造人之后，人间世界必有灵慧者，你须下界轮回，历经十劫以锤炼元身，而后引众生以还大道。”燃灯佛合掌问道：“祈请我佛开示，不知缘何如此？”盘古道：“道本先天地而有，人间凡类一心求仙，幻想长生，故不以正道是从，冥行妄作，放溢辟邪，侈于奸利，乱我真道致难以还其本体，所以为师想让你托化于世，以正大道，阐发于世人，如此功莫大焉。”燃灯佛合掌道：“弟子愿往，还请我佛详示。”盘古道：“世人愚钝，欲阐禅慧，当由浅入深，由粗到精，再而由精及妙，循循善诱，引人入正道，使众生开启慧智，分明事理。人之初，性本善，奈何肉身被虚灵所附，为物欲所扰，知天道而不从，你当为其大开法门，从而入我佛门，使其六根清净。”燃灯佛问道：“何为六根？”盘古道：“眼、耳、鼻、舌、身、意即是。”燃灯佛道：“弟子如何能使人听得我佛法旨？”盘古道：“先治其心，再治其身，教化度脱无量众生，皆令得道，以取灭度。”燃灯佛合掌道：“弟子谨遵我佛法旨。”

燃灯佛说完又起身，而后跪地，对盘古恭敬三拜。再抬头时，忽然见眼前已经空无一物，而自己仍在囲山一处，就像短暂入定，又忽然惊觉，好似南柯一梦。

燃灯佛犹如经历一次幻觉，但所见所闻却历历在目，句句在心。见在囲山已经多时，不敢逗留，又往西天门走去。转了一个弯儿，又登上山顶，环视四周只见紫气漫天，无边无际，俯瞰囲山南谷、北谷，但见琪花瑶草满山遍野，奇鸟珍禽遍布丛林。又见几树玉桃妆仙湖，半湾金柳迎风舞。看那——

翩翩粉蝶采花蕊，袅袅紫烟绕绿野，凤凰伴彩云齐飞，翡翠花闪缀天河。飞燕掠影云阁前，玄殿美娥卷珠帘。罡风沐天门，门中看玉翼婵娟，红袖绿衫，含笑嫣然。桂宫兰殿，东方冉冉瑞气来；璇阶桥虹，霄霞缕缕天一色。

燃灯佛见此美景，惬意道：“仙界锦绣繁华，都是女娲之功，她是那众神之母，我虽与她未曾谋面，心里却着实敬仰。”说罢便沿着一条小路下山，不多时又见山下有一所山洞，洞外有一小径，都是以琉璃和琥珀铺成的，洞门上下嵌满珠玉，流彩夺目。燃灯佛好生奇怪，便前去察看，还未到洞口，便见出来一仙童和一仙女。仙童生得标致，面如冠玉，齿白唇红，温文尔雅。再看那仙女，生得好容貌：

芙蓉映脸，眉纤若柳，长发如云，神凝秋水。回眸转盼含羞处，微笑婉婉盈盈面，凌波微步踩金莲。

燃灯佛见状，生怕惊动了二仙，只得暂避在一旁，再看他们坐在洞外阶前交头接耳，甚是亲狎。燃灯佛思道：“不知这二仙又是谁，为何独居此处？”正思忖间，忽然阴云密布，狂风大作，那仙童惊道：“玉女，怕是不好了，我们偷吃禁果犯了天戒，被师尊囚禁在此已有多时，只等昊天惩罚，你看这天象，恐怕我们要被打下界去了！”那仙女急将头埋入仙童怀中，泣道：“金童，既知有这一天，又何必惧怕，下界就下界，不论身在何处，我们不离不弃便好。”燃灯佛心里暗吃一惊，思道：“原来他们就是金童和玉女！”想到此处，又仰天看去，见风云更急，便知他们的时间不多了，便出来与二仙相见。金童和玉女蜷缩在一起，不知所措，这时候突然见到燃灯佛，以为是天斗来了，忙跪地迎接，见来人不说话，抬头看去才知道不是天斗，这才问道：“上神何处来的？”燃灯佛道：“我是燃灯佛，欲往西极星去，恰巧路过这里。”金童疑道：“未听过燃灯佛，不论是谁，快离去吧，小心连你一起打入界下。”燃灯佛合掌道：“阿弥陀佛，我佛慈悲，看来你们就要坠入凡尘了，不过尘根易坠，仙体难还，你们且珍惜自身，修身行善，方能脱离苦海。”说完转身离去，金童正欲问话，只见一团蓝光突然袭来，将他们的天衣剥离去了。金童和玉女赤裸相见，俱吓了一跳，又羞又怕的。这时，蓝光越来越亮，包围着他们，玉女瑟瑟发抖起来，泣道：“这就要下界去了！”话音未落，只见蓝光托起他们直冲西天门去了。

却说女姬听说金童和玉女被一团蓝光卷往西天门，便与女娲一同去玉京宫觐见天斗。天斗对她们道：“果然应了为师之言，那金童和玉女偷食芃果，昊天降怒，他们今被罚下界去了。”女娲听后，惊得玉颜失色。女姬得知金童和玉女坠入界下，伤心问道：“不知金童和玉女下界去了何处？”天斗道：“九重天阙，大千世界，中天之下便是下三重世界，也有无数星系，为师也不知他们身在何处。”女姬怅然若失，一时无话，与女娲又回去了。

女娲回到南灵殿，伏羲昊问起详情，女娲愁眉不展，叹道：“师尊说了，金童和玉女犯戒，被昊天打入界下。”伏羲昊问道：“金童和玉女被打入界下，这是迟早的事儿，原先就知道的，你愁什么？”女娲长叹道：“我愁你的宝贝儿子，还有碧霞和碧玉，他们也犯了天戒，我看被打入界下也是早晚的事儿。”伏羲昊疑道：“我看也未必，先问问清楚再说。”女娲挑一挑眉道：“这也不能不管他们，事情出来了，总得有个安排才好。”伏羲昊思忖片刻，沉吟道：“以我看，既然他们有缘，不如暂且将碧霞和碧玉许给须菩提，只是令他们不要再一起玩耍，等将来他们都大了再行嫁娶。”女娲无话，又长吁短叹起来。次日，女娲先叫尚翠去打听须菩提和碧霞碧玉，得知他们身上的伤都痊愈了，便又吩咐道：“你去叫了碧霞和碧玉来，若须菩提见着你了，万不可对他说什么”。尚翠答应着去了，少顷带着碧霞和碧玉入内，见着女娲便慌忙跪下。女娲举目，见她们头也不敢抬，脸上一红一白的，看似非常惊惧。正待开口，须菩提就急忙赶着过来了，问了安，又瞥见碧霞和碧玉跪在地上，他也站在一旁不走了。女娲知道他不放心，正色道：“你跟我到里间，我有些话要问问你。”须菩提当女娲叫他的时候，心里早怀着鬼胎，怕的是女娲又要追究起来了，就像是半空中打了个霹雳。

来到里间，女娲轻声问道：“你实话对我说，你从来哪里得来的芃果？”须菩提见问，纳闷起来，反问道：“母后说的什么芃果？我没有那个。”女娲顿时沉下脸来，问道：“你现在还瞒着我？你若是好好从直招认，我都可宽恕，如若不然，我少不了给那两个贱婢难堪！”须菩提慌道：“孩儿确实不知什么是芃果，也从未有过那东西。”女娲见他说的真诚，愣了一下又问道：“那你可曾吃过什么果子？”须菩提道：“平时就吃些桃子还有别的什么果子，总之想起吃什么来，它便自己就出来了，但从未听说什么芃果。”女娲舒了一口气，总算放下心来，但心里仍然疑云重重，思忖道：“这就奇了，既然没吃果子，他怎么就开了窍，懂得了男亲女爱的事儿。”须菩提见女娲一脸疑惑，问道：“母后，孩儿不知，什么是芃果？”女娲愣怔一下，随即笑道：“我的儿，现在没事儿了，你且去你的殿里耍吧，我要和碧霞碧玉说说话儿。”须菩提不肯走，又不能不走，磨叽了一会儿，低声问道：“母后又要制裁她们两个么？”女娲微微一笑，道：“事情都过去了，我不给她们难堪，你就放心去吧。”须菩提转悲为喜，低头回道：“谢母后宽怀，孩儿知道了。”说罢又躬身一拜，转身退下。

见须菩提出了殿阁，女娲又到外间，碧霞和碧玉心里此刻已是七上八下，不知女娲又要如何整治她们，身子也抖了起来。女娲先对尚翠道：“你去侍奉大王饮茶吧。”尚翠低头退出。女娲先坐下来，而后厉声问碧霞和碧玉道：“你们也是个真正的仙子，虽说不是我造化的，但师尊将你们赐与我，打小就进我府上，如今已有十三四个年头了，总也该知道我府里的法度，虽说没有尊卑高下之分，但向来都是男女有别，不许私自在一处的。我如今也不知道了，原先都好好儿的，怎么就突然知道了许多事儿。”碧霞和碧玉吓得战战栗栗，一时不知如何答话。女娲又问道：“你们不要闭着嘴巴一言不发，总得有个人出来和我说明白，若说的真诚，我也就不追究了，还让你们在我府上，若有半字含糊，冀图混赖，我便不饶，我也不打骂你们，只去请奏师尊，将你们都打下南天门去。”碧玉一听这话，嘤嘤抽泣起来，碧霞颤颤问道：“娘娘要问什么事情？但我们知道的绝不敢隐瞒。”女娲问道：“你们可是偷吃了芃果？”碧霞连连摇头，双眸凝泪，哀泣道：“娘娘，我们岂敢吃那禁果，先不说我们都亲眼见金童和玉女吃了那果子，被师尊囚于囲山，我们就算有十条命也不敢吃那个果子，再说囲山一棵果树也没有了，芃果早就消失了，我们哪里能拿得来。”女娲听得她说的真切，心里疑道：“看来他们都没吃那芃果，这真的就奇了，他们如何就懂了男欢女爱的事儿！”女娲又望着她们道：“没吃便好，昨天金童和玉女已经被昊天打下西天门了。”碧霞和碧玉惊得娇躯一抖，面面相觑。女娲又道：“你们既然没吃果子，就不必担心被打下界去。好了，这里没什么事儿，你们都去玩儿去吧，都给我记好了，不要给我记吃不记打，再要和须菩提偷偷摸摸干那好事儿，我必不轻饶！”碧霞碧玉闻言，羞得满面红晕，磕了几个头就急忙退下了。

女娲恍恍惚惚又去前殿，伏羲昊正在饮茶，见女娲面色恍惚，急忙起身问道：“又怎么了？”女娲喃喃道：“我问过他们了，都没有吃那芃果。我就奇怪了，你说他们一个个都没吃那果子，怎么就晓得了干那种事儿来。”伏羲昊缓缓坐下笑道：“我早就知道其中奥妙，只是没和你说。”女娲也坐下来，问道：“有什么奥妙？”伏羲昊盯着她道：“这事儿不能怪他们，要怪就怪你自己。”女娲奇怪道：“怎么就怪我了？”伏羲昊呷一口茶，慢慢道：“如今吃不吃那果子都一样了，你仔细想想看，你我都吃了那果子，被夺去天衣，按说本当也会遭受天罚，幸好盘古太师怜悯，宽容了我们，使我们恢复神力，复得天衣，逃过一劫。”女娲不解，问道：“那又如何？他们几个没吃那果子，怎么就懂得了男女之事？难道是太师教他们的？”伏羲昊笑道：“那倒不是。你再想想，后来你奉命造化众神、人神，造化万物，你一个吃过禁果的去造化万物，自然这芃果一戒就消失了，你自己尚且懂得男女之事，并且生了孩子，你所造的诸神万物，岂不也自带这灵气了？因而我想，他们虽然没吃芃果，但自你造化诸神万物之后，这一切都变了，他们就都有了情爱，不仅须菩提和碧霞碧玉他们，我觉得众神都和他们一样了。”女娲听伏羲昊一说，当下大悟，笑道：“原来如此！这真的是冤枉了他们了。”伏羲昊笑道：“真是冤了，被你一顿毒打，险些要了他们几个的命。”女娲尴尬一笑，问道：“那现在如何是好？果真要把那两个婢子许给须菩提？”伏羲昊道：“不然如何？她们两个清白身子，被你儿子污了，叫她们两个怎么对人，人急悬梁，倘若逼得到了急处，寻起短见的话，莫非要她们去死么？再者说，我看你儿子也舍不得她们，暂且就给他们订了婚约，等几年给他们办了婚事儿，就把他们另出去。”女娲挑眉一笑道：“你怎么不说那也是你的儿子呢！”伏羲昊笑而不语，女娲思忖片刻，又道：“好吧，木已成舟，覆水难收，也只好如此了。须菩提如此模样儿，怕长大了更是不安分，所谓宁撞金钟一响，不擂破鼓千通，不如早些为他定下亲事，也好让他规矩些儿，我这就去安顿好，也免得她们又背地里做出什么事儿来。”说着转身就往后殿去了。

且说须菩提回到偏殿，就去找碧霞和碧玉，看到碧霞斜倚在琉璃榻上出神，就凑上去问道：“刚才我母后和你们说什么？有没有打骂你们？”碧霞笑道：“真的吓死我了，我还以为又要挨打了，结果还好，娘娘宽宏大量，并没有打骂我们，只是问我们吃没吃芃果。”碧玉本来往发髻上别着琥珀簪子，见须菩提进来了，扔下簪子就凑前去，笑道：“娘娘真正是个好人，也算我们运气，碰见娘娘这样的好心肠，这事儿就这么过去了，以后再也不担惊受怕了。”须菩提问道：“母后若再不问这件事儿，我也就放心了。”碧霞低头道：“从今往后，少主不能对我们毛手毛脚的了，若被娘娘知道了，就是说什么也不饶了。”须菩提应了一声，问道：“那芃果是个什么东西？”碧玉笑道：“你问那个做什么？就是一种果子，吃了便能开窍，神奇得了不得呢，当初就是娘娘和大王吃了芃果，才生下你来！”碧霞白了她一眼道：“快少胡说八道的，让娘娘听见了怎生得了！”须菩提笑道：“我才知道有这样的事儿，怪不得母后一直问我有没有吃那个果子。”碧霞颦眉道：“都过去的事儿，现在哪里还有什么芃果，以后不要再提这个了。”须菩提伸手摸她的秀发，笑道：“提那个没用的果子有什么意思，我们没吃那果子，不是一样开窍了。”说着又往她脸上亲了一口，碧霞绯红了脸，慌忙躲闪。碧玉也将粉脸凑过来，笑盈盈道：“不行，你也亲我一个！”须菩提又将她亲了一口。碧霞急起身挽了头发，拉过碧玉道：“你要死吗？可真是好了伤疤忘了疼，你不怕被人撞见了。”须菩提忙上前搂住她们的柳腰，往怀里揽着，一边笑道：“怕什么，我母后既然不追究了，自然是允了我们的，就是一起戏耍，她也再不管了。”话才说完，只见女娲突然推门而入，吓得慌忙分开。

单说女娲到了后殿，便叫尚翠去唤碧霞碧玉来，却听尚翠道：“娘娘，这会儿我可不敢去叫她们。”女娲疑道：“怎么了？”尚翠低头道：“她们两个和少主在偏殿里，我若去叫了，他们还以为是我背后说三道四的。”女娲一听便明白了端倪，对尚翠道：“你就在这里，我去看看。”说完便气呼呼地冲偏殿而来，刚推门进来就看他们三个抱在一起，顿时厉声骂道：“你们两个小贱人，我在那边唤了半晌也没有人答应，原来你们在这里厮混，我说的话你们都当耳旁风了，是不是皮又痒了？”碧霞和碧玉直臊得满面紫涨，恨不能找个洞一头钻里去，才掩得起此刻的羞耻。须菩提双手垂下，低头站在一旁。

女娲来回踱步，见旁边有一柄捣茶的玉杵，顺手就拿了起来，碧霞和碧玉见状，吓得魂飞魄散，须菩提一看，忙跪下道：“母后饶了她们吧，都是孩儿不好，不怪她们两个的，母后要生气，就打死孩儿吧。”说着便扑簌簌滴下泪来，连连磕头。女娲恶狠狠地回头瞅了他一眼，怒道：“你就是死不悔改！”须菩提满面绯红，泣道：“孩儿罪该万死，还求母后再宽恕一次。”女娲气得软瘫在椅子上，手内执的玉杵也不知不觉跌落地下。女喘息片刻，又颤抖抖指着碧霞和碧玉，骂道：“你两个下流的东西，这还了得么？我只问你一个十三四岁的闺女，怎的干这些不知羞耻的事儿来，这还让我有什么面目对人？”碧霞听女娲这番话，已羞得无地自容，霍地站起身道：“横竖都是做婢子的不是，只给娘娘丢人了，娘娘也不要为我们烦恼了，我这就去死了干净！”说完就飞奔出外，捂着脸一路哭着去了。碧玉还跪在原地不敢动弹，女娲愣了一会儿，望着门口怒道：“真是反了你了！自己做了坏事儿，还倒委屈你了，你这是给谁撒气呢！”说完又指着碧玉道：“还跪在那里作什么？你快去把她给我叫回来。”碧玉这才起来，撩起衣裾急忙退了出去。

碧玉到前院寻不见碧霞，便穿过小角门到后园去找，果然见碧霞手里攥着裙带站在水池旁，碧玉大惊，急忙上前拽住她，问道：“你站在这里做什么？”碧霞锁着弯眉，双眸凝泪，咬紧牙关道：“我这个下流的婢子，活着还有什么意思，我想着就跳进这池子里死了算了。”碧玉听她说得凄凉，不禁泪水涟涟，披散的头发也顾不上撩起，问道：“姐姐真的想死了？”碧霞泣道：“不死你叫我怎么见人，娘娘那般毒舌，我还怎么在这府里待着。”碧玉见她来真的，急忙下跪道：“姐姐，你总不能寻短见，还是想开些儿好。”碧霞眯着眼睛道：“我现在一心想死，死了也干净了，免得娘娘觉得我在这里玷污了门庭。我死也和你无关，你跪在我这里算什么？”碧玉磕了个头道：“姐姐一定要死的话，也要听我把话说完，你死了我也跟着你。”说着就站起身来。碧霞听了那话，问道：“你想说什么就说吧！”碧玉拉着她的手道：“姐姐觉得死了就干净吗？你现在这么死了，第一对娘娘是不忠不孝，再者若外头知道了，还说你因为做个见不得人的事儿才寻短见的，还有就是，你这样死了，叫少主怎么办？你舍得让他伤心么？娘娘素来就是那直脾气，你也是知道的，不如我们暂避锋芒，等这事儿了完了也就好了。”碧霞闻听此言，也觉得有几分道理，一时就打消了死的念头，转脸问道：“你怎么出来了？”碧玉忙道：“娘娘让我来请你回去的。”碧霞无话，又怕须菩提受委屈，只好跟着碧玉又回去。

且说女娲见碧玉出去了，又剜了须菩提一眼道：“看看你干的好事！我思谋着你也该去学些正经的来，不能再由着你堕落了！”说着不禁伤心落泪。须菩提叩首泣道：“母后消消气，不论什么，孩儿听母后的安排。”正说着，见碧玉牵着碧霞走进来了，女娲长叹一声，对须菩提道：“你回你的殿里去吧，我和她们说几句话就好。”须菩提起身，小心翼翼地退了出去。女娲见须菩提走了，走上前，一手拉着碧霞的手，一手拉着碧玉的手，强颜笑笑，而后坐在琉璃榻上，碧霞和碧玉见女娲直抹眼泪，一时忍不住也哭了一阵。女娲叹道：“我这脾气也越来越不好了，只是你们变成这样儿了，我也出乎意料，现在好些了，我也去不计较。”碧霞泣道：“都怪婢子不好，惹得娘娘生气。”女娲仔细打量碧霞和碧玉，顿觉她们越发水灵了，燕雏鸠黄，红香白脸，那细眉明眸就像盈盈一波秋水。女娲叹道：“可怜我这两个女子，好端端就被那个孽畜就给糟蹋了，落下个不好！”碧霞和碧玉泪水盈眶，默默不语。女娲端详着她们问道：“你们两个真心对我儿须菩提有意？”碧霞和碧玉被这突然一问，一下子从脸红到脖子，红得像火，又惊得双双跪地，齐声道：“婢子再也不敢了！再也不敢了！”女娲连忙搀起她们，笑道：“我不是那个意思，你们也大了，也知道儿女情长的事儿了，事已至此，若你们两个果真对他有意，我自有个说法。”碧霞和碧玉一听这话，心下已明白一半儿，心中暗喜，双双羞得低下头去。女娲见状，笑道：“我今天做主，就把你们两个许给须菩提，等你们都再大些，就让你们完婚。”碧霞碧玉一听这话，又惊又喜，忙又跪地道：“一切都听娘娘安排吧。”女娲又将自己手腕儿上的金环银钗和佩碧玉坠儿摘下交给碧霞，又将头上的银簪金钿尽拔下来，交给碧玉，笑道：“这就算给你们的定亲礼了，你们要千万记住，这事儿不能和须菩提说，免得他知道了又黏着你们。”碧霞和碧玉收下，连忙答应，又感动地抽泣一阵子。

女娲回到后殿，将自己做主给碧霞和碧玉与须菩提定亲的事儿，对伏羲昊如实述说了遍。伏羲昊叹息道：“这个事儿权且也只能这样了，菩提渐大了，他日上朝面圣，我和师尊说说，令他跟着哪个神仙，学点儿真道法术。”说罢都睡了，一宿无话。

女娲自从派了尚翠伺候须菩提，是为了监视他，又怕他沉溺美色而误了自己。须菩提自然知道女娲的意图，就警告尚翠道：“你服侍我好便好，不好便不要你服侍，只是你不要把我的事儿告诉我母后，我挨一顿打不要紧，但若气坏了母后，你可是要担当的！”尚翠噘着嘴道：“我懒得理你们的事儿，只要别让娘娘发现就行了，不然娘娘又责我瞒着她，我又受牵连。”须菩提道：“只要你不说，谁也不会知道的。”一会儿就看碧玉进来了，须菩提又不理尚翠了，与碧玉亲密起来，尚翠就在面前，他也不避开，碧玉去媚须菩提，两个人又亲嘴咂舌的。那尚翠也渐渐长成，虽还是一个未破瓜的女鬟，但情窦已开，看他们这般莺颠燕狂的，自然也解得此中的勾当，不禁脸泛桃花，浑身发热，勉强端茶捧果地伺候了他一阵子，只说身子累了想去睡会儿。碧玉见她要走，又怕她暗中去告状，就将她叫住，斜睨问道：“这才是中三时的光时，还不到下三时的角时你就瞌睡了？我们最早也是亚时才睡的，你这会儿就走了，少主这里谁来伺候呢？”尚翠一听这话气不打一处来，强忍笑道：“我只是不舒服，想去歇一会儿，我一个婢子每天忙得腰酸背痛的，比不得姐姐这样的贵人，姐姐和少主这般情景，也是半个主子了，难道就不体谅一下婢子？”须菩提听见了，急道：“别斗嘴了，你累了便去歇着吧，我这里不让人伺候了。”尚翠白了一眼就出去了。

须菩提推着碧玉来到琉璃榻上按倒，捏着她的耳垂，笑道：“谁稀罕她来，有你伺候我就好，怎么还要她来伺候。”碧玉心里装着心事，怕的是尚翠防察，一旦露了机关，又惹来祸端，此刻就想离去，又抛不下须菩提，自然是分外绸缪，恋恋不舍。又见须菩提揽着她又搂又抱的，十分缠绵。到了此际，碧玉红着脸假作挣扎道：“你是不是活得不耐烦了啊？我好意来看你的，你竟敢调戏我，快些儿放手，若被娘娘知道了，定要活活将我打死的。”须菩提见她嘴上虽然那么说，可一双玉手早就挽上他的脖子，看来也并不十分抗拒，便知她早已心肯，也就不搭理她，急着就解她的裙子。碧玉心里想道：“我好容易盼到这机会，偏就尚翠也在这里，生出这些个阻隔，管她呢，娘娘既然已将我许给少主，我又怕个什么。”想到这里，伸出纤手，探上琉璃榻松开玉钩，将那帷箔放了下来。上回说过，仙界不同凡间，有道是“天衣无缝”，神仙身上穿的衣服，除非自己心念所至，意愿所至，才会自动解开，想换穿什么样式和颜色的衣服，也是靠心念和意愿自动穿着的，至于款式、色彩、奢华等，是凭着神仙的品阶、职衔或修为来实现的。此时须菩提也有些担惊受怕，想万一女娲突然来了又不好收场，心里颠簸着，身上的天衣便不自解，碧玉更是害怕，天衣也就不会褪下了。须菩提眼看美人在旁边，心里蠢蠢欲动，怎奈横竖都无处着手，又想到碧玉的玉胸那般的酥软可爱，他便激动起来，只好隔着衣服贴着她的背，乖乖地躺了一会儿。

尚翠回到后殿的一间小偏殿倒身睡下，辗转筹思，不由得欲心顿炽，翻来覆去，一直都没有合眼。到了上三时的天时时分，尚翠才起来，一转身子见碧霞在一旁躺着睡觉，却未见碧玉，当时就心上一紧，一手理着头发，思道：“坏了，莫非那贱人还在少主那里厮混，万一被娘娘知道了，少不了又连累我。”如此想着，也不梳妆就跑去找碧玉，才出了偏殿，就听到侧面一个人出来道：“尚翠，你这是急着去哪里？”尚翠转头见是女娲，忙摇手道：“娘娘，我哪里也不去，只是……”这一时急了，吞吐半晌只好又咽了回去。女娲觉不妙，厉声问道：“只是什么？”

尚翠四顾无人，扑通一下跪地说道："光时时，我伺候少主，碧玉也去了，在那里与少主说话，我觉困倦就回来睡了，直到此时也不见她回来，料定她还在少主那里，便要去寻她来的。"女娲顿时火冒三丈，狠狠剜了她一眼，怒道："你别去了，我去寻她来！"女娲本是出来舞剑，没想到又遇到这档子事儿，急忙提剑来到须菩提的偏殿，直接推门进去，就看见须菩提抱着碧玉躺在琉璃榻上，虽然都和衣而睡，但那姿态也非常亲密。女娲越想越气，挥着剑柄上去就打在两人身上，碧玉和须菩提被惊醒，见是女娲来打，霍地翻起身，跳下榻来，双双跪地。女娲怒道："怎么又来了？我看你们两个不仅耳聋，而且皮厚，才说过不让你们厮混，这还没眨眼的一会儿工夫就又黏在一起了？"须菩提急道："母后，我们也只是说说话儿，不觉就睡着了，我们什么也没做。"女娲冷笑道："不让你说话，我问碧玉呢！什么也没做，你们当我眼瞎么？"说着又要去抓碧玉的头发，碧玉吓得哇哇大哭起来。

尚翠料定女娲去找须菩提和碧玉算账，少不了又挨一顿打，便回到殿里找碧霞，一股脑儿就说了。碧霞急忙跑去看，还没到偏殿，就听见碧玉在里间呜呜大哭，便知道事情又闹大了，正要进去，却见女姬带着岄灵来了，顿时犹如遇到了救星，对着她们福了两福，又忙着跑进殿里去了，掀起帘子入内，便见女娲咬着牙齿，又急又气，举着剑柄在碧玉身上乱打，碧玉不敢躲避，只是嘤嘤啼哭。碧霞急道："娘娘，上神女姬来了。"女娲听女姬来了，一时愣住，须菩提怕女姬看出端倪，就赶忙起身站在一旁。女姬早掀帘进来，见女娲乱打碧玉，忙上前把女娲挡住，夺下剑放在一旁，笑问道："姐姐，什么事情？这清早起来就打人，你是受了什么气，拿着婢子发泄呢！"说着又将碧玉拖了起来。须菩提有点儿不好意思，抬头看见岄灵笑眯眯地站在女姬身后，望着他抹脸刮鼻的做样儿。女姬见女娲不吱声，就对碧玉道："好了，你们都出去吧。"碧玉和须菩提、碧霞如获赦令，匆匆退出殿去，岄灵也跟着出去了。女姬笑道："究竟因为什么事？姐姐生这么大的气，婢子们犯的法，不过就是懒惰不听呼唤，甚至搬斗是非，怎么能这样打她呢！"女娲听女姬问到这里，脸上一红一白起来，想此事必不能让她知道，否则必然闹得漫天风言风语，于是长长叹一声道："附宝你是不知道，我被这小妖精气死了，我起来要去练剑，喊她来给我送茶，结果叫了半晌也不见她来，她却一个人跑后园去玩去了，真把我气的不行！"女姬一听，笑道："嗨，我当是什么天大的事儿呢，就这个也犯得着你那样打她，这几个婢子伺候姐姐可没少受活罪，姐姐若不想要了，全给了我吧。"女娲笑道："也就这一次，真的是气坏了，才下手的。"

正说笑着，见尚翠和碧霞端茶进来，她们又坐下来饮茶闲聊起来。女娲呷一口茶，斜睨她问道：“附宝，你果真不晓得风月之事？”女娲见她满面羞晕，也不好追问，将座位挪到她身边，附在她耳畔低声道：“妹妹，你别瞒我，我可是什么都知道，自从造化众神和人神以及那万物之后，这天界就充满了幽幽春兴之气，但凡有生命的都晓得了风月之事，我就不信唯独你却没有。”女姬羞得粉汗交流，好半会儿，才吃吃问道：“什么是幽幽春兴之气？”女娲掩鼻，低声笑道：“就是男欢女爱的情欲。”女姬望着她的眼睛，扑哧一声笑了，也低声道：“如今也知道了，只是没有姐姐知道的早。”女娲忙一把将她的红袖扯住，笑道：“你倒笑话我来了，我问你，心上可有中意的人？”女姬羞晕不行，转过脸去，娇嗔道：“没有。”女娲笑道：“不急，慢慢就有了。”女姬又将脸转过来，扬眉笑道：“姐姐已身为人母了，还这么骚里骚情的没个正经话儿，本小姐年方十七，待字闺中，你可不敢污了我的好名声！”女娲起身笑道：“不如跟姐姐去外面转转去，说不定就遇上你的意中人了！”说完就转身出殿，女姬忙也跟了出去。

却说金童和玉女二仙坠落南天门，只觉得身体被一阵紫云托起，直往玄天而下，四周是漆黑茫茫的大气。当坠入那盖天的时候，又突然感觉正在坠入一个狭细的隧道里，一眨眼的时间，就坠入界天了，此时又感觉身轻如燕，睁眼一看，通道周围星光密布，犹如幻境。就在此时，他们感觉自己的元身消失了，变成两颗明珠如闪电般地穿行在一条被蓝色光芒笼罩的通道内，二仙意识清醒，只觉得自己就像一枚流星不停下坠，俯察尘寰，可见星罗绣错，而满天黑雾，毫无一丝光亮。

一阵眩晕之后，他们便浑然不觉了。直到醒来，金童和玉女发现已在凡间，灵体毫无饥渴疲劳之感，只是日光刺眼，让他们颇感不适。金童暗自思道：“昊天既将我们打下凡间，也不知何时才能轮回六道，若只是在此间游荡，只怕迟早会神消灵散，看此间茫茫荒野，鸟兽绝迹，倒不像是我们的投生之地，再者，为何不见有上神来接引，我们当何去何从？”玉女见金童呆坐，问道：“只是这样了？我们当去何处？”金童摇头道：“我也不知，我见北方有绵延山峦，不如就往那里去，且行且看，寻个山洞，暂避一下。”玉女愁道：“也不知将来又是怎样的，此间荒凉，哪里比得上天界，早知如此下场，我是断不吃那芃果的。”一边絮叨着，一边跟金童将灵体一闪，便来到山前，又见山岩上有“太行”二字，金童惊道：“这不是南天门那门柱上的两个字么？怎么这山体上也有这个字？”玉女道：“在囲山时，我曾遇见一只灵羊，说南天门有两根柱子被魔天王阴灵的神箭射中，崩塌坠下凡间，可见确实如此，眼前这座大山，想必是其中一根柱子化成的。”金童惊道：“如此说来，那魔天王阴灵也在这凡间了。”玉女回道：“正是，他们在凡间为祸，射杀了烛龙少阳，就连那太阳也是烛龙的龙珠坠落界下变成的，玉龙望舒虽然躲过神箭，她的龙珠也坠下，变成了月亮。又听说此间遍地都是猛兽，十分可怕，都是魔天王阴灵的手段。”金童越听越怕，低声道：“那我们就在这太行山寻找到一个山洞，藏在里面，千万不能让魔天王阴灵发现我们。” 说完便穿梭山间找寻山洞，果然寻得一处，二仙便藏身其中。

到了夜间，业魔率众魔兵四处巡查，嗅得太行山有仙气，就顺着山体寻找，果然见那洞里藏着二仙，业魔窃自喜道：“二仙子临凡，被我找到，我当速报天王，也好邀功请赏。”说完也未惊动金童和玉女，火速往幽冥宫报告去了。金童和玉女也有察觉，知道是魔兵来了，一时惊惶不安，玉女泣道：“他们发现我们在这里，不久必来擒拿，我可不想去那魔窟，快快想想办法。”金童愁道：“事已至此，我们尽量躲避，不要让他们擒住才好。”二仙依偎在一起，战战兢兢，生怕众魔再来滋扰，便一夜无眠。

魔天王阴灵闻报，大喜道：“必是那金童和玉女被打下界来了，本王专司幽冥界，愁的是没有个好人才，如今我魔众繁多，但却个个寿命不长，以致生魂遍野，四处游荡，实在不易统摄，不如将此二仙收入麾下，用他们的仙骨来镇压生魂，等到女娲造人之后，我乘机将生魂投生，到时候凡间就属于本王的了！”说完，便决定亲自前往一探，到了洞口，摇身一变，就化成一个神仙进洞去了。金童和玉女以为阴灵来了，吓得缩在角落里瑟瑟发抖，又见来者身着素衣轻纱，面目和善，倒也不像是魔类，这才放松警惕。金童拱手问道：“不知上仙来自何方？为何来此？”阴灵揖道：“我乃是天廷封的真神，管辖冥界，得知上界仙子下凡，故来探望。”金童喜道：“如此甚好，得遇上仙，我们便可以轮回六道了，也好早早投生，只等苦海渡劫，到达彼岸时，便可以归一到天界了。”阴灵笑问道：“轮回有六道，不知二位仙人想去哪一道轮回？”未等金童发话，玉女便急问道：“六道是哪六道？恳请上仙明示，我们也好挑一挑，选一选。”阴灵笑道：“地狱道，饿魅道，畜生道，无端道，凡间道，天上道，此六道便是。”阴灵说着就坐在他们旁边。金童问道：“小仙可否去那天上道轮回？”阴灵叹道：“天上道，与天趋同，好虽好，但你们却不宜轮回去。”玉女疑道：“既然与天上一样，我们都是天界仙子，正好前往，上仙却为何说不宜？”阴灵笑道：“只有正神触犯天规，而被打下界，根据罪过轻重，灵体才能选择轮回至此，神灵因被剥去天衣，元身不存，仅剩微小灵体，形如幽浮，飘茵随混，朝夕不保，轮回一次便有三万劫数，或自消亡，或被风伤，或被水淹，种种劫数，逢殆则死，而后又往轮回，周而复始。”金童惊道：“小仙以为天上道也是一个极好的去处，不想却如此凶险，还是不往那里去为好。”玉女道：“其余五道，如地狱道，饿魅道，畜生道，无端道，凡间道，前三道皆地狱、恶魅、畜生之类，顾名思义便觉不好，只剩凡间道和无端道，我看就去凡间道吧。”阴灵摇头笑道：“不可，不可。”玉女急问：“有何不可？”阴灵道：“轮回凡间，须有载体，才能投生，这凡间无人，更寸草不生，二仙欲投不能，怎去轮回此道呢？”玉女一听，埋头叹息。金童问道：“如此说来，只有无端道了，请问上仙，往那无端道轮回去如何？”阴灵频频点头，笑道：“无端道，似天而非天，有天之福，却无天之德，此道有男女婚姻，有宫殿器用，唯一不足，便是轮回到此世界，男貌丑陋无比，女貌却美丽无双，其他一切略如仙界庶仙生活，而且最容易渡劫，轮回一次即可归一返回天界，最适合二仙，二仙如有意，我愿接引前往。”金童和玉女闻言大喜，拍手道：“就选此道，就选此道！”阴灵起身道：“事不宜迟，那无端道只在夜间才能去得，白天则无通道过往，我们当赶在天亮前到了那里才好。”说完便走出洞去，金童和玉女紧随其后。

阴灵引着金童玉女才出洞口，正要闪身离去，却听见一声吼道：“孽障！哪里逃！”阴灵抬头，见面前有一个白衣神仙挡住去路。阴灵大喝道：“何处来的魅畜，还不闪开，免得我收了你性命！”金童玉女惊惧不已，忽听白衣神仙直斥素衣神仙为孽障，而素衣神仙却骂白衣神仙是魅畜，便觉事情不妙，到底谁是谁非，一时不得而知。白衣神仙怒道：“孽障，你逃下界来，却不行善事，竟然蛊惑我天界仙子去冥界，你阴谋已被我识破，还不快投降，我也好给你们众魔安排个去处。”阴灵大怒，将身子一转便现回原形，只把金童玉女吓个半死，大呼道：“魔天王阴灵！”阴灵见状，伸手就抓二仙，金童和玉女转头就跑，躲在白衣神仙身后。阴灵火上心头，大叫一声，四周便现出许多魔兵，操戟持戈，齐齐围了上来。阴灵仗势，出掌便击，几道蓝光射向白衣神仙，白衣神仙轻轻将长袖一挥，蓝光便消失了，再一挥袖，就见阴灵与众魔被推出几步开外，连连跌退。阴灵见势不妙，转身就逃，白衣神仙腾空，直逐而去，追到跟前，阴灵知道难以逃遁，又转身打了回来，白衣神仙又出一掌，阴灵哀号一声便受伤倒地，只把身子一转，化为黑烟逃走了。

金童玉女被眼前这一大战骇得目瞪口呆，见阴灵与魔兵溃逃而去，这才回过神儿来。见白衣神仙走来，便双双跪地而拜，道：“谢上神救命之恩！”白衣神仙微微笑道：“同为仙人，何须多礼，快快起身吧。”金童玉女起来，望着白衣神仙，心里欢喜。金童问道：“不知上神从何处来的？为何在此遇到？”白衣神仙道：“我就是盘古，知你们有难，岂能不能相救。”金童恍然大悟，拍着额头呼道：“盘古太师！”说完拉着玉女又跪下，喜极而泣。盘古将他们扶起，笑道：“你们因偷食禁果犯戒，遭此天罚，今到凡间，又险些被那阴灵欺骗，我若晚到一步，只怕你们也成魔了。”玉女抹着眼泪，苦笑道：“小婢愿受天罚，此刻只望能急急投世，免得被那贼魔捉去。”金童泣道：“只求太师怜悯，将我们引往轮回道上吧。”盘古笑道：“不急，不急，机缘未到，还须等些时日，你们自然就轮回去了。”金童急问道：“太师明示，轮回之道有六，我们将轮回到哪一道？”盘古笑道：“当然是凡间道了，你们就在这洞中等候，想那阴灵也不敢再来滋扰。”说完，身子一闪，便不见了踪影。金童见盘古离去，恍然若失一会儿，便又挽着玉女进入山洞中。不题。阴灵本想将金童玉女骗入幽冥，没想到半路杀出个白衣神仙，而且法力高深，他打斗不过吃了败仗，心里十分窝火。阴灵思道：“也不知哪里来的神仙，这般骁勇，一定是天斗派将来的，此贼决心要灭我，我岂能善罢甘休。”阴灵越想越气，便召来阴魔、业魔、罪魔，当廷呵斥道：“本王叫你们平日里严察生人，但有人来凡间，当火速报来，结果你们却把我的话当了耳旁风，此番吃了败仗，都是因为你们平日无所作为，但若稍微长个心眼，本王也不会吃那神仙的亏！”三魔闻言，跪地求饶，阴魔道：“天王息怒，即日起小的便日夜巡察，不管谁来小的都不会放过！”阴灵怒道：“你们也只是嘴上的功夫！本王令你们速去那太行山，看看那金童和玉女是否还在，若他们仍在洞中，当场擒来见我！”三魔领命，正欲退下时，罪魔问道：“天王，若那白衣神仙也在，我们当如何是好？”阴灵见问，勃然大怒，忽又想起白衣神仙的厉害来，自知众魔绝非他对手，又低头叹道：“若那神仙还在，你们不必滋扰，悄然回来便是了。”三魔闻言，急出宫去。

却说轩辕媓遵照盘古的嘱咐，每隔七日用那七彩之水清洗诞龙台，一丝不苟，不敢懈怠，一直洗到满了四十九日。盘古又来，对她道：“为师即将轮回入世，你这几日不要外出，若得生时，便在此诞龙台就好了。”轩辕媓羞晕不行，欲说还休，忽就停了口。盘古道：“若无他事，为师便走了。”轩辕媓忽又回过来道：“太师，我一个人怕照料不来，可否请女娲来做个伴儿？”盘古道：“你所虑得很是，但为师轮回入世，将投胎于你，虽说天廷是首善之域，然而，仍有神仙居心叵测，包藏奸谋，若事不机密，便引来杀身之祸，所以不可让女娲来这里。”轩辕媓蹙眉道：“若二石女在，我也就不孤独了。”盘古道：“二石女化为凤和凰，已下凡去了，它们各自使命，为师不能召来。”轩辕媓叹道：“这便再没有别人与我做伴儿了。”盘古道：“为师已虑你所虑，我遣玉龙望舒往那囲山，请那云罘和娇嬋来与你做个伴儿如何？有她们在，就够照应你了。”轩辕媓听说要请两个新人来，心里也高兴起来，惊喜道："太师，谁是云叕和娇婵？怎么从来都没听过。"盘古笑道："为师轮回前须做些准备，于是施法用囲山之石造化了两位仙婢，一个叫云叕，一个叫娇婵，如今为师将入世，将他们接来这里，也算有个着落。"轩辕媓立眉问道："莫非太师自灵体涅槃之后，一直都住在囲山洞府中？"盘古点头道："虽说在囲山，但距此遥远。"轩辕媓蹙眉道："若是遥远，那望舒如何过得去？"盘古道："不妨，为师送她过去就是了。"言毕，盘古一发心念，果然见望舒进来叩首，盘古吩咐道："为师即将轮回入世，届时投胎于轩辕媓。近些时日，轩辕宫要宫禁才好，你与应龙、角龙把守宫门，任何人都不得进入。"望舒应了一声又叩首。盘古又道："你速去囲山以东，将为师的两个仙婢接来。"望舒问道："据说囲山以东近太虚玄境，无人可过得去，弟子如何前往？"盘古笑道："不必担心，为师自有办法，你到了那里，只见前方有紫光阁闪现，跟前又一座霓桥，那便是为师渡你过境，你只管去那紫光阁接她们来就是了。"望舒大喜，叩别而去。

再说望舒变回玉龙飞到囲山以东，又现出元身眺望，头一回身临其境，果然见此处与别处不同：叠嶂层峦，云舒霞卷，点点玉苔铺千层翡翠；紫金阁外，光怪陆离，粼粼晶波架万里虹桥。再细看，囲山唯这里陡峭险峻，就如置身于天极尽头，山下又是无底深渊，浓雾迷蒙。望舒不由叹道："想去对面那太虚玄境，也只有太师有这般能耐，除了太师，谁还能过得去。"才叹完，就见那万里虹桥突然就像转了一个身，直将那桥头伸到她脚下，望舒知是盘古太师心念所致，便登上虹桥，朝那紫金阁走去，不一会儿便到了殿门前，正要叫人，就见两个仙娥匆匆走来，朝她欠身一拜。一个仙娥不等她开口，笑问道："你可是玉龙望舒？"望舒一笑，疑道："你怎知道的？你们可是云叕和娇婵？"另一仙娥笑道："正是，我就是云叕，她是娇婵。太师常常提起你，我怎能不知道，方才太师又让我们出来，说要我们跟着你走。"望舒惊道："太师现在哪里？"云叕回道："就在紫金阁。"望舒疑道："这就奇了，太师明明在太阳宫来的，才令我来这里接你们过去，怎么他却先到了。"娇婵笑道："太师是昊天，自然是无处不在。"望舒一听，笑笑道："我们这就走吧，不过我过得来，却过不去，还请仙子进去通报一声，让太师送我们去那囲山崖边。"云叕纤手一摆，笑道："不消通报，我们两个带你过去。"望舒颇为惊讶，问道："那虹桥万里，此时桥头又归原位，怎的将它调转过来？"云叕道："只看我的。"说着便一挥霞袖，只见虹桥桥头又直了过来，伸到她们跟前，云叕和娇婵挽着望舒上了桥头，又闪出一道光，眨眼间已经落在囲山东崖了。

三个仙子进了太阳宫，少不得拜见轩辕媓，云叕与娇婵才见轩辕媓，好像自出世就认得似的，说说笑笑，连轩辕媓都觉得不可思议，笑道："我是最怕生的，怎么见了你们却一点儿也不陌生。"妡婵笑道："与太师在太虚时，每天都听说你们，当然不生了。"云巭岔开话儿，瞅着轩辕媓的肚子道："看姐姐身子渐渐地粗了，这怀的是谁家的宝贝。"轩辕媓害羞了，将脸转过去，望舒见状，面色尴尬，坐在轩辕媓身边握着她的手儿安抚。云巭笑道："姐姐羞得什么，你不说我们也知道的。"妡婵在一旁抿嘴而笑，望舒瞥她一眼道："笑什么？你们既然知道，还问什么，羞人答答的。"云巭笑道："不然我们怎么搬过这边来住了，前时伺候太师的，如今伺候姐姐，将来又要伺候太师的。"轩辕媓道："辛苦两位妹妹了。"妡婵道："一点儿也不辛苦，太师入世，开始是婴儿，不消两日便长大了。"轩辕媓笑道："你怎知道？"妡婵道："太师自己说的。"望舒道："都不要说了，这有什么好议论的。"云巭笑道："我们在紫金阁时也不缄口的，随便说笑，太师也不管，怎么来了这里规矩这么多的？"轩辕媓道："你们太虚玄境只有一个紫金阁，也只有太师和你们三个人，想说什么随便，可这里不一样，人多口杂，只怕不缄口，万一隔墙有个耳朵听了去，会闯祸的。"妡婵急忙掩口，低声道："太师也这么吩咐过的，我们却忘了，还以为在紫金阁呢！"一时三个人沉默了，自此无话。

三日后，轩辕媓觉得快要生了，便卧在诞龙台静养，等待分娩，到了第二天果然产下一子，婴儿不哭不叫，面若桃花，脂如白玉，刹那间，整个殿堂都被奇光笼罩，太阳宫外更是红光映天，不同往日。轩辕媓和望舒、云巭、妡婵遂各从云襁雾褓中见着孩子，好不欢喜，望舒低声道："看他眉目，与太师倒有三分相像。"云巭笑道："本来就是太师，什么像不像的。"又过三天，殿内突然腾起阵阵香雾，轩辕媓、望舒、云巭、妡婵四人不觉就昏睡过去，一觉醒来，见诞龙台上雾气渐渐散去，却看不到孩子了。四人大惊，慌成一团，殿里殿外寻了半晌，也不见踪影。轩辕媓伤痛欲绝，哀泣道："我的孩儿没了，是不是被歹人偷去害了。"望舒和云巭、妡婵三人无奈，只能温言宽慰，望舒道："既是太师投胎入世，贵极天阙，又岂能被歹人所害。"说完三个人又搂着轩辕媓哭了一阵子。又过了一天，忽然殿中来了一个俊朗少年，白衣翩然，气宇轩昂，健步刚劲，来到轩辕媓身边，一句话也不说，接连叩拜了九次，惊得轩辕媓和三个仙子不知所措，拦也不是，不拦也不是。轩辕媓心里喜欢，又担心错认，又不便启口。只见少年叩拜完毕，起身又躬身拜道："孩儿拜见母后。"轩辕媓这才放心，长舒一口气。望舒她们三个也轻拍胸口，都松了一口气，相视一笑。云巭瞅着妡婵低声道："我说什么来着，太师投生就说过的，他出生后头几天是个婴孩，过几天就长大了，你还说是太师戏言，这回看到了么？”妡婵欢喜，掩口嘤咛道：“看到了，看到了，太师灵体转世回来，这模样儿还是有原来的影子的。”轩辕媓起身，看诸仙子一眼，又牵过儿子的手，笑问道：“你可知道你是谁么？”少年摇头道：“请母后给孩子赐个名字。”轩辕媓又看看诸仙子，心内料定盘古太师轮回入世，已经记不得前身之事了。轩辕媓笑道：“给你取个名字，就叫轩辕健，你觉得可好？”轩辕健急忙又叩道：“孩儿谢母后赐名！”轩辕媓不觉就泪水扑簌簌落了下来，笑道：“你该叫这个名字的。”轩辕健又起来，握着轩辕媓的手儿，细细地端详着她。妡婵望着他，抿嘴笑道：“你多大了？我们这些做婢子的又该如何称呼你呢？”轩辕健看看她，又看看望舒和云芺，笑道：“我好像在哪里见过你们的，只觉得眼熟。”云芺笑道：“就刚才见的。”大家笑了起来。轩辕健也跟着笑道：“你们往后就叫我世尊吧，你们该这么叫我的。”一句话惊得众仙纷纷掩口，面面相觑，一会儿三个仙子牵了手跪成一排，齐声拜道：“小婢拜见世尊！”轩辕健一转身道：“都起来吧！”三个仙婢起来，相视一笑，掩口低头站在轩辕媓一侧，轩辕媓下了诞龙台又坐上瑶台，令三个仙子都来坐，望舒、云芺、妡婵相视一下，云芺笑道：“娘娘跟前，婢子们是不敢坐的，还是站着自在些儿。”几个人又说笑了一会儿，不题。

轩辕媓生了轩辕健之后，每日与他在太阳宫里，一日忽然想起女娲来，就问望舒道：“也不知女娲可好？”望舒回道：“女娲娘娘造化众神、人神和万物都已完毕，这会儿也不知道在做什么。”轩辕媓暗思道：“机缘已到，看来我马上也要去下界轮回了。”思毕，对众仙婢道：“我奉太师的嘱托，就要去界下轮回了，可留下轩辕健一个人，我总是放心不下。”三个仙婢惊奇不已，望舒问道：“娘娘一未犯戒，二未过失，却为何要往界下轮回？”轩辕媓喃喃道：“我是昔日奉太师灵体嘱咐要往界下轮回去的，因何轮回我也不知道，既然是太师之命，自然有使命的。”轩辕健听到这里，说道：“母后既有使命，便去轮回吧，孩儿自在这宫里头，有什么放不下心的。”望舒看了看轩辕健，说道：“娘娘不要操心，世尊还有她们照顾呢，我倒是担心娘娘一个人去那界下怎么行，还是我陪娘娘一同下界吧。”轩辕媓看着望舒，不觉泪下，泣道：“我也没什么忧虑，只是这宫里……”话未说完，云芺就道：“娘娘勿虑，这宫里有我们照料，断不会有事儿的。”轩辕媓点点头道：“我正是这个意思，我走之后，你们两个要照看好轩辕健，万万不能出什么事儿。”云芺、妡婵忙欠身道：“请娘娘放心。”轩辕媓本想与女娲辞别，又怕离别伤心，不忍相见，就取来一块绢帕儿，在上面题了几句诗，又交给望舒，嘱咐道：“我是轮回去的，怎么能与你一同下界呢？你的好心我知道的，我先下界去，你就在这里吧，若是女娲娘娘来了，你什么也别说，只把这个给她就行了。”说完，觉得困乏，便自己去偏殿睡去了，一时也睡不踏实，梦里见来到南天门，一个人也没有，又看天门外紫云腾腾，奇光异彩，她便纵身跳了下去，顺着一条光亮的隧道直坠而下。

轩辕媓突然惊醒，起身一看，却发现自己已在界下凡间了，但不知身在何处。轩辕媓心里想道：“我听望舒说过，那烛龙少阳被阴灵射下，龙躯坠入凡间，化为太行山，不如我就去那里看看，也好寻个安身的地方。”想到这里，说走就走，也不知走了多少日子才来到太行山下，又沿山脚走了一回，却忽然碰见了阴魔、罪魔和业魔正四处搜寻着什么，轩辕媓见来不及躲避，当下转身一变，就化为天鹿。业魔最先发现天鹿，对另外二魔道：“你们快看，那头上长着很多角的东西是什么？”二魔应声望去，也是惊诧不已，见天鹿头上顶着七彩光环，十分稀奇。罪魔道：“哪里来的这个东西，从未见过。不如去禀报天王，只说发现了生人。”阴魔辩道：“这分明是灵兽，不是仙人。”罪魔道：“那也须看看它的来历，上界仙子多会变化，休要被它蒙混。”轩辕媓听得清清楚楚，心里咯噔一下，想道：“莫非是金童和玉女下界来了？”罪魔靠近天鹿问道：“你是神仙还是畜生？从何处来的？”轩辕媓自知脱离不了魔爪，又不知该不该说话，只是惶恐不安地盯着他们。业魔摇头道：“一看它就是个畜生，问它怎么回话？不如去寻找金童玉女，耽搁了时间，天王那边不好交代。”罪魔道：“这也不能放过它，我们中间须有一个留下来守着它，待回禀天王裁决才好。”阴魔道：“你们去搜二仙，我留在这里。”罪魔道：“如此甚好，我们去擒二仙，而后去回禀天王。”说着领着一部分魔兵继续朝山中走去。金童和玉女也早有防备，远远见魔兵围着一只鹿僵持半晌，知道他们是来搜拿的，于是出洞躲到别处去了，罪魔和业魔抵达洞口，里外搜了一会儿也不见二仙踪迹，只好暂回幽冥宫复命。

阴灵听说金童玉女不见了，更加恼怒，问道：“那阴魔去了哪里？为何不来觐见？”罪魔报道：“天王，我们虽未找到金童玉女，却在山下抓到一个怪物，我们先回宫来，阴魔带一班兵卒在那里守着，就请天王处置。”阴灵闻言，霍地站起身来，急问道：“什么怪物？”业魔奏道：“反正凡间从未见过，也不知从何处来的。”阴灵道：“带本王亲自去看看。”阴灵与二魔到了太行山，果见阴魔和一班兵卒围在一起，急忙赶了过去，拨开人群定睛一看，见天鹿头上顶着光环，五角光耀惊目，突然大惊失色道：“你们快快走吧，怎么惹起它来？”三魔面面相觑，罪魔疑道：“这也是头一回看见的，怕是神仙变化的畜生，它如何就惹不得了？”阴灵一边后撤，一边道：“你们不晓得，它就是天鹿，是盘古太师御前灵兽，也算与我同出一门，你们招惹它做什么，就不怕将盘古太师召来么。”阴魔问道：“既然是仙界灵兽，却为何在这里？”话犹未了，忽见一道白光闪过，众魔回头一看，天鹿已经消失。阴灵接着道：“天斗那贼心狠手辣，本王料定天鹿是被他逼迫无奈，才逃下界来的。本王实忍无可忍，这次回去重兴旗鼓，倘有机会可乘，再打上天界去！”众魔一路无话，直回幽冥界去了。

话说女姬跟着女娲出去游逛，才出南灵殿，只见女娲携着女姬，身子一转便消失在一道白光中。落地之后，却在离围山不远处，女姬抬头望去，见眼前是冠冠冕冕一座宫殿，金碧辉煌，气贯霓虹。再走近一看，见巍巍紫金宫门上有“太阳宫”三个水晶大字，莹莹剔透，亮光闪闪。女姬转头问道：“姐姐，这可是传说中的太阳庙？”女娲双手叉腰，跟了上来，笑道：“当然是，这可是天界圣地，一般人我是不带她来看的。”女姬思道：“好像听二师兄说起过这处所在，只是一直不曾见过，师姐既然知道这里，她肯定知道这是什么地方。”想到此处，女姬问道：“师姐，那是谁住在这里的？”女娲忽然想道：“她并不晓得这里是盘古太师的居所，再说轩辕媓也曾再三嘱咐过我，不让我说她在这里，我还是不透露为好。”想到这里便对女姬笑道：“其实我也不晓得，很早之前偶尔曾见过这地方，不如我们现在就进去看看如何？”女姬频频点头道：“我也正有此意。”说着便抢在女娲前边，抬腿就要闯了进去，宫门上的应龙少阴和角龙天听见有生人前来，霍地腾起，怒目圆睁，低声吼叫起来，吓得女姬连连退了几步，险些跌进女娲的怀里。女娲扶正她，笑道：“都给你说过了，这是天界圣地，不能随便就能进去的，一点礼数都没有，那两条天龙自然不会让你进的。”说完，女娲佯装跪地，叩首三下，这才起来。女姬问道：“姐姐，师尊也不在这里，你这是拜的哪位神灵？”女娲将头一偏，笑道：“我谁也不拜，只是给天龙行礼。不信你也试试，不然它们只许我进去，你还是进不得。”女姬半信半疑，只好跪地也叩三首，起身看去，那两条天龙果然不见了。女娲进入宫门，又入二重门内，眼前的景象又不同了，只见玉苔密布，密密匝匝，银柳参差，枝枝可爱；有一条玛瑙砌成的街道，直通中央三座金殿，街道两旁各有一排翡翠竹，高低长短不齐，时时有千枝万叶映得璀璨夺目。到了金殿前，女姬正要进，却被女娲一把拉住，笑道：“那里可是进不得的，但有什么麻烦，我可是担待不起的，你就跟着我去别处看看吧。”说完，女娲就走，女姬跟着她沿街道一直走进长廊，转进去才到偏殿，门庭上挂有一匾，上有“南殿”二字，殿前是一个小园子，千花万花开得烂漫，各种灵鸟飞旋起舞，叫得也十分好听。一棵大桃树旁有一方玲珑水晶石，石缝里竟有琪花瑶草，五彩缤纷。水晶石看似不大，但石山上有绿松古柏，真真切切的，宛若丘壑丛林，栩栩如生。女姬紧跟女娲推门入殿，才见里面别有洞天，珠帘绣幕，画栋飞甍，富丽堂皇。女姬正要定睛细看，忽然迎面袭来一阵香风，从耳边发髻轻轻拂过，一时感觉神清气爽。正四下顾盼着，突然又见里面有一扇小角门“呀”的一声开了，女姬慌忙闪在女娲身后，女娲笑道：“这里又不是魔界，你怕的什么？”女姬偷眼细看，原来是一位美人姗姗而出，看她怎生模样，但见：

桃花玉面，仪容明艳。秋水明眸，细柳春眉。雾髻上绿云高绾，翠裙下丝带飘飘。

那美人来到跟前，眼睛里就像蓄着一汪清水，将女娲看了好一会儿才低声道：“娘娘，请随我来。”说完就将红袖儿一拂，引着女娲和女姬进了角门。女姬偎在女娲身后，才走上庭阶，她便附在女娲耳边悄悄问道：“怎么她认得你？”女娲急得将玉指往红唇上一竖，低声回道：“这里千万不要说话。”吓得女姬连忙掩口。女娲此时也十分纳闷，心里想道：“这太阳宫里一向都是媓姐姐住在这里，怎么不见媓姐姐，却遇到这么一个仙子，她又是谁？”思来想去，也没有个所以然。直到一间香殿，美人转身，递给女娲一个东西，女娲拿在手里仔细一看，原来是一块黄绫绢帕儿，上有几行金色小字，只见上书道：

慢放珠帘遮轩窗，不闻女神造化忙。谁知深宫渐萧索，轮回道上锁流光。

女娲心里默念完毕，慌忙将绢帕儿藏进雾袖里，抬眼看那美人，见她轻轻点点头，一言不发，一径沿着旧路又出去了。女娲连忙跟出，却不见那美人。女姬紧跟出来，见女娲一句话也不说就朝偏殿外走去，也匆匆跟了上去，直追到太阳宫门外，女姬气喘吁吁问道：“到底是怎么了？刚才那个美人给了你一块绢帕儿，上面写的什么？”女娲边走边道：“也没什么，只是一两句诗词罢了。”女姬追问道：“那她给你这个做什么？”女娲不耐烦道：“你只管问什么？我哪里知道？”女姬见女娲一脸恼怒，气得直跺脚，怒嗔道：“姐姐不分皂白就给我撒什么气！我哪里惹你了？你不说便不说，给我摆的什么脸子！”说完，女姬身子一闪，便消失在一道白光里了。

女娲知是女姬生气而去，更是伤心起来，不觉泪水涔涔，又从袖中取出绢帕儿攥在手里，一个人独自朝前走着。走了一会儿，忽然听见身后有人叫道："娘娘请留步！"女娲回头一看，却见是太阳宫里那个美人来了，才到跟前，女娲伤心问道："媓姐姐给我留下这个绢帕儿，她可是下界轮回去了？"美人含泪点点头。女娲问道："你又是何人？为何先前我从未见过你？"美人两泪交流，纳头便拜，泣道："娘娘，我正是玉龙望舒，今日得知娘娘来了，本想明说来的，又见身边有女姬，所以不便开口。"女娲惊讶不已，伸手去扶她起来，惊道："原来你是玉龙望舒，我没想到你的元身竟然是个美仙子！"说着也朝她拜了两拜。

玉龙望舒恻然道："轩辕媓下界轮回，当时娘娘正在造化众神，故而也未敢打扰，只留下这个绢帕儿，让我转交给娘娘。"女娲泣道："媓姐姐一个人太阳宫吃了不少苦，先是怕师尊知道了要加害她，后来又怕我们知道了给她惹出麻烦来，总之一个人孤零零，每每如惊弓之鸟。如今下界去轮回，也算是图个清静，将来归一了，我再好好报答她的知遇之恩。"望舒泣道："也不知她何时能归一回来。"女娲摇摇头，一时两厢无话，呆立在那里。

话分两头。天斗见诸事完毕，欲往轮回，便想召集众神交代天廷事务，就唤来元真童子道："你去宣诏女娲和女姬，还有伏羲昊、轩辕昊、笪殷昊三王前来，本王有要事相商。"元真童子道："是否宣紫宫十二星的诸神也来朝见？"天斗沉吟道："当然，宣他们都来。"元真童子领命退出，刚出殿门，就见南天门门神火速进来，报道："师尊，小神听见界下又是魔声四起，时有时无，细看似有邪气冲天，特来禀报，请师尊明察！"天斗闻报，起身问道："魔声？说的什么？"门神小心奏道："只听那见魔声喊什么'昊天有德，天将易主'的话，其他的小神也听不清楚。"天斗脸色大变，暗思道："这魔头莫非是想打上天界，夺我天廷不成？"天斗又道："你听不清楚，为何不请千里眼和顺风耳二神去探察？"门神急道："小神这就是去请他们前去探看！"天斗有些局促不安，嘱道："当细细察看，但有异常，速来禀报！"门神领命急出。天斗顿觉波谲云诡，又思道："本想事成之后，那泰阶星一旦显现，我便去菩提树下坐化，前往轮回去了，只盼修得个亘古真身，归一回来做个亘古的天帝，却不料阴灵偏偏这个时候作乱，看来我还不能离开天阙，眼下当速派女娲等众神下界，造化万物众生，如此才能遏制阴灵，天界方能安宁一时。众魔说什么天将易主，这究竟是何意？若说阴灵打上天界，那绝无可能，除此之外，天界谁将窥视宝座？天将易主？莫非将来篡我宝座者是伏羲昊和女娲之子须菩提？那时盘古现身曾对我说，女娲生子，灵羊伴其左右，乃是祥瑞之兆，莫非此兆……"如此乱想着，满胸愁绪，直到众神纷纷入殿，他才回过神儿来。见众弟子已到，却独不见女娲，当下有些不高兴。

却说女娲奉诏进宫，才走到半道上，忽然就看到上空有紫色云气落下，萦绕着她，令她惬意非常。女娲觉得惊奇，心里又是欢喜，不觉间边走边舞起来，但见那玉京宫玄天门外：

> 云蒸霞蔚，遍地碧波，紫殿金顶，雾锁烟迷。百里琼阁，朱甍碧瓦美轮美奂；千里玉阶，虹草飘香异水流芳。

女娲看得入迷，忽又见宫门外侧又一座玲珑宫殿，一群仙婢正朝玉京宫姗姗而去。女娲不觉自语道："想来这便是辅神玄女所居的天香殿了。"天香殿与那玉京宫的后花园仅隔一墙，再抬眼细看去，走在最前面的是一个满头珠翠的仙子，艳丽非常，身着轻纱，雾袖飘飘，好似拂出缕缕香风。女娲细看，见那仙子左脚跨进玉槛，右脚才款款缩进，露出一只绛紫绣鞋，轻把门钹时，又露出一只纤纤玉手，掀起半边绣幕珠帘，露出粉脸来。女娲这才看得清楚，原来这仙女正是辅神玄女。

女娲贪恋美景，不知不觉便耽误了朝见时辰，忽然听见宫内钟鼓响起，这才醒过神儿来，大呼一声不妙，便急匆匆赶往玉京宫。到了灵霄殿外，见诸神已在大殿云椅坐成两排，殿堂左右众神列为两班。她担心天斗责怪，也不敢擅入，直等到元真童子走出来，女娲急上前怯怯问道："元真，我来迟了，怕师尊责备，故未敢轻入，你且进殿通报一下。"元真童子本来是去太真殿取些仙果来侍奉天斗，忽然见女娲来了，站定施礼道："娘娘为何这时候才来，师尊已等候多时，见娘娘不在，还未升殿，此时又何须通报，就请娘娘快些进去吧。"女娲不好再说，只好硬着头皮进殿，头不敢抬，悄悄凑近伏羲昊，站在他身旁。天斗见女娲来了，也不加责备，低声道："既来了，就入座吧。"女娲刚落座，天斗又问女娲道："你儿须菩提可好？"女娲忽然被天斗这么一问，一时没反应过来，转头看了伏羲昊一眼，见他低头不语，只好吃吃回道："小儿安好，渐已长大，聪慧……"话未说完，就被伏羲昊拉了拉衣襟，附耳道："师尊听阴灵喊叫天将易主，心中生疑，你万不可再说儿子聪慧什么的，小心惹来祸端。"女娲听说，随即又道："须菩提年幼，只知道玩耍，也没什么事儿。"说到这里，轩辕昊瞥了一眼女姬，两人双目一对，好像明白了什么事儿。天斗沉思片刻，道："既然如此，也不可由他荒废，为师想让他前往灵界，拜燃灯佛为师，在他那里修行学道，造福灵界，不知你意下若何？"女娲正愁须菩提无所事事，天斗这话也合她心意，于是上前拜道："弟子遵旨，谢师尊天恩。”伏羲昊见状，无奈摇摇头。天斗继续道：“女娲，为师听千里眼和顺风耳奏报，那阴灵在幽冥界为非作歹，驾驭凡间无数恐龙和众魔，试图谋反，其势渐大，若不铲除，将后患无穷。为师思谋再三，想派你下界去，在那凡间化育众生，如此既可遏制阴灵，又能造福凡间众生，不知你可愿意？”女娲想了想，又起身拜道：“弟子愿往。”伏羲昊看女娲已领旨，忙起身奏道：“女娲一人势单力薄，下界造化众生万物，只恐多有不便，弟子愿携诸神下界相助才好。”天斗准奏。正在此时，轩辕昊也起身奏道：“弟子以为，界下恶魔当道，险象环生，师妹不宜前往，弟子愿代劳，请师尊允准。”天斗不准，表情严肃道：“造人之事，非女神不可，不是你就可以为之的，即令女娲前往，女姬助之。”轩辕昊只好作罢。此时女娲忽然想起什么，起身奏道：“弟子愚钝，只知但凡下界，都是因为犯了天戒，被昊天罚下界去的，却不知我如何能去得了那凡间？”天斗一时也被问住了，不知如何作答，于是看看伏羲昊道：“你熟知那《昊经》，可有办法？”伏羲昊拱手道：“去那凡间，必经过下三重世界的玄天、盖天、界天三重才能够到达，除非天罚下界，自有昊天施法为之，其中详细弟子也不清楚，但若自行坠下，灵体沦灭，元身消散，故弟子以为此事当从长计议。”天斗很不高兴，怒道：“岂能如此，你休要隐瞒，为师知你不舍女娲，但此事关乎天廷安危，岂能因小而失大？诸神当不计私利，而从大局。”伏羲昊低头不再说话。女姬听天斗这么说也害怕起来，问道：“灵体沦灭是什么意思？如果是去送死，弟子宁可死在天界也断不下界。”天斗瞥了一眼她，并不理会。伏羲昊又道：“敢问师尊，那界下凡间大气已成，阴阳分明，一旦去了界下，众神元身消散，灵体便在有形无形之间，如此有灵无体，又如何造物造神？”天斗问道：“界下因何元身消散，灵体崩毁？”伏羲昊道：“据《昊经》云，仙界有金、木、水、火、土、飀、飈这七种玄气，神仙才得以生存，而凡间只有金、木、水、火、土五种玄气，只能滋养凡间众生万物，若神仙在此间，因缺两种玄气，故而会元身消散，只有元灵，却不能显现。”天斗沉思良久，道：“既然如此，可暂将飀、飈二玄气降下凡尘，待造人造物完成之后，再收来不迟。”诸神听闻，皆面面相觑。伏羲昊道：“不知如何将这二玄气降于界下？”天斗笑道：“为师自有办法，你们只管下界去，到了那里就有了。”伏羲昊入座不再说话。女娲又接着问道：“即使如此，我们又如何下得界去？”天斗点头，沉吟道：“为师曾见伏羲昊所绘的星宫图，众星图之名中有天马、玉狮之类。女娲，你已造得万物，有花鸟虫草，也有奇禽异兽，你可挑选一些来，以星图之名命名之，再赐与众神为坐骑，你们就驾着各自的坐骑下界去，你以为如何？”女娲思忖片刻，回道：“好是好，但不知可否。”

此时，立在一侧的青龙、白虎、朱雀、玄武四神交头接耳，窃窃私语。天斗问道："四位天神在说什么？可有妙计？"青龙神上前拜道："小神思得一计，不知当讲不当讲？"天斗道："集思广益，善莫大焉，你既有良策，请快快说来。"青龙奏道："小神以为，无须如此烦琐，小神麾下有诸多仙灵，皆是女娲娘娘施大法所造，如今在下三重世界，成为四方星宿，各司一域，并熟知凡间状况，他们自可变化，诸神下界，也正是他们立功之时，可令他们变化成各种灵兽，暂为诸神坐骑，如此省时省力，岂不是更好？"天斗闻奏大喜，高声道："青龙神此计甚妙！你速召诸仙灵上界来。"

且说青龙、白虎、朱雀、玄武四神奉命驰往下三重世界，将各自辖内的众仙灵一一召回，前来复命。天斗吩咐道："你们都出殿外，这就听女娲号令，各自变化来吧。"女娲领命，召集诸仙灵来到殿外。伏羲昊道："以界下阴阳之气运行来看，紫气东来，万物将始于东。"女娲笑道："我知了！可令角变蛟，亢变龙，氐变貉，房变兔，心变狐，尾变虎，箕变豹。"伏羲昊道："这是为何？"女娲道："你只令他们变化就好，我奉命下界造人造物，有了这些灵兽坐骑，诸神才方便。"伏羲昊听得明白，就令诸仙灵各自变化，只见东方七宿将那灵体一转，就变成了蛟、龙、貉、兔、狐、虎、豹七只灵兽，就地活跃起来。伏羲昊对北方玄武神道："阴灵在界下为恶，所以凡间阴气逼人，阳气虚弱，南方阴湿，不利于阳元滋生，唯有北方燥热，可滋养阳元，故而天下将统于北。"女娲接着道："可令斗变獬，牛变牛，女变蝠，虚变鼠，危变燕，室变猪，壁变貐。"话音刚落，北方七宿就应声而变，马上就有了獬、牛、蝠、鼠、燕、猪、貐七只灵兽。伏羲昊接着道："凡间紫气东来，又往西去，众生终将归于西。"女娲望着西方白虎神道："可令奎变狼，娄变狗，胃变雉，昴变鸡，毕变乌，觜变猴，参变猿。"西方七宿立即就变成狼、狗、雉、鸡、乌、猴、猿七只灵兽。伏羲昊又道："以界下阴阳二气运行来说，阴在北，阳在南，南尊而北卑，故阴为卑，阳为尊，故而，至尊将出于南。"女娲便对南方朱雀神道："可令井变犴，鬼变羊，柳变獐，星变马，张变鹿，翼变蛇，轸变蚓。"南方七宿摇身一变，就变为犴、羊、獐、马、鹿、蛇、蚓七只灵兽。

二十八宿神都变化完毕，只见那——灵阶之侧桃红芃枝绿，宫门之下灵翠绕珠围，金凤锵鸣仙鹤清唳，宫门左见青龙徊翔，右闻白虎曼啸。二十八只灵兽个个活蹦乱跳，乐成一团。

女娲望着众灵兽思谋了半晌，见它们都消停下来，女娲道："我奉师尊之命下界造物造人，需要诸位鼎力相助。众灵兽听我号令，心狐为我的坐骑，氐貉为右玉天使女姬的坐骑，张鹿为伏羲昊的坐骑，危燕为轩辕昊的坐骑，昴鸡为笪殷昊的坐骑，箕豹为青龙神的坐骑，娄狗为白虎神的坐骑，天牛为朱雀神的坐骑，翼蛇为玄武神的坐骑，房兔为广寒仙子望舒的坐骑，女蝠为太阴神少阴的坐骑，毕乌为太阳神天听的坐骑，角蛟为千里眼的坐骑，奎狼为顺风耳的坐骑，井犴为雷神的坐骑，星马为电神的坐骑，尾虎为风神的坐骑，亢龙为雨神的坐骑，觜猴为山神的坐骑，参猿为地神的坐骑，斗獬为日游神的坐骑，壁貐为夜游神的坐骑，鬼羊为圆融的坐骑，胃雉为海龙神的坐骑，柳獐为江龙神的坐骑，室猪为天河神的坐骑，虚鼠为瑶池神的坐骑。就请众神各领自己的坐骑，随时候命！”女娲说完，众灵兽便纷纷到各自的天神跟前。女娲扳起指头数了数，发现只有灵兽轸蚓没有主儿，于是笑道："你虽不能成为诸神的坐骑，但仍要随我们下界去，到了那里自有你的用处。"轸蚓摇头摆尾，自是欢喜。

女娲安排好一切后，进宫复命。天斗闻奏大悦，道："为师明日设宴，为你们饯行。"女娲也是高兴，当下无话，便回南灵殿去。

次日，众神奉诏齐聚玉京宫，只见偏殿内满堂紫气萦绕，堂前置两排玉案，上面摆着各种奇珍果蔬。只听元真童子一声吆喝，道："天王驾到！"众神听天斗驾到了，便一字跪着，三呼谢恩。天斗笑道："众卿请入席。"众神起身，望阙谢恩，又各自落座。天斗巍然上坐，仙婢将珠帘卷起，就见玄女带着众宫婢，奉上琪花瑶果，再看宴席上的奢华，真是无与伦比。但见：

> 紫烟袅袅，云彩袅翠拖红，映锦幔珠帘重重；琪花妖娆，紫金檀照玉案，列佳肴仙果美馔；水晶器皿，泛琼浆玉液莹莹。柔抚玄弦，轻吹笙媛，轻挝灵鼓，声声天籁韵响。蛾眉曼睩，清歌妙舞，娇娇宫妹美丽。

散席之后，众神各自归去，只有女娲迟迟不肯归去，转了一个圈儿，只在太真殿门前徘徊。元真童子瞅见了，入报天斗。天斗疑道："她在殿外做什么，传她进殿吧。"元真童子得令，出去见女娲，作揖问道："宴席散了，娘娘何不早些回去歇息，却在这里作甚？"女娲笑道："过几天我便要领众神下凡去了，只是还有些儿事情不胜明了，想来问问师尊，烦请童子替我通报一声吧。"元真童子揖道："这就请娘娘觐见吧，师尊正在殿前等候。"

女娲随元真童子入殿，见天斗正在堂前踱步，她便纳头就拜，天斗扶起道："为师大宴诸神，皆大欢喜，这才刚刚散席，你就来觐见，到底怎么了？"女娲泣道“弟子不久便要下凡去了，特来拜见师尊，只怕是这一去便无归来之期了，怕再见师尊就难了。”天斗一听，惊诧无比，问道：“好端端的，你何出此言？”女娲泣道：“不瞒师尊说，弟子曾与伏羲昊偷食芃果，犯下天戒，虽说天恩浩荡，弟子侥幸活命，但是只怕到了凡间就没有这般幸运了。”天斗疑道：“这个……究竟会如何，为师也不知所以，伏羲昊如何说？他说你们到了凡间，就会遭受天罚么？”女娲停顿一下，蹙眉叹道：“唉！他倒没说这样的话儿，只是弟子有些担心罢了。”天斗沉吟道：“昊天有德，你奉命下界造化众生，昊天必不会罚你的，你也不必担心。”女娲泣道：“师尊请安心，弟子即使在凡间遭受天罚，也必不负使命，弟子别无他意，只是前来道别的。”天斗心内想想，问道：“你在天界造化众神、人神，还有那万物，如今已经功德圆满，前些时间，为师曾给你的那枚照石，你当奉还了。”女娲心里一万个舍不得，乞求道：“师尊，等弟子在凡间造化众生之后，归来之时，再还给师尊也不迟。”天斗摇头道：“你有所不知，这枚照石也只有天界才得用处，若是去了那凡间，照石便毫无用处。”女娲暗思道：“照石若是在凡间无用，我何必强留它来。”此时，女娲突然又明眸一转，心里想道：“媓姐姐曾与我说过，师尊这里藏着那泰初大神形天灭寂后化成的元灵珠儿，只要看一眼那珠子，便可避免坠入到五行，自然也就没有六道轮回了。”想到这里，女娲灵机一动，将照石奉上，泣道：“弟子知道这枚照石神力无边，本想去凡间借它来造化众生，或可助我一臂之力，既然师尊说在凡间这照石就没用处了，那弟子就不要了，还是师尊将它收去的好。”天斗想了想道：“为师倒是有灵珠两枚，但不知是否对你有用。”女娲惊喜道：“师尊既有灵珠儿，不如让弟子看看，或可有用。”天斗经不住女娲纠缠，将手一伸，两枚溢彩流光的灵珠儿便到了手上。女娲正要去接，天斗忙将手缩回，笑道：“这两枚元灵珠儿，暂且借你下凡一用，你千万收好，万不可丢了。”女娲急问道：“师尊，既然是元灵珠儿，不知是哪位大神的元灵化作的？”天斗摇头道：“为师偶得之物，也不知道详细，只知道这个翠绿色的灵珠儿叫作‘舍利珠’，此珠儿可大有玄妙。”女娲托于掌中细看，一枚元灵珠绵红无比，泛着银光雾缕，另一枚元灵珠十分翠绿，透着清莹秀澈。但见：

霞光万射，紫气千条；光彩溢目，熠熠生辉。灵香萦藟满宝殿，万千紫气绕九天，明玑烁亮闪霎眼，涎玉吐珍映璀璨。

天斗见女娲喜欢，笑道：“有了这两枚元灵珠儿，或多或少可增加些法力，此番下界便可无虞了，你就放心去吧。”女娲收起元灵珠，扑地拜将下去，道：“师尊天恩，叫弟子粉骨难报。”天斗扶起她道：“为师也只能给你这些了，你且回府去准备，早日下凡才好！”女娲拜别天斗，急往南灵殿去了。

话说女娲见灵珠到手，兴奋不已，急着赶往南灵殿，经过西香殿时，又止步细思道：“方才在太真殿，有师尊在跟前，我没看仔细，现在拿出来瞧瞧，看这两枚灵珠儿到底是个什么稀罕物儿。”女娲见四下无人，取出翠绿色灵珠儿，举过头顶仰望，果然见那灵珠儿里面闪闪莹莹，光彩陆离，混混沄沄，似有乾坤藏在其中。正看得入迷，忽然，却听身后有人叫道：“师妹，你在看什么？”女娲听见声音是轩辕昊，一时惊慌，不料纤手一抖，那灵珠儿便掉进了她嘴里，滴溜溜就窜到她肚里子去了，女娲只觉得喉咙里一阵灼烧，捂着肚子连咳几下，也未见咳出来，心里惊道：“坏了！我不慎将这灵珠儿给吞下肚去了。”女娲见轩辕昊走近，连连摆手道：“刚才看到一只碧凤飞过，正看得入神儿，不料被你这么一叫，吓得我咽了一口气，这就咳起来了！”轩辕昊问道：“碧凤？哪里有碧凤让我也看看！早先就听说天界有凤和凰，一直也未曾见过的。”女娲假装咳道：“本来有的，被你惊飞了！连我都吓了一跳，更别说一只鸟儿！”轩辕昊笑道：“师妹战场上连阴灵都不怕，怎么就被我叫一声就吓成这样儿了！”女娲忙笑道：“冷不防就被惊着了，其实也没什么。”轩辕昊道：“过些天我们就要下凡去了，不知何时才能归来，所以我和女姬、笪殷昊约好的，这就去你府上一聚，本以为你在家里的，没想到在这里碰到你了。”女娲笑道：“我也是急着往回赶，这已经快到南灵殿了。既然大家都来了，那就喝茶饮酒，自自在在地乐上一回。”女娲边走边说，不觉间他们就到了殿门口。

才跨进殿门，就看见伏羲昊和笪殷昊、女姬站在前院又说又笑。女姬见轩辕昊和女娲来了，就迎了上去，笑道：“姐姐这会子成大忙人了，客都到家里了，你倒才来！”女娲牵着她的手，笑道：“师兄师妹的，都是自己家里的人，也不算客。”伏羲昊和笪殷昊上前分别给女娲施礼。轩辕昊打趣道：“有道是家无常礼，可在师妹家可不比别家了，你看大师兄见了自己的娘子都这么恭而有礼的，更何况我们呢。”女娲笑而不语，女姬抢着道：“那可不！我师姐是什么人？在天廷位居极品，就连师尊见了都要礼让三分的，谁敢无礼呢！”女娲笑道：“好了，好了，就你们贫嘴滑舌的，若是传到师尊耳朵里，非把我家抄了去。”众神一听，哄的一声笑了起来。这时，碧霞和碧玉、尚翠急匆匆赶过来，站在女娲身后，女娲问道：“茶品果肴可都准备周全了？”碧霞回道：“都准备好了。”女娲对众神道：“那我们就去饮茶，别站在这里了。”众神被仙婢们拥着入偏殿，笪殷昊四下一看，笑道：“师妹这府上可是越来越奢华了。”众神望去，见殿内龙涎宝香，堂前有一张琉璃大圆桌，旁边又围着一面金镂银雕的屏风，上面镶满水晶珠宝，屏风前有置一张玉案，上面摆放六只玉瓶，里面供着几件玛瑙裹得金叶子和翡翠珊瑚树，看上去奇光异彩，晶莹烁烁。

女娲笑道：“这也不算奢华，自己想要什么，心里一想，这都有了。”轩辕昊接道：“也只有师妹有这功力，我们就算想破了脑袋也来不了这些个。”伏羲昊笑道：“若能立下奇功，然后多加修真，功力会越发强大，到时候想什么也就有了。”女娲笑道：“你们都坐下来议论功力吧，我这会儿进去卸妆，一会儿出来陪你们说话。”说着转身就进香阁去了，女姬也悄悄跟在后面，才进香阁，就见还有前厅，里面有白玉香榻，尽是鸳衾绣帐，再看琉璃屏、水晶帘，还有金玉琥珀鸾幭，映得满室莹莹璀璨，女姬看得入迷，也未进香阁里间。

却说女娲来到香阁里间，只一挥手，那里间的水晶门便闭上了，她纤手拍拍胸口，长舒一口气，这才从袖口里取出那枚绚红的灵珠儿。她仔细端详了一会儿，忽然眼前出现雾帘云幕，见楼阙庭院里紫烟袅袅，雕阑画栋，琪花瑶草上彩蝶飞飞，一个十三四岁的绝色少女，纤体柔条，身穿轻纱细雾，娇态袭人，又看她半脸斜偎，愁眉重蹙，伫立在玉砌前，似有目盼心思之状。刹那间，这一幕便消失了，女娲揉揉眼睛，再看那灵珠儿还在手上，红光艳艳。女娲心上一惊，暗思道：“这究竟是怎么一回事儿？如何一看这珠子就显现出这般景象来了。”正在纳闷，就听见女姬在外间叫道：“姐姐怎么还不出来，大家都在等你呢！”女娲慌忙收起灵珠儿，将它随手丢在白银妆台上，随手扯下身上的玄霄缣巾遮盖起来。

女娲又急忙开启水晶门，出来笑道：“你急个什么，是不是急着要见意中人了？”女姬脸一红，娇嗔道：“姐姐又来说笑！”说着便挽着女娲的玉臂，朝外间去了。到了外间，就见众神都已就位，就中间一把紫金椅空着，女娲笑而不语，只是款款地端坐上去，女姬就坐在她旁边。碧霞和碧玉、尚翠立在一侧，随时听候调遣，女娲问尚翠道：“须菩提在何处？为何不来拜见师叔师母来？”尚翠正欲答话，就见须菩提笑盈盈地来了，先给女娲跪下，叩首拜道：“母后万福！”又朝伏羲昊拜道：“父王金安！”接着又站起来，朝轩辕昊、笪殷昊、女姬拱手拜道：“师叔师母都好！”轩辕昊笑道：“都好，都好。看看贤侄儿，越发挺拔俊朗了。”女姬微绽朱唇，伸出一双雪白的纤手儿将他拽过到身边，吟吟笑道：“现在长大了，见了师母也不扑到怀里来了。”须菩提顿时脸上一阵红一阵白，众神皆笑起来，笪殷昊道：“师妹，贤侄如今也懂事儿了，不许你胡说白道的，看他都不好意思了。”碧霞和碧玉在后面羞答答地看着须菩提，女娲便叫看座。须菩提道：“孩儿只是来问安，在前辈们面前怎敢僭越，前辈们吃茶议事，还是让我自己去玩儿吧。”女娲笑道：“也好，你就每天贪玩儿！”须菩提一笑，转身出殿外去了。女娲转身对尚翠道：“摆宴来吧，说了好一阵子了，也不见有吃的喝的端上来。”仙婢们应了一声，霎时，碧霞和碧玉、尚翠就将那香茗异果，玉碗金瓯摆列席前，诸神轮流把盏，一时欢声笑语不断。这日从上三时西时开始入席，直饮到下三时望时才散席。

散席之后，诸神都一一作别，轩辕昊却迟迟疑疑，心里想道：“我此来之意专为女姬，每日终朝闷坐，不得一个法儿，只想和她一诉衷肠，没想到她席上也不曾看我一眼，我须找她来问问。”想来想去，便转身来到西芳殿找女姬，刚进院子，就见岈灵在桃树下折叶子玩儿，见轩辕昊来了，岈灵忙迎上去福了两福。轩辕昊笑问道：“女姬可在殿里？”岈灵欠身回道：“上神不在府上。”轩辕昊疑道：“你可知道她去了哪里？”岈灵道：“刚才还在的，这会儿与三大王去天香殿见玄女去了。”轩辕昊心里有些不悦，转身就走，岈灵急忙跟上去，欠身道：“二大王请留步。”轩辕昊转身疑道：“你有事么？”岈灵笑道：“前些日子，小婢们去采果子，经过囲山时，见山上的化石好神奇，遇风雨就能变化成飞鸟儿了，大家都喜欢的不得了，只是捉不住那些飞鸟儿。小婢听上神说，只有二大王法术最好，拿着桃树叶子就能变出飞鸟儿来，小婢就想等二大王哪天来了央告，碰巧二大王今天就来了，就请为小婢变一只飞鸟儿来吧。”说着便把叶子放到轩辕昊手中。轩辕昊看了看叶子，笑道：“变个鸟儿却不难，只不过它却不能飞。”岈灵高兴道：“小婢只看一眼就好。”轩辕昊手里捏着叶子，见他嘴对着轻轻吹了一口气，那叶子上飘过一团白雾，再一看，果然有一只黑色的飞鸟，只是不鸣也不飞，就停在轩辕昊手中扑腾着双翅，就像一只玉燕。岈灵喜欢不已，便伸手道：“二大王，将这飞鸟儿赏给小婢吧。”轩辕昊笑道：“这可不行，这变化出来的灵物，一旦脱手了就没有了。”岈灵非要不可，轩辕昊就逗她玩儿，举着飞鸟满院乱跑，岈灵也紧追不舍，跑了几步，轩辕昊就将飞鸟儿递给她，正接的时候，不料脚下一绊就跌了一跤，额头碰在阶石上，顿时血就流了出来，双手还紧紧攥着飞鸟儿。轩辕昊一看不好，忙扶起她道：“唉，怎么就不小心呢！这下碰伤了，快来让本王看看。”说完便蹲在地上看去，见那血流下来，滴到了飞鸟身上，羽毛上沾满了血迹。轩辕昊摸了摸岈灵的伤口，伤口便奇迹般地愈合了。轩辕昊道：“现在好了。”岈灵笑道：“谢二大王。”正要起身看手中的鸟儿，突然，那飞鸟儿身上闪出一道白光，腾空飞走了。岈灵噘着嘴儿道：“它不是叶子变化的么，怎么就活脱脱地飞走了呢！”轩辕昊惊奇地看着那鸟儿，徐徐道：

"这叶子见了血就有了灵气，化成玉燕飞走了。"话音刚落，只见阶石前凭空就有了一座八角玉阁，轩辕昊近前细看，这是从西边飘来一团紫云，袅袅地落到玉阁上。轩辕昊惊奇地看了一眼岈灵，问道："这玉阁是从哪里来的？原来就有么？"岈灵回道："小婢也不晓得，这里怎么有个阁子了。"

轩辕昊百思不得其解，纳闷儿的中间，紫云渐渐散去，突然又见一个黑发披肩的白面仙人盘腿坐在玉阁中，左肩膀上停着一只巨鸟。轩辕昊凑近仔细一看，那只巨鸟正是方才飞走的那只飞鸟儿，当下惊奇不已，高声问道："真是奇怪的，不知大神自何方而来？"那神仙合掌道："我是燃灯佛，来自西极星灵界。"轩辕昊听说，又仔细打量他一番，心里想道："听师尊说过，宫里头那盏长明灯得道成佛，去西极星开创灵界去了，却没想到在这里见到他了。"轩辕昊又问道："如此说来，那西极星灵界已成了？"燃灯佛点头，徐徐说道："正是。自女娲娘娘造化众人神之后，八十一星海各世界众生生息繁衍，我从那各世界度化诸佛和诸菩萨，而今都在灵界修行。"轩辕昊不解，自言自语道："诸佛和诸菩萨……"燃灯佛知他不懂，笑道："就好比仙界神仙，佛和菩萨就是灵界的神仙。"轩辕昊这才听懂，笑道："如此甚好，如此甚好。敢问上神，你这肩上的大鸟儿是什么来历？却为何在你身上？"燃灯佛笑道："这只巨鸟正是大王刚才用那叶子变化的那只鸟儿，我恰巧经过此处，见这那飞鸟儿饮血得道，又化作玉燕飞去，便知它与我佛有缘，故而将它留在身边，等我回去，再将它度化成灵界之禽。"说完，燃灯佛双目微闭，那只巨鸟就在他眼前扑扑飞了起来，又过一会儿，只见飞鸟忽然就被一道金光笼罩，再看燃灯佛，此时合掌默念，金光慢慢散去，那巨鸟已变成一只天鹰。轩辕昊正在好奇，此时不知从何处飞来一只鸟儿停在燃灯佛的右肩头，天鹰竟然飞起直啄，另一只鸟儿也不甘示弱，立时就打斗起来。天鹰硕大，只啄几口，便将那只鸟儿啄死了，血流了一地。燃灯佛睁眼一看，合掌道："机缘如此，奈何我佛却不能度你！孽畜！我佛面前杀生，你好大胆！今罚你去那界下轮回，除非你遇到天神度化，令你日日念佛，夜夜哀鸣，才是你的出头之日。"说着，又合掌默念几声，又见一团蓝光扑来，直射向天鹰，瞬间就将它卷起飞向南天门，消失在玄天之中。

轩辕昊愣在那里好一会儿，见那只天鹰被一团蓝光卷去，方才回过神儿来，小心问道："敢问上神，这殿前玉阁又是从何而来的？"燃灯佛道："大王能使一叶变飞鸟儿，这殿前一玉阁又有什么稀奇的？"轩辕昊想了一下，问道："那么，请问这玉阁叫作什么？"燃灯佛道："飞来阁。"轩辕昊疑道："为何叫作飞来阁？"燃灯佛合掌，笑道："我有一偈，请大王静听。"轩辕昊道："愿闻其详。"燃灯佛作一偈道：

"绿叶得道化玉燕，紫气东来自成仙，飞来阁中说奇遇，有人界下入帝关。"轩辕昊不解，问道："请问上神，此偈所言，当作何解？"燃灯佛闭目，悠悠道："天道玄玄，天机岂可轻说！"说完便哈哈大笑，随着一阵烟雾腾起，燃灯佛便不见了踪影。

轩辕昊若有所思地望着那飞来阁，自言自语道："想不到灵界这厮也会卖关子，说句话也云里雾里的。"岈灵听见了，问道："二大王说什么？"轩辕昊连忙摆手道："没什么，没什么。"岈灵央道："方才给我的飞鸟儿被灵界那厮变走了，请二大王为我再变一只来吧。"轩辕昊四顾一下，而后轻声道："不可乱说，什么灵界那厮，这话儿若被你主子听到了，小心剥了你的皮！"岈灵瞪大眼睛，小心问道："这不是二大王说的么？"轩辕昊哭笑不得，摆摆手道："我说的是我说的，但你不能乱说。"岈灵嘴儿噘得老高，笑道："小婢说的是二大王说的。"轩辕昊连连摆手，笑道："好了好了，我也不和你说了，我要去找你主子有重要的事儿。"说完，抬腿便走。

轩辕昊身子一闪，一团白光落地后，便来到天香殿门外，见四下无人，便径直往里去了，院子并不宽敞，却非常精致，穿过一条长廊，便见正殿前的大红柱子，他正要进去，却传来笑语声，应声望去，见旁边有一处琼阁，内置一台石桌，女姬和一个仙女正在说笑。轩辕昊止步窥去，见那仙女淡妆素服，袅袅婷婷，杏脸桃腮，香靥深深，一笑千娇，姿姿媚媚，不觉就愣神儿了。只听那仙女道："上神何须亲自前来，只要叫婢子们来吩咐一声，小神便领仙婢送去府上。"女姬道："我来这里除了要仙婢，也想看看你的，听说妹妹有惊鸿之貌，顺便来看看虚实，现在见到了，果然是个美人儿。"玄女羞涩，柔声道："我哪里美了，要比起上神，我这就不叫美了。侍婢的事儿小神这就安排，前些日子圆融神还来我这里要走两个侍婢呢。"说罢，便唤来两个侍婢，又道："这一个叫苏叆，是人神采文氏族长采文夔的女儿，那一个叫妹喜，是人神笪燕氏族长笪燕雀的女儿。上神看是否喜欢，若不喜欢，小神立即换来。"

一会儿，一个仙婢端着果盘，莲步轻移，忽然看见轩辕昊在窥视芳草，又不认得他是谁，便立眉问道："嘿！哪里来的人？为何敢在这里？只管贼头贼脑地张望什么？"轩辕昊惊了一跳，转身一看原来是个仙婢，他整整衣襟，轻咳一声问道："哪一位是玄女？"仙婢一听更恼了，放下端着果盘，抬手指着他道："你真大胆，怎么敢直呼我家上神的名讳？"轩辕昊斜睨问道："那我该如何称呼？"仙婢叉着腰，生气道："是要叫上神的！"轩辕昊笑道："我叫她上神？那她该叫我什么？"仙婢气呼呼弯下腰端起果盘，嗔道："管你叫什么？你从哪里来的，快快出去，不然我喊人来了，少不了撵你！"轩辕昊摇头微笑，这时候，玄女与众仙婢匆忙赶来，纷纷跪下叩首，吓得那位端果盘的仙婢两腿发软，猛地哆嗦一下，盘子咣当坠地，果子也撒了一地。轩辕昊趾高气扬地走下台阶，笑道：“诸神请起，不必拘礼，不必拘礼。”玄女领诸仙婢起身，低头站在一旁。女姬见状，也跑过来，笑问道：“二师兄，你怎么到这里来了？”轩辕昊抬抬袖子，笑道：“我是来找你的，刚才去了你府上，听峋灵说你来这里了，于是我就跟来了。”女姬脸一红，轻声道：“我来这里要两个侍婢，你来找我做什么？”轩辕昊道：“要婢子为何不去师尊那里要？怎么这里有你的婢子么？”女姬掩口笑道：“二师兄，你可真是两耳不闻窗外事，如今宫里宫外的婢子，都归辅神玄女管理，不到这里来要，去哪里要呢！”

轩辕昊这才明白。原来女姬失去了金童和玉女，便到玄女处讨两名侍婢，那玄女是天廷辅神，主要负责天廷各殿以及诸正、辅神府上使唤的侍仙、侍婢等。女娲造她时，见囲山之石中有一枚艳丽奇石，十分明媚可爱，觉得定可造出一个美仙子来，施法造化，果然是个美人坯子，便称她为“玄女”。

轩辕昊听说，笑问道：“那师妹可讨到了侍婢么？”女姬正要介绍两个新到侍婢，就听玄女吩咐道：“翊瑶，你带苏叆和妹喜去收拾一下，她们要随上神去府上了。”翊瑶正跪在地上，果盘洒落一地，欲要捡起来又怕冲撞了上神们，只好战战兢兢地跪着，突然被这么一叫，又是一惊，如晴空一个霹雳，魂都掉了一半儿，她赶忙起来收拾了果盘儿，只得应一声，叫上苏叆和妹喜出来从角门进去了，刚不见了背影，就听见她们的议论声，翊瑶喘道：“真的是吓死我了，我还以为来的是个什么人，原来是二大王！”苏叆和妹喜咯咯地笑了几声。轩辕昊听见了，望着玄女道：“你这里的婢子可真厉害呢。”玄女欠身回道：“让二大王见笑了，小神平日事儿多，疏于管教，让她们散漫惯了，回头小神当狠狠责罚她们。”轩辕昊连忙笑道：“哎，责罚就不必了，本王也不曾受委屈。”玄女笑道：“谢二大王宽赦。”说到这里，轩辕昊心里想道：“我好不容易捉得这个空儿来寻女姬，想要和她私会，看来又成个画饼了，总不能一直待在这里，不如先回去，等再寻机会。”想到这里便要告辞，忽然又见三个仙婢从角门里进来了。轩辕昊对女姬和玄女揖道：“你们说话儿，我也没什么重要的事儿，就先告辞了。”女姬坐下来笑道：“二师兄急什么，既然来了，不妨也看看我新来的婢子。”轩辕昊道：“让我看什么，我又不会挑，你自己使唤的婢子，只要你喜欢就好了。”女姬掩口笑道：“看看又何妨，这会儿认得了，下次到我府上也能行个方便，不然她们厉害起来了，你可别怪我。”轩辕昊听她这么一说，心里又荡漾起来，本来心思就在她身上，只好笑脸相迎，道：“师妹既然这么说了，那本王就看看她们吧。”女姬转脸对苏叆和妹喜道：“你们前来见过二大王。”两个侍婢闻声，立即近前要跪下磕头，轩辕昊连忙道："不必行跪礼了，此间也不是正式的场合，还是自在些儿好。"说着便定睛细看，但见：粉脸盈盈，细眉淡淡，娇滴滴杨柳蛮腰；樱桃小口，碧波盼盼，比桃花更三分窈娆。

轩辕昊问道："这两个侍婢从哪里来的？长得这么水灵。"苏叆先回道："禀二大王，小婢叫苏叆，家父是采文夔。"轩辕昊道："你父亲可是采文氏族长？"苏叆回道："正是家父。"轩辕昊道："我知道他，没想到他竟有一个如此标致的女儿，你怎么不在自己府上，却来这里为侍婢？"苏叆欲言又止，玄女见状，笑道："她父亲荐她来的，说在这里也锻炼一阵子，也好学点儿规矩。"轩辕昊只是点头，又问妺喜道："这个侍婢也很标致的，又是哪里来的？"妺喜见问，低声道："我叫妺喜，家父是笪燕氏族长笪燕隺。"轩辕昊疑道："怎么你也是族长的女儿？"妺喜欠身道："正是。"轩辕昊对女姬笑道："师妹，这也奇了，按说人神氏族族长也是天廷的封疆大吏，怎么一个个都将自己的千金送到玉京宫来做婢子？"女姬笑道："也不见得全是，玄女见我来要，才给我安排了这两个千金伺候我的，你看她们两个，才貌双全，这样的婢子，天界能有几个？"玄女接道："这也是天廷定下的规矩，为上神们配的侍婢，首先要才貌兼备，其次要出身宦家，不然就配不得上神了。"轩辕昊对女姬笑道："也就这么两个极好的，却都被师妹要走了。"女姬笑道："你若想要，叫玄女给你也配个佳人。"轩辕昊摆手道："我府上有邠夙一个就够了，再不要多了，眼下也只有你和女娲能有这个礼遇，我们若讨个婢子，还须请奏师尊允准呢。"玄女在一旁道："二大王若要，小神也可安排，师尊那里小神去说。"轩辕昊本来已有此意，见玄女自己说出口，便点头笑道："如此，本王就不推辞了，方便时送她们去我府上就是了。"女姬一听，翻着白眼冷笑道："这婢子们也不是好养的，师兄要了去，可要仔细管教，万一惹出点儿麻烦来，坏了门风可不好了。"轩辕昊听她话里有话，心头一紧，暗思道："女姬怎么说话怪声怪气的，难道是她知道了我和邠夙的事儿？"轩辕昊有些尴尬，笑道："我也只是说笑的，过些天就要随师妹女娲下界去了，府上无人，不需要婢子了。"女姬一听，立即起身道："哎呀，对了，你不说我倒忘了，我还要去师姐那里去商议下界的事儿呢！"轩辕昊拱手笑道："那我就先走一步，你们请自便。"玄女欠身相送，女姬忙领着苏叆和妺喜回府去了。

却说女娲误吞下那枚翠绿色元灵珠儿，渐觉身子不适，好不容易挨到散席，急回香阁卧榻不起，时不时还反胃作呕，吓得碧霞和碧玉不知所措，连忙打发尚翠去禀告伏羲昊。尚翠叫来伏羲昊，见女娲面色苍白，气喘流汗，一时也急了，踱步问道："你到底哪里不适，怎的忽然就成了这样儿？"女娲不敢说吞下元灵珠儿的事情，只是轻喘道："可能是累着了，也不要紧的，你只管大惊小怪什么，歇息一会儿就好了。"伏羲昊话锋一转，急道："前些日子造众神造万物的，本来就忙不迭的，还未缓过来，这次师尊又派你下界造人，你却为何不力辞？现在累坏了身子，这倒如何是好。"女娲叹道："我也是为天廷效力，为天下苍生计，岂能坐视不理？"伏羲昊急道："天廷许多神仙，莫非没有你，这天廷就不能为苍生计了？都是你自寻烦恼，为自己揽下这许多闲事儿。"女娲闻言，微怒道："我就偏要去，若诸神都如你这般心胸狭隘，自私自利，安有天下苍生？"伏羲昊见说不动女娲，一时无奈，也只好悻悻离去。女娲见伏羲昊走了，心里愈加凄凉，正伤心时，见须菩提前来问安，心里也稍稍安慰些了。须菩提见女娲脸色苍白，黯然伤神，就急问道："母后为何伤心？"女娲勉强微笑道："也没什么，为母过些日子就要下界去了，倒有些不忍心分离，见你来了，心里有些高兴罢了。"须菩提央道："孩儿想与母后同去。"女娲勉强笑道："你尚年少，焉能下界？师尊前日已有恩赐，令西极灵界燃灯佛收你为徒，等你学了本事，就可以下界去看为娘了。"须菩提一时无语，只是点头而已。

女娲歇了三个时辰便觉身子好些了，下榻独自坐在南灵殿后园的香阁里，思忖着领众神下界造人的事。不一会儿，便见女姬领着两个侍婢前来，女娲问道："附宝要到婢子了？"女姬忙转身对婢子道："还不快拜见娘娘。"两个婢子上前跪道："小婢苏叆、妹喜拜见女娲娘娘，娘娘万福！"女娲见两个婢子生得娇媚水灵，笑道："附宝，你这两个婢子却与众不同，看上去颇有些气质。"女姬笑道："这两个是人神族长府上的千金，自然要比别的婢子稍微好些。"女娲笑问道："这回有三个婢子伺候你了，你总满意了吧。"女姬点头回道："这下子我府上人多了，以后可就热闹了。"女娲道："热闹不了几天了，过些时候就要下界去了。"女姬本想问界下造人的事儿，仔细看女娲面色憔悴，急忙问道："姐姐有心事儿么？怎见你脸色不好。"女娲笑道："哪里有什么心事儿，我才睡了一会儿，起来就觉脸胖的，并没有什么不适的。"女姬又凑上前去，抓住女娲的手，笑道："姐姐你说奇不奇，我昨儿南时做了一个好梦。"女娲笑问道："梦见什么了？"女姬掩口，轻声道："我梦见姐姐府上飞进一只金凤，我追进去一看，见姐姐又生一个女儿，又白又嫩的，甚是可爱，你说这不是个好梦么。"女娲闻言心里一惊，暗思道："我就觉得奇怪，心里也是这么琢磨的，是不是吞下那灵珠儿果真会如此，女姬做了这个梦，或许是个预兆呢。"女姬见女娲发愣，问道："姐姐怎么了？"女娲回过神儿来，笑道："你就乱梦些什么？若真是要生个女儿，我还求之不得呢，你看我这样儿，哪里像个有孕的。”女姬道：“这也说不定呢，若将来真的生了，你须感谢我的这个好梦。”女娲笑道：“借你吉言吧，等真的有了再说。”女姬和女娲正说笑着，忽然听到身后传来一声急促的声音，道：“女娲娘娘，大事不好了！”女娲和女姬慌忙看去，见千里眼和顺风耳急匆匆赶来。

第五章　女娲造人

退洪水三昊收阴阳鱼　克众魔女娲造凡间人

却说千里眼和顺风耳前来禀报界下大事不好，令女娲暗吃一惊，急问道："不急，且慢慢道来，那界下发生了什么大事儿？"千里眼拱手道："小神在南天门探察，见金童和玉女灵体在凡间，藏身于山洞之中，每日担惊受怕，生不如死，小神以为这样下去，怕那金童和玉女吃不消，终会消亡。"女娲惊道："灵体坠入凡间，若不早投生，岂能长久。"女姬闻言，眼睛一湿，抹泪问道："是我的侍仙金童和侍婢玉女么？"顺风耳抢道："正是他们两个。"女姬不说话，嘤嘤而泣，女娲劝道："妹妹不要悲伤，明日我便率众神下界去，到时候，你便能见到他们了。"女姬牵衣泣道："我听说那凡间荒无人烟，寸草不生，如今又被阴灵霸占，那里阴气刺骨，不见天日，金童和玉女如何受得了那个活罪。"女娲道："妹妹不必担心，既然得知他们尚在凡间，我们下凡去救还来得及。"女姬叹道："也不知他们犯了天律何条，竟然落到如此下场，倘若被阴灵捉去，他们哪里还有活路。我们在这里禄享万钟，每食俱全，他们却挨饥受渴，形影俱无，姐姐，我真为他们担忧。"女娲道："妹妹，事已至此，只是担心也无济于事了，明日下界，祈望昊天默佑，救他们出此网罗，免得在尘寰受苦。"女姬点头道："不能再耽搁了，姐姐这就安排，叫他们明日就下界去吧。"女娲道："我这就安排下去，叫他们准备。"说完，女姬起身告辞，女娲将她送出殿外，见她走了，忽然又想起什么，转身就往太阳宫去了。

走到太阳宫时，见里面烟雾迷离，女娲踟蹰不定，不见应龙少阴、角龙天听和玉龙望舒，女娲有些失落，又想起轩辕媓来，便不知不觉朝太阳宫东殿而去，才到殿前，就见一侧�廊上有人笑，定睛看去原来是轩辕媓。女娲喜极，匆忙跨上玉阶，抬头一看又不见了轩辕媓，心内道："刚才明明看见了，怎么又忽地不见了，这却蹊跷了，我再找找看。”急忙又退下玉阶，这时才想起轩辕媓早就下界轮回去了，拍拍额头自语道：“我思念媓姐姐，此时都眼花了。”转身去东殿，抬头一看，并不是东殿所在，却是一个轩廊，只得又缩身回来，再往左边穿去，见眼前是一座假山，再转回来，依旧是轩廊，女娲奇怪道：“这究竟怎么了，几日没来这里，就有了许多变化，如今走又走不出去，就像到了迷宫。”说着又朝右边走去，见是一条芳草幽径，直穿过去，前面又被一池碧水阻断去路。此时，女娲好生疑怪，只觉此间循环错乱，奇幻异常，不管她东穿西走，就是走不出去，心中着急，只得在砌阶少坐片时，忽然又仿佛看到轩辕媓在轩廊尽头，转身又不见了，女娲疑讶，叫道：“媓姐姐，你若在就出来与我见面，明日我就要下界去了，特来和你辞行。”叫了几遍也不见回应，只好又去轩廊那边，这一次又不同，却见中殿就在眼前，将手去推门，却怎么也推不开，心中又十分纳闷，只好转身去西殿，寻了半晌也不见轩辕媓，正要出去，却听到身后发出一阵脆响，回头看去，只见瑶台有七彩之水流下，诞龙台上飘出一团七彩云。女娲正欲上前一探究竟，却听一个声音如洪钟般道：“女娲，你已身怀精元之胎，阴气凝重，此处阳气炽盛，切不可在此久留，你快归去吧。”女娲大吃一惊，四下寻觅，却不见有人，于是怯怯问道：“是何人在此说话？可是盘古太师？”那声音道：“正是为师。”女娲惊叫道：“盘古太师！弟子只听见声音，却看不见人。”盘古道：“我元灵即将轮回，灵体将出自这诞龙台。”女娲不解道：“太师之意是？”盘古道：“为师将入轮回，不久就会诞生于此，与你们在同一世界。”女娲问道：“太师入世，还能记得弟子么？”盘古道：“为师尚且不知。”女娲又道：“太师方才说弟子身怀精元之胎，这是什么意思？”盘古道：“你在天斗之处得了两颗元灵珠儿，可有此事？”女娲忙道：“正是。却也不知为何，那个翠绿色的珠子，师尊叫作舍利珠儿，一不小心，已被我吞入腹中。”盘古道：“此舍利珠乃是燃灯佛前身三魔的灵体所化，如今被你吞下，得胎息而成孕，将来你必生一女。”女娲听后，脸上一朵红晕飘过，吃惊道：“太师，若那是魔灵化的珠儿，我生得岂不是个妖女？”盘古道：“三魔已得大道，前世是魔，今生是佛，岂能同日而语？”女娲这才放下心来。盘古道：“太阳宫乃是阳歊之地，断不可久留，你速回去吧。”女娲正要出殿，忽又想起轩辕媓，转头问道：“太师可知我媓姐姐下落？”盘古道：“轩辕媓已下凡去了。”女娲急忙问道：“我姐姐犯了什么天条？太师为何要将她罚下？”盘古道：“轩辕媓未犯天条，她原本是那灵兽天鹿，为师曾将那形天所化的元灵珠儿藏在它口中，故而她能变化，昔日为师涅槃之后，她无心留守太阳宫，故而只身在外游荡，又遇轩辕龙一心想迫害它，无奈化身成女神模样儿，失去了那元灵珠，她就无法恢复元身，只得入世轮回，在凡间修得真身，归一之后便可直抵仙界，成为亘古之神。”女娲暗思道：“媓姐姐丢失的珠子可是师尊赐给我的那其中一枚？难道就是形天的元灵珠儿？”想到此处，便又问道：“太师，媓姐姐丢失的元灵珠子是什么颜色的？”盘古道：“那红色的元灵珠儿就在你府上，那天被你吞下的幸好是燃灯佛前身所化的灵珠儿，你若吞下形天的元灵珠儿，只怕那日你早就死了。”女娲大惊道：“就险些被我吞下！”盘古道：“那形天元灵珠儿焉能被你轻易吞下，它可是有灵气的，只等为师入世之后，她不久也会入世，将来为师轮回体必会入主天廷，掌管三界，是为龙帝，她本是为师灵体的阴气，自然也要与为师合一，所以她便是母仪三界的帝后。”女娲暗思道：“原来如此，太师入世后成为龙帝，那形天元灵珠儿也将轮回归来，成为帝后，那么……”女娲停顿一会儿，又问道：“太师，那形天元灵珠儿何时入世？又将入世何处？”盘古道：“为师入世后三年，她必入世，那珠儿既然在你府上，她自然会轮回到你府上。为师告诫你，她在你府上，你切记要仔细照顾，万不可怠慢。”女娲笑道：“这个自然，她是将来的帝后，弟子岂敢慢待她，弟子只当多一个女儿罢了。”盘古道：“如此甚好。”女娲又问道：“太师，弟子何时能获得那亘古真身？”盘古道：“女娲，你无须轮回，你此番往那界下造人，功德圆满之时，自然可拥有亘古真身。”女娲大喜，问道：“弟子明日便要下凡去了，不过，弟子有些儿忧愁，但不知以何物造人？”盘古道：“此番诸灵兽将飚和飕两种仙界紫气带到界下，诸神能以真身在凡间生活，界下有五行之土，你可依金童玉女貌，抟土造男女各一人，再令已坠入凡间的金童和玉女的灵体直入其身，人便可成活，并有五情五欲。”女娲又急问道：“弟子愚钝，不知何谓五情五欲？”盘古道：“凡人出自五行之土，自然就有色、香、味、触、识五欲。生于土而归于土，自然就有喜、恶、哀、惧、爱五情。”女娲茅塞顿开，欢喜道：“谢太师指点迷津！”盘古道：“你将下界造人，为师有一物赐你，你可要善用，不可乱杀无辜。”女娲问道：“太师要送给弟子什么宝物？”盘古道：“昔日，天斗率你们开创星域，为师曾借他四件玄器，一是昊灵宝盒，二是昊灵宝剑，三是昊灵宝镜，四是《昊经》一部，事成之后被为师收回，现就在此殿中，为师要送给你的便是昊灵宝剑，你且收好。”女娲喜极，纳头拜道：“谢太师赐我宝剑！”盘古道：“赐你宝剑，你须帮为师做一件紧要的事儿。”女娲问道：“什么紧要的事儿，弟子一定做到！”盘古道：“太阳宫中无人，若你得闲时，可派人来看看，也好让这殿不失灵气。”再问盘古时，已经悄无声息，忽然见那诞龙台上的七彩云已经散去，现出那昊灵宝剑来，女娲取了剑，忽然发现剑柄下有一支环曲珠簪儿，暗吃一惊，肚里转道："盘古太师怎有这女人之物？"想来想去也不明白，索性一便拿了去，藏于袖中，才转身，发现盘古元灵已经离开，只得抱着宝剑怅怅离去。

翌日，女娲率众神牵上各自的灵兽齐聚在玉京宫玄天门外。只见门外已搭起高台，高台许多旗幡，缀满龙凤飞舞，五彩辉煌，台上摆着紫金炉，焚得香烟缭绕，银架上置满金盏，下边又满地红毯，天斗与宫婢们前来送行，众神一排跪着三叩九拜。天斗高声道："今日诸神下界于凡间创化众生，是为三界苍生计，本王特来为你们送行！"说完与诸神把盏三巡。女娲和女姬等众神辞别天斗，而后出南天门，只见女娲骑着心狐，女姬骑着氐貉，青龙神骑着箕豹，白虎神骑着娄狗，朱雀神骑着天牛，玄武神骑着翼蛇，望舒骑着房兔，少阴骑着女蝠，天听骑着毕乌，千里眼骑着角蛟，顺风耳骑着奎狼，雷神骑着井犴，电神骑着星马，风神骑着尾虎，雨神骑着亢龙，山神骑着觜猴，地神骑着参猿，日游神骑着斗獬，夜游神骑着壁貐，圆融骑着鬼羊，海龙神骑着胃雉，江龙神骑着柳獐，天河神骑着室猪，瑶池神骑着虚鼠，自南天门徐徐而下，先是通过一条蓝色的平直大道上，四周全是光芒，他们能看到彼此，先后排列，鱼贯而行。约莫一会儿，忽然，那蓝光大道就变成一个深不见底的蓝光隧道，其形状就像是一个倒立的葫芦，灵兽载众神纷纷坠入隧道内，刹那间就到了凡间。

此时已是夜间，众神落在一坐大山上。女姬从氐貉身上下来，呼吸着新鲜的空气对女娲道："我当这凡间有多么远，不曾想眨眼就到这里了！"女娲笑道："亏得没叫你走过来，要不然你又抱怨了，这凡间怎么永远都走不到了呢。"女姬笑道："若真是走过来，不等我们造人，只怕我们都死在途中了。"女娲笑而不语，女姬又问："这黑漆漆的一片，不知是什么地方？"千里眼见问，四下观望一下，手指着山峰惊道："女娲娘娘，小神见那顶峰上有'太行'二字！"女姬忙道："莫非就是南天门柱坠落至此，化成了这座大山？"女娲道："正是。"女姬只惦记着金童和玉女，到了这处凄凉所在，又不禁垂泪，嘤嘤而泣道："也不知我的金童和玉女现在何处。"女娲安慰道："妹妹在仙界时也着急的，如今都到了凡间还急什么，我让千里眼和顺风耳前去探寻，总会找到他们的。"女姬听了叹息道："那就请姐姐令二神去寻他们来吧。"女娲转身吩咐千里眼和顺风耳，二神得令急忙飞出。众神只稍作休息，就见东方一轮明月升起，忽然，玉龙望舒大叫一声倒地，众神慌了，都来看她，女娲也觉奇怪，正要上前去问，只见玉龙望舒变成一条白色天龙，直冲云霄，而后又俯冲直下，盘旋在众神头顶，双目含泪，朝着月亮悲鸣不止，女娲望月叹道："原来那月亮就是望舒的龙珠儿，而今睹物伤情，不胜凄凉！"玉龙望舒长啸一会儿，又落地现出人形。女娲前去，抚摸望舒的长发，微微泣道："望舒妹妹，那龙珠儿已经化成明月，悬于界天，这也是昊天之意，只等我们造化众生，那明月将施恩于万物，这也是上善的事儿，妹妹当以此为荣才是，不必过于悲伤。"玉龙望舒万分欣慰，笑道："娘娘所言极是，小神也只是突然想起那烛龙少阳了，不知他身在何处。"说着又啜泣一阵，惹得女娲和女姬也伤感起来。

却说玉龙几声长啸却传到幽冥，众魔早已惊了，阴灵问道："这是什么声音，如此悲戚？"阴魔、罪魔和业魔侧耳细听，又听不到啸鸣声了，阴魔拱手道："小将去凡间看看便知。"言毕，急率众魔提着兵器穿过通道，出得阳关，来到太行山一带探察。女娲正与诸神在山头歇息，忽然觉得不妙，一时风声震动，飞沙走石。女娲对众神急道："此间陡起狂风，必有蹊跷，不可不防。"女姬也急道："要说蹊跷，也只有那阴灵作怪，别忘了，众魔在界下冥界，为祸凡间已久了。"

三魔在半山腰间窥探半晌，才发现是众神下凡，罪魔低声问阴魔道："你看他们是何人？"阴魔答道："我只见过其中一个，那可是天斗那贼的弟子女娲，法力了得，昔日大战西天门，险些被她打死。"业魔冷笑道："西天门时她仗着天斗那贼的势力击败我们，如今她来到这凡间，这里不比天界，看她还有什么本领。"罪魔道："女娲率众神下凡，定是来造人的，我们先不要和她打斗，回宫奏明天王再说。"正在说着，忽然耳边传来嗖嗖流矢声，三魔举目看去，原来是青龙神直朝他们猛放箭矢，三魔大惊，一时站立不稳，忽然坠下山去，三魔连滚带爬逃回幽冥界，报知阴灵。阴灵得知女娲携一干神仙已来到凡间，眼中放出亮光，闪闪不停，心里思道："怪哉，众神从天界下来，经过玄天又到了界天，如今到了凡间却能平安无事，莫非他们也能在这凡间现身？我须去看个明白。"想到这里，又忽然笑道："来得好，此番该是复仇的时候了，本王要让他们下得来，回不去！"阴魔忙道："那女娲法力过人，身边又有众神相助，方才我等险些被飞箭所伤，天王还是小心为好。"阴灵怒道："贪生怕死之辈！那女娲有何通天神力，她岂能是本王对手！听本王号令，立即发兵包围太行山！"

阴灵抵达山底，果然见女娲与众神立在山顶，他只抬手一挥，便见浓浓黑雾将一座山遮得无影无形，忽然又狂风大卷。女娲急道："看这模样儿，定是那阴灵率众魔来攻了。我们这就下山去，再寻个清净处，"说完又领着众神下山，才到山腰，就见阴灵已经前来，挡住了去路。女娲厉声问道："是谁阻我去路？"阴灵哈哈大笑，高声道："女娲，我是魔天王阴灵，这一次本王倒要看看，你们要往何处逃。”女娲大怒，斥道：“阴灵，那日西天门吃了败仗，你却又前来送死！”阴灵怒道：“天快亮了，本王不与你斗嘴，等明日晚上本王再作计较！”阴灵说完闪身便走。女姬问女娲道：“众魔来势汹汹的，这怎么都走了？”女娲道：“都是些见不得阳光的东西，众魔不敢逗留，先来这里示威，一到晚上他们就会打过来。”

再说阴灵回到幽冥界就立即查点军士，思谋到了晚上如何围剿女娲等众神，阴灵道：“女娲等众神已入我彀中，到了夜间，本王大军开往太行山，乘机将他们一干人擒获就是了！”业魔问道：“不知天王有何军令？”阴灵道：“到了夜间，你们就驱使那遍地的恐龙，有这些猛兽，料那女娲也不好对付，此时，本王也该去东海见见那阴阳鱼了，此番必须抓住他们，以解我心头之恨！”阴魔拱手道：“天王英明威武，今夜出击可保全胜！”

且说女娲知道众魔夜间必来攻打，便对诸神道：“阴灵夜晚必来袭扰，事不宜迟，诸位听我号令，开始准备造人，事成之后我们回天廷复命。”诸神齐声领命，各自站好听后吩咐。就在此时，只听见山下一阵阵轰响，震得山摇地动，又觉就好似有万千滚木从山上滚落而下，诸神忙转身看去，只见成千上万的恐龙飞奔而来，在山下聚集，将整个太行山团团包围。女姬忙问道：“这是从何处来的庞然大物？”女娲道：“这就是阴灵在天界时，用那囲山之石化成的石龙，当时诱我们吃了芃果，后来被师尊驱除，坠入界下，到了凡间就变成了这些猛兽。”众神不知如何才好，角龙天听道：“这凡间之物，有何惧哉！待我三神驱赶去就是了！”女娲道：“甚好！你与少阴和望舒显出真身来，将这些孽畜驱赶了去！”天听遵命，立即与少阴、望舒变身，只见身子一闪，三神又化作龙，飞天而上，直冲蓝天云霄，又怒吼着直冲而下，在恐龙阵上空咆哮，恐龙受到惊吓，四散奔逃，有不少在慌乱中跌下悬崖。顺风耳急忙来报：“娘娘，小神听见那魔头在幽冥发号施令，驱使恐龙围攻我们。”女娲道：“我已料到如此，只管驱散这些孽畜就是了。”眼看恐龙都逃之夭夭了，女娲领诸神正要下山，却又听到一阵大浪滔天的声音，见太行山东有大水洪涛奔涌而来，女娲大喊一声道：“不好！洪水来袭！请诸神速驾灵兽，飞上天空躲避！”众神随即骑乘灵兽，飞天而去，洪水顷刻间就淹没了整个太行山，地面上四处奔逃的恐龙也被巨浪吞没。女娲唤来千里眼问道：“洪水滔天，这是为何？”千里眼往那水中一看，见一红一黑两条大鱼在水中跳跃奔腾，便急报女娲。女娲叹道：“这就是太极阴阳鱼，逃下界来，却与那魔天王为伍，与我等为敌。”女姬忙道：“师姐，当下如何是好？”女娲道：“凡间有阴灵作乱，造人之事只能暂缓了，等这洪水退去之后再作计议。”众神只得骑乘灵兽悬在半空，等待洪水退去。

众神不曾料到，这洪水竟然三天三夜都不退去，反而是越涨越多，黑鱼和红鱼不分昼夜地在水中翻滚，使洪水奔涌不息。阴灵在幽冥宫听报，对三魔笑道：“红黑二鱼与本王皆是盘古太师开天辟地时的灵气，同出一处，它们自然听本王驱使，这下本王倒要看看女娲还有什么能耐，若洪水不退，他们能在空中停留多久？要么无功而返，要么就在水上与我等打斗，在夜间便是我们的世界，拿下他们指日可待！”

而此时的女娲与众神一筹莫展，只能骑乘灵兽在半空等候，好不容易才寻到一处露天的山头，女娲急令众神骑乘灵兽停落在山头暂作休息。夜幕渐渐落下，阴灵一声令下，阴魔当先，罪魔和业魔继后，各领精兵三千暗中向太行山挺进。到了太行山，众魔先将诸神包围起来，一时喊叫声震天，一起杀人。女娲听得喊声大起，山下火光点点，急忙喊道：“贼魔攻入，众神跟我来！”众神见阴灵兵多，惶恐不安，女姬急道：“师姐，突然来这么多魔兵，我们才几十个人，而且大多数都不会打斗，如何与他们作战？”女娲见众魔四下包围，急如燃眉，一时也没有退敌之策，又听女姬这话一出，当下大怒，骂道：“附宝！何故乱我军心？早知你是一个绊子，我就不该让师尊派你下界来！”女姬见她发怒，也不敢多说，只低头跟在女娲身后。女娲带领诸神突围，怎奈箭矢如雨，寸步难移，只得又退回原位。女娲大喊道：“青龙白虎朱雀玄武四神，你们在这里保护诸神，我下山去探察一遭！”说完便提剑直飞山下来，阴灵见女娲独自一人飞下山来，便飞迎上去，两人斗了十几回合，难分胜负。阴灵心中吃惊，心上暗转道：“女娲这手中玄剑竟如此厉害，我不能敌，不如先回宫去再思良策。”思毕，停手大喊道：“女娲，本王宫中尚有要事，今日不与你打斗，待他日再来与你一分高下！”女娲知道有昊灵宝剑在手，阴灵绝不是对手，见他罢战，自己又担心诸神被魔兵伤害，就只好放他一马，回道：“我不怕你来，只要光明正大就好！”阴灵随即闪离。

又过了一天，洪水仍没有退去的迹象，眼看太阳就要西沉了，夜幕即将降临，女娲飞回山头，叹道：“阴灵攻势凶猛，众魔又咄咄逼人，如此下去，只怕我不能敌他，若众神被他所害，造人一事便无法进行，我如何向师尊交代。”圆融神闻言，急道：“请娘娘派一神去天廷求援。”女娲点头道：“事到如今，也只好如此了。”说完转身又对青龙、白虎、朱雀、玄武四神道：“就请四神速回天廷求援，阴灵和阴阳鱼危害凡间，求师尊派人下来救援！”四神领命，正欲驾着灵兽升界天而去，抬头就看见有三团蓝光徐徐而下，女娲惊道：“这又是什么？众神小心阴灵有诈！”众神一时恐慌起来，只听千里眼道：“娘娘，小神看到伏羲王和轩辕王、笪殷王下界来了！”女娲大喜，仔细望去，果然见伏羲昊、轩辕昊、笪殷昊各自乘骑张鹿、危燕、昴鸡三灵兽驾临。女娲急忙迎上，伏羲昊落地，抱拳道：“娘子可安好？”女娲娇羞道：“你只看看此间洪水便知好不好了，这洪水不退，阴灵不除，让我如何造人。”伏羲昊见洪水滔天，叹道：“阴灵驱使黑红阴阳鱼作乱，让你们受了许多苦！”轩辕昊落地，即往女姬处走去，女姬见轩辕昊来，也是兴奋不已。笪殷昊望着洪水道：“师妹不要担心，我与师兄就是为这大水而来的！”女娲笑道：“我也无计可施了，刚才正要派青龙、白虎、朱雀、玄武四神返回天廷求救，不想你们却先到了。”伏羲昊道：“师尊得知界下有难，速派我与师弟前来相助。”女姬打趣道：“三位师兄空口白牙的，拿什么来退去这洪水？”女娲笑道：“那就烦请三位师兄施法降之。”笪殷昊大声道：“这有何难！师尊来时教我退水之法，众且看来！”说罢，便就地摇身一变，变成一只硕大的，且蓝光闪闪的笪篮，缓缓落下，只看夜色中，两道红色光束直射入洪水里，不一会儿，那只笪篮也缓缓潜入水中，果然风平浪静了，那阴阳二鱼也不再翻滚，急忙逃去，笪篮在它们上方紧追不舍，忽然，又见有巨大的浪柱扑来，将那阴阳二鱼扑进笪篮，二鱼挣扎不停。伏羲昊见阴阳二鱼被困在笪篮里，急抬起双手一抡，一道巨大的白光便向洪水射去，众神再看，此时洪水已经退去一半。眼看阴阳二鱼就被打捞上来，伏羲昊正要收走，却听夜幕中传来一声巨吼，道：“伏羲且慢！这太极阴阳鱼是本王的灵物，岂能让你收去！”话音刚落，就见一团黑云突袭而来，将笪篮掀翻，阴阳二鱼又跌入洪水中，随着一股激流逃去了。笪篮翻了几个跟头现回原形，就看笪殷昊踉跄几步，怒道：“大胆阴灵，险些杀了我！”忽然，听见那阴灵道：“你们回去告诉天斗，本王绝不善罢甘休！”接着是一阵狂笑。

女娲和众神齐聚太行山顶，眼睁睁看着阴灵和众魔嚣张而去，伏羲昊问女娲道：“要追击吗？”女娲道：“不可。这一时半会儿消灭不了他们，但若再来犯我，再设计灭他也不晚！”话刚出口，就见又有不计其数的恐龙追上山来，将他们团团围住，恐龙发怒咆哮，步步逼近。众神忙挤成一团，伏羲昊对轩辕昊道：“请师弟降龙。”轩辕昊道：“且看我来！”说完就腾空飞起，只见在一道白光之中，轩辕昊化为一架天车停于盖天，只见又从玄天落下围山碎石，如暴雨倾下，落入天车内，天车满载围山碎石在盖天游走，不一会儿，又听见一声巨响，天车翻过，碎石如流光电石倾倒下来，刺破长空砸在地上，巨响中腾起阵阵烟雾，恐龙惊恐欲逃，轩辕昊急忙将手一伸，翻转过来，空中又落下很多碎石，坠地瞬间就变成一座山峰，并延伸开来，形成一条宽敞的峡谷，挡住恐龙去路，空中又坠下很多碎石，状若流星，恐龙避之不及，在阵阵哀号中丧命。女姬不忍直视，转过脸去。

女姬望着正在愣神儿的女娲，指着山峰问道："师姐，你看那山峰的模样儿怪怪的，不觉得奇特么？"女娲笑道："奇特什么？那分明是你轩辕昊哥哥的大手挥成的。"笪殷昊跟着笑道："确实很像，这山峰就叫五指峰可好？"轩辕昊笑道："好，非常好，那峡谷我看也像我的手掌，就叫它五指峡！"众神大笑起来。此时，空气中弥漫着刺鼻的味道，女娲掩鼻道："真正臭死了！快到洞里躲一会儿吧！"众神都闻到了臭味，纷纷躲入洞中。

这时，天上下起酸雨，接连下了几天几夜。见洪水退去，伏羲昊和轩辕昊、笪殷昊来向女娲辞行，伏羲昊道："师尊有令，退去洪水之后即到让我们返回天廷，我们不敢逗留太久。"女娲道："那就去吧，若此间有什么要紧的事儿，我再派人去请。"三昊出洞，唤灵兽前来。笪殷昊叫道："不好！我的坐骑昴鸡去哪儿了？"女娲四顾一下，见亢龙和张鹿两个灵兽与众神在一起，而其他灵兽都不见了。女娲急道："千里眼，你快去四下找找看！"女姬急道："找不到却不怕，就怕它们被那阴灵掳去了！"正说着，千里眼报道："灵兽并未丢失，它们就藏在外面的泥土里头。"女娲疑道："它们不在这山洞里待着，却跑到泥土里作什么？"伏羲昊道："畜生就是畜生，变不了的本性，即使是神仙，若要变成畜生，也难脱畜生的本性。"轩辕昊笑道："它们或许是吃泥去了。这天在下雨，索性等天晴再走。"女姬笑道："正是，好不容易来了，又幸苦了这么些天，不如歇儿天再走也不迟。伏羲昊见女姬与轩辕昊眉目传情，心下明白三分，接着笑道："是呢！若现在走了，只怕有人放不下。"女姬绯红了脸，轩辕昊在一旁傻笑。女娲掩口笑道："你们也走不成了，我忽然记起来了，是我让灵兽们去以它们的模样儿造化些动物来，不想这连续下了几天酸雨，它们钻进土壤避酸雨去了。"笪殷昊见外面酸雨倾盆，尘土漫天，叹道："好吧，师妹正在用灵兽创化万物，岂能半途而废，我们就等天晴再走也好。"

天亮之后，太阳披着火红色的朝霞缓缓升起。应龙少阴、角龙天听和玉龙望舒看到太阳，又控制不住情绪，化为三条龙盘旋在空中，朝着那太阳长啸悲鸣。伏羲昊见天空放晴，正与轩辕昊、笪殷昊准备告辞，忽然听见三条天龙大放悲声，问女娲道："洪水退去，恐龙也已殆尽，阴灵败逃而去，此间已无危险，三龙如此悲鸣，这又是为何？"女娲一脸无奈，摇头轻叹道："那太阳便是烛龙少阳的龙珠儿，烛龙坠下至今也无半点儿消息，三龙看到太阳就伤心。"伏羲昊闻言，叹息一声："看它们这般模样儿，只怕又会生变，我们就再留一日，明天再走吧。"女娲道："料师尊也知道界下情况，就是晚些回去也不会怪罪你们的。”女娲说完，上前几步，恭恭敬敬地朝着太阳深深一拜，女姬和其他众神都跟随女娲一拜。三龙见状，这才平静下来，落地现出人形，只见那应龙少阴跪地，泪水长流，朝太阳一拜，他身着龙纹白衣，长发扎起两绺搭在胸前，深眉大眼，唇上是一抹浓密的胡须，角龙天听则一身龙纹黑衣，乌发披肩，宽脸环眼，长须飘飘；而那玉龙望舒则是一个娇柔妩媚的女仙，乌云叠鬓，杏脸桃腮，泪眼汪汪地望着太阳，欠身一拜，嘤嘤啜泣。

又挨到晚间，女娲与众神走出山洞观望。夜色恢复平静，一轮明月冉冉升起，深山里偶尔还能听到一声声飞鸟的哀鸣声，凄婉不已。伏羲昊觉得奇怪，问女娲道：“你还没有造人造物，这就能听见鸟儿的叫声了，莫不是阴灵又再耍什么诡计吧？”女娲闭目遥感，一会儿便心知肚明，睁眼笑道：“这个鸟儿来自天界，它本是一只玉燕，燃灯佛将其变成一只天鹰因起杀念，它将同出的另一只天鹰杀死，可惜燃灯佛不能度化，它便被打下界来轮回了，如今我们还未造人化物，它也无处投生，所以每到夜晚便哀鸣不止。”众神听后又觉凄凉，轩辕昊闻言，急道：“说起这个来，我却知道，我在西芳殿时见过那个燃灯佛，那只玉燕，也是我亲手用叶子变化的，本来拿它来逗那峒灵耍的，不知怎么就变成了天鹰落在燃灯佛的肩膀上，后来一只啄死了另一只。怎么这也要遭受天罚，被赶下来轮回了？”女姬听他说到逗峒灵耍之语，脸色立即就阴沉下来，嗔道：“你没事儿做，去我府上作甚？一个做王的，还逗我府上的婢子耍，这算什么事儿！”女娲笑道：“别吵了，既然如此，待我点化它来，也好让它早日归一仙界。”说完便将香袖轻轻一挥，果然，一道红光飞去，就见一只飞鸟扇着翅膀飞到女娲手中，女娲对着它轻吹一口气道：“你本是灵界的天鹰，如今轮回到这凡间，我佛慈悲施缘，让你遇到我，我这就点化了你，使你有了灵气，再给你赐个名儿叫夜莺，切记要日日念佛，以求超度，只等得道之日，方能归一仙界。”说完，见夜莺欢快啼叫几声，拍拍翅膀就飞走了。

女娲从发髻上取下环曲珠簪儿，又有一缕细针，只见她纤指轻轻一抽，便拉出五朵灵花，将灵花撒向空中，顿时彩光飘飘洒洒，无处不在，落在地上，又缓缓升起。女娲又轻轻一挥袖，上空飘下丝丝缕缕的七彩光线，铺天盖地，地上就像铺满了五色灵珠儿。空气更加新鲜了，星罗密布，点亮苍穹。女姬看到此情此景，不由高兴地跳起来，拍手笑道：“真的好看，姐姐，这都是什么？”女娲明眸闪烁，沉吟道：“生命。”

又到天明，太阳升起，空气温暖而潮湿，借着一场洪水，地上草木也旺盛起来，参天大树郁郁葱葱，遍地花草枝粗叶大，其中还有成群的燕子和乌鸦在林木中飞翔，五指峰的背阴处，很多蝙蝠倒挂在岩石上。五指峡中涌现出很多动物，尽是些貉、狐、豹、鸡、狗、牛、蛇、兔、蝠、乌、蛟、狼、犴、马、虎、猴、猿、獬、貐、羊、雉、獐、猪、鼠等，它们在谷地游走，不时撕咬争食，狗追着鸡，鸡飞走；豹又追着猴，猴上树。女姬见状，问女娲道："师姐，你怎么将我们的坐骑灵兽都变成了这些个凡间之物？到时候叫我们如何回得去？"女娲笑道："断不会如此的，我只是令它们造化飞禽走兽而已，灵兽好好地都在山下休息，你就放心吧。"说着又带众神下山去找灵兽，果然，在山下的一处平坦处找到了这些灵兽，只见它们半截身子都埋在土中，见女娲前来，东窜西飞，卧在一旁。女娲问众灵兽道："可都造好了？"众灵兽摇头摆尾，吵喳声一片。顺风耳在一旁道："灵兽说在这土中避酸雨，这才几天时间，就化出与他们相同模样儿的动物。"诸神听了都笑起来。女娲道："只是看着像，总是不一样的，灵兽乃是神灵，这些个动物也只是凡间的生物而已。"说完又抓起一把泥土，心里想道："这就是天地造化，难道这就是那盘古太师所说的五行之土？"女娲一笑，对众神道："有了，我们可以造人了！"伏羲昊道："洪水已退，既然有了造人的办法，你就快些行动，我们还要急回天廷复命呢，若是再晚了，只怕那南天门要玄封了。"女娲问道："南天门为什么要关闭？"伏羲昊道："师尊担心阴灵会乘机攻打上来，故而每隔一时便要关闭几天。"女娲低声道："师尊所虑极是，那你们就速速回去，这里有我和女姬就行了。"伏羲昊立即唤来轩辕昊和笪殷昊，与女娲和女姬等诸神辞行，乘骑张鹿、危燕、昴鸡三灵兽升天离去。

已近午时，太阳烤灼大地，空气干燥起来。女娲对众神道："诸神前来听令，我将造人，诸事还须诸位分赴代劳。"众神齐聚在女娲面前，女娲又道："青龙、白虎、朱雀、玄武四神听令！"四神向前一步道："小神们俱在！"女娲道："这凡间地理不明，令你四神勘察地域，届时造出人来，也好将他们安置在四方各地。"四神领命而去。女娲又道："雷、电、风、雨四神听令！"四神上前一步拱手道："小神们俱在！"女娲道："天干地燥，生机不现，令你四神驾上界天，布雷、闪电、刮风、施雨！"四神领命而去。女娲又对海龙、江龙、天河、瑶池四神说道："令你四神去大地四方去寻北阴和南阳之水，若是寻得便取来，待青龙白虎朱雀玄武四神勘定好地方，我将要用此水造人。"四神领命急往。吩咐完毕，正要入洞休息，转眼瞥见千里眼和顺风耳立在一旁，女娲问道："我令你二神去寻金童和玉女，可有下落？"千里眼拱手回道："娘娘，我二人寻遍了太行山，并不见他们的行踪。"女娲道："除了太行山，莫非再没有别处了么？太行山由南天门一柱所化，另外一根柱子在何处化成山脉？他们或许就在那里，你们速去寻找，但若找到，速迎来至此。”二神领命前往。女姬见女娲又派千里眼和顺风耳去寻那金童和玉女，心里自是高兴，就对女娲道：“诸神都让姐姐派去做事儿了，我却在这里做什么？”女娲笑道：“附宝，你身子骨儿那么弱的，我叫你去做什么？就在这里陪我就是了。”女姬斜睨道：“那可不成呢，我可是师尊敕封的右玉天使，也是下界来造人的，我岂能无所事事的！”女娲看她坚持，笑道：“那好，令你和玉龙望舒去寻个造人的好地方来。”女姬拱手道：“遵令！”女娲笑道：“嗯，你这架势，看起来倒像是个做事儿的人了！”女姬携望舒正要出洞去，忽然又想起什么，转身问道：“姐姐，寻得什么样儿的地方才是好地方？”女娲道：“昔日我听大师兄说，《昊经》有云，‘万物莫不知怀土而乐归其本’，又闻师尊说可用‘五行之土’造人，这就要干净土，颇具黏性，抟土能圆可圆，欲扁可扁，若能找到这么一处，便是造人的好地方了。”女姬嘟哝道：“黏土……姐姐，我知道了，就是有黏土的地方。”女娲笑道：“你和望舒先去寻吧，这极天际地的，就怕一时找不到呢。”女姬笑道：“若是找不到，我就不回来见姐姐了！”说着转身就走，望舒也跟着去了。

斜阳西沉，暮色蔼蔼。不一会儿，雷声大作，电闪如火，狂风骤起，大雨倾盆，女娲便知道是雷、电、风、雨四神在施法了。众神已从各处归来，走入山洞向女娲汇报查探结果。青龙先报道：“我四神分别去东西南北方，看到许多土地和水域，土地上有花草树木，空中有鸟，水里有鱼。将来娘娘造化人类之后，他们可在这四方繁衍生息。”女娲颔首道：“有山有水，有花有草，有鱼有鸟，这倒也是个好去处。”接着雷神报道：“小神都按照娘娘吩咐的做了，响雷一百零八声。”电神拱手道：“闪电三百六十次。”风神拱手道：“刮风十万里。”雨神拱手道：“施雨三点三寸。”女娲笑道：“如此最好，明日便可造人了。”女娲见海龙神面有难色，问道：“怎么？去的时候高高兴兴的，怎么回来就愁眉苦脸的？”海龙神急报道：“我四神走遍南北，发现北方有一河，其水浑浊；南方有一江，其水清澈，便想这就是娘娘所说的北阴和南阳之水了，本让天河、江龙二神取水来，可水中有怪物出没，遭它袭击纠缠，险些就被它吞了去。”女娲疑道：“这正是北阴和南阳之水，浑浊之水就叫黄河，清澈之水就叫长江吧。”女娲接着又问道：“凡间尽是飞禽走兽，并无其他生物，水中何来的怪物？”海龙神道：“这个小神也不晓得，或是阴灵作祟，阻止我们取水。”女娲沉吟道：“阴灵败退，岂敢又来祸害？你见那怪物是什么模样儿？”海龙神道：“形如天龙，一青一黄，青色的在长江，黄色的在黄河。”女娲道：“若取不来此水，如何造人？你们四神随我去那里看看，不论什么怪物，我都将它们收了去！”说完起身出洞，又唤来少阴和天听二龙随行，与海龙、江龙、天河、瑶池四神飞去黄河。

却说女娲先来到黄河，即令天河神道：“你且取水来，我倒要看看这是一个什么怪物。”天河神随即腾空飞起，变作一条巨龙藏于云雾中，张开大嘴吸水，只见河中一水柱瞬间冲天而去，接上云层，瑶池神见状，喜欢道：“好一个龙吸水！”话音方落，忽然狂风骤起，霹雳交加，河中突然翻起巨浪，冲出一阵黑气，黑气散去，果然有一怪物从水中跃起，将河水搅得上滚下翻，女娲暗吃一惊，定睛细看，见是一条黄龙，只见它甩出长尾直击水柱，只听轰隆一声，水柱断为两截，天河神按吸不住，原本吞入腹中的水又顷刻间落入河中，无奈只好落下云头，立在女娲一侧。女娲问道：“凡间怎会有龙在此？”四神摇头不语。女娲又道：“少阴、天听二神，你们现出原形，将这孽畜与我拿来！”少阴和天听得令，即化龙飞天，又俯冲直下，围着黄龙一阵打斗，一时龙鸣声响彻天际。女娲见二龙打斗半晌也拿它不住，于是将手一伸，一把玄剑便落入掌中，女娲持剑朝黄龙飞去，朝那河中猛砍一剑，一道蓝光直冲到那河中，河水瞬间断开，形如沟壑，黄龙一时无水可以借力，挣扎一会儿便瘫软在河底。少阴乘机飞去，咬住黄龙的龙角直往上拖，天听咬着黄龙的尾巴不放，一会儿便将它拖上岸头。女娲正欲挥剑斩杀，只听身后一声喊道：“女娲娘娘！”女娲转身看去，原来是元真童子来了，便收起玄剑，迎上问道：“元真为何下界？”元真童子拜道：“师尊得知娘娘欲斩杀此龙，就急派小神前来劝阻，再收它的元灵返回天阙。”女娲疑道：“哦？师尊怎么知道？”元真童子道：“娘娘领诸神下凡间，师尊便去太阳宫取回昊灵宝镜，界下之事，在那镜中一看便知。”女娲剑指黄龙，问道：“这又是什么龙？师尊为何要你来劝阻我？”元真童子道：“娘娘，此为蟠龙。娘娘可记得玉京宫灵霄殿内九根柱子？”女娲思忖一会儿，点头道：“自然记得，那又如何？”元真童子道：“那柱子上各盘伏一条天龙，它便是其中一个，师尊曾说，天龙虽然逃下凡间，然而毕竟是天界灵兽，不可斩杀，留它一条性命。”女娲疑道：“这便奇了，既是宫中天柱上的浮雕龙，为何能下凡在此？”元真童子思忖片刻，回道：“灵霄殿九根天柱上的蟠龙虽说只是浮雕，然而甚为奇妙，师尊曾说他亲眼见过有蟠龙离柱，在殿内盘旋。前日，师尊往灵霄殿，忽然见一女仙子站在宝座旁，师尊十分惊疑，上前去问，可那女仙子不理不睬，不说一句话，只顾往殿外走去，她经过天柱时，九条浮雕蟠龙尽皆复活，在天柱上缠绕低吟，其中有两条蟠龙竟然离开柱子，好像是在瞻送女仙子。师尊追出察看，早就不见女仙子和两条蟠龙的踪迹了，后来师尊去太阳宫取回昊灵宝镜一探，才发现蟠龙已经逃下界来，化为黄龙和青龙，一个在黄河，一个在长江，娘娘正欲斩杀的便是这黄龙了。”女娲又问道：“灵霄殿怎么会有不晓得的仙女出没？”元真童子摇头答道：“小神也不知，问过师尊，也不知她是从何而来的，只说或许是幻觉而已。后来小神问询过大大王，他说什么《昊经》有曰：‘天柱蟠玄龙九条，遇至尊而浮动，口吐瑞气，眷佑在旁’。小神不解其意，问大大王，只说是灵霄殿或许来了一个比师尊还要厉害的仙子，至尊至贵，不可言喻。”女娲突然想起曾在府中看那红色元灵珠时，也曾见过一个仙女，不由自语道：“莫不是形天元灵珠儿已入世？怎么就有个仙女来到宫中，不仅我看到过，如今师尊也亲眼见到，果若都是幻觉，那这其中必有蹊跷。”元真童子见女娲愣怔，问道：“娘娘说什么？”女娲回过神儿来，幽幽道：“没什么。只是想如何处置这黄龙？”元真童子道：“师尊令小神请回这两条蟠龙的灵体，复归灵霄殿天柱。”女娲道：“也好。但这龙躯不可再放归河中，我将变化它，让他做个黄河龙神，主司这一方水域。”元真童子道：“娘娘慈悲。”女娲一挥雾袖，只见那黄龙灵体离开，盘旋于上空，而龙躯则变为一个俊俏男子，跪在女娲跟前。女娲道：“我即将造人，只怕那阴灵驱使河水泛滥，危害人间，今就封你为黄河龙神，主司这一方水域。”黄河龙神叩首道：“谢娘娘再造之恩，小神愿肝脑涂地！”女娲令他起身，而后又对天河神道：“速取北阴之水来。”天河神遵命，直飞天空吸水去了，见水已取好，女娲又对元真童子道：“元真，如今一条蟠龙已出，你跟我去长江收服另外一条蟠龙，也好回去复命。”于是，一干人又飞向长江，蟠龙飞天跟随。到了长江，女娲又令江龙神道：“你只管取水来，若这孽畜再来阻碍，我再收它不晚。”江龙神得令，飞天吸水，才一会儿，便见长江大浪滔天，不安宁起来。又一会儿，一条青龙跃起，长啸一声。女娲举剑斥道：“孽畜，你原来是玉京宫里的蟠龙，为何不守分，下凡间来作乱？你好生来降我便罢，如若不然，少刻间叫你死在这里！”那条青龙立即又钻入江底。少顷，它又从江中飞出，卧在女娲面前，低吟几声。女娲照旧一挥袖，蟠龙灵体离开飞升而上，而龙躯则变成了一个俏丽的女子，跪地待命。女娲道：“我封你为长江龙神，主司这一方水域，你要小心管理，以免洪水泛滥。”长江龙神叩首谢恩。不题。

女娲送走元真童子一行，便与少阴和天听二神回到太行山洞中。约莫一会儿，就见瑶池神入报：“娘娘，北阴和南阳之水均已取来。”女娲问道：“你可找到了蓄水处？”瑶池神道：“尚未找到。”女娲叹道：“这可不妙，江龙神和天河神龙躯虽大，然而岂可久藏凡水，要速速找到蓄水之处才好。”正在发愁间，忽然见女姬和望舒回来了。还没等女娲问话，女姬就笑道：“姐姐，我们找到了一个造人的好去处。”女娲笑问道：“哦，我以为还需几日，这就找到了，怎么这样快？这地方在哪里？快说来听听。”女姬道：“距离此地八百里，有山一座，山前有一处所在，遍地都是黏土，山后也有一处所在，也都有黏土。”女娲惊喜道：“那是一座什么山？”女姬道：“我才来凡间，又怎么晓得呢，此时这凡间山水都还没有一个名字的，不过那里要比此处清凉，所以就叫它清凉山。”女娲微笑道：“附宝，这是个好名字，这么热的天儿，听得我心里此刻都清凉些了。”女姬微微一笑道：“不止如此呢，在那里还寻得一山洞，我想到时候过去造人，也是个好住处。”女娲大喜道：“附宝，这可是大功一件，造人之后，姐姐重重赏你。”转而又问道：“那山洞又叫个什么名字？”女姬道：“山洞是玉龙望舒寻着的，所以就叫它玉龙洞。”女娲挽着女姬的手笑道：“附宝越发聪明了。”女娲又问道：“清凉山前边是一处，那清凉山后又是个什么地方？”女姬拍拍胸口，轻喘一声道：“说到这一处所在，可是真正把我吓死了。”女娲惊道：“怎么了？”女姬正色道：“这一处也有一座小山，山下遍地黏土，我和望舒去看时，突然从山上奔下一头野牛来，两眼通红的，就像是要吃人，野牛直冲我来，要不是望舒来得快，变成天龙与它打斗，只怕此刻我就死在那里了。”女娲听了也松了一口气，问道：“好端端的，哪里来的野牛？”女姬摇头道：“我哪里知道。”女娲叹道：“我叫你不要去的，看吧，险些就出大事儿。”女姬嘻着脸道：“姐姐担心什么，这不是没出事儿么。”女娲将她瞅一眼道：“等出了事儿就晚了！”说着又看了一眼望舒道：“那里怎么就会有野牛，莫不是阴灵又来袭扰。”望舒低声道：“倒是没见阴灵，就是一头野牛，牛角犀利，两眼发红，就和女姬说的一样儿。我变成飞龙与它厮杀，见机喷它一身火，就是一件事儿奇怪得很，野牛化成了灰土，只留下一块血红的肉团儿还活着，仔细看去，只在那里突突地跳着。”女娲低声笑道：“那就是牛心不死。”女姬吃惊道：“为什么是牛心不死？”女娲叹道：“都是我造的凡间众生，身为神仙，更要视众生平等，心怀大爱，岂能厚此薄彼？只是那野牛天性狂野，你们却为什么独独杀死它呢！”女姬怨嗔道：“姐姐，望舒要不杀死它，它就要杀死我了！”女娲笑道：“当然要杀死它了！虽说众生平等，但若它要来杀生，便是它死有余辜，别说一头野牛，就是一万头野牛的命也抵不上一个人的命，更何况妹妹这样的神仙呢！”女姬莞尔一笑，拈带娇嗔道：“那刚才姐姐还说不该杀它。”女娲瞥她一眼笑道：“我说是那野牛心里想的话，你没看到它牛心不死么。哎，这下倒有个好名字可作标记了，那边一座小山，就叫作‘牛心山’吧！”女姬拍手笑道：“是呢！这么说来，一下子就记住那山头了。”女娲不语，叹息一声，女姬见她愁眉不展，小心问道：“这都找到造人之处了，姐姐发的什么愁？”女娲长叹一声道：“唉！北阴和南阳之水也取来了，只可惜找不到蓄水的地方，这岂能不让我发愁。”望舒闻言，上前道：“可蓄在天井中。”女娲明眸一转，问道：“此间可有天井？”望舒答道：“我在清凉山下四处寻找，在南边找到一眼井，深不见底，故叫它石井，用它来蓄水，岂不正好。”女娲起身笑道：“事事顺利，这是昊天在保佑，我们当速速造人才好。”说着就安排造人事宜。

话分两头，却说千里眼和顺风耳遵照女娲指示，藏身云中直飞南方而去，转来转去，却身无去向，正忧愁之间，千里眼忽然道：“我见前面有一座大山，绵延千里，山上有花有草，非太行山可比。顺风耳问道：“那是什么山？”千里眼道：“那山体上可见泰都二字，这里必是女娲娘娘所说的南天门一柱。”顺风耳又问道：“可见金童和玉女？”千里眼道：“你只是没完没了地问我，我虽然是千里眼，但他们若藏身洞中，我岂能看得见？你为何不用你那双大耳听听？”顺风耳道：“你怎知我没听，只听见风声紧的，没有其他声音。”千里眼道：“那就落到山头，我们去找找。”二神落下云端，来到山前，四边都细细看了，却不见一人。此时已入夜，千里眼忧心道：“这一时半会儿也难找到，不如先回去，待明日再来。”顺风耳道：“那可不好，我们奉命找了几回都无果而返，如今又空手回去，如何向女娲娘娘交代？”千里眼叹道：“此时夜黑，众魔随时都会前来，若被贼魔发现，我们如何活命。”顺风耳道：“你要害怕你先回去，我不怕，死有何惧？你可知道女娲娘娘万事俱备，只差金童玉女二仙，我却不想让娘娘失望。”千里眼正要回话，忽然抬头见那山头有点光亮，待不一刻，光亮又不见了，千里眼道：“我看那山头有光亮，我们去看看，说不定就是二仙藏身之处。”到了山头，果然见一洞口，二神大喜，便朝洞口走去。金童和玉女在洞中听见有脚步声渐进，一时惊慌失措，玉女急道：“你去看看，若是阴灵又来，我们再也逃不脱了！”金童探头一看，大吃一惊，道：“有两个怪物正朝这里来，虽然从未见过，但看一个双目突出，另一个双耳阔大，如此丑陋，料定是那阴灵派来的魔兵。”玉女吓得缩成一团，急道：“现在如何才好？”金童急回道：“我先以石击之，若不是幽冥来的，必会止步问话，若是幽冥来的，便会直入洞中，到时候也只能生死由天了！”金童即取来一山石，朝洞外抛去，千里眼和顺风耳突然见有山石袭来，吓了一跳，急忙躲闪开来。千里眼叫道：“何人在洞中？速速报上名来！”金童玉女抱在一起，蜷缩在角落里，玉女泣道：“料是逃不脱了，你就回句狠话，让他们离去吧。”金童忙大声回道：“贼魔听好，我二人与幽冥素无来往，为何苦苦相逼？昔日，有天神助我大败你们，这时你们又来袭扰，就不怕天神再来诛杀你们么？”顺风耳听得真切，低声对千里眼道：

“果然是金童。”千里眼大喜，喊道：“洞中可是金童和玉女？”只听金童回道：“是又怎样？如若不退去，我即请天神下凡诛杀你们！”千里眼眉头微皱，正欲喊话，却听顺风耳喊道：“二仙子只管骂什么？我们不是那幽冥的贼魔！”金童一听不是魔兵，终于松一口气，问道：“此间尚无人烟，你们既不是贼魔，那一定是天神了，敢问二位上仙来此做什么？”顺风耳喊道：“我们是千里眼和顺风耳，是女娲娘娘派来救你二仙出此苦海的。”金童和玉女听见女娲娘娘，又惊又喜。玉女低声道：“你先问问娘娘在哪里，我们二人赤身裸体，如何出去见得人？先让他们回去吧。”金童点头，朝洞外喊道：“请问上仙，娘娘现在何处？”千里眼急道：“就在太行山上，娘娘令我们来寻你回去，切不可耽搁，此间风高夜黑的，若被贼魔发觉，我们便走不脱了！”金童回道：“请二位上仙回去，我们二人此时尚不能出洞。”千里眼问道：“这又是为何？”金童回道：“因我逆了天戒，违背大道，被罚下凡间六百年，如今天衣被夺，无颜见人。”千里眼和顺风耳闻此，只好作罢，飞回太行山禀报。

再说女娲与女姬正说话间，见千里眼和顺风耳入内，女娲急问道：“可曾找到金童玉女？”千里眼答道：“小神在南方一山中找到金童和玉女灵体，只说已在那泰山等了六百年了，终于等到娘娘前来。”女姬一听，抹起了眼泪。女娲低声道：“天上方一日，地下就一年，二仙下界已有六百天了，这在凡间正好是六百年。不过那泰山又是什么山？”顺风耳答道：“我们见山岩上有泰都二字，料定是南天门一柱坠落化成此山，故称此山为泰山。”女娲笑道：“原来如此。既然找到了，却为何不让他们进来？”女姬听急道：“他们二人在何处，速引来相见。”千里眼拱手道：“二仙仍在山洞中，不论小神如何劝说，他们都不肯与我二神相见。”女姬惊道：“这又是为何？”顺风耳道：“二仙说天衣被夺，赤身裸体无颜见人。”女姬急问女娲道：“姐姐，现在怎么办？”女娲想起自己和伏羲昊偷食芃果而被夺天衣的事情，不觉间脸上掠过一丝红晕，她镇定一下道：“二仙在这凡间六百年，无衣无食，相依为命，我们又何必为难他们！我们现在就去接他们回来。”说完，就令千里眼和顺风耳带路，女娲和女姬前往泰山。

到达泰山洞外，千里眼手指洞口道：“娘娘请看，金童玉女二仙就在洞内。”女姬又喜又急，直朝洞口大喊道：“金童！玉女！你们可在？我来接你们了！”金童玉女听到女姬召唤，也是又喜又惊，金童对玉女道：“我们赤身裸体的，如何见面？”玉女低声泣道：“难道真让我们死在这洞里么？”就在此时，又听见女娲在洞外唤道：“金童玉女，快快出来吧。”二仙惊恐万分，金童朝外喊道：“娘娘请回吧，小仙天衣被夺，无颜相见！”女娲大声道：“莫怕！我有玄丝巾两条，请二仙披在身上。”金童和玉女闻言，欣喜若狂，相拥而泣。女娲伸手展开，就见两条玄丝巾落入手中，便朝洞口抛去，玄丝巾飘进洞中，二仙披在身上，彼此一看，果然见身上有衣服了。金童玉女互相搀扶慢慢出来。女姬见他们出来，喜极而泣。二仙走到女娲和女姬面前，跪地叩头，金童泣道：“小仙命不该绝，终于得见二位上神了。”女娲落泪，扶起二仙道：“只叫你们受苦了。”说完便携金童玉女往太行山飞去。

金童和玉女见到诸神自然高兴，看诸神都是元身显现，羡慕不已。金童问女娲道：“我和玉女只有灵体，而无元身，却无法在这凡间显现，此番轮回也不知何时才是出头之日？”女娲见女姬也为此伤感，愁眉不展，便来温言宽慰。女娲说道：“在凡间得一元身却也不难，我此次奉命下凡造人，就用你们二仙子元灵，虽然不是神仙元身，但在这凡间也是有肉体了。”金童和玉女这才放下心来，双双倒头便拜。女姬也愉悦起来，轻声问道：“姐姐，不知这凡人肉体可活多少时日？”女娲思忖一会儿，笑道：“金童玉女是神仙灵体，若造得出人来，在凡间寿数与我们相同，可活八百岁。”女姬莞尔一笑道：“若在仙界，这八百岁寿数也不算少了，可这人间八百岁到底还是短了些，在天界也就八百天。”女娲瞥她一眼道：“在凡间八百年已是极大的寿数了，金童玉女是来凡间轮回的，难道妹妹要他们永远在这里么？八百年之后，他们修行得道，功德圆满，就能归一天界了，寿数越久，归一越晚，这个道理你怎么就不懂。”女姬娇嗔道：“姐姐说的是，我倒是糊涂了。”圆融神搭话问道：“神仙可活八百岁，不知师尊可活多少岁？”女娲道：“师尊与我们一样，在仙界也只活八百岁。昔日我听师尊说过，一旦时机到来，他便去轮回修真，归一来时，便是亘古不死之神了。”圆融神道：“欲得那亘古真身，难道神仙都要去轮回一世不可？”女娲叹道：“天道渊渊，中有玄机，那将来的事儿，我也不知道了。”

翌日，太阳升起，暖风习习。女娲召集众神随女姬和望舒来到清凉山，极目望去，可见山下是一汪碧水湖泊。众神住进玉龙洞，又选了附近的空旷之地，见此处土地肥沃，遍地野瓜，女娲喜道：“此间最好，有洞穴可居住，地上又有野瓜可解渴，这里就叫瓜地沟吧。”说到这儿就吩咐女姬道：“附宝，我要造人，你什么也不许做，就在身旁仔细看着，学会了就让你也去那边造人。”女姬笑道：“就怕学不会呢，让我先看看吧。”女娲召来地神道：“你去取些黏土来，那是五行土，此土可造人。”地神领命而去。女娲又对天河、江龙二神道：“你们二神去将那黄河长江之水分别取来，此水可造人。”二神领命而去。约莫一会儿，诸神将黏土和黄河、长江之水运来，女娲令山神和地神水洗黄泥，又令海龙、瑶池二神凿沟掘壑，忙了半天，诸事俱备。女娲令少阴和望舒道："你们去采集芨草，和在泥中，再建造一方暖台。"二神忙了半晌，都已备齐。望舒问道："这暖台有何用处？"女娲笑道："此暖台为玄炕，取金土、木土、水土、火土、土土这五土而制成的，炕内填火，就变暖了，这个暖气可通人的五脉，五脉打通了，便有了阴、阳、风、雨、晦、明这六运，接着风、热、湿、火、燥、寒这六气也就顺了，如果没有这气运，人也不能活了。再取些柴草来填入玄炕中，一会儿便知道了。"柴草填好之后，女娲又令电神道："你出一道三昧真火，点燃玄炕中柴草，有了大火，便可造人了。"电神得令，只将那手中的电鞭一挥，一道三昧真火就冲入炕中，大火燃起，炕台瞬间就温热了。女娲笑道："都备好了，这剩下的事儿，也只有我亲自来做了。"女娲说着就抟起黏土，照着金童和玉女的模样儿捏了一男一女两个泥人，又依照宙室形状造出心脏来，心脏左右各植入空腔。女姬在一旁细看，甚是不解，问道："姐姐，你造出这空腔有何用处？"女娲笑道："这就是心脏左右空腔，一动一静之管道，一旦泥人得到阴阳二气，使全仗此空腔运行，疏通肉身血脉，如此人便可活了。"女姬笑道："我却愚笨，倒听不懂姐姐的话了。"女娲正色道："我除了造金童和玉女之外，另需造凡人共计九千人，男四千五百人，女四千五百人，都是原初之人，由我抟土造成，而非胎生。以后这九千人繁衍后代，皆为胎生，我又怎么能不仔细塑造，就是那皮肉和神经、血脉都须细细造化，五脏六腑等器官缺一不可，只有这样才能使凡人生育后人。若要再说到细处，更将复杂，这胎儿在母体已成生命，在胞胎内开始运气，中空如管才能气通往来，随着母体呼吸，丝丝缕缕都与母体相连，渐渐推上去，又渐渐打开来，如此循环不息。"女娲见诸神听得入迷，又指着泥人躯体道："你们再仔细看，运气之时，先是通过这脐带，而后通过肾脏，再缓缓往上移，通过脊椎，由印堂到山根之间生出双窍，再由双窍直下到准头，这就形成了两个鼻孔，此时，胎儿之气连通母体之气，母体之气又连通天地之气，天地之气又连通太虚之气，息息相关，窍窍相通，毫无一丝隔绝，直到十月怀胎，婴儿手足长成，便可裂胞而生，瓜熟蒂落，此刻，只需小心剪断脐带，只听哇的一声，那一点元阳便落在脐轮之后，这便是虚灵一点了，叫作天心。"说到这里，女娲停顿一下，女姬笑问道："姐姐，那须菩提在你的肚子里可也是这样生育的？"女娲脸色微红，接着道："神仙所孕育的是灵胎，胎在灵胞随灵生长，自然与凡人不同。"女姬道："姐姐方才说的是，这些造出的原初之人，男女结合再度生育后人，那凡胎肉体在母体内是这样长成的。"女娲道："附宝所言极是。但是，胎儿一旦出生，来到这世界，就要依靠个人修行了，不然命运无常，自己无法掌握，为什么？因为胎儿已脱离母体，自然成人，虽然也有呼吸往来，但无法与太虚之气相通，人生从小到老，也没有一息注于太虚之气中，尘灭尘上，万生万死，轮回循环，都是因为寻不着来时的路，故而昊天盘古立法，教人修炼，令其能夺先天之正气，之所以能夺先天之正气，是因其两孔呼吸，呼自身之元气从中而出，吸天地之正气从外而入。人若能根源牢固，于呼吸之间便可夺天地之正气，故而寿命能够绵长，若其根源不固，所吸天地之正气又随呼吸而出，元气不再为己所有，反而复为天地所得，或因不得其门而入。所以常人呼吸，都是从咽喉而下再到中脘而回，不能与太虚相通，故而众人之息在喉。说到此处，我便想起师尊阻止金童和玉女吃芃果的那件事儿来了，于是就得了窍门儿。”女姬问道：“姐姐说的中脘在何处？方才说得太快，我却没看清楚。”女娲又指一遍道：“看仔细了，就在这上脘下一寸，脐上四寸，在这心蔽骨与脐中央之间的地方，多一寸少一寸都不行。”女姬点头笑道：“这回我晓得了。”女娲斜睨她道：“还有没看仔细的地方么？”女姬急问道：“没有什么了，只是听姐姐说得了窍门儿，那是什么？”女娲笑道：“金童和玉女吃芃果，金童吞下师尊却阻拦，卡在喉咙里，故而形成了喉结，玉女全然吞下，师尊阻拦不及，虽然她没有喉结，但却有一个暗结，只是微小，看不到罢了。我们以金童和玉女灵体所造的原初之人，男人有喉结，女人没有喉结，然而仍有暗结。看来凡人的命数就在金童和玉女吃芃果那刻起就已经注定了，人类是以神的模样儿造成的。”女姬又问：“姐姐，这话如何说的？”女娲笑道：“若不是金童玉女吃芃果，被昊天罚下界来，这凡间便不会有人类，看来一切都是昊天安排好的。八百天年对神仙来说已算得长寿，而神仙还可以不断修真，寿数自然也会越来越长。但是凡人却因为喉上有结，就有了寿数，这说来，也是金童和玉女害的，那喉结就如一把生命锁，但又不知开锁的钥匙在哪里。”金童和玉女尴尬一笑，金童道：“怎么怪我们两个了？如果这样，娘娘不用我们的灵体造人，这样就可避免了。”女娲正色道：“黏土只可造出躯体和器官，但无法造出灵身来，泥人有了，若无灵身生其气，这就如一具雕塑，便无生命了。你与玉女就是下凡来投生的，若不以你们二仙造人，你们两个又如何在这凡间轮回呢？”金童和玉女低头不语。女姬问道：“姐姐，若是凡人找着了生命锁的钥匙，又当如何？”女娲反问道：“你是说，他们打开了喉结玄封？”女姬点头道：“正是，若他们打开喉结玄封，是不是要与神同寿了？”女娲摇头，笑道：“这个谈何容易，那要经过多少修真才能获知法门，这也不是没有可能，一旦打开喉结玄封，不但与神同寿，而且慧智大开，能力将与神无异了。”女姬笑道：“那便真的成仙了。”女娲点头道：“若真的修行至此，得了道果，飞升仙界也是自然的事儿。”

女娲与诸神说话的当儿，那泥人的五脏六腑就已造成了，女娲稍息片刻，突然，众神见炕台上的两个泥人抖动了一下，大家惊疑不定，纷纷挤上前来看，女娲道：“你们都离得远些才好。”众神又后退几步。女娲又抟土捏出两个圆球造置于二泥人的头颅中。女姬细看，惊道：“姐姐，这造的又是什么？”女娲笑道：“此乃大脑也。”女姬啧啧称奇道：“我看这形状就与那元灵珠儿一模一样的。”女娲笑道：“这便是玄妙了，别看元灵珠儿小，可内里却藏着乾坤，这大脑也差不多，看起来小，可浩瀚如宇宙，什么都能装得下，只是凡人有喉结玄封，开不得大智慧，这脑子里共有七十二窍，凡人一生能用完其中一窍就已算得上是凡间的智者了。”说着又伸手抟来，只见一红一白两个明珠儿一般的光球已悬于掌上，女娲用口吸入，运身调气，而后又轻轻吹入泥人玉女之口，只见泥人玉女颤抖一下翻身坐起。众神见那泥人玉女已有了肉体，面色如黄土，眼睛若乌珠。山、地二神想伸手摸摸，却被女娲阻止，忙道：“他们还未成活，此时不可妄动，若要成活，这七魂六魄，缺一不可。”女娲对金童和玉女灵体道：“我将你们化为元灵珠儿，各附于泥人身上，他们一旦成活，便是你们在凡间的肉身了，那时候，你们就算是真正的轮回了。”金童和玉女跪地待命，只见女娲又在泥人头颅中各凿出一个凹槽，有九点三厘之长，而后道：“这便是真灵所在处，我将金童和玉女元灵置于其中，人便立即成活。”说着一挥手，一道绿光和一道红光便朝金童和玉女射去，不一会儿他们两人便消失了，飘起两颗璀璨的元灵珠儿落在女娲的掌中，女娲先将红色的灵珠儿按入泥人玉女的颅槽，而后又将那绿色的灵珠儿按入泥人金童的颅槽，接着又口中念诀，就见泥人玉女和金童的颅槽已完全闭合，头皮尚在突突跳动。女姬近前细看，叹道：“果然奇妙，怎么还在跳动。”女娲笑道：“这是人的天灵盖，灵在人活，灵灭人亡。”女姬笑道：“原来如此，我细细看过的，现在我也会造人了。”女娲摇了摇头，笑而不语。女娲端详着泥人笑道：“附宝，你去那玉龙洞将我包裹里的两件五铢衣取来。”女姬疑道：“怎么，还要给泥人穿仙衣？”女娲笑道：“穿这仙衣，便可自成心、肝、脾、肺、肾五脏，你却不知，泥人是取金、木、皮、玉、土这‘五地土’抟成的，成活之后，他们就有了色、声、香、味、触这五尘相随，五尘为欲，使人不能和睦相处，这五铢衣能授人规、矩、绳、权、衡这五法，融入天灵，可使人自行节制。”女姬即去，取来五铢衣，女娲只掂起，将口轻轻一吹，就见那仙衣已穿在泥人身上了。

夕阳西下时，玉女走下炕台，来到女娲面前磕头，众神举目看去，见她眉似春山，目若秋水，细细一束小蛮腰，黑黑一头雾丝发。到了女娲跟前，盈盈下拜道："天母在上，请受小女一拜。"女娲搀起她，笑道："果真是个活人了！"女姬惊奇道："生的和玉女一个样儿，就像是从一个模子里倒出来的！"女娲笑呵呵地扶起玉女道："我给你取个名字，你是我第一个造成的，就叫伊娃吧。"玉女高兴地点点头。此时，金童还卧在暖台上一动不动，直到第二天早上方才起身，拜见过女娲之后，女娲对他道："造化你用了整整一天一夜，你晚出于伊娃，那就叫你为达旦吧。"说完，又令望舒取些草叶来，编织成衣裙给二人穿上。女娲问达旦和伊娃："知道天界的事么？"二人回答道："略知一二。"女娲又问："能变化么？"二人回答道："不能。"女娲笑道："你们二人的生魂就是金童和玉女二仙的元灵造化的，就如那天界的人神，虽然不能变化，但也有些仙气，在凡间也算得个半人半神了，能见得神灵，能呼风唤雨，至于其他的仙法却不能了。这肉体出自五行之土，将来也有生有死的，除非修行，否则超脱不易。"金童和玉女听了女娲的话，连连点头。女姬前来问道："那造人之法我虽然已经学会，可刚才想起来还有一些问题不胜明了，请姐姐教我。"女娲笑道："昨日你才说的都知道了，怎么还有不知道的？"女姬问道："我就是不明白，金童和玉女凡体是由他们二仙的元灵珠儿造化成的，那么我要去造其他的原初之人，他们的生魂用什么来造化？"女娲抬手从发髻上抽下环曲珠簪儿，笑道："附宝，还记得这个簪子么？我那天夜里用这支簪儿施法，布下许多灵珠儿，你还问我是什么东西，我说那是生命。你还记得么？"女姬蹙眉想了想，忽然展开眉头笑道："记得记得！那些便是灵珠儿么？可它们是从何处来的？"女娲笑道："昔日二师兄化身天车，运来囲山之石坠入凡间，遍地恐龙多数因此毙命，恐龙本是阴灵用囲山之石造化的，后被师尊驱逐下界，适逢阴灵作乱施降暴雨，阴阳二鱼又发洪水，囲山之石来自天界，自有灵气的，遇凡间之水而成水土，这恐龙的元灵便成为不死之幽灵，那日我取下簪儿，就是将这些幽灵度化为灵珠儿，它们便是造化原初之人的生魂。"女娲说着又附耳对女姬道："姐姐教你一个诀儿，你且试试看。"女姬听得诀儿后，心中默念，又一挥翠袖，就见两颗明光闪亮的灵珠儿落到了手中，她手呈兰花指捏着珠子，若有所思道："原来如此，将这个灵珠儿置入泥人颅内，人便可成活了。"女娲又问道："你可知人的天灵盖中有何物？"女姬一愣，吃吃答道："方才姐姐说过的，天灵盖中就是金童和玉女二仙的元灵。"女娲点头道："正是。我将他们的元灵置于天灵盖，他们才能成为现在这样儿的活人，有了这个元灵珠儿，这肉体也就有了七魂六魄。"女姬问道："姐姐所说的七魂六魄是什么？"女娲意味深长道："人的生命，寄寓灵元，主司大脑。灵灭脑死，脑死则人亡。魂为阳，所谓七魂，就是灵元守体，若人一旦重伤，五脏六腑毁坏，或血气流失殆尽，人脑则死，灵元在肉身七日不散，七日之后散去，除非极高法力才能召它回来，否则灵元消散，肉身则死，这便是七魂了。至于那六魄，同然，魄为阴，主司人的视、听、觉、行、走、歇、味七识。”女姬点头问道：“姐姐，人若灵元消亡而魄却在，又会如何？”女娲正色道：“灵元死，则主魂灭，虽有魄在，肉身也完好，但此时也断然不是正常人了，或痴或癫，或疯或傻，一切由六魄随意做主，或长或短，或东或西，不知饥渴，不觉痛痒，如同废人。”女姬又问道：“但若魄失而灵元在，这又会如何？”女娲答道：“灵在，主魂在。若一旦失去六魄，人脑虽有意识，则如同泥人，肉身六识尽灭，血肉失去知觉，便与那草木无异。”

女姬恍然而悟，频频点头。女娲召来日游、夜游二神，吩咐道：“凡间的人，今后就劳你二神庇佑了，日游神白天照看，夜游神夜间照看，以免他们被那众魔滋扰，如此人类才能繁衍后代，而后代代相传，生生不息，不然，我们的心血将前功尽弃，毁于一旦。”二神欣然领命。

达旦和伊娃双双跪地，问道：“娘娘就只造了我们二人？”女娲笑道：“我依照你二人再造人众，你们就是这凡间的人祖了。”于是又转脸问女姬道：“造人之法妹妹可都记得了？”女姬答道：“记得，记得。”女娲笑道：“我听你说，这清凉山后不远处也有五行之土，那也是个造人的好去处，师尊曾说，‘天道至善’，妹妹就以‘善元’为那处命名可好，就烦劳妹妹带着伊娃前往那里造女四千五百人。”女姬笑道：“遵命！姐姐就不跟我过去么？”女娲微微一笑道：“我就在这清凉山的瓜地沟吧，为昭示凡人行善，就以‘怀仁’二字为此地命名，依照着达旦造男四千五百人，十八日之后，你我二人在怀仁会合。”女姬疑问道：“泥人好造，灵珠儿也好安，只是我可没有姐姐那一口仙气，就怕造出来却活不了。”女娲笑道：“不难。你只管造泥人，造成之后，让伊娃只往泥人口中吹气，那便是仙气了，定能成活。”女姬大喜，带着伊娃和几个神仙往西去了。

十四日之后，女娲领众神去善元之地的牛心山探望女姬，纵眼望去，男男女女人海云集，有攀枝摘果者，有翻山越岭者；有追逐嬉戏者，有抛土泼水者。众人见女娲前来，纷纷跪地磕头，三呼道：“孩儿拜见天母！”女姬听了不高兴，站在女娲身边，含嗔道：“这些凡人好生无情，我也造了他们，也不听他们叫我一声天母，却唯记着姐姐的。”女娲呵呵一笑道：“这个怪不得他们，你却不知先入为主的道理，那人祖达旦和伊娃是我亲手造的，如今你造的这些女人，也是以伊娃的灵气造的，所以他们也都只认我为母，这就是他们的天性呢。”女姬也笑道：“姐姐有了这么些孩儿，看你这当天母的要操多少的心。”女娲道：“他们要自立，我们终要回仙界去，怎么能陪他们守在这里。”众神见已造出许多人，惊喜若狂，千里眼道：“大功渐告成，不过不久，我们便能返回仙界了。”女娲道：“诸神且不要着急返回仙界，与我在这里多看些日子，待他们都平安之后，再回也不迟。”众神领命，跟女娲又返回。

到了十八日那天，女姬与伊娃带领众人返回怀仁清凉山的瓜地沟，举目一看，人山人海，热闹非凡。女娲指着人群，笑道：“师妹，我们已造出男女共九千人。”女姬俏皮地将脸一偏，撇嘴儿道：“姐姐可是答应过我的，说等我在善元造人之后，要好好赏我的。”女娲笑道：“好好好，赏你也要等返回天阙再说吧。”女姬莞尔一笑，听话地点点头儿。

女娲又携众神去山谷探看，见达旦领着一群男人攀上果树采摘果子，伊娃带着一群女人捡着落在地上的果子。女娲忽然想起那天界的芃果，担心这些凡间的果子也有什么禁忌，正思谋着，达旦见女娲驾到，忙从树上跳下来，挽着伊娃，又率领男男女女跪一地，齐声拜道：“拜见天母。”女娲扶起达旦和伊娃问道：“这是什么果子？能吃吗？”达旦拿起一只圆溜溜的果实呈给女娲。女娲仔细一看，见果实包着有缕缕麻纹的硬核儿，看起来像桃子，但不知到底是什么。达旦拿起一只，放在地上，举石头砸开果实，而后将那果仁又呈给女娲。女姬凑近一看，惊讶道：“姐姐，这是何物？怎么看着像那元灵珠儿，更是像姐姐造达旦和伊娃时，颅内所置的脑儿。”女娲备感新奇，仔细看着那果仁，而后喃喃道：“天道玄玄，造物有情，大道同源，这真是天造地设之物，你且细看，这到底是何物？”女姬看了又看，摇摇头望着女娲。女娲微笑道：“此物自仙界而来，正是囲山南谷的芃果。”女姬伸手接过一看，惊讶道：“果真如此！我就说那满山的芃果忽然就不知去向，还以为被大师兄和姐姐都吃尽了呢，原来它们下界来到了这里！”女娲摇头笑道：“其中玄妙，谁能尽知。”女姬忙道：“既是芃果，不能吃。”女娲笑道：“在这界下，虽然样子看起来像芃果，但是并无芃果之害，这果子正好给人充饥，怎么就不能吃呢？”众人欢呼起来。

众人正在热闹之际，却听到旁边传来阵阵哭声，女娲回头望去，见一群人跪地大哭不止。女娲心下纳闷，这时，日游神跑来禀道：“女娲娘娘，大事不好了，那里有人死了！”女娲忙领众神上前去看，只见有十几个人已倒地身亡，女娲大惊，转而怒道：“这是为什么？”夜游神禀道：“怕是吃了那野草野果中了毒。”女娲疑道：“岂能如此，我所造之人，怎么能轻易就死了？难道是阴灵又来害人了？”

女娲正要追查，却忽然见地上腾起一团蓝色光云，光云散去，只见元真童子落地，叫道：“娘娘，师尊有旨，请娘娘与众神速返天廷。”女娲忙问道：“师尊为何急召？天界有事么？”元真童子拱手道：“这个小神也不知，娘娘回宫自然就知道了。”女娲无奈，只好安顿好达旦和伊娃，而后召回心狐，令众神骑乘各自灵兽，与元真童子一道返回天廷。众神骑乘灵兽腾空而起的时候，只见众人跪地哭喊道：“天母！天母！”更见达旦和伊娃在地上奔跑，一边追逐，一边哭喊，女娲不禁泪涌而出。

女娲与众神赶回天廷，顾不上回府，便急忙前往玉京宫灵霄殿觐见天斗。女娲见两班神仙俱在，天斗脸色不冷不热，一言不发。女娲跪地奏道：“弟子在凡间造人，眼看就要大功告成，此时却被师尊召回天廷，不知所为何事？”天斗从御座起来，慢慢走下玉阶，对女娲笑道：“天廷升平，只是为师念你们辛苦，所以暂且召回，也好让你们歇息几日。”女娲又道：“弟子与诸神不觉得劳累，即使有千辛万苦，只为凡间苍生，也是心甘情愿。师尊知道，这天阙 日，便是那人间一年，阴灵尚在幽冥，常常在凡间作乱，只怕我们休息几日再下界，那凡间之人早就被灭绝了，弟子岂不是辜负了师尊重托！”天斗无言可对，又快步返回御座，思忖片刻，对元真童子道：“宣旨吧！”众神闻言，忙跪地听宣，元真童子往御座前几步，捧旨宣道：“天使女娲下界造人，功德无量，赐蕊珠宫一座，并贺喜举家乔迁。天使女姬助女娲造人有功，赐居住南灵殿。其余诸神各有功勋，他日另有赏赐。”连日劳累，且回宫中歇息吧！”女娲和女姬叩首谢恩。天斗道：“众卿平身，本王知道你们连日劳累，心中不忍，现在退朝，你们都回府歇息吧！”说完便走下玉阶，与元真童子朝后殿去了。

女娲闷闷不乐，郁郁而出，女姬见她正要闪身走了，急忙追上说道：“恭喜姐姐要迁到蕊珠宫了，等你拾掇好了，我还等着搬进南灵殿呢！”女娲笑道：“我却舍不得南灵殿，要么你搬去蕊珠宫，我在南灵殿，如何？”女姬忙摆手道：“不行不行，师尊赐给你的，我怎么好去住？再说了，你还不知好赖，师尊就是偏心，给你赐个大宫殿，而我呢？这不来来去去又回到南灵殿了。”女娲一笑道：“你先回西芳殿去吧，我收拾好了就叫你。”女姬踟蹰半晌，女娲问道：“你又怎的了？”女姬低头拈带，低声道：“姐姐，你不是答应我了，说我在善元之地造人完成后，你回来便要赏我的，是不是说话不作数了？”女娲瞅着她笑道：“附宝，你怎的像个小孩儿似的。姐姐说话，向来都作数的，你说，你想要什么？”女姬抬头，盯着女娲雾鬓上的环曲珠簪儿不放，时不时瞅女娲一眼，女娲见状，笑道："姐姐就知道你那点心眼儿，好吧，这簪儿就当作奖赏你了，这一回满意了么？"说着就抽下簪子放在女姬手里，女姬满心欢喜，拿了簪子就走了。

女娲回到南灵殿，找不见须菩提，这才想起须菩提去了西极灵界燃灯佛祖处。于是她又出殿，去前院的飞来阁中独坐，一脸愁云。碧霞和碧玉、尚翠三位侍婢在旁默默待立。女娲转身问道："大王这几天忙何事呢，怎么不见他在府上？"碧霞欠身，小心答道："小婢不知，就知道大王和少主去西极星灵界了。"女娲疑惑，低声自语道："他去灵界做什么？"见仙婢们低头不语，女娲又问道："最近府上可有生人来过？"碧霞先回道："没有。"女娲轻叹一声，起身道："好了，你们快去收拾一下，将各自的筐箱玉帛，奁盒膏脂等仔细收好，我那寝殿就不要管了，我自己来拾掇就好。"碧玉惊问道："娘娘，为何要收拾那些个细软，是要撵婢子们走么？"女娲伸手掐了一掐碧玉的耳垂，笑道："谁要撵你们走，我们不住这里了，要搬去蕊珠宫。"碧玉听了，拍手欢笑道："这可好了，又换好地方住了！"碧霞给她使眼色，碧玉忙掩口，低头跟着碧霞和尚翠退下。

却说伏羲昊下凡帮助女娲造人，自分别以后，日渐郁闷，常在南灵殿后园孤身行走，几乎与外隔绝。碧霞和碧玉、尚翠三仙婢见状，以为他因与女娲两界分居而心中不快，故而也未多想。原来，伏羲昊心中自有盘算，心想自己也是天斗的大弟子，而自己的法力和功德却不及女娲的万分之一，又因此不得不在女娲面前低声下气，毫无尊严，所以心中越发不平衡起来。伏羲昊早先就看过《昊经》，悉知精修能使自己获得更高法力，有能力才可受到天斗重视，进而出人头地。恰巧天斗欲让儿子须菩提往灵界修行，他竟然也有打算，更为重要的原因是，他偶尔听燃灯佛说过，灵界是无量至尊界，阿弥陀佛就是盘古太师。得知消息之后，伏羲昊朝思暮想，一心想拜盘古为师。谁料他的所思所想早被游历于三界的盘古化身察觉，一日，伏羲昊到西极灵界寻那三昧雷音寺，忽见途中来一个白衣神仙，挡住去路，这正是盘古太师的化身。伏羲昊见他器宇不凡，心里想道："据说盘古是灵界至尊，我在这里遇见白衣神仙，或许正是盘古化身，我何不就地拜师，也算完成心愿。"想到这里便下拜道："见过太师。"盘古化身笑道："太师是何方圣神？你要拜的是谁？"伏羲昊一愣，有些尴尬，急忙作揖道："敢问上仙来自何方？"盘古化身道："来自太虚。"伏羲昊道："上仙为何在灵界？"盘古化身笑道："灵界也有灵界的太虚。"伏羲昊闻言，心中不悦，觉得此人疯疯癫癫，不像什么大道之神，于是道："如此，上仙自便，莫要拦我去路，我要去那三昧雷音寺拜见太师。"盘古化身笑道："那个人我认得，混混沌沌，并未见大智，你拜他做什么？"伏羲昊疑道："你认得阿弥陀佛？他可是盘古太师。"盘古化身笑道："说的就是他。你要拜就拜本元，不然拜谁也无用。"伏羲昊问道："请问师父尊号，弟子一心向佛修真，但不知道本元又是哪位圣佛？"盘古化身道："我叫玄元子，我所说本元并非别人，就是你自己。"伏羲昊笑道："哪里有拜自己为师的，师父说笑了。"盘古化身道："拜自己就是敬重自己，你为何总是学习别人，那你自己又是什么？修真便是修本元，你可知道？"伏羲昊思忖半晌也不解其意，只好求道："师父之言玄妙，弟子一时难以彻悟，因真心向佛，还请师父指点迷津。"盘古化身见他不能开悟，笑道："修真颇苦，我看你自仙界来，面带贵气，锦衣玉食你不要，偏来灵界修真，你可舍得妻儿？"伏羲昊答道："弟子拜佛求师，我妻在凡间造人，我儿须菩提已在那灵界修行，我也一心想修真，盼望早日获得大法。"盘古化身微笑道："你既有心入佛门，就请跟我入灵山。"伏羲昊唯唯领命，随盘古化身直至灵山中。只见：

花红水绿云间，灵山穿戴紫霞，但听凤鸣鹤啼，诚如昊天造化。琉璃树上结果，明月山下开花。珊瑚砗磲多交加，琥珀真珠佛塔。

却说盘古化身见伏羲昊执迷不悟，心念未改，就变化成玄元子，引得他在灵山中觅得一洞府修行，时时与伏羲昊谈经论法，只是教他些个坐炼之功罢了，见他执意索求法术，唯恐他一时妄惑而迷失本性，坏了三界大事，于是心头生出一计，望他能找见本心，回头是岸。见伏羲昊正在坐炼，盘古化身问道："你可愿给为师效力？"伏羲昊道："弟子当肝脑涂地。"盘古化身道："为师听说仙界有芃果，可口无比，为师忽然想起，顿时燥渴难忍，你即刻下山往仙界去，给为师取些来。"伏羲昊合掌应诺，即离去往西天门，不题。

却说盘古化身见伏羲昊去了西天门方向，知他必往囲山去，于是变化成一个绝色女子，早就提着装满芃果的篮儿在囲山南谷的路上等他。但看盘古化身的女子生得怎样：

眉娥似月，脸若春花。眉娥似月，淡描拂黛更纤条；脸若春花，妍赡烟慈犹静姝。娅鬟雾鬓，如瀑披肩点蹙额；玉腰纤约，盈盈秋水映粉腮。嘤咛笑口，温婉含颦回眸间；娇娜一身，容光焕奕闪凝露，痴坐轩楹，拈带转盼却含羞。

伏羲昊入西天门，径自往囲山闪去，果然经过南谷停落在山道上，才走几步，抬头便见一个仙女坐在那里，翠裙下放着一只篮儿，盛满芃果。伏羲昊思道：“此处既有芃果，我又何必舍近求远，不如现在就取来送与师父。”想着便来到仙女面前，笑道：“仙娥从何处来？怎么在仙界未曾见过你？”仙女道：“妾初出仙境，在此等候有缘人。”伏羲昊揖道：“可否将你的芃果送与我？”仙女道：“妾只送有缘人。”伏羲昊疑道：“我与仙娥萍水相逢，这不是有缘么？”仙女道：“此缘非彼缘。”伏羲昊问道：“敢问仙娥，你说的是什么样儿的有缘人？”仙女莞尔一笑道：“我说的是伉俪之缘。”伏羲昊冷笑道：“送便送与我，不舍便罢，我已有妻室，怎能与你结为伉俪！”仙女笑道：“你欲要芃果，才来问我，怎么反倒怨怼起我了？你可知道，囲山南北，除了玉桃，没有一个芃果，独我手上这些个芃果，仙界也绝无仅有。这些芃果足可供你享用，你若不愿与我结为伉俪，那便与我无缘，此芃果非有缘之人不送，你可不要后悔。”伏羲昊一听这话，心里想道：“仙界除我师尊那里有几个芃果，其他地方确实没有，这可如何是好，我若空手回去，师父那里如何说来？师父一旦恼怒，我就学不到大法了。”仙女见他愣怔，笑道：“妾知你放不下妻子，而妾所要的伉俪之缘，并非永久缘分，而是露水之缘，你若答应与妾共度良宵一宿，妾便将此芃果全部送与你。”伏羲昊闻言，心中稍有宽慰，心里思道：“露水夫妻，倒也无妨，不如许了她，早早拿了芃果去见师父。”想到此处，对仙女道：“若只是露水之缘，缘生缘灭，断不会伤我妻子，我就许了你吧。”仙女将篮儿递上，笑道：“你既然已许我做一回露水夫妻，此芃果归你，切记不可食言。”伏羲昊喜极，接过芃果道：“我怎会诓骗仙娥！”说完便急匆匆回去见师父，仙女见他转身，早就身子一闪，已来到灵山洞府，佯装打坐。伏羲昊入洞，喜不自禁地将芃果献上道：“弟子采来芃果，请师父享用。”盘古化身闭目道：“为师何曾教过你诓骗之能事？你当为师不知么？这芃果你是从何处摘来的？自那女娲创化众神、人神以及万物之后，芃果已经绝迹，你这芃果却是哪里来的？”伏羲昊大惊失色，跪地祈道：“弟子万死，请师父宽恕。”盘古化身将那篮儿轻轻一推，芃果便滚落一地，伏羲昊定睛细看，哪里是什么芃果，原来是一堆碎石，再看去，那盘古化身已经现了本相，斥道：“大胆伏羲昊！为师面前也敢诳语！”伏羲昊再吃一惊，此刻已是面如土色，诚惶诚恐道：“弟子无意冒犯太师，善意谎言，只为太师解渴，并不曾犯戒，请太师明察。”盘古冷笑道：“你可对一仙娥许下做得一回露水夫妻？”伏羲昊满脸通红，低声道：“确有此事，但弟子实无此念，也只是随口说说而已。”盘古冷笑道：“随口说说，无事倒也罢了，而如今你既已许了那仙娥，即使一丝薄缘，已然结连，无可挽回。”伏羲昊惊道：“什么无可挽回？请太师教诲。”盘古道：“昔日，你与女娲偷食禁果而犯下天戒，被夺去天衣，本当打入凡间轮回，而为师怜悯你们，复加天衣，令你们为三界效力，以求赎罪。没想到你不思忏悔，竟敢再次犯戒，这一次，怕你又要堕入凡胎，轮回苦海了！”伏羲昊恸哭道：“太师，弟子已知错，此罪可免得么？”盘古道：“天道森严，至公无私，如何免得？为今之计，只有你斩断妄念，再度修炼，方能入得真道，如此可脱离轮回之苦。”伏羲昊磕头道：“叩请太师开示。”盘古道：“为师倒有一个入道之门。”伏羲昊急道：“是什么门路？恳请太师教我！”盘古道：“为师慧眼观见，不久之后凡间将有大灾，你若能下凡消灾，便是功德一件，何愁不能得道？”伏羲昊叩首道：“弟子谨记太师法旨。”盘古闻言，转身即逝。

伏羲昊辞别盘古，急回南灵殿，女娲见他回来，问道：“你为何去那灵界？可曾见须菩提？”伏羲昊摇头道：“我只是去看看，并未进雷音寺。”女娲不再说话，独坐在榻上，伏羲昊见她愁云满面，问道：“你这才从凡间归来，怎么又愁眉不展，心里有事儿么？”女娲扼腕叹道：“妾在界下造人，大功未成，却被师尊一时召回，却不知这是何故。”伏羲昊徘徊一会儿，问道：“凡间造人已然成功，娘子却为何说未成？”女娲伤心道：“来之前就有十多个人莫名死去，妾岂能不担心？若真有什么不测，只怕是要功亏一篑了。”伏羲昊叹道：“师尊急召你回天阙，是有原因的。”女娲斜睨他问道：“是什么原因？”伏羲昊道：“娘子在界下当然不知，你领诸神造人，朝中多有非议。”女娲一惊，问道：“什么非议？”伏羲昊道：“前日上朝，那轩辕昊在师尊面前参奏你，说你造人完成，居功自傲，自封为天母，不愿返回天界复命。”女娲一听，花容失色，怒道：“二师兄安敢如此谤我？”伏羲昊叹道：“娘子真不明白么，师尊向来多疑，听了谗言，更怀疑你要在凡间自立为王，他岂能不将你召回。”女娲粉脸沾泪，嘤嘤泣道：“我在界下餐风宿雨，弥日累夜，历经千辛万苦，终于造成众生，二师兄他何故谗言害我！”伏羲昊长叹一声道：“唉！他的心思谁能知道？师尊闻奏，不但不疑他，反而赐给他一座紫微宫。娘子切勿悲伤，回来便好，何苦在凡间出力不讨好的。”女娲一时无话，又啜泣几声方罢。

且说天斗自知不久将要往去轮回，又担心天廷不宁，众星不安。一日升殿，只急召伏羲昊、笪殷昊入朝议事，其他人一概不宣。见二人站在堂前，天斗走近前道：“为师往去轮回在即，最放心不下的便是三界安危，今派你二人前往诸星系，选拔驻星守将，令诸将管辖众人神氏族，不知你们意下如何？”伏羲昊和笪殷昊相视一愣，半晌不言。天斗疑道：“朝上议政，你们怎么不说话？”伏羲昊道：“师尊为何未召轩辕昊来朝？”天斗瞥他一眼，正色道：“轩辕昊参奏女娲居功，思谋在凡间成就霸业，此事为师颇有疑惑，如今后悔召女娲回来，为师若让他参与诸星系事务，岂不让女娲见疑？因此为师这次不想用他，故而未召，你勿多心。”伏羲昊拱手道：“弟子明白。”笪殷昊问道：“选拔守将不难，难的是如何封赐，守将一出，便要赐给他们宫殿和物产，弟子法力尚浅，如何赐与？”天斗不曾想过这个问题，一时犯难起来，便不停在堂前踱来踱去，腹内转道：“笪殷昊所言也是实情，如今只有一个办法，就是将这照石交给他们，有了这个法宝，可变化万物，封赐一事就不难解决了，只是这照石交与谁掌管才好？我若交给伏羲昊，只怕他照石在手，便会野心膨胀，他有须菩提聪慧无比，又有女娲功高盖主，一旦他篡夺宝座，我即使归一回来，也无计可施了。”想到此处，天斗眼珠子骨碌一转，又思道：“断不可交给伏羲昊，笪殷昊性情率真，一直独居，料他也断无私念，不如交给他保管，待驻星守将封赐完毕，我再将照石收回就是了。”思毕，天斗忽然对笪殷昊道：“这也不难，为师有照石一枚，玄器可创化万物，为师将它暂时交给你，等你们事成，再交给为师。”笪殷昊叩道：“弟子不辱使命，万死不辞！”伏羲昊问道：“天极星系直辖九星，是否也要设置驻星守将？”天斗又道：“天极星是天廷所在，由天廷直辖，故不置守将。”说罢，便从襟内取出璀璨照石交给笪殷昊，又道：“你们速去封赐，退朝吧！”伏羲昊低头，脸上掠过一丝冷笑，默然退下。

原来，这天极星是天廷所在，属中央星海，其中包括大伏仪星、小伏仪星、摩羯星、泰阶星，以及孟章神君青龙、陵光神君朱雀、监兵神君白虎、执明神君玄武分别统领的东极星、南极星、西极星、北极星。

伏羲昊与笪殷昊直往除天极星海而外的七十二星海进行封赐之事。二神经过分封，这才知道仙界之大，七十二星海人神繁衍昌盛，各氏族安居乐业，一片生机勃勃之象。十几日之后，二神已分封完毕，将那七十二个星海分为十八组，每组下辖四大星海，并将各氏族首领封为驻星守将，每封一个驻星守将，笪殷昊都会取出天斗授与他的照石宣告封赐，宣告完毕，那地便显现出一座富丽堂皇的宫殿，作为驻星守将神府，一共七十二个驻星守将，就有了七十二座神府，座座都是碧玉楼台，紫金殿阁，珍珠为幕，玳瑁为瓦，宏丽奇瑰，不可名状。

起初，笪殷昊并不知照石竟然有如此大的威力，在飞天星封赐守将采文夔之后，趁伏羲昊与众人神不在，他便独自去试这照石的法力，当他把照石藏在身上的时候，立时会感觉法力大增，只要他双手所击之处，尽皆毁坏，片石不存。笪殷昊心内转道：“我就说师尊为何法力无边，原来是这个宝贝在他身上。”发现照石的玄妙，笪殷昊惊喜若狂，便想据为己有。

伏羲昊见诸事完毕，飞报天斗，取来诏书。最后一天时，又召集诸守将齐聚飞天星海神府，等候听封，只听笪殷昊来诣阙下，捧诏宣道：“**玄昊天德，圣尊有旨，敕封钦此：**轩辕敖为牧夫星、貂狮星、鹿豹星、巨蟹星四星守将，居住牧夫星海神府；伏羲昇为冰辰星、仙灵星、天马星、仙王星四星守将，居住冰辰星海神府；笪殷元为西麟星、金鱼星、孝母星、天鸽星四星守将，居住西麟星海神府；笪燕寉为乐发星、南冕星、北冕星、银蛇星四星守将，居住乐发星海神府；五龙炙为圣安星、白虎星、天狮星、玉狮星四星守将，居住圣安星海神府；大庭岘为天平星、天兔星、天狼星、乌枭星四星守将，居住天平星海神府；神农蚩为台琴星、宗神星、水镜星、麒麟星四星守将，居住台琴星海神府；西陵柘为夸尺星、大熊星、爵骑星、猎户星四星守将，居住夸尺星海神府；勾弋从为朱雀星、无尘星、英明星、凤子星四星守将，居住朱雀星海神府；平茜寐为绘织星、双龙星、南王星、金树星四星守将，居住绘织星海神府；涂山阂为鹿雅星、天网星、天灵星、河灵星四星守将，居住鹿雅星海神府；佽辛廉为天爵星、仙女星、玉富星、南天星四星守将，居住天爵星海神府；夸娥犬为海云星、天鹅星、龙角星、玉龙星四星守将，居住海云星海神府；尧禹皎为僰来星、罗刚星、双子星、仙鹤星四星守将，居住僰来星海神府；胡臾芎为武仙星、墨律星、玄冥星、戟通星四星守将，居住武仙星海神府；戌闰桀为宝瓶星、天燕星、天鹰星、天坛星四星守将，居住宝瓶星海神府；巴屺仁为天西星、白羊星、玉津星、女宾星四星守将，居住天西星海神府；采文夔为飞天星、巨龙星、金牛星、三神星四星守将，居住飞天星海神府。**讫毕。天廷玄封，玺诏三界。**”

宣诏已毕，伏羲昊和笪殷昊准备回天廷复命，当日在台琴星海神府设宴款待诸星守将。金殿大厅内，有数十个人神之女翩翩起舞，她们头挽髻螺，两鬓直垂翡翠丝，一个个面如朝霞，秋波翻转，楚楚动人。

又来六个衣妆楚楚的人神之女轻移莲步，但看生得如何：

明眸盼转，桃花映玉颜；秋波涟漪，一笑百媚间；乌发飘逸，头戴金钗银环；身着蓝绿，裙带缀玉含珠。蛮腰佩带翠琅玕，金碧珠璞莹莹然。

人神之女纤手捧着七彩玉石碗，五色水晶盘，盛着美味肴馔送到桌前，再看盘中肴馔有锦鸡、雀舌、鸟翅、雁骨、鹤肉、鹅掌之类。伏羲昊定睛细细看上一遍，一时无处下箸，而后脸色渐变，露出苦相，只好放下金箸，盯着神农蚩问道：“你府上所辖诸星的人神，平日里也吃这些东西？”神农蚩见问，起身回道：“禀大大王，此间不比天阙，哪有什么龙肝凤胆享用，也只有这些是上好的珍肴了。”伏羲昊脸色一沉，斥道：“放肆！本王面前你安敢妄口巴舌的，龙凤乃祥瑞灵兽，与神无异，岂能取来食用！”神农蚩惊得面如土色，慌忙拱手道：“在下不知，也只是妄自揣测，请大大王恕罪！本府所辖诸星物产匮乏，今日献上这些珍馔，是为供大大王享用，平日里本府也不敢奢侈，对于诸星庶民来说，此等佳肴也只能在祭祀天神时方能见到，大大王切不要嫌憎。”伏羲昊皱眉蹙额，忿忿道：“并非本王嫌憎肴馔，神仙不食血肉之物，而你们也是人神，岂能杀生为食？生灵各有其命，也都是昊天所造，怎么能杀之烹之？如此残忍之事，你们也做得出来！这些所谓肴馔，本王实不敢直视，统统撤去吧！”神农蚩大惊，连忙挥手令众婢撤去碗盘，又上前跪道：“在下不敢冒犯大大王，实在不知天神不吃生灵，请大大王宽恕！而在本府所辖诸星，此类生物便是食物，请大大王明察！”伏羲昊有些恼怒，正要发话，就听采文夔附耳道：“大大王息怒，我们是人神而非正神，我们这里也比不得那仙阙，人神不吃这些吃什么？难道要活活饿死吗？”伏羲昊一听，心内火气已消一半，抬眼望着神农蚩道：“起来吧，本王不怪罪你。本王虽不吃此地肴馔，然而极好茶酒，府上若有此饮品，可献来品尝。”神农蚩起身，又一挥手，就见两个人神之女前来，一个端上水晶杯子，盛满甘露，另一个端上金盘，置满花瓣。伏羲昊举杯闻一闻，问道：“这是何饮品？”神农蚩亲自上前，令婢子伸手从金盘中取一花瓣，用纤指轻轻一挑，花瓣剖为两片，飘落进水晶杯中。神农蚩递将过去道：“禀大大王，这饮品叫作‘碧花琼露’，是本府花房内精酿而成的。”伏羲昊又举杯闻一闻，越发异香袭人，透彻心脾。伏羲昊一饮而尽，笑道：“却也好喝，不过，终不如天阙的琪茶和瑶酒。”神农蚩笑道：“那是自然，岂能与天阙相比。”伏羲昊笑问道：“这碧花琼露是什么酿制的？”神农蚩答道：“也没什么奇特，就是此间生长的蕨类，有金茗、灵草、绿英、薄侧、仙芝、嫩蕊等诸品，虽算不得奇花瑞草，但在酿造时，颇费心力，又要使其吸日月之精华，还要使其含天地之灵气，这也是上等的饮品了。”伏羲昊呷一口，抬眼问道：“哦？此间诸星也有日月？本王原以为只有那界下凡间才有日月，那也是龙珠儿坠下所化成的。”神农蚩答道：“禀大大王，殿外虽然有亮色，但还不是光明，此间一天有三十六时辰，此时月阴还未落下去，太阳也未升起来，等那太阳升起，光明普照，又是一番景象。”伏羲昊放下水晶杯，问道：“此间的日月又来自何处？”神农蚩答道：“天地浩宇都是自然而成，人神自女娲娘娘造出并迁移此间后，就已经有太阳和月阴了。”伏羲昊颔首，沉思片刻笑道：“这却也是个奇妙的事儿。”神农蚩拱手道：“请大大王再饮一杯？”伏羲昊笑道：“此时刚好，不用再饮。”神农蚩这才坐回原位，又问道：“不知仙阙所饮的琪茶是何物？”伏羲昊笑道：“仙界有芃果和玉桃，桃叶儿可制琪茶，芃叶儿可制瑶酒。单说琪茶，先采玉桃叶儿捣碎，再取灵露缓缓浸泡，虽然与‘碧花琼露’相似，但味道略胜，久服琪茶，使人悦志有力。”神农蚩道：“在下若能饮上一口琪茶，那便是极大的福分了。”伏羲昊道：“将军若镇守诸星有功，本王会召你入宫，与天王一起用茶。”神农蚩大喜，又跪地三拜谢恩。

席间，伏羲昊见笪殷昊不在场，心中甚是疑惑，便四顾左右，目光搜寻之间，却注意到一个素衣男儿，眉清目秀，气宇轩昂。看他只在一旁独自饮酒，默不作声，伏羲昊颇有些兴趣，于是问坐在旁边的采文夔，轻声道：“不知那位素衣男儿是谁？”采文夔转脸一瞅，低声回道：“禀大大王，此人神乃是台琴星海守将神农蚩的儿子神农琊。”伏羲昊颔首，又问道：“本王见此人神仪容不俗，但不知此人神可有不同之处？”采文夔答道：“大大王，据在下所知，神农琊才华横溢，只可惜未被神农氏族重用，故而常叹怀才不遇。”伏羲昊摇头，笑道：“既然有才，何愁无用武之地。”说罢，举杯望神农蚩道：“将军府上可有奇才？”神农蚩见伏羲昊询问，慌忙起身举杯，小心答道：“回大大王，本府并无奇才。”伏羲昊笑道：“哦？将军刚刚被封赐，出任守将，何必过谦？难道将军不是奇才么？”神农蚩笑道：“禀告大大王，在下只是一介武夫，也只能拔刀弯弓，丝毫不懂经略，又怎么称得上奇才呢。”伏羲昊端起酒杯，示意神农蚩同饮，而后笑道：“将军过谦，据本王所知，将军府上就有奇才，只是你视而不见罢了。”神农蚩本想入座，听伏羲昊这一番话，又慌忙肃立，答道：“谢大大王抬爱，本府若有奇才在下又岂能不知？除内眷外尚有一子，不过才疏学浅不堪大用。再者，族中人丁稀薄，难有奇才。”伏羲昊笑道：“令子神农琊可在？”神农蚩见闻，忙低头转脸，给神农琊使眼色，神农琊见状，起身深鞠一躬，拜道：鄙子神农琊拜见大大王。”伏羲昊向他招手，笑道：“来来来，坐到本王身旁。”神农琊忽然被召，受宠若惊，又见席间众人神都在窃窃私议，他转脸看了看自己的父亲神农蚩。神农蚩示意让他赶快过去，他便挪过去，默默坐在伏羲昊身旁。伏羲昊仔细地打量他一番，问道：“本王听说你有奇才，不知你都知些什么大法玄妙？”神农琊道：“大大王过奖。鄙子只懂些兵法经略，至于修真玄妙也略知一二。”伏羲昊道：“兵法经略有何大用？如今众魔都逃往界下幽冥偷生，天廷无战事。”神农琊道：“天道自然，大运循环，现在无战事，以后有无战事也未可知。”伏羲昊道：“本王倒是对修真玄妙有些兴趣，你不妨说来听听。”神农珋问道：“修真玄妙非三言两语可尽述，何况大大王乃是正神，与我人神修真不同，不知天王想听什么？”伏羲昊道：“就你所知的可简要说说。”神农珋道：“正神灵体本已是神，若要修真精进，获取大法力，贵在善修。”伏羲昊问道：“何谓善修？”神农珋拱手道：“善修便是广施恩德，忘我行善，若能普度众生，便可达到至高境界，天母女娲娘娘便是一例。除此而外，还有轮回修行法，即舍弃当世，投生来世，随缘度劫，归一之后也可使元神达到至高境界。”伏羲昊道：“这我倒是听过一些儿。那么人神又是如何修真的？”神农珋徐徐道：“人神属于半人半神，修真之法有两个要处，既要修命，还要修性。一般来说，这般修真需掌握秘法要诀，悉知其穴位，明白其步骤，而后步步精修，这叫作入窍观心之法。”伏羲昊道：“如何入窍观心？”神农珋道：“先需凝神定息，使百脉平和，更至于周身达到清虚自然，最终使六根大定，再将元气凝于夹脊双关，而后潜入命府，于呼吸之间送归丹田封固，如此反复修炼，久而久之，便可成仙。”伏羲昊呵呵笑道：“你这般说，本王也难解其意，不过听着倒也有趣。”神农珋微笑道：“只是人神修行之法，简要述之，并无玄妙。”伏羲昊道：“你说诸如本王这般的正神，若要按此妙法修真，将会如何？”神农珋道：“徒劳而已，此法只适合人神或凡人，对正神丝毫无益。”伏羲昊点头道：“方才你说，人神修真，凝神入窍，再后观心，本王问你，那窍是何窍？又在哪里？”神农珋道：“此窍为命门，在脐后一寸二分，即为天心，也叫作坤炉或神炉，人在呼吸之间生息，吸之起，呼之止，都在此一穴。”伏羲昊笑道：“君果然是奇才。但不知道这人神修真玄妙，外人知晓么？”神农珋道：“此法是在下潜心研索所得，若不传授，无人可知。”伏羲昊大悦，接着又问他许多问题，神农珋都能一一作答，无一丝疏漏。

正谈得兴起，笪殷昊却回到席间，众人神礼毕，笪殷昊入席，坐在伏羲昊身旁。伏羲昊道：“众人神欢宴，你却未入席，这一阵子去哪里了？”笪殷昊笑道：“初到飞天星，只觉新鲜，我便去那四处看看，果然有好景致。”伏羲昊也未多想，转身瞅神农珋一眼，对笪殷昊笑道：“师弟请看，这位是神农珋，他真是个奇才。”神农珋忙拱手拜道：“拜见三大王！”笪殷昊拱手还礼，又凑近伏羲昊低声道：“师兄爱其才，不如就请他入宫，封赐他个一官半职，将来也好辅佐兄长。”伏羲昊笑道：“为兄也正有此意，那我就依师弟，请他入朝为官。”伏羲昊和笪殷昊相视一笑，而后又转脸对神农蚩道：“令子神农珋虽然年少，但其才高深莫测，不可限量，此深得本王赏识，本王欲上奏天王，举荐他入天廷任职，不知将军可愿否？”神农蚩又惊又喜，忙离席跪地，谢恩道：“在下谢大大王恩典！大大王施恩于我神农氏，不知何以为报。”伏羲昊拱手道：“此乃天王之洪福。你只将那台琴星、宗神星、水镜星、麒麟星四星的天门给守好了，这就是报效天廷。”神农蚩和神农琊跪地叩首，再次拜谢伏羲昊一番。笪殷昊道：“诸位将军，七十二星海是天廷寰内诸星，无天王之诏旨，不得自立为王。天王令我二神前来分封，就是要诸氏族首领和驻星守将，治理好各自辖内星系，管理好各自氏族人神，诸位将军可听明白了？”诸将纷纷离座跪地，齐声回道：“小将遵命！”

伏羲昊和笪殷昊安顿完毕，带着神农琊一起回天廷复命。快到玉京宫玄天门时，笪殷昊道：“大师兄可先入宫，小弟在飞天星海诸星奔波几日，尚未缓过来，今又返回仙阙，身体略感不适，想回府歇息，而后再拜见师尊。”伏羲昊道：“师弟请便。”说着与神农琊进宫去了，笪殷昊独自急回朝阳殿。天斗得知诸星海驻星守将都已安排妥当，心下欢喜，说道：“此事极好，为师另有封赏。”又听伏羲昊推荐人神神农琊入朝为官，天斗道：“封神农琊为内廷神臣，就跟随你处理天廷事务。”伏羲昊和神农琊一一拜谢。天斗不见笪殷昊来，问道：“笪殷昊为何不来朝见？”伏羲昊道：“怕是在外星奔波劳累，感觉不适，先去歇息了。”天斗怒道：“复命大事，岂能如此轻视？”伏羲昊低头不语，天斗暗思道：“莫非笪殷昊发现照石玄妙，想窃为已有，故借口不来朝见？”天斗突然担心起来，立即令元真童子去朝阳殿召笪殷昊进宫。元真童子飞去一看，笪殷昊不在朝阳殿里，又匆匆返回太真殿禀报。天斗闻报越想越怕，又担心伏羲昊发觉端倪，于是道：“你们退下吧。”伏羲昊和神农琊低头退出，不题。

话说伏羲昊出宫就径自去了南灵殿，刚进了殿门就见两个侍婢在庭中采花朵儿插戴，他定睛看去，却一个也不认识，心中纳闷儿，问道：“你们是谁？”两个侍婢也吓一跳，慌忙站立低头。一个侍婢欠身道：“我是上神女姬的侍婢，我叫妹喜。”说着又牵过另一个侍婢说道：“她叫苏叆。”伏羲昊道：“女姬来我府上了？”妹喜道：“我家主子这会儿不在府里。”伏羲昊觉得奇怪问道：“那你们两个为何在府上？”苏叆瞥了妹喜一眼，笑道：“她都说不清了，我来说，我们两个是上神女姬的侍婢，昨天才搬过来的。”伏羲昊一听这才明白，原来女娲已经迁往蕊珠宫，这里是女姬的居所了。

伏羲昊匆匆赶往蕊珠宫，它就位于玉京宫北边三十里开外的地方。伏羲昊来到这里，果见有一座巍巍宫殿，气势雄浑，宫门上有“蕊珠宫”三个红色的琥珀大字。进了里面，四处都是琪花瑶草，中间有一带细长的水池，一座玉栏的水晶桥环绕水池上方。穿过水晶桥，又见几堵琉璃粉墙，墙上开两扇紫金大门，门檐上有“琼芳”两个字。伏羲昊又进得门去，再细看原来是一处园子，满园宝树银花，泛着奇光异彩，令人目不暇接。园门内又有两间过街碧楼，两侧又连着一排高廊曲阁，十分华美精致，当中一条玻璃铺的长街，两边栽着的凤凰竹，绿映云裳，地处一排珊瑚树，金玉琳琅。伏羲昊自语道：“我见过无数景致，独此间最好，就是那玉京宫里也没有这般美丽。”伏羲昊有些恍恍惚惚，又走出一条回廊，见下首堆着高低怪石，周围开满各种奇花异草，一湾蓝光溢彩的流水，盘曲迂回向东而去了。伏羲昊不禁叫道：“好大一个园子！”又顺着水岸走了一会儿，来到一座琉璃拱桥，过了桥是一座白玉亭，旁边几株金丝垂柳格外耀眼，细看去尽是石梁、石雕、石柱、石础、石牖、石栏、石屏，里面还有一张白玉桌几。又出亭子，眼前豁然开朗，迎面是一处空旷地，四周围着水晶曲栏，穿过栏杆，又见一座幔亭，台前两根白银柱。伏羲昊抬眼细看，见柱子上有一副对联：“镜花花魂迷醉碧曲栏，玄水水灵梦随翠云亭。”伏羲昊正在细看对联，思忖半晌，忽然听到粉墙外喧嚣声一片，才转头看去，见墙角有个圆形拱门，声音像是从那里传出来的，他忙跟进去观看，这一看惊得瞠目结舌，眼前一座偏殿，门额上题着“宸恩殿”三个晶光大字，但见：

彩石铺径，云雕作槛。奇葩异卉鸣翡翠，龙沼凤台阁松轩，凤台之上凤来仪。石翠依假山，碧波偎曲水，翠云亭、薇芜架，铺绒叠锦；芙蓉槛、牡丹畦，砌玉堆霞。玫瑰异香，海棠奇葩。梅花荷花争灿烂，兰花蔷薇斗芳菲。杜鹃花、红菊花、玉簪花，煌煌烨烨，胭脂染红润；御仙花、应春花、凤尾花，灼灼辉辉，锦绣涂香浓；千花竞秀，万卉争妍。

伏羲昊自语道：“怎么蕊珠宫里来了这么些生人？”举目望去，更见堂上摆着金肴玉馔，正中坐一位十三四岁的仙娥，衣着飘逸，神采飞扬，旁边站一排娇媚仙婢。但看：

奇品异香，缤纷斑斓。金龙纹鼎香飘散，凤绣屏间玉美人。水晶杯、琉璃盏，玉液翡翠；琥珀盘、玛瑙碗，嵌花雕焕。瑶池琼浆千色艳，馨香珍馐百味鲜。

伏羲昊四下看了一遍，娇姝媚嫒姗姗来迟，童子仙婢不敢窥视，伏羲昊心思道：“莫非此处不是蕊珠宫么？我却到了哪里？”正思间，忽又见元真童子飞来，报道：“圣尊驾到！”慌得众仙婢跪地迎接，众童子俯伏接驾，只见几个神臣围着一位身着龙纹云裳的少年过来，只见他玉影翩翩，雄姿皎皎，丰神俊朗，气宇轩昂。那正中坐着的十三四岁的仙娥莲步轻移，前来挽着少年的手，笑盈盈地扶他入座。伏羲昊再定睛细看，只看她纤指沁香，摘下如烟面纱：

> 婀娜娉婷，冰肌玉质；绿云钗环缀两鬓，满头玉珠簇簇。绡帕含娇，翠裙藏媚；一弯黛眉似纤钩。水晶纽，玛瑙扣；明眸转盼飞，嘤咛纤肢柔。

伏羲昊已是魂飞天外，看了一会儿，不觉愣怔在那里。

却说女娲早在寝殿内，想起盘古太师所说的形天元灵珠儿，于是潜入密室，取出藏在紫金匣子里的那枚红色灵珠儿，举在手中，静静凝视了好一阵子，又看见珠子里面显出幻境来，这一次幻境中依旧出现那个绝色少女。女娲自语道：“这美色在天界也是绝无仅有了，莫非此仙女就是这形天元灵珠儿的轮回？”想到此处又凝目看去，却忽然看到伏羲昊正在园子里穿走，女娲大吃一惊，再细看，进里有一条碧石铺成的小径，抬头又见一座拱门，上有“镜花”两个字，再进去只见几栋霞楼，一片绣锦珠帘，碧霞和碧玉立在廊内，看上去越发娇媚柔腻，一笑一颦间更似牡丹含露，伏羲昊进来，二仙婢忙向前欠身道：“大大王金安。”伏羲昊问道：“娘娘在何处？”碧霞回道：“在寝殿里歇息呢。”女娲看到这里，慌忙将那灵珠儿塞进匣子里。

伏羲昊直往寝殿而去，穿过一处玉阶，又见一所起居花厅，四面轩窗回廊，走到尽头又见一个金殿，银色大门上有匾额，题着“清元殿”三字，伏羲昊暗思道：“这蕊珠宫可真宽邃，想必这里就是寝殿了。”

此刻女娲忙收起珠子出来，唤尚翠端茶来。伏羲昊落座，神魂不定，气喘吁吁。女娲问道：“你这是怎么？从哪里过来的？”伏羲昊取茶一口饮了，喘道：“这宫殿也太大了些，我还以为进了别人的园子。”女娲笑道：“怎么会有那么大，我倒不觉得。”伏羲昊定下神儿来，望着女娲奇怪问道：“那园子里都是什么人？怎么还有一个少年被众仙婢前簇后拥的，还有一个美仙子，看起来像是那少年的妾妃，我见元真童子也在，宣诏时听得呼他‘圣尊’，这都是些谁？何时来蕊珠宫里的？”女娲惊道：“你自己眼花了，蕊珠宫里就我和碧霞、碧玉、尚翠，哪里有什么生人？”伏羲昊盯了女娲半晌，疑道：“怎么就是眼花的，我看得真真切切的，听得见，看得见，岂能是我眼花了？”女娲闻言，心中已明白大半，笑道：“不要大惊小怪的，你才从外星海回来，又初来蕊珠宫，怕是一时还未适应，眼里就显现出幻境，这仙界如今精灵多得我都数不过来了，也或是它们变幻惑人，这也是常有之事，不足为怪的。”伏羲昊听女娲说的也有些道理，也不再多想，喝了一会儿茶，就自己进里间歇息去了。女娲见伏羲昊进了里间，这才松一口气，心里转道：“看来太师已轮回归来了，我须去那太阳宫看看便知端倪。”如此想着，不一会儿自己就在珊瑚椅子上睡着了。

第六章　女娲补天

女娲炼石补天救人类　伏羲化民神农尝百草

话分两头，且说笪殷昊托恙不朝，在朝阳殿里坐卧不安，挖空心思思谋着如何将那照石据为己有，终于心生一计，便出朝阳殿径直去了囲山，找到一块与照石大小相同的化石，他心里想道："这囲山化石创化天地万物，这枚照石更是神奇，也能变化万物，我若用照石将这化石再变出一个照石来，想必也非难事，若师尊问我索要照石，我就将这假照石给他，料他也不能察觉。"心里想着，惊喜不已，就拿出照石对着化石，喊道："变来！"果真有了奇迹，那化石竟然变了一个一模一样儿的照石，笪殷昊大喜，立即进宫拜见天斗。

天斗见笪殷昊前来，问道："为师听说你偶感不适，天廷也没什么事儿，你不在你府中歇息，来这里为何？"笪殷昊跪拜道："诸星守将分封完毕，弟子特来奉还法宝！"天斗本欲发怒，听他这一番话，怒火顿时熄灭，缓缓道："这照石是该收回了。"笪殷昊为了让天斗不再疑心，故作不情愿归还的模样儿。天斗见他迟疑，笑道："照石乃是玄器，镇宫之宝，怎么能私藏？"笪殷昊故作委屈道："师尊好偏心，赐大师兄和女娲蕊珠宫，又赐二师兄紫微宫，唯独我没有。弟子只是想将照石多留几日，本想给自己变化出一处宫殿，又怕师尊怪罪。"说完跪地，将那假照石高高举起。天斗收起照石装进袖里，大笑道："为师本想赏赐你的，却不见你进宫来，那朝阳殿宽大，住得好好的，为何又要宫殿？"说完扶起他，笪殷昊道："若下次立了大功，还请师尊赐我宫殿，弟子好清静之所，不愿再与二师兄同住。"天斗闻言，笑了起来。正在说笑间，却见元真童子火急火燎进来，报道："师尊，界下出大事了！"天斗忙问："何事惊慌？"元真童子道："千里眼看到凡间大火四起，生灵涂炭！"天斗大惊，暗思道："眼看凡间造人成功在即，却不想又出了火灾，这一定又是阴灵危害作乱，若不派诸神下界急救，势必会前功尽弃，事若不成，我何时才能见到那泰阶星出现？不如再派女娲下界拯救苍生，以助我早日往去轮回。”想到此处，天斗对元真童子道：“急召火德真君与众神进宫！”元真童子领命急去，先来到南极星紫真宫，却听宫中侍仙说，火德真君已有两日不在宫中，元真童子只好又去蕊珠宫。

原来，那盘古身边的两只商羊早就吃了芃果，竟生情愫，成为一对夫妻，女娲造化众神、人神以及万物时，那只公羊被女娲造化为火德真君，母羊却在女娲将要造化它时，它却逃脱了，躲在囲山北谷的洞中。火德真君被派往南极星值守，因为多日不见妻子，心中不安，于是来到囲山寻找妻子。在一处岩隙旁，火德真君见到妻子，那商羊见他回来，躲进岩隙中不肯出来。火德真君道：“你为什么躲我？”商羊泣道：“你如今成了天神，而我只是灵兽，两厢有别，岂能相处？”火德真君忧伤道：“自泰初至今，我们形影相依，这时又怎能分离？”商羊泣道：“女娲造化之时，我因害怕，当时就逃避去了，否则现在也是个天神了，便能时时与你厮守，真是悔不该当初，而今你我有霄壤之殊，不能复合，请你离去吧。”火德真君悲伤道：“你切莫悲伤，你我纵使殊途，等我立功之后，奏报天廷，那时自有办法又在一起。”商羊泣道：“你快去吧！万物有别，群分类聚，天戒凿凿，不容触犯，你我从此天隔两绝，永不见面！”火德真君听妻子凄怆之言，跪地泣道：“我宁愿死在这里，也绝不与你分离！”商羊泣道：“速去吧！”火德真君伤心欲绝，霍地拔剑转身就准备抹颈，突然眼前出现一团红光，只听有声音道：“火德真君莫悲伤，昊天虽不语，然而自有大德，你又何须自寻短见？”火德真君听见那是盘古的声音，慌忙跪地叩首。藏在岩隙中的那只商羊闻声，也跟着惶惶出来，跪地叩首。火德真君道：“太师在何处，我们看不到你。”盘古的声音道：“为师就在你们身边。”火德真君害怕道：“弟子轻言肆口，冒渎太师，叩请太师宽宥。”盘古的声音道：“你已是火神，速随女娲下界救苍生吧。”火德真君道：“未曾听说界下有灾，女娲也在仙阙，太师为何让弟子随她下界？”盘古的声音道：“等一会儿，你会知道的。”火德真君泣道：“只是，商羊孤独于此，使我不忍离去。”盘古的声音道：“为师知道你们不忍离伤，就如你们所愿吧。”声音方落地，就见那只商羊被一团蓝光拂过，地上出现一个玉软花柔的仙女。盘古的声音又响起，对仙女道：“泰初之时，你本出自于囲山之土，就赐你个名字，叫作后土吧！”火德真君大喜，忙迎上去，夫妻相见，百感交集。后土掩面而泣，对火德真君道：“妾刚才听见夫君道，此间所说都是轻言肆口，此话却也是真心话。男欢女爱，往往甜言蜜语，信誓旦旦，而谁又知道美言不信的道理。妾虽不才，但也理智，既然如此，我们怎能够成为夫妻？不如就此分别，各自东西吧。”火德真君急道：“一时心急，随口说的那些话，你又何必认真？”后土推开他，泣道：“太师面前都敢信口开河，你对我说的话更不能当真了！”火德真君一时哑口，不知所措。忽然，又听盘古的声音对后土道：“后土，你自揣度的事，不可强加于人，为师知道你不忍与火德真君分离，想火德真君去后你二人天隔两方，与其痛苦，还不如分离，故而如此。为师欲让你也下界轮回，以求得亘古真身，这样就可以玉成你们的姻缘了。”后土跪地泣道：“不知弟子轮回界下，遵何天命？”盘古叹道：“是为苍生之计，虽往苦海轮回，但归一之后自成正果，你又何必先知天机？为师只说一事，你方才说火德真君美言不信，为师不以为然，将来，你若在界下得一子，当赐其名为信，以证火德真君之义。”后土感激涕零，跪地从命。盘古又对火德真君道：“你随女娲下界之前，当先送后土往南天门下界。”盘古的声音消失，火德真君知道盘古已离开，又与后土依偎在一起，缠绵许久。火德真君道：“天廷很快会有传诏，我怕时间来不及，不如这就送你去南天门下界吧。”后土点头，与火德真君飞往南天门，二人又相拥哭泣，突然，只见后土被一道蓝光瞬间就卷下界去。火德真君徘徊在天门，欲走不走，踌躇不定，南天门门神见状，前来对火德真君道：“天王急召众神，真君当火速往灵霄殿才好，后土已经下界，真君却在这里寻得见什么！”火德真君闻言，转身就闪往玉京宫去了。

众神齐聚玉京宫灵霄殿。天斗见众神到齐，又独不见女娲，转身问元真童子，回答道：“小神去蕊珠宫传诏，见宫中无人，女娲娘娘不知去往何处了。”天斗气道：“这女娲无视本王由来已久，数次升殿独她迟迟不到，如今做了所谓天母，更是为所欲为了！”说着，便将目光投向伏羲昊，伏羲昊拱手道：“师尊，女娲去那西极灵界探望小儿须菩提了。”天斗转脸又令元真童子道：“你速往西极灵界去传女娲，如此大事，灵界也须参议，让燃灯佛也来议事。”元真童子领命而去。这时，火德真君急入殿，见诸神在殿中已等候多时，又看天斗脸色阴沉，于是跪地请罪，天斗道：“真君请起吧，本王原不想传你来，是因那界下大火四起，而你又专司火事，你若不下界如何服众？”火德真君叩首道：“小神岂敢不效力！”说罢默立于旁。

却说女娲在蕊珠宫休息数日，带着碧霞和碧玉去燃灯佛处探望须菩提。须菩提看到母亲前来，欣喜若狂，粘着不肯离开。燃灯佛道：“须菩提聪慧，尤为好学各种法术，长进很快，前途不可限量。”女娲自然高兴，笑道：“全仗佛祖栽培。”又转脸对须菩提道："既学得法术，何不演练一番，让为母也见识一下。"须菩提正欲展示其才，这时元真童子来了，急道："天王有旨，召女娲娘娘和燃灯佛觐见！"女娲急忙撇下须菩提与燃灯佛急往天廷。女娲曾被轩辕昊谗言伤害，此刻仍心有余悸，一路放心不下，行至半路时，悄悄问元真童子道："你可知道师尊急召，所议何事？"元真童子道："凡间天塌地陷，火光四起，又出大事了，天王召上神商议下界之事。"女娲大吃一惊，急道："大事不好！我凡间子女危在旦夕！快！快！速速入宫！"

入殿之后，见天斗坐在御台上，神色端肃。燃灯佛和女娲跪地拜道："弟子叩见师尊。"天斗此时也不责怪，对女娲和颜悦色道："快快请起。今闻千里眼奏报，界下凡间大火四起，民坠涂炭，为师令你再次率诸神去界下察看，拯救生灵。"女娲叩首道："弟子遵命。"天斗又对众神道："界下诸事，你们唯女娲令是听，不得有误！"众神跪成一排，叩首领命。天斗又对燃灯佛道："灵界可好？"燃灯佛答道："诸事皆好。"天斗道："灵界诸佛大慈大悲，佛光普照万千世界，慈悲泽及万物众生，不知如今那界下凡间，可有度化之人？"燃灯佛合掌道："弟子明白师尊之意，此次弟子就随女娲等诸神下界，弘扬佛法普度众生。"天斗点头，又对伏羲昊道："凡间之地荒蛮未开，人类如何生存？你当下界，助女娲等教化众生，造幄籍圃，敬授民时。"伏羲昊道："此番下界，弟子请师尊允准神农琊同去才好。"天斗点头道："甚好。不过下界不易，此前诸神下界借助于灵兽，神农琊是人神，如何能下得界下？"伏羲昊道："禀报师尊，女娲已在凡间布施'飚''飋'二气，如今凡间已有金、木、水、火、土、飚、飋，七气俱全，神灵可以显现，另外，此前下界，后又返回，这一来一回，凡间与天界已有神道形成，此后神仙往返两界，来去自如，不必再骑乘那灵兽了。"天斗想了想道："如此甚好，下界之后，仍须多加防备，天地神道不易打开，那魔天王阴灵在界下危害，他若窃此神道用兵，天廷将危矣！今日起，四大天门须严防死守，非我天廷神臣，各界诸神不得随意出入！"伏羲昊奏道："四大天门虽有四大门神看守，但还须加强，弟子以为，可令那孟章神君青龙、监兵神君白虎、陵光神君朱雀、执明神君玄武四神严守东极、西极、南极、北极四星，如此里外严防，定然安泰。"天斗准奏，就派元真童子传旨下去。女娲急道："虽然诸神下界不再借助灵兽，但弟子还须灵兽下凡相助。"天斗准奏，四顾一下，见轩辕昊与女姬在一旁交头接耳，笪殷昊和玄女则在一侧窃窃私语，心中不快。天斗对轩辕昊道："为师令你也往界下相助，你意下如何？"轩辕昊忙道："师尊，那界下的事儿，有我大师兄和师妹女娲去做就行了，又何须我去添乱。"天斗正色道：“一派胡言！难道你想抗旨不成！”轩辕昊慌忙跪地，道：“师尊息怒，弟子遵命就是了。”天斗怒道：“如此勉强，难道非你所愿么？”轩辕昊忙道：“师尊旨意，正如我所愿。”天斗瞥他一眼道：“起来吧！你若想修真精进，就要像你师兄师妹看齐，效命于天廷，为天下众生计，这才是最高修行。”轩辕昊起身拜道：“谨遵师尊教诲。”说完默默退回一旁。天斗又对笪殷昊道：“你呢？可愿去凡间？”笪殷昊本不想去界下，见轩辕昊挨训，只好跪地道：“弟子已准备好，愿随时下界！”天斗道：“这次为师让你留在天廷，另有他用。”笪殷昊领命退下。

散朝之后，女娲急于下界，匆忙回蕊珠宫安顿碧霞和碧玉、尚翠看守宫殿，并嘱咐碧霞和碧玉道：“若得时间，常去西极灵界去看望须菩提才好，省的他趁我不在，又跑回来玩耍，他正在学佛，耽误修炼就不好了。”碧霞和碧玉唯唯连声。女娲去后殿，见伏羲昊徘徊于地，急道：“现在就下界去，你还等什么？这天上一日，便是凡间一年，岂能耽搁。”伏羲昊忙道：“你领众神先行一步，我要接神农琊一同下界，随后就到。”女娲只好召集轩辕昊、火德真君、山神、地神、广寒仙子望舒、太阴神少阴、太阳神天听、圆融神、海龙神、江龙神、天河神、瑶池神、雷神、电神、风神、雨神、日游神、夜游神，以及危燕、氐貉、心狐、昴鸡、箕豹、娄狗、天牛、翼蛇、房兔、女蝠、毕乌、角蛟、奎狼、井犴、星马、尾虎、亢龙、觜猴、参猿、斗獬、壁貐、鬼羊、胃雉、柳獐、室猪、虚鼠、轸蚓、张鹿二十八灵兽，从南天门下界去了。

伏羲昊辞别女娲，忙去文武殿寻找神农琊，却碰见神农蚩正在与神农琊说话，见伏羲昊突然来到，神农蚩顿时缄口不言。伏羲昊问道：“将军不在台琴星海神府，来此何为？”神农蚩答道：“闻子欲随大大王往那界下去，也不知再见是何日，故来送他。”伏羲昊一愣，奇怪道：“哎，敢问将军，何以知道神农琊要下界去？”神农蚩道：“末将收到书信，故而得知。”伏羲昊盯着神农琊道：“这真奇怪了，天廷令诸神下界也就是刚才的事情，你怎么就预先知道了？”神农琊拜道：“不才略知天卜之术，故可先知。”伏羲昊暗暗称奇，又问道：“你未曾出宫，又如何传递家书？”神农琊笑道：“不才略懂些小法术，台琴星虽远，我只教家父于府邸置一水盆，水上浮有黄表，再置一香鼎，我人虽在此处，只须备些玄符，再将写好的书信与玄符一并焚之，家父便可见到水盆上的黄表自然会显出我写的字，一看便知了。”伏羲昊惊道：“神农琊真奇才也！”如此说笑一会儿，伏羲昊便辞别神农蚩，与神农琊赶往界下。

却说那后土轮回到凡间，虽然遍地是人，但她却不愿与生人来往，于是独自一人在泰山一个洞中生活。有一天，后土半夜做了一梦，梦到太阳当空，她仰天而望，忽然间那太阳却变得越来越小，最后变成了一个火球冲天而下，掉入她的口中，被她吞下，天地立时漆黑一片，不见五指。接着又梦见众魔残害生灵，死去很多人。后土惊醒，思道："此梦怪异，莫非我已有娠？"又想到梦中阴灵为害，她非常害怕，正思间，忽然又听到洞外哭喊声连天，跑出洞一看，只见草木都燃起熊熊大火，很多人都被烧死。她急忙抬头望去，看到天空破出一个大洞，那焦灼的火光正是从那里下来的。后土急了，怕众人无法逃脱，便飞升到山顶，对着众人大喊道："速进洞去！速进洞去！"人们听到山顶有人喊叫，以为是天神下凡，都奔往各个山洞逃命。天越来越热，后土又渴又饿，出洞外找些野果充饥，又去黄河饮水解渴。回到洞中忽然觉得肚子生疼，躺下才见自己被红光罩身，直到夜间，果然生下一个孩子，后土将他抱在怀中细细端详，然后依照盘古的嘱咐，给他取名为"信"。

信长得极快，一年过后，身体已和泰山一样高了。信生来不会说话，每天望着太阳发呆。后土发现信非常喜欢太阳，才明白自己为什么做了那样的梦，心中暗思道："在天界时，昔日烛龙少阳坠天，下界而死，龙珠化为日，而龙灵于凡间久聚不散，我生此子，乃是烛龙投生。"有一天，信指着太阳对后土大哭，并伸出双手，好像是让后土为他将太阳摘下来。后土明白信的意思，只对他道："你的龙珠已化为日，光泽这世间万物众生，此乃昊天所为。为母非昊天，岂能为你摘得下来？"信闻言大哭不止，狂奔追日而去。后土见他一步就能跨出十三里地，眨眼就不见踪影。信这一走就再也没有回来过，后土因为见不到信，每日以泪洗面。信一直狂奔追日，从东追到西，从西追到东，却无法追得着。有一天，信追日经过善元和怀仁两地，被达旦和伊娃看到了，众人都觉得震惊，所有人都停下来望着他的背影。达旦叹道："此人如此高大，断非天母所造，如此追日，可见其愚，也不知他是从哪里来的。"信每年夏天经过这里，第二年秋天又经过这里，人们见他一步能跨十三里，于是都叫他跨夫。每次见信跑过时，众人就大声叫喊道："跨夫来了！跨夫来了！"天洞越来越大，飞鸟成群，动物结队，人海如潮般地纷纷赶到黄河和长江去饮水，天气酷热，焦灼的阳光将黄河和长江之水蒸发得都浅可见底了。信最后一次到来，给这里带来致命的灾难。信追日到西域火焰山的时候，难忍灼热和焦渴，又返回跑到黄河，将河水喝干，又跑去长江，将原本所剩不多的江水也喝干了，这样也不能解渴，信又奔跑各地寻水，经过一片山谷，信踩着山头奔跑，又渴又累，忽然晕倒在地，死在群山深谷中。盘古得知，化作七彩光包围他的尸体，一会儿便出现了九个男婴。盘古又将他的血液化成河流和湖泊，干涸的黄河和长江也突然有了水，挣扎在死亡边缘的人类又有了喘息之机。

却说女娲、燃灯佛与众神下界，刚至界天，悬空而视，见地上火光烛天，焦火炎炎，于是急领众神直下而去，在善元和怀仁一带落下，女娲见众人都避于山洞中，飞禽走兽藏于山岩间，奄奄一息，草木凋零，尸体遍野。轩辕昊低声叹道："可怜苍生。"燃灯佛闭着眼睛，合掌念道："阿弥陀佛。"女娲将翠袖轻轻一挥，一瞬间，便见有天鹅啼唤而来，不可胜数，一时遮天蔽日，大气骤凉，大地上卷起一阵凉风，温度骤然下降。天鹅为众生遮蔽烈日，不消一会儿，便有许多天鹅被焦火灼身，不时有鹅毛脱落，突然，清凉山山口大风飚起，吹得鹅毛如雪纷纷。

人们纷纷跑出洞外看去，见天上有很多神仙，又去喊来达旦和伊娃，二人走出玉龙洞，抬头定睛一看，原来是女娲率诸神下凡，达旦激动道："天母来了。"众人大喜，口口相传，不一会儿人皆周知了，都纷纷走出洞外，高兴地朝天大喊道："天母驾到！天母驾到！"一时间，所有人都声泪俱下，哭声震天，一边大哭，一边奔向女娲。女娲看到此情景，泪流满面，与众神落到怀仁清凉山，达旦和伊娃上前拜见，跪在她脚下泣不成声，女娲扶起他们问道："这凡间怎么会这样，可是众魔害的？"达旦镇定下来道："自从天母走后，天上就有一个巨洞逐渐出现，而且越来越大，一时烈日如火，灼虐而下，我们又渴又热，连日来死去很多人。天母驾临，我们就有救了。"女娲与众神抬头望去，果然看到天空上好像破了一个巨大的洞，阳光直射而下，灼热无比。女娲泣道："可怜我凡间子女受此大难，这将如何是好。"接着又问达旦道："没有水，你们如何解渴？"达旦就将跨夫追日以及喝干长江和黄河的事儿如实说了一遍。女娲疑道："跨夫又是何人？"达旦摇头道："此人巨大，不是天母造化的，我也不知他来自何方。"燃灯佛合掌道："巨人名为信，是后土的儿子。"女娲惊问道："我在凡间造人，之前从未见有人出没，却不知那后土是谁？她为何在人间？"燃灯佛见轩辕昊在身旁，于是闭口不言，女娲明白燃灯佛的意思，怕他给天斗告密，于是不再追问，转而问道："不知佛祖有何计教，能救民于水火？"燃灯佛道："本座初来凡间，暂无计可言。不过当下救人要紧，本座就为伤者医治吧。"女娲点头，转身问道："日游、夜游二神可在？"二神出列，齐声道："小神在。"女娲道："你们随燃灯佛前往善元等地察看火灾，及时救治，这里有我安排。"二神领命，随即与燃灯佛飞往善元。女娲又对达旦和伊娃道："孩儿们快快起来，带领众人先回洞中避着。"达旦和伊娃又安排众人各自回洞。

轩辕昊呵呵一笑，在一旁擦掌叹道："天上出现破洞，这也是自然之道，天将灭人，师妹又何必逆天而行？”女娲一听这话，当即怒道：“师兄好没善意！不来便罢，来了却口出恶言，不知师兄是何意图？”轩辕昊笑道：“师妹说的这是什么话？难道这天洞是我所破？难道这大火是我所为？”女娲冷笑道：“这也难说！或有其事。”轩辕昊脸色一沉，问道：“师妹果真怀疑我？”女娲冷言道：“由不得我怀疑，前天就有人在朝中非议，说我要背叛天廷，在界下自立为王。看来此人认定我必会如此，不肯罢休，便来破出这天洞，涂炭生灵，好让我也为王不成！”轩辕昊听得这话里有话，心下都明白了，赔笑道：“师妹息怒，师妹息怒，为兄多有得罪，不过也是希望师妹能早日返回天界，以免在凡间劳苦啊。”女娲道：“我道那人是谁，本想打问清楚，去会一会他，不想是师兄在朝中非议。既然如此，师兄若愿意，我上奏师尊，保举你为这人间之王，你觉如何？”轩辕昊忙摆手道：“岂敢，岂敢，为兄只望尽早救灾，也好早日返回仙界。”女娲笑道：“你方才还说，天将灭人，无可奈何，现在又要救灾，你有什么妙计化解此灾？”轩辕昊道：“为兄也正在苦思妙计。”正说间，眼前一阵五彩云烟腾起，只见伏羲昊和神农琊来了。轩辕昊忙道：“来得正好，大师兄定有妙计可化此灾。”神农琊见轩辕昊和女娲都在，忙近前拜道：“拜见女娲娘娘，拜见二大王。”女娲道：“天上破出一个大洞，此间被烈日灼烧，民不聊生，不知如何施救？”伏羲昊听说天上破了一个大洞，惊望而去，果见一个天洞，太阳高悬，热流滚滚而下。伏羲昊疑道：“是不是那阴灵所为，解铃还须系铃人，不如先将他抓来再说！”神农琊看了看四周，又抓起一把焦土闻了闻，而后道：“以在下之见，这天洞并非众魔所为。”伏羲昊问道：“何以见得？”神农琊指天而道：“大大王请看，骄阳当空，阴灵在幽冥界，最怕的就是太阳，唯恐避之不及，又如何破得天洞而祸及自身？”女娲点头，忙问：“那以你之见，天洞是如何形成的？凡间又何以至此？”神农琊道：“在下细看这焦土，便知道其中缘故，请允许在下慢慢道来。”女娲正色道：“请君赐教。”神农琊指着天空道：“娘娘请看，这界天之上有阴阳大气运行，太阳在那大气之上，故而使地上温度适宜，草木育生空气，万物生灵因而能活。如今忽出天洞，使大气不能隔离太阳大火，草木枯死，空气不出，故而生灵也不能生存。”伏羲昊点头道：“神农琊所言极是！”女娲又问道：“这天洞因何而出的？”神农琊道：“在下细看此土，色如焦炭，臭不可闻，便知是禽兽粪便和尸骨化成的，若在下猜得没错，此间方圆千里，当时应该有巨大猛兽。”女娲急道：“正是如此，我造人之前，阴灵驱使凡间恐龙围攻众神，后来被全部消灭。”神农琊道：“这就是天上形成大洞的原因。”女娲不解，问道：“这与恐龙有什么关系？”神农琊解释道：“恐龙躯体庞大，且数量繁多，其每次排泄，粪便可成一小山，此为一害；恐龙被灭，尸横遍野，久之腐烂，此是二害。久而久之，这二害加剧，使废气冲天，将那大气破坏，所以形成了这个天洞。”女娲恍然大悟道：“原来如此！但不知有何良策能够化解？”神农琊思忖半晌，问道：“不知当时娘娘以何物造人？”女娲道：“此间有太行山，山下有五行之土，我用此土造人。”神农琊道：“既有五行之土，必有五色之石，娘娘可令众神取来，炼石补天。”诸神便至太行山下寻那五色石，歇息两日，女娲召来达旦和伊娃，给众人逐一分工，令山、地、海龙、江龙、天河、瑶池六神帮助凡间男人掘地建造火池，令日游、夜游、广寒仙子望舒、圆融四神帮助凡间女人采集五色之石。危燕等二十八灵兽也引来各地的飞禽走兽，齐聚到太行山，有的寻找五色石，有的带路，有的衔石，忙成一团。

灵兽天牛召集众牛纷纷来帮助人们搬运五色石，女娲很高兴。灵兽觜猴为让人们安心劳作，召集群山之猴，每日或在山间，或在丛林采集野果，为人们提供食物。灵兽亢龙每天往返于江河湖海，为人们提供饮用，人们干活更加卖力了。足足用了三年时间，人们终于沿着太行山从东到西，掘地八百里，建造火池九千九百九十九个，采集五色石九千九百九十九堆，采集石灰石九千九百九十九堆。

补天当日，正是午时，太阳烘烤大地，人山人海，都聚集火池一旁，等待女娲的下令。女娲先令众人将五色石和石灰石投入到火池中，又令火德真君施法。火德先取来草木燃起一火，是炉中之火；又取出化石燃起一火，是五行之火；最后翻转双手，手中燃起一火，是上天之火。只见火德真君将这炉中火、五行火、天上火收在掌中，叫作三昧真火，而后口中念诀，倏地投入池中，顷刻间，九千九百九十九个池中都燃起了熊熊大火，将那五色石和石灰石溶为一体。女娲又令雷、电、风、雨四神作法降雨，四神领命，去界天作法。一时雷声大作，电闪如鞭，狂风骤起，大雨滂沱，只见九千九百九十九座火池顿时沸水滚滚，白气腾起，云蒸雾集，九日之后，各火池上有五色云气，冉冉升天，形成一个个巨大的云柱直升天洞，五色云气光彩夺目，闪闪发亮，盘旋于天洞，又渐渐地分离成两股云气在交错运转，天洞在五色云气的运行中，形成了一个巨大的旋涡，又过了九日，天洞逐渐弥合。

女娲带领众神补天，伏羲昊和神农琊也忙着帮助人类。神农琊为给人们治病，尝遍百草，分出很多草药，人们也不怕得病了。伏羲昊夜观天象，制定出天文历法，并教人们识别，只见成百上千人坐在草地上，口中朗朗吟诵：“地有四方兮，东西和南北；天有四季兮，春夏和秋冬。五行相生兮，乾兑震坎；五行相克兮，坤艮离巽。乾三连兮，坤六段；震仰盂兮，艮覆碗！离中虚兮，坎中满；兑上缺兮，巽下断！……”当时，人们住在山洞里，常有饥饿的山豹和野狼以人为食，一些人被咬伤，甚至被叼走，伏羲昊就让灵兽尾虎召集来山中之虎，让老虎负责保护人们的安全，为了让动物们都害怕老虎，伏羲昊召集凡间的所有动物来到太行山的五指峡。动物们不敢不听天神的召唤，都纷纷来到峡谷，伏羲昊道：“凡间天地万物都是女娲所造，人类近神，不可为食。我今封这山中之虎为兽中之王，你们都要听它管束，不得残害人类！”说完，众虎在山上对空长啸一声，声震山谷。伏羲昊又伸手指向众虎，只见一道蓝光射向众虎，光去之后，虎头上便出现了一个“王”字，众兽见状，伏地而卧，以示臣服。

每到入冬，人们无法御寒，又冷又饿，于是都拥挤在一起取暖，很多人都被冻死。燃灯佛召集遍山的山羊聚在一起，劝善道：“我是天神，今下凡化育你们，你们都是天母女娲所造化，应当感恩昊天之德。昔日，天界商羊曾说，‘昊天之道，止于至善’，故以此为大德，后成为正神火德真君。你们听我一言，众人饥寒交迫，多有死伤，你们的皮可使人保暖，肉可以供人充饥，我要你们舍命救人，可愿意？”众山羊听燃灯佛一席话，吓得瑟瑟发抖，本想逃去，但因为燃灯佛是天神，又怕逃不脱。燃灯佛明白众山羊的意思，又劝说道：“你们不必害怕，肉身虽死，但你们的灵身不灭，而且因为你们成为天界第一个指派的献身，自然也不同于其他动物，你们只轮回一次，便可脱离六道，灵身归一，可直达天界成为神仙或灵兽。”众山羊一听，终获释然，一个个兴奋不已，甘心舍命，纷纷直奔山岩，撞头而死。燃灯佛又让达旦和伊娃取回山羊尸体，分配给众人。人们剥下羊皮披在身上，果然觉得不冷，又将那山羊的肉分于众人吃。神农琊得知燃灯佛点化山羊之事，感慨万千，暗思道：“如此下去，有多少山羊献身，即使再多山羊，也不够人类食用的。”此时，灵兽房兔找到神农琊，道：“在下觅得一物，可为御寒之计。”神农琊大喜道：“此物在何处？”房兔便将他带到五指峰一个山坡下，神农琊发现土坡上有很多野兔，神农琊对灵兽房兔道：“我不忍山羊成为献身，又怎么能忍兔类成为人的口中食？此万万不可！”灵兽房兔道：“在下不是让它们献身，上仙再细看。”神农琊到了跟前，发现野兔忽然又不见了，仔细一看，原来躲进了洞中，神农琊将树枝伸进洞中，却见兔子又从另一个洞口跑出，紧接着又钻进了一个洞里，就这样钻来窜去，竟捉不到它们，神农琊感叹道：“兔尚有三窟，人莫能及也。”忽然生出一念，匆忙赶了回去，令众人沿山坡掘洞，然后用黄土和泥，用捡来的石块堆砌成墙，开了门和窗户，就这样，人们就住进了自己的窑洞，再也不必住在那漆黑冰冷的山洞中了。人类受到启发，有的住窑洞，有的则伐木盖屋，住进可以遮风避雨的房子。

伏羲昊发现在飞禽中，燕子最为聪明，竟然学着人的样子，也用唾液和土为泥，在人类的窑洞口或茅草屋的檐下筑巢，与人类生活在一起。伏羲昊对女娲道：“动物都能自立，且如此聪慧，人却不如动物，这是何道理？”女娲笑道：“昊天有德，广施恩泽，我造化人类和万物，昊天便使地上长满食物，使动物各尽其能，物竞天择，自然生存而已。但是这人类却不同，其中自有玄妙。”伏羲昊疑道：“都是众生，有何不同处？”女娲微笑道：“我造化人类时，是以金童和玉女之灵造成的，在天界，神灵不吃不喝也能生存，即使要吃有吃，要喝有喝，自然不为生计发愁。人类来自神灵金童和玉女，天性有惰性和依赖之心，故而少思少做，愚笨不堪，岂能与低等动物相比？”伏羲昊摇头道：“这话我不能信服，既然人类是高等动物，却不如低等动物了？”女娲笑道：“那低等动物，天生有生存之计，唯独人类没有。”伏羲昊怪道：“此话怎讲？”女娲反问道：“你看那些低等动物，哪个没有生存之计？夏天有夏天的生存之道，冬天有冬天的生存之道，飞禽有羽翅，走兽有皮毛，它们不惧冷暖，而人类却生来赤裸，能以树叶草皮遮羞已是本能了，若不是燃灯佛点化，哪里知道用兽皮做成衣服御寒？”伏羲昊细细一想，笑道：“说来也是，那人类何以至此？你造人的时候怎么就没想到？”女娲不觉泪下，泣道：“因为金童和玉女触犯天戒，被昊天罚下界来，天衣被夺，人类生来便有原罪的，我以神灵的模样儿造人，借金童玉女之灵体赋予他们智慧，至于生存之道，就要靠他们自己了，我虽然没有给他们羽翅和皮毛，但却给了他们一双手，他们可以自食其力，丰衣足食。轮回凡间便是坠入苦海，气候的冷暖倒没什么可怕的，可怕的是将来他们要面对的人情的冷暖。”伏羲昊问道：“人情的冷暖？”女娲拭泪，啜泣道：“人类有七魂六魄，自然就有七情六欲，动物的进化并非肉体的进化，而是精神和欲望的进化，凡间是物质世界，欲望的进化势必会超过精神的进化，只有物欲满足了，再思精神进化，但是，欲壑难填，哪有得满足？为了私利，他们必会凶暴残忍，自相侵害。然而昊天有道，其道自然，故而又化六道轮回，淬炼魂灵使其精进，最终能够脱离苦海。因此盘古太师说，轮回苦海，彼岸无边。”伏羲昊长叹一声道：“看来燃灯佛不得清闲了。”

伏羲昊受到启发，时时观察动物的行踪，林木中的蜘蛛能结网捕虫，他受到启发，教人们剥下槐树的皮结成网捕鱼。灵兽虚鼠发现地上有一群地鼠正在争吃一些果实，就逐一收起，一共收了五种果实交给伏羲昊。伏羲昊细看之后道："此乃豆、黍、麦、稻、粟五谷，生于五行之土，可食之。"于是又教人们种植五谷，让灵兽轸蚓召集土中的蚯蚓来松土，让灵兽室猪去召集林中的野猪来拱土开地，让灵兽危燕召集天上的飞禽来采集五谷播种，又让灵兽星马召集草地上的群马来踏平土壤，谷种就被埋在土里了。数月之后，遍地都长出青苗，伏羲昊又令雷、电、风、雨四神作法施雨，大雨过后，五谷拔地而起。夏季到来，五谷丰收，伏羲昊教人们拔去田地里的杂草，当时分不清时间，为了让众人在统一的时间劳作，灵兽昴鸡召集凡间的树上的野鸡来打鸣，夜间鸡叫三遍之后，太阳就升起了，人们就聚集在一起到田间劳作。到秋天的时候，五谷成熟了，伏羲昊令人们收粮。这时候地鼠很贪吃，还没等人们收粮，就被吃去一半，伏羲昊令灵兽翼蛇召集遍地群蛇来保护粮食，蛇见鼠来，就将鼠吞入腹中，老鼠见蛇在田间不敢再来。人们将五谷收齐，放在空地上晾晒的时候，飞禽也来偷吃，伏羲昊令灵兽娄狗召集凡间的野狗来看守，那野鸡和飞禽也不敢再来偷吃了。

又三个月之后，只见盘绕在天洞中的五色云气消失，天洞也不见了，天气变得清凉起来，众人欢呼。风过雨停，江河湖泊流水漾漾，大地回黄转绿，原野郁郁芊芊；花香鸟语，又是一番柳暖花春之景。清凉山以东也形成一座山，名叫燕家山，从燕家山往西一直到清凉山，又有了一片海子，因天鹅蔽日救人，使鹅毛脱落，这山口便叫鹅毛口，此间也有了一条河，人们称它为鹅毛河。

达旦和伊娃携四方男女老少前来，人们手中端着碧桃鲜果，献于女娲、伏羲昊、轩辕昊以及众神，众神和众人相聚在一起，欢声笑语，热闹非凡。真是：

香杏玉桃，滋味胜过金浆玉醴；樻李甜梅，甘酸强似清酥漉酪。葡萄竹蔗可代茶，枣椰西瓜能当酒。

女娲封达旦为天皇，又封伊娃为地皇。伏羲昊道："补天之功，当属神农琊。"神农琊道："大大王何出此言，不才所出不过微薄之力，所立不过毛发之功，岂敢居功。"轩辕昊冷眼一瞥神农琊，微闭双目，悠悠说道："补天之功当属女娲，除此而外，谁敢邀功。"女娲笑道："师兄过奖，我乃奉天命而已，岂可居功。但有功必赏，方可公道，今日我来主持，为诸灵兽列个功位，奏报师尊封赏诸位。"众神表示赞同。众灵兽一听欢跃起来，纷纷争功。伏羲昊首先举荐，他想了想道："本王以为，民以食为天，若非虚鼠，不知五谷，所以虚鼠丰功至伟，当名列第一。”话音刚落，见地上的群鼠都跳跃起来。轩辕昊道：“虚鼠偷食之畜而已，走不能先人，飞不能过山，攀不能至顶，游不能渡河，焉能居首功？”女娲正色道：“人生在世，五谷为大，虚鼠功高，理当位列第一。”众神表示赞成。山神举荐道：“觜猴采摘野果使人充饥，其功不小，当位列第二。”轩辕昊道：“觜猴尺寸之功，不及天牛。补天之时，天牛助人运石，劳苦功高，当居第二。”女娲道：“二师兄所言极是。”地神也举荐道：“轸蚓松土，当居第三。”伏羲昊不以为然，笑道：“轸蚓之功，不及室猪，室猪以鼻拱土开地，五谷得以种植。”轩辕昊道：“在这凡间，天大地大，不如人大，若论功德，室猪不及尾虎，尾虎保护众人，功不可没，当位居第三。”女娲赞道：“正是如此，尾虎理应名列第三。”地神又道：“参猿抱石助人，可得一功。”夜游神插口道：“你只为自己坐骑争功，是何道理，如你所说，那斗獬、壁貐皆可居功。”望舒反驳道：“斗獬、壁貐只尽本分而已，何功之有？若论功德，不如亢龙，补天之时，众人焦渴难耐，亢龙不远万里，往东海取水，救人于水火，此功之大，当居第四。”神农琊道：“亢龙之功虽大，但不足名列前茅，若要以此而论，那房兔之功，可谓利在千秋。”伏羲昊问道：“我见那房兔未出一力，何功之有？”神农琊道：“人能居窑洞，皆赖房兔佑启，不才认为，房兔当位列第四，而亢龙位列其后，应为第五。”伏羲昊和女娲都表示赞成。神农琊提议道：“昴鸡守时，有利于人，其功不小。”轩辕昊冷眼反驳道：“鸡鸣犬吠之事，此亦可居功？”神农琊笑道：“二大王有所不知，以不才之见，昴鸡功德两全，足可占一席之位。”轩辕昊问道：“你且道来，昴鸡何功何德可占一席？”神农琊上前一步道：“当初，人起居无时，杂乱无序。后来，人闻鸡而起，适时应务，此乃昴鸡之功也。文、武、勇、仁、信，此乃昴鸡之五德。”轩辕昊疑道：“所谓五德，据出何理？”神农琊笑道：“昴鸡之五德如是：头戴冠是为文，足有距是为武，敌前敢斗是为勇，见食相呼是为仁，守夜不误是为信。三大王以为，此可足为据？”轩辕昊无言以对，女娲掩口而笑。轩辕昊又道：“昴鸡区区之功，不及翼蛇。地鼠偷食五谷，全仗翼蛇守护，翼蛇有功于人，当名列第六。”女娲点头，众神即表示赞同。风神道：“如此说来，那星马之功，岂能无视？星马踏地平田，使五谷长出，此功当居第七。”雨神笑道：“我却不认为如此，尾虎护人，翼蛇护粮，而灵兽尚名列其位为何却单单无视于娄狗？若非娄狗守护，那五谷尽被野鸡飞禽所食，焉有颗粒之存？故举荐娄狗位列第七，星马当居其后，名列第八。”伏羲昊道：“不然。娄狗之功不及星马，若无星马踏地平田，食将安出？本王以为星马当居第七。”众神赞同。这时女娲忽然道：“诸位倒是忘了鬼羊之功！若非鬼羊，人岂非都饥寒而死？”圆融神点头道："正是，鬼羊义举，感天动地，当位列第八。"众神纷纷表示赞同。火德真君道："胃雉、柳獐也有功劳，采石掘池，无不勤勉。"望舒插言道："其功平平，不足挂齿，危燕、氐貉、心狐、箕豹、女蝠、毕乌、角蛟、奎狼、井犴、轸蚓、张鹿等皆是如此，无一懈怠者，论功而封才见公平。"女娲道："此言甚是，以功论之，之前所举荐的觜猴当列第九，昴鸡当列第十，娄狗位居十一，室猪位居十二。余下灵兽，可逐次排列，位居其后。"众神表示赞同。

众人欢呼，各灵兽摇头摆尾，不亦乐乎。这时，神农琊道："有了！有了！"众神都向他看去，他道："不才以此位列，得出计时之法。"女娲问道："有何妙法？"神农琊道："以灵兽位列，取前十二名，将这凡间一天分为十二时辰，鼠为子时，牛为丑时，虎为寅时，兔为卯时，龙为辰时，蛇为巳时，马为午时，羊为未时，猴为申时，鸡为酉时，狗为戌时，猪为亥时。如此人可以时而作息，岂不妙哉？"伏羲昊大声道："妙，甚妙！本王也有一法，可作这人间元历，就以此十二灵兽名次，以神农琊所言之时辰为十二地支，再以甲、乙、丙、丁、戊、己、庚、辛、壬、癸为十天干，天干地支相对，十二时辰为一日，十二月为一年，十二年一轮回，六十年一甲子，这年、月、日、时都有了！"众神觉得有理，于是将那天皇达旦和地皇伊娃叫来，教他们计时之法。

轩辕昊笑道："如此说来，大师兄功劳最大，当居十二灵兽首位。"众神闻言，哈哈大笑起来。女娲笑道："要说功劳，人人有功，不过我以为，这头功当属火德真君，若非真君出三昧真火，纵有千石万石，何以能补天。"说完，众神都点头称赞。火德真君正要谦让，却见元真童子来到，宣旨道："火德真君听旨，天王有令，火德真君速回天廷，旨到即行，不得有误！"火德真君跪地接旨，跟着元真童子返回天界去了。

女娲趁轩辕昊不在时，问燃灯佛关于后土和跨夫的事情，燃灯佛道："那后土本是昊天盘古身边的商羊。"女娲突然想起曾在菩提树下生须菩提时，轩辕昊曾言见过商羊，感慨道："原来如此。"燃灯佛接着道："这商羊有两只，因偷窥娘娘造人神，被天兵发现，二商羊为躲避天兵，而后变为化石。娘娘采石之时，可曾见两块白色化石？"女娲一想，激动道："果然，有两块化石，洁白如玉，难道火德真君就是……"未等女娲说完，燃灯佛点头道："正是。"女娲又道："另一化石却变成商羊逃去。"燃灯佛道："后被昊天盘古收去元身，成为神女，赐名为后土，并遣下界来轮回，在凡间生子，取名为'信'，正是那追日的跨夫。"女娲问道："那后土现在何处？"燃灯佛道："跨夫死后，其独自在泰山，每日郁郁而叹。"女娲道：

“如此，我须前去一探。”于是与燃灯佛去了泰山。

却说后土不见儿子归来，心急如焚，那日正在泰山之顶叩拜上天，祈求送子归来，哭天喊地，泣不成声。就在此时，空中传来盘古的声音，道：“后土莫要悲伤，信已归一仙界。你且在这人间安心轮回，等待归一。”后土哭道：“太师，弟子轮回凡间，生不如死，不如脱了我这肉体，让我回天界去，弟子不想在这凡间轮回了！”盘古厉声道：“天道方圆，有始有终，终而复始，收因结果，果熟而自落，你便会脱离肉身，超凡出世，离开这生死苦海。你倘若中道而废，便无法归一，为师即使超度你元灵往去仙界，而你肉身仍然在五行三界之中，最终将复入涅槃之境，苦海无涯，反复如是。你不要悲伤，为师念你孤身一人，今赐你一女，在凡间伴你轮回。”后土听后，转悲为喜，叩首谢恩。

而恰在此时，女娲和燃灯佛来到山下，见在泰山之顶，后土正跪地叩拜，觉得惊奇，于是上山去看，刚到山顶青石崖，却见空中一团彩云落地，彩云散去之后，竟是碧霞，女娲急问道：“婢子不在宫中，来这里做什么？”碧霞见是女娲，跪地哭喊道：“娘娘，大事不好了，请娘娘速速回天界救少主！”女娲惊问道：“我儿须菩提怎么了？”碧霞哭道：“只听少主杀了孟章神君青龙，被天廷拿下，关进天牢，怕是要被处死了！”女娲一听，犹如五雷轰顶，只觉心里一痛，大呼道：“逆子！非要杀你母后么？”说完晕厥于地。燃灯佛大惊失色，见女娲倒地急忙去扶，却听一声巨响，只见一道金光袭来，卷起那碧霞就不见了踪影，再看后土也不见了。

女娲醒后，见燃灯佛在一旁打坐，怒道：“你教的好弟子，如今闯下大祸，教我如何是好？”燃灯佛合掌道：“娘娘勿忧，须菩提今得大法神力，今后当为天廷效命，这也不是坏事。”女娲叹道：“犯下天戒，其命不保，谈何效命天廷！”燃灯佛道：“须菩提年幼，此事也绝非他一人之过，只要查清缘由，师尊自然会赦免他的，娘娘不必忧虑。”女娲沉默片刻，而后又问道：“方才我见后土与碧霞在此，怎么就不见了？”燃灯佛道：“我也觉得奇怪，不知何故，娘娘还是先回清凉山，再从长计议。”女娲返回清凉山，将所见所闻告知伏羲昊。女娲泣道：“我这就回天界去看须菩提，请求师尊赦免了他。”伏羲昊叹道：“你去泰山时，那元真童子来过，宣师尊旨意，说须菩提杀戮天神，罪不容赦，且言若无宣诏，你我不得入宫。”女娲失望，垂泪不语。伏羲昊气愤道：“这逆子既然犯下天戒，师尊自去惩治，他是生是死，全凭师尊决断，我们既奉命下界治理这凡间，又岂能半途而废。”女娲只好作罢，每日卧病于床，以泪洗面。

却说须菩提在燃灯佛处学得大法，一日在西极灵山练习，几招下来，只见那灵山便电闪雷鸣，鸟兽皆散，山崩石裂。正在得意时，忽然看到山上站着一位白衣少年，抱着胳膊来回踱步，时不时还瞅他一眼。须菩提见少年不及他年长，且生得面如白玉，浓眉大眼，极其风流韵致，心里十分疑惑，须菩提上前道："你是何人，见我大法还不快避去，竟敢在此偷窥。"那白衣少年笑道："就你这区区小法，根本不值一提，我何须窥视？"须菩提听了这话怒上心头，骂道："你这小子，也敢藐视我？你敢试我的大法么？"白衣少年笑道："你随便试吧。"须菩提笑道："只怕你会被我打死，你且留个名字，我也好知道。"白衣少年笑道："先不急问我名字，临死时再说与你不迟。"须菩提瞅道："果真不怕死？"白衣少年笑道："只怕你那小小法力伤不得我。"须菩提拉开姿势，翻掌就是一击，只见红、蓝、紫三道光射向白衣少年，他却岿然不动，又在那里背着手踱来踱去，须菩提不服，暗思道："我这法力能使山崩地裂，不信就打不得他！"思罢，又连击几道光，依然见他纹丝不动。须菩提只得罢手，心里转道："这人既有这样的本事，我怎么奈得他何？"于是气喘吁吁问道："你是什么人，我力能撼山，却奈何不得你小子。"白衣少年一挽长发，微微笑道："我是轩辕健。"须菩提拱手道："你从何处学来这金刚不坏的护身之法？"轩辕健笑道："生来如此，未曾拜过师父。"须菩提疑道："你从何处来的？怎么有你这样的奇人。"轩辕健正色道："我是昊天，无处不在。"须菩提立眉道："我见你法力至高，所以敬重，不想你却如此狂悖，竟敢妄称昊天！"轩辕健笑道："我知你不信，或许你师父燃灯佛知道。"须菩提斥道："他若知道，岂能容你口出狂言？"轩辕健问道："我有些小法术，你愿学么？"须菩提闻言大喜，问道："你有什么法术要教我？"轩辕健笑道："昔日，你母女娲造得雷神，可分身为四，加上他自身，便得五雷神，若能任你驱使，如身边添五个神将，此法叫作'驱雷法'，慑祟祟伏，驱邪邪灭，威力无比，一般大神的法力，也是奈何不得你的，你可愿学？"须菩提喜道："愿学，愿学！我愿拜你为师！"说着便跪地下拜，轩辕健将他扶起，笑道："你愿学，我便愿教，但我不收徒弟。"须菩提拱手道："那就请君速传我妙法。"轩辕健笑道："仔细看来。"说完打坐，将神凝住，口中呵气，又按沉丹田，接着突然起身，踩罡踏斗，手上运诀，接着扎下一马步，蜷起胳膊，两手一拍又握成拳，口内叫道："五雷速起！"只听上空立时响了五声炸雷，只见天雷滚滚，火电霹雳，轩辕健又起，将那拳头举起，朝那灵山一山头猛击去，一时飞沙走石，摧枯拉朽，一道白光直冲山头而去，只听得轰隆一声巨响，大半个山头已滚落山下。须菩提看得目瞪口呆，半晌回不过神儿来。轩辕健笑道："此驱雷法如何？"须菩提回过神儿来，拍手笑道："果然厉害！"轩辕健问道："学会否？”须菩提道：“学会了，只是那手上运的什么诀儿？我却未听到一字半句。”轩辕健正色道：“我说一遍，你可记好了，用时心内默念，切不可说出口，这诀儿便是‘我有五令，雷神分身为五，攒亥、坤、卯、戊、巳午未为我法门，亥为天门，门上起天火；坤为地户，地户起地火；卯为雷门，卯上起雷火；戊子起霹雳火；巳午未凝定，上起太阳三昧真火。速起速走，急入律令！’如此，只许默念一次，且不可重复。”须菩提默念一遍，便牢牢记在心内。轩辕健转身边走边道：“须菩提，你我有缘，故授你妙法，且不可与人外传，也不可道我是谁，你可记住了？”须菩提不胜怏怏，说道：“我都记住了，君且慢走，若还有什么法术，多教我一些可好？”轩辕健止步，笑道：“我再无别授。我看你心诚，想必将来也是匡扶天廷的人，这就教你一轮大法，叫作玄极掌，你意下如何？”须菩提当下拜道：“请君教我大法。”只见轩辕健击出一掌，一道金光直袭须菩提而来，须菩提只觉周身被一团金光包围，炙热难忍，顿时昏厥于地。

须菩提醒来时，见自己躺在小雷音寺度光殿的榻上，接引归真佛珍巫子在身边静坐。须菩提慌忙起身半卧，气若游丝道：“世尊，弟子……”珍巫子将他按下，道：“勿动！你的身体尚未痊愈，不宜活动。为师问你，是谁将你打伤的？”须菩提道：“那日在灵山习武，弟子遇到一个少年，神力至高，与弟子比试，竟然不能伤他一丝毛发。那少年说要教我大法，而后弟子就全然不知了。这才醒来，就发现自己躺在这里，我是不是做了一梦？”珍巫子道：“这不是梦。为师路过那山底，见你昏迷在地，就将你救了回来。”须菩提道：“也不知道他是何方神圣，岁数没有我大，本领却胜过我万倍。”珍巫子问道：“你可知道少年叫什么？”须菩提想了想道：“他叫轩辕健，他还说他是昊天。”珍巫子一听大惊，暗思道：“莫非是昊天盘古已经轮回入世？”须菩提见珍巫子若有所思，急问道：“世尊，怎么了？有什么不对吗？”珍巫子道：“无事，为师且送你回蕊珠宫养伤，等身体好了你再来灵山。”须菩提道：“世尊，我身体未愈，如何回得去？”珍巫子道：“为师背你回去。”须菩提已听说父母已迁至蕊珠宫，早就想回去看看了，又想起碧霞和碧玉，不觉心里又痒痒起来，便道：“我这就想回去。”珍巫子就扶起须菩提，走出小雷音寺，背起须菩提只将身子一转便消失在一团光云中了，约莫一会儿就又闪出一团光云，须菩提一看，身子已经落地，眼前便是蕊珠宫。珍巫子道：“你进去吧，为师要走了。”须菩提合掌，鞠躬施礼，抬头看时，珍巫子已不在眼前了。

须菩提弯腰驼背地刚进得宫门，走了一会儿却不知去哪间，便喊道：“碧霞！碧玉！”喊了一会儿也没人应答，又进长廊，就见尚翠急急忙忙迎上来，见须菩提面色苍白，走路身子都直不起来，急问道："少主这是怎么了？"须菩提道："我有内伤未愈，故而如此。"尚翠搀着他到偏殿去了。到了殿门口，抬头看门额上有"云灵轩"三个字，问尚翠道："这里可是我住的？"尚翠道："你才回来，娘娘早就安排了，让你住这里。"说着卷起珠帘，须菩提进去一看，殿内宽敞，云窗雾槛，鸳衾绣帐，珠辉玉映，十分奢华。须菩提卧在榻上，又问道："碧霞和碧玉不在宫里？"尚翠道："碧玉去太阳宫了，碧霞姐姐不知去哪儿了。"须菩提道："碧玉去太阳宫做什么？听说那是禁宫，什么都没有的。"尚翠低声道："听她说娘娘走时吩咐的，具体我也不知道。"须菩提道："你去歇着吧，若是她们回来了，就叫来见我。"尚翠应了一声便低头退去了。

须菩提一觉醒来，便觉身子轻松了许多，也不觉得疼痛了，就去院子里赏景，他一边走一边看，到一处庭轩，忽然看到一簇红影子闪了过去，他心里一紧，又追过去看，只看到半截花裙闪进一偏殿内，须菩提细看，偏殿额上题着"宸恩殿"三个字。须菩提腹中转道："莫非是碧霞和碧玉回来了？"想着便要进殿去看，忽然被尚翠从后面叫住，问道："少主要去哪里？"须菩提道："方才见有个人影儿进凤来阁来，我进去瞧瞧，看是不是碧霞碧玉来了。"尚翠摆手道："不是她们两个，若真的是，回来便要找我的，怎么会去那里间？"须菩提问道："那么刚才看见的是谁？"尚翠笑道："你看花眼了，什么都没有的，我也常看凤来阁里有人，进去看却什么都没有，那阁子里闹幽灵呢，少主身子虚的，还是别去了，万一撞上什么不干净的东西就不好了。"须菩提听说，急问道："真的假的？"尚翠掩鼻笑道："真的。"须菩提道："那我更想去看看了，这宫里闹幽灵，便将它杀了去，免得祸害人。"尚翠急得跺脚，须菩提正要前去，却见碧玉回来了，朝他这边走过来，笑盈盈地问道："什么真的假的？"须菩提满心欢喜，挽着她的手，笑道："原来你在这里，咱们去我殿里说话儿。"尚翠见他们这样，倏地转过身子走了。碧玉也不管，只将一弯玉臂环在须菩提胳膊上，娇嗔道："你那里是去不得的，万一娘娘回来，又要剥皮了。"须菩提笑道："这里就不怕娘娘突然来了？你要怕的，我去你闺房可好？"碧玉飞红了脸，轻移莲步就先去了绣阁，须菩提紧跟着进去。绣阁里锦幔珠帏，绣衾鸳枕，一应摆设精致，碧玉跪在榻上拾掇着，上面铺着两张绣凤锦褥，一张是碧玉的，横头一张是原是碧霞的，须菩提问道："碧霞去哪里了？怎么这会儿还不来？"碧玉低头怨嗔道："我怎么知道，这会子却又问她，那你出去吧，等碧霞来了服侍你。"说着便将榻柜上的钗环、佩玦、珠翠、玉镯等首饰收拾到妆奁内。须菩提看她恼了，知是妒意，便到榻上将她抱起来放在地上，拥着她笑道：“我偏不出去，今天就在这里了。”说着又要抱到榻上，碧玉却轻轻推开他，羞嗔道：“你急什么，待一会儿我取香炉来。”说着又出外间，摇身一转换了一身衣服，又进里间来，须菩提见碧玉捧着香炉轻裘缓带款步走来，窈窕纤体，蛮腰玉腿透过薄纱，看得他越发神摇魂荡了，碧玉又端来茶递上，须菩提只顾盯着她看，心不在焉地双手接了一个空，茶碗咣当落地，碧玉不觉失笑，掩口道：“你心里想的什么？”须菩提才出神儿，将她拽到身旁，抚着她的鬓云，那脂香早已沁入肺腑。须菩提正要宽衣解带，碧玉不让，娇哞道：“想干什么？又记吃不记打了？”须菩提看她越发温柔，一时按捺不住，便将她推倒榻上道：“娘子，多时不见了，万望发发慈悲。”碧玉笑道：“不行不行。娘娘警告过我了，不得使你沉迷美色，耽误了修行，今后这种事儿是万万不能了。”须菩提央道：“娘子可是真的不依我？”碧玉笑道：“你口口声声娘子娘子的，那你将碧霞叫什么？”须菩提道：“此时不与你说她，你就依我一回可好？”碧玉道：“我可不敢负了娘娘，再被抓着，这脸都没地方搁了。”须菩提急道：“怕她什么，娘娘身在凡间，她又不晓得，再者我们已有婚约，光明磊落地行事，又不是窬墙钻穴的，娘娘自会谅解。娘子见怜些儿，不然我怎么忍得住呢。”须菩提一边说一边解碧玉的衣服，扯了一通也没解下来，碧玉掩鼻笑道：“我不念想除去衣服，你就别想解得开，你以为你是昊天呢？”须菩提一听，一个骨碌翻起身，惊问道：“怎么你也认识那昊天？几时的事？你可与他有暧昧？”碧玉起身，惊得双眼发直，也不知说什么。须菩提见状，越发怀疑，气得直跺脚，怒道：“我就说他怎么平白无故就对我好，又是教我大法，又是传我秘诀的，原来是他早有所图！”碧玉又羞又气，满脸通红，憋了一口气又吐出来，眼泪扑簌簌落下来，哽咽道：“你说的什么话？哪里有个昊天？你当我是什么？今天要说得清清楚楚，不然我也不活了！”须菩提见她这样，心软了下来，瞪着眼睛问道：“你没见过那昊天？”碧玉怒嗔道：“我倒想见昊天呢，见了也将我罚下界去，打入那六道轮回！”须菩提一听，便知她说的不是一处，又凑上来搂着她赔笑道：“娘子息怒，我知道错了。”碧玉怒气未消，将他推开道：“谁是你娘子，滚到一边去。”须菩提叹道：“唉！我也不是故意的，因为今日见了一个少年，比我年纪小，但法力极高，他说他是昊天，还教了我一通法术，我以为你说的是他呢，便起了疑心。”碧玉听他解释，气也渐消了，白他一眼道：“那你就怀疑我和他有染？这便是亵渎昊天，快不要说了。”须菩提见碧玉又好了，又将她扑倒，又是亲又是摸的软缠硬磨，碧玉抵撑不住，也不十分作难，于是羞容满面半推半就，心里闪出一念，那云裳便脱落了，碧玉娇啼婉转，任他孟浪。两厢云雨已毕，又在榻上温存一阵子。

两人起来，整好衣装。碧玉又端茶来，须菩提吃了一碗，问道："听尚翠说你去了太阳宫，去那里干什么？"碧玉突然气呼呼道："你不说我倒忘了，真是气死我了。娘娘说要我去太阳宫用玄水清洗什么诞龙台，我就去了，在半道上遇见一队天兵，拦我去路，为首的说什么也不让我过去，我就将娘娘搬出来压他，他却不给脸，说女娲娘娘来了也过不去，太阳宫如今宫禁。"须菩提道："什么人这么霸道的？我就不信还有我们蕊珠宫去不得的地方！"碧玉气道："就是，这不是欺负娘娘么！娘娘在时一个个都叫天母，毕恭毕敬的，娘娘一走，他们就不认得主子了！"须菩提起身道："我这就去见他，说不定碧霞去找你，结果被他捉了去，他若好了，我便饶他，他若不好，我就与他见个高低！"碧玉闻言，含情脉脉地望着他，娇嗔道："还是夫君威武，给我们蕊珠宫长志气，你快去快回，若是见了碧霞就一起回来。"说罢，又送他出宫去。

须菩提直奔太阳宫方向，果然见半道上扎了一营，百余天兵簇拥一将挡在中间，座椅上竖着幡旗，上书"青龙"二字。须菩提见状，暗思道："这孟章神君青龙一直驻守东极星，却在这里作什么？"于是上前去拱手道："神君在此扎营，却是为何？"孟章神君一看是个少年，问道："你是谁？敢来探听机密！"须菩提拱手道："小神乃是天母女娲之子须菩提，正要前往太阳宫，不料遇到神君挡道，特来借过！"孟章神君听是女娲之子，忙作揖道："不知是少主驾到，失礼失礼！"须菩提回道："不必多礼，神君可愿放行么？"孟章神君道："我也是奉娘娘之命镇守此处，太阳宫是昊天庙宇，娘娘有严令，不论是谁也不准前去，少主请回吧！"须菩提正色道："我若非要通过，神君当如何？"孟章神君手按剑柄，瞪着眼道："请少主莫逼我！"须菩提按下心火，尖言冷语道："鼠辈竟敢藐视我！"孟章神君厉声道："少主莫动怒，刀剑无眼，若伤了尊驾，我可不好向女娲娘娘交代！"众天兵都哄然大笑起来。须菩提冷笑道："莫说你要给我母后交代，我自有交代，只怕你们活不过今日！"说完便出掌一击，只见三道金光袭去，将那左右数百天兵瞬间都化为青烟。须菩提看看手掌，大惊失色，心里想道："轩辕健果然赐我玄极掌！"暗喜间，又见数百天兵涌上前来，将他团团围住，再一看去，孟章神君青龙早就不见了。须菩提笑道："真是鼠辈，如此也敢称神君！我不与你们打斗，叫你们神君来说话！"有天兵喊道："神君念你是女娲娘娘之子，不愿火并，先回东极星仙宫了，少主若知趣，当速速离去。"须菩提大怒道："想逃没那么容易！"说着又打起来，也未下死手，天兵敌不过，一直退去，须菩提跟着紧追，直追到东极星，见天兵都退入一座深宫，上有"天龙宫"三个大字。须菩提叫门，却无人应答，怒喊道："我要见孟章神君！如果再不开门来，我便将这天宫夷为平地！"话音刚落，就见一门尉急出，众天兵闪避一旁。门尉上前拜道："不知少主前来，有失远迎，神君有令，请尊驾入内。"须菩提也不理，径直入内，进得正殿，见翠烟弥天，孟章神君坐在蟠龙宝台上，头上祥云袅绕，珠围翠拥，有两位天将手持利剑，侍立两旁。再抬头看去，宫殿宝台两侧立两柱，上有一匾额写着"东极仙天"四字，柱上各书一联："蛟炉香喷云泄雾，玉阶花羞云鹤笑。"须菩提冷笑道："好个逍遥之地！"又见数百天兵手持兵器跑来，纷纷站在左右。孟章神君问道："来者何人？"须菩提怒道："我们才见过，一眨眼你却忘了？逃到这里给我摆个脸，你当我是来寻你玩的？"孟章神君笑道："你来我宫中有何事？"须菩提道："久闻神君法力无边，特来讨教。"孟章神君道："若是论法，我自愿陪你；若是斗法，恕我不能奉陪。"须菩提冷笑道："你莫非还怕我不成？"孟章神君叹道："你杀我数百天兵，犯下天戒，天王定不饶你。我念你是伏羲大王和女娲娘娘之子，故不想与你争持，你请回吧。"说完便走下宝台转身欲走，又听须菩提在背后讥笑道："堂堂神君，果然是徒有虚名。"孟章神君转身道："我已不与你计较，你又何故在此寻衅？"须菩提道："你不计较，我却计较，你可是抓了我蕊珠宫的仙婢？快快放人，不然我不客气！"孟章神君站住，盯着他问道："我何曾抓过蕊珠宫仙婢？"须菩提道："你休要抵赖，仙婢要去太阳宫，却被你当道拦下捉了去。"孟章神君又问："确实有个婢子要通过，被我驱了回去，但却没有抓人，你听谁说我抓人？"须菩提道："仙婢没有回府，不是你抓了去，莫非她凭空消失了么？不管怎样，今天我就是要人来了！"孟章神君怒道："我看你今日非要找事了！"须菩提摆下脚阵，抬起双臂，正色道："就请一决高下。"孟章神君摇摇头，长叹道："既然你逼人太甚，我奉陪就是了！"须菩提就地而坐，双目紧闭，调元气于掌中，双手翻转，吸入元气按下丹田，而后出掌击去，三道金光电掣星驰般射向孟章神君，孟章神君见三道法光直面扑来，顿时感到威力无比，身体不由迫退三尺。孟章神君调气运功，迅即击出一掌接去，不料被三道金光击溃，他身子一跌，倅然倒地。须菩提见孟章神君大败，起身大笑道："本以为你有什么大法力，不料却不堪一击，我只稍试锋芒，你便一败涂地了。"孟章神君口中吐血，喘道："你好勇斗狠，将来必伤自身，请你好自为之。"须菩提抱拳笑道："神君美意，小神领过。"说完，纵身一跃，便腾起一团蓝光消失了。孟章神君因中了须菩提的玄极掌，灵体大伤，不消一会儿便一命呜呼了。天兵慌作一团，飞报玉京宫，天斗闻奏，得知孟章神君青龙竟被须菩提当场打死，非常震惊，一时怒不可遏，下令让笪殷昊领兵将须菩提抓来，打入天牢。

那日，碧霞见碧玉去太阳宫许久不回，以为出了什么事，就去寻她，不想走着走着便迷了路，那时碧玉早回来了，她却转来转去一直走，不知不觉竟然到了太阳宫，进得门去，又见四下无人，便又转了回来，走好几个时辰才回到蕊珠宫，到了宫里就见碧玉和尚翠哭倒在地，细问才知须菩提闯下大祸，被打入天牢。她是又惊又急，也不顾什么了，急着要下界去见女娲，让她来救须菩提。碧霞便去南灵殿找女姬，见面就将须菩提的事儿哭着说了一遍，女姬也慌了，不知该怎么办。碧霞泣道："上神若能帮我下界见娘娘，小婢愿以死报效。"女姬叹道："都是自家的事儿，我还让你报不报的，只是下界不易，那南天门戒备森严，没有师尊允准，谁敢送你下界？"碧霞泣道："难道再没办法了么？"女姬思忖半晌，低声道："办法倒是有一个，不过私自下界是要犯天戒的，你可想好了。"碧霞跪地，连连磕头道："就是万死我也愿意，莫说什么天戒。"女姬长叹一声道："唉，好一个忠心的婢子。"说着便流下泪来。碧霞急道："请上神救我家少主，给我一个下界的办法。"女姬叹道："好吧。昔日师姐造众神和人神时，我曾在囲山发现一块奇石，那石头又生出一颗珠子，小如玉卵，晶黑透亮，师姐对我说，这珠子有万千能量，有它在身，便能穿行各星域，能去界外，来去自如。我当时喜欢不行，就想讨了来，师姐说这是她的，叫个什么女娲石。我本来都忘了的，你说起要下界的事儿，这又想起来了。碧霞，你若想下界，只能带着出南天门了，有了它，你才能到达凡间，便见到师姐了。你回宫去，到师姐的寝殿找找看吧，兴许那珠子就在呢。"碧霞听了，如获珍宝，匆忙回到蕊珠宫，果然在寝殿内找到一块奇石，通体晶黑，莹莹透亮的，想这便就是了，急着装进怀里就跑到南天门，还未等门神反应过来，纵身一跳，便下界去了。

且说后土回到洞中，果然感孕，生下一女，由于老来得子，后土非常疼爱女儿，就对她道："你就叫伊耆吧。"谁知女儿一听就哇哇大哭起来，后土笑道："那就不叫伊耆了。"女儿立即不哭了，瞪着一双乌珠儿瞧她。后土逗女儿道："那你叫什么名字？"女儿张口就道："泰山，泰山！"见女儿生来就会说话，可见聪慧伶俐，后土笑道："你生于泰山，那就叫泰山吧。"从此视为珍宝，爱护有加。时间过去六年，泰山已经六岁，果然很孝顺，常出洞外与众人采撷野果，带回给母亲吃。泰山有个秘密，就是她有时候会见到一只头顶上有分枝状的天鹿，那美丽的长角会发出银白的光芒。有一次她去溪边为母亲取水，又遇到天鹿，天鹿一直跟在她身后，当她返回的时候，突然窜出一只花豹，朝她扑来，泰山吓得大哭，但石碗中的水却被她死死抱着，就在此时，天鹿冲了过来，那只花豹大吼一声扭头就逃走了。

泰山回去之后，将这件事儿仔仔细细地告诉了母亲，后土听了，惊呼道："莫非是我那天鹿妹妹也轮回到这凡间了！"泰山问道："母亲说什么？"后土摇摇头，眼里噙着泪，默默抽泣。

再说凡间，人们每天捕杀江河中的鱼类，惹得海中的阴阳二鱼震怒，于是化身为海神亲赴幽冥界见魔天王阴灵，怒道："王兄一忍再忍，却让女娲等将那凡间的人类繁衍至今，人类不思劳作，每日就取我海中生灵充饥，长此以往，那海中生灵便会灭绝，我也会被人类捕杀了吃掉，王兄若再不管，你我从此分道扬镳吧！"阴灵道："本王对女娲和众神早已恨之入骨了，贤弟勿急，且暂回东海，本王即令兵士夜间去那凡间，搅他个天翻地覆！"阴阳鱼辞别阴灵又返回海中。阴灵即令众魔夜晚潜入凡间，很多人一夜之间中了邪风，有眼斜嘴歪的，也有四肢瘫痪的，甚至被梦魇死亡的也是剧增不减，神农琊采草药救治也无力回天。女娲发现，达旦和伊娃年近半百，很多人都发白如霜，牙齿脱落，看上去已是老态龙钟了，没过多久都死了。女娲叹道："我造人九千，死了两千，而如今却剩下不到两千，其他的人都去哪里了？"神农琊道："娘娘可还记得那山中的九个孩儿？长大之后，自称是人皇氏，其中为长者尤其勇猛，生得面如冠玉，身材高大，极其聪慧，他曾对天皇达旦和地皇伊娃提出，将这凡间分为九州，自治一州，他的八个弟弟再各治一州。结果达旦和伊娃却不同意，说众人要生活在一起，不可分居。人皇氏长者便鼓动了五千名众人，分配给他和他的弟弟们，带着这些人去各州了。"女娲惊道："有这等奇事？人皇氏或是天地造化，果然聪慧，能使人类居四方，这也正是我的愿望。既然如此，就让他们去吧，只是可惜那死去的两千人了。"燃灯佛闻言，合掌道："娘娘勿忧，神仙尚有涅槃，人岂无生死？那死去之众生，灵身游弋于世，将来冥界开辟，可暂收入冥界，再投生阳世，也算是大慈悲了。"女娲叹道："也只能如此了。"

却说火德真君上界觐见天斗。天斗道："为师令你回宫，有紧要之事相商。"火德真君问道："师尊与在下有何紧要之事？"天斗道："为师见南极星周围有星光忽明忽暗，不知是否是那泰阶星显现了？你主司南极星海，颇熟此星域，故令你速去察看。"火德真君领命前往，不一会儿便查出详情，报于天斗道："师尊，那正是泰阶之星，与荧惑相遇，分三台而聚之，正在由南向西移去，但弟子不知主何征兆。"天斗听后大喜，故作镇定道："为师已知道，你且退下吧。"火德退出，自往南极星紫真宫而去。

凡间转眼又过去一年。女娲携众神去善元、怀仁一带察看，见人数越来越少。女娲非常发愁，她叹道："魔众、疾病之害大矣！"当时尚未有火，人们渴了便饮禽兽之血，饿了则吃禽兽之肉，常常有人生病，伏羲昊叹道："茹毛饮血，怎能无疾？"女娲道："人间无凡火，我们只有三昧真火，人类岂能使用？"神农琊道："可令日游神上界去请火德真君下界，他或有良策。"日游神得令，往仙界南极星紫真宫请火德真君下界造火。下界之前，火德真君早有准备，他将南极星的燧木也带下界来，当众教人用那砾石钻木生火，只见他磨平砾石，用石尖在燧木上钻出一个洞，然后放些细草枯叶进去，用力钻动，再对嘴轻轻一吹，一股青烟冒出之后，便生出了火苗，火德真君捧着火苗道："这便是地火了。"众人看得惊奇，伸手去摸，却被烫得尖叫起来，火德真君笑道："你们凡类岂敢如此？就如诸神不敢把玩三昧真火，这水火无情，用时好用，防时也要严防。"人们以为是神法，纷纷来钻木取火，果然成功。伏羲昊道："从此人类可以吃熟食了。这些人除了达旦和伊娃，人都没有个名号，我看就以他们所长取个姓氏吧，比如这些钻木取火的人，便叫他们为燧人氏，那住窑洞的就叫作有巢氏。"女娲道："这个办法最好，妙极。"

人们都生火煮食，女娲见有了凡火，想起自己造人时建的玄炕，就教人在窑洞内造了炕，这以后，得病的人就越来越少了。火德真君对女娲道："自娘娘造人之后，这凡间人数剧减，究其原因，乃是人类只死不生。虽有达旦与伊娃借以阴阳交合而繁衍，然所生之人不过百余，其余之人都不懂交合，长此以往，这些人也终将绝迹。"女娲笑道："造人之时就想到了，然而人类还懵懂无知，不知玄妙，不知火德真君有何良策？"火德真君正欲回话，忽听那太行山上龙啸震天，转身去看，只见一条火龙盘在崖上长啸。女娲惊问道："那是何处来的天龙？"火德真君道："烛龙少阳。"女娲惊道："少阳坠天而死，怎么就出来了？"火德真君正要答话，忽然又见少阴、天听和望舒也摇身一变，化身为龙飞去，围住烛龙长鸣不止，四龙互相纠缠着，龙吟阵阵。火德真君喃喃道："娘娘有所不知，那烛龙少阳龙体坠天而死，元灵却在凡间久聚不散，适逢后土轮回界下，投生后土，轮回至人间，就是后土的儿子信。人见其奔跑追日，以为他是愚笨，但并非如此，他是见到太阳，便知那是他的龙珠儿，想将它追回来。信一跨十三里，人们就称其为'跨夫'。跨夫追日而死，元灵归一到仙界，复又为天龙，信的肉体化为九个男儿，血液又化为江河之水。"女娲道："那九个男儿，你说的可是人皇氏九兄弟？"火德真君道："正是。"女娲正要细问，却见望舒急忙进来，对女娲道："娘娘，烛龙下界急来报信，说是太阳宫突然来了一条天狗，凶猛非常，大肆破坏殿宇，故来请我们三龙回去。"女娲大惊，问道："何处来的天狗？莫非阴灵已经攻入天界？"望舒道："烛龙说不是阴灵，他本想驱逐此狗，却因失去龙珠而无法喷出真火，不能敌那天狗，便想请火德真君一同前往，借三昧真火一用。”女娲惊愕不已，又怕耽误大事，催促火德真君道：“请你随诸天龙速去天界相助，我只有一事相求，若得机会，便往天牢看看我儿须菩提。”说完眼泪夺眶而出，火德真君伤感不已，躬身长拜，与诸天龙怅然而去。

火德真君怕时辰将至，那南天门就要关闭，便急着要骑烛龙上天，刚走到山顶时，突然脚下一滑绊倒在地。

第七章　光复冥界

火德赐福女登生炎帝 菩提入牢女娲收冥界

却说火德真君绊倒，双脚被扭伤，只好坐地叹息，而诸天龙已前行一步了。烛龙焦急不安，在他身旁长鸣，口吐丝丝蓝火。眼看时辰将至，火德真君就怕南天门关闭，一时难回而误了大事，当下心急如焚，却无可奈何。烛龙见火德真君受伤，无法登上龙身，急得在石崖盘来绕去。火德真君问烛龙道："你火急如此，我双足挫伤，怎么飞得上去？"烛龙急得长啸一声，龙尾猛一摆，打在崖石上，只见碎石滚落崖下。火德真君叹道："那南天门就要关闭了，这可如何是好！"正在焦头烂额之际，烛龙见天鹿和一个少女从崖下经过，烛龙长啸一声，引得天鹿和少女都朝崖上望去，少女见一个神仙和一条龙在崖上，惊叫道："这可是天神下凡了？"天鹿回头看看泰山，泰山便明白了，一步步登崖而上，见到火德真君时已经满头大汗。火德真君见一个少女上来，便瘸着腿站起身来，表情痛苦，问道："你是何人，怎么到这里来了？"少女不答话，火德真君看了一眼少女，忽然愣住了，他看少女非常面熟，而且越看越像是后土。火德真君又问道："姑娘为何在此？"少女笑道："我见你在崖上坐着，听到龙啸声悲伤，便知你们一定遇到什么难事，故而前来探看。"火德真君看了看崖下的天鹿，便知是轩辕煌引来的，就朝天鹿合掌一拜，天鹿看他了一眼，转身离去。火德真君又问道："姑娘叫什么名字？家在何处？"少女不答，心里想道："我母亲时常告诫，不得向外人说自己的家事，我也不能说我叫泰山。"想到此处，瞅着火德真君笑了笑，一言不发。火德真君急道："我是天神火德真君，欲腾龙上天，不料跌伤了双足，若再迟些必然坏事，不知如何是好？"泰山笑道："你真的能乘龙升天么？"火德真君苦笑一下，看了看身旁焦急不安的烛龙，说道："正是，只是上不得龙身上。"泰山笑道："这有何难？我扶兄你登龙便是了。”说完，便扶着火德真君到龙身前，然后跪伏在地，让火德真君踩着她的背，爬上了龙背，烛龙低鸣一声，一转身就腾起一阵云雾。火德真君扭过头问道：“不知恩人何名？容我谢恩。”泰山笑道：“小女无名，你快乘龙升天吧，我倒想看看呢。”火德真君想了想道：“我是天神，主司界下福禄之事，今遇姑娘相助，感恩不尽，如若姑娘不嫌，我就赐你名为‘女登’如何？今后你用此名在世，必得福报。”泰山望着火德真君一笑，火德真君转身，只听烛龙长啸两声，直冲南天而去。

又过一年，人间正值春季，草木苍翠，鸟语花香。怀仁清凉山，女娲徘徊在窑洞门前的一棵大槐树下，思索着如何解决凡人只死不生的问题。这时候，只听两只鸟儿叽叽喳喳地叫着，在槐树间互相飞翔追逐，并惊落两片树叶儿。女娲抬头看着，见两只鸟儿落在一枝树枝上，嘴对嘴地嗑嗑啄啄，模样儿十分亲昵，接下来又看到它们交合起来。女娲脸上浮现一朵红晕，忽然大悟，急忙去找圆融神。此时圆融在和伏羲昊、轩辕昊、燃灯佛、神农琊正忙着计年计时，见女娲前来，圆融神和神农琊忙上前拜道：“娘娘万福。”女娲忙搀扶道：“请起，既为同道，何须多礼。”二神起来，女娲对圆融神道：“人类面临生老病死，我却无计可施，今天才想起你来，既然你主司这界下凡人婚配之事，何不早出良计？”圆融神答道：“娘娘恕罪，非我不为此计，只是时机未到。”女娲问道：“为什么？你且细细道来。”圆融上前一步，看着诸神道：“娘娘造人于凡间，诸神虽为人类生计殚精竭虑，却忽略一件大事儿。”女娲问道：“什么大事儿？”神农琊道：“人类之所以骤减，因为人类只死不生，天下苍生以人为大，人类若无婚配嫁娶，终将灭绝。但是，诸位可曾想过，阴阳之交，万物之合，虽然可以催生万物，衍迤生灵，但其首要的便是具备轮回之道，有如这草木枯荣，皆赖四季轮回而历经春夏秋冬，方得回黄转绿，生生不息，但是凡间尚未有轮回之道，这人类如何繁衍？即使生下胎儿，灵身从何而来？灵身又通过何道投生？”女娲点头道：“这话在理，也是关键所在，但是凡间的轮回之道，如何开辟呢？”圆融神道：“这个，当问诸大王及燃灯佛。”女娲回头看向伏羲昊和轩辕昊以及燃灯佛。轩辕昊大声道：“怎么这么麻烦，依我看此事也不难办，只教人类服用五云即可，省得又要开辟什么轮回六道！”神农琊问道：“何谓五云？闻所未闻。”女娲笑道：“他说的是云英、云珠、云母、云液、云沙五种云母，据说若按五季服用，便能使人长生不老，我却不信，这是纯属虚妄之词，断无可能，即使可以，却去哪里采取这些云母？当这是树上的果子呢！”神农琊笑道：“人类皆有寿数，长生是妄想，如果真的如此，昊天还如何创化三界，这轮回六道也不必有了，到时候这人间恐怕就要毁灭了。”轩辕昊徘徊道：“师妹造人及众生，何不像那达旦与伊娃，与那众生也八百年的寿命，哪里还有今日之忧？”女娲立眉，问道：“莫说我只有一个金童和一个玉女，无法给其他人八百年寿数，即使给了他们，那八百年之后又当如何？”轩辕昊无言以对，转而笑道：“那就教给他们长生不死之术。”女娲正色道：“师兄戏言，不足以听。请恕我直言，你我天神尚且在涅槃之境，也难脱离这轮回之道，何况此间众生呢！”伏羲昊道：“本王曾听师尊说，神仙触犯天戒，将坠入五行，身在三界，轮回六道，修成正果方能出离五行，置身于三界之外。现在细细想来，三界乃是仙界、冥界、灵界，而五行则是下三重世界的凡间。当务之急，就是在这凡间开辟冥界，才能解决问题，如同草木轮回四季，众生亦可轮回阴阳两界。人类死后，其灵身不至于消亡，而轮回往冥界，再由此转世，投生到阳世，如此周而复始，何忧众生将会灭绝？”轩辕昊忙问：“师兄的意思是，我们这些天神尚且还在三界之内？”伏羲昊点头道：“虽然不在五行之中，但在三界之内。”轩辕昊又问：“如何能在三界之外？”伏羲昊笑道：“除非修得亘古不死之身，方能脱离涅槃，置身于三界之外。”燃灯佛合掌道：“此言不虚。天神轮回修真，方得亘古不死，修真又以善为本，不然难成正果，而后必经生死轮回。无论天神与众生都在这轮回之道。若天神触犯天戒，打入五行，轮回凡间，若轮回之神能在凡间修成正果，功德圆满也可复入天界，若众生弃善从恶，人死之后，灵身坠入冥界，而后轮回幽冥，由冥府据其生前之善恶，判正其罪，然后再择其灵身分别投入六道，如此一来，万物生灵便可环生于三界。”轩辕昊不耐烦道：“诸位在此计议，我且去看看众人如何了。”说完便悻悻出窑洞而去，女娲摇头叹息一声，接着商讨。轩辕昊觉得无趣，暗思道：“我竟被师妹小视，不如去师尊那里讨教一番，也好下凡来出力。”说完，便入神道往天廷去了。

且说女姬教了碧霞下界的办法，心里也怏怏不乐，一个人坐在南灵殿里发呆，思忖着碧霞可曾寻得那块女娲石，又想起须菩提被打入天牢，而女娲却在凡间忙碌凡人的事儿，不觉愁肠满腹。此时又想起轩辕昊，不觉脸上微微一红，正想斜倚在香榻歇息一会儿，却见侍婢苏叆进来了，低头道：“上神，蕊珠宫里的碧玉来了。”女姬急忙起身道：“快叫她进来。”碧玉才哭了好些时辰，眼睛还有些红肿，女姬见她这般模样儿，眼泪就扑簌簌地跟着下来，心疼得拉过她的手儿道：“蕊珠宫发生这样事儿，可苦了你们了。”碧玉低头泣道：“这里有个包裹，是碧霞托我转交给上神的，只说她下界去找娘娘，万一有个闪失，若不得回来，就再也见不到娘娘了，这些东西就请上神转给娘娘。”说完就将包裹递过去。女姬接过来，打开包裹一看，都是些女娲平日里赏给她的珠零玉翠，还有她送给碧霞使的绣花用的针凿、七彩玄线等细碎物儿。女姬不由地伤感起来，抽泣问道："这么说来，碧霞已经下界了？"碧玉点点头儿。女姬泣道："我可怜的孩儿。"说着不停地用绢帕儿拭泪，碧玉也跟抽泣几声，低声道："上神保重的，小婢这就先回去了。"女姬不说话，只是点点头。

见碧玉走了，女姬回到寝殿，妹喜正坐在轩窗下端着绷子绣花，一见女姬回来，忙扔下绷子起身斟茶。此时，一个小婢子站在轩窗外低声问道："岄灵姐姐在么？"女姬正在疑惑，就听妹喜对着窗子答道："她在偏殿，你找她有什么事儿？"那小婢子道："我找她耍，也没什么事儿。"女姬问道："这婢子是谁？怎么不进来。"说着就起身去看，那小婢子不等女姬来看，牵起裙襕就噔噔地跑了。女姬转身问妹喜道："那婢子是谁？"妹喜道："她是二大王府上的邠夙，平日里和岄灵好，就常在一起耍呢。"女姬明眸一转，低声自语道："邠夙……"忽然想起女娲曾说轩辕昊与邠夙风流的事儿来，心里一转道："这个贱婢，也不知道是什么样儿的，怎么二师兄会和她一个婢子嬿私，我且看看她去。"想到此处，又问妹喜道："邠夙刚才跑哪去了？"妹喜回道："去偏殿找岄灵去了。"女姬道："你带我去看看。"妹喜急忙卷帘，带着女姬直往偏殿去，到了门前正要叫，却被女姬一把扯住，将那纤指往嘴上一扣，妹喜便不敢出声了，跟在女姬身后。就听里面传出说笑声，岄灵道："我不信你的，你拿来我看看才能信你。"邠夙又道："看就看，不过你可别问我要，就是想要我也不给。"岄灵道："我才不要男人给的东西！"邠夙道："哼，你想要也没有的，只怕你主子也不给你吧。"岄灵道："你自己扯谎的吧，一定是你从哪里捡到的，却说是二大王给你的，这倒是件新奇的事儿，你说你和我一样都是个婢子，他送你这些做什么？"女姬听到此处，又妒又恨，直接推门就闯了进去。岄灵见女姬一脸愠容地突然进来，吓得赶忙跪在地上，邠夙一时也慌了，坐也不是，站也不是。女姬细看去，见她身着雾裙，双眉细疏，玉雕金刻般的鼻梁儿，削肩蜂腰，白玉无瑕。邠夙抬眼瞅着女姬，鼓起樱桃小嘴儿顾盼一会儿，模样儿楚楚可人。女姬不怒反笑，道："哎呦！这不是二大王府里的邠夙么？怎么来我这里了？"邠夙这才起来，欠身回道："小婢来找岄灵耍，不想打扰了上神。"女姬笑道："我也闲得无事，没什么打扰的，你们玩儿吧，我要去歇一会儿了。"说着就转身出去了，妹喜回头瞪了岄灵一眼，跟着女姬去了。

话分两头。轩辕昊直入南天门，见南天门有百余天兵把守，戒备森严。一天兵持戟问道："你是何人，敢闯天门？"轩辕昊一听大怒，上前就指着天兵的眼窝斥道："你没长眼睛么？"其中一个天兵慌忙赶来，拱手道："他没见过二大王，故而冒犯，请二大王见谅。”轩辕昊也不理，左右瞥了一眼。这天兵问道：“二大王不在界下助人，怎么突然就返回天廷了？”轩辕昊又气不打一处来，怒喝道：“好没眼色的卒子！你当本王是谁，由你这般问来问去的！”那天兵慌忙跪道：“二大王，我们在此防守，也是职责所在，天王有旨，若无奉诏，不可进出天门。”轩辕昊欲拔剑，怒斥道：“放肆！”话还未了，就见门神前来，弯身笑道：“二大王息怒，不是天兵失礼，他们是见二大王忽返天廷，只问问罢了。天王有旨，界下之诸神，非宣诏不得入宫，这个二大王也不是不知道。”轩辕昊知道南天门门神本是那艽、桃二神，于是消了怒火，问道：“为何阻拦本王进宫？”门神答道：“二大王有所不知，这两日，囲山突然出现一只天狗，天王疑此狗为阴灵所化，就令天蓬、杨天佑二神去拿，不料拿它不下。天王下了旨，令小神严守天门，以防天狗逃脱。”轩辕昊低声道：“竟有此奇事？本王这就进宫见师尊，请奏消灭这只天狗。”说完，头也不回就直往天门里去了。

轩辕昊走到半道，突然想起女姬来，又转念一想，不如我去南灵殿先看望师妹，再去拜见师尊不迟，于是又转头去了南灵殿，刚到门口，就见苏叆和妹喜二侍婢在殿门外的飞来阁的石桌圆凳上坐着，手里拿着一块丝巾细看。轩辕昊轻手轻脚走过去，站在她们身后，见那丝巾上有艽树和桃树、龙等图案，便觉得好奇。轩辕昊眼睛一转，想玩笑一下她们，就在她们身后大声吼道：“婢子在此窥视何物？”苏叆和妹喜毫无防备，被这一声大吼吓得尖叫一声跌倒在地，慌忙中丢了丝巾，脸色煞白地望着轩辕昊。轩辕昊哈哈大笑，二侍婢这才反应过来，跪地道：“小婢不知是二大王驾到，多有失礼，还望宽宥。”轩辕昊笑得前俯后仰。这时女姬闻声出来，对二侍婢道：“你们两个去后园子里耍吧。”二侍婢应了一声，低头退下。女姬捡起掉在地上的丝巾，白了轩辕昊一眼，嗔道：“二师兄也是个为王的，怎么在婢子面前也没大没小的，成何体统？”轩辕昊道：“只是开玩笑，何必认真。”女姬道：“你不在界下帮助师姐，来我这里做什么？”轩辕昊笑道：“原是想去拜见师尊的，路过此处，便来看看师妹。”女姬笑道：“有什么好看的？”轩辕昊愣了一下道：“许久都不见，来看看师妹好不好。”女姬笑道：“你既然来天廷了，就该先进宫拜见师尊，你一来就到我这里，师尊若是知道了，肯定会斥责你的。”轩辕昊尴尬地笑笑，见女姬手中挽着的丝巾，便问道：“师妹手里拿着的这是什么？看起来柔软细腻，倒是很稀罕。”女姬笑道：“我也是才拿来的，这叫纶巾，挽髻的头饰。”轩辕昊伸手取来，细细揣摩道：“这图纹精致，不知从哪里来的。”女姬笑道：“这是文武殿圆融府上的一个侍婢做的，我亲眼见过，她有一双好巧的手儿，将金针穿丝，绣在丝巾上的。”轩辕昊道：“仙界如今是无奇不有，婢子什么时候也会造物了。”女姬立眉道：“你这是什么话！侍婢也是神是仙的，怎么能由你小视。”轩辕昊笑笑，而后呆呆地望着女姬。女姬道：“师兄为何总是盯着我？”轩辕昊将目光挪开，慢慢道：“你总是冷冷艳艳的，却不知我的心么？”女姬笑道：“我何时冷冷艳艳的了？”轩辕昊叹道：“好吧，既然你无意，我却何必多情呢。”说完转身就走，女姬忙道：“你先别走”。轩辕昊又转身看她，女姬莞尔一笑道：“师兄才来，好歹吃一碗茶再走。”轩辕昊一听，心下大喜，忙跟着女姬去了寝殿，轩辕昊便坐在琉璃几旁。女姬唤岋灵出来，道：“去斟些茶来。”不一会儿，岋灵端茶进来，又退出去，轩辕昊见岋灵已去，心中喜道：“不料师妹还这般念我，叫我留下，可见她心中有意，这可真个难得，今天便与她许个终身。”女姬转身去了里间，轩辕昊会意，也跟着进去了，再偷眼细看女姬闺房，真是个玉楼金阁，奇香袭人。怎见得：

异锦轻纱，温衾扇枕。螭炉旋炷香满殿，金钩翠幔卷帘珠。如烟嬛绵，偎依着窈娜美人；花宵好景，耽搁了青春几许。窗牖下多少柔情，梦里外相思纠缠。

轩辕昊已恍惚不定，魂销魄荡。再看女姬，坐在榻前，越发千娇娉婷。见女姬蹙眉愁脸，情绪有一些萧条，轩辕昊问道：“看你愁的样儿，有什么心事呢？”女姬叹道：“今天心情有点儿不畅，我也不知道为什么。”轩辕昊笑道：“你的心事儿我猜着几分了，我与你宽解一下如何？”女姬瞅他一眼道：“你有什么办法能宽了我的愁绪？”轩辕昊凑近附耳笑道：“我吟诗一首给你遣闷儿如何？”女姬笑道：“好是好，只恐婢子们进来进去的，不当稳便。”轩辕昊道：“我去看看可在殿外，如果不在，我就来给你吟诗。”女姬闻言，笑道：“不劳你亲自去看，我叫唤她们就知道了。”说完，就朝外间叫道：“苏叆可在？”见没人应来，又叫道：“妹喜、岋灵可在外边？”还是没人应，女姬又叫了数声，依然没人应来。女姬道：“婢子们贪玩，估计是在后园子里呢。”轩辕昊笑道：“这回你不怕被人听到了，我这就吟来。”女姬掩口笑道：“那你吟来听听吧。”轩辕昊起身踱步，吟道：“灵眸闪闪托杏腮，素腰婵婵现瑰姿。婀娜玉立桃面绯，玉步轻缓赛柔枝。”女姬笑问道：“这诗好像说的是一个女子，很是娇媚的美人儿，我说的可对？”轩辕昊笑道：“正是。”女姬笑道：“也不知说的是谁？你府上的还是我这里的？”轩辕昊急道：“师妹又来编排我了，除了师妹你，谁还能担得起这些句子。”女姬娇躯一转，笑道：“这个诗不好，且再吟来。”轩辕昊沉思片刻，又道：“玉肤如凝脂，柳眉似墨玉。桃脸戴髻丝，黛鬟披霞衣。阁中娇娆女，可晓我之意？”女姬听了，两颊绯红，扭过身子去，双眉紧蹙道：“师兄论武才尚可以，若论文才却欠些，不是个才人。”轩辕昊道：“只是表我心意，哪里管的着文才不文才的。”说着，四顾无人，不觉情兴大动，便将女姬一把搂住，女姬羞晕满面，用力死挣道：“师兄快些放手，你越发轻薄了，若再不放手，我告师尊那里去。”轩辕昊无奈，只得松开手，心情一落千丈，女姬见他不悦，笑道：“是你的早晚也是你的，你急的什么？”轩辕昊道：“我为什么不急？眼看就让大师兄和女娲得了势。”女姬疑道：“这话又从何说起？”轩辕昊道：“我在界下听说，师尊就要涅槃轮回去了，他这一走，你猜是谁会入主天廷？”女姬眼波一转，问道：“你操心这个作甚？师尊自有打算的。”轩辕昊道：“你却不知，我猜是女娲的儿子须菩提。”女姬怪道：“又是胡扯，须菩提才多大一点儿？怎能为尊为帝的？”轩辕昊道：“你却不想，师尊若走了，女娲自恃功高，虽说不便自己登基，但却为他儿子做打算，这可不是假话。”女姬脸一红，轻声道：“那你想怎样呢？”轩辕昊忙又将她揽入怀中道：“师妹，你我若生一子，必为帝君，若不为此计，你我岂不是枉来一世！”女姬又尽力挣脱，飞红了脸道：“不行，不要碰我。”轩辕昊脸一沉，起身道：“我先走了。”女姬又拉住他，娇嗔道：“若有子，果真可成帝业？”轩辕昊又连忙坐下，急道：“有我操持，帝业可成！”女姬躲开他，轻声道：“只是这婚娶之事，怎么可以随意，总得要师尊允准才行，不然触犯天条，又惹祸事了。”轩辕昊起身道：“那我现在就去找师尊，让他允准我们的事儿。”女姬点点头，莞尔一笑道：“师兄不要急，我心里有你，只是婚姻的事不是轻易说的，需要各方周全才好。”说着又从腕儿上卸下一个紫金镯子交给他，笑道：“这便是我的心意，你拿着，也算是我的一个信物。”轩辕昊连忙收起，心情豁然爽畅。女姬又道：“你去见师尊吧，晚去了却不好。”轩辕昊急忙起身告辞，径自去了。

轩辕昊往玉京宫去，正巧路过朝阳殿，他放慢脚步，心里寻思道：“我去界下许久未归，只留邠夙一人在殿里，也不知她好不好，不如先去瞧瞧她。”又转念一想道：“我回来的事儿，南天门的门神肯定先去报了师尊知道，我若不去觐见，只怕师尊斥责。”这般犹豫着在朝阳殿门口踱来踱去，又想起来邠夙玉翼婵娟的可人样儿，一时又不能自持，便咬着牙进殿里去了。四顾一下，见邠夙不在院子里，他便上楼来。邠夙正背着身子往金镂熏炉里添香，忽然听得脚步声，急忙转回头来，见是轩辕昊来了，脸红心跳起来，欠身拜道："不知二大王回来了，小婢这厢有礼了。"轩辕昊也不回话，上前急忙将她搂住，双手上下忙乱的紧。邠夙嘤咛一声，娇啈道："二大王莫要动手的，这楼上楼下的，怎可不避嫌疑，倘被人撞见，岂不是损了二大王的名声！"轩辕昊放开她，四顾一下，见没什么人来，疑道："咱们府上除了我就是你，叫谁听到了？"邠夙慌忙道："二大王才来，却不知道，天香殿玄女派侍婢翊瑶送来一个婢子，她叫洛珠，只听翊瑶说的，'天香殿奉旨为各府配置侍婢，二大王府上只一个婢子，便再派一个来'，这都来两天了，这会儿就在偏殿里呢。"轩辕昊道："你去把她叫来，我看看她。"邠夙有些不情愿，背后白了一眼就下楼了，一会儿就领上来一个侍婢，细看去，弯眉凤眼，樱桃小口，削肩披霞，娜娜欠身时，粉袖里微微露出一双白瓷手。轩辕昊问道："你多少年纪？"洛珠柔声细语回道："已十六了。"又问道："自哪里来的？"洛珠回道："小婢来自圣安星，去年应募到天香殿的。"再问道："是哪个家族的？"洛珠回道："五龙氏的。"轩辕昊又打量她一番，最后问道："天香殿没有仙婢么？怎的就让你一个人神来本府服侍？"洛珠一愣，回道："我也不知道，只是听从安排罢了。"轩辕昊道："你退下吧。"洛珠低头退下，才出门就慌得连拍胸口，长舒一口气。

轩辕昊见洛珠走了，邠夙正跪在榻上为他铺叠衾枕，便走到邠夙跟前，轻轻解她衣裳，邠夙不觉羞容满面，推开他道："二大王为何动手动脚的！"轩辕昊本来一身的沸血，被这冷不防一瓢水浇了下去，半个身子就凉透了，手停在半空，一时愣怔在那里。邠夙也不看他一眼，背过身子拾掇锦纨儿。轩辕昊气得跺脚，怒道："一个个都怪了的，当我是个软球！想在就在，不想在便走了，给我摆什么脸子！"邠夙一听，知他真的发火，不由娇躯轻颤一下，转脸笑问道："怎的就是一个个的了？还有谁给二大王摆脸子了？"轩辕昊自知失言，怕将女姬的事儿给漏了，连忙又黏上去赔笑道："再没有谁的，我说的是一次次，不是一个个，一时急的就说错了。"邠夙归置好锦纨儿，将身子转过来对着他道："我也是不重要的，大王就是大王，随便来个婢子都要细细看细细问，婢子长得好了又逃不了二大王的法眼，便有新人忘了旧人，我这样的婢子就如二大王身上的衣裳，身子一转便换了去，我自然也就没有好心情。"轩辕昊一听这话，知是因为见那洛珠才引起的，便上了香榻，抚着她纤细玉臂道："这一次，你可真的说错了。"邠夙白他一眼，叹道："我哪里说错了？"轩辕昊笑道："别说我是个王，就算不是王也是个正神，哪里有正神与人神交好的？只这一点，你就说错了。"邠夙一听也放下心来，一笑便露出了白瓷一样的虎牙，盈盈笑道："若她不是个人神，你便要与她交好了？"轩辕昊瞪着眼睛道："那是不可能的。"邠夙笑问道："怎的就不可能了？我也是个人神，你怎么就……"轩辕昊立时懵了，瞅了她半晌，喃喃道："你也是人神，我怎么不晓得？昔日破瓜的时候你为何不说明白？"邠夙笑道："二大王记性不好，见了仙子的美色就什么都记不得了。人神又怎样，人神也是这天界的人神，怎么还就委屈你了？"轩辕昊摸着头道："我记得你是师尊亲赐给我的仙婢，那个时候天香殿和玄女都还没出世呢，你怎么就是人神了？"边说边思忖着，忽然瞥见邠夙低头咬唇偷笑，这才反应过来，他一下就将她扑倒，笑道："好个贱婢子，你敢来骗我。"说着就要解她衣裳，邠夙半推半就笑道："等一会儿可好？这的火急，要死了么！"轩辕昊粗喘道："心肝儿，你此刻就闪一念来，将这身碍眼的衣裳脱了去吧。"邠夙闭着眼睛，一会儿就见衣裳如烟如缕般溶解开来，他便迫不及待顺手就扯了下来，她任他铺摆，看他解衣时，只听"叮当"一声响，感觉什么东西掉在她光滑的肚皮上，凉津津的。邠夙伸手一摸却是个镯子，她仔细看了一会儿，将镯子伸到轩辕昊眼前，问道："这是哪里来的紫金镯子？"轩辕昊忙着解衣宽带，忽然见她手里的镯子，一时也慌了神儿，支支吾吾道："这个，紫金镯子？哪来的，让我细细想想。"邠夙霍地坐起身，粉脸泛红，一双大眼睛直勾勾地盯着他。轩辕昊已脱得精光，刺溜一下就滑进了锦衾，笑道："好冤家，你那一双眼睛真好看，我看再没有第二双了。"邠夙哪里恳让他绕过去，拿起镯子直往榻上拍打，倒枕槌床，哭道："你别打岔了，不说以为我就不知道么，又是哪个仙婢的东西，你拿来做念想的！"说着就嘤嘤哭了起来，一头雾发倾注在香肩玉臂上。轩辕昊又抱她道："真是个冤家，只管哭闹什么，这紫金镯子是我从师妹那里讨来的，就是送给你的。"邠夙立即就止住哭，惊讶道："当真么？"轩辕昊誓道："若有假话这就死！"邠夙又破涕为笑，将紫金镯子戴上在玉腕儿，身子一斜就滑到了他怀里，一个翻云覆雨，一个宛转娇啼，真是琴瑟调和，如鱼得水。不题。

翌日，轩辕昊进宫拜见天斗，礼毕，天斗问道："你不在界下助女娲，私自回来做什么？"轩辕昊禀道："诸神在界下各展其能，弟子无能，出不得半点儿力，便回来请教师尊，能否教我些计策。"天斗笑道："为师居天阙，未曾去过界下，如何知道需要什么良策，女娲在界下主持此事，你助她便好。"轩辕昊道："只是无用武之地，凡间之事，师兄师妹自有主张。"天斗不耐烦道："既然如此，那你就歇息几日吧。"轩辕昊见天斗并未责罚，心中暗喜。一会儿又问道："听说天狗袭扰太阳宫？"天斗道："确有此事，那天狗已被诸龙驱逐，如今已无大碍。"轩辕昊才知门神所言属实。轩辕昊又问："女娲听说须菩提入牢，甚是伤心着急。"天斗瞥他一眼，正色道："那须菩提年少无知，学得一招半式便自以为天下无敌，寻衅滋事，杀我天神，简直罪不容赦！"轩辕昊试探道："须菩提年幼，师尊不必动怒，禁闭他几日，放出就是了，也好让师妹在界下安心操持。"天斗道："这是你的意思，还是女娲教你这么说的？"轩辕昊忙道："弟子方听说此事，是弟子这么想的。"天斗怒道："诛杀神仙，渎犯天威，罪在不赦，此事你不必再谏！"轩辕昊心中暗喜，忙附道："正是，正是！天威震曜，法不容情！"天斗转而问道："你方才道，因为在凡间无计可施，到底是什么事情？"轩辕昊道："师妹女娲说，凡人只死不生，众生日渐减少，想在那凡间众生中推行婚配之事，但须先要开辟冥界，无奈如何开辟冥界，一时不得计略，弟子来就是为了此事。"天斗听说，暗思道："开辟冥界也确实是一件大事，众生无轮回，又如何繁衍得生息。"思毕，又对轩辕昊道："办法倒是有一个，那幽冥界为阴灵所霸居，当下只有与那众魔力战一回，夺回幽冥界，而后设地府，封冥吏，如此冥界自然就成了。"轩辕昊又问："弟子愚钝，不知何谓六道？又如何建此六道？"天斗道："六道虽三界形成而自成，有地狱道、饿魅道、畜生道、无端道、凡间道、天上道，这便是众生轮回之途，又何须建立？为师不消详说，以后你自然就明白了。"轩辕昊道："弟子知晓，谢师尊开示。"天斗道："事不宜迟，你去从八十一星海各氏族中选擢贤能，委以冥界官职，余下之事，让女娲自去定夺。"轩辕昊道："弟子遵命。"说罢，当即告退，赶赴各星域神府。

轩辕昊奉旨而去，快到元天门的时候碰到笪殷昊带着一队人马迎面而来，轩辕昊问道："师弟为何在此？"笪殷昊拱手回道："奉师尊之命，巡察各大天门。不知二师兄欲往何处？"轩辕昊道："奉师尊之命前往各星域神府寻找贤良！"笪殷昊思忖片刻，问道："天廷并无职缺，师尊为何此时选擢贤士？"轩辕昊笑道："天廷欲开辟幽冥界，总得有人治理，选个冥王也好为天廷分忧啊！"笪殷昊听说，计上心来，见元天门天兵窥探，于是将轩辕昊拉到一边道："二师兄何必远赴人神氏族中搜选贤能，况那人神多愚者，选一冥王犹如海底捞针，为弟保举一神，必能当此大任。"轩辕昊忙道："哦？师弟知道什么贤能之士？说来听听。"笪殷昊笑道："为弟曾与大师兄往各星域赐封驻星守将，也曾遇到过一个奇能异士，虽说这位也是人神，但绝非平庸之辈，为弟已收入麾下，拜为兄弟，师兄又何必舍近求远呢？"轩辕昊道："既然是师弟举荐，为兄岂能不重用？快快请来，我见过师尊以后，便带他下界去。"笪殷昊转身，对背后人马道："还不快来拜见二大王！"那队伍中有一人急急跑来，对着轩辕昊扑通一跪，叩首道："不才笪殷曹拜见二大王！"笪殷昊道："这便是为弟结拜的兄弟，我给他取了一个名字叫笪殷曹，他可是大智者。"轩辕昊问道："哦？比那神农琊如何？"笪殷昊笑道："胜过神农琊万倍。"轩辕昊大喜，当即带笪殷曹进玉京宫朝见。

且说女姬自和轩辕昊相会之后，又将相思之情重新燃起，不想轩辕昊幽会侍婢邠夙之后，却将他要在天斗面前提出与女姬结为伉俪的事儿全都抛在脑后了。女姬铁心要与轩辕昊交好，自发现轩辕昊与邠夙暧昧之后，就时时提防这个侍婢，然而自己无凭无据，又担心女娲说的并非实情，所以心里压着一块石头，总觉不畅快。女姬自见过邠夙，心中多少也有些妒忌，虽说她只是侍婢，却也是一个窈窕佳人，怎怪得轩辕昊不牵肠挂肚，每念此事，不免短叹长吁，腮边落泪。女姬早有防备，便做了两件事儿，一是假借轩辕昊之名，到玄女处讨了侍婢洛珠，将她安置在朝阳殿，二是假借送定情信物之名，将自己紫金镯子送与轩辕昊留念，她心里想道："如所料不虚，轩辕昊定会将镯子又转赠与邠夙，那贱婢又会来找岄灵炫耀，到时候当面逮着，我就让她好看！"

事情说来就来。果不出所料，那轩辕昊走后，邠夙便忻忻得意起来，每每摸着腕儿上的紫金镯子，便浮想联翩。一次竟得意忘形，喊来洛珠吩咐道："去，给本宫敬茶来。"洛珠本也不在意，以为她只是说着玩儿，便去给她斟了一碗茶端上。这邠夙竟越发上瘾，迷在其中了，再不能自拔，时不时地使唤洛珠做这个做那个的。洛珠终于忍不住，当面骂道："你当你是二大王的王妃了么？都是这府上的婢子，何时见过你为我斟过茶来的？"邠夙这才如梦方醒，却也奈何不得她，又觉得下不来情面，便望着轩窗痴痴道："洛珠，你听好了，你若对我好，我自然也不亏待你，当王妃也是迟早的事儿，二大王早就与我好了，只是我们瞒着不叫外人知道。"洛珠听了记在心里，只好回道："先别做梦了，若你当得了王妃，我自愿做你的婢子，任你怎么使唤都行，但是现在你不是王妃，我也不是你的婢子，以后自重些吧！"说完就出殿走了。

洛珠进朝阳殿之前，女姬一路上千叮咛万嘱咐地说了许多，让她盯着邠夙，但凡有一点儿不对便来回报，并软硬兼施，警告她道："你可知道我是谁？你可是我选出来的侍婢，听话了我就让你成为仙婢，让别的婢子服侍你，不听话我就剥了你的皮，将你打回鹿雅星去，再不叫你出来。你仔细给我盯住她，若有半点儿遮掩，坏了二大王的名声，小心我罚你！我想你也是极聪慧的，不然我怎么不选别人就偏偏选你呢？只要你做的好了，我自然少不了优待你的。"洛珠当时听话地点点头。这一次见邠夙说出她和轩辕昊的私情来，她便认为是大事儿，急忙跑来南灵殿回报。见洛珠来了，女姬心头一紧，暗思道："鱼儿上钩了。"于是叫苏叆端茶来，与她吃了一碗，又打发走苏叆，低声问洛珠道："是不是有什么事儿？"洛珠就把邠夙的事儿细细地说了一遍，只听得女姬花容失色，朱唇发紫，坐在那里不由自己地战栗。女姬听洛珠说完，强笑道："这事儿我知道了，你且回去，不然二大王来了会责怪你的。"洛珠听完，一溜烟就跑了。

洛珠走后，女姬又叫妹喜叫来岄灵，笑问道："这几天怎么不见你和邠夙耍了？"岄灵回道："她们二大王回来了，就没空子过来耍了。"女姬笑道："二大王忙着又下界去了，你叫她来耍吧，我知道苏叆只和妹喜好，也不和你耍，看你每天孤单单怪可怜的，今天我就让她们俩伺候我，你找她耍去吧，只是别在朝阳殿，那可是二大王的住所，叫人看到又闲言碎语的，想耍就叫她来咱们府上。"岄灵不知是计，以为女姬真对她好，便高高兴兴地走了。才到朝阳殿门口，就见邠夙出来了，笑盈盈地朝她走来，岄灵道："正要叫姐姐去我那边耍呢，你却出来了。"邠夙笑道："我也正要去找你呢，不想你却来寻我了。"两人说笑着就朝南灵殿来了，邠夙哪里知道，这迫在眉睫的祸事儿，已经悄然逼近。

妹喜看到岄灵和邠夙进了偏殿，便来回报女姬，低头道："她们去偏殿了。"女姬道："你去听听她们说的什么，然后回来告诉我，记着些儿，别让她们瞧见你了。"妹喜就去了，蹑手蹑脚地贴近偏殿门柱，竖起耳朵听着。只听岄灵和邠夙笑了一会儿，邠夙道："你家上神可真凶呢，上次在这里，她就突然进来了，脸色好吓人，我还以为怎么了呢！"岄灵笑道："要说凶，真正凶的人可是女娲娘娘，我听说也不知怎的，那碧霞和碧玉姐姐还挨她的打了呢！我家上神可好呢，一点都不凶我们的，那天我估摸着你是见她来有点紧张，她上次见你还不是说说笑笑的。"邠夙笑道："是呢。可能是我眼花了吧。"说完又咯咯地笑了起来。又听邠夙道："我家二大王回来了，只过了几个时辰就又忙去了。"岄灵笑道："听你说二大王对你那么好，送你这个那个的，我还真不信呢！"邠夙道："嗯？你瞧瞧！"听到这里，妹喜顺着门缝往里窥去，见邠夙抬起玉臂，扬起手来将玉腕儿上的紫金镯子展给岄灵看。妹喜一看大惊，心里思道："怎么和上神的腕儿上的那只镯子一模一样的！"想到这里，便又将头缩了回来，一路小跑地去回女姬。

女姬倒也不吃惊，早料到会这样，便支开妹喜和苏叆，自己去偏殿了，也不吭声，直接推门而入，惊得两个婢子都站了起来，女姬往邠夙腕儿上一瞧，见她一只白手护着镯。女姬二话不说，直接上去就攥住她的腕儿，抬起来，狠狠地瞪着她，喝问道："你这是谁的紫金镯子？"邠夙面红耳赤，连忙把镯子往腕儿上推了推，低声道："是我的镯子。"女姬怒道："你的？你家二大王怕是也没有吧，你一个婢子哪来的紫金镯子！”邠夙也是被轩辕昊宠过的，平时也是娇生惯养，哪里受过这顿委屈，一时也急了，怒道：“你管我是哪里来的，即使偷来的抢来的，又不是你的！”女姬一时气炸，照脸就扇她一掌，邠夙身子一歪就躺在地上了。女姬是天斗以泰初元灵珠儿造的正神，虽然不如女娲的功夫和法力厉害，但也自带三分功力的，这一巴掌打到她脸上，便将她打昏了。岈灵何曾见过这个，当时吓得哇哇大哭起来。女姬道：“哭什么，我又不打你。”岈灵原来也是和邠夙一起来的，自出来就关系亲密，见邠夙被打倒在地，心里又慌又急，跪在地上抱着女姬的脚腕子哀求道：“上神别打了，就饶过她这一回吧。”女姬将她拉起来，推到一边，怒道：“你可知道这是谁的紫金镯子？”岈灵两眼惊恐地摇摇头，女姬道：“府里进贼了你却不知道！这是我的那个紫金镯子，这会儿怎么就到了她手上？”岈灵听说，吓得瘫软在地，自知这一回邠夙是闯下大祸，难逃活命了，就在地上哀哀哭泣。女姬怒道：“你还不起来！”岈灵吓得又起身，站在角落里发抖。女姬又将邠夙拽起来，照脸又是几巴掌，不想就将她给打醒了过来，口角上流着血。女姬扯起她的头发，怒问道：“你实话说吧，这是谁的镯子？你要敢扯谎，我今天就让你死在这里！”邠夙哪里肯说，只是冷笑。女姬见她强硬，便一伸手，一条玄鞭就落在手里了，只见那玄鞭毛毛刺刺的，轻轻抖动便见电光冉冉的，见着就害怕。女姬举起玄鞭就打，一口气打了十几鞭子，痛得邠夙满地打滚。女姬越发逼拷，扯起她的头发将脸露出来，怒问道：“你说不说？这镯子是哪里来的？”邠夙脸色苍白，颤微微道：“是我捡来的。”女姬又举鞭子一顿抽打，只见邠夙已蓬头散发，蓝白相间的裙子上已是鲜血淋漓，脸上胳膊上都是血。女姬又问道：“你说还是不说？这镯子是哪来的？”邠夙忍了疼痛，咬着牙道：“不管哪里来的，都与你无关，我与你素无仇怨，你为什么要害我？”女姬一听又火冒三丈，丢下鞭子，又掐胳膊拧大腿的，将她脸上扇了几个嘴巴，只觉得累了才停手，喘着问道：“我最后再问你一句，这镯子是哪里来的？你要不说，我这就要了你的命！”旁边站着的岈灵早就魂飞魄散了，看这阵势非要出人命，于是趁女姬逼问邠夙，自己便悄悄地退了出去，本想去寻轩辕昊来救人，又抬眼一看，苏叆和妹喜就在大门口守着，她又不敢跑，只好在偏殿门外默默落泪。女姬见邠夙打死不肯吐露一句，气得自己都发抖，又要捡起鞭子来打，只听邠夙喘道：“别打了，这镯子是二大王送我的。”女姬见她气若游丝，伤痕累累，便觉她快不行了，心里也慌了，暗思道：“邠夙好歹也是个仙子，我一向未曾与人动过手，谁知第一回动手就将她打死了，此事倘若被师尊知道，我少不了被责罚，不如就此罢了，与她挑明了，也好让她明白我为何要打她来。”女姬丢下玄鞭，将她拖起来靠在春凳上，邠夙已经不能睁眼，也不能说话，嘴里的血汩汩流出来。女姬道：“你可知道这镯子是我的么？二大王为何将它送与你，你不说我也知道，没想到他竟然如此伤我的心！”邠夙本来奄奄一息，听女姬这一席话勉强睁开眼睛，嘴角露出一丝笑容，一会儿又闭上了眼睛。女姬看她不行了，就出殿去，见岍灵站在门后发抖，女姬泣道：“你进去吧，和她说说话儿，她可能是要死了。”说完便神情恍惚朝寝殿里去了。

岍灵一头奔到殿内，见邠夙乱发遮脸，浑身是血，已经不成了人样儿，一下扑到她身上就大哭起来，哀泣道：“姐姐！邠夙姐姐！你这又是何苦呢！”邠夙的手动了一下，嘴角勉强挤出一丝微笑，气息微弱道：“妹妹别哭，我虽然没有父母，但我却是师尊造化的，那时我曾问过师尊，我是怎么来的，师尊说是石头变出来的，起初还是僵硬的，师尊将仙气吹到我口中，就听我哇的一声大哭，便泪流两边，气落下极，一下就来到这世界自成一物，才能自行呼吸了。那时候我想，我也是一条生命，如师尊所说，随着一声哭才入世的，所以哭是多么奢侈的一件事情。切记，以后不许哭，宁可默默落泪，也不能放声大哭。”说着又昏了过去。岍灵咬着牙推着她，两行清泪簌簌滴落，嘶哑道：“姐姐！姐姐！”这一唤，又将她叫醒了，邠夙努力抬手腕儿，却怎么也抬不起来，岍灵见状，将她的手腕儿扶起来，只听邠夙道：“妹妹。将这镯子取下来，还给你家上神吧。”岍灵闭着嘴巴哼哼哭着，慢慢将镯子褪了下来。邠夙又勉强挤出一丝微笑，喘息道：“妹妹，好妹妹，你可不要学姐姐，有些东西是不能要的，即使对你来说意味着什么，要的时候你要知道自己能否承受得起。男人尤其是最不可信的，不论他是天神还是人神，他们一生所犯的错几乎都因为男女之情，但他们一生都不懂什么是爱，要不然为什么叫作‘男欢女爱’呢？女人痴情，要的仅仅是爱，而男人倾愚，要的偏偏是欢，我……”说到此处，邠夙哽咽了一下，接着喘道：“我有时候思忖着，这是不是昊天的本意。”岍灵呜呜低泣，一会儿点头一会儿摇头，簌簌下泪道：“姐姐，别说了，你歇一会儿吧！”突然邠夙紧紧攥住岍灵的手，急喘道：“妹妹……我们女儿家只有两条命，一条是好命，那便是能找个真心依靠的人，另一条就是不好的命，那就是成了别人的附庸，活在别人的世界里，就像一片叶子，飘零一辈子都不知道自己的归宿……”邠夙说到这里长出一口气便没了声息了，一缕仙魂飘散去，就这样香消玉殒了。岍灵见邠夙元身化为一阵青烟散了，只空手站在春凳旁越发痛哭起来。真是：粉身碎骨血染衣，可怜佳人香魂去。

话分两头说，那日火德真君骑乘烛龙飞到太阳宫，刚入庙门，却见一只庞然大狗，周身雪白，红眼獠牙，正冲着太阳宫正殿怒吠，应龙、角龙已盘旋于殿顶上朝着天狗低鸣，或嘶吼。火德真君见那玉龙望舒却不参战，灵身依然是一个曼妙的仙子，坐在宫门一侧耸立的琉璃银阁中，手托香腮，默默观望，此时，天狗朝着琉璃银阁狂吠，双目殷红，似乎就要腾空飞去，直扑望舒。火德真君大吃一惊，喊道：“望舒回避！”望舒朝下一看，见天狗扑来，身子轻盈一转便落在地上，烛龙速落下，俯卧于地，火德真君跳下龙身奔向天狗，烛龙又一声长啸飞上殿顶，与应龙、角龙列在一起，朝天狗咆哮示威。火德真君忍着伤痛，双手翻转，抟出一个三色火球，出掌一击，只见那三昧真火就直冲烛龙口中射去，烛龙抬头，张开大口，将那火球吞下，又调转过头来朝天狗喷去。天狗直冲而来，逼近火德真君，却被火球扑中，一身白毛瞬间变黑。天狗哪里经得住三昧真火的焚燎，哀嚎一声便飞逃去了。火德真君紧追不舍，一直追到囲山，却不见天狗踪迹，正搜寻间，骤然狂风大作，昏天黑地，暴雨倾盆。正要离去，忽然见囲山遍地碎石竟然化作飞燕，翩翩齐飞，密密稠稠，遮天迷地。火德真君大惊，以为天狗作祟，急忙转回太阳宫。应龙、角龙、烛龙见火德真君返回，摆尾长鸣一声。火德真君正要回礼，突然又听到阵阵飞扑声响彻天际，抬头一看，又猛吃一惊，见那飞燕漫天冲太阳宫卷来。火德真君大喊：“诸龙回避！”再看去，应龙、角龙、烛龙却不回避，排列盘在殿顶，口吐蓝色奇光，一时间，宫门前如垂下一道天幕，蓝光艳艳，飞燕成群袭来，纷纷撞上天幕，坠地而亡。火德真君定睛细看，宫门下燕尸已堆积成山，尽皆化为燕脯，又见应龙、角龙、烛龙飞下殿顶，大口吞食燕脯，如同美味。火德真君看得目瞪口呆，自语道：“天龙好吃燕脯，而囲山之石见雨而化成飞燕，飞燕又化为燕脯供天龙享用，这莫非都是昊天造化么？”却不知望舒在身后笑道：“昊天若不造化，天龙岂不饿死？”火德真君回转过身，问道：“你也是天龙，却为何不吃燕脯？”望舒笑道：“我虽是天龙，却与他们不同，昊天盘古造我时，你却不知道，每天与你的伴儿在囲山里游荡，我可是天神的灵体，仙子的元身，我可随时变成天龙，只是平日里与它们三个惯了，常在一起而已。”火德真君笑道：“怪不得你不吃燕脯。”望舒问道：“你的伴儿，另外一只商羊呢？”火德真君见问，沉思片刻，叹道：“她轮回凡间了，叫作后土，此番去凡间，我也没寻着。”望舒笑道：“不消发愁，总是能遇着的。”火德真君正要回话，忽然又想起女娲嘱托去探望须菩提的事来，暗思道：“娘娘闻须菩提入天牢，千叮咛万嘱咐托我探望他去，可这天牢在何处？我从未见得过那天牢，却毫不知情。”想到此时，火德真君朝望舒一拜，问道：“女娲娘娘托我去天牢探望须菩提，而我却不知那天牢在何处？还望指点一二。”望舒一撇嘴，指着囤山道："就在南谷。不过，天牢可不是轻易就能进得去的，你还是先去请示宫里的那一位，获得允准再去吧。"火德真君疑道："宫里的一位？"望舒星眸一盼，笑道："天斗。"火德真君会意，向望舒躬身一拜，身子一闪就消失在一道光团里。

火德真君来到玉京宫玄天门前，却犹豫起来，肚里转道："天牢戒备森严，我如何进得去，若是去请奏天斗，必不让我去探望须菩提，反而被训斥，不如不去。我先去天牢看看是个什么地方，而后从长计议才好。"说完，叹息一声便向囤山南谷去了。火德真君自来到囤山南谷，沿着曲曲折折的山头一路看去，却是个好景，但见：

峰峦迢迢，弯弯流水。祥云缈缈缥缥山谷，瑞霞氲氲氤氤洞前。翠翠苍苍银松，猗猗靡靡玉竹。翩翩飞，翾翾舞，是烨烨煜煜的蝴蝶；嗷嗷鸣，唳唳叫，是昂昂若若的仙鹤。芳芳菲，菲菲芳，是亮亮莹莹的金花；轻轻摆，慢慢摇，是绰绰萋萋的灵草。有二十六殿，殿殿馥馥芬芬天罡烟；又有七十二宫，宫宫肃肃森森地煞雾。

诗曰：龙腾虎啸震天门，金花灵草随玄风。多少仙魂坠狴牢，却是新人送旧人。

火德真君又定睛一看，果然发现一处隐幽岩岫别样景致，一扇紫晶大门光云闪闪，左右各坐落着四座戍楼直逼云霄，戍楼上各有几十个天兵天将，握着剑柄，持着长枪雄赳赳伫立，大门上有悬匾，上书"忏度殿"，火德一看暗思道："没想到天界还有这个地方，以前可闻所未闻，这忏度二字倒是有些意味儿，只是这宏伟之处，难道就关着须菩提一小儿？"再看去，门柱前蹲着两只金麒麟，右边柱子上有一联：玄昊有道条条戒律只为迁善远罪。左边柱子上有一联：天牢无门个个洞府唯求敕法明罚。

火德真君欲前去探看，又一想道："此处是禁地，我一无奉诏，二无敕令，如何轻易现身？若被盘问起来，惊动了天王，便是罪责难免，不如我将这一身官服换了去，若见势不妙，我自逃了去，谅也无人晓得我。"转念摇身一变，只见一团蓝光绕身一闪，就穿上了一身白色仙衣，火德真君略微整整衣襟，直往紫晶大门里走去，还未跨进门槛，忽然就落下八九个身着龙纹黑甲的天兵将他围住，为首的大喝一声道："何人敢闯天牢重地！"火德真君不知如何说辞，只是堆着笑脸，频频拱手。那为首的不识火德真君，见他只笑不说，于是挑起指头轻轻一弹，就见几道金光袭来，将他的身子五花大绑。火德真君连忙道："诸位有话好说，莫要动手！"那为首的喝道："擅闯牢关，立斩不赦！"火德真君闻言吓了一跳，赔笑道："上仙息怒，我未擅闯，才到门口就被你们扯了进来的，快快松绑，有话好说的！"为首的怒道："来啊，将这贼推出枭首！"几个天兵就将他推向门外，火德真君一时急了，大喊道："快放我，你们这些个挨千刀的！我不是贼，我乃火德真君！"为首的一听，令道："既是天廷神臣，却为何私闯禁地？这其中必有阴谋！将他绑去金殿，交与上神拷问！"几个天兵又将他推起，连登了几个阶级，到了一扇闳门前，见高悬一黑色牌匾，上有"天判殿"三个字，火德真君不由虎躯一抖打了个颤儿，又被他们推至金殿大堂上，只见堂上彩幢绛节，伫着一双虬柱，高悬银匾金字，上书"判若黑白"四个字，金光闪闪的，又有一对联曰："三界九重玄阙只此一洞天，四极八方神仙唯有聚灵阁"。火德真君抬头望去，见有宝座上有一神端坐，左右护卫持剑，虎虎生威。火德真君定睛细看去，原来认得这一个，急忙嚷道："大胆聚灵神，你胆敢纵容手下拿我，还不快快松绑！"聚灵神清一清嗓子，问火德真君道："堂下所立者是何人？"火德真君喊道："你个缺心眼儿的，你仔细瞧瞧是谁？我是火德真君！"聚灵神一听连忙起身，上下打量他一番，又瞥一眼身边侍立的主簿，主簿附耳道："上神，他是火德真君不假，然而他与上神一样都是个正神，你何须对他多礼，他今私闯天牢就是死罪，被我捉住，正好审问收监，报天王请功。"聚灵神大眼一瞪，连连摇头，低声道："这一位却不同其他神臣，他可是火德真君，惹不得的，惹了他就惹上了那东方岁星木德真君、西方太白金德真君、北方辰星水德真君、中央镇星土德真君，此五个真君若是闹将起来，莫说一个聚灵阁和九座天牢，就是幽冥三十六层地狱也被他们端个底朝天！快快给他松绑！快！"主簿吓得直哆嗦一下，连忙抬手一挥袖，堂下几个天兵见状，急忙放开火德真君，低头退出去了。

聚灵神这才走下台阶，上前拱手道："不知仙驾到此，有失远迎，还望多多包涵！"火德真君一甩袖子，立眉瞪眼道："哼！本座非自愿到此，乃是被你一干人捉来的！"聚灵神连忙赔笑道："是，是，麾下一干蠢材有眼无珠，惊动了仙驾，还请海涵！"见火德真君怒气渐消，聚灵神又道："请仙驾殿内拜茶。"聚灵神令主簿等退于殿外，引火德真君转入后殿，到一偏殿门前，聚灵神忙卷帘请入，未等火德真君落座，聚灵神就叩头下拜，说道："上神大驾，请受小神一拜！"火德真君见状，也是大吃一惊，慌忙将他扶起，问道："你我同朝为官，品阶相同，你却为何行如此大礼？”聚灵神道：“上神有所不知，昔日女娲娘娘造众神，因灵石用完，便将造金、木、水、火、土五真君所用剩下的边角儿凑成一石，吹出一口仙气，便有了在下，说来上神等还是在下的前辈，今见仙驾本体，岂能不拜！”说完放声便哭，惊得火德真君一时无措，忙抚其背安慰片刻方罢。聚灵神渐好，问道：“仙驾从何处来？”火德真君道：“我在囲山游玩，路过此地，碰巧被你捉了来。”聚灵神拱手道：“手下不知仙驾，冒犯之处，望仙驾宽恕。”火德真君忙道：“哎，哪里哪里，我倒没有什么，只是你别说我是私闯天牢，本座就已感恩不尽了。”聚灵神躬身道：“天牢重地，戒备森严，私闯者重罪，但于仙驾不论此条，纯属一场误会而已。”火德真君斜睨问道：“据本座所知，这天牢空空如也，只关押一人而已，且还是个孱弱少年，不知你们重兵把守，防的什么人呢？”聚灵神一愣，心下已明白三分，继而笑道：“仙驾有所不知，那须菩提虽是一少年，然而法力不可小觑，三拳两脚就打死孟章神君，罪在不赦，故而天王下令收监，择日问斩。至于禁地戒备森严，也并非防有人劫狱，而是禁地不但有几所天牢，还有聚灵阁无数，至今还有哀聚的千余名阵亡天兵元灵在此等候解脱，往后若有正神元身已亡，而灵体不散者，还要牵来聚生于此，所以，若不重兵把守，一旦有失便是天廷灾难，天王对此尤为重视。”火德真君点头道：“原来如此，恕本座孤陋。”聚灵神问道：“仙驾来此，可是特来探看少主的？”火德真君低声道：“正是。实不瞒大驾，本座也是奉女娲娘娘嘱托，特来探望须菩提。”聚灵神道：“少主在这里一切安好，在下悉心照料，无一不周。只是若要探看，多有不便，因其牢洞另有天王所派御卫看守，任何人都不得近前说话。”火德真君闻言，沉思片刻，拱手道：“若如此，本座就不打扰大驾了，就此告辞！”聚灵神忙拱手回道：“仙驾请便。”说完又送火德真君出得殿去，二神立在山头又说了一会儿话，便各自道别而去。不题。

再说那泰山，见火德真君乘龙飞天而去，便回到洞中对后土说道：“母亲，今天孩儿见着一天神，乘龙而上天，很是稀奇。”后土本在编竹篮，听泰山一句话，停手惊疑道：“天神乘龙飞天，你在哪里看见的？”泰山道：“果真看到了，就在那青石崖上，那神因为双足受伤而无法乘龙，还是我帮助他登上龙背的呢，他问我姓氏，我未告知他，他就为我又取一个名字叫女登。”后土笑道：“女登，这名字倒也新奇。”女登问道：“母亲为何不告我姓氏？”后土想想，笑道：“你是野生的，没有姓氏。”女登头一歪，娇嗔道：“野生的也是母亲生的，母亲是什么姓氏，我就是什么姓氏，请母亲告诉女儿，母亲到底是什么姓氏？”后土想到自己是仙界囲山商羊的轮回，于是就搪塞道：“为母姓姜。”女登高兴地拍手，喜道：“那女儿也是姓姜了。”后土慢慢觉得有些蹊跷，就问她道：“你说你见的那个乘龙的神仙，是怎的模样儿？”女登想了想，头一偏笑道：“长须大眼，他说他是天神火德真君。”后土听见火德真君二字，惊得面色煞白，竹篮儿都坠落在地上了，接着就眼泪扑簌簌流了下来。女登也暗吃一惊，急忙问道：“母亲为什么哭了？”后土将她拉入怀里，抚其长发，慢慢将她与火德真君的前生今世的那些事儿一股脑儿全部倒了出来。最后，后土知道此事隐瞒不住，便对女登道：“为母在这里轮回，归一之后也返回仙界了。你和为母一样，也是仙界的神灵，你是蕊珠宫女娲娘娘身边的侍婢碧霞，你轮回到这凡间就是来陪为母的，将来你也要归一去仙界的。”女登大惊，脱开后土怀抱，瞪大眼睛问道：“怎么突然就生出这些事儿来？为什么我却一无所知？”后土道：“神仙轮回到凡间，元灵投生于肉体，灵慧尚未顿悟，如何能记得前生的事呢？”女登又问道：“母亲，那我的灵慧何时才能开启？”后土道：“为母也不知道，也许你轮回到凡间，也有你自己的使命，在轮回途中，总有开启慧觉的时候。”女登又追问：“那女娲娘娘现在何处？”后土担心女登若知道了女娲的所在，便会去找寻找，只好隐瞒她道：“为母怎么晓得，她在天界，我们却在凡间。”女登无奈，也只好作罢。

却说火德真君辞别聚灵神，因担心天斗知道盘问，便暂回南极星紫真宫。火德真君唤来侍仙与众将，问便南极星诸事，得知升平，又放心吃了一顿茶，想起女娲焦急惦念着须菩提，他又急着要下界去。此时又忽然想起那女登相助的事儿来，心存感激，暗思道：“知恩当图报，我既然已答应赐她福报，岂能言而无信，但不知给她什么福报？那姑娘正值青春芳龄，不如就赐给她一个龙子，也好在那凡间做个帝王，也能让她在凡间一生富贵。”火德真君想到辅神西斗星君主司下三重世界万物生灵福禄之事，心中暗喜，便前往西极星西斗宫拜访。

那西斗星君无事可做，正在宫内愁闷，只见门尉进来报道：“火德真君来了。”西斗星君一愣，半晌才反应过来，急忙趋迎，火德真君进西斗宫，自然无人敢问询，一路如过无人之境，还未等西斗星君出门，他已经踱到厅上。星君连忙跪拜道：“上神驾到，有失远迎！”火德真君连忙扶起，笑道：“皆为神臣，何须多礼。”星君又忙将火德真君请入上堂坐定，令侍仙奉茶，满面堆笑问道：“上神乃天廷正神，又忙于界下凡间诸事，今日为何屈驾本府？”火德真君吃了一碗茶，即将如何在返回天廷时受伤，又遇女登相助的事情，细细地述了一番。西斗星君拱手道：“在下虽主司界下之人的福禄，但凡间大小之事，还须报知女娲娘娘允准，况人间帝统，此等大事更须入宫奏报天王，若我私自操持，只怕天廷降下罪来，在下担当不起。”火德真君腹中转道：“此事若被他奏报给天斗，不但会坏事，反而被责罚。”火德真君道：“何须烦劳天王，你且帮我一回，若真有祸事我自来担当，你大可放心。”那西斗星君听这一番话，亦暗思道：“我素闻火德真君本是那泰初的商羊所化，与昊天玄通，绝不敢开罪，不如就应了他，顺手捞个人情。”西斗星君眼珠子一转，笑道：“即使在下愿意帮衬上神，但是凡间帝统与一般福禄不同，若没有那启祚之物，恐怕也是枉然。”火德真君急问道：“什么是启祚之物？”西斗星君伸手默念，就见福禄薄已落在手中，翻来倒去细查一番，回道：“自女娲娘娘造人之后，那凡间九千人名册全在此处，除女娲娘娘赐给人祖达旦和伊娃阳寿可至八百岁外，其余众人都没有福赐。”火德真君疑道：“你主司凡间福禄之事，为何就不给他们赐福呢？”西斗星君回道：“并非在下不赐众生福运，而是因为，至今凡人尚无婚配，人或病或衰而死，之后再没有重生者，所以也无法行福运。上神所说的女登正值妙龄，也无婚配，只叫她如何生育？上神便想赐她一个子，使其成为人间帝王，这也须有个启祚之物，使她感孕而生，如此在下再赐其天子之福，此事可成。”火德真君苦思道：“这启祚之物，何处能寻得？”西斗星君道：“在下倒有一个主意。”火德真君喜道：“既有妙策，请君赐教。”西斗星君拱手道：“在下听说烛龙少阳已轮回归一至天界，不如令它再度轮回下界去，那女登若得了烛龙之元灵而感孕，必是人间一帝。”火德真君听说急忙道：“不可不可，烛龙少阳这才归一不久，岂能又让它再去轮回？”西斗叹道：“既然如此，那在下也无能为力了，请上神另寻高明。”火德真君急问道：“难道这启祚之物，非得烛龙下凡不可，再没有其他良策么？”西斗星君道：“也不是非它不可，只要是天界的灵物投生凡间，也可作发祥。”火德真君问道：“你看我头上的发丝，可以启祚么？”西斗星君急道：“可可可，若是其他神仙，决然不能，而上神乃是泰初之灵兽，如今又是一员正神，可谓是一丝抵万灵，当然可以启祚，若上神舍得，又有何不可？”火德真君笑道：“区区一发丝，有何惜哉！我这就取来。”正欲拔下发丝时，又想起一件事来，就问道：“本座头上玄丝启祚女登，不知君欲令何人与她交欢？”西斗星君笑道：“她在凡间，自有缘分，在下怎么说得来？”火德真君道：“只是莫遇到恶人才好。”西斗星君道：“上神放心，凡间之人都是女娲娘娘所造，哪里有恶人。女登住在泰山，靠近南边，上神可知道南边有个部落，原来是居方氏九兄弟之一治理，因居方氏病死，部落里推有蟜氏少典为首，那处被他治理得太平，就连女娲娘娘听说少典亲民，也颇为赏识。少典是君子仁人，若将上神的玄丝拔一根予他，再拔一根予女登，上神这一缕玄丝，到了他们身上便化为两根虚飘飘的情丝，随风而去，两厢遇着了便缠住，凡间只有少典有这一根情丝，上神想想看，那女登的脉脉情丝不就都缠在了那少典身上么？少典一见女登，必会两心相照，步步关情，他两人这情丝那么一缠，何愁此事不成？”火德真君呵呵笑道：“若是如此，我便放心了。”说完抬手就拔下一缕仙丝交给西斗星君。西斗星君摊开福禄簿，以玄笔写道：“凡间女登，后土之女，生于泰山，于人间力助天神火德真君，使太阳宫免于天狗之祸，今借火德真君玄丝一缕化灵下界，牵引女登与有蟜氏少典玉成姻缘，投胎行孕，启祚于世，以为福报。”写完罢了，合上福禄簿，只见那福禄簿轻轻飘起，西斗星君只对着那一缕发丝轻轻吹一口仙气，顿时就出现一片缤纷祥云，围绕发丝，瞬间又化为一道七彩之光直冲宫外，直往南天门方向而去。西斗星君笑道：“此事已成，那女登必会感孕而生，得一龙子，此后可为人间帝王。”火德真君拜道：“真是天神各司其职，各施其能，若非君亲为，再无人可为矣。君之大恩，容我以后再报。”火德真君满心欢喜，于是起身告辞，自作别往南极星紫真宫而去。

且说轩辕昊携笡殷曹去玉京宫觐见，叩拜之后，天斗也未细问，只道：“既是笡殷氏族长及西麟星海神府驻星守将笡殷元之子，也算有根基，你就与他下界，见过女娲，而后安置即可。”轩辕昊遵命，又与笡殷曹三叩拜谢，径直下界去了。

此时，人间正值牛年兔月。

且说女登得知自己是女娲的侍婢碧霞轮回，便一心想去拜见女娲。她就去寻找天鹿，对它道：“我听母亲说，我是女娲的侍婢碧霞，投生在这凡间的，我此刻想去拜见女娲娘娘，你可知道她现在何处？”等了半晌也不见天鹿回应，只是低头啃草，女登自叹道：“唉，可惜你只是一只鹿，若是个人那该多好，就能和我说话了。”天鹿忽然抬头盯着她，女登知道天鹿似乎已听明白她的话，又对它道：“你若知女娲在何处，就摇摇头可好？”那天鹿果然摇摇头，银白色的光芒随着鹿角而动，拖出丝丝缕缕的白光。女登喜道：“你愿意引我去那里么？”天鹿又摇摇头，女登喜极道：“我们这就走吧！”天鹿伏在地上，女登骑了上去，这天鹿毕竟是神灵，自然与一般的鸟兽不同，只奔跑了一会儿，就见眼前出现一个泛着奇光异彩的隧道，不一会儿就来到了怀仁清凉山，天鹿放下女登，自己又飞奔而去了。

女登来到清凉山，抬头四望，见青山巍峨，密密疏林，茅舍木桥，绿野葱郁，好一幅山水。穿过树林，走过田地，不消一会儿便来到了鹅毛口玉龙洞跟前，果然见有许多人，男男女女，人都穿着粗麻兽皮，项上戴着贝壳和兽牙打磨的饰品，女子头发上缀着一串儿野马鬃毛穿成的珍珠链儿，男子便在不远处的鹅毛河岸边捕鱼，一时欢声笑语不绝于耳。女登心里十分清爽，不由道：“此处果然不同，比我那边却好多了。”忽然，女登看见天上飘下一团彩云就地旋回一阵子，又突然消失了，再看去，竟然平地长出好大一棵梅树，女登便跑过去，独自站在树下看着人们各自忙碌。直到半晌，众人才发现忽然多了一棵梅树，且树下站着一个陌生女子，众人就觉得奇怪，忙请伊娃来看，伊娃带众女来到梅花树前，见女登身穿丝臬衣，华容婀娜，也觉得惊奇，正要去梅树底下去问，却忽见空中飘来一朵五彩云，落在梅树上，一时香风触地，光彩遍天，众人见状，以为女登是天神降临，纷纷跪地叩拜，唯有伊娃站在那里，呆呆地望着女登。众人抬头，忽然见那梅树上开出许多五色梅花来，坠落在女登的额头上，缤纷闪闪，再看女登变得娇媚，再细细看去，只见那五色梅花变成一块面纱将女登玉面半遮，更美若天仙。过了一会儿，人们纷纷涌了过来，天空飞过一只孤雁，经过这里时忽然折翅坠下，捕鱼的人见鱼儿都纷纷沉入水底。女子们见到女登，似乎才有了美丑之分，有的女子急忙用手遮住自己的脸，在指间偷窥，有的女子背过身子去，不敢再看。

女登也惊诧不已，见额上有梅花，便抬手去拂，却拂之不去。此时，女登突然感到一股暖流袭遍全身，不觉脸红心跳起来，她脑海中闪现出了天界的模样，还有玉京宫、蕊珠宫的情景，还有女娲和碧玉模样儿，一瞬间她仿佛记起了她的前世，以及她如何轮回到人间来的情景。伊娃走到她面前，见她呆立在树下泪流满面，就问她道：“你是谁家女子，怎么在这里哭泣？”女登回过神儿来，急道：“请姐姐领我去见女娲娘娘。”伊娃问道：“你为什么要见天母？”女登嘤嘤泣道：“我是女娲娘娘侍婢，名叫碧霞。”伊娃闻说，立即派人去报女娲。不一会儿，就见女娲与伏羲昊、圆融神、神农琊出来迎迓，却没看到什么梅花树，只见一个陌生女子独自站在那里。女娲近前去，仔细端详着女登，见她娇媚可人，倒是也有碧霞的几分姿色，不住地点头，泪水涟涟。女娲也不说话，只是挽着女登的手儿，往玉龙洞去了。进入洞中坐定，进来几个面目清秀的女子，端着水和鲜果，朝她盈盈笑。女娲这才问道：“你先吃点果子，我们再说话。”女登道：“我不渴也不觉得饿。”女娲问道：“你从泰山到这里走了多少日子，一路上吃的什么，怎么就不饿呢？”女登回道：“我是骑着一只灵鹿来这里的，也没有多长时间，感觉一眨眼就到这里了。”女娲惊疑道：“灵鹿？这凡间哪里来的灵鹿，它是什么模样儿？”女登笑道：“它可是我见过的最好看的鹿了，头上有五花触角，形如珊瑚，而且还亮晶晶地发光呢。”女娲回头看一眼伏羲昊，心里惊道：“她说的灵鹿，正是那天鹿。”女娲问道：“那灵鹿现在哪里？为何你们不一起来呢？”女登回道：“它将我送来，自己就走了，我也不知道它在哪里。”女娲沉思片刻，转身对伏羲昊道：“你们都出去吧，也好让我和她自在地说会儿话。”伏羲昊起身，与神农琊和圆融神走出洞外。女娲见他们走了，连忙起身拉住女登的手，面对面地哭了一阵子，方才平静下来，女娲问道：“你果真是我的碧霞么？你又如何投生到了凡间？”女登摇摇头，轻声道：“我也不知道，只是听我母亲这么说的，方才也很奇怪，我在一棵梅花树下站着，突然就记起了一些天界的事来，还看到了娘娘和碧玉的样子呢，其他的事儿，我却记不得了，也不知道自己是如何投生到这里的。”女娲又问道：“你叫什么名字？”女登随口道：“我叫泰山。”女娲笑道：“这个名字却好。”说完起身，在地上踱着了一会儿，又问道：“你的母亲还好么？”女登点头道：“都好呢。”女娲拉起女登的手道：“才来这里，我领你出去看看另一个地方，可好？”女登莞尔一笑。女娲挽着女登出来洞口，轻轻一转身，闪出一道光，瞬间落地，女登看见这里景致比那边更自不同，烟岚云岫，密翳浓阴，遍野葱绿，波清烟素，到处可见寻花觅果的人。女登疑道：“我们这是到哪里了？”女娲道：“方才在怀仁之地，这里是善元之地。”女登惊道：“一眨眼就到了？”女娲笑道：“你骑着灵鹿，能够从那么远的泰山一瞬间便到了太行山，我怎么就不能带着你一眨眼从清凉山到牛心山？”女登恍悟，笑道：“娘娘说的也是，毕竟是天神，却与我一个凡人不同的。”女娲笑道：“你是你母亲感孕而生的，你不是凡人，你和那达旦和伊娃一样的，也是个人神呢。”女登头一偏，问道：“达旦和伊娃是谁？”女娲道：“是我造化的人神，我领你来这里，就是让你看看我造的人，这凡间的人都是我和女姬抟土造成的。”女登越发觉得神奇，问道：“娘娘造了这么些人？那南边也有诸多部落，那些人可也是娘娘造的么？”女娲笑道：“除了你和你母亲，这凡间的人无一不是我造的，后来他们有很多人四处迁移，寻找好的地方，逐渐组成部落，生活在各地。”女登边走边听，兴趣盎然，女娲道：“我们去牛心山，站在上面看看，更有景致。”女登随女娲上了牛心山，一路奇花异草，碧柳绿槐，十分幽雅。再俯瞰山下，更是一片勃然生机，紫气浮动，竹木云蓊，郁郁葱葱。女娲问道：“此处比泰山如何？”女登回道：“泰山巍峨，也是遍地花草。”正欲说下去，忽然感觉脚下有什么东西在动，低头看去，却见一条青蛇缠在小腿上，女登大惊，慌忙跳起来，女娲见状，伸手将蛇提起来，笑道：“它不咬人，你不要害怕，这山上的蛇见了人就缠上了，也没有人伤害它们，所以胆子越发大了。”说完将蛇放走。女娲低头看，却见脚下有一簇花草，独生的奇特，花瓣呈五菱状，密密匝匝，闪闪发亮，女登看得入神，脚下不慎，一不小心就跌倒了，“哎呀”一声就坐在了花草上，将它压得东倒西歪，女登只觉得又一股暖流袭遍全身，一时脸红心跳，惶惶不安。女娲忙将她搀起来，两人又仔细看去，见那些一簇花草竟然自己又伸展了起来，枝叶璀璨，十分喜人。女娲定睛一看，便知是西斗星君作法行运，心中暗自发笑，又怕女登看出端倪，随即笑道："奇怪，这里怎么会有天界的琪花瑶草？"女登生疑道："娘娘，只有天界有这种花儿么？"女娲笑道："也没人带它们下界，怎么就长在了这里，我也是头一遭看见的。"女登蹲下身去摘，忽然就见花草上腾起一团彩烟，再看时，什么都没有了。女娲拉着她的手儿，笑道："虽说我造化了万物众生，但是自然化物，也生出千奇百怪的事来，连我都不晓得怎么回事了。"女登觉得身上怪怪的，也不好说出口，只好道："娘娘我们回去吧。"女娲挽着她道："那就走吧，这里你也是看过了，我再带你去清凉山的茅草屋看看去，那可是有巢氏部落的人亲手盖起来的，你也看看，等回泰山后就别住在山洞了，也造一所茅草屋住里面。"说着便又挽着女登闪出一道光去了。

女娲和女登落地后，走过一条石径，转弯来到一处院子，小院里有又一条布满绿苔的石子路，两旁花木扶疏，前面又有一间茅草屋，屋前却有几株苍劲的梅花树，树旁伫立着瘦峭的石峰，周围有各色花儿正在盛开，再看石峰下有一洼碧水，水面上浮着几只野鸭，不时有几只水鸟儿掠过水面。女登见此处景色别致，心里喜欢。转过石峰，就见两个女子迎来，奉上水果，女登随手拿了一颗大一点儿的野果，两个女子转身笑着离去了，又向前走了几步，忽然听到呻吟声，女登随声望去，见一个神仙被五花大绑，蹲在石峰一角，女登惊诧不已，见那神仙嘴唇干裂，面色干枯，便将野果递了过去，放在他嘴边，不料那神盯着女登，一口就将野果吞了下去。女娲回转过来，见女登在那神仙旁边，便厉声道："还不快走，站在那里作什么？"女登蹙眉，问道："娘娘，这天神犯了什么罪过，却将他绑缚在此处？"女娲来到她身边，叹道："他是海龙神，因犯天戒，故而将他绑缚，等我返回天界之后，再报于师尊发落。"女登不解，问道："他究竟犯了什么天戒？"女娲见问，知她对天界好奇，便将海龙神犯戒始末细细陈述一遍。

原来，海龙神在凡间许久，平日无事，便自建一精舍修行，渴望精进，独坐一处，不与人来往，饿了只吃些果蔬，渴了便饮湖水，因不出门去自取，只在门外掘一枯井，每月叫瑶池神取来湖水将枯井灌满。久而久之，引起部落人众好奇，有一次月初，瑶池神灌满枯井，有一个叫彭荣的人便于次月去探视，见井内湖水已干，颇为好奇。就有闲言传出来，说海龙神身在屋内，然而可饮得屋外之水。彭荣更好奇，去问达旦，达旦回道："海龙神在修行，可成大天神。"彭荣闻而慕之，便去再看，敲门问道："俗子欲求道，可得见天神否？"半晌无动静，彭荣便拨开竹子向内窥去，不看不知道，一看吓一跳，只见海龙神与瑶池神在里面赤裸相拥，云雨正浓，不觉笑出声来。只听里面慌张，窸窸窣窣一阵响声。彭荣再去敲门，从里间传出话来，问道："是谁？"彭荣答道："小人叫彭荣，特来拜见天神学习修道之术。"海龙神道："三日之后再来，今日所见，你不许告知他人。"彭荣答应一声便走了。三日已过，彭荣再去拜见，果然见着了海龙神，两人就在门外席地而坐，彭荣问道："俗子若修道，当从何入手？"海龙神沉吟道："你们可以静坐片刻，细数自己心中有几个念头，其后便渐入佳境，坚持久了，自会悟得妙处。"彭荣便盘腿坐下，闭目细数心中所想，过了一个时辰，海龙神问彭荣道："你心中起了几个念头？"彭荣答道："起了四十九个念头。"海龙神笑道："遇静则动，入定偏偏杂念丛生，这是人之常情，你一个时辰才起四十九个念头，一点儿也不多，可见你有慧根，可以修行学道，其余人杂念太多，不能修行，还是回去吧。"彭荣听了大喜，便拜海龙神为师，海龙神欣然同意。海龙神对彭荣笑道："你每月初八到我精舍，我可教你修行之法。"彭荣又等到次月初八，便来讨教，海龙神道："我是龙神，修行自然离不开水，从今日起，我就教你饮水修行之法，你可认真学，不可到处炫耀。"彭荣懋懋而道："饮水多么容易，这个还用学？"海龙神道："人本自虚空而来，因有肉身，必须进食滋养，故而腹中污秽太多，易上火生痰，滞塞喉中灵窍，不能超凡脱俗，有寿命限制。饮水的妙处，就是先洁净口舌，再清理肠胃，荡涤污秽。你可知道，水是先天第一真气，盘古开天地时，凡间泰初之时，未有五行，而先有水，所以饮水是修仙第一要诀。你说你会饮水，我却不以为然，你饮的是江河之水，难免混浊，饮之反而累了灵府，你要取地下至清之水饮用才好，每次饮时不可大口吞咽，先含水，而后自舌尖至舌根徐徐注下，但觉喉中滢滢有响，这时甘味方出，一口水，可度一昼夜，如此坚持，肉身渐轻，可活一百二十年，届时能在水上走，雨水不湿身，服下一口气便能御风而行，这便是成仙了。"彭荣问道："师父，弟子见你每日隔门饮水，且是湖水，为何不教我这个，偏叫我饮地下水，这地下之水，弟子焉能饮得？"海龙神道："为师本就是神，而你是凡人，岂能同日而语？为师饮湖水，亦是隔空而饮，水中杂质浊物已被清洁，如同地下水。"彭荣又问道："饮地下之水还须掘井，好不麻烦，不如师父就教我隔空饮水之法吧！"海龙神怒道："你这个懒惰的人，为师看错你了，你欲求速成之法，不如去求那盘古！何必来求我？"彭荣不知讥讽，心下欢喜，拍手问道："盘古在哪里？人皆说盘古只是传说，并无其人，师父却见过？"海龙神瞅他一眼，徐徐道："我曾往黄河取水，遇见一少年，观其貌灵俊英武，少年问我欲往何处？我说奉女娲娘娘之命，欲往黄河取水，少年道：'黄河今日大雨，你去作何？'我不信他，当时所在距离黄河一千里地，他怎知阴晴？再者明明烈日当头，岂能下雨来。少年见我生疑，又对我道：‘我也要去黄河，正好与你同行，是否下雨，到了黄河你自然晓得。’到了黄河，果然大雨倾盆，我固疑少年乃与我同类，皆为神仙，况其才能胜过我许多，我便放弃取水，跟随少年又行数十里地，天色将晚，我们便住在山洞。我见少年睡前从袖中取出一只玉匣，对匣絮叨半晌才睡去。我又惊又疑，想探个究竟。一日夜里，我假寐，又窥见少年将玉匣放地上，而后起身叩拜三下，又忽然见玉匣大放奇光，一个老人从匣中坐了起来，有拇指大小，然而看去相貌清晰，目光炯炯，须发皆白。少年与匣中老人密语一时，其言深奥，听不可解，只闻其中有‘帝父、帝灵、帝子’六字而已。过了一会儿，老人又躺入匣中，少年亦睡去，我却惊得睡意全无，彻夜无眠。第二日清晨，少年问我道：‘昨夜安寝乎？’我无话可答，唯有点头。少年知我窥见，便实言相告道：“我乃是盘古轮回，名曰轩辕健，匣中老人乃我元灵。”我惊道：‘元灵何以能独在匣中？’少年答道：‘与我而言，无可不能，我元灵可出可入，只因我尚未获得仙体，元灵无法入灵窍，只得随身携带，待我有了仙体之后，元灵便有仙体了。’我方信少年果然是盘古轮回。我又问道：‘为何称谓帝父、帝灵、帝子？’少年笑道：‘我元灵是我帝灵，我是轩辕健，百年之后我将轮回到凡间，我在凡间的肉身便是帝子，而我则是肉身元灵，我的帝灵便是他的帝父，昨夜我与帝灵对话，如此而已。’我又要求看匣中老人一眼，少年欣然允许，打开匣子，我却见只有一枚灵珠儿，闪闪烁烁。你一个俗人，一窍不通，怎能疑我没见过盘古？”彭荣听了，问道：“你是天神自然见过，可我去哪里寻找盘古。”海龙神道：“你当然寻不着，我看你与真道无缘，还是去吧。”彭荣便悻悻离去。过了许多日，彭荣便将海龙神所说，以及海龙神与瑶池神私通之事传遍部落。一天被女娲得知，大怒，便去精舍寻找海龙神，当时海龙神正与瑶池神狎昵，被女娲撞见，令诸神将其拿了，女娲问道：“身为天神，下界私授玄道，居心何在？谎称盘古秘事，造谣惑众，你可知罪？”海龙神不服，答道：“女娲娘娘，大大王尚能传授八卦与人类，我私授玄道有何不可？盘古之事，娘娘也知道是真，为何非要说我造谣滋事？”女娲斥道：“强词狡辩！今先不问你传道之事，我就问你，为何置天戒于不顾，与瑶池神私通？”海龙神答道：“女爱男欢，无碍无遮，凭此一点生机而成就世界，小神何错之有？”女娲闻言，火冒三丈，便将他鞭打一顿，捆绑在此，以示惩戒。

女登听完海龙神之事，颇觉其可怜，便向女娲求告道：“娘娘，可否赦免了海龙神？”女娲惊道：“你一个轮回到凡间的人，与凡人无异，为何要替他求情？”

女登跪下，瞅着女娲道："我听母亲说，若是遇到神灵有难，必要出手解救，否则这一生便不会好过，会有厄运的，求娘娘看在我母亲份上，饶了他，就当是为我图个吉祥。"女娲听她这么说，又觉得碧霞轮回不易，心里着实怜悯，也不好当面驳回，便立即答应了，而后扶起女登，又转身对海龙神道："今日是女登求情，否则必不饶你，今后改过，切勿再犯。"海龙神对着女娲和女登千恩万谢，而后离去不题。

女娲又将女登领进茅草屋，里面有一张木雕的大圆墩子，周边还有几只树根雕成的木墩子，墙上挂着几张兽皮。女登看了一会儿，笑道："娘娘，这屋子比我家的山洞可好多了。"女娲牵着她的手儿，格外亲近，又给她一个小木墩儿，叫她坐下。女娲叹道："我也不知你怎的就轮回到人间了，只是心里难过，想起我儿须菩提，更是心痛，如今你到了界下，他这会儿被关在天牢里，也不知碧玉和尚翠她们如何了，我这心里一阵一阵地痛。"女登抽泣道："我不晓得我是怎么来的，想必是让娘娘伤心了，虽然不知道须菩提和尚翠，但听着就觉得是亲人，娘娘虽未详说，但我心里也知道个大概的。只求娘娘发一下善心，将我打发了去仙界去，我也好时时刻刻在娘娘身边侍奉，若让我只在这人间，我也是伤心，若不是牵念母亲，我就是除了死，也没有别的活路的。"说着就落下泪来，女娲听着也禁不住流下泪来，叹道："你怎么说这样的伤心话来，既然已轮回到此间了，便回去好好修行，只等归一之后，我们又可以在一起了。"说着两个人抱在一起哭了起来。

不觉夜色将至，籁声渐寂，女登想起母亲一个人在泰山，便起身告辞。女娲问她道："来的时候有灵鹿送你，这会儿要回去了，却怎么去得了？"女登道："我还去清凉山那边的山口，灵鹿它会在那里等我的。"女娲点点头，想轩辕煌已在凡间又投生为天鹿，见了也是无话，于是就打发千里眼和顺风耳送她过去。女登走了以后，这里的众女子都以女登为最美，纷纷学着她的样子，并摘下梅花插头上妆扮，此后人们都称其为"梅花妆"。不题。

话说女登骑着天鹿又返回泰山，自己到了洞口，就见母亲后土掀起草帘将头探出来，女登正欲开口问她，却见后土两眼含泪，问道："你去哪里了才回来？叫我四处寻你也寻不见。"女登怕母亲知道她去见女娲会伤心，便隐瞒道："孩儿无事，这不是好好儿的么？孩儿听说太行山一带，孟津河那处有人发现了一只神物，捉住交给天神看，听说神物身上有图谶，觉得好奇，也想去看，只是天高地远的，故而去不了，就回来禀母亲知道。"后土让她进洞中来，泣道："我儿啊，你如今也出落得大了，怎么能孤身到处跑，你岂不知道那幽冥有阴灵，万一被他窥见捉了去，你让为娘怎么活？往后再不可如此。”女登被母亲斥责一番，也觉得正训凛然，便唯唯应了。说来也巧，女登说的也是一件真事，是女娲那日见面闲聊时说给她的，她便记住了，又说不清楚，于是就用这些话搪塞过了。

原来，伏羲昊照龙马身上图谶，制作出八卦图，并分别传给众人，又用兽骨雕成骨牍，分为六十四片，上面刻上横线和点数图纹，教众人用来占卜吉凶，伏羲昊演示道：“可将干支配于六爻，将五行配于八卦，以六爻干支与八卦五行之生克，定父母、子孙、官鬼、妻财、兄弟之位，以生我者为父母爻，我生者为子孙爻，克我者为官鬼爻，我克者为妻财爻，比和者为兄弟爻，据此占卜吉凶祸福之事。”说完又演示几遍，直到一些人学会，但尚有更多人不会，伏羲昊只得命人造了很多骨牍，分给众人，让他们时常练习。不料很多人拿这些占卜骨牍，倒是钻研出来一种叫作“天九”的游戏，演变成骨牌，共三十二张，四人入局，各得八张，以大击小，牌分文武，文牌以天牌为尊，武牌以九点为尊。时常可见四人围在一起耍骨牌。伏羲昊无奈，对女娲道：“骨牍能供人娱乐，我这也算是善举。”女娲听了，一笑置之。

孟津出龙马的事儿早就随风传遍大江南北，各部落都曾听说过，尤其是传到南边的有蹻氏部落，惹得首领少典心中发痒，非要亲自去看看。有蹻氏是一个新部落，继承的是原来居方氏部落夌屾的遗部，夌屾是人皇氏九兄弟之一，也就是“跨夫”信死后化成的九个人神中的一个，排名老八，他们彼此以兄弟相处，夌屾统治部落二十余年便病死了，他的手下有蹻氏少典勇猛过人，很受部落中人崇敬，于是推他做了居方氏部落首领，这一改朝换代，居方氏部落便成了有蹻氏部落。有蹻氏部落在南方，以木材、石头和兽皮建盖房子。伏羲昊曾来这里为他们传授了农耕术，由于南方潮湿温暖，这里的人都长寿，也极少有生病死亡的，所以这里的人口比北方多一些。少典常派部落中人背着兽皮去北方太行山一带交换石器和陶器，每次都会搬来无数陶制器皿，还有根雕的小圆桌和小坐墩。女娲听说后，觉得少典很聪明，就封他为南方各部落的大首领，并令圆融神道：“少典智勇兼备，是个好首领，你作了一个妙法儿，使他开了春心，懂得了男女情爱的事儿，让他留个后，继承他的部落也好。”圆融神道：“这个用不着小神操心了，那火德和西斗二君早有盘算，只怕这会儿那少典已有了春心。”女娲听说火德与西斗星君已有安排，也就未加多问。女娲又道：“冥界形成在即，你可先在南方广施春露，使那地的男子开了春心，女子开了芳心，两厢交合，多多生育。”圆融神拱手道：“小神这就去办。”说罢便飞来南方，躲在云层，摊开姻缘簿，借着几天的绵绵秋雨，口中念了一会儿诀儿，只见有红绿两色的雾气冉冉展开，掺入云层中。南方诸部落的人经过几天秋雨滋润，呼吸了那两色雾气，女子一觉醒来，芳心蠢蠢，俏眼蒙眬，娇羞满眼，露出许多酥慵春态；男子一觉醒来，血气充盈，春意如醉，似眠非眠的光景。一时间男避女躲，将那衣服越穿越严实。

一日少典正在狩猎，召来臣子启罘问道："天母女娲令圆融神在我南方施了春露，诸部落子女可有什么动静？"启罘笑道："都乱了，如今是男子不出门，女子倒跑得勤。"少典按下弓，疑问道："哦？这却又是为何？"启罘道："女子之前不懂梳妆，个个蓬头垢面，丑不忍睹，如今情窦初开，懂得了风月，却要寻着结交男子。美男嫌弃丑女，不肯出来见，都躲在屋里。听得那些母亲说，少女到了十四五岁，身子尚未过醒，皮糙肉粗，肤色呈黑，须先找个男子过醒了，她们才晓得打扮了，打扮之后，就变得如花似玉了。"少典又问道："这却新鲜，怎么过醒，你说来听听。"启罘笑道："也不稀奇，就是母亲引着女儿去男子家里，叫他们在一起见个面，说说话儿，若两厢有意，便是过醒了。"少典令道："吩咐下去，诸部落子女嫁娶，须经过大部落允准，定一条律，凡民众皆为一夫一妻，不得违戾，举行仪式，焚香告知诸天神，而后方可成为夫妻。"启罘道："在下遵命，这就去吩咐下去。"少典又问道："北地诸部落可有新鲜事儿？"启罘对少典道："北人在孟津河里发现一只神兽，交给天神伏羲了。"少典起初不信，笑道："天神下凡，人间多怪，既有神兽出水，也不稀奇。"启罘道："这个不同，天神伏羲说，是昊天所降的神物，身上有图谶，个个都是玄机。"少典疑道："那神兽是什么模样儿？"启罘回道："我亲眼见过，有几个人捕捉来，与我交换三十张虎皮，我见它无用，便未交换，那神兽有天龙的头，却是野马的身子，周身长满龙鳞，左右各生一翅膀。天神伏羲来看，说神兽背上有图谶玄妙。"少典听得惊奇，问道："那图谶又是什么样儿的？"启罘回道："就在神兽背上，图谶为黑色圆点儿，分前后左右中，后有一六，前有二七，左有三八，右有四九，中为五十。天神伏羲还道，'文明之始从此出'，便将图谶，用焦灰画在石上观看。"少典又道："天神画在石上，有何说辞？"启罘道："天神伏羲只念道，'乾、坤、艮、巽、震、离、坎、兑'等，又说，'此为八卦图，卦中有三爻，互为交应，又重为六十四卦，共有三百八十四爻，藏天地玄秘，可断祸福吉凶事'，天神欲授民众，教人识图。"少典闻言，大喜道："极妙，极妙！我这就去拜访天神，学来玄秘也教族人使用。"启罘下拜道："在下愿同往。"少典安顿好部落，与才婚后不久的娇妻荭婉辞行，又嘱咐侍婢栖娘和姊伊照顾荭婉，随后一一告别。

少典与启罘收拾停当，两人跳上马，就往太行山奔去了。走了几天路程，经过泰山附近的一个部落，见这里有百十个人，围着火堆跳舞，少典下马，笑道："此处热闹，不如我们也去讨一口水吃。"启罘道："这是吉夷氏部落，他们围火起舞，可能是在迎接我们呢。"少典笑道："不是，他们不知道我们来。且先去看看，吉夷氏部落是自女娲娘娘造人之后就有的部落，听说是人祖达旦的子孙，我当前去拜访。"启罘回道："大王说的有理。"少典与启罘走近火堆，那部落人一看来了陌生人，都停下来盯着他们，启罘对少典道："看来不是迎接我们的。"少典急道："你去拿一件兽皮来。"启罘忙去马背上扯下一块狼皮拿来，少典将狼皮双手呈上，躬身拜道："有蟜氏少典，路经此处，只为讨一碗水吃。"果然见一个头上插着翎毛的人出来，仔细打量他一番，双手接过那张狼皮放在地上，跪地拜道："吉夷氏拜见少典大王！"人们一听又欢呼舞蹈起来，启罘对少典道："看来他们也尊大王为王。"少典点头道："南方之地我将为王。"吃喝完毕，少典辞别吉夷氏部落，继续往北去了。

且说女登回来后，被母亲一顿教训，便也不出洞了，每日在家陪后土捡野菜，刷石锅，晒兽皮，收藿藜，编槿阑，忙忙碌碌。女登想起怀仁和善元之地的人居住的茅草屋，自己也动起心思来，得了空就在附近山崖上折来树枝，取土抟泥，用了两个月时间竟然也盖了两间茅草屋。后土越发喜爱，问道："怎么就学会盖草屋的？"女登回道："我听说太行山那边的人，有很多都住在草屋里的。"后土觉得奇怪，问道："方圆几百里无人烟，你每天都听谁叨咕的？"女登笑道："母亲操什么心，我在梦里听说的还不行么？"后土笑道："你在梦里听谁说也倒好了，只怕你去外边遇见阴灵，他是会蛊惑人的。"女登噘嘴儿道："这山头就我和母亲两个人，能遇见谁呢？每天孤零零的，若是真遇见阴灵了却也好，不管好坏，总多了一个说话的人呢！"说着便落下泪来。后土前去搂着她，泣道："为母何尝不知你孤独，可这幽冥界的阴灵与众魔作乱，为害人间，这是确有的事儿，为母何时哄过你的？为母躲在这山洞几十载，就是为了躲他们的。"女登道："母亲伤心了，都是我不好，母亲别担心，这里无人烟，阴灵不会来的，我自会小心的。"后土含笑，卧在草榻上默默地看着女儿。

岁月如梭，后台不觉已渐渐垂老，这一次竟然病倒了。女登心急如焚，每日以泪洗面，后土道："山上有灵芝，你去采些来，为母吃了它就好了。"女登听说，便立即上山去采灵芝。才攀到山腰，忽然山头咔嚓一声巨响，出现两条白色闪电，明晃晃照亮天际，接着就刮起了大风，又听见恐怖的大笑声，好像近在眼前。女登回头一看，见一群妖怪朝她飞来，为首的正是业魔和罪魔，飞来便将女登挟起又飞到山下。女登心想这就是母亲所说的幽冥众魔，倒也害怕起来。原来，业魔一次领兵在泰山搜寻，几次发现女登和天鹿在一起，自那日便伺机要拿她去阴灵处邀功，只是每次都见她和天鹿形影不离，阴灵严令不得滋扰天鹿，所以众魔也无从下手，这一次有魔兵发现女登独自出来，在山腰处采摘灵芝，便报给业魔，领兵就来捉拿女登。到了山下，女登问道："你们可是幽冥界来的？"业魔道："是又怎样？我们等你好等得好苦，今天终于捉住你了。"女登斥道："我与你们无冤无仇的，你们捉我做什么？我母亲卧病，我还要去上山采灵芝，你们赶快放了我。"谁知那罪魔也是好色，见女登与凡人不同，知她是个人神，又生得如花似玉，便动了淫念，他将女登抱起道："仙子不要害怕，我虽然身在幽冥界，但与你一样也是个人神，今天既然捉了你，又怎能舍得放你走，我因爱慕仙子美色，早就等着这一天了，不如你跟了我，结个夫妻，你说可好？"女登自在那梅树下以及牛心山两处动过春心，也晓得了男女之事，被业魔如此一撩拨，羞得粉面绯红，脸热心跳，此时才知道落到众魔手里。女登挣脱罪魔，骂道："我也是个天神转世，岂能与魔成亲？今日就是一死而已，绝不受辱！"罪魔揎拳掳袖，笑道："那你现在就死给我看，我让你求死不能，落在我手里，你不从也得从，你若执意不从，我先让他们将你缚倒，再脱去你的衣裳，露出你那鲜灵灵的身子，供我一个快活，然后再去洞中将你母亲杀了，你说可好？"女登哪里听得这些话，只是不停哭骂，罪魔沉下脸来，喊一声："来人！"只见几个魔兵上前就将她按倒在地，罪魔正要下手，忽然听得身后有人打马喊杀过来，罪魔大惊，把女登放下，急忙看去，只见有一人渐渐逼近。罪魔一看两个人打马飞来，便令众魔拿下，只听业魔一声断喝道："且慢！"罪魔回身问道："为何阻拦？"业魔正色道："我看此人相貌不凡，定是天神驾临，不如先将这个姑娘掳走再说。"罪魔哈哈大笑道："安有天神骑马奔驰的？不过凡间两个人而已，速去拿下！"几个魔兵正要出动，却见阴灵突然飞来，喝道："管他是人是神，你们且去战他一回，这里有本王看守！"罪魔和业魔闻言，领兵冲杀过去。阴灵见地上哭泣的女登，越发眼熟，低头问道："姑娘是哪里人？"女登见又来一魔问话，又惊又气，便破口大骂道："你们这些魔头，伤人害命不得好死！我是后土之女，神灵转世，还不快放我！"阴灵听见后土二字，便知是商羊轮回体，当下心头一紧，心里想道："那商羊是盘古太师所造的泰初之神，没想到她也轮回到凡间了，既然是她的女儿，我如何好拿？"接着又问道："你母亲现在何处？"女登只是哭骂，哪里还肯搭理他，阴灵无奈，怒道："只管啼哭什么，好不烦人，你走吧！"女登没想到阴灵会放她走，拔腿就跑，直跑到一个山岩拐角处，才又立定，回头凝眸怅望，暗思道：“听说有人来救我，也不知道是谁。”心里琢磨着，又怕众魔反悔追来，便又匆忙逃走。罪魔和业魔到了那人跟前，不由分说就打杀起来，谁知来者正是少典，见罪魔、业魔杀过来，他拔剑就砍，勇猛非常，竟然与他们厮杀了七八个回合。阴灵仔细一瞧是少典，就令二魔回来，一路无话，直回幽冥宫。那罪魔本来想捉女登，见阴灵却将她放了，心里不平，问道：“天王为何将那女子放了去？”阴灵正色道：“我放此女，有两个原因：其一，此女是盘古太师所造的泰初之神商羊轮回体后土的女儿，若要拿她女儿，她决不罢休，若召来盘古太师，怕是我们这次就难逃制裁了；其二，本王见此女有神光护身，尚不清楚她是何来历，若贸然加害，又怕惹火烧身。从今往后，你们休要再来这里滋扰生事！”罪魔低头道：“小将遵命。”业魔又问：“我们正与那生人打杀，眼看就要将他擒住，天王又为何又令我们回转？”阴灵叹道：“那人非泛泛之辈，乃是有蟜氏部落首领少典，不是本王故意放他，而是此人将来或与我有用，故而不能杀他。”说罢各自散去。不题。

却说少典正杀得起劲，忽见众魔又收兵逃走，心里疑惑，忙叫启罘来，问道：“你躲在大石头后面可看清楚了？我见那几个天魔捉了一个女子，现在何处？”启罘早吓破了胆，哪里看得见人，正要回话，见一个魔兵从一块岩石后面窜了出来，一瘸一拐地逃去，少典瞥见又打马追去，到了跟前跳下马来，将剑架在那魔兵颈上，喝问道：“畜生，快快招来，为何害我民众，那女子是何人，被你们掳到何处去了？”魔兵战栗道：“英雄饶命，我只不过是个卒子，哪里知道天王的事儿，小的只是奉命行事，跟着二魔王在此蹲守了几日，只听说是要捉一个叫泰山的女子，只是没有机会得手，今天见她在崖巉上摘灵芝，终于逮着她了，这会子她早就跑了，不知往哪里去了。”少典怒道：“恶魔邪心不泯，留下只会祸害人类！”说完，举剑就那魔头砍了下来。启罘何时见过这场面，抱头闭眼，瑟瑟发抖。少典道：“你跟我十几载了，也是见多识广，却不想如此胆小，往后如何随我治天下？”启罘道：“大王不能以杀伐治天下。”少典笑问道：“依你之见，若不杀伐，何以治天下？方才若不厮杀，那天魔岂能饶了你我！”启罘战栗道：“大王以仁德治天下，人心所向，必得大统。”少典笑道：“一张好利嘴，你且牵着马匹在这里等我，我去崖上采些灵芝来！”启罘疑问道：“这野马什么时候开始吃灵芝了？”少典笑道：“不是给马吃的，我自有用处。”说完便纵身一跃，向那山崖上攀去。

少典备好灵芝，与启罘上马继续赶路，转过山头，便远远看见一座茅草屋，在雾气中若隐若现，少典喜道：“我们今日就去那茅草屋借宿一晚，想必那边是女子的家了，我须前去探望。”启罘不解，问道：“探望她做什么？”少典道：“我听那魔兵说，此女子正欲往崖上采摘灵芝，才遇到天魔，她不惧险境要采灵芝，想必她家中有人生病了，我送这些灵芝，她就不必再出来冒险了。”说完打马飞驰而去，直到半夜才到。女登回到洞中，见母亲虚汗淋漓，喘息不定，泣道：“孩儿没有采到灵芝，这可怎么办？”后土笑笑道：“我儿不要难过，为母只是惊了凉风，明日也就好了。你出去半晌，怎么就没采到灵芝？”女登握着母亲的手，泣道：“才到山崖，就被几个天魔捉住，若不是遇见英雄相救，这会儿怕是回不来了。”后土一听大惊，挣扎着坐起，抱着女登嘤嘤哭道：“我儿，为母说什么来的，你却不信有阴灵，这会儿亲眼见了，以后就别一个人去远处了。”女登摇头道：“可是母亲的病……”话未说明，就听洞门外有人问道：“有蟜氏少典与侍者二人路过宝洞，求借宿一晚，不知可否？”女登本来惊魂未定，突然又听到有人说话，又吓得赶紧搂住后土。少典不见回应，又问一遍，后土咳嗽几声道：“你是何人，要去哪里，怎么会路过我这里？”少典正要回话，那启罘听见声音是位老太太，就抢先喊道：“老奶奶！我们是打南边过来的，要去太行山，路过这里已经天黑了，夜晚天冷，请求借宿！”后土又咳嗽了一会儿，慢吞吞道：“陋洞太小，住不下人了，你们还是去别处看看吧！”少典闻言，问道：“老奶奶，请问这近处可有人家？”女登听他们对话，心里思忖着这两人是不是那救命恩人，又不敢确定，只是对母亲低声道：“母亲，这方圆几百里没有人烟，叫他们去哪里投宿？洞外才建好的两间茅草屋，若是母亲允准，就让他们住一晚吧。”后土摇摇头道：“这荒山野岭的，怎么会有人经过此地，等为母问清楚再说。”少典等了许久不见回应，只好叹息一声，启罘见状，埋怨道：“若是大王不管那女子，与那些天魔打斗，此刻我们已经到其他部落了！”少典叹道：“走吧，老人家多有不便，我们就不要叨扰了。”女登听得真切，果然是救命恩人来了，于是跑到洞外，大声道：“英雄留步，夜色已深，往前也没有人家了，请英雄就住在这里吧，那边有两间草屋，英雄若不嫌弃，可将就一晚。”少典转身看去，却看不清楚，躬身揖道：“多谢主家留宿。”说完便拴了马匹，卸下兽皮和灵芝等物，进了草屋休息，两个人都已精疲力竭，故而一宿无话。

翌日清晨，少典早起，令启罘准备好马匹等物，准备辞行，却迟迟不见有人出来，于是在窑洞前徙倚许久。启罘急道：“主家还未起来，趁天刚亮，我们还是走吧，莫耽误了路程。”少典道：“受人恩惠，理当回报才是，怎么可以不辞而别呢？”启罘无奈只得进草房，又和衣躺在草垫子上。女登起来梳洗才毕，掀起草帘探出头一看，见一人年方二十五六岁，面若冠玉，唇红齿白，身材魁梧，温雅绝伦，心里莫名突突跳了起来，怕那人看见，忙把草帘子又轻轻放下，缩身回来，心内想道："这便是救我的恩人？为何一见他我这心就不安分了？"想着又回到石盆旁，借着水影整整鬓蝉裙裾。后土也醒来，轻喘道："我儿在做什么，欲出不出的，昨夜那些借宿的人走了么？"女登明眸一转，脸上掠过一丝羞晕，低声道："孩儿才起，还不知道呢，母亲你可好些了么？"这不问还好，一问完，后土便又咳嗽起来。徙倚于洞外的少典听到窑洞内的咳嗽声，便知有人醒来了，连忙捧着一张牛皮移步过去，说道："多谢主家留宿，我们还要赶路，特来告辞，这张牛皮就留给主家，还望笑纳。"说完，将那牛皮放在洞口，而后转身就走。后土又挣扎着要起身，咳嗽越发厉害，一手抖动着指向门外。女登会意，急忙追出，叫道："恩人请留步！"少典一转身，抬眼看去，一时呆呆怔怔，只见面前这个女子十五六岁，身穿米色纤丽的麻纱衫裙，玉肤花貌，雾鬓如瀑布倾斜在两肩，杏脸褪红，烟黛微颦，明眸凝波，娇怯怯欲说还休，那厢里少典迷迷愣愣，这厢里女登也目不转睛，神思恍惚，又觉一股暖流袭来，浑身已骨软肉酥，摇摇欲倒了，少典见状，忙前来搂抱在怀里，急问道："姑娘可好？"女登羞晕满面，只是痴痴地望着他微笑。这时又听窑洞内急促的咳嗽声，只听后土道："泰山，你请恩人进来坐吧。"女登这才回过神儿来，急忙脱开，娇怯怯欠身道："我母亲病了几天了，我要去照看。恩人若急着赶路，我也不好相留，就此作别吧。"少典问道："不知尊上身体可好？我能去看看么？"女登点点头，欠身迎进，少典见过后土，躬身一拜坐下。后土仔细打量少典，见他英姿飒爽，器宇不凡，起身半卧，温和地问道："恩人自哪里来？"少典回道："晚辈从南边有蟜氏部落来的，我叫少典，是部落首领。"后土忙道："哦……有蟜氏部落首领，那请问恩人，这是要往何处去呢？"少典从容笑道："听说太行山那里有人在那孟津之河发现一只灵物，特别神奇的，我便也想去那里看看，昨日经过此处，又遇天魔在山上强抢民女，又与那魔打斗一回，再走时，天已黑透了，只好前来投宿，幸得前辈不弃，留宿一晚，晚辈不胜感激。"说完又起身躬身一拜。后土咳嗽几声，看了一眼女登，笑道："昨夜天黑，又不知是恩人至此，故而老身有所怠慢，还请恩人勿怪。"少典疑道："前辈为何口口称我为恩人？晚辈初来，不知与前辈何恩之有？"女登低头娇声道："昨天恩人所救女子正是妾身。"少典这才明白过来，再仔细看女登，拍头叹道："原来是你，这下我可放心了，昨天退走天魔，转眼不见了姑娘，还以为被那天魔掳走呢，心中甚是不快，见到姑娘，这心里就好多了。"女登莞尔一笑，低头拈带。停了一会儿，少典又问后土道："前辈身体不适，严重么？"后土叹道："老了，中了风寒，歇息几日也就好了，不劳恩人操心。”少典起身道：“正好，昨日抓到一魔兵，拷问他因何在此拿人，他说见一女子在山上采灵芝，便抓了回来，晚辈想姑娘不惧险阻攀岩去采摘灵芝，想必是家中有病人，晚辈着急，就上去采了些回来，我这就去取来。”说完便走出洞去。后土看他出去，便回头望着女登，见她羞答答的模样儿，心里已明白三分，正要问她话，却见少典捧着灵芝进来了。少典将灵芝交给女登放好，又坐下来道：“前辈可将灵芝煮汤吃了，不消几日便好。”后土笑道：“恩人大恩老身都不知如何报答，反倒收取恩人许多东西，这叫老身如何敢受。”少典笑道：“区区小事，何足挂齿，前辈万勿推辞。”后土笑问道：“不知道恩人何时动身？”少典愣了一下，连忙道：“天色已不早了，我这就告辞，请前辈安心休养，祝福早日康复。”后土看一眼女登，见她脸色不妙，又惶惶然的样子，知她不舍，便又道：“恩人请多留几日可好？”少典不解，问道：“前辈这是？”后土笑道：“老身卧病，生怕那天魔再来迫害，若恩人多留几日，等我痊愈也就放心了，那时恩人再走不迟。”少典闻言，拱手道：“如此，晚辈敢不从命。”不题。

却说启罘回草屋和衣躺在榻上暂作休息，不觉又眯瞪起来，便随手扯过一个草枕压在头下，真要合眼，却见身旁掉下一块琥珀色的透亮晶石，把玩一会儿，又觉无意，便沉沉睡去了。启罘迷迷糊糊不知怎么就回到了部落里，人们见他回来，马上载着陶器织缣，纷纷出来看他，还有许多女儿家，都来迎接他，冲他媚笑。这时候，又见莛婉与栖娘、姊伊也来了，挑挑拣拣地看着织缣，喜欢得不行。启罘见莛婉娇媚可人，心动不已，笑道：“大娘娘若是喜欢，就都拿了去吧，小的是惯舍得的。”不料莛婉开眉一笑，娇嗔道：“那就给送到屋里去吧。”启罘扛着一大包织缣就跟着她去了，快到门前时，又不见莛婉，心里着急，又担心被少典看见，正要急着转回去，又见莛婉从屋后出来了，笑道：“织缣我不要了，你还是献给大王处置吧。”说着又抛个媚眼儿给他，便又掀起帘子进到屋里。启罘感觉她有意，便跟了进去，刚放下织缣，忽然又见莛婉手里提着少典的青石剑，朝他砍来，口中骂道：“你这个乱臣贼子！竟敢妄想篡权夺位，看我不杀了你！”启罘大惊失色，慌忙躲闪，见莛婉依然追砍，心上一狠便上前夺下她的剑扔在地上，又猛推了她一把，将她推倒在窗边一张石榻上。启罘见莛婉不动了，上前轻轻叫道：“娘娘！”见莛婉不应，又四顾无人，当下就起了淫念，他忽然又看莛婉竟然躺在那里，身上未挂一丝，下边只遮着一条细纱，两条玉腿纤细修长，启罘已不能自持，按住她的一双玉臂，粗喘唤道：“娘娘！”莛婉还是不应，他便伸手将那玉腿摸了半晌，不禁浑身火炽，一把撩起那细纱掀在半边儿，莛婉那冰肌玉骨便一览无余了，启罘忙脱去衣服扑了上去，恣意奔突，嘴里喊着娘娘，娘娘……正得意时，却被少典照嘴一巴掌扇了醒来，倏地翻起身，才知是南柯一梦。这时已是中午，见少典在身旁，启罘急道："可以走了么？"少典瞪着眼问道："你刚才梦里娘娘娘娘的喊谁呢？"启罘忙道："才睡下就做了一梦，梦见女娲娘娘了，也不知我嘴里喊了什么。"少典笑道："梦见女娲娘娘对你说什么？"启罘笑道："娘娘说叫我们赶快过去呢！"少典笑道："你可真会说。我不走了，老奶奶病了，担心天魔又来滋扰，留我看护几日。"启罘急得跳起来道："这怎么行，我还要赶着去太行山那边换了这些兽皮，你若不去，那我就自己去了。"少典起身道："我也正有此意，你去吧，安顿好这里的事情后，我就直接回部落了。"启罘心里明白，知他舍不得女登，于是故作无奈之状，叩拜作别，自己打马驰去了。

少典在女登处住了两日，也不见天魔来扰，再看女登每日忙碌着给后土熬汤喂水，心里也是急得慌，想回部落，因爱慕女登，又不舍得离去。又过一日少典步去相望，见后土已痊愈，便要告辞，后土知他急着回部落去，也不好挽留，女登有意挽留却说不出口，少典收拾停当，正要出门，忽然电闪雷鸣，霎时间就落下滂沱大雨来。女登本前来相送，忽见雨势骤大，心下暗喜道："忽降大雨，阻他去路，想必昊天知我每日祈告，便遂我心愿呢。"女登近前，望着雨帘假意道："恩人要辞别了，妾身也不好挽留，只是这样的大雨，恩人如何过得去？"少典本也不愿离去，只是见女登连日来只在洞中侍奉后土，也不曾与他单独相处，才觉得心里憋闷，不得已才想回去，以后再作打算，不料天降大雨，这时又听女登似有挽留之意，心中窃喜，笑道："夜深雨阻，不如再留一日，何必急于返去呢。"女登听了这一句话，可谓是正中机怀，不觉满心欢喜，笑道："请恩人进屋歇息，一会儿我来给恩人奉茶。"少典便又进草屋去，坐在石桌前的石墩上等她来。

约莫一会儿，女登果然端茶进来，置于石桌上。这时天色已晚，屋内渐暗，少典起身道："此处无灯火么？"女登掩口一笑，娇嗔道："有的。"说着便从袖子里取出一根枯枝和一块方石，再将方石置于桌上，而后将枯枝插在石上缝隙处。少典觉得奇怪，望着她问道："只是这样一根枯枝，能点亮么？"女登翣翣眼，噘嘴道："怎么就不能？"只见她伸出纤手，将两指一挫，只听啪的一声脆响，一团火苗就飞上了枯枝，就像盛开的火焰，霎时间，屋子里亮如白昼。少典惊得合不拢嘴，惊问道："姑娘莫非有仙术么？怎么这枯枝点灯，光亮如昼？"女登笑道："不会仙术，我天生有此异能，听母亲说，这火是七分地火，三分真火，所以能自燃不熄，光亮无比。"少典惊问道："怎么来的这真火？"女登笑道："方才说了，天生如此。”少典笑道：“我生来第一次见你这般的奇女子。”女登收拾陶匏，将茶水款款倒入玉杯中递上来，少典接过细细端详，见这瓷杯也是难得，便问道：“山中怎么会有这上等陶器？”女登笑道：“非陶器，这是白玉杯，世间少有。”少典大惊，暗思道：“这荒野之处却有人家，此女又能以真火点灯，这里又取出白玉仙器，实在令人生疑，她若不是神仙，便是魔类，难道幽冥天魔幻化来害我么？”想到这里，又看女登心慈面善，却不像个歹人。女登看出少典心有所思，问道：“恩人想什么呢？”少典回神笑道：“见到此物，心中颇为惊奇，我为部落一王，尚不曾有这般美器，你是从何处得来的？”女登往石墩上坐下，笑道：“我若说出来，你且不可说给我母亲，不然我怕她担心。”少典点头道：“绝不与外人道。”女登笑道：“前些日子我去了一趟太行山，见到了女娲娘娘，这些东西也是娘娘赠与我的。”少典一听，心中释然，正要再问女娲的事，女登却道：“夜已深，怕母担忧，我先去陪母亲睡了，恩人也早些歇息吧。”少典也知此时不可留，只好起身告别，当夜怏怏而睡了。

少典躺在草垫上辗转反侧，难以入眠，直到三更方有些睡意了，正要合眼，却听见草帘响动，起身看去见是女登来了。少典忙问：“姑娘不睡觉，怎么到这里了？”女登笑道：“母亲已睡熟，我料不会惊扰她。我知道恩人明日便要走了，想过来与恩人说说话儿，不知恩人可愿意？”少典点头依允，女登便也上了草垫和衣而睡，少典此时已睡意全无，与她说部落里的事儿，说完又等她说话，却半晌不见她开口，转脸一看，才知她已睡着了。睡到四更，伸手摸她一摸，那一时恰值深秋，夜里也是寒气逼人，直觉她浑身冻得冰冷，他便起来从墙角处取出那张牛皮与她盖了。

女登已睡熟，梦里隐约又晚间去到山崖去采灵芝，忽然阴风大作，月色朦胧，女登惊道：“天魔又作怪了。”话说完就见那罪魔和业魔狞笑而来，挟起她就走，她急得大叫又觉叫不出来，挣扎起来只觉得浑身无力。就在此时，却见从远处奔来一个牛头人身的人来，面色通红，舞着双斧，朝着罪魔和业魔杀去，三个混战了一会儿。罪魔和业魔渐渐气力不足，阵脚大乱，被牛头人身的一斧砍倒，此时，阴灵突然驾着黑风袭来，将罪魔和业魔救下，又朝牛头连劈三掌，牛头大败，跌倒在地。阴灵又朝女登逼近，女登急得大声喊叫少典，说时迟那时快，就见少典提剑飞来，朝阴灵用力砍去，只听得嗖嗖的几声剑刃声过后，少典和阴灵都消失不见了。女登慌了神儿，四处寻找少典，忽然又看见少典星眼含笑，玉树临风，慢慢迎来，她又看见自己穿着轻纱云裳，向那少典欠身拜道：“妾乃蕊珠宫女娲娘娘的仙婢，自轮回此间已有十六年，近来被天魔追拿，若不是恩人解救，妾怕是就没命了，感谢恩人救我。”少典笑道：“举手之劳，不足为谢，只是姑娘愿与我亲近片刻么？”女登羞晕不行，低头应道：“就依了恩人。”梦里就见自己解开云裳，伸舒玉股，与少典卧在榻上云雨巫山起来，女登只觉似梦非梦，痴痴娇吟了一会儿。云雨过后，女登纤手整妆，恋恋不舍地凝视少典。此时，少典听见女登梦呓，就将她推了一推，女登突然惊醒，才知是一场春梦，羞得赶忙用袖子遮住脸。少典问道：“姑娘梦到什么了，只听梦里哼哼嘤嘤的。”女登羞得将身子在转过去，并不说破。少典依依若失，只得和衣假寐，到了五更时，见女登又睡熟，少典便佯装沉睡不知，将胳膊搭了过去搂住女登，不料那女登也是假寐，并不吱声，将手捂着脸，屏气敛息只由他下一步动作。少典伸手进去抚摸她腰肢，见女登轻颤一下，便知她已醒来，又喘着伸手解她小衣，时解时停，见她并不十分拒绝，褪去小衣后，又把手去摸，只觉她光滑细腻，温软如玉，不觉意荡神飞，不能自禁，急促促地扳过她香肩，将那灵犀凑近，一时凤倒鸾颠，云情雨意浓浓郁郁。二人怕后土听见，并不敢太做声，如此将及天明方才消停。

第二日，少典告别后土，女登出来送他，有了一夜恩爱，两人已是目交心通。女登泣道：“君一路辛劳，且行且慢，去了部落安顿妥当就来接妾，心里要时时想着妾，断不可负妾。”少典安抚道：“你是我妻，我回部落安排停当，封你为王妃，即刻来接你和母亲。”两人又卿卿我我一阵子，缠绵许久方才离去。

少典走后不久，母亲突然见她肚子高高隆起，大惊失色。后土逼问道：“你正少年，尚未出嫁，何以至此？”女登也不瞒她，就将与少典相爱和幽会的事儿说了出来。后土叹道：“若少典负你，你此生将如何过得去？”女登道：“少典是君子，必不负我。”后土听了只是叹息。

却说少典没了马匹，一路徒步往南走，若走得到部落，怕也需要一年半载，他却不知，他的部落里已发生巨变。原来，启罘并未向西去，而是一路打马飞奔回部落，见人就说少典被幽冥天魔捉走，不再回来了。消息不胫而走，传到王妃莋婉耳朵里，就召他来问，启罘跪地泣道：“大王途中遇到天魔，厮杀不过，被天魔捉走了，临走时嘱托我为部落首领，照顾部落人众。”莋婉一听昏厥于地，三五天才醒过来。启罘见事成，便召集部落人众宣布自己为王，举行了仪式，部落人众都拥启罘为新的部落首领，有蹻氏部落在启罘的带领下，一时走马换将，王廷却竖起“益盈氏”的旗帜来。启罘专横跋扈，部落人众都很怕他，避而远之。做了王那天，便叫栖娘和姉伊将莋婉唤来，莋婉不行礼，启罘怒道：“如今我继承了王位，你就是我的王妃，见我也要叩个头。”莛婉不从，怒道：“这里是我家，你是王，我是民，犯着你什么？”启罘怒道：“大胆，这里是王廷，你不愿为民，现在就滚出去。”莛婉怒道：“我自然会搬出去，只怕你这样对我，会触怒天神，将来也没有好下场。”启罘叫来左右，怒道：“你们去将莛婉父母捉来，立即处死。”莛婉一听这话便瘫软在地，启罘又问道：“愿从本王么？”莛婉泣道：“既然如此，请放过我父母，晚间妾与你宿就是了。”启罘淫笑道：“这就便好，你还是王妃，我也不亏待你的。”到了晚间，栖娘与姊伊服侍莛婉洗浴，出来梳晚妆，穿着整齐后，对栖娘道：“这屋里闷的，我去后面采些花儿来，醒一醒空气，你们不要跟着我了。”说着就独自出去了，不一会儿，启罘踱进来，见了两个侍婢在，却不见莛婉，就问道：“王妃何在？”栖娘道：“娘娘出去采花儿去了。”启罘疑道：“大半夜的，采花儿做什么？”姊伊抢道：“说屋头里闷，采些花儿来醒一醒。”启罘又笑着凑近姊伊，伸手将她屁股一摸，姊伊“呀”的一声闪开。启罘骂道：“你个小淫妇，当我不知，原来大王在的时候，你与他偷鸡盗狗的，这会儿却来躲我，你只怕他，莫非不怕我么？”启罘口里骂着，上来就打她，姊伊一闪就跑了出去。启罘见姊伊跑了，怒骂道：“你别回来，要跑就跑远，让虎豹叼了去，你要再敢回来，我就砍下你的头来！”骂完回头又见栖娘在侧发抖，启罘又转回撩拨她，笑道：“那个小淫妇跑了，不如你就与我做个夫妻吧，我少不了也封你做王妃。”栖娘早就吓破了胆儿，见启罘过来，忙笑道：“小婢愿意，只是娘娘那边乐意否？”启罘笑道：“不愿意就杀了她喂狗。”说完就压了上来，栖娘想挣扎，却动不得，已被他紧紧压住，只得喊道：“若被娘娘撞见了，横竖也是一死，不如现在就杀死我吧！”启罘哪里肯放过，双手掩着她嘴儿，附耳道：“不要作声，我爱你，你顺了我，做个王妃，哪里还有你不好的？”说着便一阵翻云倒雾。事毕，栖娘垂泪道：“小婢被大王蛮做了，往后还怎么见娘娘去？”启罘一边整衣一边道：“不妨的，有我在。”正说着，就又见姊伊疯也似的冲了进来，哭喊道：“不好了，娘娘跳崖死了！”启罘大惊失色，忙与众人去看，果然见莛婉穿的整整齐齐摔死在崖下。有蹻氏其他部落听到这个消息，开始带着族人逃窜，启罘派军队杀了很多人，仅有少一部分逃了出去，结果在半途遇到少典，将启罘叛乱以及王妃自尽的事儿告诉了他，少典见大势已去，又领着这一小部分人来到泰山。

且说少典那边带众直奔泰山，女登这边正在分娩，后土见女登生下一个男婴，相貌怪异，面色如铜，头顶上还生出两只牛角来，女登无奈，只得以泪洗面。后土怒道：“这可是天魔阴灵作祟？”也不顾女登拼死阻拦，她便抱着孩子要扔到山崖下去，就在这一瞬间，燃灯佛出现了，上前阻止道："你也是轮回之神，怎么能动杀戒？"后土哭道："我女儿生下这个怪物，可能是魔，早些杀死以除后患。"燃灯佛劝道："不可如此，此子非魔，乃是火德真君启祚而生的，将来必为人间帝王，你怎么能杀了他！"后土一听，转悲为喜，于是打消杀念，又将孩子抱回，后土对女登道："方才燃灯佛显现，说此子非魔，而是火德真君为启祚而赐与你的贵子，将来必为这人间帝王。"女登心里欢喜，心里才想起，原来这是火德真君为了报答她而给她的福报，于是就为孩子取名为"炎"。第二天，少典领一帮人来到，见女登生了孩子也非常喜欢，一会儿又心事重重，叹道："娘子，启罘贼叛乱，有蹻氏部落尽归他去，请速速收拾停当，与母亲跟我去厉山吧。"女登大惊，问道："为何去厉山？"少典道："启罘贼知道此地，必然追来，我们岂能坐以待毙？"未等女登开口，后土道："那就去厉山吧。"说完，众人纷纷帮忙收拾家当物什，急往厉山逃去。

话分两头说。女娲在清凉山玉龙洞正与伏羲昊、燃灯佛、神农琊讨论开辟冥界，却被魔天王阴灵知道了。阴灵召集阴魔、恶魔、罪魔前来商议，众魔主战，阴灵道："天斗那贼要开辟冥界，必令女娲等剿灭我们，而后占据幽冥。我们不能坐以待毙，当拼死一战！"阴魔道："我们在幽冥，白天去不得那人世，让女娲等诸神占尽了便宜，有过几次交锋，然而我们损失许多，那女娲却无纤毫损敝，如今又要来剿杀我们，岂能让他们得逞，此番交战，当一死拼之！"阴灵道："你们立即整军备战，本王要去见那阴阳鱼商议对策。"三魔领命，各自忙去。

且说女娲正在怀仁玉龙洞中与伏羲昊、神农琊等议事，忽见轩辕昊来到洞中，女娲责怪道："二师兄不是走了么？你不在仙界逍遥，又来何为？"轩辕昊笑道："我哪里是去逍遥了，不是要开辟冥界么？我才去见过师尊，讨教了'轮回六道'之事，一时未曾消闲过，这次来，就带来一位主司冥界的能人，冥界开辟之后，令他掌管即可。"女娲问道："那人在哪里？"轩辕昊道："就在洞外，听候师妹召见。"女娲笑道："就叫他进来吧。"轩辕昊转脸朝洞外喊道："别矗在那里了，进来拜见几位大神。"话音刚落，就见门口进来一人，脸庞瘦削，剑眉大眼，身材魁梧，见面即深深一拜道："小神笪殷曹拜见女娲娘娘、大大王、二大王！"女娲一听，愣了一下道："快入座。"笪殷曹起身，坐在一旁，女娲打量一番，问道："你与那三大王笪殷昊什么关系？"笪殷曹又起身揖道："小神与三大王乃是结拜兄弟，他为兄，我为弟。"女娲喜上眉梢，笑道："怎么如此多的礼数，快些坐下说话。"笪殷曹又款款入座。女娲又问轩辕昊道："可曾带去见过师尊？"轩辕昊道：

“见过，师尊要他掌管冥界，不过冥王一职，还须师妹亲自来封他才好。”女娲笑道：“师尊自己封赐便是了，又让我封什么。”轩辕昊笑道：“师尊在天阙，哪里晓得界下的事儿，故让我亲自带来面见师妹，若师妹不愿意，我再另寻他人就是了。”女娲忙道：“师尊亲自见过，自然是好的，就让笪殷曹出任冥王吧。”笪殷曹忙跪叩道：“谢女娲娘娘恩赐！”女娲又让他起来坐下，又问轩辕昊道：“你向师尊讨教开辟冥界，建立六道，师尊是如何说的？”轩辕昊道：“师尊说，六道分上三善道、下三恶道。上三善道即天上道、无端道、凡间道；下三恶道即畜生道、饿魅道、地狱道。至于人死之后亡灵轮回，乃是根据灵身善恶而选择六道的，冥界之人，如有至善者，轮回时可直入天上道，有上善者轮回时可入无端道，有大善者轮回时可直入凡间道。而那些罪大恶极者，轮回时直入地狱道，永不得超生，大恶者轮回时则打入畜生道，小恶者入饿魅道，为冥界庶民。”女娲点头，又问道：“那这六道又如何建立？”轩辕昊道：“师尊说了，只要剿灭阴灵和众魔，夺回幽冥界，就等于取得了那冥界，至于六道，三界成了，便自然生成。师尊说，夺回幽冥界，设冥大都和各地地府，设冥王和各地府尹，至于六道轮回之事，就交给幽冥界地府操心便好。”女娲喜道：“如此甚好。”伏羲昊叹道：“若是要彻底剿灭阴灵众魔，夺回幽冥界，此战非小役，敌众我寡，须谋良策。”神农琊道：“小神倒有个主意，不如施个玄法，先斩一批魔兵，届时那阴灵无兵可用，而后再一举消灭了他去。”

女娲问道：“施个什么玄法？”神农琊道：“魔兵不过是生魂，昼伏夜出，先走灵道，再出阴关，必经阳关，而后才能到达人间，小神可在那阳关处设一玄法，叫作诛灵咒，众魔但若出来，便灵消魄散，必死无疑。”轩辕昊道：“真妙计，若如此，可消灭魔兵，只剩阴灵一人便好对付了！”女娲摇头道：“我们皆为神明，当行事磊落，怎能偷奸取巧，使那暗锤打人？”神农琊拱道：“娘娘，天魔作恶，以此为乐，不过是些穷凶贪婪之徒而已，何必对他们光明正大行事？”轩辕昊道：“这话说得在理，天魔为恶行凶无所不至，残害人类，轻则使人殒躯丧命，重则使造人之功毁于一旦，他们几时有过丝毫善心？何必对他们仁慈，不如尽皆消灭以为快。”女娲瞪了他一眼，正色道：“一派胡言。昊天生人，创化万物，公正无私，只是种类不一，其余都因缘起缘灭，互为生克，总归一体。天魔虽作恶多端，但是其本性还是善良的，落到如今下场，绝非他生来如此。他为恶，我们就除恶，但必须手段磊落，即使死也要让他死得明白，怎的能杀人于无形？如此行事，你我神明，与那天魔有何不同？”轩辕昊笑道：“师妹教训的是，我也只是随口一说，切莫当真。”神农琊拱手道：“娘娘一席话，令小神惭愧不已，小神只知弄兵习武，所以虚言诡行，唯我利是图，却少些光明善意，从此改过，请娘娘明鉴。”女娲道：“我为人头顶三尺神明，必自先光明，方可使世间光明，若掎挈司诈，与那盗兵无异，如此奸道之事，是断不可为的。”神农琊拱道：“小神知错，铭记娘娘教诲。”女娲道：“你虽然暗昧，但也颇知些大体，今后出谋划策，只是磊落些就是了。”伏羲昊笑道：“这也是迁善之路，神明理当如此。”神农琊道：“我受天廷大恩，未有尺寸报效，如今正是建功立业的好时机，所以才出此诡计，确实有些心急了。”伏羲昊道：“你也不用过于自责，阴灵驱使天魔作乱，不择手段，他们何曾磊落过，我们的善念，却被他视为怯懦，变本加厉，一再欺凌。如今要开辟冥界，上承天意，此时不杀他们更待何时？只是与他明着一战，让他死而无悔。”神农琊奋然道：“我本是台琴星一草野，一直未获重用，幸得大王赏识，委以重任，我敢不戮力歼贼，以死报大王知遇之恩！方才得娘娘教诲，我必与那天魔公开一战，以图报效天廷！”伏羲昊问女娲道：“我们就这几个人，如何与那众魔交战？”女娲踌躇不答。神农琊起身拱道：“小神现在就去召集人类，与那众魔决一死战。”女娲忙道：“慢着，不要性急，行军事大，需要从长计议。这一场征战，是神与魔较量，岂能让凡人参与？况且那阴灵勇猛无敌，即使我们合力攻打，只怕成功不易，若是凡人去战，也只是白白送死。”神农琊道：“娘娘所思缜密，我却忘了，那凡人没有丝毫法力，如何与天魔作战。只是我们没有一兵一卒，如何剿杀天魔？”轩辕昊拍膝道：“为何不面奏师尊，借来天兵？只是可惜我不能去。”女娲疑道：“二师兄为何就不能去？”轩辕昊道：“上次我在朝中谗言，说师妹欲在人间为王，故师尊将师妹召回，坏了造人大事，师尊虽未说明，但我已经知道他对此事耿耿于怀，不再相信我，我若去借兵，师尊必疑我拥兵作乱，所以我不能去，这岂不可惜？”女娲道：“这是过去的事儿，徒悔无益，二师兄所言极是，请求师尊派下天兵，这便是正义之师，等天兵来到，分成三支水陆并进，何愁不能灭天魔？”轩辕昊道：“我看就让大师兄去请奏最好，一旦天兵下凡，幽冥界尽归天廷，便可功成献捷了。”伏羲昊盯着轩辕昊道：“我去不难，只是师尊他疑你，莫非他就不疑我么？”轩辕昊道：“师尊为何要疑你？”还未等伏羲昊回话，女娲忿然道：“你不明说我也知道，师尊他有什么可疑的！我儿须菩提还在天牢，将他做个人质，师尊也该放心发兵，你就去请奏吧！”伏羲昊道：“说得也是，那我去试试。”当下计议已定，伏羲昊飞往天廷，余下人安顿人众，严加防守，等待天兵到来。

再说伏羲昊进宫请奏天斗发兵，天斗并未作难，即差元真童子随伏羲昊下凡，往清凉山玉龙洞来，委女娲为征魔大元帅，轩辕昊、神农琊为左、右副元帅，率领一万天兵，克期进兵，杨天佑、天蓬等将士，一律听从女娲调遣。女娲等接了圣旨，分拨人马，渐次起行。女娲为主力，率天兵五千，命大将杨天佑为前锋，由清凉山进发，坐守阳关。轩辕昊率天兵两千，命大将武德星君为前锋，由鹅毛河进攻幽冥界阴关。神农琊率天兵两千，用天蓬为前锋，从阳关进兵，攻打灵道。伏羲昊率一千天兵留守清凉山，以防天魔偷袭善元和怀仁两地。三路人马，一起进发。

却说阴灵才从东海阴阳鱼处回来，召集阴魔、罪魔、业魔聚集幽冥宫商议。忽听探兵来报道："女娲请来天兵一万，分成三路人马杀来，女娲为主力，先锋是杨天佑，就在阳关蹲守！神农琊率天兵两千，以天蓬为前锋，已从阳关进兵攻打灵道！"阴灵大惊，急拨心腹将士守护各处关隘，自领阴魔和罪魔二将，为左右羽翼，率领魔兵一万，攻打灵道来兵。业魔率副将黑魅领魔兵五千，把守幽冥阴关，副将白魅领魔兵五千，自灵道一暗道出发，抄出鹅毛河，攻打凡间善元、怀仁两地。三路调拨已定，当下杨天佑本队天兵杀至太行山地界，离阳关十里地下寨。

阴灵与神农琊两军相遇，布成阵势，神农琊才入灵道，不想就迎头遇到阴灵大军，于是直出阵前观望，只见阴灵全身披挂，挺枪飞来，大喝道："你是何方神仙，辄敢到我幽冥界挑战？先报来名字，然后再纳你小命！"神农琊道："我乃女娲麾下副帅神农琊，今奉征魔大元帅女娲钧旨，说你为恶作乱，戕戮生灵，特来擒你！你也曾是仙界一灵，若知的大义，速速罢兵受缚，犹有一条生路。倘敢抗拒天兵，管教你命不保！"阴灵大怒，奋勇冲杀过来，神农琊挥手，天蓬手舞大刀迎了上去。两下大战十几回合，天蓬渐渐不敌，神农琊即令退兵，阴灵令阴魔、罪魔三面夹攻，直追而去。天蓬虽然英勇非常，怎敌得过阴灵，神农琊见天蓬败下阵来，生怕他被阴灵杀害，于是两千天兵尚未出动，便要撤退，士气大伤，阴灵瞅准机会，紧追不舍，围裹上来，神农琊部下天兵全然奔溃。神农琊率天兵逃出灵道，才出阳关就被阴灵赶上，蹲守在十里开外的女娲闻报，急令杨天佑骤马去救，这才使神农琊保住一条命来，与天蓬领残兵逃回主营，杨天佑本想率兵杀将进去，只见阴灵已喝令回军，急忙闭上关门。

女娲见神农琊溃败而返，当下大怒，指拨杨天佑率天兵杀上关来，阴灵躲在暗处，令阴魔指挥魔兵只管朝关门外放箭，弩箭如雨，天佑不能前进，只得暂时退下，在关门外暂屯人马。将至三更，阴灵乘夜深领魔兵突然杀出劫寨，杨天佑在梦中惊醒，一时大乱，只得落荒而逃。阴灵大获全胜，翌日白天守关不出，翌夕又分拨三队魔兵出关，在关门外扎下营寨，正中为阴灵，东南为阴魔，西北为罪魔，互为犄角之势，就等着女娲前来大战。

且说轩辕昊大军还未到阴关，就被业魔暗中剿杀，两千天兵损失一半，慌忙逃出来，直奔女娲主营而来，才到营帐，就见杨天佑狼狈而归。女娲见状，便知失败，长叹一声道："天兵不能敌天魔，如之奈何？"轩辕昊和杨天佑痛哭不已。女娲怒道："胜败常事，你们哭个什么？你在这里哭，阴灵在那里笑，如今只有整军再战！"女娲亲自上阵，愤怒催趱八千天兵杀奔阳关来，并力攻打。阴灵见女娲来势凶猛，又率八千天兵合力攻来，只好又退入关内，只令阴魔、罪魔不停放箭，弩箭如雨般放将下来，天兵不能近关一步，只得离开射程，远远围困，一连数日，也不曾交兵。

女娲十分焦躁，与轩辕昊、神农琊商议道："我军利在速战，而阴灵据关坚守，这阳关又无别路可以攻入，如何是好？"神农琊拱道："阴灵骁勇难敌，又诡计多端。他守门不出，乃是坐视大帅之计。我军三战皆败，一时不能深入。倘若阴灵让阴魔、罪魔守门，他自己却率精锐从后路杀来，我们腹背受敌，那就不妙了！"女娲道："此话在理。他若坚守不战，进则不能，只有撤军退回，在六十里扎营，阴灵必以为我军败退而去，而后再率兵来追，届时我军再分出一路由杨天佑、天蓬为先锋，直入其背后，断他后路，我与你们于正面迎敌，这般前后夹击，阴灵必被我擒，你们看此计如何？"轩辕昊摇头道："万万不可，目前情势来看，我们有进无退，若我军分出一路入其后背，那阴魔和罪魔乘机攻出，我们反倒背腹受敌了。"神农琊道："小神以为娘娘此计可行，阴灵若追来，必然离关，虽有阴魔、罪魔守关，然而不足为惧，他们若出关迎战，我们正好杀将进去，乘势抢关。阴灵见我们从后抢关，必然回军支援，这时候，我们再迎住冲杀，魔军必乱，如此可获全胜！"轩辕昊道："为确保万无一失，我愿自领两千天兵埋伏于途中，若阴灵果然杀来，我便在中途杀出，贼兵必大乱。"女娲大喜道："既是良策，当速行莫缓！"即拨两千天兵与杨天佑和天蓬，令其深入敌后，再拨两千天兵与轩辕昊，令其于中途埋伏，他自领四千天兵往清凉山方向徐徐退去。

且说阴灵杀败女娲三路天兵，剿杀天兵一千余，当即大喜，大赏将士。又与阴魔、罪魔、业魔三将议道："女娲向来一意孤行，刚愎自恃，而其麾下神农琊、天佑、天蓬以及众天兵从未经过战事，故有今日之败。我料女娲等了几日，进退不能，已然疲惫，她必撤往清凉山再作打算，阴魔、罪魔仍守阳关不出，业魔与白魅领兵埋伏在鹅毛河周遭，我自领军乘胜追击，她必无防备，我军正好前后夹击，杀他个片甲不留！"业魔道："那白魅领军去打善元和怀仁两地，大败而回，现在又去埋伏，只怕凶多吉少。"阴灵道："兵无常胜，白魅正好借此戴罪立功，势必拼死，焉能再败？众将莫再争议，听本王号令，即刻发兵！”

阴魔、罪魔领计，急回阳关坚守，白魅领兵出关，往鹅毛河埋伏，阴灵掩旗息鼓，自带五千魔兵出关，追女娲而来，行至中途时，果然见女娲正在退走。阴灵大喜，正欲下令追杀，忽然听得背后喊杀声震天，转身望去，见低洼处涌出两千天兵来。阴灵马上令魔兵回转，不料轩辕昊早已飞到，砍杀起来。阴灵挺刀步战，被天兵包围，魔兵被突如其来的天兵猛打，一时无措，四下里乱窜逃命，阴灵怕女娲回军杀来，只得下令退兵，轩辕昊紧追不舍。再说那杨天佑和天蓬来到阳关叫战，阴魔和罪魔知道阴灵大军在前，也不惧怕，领兵出关交战，两军厮杀起来，斗不上十合，阴魔和罪魔阵后大乱，被天兵四面围裹，魔兵首尾受敌，无路可逃，只得拼死恶战，关键时，见阴灵率兵杀回来，杨天佑和天蓬抵敌不住，急忙撤退，才逃不到二里路，又见轩辕昊率两千天兵来援，当下又合兵一处，直朝阳关杀来，那阴灵与魔兵乘机早就逃入关内，闭门不出。轩辕昊跺脚叹道：“唉！又让那贼跑了！”杨天佑道：“此时攻关，料他元气大伤，必然不能敌我，请大帅发令！”轩辕昊道：“只能如此，若空手而回，有何颜面再见主帅！”杨天佑道：“末将前去激他出战！”说罢，杨天佑挺刀飞出，站在关前大骂道：“阴灵何等匹夫，也妄称天王，如此鼠辈，安敢窃据幽冥！”阴灵在关内听得真切，怒道：“仙界一无名小卒也敢来辱骂本王！我这就杀将出去，取他首级回来！”阴魔拱手道：“不用天王亲自出马，小将前去将他擒来。”阴灵叹道：“本王不慎，被轩辕昊那贼偷袭，手臂被其砍伤，你去切要小心，若见势不妙，撤回关内，不可逞强！”阴魔道：“小将明白！”杨天佑见魔兵不出，又骂道：“阴灵鼠辈，缩回洞中不敢露头了！你敢与本将一分高下么？”阴魔已忍无可忍，令打开关门，自己提刀径奔而来，杨天佑横刀迎上，二人奋力交锋，鏖战四十余合，难分胜负，轩辕昊见状，挺枪飞来助战，阴魔不服，又力斗十余合，杨天佑与轩辕昊并力夹攻，阴魔措手不及，却被杨天佑一枪刺倒，枭了首级，魔兵大惊，见主将阴魔被杀，个个慌乱，急忙关上门，飞报阴灵道：“阴魔被杨天佑和轩辕昊杀了，正在攻打关口。”阴灵跌足长叹道：“我让他不可恋战，他却不听，如今被杀，也是自取其祸！”说罢，正要起身退回幽冥宫，忽听探兵来报道：“天王！大事不好，那神农琊率兵，与大将业魔于鹅毛河恶战，白魅等三千将士全数被其歼灭！”阴灵大惊，急道：“令罪魔紧守关口，不可出战！”

话说阴灵急忙逃回幽冥宫，又令魔兵去催阴阳鱼来援，直到次日夜间也不见一兵一卒前来相助，阴灵叹道：“不想我一败至此！”说罢，又催趱一队急往灵道赶去，以图截杀女娲，才到中途，便见一对天兵飞奔而来，冲在最前的正是女娲。阴灵先自骇愕，暗叫不好，肚里转道：“那女娲手中宝剑了得，即使单打独斗，我怕也不是对手，而这灵道窄狭，若是冲突，必致大败，不如先看看情势再说。”阴灵喝令魔兵后退半里许，两下布下阵势。阴灵出阵前，厉声道：“本王乃是昊天盘古开天辟地时所化的阴气，你也是盘古太师大弟子轩辕龙元灵所化的，说得明白我们都同出一门，唇齿之交，当相约共同讨伐天斗逆贼！而你却听信天斗那贼的腐儒之惑，反戈相向，这是何道理？你若速退兵而去，本王也退出这幽冥宫，不与你为难，你若决一死战，想置我于死地，我也不惧怕，即使死在你宝剑下，也属天命！但我有一言你且听仔细了，我亡之后，三界再无战事，那天斗将如何待你，你自明白！今天就算我死，也要你这三千天兵化成灰烬！”女娲大骂道：“天廷本与你丝毫无犯，而你屡生变乱，荼毒生灵，杀我千余天兵，竟然在这里摇唇鼓舌！本帅恨不得擒你，挖心取肺，以祭天兵之灵！早早引颈受戮，免得我动手！”阴灵大怒道：“女娲！那天斗将你儿子须菩提关入天牢，你却在此为他效死，将来也难免兔死狗烹！你不要后悔！”女娲怒道：“逆贼住口！我怎能听你狂悖之言，你速速投降，否则勿怪我手下无情！”阴灵哈哈大笑道：“真是愚蠢至极！那天斗窃据天廷，自封为天王，你却助恶为暴！”女娲不听，持剑飞过去就打，阴灵过了几招，已无心再战，急令魔兵以死抵抗，他却摇身一变，化为一股黑烟逃窜而去，武德星君急道：“娘娘，阴灵窜逃而去，是否追杀？”女娲先是一愣，而后并不作答，武德不便再问，又随女娲和众天兵剿杀众魔，冲进幽冥宫，待神农琊和轩辕昊率兵赶来，才知道阴灵已领着数百残余，慌忙逃往西方冥地去了。

女娲大获全胜，即召集诸神在幽冥宫庆功，当众封笪殷曹为冥王。女娲又令日游、夜游二神收揽凡间已死之人的亡魂，渡入幽冥，又令神农琊召回已亡天兵灵体，渡入幽冥，作为冥兵，从中挑选二人，封为冥将，赐名为神荼和郁垒，把守冥界阳关。诸事安排完毕，女娲与轩辕昊、神农琊以及诸神回清凉山玉龙洞，伏羲昊自领九千天兵回天廷复命去了。

女娲在玉龙洞怏怏不乐，想起阴灵一席之言，悲上心头，又十分想念须菩提。此时燃灯佛也来看望女娲，见她悲伤，问道：“娘娘大获全胜，冥界也已建立，此时为何伤感？”女娲叹道：“也不知我儿须菩提现在怎样了，我让火德真君去探望，至今未有消息传来，心中焦急。”燃灯佛道：“须菩提入牢已经多时，娘娘为何还为此事劳心？”女娲叹道：“心头之肉，怎不觉痛？”燃灯佛合掌道：“须菩提出自菩提树下，那时有祥云进祝，紫气来贺，泰初商羊加护，如此天降之瑞，前所之未有。可见须菩提是非常之神，自有昊天祚命，娘娘忧虑什么呢？”女娲又叹道：

“此不足为荣，天神诞子者就我一人，并无前者，又怎知后来者诞子就无此异象？”燃灯佛道：“师尊必不会杀须菩提。”女娲问道：“何以见得？他诛杀天廷正神，死罪难逃，师尊为何不杀他？”燃灯回道：“我所教授之术，不过浅浅，但他能却能出手杀死青龙，可见其自得天助，或有昊天秘传其道，若是如此，昊天岂能见死不救？”女娲叹道：“我看未必是，那青龙因看我情面，不忍伤他罢了，这逆子仰仗着我胡作非为，滥杀天神，是我管教无方，以致今日之祸，师尊若问斩，我也无奈。”燃灯佛叹道：“唉，那就看其天命吧。”女娲沉思片刻，又问道：“按说须菩提不会愚蠢至此，难道他不知诛杀天神乃是死罪么？”燃灯佛笑道：“须菩提聪明过人，不是愚蠢之人，我看其中必有原委，虽说青龙被杀，但我想他自己也难辞其咎。”女娲问道：“你说须菩提聪明过人，何以见得？”燃灯佛道：“一日，我曾试探须菩提，我说‘菩提树下几时有菩提’，须菩提对言‘燃灯佛旁何曾见燃灯。’如此佛性禅心，我所不能及。我又说‘无情无义无大智难成佛’，那须菩提则出口就说‘有山有水有妙法易为禅。’娘娘请想，如此年幼便有大智慧，他岂能无辜杀人？请娘娘勿再烦忧，等师尊察明原委，自会赦免他的。”听燃灯佛一席话，女娲心里稍稍有些安慰，又道：“话虽如此说，但他毕竟杀死了孟章神君，天戒昭昭，岂能容他！”燃灯佛合掌道：“昊天自会护佑他的，必能遇难成祥，请娘娘勿忧。”女娲点头道：“但愿如此，祈望昊天护佑他吧。”说完便与燃灯佛去找轩辕昊和神农琊。

轩辕昊与神农琊正在洞外说话，见女娲与燃灯佛来了，便急道：“冥界已经开辟，诸事都安排好了，我们还是回天界去吧。”女娲笑道：“急什么？才安置好了，再等等看，若那阴灵不来，我才能放心。”轩辕昊就将笪殷曹唤来，又对女娲道：“他不是冥王么？若此间还让我们操心，要他有何用？”女娲笑道：“这才刚刚上任，尚不熟悉，可再等几天，等他熟悉了，我们再走不迟。”轩辕昊叹道：“好吧，那就依你之言，再等几天。”女娲又吩咐笪殷曹道：“我奉天王之旨，在冥界设置冥大都，使众生亡后，灵身有所去处，将来但有胎生者死后，地府可将其灵身带入地府，择时使他们投生阳世，你如今是冥王了，冥界的事情全凭你自主。”笪殷曹跪地道：“微臣定不负娘娘重托！”女娲又道：“那神荼和郁垒二神凭你听用，这冥界若有大事不决，你可随时上达天廷奏报。”笪殷曹又叩首谢恩。女娲又召来圆融神，问道：“如今这冥界已经建立，轮回的事儿也解决了，不知你说的男女婚配的事儿又该如何开始？”圆融神道：“小神正准备去仙界。”女娲问道：“人间婚配的事儿，你去天界做什么？”圆融神笑道：“娘娘，小神去仙界，将我身边两位仙婢请下来助我，如此方能成事。”女娲点头道：“你要速去速回，人间的事儿一刻也耽误不得了”。圆融正要起身，却见眼前腾起一团彩云，原来是元真童子到了。女娲忙问道："元真，你怎的突然就来了？"元真童子急道："女娲娘娘，我奉师尊之命，前来召娘娘和二大王速速回宫。"伏羲昊和轩辕昊暗吃一惊，轩辕昊忙问道："师尊为何召我们回去？"元真童子急道："那阴灵率数万魔军，又从人间的西方冥界打上西天门了！"女娲一听，惊道："大事不好！速去天廷！"

第八章　戍闰出山

戍闰犰出山计救菩提　姝涵入珠宫初显异能

圆融神下界不知不觉就过去一年，虽说光阴荏苒，然而天界只过了一天而已。这日，西极星善元宫的侍仙隽輢听闻圆融府牵引人神与诸神姻缘，便前来观看，一心想问问自己的姻缘之事，不料却被告知圆融神不在，配姻缘之事暂不受理。隽輢闻讯好不失落，便告辞离去，出来的时候却走到了园中，见万卉呈英，花光灿烂，即止步观赏，才到花圃，忽闻隐隐环佩之声，清脆婉转，凝目一望，就见针媛在花丛中摘花，隽輢瞧见针媛花枝招飐，霞衣款款，纤体盈态，姣容妩媚，不觉魂醉，便向她道："小姐可是圆融府上的仙子？"针媛抬头一瞅，见是个风流少年，笑道："郎君莫非来作耍妾么？这可是圆融府里的花圃，妾若非圆融府上的仙子，焉能在此摘花儿？"隽輢深深一揖，忙道："说的也是，瞧我糊涂了。"针媛将一枝红梅伸了过去，笑道："妾此来摘得红梅两枝，今既与君有缘，特赠于君。"隽輢接过，顿觉异香扑鼻，便心潮澎湃起来，忙笑道："在下何德何能，小姐何必用情至此？"说着长揖作谢，针媛笑道："郎君为何在园中？"隽輢笑道："不瞒小姐说，特来打问姻缘，却被府上仙婢告知上神圆融不在，故而欲离去，谁知却有幸在这里遇到小姐，故而惊喜万分。"针媛闻言，羞晕粉面，莞尔一笑。隽輢正要问她姓名，却听见身后传来一声咳嗽声，急忙回头去看。

却说圆融神跟随女娲等诸神返回天廷，拜过天斗之后，径自回到府上，经过轩榭时，无比惬意，见花圃齐整，琼花长春。圆融自花圃前经过，只见针媛站在花圃前的风亭旁，旁边还站着一个风流倜傥的侍仙，手里拈着一枝红梅，眉开眼笑地说着什么，只逗得针媛咯咯地笑。圆融见状不悦，故意咳嗽一声，隽輢和针媛听见了，慌忙转身望去，见是圆融神来了，又急上前叩头，拜道："拜见上神。"圆融一挥袖子，侧过身去，冷冷道："起来吧，针媛，你为何在这里？怎的不在府中与织女公干？近来府上可好么？"针媛回道："府里俱好，织女那边忙得过来，叫小婢休息片刻，小婢这就……"圆融瞥一眼那侍仙，问道："你与何人在此消闲？"针媛见问，低头拈带，默默不语。那侍仙见圆融一脸愠色，便来解围，深深一揖道："在下乃是西极星善元宫金德真君座下侍仙，在下名叫雋軝，拜见上神！"圆融闻言，故作惊讶道："哦？既是金德真君座下侍仙，因何事来此？"雋軝回道："听闻圆融府为人神牵引婚姻，在下亦有此意，特来问询。"圆融冷笑道："那为何不去堂上，却在此与我侍婢调侃，成何体统？"雋軝拱手回道："在下先是在堂上等候，却闻说上神下界公干，尚未回府，因而出来游览园中美景，却有幸在此遇见针媛，随意攀谈几句而已，不期上神驾临，望恕在下无知之罪。"圆融闻言，暗思道："少男少女钟爱花锦，此也是性情使然，何罪之有？亦怪不得他们亲昵，我若过分严厉，倒是显得我圆融府虽主九重姻缘之事，却也不通情理，惹人笑话，不如轻责两句，让他去罢。"圆融本想将那年伯之势着实发挥他几句，却见雋軝年少翩翩，翠色凝人，倒也不像个庸愚之人，竟将此意捻灭了，于是皱眉道："随意攀谈？手中拈花，在我园中调笑，举止轻浮，哪有此理，你一个侍仙安敢在我府上造次，还不快快回去。"雋軝闻言，觉着不好意思，一时也无奈何，只得拂衣而去，垂头丧气朝园外走了，圆融望着他的背影摇起头来。

圆融目送雋軝离去，回到正殿，就召来针媛和织女议事，饮茶中间，圆融神问道："下界主持婚配在即，曩日女娲娘娘造你们入世后，曾赐的九重针和玄丝线可在？"针媛回道："九重针小婢时时藏在身上，顷刻未离。"织女也回道："玄丝线也在小婢身上，不曾分离。"圆融神道："这两日你们就准备好玄丝线，否则到了界下，想准备也不能了。"说罢，又将下界主持婚配的事儿细说了一遍。针媛和织女听说要下界去，自是高兴，圆融神又道："此番凡间婚配，因生灵繁多，婚姻随缘即可。"针媛和织女遵令，即各自忙碌去了。

话分两头。伏羲昊率领八千天兵返回天廷，面见天斗复命，将阴灵败逃至界下西方冥界、幽冥宫已被夺回、封笪殷曹为冥王等诸事一一详细汇报。天斗听说冥界已经建立，自是高兴，却忽闻千里眼和顺风耳急入报道："禀报天王！那阴灵率众魔来犯天阙了！"天斗大惊，问伏羲昊道："阴灵逃至西方冥界，今又来攻上界来，这如何是好？"伏羲昊道："弟子率那八千天兵，往西天门交战！"天斗准奏，道："阴灵有备而来，你断不可轻敌，即令四方神君前来助战！"伏羲昊低声道："孟章神君青龙已亡，如何是好？"天斗心内烦躁，怒道："青龙虽死，可令其麾下七辅神出战！”伏羲昊领命，急出备战。

伏羲昊先派杨天佑和天蓬两将率兵直抵西天门，又急召白虎、朱雀、玄武三位神君领麾下辅神前来助战，三位神君按兵不动，不肯出战。伏羲昊派武德星君前去，将一干人带到西天门问话。伏羲昊先问白虎、朱雀、玄武三位神君，道：“天魔来犯，本王奉诏杀敌，急召你们前来助战，为何迟迟不动？”白虎神君道：“大大王之子须菩提逼杀我孟章神君青龙，此事尚未了结，我等怕贱命朝夕不保，故不敢奉命。”伏羲昊本要动怒，因提及须菩提杀青龙一事，只好隐忍。转而又问青龙麾下诸神，角、亢、氐、房、心、尾、箕七辅神道：“大大王之子须菩提杀我主孟章神君青龙，主死臣亡，我等不寻复仇已经很好了，又岂肯听从大大王调遣？我等今天要去面见天王，为我主孟章神君讨个说法，等了结此事后再行伐魔。”而斗、牛、女、虚、危、室、壁；奎、娄、胃、昴、毕、觜、参；井、鬼、柳、星、张、翼、轸等神说，“行兵之事，天廷曾有严令，非我神君亲令，恕我等不能从命。”伏羲昊叹息一声，也只好由他们去了。伏羲昊率兵出西天门察看阴灵动向，却不见有一兵一卒，又等半日，仍不见动向，怒道：“阴灵这贼，扬言来打却不见人，门神所见，不过是疑兵而已，我们先退回天门坐等他来！”正要回转，却见笪殷昊赶来，拱道：“大师兄，天魔来袭，你不去迎敌，却为何回转？”伏羲昊问道：“并未见贼兵。你来此做什么？”笪殷昊笑道：“奉师尊密令，前来代替大师兄！”伏羲昊疑道：“哦？我奉诏前来击敌，并无急事，为何要你来接替我？”笪殷昊笑道：“大师兄，师妹女娲才回府，你且回去与师妹相聚，为何这般辛苦，这里有我在，阴灵若来，我自对付就是了，还请大师兄回宫歇息吧！”伏羲昊冷笑道：“师尊派你来收我兵权，如此而已。你有话就直说，何必绕来绕去的！”笪殷昊笑道：“师尊说大师兄在冥界征剿天魔，大捷而归，此番再出兵剿杀阴灵，太过辛苦，故而让我来接替而已。”伏羲昊怒道：“哼！方才领兵迎敌，此番又来让你接替，你当我不知道！”说罢，只身愤愤而去。

却说那日，须菩提孤身闯入东极星天龙宫，打死孟章神君青龙，三界为之一震，居在幽冥界的魔天王阴灵听闻此事，也大为惊骇，又暗自高兴，阴魔问道：“天廷有此大法力神童，将来必为我幽冥界后患，天王不忧，反而高兴，这是为何？”阴灵哈哈大笑，说道：“此事于我幽冥界有利无害，其利有二。第一，须菩提一小儿，却能只身打死正神孟章神君青龙，可见其厉害，天斗那贼岂能不防女娲以及伏羲昊父子？天斗那贼必会严惩他的，轻则下天牢，重则被斩首，而女娲和伏羲昊再也不得重用，我幽冥可保无忧。其二，女娲和伏羲昊为子担忧，生怕被天斗那贼斩首，他们还有什么心情与我作战？即使天斗那贼给他们兵权，他们也不敢过用，倘若我幽冥沦陷，本王只一席言，女娲必不会作难，放本王一条生路，而后本王再重整旗鼓，卷土重来！”阴灵自逃至西方冥界，又召集残余，造化众魔数万，不消几天便又重振昔日威风，与天廷誓不两立。

再说那日，监兵神君白虎、陵光神君朱雀、执明神君玄武三神君，听说孟章神君青龙被打死，急忙赶赴东极星天龙宫察看，得知青龙死于须菩提之手。玄武大怒道：“须菩提竟然诛杀天廷神臣，此事若不讨个说法，将来怎生了得！”白虎叹道：“如何讨个说法？我们都是女娲娘娘造化的，奉女娲娘娘为天母，其子弑神，我们若要报仇，这不成了以怨报德么？”朱雀叹息一声道：“唉，说的也是，若是别人，我们自不饶他，只是这须菩提乃是少主，碍于娘娘的情面，这就不好办了。”玄武怒道：“这是什么话！青龙兄饮恨而终，若我们不为他复仇，何以告慰神君亡灵？再者，那须菩提目无天条，凌弱暴寡，现在若不收拾他，将来我们的命也将丧在他手！”白虎道：“不可报私仇，这件事我们只能进宫面奏天王，让天王来惩此恶贼。”朱雀道：“也只能如此了。”于是白虎、朱雀、玄武三神进宫觐见。天斗听了三神奏请，故作大惊状，问道：“竟有这等奇事？那须菩提一小儿，如何能杀了孟章神君？”白虎回道：“须菩提学的邪术，又仗势欺人，孟章神君只怕投鼠忌器，只好任他宰割！请天王为我等做主，严惩须菩提！”天斗暗思道：“须菩提年幼，哪里来的神力击毙青龙？若等他长大，岂不威胁到天廷帝祚？可是如何严惩，若将他杀了，伏羲昊和女娲将来必报仇，或许更为后患，若饶他一命，这三位神君又岂能善罢甘休？不论如何，先查明原委再定罪发落，让他们两厢无话可说。”天斗踱来踱去，问道：“谁是鼠？谁又是器？”玄武拱道：“小神不怕，干脆就明说吧，这个鼠就是须菩提，那个器便是女娲娘娘！”天斗道：“好了，休得再聒噪！本王派辅神度厄前往东极星查办此事，若须菩提果真无端诛杀孟章神君青龙，本王决不宽赦，若孟章神君青龙也有过错，本王自会裁处。”三神君跪地道：“小神遵旨！”三神退出，天斗急传笪殷昊觐见，问道：“须菩提弑孟章神君青龙，你可知道？”笪殷昊回道：“弟子已听说。”天斗又问：“他小小年纪，何来的如此大法力？”笪殷昊眼珠一转，回道：“禀师尊，须菩提有大法力都是讹传而已，其后必有大神唆使，谋害孟章神君。”天斗疑道：“有大神唆使？你说的是谁？”笪殷昊道：“弟子怀疑是大师兄和师妹唆使，为何不将他们拿下问罪？”天斗吃惊道：“你怎能信口乱说？你说这些可有凭据？那伏羲昊和女娲与孟章神君素无仇隙，为何要杀害他？”笪殷昊低头道：“只是弟子猜测而已，若不是他们唆使，谅那小儿也不敢作恶！”

天斗叹道："一派胡言！你怎敢如此污蔑你的师兄师妹？本是同门所出，理应和睦，却不想你如此歹毒！为师问你，你急于想置伏羲昊和女娲于死地，有何企图？"笪般昊被这一问，已是魂不附体，战栗跪道："弟子绝无此意，只是揣度而已，那须菩提一小儿，断无此本领杀了那孟章神君，这其中必有蹊跷！"天斗怒道："无凭无据，不得妄加怀疑！"说完，即命元真童子去给辅神度厄传旨，令他前往东极星彻查此案。不题。

且说辅神度厄接旨，一时左右犯难，送走元真童子之后，只在堂前踱方步，嘴里一边嘀咕道："这却不是个什么好差事，这让我如何是好，这差事儿办好办不好，横竖都要开罪了那女娲娘娘，可是这圣旨都接了，这差事儿怎的也得办，不然就落下个抗旨不遵的大罪，这却如何是好？"心里这般嘀咕着，突然计上心来，喜道："我先去那北极星面见上神北斗星君，请他给我出个主意，若他出得好主意，便两厢无事，若是甩手不管，我也算是与他说了这事儿，将来办好办不好，都由他顶着，女娲娘娘也不会只怨我一人。"如此想着，又喜上眉梢，兜着那圣旨就往北极星北斗宫飞去了。

度厄到了北极星天宫所在，只见宫内外紫气萦绕，幢幡宝盖遍布，抬头看宫门上"北斗宫"三字，透着银光，一时如数重，长舒一口气，而后步将进去，才上正殿金阶，就见两个雄赳赳的天将持着长戟把守殿门，度厄从容道："下官奉旨来见上神，请两位通报。"报事已过，那两位瞪着眼睛，一句不说，只将那长戟挪开两边，度厄正要进去，却见一仙童手持金仗翩翩迎来，说道："上神已知辅神来到，请入殿参拜。"度厄整好衣冠，随童子进殿，只见飞身直上，肃立于宝座左侧。再看宝座，左右七彩花幡，远望北斗星君，长发黑须，穿着绣龙白袍，两旁有仙婢将玄光羽扇拥着，度厄拜完，站在堂前，北斗星君笑容可掬，问道："度厄，你一直都在天廷待命，只等女娲娘娘召唤，今日却为何突然到此？莫非女娲娘娘凡间诸事已毕？"度厄跪道："女娲娘娘还未召唤在下，倒是天王下诏，令在下查办少主须菩提诛杀孟章神君青龙一案，在下未敢擅动，特来拜见上神。"北斗星君一愣，而后笑道："天王令你去查办此案，你自去便好，为何又来面见本座？"度厄道："兹事体大，在下只想听上神还有何吩咐。"北斗星君道："奉诏而行，秉公处理。"度厄再拜道："上神指点迷津，在下感激不尽，公务在身，请允准在下告退。"北斗星君却一言不发，转身直往后殿去了。

却说度厄朝东极星天龙宫奔去，途中经过宝瓶星海神府所在，见此间人神熙熙攘攘，热闹非凡，但见：

云淡风轻，天朗地美，看繁华世间如画。菀柳红桥，青帘绮幕，落落数万云厦。林树绕绿坝，湖心泛清波，山水人家。路陌绮丽，市街熙熙，真康乐。虹楼叠秀纷华，俯仰一瞬时，似若仙葩。香润玉温，云舞清歌，依依婉娈花下。还有五花马，骋驰扬纤尘，惊飞落霞。比侔天界妙境，最是此间佳。

度厄落在此间，四处游览，一路逛了下来，满街琳琅满目，令人眼花缭乱，暗叹道："我在仙界久了，却不知这人神世界也是如此繁华，此番查办须菩提一案，必秉持公正，不能让女娲娘娘作难，只望下次女娲娘娘能召我去那界下凡间，想必更是锦绣如画，到时候，我一定要好好游览一番的。"度厄不觉间已疲乏，便寻了一处僻静处暂歇一会儿。约莫一会儿，又见此间人众纷纷涌向一处，他也好奇，就跟着去看，这才发现原来是一所清雅的寺观，门楣上挂一匾，上书"宝瓶寺"，门前台阶上，一个身着素衣素裳的长发男儿正在讲经布道，只听他道："诸位人神，我自灵界雷音寺而来，接引归真佛珍垭子座下弟子钟颀，特来宝地度化众生……"度厄听到这里，不由叹道："如今灵界都来各星域布道度化了，可见八十一星海诸世界已繁荣鼎盛，非同往昔了。"度厄见天色已晚，便拣择下榻之处，见有客栈一所，清幽典雅，花墙拱门，里外绿竹细柳，花草芳菲，抬头一看，见匾额上题着"仙人居"三个金色大字，甚是耀眼。度厄看得满意，喜道："仙人居倒是有些意思，莫非就是神仙住的地方，今夜就在此下榻吧。"说着便进入客栈，又入一拱门，门前两柱各有一联，上联道："都道人间歹，神仙笑我每日唯利是图"，下联云："皆说天上好，俗众问你几时大公无私"，横批曰："天人一同"。度厄甚觉奇怪，正在思索联上字句时，有个童子迎上来问道："上仙，要住店么？"度厄第一次来，不知这宝瓶星是人神世界，食宿都要收费的，便随口说道："正是。"童子道："你若是此间人神，住一宿我便收你十个'翡片儿'，但我看你这体貌，非神即仙，那就一宿一颗玥供，拿来罢。"度厄一时愣住，不知如何是好。

列位看官，那"翡片儿"乃是翡翠和紫金、水晶、玛瑙、琥珀合成的一块金玉，乃作为宝瓶星世界的货币，但您可知这"玥供"是个什么东西？且听我细细道来，原来这仙界也是有俸禄的，此便是玥供：玥为神珠，供养元神九窍，称之为玥供。女娲尚未造化诸神时，天斗在太阳宫发现盘古置于南殿九尺瑶台上的那玄灵球之奥妙，只凑近吸入一丝玄气，便觉神清气爽，精力充沛，内力便能增加一倍，有此内力，便可使意念得物，元神内力越大，得物就越多越广，譬如开始时只能得一些瓜果桃李，或珠玉器皿，但随着内力加倍，便可得仙灵宫殿等东西，可谓是想到什么，它便能变化出什么来，天斗就以此变化出仙婢和宫殿来赏赐给诸弟子。天斗发现此玄灵球之大用，曾几次潜入宫殿吸纳玄气，使自己内力大增，一日再去吸时，却不见玄灵球生出玄气，只是从中飘出一阴一阳两枚神珠儿，便取回来琢磨其中玄妙，即命伏羲昊查阅《昊经》，发现此神珠儿借三昧真火便可熔炼复制，于是自己使用囲山之石和太碑碎石，提取精华，自造八卦玄炉，炉中有乾（☰）、兑（☱）、离（☲）、震（☳）、巽（☴）、坎（☵）、艮（☶）、坤（☷）八层通道，再以此两枚神珠儿为母珠，置于炉内，点三昧真火铸炼，又命元真童子每日天时、元时采撷芃树叶儿上的灵露和玄水浇注八层通道，阴阳母珠交合，三昧真火熏蒸不息，使玄灵之气周流六十四转，冲和炉里八表，刹那间电出坤门，雷轰巽户，五行生剋，贯透九天。内炉汤煎，以坎中灵露制离中玄水；外炉火炽，取坎中阳珠制离中阴珠；水露髓凝，使阳纯复成乾元整体，千烧万炼，最后形成丹珠儿，供天斗每日独用，为滋神养元珍品。女娲造化诸神之后，天斗便命北方辰星水德真君于北极星金斗宫专司丹炉，熔炼丹珠，逐日命十八名童子抽添真火，浇注灵露玄水，反复交媾，左旋三十二以进三昧阳火，右转三十二次退阴符，露渐多而水渐少，久而水枯露干、阴剥阳纯，日积月久，炼成一黍米之丹珠，此便是“玥供”，再由天廷敕令福寿、福禄二辅神，根据诸神职阶大小按量分配，也有时作为天廷妙品赏赐诸神，一枚玥供可得一层内力。你可知玥供有什么效用？《昊经》有云：“常用玄丹，可养元滋七窍，以至长寿；久服玄丹，可启封玄玥命门，以至永生。”原来，那坎中之灵露，乃是九天之真精，离中之玄水，乃是九天之真气，阴阳母珠交融，二珠分成八道，凝炼成丹，神仙服用，可法乾坤之整体、效坎离之大用，能增长神功，变改天命，若不停服用，能从无到有，飞仙成神，乃至达到亘古永生。若是人神久服玥供，可飞升成仙，倘若凡人久服玥供，便可长生不死，以成真人。

书归正传。话说度厄一听童子索要玥供，一时犯难，心里想道：“那玥供只有上神方能享用，我一个辅神，寸功未有，天廷不曾分拨我一粒，哪有什么玥供能给你享用？”如此想着便回身转出，只听那童子背后讥道：“真是晦气，怎的又来一个穷神？”度厄装作未听见，直出店门，又看街上灯火交辉，车水马龙，心里不胜烦躁，不知投身何处。正思间，又听宝瓶寺门前传来笑语声，仔细看去，只见石阶旁一片阴翳树林，翠竹叠影交错，旁边又有一座拱门，抱着一排疏篱，花草点缀路径，曲曲弯弯。度厄思道：“我身无玥供，看来住不得那客栈了，不如去宝瓶寺借宿一晚，那里人来人往，或许正是客堂。”度厄思罢，便来到拱门处张望，见门上额着“归悟刹”三字，左右看了一会儿，不见有人出来照应，他便偎在一方文石上小憩。约莫一会儿，忽见轩陛上走出一人，径直来到他面前，上下打量一番，笑问道：“上神可是北斗宫辅神度厄？”度厄一听，忙惊起看他，见他锦衣绣袄，眉清目秀，便问道：“你是何人？怎的知道我名号？”那人说道：“我乃是宝瓶星神府驻星守将、戌闰氏族长戌闰桀之子戌闰丮，昨夜梦见阿弥陀佛，只听得见声音，却不见其影，吩咐我道：‘明日有天神度厄到此，他来查办一桩冤案，你须好生款待。’今日果然遇见上神，故来问候。”度厄越发惊讶，暗想道：“我与他素昧平生，他却晓得我的名号，这已经是怪事了，怎么连我来做什么都清清楚楚的？”度厄揖道：“此案尚未查明，你怎么就说是一桩冤案？”戌闰丮笑道：“这不是我说的，是梦里的那个阿弥陀佛说的。”度厄一笑置之，并不理会。戌闰丮又道：“此宝刹为灵界布道之所，方外之地，概不留宿，上神如不嫌弃，我可领你去神府住宿，不知上神意下如何？”度厄忙道：“星域神府是驻星守将宫邸，屯兵重地，若无天廷诏令，焉能随意留宿外人，还是不要给守将惹麻烦了。”戌闰丮笑道：“既然如此，请上神跟我来。”度厄又跟着戌闰丮来到“仙人居”客栈，正要进去，度厄道：“我没有玥供，还是不进去的好。”戌闰丮笑道：“我也无玥供。莫急，有我在，上神只管住宿，我自会安排妥当。”度厄问道：“你无玥供，如何给他宿费？”戌闰丮道：“我们宝瓶星交易，都用的是翡片儿，虽然没有玥供，但这翡片儿我却有很多。”度厄只好跟他进去，又见那童子迎来，见是戌闰丮，笑道：“原来是公子驾临小店，请快快入内！”戌闰丮道：“可有极好的客房，与我安排一间。”童子笑道：“有一间极好的，里面宽敞，就给公子留着。”戌闰丮当下就给那童子十个翡片儿，吩咐道：“这位上神可是贵客，你当用最好的款待他，少不了给你好处。”童子笑道：“十个翡片儿太多，小的只要四个就好。”戌闰丮道：“少啰唆，只见过嫌少的，没见过嫌多的，你好生拿着，依我说的去办。”童子躬身一拜，笑道：“请公子放心。”

且说度厄为何就平白无故地遇上宝瓶星海神府守将戌闰桀的儿子戌闰丮？这话还得从头说起。原来，戌闰桀听说天斗派度厄前往东极星天龙宫查办须菩提诛杀孟章神君青龙一案，心中思道：“想起当年女娲封我为戌闰氏王，又命驻守宝瓶星海神府，我和璟琄惨遭笪殷昊毒手，若不是女娲娘娘前来相救，莫说没有这个氏族之王和驻星守将的地位，就怕是连性命也早丢了，此大恩大德无以为报，这次如果再袖手旁观，岂不是无情无义？不论如何也要将须菩提救下，以宽慰娘娘之心，报答娘娘大恩。”想到这里，便急召来长子戌闰丮，次子戌闰靖、三子戌闰罡商议搭救须菩提的事儿。戌闰桀沉思片刻，叹道：“唉！女娲娘娘为诸神之母，其子须菩提年幼，血气方刚，误杀孟章神君青龙，故被打入天牢。如今天王派度厄前往东极星天龙宫彻查此事，一旦查明原委，少主必死无疑，此事关乎女娲娘娘安危，少主死，娘娘必忧愤而死，为父岂能坐视不理？”戌闰升问道：“父亲，为何那度厄查明原委，少主就必死？”戌闰桀道：“度厄到了东极星天龙宫查案，怎么能有公正？天龙宫上下义愤填膺，恨不得将须菩提碎尸万段，度厄若到了那里，所听到的必是天龙宫一面之词，再有白虎、朱雀、玄武三神君推波助澜，坐实少主死罪，他便难逃此劫。”戌闰升又问道：“我们如何搭救少主？请父亲明示。”戌闰桀道：“度厄前往东极星，必经过我宝瓶星歇息，只要踏入我的地面，为父自有妙计，到时候你们依计而行就好。”说罢又将妙计细细说了一遍，并嘱咐道：“此事要做得滴水不漏，不留一点痕迹才好，否则若被天王知道，我家便是灭门之罪！切记！切记！”三子记在心里，又聚在一起细细策划一番，只等那度厄前来。此处不赘。

却说戌闰升将度厄安置在“仙人居”客栈，又安排美味肴馔与度厄享用，席间毕恭毕敬，颇得度厄欣赏。度厄暗忖道：“想不到这宝瓶星竟有如此贤俊之人，仙界也少有，不如就与他做个知己，也不枉来此地一回。”想到这里，度厄又问道：“此客栈为何叫作‘仙人居’，小神初来乍到，不胜明了，直觉此间颇有些玩味，尤其门上那副楹联，不知是什么意思？”戌闰升也不急着回答，一边将酒盅斟满，一边递到度厄面前，呵呵笑道：“不瞒上神，此客栈大有来历，不过，欲知其玄妙，非把盏不能耽味，若神君愿与在下共饮，在下便细细道来。”度厄笑道：“饮酒不难，只是果真有如此玄乎？”戌闰升先与他举杯饮了一盏，又举杯同饮一盏，再斟满时，度厄举杯道：“这一盏，小神敬戌闰君款待！”度厄一饮而尽，笑道：“现在可以细细道来了么？”戌闰升道：“说到这仙人居客栈，却有十多年了，在下尚未出生时，就有这座客栈了，听前辈说，天王尚未开辟星域时，这里曾来过一个大神，不知叫什么名号，建了这一座殿阁，此间人神称之为‘太初阁’。天王召集大大王、二大王、三大王、女娲娘娘开辟诸星海后，宝瓶星海始出，却无人神及生灵，那时候，这座殿阁依然如新，女娲娘娘造化诸神和人神后，我父母便受封此星域，家父为戌闰王，家母为戌闰王妃，携带一万众戌闰氏人神迁居此星域诸星，家父被封为宝瓶星海神府驻星守将，统领宝瓶星、天燕星、天鹰星、天坛星四星，如今这四星都有人神居住，繁衍不息。我们现在所在正是星海神府以及王廷所在地宝瓶星，最初迁来时，便看见这座殿阁，并多次见到一天神在此独坐，偶尔也见其独饮。家父家母都很不解，星域初开，哪里来的神仙会在这里建造殿阁？他又是谁？此一度成谜，之后家父便令人修葺一新，命名为‘仙人居’，再后来就令人将此殿阁偏阁作为客栈，以接待往来客人。”度厄道：“这些都是传说，也未见其必是。令尊、令堂是女娲娘娘造化成之后才迁居到这里的，那时候此间没有生灵，怎么会有天神来这里建这殿阁呢？”戊闰升笑道：“家父家母亲眼所见，并有几千人神见证，岂能是传说，神君不信，可问此间一个美仙人。”说着二人又把一盏。度厄惊道：“哦？美仙人？这又作何讲？”戊闰升道：“在下所说的这个美仙人，正是‘仙人居’主人婁裂。”度厄问道：“莫非建造此殿阁的那个天神就是这个美仙人？她仍在此处？”戊闰升道：“这倒不是。这个美仙人婁裂乃是戊闰氏人神家族中的庶民之女，当时只有七八岁，因一日在此附近玩耍，看见客栈进来一个白衣素服的天神，独自坐在桌前饮酒，她觉得新奇，便进来看他。其他人只看见她独自站在桌前自言自语，满嘴说些奇怪的话儿，很是惊讶，便问她与谁在说话，她就指着对面空位道，‘我与天神说话呢，天神给我一颗珠子让我吃了。’众人并未看见有什么天神在这里，便认为她年幼无知，只是说谎，便不再理会她。但是，到最后证明了婁裂的话并非说谎，人们认为她得到天神点化，吃了那珠子便升为上仙了。”度厄笑道：“这倒是奇了，她是如何证明的？”戊闰升道：“上神不是疑惑那门柱上的对联么？那边是婁裂亲题的，再说，人神并不会飞天，而她会，人神不会用意念化物，而她也会，你说她不是仙子又是什么？”度厄又自饮一盏，摇头道：“奇了，奇了，若是仙子，飞天倒不难，只是能意念化物，我却不信，除非她每次都吃玥供。我是仙界辅神，高仙一等，至今尚不能意念化物，她即使是个仙子，又岂能化物呢？”戊闰升笑道：“我说了你也不信。婁裂神容仙貌，上神一看便知，若此时有意，在下请她来陪坐可好？”度厄道：“哦？戊闰君莫不是吃醉了？”戊闰升道：“若有半字虚言，上神可与我一刀两断！”度厄本也风流，听戊闰升说出美仙人此时就在客栈，不觉神魂酥荡，有一些飘飘然了，暗想道：“若果真如此，不妨见见！”又眼波斜溜，忙问道：“戊闰君果然能请她来？”戊闰升拱道：“当然能请她来，婁裂曾道，若有姻缘，也是非神不嫁，故而但若有天神驾临，她定会出来认识的。”度厄道：“原来如此。”心下却暗喜道：“若我果真与她有姻缘，这也是天意缘分，不如见她一面再说。”想到此处，心潮澎湃起来，便又笑道：“恭敬不如从命，就烦请戊闰君为我引见一下。”戊闰升拍一拍手叫道：“童子何在？”那童子闻声又来，揖道：“公子有何吩咐？”戊闰升道：“婁裂仙子在么？”童子道：“就在楼上。”戊闰升道：“去将她请来，只说天神驾临，我欲引荐她认识。”童子应诺，欲上楼去，走了几步又转了回来，戊闰升问道：“为何不去？”童子抓耳半晌，满面添花，回道：“忘了一件事儿要对公子说，前时来了一个天神，说要公子往什么太初阁见他去。”戊闰升心上疑惑，问道：“来者叫什么名号？”童子低头苦思，挠腮回道：“他道是来自什么西极星善元宫，好像是什么西方太白金德真君府上的，一个叫什么雋軐的。”戌闰升把一双眼睛钉定在度厄身上，目不转睛地瞅着，低语道：“我只听说有太白金星，他府上的人寻我作甚？上神可认得雋軐此人？”度厄忙摇头儿道：“不认得。善元宫神仙不少，我一时岂能认得全，既是金德真君府上来人，想必有要事与公子商议，公子去看看便知了。”戌闰升暗思道：“我与仙界诸神素无往来，此时忽然来访，莫不是来阻止我的？此时不可节外生枝，还是不见为妙。”想到此处，便对童子道：“不见，不见。我陪上神要紧，你速去请婆叒来！”童子躬身回道：“公子慢饮，小的这就去请。”说着便上楼去了。

一会儿，听见环佩脆响，抬头看去，果然见童子立在画栋前，卷起珠帘，玉梯间姗姗下来一仙女，轻移莲步，清姿秀骨，芳颜如醉，千般体态，万种风流，度厄见了婆叒，不觉魂飞魄散，正在愣怔之时，婆叒已经过来了，坐下嘤嘤一声道：“请问公子，是哪位天神来了？”戌闰升拱手笑道：“眼前这位便是天廷辅神度厄，本是奉旨去东极星公干的，路过此地，我便邀来聚聚，介绍姑娘认识。”婆叒缓缓立起，福了一福，度厄迷住了，见她梳个飞凤髻儿，活像一只玄凤，展开蝉翼玉翅，栩栩如生，那翩若惊鸿的俏身材，让度厄神摇魂荡，肚里转道：“果然是个天上宫阙美仙子，人神世界真珠玉。”只见她纤指间捏着一只碧纱扇，娇盈盈道：“见过上神。”度厄忙又让坐，沉吟道：“姑娘果然是个美仙子。”婆叒坐在他身旁，抬起玉臂，轻轻将青丝解散披下香肩，又莞尔一笑。度厄又看薄妙掩体，容光照人，吹气如兰。度厄早已半醺，斜靠玉椅上，醉眼蒙胧，目不转睛地盯着她。婆叒被他看得害羞，轻盈一笑道：“上神驾临草庐，妾觉万分荣幸。”度厄笑道：“哪里是草庐，分明是金阙仙阁，又藏着一个美仙人！”婆叒听了，粉颈微低，玉面上飞起两朵红云。戌闰升见状，料他已经魂不守舍，便举盏笑道：“来来来，我们三人共饮一杯，以祝有缘！”婆叒只将手指轻轻一弹，就见一只绿玉盏轻轻落在手中，度厄惊呆，心中暗思道：“戌闰公子说她是仙子，看来此话果然不假，不曾想这宝瓶星一个人神世界，竟然还有如此绝色的仙子，实属罕见。”婆叒见度厄又发呆，抬起粉袖掩面，将酒饮了，又将绿玉盏落上桌面。

三人谈笑，乐此不疲，直到三更方散，度厄回到客房，哪里有睡意，脑里全是婆叒的倩影。度厄想道：“我本奉旨去东极星查办须菩提一案，却经过此地遇到了戌闰升和婆叒，这也是难得的缘分，想往日在仙界，何曾得过如此幽闲，终朝闷坐，没有一个知已朋友，十分乏味。既然难得如此，不如再住上两日，和婆叒姑娘一诉衷肠，便也心愿足了，而后再去东极星办案也未迟。”想来想去，乘着醉意睡着了。翌日醒来，就听得窗外莺歌燕语，度厄推窗四望，只见云淡风轻，山明水秀，令人惬适。再抬头一看，却是婺翜的妆楼隐隐在目，说来也巧，正好婺翜也推窗望来，见到度厄，又娇羞一笑，抬手将那纱帘放下，转身离开。度厄觉婺翜有意，一时心里痒痒，不能按捺，便整好衣装前去拜访，走出客栈，转过一排雕栏，便来到妆楼，度厄不敢进去，在门背后站着，只听里面婺翜笑道："好嬛，你猜本小姐昨日遇见了谁？"好嬛笑道："在这里还能遇见谁，不是我王兄就是那个灵界来的半癫钟颀。"婺翜道："就是你侄儿，他昨天向我引见了天廷来的辅神度厄。"好嬛笑问道："既然见了，你心里觉得怎的，中意么？"度厄听到这里，心里喜道："原来这个叫好嬛的是戊闰公子的姑姑，我且听听那婺翜的意思。"又听婺翜笑道："看他生得风流俊朗，却也是我喜欢的人，不知他意中如何。"度厄将婺翜和好嬛两人的说话，句句听得明明白白，心中喜道："不料美仙子这般念我，这种美事儿可是千载难逢。"又听好嬛道："既然如此，便是你遇到佳偶了，你要珍惜，切莫将他放走了。"婺翜笑道："你先梳妆，我去外边看看童子过来没有，就等他报信呢，不然我怎知度厄何时出来的。"度厄一听，心中大喜，又怕她忽然出来撞见，便急忙闪在雕栏后，听见门吱呀一声开了，度厄又走出来，对着婺翜深深一揖："姑娘早起。"婺翜掩口，转脸朝里一笑，又转回欠身道："上神也早。不知这是要往哪里去？"度厄从容笑道："我见此间景致优美，便出来随便走走。"婺翜道："请上神自便，但若得闲时，便来做客吧。"度厄又揖了一揖，转身离去。

婺翜见度厄离去，已看不见背影，便关上门缩身进去了。好嬛早就放下翡翠梳子，急问道："你觉得他听到我俩说的话儿了么？"婺翜笑道："当然听到了，我们故意引他来的，怎么就没听到呢。"好嬛笑道："还是姐姐扮的好。"婺翜叹道："唉！要不是你王兄来东极星求我演上这么一出戏，我岂肯做这种昧心的事儿！"好嬛轻轻啐了一声笑道："看你这副狐媚相儿，难道是我教你做的？我那王兄也是为了救女娲娘娘的儿子，才出此下策的，你自己也急得不行，说少主活不了，娘娘就会心痛死了，你也就不活了。怎么，这会儿又后悔了么？"婺翜道："我不后悔！我为女娲娘娘宠婢，娘娘待我恩重如山，平时也惯得我，我虽寄在辅神心宿府上，但她见我也须让得三分。"好嬛叹道："唉！我们亲如姊妹，我岂能不知你的苦心，唉，只是我想不通了，不管他青龙还是白龙的，最初都是女娲娘娘亲手造的，就算死一个又何妨？都说臣为君死，怎么到真正死了又不这么说了？"婺翜也叹道："唉！孟章神君青龙的家人闹事儿，白虎、朱雀、玄武又追究，天王岂能无视？如果他们不追究，倒也好些了。虽说诸神都是娘娘造的，但也不能随意杀戮，杀了就要偿命，这就是天条戒律，岂能因少主而网开一面？”妤嬛笑道：“帮忙帮到底，否则就不帮，姐姐准备好献身了么？”婺跽笑道：“顾不得什么了，我既为女娲娘娘的宠婢，那少主须菩提也算是我半个哥哥了，为了救哥哥，叫我做什么，我都愿意的。”妤嬛笑道：“好姐姐！就这么做吧，若真觉得度厄好了，再去求女娲娘娘，玉成你们的姻缘，也不算白白献身的。”婺跽叹道：“我可不要什么姻缘，亏你想得出来，如果这样岂不是露馅了？叫天廷说娘娘让少主杀死青龙的，本来没有的事儿，倒真成了阴谋。”妤嬛笑道：“就是的，你是上仙，我一个人神的脑子没你好使的，你自已拿定主意，千万不要听我的话。”婺跽点头道：“这个我心里有数的。”妤嬛问道：“我侄儿去找那罠疍商量事情，也不知道回来没，怎么到现在还不见人过来？”婺跽笑道：“那个罠疍就是一个混蛋，平日里偷偷伴伴的，你侄儿去和他谈，他不乘机讹点儿好处来，怕是不肯一口答应。”妤嬛摆摆手儿道：“这却不会，给他一万个胆子他也不敢，虽说那罠疍不好，可对我侄儿还是不错的，但凡交代的事必会尽力操办，他若敢讹我侄儿，除非他不想在宝瓶星域混了。”正说间，就见戌闰犴推门进来了。婺跽笑问道：“都安排好了么？”戌闰犴点头道：“都说好了的，这次就看你和那罠疍的了，我看度厄对你实心有意，一旦做得巧妙，少主也就平安了。”妤嬛道：“侄哥儿，你就去安排吧，那上神本是奉旨查案去的，却被我们留在这里，时间久了就怕天廷知道了越发不好，宜早不宜迟呢。”戌闰犴揖道：“姑母说的是，我这就去安排。”妤嬛起身道：“我也要去王兄那里了，等这些事儿完了，我再来打听消息。”说完便与戌闰犴转身出去，各自忙碌去了

且说度厄等了半晌也不见有人来接待，又觉得婺跽似有暧昧之意，但好像又不明确，一时心中有些失落，正要打算离开时，就见戌闰犴匆匆来了。戌闰犴见面就拱手道：“实不相瞒，神府有些事物耽搁了半晌，在下这才赶来找兄台，请多多包涵。”度厄笑道：“公子有事且自去忙，我在这里已多有叨扰，我有诏命在身，不敢久留，这就要去东极星查案去了。”戌闰犴忙道：“兄台急什么？莫非在下照顾不周？”度厄拱手道：“哪里，哪里，公子盛情，我深感荣幸，岂能说照顾不周。”戌闰犴又问道：“本来今日又与兄台把盏言欢，可那美仙子却说已与兄台有约，莫非已经见过她了？”度厄一愣，暗思道：“婺跽何曾约我？我却不知，难道我未看出她的美意？”思罢，又笑道：“不知婺跽现在何处？”戌闰犴叹道：“唉！她就在妆楼等着兄台，没想到兄台憨直，如此不懂风情也，还等什么，快去，快去！”说完便转身走了几步，忽又转身，低声笑道：“兄台切记，不论怎么要都行，只是不要太作声，本地衙门常巡逻，被逮住可就不好了！”度厄只当是一句玩笑，也未当

真。踌躇间，突然又想起婆娑早上说的，闲时去她那处做客，这才恍悟，拍了拍脑袋，径直朝妆楼去了。到了门前见门虚掩着，便探身进去看，见里面空无一人，便叫一声道："婆娑姑娘可在？"半晌没有人应答，他便上楼去看，楼上有一香阁，门也虚掩着，度厄蹑手蹑脚前去，透过缝隙细看，见婆娑只穿着薄纱，纤体袅娜地坐在妆台，娇媚娉婷，度厄不能自持，感觉心儿就要跳出来，欲待进去，又觉鲁莽，便退后两步，略整衣冠，这才高声道："婆娑姑娘可在里面？小神度厄来访。"婆娑笑道："妾在这里呢，上神何必多礼，就请进来吧。"

度厄心下大喜，直走了进去，又仔细定睛一看，轻纱雾绡下，婆娑白如凝脂般的皮肤隐隐可见，好像都能看清玉体上的青色脉管儿，胸前隆起两朵玉蕊，娇娇妙妙，只叫他魂销魄散，暗喜道："我度厄不知何缘，竟与美人在这里相会。"度厄沉吟道："姑娘之貌美，真仙界少有。"那婆娑只笑不语，起身就携起他的手同入洞房，但见：

绣帘锦帐，香焚兰麝，使人暗销香魂；鸳鸯抱衾，乍现酥胸，似乎一场春梦。明眸盼转时，柔情嫚嫚玉体。身在巫山外，雨意已浓浓。

度厄随婆娑坐上香榻，双目交汇，不觉已是神魂飞荡，度厄凝视她道："不知我度厄何来的福缘，蒙姑娘错爱至此？"婆娑笑道："君乃天界仙姿，妾也非此间俗子，自然与君结此良缘，今日相逢，也是天意使然，只愿共酬夙愿。"度厄道："我得美人，此生再无所求。"婆娑伸出玉手，便从桌前飞来两盏酒，捧一盏递与度厄，度厄接在手，只觉清香扑鼻，与婆娑交盏饮下。度厄陶然，婆娑欲醉，两厢魂飞魄舞，共入鸳衾。大家解衣宽带，遂成云雨之欢。但见：

云髻半偏，媚眼娇波频盼转；柳眉联娟，唇含一枚豆蔻片；绾约云裳，慢解金环玉佩。酡颜轻摆小蛮腰，花心摇动销魂间。蝶绡遮不住，玉颜一点红。粉臂一弯雪莲，纤体几度柔情，娇滴滴一声婉啭，香酥酥一帘春梦。莫道鸾困凤慵，正是情意绵绵。

度厄与她贴体交欢，酥麻遍身，不觉魂销。婆娑娇羞满眼，似眠非眠。云消雨散，又恋恋念念，难分难舍，两厢云情复起，再入云端，一个粉香腻玉，一个摧花销朵，正在兴浓之际，却听见门"哐当"一声就开了，一阵凉风袭来，度厄如梦惊醒，抬眼望去，只见一个身着盔甲的彪形大汉掀起珠帘闯将进来。度厄一时愣住，婺翜尖叫一声捂住粉脸。来者正是冣亶，一言不发，瞪眼看他们两个赤条条卧在榻上，度厄一时没反应过来，仍骑在婺翜娇躯上，手里尚握着她一双玉蕊。婺翜连忙将度厄推下去，扯过锦裘盖在玉体上，嘤嘤低泣，度厄慌忙中也扯过一角儿遮住羞处，怒问道："你是何人？好大胆！敢私闯这里！"冣亶瞪着眼，"嗖"地一声拔出利剑，吓得度厄缩成一团。度厄又抬头，指着冣亶道："你是何人，想干什么？"冣亶吼道："放肆！我看你这贼头也不像此间人神，老实交代，你是从何处来的？为何到我宝瓶星却不来本府签下花名？胆敢在这里偷香窃玉！来人，将此贼头绑起来押往府衙，用大刑伺候！"度厄忙道："住手！要拿小神也可以，只是报上名号，也好让我知道！"冣亶怒道："只管啰唆什么！我乃是宝瓶星海神府直隶衙门廷尉冣亶，巡察此地，见你贼头作奸，故来捕拿！"说着又喝令兵卒道："还愣着作甚！速速给我绑了去！"度厄又听婺翜哭喊道："夫君，切莫丢下妾身！"冣亶又盯着她骂道："贱人！好不知廉耻，还有脸喊叫！"度厄见兵卒来拿，急道："且慢动手！你可知道我是谁？"冣亶怒道："不论你是谁，天廷有戒律，诸星有法度，若敢在我宝瓶星为非作歹，按照我宝瓶星法度治罪！"度厄忙道："我乃天廷辅神度厄，有诏旨在身，你敢拿我！"冣亶佯装惊道："哦？既有天王诏旨在身，为何不拿来我看？"说着便伸手，度厄从袖内取出一紫金卷轴递上去，冣亶接过一看，哈哈笑道："度厄，本府倒要看看你如何度厄，果然是天廷辅神，竟然到我宝瓶星行苟且之事！此人更加可恶，罪不容赦！来人，没收诏旨，将人拿下！"兵卒涌上前，度厄急忙哀求道："将军莫动手，我乃贵府戌闰犴公子密友，万望通融一二！"冣亶故作一愣，便笑道："嗨呀呀！真是大水冲了龙王庙，一家人不认识一家人了！你且好好干你的事儿，本府这就不管你了，呵呵，将军不下马，各自奔前程。"说罢便揣着紫金卷轴退出门外了。

度厄见冣亶走了，忙与婺翜起身，穿衣整妆。度厄叹道："本想与娘子恩爱缠绵，却不想被当地府衙惊扰，为何此处府衙还管男女幽会这等闲事儿？"婺翜抚着他的宽肩，娇声安慰道："夫君不知，天廷有戒律，人神世界各氏族婚配需呈报西极星西斗宫辅神福禄批准，方可成婚。"度厄摇头道："此为天廷限制各氏族人神无节制生育为增加人众，扩大势力，只怕做大了难以管制，这些我岂能不知。只是不明白，这男欢女爱，你情我愿的，并未碍着谁，为何也要治罪，实乃闻所未闻。"婺翜道："宝瓶星海神府有法度，禁止未婚男女私通，违者从重治罪。"度厄斜睨她道："先时为何未听娘子说过？"婺翜柔声道："夫君莫怕，妾知夫君与那戌闰公子交好，又想夫君急着要去东极星办案，一旦别离，不知相见又待何时，于是铤而走险，不顾后果与夫君有鱼水之欢，也不枉相爱一场，妾想若真出事儿了，自有那戌闰公子从中周旋，可保平安，故而未先说起。”度厄道：“此事难以启齿，怎好给戌闰公子说？”婆裂笑道：“你我恩爱幽会的事儿，戌闰公子都知道，你们男人间有什么不好说的。”度厄想想道：“也只能勉为其难了，何况天廷诏旨还在那廷尉手中，若不取回，我如何去那东极星办差。”说着，见婆裂取茶来，度厄此时心里已是七上八下，全无心情饮茶。就在此时，听得有人叩门，又惊惧起来，婆裂问道：“是谁来了？”只听戌闰丮道：“是我，不知上神可在？我来接他用膳。”度厄一听戌闰丮来了，三步并作两步迎上去开门。戌闰丮笑道：“你们两个时间也够长了，我在‘仙人居’等了半晌也不见你来，便来接你们过去把盏。”度厄脸色阴沉，低声道：“这个……”戌闰丮拉起他，笑道：“什么这个那个的，先把盏，然后我再送你们来，什么时候你们都能在一起的，放心吧！”说着又抬眼看婆裂道：“我说美仙子，你也来坐吧，你要是不来，我兄台也没心思饮酒了。”婆裂叹一口气道：“你们去吧，我此刻还哪有心情把盏言欢。”戌闰丮问道：“怎的？出什么事儿了？”婆裂泣道：“我们好好的在这里，就被你们衙门里的人来欺负！真羞死人了，你别问我，去问他吧！”戌闰丮看着度厄，低声问道：“到底怎么了？”度厄叹道：“唉！此处不是说话处，我们还是去客栈说吧。”戌闰丮让开道：“兄台请！”于是，二人又朝客栈去了。

不一时，就到了客栈，两人双双坐上桌前，戌闰丮喊童子排上晚斋，斟上美酒。戌闰丮问道：“兄台与那美仙子欢聚，却怎么落得个郁郁不欢？到底为什么？我怎么听美仙子说什么衙门里的人来欺负，这到底怎么一回事？”度厄见问，又长叹一声，只好把前前后后的事儿细说了一遍。戌闰丮急忙起身，叹道：“唉！今早我如何对兄台交代的，切莫作声，切莫作声，你看看吧，如今被那黑脸逮着了，这下兄台闯大祸了！”度厄一听，暗吃一惊，急问道：“公子为何说得如此严重，莫非我闯什么祸事儿了？”戌闰丮又坐下，附耳说道：“那黑脸名字叫个罠蛩，你可知他是谁？他曾是大大王伏羲昊麾下的一员虓将，与魔天王阴灵大战时，这小子却误杀了几个天兵，大大王怕天廷知道被牵连，就将他派到了这里，做了直隶衙门的廷尉，平时就连我父王也不放在眼里的！他这个人做事心狠手毒，六亲不认，你仔细想想看，他若将你那诏旨上交天廷，又说你奉旨查案期间偷入宝瓶星，无视天条戒律，勾引民女，偷香窃玉，被当地衙门拿下问罪，你想这是什么后果？天王若知，兄台就算有十个脑袋也不够砍的！”度厄一听，越想越怕，一时大汗淋漓，扑通一声跪下，哀求道："请公子救我！"戌闰升忙将他扶起，叹道："唉！兄台犯下如此大事，我岂能坐视不管，请兄台放心，此事有我担着，此人嗜酒如命，我只将他请来，好好招待一番，再许他些好处，将那诏旨先取回来，定能化险为夷。"度厄急道："那就请公子速请他来赴宴！"戌闰升道："我与此人关系一般，这还得请我两个弟弟请他来，他们三个可算得上是情同手足，不怕请他不来。"说着便又让童子去叫人。度厄自饮一盏酒，等得急切，不到半个时辰的功夫，在他就如等了半年。不一会儿，就忽听得有人说说笑笑进来，见到戌闰升，连忙拜过。戌闰升令坐，又对度厄介绍道："此乃舍弟戌闰靖、戌闰罡，还请上神关照。"度厄又起身作揖，彼此又拜毕，这才入座。才坐下，就听门外叫嚷道："你们两个怎么这阵子请我饮酒，不晓得我在外公干么？"只听戌闰罡回道："你个挨千刀的，又去哪里做坏事去了？每天跋扈自恣的，叫你来这里饮酒，灌醉了你免得出去害人！"度厄仔细一望，却是要抓他的罷趸，不觉心里有些发毛。

罷趸进来就一屁股落座，哈哈大笑道："就你二人也想把我灌醉么？"说完又转脸往旁座一看，又板着脸道："这位公子好生面熟，不是上午我在那妆楼……"说到此时，戌闰靖连忙道："你这张嘴几时能闭上？"罷趸笑道："哈哈！我这嘴也就喝酒的时候能闭上！"又转脸朝戌闰升笑道："这位兄台想必就是大公子了！"戌闰升稍稍揖道："正是，能与廷尉共饮，荣幸之至！"罷趸又朝度厄道："公子怎么不乐？既然你是座上宾，便是自家兄弟了，来，我们喝一盏酒，消除误会！今日多有得罪，还望公子海涵！"度厄拱道："彼此彼此，还望廷尉多多担待！"戌闰升笑道："既然是误会，那就请廷尉将所收之物归还给公子。"罷趸忙道："莫急，莫急！待我将这酒喝好了，自然会归还！"戌闰罡对度厄道："我听说仙界的人饮酒好吟诗作对，尊客为上，不如今日把盏，我们就吟诗作对，以助酒兴如何？"度厄回道："只是唇齿游戏，也没有什么稀罕的。"罷趸憨笑道："我可不会那个，你们吟诗我饮酒，输赢都算我的！"戌闰靖道："只是这吟诗作对，我们人神却比不得上神，就当娱乐，若是韵押得不当，还望上神莫笑。"度厄笑道："这个不打紧，彼此而已，我不擅吟诗的。"戌闰罡举盏道："请共饮一盏！"说完大家都饮一盏，说笑一会儿。戌闰罡见大家高兴，便把盏道："那就从我这里起头如何？诗若吟得好，便不饮酒，若吟得不好，便罚酒三盏。"说完便高吟道："雨打阶前水，绿萍迎风泣。门前飞燕去，纤纤若思绪。"吟罢，众人叫好。戌闰罡笑道："长兄，该轮到你了。"戌闰升沉思片刻，徐徐吟道："山高烟雾迷，层峦各不齐。莫道不是景，遍野竞翠绿。"又是一片叫好，罷趸也跟着乱叫道："好得很，好得很！先贺一盏再来吟！”说完自己咕咚灌下一盏。戌闰丮看度厄一眼，笑道：“就请兄台续吟。”度厄思忖一下，把盏吟道：“春风一夜绿，雨过闻鸟啼。娉婷愁珠轩，怨恨花不语。”吟毕，满座叫好，戌闰罡笑道：“不愧是仙界中人，这诗就是空灵。”度厄拱道：“见笑，见笑！”戌闰罡又道：“次兄，该你吟诗了。”戌闰靖抓耳挠腮半晌，方才吟道：“风卷碧珠帘，残月对竹影。盈盈一美人，庭前独自饮。”戌闰罡笑道：“次兄这诗倒也有些意境。”度厄接道：“这首好，字字珠玉。”戌闰靖道：“只是随口而作，不能成诗的。”冣蒕抢道：“那美人现在何处？如何舍得让她独自伤感，你告诉我，我陪她饮来！”戌闰靖笑道：“只是行令作乐，不可当真。”戌闰罡瞥冣蒕一眼，举盏道：“看来这酒罚不出了，就请大家共饮一盏吧！”众人又把盏饮了。戌闰丮放下酒盏，微微一笑，望着冣蒕道：“该轮到这位兄台了吧？身为廷尉大人，想必不会落俗，定有妙句。”冣蒕呵呵笑道：“我是个粗人，要我作诗就如让狗下蛋。”戌闰罡斜睨他，笑道：“饮酒行令，大家公平才好，即使再难也要吟来，若吟不好便罚酒一坛！”冣蒕瞪着眼睛问道：“这却是为何？你们吟得不好，只罚酒三盏，我吟得不好，便罚一坛子，岂有此理？”戌闰罡笑道：“在座的都吟得好，没有被罚的，最后只剩下你，故而临时定了此规矩，可好？”冣蒕打了一个酒嗝儿道：“好便好，只是我乃武将，尔等都是文人，算不得公平。”戌闰罡笑问道：“那你说如何才算公平？”冣蒕又打个酒嗝儿道：“只要我吟一句，不论好坏，你们都须喝上一盏，这才叫公平。”戌闰罡抬手扇了扇，怨道：“你快快吟吧，你这酒气熏天，臭死人了！”冣蒕瞪大眼睛环视一遍，慢吞吞吟道：“美人娇滴滴。”吟了半句又停下，瞪着眼环视众人，众人无奈，只得饮了一盏，戌闰罡忍不住笑道：“接着吟，看你这句平平，毫无质感。”冣蒕又憋出半句道：“睇盼不相语。”又闭口不言，只将眼睛瞪着大家，度厄笑道：“这句好！渐入佳境了，请接着吟来。”冣蒕又打了一个长长的、颤巍巍的酒嗝儿，醉眼猩红地问道：“你们怎的不喝酒？”戌闰罡连忙掩鼻道：“一句饮一盏，这可是你说的，为何半句就要喝？你横竖将最后一句吟完了，我们共同饮了如何？”冣蒕一拍桌子道：“好！你们先喝，我这就吟来！”大家无奈，只好把盏，冣蒕眼珠子转了一转，终于憋出一句：“婢是一个婢，脸上比高低。”大家听了，都忍不住失声大笑起来，戌闰罡笑得猛了，吐出一口酒，喷了冣蒕一身一脸。冣蒕抬起袖子擦脸，吃吃问道：“你们笑什么？莫非这句不好？”满座又哈哈大笑不止。戌闰罡指着冣蒕鼻子笑道：“这真正是个粗人，粗鄙不堪，只怕宝瓶星也找不出第二个来了。”度厄见满座笑倒，甚是惊讶，问道：“廷尉此诗听来也顺口，押韵工整，为何惹得你们这般狂笑？”众人一听又哄然大笑起来，戌闰罡避开左右，附耳对度厄道："上神还不明白么？"度厄摇头，戌闰罡翘指沾了酒水，往手心写了一个字，又凑近他附耳说了几句，说完擦了掌心，嘎嘎窃笑了起来，度厄一拍脑门儿，尴尬不已，忙低头不语。冣耋将度厄肩上拍一把，笑道："还是仙界中人高见，却懂得我诗意，只这一点，我便将今日没收之物归还他。"说着便从怀中取出紫金卷轴塞到度厄手里，度厄忙收起来。度厄此时已有几分酒兴，又道："我们只把盏，不吟诗了。"戌闰靖道："我也是此意。"于是又把盏言欢一阵子不题。

酒席散去，各自回府歇息，唯有戌闰升与度厄去了客房叙话。度厄笑道："今日幸亏有公子解围，不然小神可就大祸临头了。"戌闰升道："且小声细谈。你可知那冣耋是大大王伏羲昊的人，兄台此去东极星查办须菩提一案，须小心谨慎，若得罪了大大王，便是得罪了那黑脸冣耋，万一哪天又将此事告你一状，到时候你有口难辩，仍是莫大后患。"度厄又惊又慌，一把扯他的袖子，乞道："还请公子教我脱身之计。"戌闰升暗忖片刻，正色道："如今唯有一个办法，既可结了那案子，又不得罪女娲娘娘，也是皆大欢喜。"度厄忙问道："是何办法能使皆大欢喜？请公子赐教！"戌闰升道："兄台去了那东极星天龙宫，首先要秉公审理，不听一面之词，这些事我还是知道一些的，你细细想，须菩提焉能随便就打死一个正神？必然是那孟章神君青龙嚣张跋扈，惹怒了须菩提，令他忍无可忍才动手的，何况须菩提年幼，岂能三拳两脚就将他打死？必是那孟章神君青龙打不过须菩提，羞愤之下，拔刀自裁，而后嫁祸须菩提，以雪此恨，如今已死无对证，谁能知道是也不是？你明日前去，只速审速决，上报天廷就说，'已查明孟章神君青龙先是欺凌蕊珠宫侍婢碧霞，须菩提闻讯去找碧霞未果，回来时又遭孟章神君青龙领兵拦路，而后百般挑衅，将须菩提引往东极星天龙宫，又再三寻衅，与须菩提斗法，不料却输给须菩提，孟章神君青龙羞愧难当，转身去了偏殿，拔刀自裁，嫁祸须菩提，以图雪恨'云云，如此，天廷必不会再追究须菩提，你也顺利结了此案，这岂不是两全其美，皆大欢喜么？"度厄听罢，千恩万谢道："承公子指点迷津，使我脱身，小神感激不尽！"又连忙置酒相敬。戌闰升又道："兄台，我还有一言不知当讲不当讲？"度厄道："但讲无妨，我知公子是为我好。"戌闰升道："你明日走后，断不能再与那婁奰联系，我知你心中难舍，但事已至此，当断则断，万不可引火烧身。"度厄惊道："哦？公子此话怎讲？"戌闰升叹道："事发之后，她便永远成为你的把柄，你岂能再与她来往而授人以柄呢？"度厄点头道："公子此言甚是。只是，我于心何忍。"戌闰升道："你险些因她断送了性命，幸得我出面化解，才了了此事，她若有心，当有自知之明！兄台莫愁，此事我会与她说明，她自能体谅你难处。”度厄叹口气道：“罢，罢！我不会再缠她了，就当此生无缘，彼若有情，只等来世吧。”说罢，两厢又喝了一顿闷酒不题。

翌日，度厄辞别戌闰升，匆忙赶往东极星，一切都依戌闰升之言审理结案，而后回仙界复命，途中经过宝瓶星，又与戌闰升把盏一回，将审理过程一一细说了。戌闰升欲回府禀报戌闰桀，却听戌闰罡急来道：“长兄，方才母亲来道，前一会儿与妹妹去游玩，妹妹非要去看什么太初阁，这会儿寻不见了！”戌闰升急道：“妹妹走失，你为何不去寻找，却来这里做什么？”戌闰罡急道：“为弟寻了半晌，不见踪影。”戌闰升暗思道：“前时听童子说金德真君府上来人，在那太初阁等我去见，此时妹妹又在太初阁走失，此事却也蹊跷。”度厄见戌闰升来回踱步，于是拱手道：“公子家里既有急事儿，小神便不打搅了，小神还须回宫复命，就此告辞！”戌闰升已是心如火焚，急拱道：“上神慢行，恕不远送！”度厄一拱而去。戌闰升忙暗中差人将度厄一事报于戌闰桀，一边急往太初阁去了不题。

却说戌闰桀得报大喜，松了一口气，急派神府官吏往仙界送密札信给女娲，几天之后，女娲果然收到南天门门神转来密札，拆开一看，只见写道：“天母女娲娘娘谨启上。娘娘殿下：臣乃宝瓶星海神府驻星守将、戌闰氏王戌闰桀，得蒙娘娘抬爱不次擢用，自莅任以来诸事俱安。臣闻钦命辅神度厄赴东极星一事，夙夜图谋，终措处无策，臣有犬子戌闰升胸怀大志，夙储报恩之忠，目睹少主危急竟出奇谋，不费周折助度厄从速结案，终使少主化险为夷。伏乞勿念，只候佳音。犬子长成，然而赋闲，见其腹有经济，略备才智，臣不忍没之，倘得娘娘荐剡使得效力天廷，臣愿足矣。跪祝天母娘娘万福。”女娲看了密札，又疑又喜道：“这戌闰桀，我差点就记不得了，只记得璟琄，那时候可怜的，若不是我及时过问，定然被那笪殷昊活活打死！如今看来，那戌闰桀倒是个有心人。”正思索间，只见伏羲昊慢慢腾腾地踱进来。女娲见了，即拉住他问道：“师尊召你，可是为须菩提的事儿？”伏羲昊点点头。女娲急问道：“结果如何？师尊待要怎样处置我儿？”伏羲昊笑道：“度厄早回来复命，师尊闻奏，已知详细，只道孟章神君青龙咎由自取，可怜可恨，而须菩提误杀正神，罪不可道，他既有大法力，本王就令他随军出战阴灵，以将功赎罪。”女娲闻言大喜，心中千愁万绪一瞬化为云烟，又看了看手中密札，暗思道：“多亏戌闰氏父子帮助，才得保全须菩提前程性命。”伏羲昊见女娲愣怔，问道：“你又怎么了？”女娲忙收起密札，笑道：“我只是想，昊天有眼，终于让须菩提躲过一劫，这下我就放心了。”伏羲昊道：“放心便好，你且在宫里歇息，我要进宫面圣去了。”女娲问道：“才面圣回来，却为何又去？”伏羲昊道：“让须菩提戴罪立功只是师尊与我私底下说的，我想师尊必会公开裁决。我怕你心里着急，只是回来给娘子报个信儿，一会儿笪殷昊也要进宫奏报对付阴灵的事儿，师尊让我也去听听。”女娲莞尔一笑道：“那你去吧。”伏羲昊转身欲走，女娲又道：“先等等。”伏羲昊转身问道：“娘子又有何事？”女娲正色道：“那笪殷昊野心昭然，不知他要做什么！他因嫉恨，与我素有嫌隙，想必会乘机刁难。此去若师尊公开裁决须菩提，就怕笪殷昊又要唱反调了。度厄既然已经结案，就没有什么好争议的，若是他不依不饶，你须小心应对，据理力争，不能让他一步。”伏羲昊道：“这个我自然知道，笪殷昊若与我为难，我岂能饶他！”

话分两头。且说戌闰升辞了度厄，同戌闰罡到太初阁来，到了院子里，二人走进阁子里，见臙媚双眉淡扫，穿一件紫缎鸾裙，眉目间颇有一丝清气，戌闰升见她一个人坐在石蹬上发呆，便上前去看，方至跟前，又见旁边有一个神仙模样儿的人，戌闰升暗吃一惊，心内想道：“我妹妹与何人在此私会？”想到这里也顾不得许多，只前去拉起臙媚就走，臙媚挣脱，急道：“长兄这是做什么？我正与上仙说话，你却要带我去何处？”戌闰升怒道：“你不在府上，一个人在这里与谁说话？母亲因寻不着你，急得不行，快快跟为兄回去！”一边说，一边瞪了那神仙一眼。戌闰罡见状，上前去揪住那神仙问道：“何人在此勾引吾妹？”那神仙推开戌闰罡，笑道：“这话儿说得极不中听，我乃金德真君府上侍仙雋軓是也，特来拜见戌闰升，不想却在此遇到走失的小姐，既是小姐的兄长，我便也放心了。”戌闰升闻言，松开臙媚，迎上前去揖道：“不知上仙驾到，多有冒犯，惭愧，惭愧！”雋軓拱道：“你是戌闰升？”戌闰升回道：“正是在下，不知上仙见我有何赐教？”雋軓忙将他拉到一边，低声道：“我昨天得一梦，盘古大神梦中令我来此寻你的。”戌闰升一愣，问道：“上仙戏言否？岂能凭梦中之事来寻我？”雋軓瞅了戌闰罡一眼，忙对戌闰升道：“那人凶恶，若你肯将那人遣走，我便告知你详情。”戌闰罡闻言大怒，喝道：“大胆！我非恶人也，你口出此言是何道理？”说着就握着拳头凑了上来，吓得雋軓躲在戌闰升身后，戌闰升忙拉住戌闰罡，笑道：“你就回去看母亲吧，就说妹妹找到了，就与我在一起，让母亲放心。”戌闰罡瞪了雋軓一眼，鼻孔里哼了一声就走了。

戌闰升见戌闰罡离开，又问雋軓道：“他走了，你有事儿不妨直说。”雋軓四顾一番，低声道：“盘古于我梦中道，让我来找你，说你有话要吩咐我的，你怎么反问起我了？”戌闰升闻言，眼红眉竖，问道：“上仙如此，莫不是戏弄我么？”雋軐忙道："岂敢，确实如此。况且，有一言我须说清楚，并非是你妹妹走失，而是她与你母亲在一起，或是见到了我，便一路跟了来，我也不知为何，不信你可以问你妹妹。"戌闰升听得一头雾水，便扯过孍媚问道："妹妹，可有此事儿？你与为兄说实话。"孍媚羞得不行，只是低头拈带。戌闰升无可奈何，正欲发怒时，忽然阁前腾起一团紫光，明光艳艳，煞是耀眼，一会儿便狂风大作，只见一阵旋风袭来，卷起雋軐和孍媚就朝天极星方向飞去了，只听见雋軐大叫道："戌闰公子！我与你无冤无仇，你何故害我？！"戌闰升越发惊疑，抽出剑来望去，早就不见二人踪影了。戌闰升急得团团转，忽然又风停了，那紫光也瞬间消失，只听上空有声音道："汝勿惊，汝妹与天神私情，触犯天戒，昊天震怒，那二人已被打下界去了。"戌闰升看来看去不见人出来，大怒道："是何人在此作怪？速速现身！"那声音道："戌闰升，我乃是盘古，人各有使命，尔亦不例外，天意如此，不可强求，速速回去吧！"戌闰升大惊，问道："世上焉真有盘古？请问你将我妹妹打下界去，她如何生存？"那声音道："你且放心，我已告知界下女娲，让其好生安置。"戌闰升十分纳闷，一时又毫无办法，等了半晌也不见人出来，也再听不见说话声，只得悻悻回府。

且说戌闰升回到府上，就见母亲璟珥抹眼泪低泣，戌闰升忙上前，跪地叩头道："母亲莫悲伤，孩儿不孝，未能为母亲解忧。"璟珥睁着两眼，望了他半晌，连忙扶起他，问道："我听罡儿道，孍媚走失了，与一个什么神仙在一起，后来你们去见着了，她又和你在一起，为何你一个人回来了，孍媚现在何处？"戌闰升轻叹一声低头不语。璟珥见此光景，知道必出了大事儿，越发哭泣起来，戌闰升忙安慰道："母亲，妹妹本来与孩儿在一起的，可是忽然不知怎么就来了一阵妖风，将妹妹和那神仙一起卷走了，孩儿寻了半晌也寻不见人，只好回来了。"璟珥一听妖风二字，更是惊惧不安，泣道："我女儿得罪了何方妖怪，以致于此？"戌闰升忙道："孩儿也不知是否妖风，后来又听见有声音对孩儿道，他是盘古，说妹妹与那个叫雋軐的神仙私情，犯了天戒，被打下界去了。"璟珥听了戌闰升的话，拭去泪儿，仔细一想，笑道："哎呀，为母好糊涂呀！果真是这样儿的么，为母昨夜得一梦，梦里盘古对我说，让我带着孍媚去太初阁，后来还说孍媚有什么使命，须下界去，在那凡间经历两世轮回方能归一，届时也就成了亘古真神，现在想来，确有其事，这可是盘古的旨意，也是一桩好事儿呢。"说罢，又忙到堂前的香案前跪下，对着案子上的玉石牌位，连连磕头道："请盘古大神息怒，小女既是大神差遣轮回，我便是十万个愿意了，只是我璟珥何德何能，蒙大神两番赐福，大神之恩，璟珥何以为报。”戌闰升听母亲如此嘀咕，心里大惊，忙近前看那牌位，上书“昊天盘古大神玄位”几个字，看罢甚是疑惑，正要发问，忽然见父亲戌闰桀也进来了，一边走一边问道：“夫人，臁媚可寻着了？”璟琄闻言，起身笑道：“寻着了，只是奉盘古大神之命，下凡轮回去了！”戌闰升见戌闰桀一脸惊恐状，慌忙低头。戌闰桀急问道：“怎么是盘古令其下界？到底是怎么一回事儿？”璟琄遂将梦中如何听了盘古吩咐将臁媚带入太初阁，戌闰升又如何在太初阁见到臁媚和隽軏，二人又如何被大风卷走，戌闰升又如何听到有声音道是盘古的话，从头至尾细说一遍。戌闰升暗暗顿足，心里思道：“父亲可未必信这些个荒唐事儿，母亲如此说，父亲定然会怒，如今丢了妹妹，我却如何交代！”想到这里，又看戌闰桀，不料见他却无比高兴，又拉着璟琄去跪在了香案前，双手合十，没完没了地感恩一番。戌闰升大惑不解，熬忍不住问道：“父亲母亲何故如此？”戌闰桀与璟琄起身，将他拉到一边坐下，戌闰桀笑道：“我儿尚不知也，何不听你母亲细说。”璟琄双眉一展，喜道：“我儿，为母与汝父带族人初来宝瓶星时，发现此间荒无人烟，只有一座阁子，无名无字的，我们便叫它太初阁，汝父与为母来到此阁，第二天便怀了你和靖儿，那一夜得一梦，也是盘古大神对为母道：‘此阁为吾所设，人神族中，尔是第一个来此阁观瞻之女，此乃尔与昊天有缘，吾乃是盘古，今取下吾左右肋骨化为灵珠儿，投生于尔胎，将来生下二子，吾取乾、靖二字为二子名，先为吾左肋之灵珠儿生出，尔必为其取名为乾，后是吾右肋之灵珠儿出，尔必为其取名为靖，吾之后历经两次轮回，一是在天界为龙帝，二是在那界下凡间，尔二子必为吾之左臂右膀，背负天命，护吾渡劫，尔切不可慢待。’为母闻言不解，问道：‘盘古大神，吾儿在此人神世界，何以能侍奉大神？’盘古道：‘尔二子自有缘往那仙界去，此时无须忧虑。’盘古大神说罢便消失了，为母明知乃是梦境，却挣扎不起，不消片刻，只见空中飞来一枚紫色灵珠儿，直入为母口中，未及片刻，又飞来一枚白色灵珠儿，也直入为母口中，如此，汝与汝弟靖儿便一先一后怀胎了。”说到此处，只听戌闰桀笑道：“是也，是也，为父当初以为此梦乃虚妄之事，不料九十天后，见你母亲腹大如斗，却迟迟不见生产，直到九年之后方生出你们来，当时为父将你母亲梦中之语记错，竟将那‘乾’字记成了‘升’字，现在想来，汝妹此劫，乃是昊天之意，此番汝母亲又得一梦，今日乃成真也。”璟琄忙笑道：“九年算得什么？毕竟乃是大神肋骨投生，虽于我宝瓶星九年，岂不知在仙界也不过九天而已。”戌闰桀忙道：“是也，是也，贵人自入世不凡，理应如此。”戌闰升听罢释然，问道：“既是盘古大神授梦，妹妹此去，亦为喜事。不过，孩儿不明白，孩儿既为盘古之肋骨所化，为何却毫无知觉？”戌闰桀摇首道：“我儿休得怀疑，为父岂能诳语？汝今无知觉，乃是因尚未见到龙帝，待见之时，汝自又知觉也。”戌闰升笑道：“孩儿知道了，望有朝一日能见龙帝，以证此梦。”

璟琄长长叹了口气，抹着泪儿道：“唉，如今臙媚有了着落，为母也不操心了，她好歹在界下，或许有她哥哥魁儿照顾。升儿，你一会儿去瞧瞧你庶母吧，自魁儿下界后，她一个人便闷在屋里不出来了，昔日一家人上下和睦，也是融融怡怡的，也都是因为你的缘故，唉！”戌闰升闻言，瞅了璟琄一眼，又低下头来思忖片刻，而后起身揖道：“孩儿知道了，母亲且勿念。”

原来，这璟琄口里所说的魁儿，便是戌闰升、戌闰靖之弟戌闰魁，乃是庶出，为戌闰桀与妾胡臾氏婈馚所生，后来下界投生为达旦和伊娃之子的陆正，在冥界做了判官，此事始末，还须从头道来。自十八家族人神首领迁徙至诸星之后，未过几年，诸星人神家族人丁渐渐多了，故而天斗下旨设诸星海驻星守将，这戌闰桀所统领之宝瓶星，与那武仙星为邻，本为唇齿相依，却因一事而两厢情谊疏远。戌闰桀为结盟好，亲往武仙星海神府拜会驻星守将胡臾芎，胡臾芎自然是设宴款待，不料那胡臾芎之妹婈馚在神府见了戌闰桀一面，便芳心大动，一心想与他结为连理。戌闰桀回宝瓶星之后，不过五六天，婈馚便私奔至宝瓶星来，住在神府便不走了，令戌闰桀颇为烦恼，欲送将去，无奈她宁死不往，欲留下，只怕那胡臾芎心生误会，恐伤了两家和气。如此过了半年，璟琄却对婈馚颇有好感，私下里认了姐妹，并劝说戌闰桀纳她为妾，于是一家人倒也和和美美。再说胡臾芎，听闻妹妹婈馚跑去宝瓶星做了戌闰桀小妾，心里也是恼怒，只因是他妹妹自己投奔而去的，也不好明面上发难，只得默认此事，但此后一直不与戌闰桀来往，不过，他却经常发兵滋扰宝瓶星海之辖星天坛星，一度制造边患，戌闰桀因婈馚之故，只得隐忍，由他去侵扰，每次待他大行劫掠之后，便前往天坛星安抚人神，如此过了一年，直到婈馚产子，戌闰桀为其取名为戌闰魁，颇为喜欢，更对武仙星屡屡来犯不作抵御，这一来就过了十五年，戌闰魁也已十五岁了。

却说这戌闰魁，生来聪慧又清俊，但性情桀骜不驯，为其次兄戌闰靖、三兄戌闰罡所恶，但他却被长兄戌闰升所疼爱，但凡出入，必携在身边。一日，戌闰升又携戌闰魁与戌闰靖、戌闰罡一同往那太初阁去玩耍，到了那里耍了半晌。众兄弟又提出去太初阁后的天泪河去玩。说起这一条河，戌闰升听母亲璟琄道，原本无河，自她临盆之日，夜间忽然大雨倾盆，下了一天一夜，那时就听戌闰桀进来道：“真怪哉，这一场大雨不同别的雨，一尝却带着咸味儿，颇像泪水的味道。”璟琄本来腹痛得死去活来，听戌闰桀如此说，便道："那便是昊天盘古为妾流泪了！"谁知这一句方出，腹痛竟然立即消失，相隔一天，便一先一后产下两子，便是戌闰升和戌闰靖。戌闰桀根本不信，这时，神府的人进来报道："禀大王，那太初阁后出来一条深河，奇特得很，人进去便沉底，就是船儿进去立时就沉没了，众人皆说河水是咸的，像眼泪！"说着呈上一杯河水，戌闰桀尝了尝，果然是咸的，便道："这一场雨水是咸的，雨过之后，便有了这条河，水却也是咸的，莫非真的是昊天盘古之泪？"说罢又亲自去太初阁看，见一条又宽又深的大河，形似湖泊，从此后便将此河称之为"天泪河"。言归正传。却说戌闰升与戌闰靖、戌闰罡、戌闰魁来到太初阁后，见河水深不见底，清澈澄明。戌闰魁指着河道："据说这天泪河，鸟儿飞过都会坠下水去，人也游不过去，沉入水底，就连船儿都不能过，也沉入水底，我看也只有天神才能渡此河了。"戌闰升笑道："为兄非天神，若渡此河，当如何？"戌闰魁摇头儿道："就请长兄试试，若真过得去，小弟便拜长兄为天神，自此一切听从长兄的。"戌闰升道："好，为兄试试何妨。"戌闰升正欲过河，却被戌闰靖和戌闰罡拦下。戌闰靖道："长兄千万不可过河，万一沉入水底，出了事故，那还了得！"戌闰罡转身瞪着戌闰魁，斥道："你这个混球！只管多什么嘴！要过河请自便！何必激长兄渡河，出了事儿可怎么办？！"戌闰魁怒视戌闰罡道："我如何激长兄了？怕死便不要应诺要渡河，我也没强迫！"戌闰罡正欲叱骂，戌闰升拦着笑道："四弟说得是！人要言而有信，岂能应诺了的事儿不去做！为兄试试，即使沉入水底，也断不至于死！放心好了！"说着便朝水里走去，走了几步却见自己在水上漂着，丝毫无要下沉景象，戌闰升大喜，昂首挺胸踩水渡河，走了一会儿竟然到了对岸。戌闰靖、罡、魁三兄弟惊得目瞪口呆，半句话也说不出来。戌闰升站在对岸哈哈大笑，又朝三个弟弟喊道："为兄渡过来了，你们也来吧！"戌闰靖亦是个倔脾气，见他渡了过去，自己也朝水中走去，依然是踩水渡河了，顺利到了对岸，兄弟俩相视一笑，心里明白，但不知从何说起。这时，戌闰罡对戌闰魁道："两位兄长都过去了，我们俩也过去吧，你是弟弟我让你，你先过河。"戌闰魁惊道："这怎么可能，无人可以过此河，两位兄长是如何过去的？莫非他们乃是天神么？"戌闰罡问道："什么天神！父母尚且不是天神，他们怎么会是天神，你到底过不过？"戌闰魁笑道："说得好，你是兄长，你先过，我跟着你吧。"戌闰罡无奈，只得下河，戌闰魁紧跟在后面下河来，结果两人扑通一声就掉下河水了，一眨眼就沉入水下去了。对岸的戌闰升和戌闰靖兄弟一看，大喊一声不好，二人踩水跑了过来，潜入水底将戌闰罡和戌闰魁救出，放在岸上，戌闰罡问道："这却是为何？"戌闰魁不发一言，只呆呆地看着两位兄长。戌闰靖笑道："你两个是庶出，岂能与我们一样的？"这句话一出口，就见戌闰罡和戌闰魁脸色刷地变白，戌闰升见状，斥责戌闰靖道："二弟放肆！怎的说出这种生分的话来！我们皆兄弟也，岂能有嫡庶之别！"戌闰靖赔笑道："戏言，戏言耳！"戌闰罡低头不语，而戌闰魁便恼怒了，大喊一声道："你们两个是嫡出，你们两个尊贵！"说罢便起身跑了去，兄弟们便不欢而散，各自回到府里，一宿无话。

第二日，戌闰魁一大早起来，吃过茶点，独自无聊，便出神府去闲散游玩，经过一门庭时，见一个人背着手站在门前眺望。街上行人渐渐多了起来，熙熙攘攘，甚为拥挤。这时候，又一个人打马驰来，到了那门庭前勒马，而后下马拜道："公子，小的去打点了，无奈那戌闰长公子说什么也不收，一时又见不着三公子，只好回来了。"戌闰魁听到戌闰长公子几个字，便知那人说的是自己长兄戌闰升，便立定去看，只见那公子背着手踱来踱去，一边埋怨道："你说那驻星守将神府，里头都是和你我一样儿的人神，里面并没有一个天神，它却怎么就叫个神府？却如此难进的！"下马的那人牵着马回道："小的怎么知道。"那公子摆着手道："去吧，去吧！"那牵马的人便牵着马从旁边的一个角门进去了。那公子也转身从正门进去了，将门闭上。戌闰魁正要转身离开，忽然听得那门儿"呀"的一声又开了，回头一看，只见有个十六七岁的女子出来了，看上去尚未梳洗，云鬓蓬松，穿着一身黄色的绫罗裙子，纤腰风流袅娜，粉面娇花含露，天然俊俏，只把个戌闰魁看痴了，那女子端着盆子泼了水，抬起头来，见对面却有一个少年目不转睛地望着她，将那小脸儿一红，转身进门去了，又"扑通"一声把门关上了。戌闰魁暗低头暗思道："那个丫鬟不是琇梅么？好像来过神府，她原来是这家的婢子。"如此想着，那魂儿直跟了那女子进去，一时却收转不来，只管痴呆呆望着那大门，好半会儿，忽然背后有人在他肩头猛拍了一把，问道："你是何人，在我家门上张望什么？"戌闰魁回头，见是先前进去的公子，颇为惊疑，问道："适才你不是才进去么，怎么忽然又到这里了？"那公子瞪着他道："看来你窥视半晌了，我问你，你在看什么东西？"戌闰魁反问道："方才出来的那个丫鬟，我曾见过，是贵府里的么？"那公子笑道："你说什么疯话，那是我小妾，你这小子，贼头贼脑偷窥，是不是对我小妾动了邪念？"戌闰魁怒道："我动什么邪念？你休要乱说，因曾见过她，只看两眼而已。"那公子道："你是何人？看你这身打扮，不像是个寻常人。"戌闰魁斜睨他道："刚才听你说什么戌闰长公子，那是我长兄，我便是戌闰四公子戌闰魁。"那公子一听，虽然没见过他，却知道他的，便拱手笑道："幸会！你三兄戌闰罡与我交往甚密，既是戌闰四公子，不妨到寒舍拜茶。”戌闰魁本不愿去，听他说认识戌闰罡，又想起琇梅，便跟着他进门去了。那公子将他请进客厅，上了果品和茶点。戌闰魁问道：“你说什么神府难进，又道什么我长兄不收什么，这究竟是所谓何事？”那公子拱手笑道：“哦，在下是冣亹，一直想进神府谋个差事，便想打点令尊，可那神府一些个事务，听说令尊都交给了你长兄戌闰升打理，你三兄戌闰罡却做不得主，我便派人去打点你长兄，谁知你长兄却死活不收细软，也不见我，真是无奈。”戌闰魁冷冷道：“我长兄就是那样儿的一个人。”冣亹摇头道：“唉，毕竟你三兄与你都是庶出，如若不然，我这点儿小事情何须打扰你长兄！”戌闰魁一听这话，一时又刺痛了神经，霍地起身道：“嫡出有什么了不起！我虽是庶出，但也不求他什么事儿！”说着就要告辞，冣亹忙拦住笑道：“只怪在下失言，公子万不可生气，少时坐会儿，我让丫鬟琇梅给公子奉茶！”戌闰魁一听琇梅，只得坐了，笑问道：“他不是你的小妾么？让她为我奉茶，如何使得？”冣亹忙道：“适才戏言耳，琇梅乃是一个丫鬟而已，让公子见笑了。”说着就掀起帘子出去了。冣亹穿过长廊，便进了卧房，琇梅见他进来，坐下来道：“你不陪客人，来这里做什么？”冣亹近前一步，双手将她搂住，笑道：“美人儿，这一回我是撞了大运，这时候该你出马了。”琇梅立眉问道：“怎么？妾能为你做什么？”冣亹笑道：“我一直想入神府当差，可那神府就是水泼不进，那戌闰长公子就是不给我机会，送了许多细软去，尽皆被拒了出来。这下好了，他的弟弟戌闰魁却被我请进了家里，我使个美人计，不怕那戌闰升不肯就范！”琇梅闻言，急得心头鹿撞，羞得浑身发抖，忙道：“你要使什么美人计，你怎么如此厚颜无耻，妾乃是你的女人，如何要送与别人淫乐？你好好儿地打消这个念头便罢，不然妾就是一头碰死了，也不愿受你侮辱！”冣亹搂着她笑道：“你真是没脑子，我好不容易逮住这个机会，你理应帮我一把，我若进了神府当差，今后便能有了好日子过，好歹也给你买几个丫鬟来伺候你的，再说了，我只是让你去与他调侃几句，又不当真的，他在咱们家里能把你怎么着的。”说着，又搂抱她亲嘴儿，连声道：“你就助我一回，我得了势，怎么会忘了你呢！”琇梅思忖片刻，推开他道：“好吧，这一回就听你的，下一回胆敢如此，我便是死也不做你的妻了。”说罢，来到妆台，拾掇了一会儿，转身出门去。戌闰魁等了好大一会儿，却不见冣亹回来，正欲起身去看，忽然听见外边莲步急促，环佩窸窣，急掉头看时，见琇梅冉冉而来，将那纤手儿掀起帘子，冲他莞尔一笑。戌闰魁急忙起身，深深一揖道：“见过姑娘。”琇梅捧着茶碗，放在他旁边，笑道：“方才门外见你望我，并不知是公子，多有冒犯，还请公子见谅。”戌闰魁坐下道：“哪里，我却未计较的。”这时又看她来，就如着了魔似的，于是问道：“罬疍公子去哪里了？怎么不见他来？”琇梅笑道：“他去马厩看马了，听说马要产子了，他便去忙那边的事儿，叫我来侍奉公子。”戊闰魁闻言，望着琇梅，越看她越美，越看她越爱，那琇梅见状，竟坐在他身边，一弯玉臂早就勾在他脖子上，戊闰魁大惊，忙道：“姑娘不可如此，小心被人瞧见。”琇梅左手抱住他，右手翘起一玉指儿按住他的嘴，笑吟吟道：“公子，莫怕，此间只有我二人，公子既然喜欢我，又何必担心呢，难道公子对我不是真心的么。”戊闰魁一时忘了这是在别人家，也不避讳什么了，竟也搂着她亲嘴儿，又轻轻将她抱起，即向里间走去，却不知道早就藏门外的罬疍正一步一步走了过来，忽然掀起帘子，在他二人面前立定。那琇梅见状，故作惊恐，将那两只小脚儿乱蹬乱踢，连忙推开他，霍地起身，又羞又恼地指着戊闰魁喊道：“这个公子趁你不在，却在这里欺负妾！”罬疍闻言，指着琇梅呵斥道：“好不要脸的贱人，竟然在此苟且！还不滚出去！”那琇梅低头就跑了出去。罬疍又来到戊闰魁面前，见他面红耳赤，呵呵笑道：“好一个戊闰四公子，我好心请你来拜茶，你却做出了勾引我妻妾的勾当！”戊闰魁问道：“不是你的丫鬟么？怎么又成你的妻妾了？”罬疍怒道：“大胆！来啊！把戊闰公子锁在此处，我便要去那神府讨个说法！”戊闰魁闻言大怒，骂道：“奸贼！我未识得你诡计，上你当也！”罬疍转身出去，叫下人将门锁了，一边又让下人去神府告知戊闰罡。却说戊闰罡听闻此事，忙去寻找戊闰升，将此事细细说了。戊闰升闻言，大惊道：“四弟年幼，焉能如此？”戊闰罡忙道：“那个四弟，也不知怎么的，小小年纪就颇好美色。如今闯了祸，要不要告知父亲？”戊闰升忙道：“不可！此事无论真假，都不可告知父亲知道，果然如此，岂不是伤了四弟的心！”戊闰罡怨道：“这小子如今在外闯祸，长兄何必替他遮掩？”戊闰升怒道：“放肆！什么小子，那是我们的弟弟，岂能袖手旁观！我问你，既然如此，那个什么罬疍的东西，他要什么？尽管说来。”戊闰罡忙道：“我与罬疍素有往来，他的意思是想进神府谋个一官半职。长兄若能使他如愿，四弟之事便迎刃而解。”戊闰升疑惑道：“哦？你与他交往甚厚，既然如此，他何必难为四弟？不晓得四弟少不更事么？”戊闰罡道：“四弟欺辱他妻子，此恨安能轻易消解？长兄就给他个一官半职，又有何妨？”戊闰升冷笑道：“三弟说的也是，我若不如此，叫他将此丑事编排出去，岂不是坏了我戊闰家的名声！真是手段高明！”戊闰罡忙附和道：“长兄所言极是！”戊闰升忽然转身，怒道：“我怀疑此事与你也脱不了干系！四弟乃单纯之人，安知他不是被人陷害？我看就是你与那个什么罬疍的东西合谋，以此来赚官职。”戊闰罡忙道：“小弟岂敢如此，长兄放心，即使给此人一官半职也称职，他却是仙界大大王伏羲昊麾下的一员虓将，因与魔天王阴灵大战，不料他误杀了几个天兵，大大王怕天廷知道受牵连，就让他逃到了这里，论武艺，也算得上是个人才。”戌闰升怒道：“既然如此，那就好说，我看你和四弟的情面，给他一个官做做，你亲自去将四弟接出来，就说让他任神府廷尉。”戌闰罡问道：“长兄不亲自去么？”戌闰升背过身道：“此无耻小人，我安能见他？你自去吧，此人将来或许对你有用，好生盯紧了，若他敢在我神府惹麻烦，我定饶不了他！”戌闰罡应了一声就要出去，戌闰升又喝住他道：“你告诉那寂萣，四弟的事儿，叫他给我把嘴闭上！若敢透露半点消息，被我听到，我就割了他的舌头！”戌闰罡连忙答应，一拱而去。虽说救出戌闰魁，那寂萣也如愿以偿，但此事却伤了戌闰魁的心，让他越发觉得人神世界无处不邪恶危险，经过此两桩事情，戌闰魁越发觉得戌闰升有优越性，便越发嫉恨。

却说武仙星一连侵扰天坛星十五年，戌闰桀虽然为胡臾芎所累，到底也是他妻舅，故而一句也不埋怨，于是唤来长子戌闰升道：“为父因你庶母之故，不曾抵御武仙星侵扰，所谓冤家宜解不宜结，你带着为父所备之厚礼，领着你弟弟魁儿，亲往武仙星去拜会胡臾芎，只说为父不愿启动干戈，唯愿结永世之好。”戌闰升问道：“父亲，若那胡臾芎不愿结好，又当如何？”戌闰桀正色道：“但愿他看在你弟魁儿的面上能罢兵结盟，如若不允，那为父也只好刀兵相见了！”戌闰升揖道：“孩儿明白了。”说罢便带领十六个随从，载着厚礼，与戌闰魁至宝瓶星通道直往武仙星海神府而去。戌闰升与戌闰魁来到武仙星海神府门前，一路观赏景致，忽然走出几十个兵勇，上前一把将戌闰魁拿住，问道：“哪里来的小子？”戌闰升见状，令众人站定，一个箭步上去，将那为首的劈手推开，怒斥道：“何人在此撒野，敢拿我弟弟！”那为首的一瞧，呵呵笑道：“你二人是何人？看装扮非富即贵，倒也不像是寻常人家出来的。”戌闰升拱道：“我乃宝瓶星海戌闰王之长子，他是我弟弟，特来拜会胡臾芎将军。”那为首的一听，先是愣了一下，而后又哈哈大笑，接着道：“我当是谁，原来是宝瓶星的贼人。”戌闰升闻言大怒，斥道：“我与你素不相识，为何骂我是贼人？莫非要动干戈么？”为首的笑道：“公子息怒，宝瓶星海人神，于我武仙星来说，皆是贼人也，并非我说你们是贼人，乃是我家将军严令，称宝瓶星海人神为贼人。”戌闰升怒道：“那好，既然如此，我去问问你家将军，不与尔等计较，快快让路！”为首的道：“让路也可以，昔日是贼拦路索财，今日到了我武仙星，便是我等拦路问贼索财，尔等送了买路钱，便放尔等过去，若敢说一声没有，尔等看我手中的利剑答不答应。”戌闰升笑道：“就你们几个？莫说我口出狂言，就你们几个人，也不够我挥一巴掌的，若不是来武仙星作客，你们早就死在此处了，安敢问我索财？非我吝啬，而是实不能丢了你家将军颜面，让外人说将军之亲戚竟然被几个毛贼拦路打劫了！”为首的“嗖”地拔出剑，指着戌闰舡怒问道：“你是我家将军什么亲戚？”戌闰舡怒从心底腾起，伸手将二指夹住那剑刃，稍稍一撇，只听“咣当”一声，剑刃便断成两截儿。那为首的见状一身冷汗，吓个半死。戌闰舡冷笑道：“我弟弟乃是你家将军外甥，你若识相，赶快让路，得罪了我倒没什么，若得罪了你家将军，怕你担待不起。”那为首的只得让路，戌闰舡便令众人接着走，一直到神府大门，那为首的便进去报与胡臾芎知得，对胡臾芎道：“有个宝瓶星神府的人来了，说其弟乃是将军之外甥，现在门外求见，将军若不见，我便将他们撵回去了事！”胡臾芎吃惊道：“听说我妹妹与那戌闰桀生了一子，叫作戌闰魁，来者定是戌闰桀之长子，他如今过来，便是以我妹夫之名，有道是‘两国交战，不斩来使’，何况我们又不是国，只是相邻的星海，都为天廷镇守星海而已，既来便是客，我焉能怠慢？传出去让诸星耻笑！快快迎客！”那为首的兵勇惊讶不已，只得与胡臾芎出迎，开门见是戌闰舡与戌闰魁两兄弟，便一路下阶来。戌闰舡见状，拉着戌闰魁单膝跪地行参拜礼。胡臾芎急上前搀起道：“这就是戌闰公子么？”戌闰舡拱道：“正是晚生，特来拜会将军。”那为首的兵勇急忙上来，请罪道：“小的有眼无珠，望乞恕罪。”戌闰舡回礼道：“不知者不罪，再说皆为一家人，就不说两家话了。”胡臾芎问道：“两位公子为何到此？”问着便令人将厚礼收下，又请他们俩入内。戌闰舡一边走一边回道：“家父与庶母婈嵡在府中恁样念将军，特派晚生来赔罪，祈望再度结盟，还望将军宽容。”胡臾芎思忖片刻，笑道：“你庶母弃我而去，往宝瓶星神府得遇令尊相留。只是，不知你庶母为何不来武仙星探望我这个兄长？是否被令尊扣押了？”戌闰舡正要发话，却听戌闰魁生气道：“什么扣押？我母亲焉能被我父亲扣押？”戌闰舡忙对戌闰魁道：“休得无礼！”戌闰魁只好闭口不言，跟在一侧。戌闰舡又瞅了胡臾芎一眼，拱手笑道：“庶母非不欲归，实不得已耳。当时将军心中尚有怨气，几次三番扰我天坛星，一扰就是十五载，庶母心中更添一段愁肠，安敢再来使将军动了怒气，故而，此番晚生与稚弟前来，也是庶母之意，一来让晚生代庶母给将军赔个不是，探望将军可俱康健，二来也让将军亲眼看看这个未曾谋面的外甥。”胡臾芎闻言，暗暗私自欢喜，笑道：“我本以为公子乃习武之人，不料今日一见，公子温文尔雅，谈吐有方，真是令我佩服。”说着就来到厅堂，礼毕入座，说了些闲话，胡臾芎笑道：“既来之，且宽住几日，也领略一下我武仙星之风情。”胡臾芎令备酒设宴，请少夫人玉婕入席陪坐。

戌闰升瞅了一眼玉嫊，见她粉脸标致，体态妖娆，浑身透着一番孩子气质，心里想道："这少夫人如此年少，也不过十五六岁，为何却是将军的妾妇？"回头一看戌闰魁，亦是目不转睛地盯着玉嫊，神色恍惚。戌闰升咳嗽了一下，戌闰魁才反应过来，慌忙低头。席间，胡臾芎端详戌闰升，见他相貌堂堂，笑道："我看公子虽为人神，却器宇不凡，既身兼武艺，何不立身于天廷，建功立业，却屈身于宝瓶星耶？"戌闰升称谢道："多承将军夸赞。晚生不才，安敢望天阙之事。"胡臾芎沉吟半晌道："此处非久屈大才之所，还要思报效天廷也。"戌闰升回道："自然，自然，若得机缘，定当报效天廷。"说着便举杯敬他，二人开怀畅饮，胡臾芎吃了几杯酒，席间大吹大擂，一时好不热闹，一会儿又令玉嫊斟酒，直饮到各人酩酊而罢。到了次早，戌闰升收拾行李，便要辞别。胡臾芎问道："二位公子决意要行否？"说了这一句，面露不舍之色，竟然流下泪来。胡臾芎吩咐下人取来一些礼物，送与戌闰升、戌闰魁道："我才见到外甥，心中十分不舍，既然公子要辞别，我也不好强留，只望公子在路小心保重，往后有甚机会，千万再来相聚才好。"戌闰升拱道："多蒙将军款待之恩，已难图报，此些个礼物，晚生却不能收，还望将军收回。"谁知戌闰魁却道："长兄！既然舅舅舍不得我，不妨再住一日，何必急着回去！"话音刚落，就见玉嫊也出来了，欠身婉转道："既是本家人，何必见外，就再住几日，也好圆了将军的心意。"戌闰升闻言，只得轻叹一声道："如此也好，既盛情难却，那就再留一宿罢！"且说戌闰升本欲辞别，却被戌闰魁和玉嫊三言两句又留住了，只得又进去饮茶，与胡臾芎闲谈而已。再说玉嫊，见戌闰升和戌闰魁俱已留下，便上了茶水和果品，而后欠身笑道："妾去园子里赏花了，你们请自便。"胡臾芎笑道："好，好，你自去吧，也好让我们在这里叙话。"玉嫊姗姗而出，那戌闰魁坐了半个时辰，也出去了。戌闰升以为他在这里坐着不自在，也未管束，由他去了。戌闰魁出门之后，戌闰升问道："我看姨娘好生年轻也。"胡臾芎呷一口茶，笑道："人皆如此说。我比爱妾大十三岁，倒惹得议论甚多。"戌闰升笑道："既是两情相悦，有何非议。"胡臾芎颔首道："谢公子美言，此乃天缘人凑，故与爱妾得以相聚，非我强求也。"说着哈哈大笑一阵子，又与戌闰升攀谈起来。

不提戌闰升与胡臾芎叙谈之事，只说戌闰魁，出了厅堂，竟转身去了花园，一路东张西望，寻找那玉嫊，走了一会儿才见花圃中有个纤细的人影儿，定睛一看，正是玉嫊，便上前一揖道："见过小姐。"玉嫊闻言，掩口笑道："什么小姐，论辈分，我是你舅母呢！"戌闰魁脸上一红，尴尬笑道："晚辈见过舅母。"玉嫊闻言，咯咯笑了，又道："谁倒计较那些个虚礼，若说年龄，我也只比你大一岁，便是姐弟相称，也不为过的。”戌闰魁正值青春年少，见了玉嫊，便觉她润若朝霞，娇媚可人，肤里玉映惊若天人，不觉神魂飘荡，开口便道：“谁说不是呢，我见舅母，不，我见姐姐绝色无双，这世间也是没有第二个了，若有缘，不如我们就做个姐弟如何？”玉嫊脸上一红，抬起红袖，掩鼻笑道：“有何不可？你们明日便要起身了，此时天色尚早，你我到那亭子里叙话吧。”说着，两人齐出了花圃，便往亭子里走去，一路上随意谈笑。走了片刻，抬眼见一带小轩，精致幽雅，花卉争妍，有一处亭子，也是玲珑别致，于是进亭子里坐了一会儿，玉嫊又道：“这里有什么趣的，不如拣个幽僻去处，略玩片刻，倒是可以开怀散闷的。”戌闰魁笑道：“我对此间不熟，想必姐姐晓得哪里有幽僻处？”玉嫊把纤手儿一指道：“那边有个偏殿，无人来的，难道不是个好去处？”戌闰魁笑道：“果然，果然。”说着，二人遂沿着石径小路，转弯抹角走了一会儿，见粉墙两面，一扇黄竹小门映入眼帘，匾额上有“风月轩”三个墨色大字。进了偏殿，见琉璃绕璎珞，帘前花红，鲛绡垂玉榻，彩光夺目；锦披半床，晶莹璀璨；珊瑚香架，琥珀明珠。戌闰魁瞅了半晌，笑道：“此间幽静，尤其这‘风月’二字十分有趣，倒不负你我来意。”玉嫊莞尔一笑道：“怎么，才进来就不正经了，你倒是说说，你我来此，有何意图呢？”戌闰魁忙道：“戏言，戏言耳。”玉嫊挨到榻前，身子一歪就坐到了榻上，轻叹道：“这才走了几步，腿就略觉有些儿酸了，坐这里歇息一会儿吧。”戌闰魁暗思道：“这小姐莫不是故意的？才几步路不信就累成了这样儿。”如此想着，笑而不语，呆呆地站在门前，玉嫊娇嗔道：“哥哥何不过来也坐一会儿？”

戌闰魁闻言，且惊且喜，四顾无人，便将殿门顺手关上，又来到榻前与她一起坐了，玉嫊不说一句话，只是咯咯笑着，玉臂一弯，就勾住他的脖子，倒在他怀中，两厢卿卿我我，亲嘴咂舌地忙了一阵子。戌闰魁哪里禁得起这般温存，伸手就要扯她衣裳，谁知玉嫊竟翻起身来，扑通一声倒身下拜，泣道：“妾薄命也，流落此间，陷入恶人之手，生不如死，还望公子救妾！”戌闰魁一听，大惊失色，慌忙搀扶她起来，急问道：“姐姐何出此言？被谁人陷害？”玉嫊泣道：“我本为武仙星庶民之女，一日独行寻我母亲去，不幸遭遇胡臾芎将军巡视，见我貌美，便不顾反抗，强掳至此，霸为妾室，今有缘得见公子，还望救我出去，为奴为婢，任凭公子了！”戌闰魁忙推开她，惊问道：“你是说我舅舅？”玉嫊泣道：“正是你舅舅，既然公子因是他外甥而不愿救我，那便是我命运，只当妾从未说过此事，公子请回吧。”戌闰魁忙挽她的手儿，急道：“非也，非也，只是不敢相信是我舅舅所为，真气煞人也。”玉嫊喜道：“公子肯救我否？”戌闰魁点头儿道：“我不胜愤恨，岂能坐视不理，不论如何，亦当尽力救姐姐出这火坑，岂敢负姐姐一番情意。”玉嫊流涕道：“若能如此，乃玉嫊之福也。”二人相对而泣，又相拥一处。戍闰魁见玉嫊婉柔，问道：“既如身处牢笼，姐姐孤芳自守，莫不觉寂寞乎？”玉嫊笑道：“身在虎穴，心如冰石，看一切皆为浮云，何人能够染我？”戍闰魁喜道：“姐姐果为处子乎？”玉嫊羞晕不行，低头回道：“岂可轻易被他人亵渎。”戍闰魁笑道：“既如此，可愿做我妻否？”玉嫊叹道：“身在牢笼，谈何容易，若得公子相救，此身不死，愿以身相许。”戍闰魁缓缓将她揽入怀中，倒在榻上，笑道：“今日得妻如你，乃我之洪福也，断不会负了姐姐。”玉嫊本想推拒，然而因要赖他相救，此时只想厚结其心，便低声回道：“求郎君万万救我，岂敢不从，但愿郎君珍惜，切莫将妾弃掷之于半途，枉使我有白头之恨也！”戍闰魁起誓道：“姐姐放心，莫说你我已私订终身，即使无此事，我也难忍强霸之事，既得姐姐厚爱，我必不负姐姐，但若负之，便遭碎尸万段之祸！”玉嫊忙掩其口道：“郎君何必发毒誓。”说着衣裳含羞解，两人云情雨意，好不温存。

雨罢云收，各自穿好衣裳，又相拥依恋，玉嫊问道：“郎君当何以解救我逃出此地？”戍闰魁思忖片刻，笑道：“放心，明日我便带你去宝瓶星，即使一死，也要与你在一起的。”玉嫊仍不放心，半信半疑问道：“胡臾芎麾下兵卒三万，你一人势单力薄，我何以能逃脱？万一被他拿住，你可脱身去了，只是让我如何辩说，到那时，即使不死，也真要做他孽妾了。”戍闰魁道：“不妨。吾有长兄，武勇超人，谁敢来阻挡！”玉嫊问道：“此苟且之事，你长兄安能助你？”戍闰魁立眉道：“不助也罢，我也无须他助我！他虽是长兄，而我却是庶出，生来丝毫风光，皆被他一人占尽，我知他有过人之处，必是天神护佑，故而嫉恨，我去求他反而不美，不如只身救你出去。”玉嫊忙道：“那如何使得，就凭你一人，焉能突破？先不说你嫉恨你长兄之事，但救我一事，你须与长兄细细商议，好有个万全之策。”戍闰魁低头沉思一会儿，叹道：“也好，我这就去对他说。”说罢便起身走了。

再说戍闰牡与胡臾芎，饮了一回茶，便沉默起来。戍闰牡见他神色不安，似有心事，便道：“将军不适否？”胡臾芎勉强笑道：“我爱妾去花园了，久不归来，故而我心中不安。”戍闰牡道：“将军不必因晚生而为难，请自便。”胡臾芎连连告辞，一心要出去寻找，才起身，就见玉嫊笑盈盈地进来了，手里捧着几枝鲜花。胡臾芎又落座，笑问道：“爱妾因何迟来？”玉嫊笑道：“妾见花儿都开了，喜欢不已，挑挑拣拣才折了几枝，故而来迟。”戍闰牡起身拱道：“请将军和姨娘叙话，晚生告辞。”胡臾芎忙道：“公子莫要急去罢，不是说过要留一宿么？”戍闰牡道：“当然。

我只是去客堂歇息一会儿。”说罢一拱而去。

且说戌闰升才进客堂，就见戌闰魁一个人坐在案前，低头不语，神情恍惚。戌闰升坐下，瞅了他半晌，问道：“你那会儿去哪里了？一直就在这里等为兄？”戌闰魁也不回答，只是盯着戌闰升问道：“长兄，若小弟有难处，长兄可愿相助？”戌闰升一听，心里疑惑起来，停顿片刻，笑道：“你小子惹的事还少么？哪一次不是为兄替你收拾残局的？为兄听你这一问，便觉一定又做了什么坏事儿，从实招来。”戌闰魁忙道：“坏事儿还未做，倒是想做来着。”戌闰升问道：“你在自己舅舅府上，有何难处？”戌闰魁便将自己与玉嫊的事儿细细说了一遍。戌闰升闻言大惊，霍地起身，揪住戌闰魁的襟子，怒道：“好个弟弟，长志气了！竟然勾引起舅母了！”戌闰魁扳开他的手，怒回道：“长兄见死不救也罢了，为何说这番话，那玉嫊本来就被舅舅掳来，强霸为妾，而玉嫊也未与他有夫妻之实，为何说我勾引！”戌闰升又将他揪住，怒道：“好！说得好！如今这个事儿，你自己寻个出路吧，为兄帮不了你的。你可是瞧见了，这神府戒备森森，墙垣高大，莫说你们两个，就是天神来了也飞不出去，若是被他一鼓而擒，莫说他是你舅舅，就这等不耻之事，即使为兄也不会放过你的！你到底痴心妄想什么！”戌闰魁垂泪道：“我乃是庶出，故而这般命蹇，不想长兄也见死不救，好吧，我便是在此处丧命，也是我造化。”戌闰升闻言，大怒道：“你也是我戌闰家的血脉，你自己瞧瞧，你有何出息？”戌闰魁怒道：“有长兄如此冷漠，便是不做戌闰家血脉也好！”戌闰升闻言，火冒三丈，抬手就照他脸上劈了一掌，怒叱道：“混账东西！”戌闰魁捂着脸放声大哭，呜咽道：“我混账！自不用你管！”戌闰升怒道：“你给我听好了，你若还认你是父亲的儿子，就不要做蠢事！不要自绝于父亲，自绝于戌闰家族！你可知道这其中利害？父亲让你我来与武仙星结好为盟，永罢刀兵，你若做出这等事来，你舅舅岂能饶了你？又岂能与我宝瓶星修好？你虽然是我弟弟，但你要做出对不起父亲的事，做出对宝瓶星海不利的事，你便是我的敌人！也是宝瓶星海的敌人！为兄警告你不要乱来！你可听清了？”不料戌闰魁一怒而起，冲出门去，一言不发便自己跑回宝瓶星了。

戌闰升急忙去见胡臾芎，见他正与玉嫊一起闲谈，便拱手告辞道：“此番来多有叨扰，因府上有急事，晚生不得不告辞，还望将军谅解！”胡臾芎忙起身问道：“府中出了何事？”玉嫊亦起身笑道：“有什么急事，难道非要公子回去不可。”戌闰升瞅了一眼玉嫊，转而瞅着胡臾芎道：“不瞒将军，晚生因事与稚弟争吵，不料他却一怒而先回宝瓶星了，晚生颇不放心，就此告辞！”玉嫊闻言，花容失色，一下子瘫坐在椅子上。胡臾芎忙道："爱妾怎么了？"

玉嫊低声道："也不知为何，只觉得头晕，妾先去歇息了。"说罢自己朝里间去了。胡臾芎见状，对戌闰升道："如此，我便不留公子了，请公子自便，望有再会之时。"戌闰升一拱而去。戌闰升回到宝瓶星神府，才知道戌闰魁回来了一会儿，又走了。

原来戌闰魁被戌闰升一顿责骂，心里无限委屈，想起自己乃是庶出，又想起过往之事，一件都不称心如意，一时心里想道："我何必留在此处，早就听说界下有凡间，不如去了那里，叫他们都寻不着我！此生再也不见了！"想到这里，他听说女娲曾给璟琄一枚令牌，可随意出入天界，一不做二不休，便潜入戌闰桀寝殿，又进入璟琄卧室，将那令牌偷了出来，细细一看，上面果然有"蕊珠宫女娲"几个字。取了令牌，戌闰魁便自来到通道，一闪间就去了仙界，来到元天门，却被门神挡住，问道："哪里来的少年，欲往何处？"戌闰魁回道："我乃蕊珠宫里的人，今奉女娲娘娘密令，下界投生。"门神颇疑，问道："你可有女娲娘娘手令？"戌闰魁便将那令牌取出，递给门神，门神细看，确实是女娲令牌，不敢怠慢，忙道："你走错了，下界须往南天门，我这就带你过去，可好？"戌闰魁拱道："有劳天神。"说着又去了南天门，二门神相遇，将事由说了一遍。南天门门神道："既奉娘娘密令，我等岂敢慢待，不过，他要下界，那凡间尚未婚配，他往何处投生？"元天门门神道："这有何难，既是娘娘密令，就让他投生于达旦和伊娃。"南天门门神道："事不宜迟，欲投生则趁早，这仙界一日凡间一年，晚了只怕那达旦和伊娃皆几百岁之人了，届时子孙遍地，却如何投生？"南天门门神收下令牌，瞅着戌闰魁叹道："既如此，那就请下界吧！"说着便打开天门，启动通道，戌闰魁便一跃而下，投生凡间去了。这便是后来的陆正，此处不题。

话分两头。却说伏羲昊进宫直往灵霄殿，才上玉阶就遇见轩辕昊低着头朝前走，伏羲昊忙叫道："二师弟，才从凡间回来，不在府里歇着，进宫去做什么？"轩辕昊转身望着伏羲昊愣了半晌，心不在焉道："元真传旨意，说师尊召我议事。伏羲昊一边与他走，一边道："师尊最近也不知怎的了，急急忙忙的，恨不得一时就做完所有的事儿！"轩辕昊半晌不说话，伏羲昊见他面色忧郁，问道："你怎么了？"轩辕昊叹道："才回来，见殿中萧瑟，又不见婢子在，心里直觉得闷。"伏羲昊问道："你不是和三师弟住在朝阳殿么？怎么就萧瑟了？一个婢子不见了你就闷？她又不是死了，不知去哪野去了，总要回来的。"轩辕昊目光呆滞，喃喃道："我虽然和三师弟住在朝阳殿，但我在南殿，他在北殿，院子是分开的，他那边的事儿我不知道，我这边的事儿他不知道，平时很少往来。说起这个婢子，我就怕可能是死了，回来睡着做了一梦，梦见她披头散发，哭哭啼啼道她在什么聚灵阁，又渴又饿又孤独的，叫我接她回来呢。”伏羲昊笑道：“尽乱说什么，婢子好端端的怎么会死？梦里的事儿你也当真起来了。”轩辕昊摇头不语，伏羲昊见状，也不说话了，两人一路无话。

到了灵霄殿，见天斗在御座上闭目不语，笪殷昊立在一旁，瞪着眼睛。伏羲昊和轩辕昊拜过天斗，也立在一旁。天斗不紧不慢道：“阴灵虚诈，疑兵攻我西天门，结果去袭扰灵界了，如今驻扎在灵山，这可如何是好。”伏羲昊惊道：“师尊，那阴灵为何去攻灵界？”天斗叹道：“西极星本是那阴灵老巢，重返故地而已，这也在为师意料之中。听接引归真佛说，阴灵围攻大、小雷音寺，众佛和菩萨心怀慈悲，不忍杀戮，故而未出迎战。”伏羲昊拱道：“请师尊降谕，弟子愿领兵往西极星灵界剿贼。”天斗思忖片刻，缓缓走下御座，踱步道：“自须菩提杀孟章神君青龙之后，声名大噪，如今就连阴灵也知道了，他竟然说：‘你们灵界诸佛，在我看来都是草芥，不值一提，听闻灵界有一比丘，名叫须菩提，一拳打死一位正神，我特来请他与我见上一面，若他能胜我，我则不动刀枪，撤兵回去，若他不能胜我，你们都滚回仙界去，这西极星仍归我阴灵。’如此看来，那阴灵是冲你儿子须菩提来的。孟章神君青龙死后，执明、监兵、陵光三神颇有怨恨，屡次奏请严惩，为师特封他为副将，随你去灵界剿贼，一来将功折罪，二来绝人口舌，不知你意下如何？”伏羲昊闻言，低头不语。轩辕昊见状，跪地奏道：“禀师尊，那阴灵明知须菩提乃是大师兄之子，故意使计赚须菩提回去，须菩提年幼，岂能是阴灵对手，若被他捉去，正好来要挟师兄师妹，弟子以为此计不妥。”天斗叹道：“阴灵要如此，若不应战，只怕他攻占灵界，势必成我心头大患。”话刚落地，就听笪殷昊奏道：“师尊，须菩提诛杀孟章神君青龙，罪在不赦，应立即斩首，以示天威公正，岂能赦免他反封他为将？真若如此，必令诸神寒心，众兵不服，一旦军中生变，正中阴灵下怀，请师尊明鉴！”天斗闻奏大怒，斥责道：“劣徒！须菩提是你师兄师妹之子，你身为师叔，何以能绝情至此？将来只怕你还要杀害同门师兄弟，留你这个祸害必会乱我天廷，左右金刚何在？将这个恶徒拿下，拉出去斩了！”笪殷昊大惊失色，叩道：“弟子知罪，望师尊饶恕！”伏羲昊也大惊，忙叩道：“弟子愿与犬子前往灵界御敌，请师尊开恩，赦免了师弟吧！”天斗登上御座，怒视笪殷昊道：“若非你师兄求情，今天必不饶你！你退下吧！”笪殷昊叩谢完毕，转身离去。天斗道：“事已至此，为师虽心有不忍，只是这外有阴灵咄咄相逼，内有诸神纠参不休，实在无可奈何。传旨，封伏羲昊为将，轩辕昊、须菩提为副将，前往灵界平叛。”伏羲昊、轩辕昊遵命，急去整军备战。

元真童子去天牢，令聚灵神放了须菩提，赐给戎服兵器，送往伏羲昊营中。往西极灵界的途中，伏羲昊问须菩提杀孟章神君青龙一事，须菩提如实说出。伏羲昊听后，斥责须菩提道：“你胆大妄为！那孟章神君乃天廷正神，为父见他尚且让得三分，你又是何方尊神，竟敢如此放肆？”须菩提道：“孩儿该死，一时失手以致大祸，祈求父王宽恕。”伏羲昊叹道：“既然你有此等本领，就去打阴灵吧！天王有旨，今封你为副将，也算给你个职衔，你与那阴灵一决高下，将功赎罪吧！”须菩提闻言，暗自高兴，笑道：“若那阴灵败在我手下，又当如何？”伏羲昊瞪他一眼道：“你想如何？今能保住项上之头已是万幸，莫非还想让天王封赏你么？你与那阴灵打斗，万万不可轻敌，若是不能胜他，也不要恋战，撤回军中即可。”须菩提道：“孩儿知道了，请父王宽心。”

大军开到西极星灵界，远远看到大小雷音寺。伏羲昊、轩辕昊和须菩提登山观望，只听鼓乐喧天，直冲云霄；妙音袅绕，不绝于耳。这时，又听不远处的山崖上传来歌声，三神应声前去，看到一处璇霄丹阙，再往前看去，见一身着黑色锦袍的神仙盘腿坐在一棵树下，身边还伴随着一个童子和一个小仙娥。只听那神仙唱道：

> 瑶草琪葩，根株结盘；琪花玉树，玲珑弥望；千峰万壑，拏云攫石。灵鹤骞飞过云霭，丹鸾栖集碧玉椽；鸾吟凤唱醉三霄，龙腾虎啸震九天；赤乌遥飞，抃风舞润显神奇；鸢腾鱼跃，箫韶霏弥凤来仪。三宝殿前飘金光，护法堂后荡宝焰。紫光佛塔，香火因缘，霄壤自有别，灵地各见长。纤尘不染沐仙风，万念俱寂浴道骨。

伏羲昊对轩辕昊和须菩提道：“多日不见这西极星，自有灵界以来，变化竟如此之大。看这仙人，再听这歌声，自与天廷不同，竟是别有天地。”话音刚落，又听那童子和声唱道：

> 耆阇崛山凝神彩，无极灵界结梵云。青龙恬卧，白虎泰然。玉兔心驰神往，神龟环绕徊旋。金凤红鸾尽逸爽，狙猿天鹿然陶怡。瑶草琪花，灵瓜卍果。雪松霜桧，锦柏翠篁。绿萼梅螭蟠虬结，绥山桃芳香芬馨。一朝百花竞秀，千日瑞露化云。

伏羲昊问须菩提道：“我儿，你在这灵界多时了，可知道这山是什么山？”须菩提恭敬答道：“父王，此山名曰西极灵山。”伏羲昊摇头道：“为父方听那童子唱道耆阇崛山，可见不是西极灵山。”须菩提回道：“孩儿不知耆阇崛山，但看今日之象，似与往日大不相同。”伏羲昊叹道：“果然是奇妙，这灵界与仙界不同，声声清音幽韵，清耳悦心，处处庆云焕彩，化养万物，若是能在此修行，也不枉来这一世了。”轩辕昊笑道：“也不见得有多好，我倒觉得喧嚣聒噪，不如去问问那神仙，也好知道阴灵藏在何处，我们速战速决，早些回仙界去！”说着便来到神仙面前，伏羲昊问道：“何方神仙在此吟唱？”神仙见问，起身回道：“在下乃牧夫星人神轩辕氏，名为钟颀，拜见几位上神。”轩辕昊转身看了一眼那童子，问道：“这小童是谁？”钟颀起身，看了看童子，笑道：“这个是我的小童，名曰‘玄真子’。那个是小女，名叫娇珠。”伏羲昊看了一眼那女孩儿，只是低头文文静静、规规矩矩地坐着。伏羲昊问道：“阴灵正要攻打灵界，兵临雷音寺下，诸佛和菩萨不思退敌，却听这妙乐喧天的，不知所为何事呢？”钟颀恭敬答道：“今日燃灯佛下凡间轮回去了，凡间西方耆阇崛山将有佛出世，灵界诸佛和菩萨齐聚在大小雷音寺，想必是在礼佛，以为庆荷。”伏羲昊吃惊道：“燃灯佛要涅槃了？昨日还与本王在那界下忙碌，不料此时却要一隔两世了！”轩辕昊嘀咕道：“人都死了还庆贺什么？怪道人说灵界的人最是无情的，住的是空明洞天，进出的是空门，眼里肚里都是空生空死的。”钟颀揖道：“回二大王，在下所谓的庆荷，乃是燃灯佛涅槃，大小诸佛、菩萨礼佛以望身受福惠，而不是庆贺。”轩辕昊挑起眉头，又问钟颀道：“这不就是一个意思么？本王看你也不像这灵界的佛和菩萨，你为何在此？也是来庆贺的么？”钟颀无奈，摇头苦笑，施礼答道：“在下自牧夫星而来，游览圣境，故而高兴吟唱，不想却被二位大王听见，惭愧，惭愧！”伏羲昊一听，奇怪道：“你怎知本王的？”钟颀笑道：“在下见二位大王头顶紫气而至，便知自仙界而来的。”伏羲昊又问道：“既然来自牧夫星，你可知道那驻星守将轩辕敖？”钟颀轻声回道：“在下知道。”伏羲昊道：“依你这般才能，何不去向他讨个职衔报效神府呢？”钟颀望天叹道：“非我不愿，只可惜那敖似燕雀，而我如大鹏！”伏羲昊一听，觉他口气不小，问道：“请问你这话怎讲？”钟颀转脸看着伏羲昊道：“大鹏之志，燕雀安知？”伏羲昊闻言，低头不语，若有所思。轩辕昊却怒道：“你大胆！狂妄之辈，安敢讥嘲我天廷驻星守将！”钟颀不言，鞠躬一笑。伏羲昊笑道：“我看你颇有些才气，你可愿跟随本王，为天廷效力？”钟颀即叩谢道：“大王栽培之情，在下永世不忘！”伏羲昊转身对须菩提道：“须菩提，你来拜见先生。”须菩提正目不转睛地盯着娇珠看，惹得那女孩儿忍住笑，袅袅婷婷地走到他跟前，伸出小手儿摸他襟儿上挂的翡翠佩玦。须菩提见她纤腰楚楚，双鬟滴翠，粉颊上有一对儿浅浅的梨涡，把个须菩提看得骨软筋酥，伏羲昊和他说的什么话儿，一个字都未进他耳朵里去。伏羲昊见他这个情景，脸慢慢沉了下来，也只好不再理他。轩辕昊见一时尴尬，便岔开话儿笑道："大师兄见了谁都称他先生，也不知道这先生是真是假。"伏羲昊忙道："二师弟休得乱言。"轩辕昊转脸问钟颀道："大大王说你颇有才气，本王却不信，你既有奇才，那本王问你，你可知道那阴灵现在何处？"钟颀从容抬手，掐指一算，朗朗答道："阴灵与众魔在大雷音寺西门外十五里。"伏羲昊喜道："好！这就去会会他！"于是，伏羲昊、轩辕昊、须菩提即率军跟随钟颀前去。

到了那里，果如钟颀所言，魔军大营就在眼前。那阴灵端坐阵中，身着黑袍，袍上金光璀璨。见伏羲昊领兵来到，近前喝问道："哪个是那神通广大的小儿？"须菩提也不怕，上前一步道："我便是。"阴灵哈哈大笑道："听说你徒手打死孟章神君青龙，本王却不全信。本王与天斗那贼有言在先，今日不出一兵一卒，只你我二人交手，本王只出一招，你如果能抵得住，本王言出即行，绝无反悔，立即撤出这灵界！"须菩提站立不动，微笑道："别说一招，即使三招五招又何妨，大王出手就是！"阴灵先是一愣，盘腿一坐，身下便腾起一团黑云，随着身子徐徐旋转，阴灵抟掌，上下翻转，接着就朝须菩提击出一掌，只见万道黑光直袭须菩提而来。须菩提也不慌不忙扎下马步，出掌迎击，就见一道金光那万道黑光化于无形，接着也击出一掌，突然闪出万道金光直冲魔兵阵中，众魔顿时大乱，哀嚎遁逃。阴灵脸色大变，暗思道："不知这女娲之子从何得来的如此法力，果然厉害，我再试他一试，看他还有何本领。"思毕，飞身直冲须菩提杀来，伏羲昊见状大惊，急道："我儿！当心阴灵！"须菩提不慌不忙，转身又换姿势，突然坐下，抬手攥成两拳，口中默念道："我有五令，雷神分身为五，攒亥、坤、卯、戊、巳、午、未为我法门，亥为天门，门上起天火，坤为地户，地户起地火，卯为雷门，卯上起雷火，戊子起霹雳火，巳午未凝定，上起太阳三昧真火，速起速走，急入律令！"话音刚落，只听空中一声炸雷，一时狂风大作，云屯席卷，须菩提双拳紧握，见阴灵重来，便挥拳击出，只见地上飞沙走石，山摇地动，阴灵哪里扛得住这猛力，瞬间就被击倒，滚出几十步去。阴灵大惊，思忖道："这厮虽小，却不好对付，我若再纠缠，必被他所杀，不如退去！"想到这里，慌忙喊道："本王言而有信，大军速速撤离！"须菩提大笑道："大王慢走，若下次敢来，我只叫你有来无回！"轩辕昊见这阵势，早就惊得合不拢嘴，钟颀叹道："生儿如此，乃大王之福也。"伏羲昊心里也高兴，只是不便明说，只笑道："只要他不为祸，就是本王之福了。"说罢，即令回军复命。

却说伏羲昊凯旋，领着轩辕昊、钟颀、须菩提、玄真子进宫面圣。天斗听说阴灵退走，心中大喜，命元真童子一一赏赐了玥供若干。忽又听得须菩提只出一招就击退十万魔兵，心头疑云又起，暗想道："须菩提法力高深，无人可敌，若被伏羲昊和女娲利用，必为我心头之患。"思毕，对伏羲昊道："须菩提功过两抵，不赏不罚，让他仍回灵界去吧！"伏羲昊虽说有点失望，也只好领命。伏羲昊举荐道："弟子遇到牧夫星人神钟颀，有奇才，能未卜先知，特举荐他为天廷效力！"天斗思忖片刻，道："封钟颀为内廷天卜神，玄真子为侍仙。"钟颀叩首谢恩不题。天斗又问道："界下凡间之事如何了？"伏羲昊道："师尊召女娲和我等返回天廷，这界下现在情势如何，弟子也不知道。"天斗令道："阴灵已退，天廷无忧，着令你与女娲等诸神再度下界，帮助人类生计，旨到三天后即行，不得延误！"伏羲昊叩首领旨。轩辕昊急问道："弟子也下界去么？"天斗道："你就留在天廷吧，为师另有任用。"说罢散朝，各自退下。

走出玉京宫玄天门瑖阶时，钟颀见伏羲昊与须菩提要走，急道："大大王且留步！"伏羲昊转身见他领着女儿娍珠追来。到了跟前，伏羲昊正要问，却见钟颀叫娍珠拜了他四拜，随即钟颀也是拜了他四拜。伏羲昊连忙扶起，问道："先生这是何故？"钟颀道："蒙大大王器重，在下得以录用，天廷安置在下住在内廷，但若带着小女多有不便，请求大大王开恩，将她留在府上给娘娘做个婢子，一来和姐妹们学习，二来也可服侍娘娘和少主。"说着又要跪拜，伏羲昊忙拦住道："区区小事，先生不必如此，但请放心，小姐在本府犹如自家。"娍珠掩泪低头，心中哽咽，一声也说不出。钟颀又对娍珠道："为父就在宫里当差，你去了王府要听从娘娘的教诲，再不可使性子。"说完转身就要进宫去，娍珠忍不住，又扯着钟颀拜了四拜，不觉就嘤嘤咛咛哭了起来，钟颀泫然泪下，也是无可奈何，只得吞声而别。钟颀送走娍珠，自回到玄宸殿，虽然伤心，却一时也觉得身无挂碍了。

伏羲昊与须菩提、娍珠回蕊珠宫，去各殿转了一圈儿也不见女娲，才到后面花园拱门前，见尚翠端着茶具出来，须菩提急问道："娘娘呢？"尚翠见须菩提来了，盯着他愣了一会儿，将头一偏，翣翣眼笑道："少主你怎么回来了？"须菩提瞥她一眼道："什么话了，这是我的家，我就不能回来么？"尚翠一笑，低头道："小婢不是那个意思。"须菩提急道："不管你什么意思，我问你娘娘呢？"尚翠低声道："娘娘在园子饮茶呢。"说着瞅了一眼娍珠，便低头走了。须菩提急忙转进园子，娍珠不知去哪里，就回头看伏羲昊，伏羲昊笑道："你也进去吧，见见娘娘。"娇珠不说话，只转身就跟了进去。伏羲昊四顾着宫里的景致，此时正值琪花盛开，白蕊如雪，香气迷空，他一边看一边慢悠悠地逛了进去。女娲正在呷茶，忽然见须菩提跑了进来，跪地拜了她三拜，她急忙放下茶盅，也迎了上去，搂住须菩提，眼泪簌簌地道："你呀！这个逆子，想要为娘去死么！"须菩提把女娲仔细一看，记得往时绿云蝉鬓，如今看上去憔悴不堪，不胜凄凉，又见女娲垂首掩泪，出涕不语，心上更是悲伤，泣道："总是孩儿不孝，让母后操心了！"女娲松开他，抹着眼泪笑道："这也不消说了，你回来就好，回来就好。"女娲转脸却见一个女子在旁瞅着，问须菩提道："这女孩儿是你领来的？"须菩提摇头，娇珠忙欠身，声音细灵灵道："小婢娇珠拜见娘娘！"女娲抹了眼泪，笑问道："娇珠？从哪里来的？"伏羲昊也走进来了，见女娲问，忙回道："她是内廷天卜神钟颀的女儿，钟颀将她托付给我了，以后就当她是个女儿吧。"女娲拉过娇珠的手，仔细端详着，笑道："真水灵的女孩儿，以后就在府上吧，和你家里是一样儿的。"娇珠听话地点点头儿。女娲又转身看须菩提，摸他的脸泣道："在那地方可是受罪了？"须菩提道："也不受罪，只是没有一个说话的人。"伏羲昊见女娲哭哭啼啼的，摇头叹道："他在的时候你烦他，他不在的时候又想他，这是何苦呢！"女娲笑道："总是自己的心头肉，能烦个什么，一家人不要分离才好。"伏羲昊坐下饮茶，将须菩提击退阴灵和天斗下旨让他们三天后下界的事儿细细说了一遍，女娲听说须菩提大战阴灵，心里越发高兴，笑道："我儿果然有出息了。"伏羲昊叹道："唉，须菩提立下奇功，我本指望着师尊给他封个一官半职的，可师尊不允，又让他去灵界。"女娲瞥一眼伏羲昊，笑道："你也别惯着他了，才死里逃生，好好地回来就已经感天谢地了。师尊让他去灵界也好，那边清净，继续跟着燃灯佛修行，远离这是非之地。"须菩提低声道："修行什么，师父燃灯佛已经轮回到界下去了。"女娲一听，又伤感起来。须菩提见女娲伤心，又挨着她摇着她的胳膊道："今日母子重逢，正当欢喜，母后却为何愁眉不展？"女娲微微一笑道："我儿回来了，我当然高兴了。"说完又唤尚翠来，吩咐道："你取几个小果碟子，还有小吃碟子，再将前些时候宫里给我的灵露烹些茶来。"约莫一会儿都一一备齐了，四个人坐下吃了一回茶，又说说笑笑了一阵子，娇珠见尚翠立在一旁低着头，就朝她霎霎眼，伸出舌头逗她，尚翠也瞅着她只掩鼻笑。须菩提不见碧玉在跟前，便问道："碧玉哪里去了？"女娲笑道："在她寝殿歇着呢。"须菩提又问："碧霞回来了么？"女娲见问，一时愣住，不知如何回答，朱唇颤颤看向伏羲昊，伏羲昊叹息一声低头。女娲掩着泪眼只不出声，须菩提暗想道："莫非出什么事儿了么？"又问道："母后，为何不说话？是不是碧霞她出什么事儿了？"女娲只得含着泪道："碧霞……碧霞她轮回到凡间了，只怕你们再也见不到了。"须菩提一时眩晕，抖动着嘴唇问道："碧霞犯了什么天条戒律，怎的就被打下界去了？"问着就呜呜哭了起来。女娲叹道："我儿不要哭，自你入了那天牢后，我和你父王也在界下凡间，碧霞也不知受了多少惊惶，她偷着下界去看我，许是因为这个就轮回了，我料也没什么事儿的，将来总有归一的时候，还会回来的。你须在灵界专意修行，以图上进，方有益处的。碧霞没有了，还有碧玉和尚翠，这不又来了一个娇珠，有她们在府上也热闹些个，你就不要再想那碧霞了。"须菩提蹙着眉，无言无语，半晌才说道："孩儿知道了，母亲不必担心我，我没事儿。"女娲看他心里难过，不免又掉下泪来，须菩提道："孩儿真的没事儿，这也是昊天之意，或也是好事呢。"女娲点头，拭干了泪眼说道："好了，你去找碧玉去吧，你们也好久都没见了，她还不知道你回来呢。"须菩提起身，没精打采地去了。

须菩提想着碧霞的事，心里郁闷不已，出了园子转到碧玉的寝殿，他悄悄地进去，见碧玉慵懒地靠在春凳上睡觉，娇躯微侧，雾鬓蓬松，小樱桃上还留一点红脂，酥胸微露，白纱衣掩不住粉色兜胸，映着她一身冰肌玉骨，艳态盈盈。须菩提一时心醉，便将碧霞忘脑后去了，蹑手蹑脚来到榻前，伸手撩拨她的秀发，碧玉惊醒来，烟视蒙眬地看他一会儿，见真的是须菩提，便一头扑进他怀里，娇嗔道："冤家，你怎么忽然就回来了？"须菩提便急着动手，碧玉挣脱，笑道："又忘记娘娘怎么说了？"须菩提急道："就是娘娘让我来的！"碧玉斜睨他，嘤咛一声道："就知道乱说。"须菩提粗喘着道："多久没见了，此刻就是那玉京宫的天王驾到，我也不管了！"碧玉忙道："那也不能在这里的，叫人看见怎么好？"须菩提扳过她的香肩，捧她的粉脸，顺嘴儿就咂了一口舌，笑道："小娘子，就在这里干罢。"说完就闪念一出，双双褪了云裳，靠在春凳上云雨起来。

折腾完了，又闪念一出，收回天衣，两个抱在一起说了一会话，就见须菩提将玉枕推在一边，仰面张口，鼻孔朝天，鼾声大作，再也不理她了。碧玉起来关上门窗，听得院子里鸟儿叽叽喳喳的，一阵风吹得珠帘儿刷拉拉地响，又搬来一把凳子坐在春凳旁，将一弯玉臂撑着头儿，爱惜地望着他。直到两个时辰才见他翻身起来，惺忪双眼，痴痴呆呆地瞅着。碧玉回想起方才的雨意云情，不觉两颊泛起两朵红云，娇滴滴问道："你回来就跑来这里了，去见过娘娘了么？"须菩提懒洋洋道："见过了。"碧玉又问道："娘娘真的让你来看我么？"须菩提笑道："你不信么？娘娘还说如今碧霞不在了，还有碧玉，你去找碧玉吧。"碧玉掩唇笑道："那你就这么听话的，真的就过来了？”须菩提轻轻捏了一下她沁润的脸蛋儿，好像就能捏出水来，嗤嗤笑道：“那要不然呢？我什么也不想，就过来奸你了。”碧玉霍地翻起，白他一眼，恚嗔道：“怎么越发不正经了？嘴里都是这些个腌腌臜臜的东西，那灵界到底是个什么地方，是怎么教你的？”须菩提又握住她的小手儿笑道：“你跟我急什么？这不就是说着玩儿么？我们是夫妻，说些个私语又不碍着什么的。”碧玉噘着嘴道：“反正我不要听。”须菩提笑道：“以后我不说就是了。”碧玉笑笑，忽然问他道：“你可知道二大王府上的婢子邠夙？”须菩提想了一想道：“听过她，这个婢子从来不出门的。”碧玉紧张兮兮地道：“你可知道她死了么？”须菩提一听，惊得瞪大眼睛，心里发毛，问道：“怎的？她是怎么死的？”碧玉蹙眉叹道：“唉，我那天偶然听岣灵这么念叨了一句，好像是那婢子是被上神女姬活活给打死的！”须菩提陡然翻身坐起，惊道：“啊？被她打死了？”碧玉频频点头，须菩提又问道：“没问清楚之前，这话可不能乱说的。邠夙死了，二大王知道这事儿么？”碧玉叹气摇头道：“我也不知道，或许不知道吧，如果知道了，此刻还不闹翻天了！”须菩提道：“这也怪可怜的，怎么就会发生这种事儿。”碧玉怨道：“还不是你们这些男人，盗香窃玉的，我怀疑是二大王和邠夙有点儿什么暧昧，惹得女姬腻味她来，逮住就打死了。”须菩提惊道：“怎的可能呢？邠夙只是个婢子，与二大王绝无可能。你别瞎猜乱想了，这些个混话就到我耳朵里为止。”碧玉笑道：“我也是个婢子呢！怎么就与少主有可能了呢？”须菩提道：“你我不同，我在你眼里头是个少主，毕竟没有地位功名的，再说我们青春少年，又有我母后做主，谁个能说三道四的？”碧玉叹道：“我和你说这个事儿，就是怕你将来也忘了我，难免我也会和邠夙那般被人打死了。”须菩提道：“那是不会的，你就把心放到丹田里吧。”碧玉娇嗔道：“怎么就不可能？你当我真不知你？你也是一个见一个爱一个的主儿。”须菩提眉毛向上一挑，问道：“除了你和碧霞，你见我还爱谁了？”碧玉伸手摸着他的脖子，笑道：“瞧把你急的呃，我只是说有这个可能。如果真嫌我腻味了的，你就在府上找一个爱，毕竟有娘娘做主，我也不怕的，只是你不可在外头寻花问草的。”须菩提笑道：“我看着府上没有再比你好的了，我爱你是真心的。”碧玉听了，温柔一笑，将头靠在他怀里。须菩提又问道：“邠夙真的被女姬打死了么？”碧玉轻声道：“千真万确的事儿，二大王已经回来两天了，不信你瞧着，过不了几时，你就会听到消息了。”须菩提叹息一声，枕着双臂躺下，合着眼，迷迷离离地想。

却说轩辕昊回府，不见邠夙回来，又不知去哪里问去，只得闷坐干等，哪晓得又过了几个时辰，也不见她影子。轩辕昊不胜忧闷，心里急道：“自我回来这都已近两天了，平时她也就在南灵殿与岬灵耍一会儿就回来了，她一个婢子，在外头住宿是不可能的，但到现在也音信全无，是不是出什么事儿了？”轩辕昊越想越不对劲儿，喊来洛珠问道：“郃夙这几天死哪里去了？”洛珠慌了，吃吃道：“她自己去了南灵殿找岬灵耍，小婢也不晓得她几天都不回来了。”轩辕昊又想去南灵殿问岬灵去，又怕女姬知道坏了事儿，便又打消念头，正着急时，心里突然就闪出钟颀来，暗喜道：“钟颀能卜算，如今做了内廷天卜神，我何不去问问他？”说着就出去寻找钟颀了。

来到太真殿不远处的一座偏殿，便是钟颀居所，拱门上有“玄宸殿”三个字。轩辕昊立在殿门口，远远望见钟颀在院子里踱方步，跟前置一个缤纷斑斓的珊瑚方桌，两把透着青光的砗磲椅子，空无一人，童子玄真子在一旁斟茶。玄真子瞥见了轩辕昊，说道：“二大王来了。”钟颀忙迎了过来，揖道：“在下已备好香茶，等候二大王多时了。”轩辕昊奇怪道：“你怎么就知道我要到这里来？”钟颀笑道：“在下若连这个都不知道，二大王就不会到这里来了。”轩辕昊笑道：“哪里，哪里，本王只是闲来无事，过来瞧瞧你的。”说着走到桌前坐下，又细看了一遍桌椅。钟颀笑道：“二大王驾临陋室，断不是为看这些个桌椅来的。”轩辕昊笑道：“你这里的家具比我王府的还要好，天王看来对你不薄。”钟颀慢慢坐下，笑道：“对我来说这都是身外之物，何足挂齿。”轩辕昊心里着急，又不好直问，欲言又止。钟颀见他模样儿，笑问道：“二大王是不是来找一个人的？”轩辕昊连忙道：“对对对，正是来找一个人，故而想问问先生。”钟颀又问道：“二大王要找的可是一位女子？”轩辕昊越发惊奇，忙道：“对对对！正是要找我府上的一个婢子，请先生占卜一下，看看她人在何处。”钟颀端起茶盅递上，笑道：“只是，现在尚不能起卦？二大王稍安勿躁，请用茶。”轩辕昊疑道：“怎的还有这个讲究？何时才能起卦？”钟颀呷一口茶，笑道：“大王有所不知的，这起卦须在吉时，才不致应谶。”轩辕昊道：“哦？此话怎的说？”钟颀道：“一旦起卦，无非两种结果，非吉即凶，若不按时间，贸然起卦，将导致应验，若结果是吉还好，若结果是凶，反为坏事，所以起卦须掐在吉时，不论结果如何，绝不当下应验，若结果为凶，再想破解之法不迟。”轩辕昊问道：“当下之事甚急，以先生之见，何时起卦为吉时？”钟颀道：“昔日，大大王从《昊经》中学得玄术，又在凡间偶得龙马图谶，因此推出乾、坤、艮、巽、震、离、坎、兑八卦，以此占卜吉凶，在下所用也无非此法，只是需要在吉时起卦。当下正是中时，不宜起卦。天时、元时、西时这上三时，正值阳盛，玄气锋利，若是起卦寻人，却难以算准，而望时、亚时、角时这下三时，正值阴盛，玄气消弱，此时起卦寻人，也难以算准。在下以为，起卦吉时之选，因人因事而异，各不相同，二大王寻人，须在中三时之末光时为好，此时玄气中和，利于寻人寻物。”轩辕昊点头道：“还有一个时辰方到，那本王就一边饮茶，一边等待吉时到来。”钟颀又道：“敢问大王，倘若结果为凶，当如何？”轩辕昊惊问道：“莫非先生已知结果？”钟颀忙道：“还未占算，无根无据，又岂能先知，在下只是问问而已。”轩辕昊急道：“不论吉凶，我又岂能怼怨先生，请放心占算，不要犹豫。”钟颀见吉时已到，便从桌下取出一只琉璃筒，又将一排水晶签子抽出一支递与轩辕昊，吩咐道：“请二大王心中默念所寻之人，从中挑出一支即可。”轩辕昊细看，上面皆是图谶，俱不能辨识，只好听从，闭目暗暗祷念了一番，而后递还钟颀。钟颀闭目，将签子归置于筒，将筒握在手中上下摇一摇，左右摇一摇，口中念些仪文。不多时便睁眼直愣愣盯着轩辕昊。轩辕昊颇为紧张，盯着钟颀问道：“可有结果？”钟颀沉吟道：“离上坎下，却是个未济卦。”轩辕昊急问道：“请先生明言，什么是个未济卦，本王只问结果。”钟颀道：“二大王与这女子虽有男女之情，却无夫妻之名，此卦阳爻不动，阴爻反动，又遇白虎临身，必是大凶。”轩辕昊急道：“可知是何凶事？”钟颀叹道：“唉，此卦预示凶极。”轩辕昊问道：“难道人死了么？”钟颀道：“在下也不知详情。”轩辕昊急道：“先生妙算，岂能不知道详情，必是怕我伤心忧虑，故而隐瞒。”钟颀摇头不语。轩辕昊端起琉璃筒，递与钟颀，正色道：“烦请先生再摇一卦。”说完又祷一番，钟颀重排爻象又起一卦，笑道：“这却是个姤卦，乃预示二大王近日要成姻缘。”轩辕昊问道：“可知妻子是谁？”钟颀道：“据卦看来，二大王要娶的这位女子，非同一般，将来母子都贵不可言！”轩辕昊道：“这是后话了，就请先生明说，我所寻的那个婢子，是否已经遇害？”钟颀叹道：“唉，那婢子确实已死，但在下有一言相告，二大王不必再念那婢子，所谓一物降一物的，那婢子与二大王未来之妻似有牵连，说来说去，还是因二大王之过，害了那婢子，若是追究，只是自寻烦恼，且不利将来。”轩辕昊道：“如此，本王就明白了。”说罢起身告辞，飘然而去。

且说轩辕昊从玉京宫玄天门出来，径直来到南灵殿，才跨进门来，就见苏叆和妹喜正蹲在地上嘻嘻哈哈地玩耍，忽看见轩辕昊进来，忙立起身道：“二大王来了，小婢这就去奉茶来。”轩辕昊本来气满心胸，恨如切骨，满面怒容道：“不用了！受不起，这天牢地狱里的茶水，本王可不敢吃。”两个婢子一听，相视一愣，苏叆问道：“二大王说的这话就奇怪了，小婢却听不懂，昔日来了都是高高兴兴的，今天这是怎么了？若是小婢怠慢了二大王，还请二大王息怒，小婢们任二大王打骂，绝不敢有一点儿怨恨。”轩辕昊边走边道：“本王与你们这些个婢子有什么好说的？我只问你，那女姬可在屋里？”苏叆和妹喜见他这阵势，已猜出八九分来，觉得不妙，忙回道：“我家上神一早就出去了，这会儿不在屋里，二大王先用茶等一会儿。”轩辕昊冷冷道：“好，本王等一会儿无妨。”说着就自己掀起珠帘进了客堂，苏叆和妹喜也跟了进去，连忙端茶倒水。

轩辕昊越想越气，断定是女姬害死郃夙，恨不能杀了她府上的婢子来解气，见苏叆和妹喜立在一旁，便红着眼睛问道：“本王问你们一件事儿，你们要据实回答，但要有半点儿扯谎，小心本王不留情面。”苏叆和妹喜惊得面如土色，轩辕昊见状，越发怀疑，问道：“本王府上的郃夙常来你们这里玩儿，本王这两天都不见她了，你们可知道她人在哪里？”苏叆和妹喜摇头，妹喜吃吃道：“前几天还来这里耍的，后来就不晓得了，再也没见来过。”轩辕昊道：“看来你们也不肯说，本王再问一次，你们可知道郃夙在哪里？”苏叆急道：“小婢都说不晓得了，二大王莫要逼问。”轩辕昊忽然起身，怒道：“若本王不知道个一二三四，怎的来这里问你们！”苏叆和妹喜吓得跪下，苏叆战栗道：“二大王，郃夙只和峣灵要好，我们都不熟，你还是问峣灵吧。”轩辕昊这才坐下，低声道：“那你们就让峣灵来我这里，我亲自问她。”苏叆和妹喜听了，慌忙退出，急着去偏殿喊峣灵去了。两个婢子上气不接下气地冲进殿里，看峣灵正躺在榻上睡觉，苏叆顿足道：“完了！完了！”峣灵看见，急忙翻身起来，不觉惊呆了半晌，急问道：“你说什么？什么完了？”苏叆急道：“二大王来了，凶巴巴地打问郃夙下落呢！”妹喜接着道：“我们不知道，二大王就让我们来唤你去，你快去说吧！”峣灵懒洋洋地下榻，慢腾腾说了一句道：“报应还来得真快呢，早知有今日，你们又何必当初。”苏叆气得白她一眼道：“当初怎样，今日又怎样？又不是我们两个作的恶，你说这些个话是什么意思！”峣灵冷笑道：“当时郃夙挨打时，你们一个守在门里，一个守在门外的，生怕我偷出去报信儿，就要我眼睁睁看着她死在我面前。当时你们做了什么？如果不是你们煽风点火的，郃夙也不至于被打死！今天二大王要人来了，你们两个却一推二六五，都想把自个儿撇得干干净净的！我实话告诉你们，恶有恶报，就是谁也跑不掉的！”妹喜急了，上前拉住峣灵道：“好姐姐，你听我说，我们都一个府上的婢子，你这胳膊肘子可不能朝外拐，二大王问起，你只说不知道就算了，万不能一五一十全盘端出，反正是主子自己做下的事儿，就让她去和二大王交代，我们就不要火上浇油了！”峣灵也不答话，就朝后殿去了。

峣灵见到轩辕昊，拜过之后就站在地上嘤嘤哭了起来，轩辕昊忙问道：“婢子你别哭，你据实说来，本王绝不怪罪你的，邠夙到底哪里去了？”岄灵抹着泪道：“邠夙她没了，几天前就没了。”轩辕昊一听，惊得面如土色，心嗵嗵直跳，急问道：“好端端的怎么就没了？”岄灵泣道：“这还不是怪二大王么，邠夙的事儿被我家主子知道了，那天邠夙来找我玩儿，结果被她堵在屋里，又打又骂，逼问她来。”轩辕昊问道：“即使如此，她女姬有什么权利逼问？”岄灵泣道：“事情没有这么简单的。”轩辕昊问道：“就因为这个就死了，女姬就算再恼，这也不至于打死她吧？”岄灵道：“邠夙来过几次，每一次来都给我看一些个金珥、珠玉、钗钏的，我问她哪里来的，她说是二大王给的，我才晓得她与二大王的事儿，见她高兴我自然也跟着高兴。不料那天邠夙来了，又和我说起你们的事儿，结果被主子撞见，看见她手腕儿上戴着的紫金镯子，便问她从哪里得来的镯子，邠夙不肯说，她便狠狠毒打，最后说邠夙偷了她的镯子，便将她活活打死了。”轩辕昊一听，一时无话，叹气道：“是我害了她。”岄灵气愤道：“她那镯子怎么会到邠夙手里的？我和邠夙自打出世就在一起的，素知她那个人儿，绝不会做偷盗的事儿。”轩辕昊道：“当然不是她偷的，这镯子是我赠给她的。原本这镯子是女姬给我的，后来被邠夙看见了，喜欢得不得了，我就顺手送给她了，没想到却给她带来大祸，连命都搭进去了。看来这都是女姬的诡计，故意引蛇出洞的，我真后悔不曾看破，否则也不会害了邠夙。”岄灵落泪叹道：“邠夙就是痴痴傻傻的人，哪里知道什么阴谋诡计，她就知道二大王疼她，和她十分相契的，便一心想跟了二大王，却不知道遭人暗算，她也真是冤死了，好好的一个人，就这么死了。”轩辕昊道：“我也是想和她成亲的，可这事儿需要天王允准，那几天就在界下忙别的事儿，就暂时搁下了，还没来得及说，邠夙就出事儿了。”岄灵泣道：“邠夙临死的时候，说她一点儿也不后悔。”轩辕昊听了，惊呆半晌，忙问道：“她还说什么了？”岄灵道：“就是那些话，没有别的，到死还说她心里只有二大王，就算死了也不后悔的。”轩辕昊不觉垂泪，泣道：“人死不能复生，她这一走就是永别，是再也不能回来的了。”岄灵泣道：“她说让我把这个交给我主子，我一直未敢拿出来，今天既然二大王来了，小婢将它交给二大王收着吧。”说完便从袖子里取出紫金镯子递过去。轩辕昊接过细细看一遍，不免又唉声叹气一回。岄灵泣道：“人都死了，二大王就不要伤心了，更不要再寻我主子的麻烦，她也是心里有你才这么做的。”轩辕昊问道：“邠夙因我而死，你就不恨本王么？怎么倒替那毒妇说起话来？”岄灵顿足道：“虽然二大王与她镜拆钗分，良缘已断，但是毕竟人已经死了，纵有空恨又有何用？这活着的人还得继续活的，二大王就此一时彼一时，忍了吧，为邠夙再大闹我主子，不值当了，邠夙死的时候，就盼二大王能过得好。”轩辕昊叹道：“唉，邠夙最好了，是我对不住她，害她送了命。女姬打她的时候，你就不在场么？”岬灵道：“我就在跟前，眼睁睁看着邠夙死的，那鞭子就像打在我身上一样的。”轩辕昊问道：既然在场，你为何不来喊我？”岬灵泣道：“一来二大王在界下凡间，我想去报信来着，可不知报给谁。二来这府上的那两个婢子，一个叫苏叆，一个叫妹喜，怕我出去报信儿，就堵在门口不让我出去。”

轩辕昊怒道：“女姬真是个蛇蝎心肠，她那两个婢子也实实可恶！”岬灵抹泪儿道：“二大王，事情都过去了，人也死了，就不要再动怒了，我们当下人的哪有个好命的，这就算了，请大王回府吧！”轩辕昊忿然道：“这事儿不能就这么完了，我终要替邠夙作主，不然她活着的时候委屈，死了还受委屈。”岬灵见说他不动，欠身泣道：“既然二大王有了主意，小婢也不好说什么，总是希望息事宁人的好，邠夙虽冤死，但自己多少也有错的，上神女姬虽然有罪，但她却没错，她们都是因为二大王才这样儿的。”说罢便要退出，轩辕昊垂泪说道：“你且别忙着走，本王有句话要说的，女姬她明明设了陷阱害人，只是邠夙她为何薄命至此！这事儿本王要给邠夙一个交代的，你就别担心了，但你在这府上，须要事事小心，别让她们捉住把柄再来害你。”岬灵见轩辕昊甚悲切，也不好再添愁恨，只又劝解道：“二大王且免愁烦，小婢心寒已久，凡事与她们不争不论的，见了有利的事儿也躲得远远的，与她们秋毫不犯，她们不会把我怎样的，二大王还请放心。”轩辕昊道：“如此便好，你自去吧，本王在这里等女姬回来，你让那两个婢子进来给本王添些茶水。”岬灵点点头，默默退出，又轻轻推上门，转身下台阶时，看到苏叆和妹喜躲在雕栏后伸头窥探，她也不理，径直朝偏殿走去。

见岬灵出来，苏叆和妹喜便蹑手蹑脚跟在后面，一直跟进偏殿屋里。岬灵才要坐下，却被苏叆和妹喜将她堵住，苏叆问道：“姐姐可是怎么说的？二大王说什么了？”岬灵叹道：“我还能怎么说呢，我只说邠夙的事儿我也不清楚，这是她和主子的事儿，二大王也没说什么，只叫你们俩去添些茶水。”妹喜瞪她一眼，狠狠说道：“谅你也不敢乱说！若骗我们，等回来小心扒你的皮！”岬灵不说话，坐在椅子上拿起绣绷子来。

苏叆和妹喜端着茶水又到了后殿，不敢推门进去，苏叆给妹喜使个眼色，妹喜会意，便叫道：“二大王，小婢奉茶来了。”里面道：“进来吧。”妹喜推门进去，苏叆跟进，轩辕昊踱着方步，冷冷道：“将门关了，本王有话要说。”苏叆关了门，心里想道：“不好，中他们的计了。”想到这里，又道：“二大王请慢用，小婢还要去园子里拾掇芃叶呢，我家主子走时吩咐的，要赶快摘完了，酿酒烹茶，不得耽搁的。”轩辕昊突然止步，转身怒道：“贱婢子听好了，既然来了就不要性急，你们当本王是什么了？你们以为是女姬府上的婢子，本王就拿你们没治了么？既来了就不能去了，胆敢挪出一步，本王的佩剑可要出鞘了！”苏叆一听，吓得瘫软在地，又坐起跪下，泣道：“二大王叫我们在此作什么？”还未等轩辕昊开口，妹喜早吓得面如纸色，只把两手一松，茶壶茶盅的就摔了一地，也慌忙跪在苏叆身边。轩辕昊喝问道：“本王且问你们，邠夙是怎么死的？”话一出口，苏叆和妹喜便知事已败露，战战兢兢地望着轩辕昊，苏叆哭道：“小婢实在是不晓得。”轩辕昊怒视妹喜，喝道：“她不晓得？你可晓得？”妹喜哇哇大哭，呜咽道：“与小婢无干，这都是我主子手里做下的。”轩辕昊怒道：“贱婢子！胆儿也太大了，这种恶毒的事儿也做得出来！我看你们的心比那石头还硬！我先把你们的心挖出来看看，到底是什么样儿的。”苏叆哭道：“二大王，真正冤枉，我们一个婢子而已，怎么敢做得此事？望二大王详察。”轩辕昊拔剑斥道：“贱婢子！你们倒赖得干干净净的，邠夙受害的时候，你们为何不劝阻女姬？即使不劝阻女姬，为何不出来禀报天廷？你们蛇蝎心肠，实实说了便罢，若再扯谎抵塞，恐你们性命难逃了！”妹喜此刻已经吓得魂飞魄散，急道：“二大王，是上神女姬令小婢们看住邠夙的，她是被上神女姬打死的！”说完便昏厥于地了。轩辕昊怒道：“贱婢子！若是早早地招了，本王又何须费这般周折！”说完便将剑入鞘，转身走出，径自回朝阳殿不题。

却说天香殿玄女听琊瑶和两个婢子在阶前议论邠夙，便将她单独唤到屋里细问，方知邠夙被女姬打死一事，心上一个激灵便想入非非起来，暗思道：“不意二大王却喜欢上了一个仙婢，果真邠夙姐姐也令人婉惜，只可惜她却不是出自天香殿的婢子，否则我便好好调教一番，也断不会被女姬打死。今儿此事已露了出来，我正好借此去结识二大王，只说天王传谕让我将各府侍婢造册，故来见一见邠夙，人都已经死了，二大王也怕事情若被天王知道他也脱不了干系，他必然做贼心虚，所以我也不怕他能怎么了，不如我就趁着这个机会，先去勾引他入了圈套，随后再慢慢从他口里套出些机密来，一旦他的把柄儿始终在我手里，不怕他不听我的。”想到这里，便唤上琊瑶去了朝阳殿南殿。

轩辕昊才回到殿中，正思如何去找女姬算账，却听见有人在门外叫道：“二大王可在府上？”洛珠听见了，匆忙来报道：“天香殿辅神玄女来了。”轩辕昊探出身去一看，原来是玄女，忙转身问道：“本王上次去天香殿寻女姬，虽与你见过一面，但素无往来，不知你来鄙府有何贵干？”玄女一笑，转身对琊瑶道：“你且在门外守着，我与二大王有事密谈，但有人进来，你只说二大王不在就是了。”琊瑶应了一声便守在殿门口，见洛珠在一旁傻愣愣看，琊瑶等玄女和轩辕昊进了里屋，又将洛珠叫过来，朝她一噘嘴儿，悄声道：“你给我老实点儿，不许你进去！”洛珠白她一眼，怼道：“你个死婢子，你当这是在哪里的？睁眼看看，这可是在我府上，你少给我撒沁！”琊瑶见洛珠蛮凶，只好不理她。

玄女进里间坐下，轩辕昊瞟了她一眼，暗思道：“她与我有甚机密可谈的？”本来怒气填胸，见玄女娇媚可人，秋波婉转颇有些柔情蜜意，顿时将那一腔怒恨化为青烟散去了。又忽然见玄女匆忙掩门，更让他觉得颇为蹊跷，便试探道：“你到底有什么机密的事？”玄女笑道：“二大王千万不要误会，我只是怕叫外人听见了不好。”轩辕昊疑道：“我们能有什么不好的事儿么？”玄女秋波一转，故意挺了挺胸，恰恰将他一双目光引到她乳上。他定睛一看，纱衣下隐约可见一双玉桃，就像贴在皮肤上一般，让他身子都酥了半边儿。轩辕昊见她如此，竟忘了她是玄女，倒是像邠夙站在眼前，就要伸手轻薄，不料玄女将娇躯向后轻盈一闪，飞了他一个媚眼笑道：“二大王怎的如此？你将妾当成什么人了？”轩辕昊一个激灵醒了过来，忙将手缩回，定睛看她，笑道：“本王一时眼花，竟然将你看成……”话未说完又咽了回去，玄女瞅着他问道：“竟然将我看成了邠夙么？”轩辕昊心上一紧，惊问道：“玄女，何出此言？”玄女急中有智，忙笑道：“我是不管这府中的事儿，但无奈天王传来口谕，要我将各府婢子造册呈报，可是寻找邠夙好几天也没找到，也不知婢子死哪去了，我想二大王也在寻找她，故而见我如见她一样，一时激动了吧。”轩辕昊急道：“玄女妹妹，你莫瞒本王，本王晓得你话里有话，你有什么尽管直说吧！”玄女忙道：“二大王莫要高声，只怕被外人听见不好。我知道二大王与那婢子有私情，她被上神女姬活活打死，此事儿若被天王知道，还不知如何收场呢。”轩辕昊冷笑道：“你是要威胁本王么？”还未等玄女说话，便将她硬拉到榻前，玄女无力挣脱，踉跄着过来，不防又被他一个拱抱，勒得她细腰生疼。玄女吓得花容失色，急道：“二大王要做什么？”轩辕昊笑道：“你当本王是什么人，任由你来摆布么？本王实实地告诉你，邠夙不过就是一个婢子罢了，她活着也好，死了也罢，横竖不过就是一个婢子，而本王是天廷敕封的大王，即使你去告发本王，也不过被师尊斥责几句罢了，你以为会将本王怎么样呢？”玄女见他放赖，自知妙计落空，心中后悔不迭，又急道：“二大王，我不问邠夙的事儿也就罢了，你却要亵侮我，快快放我吧！”轩辕昊见她又惊又怕，不由得欲心顿炽，逼上前笑道：“你不过就是我师妹用囤山里的一颗石头造化的一个辅神而已，却也野心勃勃的，你私闯我府邸来做什么？”说着便双手将她搂住，又叫道：“好妹妹，难得你我有缘，昔日一面，本王对你倾心，只是一直未得机会，正好你自己来了，不如我们先做夫妻，了了我的心愿。”玄女吓得瘫软，泣道：“二大王莫污我清白，求你放我回去！”轩辕昊哪里听得，只将她抱起，放在榻上按倒。玄女知已难逃此劫，暗思道：“不如就从了他，即使不能成为长久夫妻，将来也能多一个靠山，不算吃亏的，说不定还有大用。”想到此处，又佯装挣扎道：“二大王，你无视天条戒律，我好意来问邠夙的事儿，你竟敢乘机调戏我，快快放手，我若喊叫起来，门外的婢子听见定会告诉天王去，你也没有什么好下场的。”轩辕昊也不答她，只轻轻朝她身上吹一口玄气，那裙带底衣已经荡然无存了，轩辕昊已是心摇魂飞，双目徜恍不定，一会儿看她模样儿是邠夙，一会儿又看她好似玄女，正欲行事，就听玄女娇嗔道：“二大王且慢，妾既已至此，也逃不了的，愿意从你，但心中尚有几件事儿一时不明，可否赐教？”轩辕昊道：“妹妹尽管说来，本王洗耳敬听。”玄女问道：“天王为何说话听得是男儿，却是个女儿身？”轩辕昊一愣，笑道：“这是个什么事儿？也消得你来一问，你原本也是一块石头，怎么也就成了一个女儿身？昊天造化他成这样儿，也就是如此。”玄女又道：“二大王如此，想必对妾也垂青不弃，故而情致缠绵，今日妾此身相许，只求二大王不要避嫌，若有机密之事，还望莫要瞒妾，据实说来。”轩辕昊疑道：“你想知道什么？本王知无不言。”玄女问道：“既然如此，足见二大王志诚，妾只想知道，天王是如何成为三界之主的？”轩辕昊笑道：“你若要问这个，说来话长，本王也是听魔天王阴灵说过这段传奇，始终未能全信，直到有一日本王亲眼所见，方知确有其事。”玄女问道：“是什么事儿？”轩辕昊一时来了兴致，便搂她侧卧，细细将盘古如何开天，如何造得四弟子，天斗又如何杀了四个师叔，如何篡夺天位的事儿统统告诉了玄女，只听得玄女睁大双眸，一时陷入沉思。轩辕昊道：“本王已如你所愿，不知妹妹可如我愿否？”玄女又问道：“如此说来，天王是因为窃取了照石才拥有无敌大法的，继而篡得天位么？”轩辕昊笑道：“当然，本王亲眼所见天王有此宝物。”玄女将一双玉手抚上他胸膛，娇声问道：“二大王若得此宝物，又当如何呢？”轩辕昊把持不定，握住她的小手儿笑道：“好一双玉笋。”玄女又问一遍，轩辕昊道：“那几无可能，照石在天王身上，岂能轻易得到？”说着便抱住她柳腰，玄女已魂销力软，尽力推他道：“二大王若是不答妾问，便不让你碰妾。”轩辕昊急道：“妹妹，本王该说的都已经说了，你怎么还说本王未答你所问？”说着又扳过她柳腰，玄女急道：“二大王你放手，妾要问你，若你得了那照石，将会如何？”轩辕昊也不释手，笑道：“本王若得此宝，天下无敌，自然会取天王而代之。”玄女点头道：“二大王胸怀大志，使妾心折，唯盼二大王能如愿。”轩辕昊惊道：“这可是大逆不道之言，本王只对你一人戏说而已，你万不可当真，那照石就像嵌在天王金身上的一块肉儿，除非他愿意舍，不然外人岂能得手？”说着又伸手探其玉胸，笑道：“就如妹妹这一双宝物，可舍得与人么？”玄女一脸娇羞，以手掩面，笑道：“舍得，妾此身即将与二大王，又何惜其他？”轩辕昊摸去，笑道：“真可人也，双丘娇小，看似并峙，却不盈把手一握。”玄女已羞晕不行，咯咯笑道：“妾原以为二大王是个目不斜视的正经人，却不料也如此好色的。”轩辕昊笑道：“莫装正人君子，谁人闺帏之中不是如此？莫非单单就本王好色么？”玄女又背过娇躯笑不停，轩辕昊又将她揽回，直入公堂不题。

事毕，玄女梳妆，轩辕昊才睡醒，又扶起她到榻上搂在怀中，玄女一手理着头发，斜睨他道：“妾今儿被你欺负足了，本来好端端一个清白身子也被污了，也不知妾将来许与谁去。”轩辕昊笑道：“好妹妹，若得机会，本王必与你做个天长夫妻。”玄女笑道：“二大王说得好听，只是敢对昊天起誓么？”轩辕昊笑道：“敢是敢，只是不好出口，又怕人多眼众的。”玄女瞥他一眼道：“二大王不说，我也这么想的，只是我亦算得识趣的人，知道自个儿不过就是囷山一颗烂石头造的，自然比不得那女姬那金枝玉叶儿。”轩辕昊笑道：“本王那是戏言！你何苦自轻自贱的，不论什么造的，都是活灵灵一个美仙儿，何况你还是天廷敕封的辅神呢！”玄女挣脱，泣道：“二大王这话儿倒是不错的，可惜没有一句是真的。”轩辕昊叹道：“唉！本王之婚事自己做不了主的，须我师尊发话，你以为有如此容易么？”玄女娇嗔道：“总归还是要你的心意，天王如何能强加于人，只是你爱慕女姬，不愿要我罢了。”轩辕昊笑道：“本王若要了你，我那师弟却怎么办？”玄女转脸问道：“哪个师弟？”轩辕昊嘿嘿笑道：“笪殷昊早就对你垂涎三尺了，当我不知么？他却万万也想不到，我先他一步撅了花枝儿。”玄女脸一红跳下榻来，恚嗔道：“呸！讨了我的便宜，还说冷落人的话！下次呢？妾再也不上你的当了。”说着就取出绢帕儿一边拭泪，一边转身就要走，轩辕昊急忙下榻，急上前将她一把拖住，又坐回榻上，又是鞠躬，又是赔笑道：“玄女妹妹，本王也只是一句玩笑，你怎么就认真了呢？”说着又将她绢帕儿扯过来藏在袖里，笑道；“这块绢帕儿就赠与本王吧，本王见它，即如见着你一般，可好？”玄女扑哧一笑，将绢帕儿又抢了回来，立眉道：“千万别，我可不想被女姬活活打死，万一被她见着了，许多恐怖呢。妾先走了，二大王歇着吧。”玄女说完，懒洋洋地走了出去，玥瑶见她粉面飘红，痴痴恍恍，赶忙上来搀扶，与她一同回天香殿了。

话分两头说。且说须菩提一觉醒来，见碧玉不在，霍地立起身呆坐了片刻，又觉得殿里殿外鸦雀无声，心里闷得慌。须菩提推开轩窗看时，见霞彩满天，如用碧水清洗过一般，那围山峰巘之间，薄雾隐隐弥漫四围，苍穹湛蓝，铺满朦朦胧胧的点点星辰，最显眼壮观的便是那如近在咫尺的牧夫星和貂狮星，似两颗巨大的橙红色圆球悬挂在空中。须菩提心情有些寂寥，就出去找碧玉了。转出拱门，穿过一条玛瑙砌就的小径，就听见佩环窸窸窣窣，嘻嘻嚷嚷的声音传来了。须菩提放慢脚步走了过去，见转角处，碧玉和尚翠、娇珠三个正坐在池亭里说话，他也不过去，就地坐在台子上偷偷地看着她们。见尚翠弄着绣绷子，娇珠在一旁嘻嘻笑着，梨涡浅浅，露出一颗小虎牙，瞅着碧玉问道："我没来时，你们就伺候着少主，你说他是什么样儿的？"碧玉望着水池旁的金柳，一脸晕红，微笑道："少主好样儿的，要怎样呢？"尚翠将绣花针挑挑额前青丝儿，转脸问她道："你怎么才来就打问我家少主？"娇珠粉脸儿一偏，轻轻捶一下，笑道："我只问一下的呵，你怎的乱想了。"尚翠浅笑一下道："我何时乱想了，我也只是说一下的。"娇珠拈带，噘嘴儿道："不说算了。"碧玉看她一眼，问道："那你说我家少主是什么样儿的？"娇珠笑道："只是觉得他少年轻薄，还有点儿风流呢。"碧玉愣了一下，又问道："哦？怎么就轻薄，怎么就风流了？你从哪里看出来的？"娇珠撇嘴儿道："反正我就知道。"碧玉看着她，问道："你父亲怎么把你送这里来了？"娇珠明眸闪闪道："我父亲在宫里当差，我没处去的，就把我送这里来了呀。"碧玉正色道："在这里就要遵守这里的规矩。"娇珠斜睨她，问道："这里的是什么规矩？"碧玉道："规矩就是话少一些儿，手勤一些儿，该说的说，不该说的一句也不说，你可明白了？"娇珠嘤咛一声，背过身子不理她。须菩提见状，心内想道："这丫头倒是有些脾气，才来就说我轻薄风流，也不怕什么的，确实可爱。"须菩提只得走出来。娇珠正好是背过身子的，一眼就瞧见他来了，高兴地站起来，迎上去拉住襟子，娇嗔道："哥哥来得正好，你就来评评理儿，不然我还不知道犯了什么规矩呢！我只说你有点儿轻薄、风流，她就瞪着眼要吃了我似的，幸亏我没说你是个情种，不然这会子我可能就被关到黑屋里去了呢！"尚翠听她这句话，吓得手里的绣绷儿都掉地上了，尚翠望着娇珠，低声道："小姐，怎么就没大没小的，说话没个轻重……"话未说完，娇珠就粘在须菩提身上，嚅哾道："哥哥你听见了么，说我没轻没重的。"须菩提一时也不知道怎么办了，手足无措。碧玉气得脸一阵红一阵白，起身白须菩提一眼，怒道："别哥哥哥哥的了，你不是小孩子了，还这么不知羞的，我看他是有点儿轻薄，你也有点轻佻了。"娇珠跺脚道："哥哥，你看看，到底谁没大没小了？到底谁轻佻了？”须菩提见状，赶忙到碧玉跟前，又是躬身，又是作揖，笑道：“不该如此的，不该如此的！你都不知道，娇珠确实是我的妹妹了，我母后收了她做女儿，你不晓得么？”说完这句，又突然后悔，心里抓痒抓痒的，恨得直抠自己的头皮。碧玉听见这句，愣了一下，看看须菩提，又看看娇珠，最后将脸转向尚翠，问道：“我却不知道这个事儿，你知道么？”尚翠捡起地上的绣绷儿，笑道：“好像是这样的，那天我听见娘娘也是这么说的。”碧玉掩口，扑哧一笑道：“这可太难为情了！”说着转过身子去，又转过来，拉住娇珠的手儿，赔笑道：“妹妹别生气了，我原来是不知道的，你别在乎我。”娇珠噘起嘴儿道：“哼！我偏就生气。”碧玉笑道：“看看妹妹多乖巧的，比得上琪花，超得过琼枝，怎么会有错呢，倒是我这个做婢子的错了，不知道我哪根筋又不对了，竟然教训起小主儿来了。”娇珠还是故作不理，气气呼呼的，两瓣儿小鼻翼翕动着。碧玉又笑道：“小主儿，若你不生气了，我便送你一样儿好东西。”娇珠这才慢慢转过身来，闪着明眸问道：“什么东西呢？我先看看。”碧玉从袖里取出一个翠绿的凤佩儿，绿光莹莹的，夺目可爱，娇珠眼睛一亮，劈手夺了来，笑道：“这是个什么东西？给我看看呢。”须菩提凑上去细看，原来是个凤形的佩坠儿，用绿宝石雕成的，也就指头肚那么大一点儿，磷光宛然，晶晶剔透，以前一直是系在碧霞的裙裾上的。娇珠不忍释手，喜欢道：“美呵，这是个好东西，我还是第一次见呢，姐姐真给我了，不许后悔的。”碧玉笑道：“赠你的东西，我后悔什么呢。”娇珠微微一笑，将那坠子系在蓝裙上，而后欠身道：“妹妹我这厢致谢了。”不料这须菩提不看到这东西还好，一看到是碧霞的东西，心病就蹿了上来，急问碧玉道：“这个坠儿不是碧霞的么？你怎么留着？”碧玉笑道：“碧霞姐姐给我的，她说以后可能用不到了，没想到她原来是下界去找娘娘了。”须菩提又不高兴了，坐在地上长吁短叹，一会儿又道：“既然是碧霞的东西，就断不送人的。”碧玉见状，一时也没了主意，只好眼巴巴地看着娇珠，娇珠明白她的意思，就是舍不得再还给她，又怕须菩提急出病来，只好挨了过去道：“哥哥，既然是你的心爱之物，我是不会要的，不过，既然是送我的东西，好歹让我玩儿两天再给你，可好？”见须菩提抱着头不说话，娇珠噘着嘴就向裙带上取下坠子来，递向须菩提，不情愿道：“给你吧，我其实也不是非要不可的，只是和你开玩笑的。”须菩提突然抬手，一把将那坠儿打掉，怒道：“谁要这个东西！”碧玉、娇珠、尚翠相顾错愕，不知如何是好。碧玉捡起坠儿，正要去劝他，忽然就听身后道：“这又是怎么了？才消停了一天，又闹不安生了的！你们怎么就惹他了！”

且说女娲那时正在蕊珠宫游览，见偌大的一个宫殿里竟然冷冷清清的，心里不由得凄凉，心里道："碧霞在时这宫里欢声笑语的，如今碧霞不在了，这园子里萧条得令人心里发慌。"如此想着便去云灵轩看须菩提，见须菩提不在，她又去园子里找，路过这里正好瞧见须菩提发脾气，于是上前来问，她这一声嚷嚷，惊得众婢回头一看，却是女娲，碧玉忙道："也没什么的，就是少主他瞧见了这个坠儿就成这样了。"女娲责怪道："明知他这几天就有这个心病，你们总拿碧霞的东西来刺激他做什么？"碧玉收起坠儿，一句话也不说，就低头站在一旁，尚翠和娇珠也低头不语。这时就见须菩提起身，跺脚嚷道："我不要什么坠儿，我就要碧霞！"女娲忙上前宽慰道："碧霞总是要回来的，你现在急什么！"须菩提道："母后就骗我吧！碧霞轮回去了，不就是说她已经死了吗？她在仙界已经死了，灵体又投生到界下，就和燃灯佛一样的，当我不知道么，她怎么回得来！"女娲连忙哄道："我儿，这是听谁说的混话？碧霞是投生凡间了，但她总归要归一的，到时候就回仙界来，回蕊珠宫来的！"须菩提急道："我是听二大王说的！"女娲愤然道："我当是谁呢，他知道什么！你不要信他的。"女娲扶着须菩提不住地劝解，不料他越发哭号起来。女娲无奈，对碧玉道："扶他去殿里歇着吧。"碧玉就扶着他去了云灵轩，才睡到榻上，就模糊起来，渐渐就睡着了。须菩提蒙眬着双眼，看碧玉出去了，又看见娇珠和一个仙婢进来了，他就想翻起身来，但觉得浑身空乏，一点气力都使不上来，他就问娇珠道："你带来的这个姐姐是谁？"娇珠也不说话，只是痴痴地笑，那仙婢福了一福道："少主，小婢叫邠夙，二大王府上的，我曾也见过你的。"须菩提已经惊得一身冷汗，问道："你不是死了么？怎么到这里来？"邠夙突然将脸转过去，须菩提一看吓了一跳，只见她只剩半个后脑勺了，背后鲜血淋漓的，须菩提又想问她，再一看邠夙却不见了。他就追了出去，又见门外有一人，蓬头垢面，穿着青色绫衫，破碎不堪，他凑过去问道："你又是谁了？"那女子转过身来，笑道："少主不认得我了么？我是碧霞。"须菩提仔细一看，真的是碧霞，于是就将她搂住大哭起来，想起碧霞对他的痴情，好似万箭穿心，不料她几天却落到这种地步。碧霞笑道："少主不要哭了，我要走了，以后就让碧玉和尚翠服侍你吧。"说完就闪身不见了。须菩提急得大喊道："碧霞！碧霞！你等我，要走一起走！"须菩提又去追，再也看不见人影儿了。此时，女娲进来了，见须菩提梦魇了，摸床捶枕的，表情悲痛万状。便去摇他道："菩提，我儿！醒来了！"须菩提忽然觉得有人把他的肩膀乱推，睁眼一看，见是女娲，这才知道做了一个梦，翻起身靠在女娲身上呜咽起来。

却说女娲见须菩提这般光景，心里也担惊受怕，便来到后殿与伏羲昊说了，伏羲昊摇头叹道："你从小就将他宠坏了，他故有今日，我看将来他也没有出息的。"女娲泣道："你却忘了他是怎么生下来的？玉京宫的一个婢子出世都在金屋银阙里，要什么有什么，我儿呢？跟我们在囲山野地里，住的山洞，吃的野果，数年如一日，见不到一个人，这孩子跟我们受了多少罪了？你说我怎么就宠着他了？他有没有出息也是我的儿子，我也不指望他有个什么出息，只要平安地和我们在一起就知足了，你不疼他就算了，我却疼他，你说他没有出息，他没出息怎么就能打退了阴灵？再说他在这府上也没有过胡作非为，他也长大了，儿女情长的事儿总是难免，碧霞和碧玉都是心里喜欢他的，他也不曾仗势凌人，都是自家里的事儿。你今天说出这句话，实实让我心痛！"伏羲昊听女娲这一番话，想起过去种种辛酸，一时也心软下来，又凑上去前赔笑道："娘子息怒，我岂能不疼他，我也只是担心他整天泡在脂粉堆里，不见得是个好事情，总是正正规规的才好。"女娲抹泪道："怎么就正正规规的？"伏羲昊叹道："唉，男大当婚，女长须嫁，这也是合乎情理的事儿，如今须菩提也大了，干脆就张罗给他成亲罢了，免得他心猿意马，误了前程！"女娲转悲为喜，问道："你这是同意了么？"伏羲昊道："我自然是同意了，这家里家外一向都是你做主的，你同意的事儿，就等于我同意了。"女娲媚他一眼，笑道："少在我面前甜言蜜语的。"伏羲昊笑道："全听娘子安排，准备如何给须菩提张罗？"女娲蹙眉叹道："我看这件事儿还须做得周全些儿，碧玉自不消说，只是碧霞没了后，我看须菩提最近失魂落魄的样儿，总是担心他。"伏羲昊思忖片刻，问道："碧霞没了，这府上不是还有尚翠么？时间久了他就慢慢习惯了。"女娲大喜，笑道："和我想到一处去了。"伏羲昊道："知子莫若父，我知道那小子的德性，违拗他倒不如顺着他，他心里顺畅了，也就没什么事儿了。"女娲点头道："那就将碧玉和尚翠都嫁给他，从此定了他的心，也就能安生了。只是师尊那里怎的去说？"伏羲昊道："总是要去请奏的，我想师尊必不会为难，倒是乐得如此的。"女娲睐他一眼道："为什么？"伏羲昊道："师尊向来多疑，不但怀疑你我，现在更是怀疑须菩提，这次须菩提孤身击退阴灵，师尊面上高兴，心里却嫉恨，担心须菩提这身手，将来会篡位也未可知。若是听他要娶妻成亲，便思他胸无大志，自然会放心的，不但允准，反而还会赏赐庆婚。"女娲疑道："听你这么说来，须菩提不成亲也得成亲了，我可不想让我儿成为师尊的眼中钉肉中刺，才从天牢里出来，再也不能进去的！"伏羲昊道："你就张罗吧，我这就去请奏师尊，要办就现在办了，两日之后我们又要奉旨下界去了，此时不办，再回来就晚了，那时候我们都在凡间，谁知道这里又生出什么事儿来。"女娲叹道："就这么办吧，你去玉京宫见过师尊后，顺道去天香殿找玄女，让她给这府上再添些仙婢来。”伏羲昊愣了一下道：“怎么还要添仙婢来？”女娲又睐他一眼道：“这碧玉和尚翠成了亲，也就是蕊珠宫里的半个主子了，还有谁侍奉我们来？你看看这么大的一个宫殿，没有几个婢子怎么照应得来。”伏羲昊笑道：“说的也是，我怎么就没想到这个。”说完，转身就出殿去了。

女娲不放心须菩提，又去云灵轩探，推门进去见须菩提不在屋里，又转出朝凤来阁来，见须菩提和碧玉、尚翠在一起。碧玉捧着绣绷儿刺绣，尚翠就站在旁边看着学，两个人如花似玉，容光互映，再看须菩提一个人坐在春凳上发呆。女娲暗思道：“看起来碧玉也郁郁不乐，本来就将她和碧霞都许给须菩提的，可偏偏碧霞就去界下轮回了，碧玉一个人心里悲伤，平时我也管束太紧，她有苦也不敢说出来，现在觉得她怪可怜的。”又转想道：“碧玉已许给须菩提，两人也大了，干脆就让他们成亲，这婢子苦了好些年，也不该再做婢子了。”想到此处，女娲低头叹了口气，不由得扑簌簌落下泪来。碧玉听见叹息声，抬眼看见女娲，忙忙地又起身，欠身道：“娘娘万福。”尚翠跟着拜了，须菩提坐起来，目光呆滞，也不知道要做什么。女娲伸手去摸碧玉的脸儿，笑道：“绣的一手好绷子，你看这两只鸳鸯交颈双栖，栩栩如生的，若我再吹一口仙气儿，它们就能活了。”碧玉低声道：“小婢也没事儿，闲的时候绣的。”须菩提突然就来了精神，凑到跟前，抢过碧玉手里的绣绷儿道：“拿来我看看！”端详了一会儿，又递给女娲，笑道：“亲娘，你要能吹一口气儿让它们活了，我就给你磕一万个响头。”女娲笑道：“为娘现在没心思理那两个假鸳鸯，只寻思着这里的两个真鸳鸯，什么时候比翼双栖呢！”碧玉闻言，羞涩地低下头，一时就心里暖烘烘的了。女娲蹙眉，拉起碧玉的手儿道：“此时越发觉得我儿可怜见的。”碧玉低头，越发显得温柔乖巧。须菩提抬手伏在女娲肩头，笑道：“母后好端端的又苦恼了？”女娲笑道：“也没苦恼的。”须菩提突然蹙眉，叹道：“碧霞去界下这么久了，也不知道她何时才能回来？”女娲见他这个光景，知他心中不畅，只好说道：“碧霞已轮回人间，等她归一之后方能回来，你过你的就好了，不要再以她为念。”须菩提哪里听得进去，一听伤感起来，哭道：“碧霞姐姐在那凡间，也不知几时能归一？”女娲叹道：“也不会太久，几十天或百十年，这便是最晚了。”见须菩提低着头又不出声了，女娲笑道：“今天咱们宫里要来几个新婢子，你们都要高高兴兴的，免得人家来了还以为你们不欢迎呢！须菩提，你可要记住了。”须菩提点点头道：“知道了，我就不出去了，让碧玉和尚翠去看吧。”正说着就见娇珠笑嘻嘻地进来了。女娲问道：“娇珠儿，什么事儿高兴的你？”娇珠笑道：“母后，外面来了一堆桃夭柳媚，姹紫嫣红的。”女娲笑道：“你那嘴儿可真会说，是天香殿的玄女带来的么？”婽珠回道：“正是玄女带来的，她就在前殿候着拜见母后呢。”女娲起身道：“那我就去见见她。”说着就要走，碧玉忙上去卷起珠帘儿，和婽珠跟着过去了。

且说玄女叫仙婢珝瑶领着娋翚、姝涵、皃嬥、媚凤、玉奴、嫱娟、香哝、斓姁八个侍婢来到蕊珠宫，就在前殿等候，她们站成一排说说笑笑着，珝瑶不时地提醒她们小声点儿。

玄女进来时，就暗自惊叹蕊珠宫壮观到可以与那玉京宫媲美了，甚至这里的景色更胜玉京宫三分，心里思道：“若有一天我也能住进这般奢华的宫里，此生也就无憾了。”想到这里又在殿堂里参观，见有一大张琉璃桌子，上面摆满各种字画儿，还有瑶琴、芸签、镇尺、绛罗、鉴屏、银盒、笔砚、油墨、颜色、玄帛等，尤为清雅。玄女看得入神儿，女娲进来她都不知道，女娲笑道：“玄女看得这么入迷，要不也来画一个？”玄女连忙转过头来，见是女娲忽至，又赶忙跪叩三遍道：“拜见天母，娘娘万福！”众婢见状，骇得急忙跪成一排，不敢回眸正视。玄女拜完，珝瑶又领众婢叩拜道：“娘娘万福！”女娲笑道：“都免礼吧。”玄女和众婢这才起身而立。玄女恭谨道：“自娘娘造化妾人之后，妾人尚未拜访过娘娘，那时候娘娘还在南灵殿，妾人也忙于天香殿的事儿，一直未得机会。娘娘的造化之恩，妾人就算粉身碎骨也不能报答的，今天大大王来天香殿，说起宫里须添些侍婢，妾人方知道娘娘乔迁蕊珠宫了，本该早早地就为娘娘安排了的，却怠慢了这长时间，妾人真的该死，这就急着亲自过来了，一来赔罪的，二来送这些婢子过来伺候娘娘。”女娲挽起她的手，笑道：“怎么就突然说起这些话了，我何曾埋怨过呢？本宫也才从凡间回来没几天，宫里空荡荡的也不急着要人来伺候，所以也就没去问你要婢子，你就是多心了。”玄女又问：“为何不见少主？他还好么？”说着便热泪盈眶了，女娲拉着她坐下，这时碧玉端上茶来，女娲道：“须菩提好着呢。来，先用茶吧。”玄女接过茶，呷一口放在桌子上，女娲又道：“本宫在凡间繁忙，也少关心府里的事儿，碧霞去界下轮回了，现在只剩下碧玉和尚翠了，顿觉得这宫里冷清得很，才让大大王顺道去你那里讨几个婢子来。”玄女伤心落泪道：“碧霞轮回去了，再也不容易见着她了。”见女娲又伤感，玄女又岔开话儿道：“妾人见这些油画里景儿活生生的，可是娘娘画的？”女娲笑道：“是本宫闲来无事乱画的。在界下忙的时候，每天都有做不完的事儿，这突然回来就觉得手里没事儿做了，闷得慌，所以就造了这些，写写画画的排遣无聊。”玄女笑道：“娘娘造化万物，更别说是画画了，这也只有娘娘才能画得这么好，跟真的一模一样儿的。”女娲叹道：“唉，这也就是个戏耍罢了，有时候见婢子们手里弄那个绣绷儿，绣出来的东西也很精致，本宫却一点儿都做不来的。”玄女笑道：“自从圆融府上的仙婢针媛和织女弄了这个刺绣，一时都流行开了，婢子们都喜欢刺绣了。”女娲问道：“圆融神府上有这么两个巧手的仙婢么？本宫却未曾见过，在凡间时，本宫令圆融神为凡间男女操持婚配的事儿，他倒是说过一句，说需要请府上的仙婢针媛和织女下界去帮忙，他才能做成这个事儿的。”玄女问道：“凡间人类要婚配的么？”女娲笑道：“再不婚配就灭绝了，还如何繁衍生息呢。”玄女掩鼻笑道：“这若是在仙界，可不是人人都敢想的事儿。”女娲笑道：“现在不同昔日了，昔日诸神慧智未开，只有吃了芃果才晓得风月，而如今人人都晓得了，只要有意的，只需报天廷允准就行了。”玄女叹道：“唉，这也是呢，仙界的诸神、众人神也要繁衍生息，若不婚配如何使得？”女娲笑问道：“你就没踅摸一个中意的来？”玄女不觉脸上一红，笑道：“每天忙得，暂且还顾不得那些事儿。”女娲见她羞人答答的，也就不再追问，转脸又看了看站在旁边的几个婢子，向玄女问道：“这次给本宫安排了几个来？”玄女也回头看看，笑道：“一共八个，都是天香殿里的精品人物，我亲自为娘娘挑选的。”女娲心里欢喜，笑道：“这可让你费心了。你叫她们过来吧，本宫须仔细看看。”玄女轻轻一扬红袖，珝瑶会意，领着娋翚、姝涵、皀嬥、媚凤、玉奴、嫱娟、香哝、斓姁八个仙婢姗姗而来，珠围翠绕，袅袅婷婷站了一地，女娲见她们一个个生得眼横秋水，幽柔婉媚，眉扫春山，便不停地点头微笑。

女娲正在逐一细看时，忽听见后排飘来一串儿似玲珑珠玉的笑声，女娲抬头看去，见雕栏曲曲处，珠帘半卷旁，倚着一个眉目如画的绣衫少女，手执一柄锦绣小团扇慢慢挥动，看她仰起了精致的一张小粉脸儿，娇态憨憨地望着客厅对面拱门上的“镜花”二字，女娲注目片刻，又见她分花拂柳，轻移金莲，从雕栏后踅入红亭里面，蹑脚走到娇珠身后，举起一双纤纤玉手，倏地就掩住了娇珠的眼睛，猛吓了娇珠一跳，娇珠兀地转身，见是一个仙婢，便愣了一下，娇嗔道：“要死了呵，悄没声儿地作弄我，你是谁了？”少女瞅瞅玄女那边，急忙将玉指儿掩上朱唇，悄悄与她做着口型儿道：“不——许——说——话！”娇珠瞅着，两弯细眉微微颦蹙，拧成一个小疙瘩，那少女见状，扑哧一声笑了，娇珠见她娇小玲珑，笑得晕颊红潮，媚眼流波，动人怜爱，自己也忍不住笑了起来。

女娲一时看迷了眼，指着那个少女，轻声问玄女道：“那一个婢子是谁？”玄女顺着指头看去，回道：“回娘娘，她叫轩辕姝涵，自己说是从鹿雅星来的。”女娲疑惑道：“自己说的？”玄女笑道：“天香殿征募的婢子太多了，有各星域神府送来的，也有的是自己跑过来的，因而有些婢子也没有一个籍记，不清楚底细，全凭她们自己说的。”女娲笑道：“这却不行的，总要知道来龙去脉才好，不然她家里人操心的。”说着便向轩辕姝涵招了招手，轩辕姝涵见状，忙收起扇儿姗姗过来。女娲细细端详，不觉目瞪神呆，但见她：

雾发蝉鬓，雅态娟媚；愁眉娇蹙，光凝秋水。婀娜腰肢披绛裙，髻饰碧花映春云。凌波步步流金，笋指纤纤露玉。

女娲心里吃惊道：“这女孩儿如此面熟，好似在哪里见过的，就是记不得了。”轩辕姝涵福了一福道：“娘娘万福。”女娲回过神儿，笑问道：“你叫什么名字？”轩辕姝涵低声道：“我叫轩辕姝涵。”玄女听了，白了她一眼道：“我说了多少次了，你总是不改，我都怎么教你们的？见了主人一定要自称小婢，你却一点儿都记不住。”女娲笑道：“不计较这个，她以后学会了，慢慢就改过来了。”女娲又问道：“你从哪里来的？你父母叫什么名字？”姝涵瞅了一眼玄女，小声道：“小……”姝涵说到这里又不说了，抬眼瞅着女娲道：“我是从鹿雅星来的，无父无母。”女娲大惊，问道：“怎么就无父无母了？莫非你是本宫造化的么？本宫怎么就不记得有你？”轩辕姝涵回道：“我确实无父无母，即使有父母，我也全不记得了，只是我并不是娘娘造化的，并非天界所有人都是娘娘造化的，其实娘娘之前也有神灵的。”玄女一听脸色大变，斥道：“放肆！你一个小婢子，怎敢在娘娘面前如此答话？！”女娲微微一笑道：“哎，算了算了，或许有父母，只是自小被弃了，她自己都不晓得了。这不要紧的，这个婢子倒有些性格，不像别个婢子逆来顺受的，她这个倒有点儿像本宫。”玄女只好作罢，笑问道：“不知这些个婢子，娘娘可中意？”女娲笑道：“好得很，本宫喜欢这些个婢子。”说着又叫来娇珠和碧玉，吩咐道：“领她们去吧，这宫殿里这么大，多住些人儿才有生机，让她们自己去挑，除了我这后殿还有这前殿，愿住哪里都行的。”娇珠和碧玉一听，高兴地拍起小手儿来，就见众婢簇拥着她俩嬉嬉闹闹地去了。

女娲笑道：“看看她们，如鱼得水一般的，今后这里可要热闹起来了。”玄女笑道：“只要娘娘满意，我也就放心了。只是有些个婢子，不懂得礼数的，就怕在这里惹娘娘生气，叫我说，不论是谁，娘娘只管严加管教，愿打愿骂随着娘娘，若再不听话就叫我来领了去，将她们逐出去，也就清静些了。”女娲笑道：“却不能打骂的，你看她们一个个玉软花柔的，我见了都心疼，怎么舍得打骂，她们初来乍到，慢慢儿就好了。”玄女语气紧张，急道：“娘娘是不知道，我也只是为了她们好，若真的惯坏了脾气，一来惹得主人不高兴，二来自己遭罪，不然她们的下场也就和那郊夙一样了。”女娲疑道：“郊夙是哪个府上的？她怎么了？”玄女神秘兮兮道：“娘娘不晓得么？二大王府上的婢子郊夙，也不知怎的了，被上神女姬活活打死了。”女娲大惊失色，霍地起身急问道：“怎的？被女姬给打死了？”玄女也起身叹道：“我听说郊夙那婢子死了，心里也实在难受，想想一个婢子也真不容易的。郊夙幸亏不是天香殿里的，听说是天王造化的送给二大王的，若是天香殿里送去的，怕是连我都免不了受牵连。”女娲惊道：“那郊夙做了什么就让女姬打死了？”玄女道：“听婢子们私下里传话儿，好像是郊夙偷了她的紫金镯子，就被她逮住，当场就给打死了。”女娲忿忿道：“这个女姬目无法度，也太过嚣张了，即使那婢子犯了什么王法，自有天廷处置，她怎么就能随随便便将人打死！”玄女摇头，叹息了一阵子。女娲叹道：“就是一个镯子而已，婢子若喜欢，就当送与她了，什么大不了的，至于将她打死。”玄女趁着话题，小心问道：“小仙职小位卑，有些话儿也是不敢问不敢说的，说到郊夙被打死，我认为总是有其他隐情的，不知娘娘听没听说二大王和上神女姬的事儿？”女娲反问道：“他们有什么事儿？”玄女笑道：“我也只是听来一鳞半爪的，还是不清不楚，听说二大王和上神女姬暧昧不清的，因为二大王和婢子郊夙的风流事被上神女姬发现了，便吃她的醋，设了一计就将郊夙逮住了，就这么活活打死了。”女娲突然想起郊夙和轩辕昊的风流事儿来，心中已明白。女娲问道：“你是听谁说的？”玄女愣了一下，回道：“那天听我的丫头玥瑶说的，她也是听别人说的，是上神女姬府上的婢子岏灵传出来的话儿。”女娲正色道：“这些话都是道听途说，本宫以为未必全信，今后当告诫那些婢子不要随口乱说，事情到底怎么样儿的，未水落石出前，谁也不许乱传乱说的。”玄女蹙眉道：“娘娘的话我记住了。”说完便告辞，女娲也未留她，就叫碧玉送客。

女娲自己转回清元殿歇息，碧玉又回来侍奉茶水，女娲笑道：“过来，坐在我这里，我们说说话儿。”碧玉受宠若惊，瞅了女娲一眼，低头道：“娘娘，婢子不敢。”女娲就将她衣襟儿一拽，碧玉便乖巧地挨了过去坐下。女娲拉着她的手儿瞅了她半响，笑道：“碧玉，以后不许你再叫娘娘了，也不许你再伺候我了，过些时候给你安排两个婢子伺候你吧。”碧玉惊得瞪大眼睛瞅了女娲一眼，心里也明白了几分，暗喜了一下，又不敢确定，于是低头道：“婢子就是伺候娘娘的。”女娲笑道：“刚才说什么来的，你还不明白么？你要改口叫母后了，也不许再自称婢子，为娘要给你们办婚礼，你就是我们家的少夫人了。”碧玉听了脸上一片红晕不散，轻轻点了点头儿。女娲一出闪念，手里就落了一件粉色丝线背心儿，她看了一眼，又递给碧玉，笑道："碧玉，你都累了这一阵子了，让尚翠看着须菩提就好，快去歇着吧，你去把这个背心儿放在须菩提榻上，免得他又想起那碧霞犯起病来了。"碧玉应着，接着背心儿一看，肚里转道："这怎的是粉色，须菩提穿这个笑死个人了。"碧玉见女娲有些困倦了，也就没多问，收起丝线背心儿，轻手轻脚地退出殿外，往云灵轩去了。

且说婽珠和碧玉领着众婢出了前殿，由一条轩廊走入题有"镜花"二字匾额的拱门，又穿过一座岸边碧萝斑驳的水池，又走了数十级的玉阶，曲曲绕绕来到偏殿的大院子里，四围是绕着琉璃栏的甬道，偏殿有五殿，三间通作一阁，分别为"翠锦阁""珠香阁""静兰阁""红玉阁""瑶轩阁"，每阁有三扇落地雕花玄石门，地上摆着一张水晶圆桌儿，周围八个白玉雕花坐墩。正面上首是一座镂银跋步床榻，似月洞一般，银榻侧有一条春凳，旁边焚一紫金炉熏香，紫气氤氲，烟云缭绕。银榻橱栅垂下七彩锦织百褶缀珠帘，映着四壁，顶上挂一盏琥珀色的玻璃大灯笼，东西各又挂一盏六瓣珊瑚水晶小灯笼，陈设精致典雅，奢华无比。

众婢见这摆设，心里喜欢，叽叽喳喳，进进出出地看来看去，争抢起房间来，碧玉笑道："不要争了，都有你们住的地方，我来给你们安排吧。"妱翚不高兴了，噘着嘴儿道："凭什么是你给我们安排？你不也是个婢子么？"碧玉被忽然怼了一句，敛起了笑容，还未等她说话，就听皃孋也插了一句道："就是，你也只是个婢子，只是比我们先来罢了，凭什么我们就要听你的呢？要说安排，还是少主姐姐的，不论怎么我们都服帖的。"碧玉正要发作，又觉得也没办法说，只好不作声了，拿眼看着婽珠，不料婽珠正在痴痴迷迷地偷窥站在后面的轩辕姝涵，也没注意她们说什么。众婢又开始乱糟糟地嚷嚷起来，这时，就见轩辕姝涵拨开她们走出来，站在碧玉身边，众婢都愣怔了，安静下来望着她。姝涵盯着妱翚和皃孋，正色道："你们两个吵吵什么？没大没小的，知道碧玉姐姐是谁么？她可是少夫人，不听她安排要听谁安排？我看你两个皮痒痒了，要不是看你们头一次进这宫里来，少夫人早就把你们撵出去了！"话刚出口，众婢个个惊疑，刷地脸色就白一阵子红一阵子的，慌忙在碧玉面前跪成一排，头不敢抬。碧玉也一时吓傻了，只站着怔怔地看着姝涵。姝涵朝碧玉莞尔一笑道："请少夫人分配住处吧。"碧玉回过神儿来，轻轻嘤咛一声，又对众婢道："我给大家分分殿阁，都是一个样儿，没有必要争来抢去的，只是要两个人同居一阁，且不可自己组的。"众婢听了都低头拈带，暗中噘嘴儿。碧玉看她们都静悄悄的，接着道："妱翚和媚凤住翠锦阁，玉奴和香唻住珠香阁，嫱娟和斓姁住静兰阁，姝涵和皃嬥住红玉阁。就这么定了，你们自己去拾掇，再有别的什么需要，和我来说，我再给安排。”说完，碧玉又看看大家，见众婢都没有意见，又道：“这宫里吃的喝的都不操心的，大家都在后园的玉亭里一起的。”皃嬥问道：“我们几个都伺候谁呢？这会儿也分配好了，让婢子也好准备着。”碧玉想了想道：“才来的，先玩一会儿，待我禀明娘娘再做安排。”话才说完，就听见嫱娟嘻嘻笑道：“我想伺候少主哥哥。”众婢都掩口笑了一声，偷偷瞅着碧玉，这时，斓姁打趣道：“你怎的这么不害臊的，少夫人还没发话，你倒先占上了？”嫱娟绽开梨涡微微一笑道：“那总得要伺候一个主子吧，我不去总是有人去的，有什么害臊的。”媚凤瞅了碧玉一眼，笑道：“我要么就伺候娘娘，要么就伺候少主妹妹。”碧玉听得头晕目眩，不耐烦地道：“别说了，这蕊珠宫里头不是天香殿的束女营，也是有规矩的，往后不许你们哥哥妹妹的乱叫，一律按照礼数来！”说完转身就走，才出门槛时瞥了姝涵一眼，而后又姗姗地走了。

婻珠见碧玉出去了，就凑到姝涵身边打量着她，姝涵朝她浅浅一笑，又看别的婢子都跑去自己的芳阁了，自己却呆呆站在原地。婻珠瞅了她半晌，又伸出小手儿去摸弄姝涵粉裙带子上的镂空龙凤绿玉佩儿，摸了一会儿，又抬眼凝视着姝涵的脸儿。姝涵觉得有人盯她，扑棱一下转过头，向她打量一眼，见她白生生一张嫩脸，姝涵微微一笑，嘤咛道：“你这个小婢子，尽瞅粘我作甚？”婻珠丢开佩儿，惊愕地瞪大眼睛，盯着她道：“谁是小婢子了？我可是二少主，你才是个婢子呢，反说起我来了。”姝涵愣一下，娿娿眼笑道：“对呢，对呢，你是二少主，我咋就忘了呢！”婻珠又道：“你这个小婢子，这云裳哪里来的，怎么看着和我们的都不一样呢？”姝涵轻盈地转了一个圈儿，笑道：“不一样么？哪里不一样了？”婻珠笑道：“质地确实不一样，那丝缕就像是用彩云丝儿织出来的，明明滑滑，绵绵柔柔的呵。”姝涵俏皮地摇头微笑道：“本小姐生来如此，穿上什么都这个样儿，你要觉得好看，那我也没办法。”说着又兀地转了一个身儿，倏地又换了一身浅蓝色的云裳，珠络彩衫，缤纷华丽；金薄丹履，烁烁艳艳。婻珠惊得张大嘴巴一时合不上，姝涵又一转身换成原来的粉裙子，又瞅着她浅浅一笑，摇头道：“又换回这样儿的了，你若还觉得好看，我也没办法。”婻珠咯咯笑道：“妹妹，你怎这的好玩儿的，却与别的女孩儿不同，在那前殿时候，你怎敢就蒙我的眼睛呢，胆子大的呵。”姝涵娿娿眼道：“那么多的人，我就知道你一个人，便与你玩玩儿的。”婻珠惊道：“你知道我是谁？”姝涵美瞳盼转，嘤咛道：“你不是钟颀的千金婻珠么？”婻珠挑了挑细眉，翕动着长睫毛，恍惚问道：“你怎的知道？”姝涵转身就走，笑道：“我知道的还多呢！走了，我去瞧瞧我的阁子。”娇珠追上去道：“等等，我也跟你去。”姝涵不理她，只顾自己走了，娇珠忙着跟了过去。

且说姝涵才进红玉阁，就见凫嬥叉着腰肢堵在中堂门口，立眉说道：“怎么才来？我都收拾好了，这里没你的份儿了。”姝涵瞥她一眼道：“呃，这怎么说的？你是想一个人在这里住么？”凫嬥粉头一偏，怪嗔道：“谁让你不来的？若是你不想住这里，我一个人更好呢。”姝涵拨开她道：“起开！我进里面看看，怎的就没我的份儿了。”姝涵移到里间一看，原来是阁中只有这一间有一张镂银跋步床榻，她又转到中堂另一间看去，里面除了两张柜子什么都没有。姝涵转身伸出笋指，点着她笑道：“哦呀，我算是明白了，你就是想一个人住一间对吧？那榻阁里就是不想要我呗，那你要我去哪睡呢？”凫嬥嘟哝道：“先来先得，你可明白？这可不能怨我。”姝涵正要说话，却见娇珠也进来了，沉着脸咬着牙问凫嬥道：“谁说的先来先得？好霸道的婢子呀，少夫人都分配好的，你又想造反，是不是皮儿又痒痒了？”凫嬥吓得立在一旁，欠身道：“二少主，我只是开玩笑的，怎会不让她住呢。”姝涵掩鼻一笑道：“你和我开玩笑，我可不与你开玩笑的，好了，我就住在这一间，你住在你的那一间吧。”娇珠将头探进里间一看，撇着嘴儿道：“好妹妹，这里面没有榻，如何住得？”姝涵仰起粉脸，笑道：“说有就有了。”娇珠知道她有神奇，便咬着朱唇点点头儿，姝涵轻盈一笑，只朝那里间稍稍吹了一口真气，只见满屋红光闪闪，烟雾飘渺，不大一会儿便烟消雾散了，娇珠探头进去一看，不由得出声道：“我娘！这还得了！”说着又缩回脖子痴呆呆地瞅着姝涵。凫嬥闻声也凑了上去，掀开缀珠水晶帘，只见满室罗绮横照，满目琳琅，又见碧纱窗前摆着六面缀金丝嫣红珠箔，镂空银屏四扇，雕丽琉璃障两张。中间铺着绣龙凤地毡，正对面一台八尺翡翠架子床，四角垂琪花锦幌，橱栅挂金丝彩幔，枕席织文，衣箱叠彩。床头置一珊瑚梳妆台，上面一圆镂银菱花镜，旁边零零碎碎一排玛瑙珍珠，金玉鸾笺等珍宝。再看那榻上更是锦团花簇，八叠龙凤被，锦褥绣茵，映得满堂荧光铮亮。凫嬥揉揉眼睛又看了一看，倏地抽身就跑出门了，一边跑一边惊道：“要命了要命了！”姝涵和娇珠相视一笑，便进去坐在水晶桌子旁。

姝涵和娇珠在屋里坐着说话，约莫一会儿就听到一片窸窸窣窣环佩声急促传来，抬头一看，原来是凫嬥领着妱翚、玉奴、媚凤、香哝、嫱娟、斓妁跑了进来。玉奴惊叫道：“真气派华丽的屋子，这是怎么来的？”凫嬥忙指着姝涵道：“就是她吹出来的。”香哝惊道：“我就不信，我只听说过娘娘能把绣绷子上的鸳鸯给吹活了，还没听过谁能吹一口气变出这么些东西来呢！”妱翚、媚凤、嫱娟、斓妁四个俱瞪大眼睛惊疑地望着姝涵。娐珠神气地站起身，斜睨着她们道："不信么？谁倒稀罕你们信不信的，你们一个个争来抢去的，还不如我姝涵妹妹一口气来得多呢。"妱翚听娐珠也这么说，半信半疑道："姝涵怎么会这个的？只有玉京宫里的天王会这种神奇的。"姝涵笑道："你们都来坐吧，这也不算什么神奇，只是我生来就有的小小的一点儿本事而已。"众婢围成一圈儿都坐了，玉手托着粉腮静静地凝视着姝涵，大家都不说一句话。姝涵又笑道："怎么都哑巴了，来了就是客，我这会儿要好好招待你们的。"媚凤问道："怎么招待？"姝涵笑道："饮酒么？坐到桌子跟前。"众婢答应，将凳子都挪到圆桌跟前。娐珠笑笑道："你们可都瞧好了，看一看她的神奇呢。"姝涵噘起嘴儿绕着桌子吹了一圈儿玄气，只见桌子中央出现了一只镂金的翠玉攒盒，又吹一口气，盒盖慢慢开启，只见盒子里共有九碟玉桃和干果，九双银箸，九只镶着珍珠的金杯，精巧别致。最下一层又有九个袖珍雕龙八角壶，只见姝涵又吹出一口气，那九个袖珍八角壶便冉冉悬空，对着金杯逐一浅斟起来。众婢已是目瞪心惊，面面相觑，姝涵盈盈一笑道："请诸位姐妹品尝。"娐珠先举起金杯呷了一口，笑道："这真是仙露，从未饮过的，味道真美。"话一出口，妱翚、皃嬥、媚凤、玉奴、嫱娟、香哝、斓姁都举起杯子一饮而尽了，细细品味，果然觉好，咂嘴咂舌的。姝涵笑道："要一醉方休才好。"众婢不语，只是一杯接一杯地喝了起来。

且说碧玉到了云灵轩，见须菩提在榻上熟睡，尚翠坐在一旁的春凳儿上打盹。碧玉过去轻轻推了她一把，尚翠睁眼见是碧玉，低声道："你怎么才来，我都困死了，你就替我一会儿吧。"碧玉笑道："等等吧，我还要去伺候娘娘，过一阵子再来替你。"尚翠问道："那些婢子不是都来了，怎么就不叫她们来伺候这个伺候那个的？每天就我们两个，累死了。"碧玉斜睨她道："怎么？你不想伺候人了？什么时候开始有怨言了！"尚翠笑道："我说的不是这个意思。"碧玉转身要出去，才掀起珠帘儿，又退了回来，从怀里取出那件粉色丝线背心儿，递给尚翠道："我差一点儿就忘了，娘娘说将这个丝线背心儿放这里的。"尚翠忙接过来，看了一眼，问道："这是粉色的，是不是娘娘赏给我穿的？"碧玉瞥她一眼道："你想得倒美，我都没有呢，怎么轮到你了？你先放着吧。"说完便又出去了。尚翠又掂起丝线背心儿看来看去，见上面的丝线儿晶晶亮亮，摸上去又柔滑丝绵的，越看越喜欢，就去里间换在自己身上，果然穿着刚刚好。尚翠暗思道："这么好的背心儿，正适合我穿，许是娘娘本来就给我的。"尚翠满心欢喜，又去外间照镜子，须菩提也醒了，见尚翠在镜子前将腰肢转来转去，问道："碧玉呢？"尚翠随口道："去娘娘那里了。"

须菩提起身半躺着，又问道：“你在作甚？”尚翠转过身子，笑道：“少主，你看娘娘给我的这件背心儿好看么？”须菩提看了一眼，问道：“你不是有天衣么？母后什么时候又做起衣服了？”尚翠努着嘴儿道：“每天只穿着一身天衣，我都穿腻了。”说着到碧纱橱里取茶，给须菩提端了过去，自己又坐在春凳上，约莫一会儿就打起了哈欠，须菩提听见了，笑道：“你困了就睡吧，我不用伺候了。”尚翠越发觉得困倦，迷迷糊糊地就在春凳上睡了。

尚翠睡了一个时辰醒了，就觉得身上发热，娇喘不止。尚翠觉得不对，暗想道：“我本来好端端的，这忽然就怎么了，莫不是这丝线背心儿作怪，穿上它就觉得燥热。”尚翠起来，见须菩提躺着，她又去里间换衣服，想把那丝线背心儿脱下来，结果弄了半天也没脱去，就像是长在身上了似的。无奈，只好又出外间，此时心烦口渴，身子像火一般发烧。尚翠又去榻前取茶连喝了两杯，放茶杯的时候，看须菩提的锦被掉下了半截儿，又去给他盖被子，忽然瞥见了他白森森的裤衫裹着一双结实的腿儿，尚翠一时小鹿儿胸头乱撞，红晕满面，自言自语道：“真的要死了，这到底怎么了！”须菩提听见了，醒来盯着尚翠，见她一脸媚态，笑吟吟地站在榻前，须菩提揉了揉眼睛，将她看成了碧霞，心上一惊，便霍地坐起，拉住她的手儿说道：“碧霞，你晓得我回来了么？”尚翠不应，走也不是，不走也不是，须菩提拉着她又端详了一回，见她一只手儿撕扯着身上的粉色丝线背心儿，低头娇喘，一言不发。须菩提问道：“碧霞，你这是怎么了？”尚翠低声道：“我觉热得不行，想将它解了去，可是怎么也解不开。”须菩提道：“你坐下来，我替你解了去。”尚翠坐在他身边，须菩提替她解背心儿，问道：“碧霞，你见我不高兴么，怎的不说话？”尚翠心里明白须菩提将她看成了碧霞，心想着解了背心儿便抽身走开，可被须菩提的一双手在她玉肌上这么一碰，自己倒有些眩眩晕晕的，热流袭来觉得舒服，便也不答话，只是笑盈盈的。须菩提将她背心儿解下，尚翠一把抓起粉色背心儿先将半湾酥胸遮住，须菩提又扳过她瘦削的香肩，泪荧凄然道：“你这么久去哪里了，听母后说你下界轮回了，怎么就回来了？”尚翠轻轻摇着娇躯，仍是脉脉不语，须菩提倏地搂她入怀，说道：“碧霞，我可想死你了！”尚翠听见这句，心里不高兴，立刻泪珠纷坠，撇嘴儿说道：“你哪只眼睛看我是碧霞了？我是尚翠！”须菩提惊得双手一松，又揉揉眼看她，这才看得清楚，确是尚翠。须菩提问道：“怎么是你？碧霞呢，我刚才明明看她在这里的！”尚翠见他这般情景，觉得可怜，拉着他的手道：“少主，你就忘了碧霞吧，她已经不在这儿了。”须菩提见她露着半个玉体，纤腰婉柔，不觉蠢动起来，渐渐挨到她身边，伸手扯她遮在胸上的背心儿，尚翠脸儿一红，喘息微微，含嗔道：“你别动它了。”须菩提见她两颊滃着两朵儿红云，羞羞答答，遮遮掩掩，心里越发喜欢，就将她身子一揽推在榻上，双目含情凝视着她的粉脸儿，一只手扯去她遮挡在胸前的粉色背心儿，就见两个白玉桃儿跳了出来，娇小可人。尚翠急得脸红心跳，又将一双小手儿遮住，越发喘息道：“少主，别弄我了。”须菩提不说话，心头闪念一出，天衣褪去，扯过鸾被盖上，将两只手于暗中摸索，尚翠玉面娇红，嘤咛不止，眼泪儿珠珠下滴，轻轻泣道：“你若污了我，让我怎么去见娘娘？”须菩提就不言语，仍忙着上下摸弄，尚翠急了，抬起一双粉臂用力推他，谁知此刻身子已酥软如泥，哪里还有半点气力，又觉着须菩提欲探花房，尚翠忙将玉股挪开一点，他将金莲紧凑上来，尚翠见无济于事，娇喘道：“少主，贱婢尚未破瓜，不比那碧玉，你须慢着点儿……”话尚未说完，就觉一物急入，刺痛难忍，她尖叫一声，将玉手儿在他脊上抓出一条红印子，不消一会儿，才泄了犟气，渐渐变得温顺起来，侧了脸儿婉转娇啼，任他摆弄，一时落红狼藉，摧残花枝。

这时候碧玉正好从清元殿那边过来，经过云灵轩时，听见尚翠尖叫一声，也吓了一跳，才一步捱一步地走了进去，隔着门儿听里面动静，就听尚翠娇吟连连，当下就明白了，气得她娇躯颤抖，本想闯进去，可是又念须菩提在里面，若冲撞了他，免不了闹生分，只好忍了下来，又听得里面忽然鸦雀无声了，只有窸窸窣窣的环佩声，便知尚翠正在整妆。只听须菩提急道：“尚翠，别急着走，我们躺会儿。”尚翠道：“放贱婢走吧，切莫待碧玉来了撞见，那可如何是好？”须菩提道：“今天确实唐突了，多亏你见怜着我，我也不会忘了你的。”尚翠嘤嘤泣道：“贱婢的身子已托给你了，心里再也没有别人，也不指望你记着贱婢，只望你以后再不要惦念着碧霞了，好好儿的，别让娘娘时时牵心了，我们就都好了，此外别无甚话，望你牢记着。”须菩提叹道：“唉，我知道了。”尚翠低头道：“贱婢先出去躲一会儿，就怕万一被人撞见，天就要塌下来了。”说着朝外走去，碧玉躲避不及，只好装作才进来，两个人就撞了个满怀。尚翠以为已泄了机密，满脸通红，不敢看碧玉，只是吃吃问道：“你什么时候来的？”碧玉见她发松鬓乱，便强颜笑道：“我这不才进来么？你这会儿要去哪里？我还没忙完呢，娘娘吩咐我去偏殿去安排那些婢子，我就来和你打个招呼。”尚翠头也不回，边走边说：“你在这里吧，我都在屋里闷了几个时辰了，再说新婢子们来了，我还没见过呢，我也想去看看。”碧玉正要说话，却见她才转出兰轩就不见了。

且说众婢正在红玉阁里与姝涵饮酒，乐在其中，只见一个个已经秋波微展，玉颊飞红，越发显得慵怯懒舒。屋内馨香扑鼻，众婢又吃着碟子里的干果点心，无非是紫霄绒糕、玄蕊雪饼、莲膏圆子、圜元甜卷、芁子仁儿、玉桃脯儿、金棠豆蔻、琪花精酥、瑶树菓子、琼香干、玉藕冰糖、蓉灵蜜饯心。媚凤吃好了，舔舔唇儿道："这阵子才算真的大饱眼福口福了！"香哝翘起玉指将紫霄绒糕蘸一点儿，兀地就抹上媚凤的粉颊，嘻嘻笑道："再吃一些方好，这可是吃了这顿没下顿的馐馔。"媚凤急了，兀地起身，将手一摸却抹出了小花脸儿，众婢都咯咯笑了，媚凤不服，也蘸了一指头儿绒糕要抹香哝，哪知她却机灵，早就起身闪开了，众婢笑得肚疼，媚凤没处抹，伸着指头儿点来点去的，见皃嫘还吧唧着嘴儿吃着，便抹在了她脸上，皃嫘撇着嘴儿不吃了，干脆端起绒糕碟子就扣在了媚凤脸上，只见小花脸儿又成了大花脸儿，惹得众婢又笑个不停。媚凤眼睛、鼻子、脖子上尽是糕，哭笑不得了，又将一双小手儿抓挖起来，逮住个人就胡乱抹一通，这下全乱了，众婢都嘻嘻哈哈地闹将起来，你抹我，我抹你的，只看那碟子、饼子、圆子、果子、糕儿、卷儿、脯儿的都乱飞起来。

姝涵也笑得不行，娇喘道："真一群败家子儿，暴殄天物，以后没得吃了！"媚凤转过大花脸，眉头皱起来，上面的糕儿都快掉下来了。众婢又笑，媚凤嘟着嘴儿道："我怎么办呢，这要让娘娘和少夫人瞧见了，又少不了拾掇我的！"众婢听她这么说，都抿嘴笑了起来。姝涵拉过她来笑道："不怕的，我给你弄干净就行了。"说着就抬起雾袖在她面前扇了扇，再看去面如白玉，糕脂儿全不见了。娚翚一边给媚凤整衣，一边笑道："以后有姝涵在，我们也不愁吃喝玩乐的，什么也不做，想要什么，只问她来要，她吹一口气儿就全有了。"娐珠噘着嘴儿道："你们想得美。"娐珠欲接着说，只见玉奴凑前来笑道："反正也没事儿，这会子玩儿什么呢？"娐珠眼皮儿也不抬一下，冷笑一声道："就是的，趁还没给你们分配活儿，好好玩儿吧，以后想玩儿，怕是也没得机会了。"姝涵忙岔开话，笑道："娐珠儿，你不是会舞剑么？给她们舞一回见识一下。"娐珠斜睨她道："你怎的啥都知道了？"姝涵微微一笑，闪出一念，伸手就有一把剑在手中了，把个旁边的皃嫘看得如痴如醉。姝涵起身，一只手儿背在后面，一只手儿将剑交给娐珠，故作声儿笑道："就赐爱卿宵练一把，为寡人舞剑。"娐珠连忙跪地接剑，也作声儿道："臣遵旨。"而后起来，转身四顾一下，又转回道："但臣不知往哪里舞来？"姝涵扑哧一声笑了，惹得众婢都笑弯了腰。斓姁指着珠帘儿，笑道："二少主，我住的静兰阁后面有一处可宽敞的空地，去那里舞吧。"娐珠笑道："好呢，那就给大家舞一段儿吧。"只见众婢簇拥着娐珠和姝涵纷纷冉冉来到静兰阁，果然后面有一堵粉墙，穿过一扇小角门儿，便来到内院，确实有一处空旷之地，原来这里就是平时女娲练剑的地方。

众婢拥着姝涵花团锦簇，如百蝶集聚一般。只见娇珠提剑飞到空地，抑扬进退，舞得剑锋闪烁，光影迷离，众婢同声喝彩。娇珠越发舞得流利，只见寒芒四射，万道金光纵横交错，犹如飘带。舞了一会儿觉得累了，就将剑收起，看她面色微红，鬓发一丝不乱，轻轻喘道："哎呀，好久都没动过剑了，这会儿一动就筋骨疼呢。"姝涵笑问道："舞得可真好，可是你父亲教你的？"娇珠擦一下额头香汗，笑道："我就学了这一段儿。"正说着，瞥见有个袅娜的影子一闪，却见尚翠彩袖盈空地站在跟前。众婢齐齐看去，见她轻施脂粉，细眉樱唇，杏靥桃腮，玉藕般的一弯粉臂，翠锁朝烟，芳颜如醉，腰肢若柳，体态风流，众婢不觉傻眼。尚翠立眉，微启朱唇，问道："谁让你们在这里喧闹的？"娼翚凤眼一瞪，反问道："你是谁？我怎么从未见过的？"未等尚翠说话，娇珠抢着道："她是娘娘房里的婢子尚翠。"娼翚又瞥她一眼道："你管我们在这里喧闹呢，二少主也在这儿的，她都没说什么，你和我们一样也是个婢子，却来管我们了！"尚翠突然被她这么一顿呛，也不知道该说什么，一时默然。姝涵见状，来到尚翠跟前，欠身笑道："这不是二少夫人么？怎么来这里了。"娼翚一听，忙掩口，瞪大眼睛看看姝涵，又看看尚翠，娇珠也暗吃一惊，盯着姝涵问道："二少夫人？"尚翠也大吃一惊，一时娇羞满面，低垂粉颈，怯生生眼波瞟了姝涵一下，便掩着粉面不敢再瞧了，肚里转道："坏了，坏了，这婢子怕是窥见我和须菩提的丑事了，才故意这么奚落我的。"姝涵见众婢惊疑不定，又笑道："看什么看，她就是二少夫人，只是还未过门儿，我看也就快过门儿了。"此话一出，众婢哗然。娇珠料姝涵有神奇，所说无一不应，便也相信她的话，听见众婢叽叽喳喳议论，便斥道："都闭嘴吧，看你们没大没小的没个轻重！赶紧拜见二少夫人！"惊得众婢慌忙散开，纷纷跪成一排，低头不敢作声了。尚翠又羞又臊，又惊又惧，心里又委屈得不行，一句话也不说，转身捂着脸就跑了。娇珠见尚翠这般，又转脸瞅着姝涵，低声问道："你刚才说的可都是真的？"姝涵掩鼻一笑，凝视着她点点头儿。娇珠又转身教训婢子们道："看看你们，把二少夫人气得都走了！往后学点儿规矩！别见着谁都顶几句，你们不知好歹，还以为自己占了便宜呢！"众婢齐声回道："是，二少主，婢子再也不敢了。"娇珠又道："二少夫人都走了，你们给谁跪着的，还不快起来，各自回阁里去等着吩咐吧。"众婢一听，各自散去。

却说尚翠又转回云灵轩，见须菩提躺着，碧玉在一旁坐着一言不发，自己又生一顿闷气，无处发作，进来就将地上的春凳儿踢了一脚，然后就坐上去，粉脸嘟嘟地生气。碧玉见尚翠出去一会儿就转回来，心中也有几分猜疑，想起她和须菩提暗中苟且，心上越发不舒服，于是没好气地问道："怎的了？谁惹你了？"尚翠欲言又止，不知如何说，须菩提下榻来，握着她的手儿道："娘娘说你什么了？"尚翠脸一红，甩开他的手，翻着白眼急道："就不能不毛手毛脚的么？"须菩提知她因碧玉在一旁也不便说话，只好没趣地又坐上榻去。碧玉暗思道："没想到尚翠却和我争上了，看她现在这个脾气，以往从未有的，如今与须菩提有了那事儿，定是心里有数了。"碧玉越想越生气，拉着尚翠的裙裾，轻声道："你跟我去凤来阁儿吧，娘娘有些话儿，要我和你吩咐。"尚翠不知是计，便起身低着头跟她出去了，两个人一前一后忙忙走进凤来阁，碧玉顺手就关了门。尚翠不知碧玉已在暗中窥听她和须菩提的风流事儿，但见她一脸愠色，心中不觉有些儿发憷。尚翠也不看她，直问道："娘娘有什么事儿要吩咐的？"碧玉盯着她，冷笑道："娘娘没事儿，我倒是有事儿。"一听这话，尚翠已经断定她全知道了，胸中突突直跳，低声道："你有什么事儿？"碧玉开门见山，冷笑道："你和少主几时好上的？为什么瞒着我？"尚翠面红耳赤，嗫嚅道："你说的什么呢，我……"碧玉走到她跟前，气喘喘的，冷笑道："我怎么没看出来你是这样儿的人，平时装作乖巧懵懂，背后却干这种偷鸡盗狗的事儿，你说你可对得起我？"尚翠的头越发低了，半晌说不出话来，碧玉见她沉默，便知她是承认了，怒气又蹿了上来，叱问道："我问你呢，你几时和少主好上的？"尚翠憋了半天，微启朱唇道："我们……就今天。"碧玉朱唇儿一颤，泣道："尚翠，你怎的……"说着欲言又止，捂着脸哽咽起来。碧玉忍住，又狠狠剜她一眼道："死不要脸的贱婢子！这事儿我要告诉娘娘去，看娘娘会怎么待你。"尚翠只觉神情恍惚，痴痴一笑，喃喃道："反正我也要死了，不妨就直说了罢，我和少主的这事儿，其实也断非姐姐那样想的是你情我愿，我也是没有办法，自从碧霞没了，少主他心里苦的，一时就把我看成了碧霞，你说我一个贱婢子，没依没靠的，我能怎的？"碧玉听了这番话，心里稍稍安慰了些儿，又见尚翠神情迷离，一副寻死觅活的样儿，一时心软了下来，便过去拉住尚翠的手儿，笑道："尚翠，你们的事儿我已看破了，我猜你说的也是实情，碧霞没了，就剩你我情同骨肉，我怎么忍心让你受罪？你心里不可胡思乱想，娘娘那里我什么也不说，但望天从人愿，若是娘娘愿将你随我同事少主，我也心甘情愿的，仍像姐妹一样儿待你。"尚翠闻言，哇地一声哭了，抱着碧玉的双膝跪下，哽咽道："今日之事，是我对不住姐姐，姐姐宽宥之恩，我无以为报，只望姐姐心里好受些，不要再生气了。"碧玉忙将她搀起来，正要说话，却听门儿轧然开了，却是女娲进来了，笑问道："谁要生气了？"碧玉慌忙松开尚翠，正要答话，却见尚翠面如土色地盯着女娲，身子一软就倒在地上了。女娲大惊失色，忙过来抱起她，摸着她的脸儿叫道："尚翠！尚翠！"碧玉惊得两眼一呆，不知所措，嘴里嘟哝道："她是不是吓死了？"女娲转脸瞪着碧玉，问道："怎的就吓死了？因为什么事儿？"碧玉点点头又摇摇头儿，女娲也不管她，只是唤着尚翠。约莫一会儿，尚翠渐醒了，瞅着女娲，泣道："娘娘。"女娲叹道："唉！你险些惊杀我了，怎么就突然昏死了？"尚翠瞅了瞅旁边站着的碧玉，哽咽道："娘娘，贱婢知道错了，娘娘也不要伤心，就干脆打死我算了。"女娲低头看她粉脸憔悴，又突然瞥见她霓裳里的粉色丝线背心儿，心里已明白大半儿。女娲怜惜道："我孩儿说的什么话，你怎么就错了呢。"尚翠朱唇渐紫，微微喘道："事到如今，我也顾不得羞耻了，今天贱婢与少主……"女娲将她又扶到榻上，笑道："我孩儿，快别说了，好生歇着吧。"尚翠眸子一闪，怯生生道："娘娘……"欲言又止，只是啼哭。女娲转身问碧玉道："到底怎么了？"碧玉见问，扑通一声跪下，就将尚翠和须菩提的事儿细细说了一遍。女娲听了，摸着尚翠的脸颊，垂泪道："我孩儿可怜的，都是须菩提不好，淫亵了我孩儿，要说赔罪的人应该是我才对。"尚翠一听，如释重负，泣道："娘娘这么说，是要折煞贱婢么？"女娲抹泪儿道："尚翠，你和须菩提的事儿我尽晓得了，这事儿却也是一件好事儿，我就将你们续了这段姻缘吧，也不至于让外人抓住了话柄儿，今天我做主，把你和碧玉都许给他罢，碧玉做个正室，就委屈你做个偏房，今后你们就是主子了，再给你们几个婢子侍奉着。"尚翠急忙下榻，倒身便拜道："娘娘总是为贱婢好，不论一切都听娘娘做主的。"女娲点着头儿，唯含泪而已，此事不题。

女娲安抚好尚翠，见伏羲昊回宫了，便将事情都说了一遍。伏羲昊叹道："快快给他们办了，省得操心了，界下还有诸事等着我们去做。今日去奏请师尊须菩提成亲的事儿，师尊又叮咛一番，说界下凡间的诸事要做妥当了，他才能放心。"女娲问道："须菩提成亲的事儿，师尊允了么？"伏羲昊道："如我所想的那样儿，师尊想都没想就准了，还说什么须菩提是该成家了，如此可安稳些了。"女娲沉默了一会儿，就开始安顿起须菩提成亲的事儿来。一时，蕊珠宫里绿红满院，悬红结彩，萧管凌云，偎红倚翠，连络不绝。正是：深宫看花花更柔，绣帏锦帐挂银钩。红阑珠缀影千重，多少天香倚琼楼。

玉奴、嫱娟、香咴、斓妠四个婢子细心侍奉碧玉和尚翠，各自妆掠已毕，又簇拥着两位新娘来到前殿客厅等候。那边，女娲携着娇珠和须菩提朝前殿走来，皃嬥入客厅报道："少夫人，二少夫人，娘娘和少主向这边来了！"接着，皃孋和媚凤又赶着迎出，众婢也都一字儿站着伺候。碧玉和尚翠也出来，女娲到了跟前，拉着她俩的手儿，细细端详一阵子，笑眯眯道："这一打扮儿，就越发喜人了。"须菩提盯着尚翠，朝她挤眉弄眼儿的，尚翠羞晕不行，也回他一个白眼儿。婞珠东张西望地瞅了半晌，唯独不见姝涵在，心里纳闷儿，一时郁郁不乐。

这时，伏羲昊早就坐在堂上等着新媳妇儿奉茶了。玄女也赶来了，身后跟着十六个仙婢，抬着四个大箱子。玄女先向女娲跪拜请了安，又入堂前给伏羲昊问了安，礼毕，玄女又来到女娲身边，女娲便让碧玉和尚翠施礼，两个人又向玄女欠身问安，玄女回敬一福，笑道："两位少夫人的好日子，天王让我来送礼了。"说着便从袖中取出玉轴诏旨来，女娲见状便要下跪，玄女笑道："此为圣谕，娘娘不必行礼。"说完便宣道："圣谕：伏羲昊女娲之子须菩提有异才，孤身退强敌阴灵，不负本王所望。本王因思昊天生才甚难，天廷得奇才当深加爱惜，须菩提已少年，未曾婚配，今特准伏羲昊女娲奏请须菩提婚姻之事。本王闻蕊珠宫仙子碧玉、尚翠惠心妍状，温柔敦厚，赉赐与须菩提为妻妾，如此才美相宜，暗彰圣化。特令天香殿玄女为媒，衔本王之命，联合两姓之好。"玄女宣毕，又令仙婢打开箱子，只见箱内奇光异彩，莹莹烁烁，又听仙婢高声报道：

"瑶琼锦二十八匹，琪花绫三十六匹，紫金缎二十一匹，紫金镯子十二只，珍珠十二琲，玛瑙弫十二只，五彩珊瑚玦八十一只，五彩雕纹玉环二十四枚，七彩水晶宝钗十六枚，错金镂银圆珰十八枚，太虚螺纹琉璃坠子七十二只，太虚云母扇二十七只，九天灵露九十一盒，九真玄香二十七盒，玄灵茶十二盒，九天紫露酒二十二支，玄丝龙凤琥珀枕四双，络金丝鸳鸯绣花枕四双，九色玄丝绸鸳衾一双，七色玄丝锦绣褥一双。"

报毕，玄女又令众仙婢将箱子抬入殿中。女娲心里喜欢，笑道："师尊礼重了。"玄女笑道："就给少主和少夫人添个喜吧。"女娲又笑道："让天王费心。"又转脸对须菩提和碧玉、尚翠等道："还不快谢恩。"须菩提和碧玉、尚翠以及众婢都上前，跪叩道："谢天王隆恩！"玄女又将须菩提、碧玉和尚翠逐个搀起，福了一福道："少主、少夫人千福！"说完又与女娲等说笑了一会儿，无非都是些祝福的话儿。这时候，又见轩辕昊、笪殷昊、女姬也来了，众人又各自拜过，女娲将他们迎入客厅，挨次入座，便开了席，一时鸾管玉箫，玄音缭绕。只见堂前地上铺的龙纹卍字的锦绣毡，厅上布满雾帷云幛，幔顶上有卍字华盖，四围各种琪花，殿前悬起"囍"字轴，金丝银缕绒边，上有珍珠玛瑙妆成卍字封边，中间有"天禧"两个黄金大字。轩辕昊、笪殷昊、女姬各自送礼，女姬送上八宝镂金镶玉妆奁一只，翡翠带、红玉绦各两条。轩辕昊送上水晶琥珀果盒一个，镂金嵌玉六棱酒壶一只，镶玉嵌银雕花八宝杯九只。笪殷昊送上金丝琥珀圆盘一只，上镂翠叶金枝，雕得十分精细。须菩提行礼致谢，一一收下，女娲欢喜不已。

一会儿，众婢又络绎而至，奉上茶水酒露，又端上各种灵瓜卍果、琼肴瑶馔摆了一大桌子，众人尽皆畅饮，觥筹交错，只是轩辕昊和女姬不言不语，显得席间冷冷清清。轩辕昊因郐夙之死，心里憋着怨气许久了，无处发泄，本来想趁着酒劲给女姬一顿颜色看的，结果瞥见女姬坐在对面，芳颜融融，越发娇娆袅娜，如桃花露滴，何等清艳，一时心里酥软，那满肚子怨气随即便散得无影无踪了。直到酒过半筵，轩辕昊和笪殷昊离席把盏，敬伏羲昊和女娲，轩辕昊笑道："贤侄与新人正是郎才女貌，天作之合，如今成家了，也该到立业的时候了。"女娲笑道："犬子无大志，顺其自然罢了。"轩辕昊笑道："师妹太过谦了。听说师尊不久将要轮回，此时圣谕大赞须菩提，想必是有所用意的。"女姬听这话，白了轩辕昊一眼儿，举起杯子呷了一口，又重重放下，轩辕昊应声望去，见她面带愠怒之色，他心中也有些不安，便忙低下头去。女娲听轩辕昊一席话，也是暗吃一惊，知是轩辕昊有意试探，只好从容说道："师兄说笑了，我儿须菩提尚且年少，无意于功名，所以才早早儿成亲，只想图个安乐，今日大婚之日，圣谕贺喜，我只当吉祥话儿了，却不知有何用意的。倒是师兄这话里藏话，不知用意何在？"说完又请众人饮酒，轩辕昊笑而不语，众人直饮到玉漏将残，才尽心而散。

却说笪殷昊饮酒尚未尽心，只是见轩辕昊和女姬等离席而去，此时婢子们又撤去残肴，他也不好逗留，只好起身，转眼看轩辕昊时，却突然见玄女站在轩廊纱窗下与女姬说话，一边瞅着轩辕昊的背影儿。笪殷昊本有些微醉，此时又看玄女越发美丽，见她妆束略显成熟，但却娇小可人，妩媚妖冶，如一只嫩燕雏莺，一颦一笑间半启朱唇，笑窝带晕，微露瓠犀，一张粉脸白里透红，仿佛轻轻一弹就破了。笪殷昊望眼欲穿，暗想道："上次虽说有过一面，但却未曾细看，今日才知她果然妖艳，若得此女为妻，也不枉此生。"如此想着，醉眼蒙胧，不觉心荡神迷起来。此时，玄女也隐约觉得有人窥她，便轻轻转脸看去，见是笪殷昊，她便回眸一笑，更让笪殷昊魂不附体了，见玄女与女姬告别，走出拱门，朝园子里的角门去了，他赶忙跟了上去。玄女知道笪殷昊看她，心里早已春风荡漾，暗思道："三大王可是对我有意？"想着便又转身盼去，见他跟了上来，她也慢移金莲，笪殷昊走到跟前，笑揖道："玄女，我也要回府去了，可愿同行？"玄女媚笑道："与三大王同行，岂有不愿之理？”二人轻移前行，走到玉亭畔，见琪花琼树，千种奇葩，姣姣开艳，颇觉得十分惬意。笪殷昊四顾园景，叹道：“师妹真好福气，这么大的宫殿，绿艳红姣的，真是个逍遥所在。”玄女微微一笑，问道：“三大王与娘娘也是一朝重臣，想要这么个园子也不是什么难事吧。”笪殷昊笑道：“只可惜本王却没有师妹的项领之功，师尊断舍不得赐我这般金殿的。”玄女蹙眉叹道：“只要三大王想要，别说一个园子，就是那玉京宫也如探囊取物。”笪殷昊一听大惊，愕然道：“玄女，何出此大逆之言？”玄女潸然下泪，苦笑道：“妾见三大王也是堂堂英雄，却郁郁不得志，今见大大王和女娲娘娘占尽风头，只怕往后更难得机会翻身，既然三大王身怀无敌大法，为何不放手一搏呢？”笪殷昊又是一惊，急问道：“贤妹，何以知我机密？”玄女轻移金莲，笑道：“妾常与众婢往囲山采集灵露，亲眼见过三大王在谷中试法，掀起狂风大作，飞沙走石，唬得妾身无处藏身，又岂能不知？”笪殷昊问道：“这便以为我有无敌大法？”玄女笑道：“曾见三大王取出一物，明光闪烁，妾便知那必是传说中的照石，据说天王就曾窃取盘古涅槃时所遗灵骨，方成为今日三界之主，如今这照石被三大王所得，既有心出头，又何愁霸业不成？”笪殷昊见事不机密，已然泄露，心中甚为不安，急问道：“不知贤妹是听谁说的？”玄女一笑道：“妾本来一无所知，也是听二大王说起的，他说他曾亲眼见天王用过此物。”玄女说犹未了，笪殷昊忙道：“贤妹不要说了，小心隔墙有耳。本王曾奉旨与大大王往诸星域封赐驻星守将，以此宝物变化宫殿楼阁，但此宝物复命时已被天王收回。”玄女笑笑道：“既然三大王不肯明言，我也不好勉强，我先回天香殿了，只盼有缘能再见到三大王。”说完瞅一瞅笪殷昊，见他心事重重，也就不再多说，二人无话，一路走出蕊珠宫，各自离去。

却说散席之后，伏羲昊往玉京宫去找神农珊准备下界的事儿。女娲留在蕊珠宫照应，婧珠陪女娲送来迎往地忙了一阵子。好不容易才应酬完，女娲去南灵殿找女姬，婧珠也急着去找姝涵。婧珠到了红玉阁，见中堂没人，又进了里间，却看到姝涵正在妆台前梳妆，好像没事儿人似的，突然在镜子里瞥见婧珠来了，姝涵笑着起来，上前去恭恭敬敬福了一个福，笑道：“给二少主请安。”婧珠目不转睛地盯着她道：“姝涵，你是不是疯了。”姝涵瞅她一眼，将粉脸儿一偏，雾鬓倾披香肩，浅浅一笑道：“呃，我怎么就疯了？”婧珠怪嗔道：“少主大喜之日，全世界的人都在，就你一个不在，你不是疯了么？”姝涵笑道：“那么多的人，谁在乎一个婢子！”婧珠问道：“外面热热闹闹的，你就一直坐在这儿的？”姝涵摇摇头，笑道：“没有啊，我也是才回来呢。”婧珠又问道：“那你去哪里了？”姝涵向她抛个媚眼儿，笑道："就不告诉你。"娐珠轻轻一跺脚，娇嗔道："你快告诉我呵，如果娘娘问起来，我也好替你圆个谎的。"姝涵问道："娘娘为什么要问我呢？"娐珠急道："你今天不在那边伺候，娘娘怎么不问，只是那会儿忙了，根本顾不得，这会儿闲了，不问才怪的！"姝涵又往妆台坐下，取过水晶妆奁打开了，挑出一支粉色簪子来，玉指儿轻轻一勾便别上雾髻，粉脸在镜子前转了一转，又觉得不好，遂又挑了一支蓝色的别了上去，这才对着镜子傻傻一笑，道："我料你家娘娘暂时还想不起来我呢，所以你不要去问，省得提醒了她的。"娐珠不解，翻着白眼问道："我家娘娘？你倒把自己说成是外人了，那你是谁家的了？"姝涵撇了撇嘴儿笑道："我叫轩辕姝涵，当然是轩辕家的了。"娐珠见她头上的簪子别致，也凑了上来，笑道："蕊珠宫就十几个人，怎么就想不起你的，明天娘娘要问起来，我看你怎么解释。"姝涵瞅她一眼，笑道："不会的，娘娘就要奉旨下界去忙了。"娐珠没搭话儿，只拿眼瞧着水晶妆奁。姝涵笑了笑，轻轻抽出奁屉儿，娐珠仔细一看里面琳琳琅琅的珠宝首饰，伸了伸舌头，又瞧准一个嵌蓝玛瑙的金钗，自己就取了来端详，爱不释手。姝涵见她喜欢，笑道："你要喜欢就拿去吧，这个是双凤头琼钗儿，卡子金煌煌的，凤头儿是蓝玛瑙的，看着剔透玲珑，最适合你了。"娐珠喜欢得不行，攥在手里不放，又弯下腰肢在她脸蛋儿上亲一口，笑道："好妹妹，我就晓得你舍得给我。"姝涵忙抬手儿擦擦脸颊，翻眼笑道："呀呸，你哪里学的下流动作，这么不害臊的。"娐珠笑道："这有什么害臊的，我也是女儿家，看把你羞的，若是个公子哥儿，不晓得你又怎样呢。"姝涵拢一拢发髻，起身笑道："那是不可能的。"娐珠将那钗子别上髻荷，笑道："妹妹这屋子就是宝藏，什么都有，我看就是两个少夫人的家当首饰全部加起来也没有你的多，而且她们的都没有你的好，你的衣裳和首饰我看这全世界就没有第二个。"姝涵莞尔一笑道："我这个人，全世界也没有第二个的。"娐珠问道："妹妹说你的神奇是与生俱来的，果真如此么？"姝涵点点头儿，笑而不语。

娐珠正要追问，却听珠帘儿落下，应声看去，见皂嬛进来了，先是看了一眼姝涵，又欠身对娐珠道："二少主，大少主叫你过去呢。"娐珠嘟哝道："我才把他们送入洞房，这会儿又叫我作甚？"皂嬛低头道："大少主没给我说什么事儿。"娐珠又问道："你不是娘娘屋里的婢子么？怎么是你来叫我的？"皂嬛低声答道："小婢也是去给他们传娘娘的话儿，大少主就说'回娘娘那里如果遇见了二少主，就说我请她过来'。小婢一路上也没遇见二少主，小婢就猜二少主可能是来这里了，进来果然就寻着了。"娐珠怨嗔道："你果然很会猜的！"皂嬛低头不语，娐珠又问道："那你去那边传娘娘的什么话儿？"皂嬛道："娘娘说她就要下界去忙了，一家人聚聚餐的。”婷珠又要说话，还没等她开口，姝涵扭头一笑，问道：“一家人聚餐，娘娘没叫我么？”凫孀瞥她一眼，轻轻摇头儿，又瞅她一下道：“你好一阵子都不在这的，怎么才回来？”姝涵正要回话，婷珠抢道：“是我叫姝涵去玉京宫里给我父亲送东西了，你一个婢子问什么？”凫孀低下头不说话了。婷珠拉住姝涵的手儿笑道：“你也去吧，顺便也看看新娘子。”姝涵笑道：“我不去，又不是没见过新娘子，再说没人叫我去，哪有赶着去伺候人的婢子呢。”婷珠急道：“你才不是婢子呢，你看这全世界有你这样儿的婢子么？”姝涵捏了一下她的耳垂，笑道：“你真笑死我了，开口闭口全世界全世界的。”婷珠又道：“去不去，不去我去了，省得他们又遣人来叫我。”姝涵又不出声儿，只是做着口型慢慢摇着头儿，悄悄道：“我——就——不——去。”婷珠一跺脚，噘着嘴儿“哼”了一声转身就走了，凫孀忙着跟了出去，见婷珠出了拱门，这才转出角门去清元殿了。

且说婷珠到了凤来阁，媚凤和玉奴掀起珠帘儿，玉奴朝里报道：“二少主来了！”婷珠进里间去，站在里屋的香咴和斓姁双双欠身道：“二少主。”婷珠见须菩提和碧玉、尚翠都坐在春凳上。须菩提见她来了，抬眼笑道：“婷珠儿，你过来，我问一句话。”婷珠不知他要问什么，就过去坐碧玉和尚翠旁边，然后看着须菩提。须菩提四顾一下，然后对香咴和斓姁道：“你两个先出去，把门关上。”香咴和斓姁躬身退出里间，又轻轻地放下珠帘儿将门关上。婷珠笑道：“哥哥要说什么机密，还要将婢子撵出去。”须菩提拉住她的手儿，问道：“我听人说，蕊珠宫里有个婢子，手里有神奇，能千变万化的，可是真的？”婷珠先是一愣，又看了看碧玉和尚翠，见她们俩说着别的，这才问须菩提道：“你是听谁说的？”须菩提笑道：“不管谁说的，你就告诉我，那婢子是不是有这神奇？”婷珠摇头儿道：“不曾见过。”须菩提板着脸道：“她们一个个都知道了，你只瞒着我作甚？”婷珠道：“哥哥须告诉我是谁说的，我就告诉你。”须菩提道：“是母后身边的一个叫凫孀的婢子说的，她就和那婢子住一个屋里，她说她亲眼所见，还说很多人都见了，连你也见了的。”婷珠咬咬唇，笑道：“凫孀这婢子嘴贱，就知道胡说八道的，你怎的也就信了？哥哥觉乎若真有那么一个神奇的人，会跑来给人做婢子么？”须菩提一听，低头思忖片刻，又抬头憨笑道：“还是妹妹说的有道理，我也觉乎这断不可能。”正说着，就听凫孀在门外道：“少主，少夫人，娘娘让小婢来送压床礼了！”碧玉去开门，凫孀端着一只琉璃托盘进来，欠身道：“恭喜少夫人，贺喜少夫人，娘娘让婢子来送压床礼了。”碧玉笑了笑，又回到春凳旁边，凫孀端着托盘朝尚翠走来，婷珠翻她一眼，等她刚迈步就出脚挡了她一下，凫孀冷不防就一跤扑在地下了，托盘也翻了，珠零玉翠的撒了一地。娇珠掩口笑，须菩提知道是她使坏，只摇头笑笑。碧玉也掩鼻一笑，打趣道："真的是妻不如妾呢，方才给我只福了一福，见了尚翠她就磕起头了！"尚翠急忙起来，扶起她道："你这个婢子，怎么这么没大没小的，少夫人在那边站着呢，你给我磕什么头。"娇珠忍俊不住，眯着眼睛咯咯地笑了。皃嬥爬起来，笑着给尚翠福了一福道："恭喜二少夫人！"又对着须菩提欠身道："恭喜少主，贺喜少主！"须菩提笑道："你真很辛苦呢！"皃嬥又弯腰收拾地上的东西，大家看去，却是紫金镯子、真珠串子，玛瑙弫，五彩珊瑚玦，五彩雕纹玉环，七彩水晶宝钗，错金镂银圆珰，太虚螺纹琉璃坠子，太虚云母扇，九天灵露，九真玄香，玄灵茶，九天紫露酒等，一律都是成双成对的。碧玉和尚翠收了，碧玉笑道："你回去代我们向娘娘道谢，就说我们很喜欢。"皃嬥欠身道："娘娘说叫少主和二少主、少夫人、二少夫人都去清元殿呢。"须菩提起身道："那我们就去吧，娘娘要请客了，不去怎么行！"说着出门，须菩提和娇珠前边走着，碧玉、尚翠、媚凤、玉奴、香哝、斓姁、皃嬥俱跟在后边，一路上欢声笑语，环佩叮咚。

且说女娲见女姬散席之后，也不肯久坐就匆匆告辞，便知她心情不爽，等打发完宾客后，顺路向南灵殿来，见院内绿阴如幄，芬芳扑鼻，远远就看到女姬坐在栏畔发呆，望见女娲进来了，起身笑道："我就想着你也该来了。"女娲含笑不语，携着她的手儿同入客厅，女姬就叫婢子来奉茶。苏叆和妹喜见是女娲来了，犹豫不安，只怕女娲是来追究邠夙的事儿，便互相推起来，不肯端茶去。岄灵急了，跺脚道："娘娘都来一会儿了，上神唤你们奉茶，你们到底去不去？不去我去。"苏叆巴不得有人来替，便将茶具递给了岄灵。岄灵到了客厅，先给女娲欠身问安，女娲见她两鬓别着一支翠色雕凤簪儿，就像光溜溜的一簇乌云上立着的一只金凤。女娲默默看了她一会儿，笑道："附宝，你府上的婢子看着就是儒雅水灵的，怎么就她一个？别的婢子呢？"女姬不应，又见岄灵端上茶水就匆匆退出了，女姬瞅了女娲一眼，仍不言不语。女娲问道："你怎么哑巴了？"女姬正色道："姐姐何必明知故问呢。"女娲笑道："原来你心里是明白的，怪不得你散席之后就跑回来了。"女姬叹道："怕不止姐姐一个人知道，二师兄也知道的，他只是装作不知道罢了，今天在席上正眼也不瞧我一下，哼，我就知道他心里恨我的。"女娲惊道："哦？附宝，怎么如此在意你二师兄的眼神儿？莫非你早就中意他了，却一直瞒着我么？"女姬摇头笑道："咳！我若是有事儿能瞒得住姐姐，那也不至于犯这个错了，邠夙那婢子死了，这事儿一直在我心里悬着，迟早被师尊知道，只怕我也会和金童玉女的下场一样儿，被他打下界去了。"女娲握着她的手儿道："妹妹别怕，若真打下界去，有姐姐罩着你呢，这仙界的事儿姐姐说了不算，可到了界下，凡事由姐姐做主的。”女姬听了吃吃笑起来。

恰好岬灵又送进茶来，女娲放开手，故意问道：“怎么来来回回就你一个人伺候着？别的婢子死哪去了？”岬灵瞅着女娲一眼，笑道：“小婢不误娘娘吃茶就是了，她们各自忙碌着，我也不晓得呢。”女娲笑道：“也不是嫌你斟茶慢了，只是疼惜你一个人忙里忙外的。”女姬愣了一下，对着岬灵立眉道：“放肆！怎么就对娘娘这般说话？别以为你的心思我不晓得，只是表面上顺从我，心里头还不知怎的咒我呢！你仔细听好了，我如今什么也不怕了，别把我惹急了，否则你也是邠夙的下场。”一句话吓得岬灵娇躯一抖，差点将茶杯落在地上。女娲瞥了女姬一眼，忙道：“怎么这样儿说话，你看把婢子吓得！这么好的一个婢子，换我心疼都来不及，还能对她儿大呼小叫的！”女姬冷笑道：“只怕她没这个好命伺候姐姐呢，姐姐若喜欢，一会儿就带她去吧，省得我在这里还要看一个婢子的脸色！”岬灵脸一红，低头退出。女娲笑道：“你此话可当真？”女姬笑道：“不就是一个婢子么，我有什么舍不得的，这几天心烦意乱，就想一个清清静静的。”女娲笑道：“算了，不说这些个，我且问你，这几天大门不出二门不迈的，你不觉得岑寂么？”女姬被她这么一问，一股悲酸涌上心头，鼻翼微微翕动，泪珠儿便簌簌而下。女娲见状，惊道：“附宝，你是怎的了？”女姬呜呜咽咽道：“如果不是那婢子死了。”只说这一句，便倒在女娲胸前大哭起来，女娲知她一肚子委屈和愁绪，被她惹得也楚楚凄凄起来，轻轻拍着她的削肩，泣道：“附宝莫哭，姐姐何尝不知你心里的苦。按说这事儿也不完全怪你，二师兄不自重，害了那婢子，你虽然有私心，一时泄愤，下手重了些而已，断不会想着将她打死的。不论怎的，事已至此，多说也无益了，你要好好的姐姐就放心了。”

女姬见女娲为她凄楚，心里也是百般地感激，拉了女娲的手，又嘤嘤咛咛地哭了起来，女娲心里想道：“附宝，我知你有委屈，你可晓得那邠夙也有委屈么？”女姬一想到此，便觉得痛心刺骨，竟也跟着女姬抽泣起来，哭得岬灵和苏叆、妹喜个个惊疑，都蹑手蹑脚地凑至窗外怔怔地看。女姬晓得婢子们听见了，便松开女娲坐起，转抹了眼泪，朝着窗外大声道：“邠夙，你死哪去了，若是你在外边，就取绢帕儿进来，给娘娘拭一拭泪儿。”一面说着，便取出绢帕儿给女娲拭了泪。苏叆和妹喜见这情景，伸了伸舌头，又蹑手蹑脚地离开窗子，又见岬灵泪流满面，捂着脸儿咚咚地跑了。

又停了一会儿，女姬见女娲透过珠帘儿凝望门外，半晌没有动静，便悄悄上来叫了一声道："姐姐。"女娲叹一口气道："世事无常，天意弄人，谁个又不是于一闪念间做错了事儿，悔之莫及呢！可惜的是一次知错改过便也罢了，只是好了伤疤忘了疼，下次却又错了，想来想去总觉因果如此，不晓得谁对谁错呢，只晓得死了的人可怜，活着的人可悲。"女姬不觉泪如泉涌，杏脸含嗔，柳眉锁恨，却一言不发，就伏在琉璃几上哽哽咽咽地哭。女娲又拉住她的手安慰一番，女姬噙着泪哽咽道："姐姐，不说这些了，总是我有私心的错，就不该与那婢子计较的，这些天我的心儿也痛！就如独自一个立在大风口，时时都让我喘不过气儿来，现在好了，转觉一切都是因那儿女俗情，这一下子被一阵大风吹得干干净净了，倒也了无挂碍了。"女娲痴痴地点头儿，微微一笑道："既知花开造次，莺儿何须悲鸣，一切就随缘起缘落吧。"说着便站起来又道："不早了，我还要准备下界的事儿，我就是来看看你的，你好好儿的，我们姐妹都要好好儿的。"女姬也起来，牵着女娲的裙裾，苦笑道："姐姐知我的心思就是了。"女娲微微一笑道："风儿也总有停下来的时候呢，若你不倒下，便会等到风轻云淡时，你要像姐姐一样坚强才好，愈是艰难，愈是要迎难而上，我若是你这样儿的柔弱，那界下生灵早就毁灭了呢。"说着便走，女姬一边抹泪儿一边将她送出殿外。

再说须菩提和碧玉、尚翠、娇珠来见女娲，到了清元殿上房跟前，凫嬺先跑去掀帘子，须菩提和娇珠、碧玉、尚翠先后进去，众婢又各自散开去忙了。屋里倒是清雅，堂前有两根镶金银柱，玻璃壁上挂着一幅织锦画，一张紫水晶几上摆着几只雕龙镂凤的玛瑙花觚，内插几枝琼花玉叶，镂空金螭炉内焚着玄香，琉璃案上摆着金瓯玉碟，还有一条紫金春凳，瑶窗挂着白纱帐、粉红绫，以及橘黄绸幔，上面绣着花卉和蝴蝶，栩栩如生。再看紫水晶儿旁有两只镂纹白银盆，里面有三条小红鱼儿，掩映在珊瑚树和绿藻之间，甚是幽约。须菩提刚坐下，就见炤翚和嫱娟拥着女娲从屧廊缓步走来，须菩提赶忙迎上去给女娲磕头道："母后万福金安。"娇珠跟着磕头道："母后万福金安！"碧玉、尚翠双双给女娲磕头问安，女娲扶起笑道："以后只叫母后，不许叫娘娘了。"碧玉和尚翠应了，又双双福了一福，叫道："母后。"女娲笑道："这才像一家人了！"说着又各赏了她们一些珠玉和钗钏。女娲又道："为母要去界下了，临走与你们坐一会儿，我在娇珠的偏殿里备了宴呢。"众人又簇拥着女娲到偏殿入席。餐毕，女娲起身要走，对须菩提道："我儿如今已成亲，也是个大人了，以后不可再毛毛躁躁的，凡事多听碧玉和尚翠的话，她们可比你要懂事儿呢！"须菩提答应着，又望着碧玉和尚翠笑了笑。女娲摆手道："你们都去罢。"

众人又出殿，婢子们簇拥着须菩提和碧玉、尚翠往凤来阁去了。经过宸恩殿时，只听一阵环佩声传来，须菩提应声望去，见粉墙小径上走出一个花枝招展的人来，便觉得飘来一股清香，沁人心脾，须菩提两条腿尚如钉住，定睛一看，一个十三四岁的女孩儿，梳蝉翼鬓，纤纤弱体披着轻纱异锦，娇艳无比，像一个天外明珠仙后，又如一轮宝月祥云，那道神采袭来，使得这边群芳顿时了无颜色。众目澄澄地望去，不觉俱驻足而立，凝眸无语。须菩提更是一见魂销，眼光晃漾不定，婷珠仔细一看，原来是轩辕姝涵，便远远招手喊道："姝涵，你要去哪里？"姝涵好像未听到，径自往前走了。须菩提那一缕魂灵儿早就被那倩影带了去，恍恍惚惚。碧玉见他出神儿，笑道："走吧，一个婢子有什么好看的？"须菩提急问道："哪个婢子？谁屋里的？"婷珠笑道："哥哥，你管她哪个屋里的？她是母后身边的。"须菩提心里想道："这一个绝色婢子从哪里来的？看她那神采，万分不像是一个婢子，这样儿的仙界绝色，只怕也只有她了，若是能早些认识……"尚翠见他心神不定，推了他一下，笑道："又想什么呢？快走吧！"须菩提暗思道："仙界哪有如此绝世丰神，莫非我眼花了？"如此想着，酥了半晌，如醉如痴，把一双眼睛擦了又擦，摸了又摸，停了一会儿，再看时美人已去，他又东张西望，早已没个人影儿。尚翠摇头轻叹一声，碧玉翻了他一个白眼，须菩提只顾凝神儿，哪里还注意她，只问婷珠道："你刚才叫她什么名字？"婷珠见他发呆，随口回道："她就是哥哥听人说的那个有神奇的女子，今年十三岁了，名叫轩辕姝涵。"须菩提叹道："果然是仙界绝无仅有的女子。"婷珠掩鼻笑问道："当然是个绝色的仙子了，然后呢？"须菩提道："但不知这朵花又被何人所摧折了。"婷珠一听，眼皮一翻，急忙移到碧玉身后躲去。碧玉伸手拽住须菩提，正色道："妾有一句话，或有些儿冒昧，但是也不得不说，你从哪里学来的这些淫亵的话儿？怎么能当着你妹妹的面儿说？她还是个未雕之玉，何曾听过淫亵之语，你如此轻薄，是不是太过了点儿？"须菩提急挑起双眉，赔笑道："你严重了，我怎么有此妄念，只是突然看到一个天外之人，心如止水，顿消俗念，哪里还有什么淫亵话儿说给你们听的。"碧玉霍地松开他的手，恚嗔道："你再这么不正经的，我就告母后去。"须菩提怕人窥见心事，也不好再说什么，只是蒙头走着，一路上出神渺虑，细细追摹，不知不觉就到了凤来阁。不题。

话分两头。伏羲昊和女娲下界之后，须菩提在蕊珠宫没几天，便被接引归真佛带到灵山雷音寺。此时，朝阳殿的笪殷昊却坐立不安起来，那天在须菩提婚宴上，他亲眼看到天斗赏赐的若干奇珍异宝，再听圣谕中对他赞赏之词，越发心乱，暗思道："须菩提徒手打死孟章神君青龙，又孤身击退阴灵，看来法力非同寻常，我要谋事，他必成为我后患，倒不如借机一试真假，看他厉害，还是我手里的照石厉害！”正要出门，又转念一想：“不行，万一到了灵界，诸佛必会奏报师尊，照石之事一旦败露，岂不成了祸事儿？”如此想着，只好打消了念头。笪殷昊在园子里踱来踱去，心上甚不称意。踱了几步就喊道：“岄灵，速给本王斟茶来！”半晌没有动静，这才想起自己早把这个婢子送给了女姬。这时一阵清清冷冷的风儿吹来，抖落了一阵萧萧飒飒，只看院里琪花颤颤，瑶草簌簌，碧纱窗外落叶飞旋，檐前银铃也叮叮当当乱响起来，恍如幻梦。笪殷昊看这朝阳殿空无一人，四壁萧萧，长吁短叹一番，心中不免凄恻，望着庭院萋萋，忽然想起在蕊珠宫与玄女一面，不觉诗兴大发，仰面吟道：“一块妙璞藏闺楼，美玉何曾暗里投。霓剪云裳虹作佩，神凝露水灵为眸。恰似桃花含娇媚，娆娆一笑更幽柔。偏偏美人在别处，薿薿庭圃独我愁。”正愁闷间，忽听身后传来笑声道：“美人来了，还不迎接？”笪殷昊急转身看去，见是轩辕昊和玄女带着两个仙婢来了，心里咯噔一下，又见玄女笑容可掬，笪殷昊一发神摇魂荡。轩辕昊拱手笑道：“师弟作的好诗！”笪殷昊忙走来一揖，笑道：“二师兄可是稀客，我们师兄弟二人一个住朝阳殿南殿，一个住北殿，虽说近在咫尺，却如远在天涯，怎么今日突然驾临本府？”轩辕昊笑道：“我也是路过这里，见天香殿玄女来为你送婢子来了，便顺道为她引引路的，怎的，莫非师弟只欢迎美人不欢迎我么？”笪殷昊摇头笑道：“哪里，哪里。二师兄说笑了。”说着便邀请他们入内，轩辕昊忙道：“先让他们在园中赏景，那我兄弟二人说说话儿可好？”笪殷昊看向玄女，未等开口，玄女欠了欠身，笑道：“不忙的，二位大王先请叙话，之后我再安排侍婢的事儿，我头一回来三大王府上，也好在园中游览一遭。”说着便转身与两位婢子走了。

轩辕昊见院中萧条无色，遂问道：“看这院子里花木凋残，像是很久都没有人住了，这却是为什么？”笪殷昊笑道：“也就我一个人，得过且过而已。”轩辕昊道：“为何府上没有婢子伺候？”笪殷昊愣了一下，暗思道：“我有照石在身，生怕有人知道，故而不要一婢一女，他自然不晓得我的心事，现在他如此问来，却让我如何回答。”轩辕昊见他低头不语，笑道：“师弟不想说便不说了，为兄不问也就是了。”笪殷昊笑道：“哪里。之前也有过一个婢子，我见女姬妹妹那里没有人伺候，就送给她了。”轩辕昊听他说送给女姬一个婢子，心里也咯噔一下，笑道：“难得你这么关心师妹，只让自己受了委屈。”笪殷昊转脸，笑问道：“二师兄到我府上，不会是来谈婢子的事儿吧？”轩辕昊轻叹一声道：“当然不是，为兄有些话儿憋在心里许久，甚是苦闷，觉得不吐不快，故而来与师弟道道。”笪殷昊疑道：“哦？

二师兄有什么话要说？”轩辕昊道：“大师兄与师妹女娲已是一家，如今唯有你我尚且独身。虽说为兄与你是个一人之交，但为兄的隐衷尚未与你尽述，心中有些个念头，只怕你认为只是妄想，所以不知如何开口。”笪殷昊闻言，心中已有些触动，笑问道：“二师兄与小弟同出一脉，又互为邻居，有话不妨直说，难道还有隐讳么？请里屋说话！”轩辕昊一边进屋，一边道：“师弟有所不知，眼看师尊急于轮回，你说这后事该如何安排？要说继位者，我们五人谁当其位？”笪殷昊笑道：“当然是大师兄或者师妹女娲了，这不消一问的。”轩辕昊摇头道：“若是如此倒也罢了，可为兄以为不然。”笪殷昊疑道：“哦？那以二师兄之见，谁当继位？”轩辕昊叹道：“师尊不会那么想的，你仔细想想看，我们五个都是他的弟子，不论让谁继位，以师尊之多疑，总会担心祸起萧墙，故而，他不会选我们当中的任何一位来继承天位。”笪殷昊笑道：“除此之外，这天廷上下，还能有谁继位？”轩辕昊道：“当然是女娲之子须菩提了。”笪殷昊摇头道：“岂有此理，须菩提可不是师尊的弟子，这无缘无故的，让一个乳臭未干的毛头小儿继承大统，师尊乃圣明之君，如此大事焉能儿戏！”轩辕昊瞟他一眼，笑道：“你忘了么？那个少年可是徒手杀青龙，独身退阴灵的人，在师尊眼里，难道还有比他更合适保卫天阙的人么？须菩提大婚之时，师尊不但赏赐颇丰，而且圣谕中多有溢美之词，这就是说给我们听的，以表露他的心迹，难道这么简单的道理，师弟都想不明白么？”笪殷昊道：“这不过是看在大师兄与师妹女娲的情面上许他的，不足为奇。”轩辕昊笑道：“依你的说法，想必因为伏羲昊与女娲功高盖世，师尊不得不讨好么？”笪殷昊道：“伏羲昊不消说，但师尊确实是想讨好女娲。”轩辕昊道：“你怎么如此糊涂！师尊若传位给伏羲昊，只怕众神不服，若传给女娲，只怕我们不服，若传位女姬或给你我二人，更无人信服，只有传给须菩提，方可令众神无话可说。”笪殷昊问道：“说也可笑，难道传位给须菩提小儿，就能服众么？”轩辕昊道：“当然了，师尊也不怕谁不服，因为须菩提背后自然有伏羲昊和女娲支持，若想从他那里夺取王位，简直是妄想。”笪殷昊笑道：“让他做梦吧！若真是如此安排，我首先就不服！”轩辕昊故作惊骇，问道：“师弟不服，又当如何？”笪殷昊斜睨他，问道：“难道二师兄服他么？”说到这话，轩辕昊不觉踊跃大喜，笑道：“我当然不服！所以才来问问师弟，今见师弟如此，我也就放心了。”笪殷昊笑道：“只要你我二人反对，再加上师妹女姬反对，难道师尊还不改变主意？至于那须菩提，我已恨之切骨，只要除掉此人，师尊纵然有立他的念头，也是枉然了。”轩辕昊笑道：“妙，妙！实在是妙！为兄原以为你胸中无策，没想到你比为兄还想得周全！”笪殷昊摇头道：“不然，不然。理应如此，若不谏阻，师尊一旦将大位传于那小儿，岂不是坏了天廷大事！我所做的，绝无半点儿私心，皆为大局着想。”轩辕昊笑道：“师弟果然深明大义。”笪殷昊叹道：“虽说如此，可如何才能除掉须菩提？我一人之力恐怕难以做到，还须二师兄联袂谋事，方可成功。”轩辕昊道：“不难。待我细细思之，定有良策，明日即来相告。”说着便抬腿要走，笪殷昊起身笑道：“何不饮茶之后再去？”轩辕昊道：“为兄还有别的事儿，明日再来叨扰罢。”说着便一拱而去。

笪殷昊送出轩辕昊，忙整衣冠，恭恭敬敬来到后园，只见楼台寂寂，玉砌雕栏，花雾靡靡，几处红亭连画阁，旁有碧水接香堤。直到红亭边，两个婢子迎上，欠身施礼。玄女窥见他一表人材，风流品格，肚里转道：“三大王英俊，将来必为栋梁之器。”玄女见笪殷昊快到了跟前，迎上去福了一福，笪殷昊揖道：“本王见你来，如旱苗得甘泽。”玄女掩鼻一笑道：“妾来给三大王送婢子来了。”笪殷昊笑道：“玄女妹妹，请坐下来讲。”说完一挥袖子，一霎时，圆桌上就珍馐罗列。玄女在琉璃圆桌旁坐下，盈盈而笑，笪殷昊坐在对面，不说一句话，只是呆呆地瞅着她，神驰了半晌。玄女掩口笑道：“三大王，你不看婢子们好不好，只顾盯着妾作甚？”说着便招手，让两个婢子过来，笪殷昊见婢子十三四岁，低头站在一侧，就问玄女道：“本王清静惯了，要她们何用？”玄女笑道：“三大王一个人在府上，也不觉乎冷清么，连个端茶倒水的人也没有，三大王若不要婢子伺候，那倒是妾安排得不周了，天廷若责问起来，我这个天香殿的辅神，可如何对天廷交代呢？”笪殷昊笑道：“既是如此，本王愿留一个婢子。”玄女闻言，忙唤一个清秀婢子，领到面前，笑道：“这个婢子聪慧伶俐。”笪殷昊见婢子颇妩媚，忙道：“不消如此窕窈的，可有一般些的，将就便好。”玄女笑道：“只怕三大王看着不喜欢。”说着又唤来另一个婢女，笑道：“她叫嫱蕙，从台琴星来的。”嫱蕙上前福了一福，低头道：“小婢拜见三大王。”笪殷昊瞥了一眼，见她虽不妩媚，但也清秀标致，笑道：“这个婢子甚合本王之意。”玄女掩鼻笑道：“三大王可真奇怪，别的府上只挑那些如花似玉的婢子，你却只捡些其貌不扬的来。”笪殷昊笑道：“有么？你且再看她。”说着朝嫱蕙一挥袖子，只见她被一片紫烟笼罩，烟霭里出现一个玉裹珠围，华妆艳饰的仙婢，清芬扑鼻，再看她蝉翼垂肩，凤梢侵鬓，比先时美过三分。玄女不胜欢喜，惊道：“三大王竟有此神奇之法。”笪殷昊笑道：“这也不算什么神奇，只是本王的玥供多些罢了。”玄女笑道：“妾的玥供也只能变些花花果果的，还舍不得用呢！”两个人又说说笑笑一会儿，玄女暗送秋波，笪殷昊不觉心荡神摇，精魂已失。玄女见好就收，起身告辞，他也未挽留，只得作别，不题。

却说天斗因东极星孟章神君出缺，便召来笪殷昊问道："神农琊随伏羲昊于凡间助人有功，本王欲封他为东极星孟章神君，接替青龙之位，你觉得如何？"笪殷昊道："无有不妥，神农琊颇有才干，让他接替青龙再合适不过。"天斗吩咐道："为师令你去界下传旨。"笪殷昊领旨，出南天门来到凡间怀仁之地，见到伏羲昊和女娲、神农琊等。笪殷昊宣了天斗的旨意，神农琊颇感意外，看看女娲，女娲笑道："这凡间的事儿，有我们操心，你就放心去赴任吧。"说完又与笪殷昊寒暄几句，便各自作别。

临行前，笪殷昊对神农琊道："本王奉旨还须去一趟冥府，你自去赴任，本王就不陪你了。"神农琊一愣，暗思道："若天王真有旨意下达冥界，当由女娲娘娘亲自操办，怎么派他独自前去，莫非有什么密旨么？"想到此处，便揖道："小神先行一步，请三大王自便。"笪殷昊即改道去了冥界，走到幽冥宫前，见人众挤杂，纷纷将目光投向他来。不消一会儿，又见各位冥吏齐齐出来，又听见传鼓通报，冥王笪殷曹匆忙出来，将他迎接进去，上座幽冥宫王座中间，诸冥吏左右朝南一排坐定。笪殷昊附耳对笪殷曹道："本王来此，不是为了升堂问案，你叫他们也坐一起作甚？速速叫他们散了，我们自在着叙话。"笪殷曹一挥手，众冥吏徐徐退出。笪殷曹连忙跪道："不知三大王突然驾到，为弟有失远迎。"笪殷昊将他扶起，笑道："你如今也是一界之主了，从此见本王不必行此大礼，否则这一旦传了出去，若被师尊知道了，恐生非议。"笪殷曹深深作了一揖，问道："王兄有何吩咐？"笪殷昊瞅他一眼，一边捏着下颌，一边踱步道："本王听说师尊将要去轮回了，天廷瞬息万变，本王也不得不未雨绸缪。你可知道，那魔天王阴灵在西方冥界拥兵百万，若要造反，瞬时便能攻入西极星，继而兵临西天门下，足可见，由冥界起兵也能攻上天廷！本王以为，你在这冥界也当早做准备，多多征收冥兵，以备将来不时之需。"笪殷曹惊道："王兄之意是？欲要起事？"笪殷昊忙道："此事机密，万不可泄露，须小声说话。"笪殷曹回道："王兄有所不知，冥界初创，人丁稀少，除人间老弱病残数万人等待投生之外，并无多少人众，不知为弟将如何征兵？"笪殷昊问道："冥界的人是从何处来的？"笪殷曹答道："当然皆来自阳间，阳间之人死后，魂魄将入冥界，而后等待轮回六道。"笪殷昊笑道："既然如此，为何不从阳间征兵？"笪殷曹颇不解，问道："王兄之意是……"笪殷昊徘徊一下，又凑近他来道："那女娲能让人活，你这个冥王便能让人死。你只需稍稍降点灾难给阳间，这冥界又何愁无兵可征？"笪殷曹闻言，喜形于色，拱道："王兄高见，为弟已明白！"笪殷昊安排好诸事，告辞返天廷而去。

话说神农琊到了天廷，还未进得宫门，就见笪殷昊已经赶到，神农琊拱道：“三大王真神力，在下先来而却后到。”笪殷昊冷冷道：“本王去那冥界，并未见到冥王，故而又返了回来。”神农琊也不好多问，只得与他进宫，直往太真殿去。天斗封他为孟章神君一职，吩咐了几句就让他去赴任，笪殷昊见无事便也告退。

天斗见他们走了，斜倚在宝座上歇息，恍恍惚惚中又走出太真殿，一边往御花园走去，一边自言自语道：“该做的我都已经做完，就连一个缺儿也补上了，却为何不见那泰阶星显现？也不知何日才能往去轮回，真急煞人也。”不知走了多少曲曲折折的玉阶红亭，抬头忽然看见一处宫殿，或显或隐，高接云霄，粉墙外芃桃成林，碧红如霞，天斗心中疑惑，暗思道：“这园子里几时有了这宫殿，真是稀奇。”想着便直往前去，来至殿前，一条碧水溪湾横在眼前，上面架一水晶小桥，再看宫殿设有琥珀大门六扇，褐光赤赤，环兽烁烁，琉璃碧瓦，吻兽吞脊。天斗不知这是何宝殿，深为疑猜，及到门前，见门头高悬一方竖匾，有“轩辕宫”三个大字，心中惊道：“御花园中何来的这一座宫殿？莫非是轩辕昊贪恋园中美景，在此造了一殿？”如此胡思乱想着，又行了数十步，只见殿东有一双紫金门扉未阖，上也有一匾，有“御花园”三字，天斗奇怪道：“我就在御花园，这里却有一个御花园，御花园乃为天主所有，这轩辕宫又是何人所居，胆敢如此！定是那轩辕昊想入非非，造此宫殿玩乐，真狂悖之徒！”天斗进得园来，见园内曲径通幽，琼楼飞阁，奇花异蕊，竹景风声，又有暖风徐徐，清芬袭人，天斗自语道：“这可真奇了，这御花园乃是我的御花园的园中园，怎看起来比外园还要大上数倍？”说着便由东而西去了，走上一带回廊，来到一处六角亭子，行遍栏杆，又来到一庭院，怪石嶙峋，花草簇锦，再往前便来到一大殿所在，上悬大匾，又见“龙帝行宫”四个大金字，丹墀周围皆是水晶栏杆，殿前左右粉壁高墙，各开一月洞门。进入洞门一看，见眼前巍巍一棵菩提树，金光闪闪，天斗顿时惊心骇目，不觉出口道：“菩提树在囲山，怎么会在这里？”天斗忙跪在树下祈道：“昊天盘古龙帝，弟子天斗于天廷已数年有余，如今三界已成，凡间造化已毕，却迟迟不见泰阶星光芒显现，不知弟子何时才能在此树下坐化，去往下世轮回，叩请太师明示。”说完，忽然一阵大风吹过，见盘古显现，天斗忙叩头拜去。盘古声音隆隆道：“天斗听着，你虽有功于三界，但却诸根暗钝，心术不正，故而那泰阶星未曾显现。”天斗大惊，忙叩道：“弟子有什么罪垢，请太师明示。”盘古道：“莫要欺瞒，你的心思我尽知道。你急于想去轮回，以求亘古真身，这个却也不难。然而你却放不下这天廷的天王之位！”天斗闻言大惊，战栗道：“弟子为师尊守护天阙，安敢望此？”盘古道：“你听着，天道自然，后继之君自有昊天授祚，你岂能强求？我已轮回至此，是为龙帝，将君临三界，除我之外，谁能妄称天帝？你不思修行，竟敢觊觎天位，我岂能容你往去轮回求得亘古真身？不如现在就杀了你，以除后患！”天斗大惊失色，慌忙叩首道：“太师饶我！太师饶我！弟子已知罪，以后当如何行事，请太师教我。”盘古道：“你不可逆天而行，只须顺其自然，等那女娲等诸神完成凡间之事，泰阶星自会出现，你便可前往囲山，在那菩提树下坐化，往去轮回，归一之后，自会得到真身，若你逆天背道，致三界陷入大乱，为师定要你万劫不复！”天斗叩头连连，泣道：“弟子谨记！弟子谨记！”又见盘古变成一条巨龙长啸而去。天斗正要起来，见那巨龙又忽然调转龙头，口喷大火直冲过来。天斗大叫一声，忽然惊醒，才知是噩梦一场。见四周并无异象，恍惚起身，长叹一声道：“好一场噩梦，险些杀我也，唉！本王当如何行事，才能使那泰阶星显现……”如此自言自语了一会儿，怏怏不乐，便想传轩辕昊和笪殷昊、女姬进宫议事。

话分两头。女姬闲来无事，想起邠夙的事儿就心口发闷，便去天香殿找玄女说话，到了那里又听琊瑶说玄女去给笪殷昊送婢子去了，她只好又返回来，路上走着又忽然想起玄女曾说过圆融府有两个仙婢，一个叫针媛，一个叫织女，心灵手巧，能织出千品锦彩，万般绣文，便想前去看看。女姬一转身便随着一团光云落地，抬头便见已来到一座宫阁，见殿宇宽大，全用宝石水晶为墙，有曲曲折折十玄锦窗牖，如菱角、扇形，色彩鲜丽，窗牖上是七色玻璃。宫门上有“天缘圆融府”五个晶光大字，进入院落，玉阶前尽栽琼花，两处看来皆是廊庑，正面是金光大殿，巍巍然屹立。女姬心中沉吟道：“看来圆融神府就是这里了，我既到了此间，不如与他当面一见，问问我与轩辕昊姻缘是否有分，如若无姻缘之分，我亦不作痴心妄想了。”拾级而上，再看两边雕纹玉柱，左右各有一联，上联云：“爱九天寰宇痴男怨女结为夫妻”下联曰：“恨八方世界冤家对头成了父子”，上又有一横匾，有“天定九缘”四个大字，女姬看罢，沉思道：“这倒有点儿不明白了，为何这圆融神偏偏喜欢叫痴男怨女成为夫妻呢？却又不喜欢冤家对头成为父子，这到底是个什么意思？”正思间，就见一个童子姗姗而来，欠身道：“请上神这边来。”女姬问道：“圆融神可在府上？”童子回身答道：“府主出外，稍候便回，请上神随在下往殿内等候。”女姬点点头儿跟他前去，边走边问道：“方见神府有‘天定九缘’，不知作何解释？”童子回道：“在下只听府主说过这九缘，一为空缘，二为明缘，三为根缘，四为境缘，五为作意缘，六为分别依缘，七为染净依缘，八为根本依缘，九为种子依缘，诸缘天定，因分果分，因缘合成，缘生缘灭。”女姬笑道：“可惜我一句也听不懂。”说着，又随童子进得月洞门来，见琪花灿漫，千红万紫，又至一园，见绿窗下立一女子，粉妆玉砌，委婉之态楚楚动人，年可十五六岁，纤手执着一簿，朱唇微启，轻轻念道：“阴阳交互，紫端相成，绿叶织蕊，红花结果，细针织缕，玉成良姻，天定婚缘，随命沉浮。”女姬颇为好奇，探头看去，见门内有一大殿，里面一排女子，侧耳聆听。正看之间，又一个仙婢进去，说道：“一会儿圆融神要来坐大殿，审查名姓仙籍，检看姻缘簿，各女子需妆裹整齐，上殿听点，不得有误。”女姬听了，心中思道：“这便是圆融神府在点姻缘么？”想到此，转身问童子道：“为何只点女子？却无一个男子呢？”童子微微一笑道：“上神有所不知，这是一年一次的八十一星域各神府送来的闺女，都要来此勾牵姻缘，至于为何只有女子来，这便有了玄机，据我府主说，一来人神乃女娲娘娘所造，故姻缘当以女为先，女子中意谁便点谁，绝非男子可以随心选择，二来天下女子痴情，男子寡爱，故姻缘当以女为主，所以不点男子。本府仙娥针媛和织女，定时抛出千种情丝万般缘缕，为其勾牵最佳配偶，注录姻缘簿，再由府主亲定，方能玉成婚配。”女姬点着头儿，暗思道：“却不知我的姻缘可与那轩辕昊勾牵，在此不便垂问，不如直接去问那圆融神也好。”女姬驻足等待，欲看圆融神将如何点名，又将如何发落。

突然，只听得大殿上笙箫迭奏，钟鼓齐鸣，交杂一时，殿中间有两根雕柱，上面也有一副对联，上联曰：“昨天成双成对结为婚姻”，下联道：“今日一寡一鳏亦是宿缘”，横匾题云：“顺天应命”。女姬看得入神儿，忽又听一童子阶前喊道：“上神升殿！”女姬举目望去，只见圆融神徐徐走上台阶，居中坐在殿堂之上，博带褒衣，峨冠革履，精神奕奕，旁边针媛和织女二仙娥各抱一个锦簿，身边又有一仙婢掌簿注录。殿内众人神女子立于丹埠之上，如一片花团簇锦，映得满堂艳丽。女姬只听得针媛和织女一一点名，只见点到一个仙女，叫作婵嫣，看她花容婀娜，敛笑玉靥，含羞露半，自与众不同。圆融神起身道：“婵嫣，天机不可泄露，本府不宜点明，你的姻缘当在人神世界，此男子必为贵人，也是一方之主。”婵嫣欠身问道：“请上神明言，此男子叫何名字？”圆融神正色道：“婵嫣，本府恐触犯天律，不能明说，姻缘到时你自会知道。”说罢，不复再言，婵嫣听了，只好不再追问，裣衽再拜，又退在一侧。女姬细看婵嫣，心里思道：“这仙子真是命途多舛。”想到这里，又听针媛点到一仙女，名叫姮娥，见她从容缓步而上，环佩叮当脆响，悠悠然立在阶前。圆融神一翻锦簿，对她道：“姮娥，你也是仙界一神，然而在八十一星海却无姻缘，你与那婵嫣一样，将入凡间轮回，在那处有你的心仪之人将成婚姻。”姮娥面露失望之色，噘起嘴儿问道：“上神，不知那男子是何样人？请明示。”圆融神道："半人半神，位极人臣，也是大富大贵，你可放心。"姐娥听罢，不发一语，默然退下。

女姬听了许久，一时陷入沉思，直到堂上点名已毕，正要退堂，忽听圆融神问道："本府嗅得一阵玄气，定有大神造访此处，你们可曾见过？"女姬一听，忙令童子禀报。圆融神走下阶来，笑呵呵一揖，问道："不知上神驾到，有失远迎。不知尊驾为何来到此间？"女姬欠身，笑道："信步游览，不觉误造贵府，不想冒犯了府君，还请多多海涵。"圆融神一听，忙跪地拜道："在下乃区区辅神，安敢以上神自居，上神乃善元天使，在下岂敢僭越，上神说'冒犯'二字，真乃折煞在下了。"女姬笑道："快快请起吧，我也是一句戏言而已，你不必当真的。"圆融神又揖道："上神驾临，必有赐教，在下洗耳恭听。"女姬四顾一下，笑道："请退下左右，我有私事相问。"圆融神忙令左右人等全部退出。女姬笑道："我来此，只想问问，不知道我的姻缘如何？"圆融神惊道："上神早有仙基，姻缘不在本府造册，更不属在下检点。"女姬笑道："你莫怕，直言无妨。"圆融神沉思片刻，谨慎问道："不怕泄露机密？"女姬笑道："直说无妨，若有违天条，我自有担当。"圆融神伸手，那锦簿便飞入手中，翻看了半晌，这才低头道："上神缘在仙界，姻在凡间，一切随缘而定，必有后福。"女姬一听大惊，问道："姻缘异处，不知当作何讲？"圆融神沉吟道："上神与二大王在仙界有缘分，而婚姻却在凡间，而且必将大福大贵。"女姬问道："我与二大王因何下界轮回？"圆融神摇头道："上神并非轮回，而是仙体下凡，在人间结成姻缘。"女姬又问道："可否细细说来？"圆融神拱道："在下就知这么多，其余不知，请上神勿怪。"女姬思忖半晌，而后从袖中取出一支钗钏递与圆融神，笑道："我来得匆忙，也未曾准备，只此钗钏，聊以为赠，还请笑纳。"圆融神伏首叩谢，又令针媛与织女将她送出宫去。

且说那针媛和织女因针绣在天界闻名，无神不知，无仙不晓。牛宿虽未见过织女，但心内早已倾心，但凡见到手里拿着帕儿的仙子，他便时时以目顾盼，就像是见着了织女。一日，牛宿见女宿有一方绢帕儿粉香精美，取来一看就爱不释手，牛宿便索要，女宿神道："你一个须眉男儿，要绢帕儿作甚？"牛宿笑道："睹物思人。"女宿斜睨他，问道："思谁个？"牛宿道："当然是谁绣的帕儿就思谁了。"女宿瞥他一眼道："你不是思那女姬么？怎的，又变心了？"牛宿嘿嘿道："我哪有那个胆儿？那女姬可是天王的弟子，再说她心仪的可是二大王，我何德何能敢跟他争？"女宿白他一眼道："既不敢与他争，昔日界下造人时，你为何要化成一头野牛故意吓唬她来？结果呢？丢了夫人又折兵，如果不是你元身跑得快，被那望舒逮着，你就变成那头死牛了。”牛宿笑道：“那不过是我和女姬开个玩笑而已，你千万不可张扬出去。快，将你的帕儿给我吧。”女宿舍不得给他，笑道：“这绢帕儿是文武殿圆融府上的仙子织女赠与我的，你去问她讨一个，为何偏抢我的？”牛宿笑道：“我去讨要一个倒不难，只是我与她素未谋面，这男来女往的总是有些不便，需借个由头方好去见，不如先将你的帕儿给我，我拿去就说想要一个这般颜色的帕儿，这不是就水到渠成了么。”女宿笑道：“什么，讨一个帕儿还要用计谋，你平日里是不是用惯了的？”牛宿问道：“你不曾听大大王讲《昊经》时说过的话么？”女宿道：“大大王说过什么？也只是讲讲经罢了。”牛宿笑道：“人都说我牛宿胆大心粗，其实他们只说对了一半儿，我是心儿又细，胆儿也大。那日大大王讲经，我可是听得清清楚楚，大大王说那经卷上说了，九重三千万大千世界，不论什么，凡有心灵者，就有计谋存在，这计谋只用在三处才好，一处是攘权夺利时用计，另一处是行军打仗时用计，最后一处是对女人用计。除此而外，其余都不能用计谋的，全凭情感和善念处世，可惜偏偏被他们使反了，除了不对女人用计之外，其他处处都用计，结果是什么？世界愈来愈没有感情了，众生愈来愈没有善念了。”女宿一笑了之，正色道：“你别对我说，我修界还未到那境地。帕儿借给你了，你请自便吧。”说罢各自离去。

话说牛宿拿着帕儿果然去了圆融府，迎面碰到了一个仙婢端茶水低着头缓步而来，牛宿拦住她便问道：“奉天王旨意，特来寻织女问话，你可晓得她在哪里？”那婢子一听大惊，手一抖连茶水都溢了出来，慌忙欠身回道：“就在后面的花园里呢。”牛宿正色道：“我奉天王旨意问话，你告诉众人，任何人都不得入花园半步，否则叫你们吃不了兜着走。”婢子应了一声，低着头就匆匆地走了。牛宿得意地进入后园，见一个仙子俏俏丽丽的一个人坐在轩榭里发呆，想必就是织女，便悄悄来到她身后，将手在她香肩上轻轻拍了拍，织女吓了一跳，倏地站起身，却见是一个男子，倒也生得风流，颇令人动情，也不问是谁，便粉脸含羞，低头拈带，盈盈转身。牛宿见她心动，知她有意，又凑了过去，笑道：“你可知道我是谁？”织女摇头不语。牛宿将帕儿伸过去，在她眼前摆一摆，笑道：“这个帕儿可是你的？”织女点点头儿道：“这是我送给女宿神的帕儿，却怎么在你手里了？”牛宿道：“她与我在北极星天真宫执明神君玄武麾下共事，我是牛宿神，闻美仙芳名，慕望已久，特来拜会。”织女看牛宿风流潇洒，语气温柔，一时芳心萌动，也不答话，只是面带春风，一笑而已。牛宿笑道：“她在帕儿上写了一些话，你要不要看？”织女嘤咛一声，低头道：“是什么？”牛宿笑道：“她不让我看，我怎么能偷看呢？你想看就自己拿去。”说着便将帕儿递与织女，织女伸手儿接时，牛宿却将她的纤手儿轻轻捏了一把，织女满面红晕，将那纤体一扭，娇嗔道：“上神这是做什么？若叫人看到了，岂不是惹人闲话？”牛宿见园中无他人，笑道：“你怕什么？只要我不出去，这里是不会有人进来的。”织女羞红了脸儿，娇嗔道：“此处不宜久留，还是请上神回吧。”说完转身便去了园中香阁里，牛宿见织女进了房门，正要跟进去，却听身后有人问道：“请问圆融神可在？”牛宿回头一看，原来是神农琊，便一笑揖道：“圆融神不在这里，我却在这里。”这时，织女听见有人来问，又出来看，见神农琊前来，盈盈上前，福了一福道：“府主不在，请上神改日再来。”神农琊对织女早有爱慕之情，只是一直未得机会表白，织女忽然出来，他一时愣住了，盯着织女一刻也不放，把个织女羞得转身又进阁里去了。牛宿见状，上前道：“既然圆融神不在，就请回吧，站在这里作甚？”神农琊回过神儿来，瞅着牛宿，疑道：“你在这里作甚？”牛宿笑道：“你还不明白？我与佳人有约，却被你打扰了。”神农琊脸色一沉，心下已明白三分，“哼”了一声，转身快快离去。牛宿见神农琊出了园子，又急忙转身进了香阁。织女见牛宿进来，羞嗔道：“叫你回去的，你不回去，来我房里作什么？”牛宿笑道：“你可知我对你的爱慕之情？”织女羞得背过身子，嘤咛道：“再这样儿的，我就叫人了。”牛宿见她面有喜色，大着胆儿上来就搂抱，那织女也是正值豆蔻梢头，一时心头儿撞鹿，一边投怀一边轻推，笑嗔道：“哥哥，你这是什么意思？看有人来的。”牛宿笑道：“无人来的，小姐如不见爱，我这就走，可好？”织女低头不语，牛宿又抱，织女含羞道：“哥哥且放手，我岂是轻薄女子？哥哥若真的喜欢妾，须立个誓，妾才愿从。”牛宿急道：“若小姐肯就，我若负心，便不得好死。”说着就放下帘儿，黏在一起，云雨而已，不消一提。

牛宿与织女私下偷情，如蜜如胶，往来几天，人并不知。一次又来圆融府找织女，两人在阁中幽会时，却被针媛撞见，一时就报给了圆融神。圆融神大怒，指着牛宿骂道：“你也是个堂堂辅神，怎能违反天戒，勾引我府上的仙婢？”说完便令针媛抛出九重针，圆融神轻轻一吹，就见织女身上飞出一根玄丝线，针线一起飞上牛宿身上，穿针走线，将他绑得结结实实。牛宿心虚，也不好分辩，只好认命。圆融派人报给内廷，金童玉女奉旨带兵前来，将他打入天牢。圆融神本想重罚织女，又想她还要下界去主持婚配之事，只好忍住，只斥责道：“我这次不追究你，因要带你和针媛下界去助女娲娘娘，若有下次，决不饶你。”织女又惊又惧，即使心中千般焦急，万般痛恨，一时也无可奈何，只得跪地认错求饶而已。

神农琊隔了几日，又来文武殿圆融府拜会圆融神，结果圆融神还是不在，往回返时，经过一处轩廊，见一个仙子坐在花前凝眉。神农琊细看了一会儿，暗思道："这不是织女么？怎么在这里独坐。"正思之间，一个婢子看见神农琊，上来就道："你是哪里来的？直闯到这里来张头探脑的？我们府上可是不要男人来的，前几天就有人惹了麻烦，害得我们都受罚，快去快去！"神农琊被婢子抢白了几句，正要问话，就见织女过来了，瞪了那婢子一眼，婢子就跑了。神农琊揖道："小姐为何独自一人发愁？"织女见是神农琊，欠身笑道："上神又来见府主么？正巧他又不在的。"说着又低头拈带，低声道："小婢只是闲来独坐，也未发愁的。"神农琊沉吟道："如此便好，那就改日再来拜访，告辞。"说着又一揖，便要走。织女突然又道："先生请留步。"神农琊转身看去，见她似花枝袅娜，蹙眉拈带，只是低头不语。神农琊问道："小姐有话要说么？"织女秋波一转，笑道："小婢早就听说先生颇会测字，小婢也想请先生测一字。"神农琊笑道："哦？小姐要问什么事儿呢？"织女低头半晌不语，神农琊见她似有难言之隐，便揖道："小姐既不愿说，那还是改日再测吧，容我告辞。"织女又急道："先生。"神农琊道："小姐想测字，不妨直说，我倒是一般不给人测字，今天只为小姐，愿破例一次。"织女抬起眸子瞅着他，低声问道："先生，测字必灵验么？"神农琊踱了几步，笑道："这个测字，其实就是拆字，随心所出，心诚则灵，当然了，我若测字，无不灵验。"织女道："我想问一个旧友，看他会不会死。"神农琊一愣，问道："哦？请问小姐，你问的旧友，是人神还是天神？"织女低声道："天神。"神农琊道："那么，就请小姐写个字来。"织女抬起小手儿，在掌中只划了个"一"字。神农琊端详她一会儿，笑道："这是个一字，而小姐问的是生死之事，一为死字之首，此人看来已有不幸了。小姐可告知此神是谁？"织女回道："其实先生见过他的，他就是牛宿。"神农琊惊道："牛宿怎么了？"织女问道："先生不知么？"神农琊道："未曾听闻他有什么事以致会死。"织女道："先生既能测字，莫非不知他的生死么？"神农琊沉吟道："当然知道，就你的这个字来看，他必然不会死。"织女问道："何以见得？"神农琊仰面叹道："他既是牛宿，这'牛'加你这'一'字，便是个'生'字，故而他不会死。"织女闻言，低头沉思，神农琊见状，一揖而去。

话分两头。却说女姬自回南灵殿，却见岄灵迎了出来，女姬问道："二大王可曾来过？"岄灵欠身回道："未曾来过。"女姬轻叹一声道："你去吧。"岄灵瞅了她一眼，便转身走开。女姬在庑栏杆边上站了一会儿，只觉风吹桃叶籁籁有声，远处传来猛犬狺狺。女姬暗思道："这仙界何处来的狗叫声？"想着又觉无聊，想起轩辕昊竟然几天对她不理不睬，一时胸中怨气填堵，便拔脚踢开月亮门，匆匆往寝殿走去，才上台阶，又听里头珠帘儿窸窸窣窣。女姬抬头，只见轩辕昊背着双手站在门边，吃吃笑道：“这一阵子你都在屋里，这会儿从哪里来的？”女姬粉脸羞晕，含笑迎上，携着他的手一面进去，一面低泣。轩辕昊急道：“才见怎么就哭了？谁惹着你了？”女姬坐在春凳旁，泣道：“你惹着我了！这么久也不来此间，不论去哪里也不给我一个信儿，你那天在蕊珠宫席上，对我也视而不见的，你心里有什么怨恨，只管说出来吧！”轩辕昊正要说话，只见峁灵掀帘进来，端上一碗酽酽的芃叶儿茶来，又瞥见轩辕昊低头不语，这才姗姗退了出去。轩辕昊端起茶水，便觉异香扑鼻，珍味沁心，呷了一口又去闭上门，回来对着女姬，吃吃笑道：“我何曾怨恨你了，这几天忙着天廷的事情，不得空闲。”女姬娇嗔道：“你不说，难道我就不知么？何必拿些个虚话儿来搪塞我。”轩辕昊笑了一笑，上前揖道：“我对你的心，你或许不知道，但我绝不会敷衍你的。”女姬眼圈儿一红，蹙眉道：“只怕我……”说到这里又将话儿咽了回去，轩辕昊见她脸上一红一白，便知她是为邠夙的事儿惭愧无地，故意问道：“真是云层中的龙尾巴，只露半截儿。只怕怎的？直说可好？”女姬叹道：“只怕是我无心得罪人了呢。”轩辕昊笑道：“人家不得罪你也就好了，你还能得罪了人家？”女姬立眉瞅着他，问道：“你这话儿是什么意思？”轩辕昊忙笑道：“我的意思是，你这么一个美人儿，人家趋奉还来不及，谁人会让你得罪了呢。”女姬斜睨他问道：“我失手打死了你的婢子邠夙，你一点儿也不恨我？”轩辕昊愣了一下，笑道：“师妹也是无心的，我为何要恨，就一个婢子而已，如何能让我生恨？”女姬起身问道：“你这可是心里话？”轩辕昊道：“当然是心里话。”女姬又问道：“你莫哄我呢，若你真的不在乎她，为何我赠你的紫金镯子却戴在她的腕儿上？”轩辕昊脸一红，吃吃道：“我也就这一个婢子，总是惯着她，那天她见了想要，我便随手给了。”女姬正色道：“我岂能不知道，你与那婢子的暧昧之事，就当过去了，我也不计较，只是往后万万不可如此，你也是一个大王，怎么就不在乎自己的声名？这话儿若是传了出去，教人如何看你？”轩辕昊低头道：“师妹之言，我铭刻于心。”

女姬见轩辕昊颇有忏悔之意，也觉得他可怜，便过来轻轻抱住他。轩辕昊吃了一惊，未曾想到女姬早就对他有情，此刻又见她秋波盈盈，千娇百媚，顿时目眩神摇起来，一时将邠夙的事儿抛到了九霄云外。女姬又松开他，莞尔笑道：“你不在你的殿里，方才像个阴魅，偷偷来我这里想做什么？”轩辕昊笑道：“我非阴魅，却是个勾神。”女姬含羞笑道：“你是勾神，那我又是什么？”轩辕昊笑道：“你自然是丽神了。”女姬扑哧一笑，掩口娇嗔道：“此话怎讲？”轩辕昊笑道：“有诗为证。”女姬知他又来撩拨，笑问道：“是你作的诗么？”轩辕昊笑道：“当然是我直抒胸臆。”女姬笑道：“你且吟来。”轩辕昊吟道：“淑女姿唯娍，花貌尤碧芳。玉口逗俏洁，莺唇惹天香。”女姬听了细眉一蹙，半晌不言。轩辕昊问道：“此诗不好么？”女姬心里自然高兴，早已心荡神怡，靠着他的臂膀，笑道：“情意是好的，不过却不像诗，听着为何不押韵？”轩辕昊见她妩媚多情，胆儿大了起来，吃吃笑道：“我尚未压过花枝，安知艳韵？”女姬回头，满脸娇红，生气道：“我看你作诗不行，倒是会说这些个淫词亵语的。”轩辕昊笑道：“溢美之词，只对佳人说。”女姬被他百般谐语，惹得也是春心难遏，又紧紧挨着他。轩辕昊望着那娇躯媚貌，心内蠢蠢欲动，见她双脸腻霞，纤手如玉，更是欲火如焚，按捺不住，急忙搂住她道：“妹妹，既然两心相悦，不如就订下终身吧。”女姬注目熟视，讪讪一笑道：“我非不愿，而是怕你负心。”轩辕昊起誓道：“但若负心，不得好死！”女姬嘻嘻笑道：“这个毒誓，昊天听得见，你且小心。也不知道你与那郊夙在一起时，可曾想到我？”轩辕昊急道：“莫再提她，我心里唯有你的，衾影独对，每每想起你来，倒枕槌床，不能安眠，怎能不想你呢？”女姬低鬟微笑，娇羞满面，纤手拈弄裙带，轩辕昊见状，越发销魂，遂伸手探其胸，只觉十分饱满，又低头嗅她粉脸，女姬将手勾住他的颈项，又将盈盈小嘴儿贴在他唇边咂嘴咂舌起来。轩辕昊恣意抚弄，女姬也半推半就，只娇嗔道：“哥哥方才说，尚未压过花枝儿，只恐妹妹这柔枝儿也不胜风雨呢。”说着便闪出一念，亵衣尽褪，酥胸全露。轩辕昊自褪天衣，直采嫩蕊，女姬莹莹娇喘，将玉指儿按上脊梁，轻绡之下，扭摆一支静婉腰儿，一任灵犀欢合，两情绸缪。不题。

且说笪殷昊去朝阳殿南殿造访轩辕昊，与他商议联合冥界笪殷曹共同举事，却不见他在殿中，便又去天香殿探望玄女，正巧路过南灵殿，却见岣灵蹲在门外嘤嘤低泣，笪殷昊忙上前，唤道：“岣灵，你为何在此哭泣？”岣灵见旧主来问，忙起身福了一福，回道：“也没什么的，一时无聊，故而伤心。”笪殷昊疑道：“女姬不在府上么？无聊什么？”岣灵红着眼圈儿，泣道：“上神正在与二大王叙话，小婢只怕侍奉不周，故而害怕。”笪殷昊道：“你莫瞒本王，本王知道你想念郊夙了，故而哭泣，这事儿早就传得沸沸扬扬，本王岂能不知，只是可惜了郊夙那婢子了。”岣灵听笪殷昊这么说，更是悲上心来，竟捂着脸呜呜哭了起来。笪殷昊急道：“不要啼哭，若被女姬听到，越发不好，本王偷偷进去看看，再作计较。”笪殷昊说着便要进去，岣灵也不拦他，只是轻声说道：“三大王若要进去，只怕苏嫒和妹喜那两个婢子喊叫，三大王就从西边的角门进去看吧。”笪殷昊点点头，悄然入内，将那女姬闺帏一幕，看得清清楚楚，他又悄然退出，转身离去。

话说笪殷昊见女姬与轩辕昊弄玉偷香，肚里转道："我若将他们苟且之事密报于师尊，只怕他们是'凤凰落在了玉竹林，插翅难飞'了，如此一石二鸟，少了他们俩，我再与伏羲昊和女娲慢慢计较。"想着便往玉京宫飞去，刚在宫门口落地，便见圆融神信步走来，见他手里握着一支雕凤瑶杖，杖头斜挂一物，莹莹灿灿，翠色耀艳。笪殷昊定睛细看，像是一股金钗，暗惊道："这金质翠妆好生眼熟，不正是玄女之物么？安得在此？"圆融神见他愣在那里，拈起瑶杖拱手道："小神圆融见过三大王。"笪殷昊笑揖道："不知尊驾这是要往何处去？"圆融神答道："小神正要去中天门。"笪殷昊警觉，问道："哦？尊驾是去北极星金斗宫么？"圆融神故作隐讳之态，吃吃道："小神奉旨前往北天诸星域查访婚配之事。"笪殷昊见他似有难言之隐，便不再多问，只是伸手取来他手上的瑶杖，再细看来，果然是玄女发髻上的那枝点翠的金钗儿，甚是精巧，笑问道："圆融神，你这杖上之物从何而来的？"圆融神笑道："三大王，这是天香殿玄女的金钗。"笪殷昊斜睨他问道："却为何在你手中？"圆融神笑道："玄女将它交给小神，想必是让小神为她点一姻缘，小神查访多时，得知北天星域似有相配者，正要前往那里，正巧在此遇到了三大王。"笪殷昊脸色一沉，一把扯下杖头上的金钗，冷冷道："玄女已心有所属，不劳尊驾操心了！"圆融神惊道："这……"笪殷昊哼了一声，怀揣金钗扬长而去，圆融神望其背影，点头微笑，身子一闪也离去了。

笪殷昊本想进宫见天斗密奏轩辕昊和女姬的事儿，不料得了美人宝物，不觉喜动眉宇，又转身去天香殿。玄女见笪殷昊突然前来，暗暗欢喜，忙迎进香阁，吩咐婢子们奉茶。笪殷昊笑道："你猜本王今天得了什么宝贝？"玄女问道："是什么？"笪殷昊取出金钗在她面前晃了一晃，笑道："不知这是哪个美人儿的宝物。"玄女定睛一看，羞羞答答低声说道："那钗儿是妾送与圆融府仙婢织女的，却怎么在三大王手上？"笪殷昊听了一愣，暗思道："我本想问她何故要将钗子与那圆融神为她点姻缘，看来我却被圆融那厮骗了一顿去了，此贼究竟谋算什么，我且问问她来。"想到这里，笪殷昊笑问道："原来是你送给婢子的，本王路过偶然捡到了，原来见过你发髻上有它，所以就送来了。"玄女盈盈笑道："仙婢针媛和织女常来天香殿教婢子们学习刺绣和织缣，很是费心，妾就送针媛一只镯子，送织女一枝金钗，不料她却遗失了，看来是不该丢的，如今被三大王捡到送来，也算是物归原主了。"笪殷昊将金钗递给她，笑道："若不是这枝金钗儿，本王焉能再见你一面，你说这岂非天缘？"玄女羞晕不行，掩口笑道："三大王真会说笑，妾一辅神而已，哪里有这个福分呢。”说着便伸手儿要接过金钗，却被笪殷昊将她玉手一把攥住，轻轻喘道：“头一遭见你，我便心生爱慕，只是无奈缘悭分浅，再一遭你与轩辕昊来我府上，使我有幸再睹芳容，一时令我将那爱慕变作了相思，只恨自己身无彩翼，不能飞到美人身旁，我甚爱你，时时刻刻，望穿东墙，你可知道？今日若不能在一起，只是这一腔萦情，却让我怎生发付？”玄女听了不觉两颊通红，不禁噘起小嘴儿生气。笪殷昊急了，将腰间利剑“噌”地拔出，在自己小臂划了一下，一道细口子便涔涔滴出血珠儿来，玄女大惊，只听他举剑誓道：“我若负玄女，当粉身碎骨！”玄女忙取出绢帕儿将伤口扎住，蹙眉问道：“疼否？”笪殷昊摇摇头灿然一笑。玄女暗忖道：“三大王对我情真意切，早知如此，我何必被二大王玷污，只恨我贪心妄想害了自己，若真与他结为连理，我定要珍惜，绝不负他。”想到这里，忽然叹道：“妾虽有心，但怎敢自主。”笪殷昊道：“本王只爱你一人，绝不会负你。”玄女此刻芳心已盛，恨不能定下终身，便挽着他入闺房内，笪殷昊见满室珠光宝气，绣褥锦茵，玉榻雕枕，更加飘然，正欲搂抱，就见玄女将那纤体一歪便倒入他怀中，笪殷昊也不啰唆，即抱她进赴阳台，火急火燎褪去天衣，初合之时玄女故作苦楚光景，宛若梨花伤雨，一双纤手儿东撑西抵，兀是不肯，但她一苗娇躯焉能抵得过他五大三粗，转瞬又被他揽入腋下，笪殷昊喘息问道：“不乐否？”玄女以玉臂掩面，娇喘道：“妾尚未破瓜，三大王怜惜，只是不可纵容。”笪殷昊轻声应道：“且忍耐一点儿。”说罢便徐徐开拓，见她并不推拒，便纵横起来，又看她云鬓蓬松，桃花浮两脸，玉肌转辗，神情如醉，香汗淋漓，他便越发驰骋，又问道：“极乐否？”玄女抿嘴，只摇头而不语，两人又温柔一番。琊瑶不知屋里风光，仍进来奉茶，只见帐儿簌簌地抖动，心里恍然明白，忙掩着小口儿悄悄退了出来。雨收云散之后，玄女想起前时笪殷昊和轩辕昊在朝阳殿北殿密谈之事，就问道：“二大王上次寻你谈的什么机密？”笪殷昊笑道：“本王与他能有什么机密，无非他担心天王轮回后将传位于须菩提，故来劝我提防。”玄女笑道：“二大王野心勃然，你且不可上了他的当儿，你若出了事儿，却让妾怎么活？”笪殷昊看她柔滑如脂，于怀中就似软玉一般，便不舍得放手，抚摸她道：“娘子放心，料他也无能耐算计我，看他绝顶聪明，实际蠢笨至极，我早有提防，我若逮着机会，定让他在天廷无立锥之地。”玄女听了，笑道：“只要你平安就好，妾不作他想。”笪殷昊叹道：“只怕是有他在我也不得安生，如今天王涅槃在即，伏羲昊和女娲又在凡间忙碌，那个轩辕昊早就心怀叵测，我若不提早下手，唯恐被他所害。”玄女暗忖片刻，问道：“二大王与那女姬私通，妾也曾听闻过，你可知道二大王淫婢女郊夙，惹得女姬妒恨，竟被她活活打死？”笪殷昊道：“本王岂能不知。”玄女问道：“既然知道，机会就在眼前，你为何不将此事报于天王，只这一件就能让她不得翻身。”笪殷昊一听，突然嘎嘎地笑了起来，只笑得玄女心头瘆懔，玄女抬起粉脸瞅着他，问道：“你笑什么？”笪殷昊叹道：“唉！你未免想得太简单。天王是何人？他可是亲手造化了我们的师尊，如父如母，轩辕昊和女姬也是他的弟子，情同骨肉，他岂能因儿女闺帏之事而惩治他们呢？杀了他们，谁又来钳制我们？就死一个婢子的蝇头小事儿，尚不足以震慑师尊，再不过训斥几句罢了，若想要我师尊下得死手，逼他杀儿杀女，非惊天动地之事不能奏效的。”玄女点点头儿，笑道：“既然如此，那我们就给他弄出一个惊天动地的事儿来。”笪殷昊摇头，冷笑道：“谈何容易，我是他师弟尚且无奈，你一个辅神，且是一个女流，又有什么能耐。”玄女咬着朱唇儿，双眸闪过一缕寒光，一时无话。笪殷昊忽然想到要进宫密奏天斗，又与玄女温存片刻，便起身告辞。不题。

话分两头。且说须菩提去灵界修真，不觉就过了二十天，娇珠在一旁的圆桌上调弄颜色，叹了一句道：“我哥哥多时也不来了，怕是快练到太虚之境了。”碧玉一听，想起也该去看他了，笑道：“你不说倒忘了，母后下界前还吩咐我，说每隔二十天去看看他呢。娇珠儿，你不跟我们去看看你哥哥么？”娇珠嘴儿一撇道：“我才不去呢。”碧玉笑笑道：“那你方才还念叨呢。”娇珠儿头一偏，噘嘴儿笑道：“呵，我念叨他什么！我只是盼着他回来给我教那个什么五雷大法的。”碧玉摇摇头，转身对尚翠道：“你去准备些个茶和酒的，我们去灵界吧。”尚翠将手里的绢子和绣绷儿收起，笑道：“不消准备那些个的，我听须菩提说过，那灵界却与此间不同呢，送什么过去都可以的，就是不许送些茶和酒的东西。”碧玉问道：“为什么？灵界的人就不吃茶？不饮酒么？”尚翠笑道：“这个我也说不好，他说灵界修道的人，修成佛和菩萨的人就是居上界的神了，什么‘空寂无尘可染，心窍灵合自然’，他在那处修炼，一时就觉得自己元灵与仙体合二为一了，觉不到仙体，自己在那清净体中，空空荡荡，心内纯一不杂，晃晃朗朗，没有一毫情念，一无所有，一无所住的，从那修定直到真定，好不容易呢。若是吃茶饮酒，一时便惊动了六根，胡思乱想，他便会堕生清净体中，犹如坠入死窟，元灵不得出来，仙体也就死了。”碧玉啐了一口，立眉笑道：“就他混说白道的，什么心里空空荡荡，没有一毫情念的，怪不得那会儿我问想不想我，他却说一点儿也不想，原来他又离弦走板儿的，说这些瞎话儿搪塞你呢。”娇珠听见了掩口窃笑，正要说，就听尚翠道：“反正不晓得他怎么想，只是交代我千万不可送茶和酒过去，上次母后就送茶和酒去了，他说幸好是母后，若换了别人，怕那燃灯佛祖就会关他禁闭，最后将好好儿的茶和酒全都倒了出去。我问他为什么不能吃茶饮酒，他道那个会蒙了慧性灵通，吃了就会扰乱定力，不能修行修到密处了，更不能见性见到彻处了，一性不能圆明，六根无法顿定，那可是要命的事儿呢。”碧玉笑道：“说的真好，怎么回来就没有定力了呢？他可是母后常说的那句儿什么‘偷嘴的猫儿性不改’呢，上一次他见了那个叫姝涵的婢子，看他眼珠子都要掉出来了，自此不论他说什么，我再不信的。”娇珠忍不住笑了起来，伸手见袖口翘起一截玉指儿，点着碧玉道：“大嫂子笑死人了呵！你可是冤枉我哥哥了，哥哥给我小嫂子所说的可俱是实话。修真就是这样儿的，你不懂得罢了，别说让哥哥想着你，到了修真的时候，就连母后他都不能想呢，什么殿阁楼台、诸神众仙的，一切善恶境界都不可染着，吃茶饮酒那更不能的了，那茶酒是太初圣神盘古发明出来的，什么‘九宫三命’和‘察察久久’的，自有一套修身养元之法，如今这茶酒也不过是个饮品而已，自比不得盘古的仙露，你若送了去，便是污了哥哥的修真虚空之道，若再被他吃了，就不能使元灵和仙体合而为一了，再怎么修炼也不得精进，不能升入大虚，也炼不到至妙至极之地，更不能证成道果了。”碧玉听娇珠这么一说，这才笃信不疑了，她知道娇珠是天卜神钟颀的女儿，自有些个道学。碧玉笑道：“好吧，那就不送什么茶和酒了，我们只去看看他就好，免得时间长了他的什么六根不能顿定。”娇珠又掩口一笑，自去忙了，碧玉随即与尚翠带着媚凤和玉奴两个仙婢去了灵界。

娇珠见她们走了，就又去红玉阁去找轩辕姝涵，进去后，抬头见香哝和斓姁偷偷摸摸地往轩窗里望，娇珠咳了一声，两个婢子忙缩回身子，来到她面前，欠身拜道：“二少主千福。”娇珠柳眉一挑，问道：“你两个贼眉鼠眼地瞧什么呢？”香哝和斓姁相视掩鼻一笑，低头不答。娇珠也不理她们，自己凑到轩窗，朝里望去，见一个少年背着脸坐在春凳上，见姝涵坐在他腿上，一弯玉臂勾着他的颈，将嘴儿凑在他耳朵上，唧唧哝哝地说着什么。娇珠心内惊道：“这丫头越发反天了，怎么敢将外人招进这里来，我且看看这小子是个谁。”想着又抬起一双玉手儿揉揉眼睛，再细看去，只见姝涵竟然与他亲嘴咂舌，一会儿又抽开粉脸娇笑，笑得云鬓上的碧凤簪儿的金蝉翅儿颤莹莹地搧动，像是活了一般就要飞去似的。娇珠脸上浮起一团红云，目不转睛地往里瞅着，突然被姝涵发现了，忙从少年腿上下来，朝她招手儿。娇珠也不客气，咚咚地就进去了，站在她跟前，也不看那少年，就立眉道：“妹妹会客了？”姝涵一愣，笑道：“呃，会什么客？”娇珠伸手指着春凳，满面羞晕道：“他是谁？怎么在这里的？”姝涵笑道：“什么他是谁？”娇珠也不答应，转身看去，不觉目瞪口呆，春凳上竟空无一人。娇珠又四顾一下，笑道：“咦？人呢？”姝涵将她拉到春凳上坐下，笑道：“咦什么咦，神神叨叨的，是不是眼花了呢。”娇珠笑道：“明明看得真真切切的，怎么一进来就不见了？”姝涵忍不住笑，偏着脸问道：“你看到什么人了？”娇珠坐着，暗思道：“是不是藏起来了？”又侧耳听了一时也不见动静，想了一时又不知所以然，只好转脸瞅着姝涵，问道：“你是不是又耍什么神奇了呵？”姝涵咬着朱唇浅浅一笑，娇嗔道：“没啊，是你自己眼花了。”娇珠叹了口气，正要说话，却见斓姁进来道：“二大王府上的洛珠来了。”娇珠蹙眉问道：“洛珠？哪个洛珠？”斓姁低头道：“就是二大王府上的婢子。”

姝涵笑道：“你们两个的名字听起来好像是一样儿的。”娇珠撇嘴儿道：“乍一听名字似乎一样儿，人却是不一样儿的。”姝涵笑道：“你快去看看，家里来了客人，你这个做主子的不理不睬可怎么行。”娇珠唤进香哝，吩咐道：“你领那个什么洛珠的去前殿客厅吧。”说着就挽着姝涵出门，又带上斓姁往前殿去了。一边走一边说说笑笑，娇珠趁空儿小声问姝涵道：“说实话吧，你是不是有心仪的人儿了？”姝涵扑哧一笑，瞅着她道：“有倒是有。”娇珠瞅她一眼，又小声问道：“他在哪里？”姝涵笑道：“远在天边，近在眼前。”娇珠跺了一下金莲，噘嘴儿道：“我说真的呵，你就只戏弄我作甚。”姝涵浅浅一笑，转身看了看身后的斓姁，又小声道：“你别问了，叫后面的听见了不好，搬嘴弄舌的，若被你母后知道了，还不血洗红玉阁了呢。”娇珠一听，转身瞥斓姁一眼道：“斓姁，你去客厅备些茶果，别叫那个洛珠的干坐着。”斓姁一听，提起裙摆就咚咚地跑去了。娇珠又瞅着姝涵，笑道：“现在说，再不怕有人听见了。”姝涵笑道：“那你不许告诉别人。”娇珠正色道：“你觉乎可能么？我时时都护着你的，怎么会害你。”姝涵拈带，浅浅一笑道：“确实有一个了。”娇珠惊道：“啊？他是个谁？哪里的人？”姝涵笑道：“他叫轩辕健，住在囲山太阳宫，我也是前几天遇着的。”娇珠瞪大眼睛，问道：“太阳宫不是禁地么？怎么那里还有人？”姝涵笑道：“我去过一次呢，怎么就没有人了？人还不少呢！”娇珠沉思一会儿，笑道：“他是个什么样儿的？从哪个星域来的呢？”姝涵笑道：“这个我可不好说，你见了便知，他不是什么星域来的，就出生在太阳宫的。”娇珠儿扬眉，沉吟道：“怎么可能？我听父亲说，那太阳宫是盘古太师的居所，盘古涅槃后，就成了一座空殿，他怎么会出生在那里的。”姝涵张着小嘴儿又朝她慢慢摇着头儿，弄着口型悄声道：“我——也——不——知——道。”娇珠瞅着她笑道：“你怎的这么俏皮呵！这会儿先不说了，有空了你也引上我去看看他。”姝涵勾着她的香肩，笑道：“我就带你去看看，但是你不许对谁说。”娇珠听话地点点头儿。

娇珠和姝涵说着就到了前殿，香哝、斓姁、嫱娟、娼翚、皀嫪见她们来了，齐齐地迎了出来，朝她们俩福了一福，又站在一旁。洛珠见娇珠和姝涵两个进来，却不知哪个是少主，只对着两人福了一福道："少主千福！"娇珠打量了她一番，笑道："二大王府上的洛珠，不知来蕊珠宫有什么事儿么？"洛珠又一欠身道："小婢也没什么事儿，听说贵府上的姐姐们会刺绣，还会画画儿，小婢就来看看，想让你们教教小婢的。"娇珠挽着姝涵坐下来，笑道："你也不用小婢小婢的，你又不是我们府上的婢子，来了也就是客，又何必见礼呢。"洛珠欠身道："那我就不见外了。"娇珠瞥了她一眼，又问道："对了，我听说二大王的婢子邠夙被女姬给打死了，这怎么一回事儿？"洛珠愣了一愣，而后笑道："我也不晓得呢，只知道她去南灵殿找岄灵要了，就再也没回来。"娇珠又问道："这么说，二大王府上就你一个侍婢了？"洛珠笑道："就我一个，平时也不忙的，二大王却很少在府上。"娇珠笑笑道："总是有个人给你做伴儿才好，平时也没人去，府上便觉冷清。"洛珠道："也不冷清，前时天香殿的玄女还去了呢。"娇珠问道："天香殿是管束婢子的地方，玄女去二大王府上肯定是送婢子去的，你怎么说只有你一个人。"洛珠笑道："她那天去是去了，不过不是来送婢子的，我不知她来做什么，只知她和二大王待在屋里面很长时间，跟她来的那个叫琊瑶的婢子，硬是守着个门，横竖不让我进去呢。"娇珠疑道："这就有些奇怪了。"这时，皀嫪听洛珠这么一说，便悄悄退出去了。

姝涵见皀嫪出去，忙将腰肢轻轻碰了碰娇珠的手腕儿，笑道："说这些闲话作甚，横竖也与我们无关的。"娇珠看了看姝涵，又瞅着洛珠一笑道："我还以为你有事儿呢，既是来学刺绣的何不去圆融府，我们府上的婢子们也是去那里跟着针媛和织女学的。"洛珠回道："二大王未吩咐，我去了只怕连那门儿都进不去呢。"娇珠笑道："我们一般画画儿，也没有什么技巧，只是涂鸦而已，你要学就学吧，一起画着玩儿倒也有些意思。"说着便令香哝、斓姁、嫱娟、娼翚、皀嫪几个取来玉砚、玉笔、玄墨、颜色和玉版笺，然后又细细研墨，调笔，铺好缣帛。娇珠和姝涵周周正正地坐着，伏在桌上准备画画儿。洛珠走过去，看着他们俩画，娇珠笑道："你也坐下画吧，只看怎么能学会的。"洛珠应了一声便坐了下来，娇珠取一张缣帛递给她。洛珠见姝涵画艽树和花草，她也跟着画了起来。娇珠也画了一只碧凤，过了一会儿，娇珠瞥一眼洛珠的画儿，忍不住掩口一笑，抬起胳膊肘儿碰了碰姝涵的肘儿，姝涵会意，也看了一眼洛珠画的花花草草，颜色都挤在了一起，分不清哪个是树，哪个是花儿了。姝涵眯着眼，掩鼻笑道："真是画虎不成反类狗了，这断非这样儿的画法，你须先调好颜色的，我来把着你的手儿画吧。”说着起身到洛珠身边，把着她的手儿，见她的手东歪西歪地晃动，姝涵正色道：“你莫乱动啊，把笔拿稳了。”洛珠笑道：“妹妹的手儿好绵软，把的我手儿都酥了，怎么能不动呢？”婷珠一听，扑哧笑了一声，不料头太低，将那玉砚里的颜色都喷了出来，飞溅在粉脸上。姝涵转脸瞅她，浅浅一笑道：“我们画儿都画在缣帛上，你却画在了脸上，还把你乐得不行呢。”婷珠啊了一声站起来，忙到轩窗旁的妆台镜上看去，见脸上花花绿绿的几个点儿，就像落了几只花蝴蝶似的，婷珠笑道：“这般彩妆也很好看呵。”妱翚掩鼻一笑，忙递上绢帕儿，她接过来轻轻拭去，又转身来坐在桌旁继续画画儿。姝涵又将洛珠的手儿把了一时，洛珠渐渐熟练了，自己画了起来。婷珠再定睛看去，见她画得琪花瑶草确实好看得多了。洛珠又画了好几幅，这才搁笔，搓着手儿叹道：“一时也学不会呢，这会儿手都酸了，改日再来学吧。”婷珠笑道：“以后常来，多画几次就会了。”洛珠又坐了一会，说了一会闲话，就在此时，皃孋进来了，轻轻喘道：“洛珠，天香殿辅神玄女到你府上了，说有紧要的事儿找你。”洛珠瞅着她惊问道：“她找我有什么紧要的事儿？”皃孋眸子躲躲闪闪，低声回道：“我不晓得，你还是回去瞧吧。”洛珠觉得不妙，慌得起身离去，匆匆赶往朝阳殿。洛珠走后，姝涵一把拉过婷珠，附耳轻声道：“咱们府上有内贼，我感觉那洛珠这一回去，怕是凶多吉少。”婷珠惊道：“哪个是内贼？如是这样的，我岂不是害了她！”姝涵摇头叹道：“内贼脸上又没写字，这会儿谁能知道的。并不是你害了洛珠，是有人就谋着想害她的。”婷珠急道：“那还不敢开叫她回来，在蕊珠宫躲上一阵子。”姝涵摇着头儿，叹道：“唉，只是晚了，再者说了，躲过了今天，躲不过明日，注定她有此劫，这也是没有办法的。”婷珠也跟着叹息一声，郁郁不乐。姝涵问道：“你不是想去太阳宫看么？”婷珠一听，一时也忘了心中不快，拍着手儿笑道：“好啊好啊，现在就去呵。”姝涵挽起她的手儿就出去了。

第九章　仓颉造字

月老合姻缘仓颉造字　二将围天门戌闰平叛

却说那皀嫿听洛珠当众说玄女和轩辕昊的私会的事儿，就转身出去，直奔天香殿见了玥瑶，将洛珠去蕊珠宫说的那些话儿，一股脑儿全都倒了出来。玥瑶气得直咬牙，怒道："那个该死的贱婢子，竟然翻起主子的闲话来了，我看她是活得不耐烦了，想去陪邠夙了！"说完就打发皀嫿回去，自己急忙去找玄女，又添油加醋地把这事儿说了一遍。洛珠没多时就到了朝阳殿，急急忙忙，却不见园子里有动静，才到了中堂，就见轩辕昊一个人坐在琉璃几上饮茶，四顾一下，并不见玄女。轩辕昊见她左顾右盼，怀疑道："你找什么？"洛珠欠身道："小婢刚去蕊珠宫学画画儿，就听那边的婢子说天香殿的玄女来找小婢，怎么却不见她人。"轩辕昊正要说，就见玄女带着玥瑶突然进来了，绷着一张粉脸，不知怀着什么心思。轩辕昊对洛珠道："你们先出去，本王与玄女有事商议。"洛珠便退了出去，就见玥瑶也跟了出去。到了门口雕栏旁的耳房，玥瑶气呼呼地看着洛珠。洛珠一转身问道："你跟着我作甚？"玥瑶生气道："谁跟着你了，只能你来这里，我就不能来了？"洛珠冷笑道："谁知道你安得什么好心呢！"玥瑶双手叉着柳腰道："谁安的好心你不知道么？你去蕊珠宫搬嘴弄舌的，却安的什么好心？你窜通女姬害死邠夙，又安的什么好心？"洛珠满面通红，朱唇儿颤微微道："你不要乱说！我何时搬嘴弄舌了？怎么害死邠夙了？"玥瑶往水晶凳上一坐，冷笑道："你等着吧，看有人收拾你的。"洛珠不理她，噘着嘴儿转身就去了偏殿。

话说轩辕昊见玄女突然来到府上，见她妆饰却比前时更香艳了，鲜艳艳的一张芙蕖脸儿，纤柔柔的一支流水腰儿，活泼泼的一双桃花眼儿，尖葱葱的一双春笋指儿，越发娇媚可人。轩辕昊不觉心里痒痒的，喜出望外，便凑了前来狎笑道："亲人儿，本王想得你紧。”说着就动手动脚地赖缠。玄女哪里还肯依他，红着脸儿推开他，生嗔道：“二大王不知妾已与三大王相好么？为何还要这般威逼？上次被你哄骗，此番妾是宁死不从的。”轩辕昊果然消停了下来，眯着眼冷冷问道：“哦？贱人，莫忘了谁引你去见笪殷昊的。”玄女怒道：“那又怎的了？此一时彼一时，如今妾既与他好了，怎能再随你。”轩辕昊冷笑道：“贱人，在他之前你已受本王雨露，岂能与他再好？本王念你一片柔情，便撮合你们成了一对儿，如此盘算也只是想给你个名分，然后与本王做个切实夫妻，不料你过了河便要拆了桥去，我岂能让你好过？”玄女一听，好不惶急，不禁暗暗叫苦，一时也没了底气，低声道：“那是断不能的，三大王对我一片真情，我岂能负了他。”轩辕昊见她楚楚可怜，又动了欲火，凑将前来，抬起她粉妆玉琢的下颌，媟笑道：“那你就忍心负我？勿说别的，就你身上的花花草草，哪个不是本王熟谙的？若本王只对笪殷昊点上一句，以他的毒性子，不容你辩一句儿，便能将你那玉面粉头给割下来，你可信我么？”玄女一听，娇躯不禁抖颤了一下，看他目不转睛地盯着自己，不禁双颊飞起红晕，转脸避过他火辣辣目光。轩辕昊见她松了劲气，态度幽闲，便将她搂入怀中，按上玉榻。玄女想不到轩辕昊会如此邪薄，又羞又怕，不消片刻就云衫宽松，裙带褪去了，轩辕昊狎近玩弄，玄女珠泪偷弹，有苦说不出，任凭他摆布。云收雨散之后，玄女双颧火赤，雾鬓蓬松，急一闪念穿了回天衣，起身来到妆台，整妆低泣，轩辕昊心满意足，嘻着脸道：“本王比那笪殷昊如何？”玄女暗暗生恨，心内怒道：“天王怎会造了这个人面禽兽，此番又被他强污，却无力抵抗，我须想个妙法，将这禽兽除了去，以免将来受他侮辱。”想到此处，玄女笑道：“贱妾看来自然是二大王比他好些，他再好也是三大王，只这一点他便略逊一筹。”轩辕昊大喜，拊掌大笑道：“你如此想便好了，不论什么时候，本王总要先他一步的。”玄女强颜欢笑，又坐到他身边，娇嗔道：“二大王有所不知，妾只怕这一回，三大王要先你一步了。”轩辕昊斜睨她问道：“你这话是什么意思？”玄女道：“妾昨个儿与他同榻时，听得一个机密。”轩辕昊问道：“是什么机密？”玄女笑道：“笪殷昊说他已与他那个掌控冥界的弟弟密谋好了，只待时机一到，便要改天换地了。”轩辕昊一听，霍地翻起身来，惊问道：“他说的弟弟，可是那冥王笪殷曹？”玄女点点头儿。轩辕昊怒道：“看来果然如此，怪不得昔日那厮向本王极力推荐笪殷曹，说什么与他是结拜兄弟，看来他早有盘算！”说着又猛拍额头道：“都怪本王一时疏忽，倒忘了那厮的狼子野心！”玄女媚眼迷离瞅他一眼，声如莺啭芃林道：“妾身已属二大王，岂肯再随他人，方才妾并非有意拒扞，只怕他迟早会知道妾的丑事儿，担忧他将来一旦谋反，恐怕我们也没得好下场呢。”轩辕昊忙道：“是本王错怪了你。看来本王要早图良策，须先下手为强才好。”玄女慢吞吞道：“二大王须早定大计，如若坐视笪殷昊做大，与那笪殷曹谋反，不但你无望继承天位，只怕我们只有骈首就戮了。”轩辕昊咬牙道：“他敢！本王这就去禀报天王，将他与那笪殷曹一并抓了，看他还有何能耐反天！”玄女笑道：“二大王无凭无据，贸然参奏，只怕天王非但不信，倒怀疑你居心不良呢。”轩辕昊听了觉得甚是合理，忙道：“说的也是，就像那凡间的达旦说的，‘偷鸡不着蚀把米’，便是贪小失大了。”玄女笑问道：“什么鸡鸡米米的？”轩辕昊道：“凡间俗人的一句话儿，就是聪明反被聪明误的意思。”玄女忙道：“妾已思量一策在此，定能使二大王解忧。”轩辕昊急道：“你有什么妙计，说来听听。”玄女笑道：“你府上就有一个活宝儿，既能消你愁儿，又能销你魂儿，你却不知么？”轩辕昊眼珠子一转，问道：“哦？此话怎讲？”玄女道：“二大王有所不知，洛珠那婢子，可是大有来头的，当时来天香殿时，妾听圣安星海神府差人来说，圣安星海驻星守将五龙炙本是万分不愿让她来的，她非要自己来，那五龙炙无奈，也只好随她去了。”轩辕昊疑道：“洛珠？她与那五龙炙有何瓜葛？为何不愿让她来？”玄女道：“洛珠乃是五龙炙的长女，因视为掌上明珠，才给她取名叫洛珠。”轩辕昊惊道：“原来如此，本王没想到洛珠她竟是圣安星海驻星守将的女儿。”玄女问道：“二大王有此明珠，还愁不能解忧？”轩辕昊不解，问道：“她是何明珠？如何解得本王之忧？”玄女笑道：“二大王想想，倘你与洛珠成了婚亲，岂不等同与那圣安星海神府联姻了，那五龙炙帐下有三万将士，届时你这个乘龙快婿只须一句话，那五龙炙还不效死膝下？”轩辕昊如红炉点雪，舍然大喜，乐的直跳下榻来，来回踱步道：“妙！妙！妙计！妙极！哎呀，谁说女流之辈混沌？本王看你就有大智慧，此事一旦玉成，何愁那天位不归我轩辕？”玄女正色道：“事不宜迟，二大王当从速才好。”轩辕昊叹道：“此计虽好，倘若洛珠不从，如之奈何？”玄女媚笑道：“怎的不愿？能嫁给二大王也是她的造化。这个请放心，她若是不从，妾可慢慢劝说，她自然就顺了。”轩辕昊犹豫片刻，徐徐道：“只是，若真要明明白白的嫁娶，只怕不妥，一来惊动了师尊追究起来且不说，二来女姬那边儿，本王却也不好交代，这可如何是好？”玄女笑道：“难道二大王还要真的娶她么？不过就是个借风使船的事儿，只要你不说出去，谁又能知道的？事成之后，她还是她，你还是你，并无挂碍。”轩辕昊越听越喜欢，笑道：“妙！妙！就怕这婢子不肯。”玄女媚笑道：“妾来促成此事即可，此事说来也容易，只要引诱玉人儿上了金榻，二大王只等采折花枝儿便好。”说得轩辕昊心花怒放，搂着玄女大笑起来。

玄女见设计成功，便去叫琊瑶唤来洛珠，见面就道："你随我去天香殿，我有事儿要和你说。"洛珠疑问道："上神叫小婢去天香殿做什么？"玄女笑道："你怕什么，又不是什么坏事儿，你去了就知道。"洛珠又瞅了一眼轩辕昊，只见他目光诡戾，尚不知内里情由，便道："让小婢去也行，只要二大王允了，小婢才肯去的。"轩辕昊忙道："你来的时候也是天香殿送来的，这会儿天香殿要你去，你就去吧。"洛珠本不愿意，听轩辕昊也允了，一时默然不语，也只得跟玄女去了。到了天香殿，玄女吩咐琊瑶将殿门紧闭。洛珠觉不妙，心内叫苦道："只怕是凫孋那个贱婢子告了我一状，玄女怕又拿邠夙的事儿整挫我呢。"如此想着，心里也忐忑起来。等了两个时辰，就见琊瑶推开门笑嘻嘻地入内，身后跟着十几个婢子来，手中捧着翠珠花红，笑盈盈地来到洛珠身边，梳头的梳头，擦粉的擦粉，七手八脚地忙了起来。洛珠不依，推来搡去的，又急又气道："你们这是做什么！"玄女突然掀起珠帘儿闯进来，瞪着眼睛，呵嗔道："你老实些儿，我可也是为你好，给你寻了一门好亲，你嫁了去也是当家的夫人了！"洛珠一听，花容失色，怒道："谁要嫁人了？你们怎的能迫我？"玄女冷笑道："你要问是谁让你嫁人的，那我可告诉你，不是我，我哪有此能耐呢！你害死了邠夙，这事儿惊动了天王，只怕你们这个婢子们一个个勾引主子，犯了天戒，所以就给你赐婚，难道天王的旨意你也敢违抗么？"洛珠本想发作，又听得是天王赐婚，唬得话也说不出，蹭倒在半边，一任她们整饬撮弄，不一会儿便见浓妆艳服，俨然一个新娘了。拾掇已毕，她们又将洛珠推到一间绣房，将门倒扣了，然后各自散去，只留琊瑶和两个婢子在门外守着。不一会儿，玄女又推门进来了，身后跟着几个婢子，手里端着几盘珠翠锦织，玄女笑道："来吧，宣天王赏赐给洛珠的彩礼！"洛珠茫然看去，见一大堆花花绿绿的东西，只听琊瑶念道：

"天王赏赐七色金丝缕帐幔七十二匹、镂银丝缀红宝石袍缎六十六匹、绣花五色绫子十六条，嵌金丝霓绸绢十三匹、白玉雕纹盘六只、紫金杯八个、珍珠项链十二串、水晶翠翘八副，明珠嵌金玄镜二只、紫金手镯二双、蓝宝石碧凤簪一副、罗裙二十四件、锦裘三十三件、玛瑙金耳环十六只、珊瑚雕纹龙凤树一架，彩缎玄帛六十二匹，另赐洛珠家人明珠、绣带、玉佩、宝珰等各种首饰及奇巧玉器若干。"

玄女见洛珠目光呆滞，笑问道："这些个彩礼，你可喜欢？"洛珠停了一会儿，忽然捂着粉脸，泣道："上神若喜欢，都拿了去吧，小婢不愿嫁人。"玄女脸一沉，正色道："你这丫头说什么混话，莫非想抗旨么？"洛珠拧着眉头，抓住玄女的胳膊，泣道："小婢不愿嫁人，当初小婢是从圣安星来的，还让我回去吧，小婢宁死也不愿嫁人的。”玄女甩开她的手儿，冷笑道：“你以为这里是什么地方？任你来便来，想走便走的？”洛珠不说话，呜呜哭了起来。玄女见时机已到，便假惺惺来安慰她，笑道：“罢了罢了，看你这副样儿倒像是我逼你嫁人似的，既然你不愿意，我也不逼，若天王追问下来，你自己去担当，只是一物一主，我管不了你，那就将你连带这些个彩礼，送回二大王府上去，叫他来为你做主，你看可好？”洛珠不知是计，急忙点着头儿答应了。玄女立即转身吩咐道：“琊瑶，你领几个婢子送洛珠回二大王府上。”琊瑶应了一声，玄女便神情恍惚地出去了。

玄女径自来到寝殿，瘫坐在榻上，低声自语道：“唉，洛珠此去，是决不肯受辱的，必会饮恨而死。”说着又顺着榻沿儿跪了下来，泪如泉涌，泣道：“若非剪除轩辕昊此贼，我玄女岂肯做这等丧尽天良的事儿，邠夙被害，我已经肝心若裂，如今我却害死洛珠，也不知道我将来又会是何下场。”说完便趴在榻上嘤嘤哭泣起来。

且说洛珠被琊瑶和几个婢子簇拥着又回到朝阳殿，就将她推进了轩辕昊的寝殿，只嚓的一声门就闭上了。洛珠觉得事有蹊跷，正要出门看去，却见轩辕昊从紫金榻旁笑吟吟就上来了。洛珠瞧着他那副嘴脸，如梦初醒，心里已明白三分，欠身道：“二大王，小婢不愿嫁人，她们就将小婢送回来了，还请二大王为小婢做主。”轩辕昊狎笑道：“那本王就替你做个主，你可知道，天廷已将你赐本王为妃了，你从了本王，此后你就是王妃了。”洛珠一听，当下就觉得两眼一花，天旋地转起来，尽力镇定下来，心里懊丧不已，肚里转道：“原来他们早就串通好了要害我，如今才出虎口，又入了狼窝，看来我逃脱不了，一任他玷污了，我洛珠已无生还之理，今天定要命丧于此了。”轩辕昊见她妆扮可人，朱唇上朱红一点，细零零的身子玲珑妙曼，便向她逼近，洛珠微退了两步，见他不肯罢休，不禁凄然下跪，哭道：“二大王，小婢傈卑，岂能做得王妃，你就放小婢回去吧。”轩辕昊一言不发，只狞笑着来抱她，洛珠闪开身子朝门口逃去，推门却推不开来，透过门缝却看到琊瑶望着她掩口僇笑，洛珠一时怒火攻心，破口骂道：“琊瑶，你这个人面兽心，狼猛蜂毒，没廉耻的贱婢子！我只一死，若我元灵不灭，定来取你狗命！”话刚说完，轩辕昊便从后面抱住她往榻上拖，洛珠想挣脱，无奈身单力薄，只得拼死抵抗，轩辕昊见她性子激烈，定不愿曲意顺从的，便对着她的泪脸轻轻吹了一口气，她顿时就昏了过去，恍如死尸，轩辕昊便去行奸，之后抽身离开。洛珠忽然警醒，见自己一丝不挂，酥胸玉乳一览无余，身上未有一片遮羞，已惊得魂不附体，自知已被轩辕昊淫污，悲痛欲绝，哇的一声哭哑，一口气差点儿没上来，半晌方缓了过来，也不哭了，只是粉脸僵硬，双手哆嗦着摸来衣裳穿好，又摸索下了榻，目光呆滞，盯着门口旁两根柱子，一头就猛撞了上去，只听“咔嚓”一声，娇躯栽倒在地，一缕香魂，飘然离去。轩辕昊听见声响，急忙来看，见洛珠撞柱而死，大惊失色，顿足叹道：“唉，本王害死了洛珠，早知如此，断不会强迫她的。”说罢，自坐在榻前长吁短叹了一阵子，暗思道：“洛珠已死，此事须说与玄女，商议如何善后。”想着便要去找玄女，才出来，就见两个婢子守在门口，琊瑶一头就闯了进来，看到洛珠横死在地上，竟尖叫起来。轩辕昊急道：“贼婢子你喊什么！”琊瑶掩口，瞪大眼睛看着轩辕昊，又看了看地上的尸体，轩辕昊朝着尸体吹了一口气，就见尸体化为一股青烟散去了。轩辕昊叹道：“洛珠死了，你可速速回天香殿告知你主子。”琊瑶半晌不语，轩辕昊瞥见她正盯着几上的一堆珠翠绫罗灿灿而笑。轩辕昊咳了一声，说道：“此事万万不可声张，这些彩礼本王就赏赐给你了，你速去吧。”琊瑶便迎上去，轻折柳腰，盈盈下拜道：“谢二大王赏赐。”说完，急令两个婢子进来，收揽好珍宝一溜烟跑了。

且说玄女在天香殿寝殿里暗自伤神，却见琊瑶欢欢喜喜地回来，玄女见她身后两个婢子手里端着一堆珠珰玉锦，问道：“这不是给洛珠的么，你怎么拿回来了？”琊瑶笑道：“洛珠撞死了，二大王就让将这些赏赐给小婢了。”玄女闻言，眼前一阵眩晕，险些跌倒，琊瑶忙去搀扶，玄女站定，照她那粉脸狠狠掴了一巴掌，琊瑶懵了，捂着一边通红的脸颊，头不敢抬。玄女啐了一口道：“贱婢怎如此歹毒的？你乐得什么？人都死了，你怎忍心将她的东西夺回来？”琊瑶泣道：“这是二大王赐给小婢的。”玄女上前，又将她一脚踹倒在地，叱斥道：“厚颜无耻！将这些东西全给我归置好了，你若敢取一毫珍宝，小心剁了你的爪子！”说完便怒冲冲地出殿去了。玄女恍恍惚惚来到朝阳殿，嬇蕙迎上来福了一福，还未问安，玄女一边往里走，一边问道：“三大王在么？”嬇蕙回道：“三大王正在里间作法，让小婢守着门，不让人打扰。”玄女劈手就推开她，怒道：“快滚一边儿去！三昧真火都烧到眉毛了，此时作的什么法儿，简直作死呢！”话刚说完，便见正殿门口出来一个身着白衣的男子，浓眉大眼，清俊魁梧。玄女瞅了一眼，见他朝这边儿走来，深深一揖，笑道：“上神莫怪侍婢，我师的确在作法，眼看收功在即，此刻不宜搅扰。”玄女惊讶，问道：“你是何人？”那人笑道：“我乃三大王之徒。”玄女疑道：“三大王何时有你这样儿的弟子？”那人正欲答话，却听身后婉转道：“我们二人是三大王才造化的，他叫震硉，我叫婵嫣，敢问来者可是玄女姐姐？”玄女抬眼看去，见一个妍妍的仙女立在台阶上，但看她好一副容貌：

柳眉点黛翠裾，弱骨逶迤呈丰肌。红唇含露显玉柔，脸波流转还佇眙。玉立纤婉袅娜，行时金莲依依。花容惹得群芳妒，月貌只教人媢嫉，楚楚雾袖舒玉笋，扬扬烟鬟缪彩绸。娴静凭栏自颦呻，愁翠一展醉轻娥。盼睐倩娇羞羞，眨眼捽挽霓裳。轻轻瞥瞥，旎旎风转醉春风；馥馥芬芬，娆娆媚笑色倾城。

玄女不觉惊呆，迷瞪了一会儿，回道："正是我。"婵嫣笑道："三大王请玄女姐姐入内。"玄女一时纳闷，也不多问，跟着婵嫣进了里间，见笪殷昊方从法坛前起身道："婵嫣，你且退下。"婵嫣转身出去，合上殿门。玄女问道："你何时造化了两个弟子？"笪殷昊道："不消三个时辰而已。"玄女疑道："妾只知除天王和女娲娘娘之外，尚未有哪个神仙有此大能，你是如何造化得弟子来？"笪殷昊笑道："本王也不瞒你说，如你所疑的，本王确实有那照石，用它造几个弟子算得什么，只怕它的作用大得很呢。"玄女坐下道："三大王可思得整挫轩辕昊的计策来？"笪殷昊叹道："唉，你先不要性急，若想扳倒他绝非易事，还须从长计议。"玄女忙道："再等不得了，如今已有妙计在此，妾正为此而来。"笪殷昊作喜道："贤妹，是甚妙计？快些儿说来听听。"玄女低声道："妾已赚得轩辕昊信任，哄他娶了他府上的婢子洛珠为妃，不料他却依妾之计，强暴那婢子，方才得知那婢子不堪受辱自尽了，眼下你只需派一人去圣安星海神府点上一炮，大事可成矣。"笪殷昊惊道："那婢子与圣安星海神府有何干系？"玄女道："洛珠乃是圣安星海驻星守将五龙炙的长女，他若知道女儿惨死，必兴兵来伐，到时候你在天王面前只将他私通女姬，害死邠夙和洛珠两个婢子的事儿捅出来，那轩辕昊便无路可走了，难道这还算不得惊天动地么？"笪殷昊霍地起身，拍掌大笑道："算得，算得！本王万万没想到你竟出此妙计，香饵之下，必有死鱼，看来那轩辕昊要无所逃于天地之间了。"玄女叹一声，低泣道："只是妾却无缘无故地害了那可怜的婢子，心里愧恨得紧。"笪殷昊起身，抚其云鬓，叹惜道："侍婢之中，不想有此义女，可怜死于非命，贤妹不必难过，此计虽说卑鄙，但是欲成大事，不拘禁忌，为人不过行权，到此刻已是不得不然了。"二人叙话之间，嫿蕙端茶来，笪殷昊吩咐道："你且退下，叫震磪与婵嫣守着大殿，今日闭门谢客。"嫿蕙应了一声走了。玄女又道："一旦大事定了，你切记的誓言，妾因视你为唯一之枭雄，甘冒天下之大不韪，悍然不顾，以济你之所欲，眼下已去死不过半寸，还望你成功之后，万勿弃妾。"笪殷昊喜兴非常，将她拉到榻前，笑道："我的娇娇儿，你怎的不放心？"玄女笑道："此时妾已行迈靡靡，中心摇摇了，如今只有你了，若然你变了心儿，教妾岂能无忧。"笪殷昊道：

“本王若负了你，遭天打五雷轰。”玄女闪动双眸，凄凄惶惶地瞅着他半晌，他哪里经得起这一副楚楚可怜的样儿，一时欲火如焚，便搂着她百般抚弄，行阳台之乐，云雨已毕，便急令震硑前往圣安星海神府拜见驻星守将五龙炙。不题。

却说那洛珠因受辱，一怒撞柱而死，一缕香灵儿飘出仙体，惚惚就飘至囲山。正巧那时天牢聚灵阁捕灵神领了聚灵神的法旨，托塔而来，将她截住，不由分说就要收入塔中，洛珠岂肯束手就擒，左躲右闪，捕灵神喝道：“大胆洛珠，你仙体已死，我奉聚灵神之令前来收你往聚灵阁去，你却不知好歹，只顾躲闪，这却是为何？”洛珠这才如梦惊醒，低头一看，见自己确实通身透明，如烟如缕，这才晓得自己死了，当下更不依了，央求捕灵神道：“小婢尚有一事未做，心头有万千怨恫，只求上神放小婢归去。”捕灵神斥道：“放肆！天廷岂能容你一个亡灵祸害仙界生灵？速与我去聚灵阁，好生修行，或有一日复投为仙人，你若拒捕，我就强拿你去了！”洛珠哭喊道：“上神！我死得好不冤屈！求你先放我回去一时，待我取了玄女和那贱婢玥瑶的命，你再来拿我，任凭发落，即使元灵绝灭，永不投生，小婢也绝无余憾！”捕灵神道：“此乃犯天戒之事，我岂能依了你！再说玄女乃天廷辅神，主司天香殿，你胆敢妄图害她，更是罪不可赦！”说完见她仍拼死挣扎，只好举起灵塔，口里念起了诀儿。只见一道红光大网朝她身上撒去，她便觉周身刺痛，不由得蜷缩于地，眼看就要变成一枚灵珠儿了，却听见身后一声大喊道：“快快住手！”捕灵神与洛珠双双转身望去，只见聚灵神站在面前，慌忙跪地迎驾，叩道：“小神奉上神命令前来捕拿洛珠元灵，上神却为何来阻？”聚灵神道：“你且回去，此元灵由本座处置。”捕灵神遵令，托塔而去。洛珠忙跪叩道：“小婢谢过上神。”说罢半晌不闻聚灵神说话，这才抬头看去，一看却吃了一惊，见眼前站着一个风流少年，洛珠又细细一看，并不见聚灵神，急问道：“哥哥是何人？为何在此？聚灵神去哪里了？”少年笑道：“我乃轩辕健，刚才那聚灵神是我变化的。”洛珠急忙起身，抹泪哭道：“哥哥岂敢冒充天神，莫不知道这是死罪么！”轩辕健道：“不怕，我自有计较。你是因何而死？不肯去聚灵阁，不知有何冤情？”洛珠看他面善，料无他意，便将始末细说了。轩辕健叹道：“如此说来，你却是个贞烈之人。”洛珠又泣道：“承哥哥才未被那神捉去，万分感激。”轩辕健道：“你想去报仇，这断不能的，你如今只是一个元灵，没有仙体，犹如云气，又如何去报仇？”洛珠闻言，又大哭道：“若不报此仇，塞怨难消，小婢元灵宁可灰飞烟灭，也绝不思投生！”轩辕健道：“洛珠，你不要哭，我所说皆是实情，你若一灵前去，只怕又遭残害，反为不美，莫若暂去聚灵阁，待我登极之后，大赦三界，那时再复活了你，你有了仙体，那时便可有仇报仇，有怨报怨，岂不是更好？”洛珠听得这番话，自思无计，沉思片刻，问道：“你说你要登极？”轩辕健道：“洛珠，天机玄玄，不可尽言，我早晚要登极，必君临三界。”洛珠叩道：“既承哥哥好意，小婢便听哥哥之言，自投聚灵阁，期待哥哥早日登极，再造洛珠，必当拜在哥哥足下，时时侍奉，哥哥可答应了小婢？”轩辕健笑道：“一言为定。”落珠遂倒身下拜，叫一声道：“吾帝万福！”轩辕健扶起她，笑道：“洛珠请起。”而后又道：“趁那捕灵神尚未回去，我出一念令他复返，他便来收你，你跟他前去，可好？”落珠当下从言，还未出口道谢，便见眼前空无一人了，又见那捕灵神果然又扑扑地赶来，好像之前的事儿全不记得，只是托塔喝道：“洛珠！我奉聚灵神之令前来收你往聚灵阁去……”言犹未尽，只听洛珠一笑道：“悉听尊便。”捕灵神举起灵塔，口念诀儿，只见一道红光大网撒来，洛珠元灵立时化作一枚灵珠儿随着那红光飘入灵塔内，捕灵神收塔翩然而去。

再说那震硨奉命来到圣安星海神府，只见此间与仙界不同，进了神府大门，但看：

> 雕栏玉砌，纷纷尽点苍翠；绮窗绡纱，莹莹玲珑绣箔。粉墙画栋，万千细柳展俏丽；殿宇巍峨，不尽烟絮飞花蝶。玉阁间间掩映，珠帘银钩挂梅须；红亭座座静幽，青瓦轩楹嫣婉。

震硨穿过一带粉墙，走过一座石桥，又进了一扇楼门，抬头就见上面悬着一方白玉匾额，上题“圣安神府”四个金光大字。震硨见有童子过来，作揖问道：“敢问将军可在府上？”童子问道：“你是何人，问我家将军作甚？”震硨拱道：“我乃天廷三大王笪殷昊帐下侍仙，有急事特来拜见将军，你可去报知。”童子瞅了震硨好几眼，顿觉双目眩晕，只边走边嘟哝道：“你在此候着吧，我还是头一回见天神呢，我这就去通报！”那童子来到正殿，见五龙炙正在饮茶，踌躇片刻，低头报道：“启禀将军，外面有一人特来求见，自说是三大王笪殷昊帐下侍仙。”五龙炙闻报，放下茶盅，斜睨他道：“三大王的侍仙？”问着又肚里转道：“三大王自赐封诸星神府之后，一直未曾往来，却为何突然派人来见我？”想到此处，又对童子道：“叫他进来。”童子就将震硨引进来，五龙炙一看，果然是一个英俊潇洒的天神。揖罢，请入客厅，在桌子旁坐下，又令童子奉茶，而后问道：“自与三大王一别数年，再无往来，不知三大王派你前来本府，有何见教？”震硨拱道：“三大王念将军昔日款待之情，特派小将前来，并非有事相求，乃是转告将军一个消息。”五龙炙疑问道：“哦？是何消息？”震碑呷一口茶，瞥他一眼道：“只怕消息不好，不知如何启齿。”五龙炙盯着他道：“末将甚蒙三大王关切，既有消息传来必为大事，但讲无妨。”震碑又道：“只怕将军听了不适。”五龙炙本是个暴脾气，听他只管废话，当下就怒道：“既然来此传递消息，上仙又何必啰唆！有话请直说！”震碑被他抢白一句，虽然心中不爽，也只得按下怒气，问道：“请问将军，洛珠可是令爱？”五龙炙斜睨他道：“正是，上仙为何问此？”震碑叹道：“唉，实在可惜。令爱竟在二大王轩辕昊府上为婢，不幸被二大王所辱，已香消玉殒了。”五龙炙闻言大惊，一时说不出话来，直愣愣问道：“二大王为何杀害小女？敢问上仙，小女何以致死？”震碑便将事情从头到尾细说一遍，五龙炙一边听一边落泪，竟一言不发，震碑见时机已到，拱手道：“将军节哀！三大王有话，他早与二大王势不两立，将军若想报仇雪耻，只管引兵前来，三大王定会全力支持，里应外合，剿杀轩辕昊！”说罢便起身告辞而去。

五龙炙已瘫软椅上，竟无力起身，谁知童子听到了消息，一时魂飞魄散，早就飞报给了夫人，还未等五龙炙起来，夫人就大哭而至，埋怨道：“当时妾让你不要洛珠去仙界，你却放手不管，任她去了，如今却被歹人害死，你可叫妾怎么活！”五龙炙急道：“我百般劝阻，洛珠不听一句，我见她纠缠，又不舍得她委屈，只好由了她去，谁知却遭此大祸。”说完亦泪如泉涌，竟忍不住放声哀号，拍着桌子道：“昊天啊，可怜我的女儿啊！”夫人见此情景，也跟着痛哭起来。约莫一会儿，急匆匆跑来一个少女，约有十四岁，俨然一个美人胎儿，但看她：

> 眉剪翠羽，秋水凝眸。纤体如燕轻萦盈，粉脸映一抹红霞。朱唇微启雨意云情，两颊半露桃花月态。莫道是羞花闭月，简直谓落雁沉鱼。移步阶庭，越显娇娇又嫣嫣。带羞含笑，玉面半掩，姗姗而来分外妖娆；红袖飘飘，翩翩清爽，挽一弯玉臂更生香。秋波盼转，惹得满天精灵，窈窕袅娜孅美人，媚如新月万人迷。说不尽艳收婠妠，道不完柔肠绣心，若非仙娥惠临，即是天神入门。

你道这个少女是谁？原来是五龙炙的次女洛雅，其母西陵氏瑂媚，乃是夸尺星海神府驻星守将西陵柘之妹，怀洛雅之时，圣安星天出异象，五龙炙府上众人皆见一道红光从天而降，直入她口中，竟然三天不吃不喝，睡得如死去一般，当时见者皆惊，那道光映得一府瑞光。话说洛雅听见父母在客厅内哀号，不知出了什么大事情，便来探看，问了半晌也不应答，便急得将那童子拽到一边逼问，童子如实相告，洛雅一听也悲伤不已，痛哭一场，镇定下来又去劝慰双亲，泣道："父亲，母亲，事已至此，不必过于悲伤的，眼下只能为我姐姐报仇，以雪此恨。"五龙炙叹道："如何报仇？"洛雅道："父亲，此事为何不上奏天廷，请天王做主？"五龙炙复叹道："咳！上奏天廷有何用处？天王与轩辕昊如同父子，岂肯办他？只恨我女儿洛珠薄命，好端端的一个人儿，在仙界如金花一朵，举目无亲，就被那贼污辱，以致逼死，此恨绵绵，曷其有极！"说罢又抱头痛哭，夫人也跟着大哭起来，洛雅无奈，泣道："父母只管啼哭有何用？既然上奏无用，不如兵伐王府，去向那轩辕昊讨个说法！"五龙炙闻言，大吃一惊，问道："我女不可乱言！你可知兵伐仙阙是死罪？此事容为父细细思来。"洛雅急得跺脚，怒道："我姐姐被奸人所害，八十一星海谁人不知？此事若隐忍退让，直教人看我五龙氏软弱无能，将来必引怙势凌弱者纷至沓来，蚕食我族人，父亲身为四星守将，竟如此优柔寡断，只怕我五龙氏族将来要受人欺凌，永无立足之地了！"五龙炙怒道："大胆！敢在为父面前胡言乱语，你回闺阁中去，无为父之命，你不可出来！"洛雅泣道："姐姐死了，我岂能坐视不理，我这就去仙界！"五龙炙怒问道："你去仙界作甚？"洛雅回道："既然有仇不能报，有冤不能伸，那我至少去那里，好歹将我那可怜的姐姐的尸体取回来罢！"说完就气冲冲出殿去了。五龙炙又气又急，便追了出去，哪里追的上，岂知那洛雅虽生在人神世界，却非人神，是个完完全全的仙女，自带七分神力，一转身子就随一道紫光闪去仙界了。

话分两头。却说娇珠跟着轩辕姝涵去太阳宫，到了囲山，远远看有一宫殿，甚是巍峨庄丽。娇珠蹙眉道："看似不近呵，若是只步走过去，岂不累死了。"姝涵笑道："呃，你是想怎的过去？"娇珠道："我随父亲来仙界时，父亲只一转身一眨眼就到了，我因是人神，没有神力，你却不同，我看你是个了不得的大神呢，何不携着我一转身就去了呢。"姝涵笑道："姐姐何不早说？害我跟你一路，还以为你偏要步行，只想看景儿呢！"说完便拉起她的手儿，纤体轻盈一转，就被一团紫光包裹了，再睁眼一看，已经到了宫门前，两侧皆开满琪花瑶草，娇妍无比，却与那蕊珠宫里的不同。娇珠正在看那些花草，忽听见嘻嘻哈哈的一阵笑声，抬眼看去，只见隐约有两个拇指儿一般大小的美人儿站在花草中，娇珠想道："怎的此间还有这小的人儿？"想着便伸手去摸，突然那两个美人儿窜了出来，亭亭玉立，竟然比她还要高出一截儿。娇珠吓了一跳，忙挽住姝涵的玉臂，惊恐地瞅着她俩，姝涵见状，浅浅一笑道："莫怕，她们两个是这里的花仙子，一个叫云茓，一个叫妡婵，专门侍奉那个呆头的。"只见云茓努着嘴儿，娇嗔道："女主又这般说，小婢听见了便是小婢大不敬，烦请女主下回再说时，提前咳嗽一声儿，也好让小婢塞住耳朵。"姝涵笑着拉起她的手儿道："偏就让你听见的，看他能怎的？"婗珠惊得双目呆滞，望着姝涵低声问道："她叫你女主？"还未等姝涵说话，又听妡婵笑道："你是谁？怎么来我们这里？"婗珠见问，忙躲在姝涵身后，怯生生地瞅着她。姝涵笑道："莫唬她了，她是婗珠儿，是我蕊珠宫里的姐妹呢！"妡婵瞅着婗珠笑道："我又不吃你，你怕个什么？"婗珠这才缓了过来，低声笑道："才开始出来的时候有些儿怕，现在不怕两位姐姐了。"妡婵掩口扑哧一笑，望着姝涵道："女主，你这个姐姐好生可爱呢。"婗珠又慢慢问道："你们怎的叫她女主来？"云茓掩鼻笑道："嗯，是的呢，她就是女主，方才她说的那个呆头便是圣主。"婗珠听了不解，蹙眉又瞅着姝涵道："这到底是什么意思？莫非此间不是天廷的，却是又一天地？"姝涵笑道："她们就那么说着玩儿的，你莫当真。"云茓笑道："所以这里却一般不叫生人来呢，你知道了此间秘密，千万不可道与外人。"婗珠只是笑，也不敢出声。又听妡婵笑道："你听见了么？你若是不答应，你可瞧见那门楼上那两条天龙了么，我就去唤它们来咬你。"婗珠举目望去，果然见门楼上盘着两条天龙，正眈眈地向着她，婗珠又吓得躲在姝涵身后，姝涵看了看云茓和妡婵，笑道："莫再吓她了，婗珠自与别人不同，不论什么，她都不会与外人说的。"云茓和妡婵掩鼻，相视一笑，引着婗珠和姝涵进了里面，经过南殿，又转过北殿门口，来到后园一个小角门儿，进去又穿过一条狭长夹道，尽头又一小门，进了门又往左一转，来到偏殿的角门，这个时候并未去偏殿，而是往右一转进了花园，婗珠绕来绕去的有些眩晕，直叹道："这太阳宫可真阔绰，要比蕊珠宫好许多呢！"姝涵笑而不语，婗珠又看这花园里光彩陆离，金亭玉柱，镂琢精巧，瑶阶琼壁，玲玲珑珑，有桃树和芃树，还有那珍珠树珠挂满枝，玛瑙树晶莹剔透，珊瑚树五彩缤纷，翡翠树红绿分明。树下有一金亭，亭子中间有一小榻，榻上坐着一个貌美的仙女，翠衣绣裙，云鬓雾鬟，蛮腰蛔娜，绲带轻盈，她便是轩辕媓。婗珠正要小声问姝涵，就听姝涵先道："快来给圣母娘娘磕头。"说着就拉起她来到那仙女身旁，一起磕了三个头。轩辕媓见她们磕了头，笑道："你们两个起来罢。"说着又看一眼婗珠，问道："你父亲可传授你了察看星象之术？"婗珠大惊，忍不住问道："你怎么知道的？"姝涵忙拽了拽她的裙角儿，小声道："怎的如此无礼，要叫圣母娘娘，怎的就'你你你'的。"婗珠慌忙改口道："圣母娘娘。"轩辕媓笑道："叫我什么都行，我却不认真的。我知道你父亲教了你星象之术，才问你的。看来你将来也必去界下呢。”娧珠笑道：“圣母娘娘说的是。”嘴里这么说着，心下却想道：“这个圣母是何人，怎么能断言我将来必会下界去？我又没犯天戒，凭什么要去界下的。听父亲说过，那凡间不是个好地方，我才不去呢！”才暗忖着，就听轩辕媓道：“虽然你这么想，但总是由不得你不下凡，倒不是因为犯了天戒，而是界下需要你帮助呢。”娧珠更是吃惊不已，心内想道：“我的昊天，怎么连我心里想的什么她都知道，我赶快不要想了吧。”想着又瞅轩辕媓，只听她笑道：“这便是我为什么是圣母呢！快别想了吧。”说着又朝云妋和妡嬋喊道：“你们两个愣在那处做什么，快去叫昊天来摆宴，我们要待客了！”云妋和妡嬋闻言，嘻嘻笑着去了。娧珠忽闪着大眼睛瞅姝涵，笑着问道：“哪个昊天呵？”姝涵掩鼻一笑道：“就是那个呆头，还能有谁。”轩辕媓笑道：“我儿轩辕健便是昊天。”娧珠听得云里雾里的，只摇头道：“不明白。”轩辕媓笑道：“果不明白么？我儿子是盘古转世轮回，你说他不是昊天是什么？”娧珠一听，惊得将纤纤十指捂住粉脸，透过指缝儿看姝涵，姝涵点点头儿，娧珠禁不住出声道：“真的呵？”姝涵又点点头儿，娧珠见状，惊得张大嘴儿，呆呆地望着轩辕媓。

轩辕媓手里摇着个玉扇儿，只向园内轻轻一扇，眼前已是绿舞红飞了，一席珍馔，一顺儿摆开，分外鲜妍。轩辕媓笑道：“你们要吧，我去南殿瞧瞧去。”说着便珊珊而去。娧珠看着眼前情景，暗暗称奇，不觉入了迷，正在睖睁，却听身后环佩铿锵，却听见云妋笑道：“昊天来了。”娧珠又吃惊望去，云妋和妡嬋引着一位俊秀少年，不过十五六岁，眉宇堂堂，面如冠玉，明眸皓齿，翩翩俊雅，更见一身王者之气。身旁又有一个十三四岁的仙女，身穿织锦绣裾，金环玉佩，光彩射目，璎珞珍珠，翠华掩映，姣媚慧黠，纤纤绝色。娧珠一时看呆，拽了拽姝涵的雾袖，懵憕问道：“你夫婿真是盘古轮回？”姝涵微微一笑道：“嗯，说几遭你才不问了？”娧珠伸了伸舌头，转脸望着她，附耳笑道：“妹妹几时与他相识的？你一个蕊珠宫的婢子，竟得如此俊郎，我若有夫婿如此，即是此刻死了也不觉遗憾。”姝涵俏皮地翻她一眼，低声笑道：“贱丫头，怎的这坏的？既是无他便要死了，我却愿意舍得，不如你也嫁了来，做他一个偏房，可好？”娧珠轻抬玉袖，掩口咯咯地笑了起来，又见对面轩辕健正襟危坐，这才镇定下来，娧珠见云妋、妡嬋也入座了，就瞅一眼轩辕健身旁的仙女，低声问姝涵道：“圣主旁边的那位美娇是何人？怎的看她伴君左右，倒像个正宫，你却像个侧妃了。”姝涵闻言，忍不住扑哧一笑，低声道：“她是望舒姐姐，元灵是一条玉龙，你可千万别编排她，惹恼了她，小心显出龙身转来咬你的。”娧珠蹙眉，悄声道：“啊？她是一条龙呵？”说完，又朝轩辕健看去，见他也看自己，便故作媚态，惹得姝涵忍俊不禁，一头歪在她身上，偷偷胳肢她一下，娧珠痒的想笑又不敢笑，只拿手儿推着她。轩辕健瞅一眼姝涵，笑道："姝涵，坐我这边来。"姝涵轻盈一转身便来到他身旁，翩然坐下，然后朝娧珠粲然一笑，又将纤指儿在脸前画了一个圈儿，噘着小嘴儿做口型道："正——经——点——儿！"轩辕健看一眼娧珠，微笑道："你就是内廷天卜神钟颀的女儿娧珠吧。"娧珠掩口媚笑，柔软回道："禀圣主，小婢正是娧珠。"轩辕健笑道："不必自称婢子，此间无婢子，将来也没有婢子的，各人平等，虽说有神位的高低之别，但无人格的尊卑贵贱。"娧珠惊道："这个听起来却新鲜，只是三界哪有这好的地方。"轩辕健笑道："钟颀乃是大智者，想必有其父必有其女，将来也是个栋梁之才，将来必能助我建立新朝。"娧珠望着姝涵一笑，此后无话，每人只少吃了一点儿，便撤去肴馔，又说说笑笑了一阵子。不题。

正说间，轩辕健起身道："你们速回蕊珠宫里去，那厢有贵客到了。"娧珠起身问道："怎的会？哪里来的贵客？"姝涵笑道："我们回吧，听他的话儿，总是没错的。"娧珠点点头儿，两人告辞离去。话说姝涵又携着娧珠一转身，随着一团紫光闪到了蕊珠宫门口，娧珠笑道："这的速度，我却愿意天天都去太阳宫里走一遭的。"姝涵笑道："那还不易？想去就随时叫我。"娧珠一边往里走，一边问道："妹妹，你说你跟我来作甚？"姝涵皱眉问道："怎的？不要我来了？"娧珠笑道："你不留在太阳宫做你的女主，偏来蕊珠宫做个婢子，不知道你却图个什么的？"姝涵叹息一声道："唉，我又何曾不想呢，一来我还小呢，尚未出阁，住在太阳宫只怕不好，二来我的元灵珠儿被女娲娘娘收藏着，我也只能出来现个身儿，却始终离不了这根儿，除非我能取到元灵珠儿吃下，便能自由自在，随心所欲了。"娧珠奇怪道："你的元灵珠儿？怎么在我母后那处，如此说来，你只有仙体，元灵是个珠儿，却在我母后那里是么？"姝涵凝眉不语，只是点点头儿。娧珠疑道："怎的如此？那你到底是谁？为何你的元灵珠儿在我母后那里？"姝涵又叹一声道："姐姐，我若说了，你万不可对外人讲的。"娧珠急道："你说吧，你的事儿我娧珠何时与外人道过？"姝涵羞不打的拈带，偏着头儿，低声道："圣主说，我就是形天的转世轮回。"娧珠盼她一眼，问道："他说你是形天转世你就信了？"姝涵瞅了她一眼，徐徐道："我才入世几天就曾梦见盘古元灵指示，又梦见我和他的前生因果。"娧珠半信半疑，问道："那你倒是说说，盘古有何指示？梦里的又是怎样儿的情形？"姝涵就由头至尾地给她说了一遍，把个娧珠都听呆了，看她说话的神情却迥非昔日，一本正经的那骨眼儿里透出一种说不出的威严。娧珠暗自吃惊，又笑问道："梦境的事儿，多为虚妄，原不可凭，你怎么就这的当真起来了？”姝涵正色道：“各人的事儿各知道，盘古元灵与我开示迷途，托之于梦寐，怎能是虚妄之事呢？我如果不相信，就不会告诉你这些了。幸亏我生性不昧，一经点化便回了头，不然早就堕坠尘劫，逆转不能了。我言尽于此，你爱信不信。”婷珠忙赔笑道：“妹妹，我信我信，听你如此说，我真的信了。”姝涵笑道：“你信与不信，其实也不要紧，只要我信就好了。”婷珠又道：“你说我母后它藏了你灵珠儿，她知道那珠儿是你的么？”姝涵摇头道：“最好别知道，若知道了，谁知道生出什么事儿来呢！”婷珠听了如云晦雷变，惊耳骇目，半晌才道：“妹妹兀是可怜，此事千万保密，待我伺机为妹妹偷出灵珠儿，还妹妹一个自由身罢。”说完，两人又相拥而泣。

且说姝涵与婷珠正伫立在台阶伤心，只见嫱娟前来福了一福，禀道：“二少主，有客来了，正在客厅等候。”婷珠摸了泪儿，吃吃问道：“哪里来的客人？”嫱娟欠身回道：“她自己说是从圣安星神府来的，叫个什么洛雅的女子。”婷珠正疑间，姝涵却惊道：“啊，早知她来，我就不该在太阳宫里待那么久的。”说着便忙去客厅，婷珠紧跟在后面，问道：“洛雅是何人，怎么你认识？”姝涵边走边道：“圣安星我的一个姐妹，早先我曾与轩辕健去那里认识的，她是圣安星神府驻星守将五龙炙的女儿。”婷珠急道：“既是姐妹远道而来，当速去见她。”说着就到了客厅，俱见过之后，婷珠支走婢子，只三人对坐饮茶。姝涵看她头低颈垂，眉锁眼涩，忙问道：“姐姐，为何忽然来此？看你神情憔悴，这是怎么了？”洛雅含泪道：“我找不到你，就又去了灵界，遇到接引归真佛，说你在这里的，我就来了。”姝涵闻言，鼻子一酸，眼泪就簌簌落下，泣道：“是不是有什么事儿的？”洛雅见问，就将洛珠之死的事儿据实相告。姝涵和婷珠一听皆惊，异口同声道：“什么？洛珠是你姐姐？”洛雅点点头儿，不复再言。姝涵和婷珠二人又悲伤不行，默默流泪。半晌之后，姝涵又道：“早知是你姐姐，上次来这里，断不会让她再走的！我真糊涂，竟然不能明察秋毫！”婷珠忙劝道：“当时也是猜测，又不能断定有此恶事，妹妹不必自责。”洛雅也拉着她的手儿道：“姝涵妹妹，我姐姐死于恶贼之手，与你不相干的，你何必内疚？”姝涵泣道：“那时见她，不知是你姐姐，故未留心，以致大意，此时方知她那日却遭奸人迫害，一去不归，未免回首凄然。”说罢，又扑簌簌掉下泪来，婷珠与洛雅亦泫然泪下。婷珠含泪道：“令尊何不上一疏，将那恶贼绳之以法？”洛雅叹道：“家父只怕轩辕昊与天王骨肉相亲，阿党相为，若打虎不着，反被虎伤，于是犹豫不决。”婷珠叹道：“那怕什么！难道纵虎出柙才好么？与其忍辱苟且，不如拚死一搏呢，令尊不上奏，我便去找我父亲，让他告知天王，为你复雪之大仇。”洛雅闻言，感激涕零。姝涵又道：“姐姐就暂住在这宫里吧，我们姐妹一处方好。”洛雅摇头道：“我一个外人，如何能久居这里，再说我也不想住在这里，倒是觉得灵界那地清静，我已答应接引归真佛，想去那里礼佛修行。”娇珠叹道：“只是母后在凡间忙碌，若是她在这里，就不会让你去那灵界的。”三人接着叙话不题。

却说须菩提在灵界大雷音寺听接引归真佛说法。佛闭目合掌道：“昔阿弥陀佛在世，为法施生，点化燃灯佛祖，乃又以法教化四生，燃灯佛承阿弥陀佛小乘法，轮回往凡间去了，于冥界等待法缘，一旦机缘来临，便是人间天上，将光大五时八教，诸弟子再承佛法，分化十方，使我佛法恢弘。迨燃灯佛灭度归一后，将有释迦牟尼佛与其弟子阿难等弘扬佛法，集成经典，流通法宝，再至凡间后世，释迦牟尼佛之弟子达摩始入震旦弘法，传衣钵至四祖，历经五祖，那时凡尘遍地佛弟子，佛法兴盛至前所未有，再至凡间后世，佛法将至浇漓，世道炎凉，人心日下，大道沦为统治之柄，寺庙变成牟利之资，佛法将作衣食之具，此番种种，流毒沙门。佛弟子以法与人，人又舍财与佛弟子，此乃交易之事，谈何施藏？可怜那凡间世人，纵有虔诚之功劳，却赎不回贪求之过失。阿弥陀佛曾与我说，若凡间后世佛弟子依然以图利养，如此苟且将事，这便是盗取施主之物，将自绝于我佛，自绝于灵界，其身灭寂之后不但不能上达西极，反而坠入幽冥偿还阴债。阿弥陀佛曾言，‘修无止境，大道无边’，须菩提，你要切记真言，度人先度己，自尚未度，岂能度人？就如下水救人，双双溺死。你可记住了？”须菩提听了半晌，尽是阿弥陀佛之类，疑惑道：“世尊深有至理，弟子铭记于心，不过，世尊常说阿弥陀佛，弟子在这灵界也有几年，为何不见阿弥陀佛一个影子？他人现在何处？”接引归真佛笑道：“你这小子，焉能妄说我佛！阿弥陀佛本是盘古龙帝化身，能以圆音施恩三界众生万物，吾与众佛菩萨尚不能尽知，但却是正信之人，既然已经皈依阿弥陀佛，只说我佛四谛八正道，不说其他，你可记住了？”须菩提暗思道：“如此说来，那轩辕健岂不又是阿弥陀佛了，他果然是盘古轮回，我岂敢再不敬，当悉心崇拜。”想到这里，须菩提问道：“世尊，那阿弥陀佛可是盘古？可是轮回入世的轩辕健？”接引归真佛睁开眼睛，合掌道：“佛弟子舍去妄念，一切将会显得真实，佛弟子心无真念，一切将会显得虚妄。你修行还未精进，为师若再与你论法，必会犯了口舌戒，你且去歇息吧，为师要忏悔赎罪了。”须菩提听得一头雾水，见接引归真佛不再说话，便起身出去了。

须菩提出寺门，来到阿弥陀佛金殿之上，拜了阿弥陀佛金身，合掌默念佛号，心内祈道："我佛，你若是轩辕健，便梦里告知我，也好让弟子有个准备。"拜完又出来，走了一会儿，却来到了小雷音寺，见有一个小尼站在门外，见他来了，又关门进去了。须菩提肚里疑道："这小雷音寺何时有的女流？"想着便走进去看，忽然，那小尼又开门出来，体态妖娆，生得十分标致。须菩提毕竟是在俗修行，难免又起色念，不说一句就一头扎了进去。那小尼见状，惊了一跳，慌忙移步前来，拦住问道："你是何人，怎么处到了这里？"须菩提合掌道："我是大雷音寺侍者须菩提，怎的，这小雷音寺莫非我进不得？"小尼笑道："小尼守莲童，久闻侍者大名，这倒是说的哪里话，请侍者入内待茶吧。"须菩提入内，见里面小轩之中琪花争妍，精致幽雅。守莲童笑道："里面是比丘金莲童所在。"须菩提又进去，见一位仙子，妆束素雅，脸若凝脂，秋水明眸，幽韵扑人，仔细再看，亦是风流可爱。须菩提见她端坐在阿弥陀佛金身之前，琉璃案上排列琥珀鱼磬和紫金钟鼓，两边有两把珊瑚交椅。那仙子合掌道："请侍者上座。"须菩提也不客气，坐上客位，仙子自坐上主位，叫守莲进茶。须菩提问道："不知仙子从何而来，怎的会在灵界？"仙子道："我是洛雅，来自圣安星，只是来这里修行，也图个清静。"说完又问须菩提道："敢问侍者大名？"须菩提答道："我是女娲之子须菩提，在大雷音寺修行。"洛雅朱唇微启，露两行玉齿，笑道："原来是你。不知娇珠姐姐可好？"须菩提问道："你认得我娇珠妹妹？"洛雅道："我去过蕊珠宫。"须菩提沉吟道："这么说来，你也是在俗修行了。"洛雅笑道："在俗修行也能成佛。"须菩提一听她说佛字，便觉心烦，于是就闲聊了几句便起身告辞，洛雅只得送他出去不题。

话分两头。人间夏季一天，人祖达旦和伊娃老死了，整整活了八百零一岁，女娲知道他们阳寿已尽，也未过度悲伤。达旦和伊娃一生中生育八十一子，长子名叫蚩尤，已有五百岁；次子名叫陆正，三子名叫大羿。这三子深得达旦和伊娃的喜爱，其余孩子都各自组成部落。陆正早夭，这令蚩尤和大羿两兄弟悲伤不已，俩人商议定就去找女娲，拜过之后，蚩尤跪叩泣道："陆正与我同胞共乳，弟死兄岂能独活，叩请娘娘怜悯，将我弟复活。"女娲劝道："本宫虽有神力，然而人死却不能复生，亦有复活的，那是肉体未真死，若肉体真死的，道能以神力复活的，皆为眨眼即逝的障眼法儿，岂能当真？虽然陆正的肉体死了，但他的灵体却活着，你们在阳世，他在幽冥，你们为何要伤心呢？"蚩尤跪在女娲面前，长泪道："手足之情，焉能不念？娘娘乃是天神，天下生灵皆是娘娘所造，就请娘娘怜悯我们兄弟，复活陆正吧！"女娲沉思片刻，摇头道："我虽是天神，但也不能违背了自然之道，你们看这凡间，每天都有许多人死去，难道都将他们复活么？人老而不死，将拖死后人。”大羿疑惑道：“娘娘之意是？”女娲徐徐道：“陆正肉体虽死，而他的灵体却在冥界，我让他在冥界任个职，也好度化亡灵，待他有了建树，自会成为三界的大神，三千世界，都是世界，又何必非要在凡间世界呢？”蚩尤恍悟，点头道：“娘娘所言极是，既然如此，倒也是个好事儿，我们再也不伤心了！”女娲扶蚩尤和大羿起来，转身问道：“冥王笪殷曹何在？”蚩尤和大羿看去，只见一道白光闪过，一个身着黑衣的冥神跪在女娲身边。女娲问道：“笪殷曹，那陆正可在冥界？”笪殷曹拱道：“陆正就在冥界。”女娲正色道：“既然他在冥界，本宫就封他为冥界判官，你速接他去幽冥宫，也好助你打理冥府之事。”笪殷曹领命而去，只见一道白光闪过，他就消失了。女娲对蚩尤和大羿道：“陆正的事儿我都安置好了，你们不必担心，就在凡间治理好你们的子民吧。”蚩尤和大羿领命，躬身退下。

女娲见蚩尤与大羿辞别而去，不觉身子疲倦，蒙眬一会儿便睡去了，隐隐约约又觉得自己离开了玉龙洞，只管乱走，忽见迎面来了一个人，细看去，面如白玉，器宇轩昂。女娲暗思道：“好生面善，但不知是谁。”见那人到了跟前，又觉得是盘古，于是稽首拜道：“弟子拜见太师。”盘古点头儿笑道：“女娲，你在凡间辛劳，可谓功德无量。”女娲跪拜道：“太师过奖，弟子只是奉命行事罢了。”盘古正色道：“为师入梦来见你，是有一事相告，你可要谨记，莫要等梦醒之后便敷衍了之才好。”女娲忙道：“弟子岂敢！”盘古转身道：“你随为师到太虚一游，也是为证为师入梦不虚，而后再与你嘱托。”女娲起身，只得跟着盘古而去，才到了一处山峦，盘古挽起她细臂，嗖地一声便飞跃至山顶，女娲站定一瞧，惊道：“这是什么太虚，太师莫不是戏言乎？此乃清凉山也。”盘古指着那山下一谷，笑问道：“女娲，可知那是何处所在？”女娲定睛一看，摇头儿道：“弟子只见山谷，并无奇特之处，还请太师赐教。”盘古悠悠道：“此乃三台山，将来必有佛弟子经此处而往那五台山传法布道，此间上善之地，至美怀仁，实乃物色同和，风水相借之厚土也，你下界创世之初，选择此处，正与为师之意暗合，天意如此，庆幸是矣。”女娲闻言十分欢喜，问道：“不知将来何人经此布道？”盘古道：“先有文殊，后有达摩，自此南下，必出一条佛光大道。”女娲点头儿道：“若如此，弟子当夹道欢迎。”盘古笑道：“莫说此事，这就随为师往那太虚一游也。”说罢又挽起女娲，嗖地一转身，只见万道金光绕身，少顷，便到了一方天地，只见层四方皆为雪白云雾，层层云雾中有金光之龙飞腾，亦有红光之凤翱翔，女娲回头看去，不觉神清气爽，又听盘古道：“女娲，请入殿饮玄露。”女娲又回转过来一瞅，眼前是一座巍峨金殿，七根通天大柱，居中有一金匾，上题着“太虚福地”四个辉煌大字。女娲把盘古望了几眼，笑问道："太师往去轮回，原来在这里消闲的。"盘古道："为师已轮回至仙界了，只是你不肯相信罢了，这里是为师元灵常来之地，此处幽静，可使为师安宁。"说罢即回身入内。女娲跟进去了，问道："太师，这可是我梦中情景？"盘古笑道："为师方才说过，梦醒之后不可敷衍，闻尔一问，为师便知你又要不认了。"女娲忙道："岂敢，岂敢，但太师吩咐，弟子定尽心操办。"盘古笑道："那好，为师这就吩咐你，那善元宫侍仙雋軏与宝瓶星驻星守将戍闰桀之女臙媚私通，已被为师罚下界来，不消凡间两天，便可降临怀仁之地，你可切记，在那里要善待二仙，莫使二仙分离，否则为师将不如愿矣。"女娲闻言，惊问道："太师所说可是戍闰桀和璟琄之女？"盘古颔首道："正是。"女娲又问道："太师既罚他二人下界轮回，于他二人有何愿望？"盘古道："二仙负使命轮回，于凡间必生二子，此二子必受圣灵沐泽，于凡间造字，使人类文明得以传承，通达布道之路。"女娲闻言，很吃了一惊，欲要再问时，却见盘古已不在身边了，而自己却独立于一朵云彩顶端，女娲往下看时，依然是叠叠云雾，不觉惊了一身冷汗，女娲又惊又俱，大喊道："太师！太师！"只觉隐约耳畔有声音道："你还不下去，要等到何时呢？"女娲一惊，却不慎坠下云朵来，一直坠落深渊。女娲惊叫一声，翻身坐起，见自己仍睡在玉龙洞中，方知是噩梦一场。女娲细想梦中所历之事，犹然在目，又把那情景想了一遍，将那雋軏和臙媚两个名字紧记在心。

且说女娲一梦醒来，急召圆融神下界主持婚配之事，圆融神携针媛和织女下界。女娲问道："众生皆不知婚配，有何办法？"圆融神回道："在下可令针媛、织女搭建婚桥，众生登桥，便心生私情，自会行阴阳交合，以四生繁衍生息。"女娲问道："何谓四生？"圆融神回道："所谓四生，即胎生、湿生、化生、卵生。"女娲笑道："如此甚好，请你速速办理。"女娲又令蚩尤召集四方人，除去老迈者，共有三万人齐聚太行山。此时人间正值猴年马月，女娲将人召集在一起，分为一组；将飞鸟和禽鱼召集在一起分为一组；又将蚊、虫、蛾、菌类生物召集在一起分为一组。圆融神唤来婢针媛和织女，急问道："可都准备好了？"针媛和织女答道："小婢各织出一根玄丝红线，就等上神下令了。"圆融神道："开始施法吧。"针媛和织女得令，双双将手中玄丝红线抛上天，只见两条玄丝红线忽然变成两道红光，直射天空，一头儿搭在了南斗，一头儿搭在了北斗，霎眼间就变成了两道虹桥，一头儿在陆地，一头儿在海中，拱桥直跨苍穹。圆融神走上虹桥，对人们喊道："上桥！"人们看到虹桥通天，都觉好奇，纷纷登上虹桥，顷刻间，桥上男男女女又被一团红光笼罩，顿觉浑身一股暖流回荡，男人感到兴奋舒畅，女人自觉羞涩愉悦。紧接着，动物们也浩浩荡荡登上虹桥来，然后是禽和鸟也飞上虹桥，就在蚊、虫、蛾类上去一半的时候，虹桥突然晃动起来，掉下去一些虫类，最后只剩菌类，一个都没上得去。

原来，就在此时，笪殷昊伺机而动，听笪殷曹来报说女娲正在凡间令圆融神为众生主持婚配之事，于是就与笪殷曹出南天门来看，见圆融神已搭起虹桥，大喜道："本王去一趟南斗宫和北斗宫，你且去冥界等候，本王用计摧毁这虹桥，这些人必死，而后你尽收入冥界充作冥兵，届时不愁无兵可用。"笪殷曹暗自惊喜，悄然入冥界不题。再说笪殷昊驾紫光通道先闪到北斗宫，北斗星君见笪殷昊突然驾到，急忙迎进，跪拜已毕，问道："三大王忽至本宫，不知道有何令旨？"笪殷昊正色道："本王奉旨巡察四方星域，你可知道？"北斗星君拱道："小神也是刚刚知道。"笪殷昊怒道："大胆南斗星君！你竟敢玩忽职守，那阴灵率众魔正欲借北斗七星而攻入天阙，你却一无所知，该当何罪？"北斗星君闻言，慌忙跪地道："三大王恕罪，小神实不知此事，未见辅神来报。"笪殷昊怒道："速召辅神前来问话！"北斗星君即令侍仙去传度厄，度厄闻笪殷昊前来钩考垂诰，急来叩见，笪殷昊即道："阴灵欲借北斗七星登天，你可知情？"度厄见北斗星君已跪在地上战栗，不觉也惊惧不安，回道："在下失察，故未报知星君，请三大王治在下一人之罪，勿责星君。"笪殷昊冷笑道："你倒有好骨气。这次是本王巡察四方星域而得情报，故来垂问，其余就不计较了，你速随本王前往察看，以断阴灵之路！"度厄忙随笪殷昊前往察看，果然见一条玄丝红线连上天枢。笪殷昊指着红线，问道："这莫不是阴灵之诡计否？妄想施法以此物开辟通道，引兵来犯，你速制止！"度厄信以为真，并不知是圆融神搭建虹桥，便去抓住玄丝红线一头，猛一拽，红线就抖动起来，笪殷昊令道："此线颇牢实，你且尽力阻断，本王去南斗星宫巡察。"度厄领命。笪殷昊赶到南斗星宫，故伎重演，又令上生往南斗六星察看，果然见有一根玄丝红线连在天梁，笪殷昊道："此阴灵欲登天之计谋，一旦得逞，天阙危急，你速去制止。"上生不由分说，也抓住那玄丝红线一头，猛一拽，这一抖动，虹桥就如山崩地裂般晃动起来，笪殷昊见计将成，悄然离去。

话说圆融神见虹桥不停摇动，大惊失色，虹桥上的众生皆惊，乱作一团。眼看虹桥就要崩塌，在此千钧一发之际，囤山下起了一场大雨，狂风骤起，大雨瓢泼，只见囤山上的化石见风雨后都纷纷化为飞燕，从南天门一涌而出，天门外出现七彩光，成群飞燕在冲破七彩光之后，一瞬间变成了喜鹊，纷纷飞往虹桥下，将桥身托住，虹桥这才稳稳当当又架在天际中了。原来，女娲见虹桥有变，知事蹊跷，便令风神和雨神前去探察，先至北斗七星见度厄正在拼死拉拽玄丝红线，急忙上前阻止，惊道："度厄神，女娲娘娘正令圆融神主持众生婚配，好不容易才搭得此虹桥，你却在此暗中拆桥，所谓何故？"度厄一听大惊，忙松手问道："坏事了！我被三大王骗也！"于是就将前后因由说了一遍。雨神急道："或是三大王不知情，以为是阴灵作祟，故而如此，我们速去阻拦上生神，叫他快快住手！"说着便又来到南斗六星天梁，又将事由说了一遍，上生神怒道："三大王来到南斗星宫钩考，兀是恐吓，险些逼死星君，没想到竟然是他用计，看来三大王想害女娲娘娘！"风神急道："切莫管这些了，我们速去囲山，降下风雨，引飞燕出天门急救，或能挽回。"说完便与雨神来到囲山施风降雨，这才保住虹桥不题。

那天月明星稀，一双双情侣坐上虹桥，私情密语，眉欢眼笑。圆融神在针媛和织女的陪同下，在虹桥上踱步察看，见男男女女成双成对，心中欢喜。女娲与伏羲昊偎依在槐树下，望着月亮。女娲望着虹桥上的圆融神，掩口笑道："昨晚虹桥险些崩塌，圆融神一夜急白头，此刻再看他，真像月下老人也。"伏羲昊叹一声，欣然笑道："果然是呢，圆融功不可没，今后就叫他月老吧！"这句话儿被众人听了去，纷纷传开，一时都称他为"月老"。女娲笑道："月老听着亲切，虹桥就叫作婚桥吧，此间人今后行婚配，也可仿造婚桥，新人过桥，方为缔姻。"圆融神见大功告成，便领针媛和织女降下，急来拜女娲，叹道："总算完成了，只是尚有一憾，众生皆登桥婚配，唯菌类生物未上得桥去。"女娲笑道："月老不必自责，菌类生物如此，也是昊天之意，在这轮回道上，也只能是朝生暮死的命运了。"圆融神揖道："总觉不完美。"女娲瞅他一眼，笑道："月老辛苦，这凡间若无月老，岂不知让多少女儿空守闺房，多少男子独坐愁城。月老功不可没，待回宫复命时，我定会奏请师尊嘉奖。"圆融神笑道："如此看来，在下任重道远呢。"女娲与伏羲昊相视一笑，又说了一会儿话，女娲笑道："我看众生已燕昵许久，也该归巢了。"圆融神会意，令针媛和织女道："收线吧！"只见针媛和织女将手儿一挥，忽然就收了那道玄丝红线，天空骤然暗黑下来，鸟儿们双双飞离，鱼儿们跳入水中，地上的禽和动物们也都各自奔去。众人喊着名字来辨别对方，只听圆融喊道："请入洞房！"话音刚落，就现出一道红光，将众人包围，正在这时，又见从南天直冲下来两道白光，这便是被盘古使玄风卷下界来的隽軓和膴媚二人，直落地上。圆融神和针媛、织女细看去，却是一男一女的模样儿，针媛忙跑过去看，见他们就要倒地了，便伸手去拉他们，谁知方牵着隽軓的手，她也被那红光袭身，针媛大叫一声，圆融和织女正要近前去救她来，不料红光散去后，他们三个眨眼间消失不见了。

第二天，人们清早醒来，发现已和情侣在窑洞里了。自从圆融神给众生主持婚配之后，女娲又嘱咐道："你们当多多生育！"说完又亲自监督笪殷曹和陆正二人，第一次安排冥界亡魂投生，众生开始繁衍，人们生儿育女，天上的鸟儿，水中的鱼儿，地上的动物渐渐多了起来。然而，从来是神魔并存，正邪两立，总有些人为了私欲而作恶多端，以至于此间平静安宁生活没过多久，竟一时诡变百出，飞灾横祸，齐齐掩来，不题。

且说隽軏一觉醒来，却见自己正躺在一窑洞中的地上，草席上还斜躺着一个女子，却不知她是针媛，隽軏料她是臙媚，便摇她身子道："臙媚，快起来，这下子可不好了，我们两个真被打下界来了！"针媛被他摇了几下惊醒，见自己在窑洞中，又瞥见跟前的隽軏光着半个身子，大吃一惊，腾地翻起身，揉揉眼睛细看，却一时未认得他，惊声问道："你是何人？为何与我在一处？"隽軏见她不是臙媚，也是吓得不轻，此时却见她天衣半开，酥胸一片，连忙摆手道："我岂能知道？我乃是西极星善元宫侍仙隽軏，因与人神臙媚一见钟情而犯了天戒，双双被打下界来，不知怎的就在这洞中了，你又是何人？为何不见我臙媚，却是你在这里？"针媛听罢，方知他是隽軏，细思片刻，见他光着半个身子，突然掩口笑道："妾知道了，昨夜妾在婚桥，见两道白光坠下，却见你们二人险些跌倒，妾便去搀扶郎君，不想却被那喜光着身，便与郎君成为夫妻了！这下糟糕了，妾身一个清清白白的仙子却被无辜玷污，怕是回不到那天界去了！"隽軏朝针媛酥胸瞥去，喘道："你还笑什么？衣冠不整，还说我玷污了你！"针媛低头一看自己天衣开了半片儿，春光尽泄，不觉脸颊一红，慌忙背过身子去，一出闪念又将天衣合上，突然泣道："不是你玷污是什么？还说妾来，你倒是看看你自己，一丝不挂，不知羞耻！"隽軏闻言大惊，低头看自己，确实光着半个身子，一时心慌，连忙也闪出一念穿好天衣，嘴里嘟哝道："这到底是怎的了？莫非我们已经……"针媛霍地站起来，嗔道："已经什么！"说完又嘤嘤地哭了起来，隽軏见针媛哭得梨花带雨，眼窝肿了一圈儿，一时不知所措，只连连叹息，针媛见隽軏不安，又有怜惜之意，便越发哭得凶了。隽軏忙握着她的手儿道："小姐不必悲伤，事已至此，不可回转，你我已注定在这凡间轮回，小姐与我皆为天仙，如若不嫌，我便与你做个长久夫妻可好？"针媛泣道："什么小姐小姐的，我才来凡间，你却与人私情犯戒了，唉，真的是君子难觅。"隽軏听了惊奇不已，细看针媛，竟然有些儿面熟，一时竟想她不出，忙起身揖道："你是何处的仙子降临，恕我无知，还请赐教。"针媛泣道："郎君竟薄情至此！莫非不认得妾了么？妾身乃针媛，郎君曾去过圆融府，妾还赠你一枝红梅呢。"

雋軏细看果然是针媛，情态难禁，大喜道："你怎的也在界下凡间？"针媛破涕为笑，嗔道："妾奉命来界下，为凡间人众配姻缘，不想却与郎君碰着了，事已至此，亦为天缘所致，只是今郎君得配人神膗媚，犹念妾乎？"雋軏问道："你也认得膗媚？"针媛低头道："方才妾听郎君说过。"雋軏叹道："我心焉能忘了娘子？每每忆想，无不疼惜，谁料昨日尚在仙界，今日便已是在凡间了，更不料会与娘子在此间结为连理。"针媛问道："郎君既念妾，为何却在天界与膗媚私通？"雋軏又叹道："唉！一言难尽也！"说罢便将与膗媚相遇之事细说了一遍，针媛听了释然，于是二人同住洞中，俨然成了一双恩爱夫妻，那针媛不但不计较，反而与雋軏处得非常莫逆。又过一夜，雋軏忽然问道："娘子，你既奉旨来此间配姻缘，忽然坠入红尘，那圆融上神岂能不寻你，若被寻着了，你岂不是又被召了回去，届时，你我夫妻便要分离了。"针媛笑道："我们既是夫妻，这也是天意轮回，妾岂能与郎君分离，即使上神来召唤，妾死也不回去的。"雋軏闻言，心中大喜。

却说圆融与织女分明见针媛去救那二人，却连她自己也不见了，十分惊慌，寻了两天也不见针媛，便往玉龙洞去拜见女娲，将这事情禀报了。女娲闻报，心中若有所思，惊问道："果真见空中坠下两道白光？"圆融回道："在下亲眼所见，岂敢谎报。"女娲道："那便是了，或许是雋軏和膗媚下界来了。"圆融疑问道："娘娘说的二人是谁？与那针媛有何关系？"女娲笑道："或许有，或许无，现在只管去找人，里里外外的窑洞都搜寻一遍，既然他们在凡间，就不怕找不到他们的。"圆融拱道："在下这就去再寻。"女娲忙起身笑道："本宫也去看看热闹。"说着便出了玉龙洞，与圆融和织女去搜窑洞，搜了几十个，人见是女娲和天神来到，都忙着跪拜，女娲也不理，只管搜寻，又看了几个窑洞，依然没有，正要回转，却忽然听到靠山一间窑洞传来哭泣声，圆融忙前去，正要喝问，却被女娲拦住道："不可惊动。"说罢便悄悄靠近窑洞口，见洞口并无一丝遮蔽，就往里瞅去，见一个女子坐在靠窗的一方木墩上，半蹙双眉，斜倚香肩，满脸心事，女娲便知她是膗媚，忙进去看望，见女娲同了圆融和织女进来，膗媚连忙起身，凌波微步，袅袅娜娜来到女娲跟前，望着女娲跪了下去，女娲搀她起来，笑道："你也不问我是谁，只是磕头的。"膗媚欠身道："妾知是女娲娘娘驾到，故而叩拜。"女娲问道："你才来凡间，如何知道的？"膗媚低头，双颊微红，一言不发。女娲暗中细细觑窥，见她纤体婀娜，身着春纱鸾裙，柳腰系一条蓝色丝带，骨格风华，梳妆淡雅，一双杏眼水灵汪汪，瞳神欲活，非常活泼。女娲又问道："姑娘可是宝瓶星海驻星守将戌闰桀之女膗媚？"膗媚见问，不觉一愣，忽然神色仓皇，满头是汗，两只手儿只顾拈带。女娲见她眼含碧水，眉敛轻烟，似有万千幽怨只是说不出口来，知她默认，只是不敢说破，料她初到凡间，心里害怕，于是又问道："你是不是有个哥哥叫戌闰升？"朧媚尚未开口，女娲坐下又道："朧媚莫怕，到了此间，便有我照顾，凡事只管与我道来，我必会助你的。"朧媚沉默半晌，低声道："妾此刻方寸已乱，不知该如何是好，一些个事儿此时也摆布不来了，说起来却也尴尬。"女娲笑道："你说的可是雋軓和你的事儿？对了，你两个不是同时下界来的么？他人呢？"朧媚问道："娘娘怎么知道的？"女娲笑道："我既知道你，便也知道他，你切莫担心。"朧媚红潮晕颊，眼圈儿一红，泣道："求娘娘救妾吧，我与雋軓私订终身，去被昊天罚下界来，如今失落此间，忽然又寻不见他人，妾十分害怕，只希望与他在一起的。"女娲慨然应允，笑道："你安心在此等候，我这就去找雋軓来。"朧媚再拜，女娲与圆融、织女转身出洞去了。

朧媚待女娲他们走后，自己出洞去走了一圈儿，也不知走到了哪里，一直到中午，又朝自己的窑洞走去，此时却听见一个女子道："郎君，何不出来玩？"朧媚听了，站定看去，只见一个女子正朝窑洞口里喊着，一会儿便见雋軓迎了出来，朧媚见状，大惊失色，不知不觉就走了过去，雋軓这时忽然瞅见了朧媚，一时没了主意，只听朧媚叫道："夫君，为何在此？这女子是谁？"针媛向朧媚道了一个万福，笑道："哟，这一定是朧媚妹妹了，妾身乃是天仙针媛，这厢有礼了。"雋軓忙道："朧媚，快进里面坐吧。"朧媚便进入窑洞，随便坐下，满脸疑惑地望着针媛，见她珠光宝气，媚态横妍，暗思道："难道雋軓已变心，嫌我是个人神，自己却在这里找了一个仙子做妻子。"如此想着，一双大眼瞅着雋軓，半晌无言。雋軓此时见朧媚神色，不觉心乱，愧疚不已。朧媚见他目光躲闪，不由疑惑起来，便问道："夫君为何在这里，这仙子又是夫君什么人，为何同居一处？"雋軓忙道："你我下凡，那一夜便走失了，也不知道你在何处，我醒来时已经与针媛在一起了，你切不可怪我。"朧媚还未说话，就听针媛笑道："郎君说的什么话，我们在仙界时就已是情侣了，如今到了凡间，自然是夫妻，这有什么怪不怪的。"朧媚忍不住了，眼泪簌簌而下，指着针媛，怒道："你胡说八道！"说着哭出声来。

且说女娲同了圆融和织女来到这里，听得一个窑洞里有人吵闹，只听见针媛高声骂道："我实话告诉你，你不过是个人神罢了，有什么资格与我争夫君？你且问问郎君，他是要你还是要我？"朧媚也不问，只是泣道："天仙又怎么了？就该夺人所爱么？"针媛索性横了心肠，冷笑道："你说谁夺谁的爱了？此番婚配，为何不是你与郎君在一起，却是我与郎君在一起了？你倒来我洞中滋事！你别在我这里要死要活的，要死请去外边吧！”女娲听了几句，皱起了眉头，站定瞅着圆融问道：“我怎么听着像是针媛在说话？”圆融眉头早就凝成一个疙瘩，叹道：“唉！唉，皆怪我治家不严，却让这两个人钻了空子，终于到一起了！”织女笑道：“确实是针媛，她怎么在这里，与谁吵架呢？”女娲不听犹可，一听便怒从心上起，急忙闯进洞去。针媛见臕媚只顾哭泣，正要再骂时，却见洞口草帘儿哗啦卷起，一个人噗的钻了进来。针媛定睛一看却是女娲，不由得双腿一软，连退几步，扑通一声跪下，连忙拜道：“娘娘万福！”雋軓见是女娲，亦跪下来叩首。臕媚定一定神儿，看见进来的是女娲，不觉滚下泪来，正欲跪拜，却听女娲道：“你无须害怕！有我在此，看这天仙能将你怎的？”这时候，圆融和织女也走了进来，针媛见状，更是羞得无地自容。织女一拥上前，先把针媛扶起，问道：“姐姐，你怎么坠入红尘了！”针媛微笑道：“我也不知道，那天忽然就被红光袭身，醒来便与他在一起了！”圆融斥道：“大胆针媛，奉命下界婚配，自己却心生凡念了！”那针媛却是不怕圆融的，哭道：“小婢也不是故意如此，只是天意使然。”女娲闻言，照针媛粉脸就扇了一掌，骂道：“好不知羞耻的婢子！敢在本宫面前妄称天意！你身为天仙，奉旨下界，焉能堕落红尘？谁给你这个权利？还不随圆融回去，莫非要本宫杀你不成？”

针媛被女娲忽然甩了一记耳光，疼得“哎呀”一声，她虽说不怕圆融，但对女娲是又敬又畏，见女娲动怒，此时也不敢多言了，只得低头抽泣。圆融怕女娲再打她，连忙上前拦住道：“娘娘息怒，这贱婢让在下带回去，以家法处置。”女娲本来不想打她，不过警告她一下罢了，见圆融相劝，便顺水推舟，趁势转身坐下。雋軓见女娲打了针媛，知她大动肝火，吓得哆嗦起来，头也不敢抬起来，女娲见状，笑道：“你可是雋軓？你且起来，本宫有话问你。”雋軓慢慢起来，满面羞惭，未及开口，就听女娲道：“你也太鲁莽了。你既然已与臕媚有私情在先，她又因你而被罚下界来，你就不该抛弃她而和针媛在一起，你如此伤她的心，就不怕惹火烧身么？”雋軓低头道：“在下与臕媚乃是被天廷罚下界来，轮回而已，有何祸事？”女娲笑道：“大家不知不罪是极好的，本宫也不怪你，只是你可知臕媚是谁？”雋軓低声回道：“臕媚是宝瓶星海驻星守将戌闰桀之女。”女娲微微一笑道：“亏你还知道一些个，堂堂守将之女被你诱惑，情愿跟随你，即使被罚下界也在所不惜，并且还痴心寻你，而你却要与针媛一起生活，这不是负了她一片真情么？你只知道戌闰桀，却不知道她还有个哥哥叫戌闰丮的，你们下界虽为天意，但他若知道你背弃了他妹妹，你可知是什么后果？你总也有归一之时，到时候就不怕他拳脚无情，伤了你性命么？”隽軓闻言，连称不敢，此时已惊得魂不附体，面上生红，连忙道：“在下绝不负朧媚，自会与她在人间轮回，直到归一。”女娲点头儿笑道：“如是甚好，快与朧媚去清凉山那边的窑洞吧，本宫已为你们安置好了。”说罢便与圆融、织女、针媛三个先走一步不题。

话分两头。且说笪殷昊使出诡计，本想摧毁虹桥，杀害人类充当冥兵以为不时之需，却不料被风雨二神挫败，让他美计空落，此后便更加憎恨女娲和伏羲昊等。笪殷昊又秘密窜入冥府，与冥王笪殷曹再行密谋。笪殷曹无奈道：“如今圆融神已使人类婚配成功，如再行杀戮，怕是不易。”笪殷昊怒道：“天王即将涅槃，正是成事良机。你可知道，那轩辕昊逼死仙婢洛珠，不久其父圣安星驻星守将五龙炙，必会兵伐仙阙，一旦事变，他便是作茧自缠，朝夕不保，值此紧要之际，正好本王乘机生变，一举夺得大宝，你我将来才有好日子过，所以才让你消杀人类，收摄生魂，以充军备，而你却优柔失断，何能成大事？若冥界无一兵一卒，本王将如何生变？”笪殷曹不能措语，惟鞠躬唯唯而已。笪殷昊见状，急道：“你有何打算？”笪殷曹拱道：“三大王莫急，容在下再谋良策。”笪殷昊叹道：“事不宜迟，既然女娲令你安排亡魂投生阳间，你当设法令亡魂从恶，记得前世怨恨，哪怕豆大的小事儿。如此，等他们投生阳间，便是恶狼一条，睚眦必报，自相残害，而后你再暗中行事，将女娲给冥府安置的灵霾，只往那阳间施布一二厘，届时，你我只坐看祸乱，岂不方便？”笪殷曹大喜，问道：“这个容易，只是十余年之后，岂不是太迟了？”笪殷昊得意忘形，笑道：“人间十余年，天阙十几天而已，本王料轩辕昊和女姬落难，也没那么快的，大约也就十几天之后，他们的事儿方能露出狐狸尾巴。”笪殷曹闻言，拱道：“在下明白，即去操办！”笪殷昊安顿好后便悄然而去，故而女娲并未察觉。

有道是福不重受，祸不单行。冥王笪殷曹听从笪殷昊之计，为征冥兵，早已丧心病狂，他又暗思与西方冥界的魔天王阴灵勾结，前往拜访，不料阴灵道：“本王自被女娲击败后，迁移至西方冥界，此后冥界一分为二，东土一冥界，西方一冥界，各不相干，你自司掌东土冥界即可，西方冥界由本王司掌，你告诉那笪殷昊，各取各的天下，本王与你们不相为谋。”笪殷曹无奈，只好带着几十个魔众返回幽冥宫。自此后，但凡投生亡魂，笪殷曹便避开陆正，暗中训饬生魂，令其变恶，果不其然，这些人长大后竟然记得冥界之事，都遵从笪殷曹命令，竟做杀生害命、弑父弑母的恶事来，笪殷曹并不甘休，又私下向阳间施布灵霾，更使雪上加霜，很多人天良泯灭，甚至于夫妻反目，兄弟交恶，皆为私欲而大行其恶，一时间天昏地暗，人人自危不题。

事情传到女娲耳朵，她十分震惊，召来伏羲昊、蚩尤、笪殷曹、陆正等来垂问，此时又见神农琊也下界来了，也未细问缘由，只让他一同议事。女娲问笪殷曹道："本宫所造之人，其性本善，为何他们生育的后人却生来为恶？可是投生时出了故障？"笪殷曹回道："娘娘，在下只管冥界所业，不问阳间之事，至于阳世之人为何如此，在下也不明其由。"伏羲昊冷笑道："你是冥王，莫要说你不知，其中必有缘故，本王看这阳间如今阴气盛，阳气衰，戾气重，正气轻，怨气深，清气浅，以致竟腊月飘雨，六月飞雪，阴阳不明，善恶不分。出现这种情况，无非两个成因。其一，冥府将亡魂投生前对生魂做了手脚，使人渐如恶魔，禽兽不若如。其二，若冥府有人想火烧浇油，私自释放出灵霾，降下天怒，使人恶心相续，变本加厉，越发不如畜生。"笪殷曹忙跪叩道："那灵霾是女娲娘娘授予冥府的肃戒神力，若无天廷敕令，在下岂敢滥用？如今阳世变得如此，乃是因为亡魂未投生之前，知道前世之事，寄生肉胎之后，不愿来阳间为人，故而杀人害命，同类相残。"女娲闻言，暗思道："看来风雨二神所说不虚，此贼与笪殷昊勾结，欲生叛乱，上次险些毁了虹桥，若非风雨二神力挽狂澜，后果不堪设想，这番此贼又出毒计，欲置众生于死地。为使其不突然生变，暂且按住，待我慢慢收他。"想到这里，女娲斜睨他一眼道："既然连你这个冥王都不知真相，也无应对之计，那就不必再费口舌了。"说罢起身，又问陆正道："判官，你可有良策？"。陆正拱道："在下认为，若再将亡魂投生之时，使生魂忘记前世之事，便可解决此难。"女娲暗喜，问道："如何能使生魂忘记前世之事？"陆正答道："在下勘察冥界，发现有一灵泉，颇为神奇，称之为'阴泉'，人饮之后便记不得前世了。在下以为，亡魂投生时，出阳关之前，可令其喝下阴泉之水，而后放生元胎，如此一来，真性仍归至善，入世后自不会为恶了。"女娲闻言，大喜道："真善妙之策，那就依你之计，亡魂投胎时，必喝黄泉之水，此事你亲自负责。"陆正得令，自此以后，忤逆之事果然减少。

却说蚩尤被部落人众拥为首领，女娲召来蚩尤，吩咐道："本宫封你为北帝，以怀仁和善元之地为帝廷，统领北方，你的八十个兄弟各自统领的八十个氏族部落也都在你的统治之下，望你爱民如子，精心治理。"伏羲昊对他道："你以金德王，这亦是昊天之意，你要治理好诸部落，带领你的子民繁衍生息。"蚩尤听从女娲和伏羲昊的话，爱戴子民，召集各部落首领前来怀仁和善元之地的帝廷商讨国计，并亲自带领部落狩猎和耕种，与子民们亲如一家，随着人口逐渐增多，他的部落也强大起来，他部落子民又分为九个部落，分别在北方狩猎和南方屯田。

话分两头。且说隽軓自与臙媚在清凉山窑洞住在一起，女娲令蚩尤为他们二人主持了婚礼，并划分清凉山一带人众为臙媚的部落，赐名为侯刚氏部落，臙媚为部落首领。不觉光阴荏苒，臙媚已怀身孕，又至次年夏天，臙媚临盆，一前一后产下两个麟儿，隽軓和臙媚好不欢喜，先生者取名为仓颉，次生者取名为沮诵，兄弟二人一般相貌，一对粉孩儿。光阴迅速，眨眼间又经十三番寒暑，那仓颉和沮诵已交十三岁，真个是两个翩翩少年，隽軓和臙媚二人爱如掌上之珍，如同宝贝。臙媚对隽軓道："要请个先生教这两个才好。"隽軓笑道："我闻神农琊博学，何不请他来为二子教授？"臙媚笑道："妾闻神农琊在仙界，再也未下界来，夫君欲往何处去拜师？"隽軓回道："我昨日见他来拜见女娲娘娘了，就在玉龙洞附近，我这就领着二子去拜师。"不料仓颉和沮诵却道："我们无须先生教授，神农琊皆不如我二人，他能教授什么？"隽軓闻言，惊道："小儿信口雌黄，焉有不学之理。"说着便将二子打扮得齐齐整整，前往玉龙洞拜见神农琊，三人见面叙礼坐下，隽軓问道："上神久未下界，为何突然来到凡间？"神农琊闭眼回道："但凡神仙下凡，必是缘分牵引，感应所驱。我才来这里，你便来登门了。"说罢将眼睛睁开，上上下下打量三人一会儿。他看见仓颉、沮诵，问道："这两个就是臙媚生的公子么？"隽軓回道："正是。"神农琊端详了半晌，问道："为何二人却一般的模样儿？又是一般的个子？"隽軓笑道："他二人是一先一后生的。"神农琊笑道："这也奇了，真是个凡间难见的俊秀儿郎。"隽軓笑道："多谢上神美言，还请悉心教诲。"神农琊见二子生得清俊，看面相却是难得奇才，便答应收他们为徒。到次日，仓颉和沮诵拜过神农琊，朝夕训蒙。神农琊见他二人聪慧，竟不用十分费力，心中自是欢喜不题。

仓颉与沮诵一学又是二年，此时二人已十五岁，渐渐觉得神农琊之才智枯竭，已无可教授，便对神农琊道："师父何不带我们出去见见世面。"神农琊同意，便携仓颉与沮诵去部落间游历，想让他二人看看民生，却在窑洞前遇到一个妇人蹲在地上呻吟，双手抱着脚腕儿，见神农琊路过，那妇人道："天神救我！"神农琊忙上前，问道："你这是怎么了？"妇人道："方才劳作，不慎扭伤了脚腕儿，此刻生疼，不能动一寸，还请天神救治。"神农琊正要说话，却见人众都纷纷围了上来。神农琊对妇人道："筋骨之伤，须敷草药方能治愈，今日出门并未带来草药，你且忍耐，待我上山采药，回来便治。"妇人疼痛难忍，呻吟道："天神使个法儿便好了，何须用药？"神农琊摇首笑道："不可，玄法岂能治疗伤病？"话音刚落，就听仓颉道："谁说玄法不能治伤？弟子却会一术，定能治好此伤。"神农琊惊道：

“徒儿不可妄言，惹人笑话。”仓颉随手取来一片叶子，在那叶子上画了“木瓜”两个字，而后吐了一口唾沫在叶子上，笑问妇人道：“阿婆，哪里疼的？”那妇人连忙指着脚腕儿一处，急道：“这里，这里。”仓颉将那叶子贴在疼痛处，笑道：“此可止脚转筋疼。”约莫一会儿，只见那妇人站了起来，笑道：“果然不痛了。天神就是谦卑，不肯透露真法，就连这个小徒弟都如此厉害，更莫说天神了。”神农琊尴尬一笑，等那妇人走了以后，急问仓颉道：“你在那叶子上画的什么？”仓颉回道：“那不是画，乃是写字，弟子只写了木瓜二字。”神农琊道：“写字？这人间安有字？你如何写得？”仓颉身处指头，在地上写了“木瓜”二字，神农琊惊问道：“这是字么？却与天界之字不同，你是从何处学来的？”沮诵在一旁笑道：“这可是我们两个自己造的字。”神农琊惊道：“造字？”仓颉点点头儿道：“嗯，造字，师父莫怀疑弟子这字儿，这字儿正合此间使用，若真的不是个字，那阿婆的疼痛便好不了的。”神农琊正要细问，却见人众七嘴八舌便涌了上来，一个老者央道：“仓颉，我子得了疟疾，你可否治好？”仓颉笑道：“好说，你且回去，面东虔诚焚香三支，而后取一个梨，再面南吸一口气，将那梨子咒曰：‘南方有池，池中有水，水中有鱼，三头九尾，不食人间五谷，唯食疟鬼。’如此咒上三遍，再吹气于梨上，上面写‘敕杀死’三字，令病人临发前食之，便可痊愈。”老者摇首道：“我不会写字，可教我否？”仓颉地上写了“敕杀死”三个字，那老者学了半晌，竟也会写了，高兴离去。这时又来一个男子问道：“仓颉，我女人肚疼，如何疗法？”仓颉笑道：“我教你一个诀儿，叫作‘咒枣法’，咒曰：‘金木水火土，五行助力，六甲同威，天罡大神，收入枣心，枣入肠中，六腑安宁，万病俱息。急速求荣！’而后用枣一个，念咒一遍，吸罡气一口入枣中，若是男，便去除尖儿，若是女便去了蒂儿，再将这枣儿用水嚼下，病患即愈。”众人闻之，欢呼不已，有人却怨道：“这个枣子法甚的，太难，有无简单些儿的？”仓颉回道：“咒枣法可治百病，要有简单些儿的，自然也有，你只须念咒曰：‘华表柱’，一连念上七遍，而后望天罡吸气一口，吹于枣上，以汤水嚼吃服下，此也可矣。”又有人问道：“仓颉，若是在山林中遇到蛇，可有法儿避之？”仓颉回道：“这个不难，寻一石片儿，上面写上‘仪方’二字，蛇见之，自会畏避。”神农琊疑问道：“这仪方乃是神符，为师并未教授，你却是如何知道的？”仓颉笑道：“徒儿生来便会，无师自通也。”神农琊哑然，这时又有人问道：“仓颉，家中如何防蛇？”仓颉忙在地上一边写一边道：“快快学这几个字：‘多求致怨憎，少求人不爱，梵智求龙珠，水不复相见。’学会了，将这些个字儿雕刻在墙壁间，即可断蛇也。”许多人慢慢学会了，默记于心，纷纷回家去雕刻在窑洞墙壁间，也有人不会，便问道："有没有不写字的降蛇法儿？"仓颉笑道："好说，有个简单的降蛇法，你听我说，自己学会这诀儿，见蛇来，你口中念曰：'天迷迷，地迷迷，不识吾时。天灵灵，地灵灵，不识吾踪。左为潭鹿鸟乙步，右为鸟鹞三二步。'接着又念曰：'吾是大鹏鸟，千年万年王'，如此，便可降蛇也。"那几个人一听，忙学念，不一会儿也念会了。此时又见一女人急道："我夫君被蜈蚣咬了，如何是好？"仓颉忙道："快来，我教你。你回去将他引入园中，立即用手指在地上写一'王'字，再于那'王'字内取点土，揉抹于被咬处，即可痊愈。"女人一听大喜，学了一个王字便跑回去了。又有人问道："仓颉，如何避蚊子？"仓颉道："教你一句诀儿，你只要面北默念七次：'天地太清，日月太明，阴阳太和，急急如律令！敕！'而后吸气，吹于灯草上，点燃之，蚊子不敢再来。"有人急问道："仓颉，我夜夜做噩梦，如何做是好？"仓颉回道："好办，睡前念道：'婆珊婆，演底摄'，再不会做噩梦了。"又有人问道："仓颉，蜂螫人，怎么办？"仓颉道："取一支竹条，在地上写'丙丁火'三字，连写七遍，而后取土抹在被螫处，伤痛即消。"如此忙了半晌，众人学了不少方术防身，自是高兴，便一传十，十传百，一时间仓颉名声大噪。神农琊叹道："你二人可出师矣，为师再也教不了你们了。"仓颉和沮诵跪地三拜，含泪离去不题。

话分两头。再说圆融神在人间主持婚配完成，天斗闻报大喜，急令元真童子下界传诏，让圆融神与神农琊等返回天廷，众神回来，将界下之事细细禀报，天斗听闻仓颉之事尤为高兴，便又派神农琊领众宿神下界帮助女娲和伏羲昊敬授民时，以定民志。神农琊再度下界，先来拜见女娲，女娲问道："孟章神君不在天廷效力，何故至此？"神农琊笑道："特来相助。"女娲道："此间诸事将毕，又何须烦劳你与众宿神下界。"神农琊拱道："我欲让日游、夜游二神主司人间风水之事，娘娘以为如何？"女娲不解，问道："请细细说来。"神农琊笑道："二十八宿神，居于四方之星，即东极、南极、北极、西极，每日轮流当值。角、氐、房、尾、箕、斗值年；牛、女、虚、危、室、壁值月；奎、胃、昴、毕、觜、参值日；井、鬼、柳、星、张、翼值时，人间男女均以年、月、日、时为生辰，由日游、夜游二神造册登记，再报东斗、南斗、北斗、西斗四星君，以人生辰分置福寿、福禄、度厄、上生诸事，造福禄簿，再令冥界以各人之生辰造生死簿，从今往后，人各从其命，也好分理六道轮回，此可为长久之计。"女娲喜道："如此甚好，若星不转斗不移，天地自然如何运行？这次，孟章神君又助我一臂之力！"说罢，即令日游、夜游二神，以及东斗、南斗、北斗、西斗四星君，还有陆正分头执行，完成诸事。伏羲昊自为众人传授星象知识，他对蚩尤道：“事观三象，方知凶吉。”蚩尤问道：“何谓三象？”伏羲昊道：“日、月、星，谓之三象。”说完，便在当晚教众人观天象，忽然发现夜空中那泰阶星忽明忽暗，两两并排，分为上、中、下三台，共有六星，斜如台阶。伏羲昊指着苍穹对众人道：“那便是三台六星，也叫作泰阶星，六星平则世治，六星斜则世乱。我方才见此星倾斜，便知这天下必将生乱。”蚩尤仰望半晌，回头问道：“大大王，为何我看了半晌，也未看到泰阶一星？”伏羲昊笑道：“你凡胎肉眼，岂能与本王神眼相比？这不要紧，就到时候我将诸宿画在帛上，你们可慢慢据图观察。”蚩尤问道：“不知如何才能使天下太平？”伏羲昊道：“千祥出于作善，万恶降之灾殃。灾多则世乱，世乱乃因恶多，世间秽恶，人心邪劣，昊天必将绝其福佑，但若众生能够从善去恶，亲仁善邻，天下自然就太平了。”蚩尤闻言，默记于心。

一天，伏羲昊又带众人去怀仁镇子海、南池一带打鱼，可是渔网已破旧，当下不能使用了，伏羲昊只好令众人去剥槐树皮，制成渔网。在剥槐树皮的时候，伏羲昊对众人道：“槐树有皮，人而无仪！人而无仪，唯食是仪！有食则来，无食则去！无仪之人，怎么能不死呢？今后，你们要有老幼尊卑之分，遵行礼仪，团结和睦，只要如此，灾难也就会减少了。”众人又请教礼仪，伏羲昊道：“人来自天，生于土，上有天，下有土，故要有三尊三礼，三尊者，君、父、师；三礼者，天、地、神；此不可渎。三亲有序，此谓夫妇之序、父子之序、兄弟之序；依序而礼则家和，家和则万事兴。”众人听后，一一记下。伏羲昊又道：“婚姻乃是天缘，男聘女嫁要有六礼，一曰纳彩，二曰问名，三曰纳吉，四曰纳帛，五曰请期，六曰亲迎，如此就能获得天神赐福。”众人一一记下，伏羲昊接着道：“子出生后要洗三，乃是产子后第三天为子沐浴，方能接福。”众人又一一记下，伏羲昊又道：“人不可以贪色，夫妻交合须遵三合，何谓三合？即天晴宜交合，天阴则戒色，如此人可长寿。”众人听得认真，每日都跟着伏羲昊学习，不题。

渔网修补完毕，众人撒网捕鱼，此时，见仓颉和沮诵兄弟两来了，有人笑道：“那不是侯刚仓颉么？听说此人会使玄法，无所不能，今天我们见识一下其异能，如何？”众人皆道：“就试试他来。”说罢，就听那人喊道：“仓颉，你有何本领？能使鱼儿听你的话么？若我们捕不到一条鱼，方信服你！”仓颉来到岸边，笑道：“这有什么难的？”那人道：“你切莫夸口，让我等亲眼见到才算的。”仓颉笑道：“好说，我且试试看，不过，若是一条鱼儿也捕不得，大大王若怪罪下来，你们可要替我担待着！”众人忙道：“好说，好说！”仓颉道：“请撒网！”众人皆将渔网撒入水中，只听仓颉口中念道：“南无宝胜如来！”众人捕了一天，果然终无所获，心中暗暗佩服仓颉之能。

话分两头。却说洛雅离开圣安星神府了仙界，五龙炙与夫人几日未得消息，越发着急不安，派神府簿吏去打听，一去半月有余，回来哭道：“小姐去了灵界，礼佛修行，不愿归来，小的劝说不了，只好自己回来了。”五龙炙叹道：“唉，她年纪尚小，却为何遁入空门！”夫人西陵氏瑁媚听说洛雅去灵界修行，一时绝望，想起洛珠已死，洛雅出走，如今只剩她一个人，欲说还休，欲哭无泪，茫茫愣愣，日夜忧愁，恹恹成病，不消几日便郁郁而亡。五龙炙得知夫人死了，又惊又气，痛哀不已。五龙炙见家破人亡，整日恨海愁天，一天召集神府将领议事，哀泣道：“我自做了这四方星域之主，兢兢业业，如履薄冰，对上无有过一毫不敬，对下未曾有一丝过失，不料二大王轩辕昊怙势凌弱，逼死我长女，夫人亦忧愤而死，以致我家破人亡，深仇不报，此恨难消。”手下将领见他哀伤万状，皆跪地恸哭，一将劝慰道：“将军莫悲伤，但有何吩咐，不妨直言，在下等唯命是从！”五龙炙闻言，霍地起身道：“本将决意兵伐仙界，活捉轩辕昊，报仇雪恨！”众将闻言，跪地道：“愿随将军前往！”说完便去调兵遣将，整军备战。五龙炙又穿麻挂孝飞驰夸尺星神府报丧，时守将西陵柘正在园中练剑，见五龙炙这般光景，便知大事不好，听他说完才知洛珠横死，洛雅出走，就连自己的亲妹妹也愤疾而死，当下拔剑，“噌”地斩断一棵树，大怒道：“真无法无天，欺人太甚！本将誓斩轩辕昊那贼，我领兵三万直取元天门，你领兵攻打西天门，我们在王府会合！”五龙炙闻言大喜，又劝道：“我可有言在先，冤有头债有主，只需剿杀轩辕昊，不得滥杀无辜，不得袭扰天廷，若惊动了玉京宫，便是造逆之罪！”西陵柘急道：“你且放心，本将自会拿捏分寸，勿逼急本将，否则打入天阙也未为不可！”当日，五龙炙率三万大军入通道杀向西天门，西陵柘率兵三万自通道直捣元天门而去。

且说天斗正在太真殿打坐入定，却听元真童子在门外喊道：“禀报天王，大事不好了，贼兵打来了，元、西二天门告急！”天斗虽在定中，也听得见奏报，心内大惊，折腾半晌才将一口元气按下丹田，好不容易才出定，急忙起身出殿，急问道：“阴灵又来犯我？”元真童子急道：“哪里是阴灵，小的听门神说，是圣安星和夸尺星神府发兵六万攻打来了！”天斗疑道：“圣安星、夸尺神府驻星守将引兵前来，这是要叛逆么？”元真童子道：“小的不知道。”天斗急道：“速传轩辕昊率天兵退敌平叛！”元真童子只好又跑去传旨。谁知才来到朝阳殿南殿，就见轩辕昊长发蓬松，魂不守舍地在殿门口徘徊不定。轩辕昊早已闻知兵变，慌得六神无主，元真童子到了跟前，他也不理不睬，元真无奈，只得传旨道："天王有旨，着二大王轩辕昊率军破贼！"轩辕昊忙上前，冷笑道："本王已无心破贼！你知那天门外有多少兵力？足足六万有余，师尊让本王只领不到七千天兵御敌，本王岂不是白白送死去？就算本王肝胆涂地，也是个以卵击石，本王奉劝你还是回去告知我师尊，请他亲自出马迎敌，犹可御变，否则再迟些儿，贼兵破门而入，便是玉石俱焚，悔之晚矣！"元真童子听了颇为怀疑，问道："二大王，圣旨令你引兵出战，你却让天王御驾迎敌，你莫非想抗旨不成？"轩辕昊闻言，暴跳如雷，拔剑指着元真童子，怒道："我抗你娘个乳头！你只管在此哇哇聒噪，不消一会儿贼兵掩杀而来，师尊往何处可避？再等你啰唆完，恐社稷不能保矣。"元真童子闻言，长叹一声，愤愤而去。

元真童子一路飞回玉京宫，见天斗踱步，忙道："二大王疯了！"天斗转身，惊疑道："怎么就疯了？"元真童子就如实禀报一遍，天斗一听，气愤填膺，直愣愣盯着元真童子，半晌才道："你速去召笪殷昊进宫来！"元真童子领旨，又飞往朝阳殿北殿，还未落地，就见笪殷昊背着手在殿门外踱来踱去，好像早有准备，还未等元真童子开口，笪殷昊就笑道："可是师尊传我进宫？"元真童子道："正是。"笪殷昊大喜，随即与元真童子急入玉京宫。天斗见他来了，也不等他跪拜，就急问道："为师让你时常巡察四方星域，如今圣安星和夸尺星神府提兵攻来，你可知情？"笪殷昊拱道："弟子也是刚刚得知，但出现这种事儿，也不是没有原因，只是弟子不敢贸然奏来。"天斗怒道："眼下贼兵快进宫了，你还有什么可隐瞒的？速速奏来！"笪殷昊只好将轩辕昊如何私通婢女，女姬如何打死邠夙，轩辕昊与女姬苟且，如何强奸洛珠致死的事儿虚虚实实地说了一遍。天斗一边听一边发抖，嘴里只嘟哝道："天廷败类！如此相逼，那神府安能不反？"听到最后，竟气得面如金纸，七窍生烟，吼道："你速引兵前去捉拿轩辕昊，而后绑缚至天门，任凭他们将他千刀万剐了去！"笪殷昊闻言，恭恭敬敬跪下，叩首道："弟子遵命！"说罢急往营房调兵，天斗又令元真童子道："你速往界下去传召神农琊上界来御敌！"元真童子不敢怠慢，即刻下界去，将那神农琊又请回了仙界，神农琊忙去东极星调兵遣将，元真童子又去笪殷昊阵中去察看。

轩辕昊见元真童子离去，火急火燎来到南灵殿，一进来就头触阁门，嚎啕大哭。苏叆和妹喜、峒灵见状，惊得魂不附体，慌忙请女姬出来。女姬见他蓬头跣足，大惊道："二师兄这是为何？"轩辕昊哭道："洛珠之死引发叛乱，如今两个星域神府引兵六万掩杀而来，说要杀了你我，清除天廷恶贼！再者师尊已知你我私通苟且，又要捉拿我们，我一时无计，故而如此！”女姬闻言，吓得面如土色，慌乱无措，泣道：“众兵杀来，如之奈何？”轩辕昊急道：“此番无策，只能躲避去了！”女姬慌道：“逃去哪里？”轩辕昊道：“如今你我已如贼寇，人皆喊打，天界诸星域再无藏身之处，只得去那界下凡间，尚有一线生机！”说罢与女姬相对垂泪，轩辕昊又催道：“还不准备，愣着作甚？”女姬急唤来苏叆和妹喜、峒灵，慌慌张张进了里间。那一头，笪殷昊各分三千余天兵奔赴元、西二天门迎敌，又自领五百天兵朝南灵殿驰来。元真童子问道：“三大王不去朝阳殿捉拿轩辕昊，却往南灵殿何为？”笪殷昊笑道：“轩辕昊那贼安能坐以待毙？本王料他此刻正在南灵殿与女姬收拾细软，准备逃跑，本王此去，他们必束手就擒！”说着便到了南灵殿，闯了进来，轩辕昊一看，原来是笪殷昊领兵前来，忙上前问道：“贤弟，引兵至此，可是来救我的？”笪殷昊拔剑斜睨他，冷笑道：“救你？你睁眼看看我身旁是谁？”轩辕昊一看是元真童子，心里已明白八九分，于是又问道：“你可是奉命来捉拿我与女姬？一门师兄妹，为何这等相逼？”笪殷昊笑道：“你聪明一世糊涂一时，想不到你也有今天！”轩辕昊道：“抓我也可以，只是先让他们都出去守在门口，我们也逃不了的，看在师兄妹薄面，只望你不要吓着女姬，不论如何，她是无辜之人。你若从我，待我女姬说几句话儿，安顿好后，便随你去，任凭发落，你若不从，大不了我们拼死一战，你也未必能胜我，你看如何？”笪殷昊冷笑道：“兵不血刃最好！谅你也插翅难逃！”说完又转身对元真童子道：“你先领兵在殿门外守候，这里刀枪无眼，只怕会伤了你！”元真童子只好与众兵出去。轩辕昊见元真与众兵皆退出，上前问道：“前时贤弟与我共商大计，为何此时却反目成仇了？”笪殷昊道：“二师兄，你过于天真，你可知道那玉京宫里只有一个王位？天无二主，卧榻之侧岂容他人鼾睡，你还是束手就擒为好，免受皮肉之苦！”轩辕昊冷笑道：“莫非你与玄女那贱人串通一气，故意将那洛珠骗来害我？”笪殷昊笑道：“如今知道也尚未晚，总算也死个明白！”轩辕昊双目发红，气得切齿道：“你这个奸贼！原来是你们合谋害我！”笪殷昊哈哈大笑起来，笑定以后，转而怒道：“快快叫那女姬出来，本王可没时间等你叫苦！”轩辕昊镇定下来，突然大笑。笪殷昊疑道：“死到临头，你笑什么？”轩辕昊道：“玄女那个贱人，与我做了几日露水夫妻，口口声声道只爱我一个，没想到竟如此心黑手辣，毒如蛇蝎！你别得意太早，谁知你命运将如何？”笪殷昊闻言，如五雷轰顶，一时惊恍，半晌才道：“你休得乱言！临死还拉个垫背的，当我愚蠢么？”轩辕昊呵呵而笑，而后道：“你是否愚蠢，我不知道，但我却不愚蠢，我曾亲睹那贱人肚皮上有一颗红斑儿，不信你可去亲览。”

笪殷昊一听此话，气得腿肚儿打颤，拔剑逼近他。轩辕昊冷笑道："你要动手，也不是我对手，若不是不玄女那贱人，我又岂能知道你窃得了师尊的那枚照石？"笪殷昊此刻已是头晕目眩，不知所措。轩辕昊见他松软，又接着道："倘我是贤弟，必会放你一条生路，免得两败俱伤。一来，你虽然有师尊那枚法宝，但并未随身携带，故而若真动起手来，就我和女姬二人，你和门外那五百天兵，想必也难阻我去路。二来，我若喊将起来，让元真童子知道你窃取了照石，师尊必不饶你，我们虽死，你也免不了落得个乱臣贼子的秽名，安能活命！不如你现在放我们逃去，我自然也不会与你争长争短，你尚且还有照石，天阙任你取，天位由你坐，岂不是与人方便自己方便？"笪殷昊闻言，终于崩溃，收剑入鞘，轻声问道："你们要逃往哪里？"轩辕昊急道："我们只能逃到凡间去了，如此一来你可放心了吧！"笪殷昊解下腰间玉佩，扔给轩辕昊道："废话少说，速与女姬从后园逃跑，到了南天门，就将玉佩给门神，他们自会放行！"轩辕昊接了玉佩，如获至宝，忙进里间叫女姬，见她蓬着头，与苏叆和妹喜、岣灵三人抱了许多宝物，竟躲在镜屏后面，见轩辕昊急入，女姬回顾左右，急问道："方才贼兵进来了？"轩辕昊急道："娘子勿惊，现在就随我往界下去。"女姬终于松了一口气，取过婢子手中的包裹就要走，苏叆和妹喜急喊道："上神要走了，小婢怎么办？"女姬回头，含泪道："你们好生在府上待着，天廷自有安排。"众婢低头，看他们出门，轩辕昊见她抱着一包东西，一把夺下，扔在地上，怨道："还拿这些个东西作什么？到了南天门，这些仙界之物，除了玄铁法宝，这些个金玉细软一个也带不到凡间去，反而受累！"说完又携女姬要出大门，忽然又见笪殷昊拔剑挡住去路，轩辕昊惊道："你莫非反悔了？"笪殷昊又拔出一刀扔了过去，轩辕昊急忙接住，盯着他看，笪殷昊道："就这么走了？谅你也走不远，何不过几招，弄出点儿声响来，也好让外面的听见，否则他们疑我放走你们，我如何向师尊交代？"轩辕昊也不多说，举刀劈面就朝他斫了来，笪殷昊挥剑迎上，两人乒了乓啷混杀一场，只听得站在外面的元真童子胆战心惊。笪殷昊随即给轩辕昊使个眼色，叫他们出门，自己又接过他手中大刀，朝自己肩上狠狠砍下，只见刀刃嵌入肩内，血流如注，笪殷昊跪在地上。轩辕昊见状，急忙与女姬夺门而逃，众天兵和元真童子皆惊，还没反应过来，两人已不见踪影。元真童子慌忙领众兵入内，见笪殷昊跪在地上，浑身是血，元真童子魂胆俱丧，惊道："三大王可好？"笪殷昊故作苦楚状，呻吟道："本王拿他不住，竟被他所伤。"元真童子扶起他道："轩辕昊法力略胜三大王，如何搪抵得住！请速速回宫，让天王为你疗伤！"说完便与他领兵进宫不题。

却说天斗见元真童子扶着笪殷昊进来，天斗见他重伤，大吃一惊，未等禀报便问道："那二守将竟如此凶猛？"说着便吹一口仙气，将那大刀取出，闪眼间伤口便恢复如初了。笪殷昊跪地叩道："并非被贼兵所伤，而是轩辕昊见弟子去拿他，便狠下毒手，弟子不防，被他砍伤！"天斗怒道："那孽徒已疯，迟早横死！"说完又问他道："天门战况如何？"笪殷昊道："弟子这就去御敌，师尊放心！"天斗急道："速去退敌！"笪殷昊与元真童子又急往天门驰去。

且说那夸尺星驻星守将西陵柘点了本部人马，朝元天门杀来，横枪在门前大骂。不消一会儿，便见三千余天兵出天门而来，西陵柘与天兵大战，喝道："轩辕昊无道！本将无意进犯天阙，只为他一人而来，请放我们进宫，活捉那厮！"门神亦喊道："将军尚不知门神么？若放你们进来，便是我失职，再者说，你们这是叛乱！谁晓得你们进去是何企图？！"西陵柘正要答话，却见一神飞来，立在面前，门神一看是孟章神君神农琊来了，便退在身后。西陵柘举枪问道："你又是何人？胆敢来阻本将！"神农琊道："我乃东极星天龙宫孟章神君！"西陵柘笑道："孟章神君青龙死了，你也来送死么？"神农琊怒道："你乃夸尺星驻星守将，天廷封疆大吏，却为何来天界作乱？劝你退兵离去，否则以反贼论处，你便一命难逃！"西陵柘怒道："我本无此心，只是那轩辕昊杀我亲人，逼我造反，你若能将那贼交出来，我即刻退兵，如何？"神农琊道："放肆！二大王乃是天王之子，诸神之王，焉能由你随口污蔑！"说罢便令天兵出战，西陵柘见酣战许久也难分胜负，倒是自己折了不少兵力，暗思道："他以三千天兵对我三万人神，我尚不能胜，可见天兵不好对付，不如放弃元天门，与五龙炙合兵一处，以六万兵直捣西天门，或可取胜。"想到此处，便收兵匆匆往西天门而去。

再说笪殷昊与元真童子驰到西天门，却见圣安星和夸尺星两位驻星守将已合兵一处，六万兵将将西天门围得里三层外三层，声势浩大。笪殷昊回头对元真童子道："可见贼兵势力？"元真童子慌道："贼势虽大，但三大王当竭力剿杀，以天廷安危为重。"笪殷昊提剑上阵，门神见笪殷昊来到，拱道："三大王威武！今敌众我寡，只能坚守，不宜出战。"笪殷昊问道："守到何时？"门神闻言，低头退下。笪殷昊立在阵前，见身后只有七千天兵，而对面确有六万将士，悬殊之大，一眼分明。笪殷昊剑指喝问道："逆贼五龙炙、西陵柘何在？"二将闻声出阵，西陵柘举枪问道："三大王，此事与你无干，你前来作甚？"笪殷昊抬眼打量，见二将英俊魁梧，器宇不凡，又喝道："本王看你们也像个人样儿，一朝受天廷洪恩，做了四星之主，当尽忠报效，却为何反成逆贼？"未等西陵柘答话，五龙炙哈哈大笑几声，抢道："三大王听着，我等并非叛逆，也非图谋天阙，只是轩辕昊那厮害我妻女，两命归阴，末将已家破人亡，特来报仇伐罪，诛杀奸人，请问末将何罪之有？"笪殷昊怒道："大胆逆贼！既为报私仇，为何提兵围攻天门？此叛逆之罪，当灭全族！还不快快退兵！"五龙炙又喝道："让我退兵容易，只要交出轩辕昊那厮，否则不能！事已至此，我等既被视为逆贼，退是死，不退也是死，不如打进天阙，活捉轩辕昊奸贼，以示我等除暴安良、恩怨分明之心！"笪殷昊看了元真童子一眼，问道："现在看来，他们是怒从心上起，恶向胆边生，决意要攻取天阙的，有道是哀兵必胜，不知当下如何之奈何？"元真童子战栗道："若不退敌，只恐天王怪罪，即使不出阵击敌，也要死守天门，岂能让他们得逞？"笪殷昊冷笑一声，提剑飞出，喝道："既然如此，本王就成全你们！"说着便朝二将砍去，西陵柘挺起长枪，直刺过去，五龙炙也不甘示弱，挥着大刀劈面砍来，双来单往，铿锵震天，二人对一，直杀了十几回合，也不见胜负。笪殷昊又战几回合，暗思道："我又何必迎敌，不如诈败回去，等他们攻入天阙，到时候我再取来照石，坐收渔翁，岂不更好？"想到妙处，便故意不战，见西陵柘长枪刺来，也不闪不躲，结果被一枪刺中胸膛，鲜血飞溅，笪殷昊大喊一声："不好！"便转身败走，直回本阵，元真童子一看大惊，又见大军压来，势如山倒，忙令门神关上天门。五龙炙和西陵柘二将见笪殷昊败走，天门紧闭。五龙炙正要下令去追，却听西陵柘道："将军不可追击。"五龙炙问道："天兵大败，正好一鼓作气，为何不能追击？"西陵柘道："不然，我看笪殷昊诈败，这番苦肉计或就是想赚我们进去，而后再中他埋伏，不可不防。"五龙炙听罢也觉有理，于是无话，只得停战，等待时机。笪殷昊进宫，天斗见他再度负伤，问道："贼兵果真厉害么？"笪殷昊跪叩道："非弟子不竭力，奈何敌众我寡，势不可当。"天斗扶起他道："徒儿且去殿中养伤，为师再做良图。"

笪殷昊才入府门，就见震碑迎上来道："禀父王，勾弋丛来了，正在客厅等候。"笪殷昊一愣，问道："他来做什么？"震碑回道："不知，怕是来见婵嫣妹妹的。"笪殷昊冷笑道："将婵嫣襁褓中婴子交给他，至于婵嫣，叫他下辈子再见吧。"说罢，也不进殿里去会客，忿忿转身出府去了。原来，笪殷昊与勾弋丛之间的纠葛还须从婵嫣说起。笪殷昊曾派震碑与婵嫣各自去往诸星神府拜见驻星守将，以图联盟。震碑促得绘织星海驻星守将平茜寐、西麟星海神府驻星守将笪殷元、天平星海神府驻星守将大庭岘都愿意结盟，获笪殷昊大加赞赏。婵嫣未促成一盟，心中又妒又急，便去朱雀星海神府见勾弋丛。勾弋丛听说笪殷昊欲求结盟，知他必有后图。这勾弋丛正当风华正茂，一直未曾娶妻，见婵嫣身着细雾，说话间星眸半闪，娇姿带媚，不觉神醉，一时动起了心思，便问婵嫣道："三大王欲以何物结盟？"婵嫣正值豆蔻芳龄，见他眉眼神色，便察觉出几分意思，于是笑道："三大王道，若得结盟，将同享富贵。"勾弋丛笑道："本将也不要与他同享富贵，只因仰慕小姐芳容，愿与小姐结为夫妻，今得良缘，若小姐肯俯就，我朱雀星即刻结盟。"婵嫣羞得两颊绯红，见勾弋丛英俊风流，心中也不十分拒绝，只是盈盈道："若将军愿与三大王结盟，妾亦不拒，愿为将军之妻。"勾弋丛大喜，慢慢挨将她来一把搂住，一阵乱摸，婵嫣惊得心头乱跳，一边躲着一边求道："将军，妾已答应结为夫妻，只望明媒正娶，大婚之后凭将军抚弄，望将军了解妾心意。"勾弋丛不肯放手，越搂越紧，笑道："我真心爱你，决不负你，好妻子，你若是真心的，就从我吧。"婵嫣听他叫妻子，芳心大动，此时经不起他一阵摸弄，正怀着盈盈春意，也不十分推拒了，便红着脸儿道："你也是一员守将，怎的如此莽撞！"勾弋丛急道："万类不齐，千人千面，为何我要与别人一样儿的。"说着便将揿于地上，如此如此，那般那般不题。经过这次，那婵嫣竟对勾弋丛心生爱慕，二人住在神府，花前月下，你浓我依，柔情蜜意，一连几天。待回到仙界府中，笪殷旻问道："几天不见，你去了何处？"婵嫣娇缩含羞，将事儿一一如实相告。婵嫣本以为他听得与朱雀星神府达成结盟自然高兴，会大加赞赏自己，却不料笪殷旻反而气急败坏，指着她大怒道："无耻婢子！为父让你去结盟，你却瞒着为父，败坏我门风，真奇耻大辱！"说罢便将她关了起来。不久，婵嫣产下一女，勾弋丛几次前来相求，都被拒之门外，婵嫣请求笪殷旻能放她出来与勾弋丛相聚，皆被拒绝，再不许她与勾弋丛见面。

却说元真童子见笪殷旻欣然离去，即问天斗道："天王，何不召来钟颀问个计谋。"天斗愣了一下，低声道："不消召见，本王亲自去看他。"说着便出殿去，心事重重地来到玄宸殿。钟颀见天斗驾临，拜道："臣钟颀叩见天王。"天斗沉吟一声，就在桌前坐了下来。天斗见厅内设置一法坛，铺着绣龙织凤的彩缯，上面摆一排玄帛祕卷，便起身去看，问道："这些个都是什么妙卷？"钟颀揖道："禀天王，不过都是些个建坛表文、真君笺文、玉符真文、劈暗灵符、黄表白简、妙道真经等。"天斗问道："有何妙用？"钟颀答道："臣但凡占卜、解劫、消灾，此乃法坛前常所用之物。"天斗又坐下，叹道："圣安星与夸尺星二神府驻星守将提兵来犯天阙，卿为何未曾卜得？"钟颀回道："并非如此，臣早就占卜到他们必来。"天斗惊道："既先知道，为何不报？"钟颀徐徐道："禀天王，臣以为，报不报他都会来到，思前想后，还是不报为好，一来臣知此事无关大碍，因涉及天王家事，臣奏报或三大王奏报，其结果截然不同。二来，五龙炙与西陵柘提兵前来，也为家事，算不得反叛，只是要拿二大王轩辕昊问罪，以雪耻报仇。两者皆无关社稷安危，故而，臣未曾上奏。”天斗霍地起身，指门问道：“眼前六万贼兵围我西天门，你怎能说无关社稷安危？”钟颀忙拱道：“天王息怒。臣以为他们兴兵只对轩辕昊，而无意冒犯天阙，若是别有所图，恐怕此刻早已进宫了。臣以为，二大王作孽本该惩治，身为天王弟子，当以躬先表率，岂能不顾天威？当下，天廷应尽力安抚，而非兴兵镇压，否则臣担心其余诸星神府寒心，恐生哗变，届时局面将更难控制，请天王三思！”天斗闻言，默默点头，沉吟道：“你说的也有道理，只是当下如何安抚他们，令其退兵？”钟颀拱道：“天王只须传召女娲娘娘上界，二位驻星守将必然收兵退去。”天斗疑道：“哦？难道本王之威赫，尚不如女娲么？”钟颀回道：“臣绝无此意，只是众人神皆为女娲娘所亲手造化，或有母仪之尊，定能奏效。”天斗暗忖片刻，问道：“女娲上界需要时日，你劝谏不让本王兴兵剿杀，但贼众若此刻猛攻而来，谁能抵挡？”钟颀拱道：“臣以为，只需传须菩提来镇守天门，他们也不敢贸然攻来。”天斗颔首道：“伏羲昊曾有保举须菩提之意，本王念其年幼，当时未允，如今须菩提加冠已婚，是该将他列入仙班，为天廷效力了，但不知封他何职？”钟颀拱道：“天王圣明！臣以为就封他为四天门都尉，以后量其才再行擢用。”天斗颔首，转而又问道：“元真于内廷侍奉本王，此危急之时，不宜派他下界，所以，派谁去传召女娲为好？”钟颀拱道：“天王可令孟章神君神农琊下界传召女娲娘娘，臣亲往灵界传须菩提前来。”天斗笑道：“就依卿言，请速办之！”说完便闪身不见，钟颀略作收拾，绕过西天门，自通过中天门往灵界去了。

话分两头。天斗一面派神农琊传召女娲，一面令火德真君与辅神西斗星君去界下搜索轩辕昊和女姬。二神出了南天门，直往界下来到了太行山。西斗星君站立山头，问道：“此间茫茫广野，何处去搜寻轩辕昊和女姬？”火德真君回道：“找到找不到都无关紧要，一个是二大王，一个是善元天使，都是天王的骨肉，迟早会返回天阙，我们若真的计较，只怕是呼蛇容易遣蛇难，将来也没好果子吃的！”西斗星君问道：“听上神的意思是，我们不必寻找他们了，这就打道回府么？”火德真君笑道：“当然不是。若此刻回去，如何向天王交代？我的意思是去找女娲娘娘，娘娘在人间助人生计，我们此去，一边为娘娘分忧，一边消磨时日，过些日子再返回天廷，只说搜寻未果，完事了了。”西斗星君笑道：“真好主意，在下就喜欢助人为乐。”火德真君暗忖片刻，一把揪住西斗的袖子，问道：“你喜欢助人为乐？我怎的看你喜欢害人为乐！”西斗星君惊道：“上神此话怎讲？”火德真君面红耳赤，急道："君能助我，我自感激不尽，但是却何故害我？"西斗星君又惊，问道："在下何时害了上神？"火德真君松开袖子，叹道："咳！你却忘了！那凡间的女登生了一男，却面貌丑陋，鲜灵灵一个人，头上却长出两只触角儿，此间人都以为是妖怪，我问你，这是为何？不是你做的手脚么？"西斗星君忙拱道："上神冤枉在下。在下司掌界下福运之事，那时在府上，在下当面降下此福，上神也亲眼见了，在下岂会动手脚。"火德真君问道："既然不是你所为，那平白无故，何以至此？"西斗星君想了一下，笑道："莫急，莫急，待在下看看这个福禄簿，便知道端倪了！"说着便从怀中取出一玄帛，仔细看了一遍，摇头不语。火德真君急问道："女登之子姜炎，何故就成了这模样儿？"西斗星君笑道："在下知道了，这簿子上记得明白，女登与少典偷欢，为女登铺盖牛皮一张，在下当时以上神发丝施灵，投生时却穿过牛皮而入，再者当时正逢凡间牛年，当日又是那牛宿福佑，那女登感孕，恰逢其时，故有了这个头长牛角的儿子！"火德真君疑问道："当真如此？"西斗星君笑道："千真万确。"火德真君叹一声道："如是如此，我也就放心了。"说完，二神去寻女娲，一路无话不题。

却说少典部落被启罘所夺，无奈之下，只得携女登母子、后土等随从离开泰山辗转到厉山定居。三年之后，女登的儿子姜炎长大成人，由于面貌怪异，人都不愿接近，姜炎对后土道："人皆恶我，我觉无趣得很，孙儿听得中原一带地广人多，又有天神与人共处，不如我们迁去那里多好？"后土闻言，急道："中原为是非之地，人多贪婪好杀，你决不能去的！"姜炎见后土不愿去，只好偷去探查。姜炎经过泗水，泰山以南，来到大庭氏部落。冥王笪殷曹得知姜炎来到，便给这里降下一场火灾，一时林木焚毁，人皆四下逃命，姜炎见状，挺身而出，口吐三昧真火，将那凡火扑灭。姜炎救人于危难，一时间名声大噪，人皆奔走相告，口口相传，道他是火神下凡来护佑众生的。一年之后，大庭氏诸部落人众都来追随他，南方又有很多人慕名而来，姜炎于是成为大庭氏部落首领，人皆尊称他为炎帝。

第二年后土仙逝，元灵归一直达仙界，炎帝随后将母亲女登接至泰山以南的曲阜，与大庭氏部落人生活在一起。姜炎美名传到女娲和伏羲昊耳朵，又听说是姜炎乃是碧霞轮回体女登之子，便前去探望。当日抵达炎帝部落，女登听闻女娲和伏羲昊来探望，出迎三里，三叩九拜。姜炎问母亲道："此间人皆跪我，而我跪母，母所跪拜者为谁？"女登笑道："女娲娘娘乃众神众生之母，亦为母之天主。"炎帝早就听其祖母后土说过女娲和伏羲昊两位天神，这番亲眼见着，于是也随女登跪拜二神。女娲见碧霞轮回已年迈，不觉泪下。伏羲昊见姜炎虽相貌奇怪，但爱民如子，且有神力，在部落中颇具威望，就附耳与女娲道："姜炎自封炎帝，只恐众人不服，本王见此人颇得人心，你何不封他为人帝？"女娲颔首，转而对炎帝道："你以火德王，这也是昊天之意，本宫封你为南帝，往后要与众人和睦。"炎帝听封，当即叩谢，此后越发善待部落子民，深受部落人众拥戴。此处不赘。

姜炎称帝，消息不胫而走，很快便传到蚩尤耳朵，蚩尤震怒，当下召集部众聚集帝廷商议，蚩尤怒道："姜炎何人？胆敢与我争帝，寡人岂能饶他！"麾下智者谷公道："在下闻说南地天降大火，民众深受其害，恰逢厉山姜炎来到此处，施妖法灭火，故声名渐起，受人拥戴，大庭氏部落脱离帝廷，尽归其所有。而我北帝承先祖天皇达旦地皇伊娃之基业，乃上苍真命天子，天神女娲娘娘亲封北帝，理当统御天下，而姜炎不过一匹夫，况头生一双牛角，或是妖人也未可知，他何德何能敢称王称霸？不料却被女娲娘娘封为南帝，以致天下一分为二，此断不能忍，陛下当起兵讨伐，使其归顺帝廷。"蚩尤道："传闻女娲娘娘封其为南帝，寡人看其未必是真，姜炎盗名欺世，野心昭然，其心可诛！"众将闻言，齐出请战，蚩尤起身怒道："整军备战，寡人要姜炎项上人头！"当下与三弟大羿、谋士谷公率兵杀向泰山以南的大庭氏部落。

有道是人凭志气虎凭威，姜炎闻报蚩尤兵临泰山，便亲身披挂，提枪上马，率部落人众赶至山前。蚩尤见姜炎不惧，怒从心上起，怒道："姜炎无视寡人！"随即全装甲胄，一马当先，持着大刀掩杀过去，姜炎见蚩尤杀来，道："北帝乃真英雄！"说完打马飞出，二将争持不下，一场恶战，但见风卷黄尘，飞沙走石，铠甲与日光相映，汗血与绛云争飞，你来我往，相冲相突，直杀得天昏地暗。二人胜负难分，谷公在阵前观战，对身旁大羿道："这贼匹夫蛮勇，如此酣战下去，你王兄如何禁架得住？"大羿问道："如之奈何？"谷公低声道："大王神射，此时何不放他一箭？他中箭必坠马下，你王兄一刀可斩其首。"大羿不语，抽出箭矢，拉满弓弦，只听嗖一声，一箭飞去，恰中姜炎左臂，姜炎不妨，几乎坠马，一手拔去箭矢，怒道："蚩尤！阴诈小人，何故暗箭伤人？你焉配以帝自居？"说完飞马逃去。蚩尤本想追赶，听他斥责，又疑伏兵，便不追赶，只得回阵来。谷公问道："匹夫遁逃，陛下何不追杀？"蚩尤脸色阴沉，瞪他一眼，转而又瞪向大羿，怒道："寡人自可胜他，你为何放冷箭伤他？明人不做暗事，此卑鄙行径，君子所不为也！"大羿无话可说，只得认错，蚩尤叹道："姜炎此去，必不回转，寡人改日直捣他帝廷。"说完饮酒吃肉，一宿无话。

姜炎左臂中伤，率兵负痛逃回大庭氏部落帝廷，还未到门口就从马上栽下，众人大惊，见他中了箭伤，伤口约有碗口大小，脓血如注，一时不知所措。姜炎忍痛笑道："虽是毒箭，但也无碍，只须采些艾草和金簪草来，便可治愈箭毒。"部众人听从姜炎吩咐，将艾草取来，在他腋下一穴熏烤，又取金簪草捣碎敷上伤口，又将金簪草汁与酒和成一碗，服了三天，果然痊愈。姜炎听闻蚩尤未走，仍向帝廷进发，只得又上马备战，姜炎召来部下枳廼、梫俶二将，怒道："蚩尤部下大羿奸诈，又擅射，此战若不用计，恐难取胜，他不仁我不义，我们埋伏在山中，待他大军经过，伺机掩杀。"说完便向山中去埋伏，又令枳廼往山崖捕捉几只蝙蝠来，取蝙蝠翅中血液，与黑蛇毒液涂抹在箭头。姜炎持箭笑道："那蚩尤部下谷公与大羿虽奸诈，但可见其智不足。"梫俶问道："陛下何以见得？"姜炎道："射人先射马，上回一战，大羿若是射寡人坐骑，寡人必坠地，此时蚩尤回马一枪，寡人即毙，这可惜昊天佑我，大羿并未得逞。今日寡人来他个擒贼先擒王，将此毒箭射他一回，让他也尝尝味道！"话刚说完，就听枳廼急道："陛下，那蚩尤领兵马过来了！"姜炎躲在岩石后，见蚩尤果然骑马行在前头，身后紧跟一队人马。姜炎将弓儿扯满，瞅准蚩尤就放了一箭，正中他后颈，只见蚩尤哎哟 声就从马上坠下，不省人事，后面将士乱成一团，只听大羿喊道："快撤！快撤！"接着几个人慌忙抬起蚩尤调转马头遁去。枳廼急问道："陛下，此刻掩杀过去，蚩尤必死无疑，可否下令追击？"姜炎笑道："不用追了！蚩尤乃北帝，说来南北皆是同胞，何必自相残杀而置人于死地？方才寡人只是用了一半儿手劲，寡人若真想杀他，这后颈一箭便可致命，寡人料他会退兵养伤，到时候寡人会亲自拜访他，探探他的虚实。"说完，引兵回帝廷不题。

蚩尤中毒箭，伤势愈加严重，后颈竟然出来一个碗口大的脓疮，痛得死去活来。大羿又气又恨，怒斥姜炎道："为弟这就去将那姜炎牛头射掉！"蚩尤痛苦呻吟道："寡人有此劫，也是拜你所赐，你若不放暗箭，那姜炎也断不会出黑手，说到底还是寡人有错在先，你去做什么？此暗中害人之事，往后莫为！"大羿无奈。又过一天，蚩尤已气若游丝，谷公心急如焚，为蚩尤占卜吉凶，却占得离下坤上，大羿问道："此卦是何征兆？"谷公摇头道："此为地火明夷卦，明夷者，伤也，看来陛下凶多吉少。"大羿忙道："天数虽定，但人事不可不尽，我当速往善元，请女娲娘娘前来救治。"谷公叹道："只怕来不及，况娘娘是否还在善元，也未可知。"

再说那笪殷曹见蚩尤负伤，觉机会到来，思谋再度挑起战争，令他们自相残害，他再坐收渔翁之利，于是变化成一个方士来到蚩尤帝廷拜访。谷公与大羿正在焦急，却闻兵卒报将入来，急道："门外来了一个方外术士，要求见陛下。"蚩尤闻报，急喘道："既是术士，必有疗伤秘法，贤弟快快迎进。"大羿忙出恭迎，笪殷曹蹒跚而入，作过了揖。蚩尤见他眉清目秀，纶巾芒鞋，腰系丝绦，葫芦挂背，怀揣一条宝剑，颇有道风，就半卧而起道："先生至此，必有秘术救寡人。"笪殷曹揖道："请陛下放心，小人颇知疗伤，手到病除。"蚩尤忙道："请先生速施妙法。"说着便引颈以待，笪殷曹过去细看，见他伤口肿胀，脓血横流，摇头叹道："谁人下此毒手？我若晚来一步，只怕陛下不治。"蚩尤痛极，一听笪殷曹如此说，便切齿道："南方姜炎欲杀寡人。"笪殷曹伸手按住其穴位，轻轻一吹，蚩尤立觉不痛，再一抹，觉伤口结痂，看手上并无血迹，当下大喜，笑道："先生妙手回春，真神人也。"笪殷曹笑道："此雕虫小技，不足挂齿，我有通天大法，不仅能斩魔除妖，还能阵前杀敌，陛下想雪此恨，我愿助一臂之力。"蚩尤喜道："寡人欲征姜炎，不知先生有何大法？"笪殷曹道："我颇熟玄机，可遁法驱神役鬼，唤雨呼风，于阵中可使兵士刀枪不入，勇猛无比，万人莫敌。"蚩尤起身道："先生有此大能，寡人何愁不灭姜炎？请先生整兵而出，杀向泰山，以洗我今日之耻！"笪殷曹笑道："陛下莫急，只需调养几日，我先去布置，而后再战不迟。"说罢起身告辞，蚩尤无奈，只得任他离去。

姜炎听说蚩尤病重，暗思道："寡人亲自前往为他疗伤，或可消释前嫌，化敌为友，两厢再无战事，岂不美哉？"说罢即行动，辗转几日便来到怀仁之地，见千岩竞秀，溪山如画，叹羡不已。且说火德与西斗拜见过女娲，将天廷之事一一细说，女娲听闻女姬与轩辕昊逃下界来，大为震惊，正说间，见陆正来报，将笪殷曹设计蚩尤兵伐姜炎之事说了，女娲怒道："笪殷曹与笪殷昊朋比为奸，倒行逆施，篡位之心毕露！"陆正问道："当下该如何处置？请娘娘明示。"女娲道："你速去盯紧笪殷曹，借故拖住，使他分身无术。"陆正刚走，日游神又来报道："姜炎欲往帝廷探看蚩尤，人已到鹅毛口一带。"女娲疑道："姜炎暗伤蚩尤，还敢独自前来探视，就不怕蚩尤杀他么？"火德急道："小神愿往，劝他回转。"女娲道："不可，姜炎执着，一旦决定的事儿，九牛拉不转。本宫倒想让他去见蚩尤，你可火速前往探听真相，若他有善意，你可助他去见蚩尤，若心怀不轨，再令其回转不迟。"火德领命而往。

话分两头。却说神农琊降临凡间善元，拜过女娲之后，将圣安星海和夸尺星海二神府守将兵伐天廷的事儿又细说了一遍。女娲怨道："没想到轩辕昊竟如此恣意妄行！"神农琊道："五龙炙与西陵柘兵围西天门是为报私仇，这都是二大王轩辕昊捅出来的事儿，天王急召娘娘上界应对，不知娘娘如何发付？"女娲叹道："我师尊既有圣旨，这便是天廷的事儿了，已无关私仇。五龙炙和西陵柘也是胡作非为，无视天廷！此番回去，不问事由，当一体拿下问罪！”神农琊见女娲大怒，暗吃一惊，低声道：“二位守将兴兵只为索要轩辕昊，毕竟是轩辕昊有错在先，娘娘……”话犹未了，女娲霍地起身，指着门外，怒道：“你也是天廷敕封的正神，怎的做了孟章神君以后却越发倒回去了？那轩辕昊就是恶魔，他也是天王之子，也是三界的二大王，岂能由他们侮蔑放肆？二大王有何错何罪，自有天廷发落，但是他们胆敢兴兵来犯，就是逼宫！其心叵测，罪不可恕！若是任由他们犯上作乱，那天廷威严何在？师尊尊严何在？我们这些神臣的体面又何在？”神农琊闻言，忙跪叩道：“娘娘教训的是，是在下愚钝了！”女娲斜睨他道：“起来吧，你不是愚钝，你是聪明过头了。”神农琊战战兢兢，话不能出。女娲吩咐道：“这一仗必打不可！打他们个落花流水，看今后谁敢动辄向天廷兴兵！你速去宝瓶星海神府，见一见那戌闰桀，你就说是我说的，让他率神府全军发往西天门，在敌后方二十里扎营，本宫稍作安排即可启程，返回天阙。”神农琊起身，拱道：“娘娘，西天门已有两个神府驻星守将的六万兵马，若再贸然召来宝瓶星海神府兵力，一旦倒戈，三方联手攻来，后果将不堪设想，请娘娘三思！”女娲笑道：“孟章神君不必担心，本宫料那戌闰桀，一来却没你这么聪明，二来他也没这个胆量！你只管找我吩咐去做，一切后果自有我来担当。”神农琊低头道：“在下遵令！”说完便要动身，女娲又回转过来，吩咐道：“还有一件事别忘了，戌闰桀乃是宝瓶星海神府守将，他当驻守在神府以防不测，带兵勤王的事儿，就交给他的长子戌闰矸吧，本宫在西天门与他们会合！”神农琊应了一声就要走，女娲又将他叫住，笑道：“你往宝瓶星安排好诸事后，若要回去，便替本宫给你手下的心宿神带个话儿，就说本宫说的，让她将她府上那个婢子娄裻，亲自送到蕊珠宫去。”神农琊愣了一下，也未多问，随后深深一揖，躬身退出。

却说钟颀奉命往西极星灵界召须菩提回仙界，须菩提自是欢喜，临行前，接引归真佛之对他道：“你此去为天廷效力，当以天王旨意为上，不可擅作主张，不可争强斗狠。”须菩提合掌答道：“弟子谨记师父教诲。”须菩提辞别，跟着钟颀返回仙界，路上钟颀道：“少主只可坚守，不可出战。”须菩提问道：“若他们围将扰来，如何抵敌？我岂能坐视不理？”钟颀叹道：“少主之敌并非那两位驻星守将，只要你在那里，他们未敢轻动，天门便可安如磐石。”须菩提疑道：“那听先生这么一说，谁将与我为敌？”钟颀瞅他一眼，徐徐道：“有道是蚌以珠致破，翠以羽殃身，少主杀青龙退阴灵，已是名震三界，难免会被人盯上的。”须菩提一笑道：“那又如何？”钟颀叹道：“木秀于林风必摧之，我担心有人会妒忌，伺机害你。”须菩提道：“我不惧谁，谁想杀我，只管来就是了。”钟颀摇摇头，一路无话，直入玉京宫觐见天斗，拜过之后，天斗当面封他为四天门都尉，又令他即刻前往镇守天门，须菩提回不得蕊珠宫，只好急驰西天门而去。

却说蕊珠宫内，碧玉和尚翠在后园亭子里饮茶，娇珠在一旁说说笑笑，说起五龙炙和西陵柘兵围西天门，眉飞色舞的。碧玉笑道：“你高兴个什么，就不怕贼打进来了，我们也跟着遭殃么？”娇珠摇头道：“才不会，他们只为洛珠报仇，这却也好，有些个人平日里嚣张为恶，这下可要灭灭他们的气焰了！”碧玉笑道：“你这话儿要让天廷听见了，可是杀头的大罪呢。”尚翠插话道：“只要不说去，玉京宫那么远的，怎的能听见了。”碧玉笑道：“谁知道呢？不是天廷有个顺风耳么，据说只要他想听的，不管多远她能听得到。”娇珠起身，望着她们道：“听到最好，也让天王听听我心声，诸如二大王这样儿的狃于恬嬉，又为非作歹的人不除，怕是天廷很难太平，今天来的是二位驻星守将，若天廷再纵恶下去，那么明天来的可就是所有的驻星守将了。”碧玉正要说话，就见姝涵进来了，朝碧玉和尚翠福了福，尚翠微笑示意她坐下，碧玉却转过脸去。娇珠见状，忙上来拉住她的手儿，笑道：“快来，你可真是个稀客。”姝涵笑道：“我怎么就是稀客了。”娇珠挽着她的胳膊坐下，笑道：“你看，你还是头一回来云灵轩呢。”姝涵微微一笑道：“以前忙来忙去的顾不上，这不来拜见两位少夫人和二少主么。”娇珠瞅着她的脸颊看了半晌，笑道：“你脸上的这气色，不论什么时候看着都莹光饱满的，一看将来都是贵不可及的人呢。”姝涵低声道：“在少夫人面前，可不能瞎说的。”娇珠叹道：“唉，天道三十三年一小变，六十六年一大变，依我看来，这两三年后，必有一个人出来支撑半壁，更新气象呢。”姝涵正要说，尚翠却抢道：“你说的这个人可是须菩提？”娇珠和姝涵相视一笑，娇珠又道：“我说的人不是他。”尚翠一脸茫然，见碧玉不高兴，便不再问。

一会儿，娼翚和嫱娟来到亭子上向碧玉、尚翠福了一福，娼翚又欠身道：“少夫人，东极星天龙宫的心宿神来了，说要见娘娘，小婢说娘娘还未回来，她又说不论是谁，只要是当家的，出来见一面也行的。”娇珠和姝涵一听便不说话了，碧玉站起身徘徊，看上去有点儿不知所措，又站定望着娼翚，皱眉问道：“东极星天龙宫，可是少主曾闯祸的地方？他们可是又找上门来了？他人现在何处？”娼翚答道：“就在客厅里。”碧玉一时没了主意，嫱娟欠身道：“少夫人怕什么，是她来我们府上的，我们还怕她能怎的，只管去会会她。”碧玉听了更加犹豫起来，又瞅着婞珠。这婞珠一听不高兴了，松开姝涵的手儿，姗姗走到嫱娟跟前，怒道："你一个婢子怎能这的放肆！谁给你说的少夫人害怕了？这里还还轮不到你说话，以后手勤脚快点儿就好，只管把嘴闭上！"嫱娟欠了欠身子低头退下。姝涵掩口一笑，瞅着婞珠，又听她对碧玉道："嫂子就在这里饮茶，这种事儿还是让我去应付吧。"碧玉急道："那你去了可不要冲他们发脾气，若他们要滋事，你就说凡事等娘娘回宫再说。"婞珠轻轻摇一摇头儿，叹道："唉，好吧，好吧，我知道了。"说着又领着姝涵去客厅，娼翚和嫱娟跟着去了。来到客厅，见一个女神引着一个仙子来了，双方福了一福，又将女娲娘娘和伏羲昊他们问候了一遍。心宿神道："我是东极星天龙宫的心宿，今天特来拜会女娲娘娘，不料娘娘不在宫里，那就见见别的主子吧。"婞珠笑道："我是婞珠，也算不得主子，就是女娲娘娘的女儿，我哥哥须菩提也不在的，你有何话儿只对我说就好。"心宿神笑道："真巧了，我也带来一个，是娘娘的婢子，娘娘也拿她当女儿看的。"说着就将身边的婁裻拉了过来，介绍道："她叫婁裻，虽说不是娘娘的女儿，但是娘娘却很喜欢她，就一直都寄宿在我府上的，前儿娘娘托人来，令我将她送来，以后她就住在蕊珠宫了。"婞珠一听，瞅了一眼姝涵，又瞅了一眼婁裻，再瞅着心宿神，笑道："你有没有弄错了，娘娘怎么会还有一个女儿的？"心宿神笑道："这怎么会错呢？我没说她是娘娘的女儿，只是说娘娘喜欢她，就当女儿待的。"不等婞珠说话，婁裻就挤上前来，瞅着婞珠道："怎么？只需你是娘娘的女儿，就不需别人是了么？"婞珠掩鼻一笑，不理她。姝涵过来，拉着婁裻笑道："怎么不行，我们蕊珠宫的女子，都是娘娘的女儿呢！"婞珠唤来皂嬥，笑道："又来一个姐姐，她就和你住在红玉阁，她可是娘娘当女儿看的，你要伺候好了。"皂嬥一撇嘴儿道："那姝涵妹妹怎么办？"姝涵笑道："我就和二少主住在一起吧。"皂嬥想了想道："你屋里的东西搬走么？"姝涵掩口笑道："屋里早就没东西了。"皂嬥又噘嘴儿道："我还说让新姐姐住我屋里，我住你那金屋呢，谁知你早就安排好了，算了我还是住我屋里吧，让新姐姐住在姝涵那屋里。"姝涵笑了笑没回话，婁裻过来欠了欠身道："那我就谢过这位姐儿了。"皂嬥瞅了她一眼道："哟，小婢哪里敢担得起个谢字，我也是伺候你的，不过我可有话说在前，你也不要贪心不足，我是让你和我住一起，可那屋子得你自己收拾了。"婁裻笑道："既然你是伺候我的婢子，那就和我一起收拾屋子吧。"皂嬥见婞珠朝她咬牙，也没了法子，只得引婁裻到了红玉阁替她收拾去了，婞珠和姝涵又送走心宿神不题。

送走心宿神，婞珠又和姝涵一起到了后园，媚凤、玉奴、香哝、斓姁、嫱娟、娼翚、皂嬥八个都跟着进了亭子，见婁裻和碧玉、尚翠早就坐在桌子前了，碧玉道："今天婆娑来了，你们都认识一下，就算吃团圆酒，今天就给你们放了假，陪婆娑玩儿吧。"尚翠又向娇珠和姝涵道："你们不是喜欢画画儿，就也一起耍罢。"姝涵欠身笑道："我可不得陪了，一会儿又要去收拾屋里了。"尚翠笑道："别的什么事儿都先不做，现在这里玩儿吧。"说完就跟碧玉出亭子去了。娇珠瞅着姝涵，低声问道："又乱说什么，屋里好好儿的，需要你收拾什么的。"说着就叫媚凤和玉奴来收拾长几。姝涵也跟在后面，急道："我真的有急事儿呢。"娇珠急了，也不理她，只是噘着嘴儿嘟哝道："你有什么事儿呢，我知道你又想跑了，我只是让你暂陪我一陪。"说着又对媚凤和玉奴道："你们把这长几摆开，铺上七色云毡子，再拿素绢和玄帛来，再把各样儿的颜色碟子也拿来。"媚凤和玉奴应了一声，便都收拾好了。姝涵蹙着眉，只得坐在娇珠身边，娇珠对婆娑笑道："你也来画画儿。"婆娑第一回见这么新鲜的，就过来坐下看她画。娇珠拈起玉笔来画了一个工笔小图，又转脸看着姝涵道："镜子呢？我要一个镜子。"姝涵有点儿不高兴，却也没办法，只好抬起雾袖挥了一挥，就见一方粉色玄镜就摆在面前了，娇珠整理云鬟，照镜子画了自己的小照，又画了婆娑的小像，足足画了一个时辰。姝涵站起来要走，娇珠问道："你要去哪里？"姝涵将手向那边一指，笑道："他来了，早就等了半晌了，若是将他惹恼了，以后你也别去人家宫里了。"娇珠也站起来，笑道："你怎的不早说？都怨我不好了，好像故意要拆你们这对儿鸳鸯不可。"姝涵笑道："现在我去也不晚。"娇珠笑道："我也跟你去，可好？"姝涵笑道："我去见他，你去干什么。"娇珠一听，翻了一个白眼，又坐下画画儿，嘴里嘟哝道："去吧去吧，我只是说着玩儿，谁倒想去呢。"姝涵轻轻一笑，挥袖而去。

却说西陵柘兵围西天门许久，见五龙炙不肯出兵，不胜焦躁，西陵柘道："将军是怕这天门坚固难以攻进？还是惧怕天王降罪，不敢进攻？"五龙炙叹道："我们已经统军到此，这造逆的罪名怕是洗不得了。本将不怕天王，唯恐女娲娘娘震怒，如今不见她出来说话，本将因此犹豫不决。"西陵柘道："本想大军到此，一鼓可以破之，今已延捱许久，只怕军心疲乏，无心作战，何以解之？"五龙炙道："西天门乃咽喉之地，我们只要按兵不动，廷内便不战自乱，若天兵再来剿杀，我们师出有名，便无所顾忌了，那时并力攻之，定一举可破。"西陵柘道："将军心事，我已尽知，那就再等等看。"说罢，忽然见天门打开，一将奔出，立于门前，大喝道："你们听着，我乃女娲之子，四大天门都尉须菩提，今在此守门，你们胆敢近前一步，莫怪我手下无情！"五龙炙大惊道："须菩提曾单手杀孟章神君青龙，独身退阴灵，我们若与他厮并，败衄已成定局，六万将士怕性命不保，不如及早退兵，免遭大祸！”西陵柘闻言，大怒道：“战也未战就奔窜而去，让人耻笑！天廷必然事后算账，今后你我怕再无出头之日，你要逃请自便，我却要见识一下须菩提有何能耐！”当下传令进攻，须菩提见话一出口不但未镇得住他们，反而掩杀而来，暗忖道：“这两逆贼，果然是存心造反！顾不得许多了，我先出个杀招，让他们晓得我厉害！”想毕，急忙扎下马步，攥紧双拳，口中念起了诀儿：“我有五令，雷神分身为五，攒亥、坤、卯、戊、巳、午、未为我法门，亥为天门，门上起天火，坤为地户，地户起地火，卯为雷门，卯上起雷火，戊子起霹雳火，巳午未凝定，上起太阳三昧真火，速起速走，急入律令！”念完便出拳击去，只听得天雷轰轰，电闪霹雳，一道白光袭入阵中，六万士兵也经受不住，被打得人仰马翻，虽如此，但并未见有人伤亡。须菩提惊疑，看看手掌，暗思道：“怎的不灵便了？按说驱雷法一出，摧坚殪敌不在话下，少说也得打死一半人马，这番却未伤一毛，真咄咄怪事！”想到这里，又抬眼看去，见敌阵大乱，纷纷躲避，只听五龙炙和西陵柘阵中大喊：“莫要慌乱！莫要慌乱！”须菩提站定，大喝道：“你们听着，现在退兵尚未晚，我只牛刀小试而已，你们已是溃不成军，未伤你们性命，是我不忍同室操戈！速速退兵，莫要逼我下死手！”五龙炙忙到西陵柘身旁，惊道：“我见须菩提果然有大法力，若再度强攻，只怕落得个全军覆没，将军看如何是好？”西陵柘顿足道：“仓促一战，不料狼狈至此，幸好我未亲自出阵，否则我命休矣，若再攻打，逼他下了死手，只怕六万将士命丧此处！”五龙炙叹道：“方才须菩提说不忍同室操戈，一席话令本将心惊胆战，本将虽说痛失爱女，心中仇恨未消，但此时也只好隐忍，一来须菩提乃是女娲娘娘之子，我们只对轩辕昊，实与他无干，他只是奉命镇守天门，本无过错，我们要与他打斗，只怕情理不容，二来我们也非他对手，真要逼他杀戮全军，便连累他落得个屠杀罪名，里外无益，不如撤兵再做计较。”西陵柘叹道：“只是如此大败，只恐人耻笑，你我将来在八十一星海再无立足之地。”五龙炙道：“胜败兵家常事，你也无须懊恼。”西陵柘咬牙道：“撤兵！”五龙炙随即于阵中喝道：“收兵回神府！”大军才调转过去，准备撤离，未行出百米，又听前方一声断喝：“逆贼休逃！”五龙炙与西陵柘俱惊，举目望去，见又有三万大军阻断去路，阵前一将雄姿英发，旗幡上有“戌闰”二字，五龙炙惊道：“我们与宝瓶星海神府素无交集，戌闰氏提兵断我后路，这是何故？”西陵柘大怒道：“败者为寇，看来其他家族也不能容我们了，虽然杀不得须菩提，但他宝瓶星神府有何畏惧？你我并力合战，足以相抵，突出重围，他日兵伐宝瓶，将戌闰家族悉数灭之，让他们也记得我夸尺星神府不是好惹的！”说完打马飞出，来到阵前，大骂道：

“来者何人竟然阻我大军去路？”只听那将喝道：“我乃宝瓶星海神府驻星守将戌闰桀之子戌闰玨，今奉诏剿杀你们这些逆贼！”西陵柘哈哈大笑，而后喝道：“我当是谁，原来是戌闰桀之子，你老子为何不来搦战，却让你个小儿来挑衅？我大军并未攻打天门，正欲回转去，你却道奉诏讨逆，请问你奉得的是何人诏旨？”戌闰玨朝天拱道：“本将奉女娲娘娘诏旨，前来讨逆！你们虽未攻破天门，然而造逆之举已成事实，还不缴械投降，莫怪本将动手！”话刚出口，就见须菩提飞来，对戌闰玨道：“二神府守将已退兵，你们宝瓶星神府不得阻拦，放他们回去。”戌闰玨拱道：“少主莫劝阻，在下乃奉娘娘之命断他后路，岂能容贼通过？再者，在下度料，贼兵虽有退去之意，但若放他们走脱，只怕是后患无穷。”须菩提道：“真的是我母后令你们剿杀？”戌闰玨拱道：“回禀少主，若无娘娘诏旨，我宝瓶星神府安敢提兵来此？”须菩提冷笑道：“既然如此，你们两方厮杀，我也管不得了，只是我也是奉天王诏旨守门，无论是谁，叫兵士别踏入天门一步，否则别怪我不留情面！”戌闰玨道：“在下明白！”须菩提说完又飞回天门，站定观望。

话说五龙炙见须菩提劝说未果，便对西陵柘道：“宝瓶星神府此来，看来要我们回不得星府，将军看当下该如何是好？”西陵柘咬牙道：“如今只有拚死突围了，若说死在天廷手里，本将尚可心服口服，若要死在宝瓶星神府手里，简直乃奇耻大辱！难道我们六万将士还怕他三万将士不成？”五龙炙叹道：“唉！本将不是怕戌闰大军，而是怕他们奉的是女娲娘娘的诏旨来剿杀我们，大不了玉石俱焚，但我们如何向娘娘交代？”西陵柘冷笑道：“无需交代，他戌闰氏族是女娲娘娘的儿子，难道我西陵氏族和你五龙氏族就不是娘娘的儿子了么？怕什么，只管杀出一条血路，哪怕留一条命，亲自见了娘娘再说，届时任凭娘娘发落！我项上人头是娘娘给的，岂能给别人拿了去，要拿也得娘娘亲自来拿！”五龙炙闻言，大喝一声：“好！”说罢，各带精兵拥至阵前。戌闰玨转身瞅了瞅戌闰靖，笑道：“贤弟，你先出阵去，给他们个下马威瞧瞧，如何？”戌闰靖一言不发，手持双刃，打马杀来，西陵柘飞出，挥枪便刺，鏖战数合，难分胜负。戌闰玨见状，也打马飞来，一时三路人马并力鏖战，打成一团，只见刀光剑影，血肉横飞。五龙炙在阵中驰骋，又砍死数员戌闰大将，杀透重围。戌闰玨见双方将士拚命厮杀，刀砍处，兵将纷纷落马，急忙喊来戌闰靖，急道：“贤弟，彼众我寡，如此厮杀，只怕我军必败，圣安星和夸尺星本欲逃走，被我阻断，他们岂肯俯首投降？此时，他们只为杀出一条活路而已，故而拼死一战。我全力拼杀，若真使他们落得个全军覆没，我宝瓶星也难辞草菅人命的罪名，我看此事还须从长计议。”戌闰靖勒马急道：“兄长之意，是要放他们过去么？”戌闰升马上转了一圈儿，四顾一下又勒马站定，冷笑道：“岂有此理！我等奉诏讨逆，岂能轻易就放他们逃去，果真如此，那我等岂不成了逆贼同党？”戌闰靖急道：“咳！杀也不是，不杀也不是，却只教他们将我们杀了个痛快！”戌闰升急道：“为兄的意思是，你不必考虑许多，只暗中放他一箭，活捉五龙炙和西陵柘，一旦贼首被擒，其军必乱，自然会缴械投降。”戌闰靖取来弓箭，大声道：“好说！”说完便将箭矢搭在弦上，瞅准西陵柘射去，西陵柘中箭落马，五龙炙急向前救时，被戌闰升一刀砍翻，二将皆被擒住，只见两军无主，尽皆缴械，纷纷跪地乞降，戌闰大军四方八面扑来，将五龙炙与西陵柘两军团团围裹。戌闰升厉声道：“收缴兵器，勿伤众兵，将他们驱往西天门听候发落！”西陵柘被五花大绑，唾骂道：“啐！暗箭伤人，你算得上什么英雄？！小人！小人！”戌闰升跋马到他跟前，大笑一阵，而后温言道：“不错，开始贼喊捉贼了！你提兵造逆，我奉旨讨贼，怎的我反而成小人了？你听着，我非惧你，只是不忍两军相残，而不得不出此下策！既然你说我是个小人，那我就依你，做一回小人，如何？有道是‘大人不见小人怪’，就请二位前辈多多包容吧！”说罢，转身又令将上道：“带走！”众将士得令，提起二将猛推，直朝西天门而去。

话说戌闰升押着五龙炙和西陵柘走向天门，还未走出几步，只听空中一声喝道：“且慢！”戌闰升与戌闰靖抬头看去，只见一个白衣少年飘然而至。五龙炙与西陵柘也看去，俱是一惊，暗中私语，西陵柘低声问道：“将军可识得此人？”五龙炙道：“从未见过。”西陵柘疑道：“他为何前来相救？”五龙炙道：“且看看再说。”戌闰升与戌闰靖一只得站定，双双看向来者。须菩提早在天门看得清清楚楚，飞来少年身边，惊道：“轩辕健！怎么是你？”轩辕健一挥袖子，轻盈转身，笑道：“不是我还能是谁？”须菩提低声问道：“方才我用驱雷法，可是你施法消释法力的？”轩辕健笑道：“莫非纵你杀戮不成？”须菩提急道：“你可知他们乃是逆贼，你无官无职，竟然来阻拦，就不怕天廷拿你问罪么！”轩辕健冷笑道：“你想拿我请自便，今天这事儿我是管定了。”须菩提无奈，暗思道：“轩辕健平白无故前来多管闲事，我却无能为力，就我的驱雷法和玄冥掌还是他教我的，我若与他交手，非但不胜，反而在众人面前丢尽颜面，不如不管，随他闹去罢。”想到此处，笑道：“好，好！今儿真是热闹，我有好戏看了！还是那句话，天门归我管，不拣是谁，没有我的允准，谁也休想踏入天门一步，否则格杀勿论！”说完，纵身飞往天门前站定。戌闰升见须菩提不管，竟一时无措。戌闰靖看一眼戌闰升，低声问道：“兄长，你看来者是何人？”戌闰升目不转睛瞅着轩辕健，沉吟道：“为兄也不知道。”戌闰靖劝道：“他既然敢来这阵中劫人，想必自有些个过人之处，休要管他了，免得节外生枝，我们只押着逆贼去天门，等娘娘来了，自会有个说法。”戌闰升低声道：“也只能如此了，就依弟言，且行且看吧。”说罢，打马推进，不料轩辕健移步过来，又挡在他们面前，厉声问道：“两位将军，莫非你们的耳聋了？”戌闰升斜睨他道：“你是何人？敢来我军中阻挡？”轩辕健抱着双臂，笑道：“你也莫管我是谁，你只管放人，叫他们回去便是。”戌闰升冷笑道：“我不管你是谁，但是我知道你一不是天王，二不是女娲娘娘，突然就来叫我放人，恕我难以从命！”戌闰靖赶马上前，急道：“真是太可笑！不论你是个谁，空口白牙就让我们放人，敢问你奉了谁的诏旨？快快退下，否则休怪我无礼！”轩辕健笑道：“我不奉谁的诏旨，叫你们放人就放人，再不放人怕是来不及了，你若要拖延，休怪我出手伤人。”戌闰靖无奈，只得又凑近戌闰升，附耳道：“兄长，莫管他是谁，还怕他不成？！就让为弟上去一顿拳脚，先给他点儿颜色看看再说！”戌闰升摇头，低声道：“贤弟，为兄并非怕他，只是……总觉此人非同寻常，倒有些儿亲若手足之感，便下不得手去。难道你不觉他似曾相识么？”戌闰靖抬眼仔细瞧了一会儿，低声道：“果然好像曾在哪里见过。”戌闰升喃喃道：“此人常在为兄梦里，挥之不去。我还记得母亲说过，怀我兄弟二人之时有过奇梦，见一个少年站在元天门，取自己左肋和右肋各一只，扔出元天门，母亲看见那两只肋骨，突然化成了两颗珠子，一前一后冲天而降，直入她口中，你我虽双胞，但我先出你一天。当时听罢，为兄也疑惑，可如今看来，母亲她并非是戏言。”戌闰靖思忖片刻，沉吟道：“为弟倒是也听母亲说起过，只是梦里却未见过此人。”戌闰升瞅着轩辕健，而后又看向戌闰靖，低声问道：“贤弟，你说，若是为兄现在依了他，放走五龙炙和西陵柘二贼，女娲娘娘那里，当会如何处置我们？”戌闰靖还未答话，就听轩辕健笑道：“女娲娘娘必不会责怪你们，我会让她明白。”戌闰升大惊，急令手下道：“快快放人！”众将即将二人松绑，二人跪在轩辕健面前，拱道：“蒙少年搭救，本将感激不尽！但不知少年是何人？”轩辕健冷冷道：“休要多问，你们且带兵回去，再别想着寻仇雪恨了，只要镇守好各自星域，你们自会平安。”说罢，转脸又对五龙炙道：“我知道你心中有怨，但请你放下怨恨，洛珠的事儿我也知道，她元灵未灭，眼下就在聚灵阁，只等机缘一到，我自会安排入世。”五龙炙闻言，心中欢喜，深深一揖道：“若如此，本将感恩不尽！”说罢就与西陵柘带本部人马匆忙离去，轩辕健身子一转，一道白光闪去，便也不见了身影。

戌闰升一脸茫然，只得整顿车马，列成一阵等候。正无措时，却听见天门前传来阵阵急促的脚步声，抬眼望去，只见百余天兵簇拥女娲出来。戍闰靖顿足道：“奈何！奈何！娘娘来了，我们如何交代？”戍闰升一语不发，只拉着戍闰靖跪叩于地。须菩提见女娲来到，迎上拜道：“孩儿恭迎母后。”女娲问道：“逆贼在何处？”须菩提见问，抬头朝天门外看去，轻声笑道：“本来已被母后派来的人拦路擒获，只可惜又被他们放走了。”女娲惊问道：“怎的就放走了？”须菩提笑道：“孩儿怎知道？既是母后派来的人，母后何不去问他们？”女娲大怒，来到戍闰升与戍闰靖面前，叱问道：“既然已大破贼兵，何不一网打尽耶！怎敢擅自放走？”戍闰升头不敢抬，战栗不定，低声回道：“在下岂敢，只是念及娘娘，故不得不耳！”女娲怒道：“好一个不得不耳！你说来听听，若说得有理，本宫便不追究，若说得无理，本宫绝不宽赦！”戍闰升汗流浃背，涕泪交下，惶惶道：“十八家族皆为娘娘所造，犹如亲生，在下岂能同室操戈，而坏了娘娘大德。娘娘怀柔三界，为天下共母，众生莫不感格，安敢有生异志者，彼虽提兵来犯，而实无滋事情形，在下放其归去，以示天母怀柔之情，此后他们必悔罪自新，感恩戴德，敢不舍命报效天廷。”女娲笑道：“唉！戍闰升少年老成，人所难及。你们快快请起，与本宫进宫面圣。”戍闰升与戍闰靖叩拜谢恩，令大军自行回宝瓶星神府，随女娲进宫。须菩提见如此结果，百思不得其解，摇头叹道：“怪哉！怪哉！”而后随同进宫不题。

话分两头。笪殷昊抓捕轩辕昊和女姬，不料反被他以透露照石之事要挟，无奈只得任其逃下界去，又想起玄女与轩辕昊苟且，一气致病，于朝阳殿卧榻不起，只派震硉下界搜寻轩辕昊与女姬下落。不多时，震硉探明情况，回来报道：“禀父王，那轩辕昊与女姬已在界下，天王收了其法力，他们二人虽是仙体，但与凡人无异，父王可否令孩儿再度下界去杀了他们？”笪殷昊摇头道：“不可。既然与凡人无异，杀他们有何益处？反倒背上杀兄弑妹的恶名，我儿不用管了，为父自有计较。”震硉闻言，叩拜道：“孩儿盼父王保重，早日康复。”笪殷昊叹道：“为父无碍，只是身心疲倦而已。”震硉再拜，而后退出。笪殷昊令嬀蕙将婵嫣放了出来，对婵嫣道：“我儿，为父让你受苦了。”婵嫣听得笪殷昊如此说，心中怨气早已化为乌有，只是簌簌落泪。笪殷昊又问道：“我儿，为父有一事相求，你可愿为父效力？”婵嫣跪于他面前，泣道：“孩儿之命，乃父王所赐，孩儿愿效死。”笪殷昊叹道：“为父最宠爱最倚重的人就是你了，为父幽禁你，不让你与勾弋丛见面，也是因此罢了。为父知你心中怨恨，可你岂能了解为父的苦心。”婵嫣回道：“孩儿未曾怨恨，一切听凭父王。”笪殷昊问道：“为父令你下界去，你可愿意？”婵嫣叩首道：“别说让孩儿下界，就是让孩儿死，孩儿也愿意。”笪殷昊起身，笑道：“傻孩子，为父不是让你去死，而是让你去投生。那轩辕昊与女姬在凡间，为父只怕他们又得机会上界来，与为父作难，为父想送你下界，投胎于她，将来你或可牵制他们，为父效力，不知可否？”婵嫣泣道：“孩儿愿从父命。”笸殷昊点头道：“事不宜迟，为父这就送你下界。”婵嫣泣道：“只是孩儿之女尚在襁褓，教孩儿如何安置？”笸殷昊叹道：“为父会交由勾弋丛养育，也算父女团聚，你不必忧虑。”婵嫣又嘤嘤低泣了一会儿。笸殷昊见她伤心，自己也伤心起来，一时无话，于是就施法将婵嫣变为一只灵珠儿，藏在身上去了南天门，二门神见笸殷昊突然到来，急忙拦住，笸殷昊见状，怒道：“小小门神，安敢阻拦本王？”门神回道：“三大王息怒，小神也是奉女娲娘娘诏旨，不论是谁，没有娘娘的允准，任何人都不能下界！”笸殷昊哈哈大笑，转而怒道：“女娲何时能颁布诏旨了？看来本王不得不下界走一遭了！”未等门神关闭天门，笸殷昊突然就化作一只大鸟，冲出天门而去。

再说轩辕昊和女姬自中天门到界下之后，生怕天斗派人来追拿，于是东躲西藏，连日跋涉，来到太行山一带，此时已受不得烈日毒晒，又渴又累，停下来歇息。轩辕昊去寻找水和食物，等很久也不见他回来，女姬起身眺望，忽然就见一只大鸟俯冲下来，女姬惊慌躲闪，见大鸟又飞旋在头顶，她便抬头观望，不料却见一个明珠儿掉了下来，正好落入她的口中，她还未反应过来，珠儿已滑下肚里了，再看那只大鸟，早已展翅飞去了。轩辕昊听见女姬惊呼声，急忙赶来，见她好端端地坐在地上，问道：“方才为何惊呼？”女姬只好将刚才之事说了。轩辕昊叹道：“莫怕，或也是昊天之意。”两人继续寻找藏身之所不题。

笸殷昊私自下界，将婵嫣投生之后，又转回天阙，来到朝阳殿，站在阶前立了半晌，暗思道：“轩辕昊和女姬将在凡间安家，我无忧矣。”思毕，又入殿内卧榻歇息，满脑子想着荣登大宝的情形，想着想着，顿觉神思困觉，便蒙眬睡去了，梦里见自己身着龙袍，登上灵霄殿御座，玉阶之下，伏羲昊、轩辕昊、女娲、女姬以及众神都跪伏于地，高呼天王无极……后宫的御花园内，玄女领着儿子与一群嫔妃们酣嬉淋漓……又见自己行走于玉京宫内，左右贵嫔婕妤，妍媸成行，他便上前左拥右抱，好不快活。蒙眬间，又见女娲前来，俯伏在地，乞道：“贱妾有眼无珠，有触圣怀，戴罪频繁有日，无奈有孕在身，不忍自裁谢罪，只望圣上宽宥，赦免贱妾。”笸殷昊平日里就怕她的，不料见她这般可怜的光景，不觉占强得意，忙扶起她道：“师妹，如今我做了天王，你就是臣子，当好好辅佐社稷，岂有什么罪过。”女娲谢恩，又三叩九拜后离去。又见须菩提来跪拜，便怒道：“你这叛贼，竟以为自己拥有大法，藐视本王，该当何罪？”说着忽然又见碧玉和尚翠来了，媚在他怀里，娇嗔道："圣上就饶了须菩提吧，他虽有罪，但将妾身献给了圣上，这也算是功过相抵了。"笪殷昊大喜，抱着两位俏妃，笑道："有理，有理，爱妃既然求情，本王便赦免了他死罪，留下他为本王执鞭随镫。"说完，便挟着碧玉和尚翠进来寝宫，正要幸近，忽闻一声炸响，只见一条飞龙张牙探爪而来，笪殷昊大惊，慌忙拿出照石，一掌击出，只见一道经过射去，飞龙一瞬间就坠地而亡了，他又觉得自己浑身灼疼不已，此时已经惊慌失措，又看那飞龙不见了，却看见一个长发覆面的女子立在身前，笪殷昊急问道："你是何人竟敢闯进本王寝宫？"那女子也不露脸，只狠狠说道："我是洛珠，来取你性命，你与玄女、翊瑶设计害我，如今我已化作厉魅，即便你有照石也奈何不得我，快拿命来！"笪殷昊忙取出照石又欲出手，却见照石变成了一块黑石，任他如何出掌，也毫无法力。笪殷昊急道："你找我作甚，本王未曾杀你！"那女子泣道："翊瑶害我，翊瑶害我，还我命来！"说着便扑来，笪殷昊猛然惊醒，原来是一场噩梦，心里又惊又惧，又觉无比失落。

却说天斗见女娲与须菩提既平了五龙炙和西陵柘之乱，自是高兴，正式敕封女娲为圣天母娘娘，宰天廷诸神臣。女娲上本奏闻圣上，天斗派元真童子传旨，女娲见圣旨批道："着天母女娲保举天将奏夺施行"。女娲领旨谢恩，暗自喜道："戌闰升可入朝矣。"主意已定，次早上朝，女娲便奏道："戌闰升、戌闰靖兄弟二人，文武全才，深通韬略，弟子保举他为将军，望师尊允准。"天斗闻奏，即召须菩提与戌闰升、戌闰靖上殿。三人上殿俯伏，天斗谕道："女娲保奏你们有文武之才，当与天廷效力。今敕封须菩提为镇天大元帅之职，戌闰升为镇天将军，戌闰靖为副将。"又赐印玺与须菩提，圣旨道："戌闰升与戌闰靖二将受大元帅须菩提节制，凡天廷兵将，任须菩提提调。"须菩提朝女娲瞅去，见女娲轻轻摇头，他便会意，忙跪地奏道："小臣未习战策，恐误天廷大事，望天王另择大才，方不辱圣命。"天斗含笑，徐徐道："须菩提，圣天母女娲举荐你，定无差错，何况昔日你独身退阴灵，此番又退去六万逆贼，大元帅之职非你莫属，本王意已决，你不得过辞。"须菩提又瞅一眼女娲，见女娲又轻轻点头，这才三叩谢恩。笪殷昊闻言，吃惊不小，急忙出班道："师尊，弟子有话要说！"天斗斜睨他，问道："你有何奏章？"笪殷昊拱道："须菩提、戌闰升等皆白身小儿，焉知战策？岂能令他掌管天兵？一旦有失，岂不误了天廷大事！女娲任人唯亲，望师尊听裁！"天斗闻奏，低头沉思，女娲见天斗有些迟疑，急忙奏道："师尊不可听笪殷昊之言，弟子举荐人才，任人唯贤，须菩提虽为犬子，但屡次破贼有功，天廷众神尽知，何须弟子再言，戌闰升、戌闰靖此番大败二神府叛乱，有目共睹。弟子倒想问问，笪殷昊在天界有何功劳？为何身在天阙，却不平叛乱？如今师尊封赏功臣时，又出来反加阻挡？其中必有叵测之心，还望师尊明鉴。”天斗起身道：“好了！笪殷昊所奏不准！”说罢又赏神农琊、钟颀等神臣，其余将士照功升赏不在话下。天斗又下旨道：“轩辕昊与女姬逃往界下，着令圣天母女娲下界捕拿。”女娲一愣，而后领旨。笪殷昊因天斗不准其奏，心怀怨望，又急又恨道：“师尊，圣安星海驻星守将五龙炙、夸尺星海驻星守将西陵柘不守人臣之礼，起兵围攻西天门，大逆不道，请逮捕治！”天斗闻言颔首，又转向女娲，问道：“逆贼作乱，岂能纵容？圣天母总理天廷事物，你觉如何处置叛贼？”女娲回道：“师尊，弟子认为，五龙炙和西陵柘事出有因，皆因轩辕昊霸轨，致五龙炙之女惨死，此番引兵只为讨要说法，本非得已，此事八十一星海众人神、诸神皆知，若此时捕杀此二将，必使诸驻星守将寒心，反而使他们结党营私，后患无穷。弟子认为，只派人去前往降旨安抚，他们受师尊天恩，自会忠心效力天廷，伏乞师尊降旨招安，不知圣心若何？”天斗闻言大喜道：“准奏！即着元真童子前往招安。”女娲谢恩，笪殷昊垂头丧气，一时无话。

退朝之后，女娲又去太真殿拜见天斗，奏道：“弟子赖昊天福荫，今又怀孕在身，只恐旦夕临盆，怕不能奉旨，今欲退居蕊珠宫以便分娩，不知师尊允否？”天斗闻言，惊疑道：“你怎么又要生子？”女娲粉脸飞过一缕红晕，盈盈一拜道：“请师尊允准。”天斗叹道：“为师就要涅槃轮回去了，故而让你将轩辕昊和女姬擒来，打入天牢，以免为害天廷。既然你育麟在即，此事为师另作安排，你且回宫安养调护便好。”女娲再拜谢，而后出殿，自回宫去不题。

笪殷昊见女娲被封为圣天母，又将须菩提拔擢为镇天大元帅，一时气愤，回到朝阳殿倒头便躺在榻上，怒气填胸，呆卧半晌，又翻起身来，便怒气冲冲去了天香殿，径自到寝殿门口，见一群婢女过来，随手牵来一个，喝问道：“琍瑶在何处？”婢女吓得半死，慌忙道：“三大王，小婢不是琍瑶，琍瑶她在偏阁呢！”笪殷昊又去偏阁，掀起珠帘一看，只见琍瑶睡着，满头满脸是汗，轻纱下玉体妙婧。笪殷昊一语不发，哪管她蛮腰轻脆，直将她雾鬓横拖，又朝她粉脸吹一口气，她便一丝不挂了，他闪出一念，褪去天衣，就硬森森扑了上去，琍瑶突然惊醒，蒙眬见笪殷昊扑上来，慌忙躲闪，却又被他吹一口气迷倒，虽然心上明白，但毫无一点儿力气，手儿也抬不起来，琍瑶嫩芯娇香，哪经受得这般狂风猛浪，尽力叫喊，却像哑了一般，随后便渐渐昏迷过去了。事毕，笪殷昊拽起她头发，拔剑“咔嚓”一声斩下粉头，抽身而去。一会儿婢子们进来了，见琍瑶赤条条横在榻上，头颅也不见了，到处是血，叫喊几声也不见动静，细看才知她已经死了，一时惊慌喧嚷起来。玄女听见哭喊声，急忙出后殿来看，两个婢子跑来跪下，急喘道："快看！快看！"玄女惊道："看什么？"婢子已吓得魂不附体，话也说不清了，只是往偏殿里跑，玄女觉得蹊跷，跟着婢子入偏殿，七折八曲的才到偏殿，见玥瑶死在榻上，头也被人斩去，玄女忙令婢子取来纱幔盖上。玄女气得发抖，怒容满面，大声问道："你们见谁来过这里？"婢子四下望一望，回道："刚才三大王来了，找玥瑶呢，这会儿不知去哪里了。"玄女一听，眼前一阵黑，尽力站定，又跑去后殿，刚进门来，就见玥瑶的头颅飞来，滚落在她脚下，玄女吓得面如土色，抬头一看，笪殷昊正握着利剑，双眼充满血丝，恶狠狠地盯着她。玄女急忙闭上门，惊魂不定，惶惶问道："你为何要杀玥瑶？"笪殷昊道："一个叫洛珠的婢子托梦来，让本王取她性命，否则她便要取我性命，我不得已，只好将她头颅砍下，为那婢子报仇，也换得我清静。"玄女怒道："荒唐！你一个大王，却怕梦里一个婢子？"笪殷昊也不搭话，只问道："你行孕否？"玄女不解，问道："妾尚未行孕，怎的？"笪殷昊冷笑道："女娲和女姬皆能行孕生子，为何偏偏你就不能？"玄女道："二位师姐都是天神，而我不过是女娲娘娘所造的一个仙子而已，怎能相同？再者行孕与否，尽在昊天之意，三大王又何必勉为其难？"笪殷昊怒道："贱人！可知女子淫乱便不得行孕？"玄女哇的一声哭出声来，半晌才道："贱妾并非淫奔之女，只是受人逼迫而已，本想去死，可见你心愿未了，故而暂且寄下性命，只等助你成功之后再死不迟。"笪殷昊冷笑道："须菩提被进封为镇天大元帅，你可知道？轩辕昊和女姬也在凡间产下一女，你可知道？唯独本王膝下无子，眼看大权旁落，我在这里安有立足之地？"玄女泣道："妾身已许夫君，生死随夫君罢了，事已至此，只愿一死！"话到此处，笪殷昊直僵僵挺在椅子上，停了一会儿，又道："你这贱人，我何曾薄待你，你却背我与轩辕昊苟且？"玄女见奸情败露，扑通一声跪地，泣道："妾心只有你，只是被他逼迫，身不由己。"笪殷昊冷笑道："身不由己？那时为何不与我说？我不和你长舌广说，只问你一句，你可是心里喜欢他？"玄女瞪目回道："妾已说过，你又何必再问！"笪殷昊一时忿怒，闪出一念，只见一只皮鞭落入手中，不容分说就牵起玄女雾鬓，狠狠将那娇躯抽打了几十下，只看那洁白肌肤，皮开肉绽，血流不止。笪殷昊又问道："贱人，本王再问你，你心里可是喜欢那厮？"玄女呼痛不停，绝不改口。笪殷昊见她遍体鳞伤，却死不改口，便知她确实被轩辕昊逼迫，只得放手叹道："奇耻大辱！奇耻大辱！"说着又将她扶起，抱在怀里。玄女几乎昏死，泣道："妾心只属你一人，绝无背弃，只是恶人相逼……"说着便昏厥过去。笪殷昊泣道：“本王虽心痛如绞，但却不恨你，快快醒来吧。”说着又将她抱到榻上，为其疗伤。

玄女渐醒，笪殷昊泣道：“你既不能生育，本王也不忍违背誓言，事到如今，本王唯有舍身求子了！”说完就抽出利剑，“咔嚓”一声将自己的左臂砍下。玄女大惊，哭道：“夫君，这是为何？”笪殷昊泣道：“断臂如我子，可得灵气而行孕。”说罢，又取出照石一照，只见断臂忽然化成了一颗红光闪烁的珠子，笪殷昊捏着珠子对玄女道：“爱妃，你吃下它吧，这便是我儿。”玄女张嘴，那珠儿便飘入玄女口中，玄女果然有孕。笪殷昊收剑，刚一转身，却见元真童子推门而入。笪殷昊大惊，问道：“你来这里做什么？”元真童子道：“我来传旨，天王请你入宫！”笪殷昊对玄女道：“此贼已知机密，必会告发我们，我们大祸临头了！不如将他杀了灭口！”于是拿着照石就击出一掌，只见一道耀眼的白光射向元真童子。

第十章　泰山封帝

窃照石笪殷昊遭严惩　登泰山姬轩辕封黄帝

话说元真童子奉命来朝阳殿传旨，却听婢子嫱蕙说笪殷昊去了天香殿，便来天香殿找他，众婢见元真童子来到，欲要入报，被元真童子拦住，告诫道："笪殷昊负罪在身，你们若胆敢通报，天廷将以通敌罪论处！"众婢闻言，吓得纷纷躲入殿中，不敢出来。元真童子来到后殿，通过轩窗看到笪殷昊和玄女正在说话，又见笪殷昊砍断手臂，取出照石将断臂化为灵珠让玄女吞下，着实吃惊不小，于是推门进去。此刻见笪殷昊动了杀念，一闪身就逃了。

笪殷昊见他已逃脱，急道："此地不可久留，我们若不逃，命将不保！"玄女问道："夫君有照石在手，怕什么？"笪殷昊道："照石对别人尚可，但若师尊亲自前来，恐怕照石也无用，反被他所杀。"玄女急道："事已至此，不如认罪，天王自会饶恕我们，若现在逃去，不知能往何处去？"笪殷昊急道："此番不同，料定师尊不会饶我。我们只要出了那天门，有这照石在手，上天入地自由我们，何必在这里等死！"玄女无奈，泣道："蜂虿入怀，随即解衣。妾就随你去吧。"说罢，就见笪殷昊又提着玥瑶的头颅，开门就走。玄女惊道："你这是做什么？"笪殷昊道："她害死洛珠，我总不能留下她来再去祸害别人，听说人死之后，只要将他头颅斩下，使他身首异处，亡灵便不能聚成魔魅，我要将此头颅扔下天门去！"玄女闻言，不再多问，只随他急急往天门逃去，到了西天门一看，已有重兵把守，只好折回，去了元天门，依然见有重兵守门，于是又折返西天门，仍然见门神把守。玄女道："为何不去南天门？"笪殷昊道："不可，那天门想必已被师尊施法，可夺神力，即使逃出去也是死路一条。"玄女急道："那可如何是好？"笪殷昊怒道："顾不得那么多，唯有去西天门闯出去了！"于是就朝西天门走去，西天门天兵见笪殷昊和玄女前来，知道他要逃离，便阻住去路，笪殷昊大怒，将那头颅抛去，众天兵见凭空飞来一颗头颅，吓得不轻，慌忙躲避，只见那头颅直飞出天门，后面跟着一道紫光，再看笪殷昊和玄女，早已不见踪影。

元真童子仓惶入宫，将此事奏报给天斗，天斗一听大惊，方知笪殷昊昔日奉还的照石乃是假的，情急之下，忙令武德星君前往缉拿，却听闻西天门门神来报，笪殷昊与玄女杀了许多天兵，已逃往界下去了。

话分两头。话说姜炎去找蚩尤，走了半晌，又至一番境界，见山崖下有一池，泉水澄澈，便掬起水畅饮，顿觉惬意，忽听身后有响动，回头看去，见有个人正坐在岩石上张望。姜炎问道："敢问尊驾为何在此？"火德见到姜炎，心中欢喜，故意问道："先生从何处来？"姜炎道："寡人自泰山而来。"火德惊道："可是大庭氏部落炎帝？"姜炎后悔泄露机密，只好道："正是，寡人欲拜见北帝蚩尤，故而来此。"火德忙拱手道："小人可为陛下领路。"姜炎问道："此间空旷，你在这里作甚？"火德笑道："小人在此礼拜天神。"姜炎疑道："此处是何地势，怎会有天神？"火德拱手道："这里正是女娲娘娘造人处，叫作怀仁鹅毛口，此山乃是金仙山，陛下置身之所为滴水崖，前边有个金仙洞，便是圣母殿，不信，请陛下前入内一看。"说着便引他去，姜炎将信将疑，跟到崖畔一看，果有一石洞，进入洞府，见上面石乳滴下，犹如玉笋，再细看去，见当中有一尊女神像，姜炎问道："此间荒无人烟，何人塑一神像？"火德笑道："此天然而成。"姜炎近前细看，原来是石乳滴注而成，旁边还有诸仙，衣裳眉目清晰，个个宛若精雕细琢。姜炎叹道："正是巧夺天工。"火德见他入迷，摇身一变成为石乳雕像，姜炎突然看到女神像旁边又有一尊神像，更是精致，便伸手触摸，神像突然动了起来，姜炎惊得后退几步，转身看火德早就不见踪影，姜炎问道："果然是个真神么？"神像道："我是天神，早知你要路过此处，已在此等候多时。"姜炎惊道："天神等寡人有何事相告？"神像道："姜炎，放毒箭射伤北帝，天廷震怒，欲治你罪！"姜炎大吃一惊，忙跪叩道："寡人并无此意，蚩尤好战，寡人只是将他射伤，再来医治，以图结盟，今日正是要去拜访蚩尤。"神像道："甚善甚善。不过你头上有两角，蚩尤一眼便认得你，你如此前去，只怕蚩尤会要了你性命。"姜炎细细一想，便觉有理，问道："寡人如何前去？"神像道："我施一妙法，使你变个模样儿如何？"姜炎惊道："不可，若变个模样儿，回去之后，部落人众如何认得寡人？"神像道："这只是个障眼法儿，等你回去后，又恢复了原貌，有何不可？"姜炎喜道："如此，请天神速为寡人变化。"话刚说完，便见神像突然消失，姜炎再将手往头上一抹，果然双角也不见了，心中暗喜，突闻身后有人笑，转身一看，又见火德。姜炎问道："你笑什么？方才你去哪里了？"火德笑道："小的方才就在洞口，此间多猛兽，不得不防。小的笑陛下怎的变了模样儿？"姜炎也不在意，笑道："此洞中果有天神，不然我哪里会有此般模样儿。"火德问道："陛下要去拜见北帝，小人愿随同前往。"姜炎拱道："有劳先生。"说罢便一同前往。

姜炎与火德经过石井山，见此间曲水茂林，碧石嶙峋，问道："此间花木蒙茸，景致不俗，不知是何地势？"火德笑道："此处为石井山。"姜炎又问道："不见有井，为何叫作石井山？"火德回道："陛下自南方来，有所不知，此山确有一井，小的可引你去看。"姜炎好奇，便道："有劳先生带路。"火德便引他转过一丘陵，果然谷中有一处清清淡淡所在，有水有树，姜炎瞻眺，见远处有一庙宇，又跟随火德绕岸沿堤，千纡百折走了一路，转过一石墙，进入庙内，见里面有短篱四围，绿竹掩映。火德又往里走，指着一处石栏道："陛下请看，这边是石井。"姜炎往井下望去，见井底枯竭，不觉惊奇，问道："寡人看此间风景雅致，定有人烟，但四下却不见一人，这井中无水，这是何故？"火德徐徐道："陛下可知此井从何而来？小的听长辈说起，此井自然形成，乃是女娲娘娘造人时，江河、天河二龙神取黄河长江之水蓄于此井，是为北阴和南阳之水，娘娘抟土造人所用，故后人建了此庙，围护此井，每年都来焚香祈福，那庙宇中尚供奉女娲娘娘像，陛下可愿参观？"姜炎道："时间无多，只怕蚩尤不能坚持，我们还是早些去为好。"说着又出了石井山继续赶路，途中姜炎又问道："此间可有狸猫么？"火德一愣，回道："狸猫伤人，上古时期被女娲娘娘驱赶至大峪山一洞中，后人称之为猫儿洞，至今不敢出来为害，此间无狸猫，或许大峪山猫儿洞有此物。"姜炎止步，拣一岩石坐下，擦去满脸汗水，问道："女娲娘娘为何要驱赶狸猫？"火德笑道："此说来话长。"姜炎拱道："此时正好歇息片刻，有劳先生赐教。"火德坐在他身边，徐徐说道："小的也是听祖辈传下来的，说女娲娘娘在怀仁抟土造人之前，凡间只有金、木、水、火、土五气，因少了仙界飔、飈二气，故而天神无法下界来，故天廷降下二气，女娲令二十八宿辅神变化为诸神坐骑下界，你可知那心、尾二宿，来到凡间便觉天高上帝远了，当时就迷了真性，忘了天条戒律，竟然两厢私通，俗话说，若要人不知，除非己莫为，这心宿和尾宿在山林里私通之事，被虚宿看在眼里，便密报女娲娘娘，娘娘闻言大怒，令孟章神君青龙将心宿和尾宿擒来，就要惩罚他们，就在此时，风神请求赦免尾宿，道'娘娘才造得人类，需要尾宿保护，此时不宜临阵斩将'，女娲便放了尾宿。女姬见状，也为心宿求情，却被斥责，道'她犯天戒，若不惩治她，何以服众神’之类，便将其绑缚树上，取弓箭欲射之，心宿见箭矢飞来，心胆俱裂，刹那间变成一只十尾狐，却不料被女娲娘娘射去一尾，变成了九尾狐，心宿灵体早已闪开，躲过一劫。后来女娲娘娘不再追究，因九尾狐得了女娲娘娘神箭之灵气，亦成一仙女，后来被女娲娘娘收为义女，赐名为‘娄叒’，因不便留在蕊珠宫，故而至今仍寄在东极星天龙宫心宿府上，对此，小的也不知真假。不久之后，心宿生下一怪物，你可知是个什么东西？它就是灵猫！昔日，女娲娘娘令诸宿造化飞禽走兽，角造蛟，亢造金、木、水、火、土五地龙，氐造狢类，房造兔，心造狐，尾造虎，箕造豹，斗造獬，牛造牛，女造蝠，虚造鼠，危造燕，室造猪，壁造貐，奎造狼，娄造狗，胃造雉，昴造鸡，毕造乌，嘴造猴，参造猿，井造犴，鬼造羊，柳造獐，星造马，张造鹿，翼造蛇，轸造蚓。”姜炎问道：“寡人见过许多动物，唯独不见亢宿所造的金、木、水、火、土五地龙，这却是为何？”火德笑道：“小的听传说，天界有石龙为害，引诱金童和玉女二仙吃了禁果，被罚下界来，女娲造人时用其元灵造人祖达旦和伊娃。那石龙被天神打下界，一部分化为恐龙，后来灭绝，一部分化为土蛇，据说天神罚石龙在界下以腹代步，以土为食，此物便是蛇，故生来无足。陛下有所不知，那五地龙却与那蛇有关，角宿造蛟类，蛟是何形状？似蛇非蛇，以雉为母，颈细而有白婴，另有四脚，土蛇见之，妒其有足，皆被蛇吞下，此蛇能成巨蟒，已有灵性，形似地龙，当时五地龙见此蟒，以为是同类，见其无足，问道：‘你是何物？’蟒答道：‘龙。’五地龙又问道：‘何以无足？’蟒答曰：‘因多余，故被女娲娘娘施法去足，望念同类，助我渡劫。’五地龙信以为真，便助其渡劫，被女娲娘娘发现，令雷、电二天神施电火将蟒劈死，故其渡劫未成。”姜炎笑道：“雉即鸡，蛟之母，可知蛟类皆为卵生，怪不得鸡不怕蛇，见蛇就啄，原来蛇食其子，此深仇大恨岂能不报？请问先生，那五地龙后来如何？”火德又道：“五地龙因助蟒蛇渡劫受罚，被女娲娘娘囚禁于善元之地，令天神女姬看守，善元之地至今因有龙王山故是。后来五地龙乘机逃脱，于山川之间东躲西藏，据说龙过之处，必注龙脉，结成灵穴，形成风水，女娲娘娘得知，叹道：‘五龙若此，将坏天意，后世帝统将决于风水，此后凡间每八百年必出以金、木、水、火、土五行德王者，自称天子，虽得帝统，而非天意使然。’于是又令江河、天河二龙神将五龙擒来，囚于深海，因五龙为亢宿神所造，女娲娘娘便令亢宿神看守，距此地百里有‘镇子海’，又名曰‘五龙海’即是，此地部落人面海祈雨，每灵验，故建龙王庙。传说太古时期，女娲又将五龙释放，令其不可轻易示人，五龙如今安在，不知其详，然而也有人见过的，譬如凤凰、麒麟等珍稀虽少，但并非没有，只是陛下难得一见而已。”姜炎问道：“金童玉女下界，果有其事？”火德道：“这岂容怀疑？怀仁有玉女峰，即是玉女当时所在之处，还有玉龙洞，即天神玉龙望舒所在之处，另有玉龙山、聚仙台、龙泉、神泉、黑龙池等，不一而足，皆为神迹，陛下若有兴致，可亲自去验看。”姜炎笑道：“不去不去，寡人信你便是。不过先生说来说去，倒将那灵猫忘记了，寡人总算知道，那灵猫虽是灵物，独不列于二十八宿。但不知灵猫后来如何？”火德笑道：“小的正要说，总被陛下打断，故越说越多，越说越乱。”姜炎拱道：“寡人无礼，请先生再说来。”火德又接道：“诸宿神所造的飞禽走兽中，唯狐狸性淫，见灵猫便搏与它交媾，不料却生下一怪物，这便是陛下要寻找的狸猫，女娲娘娘闻狸猫屡屡伤人，知道它有九尾狐之遗传，颇有些灵气，故而将它打成凡类，人常说猫有九条命，追溯此渊源，当与九尾狐有关。”说到此处，姜炎大惑不解，又打断问道：“心宿与尾宿也是天神，既然交合，行孕也该是个神子才对，为何却生个畜生？”火德摆手，笑道：“陛下莫急，听小的慢慢道来。正因为是畜生，才对人类怀怨恨之心，娘娘不得不驱赶。原来，这心宿行孕之后，每日担惊受怕，恐遭天谴，故而不吃不喝，日渐消瘦，命在旦夕。尾宿见状心中不忍，便暗杀一虎，取肉给心宿吃，不料这胎儿在腹中吸收了虎气，生下便成了这畜生，故灵猫与虎，长相有七分相似。有道是，仇人相见分外眼憎，心宿与尾宿二辅神，从那之后便与虚宿结下冤仇，不相往来，狸猫自此与鼠类也成为仇敌，水火不容，狸猫见鼠就捕，毫不留情，女娲娘娘震怒，派诸神将狸猫驱赶至大峪山，令一神雕看守，但有出洞者必被神雕所捕杀，自此狸猫躲在山洞不敢露头，故后人将那山洞称为猫儿洞。”姜炎问道：“那灵猫最后去了何处？”火德答道：“听说灵猫被女娲娘娘赐给了冥界判官陆正，成为判官贴身冥兽，用来捕杀恶魅。”姜炎笑道：“听来颇为曲折，但不知这猫儿洞距此地有多远？”火德起身，指着南边道：“大峪山在西南，据此百里之地。”姜炎起身道：“寡人欲捉一只狸猫，有劳先生与寡人同往。”火德疑问道：“陛下要狸猫做什么？”姜炎道：“欲治蚩尤箭毒，必须此物，否则天神也救不了他。”火德道：“小的愿同往，但是，小的知道猫儿洞已无狸猫，倒是娘娘山有此物。”姜炎奇怪道：“哦？娘娘山又在何处？为何偏偏那里就有狸猫？”火德笑道：“娘娘山在大峪山又南，距此地不远，说起娘娘山为何有此物，话便又长了。女娲娘娘造人之后，伏羲授民以时，教化人类，男耕女织倒也安乐，不过，这之后鼠类泛滥，竟致耕田颗粒无收，甚至破坏房屋，危害甚大，当时，女娲娘娘在西南一山助人，众人皆去求告释放狸猫，好让狸猫消除鼠害，娘娘无奈只得放归，后来再无鼠害，那山便也叫作娘娘山，至今山上仍有圣母庙，便是供奉女娲娘娘的。”姜炎听了，笑道：“我们这就去娘娘山捉个狸猫回来。”说罢便与火德同去。

姜炎果捕获一只狸猫，与火德来到怀仁清凉山，见帝廷外许多兵士巡逻，个个穿着戎装，刀枪如林。兵卒见生人来到，飞报大羿。大羿出来见确有两个生人，便前去问道：“两位来自何方，有何贵干？”火德忙道：“我们乃涂山氏部落人，从中原嵩山来的，听闻陛下有疾，特来拜望。”大羿见了礼，问道：“涂山氏部落一向可好？”火德答道：“有陛下恩泽，安能不好？”姜炎问道：“不知陛下现在可好？”大羿叹道：“两位有所不知，前几天来一术士，为陛下疗伤，只好了一天，箭伤复又发作，现在那术士又为陛下疗伤。”姜炎道：“小人虽不才，但颇知疗毒之法，可为陛下效劳。”大羿喜道：“果真如此，请先生入内觐见。”说完便引他们进入帐内，笪殷曹正在为蚩尤疗伤，忽然见有人进来，转身一看大惊失色，只见姜炎怀中的狸猫突然抬头，目露凶光，龇牙朝他呜呜呜叫，火德奇怪，抬眼看去，见是笪殷曹，不觉暗吃一惊，那笪殷曹自然也认得火德，又见狸猫，十分害怕，倏地化为一股青烟消失了，蚩尤和大羿等俱惊，火德忙道：“此术士必为妖魅所化，陛下险些遭他毒害。”蚩尤听闻，惊出一身冷汗来，礼毕坐下，问道：“你们二位是何人？”大羿忙介绍一番，蚩尤道：“寡人箭伤今已半月，尚未痊可，先生既有药可治，若得痊愈，寡人自当重谢。”大羿来到姜炎面前，深深一揖道：“请先生一看。”姜炎走到榻前，将手在伤口周围略按一按，便见脓血溢出，只听蚩尤叫唤不已。姜炎说道：“陛下箭伤已成瘰疬痈疽，若不早治，恐怕不妙。”蚩尤急喘道：“请先生速用药。”姜炎忙道：“陛下勿忧，小人有妙法，须用猫头骨、蝙蝠各一只，先用火煅，再研为末，然后取少许黑豆烤焦共研为末，而后调成药膏敷在伤口，三日后疮口结痂，此后，再取鸡卵十枚，煮熟去白，将卵黄煎出油来，用此油再添入少许白蜡，和狸猫头骨粉末调油涂搽，三日之后便可痊愈。”蚩尤急道：“如此甚好，请速制药。”大羿问道：“我见先生有狸猫，可否一用？”姜炎笑道：“小人捕此狸猫，正为此疾而来。只是，小人未曾捕得蝙蝠，就请你代劳，捉一只来吧。”大羿道：“方便，我去去就来。”约莫一会儿，大羿便捉来一只蝙蝠，姜炎杀了狸猫，取下头骨开始研药，不到一个时辰便准备齐全了，先亲自为蚩尤敷药不题。

三日之后，只见大羿走来姜炎帐房，拱手道：“多蒙先生妙药，陛下醒来说伤口不疼了，伤口已结痂，果然是神速。”姜炎笑道：“不急，继续敷药，还有三日才能痊愈。”又过去三日，蚩尤伤口已经痊愈，全无一点伤痕，蚩尤暗自称奇，心中对姜炎和火德二人钦敬不已。蚩尤摆上宴席答谢，三人饮至更深，姜炎要告辞，蚩尤道：“深夜行路不便，先生明日再走，寡人方能歇心。”姜炎与火德只好住下，一宿无话，翌日天还未亮，姜炎就催火德起来，临行前，姜炎在帐中几案上随手写下一“鳳”字，火德不解，低声问道：“陛下这是何意？”姜炎笑而不答，两人不辞而别。等蚩尤天亮起来，去帐中看姜炎和火德，才知二人早不辞而别，又无意中看到几案上一字，蚩尤问谷公道：“两位先生不辞而别，却留下一个字，这是何意？”谷公见是一个“鳳”字，脸色大变，回道：“陛下，我们都上当了，来者其中必有一人是姜炎那贼，现在却被他逃了。”蚩尤惊道：“何以见得？”谷公指着字回道：“姜炎取笑陛下，此字为‘鳳’，乃‘凡’‘鸟’二字之合，意在嘲笑陛下不过就是凡间的一个常人，与鸟儿无异，安能为帝？”蚩尤怒道：“好个牛头怪，胆敢取笑寡人，朕这就提兵去拿他来！”谷公劝道：“不可，姜炎单枪匹马前来，并未提兵来犯，况且他来为陛下治愈箭伤，并无意杀害陛下，陛下若提兵犯他，岂非不仁不义？”蚩尤颔首道：“说得有理，那寡人也乔装一番，去看看他，探探他的虚实。”蚩尤乔装打扮一回，便去了姜炎部落帝廷，那日恰逢炎帝去围猎，因而未见到，蚩尤无奈只好返回，临行前，谷公道：“待臣也画一字相讥。”于是就在炎帝帐内帷幔上写下一个“午”字，而后两人打马而去。蚩尤刚走，炎帝就带着猎物回来，听说有人来过，便去帐内细看，见帷幔上有一“午”字，炎帝哈哈大笑，对部下道：“蚩尤来过！”部下问何故，炎帝笑道：“蚩尤知寡人去拜访他，被寡人一字嘲讽，他却也来为寡人题一‘午’字，此为牛不出头之意，乃讥寡人为牛，且无出头之日也。”说罢开怀大笑不题。

话分两头。女姬在凡间遇到大鸟投下珠儿，不料被她吞下，不久之后便行孕了。轩辕昊辗转几日，与她来到燕山，躲进山洞。虽说神仙不知饥饿，但来到凡间却不同仙界，只觉得一顿不吃便饥肠辘辘，难以忍受。一日，轩辕昊便去寻找食物，只留女姬在洞中，夜晚风大，山间传来虎啸狼嚎，女姬又惊又怕，愁眉蹙额，躲在洞中等轩辕昊回来，不想等了一个晚上却也不见他来。直到翌日，轩辕昊两手空空，却带着一个少女回来了，再看他一脸沮丧，女姬忙问道：“一宿未归，却是为何？这小女子又从哪里来的？”轩辕昊道：“果真是见了幽魅了！我采了野果返回，路过沼泽地时，忽然眼前出现一条大路，直直的通此处，便在路上走，走了很久却走不到尽头，直到天快亮时，遇见此童女，是她将我领了出来，我再看时，那路却又不见了，原来我一晚上都在原地，围着一颗死人的头颅转圈儿，整整转了一宿！你说这奇也不奇！”女姬瞅着他道：“这凡间奇怪的事儿可多着呢，奇怪的是，转了一晚上，转回一个女子来！”说着又疑惑地盯着那少女，问道：“你是何人？

为何一个人在这荒郊野外？”少女回道：“小婢姐娥，父母皆亡，我就是在这燕山长大的。今早去采食野果，见有人迷路，想是着了幽魅，于是将他领出来了，他见我孤身一人，便带我来这里，想让我来伺候娘娘的。”女姬道：“你且回去吧，我还要你伺候什么，我们自己都养不活，又添了一张嘴来，叫我们怎么办？”姐娥不肯走，跪地泣道：“求娘娘收留小婢吧，小婢孤身一人，无依无靠，小婢自己能养活自己，不消娘娘操心，就让小婢来侍奉娘娘吧。”女姬见姐娥可怜，只好就收留了她。

七天之后，女姬隐隐觉得腹部疼痛，怀疑将要分娩，果然于半夜产下一子，当得知是个女婴，轩辕昊对女姬道：“我就知道那大鸟不是个好鸟儿，荒无人烟之处，一定是魔魅所变，如今生下这女子，便是来害我们的。”女姬不信，轩辕昊道：“你忘了我去寻找食物，被魔魅迷了一夜。”女姬听了十分害怕，问道：“妾也怀疑这野地里何处来的大鸟，想必其中必有缘故，若此女真是魔魅所化，那该如何是好？”轩辕昊心一狠，说道：“我也不害她，但也不能留她在身边，不如将她留在这洞中，我们快快离开这里。”女姬舍不得，哭道：“她这么小一点儿，留在此处，还不被虎狼叼了去？”姐娥跟着哭哭啼啼，泣道：“就留下吧，就让小婢来照看她。”轩辕昊摇头，叹息道：“叼去便好了，只怕是猛兽也不敢，她是魔魅所化，你们若不听劝，将来后悔就晚了！”女姬只得答应，令姐娥将女婴留在洞中，而后跟着轩辕昊离开，三人辗转几日，又来到济北的黄河附近居住下来。一年之后，女姬又产一子，这一回是个男婴，龙眉凤目，未过十天就能开口说话了，不同寻常，女姬便给他取名为姬轩辕。轩辕昊惊喜交集，女姬百感交加，早就把弃女之痛丢到了九霄云外。却说那被遗弃的女婴在洞中啼哭，引来一头野猪，野猪将她拱到自己身边，让女婴吃自己的奶，女婴却活了下来。等女婴断奶，野猪每天用鼻子拱地上的野果，再叼回洞中喂她，时间久了，地上的野果也渐渐少了。女婴三岁时，野猪带她去南边觅食，女婴骑在它身上，来到孟津。为了养活她，野猪只好用鼻子拱树，每次也能掉下几颗野果，眼看女婴一天天消瘦，野猪很是着急，不分白昼用鼻子拱树，猪鼻子竟越来越长，抬头就可将鼻子伸到树上摘果子了。女婴到六岁时能独立生活了，便将这头野猪视为母亲。这里有很多部落的人，经常能看到一个女孩骑着一个长鼻子的动物在森林里游荡。人们很好奇，每当见野猪过来，就听人喊道：“快看，那女子骑着的那野兽，像不像野猪？”又听见有人答道：“像！像！”于是，时间久了，人们都习惯将这头野猪叫作“象”了。人们却不知道，这骑象的女孩，正是那婵嫣转世，虽然不说话，但却记得轩辕昊和女姬抛弃了她，一旦看到有人走近，她就害怕地躲藏起来，便也无人知道她的身世了。

却说姬轩辕已十六岁，便与常人不同，七尺个头，力大无穷，聪明勇敢，每天都带着部落里的人到处打猎，且每次都把猎物分给部落的人，于是在济北这一带很快就有了名望，人人都在传扬他的事迹，不到两年时间，姬轩辕十八岁的时候，他的部落已有一万多人了，没过多久，他的名声便传到了北帝蚩尤和南帝姜炎的耳朵里。不题。

话分两头。却说姝涵知道轩辕健已去了蕊珠宫的偏殿等她，她便辞了娇珠来到偏殿，刚进了门，轩辕健就上来握着她的手儿，见姝涵穿一件紫色绡衣，纤腰束一条碧丝嵌玉锦鸾带，更显袅袅婷婷，雾纱掩半臂，云鬓披肩，烟黛微颦，却比往常消瘦几分，轩辕健望着她道："怎的不见数日，竟憔悴了呢！"一面说，一面扶她坐下，姝涵蹙眉道："妾没什么不适，只是这心里总是有些惶恐。"轩辕健握着她的手儿，叹道："你总想那么多的，你放心好了，不消几日，我便接你回太阳宫去！"姝涵脸颊微微一红，靠在他肩上娇嗔道："休要乱说，这说不清道不明的，妾平白无故的去太阳宫住下，算怎么个说法儿？除非你正正当当地来娶了妾，这便名正言顺，妾也不怕什么了。"轩辕健轻抚她的云鬓，笑道："我早就想好了，到时候我会让望舒给女娲说，让她做媒，我便将你娶回太阳宫，你是形天转世轮回，我是盘古转世轮回，还有什么能阻挡我们么？我们再也不分开的。"姝涵依偎在他怀里，泪眼愁眉道："开始的时候觉得这里还好，如今越发觉得萧森了，尤其女娲回来之后，妾便预感不好，总觉得会有什么事儿要发生的。"轩辕健安慰道："不要忧虑，能有什么事儿呢？"姝涵斜靠妆台，不禁低泣道："妾也不知道，近来只觉压抑不行。"说着又泣涕涟涟，一如带雨的梨花，娇柔欲坠。轩辕健轻叹道："不要伤感了。我本来时时要来看你的，总是没有机会。"正说着，就听门儿呀的一声开了，姝涵急忙起身，瞅着轩辕健，将纤指儿掩着朱唇，小声道："嘘——禁声，肯定是婢子来送茶水了，这可如何是好呢，若被她撞见，少不了告给女娲，到时候却怎么解释呢！"轩辕健笑道："莫慌，只看我来。"说完将手一挥，那婼翚捧着一碗茶，刚要准备进里间，忽然窗外电闪雷鸣起来，只见一道电光闪处，又是一声霹雳炸响，婼翚吓得心儿突突跳，两手一颤，茶碗便坠落地上砸得粉碎。轩辕健给姝涵使个眼色，姝涵掩鼻一笑，便蹑手蹑脚地出去看她，佯装生气道："进屋里也不打招呼，茶碗也被你打个稀巴烂了，你怎么就毛手毛脚的呢？"婼翚见姝涵出来，不顾命地跑来抱着她就哭了。姝涵愕然问道："怎的？"婼翚吓得不能说话，半晌才说道："刚才，刚才茶碗突然给雷劈了！"姝涵掩口一笑，差点笑出声来，忙又正色道："快不要胡说了，这天界怎么会有雷击呢！何况这里还是蕊珠宫，若真的被雷劈，那雷神便是与咱们娘娘有仇，只怕他是不想活了呢！你快下去再取一碗茶，好好儿地端上来。"岹犨顿脚道："难道屋里只有你一个人么？嫱娟和皂嬥两个死婢子哪里去了？"姝涵笑道："这样的大雷，我也是怕的不行呢，要不你别取茶了，就去凤来阁耍吧，二少主又不在，你不用管我的。"岹犨正要移步，姝涵又拉住她道："等着。若是二少主问起，你就说我不在这里的，她听我不在便不来这里的，我是担心她过来了，万一让雷打了，我们可都少不了被娘娘拾掇！"岹犨半信半疑道："知道了，你就不过去么？万一也让雷打了怎么办？"姝涵沉吟半晌，正色道："我就不去了，我可不怕雷，你们也知道我是有些手段的。"岹犨一脸茫然地瞅她一眼，便急匆匆地出殿去了。

姝涵见岹犨跑了，又转到里间直笑个不停，如新莺初啭一般，笑得捂肚子在榻上打滚儿。轩辕健笑道："你笑个什么，有什么好笑的。"姝涵咯咯地笑道："你是没看到那婢子的表情，好像头上顶着雷呢！"轩辕健见榻间春满流苏，被翻红浪，又见她杨柳轻盈，便也凑到了榻上，挽她玉臂道："你怎的这样儿可爱。既有天雷打人，我也就不回去了，就陪你一起睡一会儿吧。"姝涵一听这话儿，便不笑了，只睁大眼睛瞅着他，娇嗔道："怎的？"轩辕健笑道："你不怕雷打么？"姝涵转过身来，一双小手儿推着他，蹙着眉微微喘道："那雷儿还不是你给弄出来的，我怕个什么呢，你快出去，快出去吧。"说着，只觉扑碌碌小鹿儿在心头乱撞，见他偏不走只抓着她的手儿，急的也没什么主意了，嘤咛一会儿，又道："你略睡一睡，然后回去好不好？"轩辕健愀然叹道："既是夫妻，何必绝情至此。"姝涵掩鼻笑，道："妾尚未出阁，纵是夫妻，也不能这的就品尝雨露了。"轩辕健起身道："也罢，我这就回去了。"说着便走，姝涵急道："你要哪里去？"轩辕健回转身来，问道："你不是要我回去么？"姝涵面色微红，低声道："妾犹豫不决，又怕今日不付托终身，只怕将来有个三长两短的，我便是死了也怨恨。"轩辕健道："怎的又说这样儿的话来。"姝涵对着轩窗，凝眸怅望，低泣道："妾预感如此，想必该来的总会来，你我轮回于此世，免不了大风大浪，厄运摧残，想想便不由得伤感。"轩辕健又过去粘上榻，捧她粉脸道："你莫再乱想，有我在天界，谁敢来害你的。"姝涵霞分腻脸，紧抱着他，两颊红晕，口鼻微微喘息，轩辕健觉她心窝啪啪乱跳，姝涵回波一顾，嘤咛道："妾的身子本来就是你的一半儿，你便索了去吧，横竖妾将来一定是要被害死的，也不知是哪一天呢，现在将着身子与你了，死也不后悔的。"说着便轻松帘钩，卷下红绡。轩辕健将她轻揽入怀，瞅她蹙着双眉，玉躯颤笃笃的，便悄声道："有什么好怕的，这会儿却抖得不行？"姝涵正豆蔻含葩，蓓蕾吐芽，岂能不怕的，于是努着嘴儿，低头含羞道："只怕妾葳蕤弱质，不堪风雨，一时疼得紧呢，你且轻撷花蘤。"说着便钻入锦被，轻撩云鬟，娇娇怯怯解去天衣，轩辕健笑而不语，两人又卿卿我我低语一片刻，姝涵轻喘道："哥哥，此番之后，永不能负了妾的。"轩辕健也不说话，不消一会儿便绡帐翻动，但见：

孔雀开屏，琼室兰香怳曶；怕问前愁，粉汗怯怯疑浮。销魂时，枕上鸳鸯半啭；嬉戏处，衾下百媚千柔。云鬟衣松，翡翠轻勾；旖旎绸缪，脂香情浓。红雨方收，不堪蹙眉苦楚，虽是风流，又晓得饮泪几度。

过了几个时辰，妱翚见不打雷了，便去偏殿收拾打碎的茶碗，渐渐来到偏殿前，只往那轩窗内一瞅，忽见榻上一个人睡着，心里疑怪道："看着不像是姝涵，怎么里面还有个人睡着？"趁他还未醒来，便仔细看去，心中又道："呀！分明就是一个郎君，生得俊俏，这是从何而来的？"不敢惊动他，便一路小跑至凤来阁，见碧玉和尚翠、娇珠都在，便急对娇珠道："二少主，姝涵妹妹她变成一个人了！"娇珠转脸问道："哦？怎么说的？莫非她原来不是个人么？"尚翠拿起绣绷儿掩鼻直笑，妱翚又慌慌张张道："真的怪呢！小婢看不见姝涵妹妹，却在榻上见一个俊俏少年睡在那里，生得极标致，难道不是姝涵变的？"娇珠一听，心里明白了八九分，又见碧玉和尚翠一脸狐疑。娇珠倏地起身，怒道："你简直胡说八道！这个贱婢子没事儿做了往我房子跑什么的？又跑来扯什么谎话！"妱翚急得面红耳赤，低头道："确实有个人在里面睡觉，二少主若不信，亲自去看便知端的，小婢怎么敢说谎呢？"碧玉起身道："好吧，我跟你一起去看，我就不信了，这青天白日的，难道是阴灵来了不成？"妱翚又怪声怪调道："呀，少夫人，那可不一定，前时小婢去给二少主端茶，碗儿还被雷打了呢！我见二少主不在，就跑出来了。"娇珠剜了她一眼，竟一时也没办法了，心里叫苦道："哎呀呀，我的个小亲娘，怎么偏偏这个时候就搞起来了，若被少夫人知道，岂不生疑？"心里这么想着，又不安地瞅来瞅去，碧玉早见她心神不定，心里越发怀疑了，便拉起娇珠的手儿，笑道："走吧，一起去看看那里怎么回事儿。"娇珠皱着眉头，倚着门儿半晌不动，碧玉松开她的手儿，冷笑道："怎么？若是二少主不愿意让我这个当嫂嫂的过去看，那嫂嫂便不去了，只是二少主别忘了，咱们宫里可不准弄出些个不干不净的事儿来。如果有，还是自己去收拾干净吧。"娇珠脸一红，急道："嫂嫂说什么话儿，我一直都在凤来阁的，难道你不知道么，怎的就怀疑我偷人了呢？”碧玉忙又拉着她，赔笑道：“瞧你说的，我几时怀疑你了，你也是个主子呢，怎么能做出那种事儿来，我只怕你底下的婢子会造出什么孽来。”娇珠无奈，只得出来，一边走一边指着娟翚斥道：“我可把话说明了，若是有了生人，我不怨你，若是没有的，你给我仔细着。”娟翚吓得躲在碧玉身后，眨巴着眼儿瞅着娇珠。碧玉和尚翠、娇珠出了凤来阁，来到娇珠的偏殿，正要进去，娇珠又堵在了门口，气嘟嘟道：“我可把话说明了，这可是本小姐的屋子，你们要进就进去，不过不要乱翻我的屋子。”碧玉笑而不语，直接就进去了，果见一个人睡在榻上，娟翚斜傍着锦屏风站住，瞅着娇珠，见她星眼生嗔，媚中露出杀气。这时，娇珠一双小手捂着脸儿，心里连连叫苦道：“姝涵啊姝涵，这一下子全完了，如果让娘娘知道了，我也保不住你了！”碧玉也未惊扰，近前掀起红绡细看，榻上绣毯锦褥，香雾袭人，芬芳触鼻，再看少年生得秀眉妙目，清奇俊灵，又看姝涵躺在旁边，玉臂粉香，翠黛颦蹙，香息微微，玉肌润泽，异常娇艳。碧玉心内惊道：“蕊珠宫里墙垣高峻的，插翅也难飞入，他是如何进来的？看他却不是一般的人儿。”尚翠掩口笑笑，也不敢说话，只瞅着碧玉，看她如何发付。碧玉看看娇珠，笑道：“一对儿鸳鸯睡得很沉，我们走吧，别惊醒了。”娇珠恨得咬牙，瞅着榻上心内暗思道：“怎的睡死了么。”想着又踌躕半晌，见碧玉盯着她，只好跟着出来，路上走着，心里打鼓，又去拽住碧玉，央道：“嫂子，千万不要告知娘娘，可好？”碧玉冷笑道：“那你去和娘娘解释，这蕊珠宫的婢子也反天了，竟然招男人进来邪淫。我这也半个主子呢，娘娘走时千叮咛万嘱咐让我看好这宫里的，你说出了这事儿，我如何交代？你让我护着一个婢子，娘娘如何待我，只怕我的小命儿也没了呢！”娇珠听她这么说，一时无语。

却说须菩提获得晋封，心中欢喜，便邀戌闰升与戌闰靖去蕊珠宫把盏，戌闰升拱道：“少主抬爱，盛情难却，不过还请少主屈驾在下府上作客，一来贺我兄弟二人获得天恩，被封为将军、副将，二来也去府上添点儿瑞气。”须菩提笑道：“为何不去我府上作客？”戌闰升揖道：“这，恐怕多有不便，一来蕊珠宫是女娲娘娘府邸，在下何等样儿的人，未获娘娘恩准，岂敢登门滋扰，二来天廷方才封赐，蕊珠宫高门大户，眼多嘴杂，免不了闲言碎语，少主不怕，在下还怕连累尊府呢。”须菩提道：“你这一来二来的也不无道理，既然如此，我就去你府上吧。”出了玉京宫玄天门，戌闰靖在前引路，曲曲折折到了一个所在，须菩提见一带粉墙，四周都是玉篁，停住望去，见一个轩阁，门上悬着一匾额，上书“宁安轩”三个字。须菩提笑问道：“天王赐的居所？”戌闰升笑道：“咱们武将，除了少主之外，都住在这里的。”进入轩门，又入一个客厅，里面几案精致，玉石桌上摆列杯盘果品，须菩提坐下，看着侧门一个月洞门，垂着琳琅珠帘儿。须菩提笑道：“到也是个幽雅所在，此处饮酒别有情趣。”戍闰升笑道：“少主喜欢，咱们就在这里把盏畅饮。”说着便听见珠帘儿窸窣，就见妤嬛端茶来了，须菩提以为是个婢子，呷一口茶，顿觉香溢眉宇，而后瞅着戍闰升，笑道：“怎么，天王还给你这个镇天将军赐了一个婢子？”戍闰升忙道：“哪里，这是在下的姑姑，名叫妤嬛，从宝瓶星才来不久。”须菩提忙起身，深深一揖道：“不才无礼，不知是姑姑在此，多有冒犯，还望姑姑勿怪。”妤嬛一头吃着茶，盈盈笑道：“哟，这是哪里的话儿，不就一句玩笑么，再者说你不是也不知道么。”须菩提笑笑入座，妤嬛问道：“妾来这里，原是要见一个姐妹的，她叫婹褭，就在蕊珠宫里，不知少主肯让妾见一面么？”须菩提一惊，茶水都从嘴角儿漏了出来，忙问道：“岂能不肯，只是蕊珠宫里没有这个人，姑姑一定是记错了，如果有，我叫她与姑姑叙晤。”妤嬛笑道：“少主还是不肯，怎么就说不在蕊珠宫呢，她可是你母后的宠婢，才去的蕊珠宫。”须菩提沉吟道：“哦，如此我便不知了，我自打灵界回来，还没顾得上回去呢。”妤嬛点点头儿，一时无话。

须菩提把盏完毕，略带醉意回到蕊珠宫，恨不得马上见到碧玉和尚翠，就一路上摇摇晃晃地走着，经过娇珠的偏殿，就见姝涵手托香腮在轩窗蹙眉张望，须菩提停住脚步，仰面望着，那轩窗嵌着透明琉璃，他便清楚瞥见姝涵，见她袅袅婷婷，便十分留顾，还痴痴地站在那里，一会儿，就见香哝和斓姁捧着两个金丝红玉盒儿过来了，朝他福了福道：“少主回来了。”须菩提上去揭开红玉盒儿一看，上头一层玉桃儿，底下一层是玄露膏，问道：“我母后回来了？”斓姁回道：“还没回来，这就准备着伺候娘娘呢。”须菩提沉吟道：“那你们自去忙吧，我自在地走一会儿。”斓姁和香哝转身又跑了。须菩提又到清元殿，走进轩廊，才又想起女娲尚未回来，忙回转要离去，忽然背后有人扯他衣服，须菩提猛回头一看，见是一个婢子站在身后，须菩提见她朱粉轻施，双眉淡扫，穿一件素缎纱裙，玉颜之间颇有清气，立时就愣住了，只听她悄悄儿道：“少主，到小婢这里来说话。”说罢，便缩进珠帘儿后了。须菩提四顾无人，便掀起珠帘儿问道：“你就是婹褭？”那婢子掩口笑道：“谁是个婹褭，快进来吧，你怕什么，我又不吃你。”须菩提听了竟大着胆进去了，那婢子将门闭上了，转身就抱住须菩提，把个粉脸贴在他脸上，又翘笋指儿点着他的鼻子，笑道：“小婢是娘娘身边的嫱娟，你可记住了。”须菩提晓得她的意思，顿觉魂迷意乱，一手挽住她的香肩，笑道：“嫱娟，嫱娟，我记住了。”嫱娟又拉着他直往香榻上去，须菩提反倒不自在了，笑道：“小姐姐怎么这的干脆？若被人撞见怎生好呢。”嫱娟笑道：“小婢巴巴儿等这一天很久了。我不信那碧玉和尚翠能做得夫人，小婢却做不得一个侍妾么。”须菩提细看她去，见她身材纤巧，香肩粉颈，紧致纱裙衬着玉腕酥胸，越发丰姿妩媚，此时已魂飞魄荡，连连笑道：“做得，做得，今儿就做了吧。”一边说着不能自持，也不多说，三下五除二就将天衣褪了，赤条条刺溜一下就滑进了鸾被里，谁知嫱娟毫不矜持，一只玉手儿将他搂住了，一只手儿将他胯下乱摸，两条玉腿儿乱颤，须菩提端着她粉脸，嘿嘿笑道：“我看你这婢子模样儿很庄静，怎么干起这事儿就这的孟浪呢。”嫱娟又伸出两只玲珑玉臂抱着他，娇嗔道：“要不然少主怎么能记得小婢呢。”须菩提笑道：“记得你容易，不过让你当一房妾我说了不算数，那可是我母后说了算的。”嫱娟缠磨道：“先不管娘娘乐不乐意，只须你先乐意才好。”嫱娟说着，又将一双明眸，斜睨着他，一忽一闪地问道：“小婢这样儿，比那碧玉和尚翠如何？”须菩提抱紧她的娇躯，笑道：“亲怜儿，你怎的这般妩媚风流的，若是两年前遇着你，我也不致娶那两个木头人了。”嫱娟低鬟微笑道：“现在遇着也不晚的。”说着粉脸红潮飞晕，须菩提见她春心大动，便伸手向她牝间一摸，只觉得淋淋漓漓的一大片，这一刻什么都不顾了，两人弄了几回仍依依不舍，就像黏在一起。忽然，听得门外一声脆响，两人赶忙穿上衣服，须菩提惶惶不安，一溜烟就跑了。

话分两头。女娲准备回蕊珠宫，才要转身离去就被元真童子叫住，又道：“娘娘，天王又请你回去。”女娲无奈，只得回去面圣。天斗见她来，叹道：“本来让你回宫歇息，可又闻笪殷昊与玄女造逆，如今逃下界去了，为师不得不再度令你下界，将他二人捕上界来，否则，为师将寝食难安。”女娲问道：“师尊，笪殷昊和玄女有何要紧，使得师尊如此忧忡？”天斗本想隐瞒，话到嘴边又咽了回去，此刻又担心女娲疑惑不肯竭力，只得吐露真情，将笪殷昊窃取照石的事儿说了出来。女娲惊道：“彼若得此物，必祸乱天廷！”天斗叹道：“故而为师无奈，令你下界追捕。”女娲急道：“弟子这就与伏羲昊和神农琊等下界追拿！”说完匆匆离宫而去。

女娲与伏羲昊和神农琊随她一同下界，捉拿笪殷昊和玄女，才来到怀仁之地，住在帝廷，听蚩尤说了姬轩辕的事情。蚩尤忧心道：“不瞒娘娘说，那姬轩辕何德何能要自霸一方？他既是天神轩辕昊和女姬的儿子，想必也有篡逆之心，看来我这个北帝很快就做不得了。”女娲笑道：“这事儿一码归一码，你不能这的说，轩辕昊虽然叛逆，但那是在天界，但女姬却是随附他的，并未有叛逆之心。你不知道，天神对人间丝毫没有欲望的，人间是物质世界，况这些物质在天神眼里就如你们眼中的空气，虽说能感觉到，可又看不见摸不着，你说轩辕昊要称霸天下，那是不可能的。至于姬轩辕，他不过也是个部落首领，尚且在你的治下，你担心什么？你去收服他来，俯首称臣不就行了么？”蚩尤闻言大喜，拜过女娲就去谋划招抚姬轩辕。

伏羲昊和神农琊奉女娲令去搜捕笪殷昊和玄女，找了很多地方未果，只好往回返来，路过孟津时，见这里的人用石头做的工具和武器围猎，又用牛马来驾车载物，伏羲昊惊奇，问询当地人道：“你们如何懂得驱牛马驾车？”那人回道：“我王姬轩辕所教。”伏羲昊叹道：“姬轩辕果然是个智者。”说着又打听到姬轩辕王廷，便去拜会。轩辕昊和女姬听说伏羲昊和神农琊来了，早就在姬轩辕的安排下逃离了这里。姬轩辕见来者并无恶意，便问道：“不知两位天神驾临此处有何见教？”伏羲昊道：“未有见教，只想打听两个人。”姬轩辕警觉起来，问道：“打问两个什么人？”伏羲昊遂将笪殷昊和玄女的形貌说了一遍，又道：“这二人触犯天戒，罪不容诛，若你晓得他们行踪，万勿隐瞒，那笪殷昊穷凶极恶，只怕到时候会伤害你们。”姬轩辕想了想，徐徐道：“听部落人说，曾在后山一个洞中见过一男一女，行踪诡异，不知道是不是你们要找的人。”伏羲昊大惊，立刻与神农琊去看，果然在洞口窥见笪殷昊，当下便秘派神农琊去怀仁帝廷报女娲，女娲又令神农琊上界，搬来武德星君一干天兵，亲自前往捉拿不题。

第二天拂晓时分，笪殷昊和玄女正在山洞内，忽听洞外有天兵喊杀声，又听武德星君喊道：“围起来，莫让逆贼逃脱了！”笪殷昊慌道：“不好！天廷派人来捉拿我们！”玄女大惊，抬手掠过发髻上的几片枯叶儿，急忙抱起婴孩，蜷缩在角落里瑟瑟发抖。笪殷昊暗思道：“我有这照石在手，三界无敌，他们能将我怎么样？”想到此处，又见玄女这般光景儿，心里着实凄凉。玄女惊恐地瞅着笪殷昊，哭道：“夫君快想脱身之计，若被他们擒去，我母子二人必死！”笪殷昊举着照石，颤抖道：“我有照石！我有照石！”玄女长叹一声，泣道：“夫君忘了，那照石在仙界可用，而在界下凡间，就是一块平常石头。”笪殷昊扑通一声跪地，将照石举过头顶，流泪祈道：“昊天盘古龙帝在上，弟子既犯天戒，但有万死之罪，唯祈降于弟子一人，万勿罪及此母子，祈求昊天怜悯！”话音刚落，忽见一阵冷风卷来。笪殷昊从玄女手中接过婴儿，又将照石放入襁褓，在襁褓上写一个“项”字，玄女已泣不成声。武德在洞门喊道：“罪犯笪殷昊玄女听着，天王有旨，擒你们二人上界，快快出来投降！”笪殷昊搀着玄女慢慢走了出来，央道：“玄女体弱，但念我不曾为难过尊驾，还请尊驾略加善待。”武德见状，一脚将笪殷昊踢翻，令天兵道：“拿下！”几个天兵一拥而上，将他五花大绑。玄女扑来，抱着笪殷昊哀号不止，被武德一把推开，又准备打她，只听身后一声断喝道：“休得放肆！”武德转身一看，女娲跟了过来，忙跪叩道：“小神已擒住逆贼，请娘娘发落！”女娲一言不发，来到玄女身边将她扶起，看她破衣烂衫，面色憔悴，口唇破裂，双目呆滞，又抱着个婴孩，一时忍不住，泪珠儿就扑簌簌地落了下来。女娲泣道：“妹妹受苦了。”不说还好，女娲这一句话出口，把个玄女感天动地偎在女娲怀里，一句话也不说，只是嘤嘤哭泣。女娲抚慰着她，泣道：“妹妹莫哭，今日之事，罪在笪殷昊一人，与你们母子无关，本宫接你们回天界，自会善加安置。”玄女抱着婴孩缓缓跪下，泣道：“谢娘娘。”女娲又转向笪殷昊，厉声问道：“三师兄，你可知罪？”笪殷昊泣道：“罪该万死。”女娲又问道：“那照石在何处？”笪殷昊道：“照石我岂能带入界下，只有见了师尊，我才肯交出。”女娲顿足，泣道：“犯上作乱，你这又是何苦呢！”这时，震硉才采了野果回来，见笪殷昊已被绑缚，急忙跑来跪在他面前哭号，女娲一声喝道：“拿下！”武德即上前将震硉五花大绑，女娲下令押往玉京宫去了。

却说女娲返回天阙，将玄女安置在南灵殿，对她道：“这里曾是女姬住过的殿阁，她即使回来，怕是要随轩辕昊住紫微宫。如今你是个白身了，凡事不要多想，只在这里好好休养。”玄女跪地泣道：“娘娘搭救之恩……”话未说完，女娲便笑道：“没有什么恩不恩的，我也是个做母亲的人，虽说你犯了天戒，但我必会保全你的。”玄女抱着婴孩，又磕三个头。女娲扶起她，正色道：“这孩子名字叫什么？”玄女回道：“他叫笪殷顼。”女娲摸摸那婴孩的额头，笑道：“长得像你，水灵灵的。”玄女笑盈盈地望着孩子。女娲又道：“只怕是这个孩子不能留在你身边了，你快给我吧。”玄女大惊，扑通一声跪下，又要叩头。女娲又扶起她，怨道：“你怎的动不动就磕头的。”玄女哭道：“娘娘，娘娘，求娘娘赦了我儿吧，他才入世，懂得什么，又犯了什么罪呢！”女娲笑道：“看你吓得，天廷并不降罪于他，本宫也是为了你好，将他送到灵界，交由接引归真佛收养，做他一个弟子，将来也好为天廷效力。”玄女死死抱住婴孩，浑身颤抖道：“我不能离开我儿，求娘娘就宽赦我们，让我们母子相依为命吧！”女娲将柳眉一挑，怒道：“你怎的这样儿不识抬举！你留他在你身边，若被师尊知道了，怕是连灵界都去不了！你要知道他可是笪殷昊的儿子，按律当斩！岂能留下余孽！”玄女一听瘫软在地，呜呜哭了起来，女娲顺手抱过笪殷顼便出去了，玄女赶忙爬起来追了上去，却被门外天兵堵了个结实。玄女出不去，趴在地上，望着女娲背影，哭号道：“娘娘！娘娘！”女娲也不回头，直往灵界去了。

天斗得知女娲将笪殷昊押回关入天牢，急忙令聚灵神、武德星君稍作安排，便秘密来见他。天斗斥道：“劣徒！几番作乱，你欲要何为？！”笪殷昊此时已魂不附体，颤颤跪地，答道：“弟子万死，请师尊降罪。”天斗大怒道：“劣徒！如今你还有何话可说？”笪殷昊连连叩头道：“弟子罪不容赦，请师尊责罚。”天斗冷笑道：“责罚是轻，为师若不杀你，你岂非蔑视天威？”笪殷昊屏声敛气，不敢正视。天斗怒道：“武德何在？！”武德星君慌忙赶来，跪地答道：“小神在！”天斗指着笪殷昊道：“速将此贼推出斩之！”笪殷昊慌忙抱住天斗双腿，哀泣道：“师尊！弟子视师尊为父，岂敢造逆，请师尊法外施恩，饶弟子不死！”天斗问道：“那照石现在何处？”笪殷昊将眼珠儿一转，急道：“师尊！弟子念女姬在界下可怜，故用此宝石造出一仙婢送下凡间侍奉师妹，不想这照石却也不见了，想必与那仙婢化为一体了！”天斗惊愕道：“果真如此？死到临头还想将那照石窃为已有，你要怎样？”笪殷昊磕头道：“弟子所言句句属实，岂敢诳瞒师尊！”天斗闻言，怒道：“你就在这天牢里吧！”说罢愤愤而去。

天斗召来钟颀，问道：“你可知那女姬在界下，身边可有一个婢子？”钟颀奏道：“请天王令千里眼前来一问。”天斗又召千里眼前来，问道：“笪殷昊之言属实否？”千里眼拱道：“三大王化成巨鸟，载着仙婢下界，又见那仙婢化成珠儿，掉入女姬口中了。”天斗又问道：“那女姬身边可有侍婢？”千里眼道：“此前确有侍婢，名叫姮娥，但并非三大王带下界的仙婢。”天斗问钟颀道：“法宝已落入女姬之口，此当如何？”钟颀回道：“为今之计，当派下天神去缉拿女姬，夺回宝石。”天斗点头道：“正合本王之意。”说完急传女娲，令她带领白虎、朱雀、玄武及太阳、太阴五神下凡捉拿女姬。

却说轩辕昊和女姬于凡间与儿子姬轩辕享受天伦之乐，万万没料到白虎、朱雀、玄武、太阳、太阴五神，已率领数百天兵悄然降临。姬轩辕当时正在与部众围猎，忽然看到平地腾起几朵蓝色光云，以为是冥界魔魅，忙与众退后躲避，却见光云散去之后，数百天兵站在那里，心里已明白八九分。只听白虎神问道：“轩辕昊和女姬何在？天王有令，命我等缉拿上界！”姬轩辕一听，果然是天神来抓父母，忙暗中派人通风报信。轩辕昊突然得到消息，忧心如焚，疑惑道：“师尊为何要抓我们？”女姬惊道：“我们私逃下界，天王为何不抓？”轩辕昊想不了太多，急忙领女姬和姮娥向南逃窜去了，一直到黄河边上，这才停下，跪地大呼道：“昊天亡我也！”话刚说完，就见白虎、朱雀、玄武三神引兵追来，大吼道：“二大王，你是不到黄河心不死！快快束手就擒！”轩辕昊大惊，问道：“不知本王所犯何罪？师尊为何缉拿我们？”白虎喝道：“小神不知，奉命而已！”女姬急道：“如何是好？如何是好！这黄河天堑，怎得越过？果若被抓了去，难逃一死！”就在这万急之时，忽听河中一声巨响，众人看去，只见河心喷起三丈高一水柱，嗖地飞出一条巨龙，盘旋了片刻，落在地上，变成了一个身着青衣的长发神仙。神仙走近轩辕昊和女姬，拜了一拜。女姬忙问道："你是何方神灵？"神仙揖道："我乃是黄河龙神，特奉女娲娘娘之命来此迎候二位天神！"女姬喜道："还是我姐姐可怜我，来救我们了！"轩辕昊一听大喜，忙道："速速渡本王过河！"神仙化为天龙伏在地上，轩辕昊扶着女姬和姮娥骑上龙背，一瞬间就飞过河去了。到彼岸后，龙又变回神仙，揖道："请二位天神往南，可投炎帝。"轩辕昊和女姬拜谢过黄河龙神，正要拔脚走时，却听太阳、太阴二神阻在面前，大喝道："哪里去！"只见二神一瞬化为应龙和角龙，冲天而上，口吐大火，光芒照满天际，不一会儿，天空四方出现了十个太阳，轩辕昊和女姬一时辨不清方向了，急道："天出十日，不辨方向，我们安知南方在哪里？"

话分两头。却说女娲虽然奉命又来抓捕轩辕昊和女姬，但不忍将女姬抓回去，便自己先派了白虎、朱雀、玄武、太阳、太阴五神去抓捕轩辕昊和女姬，又密令黄河龙神搭救他们，自己却在蚩尤帝廷坐等。就在此时，忽然听见帐外人皆惊呼，便出来看，只见天空悬着十个太阳，众人见此奇景，惊恐不已。蚩尤急道："天出十日，莫非是天神要消灭我们么？"女娲笑道："若真是如此，此间早已化为灰烬了。莫怕，这是应龙和角龙的障眼法儿，想必是怕轩辕昊和女姬逃脱，故而造出幻象，好让他两个分不清东南西北。"蚩尤沉吟道："原来如此，那我们何不帮他们一把？"女娲笑道："请神箭手出来，射它们下来。"蚩尤召来大羿，令道："娘娘让你把那多余的九个太阳射将下来。"大羿得令，抽出神箭就向太阳射去，每一支箭射中太阳，太阳便消失了，不消一会儿，九个太阳全消失了。轩辕昊和女姬见九个太阳没了，又辨清了方向，领着姮娥就朝南面奔去。

应龙和角龙落地，看着他们逃去，也未追赶。角龙问道："难道他们还能比我两个快么？为何不追？"应龙叹道："他们两个是没我们快，可他们两个却比我们金贵，你没看是女娲娘娘在护着他们么？"角龙奇怪道："你怎么知道？不是娘娘让我们来抓的么？"应龙道："若不是娘娘点拨，那大羿如何知道九个太阳哪个是真哪个是假？"角龙恍悟。这时，白虎、朱雀、玄武三神赶来，玄武神问道："女娲娘娘为何如此？"应龙答道："诸位有所不知，如今女姬之子姬轩辕已是这凡间部落之王，如若抓了他父母回去，姬轩辕岂能善罢甘休，如此一来，凡间将大乱，女娲娘娘治土之功，岂不毁于一旦？"白虎叹道："毕竟他们师兄妹一场，这也却在情理之中。"朱雀神问道："方才那射日之人是谁？"应龙笑道："人祖达旦和伊娃之子，是那大羿部落首领，他是个半人半神，故而有此神力。”朱雀神又问道：“该抓的一个未抓到，我们该如何交代？”角龙忙道：“娘娘说了，叫我们回天廷复命，如实交代即可。”众神摇头叹息一番，返回天廷复命不题。

天斗得知女娲放了轩辕昊和女姬，怒道：“大胆！她竟敢抗旨！”钟颀忙劝道：“天王息怒，臣以为女娲娘娘她并无过错。”天斗疑道：“抗旨不遵，焉能说她无过？”钟颀拱道：“臣占卜得知，那女姬之子姬轩辕，正是天王那颗照石所化，只要留得他在，就不怕照石丢了。女娲娘娘深知天王之意，故而放走轩辕昊和女姬，天王想想，若此时将他们二人擒上界来，那姬轩辕可是个孝子，必会自尽而死，然后照石何去何从，就不得而知了。天王只有善待他们和姬轩辕是为上策，只等姬轩辕归一之后，那照石自然回到天王手中。”天斗闻言，肚里转道：“若那泰阶星一旦显现，我将要去轮回了，便有那照石又有何用？不如就依钟颀之言，暂且善待他们，等我归一之后，那姬轩辕也死了，照石复归我手，此一举两得，岂不美哉？”想到这里又问道：“以你之见，本王当如何善待他们？”钟颀奏道：“那姬轩辕已是凡间一方之主，不如天王下旨，封他为凡间之帝王。”天斗立即道：“不可！本王不杀他们已是隆恩浩荡了，又怎能封他为凡间帝王？”钟颀劝道：“天王何惜人间一帝？封赐与他，可收服轩辕昊和女姬之心，何乐而不为？”天斗沉思片刻，沉吟道：“如此也好，就依你之言。”说吧，又召元真童子，吩咐道：“你速往界下，传本王旨意，即刻赦免轩辕昊和女姬之罪，并封女姬为安圣母娘娘。旨到之时，令轩辕昊返天界受封。因那凡间不可无主，姬轩辕既为真龙，本王就敕封凡间之国为‘有熊’，赐姓‘公孙’，封他为有熊国帝王，敕号‘黄帝’，统治四方。”元真童子领旨而去。

元真童子下界，来到凡间的济北之地传旨，却听当地人说姬轩辕带领部落大部人投姜炎去了。元真童子问道：“此间最好，为何又往南去？”那人道：“此间好个什么？北帝蚩尤为收服姬轩辕，几次三番打来，死伤不少，姬轩辕被逼无奈，只好投靠南帝姜炎了！”元真童子无奈，只得又去南方寻找姬轩辕部落。话说天上一日，人间一年，天廷闹闹嚷嚷十几日，这人间已过了十几年，姬轩辕已长大成人。炎帝见姬轩辕来投，大喜，设宴款待。姬轩辕三叩九拜，对炎帝道：“帝若不弃，臣愿效犬马之劳。”炎帝更加高兴，对姬轩辕道：“涿地肥沃，寡人赐封与你，你可去那里为王。”姬轩辕便率部落的人去了涿鹿。

说起涿鹿这个地方，颇有些个来历。此地与喂养婵嫣长大的大象和那轮回到人间的天鹿有关。那时，大象来到桑干河上游，便与一群野猪在一起，时间久了生出不少小象来，当地部落人众围猎，看到象群之后，便从四面八方赶来猎杀。当时，在人间轮回的天鹿也在这一带，看到人们猎杀大象，它便去阻止，当它出现之后，它那头上闪闪发光的鹿角引起众人好奇，于是又转头猎杀它来，天鹿为了逃避，四处躲藏。一日天鹿梦见盘古对它道："你可脱毛化鹿，便能脱险。"天鹿就去桑树下蹭着树干，掉下许多鹿毛，这时刮来一阵风，只见鹿毛飘起，纷纷变成了凡鹿，奔跑在草地和丛林里，那些猎人见突然出现这么些鹿，也就不去找那鹿角闪光的天鹿了，转而去追赶鹿群，猎杀不少。天鹿见人性如此残暴，非常伤心，就奔逃往太行山去，藏在山洞里，从此再也没有出来。从此以后，这一带的野猪和大象，还有鹿繁衍起来了，于是人们就将这个地方称为涿鹿。

话分两头。却说隽軓和臙媚夜得同一梦，梦里见盘古来了，对他们二人道："仓颉和沮诵已成人，必有大用，尔等也该归一去天界了。"隽軓问道："归一之后，我们将去何处安身？"盘古道："往宝瓶星海神府，那守将戌闰桀自会安置你们。"臙媚问道："下界时乃是大神将我们送下凡间，而如今我们在这凡间，法力尽失，如何回去天界？"盘古笑道："我再送你们一程。"臙媚忙道："大神且慢，待妾留一字，以告知我儿。"说罢便于梦中伸出手来，在那窑洞墙壁上硬生生扣了几个天字道："父母已归一，勿念。"方扣了字，就见盘古腾起一阵紫光云雾，又卷着他们飞升而去。不消眨眼的时间，隽軓和臙媚便落地了，抬眼一看，不见盘古，却见自己已立在宝瓶星海神府门前了。隽軓问道："尚在梦中否？"臙媚笑道："不像于梦中，我们已经归一回来了。"隽軓疑惑道："我们归一为何仍有仙体？"臙媚回道："我们下界与归一，皆乃是盘古大神一手亲为，自然与别的神灵轮回不同，切莫疑惑吧。"正说着，便见几个婢子簇拥着璟琄出来，母女相见又喜又悲，笑一阵子，哭一阵子方罢。戌闰桀见臙媚和隽軓归一回来，自然是高兴，一家人团聚，席间问起界下之事，隽軓皆一一详细说了，戌闰桀和璟琄听说了仓颉和沮诵的事儿，心里更是欢喜。戌闰升与戌闰罡见妹妹归来，心里如释重负，也暗自喜悦。隽軓此后便不去善元宫金德真君帐下效力了，留在神府，戌闰桀令其掌管神府教育之事不题。

那仓颉和沮诵第二日起来，往窑洞中去问父母安，却不见父母踪影，仓颉细细一看墙壁上天书，泣道："父母已归一，往天阙去了！"兄弟二人悲伤，又啼哭一阵子不题。

蚩尤听闻仓颉和沮诵大名，便问谷公道："仓颉年少，岂会造字？"谷公道："想必是天神下凡，自有智慧。"蚩尤吩咐道："你速去请他二人来王宫，寡人将有重用。"谷公奉旨来到怀仁清凉山一带，将那仓颉和沮诵请了来，蚩尤与二人相处几日，便觉得仓颉果然名不虚传，不但会写字，还擅长玄术，于是就让二人留在宫中，每日与他施展玄术。

一日，蚩尤携元妃営嫲亦来看神奇，身边跟着两个婢子，一个叫月嫚，一个叫花奴，引得仓颉和沮诵格外注目，因此更欲显示一番才能。営嫲附耳对蚩尤嘀咕几句，蚩尤问道："仓颉，若妇人怀娠，欲成男者，可有妙法？"仓颉回道："取一把斧子密置床下，以刀口向下，必生男。"沮诵不甘示弱，答道："不对，可将鸡孵卵置于床下，必生男。"仓颉大惊，瞅了沮诵一眼，本要辩驳，却听営嫲笑道："沮诵之法甚合我意，仓颉之法虽好，而觉杀气太重。"仓颉低头，不敢再说，蚩尤笑道："这妇人生育之事已知，寡人有一问，常见有树不生果子，百姓惆怅不已，请问仓颉，有何玄法可解之？"仓颉思忖片刻，回道："树不生果，除夜时，令一人伏在树下，一人持斧问曰：'你生果否？如若不生，斫汝作柴！'树下一人应曰：'我生！我生！'如此，是年即结果也。"蚩尤闻言大喜，月嫚与花奴听了也笑个不停。见二女，花容月貌，姣不胜衣，不啻国色天香，沮诵暗思道："也不知是谁家尤物，若能与之相好，不枉此生矣。"沮诵与仓颉二人竟看呆了。两个婢子见两个少年面貌相同，呆呆地望着自己，心里倒是一惊，亦是掩面偷看仓颉和沮诵二人。

出了帝廷，仓颉和沮诵便留意月嫚和花奴住处，见她二人进了旁边一个小帐，二婢子见沮诵和仓颉回顾，亦欢喜非常，兄弟二人见她们顾盼留情，便随了过去，掀起帐帘儿偷窥，一时意软筋酥，不舍得离开。正在痴想妄想之际，只见一个丫头过来了，叱问道："你们两个是什么人？大胆来闯闺帏，快些与我走远！若是陛下知道了，必杀你二人！"仓颉闻言，想起什么事儿，低声对沮诵道："此婢子说的是，我们兄弟二人须尽快离开此地！"沮诵不愿离开，说道："一个丫头，你当是什么人，她几句话就想撵我们走，岂不是笑话。"仓颉顿足道："我怕的不是这丫头的几句话，而是你今日在帝廷说的那番话。"沮诵以为不然，问道："我说的不对么？"仓颉叹道："你那个什么鸡孵卵之说，其结果恰恰相反，而却被元妃采纳了，你想想，若元妃将来生个女儿，那蚩尤岂能放过我们？必被千刀万剐，此时逃命去还不晚！"沮诵闻言，怅恨不已，遂就跟着仓颉暗中跑向涿鹿，投奔黄帝姬轩辕去了。

姬轩辕与轩辕昊、女姬以及姮娥来到涿鹿，在大羿部落的帮助下安顿了下来，为感谢大羿大恩，女姬做主将姮娥嫁给了大羿，当时女尊男卑，大羿部落反成了姬轩辕的一个部落。元真童子终于找到他们。见元真童子并没有领天兵前来，轩辕昊与女姬才放下心来，元真童子宣诏道："今赦轩辕昊、女姬之罪，封女姬为安圣母娘娘，封女姬之子姬轩辕为凡间帝王，一统万民，敕号‘黄帝’，敕封国号为‘有熊’。轩辕昊接旨之后，即回天廷受封！”众人听宣后皆大欢喜，奔走相告，四方众人纷纷来投。女姬唤来姬轩辕，吩咐道：“你可登泰山设坛祭神，而后称帝。”姬轩辕照办，一时泰山已是人山人海，天上出现彩云，黄帝登基大典如何？但见：

逖闻泰山金凤鸣，频观松林龙云舞。山上有赤豹逸虎，林中有珍禽仙鹤。异木奇花不谢，琼树瑶林长春。玉燕飞旋过，麒麟走趫迅。

轩辕昊领黄帝登上泰山之顶，于祭坛前三叩九拜，众人看到有五色云气盘绕在黄帝头顶，一会儿又变成一个硕大的荷叶状的金枝玉叶的华盖，除华盖之外，那头上忽然出现一个王冠，被称之为通天冠，轩辕昊大声道：“天降华盖于天子，受封为帝，众人当拜！”这时，炎帝心中不悦，不愿拜姬轩辕为帝，暗思道：“姬轩辕何德何能，上天为何要封他为人间帝王？”女登见状，忙对他道：“天廷降旨封姬轩辕为帝，你当为人臣，岂能抗旨！”炎帝只好率部落人跪拜在姬轩辕的脚下，三呼：“黄帝万岁！”诸事完毕，轩辕昊跟着元真童子返回天界。参加完泰山大典之后，炎帝最终不服黄帝的统治，一怒之下带着母亲女登和部落一同去了南方。

天斗见轩辕昊到来，冷言冷语道：“为师赦免你的罪，皆因女姬之子姬轩辕，如今他做了凡间的帝王，也好统治凡间黎民百姓，算是功德一件了。”轩辕昊诚惶诚恐道：“师尊大恩，弟子无以为报。”天斗冷笑道：“为师不求你报什么恩，只要你往后不再触犯天戒就行了。”轩辕昊跪地道：“弟子有一事禀奏，那姬轩辕虽被封为黄帝，但弟子只恐其位难以长久。”天斗惊道：“何出此言？难道谁敢冒犯天威？”轩辕昊道：“女娲在人间擅自封姜炎为南帝，号称炎帝，又封那蚩尤为北帝，今各雄霸一方，如今得知姬轩辕被天廷封为帝王，必然不服，一旦起兵征战，那姬轩辕岂能长久？”天斗问钟颀道：“那姜炎和蚩尤是何人？”钟颀知道他二人身世，只怕惹来麻烦，于是答道：“不过是人中英雄而已，各有部落，互相并未侵犯。”轩辕昊急道：“你久在宫中，安知那界下之事？那北帝蚩尤前不久起兵大败炎帝，驱逐至桑干河一带，姬轩辕兵败，方去投奔了他。”钟颀回道：“确有其事，不过是部落之间小斗而已，不伤大体。”天斗对钟颀道：“罢了，国无二主，姬轩辕乃是本王亲封的人间帝王，岂能再容他人称帝？你去界下，传本王旨意，伏羲昊与女娲、神农琊等不必再久留凡间了，令他们来复命吧，你就留在姬轩辕身边辅助他，等他稳坐江山之后，再回来复命，你看如何？”钟颀愣了一下，暗思道：“天王这是疑我，因我知道太多机密，故而借此让我离开天廷。”

却说轩辕昊和女姬遗弃的女儿便是婵嫣轮回，自幼与大象一起，她虽在阳间，但却能看到冥界之物，婵嫣在人间轮回，常在孟津之地，人们不知道她的身份，就叫她孟女。一日，孟女想起被父母遗弃，便投河自尽，其魂灵飘飘悠悠，被冥界魅吏白无常发现，便去锁拿，孟女死不从命，与白无常打斗起来，正巧被女娲和伏羲昊、神农琊看到，便召来陆正问询。陆正令白无常将孟女带来，见到女娲，孟女知道她是天界大神，纳头便拜。女娲见孟女生得如花似玉，疑惑道：“你正值芳龄，却为何寻死？”孟女含泪道：“小女只求黄泉一水。”女娲惊道：“这是为何？”孟女泣道：“我生下来便被父母抛弃，每念及此，痛不欲生，听说喝了黄泉水，三生梦不回，便投河而死，只为忘却身世。”女娲惊道：“你父母是谁？”孟女泣道：“不愿说起他们，就请娘娘赐我黄泉之水。”女娲叹道：“喝了此水，忘却痛心之事，也好投胎为人。”孟女摇头道：“小女不愿投生，就让我留在冥界吧。”女娲叹道：“可怜的孩子，我们这就送你去冥界。”笪殷曹和陆正一听女娲要去冥界，便陪同前往。

到了幽冥关，神荼、郁垒二冥仙开门跪迎。又来到幽冥宫，女娲拉着孟女坐下，笪殷曹忙令奉茶，女娲道：“茶水我就不饮了，你们只取些黄泉水来就好。”陆正拱手道：“娘娘有所不知，此水取来则无效，只能她亲自下河去饮，只怕她过不得那条河。”女娲疑道：“细细说来。”陆正回道：“黄泉自东向西二百九十里，每逢打开阳关投生之日，冥吏引生魂到黄泉渡河，饮下此水之后，便能忘记前世之事，黄泉之水，离泉则无效，故而她只能自己前去。”女娲又问道：“那孟女为何不能渡河？”陆正答道：“孟女乃是溺死，殊不知那罪魂、恶魂、冤魂、溺魂，此四魂要入地狱受刑，待刑满方能渡河。”女娲笑道：“本宫怜悯孟女，可否破一例？”陆正答道：“除非这黄泉之上有一桥，孟女过桥之后，便能饮到黄泉水了。”女娲道：“那就造一桥来。”陆正遵命，令冥兵造桥，以南北方向架在泉上。女娲领孟女至桥前，泣道：“奈何生，又奈何死！此桥就叫奈何桥吧，等你过了此桥，饮了那黄泉水，便能如你所愿了。”孟女拔脚正要过桥，女娲又将她拦住，笑道：“你且再等一等，在你过桥之前，本宫只想问你一句话，你可据实说来。”孟女愣怔片刻，转头问道：“娘娘欲问何事？”女娲轻叹一声，徐徐问道：“你有此遭遇，本宫十分不解，就是想问清楚，你的父母是谁？”孟女簌簌流泪，泣道：“我叫婵嫣，本是天界三大王笪殷昊的弟子，后来奉笪殷昊之命，投生阳间……我父亲是二大王轩辕昊，母亲是善元天使女姬。”女娲一听大惊，伏羲昊和神农琊也吃了一惊，众皆面面相觑，一时无语。女娲沉默片刻，抬头看时，孟女已走到桥中间了，又慌忙上前拦住，急道：“你快快下桥来！”孟女不解，缓缓来到女娲面前，泣道：“我历经万难来到此处，只求饮一口水而已，不知娘娘为何拦我？”女娲拉着她的手儿，叹道：“唉，不是本宫有意拦你，而是不得不拦，你不能过河去。”孟女问道：“为什么？”女娲叹道：“一旦过了此河，虽然饮得黄泉水，忘记了前生之事，但你必会投胎为人。你又不愿去那阳间为人，何必要喝黄泉水？”孟女泣道：“求娘娘教我解脱之法。”女娲叹道：“唉！你既是天神之子，当以修行为重，为何要寻死觅活的！本宫封你为这冥界仙官，主司黄泉之水，不知你意下若何？”孟女想了想，低声道：“我为冥界众生解脱，便如自我解脱。”说罢，随女娲下桥来，女娲便赐她一座府邸，称为孟府，冥界都称她为“孟婆”。自孟女做了冥界的仙官之后，再未出过幽冥关。

话分两头。黄帝姬轩辕泰山受封的消息传到蚩尤耳朵，当晚蚩尤做了一梦，惊醒后一夜未眠，挨到天亮这才叫来大羿。大羿见他面色不好，问道：“陛下，臣见龙颜憔悴，不知有何不适？”蚩尤起身长叹一声，踱步道：“唉，寡人昨晚做了一梦，梦见寡人化身为五爪金龙，而后飞上天阙，寡人见有天门九重，便飞登而入，飞入第八重门时，见第九重门关闭，不得入内，又竭力开门，却从门内出来一个老者，举着金杖朝寡人猛击来，打断寡人一爪，因而坠落于地。寡人不知，此梦是何征兆？”大羿沉思片刻，沉吟道：“飞龙升天，复又坠地，只怕……”话犹未了，就听蚩尤叹道：“如今姬轩辕被天廷封为人间帝王，以致寡人半壁江山尽失，寡人又得此梦，安能无忧！”大羿道：“陛下为何不去问女娲娘娘？”蚩尤愣了一下，转而道：“对，此事该问女娲娘娘，听娘娘如何说。”说罢，便与大羿去拜见女娲和伏羲昊。拜过之后，蚩尤问道：“我闻天帝敕封姬轩辕为人间帝王，令四方臣服，不知可有此事？”女娲叹道：“确有此事。”蚩尤跪地，泣道：“自天母造人之后，人类渐繁衍至今，我父达旦和伊娃为人祖，统领四方黎民，建立众部落，我承父业，统领四方之土，为何天帝不封我，却封了他？我今不服，欲起四方之兵伐之。”女娲摇头道：“你何必与他争帝，他又不曾犯你，你又何必犯他？怎的就不能相安？”蚩尤说道：“二虎尚且不能并居一山，我为人帝，又岂能容他人称帝？”伏羲昊忙道：“你要想清楚了，你若与他为敌，就是天廷的敌人。”蚩尤怒道：“宁死不做亡国奴！”女娲正要说话，却见神农琊进来报道：“娘娘，内廷天卜神钟颀来了。”女娲和伏羲昊忙去迎接。钟颀跪地叩道：“在下钟颀，叩见女娲娘娘，叩见大大王。”女娲忙道：“快快请起，既是来宣旨，不必行此大礼。”伏羲昊将他扶起。

钟颀拱手道："天王令大王和娘娘返回天廷，只留小神在此帮助黄帝姬轩辕治国。"女娲听说，看了看跪在一旁的蚩尤，叹道："唉！你也听到了，天命如此，你岂敢抗旨，不可再动妄念。"女娲又对钟颀道："蚩尤乃是人祖达旦和伊娃之子，在这北方为帝。姬轩辕以土德王，当敬天爱民，兼善天下，你既辅佐于他，当恪尽厥职，视民如伤，谆谆劝诫之至，万不可大动干戈。"钟颀低首而拜，并不答话。女娲和伏羲昊见蚩尤愤愤离去，也很无奈，便辞别钟颀，与诸神返回天廷去了。

钟颀来到桑干河附近，正巧遇到仓颉和沮诵也来投奔，于是一同前往拜见黄帝姬轩辕。钟颀传达天斗旨意后，又跪拜黄帝，黄帝封他为军师。见仓颉和沮诵来投，早闻二人大名，大喜，封他们二人为史官，传旨道："仓颉、沮诵，你二人为史官，从此便可开始造字，以利后人。"仓颉和沮诵领旨，一心在涿鹿王宫造字，历时三年，造字完成，钟颀叹道："仓颉造字，天雨血，魅夜哭，龙乃潜藏。"黄帝不解，问道："天何雨血？"钟颀答道："神灵亦怕文字泄密，故而降下血雨。"黄帝问道："魅何夜哭？"钟颀答道："魇魅作恶，自有文字，可书其恶，上告天廷，故而哭泣。"黄帝又问道："龙何潜藏？"钟颀答道："从此天龙不在人间显现矣，皆怕文字记其行踪，恐招不测。"黄帝闻言，若有所思，少时，令道："将仓颉之字颁布天下。"从此凡间终于有了文字，不题。

话分两头。蚩尤见伏羲昊和女娲返回天界，大失所望，独自来到太行山顶，望着当空皓月，拔剑割破手指，滴血誓道："上天薄情于我，我又何念上天？今在此立誓，便是那冥界魇魅来助我兴兵讨伐姬贼，我也感恩怀德，必当死报！"话刚出口，就听远处似有车马隆隆奔来，蚩尤转身去看，见一阵白烟之后，驰来一辆白色的车驾，车上有一只九头巨鸟，还有一群魇魅。蚩尤大吃一惊，忙举剑站起。车到跟前停了下来，蚩尤问道："是何鸟车此在？"只听答道："鬼车。"蚩尤喝道："来此何为？"只见笡殷曹从车上下来，笑问道："陛下方才滴血立誓，可是算数？"蚩尤见果然召来魇魅，按下剑身，正色道："君无戏言，何必多此一问。"笡殷曹道："好，本王愿为陛下效力，事成之后，愿与陛下共享天下。"蚩尤问道："你就是冥王？阴阳两隔，你我如何共享天下？"笡殷曹笑道："自然可以共享，陛下若得天下，本王不求他物，只求陛下以武治天下，如此一来，我冥界就人丁兴旺了。"蚩尤疑道："以你之意，是叫我多多杀人？"笡殷曹笑道："那作恶多端者岂能不杀？那举兵反叛者岂能不杀？"蚩尤拱道："这个自然。"笡殷曹道："好！本王就助陛下夺取天下。"蚩尤道："我不背誓，事成之后，必报大恩。"笡殷曹正要驾车离去，蚩尤问道："此鸟是何妖魔，为何有九只头？"笡殷曹徐徐道："冥界无妖魔，只有魇魅，此鸟乃名鬼车鸟，乃是阳间一女，难产而死，母子皆亡，此女入冥界化为九头鸟，在阳间抢掠婴子，本王将其擒来收留。”说完，见蚩尤愣在那里，便将那九头鸟抽一鞭子，一阵白烟散去之后便不见了。

笪殷曹背着陆正和孟婆，与他几个心腹行邪恶，残害涿鹿百姓。一夜之间，黄帝所治的各部落怪事接踵而出，使得人心惶惶，无心劳作。黄帝惊恐万分，召来钟颀问计。黄帝问道：“寡人听说每到夜晚三更，就有很多野猪出来，卧地不动，此时便出现一辆车，满载魇魅，大笑而至，人见了都被活活吓死。”钟颀道：“魇魅乃冥界之人，若无冤仇，岂能轻易害人？况昔日女娲娘娘在凡间时，治理有方，设冥府，置冥吏，戒备森严，魇魅如何出得那幽冥关？以臣之见，莫非有人装魅害人，便是讹传也未可知，待臣去部落中察看便知。”黄帝准奏，令卫兵随钟颀前往各部落。钟颀到一个部落，听到有人哭泣，便进去探看，一个妇女卧病在床，丈夫在一旁将她手臂展给钟颀看，见那手臂上青一块紫一块的伤痕。钟颀问道：“这是何故？”男人答道：“一直都好好的，昨晚一觉醒来就成这样儿了。”女人道：“我只是做了一夜噩梦。”钟颀不信，对他道：“怎么如此，一定是你们夫妻二人打架所致，而后谎称是魇魅所为，来吓唬大家。”男人委屈道：“我夫妻恩爱，从不打架，这就是魇魅掐捏的，我们叫作‘魅捏青’，军师为何不信？”钟颀半信半疑，又去另一家察看，又见一家男人浑身肿胀，还有瘀血，就问道：“此乃为魇魅所击？”男人点头，钟颀这才相信，便想解决之策。第二天，来了一个神仙求见钟颀，神仙合掌道：“我是西极灵界的空王佛，前来察看魇魅之事。”钟颀正愁无计可施，见灵界佛祖前来，自是高兴，于是就说了这里的情况。空王佛看那妇女伤痕，对钟颀道：“此女乃是魇魅妻，改嫁不久，其前夫怨恨，故而如此。”钟颀问那妇女，果然如此。钟颀问道：“何为魇魅妻？”空王佛道：“寡妇是也。其夫新死，当守孝三年，三年之内皆为魇魅妻，三年之后其夫在冥界投胎，自然无事，否则怨气深重，必来滋事。”钟颀觉得有道理，就说给大家，让他们遵守。又过几天，部落里有一个小孩平白无故死去。空王佛看过之后道：“此为冥缘所致，讨债魇魅所为。其家欠人钱财不还，债主死后转投此家，正是这死去的幼儿。”钟颀忙问道：“这又是为何？”空王佛道：“其一，父母前世欠子债；其二，子前世欠父母债；其三，怨家投来作子。此乃三因缘生。凡是子出生百日、千日便死者，正是那怨家来讨前世未了之债，故而如此。”钟颀又对大家道：“人要以信为本，不可欠人钱财，至死不还，否则其子出生之后，百日或千日，就是此下场。”空王佛又道：“各家要做好魇魅事。”众人不解，问道：“何谓魇魅事？”空王佛道：“人死之后，先安葬后祭祀，缺一不可。”众人听后，一一记住，从此之后，无人敢欠死人债了，每有死人，必服重丧祭祀七日。

当晚，笪殷曹为破坏空王佛说法，命九头鸟前去杀害幼儿，一夜之间死去很多。钟颀大惊，忙问道：“这又是怎么了？”空王佛道：“冥界之魔魅为乱，必为冥王唆使。”果然，听到外边传来冥雀哀鸣声，空王佛道：“魔魅窥视家门，此为不祥之兆，祸害将至。”话刚说完，就听外边树上传来“呃吧呦、呃吧呦”的鸟叫声。空王佛呼道：“不好！”这就听见传来妇女的哭声，前去探看，才知她三岁的儿子突然死去。空王佛对众人道：“此乃冥界姑获鸟所为，小儿夜睡，不可外露衣物，不然遇到此鸟，则被滴血衣上，或落毛于衣内，小儿则夜惊，啼哭不止，然后被其掠去魂魄而暴死。”钟颀惊问道：“冥界为何有此凶鸟？”空王佛道：“此鸟为‘鬼车鸟’，魔魅死后所变的精灵。孕妇不产而死，又被弃尸荒野，胎内之子不死而生于野，母之魂魄便化为人形，抱其子而行于夜路，腰间沾血，久之则成魔魅，变化为九头之鸟。冥界就有此物，原为一女怀胎，被恶人打死弃尸，生下一子，抱子逃去后化为十头鸟，夜间去人家为害，见有幼子衣物，便叱狗灭灯，狗初见此物，不胜惧怕，于是咬下其一只头，此鸟便成九头。”钟颀让大家记住佛祖警告，果然，部落中再未出现过婴儿早夭的事情。钟颀问道：“我在天廷时就曾闻冥界各地皆有冥府，且有府尹治理冥人，如今看来却如此昏乱。”空王佛道：“冥界有神作乱，将来自由佛出世，入冥界普度冥人，在这之前也只有你自己想办法避免这些灾难了。”空王佛临走之前，看到一只大象领着一群小象前来，听大象哀号，便心中明白了，于是对钟颀道：“此兽乃是野猪所化成，乃一天神之养母，颇有佛性，众等不可伤害。待他日开缘，我便度它去灵界。”钟颀就把空王佛的意思传达给部落里的人。空王佛不放心，见路上有无患木，便摘下果实对钟颀道：“此乃无患子，魔魅见了都愁，可令众人悬于门上，也可令小儿佩戴，可避魔魅。”钟颀逐一照办，命众人采集无患子悬于门上，但家中有小儿者，都佩戴上无患子辟邪。

空王佛返回灵界之后，钟颀将部落中的所见所闻，以及空王佛亲自前来化解灾难的事都奏报给黄帝。黄帝大赏群臣，请群臣到草地丛林围猎，大羿正要弯弓射箭时，却听几匹马高声嘶鸣几声，只见荣将打马前来，慌忙奏报：“陛下！北帝蚩尤率军十万，已经打过来了！”黄帝一听，惊慌不已，忙叫钟颀前来，结果还没等卫兵去传，黄帝一不小心从马背上坠下……

第十一章　逐鹿中原

三雄逐鹿中原争天下　牛宿织女人间成眷属

却说须菩提在清元殿偏殿与嫱娟厮混，听见有动静，一溜烟就往云灵轩去了。碧玉和尚翠早就听香哝、斓姁两个婢子说他回来了，结果等了半晌也未见他影子，这会儿见他回来了，碧玉拦住，噘着嘴儿问道："这好一阵子，你去哪里了？"须菩提见碧玉发问，心里头张皇，没魂失措的，自知做了一件亏心的事儿，唯恐被碧玉知道了。须菩提挺直了腰杆儿，哼哼一声，四下环视一遍，大声道："我如今被封为镇天元帅了，不比昔日少主，你们都要对我敬重有加，不可无礼！"话刚出口，就见娇珠走了出来，扑哧一笑。须菩提被娇珠这一笑便泄了神气儿，一头就钻进了屋里，碧玉哪肯饶，追着就进去了，又是抓又是打，拧着耳朵问道："你说不说，刚才去哪里了？"须菩提抱着头道："哎哟，我的娘子，你说我去哪里了？"碧玉噘着嘴儿道："哼，蛇钻的窟窿蛇知道，你倒反问起我了！"说着又开始抓打，就见须菩提脸上、胳膊上红一道紫一道的，尚翠在后面看着心疼，过来就一把拖住碧玉，红着脸道："姐姐别打他了，打伤了怎么好。"碧玉一把将尚翠推开，斥道："滚一边儿去！这里还轮不到你说话呢！"尚翠本来还小，倒在地上更是一副孩儿状了，捂着脸儿就呜呜哭了起来，碧玉指着她斥道："哭什么！自己的男人管不住，被那些个妖媚儿勾了去，以后有你哭的！"须菩提一听这话儿，更是心里揣着个鬼了，吃吃问道："娘子饶我吧，你可别乱说，我几时被妖媚儿勾了？"碧玉转脸绷着个粉脸，杏眼微嗔，问他道："婢子们都看见了，你方才路过娇珠的偏殿在张望什么？我们蕊珠宫都成什么肮脏的地儿了，小婢子淫乱，你也跟着邪淫，一会儿母后回来，我却都要说出来，一个都不要好过！你说你还敢不敢了？"娇珠本来不愿参与这夫妻打架的事儿，一听碧玉这句话，一股火儿就从头顶上窜了出来，来到碧玉身边，盯着她怒问道：“你要说你家里的事儿我不管，你刚才又说谁淫乱呢？”碧玉气得一佛出世，二佛生天，转身怼道：“我就说你那个婢子姝涵的，怎么了？”娇珠怒道：“姝涵怎么了？她是有主儿的人了，和自己的男人在一起，怎的就是淫乱了？你要敢给母后说，横竖我也走了，不在这里了！”说着背过身子去。碧玉一时无语，又瞅着须菩提，须菩提不敢看她的脸，转脸又瞅着娇珠，嘻嘻道：“那婢子有主儿了么？那人是谁？”碧玉又伸手去掐他，骂道：“怎么了？她有主儿了碍着你了么？你急什么？”须菩提连连叫苦道：“哎哟，亲娘，别掐我了！你可冤枉死我了，你也听到了，人家都有主儿的人了，你把我想得坏不要紧的，可不能污了人家的清白！”碧玉怒道：“污了清白？本来她就不清不白的，还用我污她的么？等一会儿母后来了，我就说出来，一个个都要你们好看！”须菩提急道：“你给母后说什么？”碧玉怒道：“一个个偷人的偷人，妖淫的妖淫，如若再没个章法，怕是这里也住不得了，我凭什么就不说！”须菩提霍地站起身，瞪眼道：“行了，行了！别腻腻烦烦的了，这都什么乱七八糟的，你要给母后乱说了，就不怕把她气死么？你要学那些个嘴尖舌头快的泼皮，我就不认你了，惹恼了我，横竖我再也不进你屋里，爱干什么随你去！”碧玉又哭闹起来，伸手抓打起须菩提来，须菩提苦楚个脸，央求道：“亲娘，别打了，我知错了不行么？”说着又挨过去扶起尚翠，揉揉她的手儿，低声道：“我说什么来着？叫你别惹那个母夜叉，你偏不听。”声音虽小，不料却被碧玉听见了，又虎着脸扑了过来，一边打着一边哭骂道：“你说谁是夜叉！你说谁是夜叉来！”须菩提慌了，夺门而去不题。

却说碧玉见须菩提跑了，便捂着粉脸跑进自己屋里，坐在榻上嘤嘤哭泣。娇珠看尚翠一个人还站在那里哭，心里也觉得烦躁不安，便去偏殿找姝涵。须菩提在后园的亭子里闷坐了两个时辰，从望时直到亚时，思忖着她们都睡了，这才蹑手蹑脚地进去，见斓姁一个在门口立着，就凑上去小声问道：“少夫人可在里面？”斓姁回道：“少夫人去凤来阁了，二少夫人在里间香阁呢，这会儿可能睡了。”须菩提又问道：“少夫人那边儿是谁伺候呢？”斓姁细眉一挑，努了努嘴儿道：“香哝在那边伺候呢。”须菩提如释重负，这才溜进了尚翠的香阁，见她躺榻上抽泣，就过去靠在榻头上，扳过她的香肩，尚翠见是须菩提，更加伤心，一头扑进他怀中抽噎不停。须菩提哄了半晌，她这才消停下来，娇嗔道：“妾平日里也不管你的，凡是自有碧玉做主，妾也说不上话儿，你在外边放浪，她却拿妾怄气，以后就改了吧。”须菩提叹道：“连你也怀疑我在外边放浪了！”尚翠一双明眸忽合忽闪，问道：“你既没有放浪，那碧玉怎么就一气一个死的？”须菩提叹道：“她这就叫‘疑心生暗鬼’，便是阴阳怪气的。”尚翠听了涨红脸，半晌不作声，过了好一会儿，低头道：“你也看见了，她那么凶我的？又是推又是骂的。”须菩提握着她的手儿，笑道：“她是嘴硬骨头酥，并无恶意的，这是气头上，你就不与她计较了。”尚翠乖乖儿地点了点头。须菩提往里靠了靠，笑道：“真是心比针眼儿还小呢，我不就是多看了那婢子一眼么？也不知是哪个烂舌头看见了，就给她告了密，她就一哭二闹三上吊的，真烦死人了。”尚翠听了竖起柳眉，粉脸泛红晕，问道：“是真的么？碧玉姐姐说的是真的？”须菩提问道：“爱美之心人人有，我看一眼就不行？”尚翠坐起来，立眉问道：“你那只是看一眼么？”须菩提笑道：“只是看，又不是摸，你怎么也急了？”尚翠倏地站起来，一双金莲在榻上乱蹦，揉着双眼道：“好你个负心郎，妾为你受辱担惊的，还被人打骂，还以为你被冤枉呢，谁料你是这般德行，你在灵界时，妾每天梦里都牵肠挂肚的，原来可是起过誓的，现在怎么就负了妾呢！”说着呜呜哭了起来。须菩提叹了一声，赔笑道：“娘子，我不过就是一句玩笑话，你怎么就当真了？”尚翠又坐下，娇声道：“呸！不害臊，妾方知你为人的，没个正经的。”说完接着哭。须菩道忙道：“你也不想想，娐珠说了，那婢子不是有相好了么？你说我能怎的？还能把人家心儿挖了来？”尚翠想了想，又不哭了，低声道：“那倒是呢，妾也亲眼见了的，那少年眉目却比你俊俏出十倍，只怕人家眼里还瞧不上你呢。”须菩提一听，心中又气又恨，咬着牙不敢发作，过了一阵子才问道：“你可知道那少年姓名？”尚翠瞥他一眼道：“妾怎么知道？妾不像你，难道妾还专门打问他不成？”须菩提道：“我也只是问问，你那么恨的作甚？”尚翠噘着嘴儿，嘤咛道：“只恨你待妾薄情。”须菩提转脸，笑道：“我待你还薄？你揣着心窝子说说，我可待你薄了？不是娶你做了二房么？平时冷着碧玉，也没少钻你的绣房，也足够报你厚情了，怎的还说我薄情？”尚翠忍不住扑哧一笑，抬起手儿打他一下，红着脸儿道：“你真不害臊的。”须菩提瞪眼道：“我们夫妻之间说话，这有什么害臊的？”尚翠媚他一眼，笑道：“哎，男女授受不亲的，你窝在这里作什么，还不去陪陪碧玉，她那样儿的，只怕此时委屈得不行呢。”须菩提起来道：“有道理，我这就去瞧瞧她，然后再回来。”尚翠笑道：“不用回来的，你就在她那里吧。”须菩提问道：“你此话可当真？”尚翠低声道：“怎么就不当真了，她刚才差点都被你气死了，你要是不去，她便更是气上加气，赶明儿又来找妾撒气了，莫啰唆，你快去吧。”须菩提见她略有倦意，便挪了出去。

须菩提才踱到外边，斓昫见尚翠睡了，便轻轻放下珠帘儿。须菩提将她拉到一边，瞪着眼低声问道：“我才回来时就遇见你和香崃两个，你说实话，是谁回来给少夫人调嘴弄舌的？”斓㛵低头道：“不晓得是谁，反正不是小婢。”须菩提道：“不是你？那就是她了。”说着便气冲冲地走了。来到凤来阁，见香咊踮着脚朝轩窗里张看，他便轻手轻脚地过去，在她肩上拍了一把，香咊不觉大惊，捂着嘴儿转脸一看，忙回转身来福了一福，正要开口，须菩提便低声道：“别说话。”而后朝里望了望，也没看见什么，又问道：“你鬼鬼祟祟地瞅什么？”香咊低声道：“才听着少夫人哭了一会儿，这会儿子又不哭了，小婢便瞧去，还没看清什么的，少主就来了。”须菩提将手指戳了戳她的额头，切齿道：“你个贱婢子，怎的就枉口拔舌的？若是气坏了少夫人，你可担当得起！”香咊一听，捂着脸儿就哭。须菩提顿脚，低声道：“哎呀呀，你悄点儿，怎的还就哭了，真是一面锣，一敲就响了，快去，快去！”香咊转身，提着裙摆就咚咚地跑了。须菩提蹑手蹑脚进了里间，见碧玉披头散发地立在榻上，把一条白绫拴在凤楹上，须菩提见她要上吊，吓得面如土色，忙跑了过去，抱着她的纤腰，哀求道：“娘子，你这是要干什么！”碧玉挣扎着还要扯白绫挂脖子，须菩提便将她抱了下来，碧玉大哭道：“活着还不如死了的好！”须菩提劝道：“娘子，我可没辜负你，我的心儿我知道，你一直闹个没完，我也由着你的，你说你要死了，还让我怎么活！”碧玉拔下紫金翠钿簪子，掷在他面前，啐道：“呃！我是在梦里么，这话儿都听了一万遍了，耳朵都生茧子了！快把这个劳什子拿去，谁倒稀罕呢！我当初就不该要这个嫁妆，嫁给你这个没心没肺的混账东西！”须菩提一听这话，一时也急红了脸，怒道：“你这个贱婢，不识好歹，亏我心里只爱着你一个，你却登鼻上脸的没完没了的！”碧玉被一句骂傻了，呆呆地望着他，见须菩提拾起紫金簪子来就在琉璃地上乱槌，又用力折下去，给折弯了，又狠狠摔地上成了稀巴烂，两个绿茵茵的珠儿也滚在了地上，紧接着就哭喊道：“我的碧霞啊！”这一阵子闹腾，把个碧玉吓得心里头七上八下，一时六神无主了，跪了过去款款深深抱住着他，泣道：“不消哭了，妾知道错了，再也不敢了。”说着又挽着他坐在榻上，须菩提也不哭了，直愣愣地看着她，问道：“你说的可是真的？”碧玉吓傻了，只怕他又撒欠彪风，于是乖巧地点了点头，笑盈盈地哄着他就罢了。两人一时无话，你搂我抱，亲嘴贴脸的沾粘了一阵子。香咊在轩窗里一直瞅着，见碧玉将红绡帐子放了下来，这才掩口一笑悄悄退去了，真是床头吵床尾和，夫妻无隔宿之仇，不题。

且说娇珠去找姝涵，一边往清元殿走，一边心内嘀咕道：“真麻烦的，那个什么轩辕健，还圣主呢，即使人为色迷，也不能在别人府邸不避嫌地乱搞起来，这下好了，他们要告给娘娘，谁知道有多大的祸事儿呢！”想着想着就来到偏殿门口，见门儿半掩，不见动静，想他们是不是还未起来，就腼腆地叫了一声道："姝涵妹妹。"就听见姝涵在里间笑道："喊什么，你自个的屋子你还不自在么？"婂珠不说话，进来闭上门，转身一看又惊呆了，只见姝涵的屋里改头换面，变了天地，紫金凉床，红绡绫幔，白绸帷帐，窗台一排盆景，甚是幽雅，香阁柱上有一联道："一窗花影人方起，满堂紫气运正高。"婂珠看她目光眉彩，奕奕照人，坐在桌旁拨弄玉琴，笑道："你倒很自在。"姝涵瞅她神情怪异，莞尔笑道："怎的？我不自在才好？"婂珠先坐下，盯着她纤手抚琴，笑道："什么事儿放后，你先抚一琴听听。"姝涵笑道："你不早来，我都抚了好一阵子了，这会子指头肚儿疼呢。"婂珠急道："我可是有事儿和你说的，你要不抚，我也不说。"姝涵和了弦，笑道："这会子没有佳境，乱弹一曲，只是贻笑了。"说着便调弦促轸，袅袅盈盈地弹了一曲，那一段儿清纯意态，楚楚可人。婂珠听得入迷，拖着香腮望着她。姝涵按住弦丝，问道："说吧，什么事儿？"婂珠傻笑道："问世间情为何物，唯有情丝不解。"姝涵瞥她一眼，笑道："怎的，姐姐也懂得情思了？"婂珠叹道："唉，我现在还哪有这个心思。"姝涵问道："怎么了，郁郁闷闷的，哪里不开心了？"婂珠撇了撇嘴，低声道："有人不避嫌，胡行乱走的，被人撞见了，这会儿闹得不得安生了，寻死觅活的。"姝涵玉面飞桃红，心里忐忑起来，怀疑她和轩辕健的事儿不知是不是被人看见了。姝涵双瞳欲活，瞅她问道："谁跟谁闹将了？谁要寻死觅活的？"婂珠蹙眉道："除了我哥哥，还能有谁？"姝涵这才放下心来，又问道："为甚事儿？"婂珠道："为了你呗。"姝涵倏地站起来，惊道："为我什么事儿了？"婂珠努着嘴儿道："亏你问得出来，我不在屋里，你和轩辕健就干出这事儿来了，我两个嫂子都进来了，看得一清二楚的。"姝涵这才明白，悄悄地道："禁声！事情到这一步，传出去也不好听的。但是我的事儿碍着他们什么？为什么他们闹起来？"婂珠道："我嫂子要给母后告状，我哥哥怕气坏了母后，就不让她告，争了几句就打骂起来了。"姝涵沉吟道："原来这样儿啊。"婂珠道："你没看见我嫂子那凶恶的样子，若换做是你，还不把你撕碎了。"姝涵笑道："她和我一样儿是个娇娇女罢了，怎么就能把我撕碎了？"婂珠挑了挑细眉，问道："你还不信？要真那样儿的打你，你怎么办？"姝涵一双水汪汪大眼瞅着她，笑道："你别以为我软弱，她敢动我一根指头儿试试看。"婂珠掩口笑道："这会儿子看你却还有点儿骨气呢！"姝涵莞尔一笑道："也只是一说，我不和人打架，多伤大雅的。"婂珠埋怨道："你们做那事儿也该掩密一些的，怎么做完了还都死沉沉地睡着了，现在使她们看见了，免不了告给娘娘，到时候还不知道闹出什么事儿呢。"姝涵一听，吓痴了，半晌才问道："这怎么好呢？对了，你怎么就知道我们做什么？不过就是躺在一起歇着罢了。”婷珠立眉道：“我也看见了，那可不是歇着的景儿，反正一看就知道你们俩那个了。”姝涵急得顿脚，低头啮指，急道：“要死了，这脸儿往哪里搁呢！也不晓得怎么了，睡得很沉，什么也不知道。”婷珠看她着急，劝道：“妹妹，我怕是保不住你了，你还是去他那里躲一阵子吧。”姝涵微微蹙眉，问道：“躲哪里？”婷珠道：“太阳宫呵！”姝涵摇头道：“使不得，我尚未出阁，怎么去那里住，他母亲也在宫里头，这事儿不合礼法呢。”婷珠疑道：“对了，我上次去见我父亲了，说了你们的事儿，我父亲不大清楚，但占卜出来说太阳宫确实有帝王之气，而且说那不是盘古未轮回前的气象，说的是现在就有帝王之气。”姝涵嗔道：“不是说要保密的么，你怎么就说了出去。”婷珠忙道：“这个请放心，我父亲还劝我不要再对外人说呢，他可不会告诉别人的。”姝涵巧笑流波，瞥她一眼，坐下道：“这下你相信我了吧？”婷珠笑道：“我是十万个相信了。但是，我父亲说不理解，他说那个圣母不是轮回到凡间了么，好像是一只鹿，她怎么可能在太阳宫？他这般问我，我哪里知道。”姝涵一听，叹道：“呃，这个他倒是也和我说过的，他母亲本来就是一只天鹿，也轮回去凡间了，不过有一次在凡间遭到什么阴灵惊扰，被一个魇魅冲进了身子，当时那天鹿元灵就脱体了，元灵是回到了仙界，却将那鹿身留在了凡间。”婷珠又问道：“元灵即使到了仙界，可哪里来的仙体？那天我们去太阳宫，我分明是看见她了的。”姝涵笑道：“有什么奇怪，她以前是天鹿，如今等于归一回来了，自然就有了仙体，她现在是圣母轩辕媓。”婷珠惊道：“那凡间的那个鹿呢？”姝涵道：“那只是天鹿轮回到凡间的一个肉身，虽然还在，不过是一头凡鹿罢了。”说罢，见婷珠沉思，自己也就暗忖着如何应付女娲不题。

话分两头。黄帝跌下马后，被大羿扶起，又举目望去，见十万身着兽皮，手持剑戟的甲士掩杀而来，兵刃闪闪，灿若霜雪，万马奔腾，扬起滚滚尘埃。黄帝大惊，顿足道：“朕不曾犯那蚩尤，为何他却来犯朕？”钟颀若有所思地道：“逐鹿中原，只为天下。”黄帝问道：“你说什么？逐什么鹿？”钟颀摇头道：“蚩尤部众前来，并非来攻打我们，而是为了捕获那只天鹿。”黄帝疑道：“请细细说来。”钟颀便将事由细细说了一遍。

原来，蚩尤对天廷敕封黄帝深感不满，私下与冥王笪殷曹结盟，准备讨伐姬轩辕，又想起女娲曾警告他不要大动干戈，当时本有些犹豫，然而在怀仁清凉山帝廷突发一事，使他决意提兵北上。冬季的一天，蚩尤与部落的人一起围猎，之后收获猎物准备返回，却忽然看到丛林里有一只动物，杈状的长角发出银白色的亮光。蚩尤问谷公道："那是何物？"谷公看了看道："此乃天鹿，原是天帝镇宫灵兽，被视为神器，天鹿轮回凡间，此祥瑞之兆，预示帝统之事。"蚩尤沉思半晌，问道："预示帝统？你怎么知道？"谷公答道："昔日伏羲大王在时，曾令神农琊以龟甲为书，臣见那龟甲上有此灵兽，故而得知。"蚩尤放下猎物，弯弓搭箭，对准天鹿，又问谷公道："此鹿可猎杀么？"谷公忙道："杀它反而不吉利，还是收起箭矢，积点儿阴骘吧。"蚩尤问道："既不能猎杀，拿它何用？"谷公叹道："陛下有所不知，这天鹿乃是神兽，若得此鹿，便可得昊天佑祚，陛下如若杀了它，岂不是失去了它，失去它便失去了帝统，所以不能杀。"蚩尤一听大喜，问道："如此说来，寡人若得此天鹿，便可获得天下帝统，可是如此？"谷公揖道："正是。得此鹿者可得天下。"蚩尤大叫一声道："好！众将听令，追捕天鹿，只是勿伤它一毛。"众将得令，率众去追，天鹿就像离弦之箭，飞奔而逃，眨眼间就不见了。第二天，蚩尤又号令十万大军北上，一直追到涿地，却发现这里有许多鹿，唯不见天鹿，于是继续搜寻。此事传开以后，却被炎帝知道，急令追逐天鹿。蚩尤在涿地寻找天鹿未果，却无意中发现黄帝帝廷所在，即派人召来大羿，斥责道："你我乃是兄弟，你却投靠姬贼，这是为何？！"也不容大羿辩解，便下令将他处死。姮娥得知大羿被蚩尤杀害，部落人也随蚩尤去了，无奈只得又回到女姬身边侍奉，终日以泪洗面。战争一触即发。黄帝兵马被蚩尤突然袭击，不及防备，尽皆溃散，荣将聚集败残士卒，众将又招兵买马壮大队伍，当日再添军士，共马步军一万，荣将道："胜败乃兵家之常，不足介意，今正面迎敌，必能成功。"众将遵命，杀奔往蚩尤营地而去。但见：

> 兵马扬起滚滚尘，旌旗遮日；马蹄踏残黄花蒿，驾尘彍风。刀枪剑戟闪射，竟日月无光；旗纛迎风飘展，横生千里剑气。打马去摧锋陷阵，纵使敌胆惊心战；出一战声威大震，道不尽腥风血雨。行军时叱咤，兵贵神速；看地惨天愁，水憯山凄。果使贼匿迹销声，逃遁十万八千里。

此时，黄帝看到蚩尤在战车上手握金矛行兵布阵，只听蚩尤大喊一声道："姬贼！你假借天命，自立为帝，寡人今率大军讨伐，还不下马受降！"黄帝大呼一声道："不好！"回马掉头就跑，跑了一阵子，却与急忙赶来的军师钟颀和张若、风胡、神皇三将相遇，钟颀拉着黄帝的马车站定，劝道："强敌当前，臣已令大将力牧拼死御敌，陛下速随臣往涿鹿王宫暂避！"黄帝已吓破胆，跟钟颀在张若、风胡、神皇三将护持下慌忙逃去。蚩尤正追赶，却遇到力牧带兵阻击，蚩尤见黄帝已逃涿鹿去，只好暂时罢兵，大营驻扎在桑干河以西，蚩尤与谷公进入神嘴窝南池一小城坐镇。

话分两头。五龙炙与西陵柘被轩辕健救下，各自回到神府，每日如惊弓之鸟，生怕天廷派兵来拿。这一日，元真童子领了十几个天兵，奉旨前往夸尺星海神府，

不几个时辰便来到神府门前，见画阁凌霄，朱门掩映，只是略显萧条。天兵正要叫门，就见一个袅袅娜娜的女子走了过来，但见她：

翠横蛾眉，穿珠点翠。倾国色妖娆，窈窕自动人。纤腰紧贴粉绫裙，绣带娇态堪绝尘。两股玉簪鸾钗新，樱桃绽处含笑半，天然自美不脂粉。娇滴滴幽香，缕钿有金花。莫说那天姿美艳，仙子姣容。如天阙神女飞来，宫中烟娥出玉宸。

女子第一回见天神，先自吓坏。元真童子问道："你是谁家女子？何处来的？"女子哪里还说得出话来，颤抖不已。元真童子顿足道："咳！你怕个什么？你只直说，我们来传旨，不难为你的。"女子这才道："我是夸尺星神府守将西陵柘的女儿西陵嫘。"元真童子笑道："好！你父亲西陵柘今在何处？"西陵嫘怯生生道："正在府上，上神是来捉拿家父的么？"元真童子道："你且带我们去见你父亲，便知根由。"说罢，见西陵嫘不情愿地转身，同入府来，才进轩廊，就见一簇婢女都在阶下游玩，见天兵进来，惊叫道："不好了！天兵来了！"众人都惊呆了半晌，元真童子摇头，直往里走。那西陵柘在堂前听到天兵来了，骇然道："等了很久，这一天终于来了，这可如何是好！"一时慌了神儿，又见元真童子进来了，天兵又雄赳赳站在门两侧，只好迎了出去，深深一揖，拜道："不知上神驾到，有失远迎，还望上神恕罪！"元真童子直接入内，在客厅坐下后，哈哈大笑道："怎么，你府上一见天兵，就想着是来拿人了！"西陵柘忙令婢女奉茶，笑道："戴罪之身，无时无刻不惊魂。"元真童子正色道："将军提兵围攻天门，事涉不逊，已然震惊宫阙，可谓大逆不道。"西陵柘大汗淋漓，慌忙道："末将知罪，愿披枷带锁跟随上神往天廷去，只是请上神大发慈悲，赦免我一家人，造逆之事与他们无干。"元真童子笑道："将军言重了！小神登门拜访，并不是为了来拿人。"西陵柘一惊，问道："那上神此来……"话犹未了，元真童子就道："圣天母女娲娘娘已奏明天王，对你与五龙炙造逆不予追究，特命我来此招安。"西陵柘慌忙跪地叩道："天母女娲大恩，末将无以为报！"元真童子忙扶起他，笑问道："将军真想报恩？"西陵柘

拱道："知恩不报，何以为人？"元真童子入座，沉思片刻，笑道："当下就有个报恩的机会，不知将军可愿否？"西陵柘急道："还望上神赐教！"元真童子道："将军可知凡间黄帝姬轩辕之事？他如今是天廷亲封的人间帝王，又是女娲娘娘一手栽培，前途不可限量，若将军能与那姬轩辕结亲，天王必然高兴，以往一概不究，而且女娲娘娘也会知将军一片心意，岂不两全其美？"西陵柘沉吟道："这……"元真童子道："小神只是出个主意而已，将军若觉不妥，倒也不必勉强。"西陵柘忙道："上神误会末将了，末将只是觉得，那姬轩辕虽为黄帝，只不过是个凡人，如何能与人神联姻？"元真童子笑道："这有何稀奇？将军有所不知，那蕊珠宫仙子碧霞也曾轮回，在人间为女登，嫁给了凡人少典，生了个儿子叫作姜炎，如今在凡间也是一方之主，正与那黄帝争天下呢。碧霞乃是仙子，尚且能嫁给凡人，何况你们人神呢？"西陵柘道："不然，末将听说那少典虽在凡间，也算得个半人半神，否则他如何能与阴灵手下作战？若非从阴灵手下救了女登，他们如何能成为夫妻？"元真童子大笑道："此话不假。不过，姬轩辕虽说不是半人半神，好歹也是二大王轩辕昊与善元天使女姬在凡间之子，将军与他联姻，不但不会辱没门庭，而且又报了女娲娘娘之恩，就连二大王和女姬都会与你成为亲家，你还愁今后不能安枕？"西陵柘闻言，眼睛一亮，暗思道："人神世界，不过是为功名利禄，我虽富贵已极，但因这次跟随五龙炙造逆，此一风波，迟早都是祸柄，将来难免被人翻出来再制裁我，若与姬轩辕联姻倒也是一件极好的事儿，有女娲娘娘和二大王、女姬在朝中，我西陵氏族也可以高枕无忧了。只是我有四个女儿，除了次女西陵嫘，三女西陵斐，其余皆非绝色，只是西陵嫘和西陵斐皆不愿嫁人，何况要去界下凡间！"想到此处，又问道："上神，不知那姬轩辕要何等样儿的女子方能称心？"元真童子道："那还用问，怎么也得个软玉温香的绝色女子才妙。不知将军府上可有？"西陵柘叹道："我有四个女儿，两个不愿嫁人，两个又非绝色，不知如何是好。"元真童子笑道："我倒觉得你女儿西陵嫘有此福相，小神刚才见过的。"西陵柘沉吟道："既然如此，此事干系非小，且容末将与小女一谈如何？"元真童子起身，拱道："将军自便，小神告辞，这就要去圣安星造访五龙炙了。"说完就走，西陵柘急问道："请问上神，若小女愿嫁，不知如何下界去？"元真童子道："好说，小神回到宫里，自会请奏天王，届时有人来接她下界去，将军之意若何？"西陵柘无奈，只得点头应承，而后将元真童子送出府去。

却说元真童子走后，西陵柘三思几天，最后决定劝说女儿，于是便唤来次女儿西陵嫘，将事情细细说了一遍。西陵嫘惊慌了，泣道："父亲如此，莫不是要我去死么？”西陵柘见她牙关紧咬，面色苍白，急道：“嫘儿！父亲也是无奈，戴罪之身，无可选择，若不如此，我全家恐受他人迫害，到那时，你也见不到为父和你母亲以及姐妹了！”西陵嫘倒身便拜，哭道：“你女儿……”话说半句又止住，只是啼哭。西陵柘无奈，忽然跪在她面前，泣道：“嫘儿，你恨为父也罢了，只是你念在一家人性命的份上，续了这段姻缘就行了，为父感激不尽。”西陵嫘见状，扑通一声跪下，哭道：“父亲快快起来，女儿哪里担得起！莫说是父亲要我替人为妻妾，便是死在那凡间，此时也再不怨心了。”西陵柘一把抱起西陵嫘道：“嫘儿，是为父误了你，今生却无法回报你了，待来生你做我的爹娘，我做你的女儿，偿还你的恩罢了！”西陵嫘连连叩头道：“父亲莫说了，女儿答应嫁去凡间就是了！”正说着，忽听得婢子进来道：“老爷，仙界又来人了！”西陵柘拭去泪，忙问道：“什么人？有何事？”婢子回道：“来人叫管屈，说是奉了天廷旨意，送小姐下凡去。”西陵柘忙道：“你先叫他去客厅稍等片时，本将先办些物事，替女儿打点些奁仪，然后送她起身。”话音刚落，就见管屈已经进来了，作揖笑道：“不劳烦将军打点，去那凡间，要经过南天门，除了衣装乃是贴身之物，任何金玉细软都带不下去的。”西陵嫘见管屈进来，便不哭了，福了一福就站在旁边。西陵柘拱道：“请问上神在天廷任何职？”管屈拱道：“小神管屈，在元真童子身旁任主簿。”西陵柘流泪道：“请上仙稍等，我与女儿作别。”管屈只得又去客厅等候。西陵柘与妻子又拉着西陵嫘的手儿，含泪道：“愿我女儿夫妇齐眉，福禄骈臻。”西陵嫘唯含泪而已，西陵斐也来了，涕泪道：“愿姐姐此去安好，少解愁烦。”西陵嫘只是含泪微笑，郁郁而罢不题。

且说管屈奉元真童子之令，引西陵嫘从南天门下界，不想那南天门通道原来是直通怀仁之地的，刚落地便被人发现，士兵前来将二人押往帝廷，却被谷公看到，急忙拦下，请入自己帐中。见管屈与西陵嫘不俗，疑是天神，问道：“你们自何处来的？”管屈回道：“奉天廷之命，往涿鹿去见姬轩辕。”谷公惊道：“既是天神，可知道姬轩辕与我为敌？既然去涿鹿之地，为何却来到这里？”管屈摇头道：“自南天门而下，却不知为何就到了这里，还请先生放行。”谷公瞅了西陵嫘一眼，见她绝世美色，又问道：“请问天神见姬轩辕有何要务？”管屈拱道：“天廷有旨，赐婚于黄帝姬轩辕，此女名叫西陵嫘，即是黄帝元妃。”谷公摇头叹道：“唉！天帝何其偏爱姬轩辕也！你们如今来到北帝国境，只怕去不了涿鹿了，此事我主必然追究，如今又有如此美色，我主岂肯罢休？我看天神不如留下女子，去天廷复命吧，就让天帝将此女嫁给我主，我主自当感激天帝怀柔之恩。”管屈怒道：“一派胡言！

我却不管什么北帝南帝，天廷旨意，你们岂敢违抗？！”谷公摇头道：“我好言劝告，你却不听。请天神稍作歇息，我去禀报我主再做裁处。”谷公说完便出帐去了。西陵嫘见帐中再无别人，小声问道：“我们落入他们手里，眼下该如何？”管屈叹道：“小神奉命而已，他们胆敢造次！”西陵嫘又问道：“妾既是奉旨下嫁姬轩辕，若今日在此受辱，妾也只得认命，你可知道了？”管屈道：“不论如何，小神都会将小姐送往黄帝那里，请小姐放心。”说完见西陵嫘沉默，一时无话。

谷公入帝廷，拜过蚩尤，将管屈携西陵嫘下凡之事细细禀报一遍。蚩尤听得明白，笑问道：“原来如此，不知你可仔细看过那个西陵嫘？”谷公道：“臣见过，生得绝世容貌。”蚩尤尚自踌躇，踱步道：“天廷为姬轩辕赐婚，你觉得寡人若劫夺此女，天廷将会如何？”谷公诧异道：“既然是天廷赐与那姬轩辕的女子，陛下何故劫夺？果真如此，想必天帝发怒，会降罪于陛下。”蚩尤笑道：“寡人为人祖之后，巍巍天子，却不曾得天廷敕封，寡人也只好忍气吞声，如今天廷又赐姬贼婚事，寡人既得美人，又岂能拱手相送？若放美人过去，岂不让人笑寡人无能？”谷公闻言，也不便再劝。蚩尤又道：“将那管屈囚于帐中，不可慢待，你送那女子来寡人帐中。”谷公只得领命而去。

谷公将管屈和西陵嫘分开，又令士兵将管屈带入另一帐房，严加看管，自己带着西陵嫘往帝廷而去。谷公见西陵嫘神情麻木，又怕她生出事端来，便劝道：“小姐勿疑，那黄帝姬轩辕是帝，我主蚩尤也是帝，嫁给姬轩辕也是嫁，嫁给我主也是嫁，反正你初来人世，谁也未见过，此时就听天由命吧，千万莫触怒我主，我主脾气暴虐，好杀人，你可听仔细了？”西陵嫘也不答话，暗思道：“凡人真是无知可恨，只知暴力杀戮，却无半点儿道德良知。不过这老贼所言不虚，我这贱命，已落到凡间，下嫁谁人都一样儿，没个挑剔的。”想着想着，没多时就到了帝廷。蚩尤目不转睛地瞅着西陵嫘看了半晌，见她果然生的杨柳轻盈，梨花袅娜，一时骨软筋酥。谷公见状，放下帘子悄然退出，西陵嫘见状，粉脸飞起红云，低头不语。蚩尤问道：“寡人愿娶你为妃，不知小姐可愿意？”西陵嫘道：“妾乃姬轩辕之后，天廷赐婚，何敢再侍他人？请陛下尊重。”蚩尤怒道：“寡人就要强娶小姐为妃，倒想看看天廷能将寡人怎样？你若不从，寡人便将你的尸首送给那姬轩辕！”西陵嫘听了惊得花容失色，蚩尤见她害怕，知她不敢反抗，便凑上来将她搂入怀中，西陵嫘没想到会如此，一时又羞又怕，只得含羞相就，任凭蚩尤摆布，一阵猛风骤雨，弄得她楚痛不胜，蚩尤见她可怜又可爱，倒觉得十分畅快。云雨之后，西陵嫘不由暗暗生恨，肚里暗骂道：“这凡间原来是如此地方！怎么会有这般禽兽，既然知道我是姬轩辕的元妃，非要强污了我。”蚩尤穿衣后，又问道：“还思姬轩辕否？”西陵嫘含泪道：“妾身已被陛下占有，怎么能再随那姬轩辕？”蚩尤哈哈大笑，抱着她道：“寡人这就封你为妃，绝不负你的，待寡人与元妃商议。”西陵嫘任他百般抚摩，她只是闭目不动，如死去了一般。过了好一阵子，蚩尤才松开她，径自出了大帐，往后帐去了。蚩尤见过元妃営孋，一脸喜悦。営孋见他衣带松散，心里明白三分，便皱了皱眉儿问道：“陛下见过那天女了？”蚩尤笑道：“见过了。”営孋又问道：“听说是个绝色美人，可是真的？”蚩尤哈哈大笑一阵子，春风满面道：“真是个绝世美女，世间少有，那温柔可爱的样儿，叫寡人好生怜爱。”営孋惊道：“陛下莫不是动心了吧？”蚩尤嬉笑道：“何止动心，寡人已幸了那女子了。”営孋大惊，神情苦楚道：“陛下如此，若那姬轩辕打来，便会怎样？”蚩尤怒道：“寡人只愁他不来，他若来了，正好被寡人所灭，他却能怎样！”说毕，又命内侍宣召谷公入帐。谷公问道：“陛下有何旨意？”蚩尤道：“寡人已幸了西陵嫘，你看如何给那管屈说明？”谷公听了这句话，大出意外，不禁面如土色，惊道：“臣不怕姬贼，只怕天谴，还请陛下三思。”蚩尤怒道：“不用三思，寡人已思好了，娶她为妃，你可准备婚宴，寡人这就宣告天下。”谷公拜道：“万万不可！陛下有了江山，又何愁无一个美人？若是肆意妄为，天廷一旦降罪，陛下只怕是一无所有了！”蚩尤就像做梦才醒一般，吓了一身冷汗，叹道：“寡人已幸了那美人，那该如何是好？”谷公道：“这也不要紧，一来正好激怒那姬轩辕，他若兴兵来，就与他决战，一举天下可定。二来，即使那姬轩辕不为所动，臣另有计谋，这两日我见那管屈是个贪婪之辈，可稍加贿赂那管屈，让他为我所用，就让他送西陵嫘过去，他成了姬轩辕的功臣，也好暗中为我们提供机密，到时候灭姬轩辕也不在话下，岂非两全？”蚩尤闻言大喜，笑道：“寡人岂能为一个女子而丢了江山，就依你之言，你速速去办！”谷公领命，便去帐中与管屈密谋，而后又送他四个美色为妻妾，又送了若干珍宝，谷公笑道：“事成之后，我主自不会忘记上神之恩，请上神明日一早便带西陵嫘去涿鹿之地见姬轩辕。”管屈拜道：“大恩不言谢，容将来厚报！”

管屈与谷公议定，又来到西陵嫘帐中，支走婢女之后，这才说话。管屈道：“小姐，好事儿来了，那蚩尤愿意放我们去涿鹿。”西陵嫘闻言，怔了一会儿，泣道：“这是什么好事儿，一番被狼欺，再番入虎穴，这人间没有干净的地儿了，哪里有个安身之处？”管屈劝道：“此言差矣，小姐是天廷亲封的黄帝元妃，岂能留在这里，到了那边才是正统，也算不辱使命。”西陵嫘低泣道：“妾受一次凌辱也罢了，好坏妾都认了，只做个奴婢也是好的，但是让妾又嫁姬轩辕，再度被人凌辱，贱妾纵然苦命，也不能这般糟蹋自己，给我父母脸上抹黑，倒不如一死了之！”管屈叹道：“果真如此，岂不辜负了令尊和令堂之愿望？还请小姐忍辱求全。”西陵嫘想起父亲西陵柘跪地求她的情景，一时又没了脾气，只得含泪点头。正在说话间，婢女进内报道：“陛下派人来接嫘妃，说是设宴作别。”西陵嫘听了，知道蚩尤不怀好意，一咬玉牙，对管屈道：“贱妾去了，上神请自珍重。”说完便出了大帐，随着几个婢女来到帝廷大帐，婢女放下帐帘儿，退出去了。蚩尤又见西陵嫘，得意扬扬，嬉笑道：“嫘妃，寡人欲放你回涿鹿去了，今夜离别，寡人想与你共度良宵。”说着就上来拽她衣袖，西陵嫘将袖儿一拂，倒竖柳眉，圆睁杏目，指着蚩尤道：“昨天妾身已被陛下所污，陛下怎可忘了，贱妾乃是姬轩辕之妻，既然要放贱妾回去，岂能再受凌辱？贱妾应诏而来，一心求死，陛下若能不加凌辱，贱妾尚有一命，若一意孤行，姬轩辕势必会来复仇，届时有天神相助，陛下之国必然沦亡。”蚩尤被西陵嫘一番辱骂，又恐遭天谴，只得放手，怒道：“罢了！你回去吧！”

第二日，管屈辞别蚩尤与谷公，领着西陵嫘与蚩尤赏的四个妻妾去了涿鹿。才过了两日，蚩尤就精神颓唐，坐卧不安了，一个人来到西陵嫘曾住过的大帐，嗅着一阵清香，闭目暗自悔恨。出帐时，又一阵秋风吹来，树叶簌簌落下，蚩尤不禁打了一个寒噤，又觉得凄凉无比了。

却说管屈来到涿鹿王宫，拜见过黄帝和钟颀、俞跗、桐君、鬼臾区、岐伯等众臣，将天廷赐婚一事说了一遍。黄帝听说天廷赐婚，自是高兴，又见那西陵嫘倾国之色，风情旖旎，纤腰盈盈，移步时轻轻然，如彩蝶穿花，不觉销魂。姬轩辕低声问钟颀道：“天帝赐朕美人，朕不得不纳。”钟颀冷笑一声，低声回道：“圣上欲纳妃，臣当祝贺，不过，圣上勿后悔，若纳此女，必遭天下人耻笑。”姬轩辕大惊，低声问道：“这是何故？”钟颀低声道：“西陵嫘虽美，然而已被蚩尤玷污，否则岂肯送来与圣上？”姬轩辕闻言大怒，见管屈和西陵嫘在场，又不便发作，只得又问道：“军师之意是，朕不纳此女？”钟颀低声回道：“不纳此女，便是违抗天命，圣上就不怕开罪天廷么？”姬轩辕叹道：“如此，朕只好听从天命了。”当夜，姬轩辕便来后宫见西陵嫘，坐定后，见她低头坐在榻前，姣容喜人。姬轩辕暗思道：“本来好好的一个仙妻，就让蚩尤那贼给污了。”想到这里，恨得咬牙切齿，又起身来到她面前，怒问道：“你既已被蚩尤占有，为何又来朕这里？你就不怕朕杀了你么？”西陵嫘掩面泣道：“蚩尤荒淫无道，恃强凌辱妾身，贱妾本想自尽一死，唯恐抗旨连累圣上，故而含垢忍辱，既然已见到圣上，贱妾使命完成，死而无憾了。”说完便朝墙上撞去，姬轩辕听她陈述，早已心软，岂肯让她自尽，于是急忙拦腰抱住，闻言道："元妃岂能自尽，朕知元妃受尽委屈，只怪那蚩尤无德，与元妃无干，你来了便好，朕与你做个恩爱夫妻，不离不弃。"说着便将她两腋下抱起来放在香榻上，一番恩爱，雨露滋润，道不尽的软玉温香。西陵嫘愈加旖旎娇柔，惠丽温婉，姬轩辕更觉惬意，犹如置身于仙境。翌日早朝，又当众宣告册封西陵嫘为正宫元妃，众臣齐集拜堂，姬轩辕又摆盛筵庆贺，众人见元妃不仅貌美，而且贤德。从此后，姬轩辕与西陵嫘如胶似漆，朝夕相处，恩爱无比，早将那次妃方雷女节、三妃彤鱼丽娱、四妃嫫母忘到九霄云外了。不题。

话分两头。却说炎帝在南方修养生息多年，已渐壮大。此时又听蚩尤大败黄帝，就想乘机灭掉黄帝，而后再与蚩尤争夺天下。黄帝听说姜炎又率大军来战，慌忙问钟颀道："姜炎提兵来犯，如之奈何？"钟颀急道："陛下勿惊，蚩尤与姜炎必有一战，其目的并非为陛下，而是为得天鹿。"黄帝道："群雄只为逐鹿中原？"钟颀颔首道："逐鹿中原只为得天下。"黄帝叹道："蚩尤与姜炎欲夺朕之天下，朕岂能容他，卿何不调兵剿杀贼众？"钟颀回道："臣正要贼军尽来受戮，免劳跋涉。"听闻炎帝大军已渡过泗水，钟颀分六路兵马埋伏在望水关、天门关、鱼石关、五门关、神龙关、京西关迎敌。炎帝得报，对部下道："姬轩辕势弱，他安能取胜？兵贵神速，众将随寡人一鼓作气，荡平贼寇！"说完，号令大军直捣涿鹿王宫。炎军一路挺进，兵至望水关时，突然一员猛将杀出，挥戟喊道："力牧在此等候多时，你等还不下马受死！"炎帝见力牧孤身来到阵前，喝道："你不过就是姬轩辕一马夫，安敢为将？"力牧怒道："逆贼！临死安敢口出狂言！"说完掉头回阵中去了。炎帝笑道："何等匹夫，自来纳命？！"话音未落，忽然听喊声震天，只见力牧又率一万甲兵，从侧翼杀将过来，势不可挡。炎军毫无准备，几万甲兵四下逃散。炎帝厉声呵斥道："众将勿惊，随寡人杀将过去，生擒姬轩辕！"一边打马飞出，连闯四关，到了神龙关时，遇到钟颀主力，顿时杀声四起，炎军遭到重挫，兵零将散，溃不成军。炎帝大骇道："快撤！"钟颀岂肯放过，乘胜追击，势如破竹。炎帝顾此失彼，顷刻间，数万大军转瞬鱼溃鸟散了。炎帝见大事不妙，打马欲逃，钟颀大喊道："炎贼休走！"炎帝仓皇飞逃，钟颀乘胜追击，炎帝见逃不脱，转过身来，口中吐出三昧真火，烧了过去，钟颀急忙闪避，那火落空，坠入身后丛林中燃起熊熊大火，钟颀大军不能过去，只好回军而去。炎帝见钟颀大军已被阻断，万分庆幸，又令枳廻、棂佩二将收集残兵几千，正要驻扎休息一宿，不料又见力牧率众追来，炎帝大惊，率军继续奔逃，一直到南方临海的地方，炎帝进退无路，只好与力牧背水一战。一场恶战下来，炎帝虽然损兵折将，却杀死了力牧，一时士气大振，与枳廼、梫俶二将率残兵退至厉山。

冥王笪殷曹得知，又派冥兵前去助战，钟颀不能敌，屡战屡败，冥界判官陆正得知笪殷曹阴谋，请日游夜游二神上界密报女娲，女娲曾听闻日游、夜游二神密报蚩尤强霸西陵嫘之事，怒道："蚩尤无德，何以为人帝？本宫颇失望，令亢龙神和风神、雨神下界助战，兵伐蚩尤！"诸神得令，一起下界去了。钟颀正在发愁之际，见亢龙神和风神、雨神前来助战，一时放下心来，准备与蚩尤和姜炎决战。

蚩尤到厉山见姜炎，劝道："往日寡人与君势不两立，而今追悔不及。姬轩辕为天廷敕封人间帝王，迟早会消灭我们，现在只要你与寡人联手，消灭姬轩辕，尚能各占半壁江山，你意下如何？"炎帝道："寡人正有此意，唇亡齿寒，只有共同对敌，方能保命。"二人一拍即合，合兵一处，与冥兵一道进攻黄帝。

蚩尤布置好桑干河军事，便入神嘴窝南池坐镇。听闻姜炎兵败，黄帝派荣将兴兵来伐桑干河主营，急传令坚守，不可出兵。两下相拒数日并不交战。雨神问荣将道："如此相持下去，桑干河几时可破？"荣将道："出征前军师钟颀告诫本将不可急于攻打，只需推迟数日，探明蚩尤军中虚实，本将探察数日，认为只有桑干河主营坚固难攻，而桑干河左右二营兵力薄弱，请上神立即前往涿鹿王宫面见圣上，奏明本将之意，如能分兵捣之，破此二营，桑干河主营必然军中大乱，逃奔兰池城。到了那时，攻破兰池城，生擒蚩尤也在反掌之间。"雨神大喜，忙去面圣。黄帝闻报，召来钟颀问道："荣将已探明军情，当下如何用兵？"钟颀道："可令荣将率领精兵三千攻打左营；雨神率领精兵三千攻打右营，风神率领精兵三千直取桑干河中营。"黄帝传旨下去，众将得令，各自整军备战。

先说荣将等到深夜，引兵突袭桑干河左营，左营守将回阈未曾卸甲，忽然听得营外喊杀声震天，便知敌军袭营，传令兵入帐急报："姬贼三千，突袭营地！"回阈问道："何人统领？"传令兵答道："荣将亲率。"回阈令道："陛下早有旨意，令我等坚守不出，立即传令下去，但有妄动者斩！"说完，又令五百弓弩手埋伏于营门口，而后吩咐道："若姬贼攻来，即发弩箭射之，如贼退去，本将亲自追击，必能获胜。"于是，那边攻打营门，这边营中放箭，两下一时拒住，但听得叫骂哭喊声，不曾交战。再说雨神，天黑就率领兵马抵达桑干河右营，隐约可见营内尚有火把照明。雨神麾下将士问道："可否攻入？"雨神二话不说，一马当先，斩杀营门几十人而入，势不可当。那右营将领虤邳正与副将在帐内欢饮，忽闻营外敌兵骤至，大叫不好，摔下酒盏急忙出帐，跨上马便飞驰营后而逃了，才出营后入口，便被雨神截住，喝道："我料你必从此出，还不下马受死！"虤邳大惊，跌于马下，被雨神一枪刺死。左营并将被荣将斩杀大半，右营被雨神消灭殆尽。荣将与雨神合兵一处，急往桑干河中营后方奔去。

风神率三千兵士正在中营门前鼓噪，中营戒备森严，将领狖佅急道："姬贼虚张声势，众将坚守阵营，只往门外放箭，不可出击！"风神见敌不动，只是不停射箭，便忙于抵挡箭矢，欲攻不能，忽见中营后方烟火大起，便知雨神与荣将杀来，大喜，令道："援兵来到，众将攻入营中杀敌！"风神直取狖佅，狖佅挺枪来迎，不到两回合，就听哨马飞来报道："中营失守，已被姬贼纵火烧毁，营后又两路贼兵杀来！"狖佅大惊，已无心恋战，率几百兵士拨马逃去，风神驰马追击，狖佅才逃出中营，便见三处人马一起杀来，身后几百兵士早已吓得魂不附体，各自逃命去了，狖佅无奈大喊道："鼠辈如此，吾帝安能不亡？！"说来已迟，见荣将、风神、雨神三路兵马已经围了过来，狖佅咬牙，割下衣襟勒紧发髻，单骑挥刀拼杀，斩杀敌兵不计其数，才杀出一条血路，直奔神嘴窝南池小城而去。

狖佅急入南池小城，守城将士忙关闭城门。狖佅急入府邸奏报，早见蚩尤在门外等候，狖佅跪伏于地，哭道："姬贼攻破桑干河大营，末将杀出血路来护驾，请陛下出南池暂避！"蚩尤掩面长叹一声，泣道："非将军之过，此乃上天欲灭寡人。逃？往哪里逃？此时姬贼定然攻占了怀仁帝廷，何处是寡人栖身之处？"狖佅哀号道："陛下！陛下！末将护驾至兰池城暂避！"蚩尤叹道："你令将士紧守四门，唉！与人战斗，寡人若败，乃是寡人弱势，与天战斗，寡人力不能及，这是寡人命薄！"狖佅无奈，只得分拨军士坚守四门。荣将对风神、雨神道："蚩尤已是瓮中之鳖，军师钟颀已传来密令，让我们三路兵马合力攻打神嘴窝南池，因城中有百姓，只留西门放生！"雨神道："西门不守，若蚩尤从西门逃去，如之奈何？"荣将叹道："或是圣上念蚩尤乃是北帝，不忍斩尽杀绝，故而如此。"风神拱道："圣上仁慈，我等就遵令行事，蚩尤真若逃去，只有一个地方可躲藏，那便是神嘴窝南池之后的兰池城，到那时，我们再破此城，生擒蚩尤不迟。"当下便分拨人马，雨神攻南门，荣将攻北门，风神攻东门。

荣将、雨神、风神三路兵马开始攻城，狖佅拼死守城。荣将见南池虽一小城，却一时难破，叹道："狖佅英勇，我不能敌。"三路兵马已精疲力竭。风神和雨神又来见荣将，雨神问道："南池固若金汤，数次进攻皆不能破，如何是好？"荣将道："并将在城门外扎营，容本将细思破敌良策。"话音刚落，就见飞马又来报道："传军师将令，诸军不得擅退，今晚务必破城！"众将遵奉将令，便兴兵再战。

荣将、风神、雨神三路又连续攻打城门，荣将终于攻破北门，率兵而入。各门守城兵士见敌军已进城，一时大乱，无心再战，于是雨神攻入南门，风神打入东门。秫侏直奔南池府邸，护着蚩尤和元妃営孅、谷公慌忙出逃，蚩尤问道："姬贼已破城，寡人何处能逃？"秫侏道："三门皆有贼兵，唯西门可出。"于是来到西门，果然见西门大开，而无一兵一卒把守，蚩尤急问："姬贼为何留一门？莫非有诈乎？"秫侏回道："末将不知，陛下勿忧，但若有伏兵，末将一人可敌。"谷公闻言，道："我知道那姬轩辕为什么不守西门。"蚩尤盯着他问道："为什么？"谷公答道："因为，此处是神嘴窝。"蚩尤疑道："神嘴窝又怎样？"谷公回道："我闻钟颀是人神，天帝派其下凡助姬轩辕夺帝统，钟颀曾放出话来，说什么昔日姬轩辕曾来南池游历，一日昏然入寐，梦到西王母遣玄狐拿这神符来见他，对他说：'我给你一道太一神符，有了这道神符，你便可以打败蚩尤，夺得天下。但是切记不要杀伐太重，以免天谴。'姬轩辕问她：'你是谁？为何助我？'那玄狐道：'我是西王母之臣，西王母乃是你父亲的妾室，名叫邠夙，她在天阙时被你母亲女姬打死，元灵不散，得盘古元灵救赎，投生凡间昆仑山。因西王母与你父亲轩辕昊有旧交，念及此情，故来助你。'姬轩辕又问道：'若不杀伐，岂能灭那蚩尤？'玄狐道：'蚩尤半人半神，不能死于你之手，你可放生，生死自有天决。'云云，而后就将太一神符给授与他。钟颀传言道，姬轩辕醒后，果然见怀中有一神符，一尺长，三寸宽，通体为昆仑琭玉，以丹彩为文。钟颀道亲眼所见，神符记载太一遁甲六壬步斗之术，灵宝五符五胜之文，可呼风唤雨，调遣神灵。以后，姬轩辕便将此处命名为神嘴窝，以证此梦。"蚩尤一听陷入沉思，秫侏见状，冷笑道："此钟颀诡计，散布流言，以乱我军心。"蚩尤又问道："且不论此谣言，那神嘴窝与此门有何关系？"谷公徐徐道："人间视西门为天门，那姬轩辕故留此门，因念上天之德，不忍杀陛下，意为让陛下自出此门，听由天命，若上天要杀陛下，出门则必死，若上天不杀陛下，出门则生还，所以此门也叫放生门。"蚩尤闻言大惊，勒马回转道："上天若不杀寡人，安能让姬贼得逞？上天必杀寡人，故寡人不从此门出，还是另寻出路吧。"秫侏急道："陛下安能信虚妄之言！此门无兵正好逃出，若再晚就来不及了！"见蚩尤仍在犹豫，秫侏转身怒视谷公，喝道："老贼！你妖言惑主，欲害陛下么？"说罢便一刀将谷公斩于马下。蚩尤惊道："为何杀智囊？"秫侏跪叩道："谷公惑主，若不杀之，恐陛下难逃姬贼之害！"蚩尤无话，于是跟着秫侏径出西门而走。

直奔了半夜，一路无人追赶，来到兰池城，与主力会合，心里这才踏实。此时已是人困马乏，忽见城内路旁有一座庙宇，庙门悬一匾，上题"女娲庙"三字。蚩尤下马，令狲侏和営孋在外等候，而后独自进入庙里，见庙内有女娲塑像，急忙跪拜，默祷道：“娘娘，我蚩尤承祖先基业至今，奈何天不祚命，致有今日。狂寇姬轩辕占我怀仁帝廷，攻破南池城，我今陷于兰池城，命在旦夕，乞娘娘念在我祖达旦伊娃，怜悯于我。我若得克复城池，光复中国，功成之日，必振兴王土，爱民如子。”祷告完毕，又席地而坐，只觉困倦，才打个盹儿，只听得有笑声传来，站起一看原来是冥王笪殷曹。蚩尤暗吃一惊，问道：“冥王来何迟也？”笪殷曹道：“助姜炎一战，故而来迟。”蚩尤大喜道：“冥王既来，寡人大事可成！”笪殷曹道：“不料陛下兵败至此。”蚩尤叹道：“姬贼兵多将广，又有天神助战，骁勇无比，寡人不能敌。不知姜炎现在如何？”笪殷曹道：“已退至厉山。”蚩尤忙问：“寡人退至兰池城，再无后路。此城民稀，粮草不足，怎能据守长久？”笪殷曹问道：“不知陛下还有多少人马？”蚩尤道：“兵卒万余，粮草不多。”笪殷曹拱道：“请陛下宽心，休整几日，本王必力助陛下，姬贼焉能攻破此城，待一战胜利，再重振旗鼓，收复河山。”蚩尤拱道：“好！一言为定！”说罢，笪殷曹转身化成一股青烟而去不题。

却说蚩尤入兰池城不久，便逢営孋十月临盆，产下一个女孩儿，弥月之时，又遇几天暴雨，女孩昼夜啼哭，故而蚩尤为她取名为侬雨。蚩尤固守城池，在兰池城一躲就是五年。五年之后，黄帝召见钟颀道：“蚩尤声威震天，四海皆知，他若不死，朕难以统御八方。”钟颀道：“臣这就去布兵，攻打兰池城，剿杀蚩尤。”说着便又请来风雨二神与荣将，密议行军之事，议毕之后，即命大军开拔，杀向兰池城。风神、雨神、荣将领军将兰池城围困，只等黄帝下令攻城。城中狲侏急聚众将领计议军情，狲侏道：“姬贼猖狂，遭其暗害，陛下逃至此城，今贼势锋锐，如何御敌？”副将道：“贼势甚大，若出兵厮战，难免损兵折将，不如保存实力坚守城郭，此城牢固，一时难以攻破，只等贼兵士气低迷之时，一战可胜！”狲侏道：“说得有理。”说罢便亲自督军守城。风神、雨神、荣将率众并力攻城，每次攻城，每次突然就有大雾弥天盖地，兵士于三步之内不见一物。狲侏只令守城将士放箭，黄帝三路兵马不能近前，一连攻打数日，毫无破绽。黄帝得知情况，问道：“兰池城已半月数攻不下，城内固守，如之奈何？”钟颀笑道：“此城难破，想必是有冥神暗助，若是有魔魅出来，不妨就请亢龙神对付，再看那城内如何救应。”黄帝道：“若是如此，朕就请亢龙神出战。”钟颀奏道：“此战至关重要，臣愿亲自前往督战。”皇帝准奏，钟颀急往兰池城而去。

钟颀到了军中，召集风、雨二神与荣将，令道：“攻城！”钟颀亲督三军，并力攻打，大军还未到城楼，忽然就见狂风大作，也不知哪里来的蝗虫，铺天盖地般卷来，军士忙于躲避蝗虫，乱成一团，故而不能近城。捱到下午时，蝗虫这才渐渐消失，钟颀率领大军再次攻城，才到城门前，又听得空中轰隆隆作响，只见飞出许多猛禽恶兽，以及毒蛇，兵将尽皆惊倒，各顾逃命，一时自相踩踏，死者近千人。亢龙神见状，摇身一变显出龙身，冲入城中，然而寡不敌众，首尾难顾，只得败下阵来。钟颀问道："何处来的怪力？竟连上神都无力消灭。"亢龙神变回人形，拱道："这些都是幽冥界魔魅所变化的，若是单打独斗，我尚可敌，若群起而攻之，我一人难以应付。"钟颀问道："如何对付？"亢龙神道："冥界之魔魅也有害怕的东西，可令兵士望空乱投些麻绳、狗血、蒜汁，或可破之。"钟颀疑道："一麻、一血、一蒜，何以能制怪力？"亢龙神道："我听冥界判官陆正曾说，幽冥有三怕，有句话道，'冥界魔魅有三怕，怕蒜怕血怕披麻'。白无常白天锁拿生魂，黑无常夜晚锁拿生魂，所用之物皆为麻绳，此物为冥神牛头和马面之套灵索，叫作'麻煞'，魔魅见之惊怵，以为牛头马面来捕拿，故而此为一怕。幽冥界视狗血为秽物，如人见屎溺而远避，魔魅唯见狗血避之不及，此为二怕。幽冥界无臭味，就怕蒜臭，若将蒜剖开见汁水，更是极臭，勿说魔魅，即使冥神闻见蒜臭，也会掩鼻逃窜，故而此为三怕。"钟颀闻言，恍然大悟，笑道："原来如此，这个好说，我这就令将士取来。"说着便去筹备，一时捕获许多野狗家狗，杀狗取血，遍地找野蒜榨汁，麻绳更是不计其数。钟颀道："如此说来，我若令将士接披麻而战，那魔魅便不敢近前了？"亢龙神道："当然，不过若制作麻衣颇费时间，只怕延误军机，只投麻绳即可，不必烦琐。"钟颀立即令将士们准备箭矢，以棉布浸溉狗血、蒜汁，又令一批将士于箭矢上绑了麻绳，一起射入城内，等了半晌也不见动静，钟颀不解，正要去看，忽然就见腾空飞出一条黑蛟龙，口喷火焰，向城门下扑来，霎时间烈焰飞腾，愈加炽烈，烧死几百将士。钟颀惊得面如土色，一时无措，忙出军令道："快撤！"钟颀急问亢龙神道："上神之法，为何不应？"亢龙神叹道："有黑蛟龙出来，三怕便成了不怕，黑蛟龙可呼出玄气，相反，玄气遇到这些秽物，能将它们化为玄气，使玄气更加横蒸，魔魅呼吸玄气，犹如畅饮灵露，岂能惧怕？"钟颀顿足急道："这该如何是好？"亢龙神道："黑蛟龙我来对付，魔魅就交给你对付了，所谓一物降一物，对付魔魅的事儿，你何不问问陆正？"钟颀喜道："我却没想到陆正，真是惭愧！"说完便去拜见黄帝不题。

钟颀拜过黄帝，奏道："兰池城一时难以攻克，皆因蚩尤有冥神相助，臣今日用亢龙神之法对付魔魅，也未能奏效。"黄帝急道："城内有冥神助敌，军师何以处之？”钟颀道：“臣欲借太一神符一用，请圣上赐符。”黄帝问道：“用太一神符便能破敌？”钟颀道：“太一神符可调遣神灵，臣想借此神符让冥界判官陆正前来，请他助我破敌。”黄帝大喜，急将太一神符交给钟颀。钟颀将太一神符供上，焚香祷告，请求陆正来见，半晌未见一人前来。钟颀正在疑惑，却见突然有一人闯入帐中，急道：“军师唤我何事？”钟颀便将蚩尤驱使魔魅作乱的事儿说了一遍。

陆正听完，摇头道：“今日我无能为力。”钟颀惊问道：“这又是为何？”陆正问道：“军师不知今天是什么日子？”钟颀奇怪道：“什么日子？”陆正道：“今日乃中秋一日，你在此请仙，若非我操心，谁人会来？”钟颀疑道：“怎的今日就不能请？八月十五天朗月明，正是冥界最好时日，你说无人肯来，这却是什么讲究？”陆正笑道：“军师不在冥界当然不知，那冥界比你这阳间公事繁忙，几乎日不暇给，唯有八月十五这一天，概不理事的，正因为今日风清月朗，冥神冥吏方能远行，回家或作客才方便，若换成平常日子，去了就赶不回来了，岂不延误了公事？”钟颀惊道：“如此说来，今日冥府放假了？”陆正道：“正是。我已知冥王笪殷曹暗中助蚩尤为乱，偏偏今日冥界无人值守，即使我来，也调不得一兵一卒。军师若不急，可待明日，我自来相助，军师若急，那就另想破敌之策！”钟颀叹道：“大军当前，焉能不急！既然你不能帮我，可有其他上神可助我一臂？”陆正思忖片刻，笑道：“有是有，不过，军师能不能请来，那就看军师的本事了。”钟颀急道：“是何大神？”陆正道：“雷神五兄弟。”钟颀沉吟道：“雷神五兄弟可破魔魅。”钟颀疑道：“方才你说我能不能请来就看我的本事了，莫非雷神五兄弟不肯来否？”陆正哈哈大笑道：“雷神五兄弟虽是辅神，可他们直接听令于天王，不是不肯来，只怕你的太乙神符请不动他！”钟颀急道：“若是如此，那该如何是好？”陆正笑道：“雷神五兄弟虽说不讲私情，但处事极为公正，听说颇念苍生。军师是何等聪明人，一定会有妙计！告辞！”陆正说罢，一拱而去。

钟颀苦思半晌，心生一计，急召来雨神、风神、荣将进帐议事。钟颀问风神和雨神道：“我听说风、雨二位上神与那雷神五兄弟颇有交集，我有一事不明，想请教二位上神。”风神拱道：“我们同为天廷文武殿辅神，且常一起打雷、闪电、布风、施雨，故而密切。”钟颀又问道：“我若想请雷神五兄弟来助我攻打蚩尤，你们能请他下界来么？”雨神道：“不能。雷神五兄弟只听命于天王，做事从不私行，要请他来，除非天王下旨。”钟颀道：“若再辗转请奏天王，怕这城池难以攻破，倒让蚩尤有了喘息之机！”荣将问道：“不知军师有何良策？”钟颀叹道：“唉，我不能敌冥神，所以想请雷神五兄弟来助战，不料雷神十分难请。我有一计赚五雷下界，或可奏效，只是需要两个人来。”荣将问道：“军师，我当是什么要紧的东西，只要两个人还不简单，末将这就去捉两个来。”钟颀笑道：“且慢，我要的这两个人，是有条件的，岂能随意就捉来？”说罢又问风神道：“不知这时间什么人才会被雷轰击？”风神拱道：“当然是极恶之人，雷霆才会击之。”钟颀沉吟道：“世间恶人何止一个，敢问那雷神如何知道此间有恶人？”雨神道：“这个不难，自有办法，先是日游、夜游二神在世间巡查，发现有极恶之人便来告知我们二神以及电神，我们三个便会在日游、夜游二神所说地点布风施雨，电神闪电，雷神听到电鞭响声，自会疾驰而来，到了这里，雷神五兄弟自会知道哪个是极恶之人，使出一个雷霆便可击毙。”钟颀思忖片刻，又问道：“你们二神倒是在这里，随时可布风施雨，可那电神如何请来？”风神道：“只要我二神布风施雨，电神便知有事要做，会不请自来。”钟颀大喜，问道：“好！上神可确定？”风神笑道：“确定！雷神就是做这个的，对惩恶扬善颇为积极，若此间有极恶之人，自然会击毙！”钟颀起身道：“好！那就请将军为我捉一个极恶之人来，此人不限岁数，再请一个极善之人来，此人须十四五岁，近日有在城外葬父者最好。”荣将一听，与风雨二神面面相觑，荣将问道：“为何要一个恶人和一个丧父的善人？”钟颀呵呵笑道：“天机不可泄露，你自去带人来即可，无须多问。”荣将领命而去。

又过了半晌，荣将果然请来两个人，一个五十多岁，面相丑恶，看上去极其凶残，另一个眉目清秀，也就十四五岁，两人互不相识。钟颀将少年带入帐后，问道：“你叫什么名字？”少年跪地道：“小子叫安大。”钟颀扶起安大，问道：“本帅马上就要攻打城池了，你可知道？”安大道：“大军驻扎半月有余了，小子岂能不知？”钟颀又道：“可知本帅为何叫你来否？”安大道：“不知，请大帅明说。”钟颀道：“攻城之前，本帅需要领兵操练，这方圆十里将会夷为平地，作为练兵场，本帅不忍平坟掘墓而伤百姓之心，所以叫你来问问，你家可有坟茔在城外？”安大闻言，大哭道：“家父才葬入城外不久，五里开外有坟茔一座，请大帅不要铲平家父坟茔，让他入土为安。”钟颀道：“若是如此，请你去坟前祭奠，也好让本帅麾下将士看到，做个记号，这样就可以避免坟茔被毁，你可愿意？”安大泣道：“祭奠家父乃本分之事，岂有不愿之理？小子这就去祭拜！”说完出帐而去。钟颀又对恶人道：“你可知道本帅为何要你前来？”恶人急道：“如今神嘴窝这里打仗，小人很久都没做过恶事了，大帅为何要捉小人前来？”钟颀笑道：“本帅是行军打仗的，不管你在此间为不为恶。今天是一桩好事叫你去做。”恶人问道：“这里还有什么好事等着小人？请大帅明说。”钟颀沉吟道：“本帅大军驻扎在这里已多日，如今粮草短缺，急需补给，但帝廷遥远，远水不解近渴，故而着急。昨日麾下将士发现兰池城五里外有一座坟茔，乃是一个财主的，坟内有珍宝无数，你可前去取来，我们一人一半可好？”恶人沉思片刻，问道：“大帅莫不是戏言吧？大帅麾下兵士如云，有这么美的事儿，怎么会轮到小人？大帅派兵去掘，唾手可得，还用得着小人动手么？”钟颀摇头道：“哎，你说错了，你想想，我们讨伐蚩尤，说明我们是正义之军，光天化日之下掘人坟墓，岂不是遭人非议？”恶人抓耳挠腮，细细一想，笑道：“有理，有理！”钟颀笑道：“现在知道为何叫你去做了吧？”恶人忙叩头道：“明白，明白！谢大帅赐我发财机会！”说着便走出帐外。钟颀急令风雨二神前去布风施雨不题。

却说安大和那恶人一前一后朝坟茔走去，忽然就见风起云涌，大雨瓢泼，不消一会儿，闪电烁烁。钟颀与荣将跟在后面探看，到了坟茔前，安大跪地哭号，磕头连连，因为雨大，那恶人并未看到坟前有人，到了跟前正要掘墓才看见有一个人哭号，吓得不轻，拔腿就跑，一时就不见踪影了，这时突然就风止雨停了。话说就在那恶人准备掘墓时，雷神已经瞅准恶人，将雷霆劈下，不料那恶人却跑得快，只看一雷劈下，却将安大劈了个仰面朝天，当场击毙。钟颀见状，对荣将道：“时间到了，将军去请他母亲来吧。”荣将不解，问道：“雷公不打恶人，却将个极善之人给劈死，这是何道理？若将他母亲请来，我们如何交代？”钟颀笑道：“你宽心前去，她来了我自有说法。”荣将便去请来少年的母亲，那妇人一看儿子被雷击死在目前，当场哭晕，钟颀百般劝慰，才见她稍有好转。妇人抱着安大只是恸哭，钟颀问道：“雷公不公，却打死了一个好人，夫人可想让你的儿子复活？”妇人哭道：“只要让我儿子复活，即便雷公将我打死我也愿意！”钟颀忙道：“雷公已经打死一个好人，怎么还会再打死一个好人？不会的，本帅颇懂些玄术，本帅给你写了个招魂诀儿，只要夫人照着念出来，然后在坟前烧化，你儿子就立即复活了。”说着就递给他一张黄表纸，妇人识得几个字，见果然是招魂诀儿，又转悲为喜，放下安大，立即照着念道：“五雷天神谁敢辱？五雷轰击谁敢阻？我有一语问雷公，请出五雷听我诉，说是我儿今生恶，我儿今年才十五。说是我儿前生孽，何以今世他生出？雷公雷公作何语？试问雷公可有母？”念毕，便将黄表纸烧了。刹那间，只听得晴天一声霹雳，那少年咳嗽起来，妇人见儿子活了，大喜，急忙携子跪拜钟颀，钟颀又令荣将将母子送回。母子二人刚走，就见平地升起一团光云，钟颀一看，正是雷神五兄弟到了。钟颀忙拜道：“有熊国军师钟颀拜见雷神！”话音刚落，就见那雷神五兄弟倏地就合为一体了，雷神问道：“此处刚才有一个妇人和一个少年，你可看到？”

钟颀笑道："当然知道，他们已经走了。"雷神拱道："我本来是想看看他们母子，说明缘由，不想他们已经离开了，既然如此，那就告辞了！"说完就要走，钟颀急道："雷神何处去？"雷神转身回道："自然是返回天廷。"钟颀笑道："既来之则安之，急什么？"雷神问道："你有何事？"钟颀深深一揖道："我乃是天廷天卜神钟颀，与你同朝为官，你可知道？"雷神揖道："当然知道，原来是天卜神，幸会！幸会！"钟颀笑道："不敢，不敢。我只是有一事想请尊驾帮助，但不知尊驾可愿意？"雷神问道："何事？"钟颀道："我奉旨在界下助黄帝理政，今兵伐兰池城，不想那蚩尤却躲在宫中坚守不战，又暗中勾结冥神驱使魔魅与我作对，请尊驾帮我剿灭魔魅！"雷神正色道："天廷严令，诸神无诏不得干涉凡间事物，难道你不知么？"钟颀道："这个我自然知道，我也是奉旨讨贼，助姬轩辕黄帝一统天下。"雷神正色道："你奉诏讨贼，那是你的事儿，我并未奉诏，岂能涉及此事？"钟颀冷笑道："尊驾可别忘了，身为天神，却来凡间擅自妄为，善恶不分，草菅人命，这可是死罪！尊驾若不帮我，那我也只好将此事奏报给天王了。"雷神一听大惊失色，急问道："你是怎么知道的？"钟颀笑道："那妇人的儿子枉死，我岂能不知，所以给她写了一个招魂诀儿，就请来了尊驾。"雷神怒道："原来是你的诡计！"钟颀忙道："事已至此，还请尊驾息怒，只要帮我剿灭魔魅，我太平，尊驾也就太平了，你说可是这个道理？"雷神无奈，一语不发，只得留下助战。

且说雷神本来不愿意帮助钟颀，又看到风雨二神和亢龙神也在钟颀帐下效力，这才稍觉安慰。等到三更，钟颀指麾军士呐喊，攻打城门，忽然黑蛟龙飞出，众心慌乱，往后便退，就在这时，亢龙神摇身一变化为一条金龙飞迎上去，与黑蛟龙纠缠一起，冲撞撕咬，龙啸震天，黑蛟龙掉头飞跑，亢龙紧追不舍。钟颀令弓箭手往城内放箭，又令前锋撞击城门，眼看就要攻破，忽然狂风骤起，霹雳交加，四下魔魅发起攻击，如翻江搅海，看它们青面獠牙，狰狞凶猛，惊得将士心胆皆落。钟颀大喊道："请五雷神降魔！"话音刚落，就听得苍穹雷声滚滚，如巨石碾来，一时火光霹雳，闪电划过长空，一道道电光劈来，魔魅皆化作青烟散去，蚩尤大军乱成一团，多数被雷电劈死。钟颀见魔魅消灭，便令破入，只听得轰隆一声，城门倒塌，将士喊声大振，冲入城中，势不可当。鈥俫等大惊，护着蚩尤拼命杀出重围。荣将挺抢大喊道："不要放走了蚩尤！"荣将大喝一声冲向鈥俫，与他大战十几回合，蚩尤护卫已被荣将手下士兵斩杀，鈥俫又慌忙掉头去保护蚩尤又逃入宫中。

荣将引军大进，后边风神、雨神、张若、风胡、神皇诸将陆续杀到，钟颀大队人马如潮涌杀来，将兰池城宫殿围住，四下喊声不绝。荣将先锋有一将，名叫戕鹿，带数百军士杀入宫中，将卫兵尽行屠戮。豨俅见大势已去，已插翅难逃，又想背蚩尤突围，蚩尤仰面泣道："将军自去逃命，寡人不想逃了。"豨俅又听得喊杀声逼近，三叩九拜，跪叩泣道："天意如此，臣已无能为力，只能以死谢罪了！"说完挥剑自刎，蚩尤望着豨俅尸体，哭道："若寡人将士皆如将军，寡人断不至于亡国，此番乃是天要亡我，与将军无关，切勿自责。"说罢，捡起地上利剑，刎颈而死。

再说戠鹿杀入宫中，见蚩尤与豨俅自尽，便入后宫搜寻，遇人便杀，只不见了蚩尤妻営嫲，便拿住一个卫兵，问道："元妃在何处？"卫兵喝斥道："逆贼！元妃万金之躯，岂能容你玷污！"戠鹿挥起一刀将其斩杀，又去搜寻，又搜出一些细软，装载起解。戠鹿早听闻蚩尤妻営嫲美如天仙，便心生淫念，找了半天，终于在一楼阁角落处找到，见她钗横鬓乱，泪眼愁眉，戠鹿一双贼眼不停在她脸上乱转，越瞧越爱，恨不得一把拥入了怀中。那営嫲为堂堂元妃，岂肯被贼淫污，早就将准备好的一把短刃刺入粉颈，戠鹿便想奸尸，忽然听到有兵将咚咚地跑来了，于是拔腿就跑，却被赶来的荣将抛出一剑，当场枭首。钟颀望着営嫲的尸体，流泪叹道："営嫲乃是北帝之妻，贞烈可敬，理当厚葬。"而后命人收敛厚葬不题。

钟颀得知蚩尤自尽而死，心中包袱落地，此时雷神要回天界，风神、雨神、亢龙神也提出回天界复命，钟颀拱道："蚩尤死，黄帝已无强敌，南边的姜炎自有我对付，你们想回便回吧。"说罢一一拜别。

钟颀欲撤兵回涿鹿复命，还未出得宫殿，却听到一房间里有女孩低泣，便去察看，见有一个一岁小女孩蜷缩在角落里嘤嘤哭泣。钟颀至前，细观容貌，看她生得眉清目秀，便抱于怀中，问道："你是何人？为何在此哭泣？"女孩小手儿捂着双眼，只是哭泣。荣将捉来一个降将询问，降将道："此女子叫依雨，是蚩尤之女。"钟颀想起她父母双亡，忍不住掉泪，哽咽道："依雨，此间已涂炭，你就跟我回涿鹿去吧。"依雨一听，果然不哭了，随钟颀大军回涿鹿不题。

话分两头。却说炎帝听蚩尤战死，惊惧不安，急忙率部众逃南方去了，钟颀便令荣将追击。炎帝携妻带子，领三千残余，躲避在滇池。兵败之后，炎帝深感耻辱，本要自尽，却被近臣广成子拦下。广成子跪地哭道："陛下若在，江山仍在，陛下当屯军滇池，以图再起。"炎帝叹道："一败至此，安有再起之日？"广成子劝道："滇池虽小，但绕山环水，固若金汤，虽说那钟颀是人神下凡，但他率领的兵士却是凡胎肉身，休说他们来攻城，就是天兵天将前来，也奈何不得，请陛下安营扎寨，休养生息，等待时机。"炎帝别无良策，也只好进驻滇池，修建城堡，炎帝大军与民秋毫不犯，深受百姓拥戴。

钟颀见炎帝施仁政，深得民心，一时难以攻克，只好令大军将滇池团团围住，一边屯田于滇池之外，一边等待作战时机。荣将问道："姜炎就在城内，一举可破，军师为何令军士屯田于此，坐等他壮大？"钟颀叹道："时机未到，一时难以攻克，况且满城生灵，岂能涂炭。你与军士们耐心筹划守御，待我静思良计，以破此城。"荣将只得领命不题。

时间一久，滇池因天遇大旱，只怕庄稼颗粒无收，城中缺粮，引发军心不稳，炎帝心急如焚，度日如年。火德真君得知姜炎被困滇池，动了私心，便去求风神和雨神，道："姜炎被困滇池，如今大旱，请于滇池施风降雨三天。"雨神道："凡间降雨，须奏报天廷，天王允准方可，我们岂能私自降下雨露？"火德急道："你们二位可知那姜炎是何人？姜炎乃是女登之子，女登又是女娲娘娘的仙婢碧霞的轮回体，你们若不助姜炎，女娲娘娘那里我可要据实呈报了。"风雨二神一听，也怕女娲降罪，于是叹道："既然如此，我们就为女娲娘娘帮助姜炎一回。"说完便下凡去了，为滇池连降三天大雨，城中百姓欢呼起来，炎帝喜道："天不亡寡人！"一时城中军民士气大振，越发固守城池。

火德知道这终非长久之计，于是又去北极星天真宫拜见执明神君玄武。玄武见火德前来拜见，赶忙迎入，揖道："尊驾与我同朝为官，皆为正神，小神何德何能，安敢受尊驾屈尊来拜？"火德拱道："无事不登三宝殿，我来这里是有求于神君，还望神君出手相助。"坐定后奉茶，玄武问道："尊驾有何事要我帮助？"火德叹道："凡间南帝姜炎，被黄帝姬轩辕逼到绝路，现在滇池等死，我心急如焚，想救他一命。"玄武不解，问道："那是界下之事，尊驾为何烦忧？"火德一声长叹，而后就将如何报答女登而以发丝投生成姜炎的事儿细细说了一遍。玄武问道："尊驾欲救姜炎，可本宫当如何相助？"火德低声道："姜炎生于凡间牛年，正逢你麾下牛宿值日，我是想那姜炎或有运道，只是不知在何月何时，可否请他前来看看，若能将运道提前，或可能使姜炎转败为胜。"玄武叹道："尊驾来迟也。那牛宿触犯天戒，已被天廷打入天牢，请恕本宫爱莫能助。"火德惊道："牛宿因何罪被打入天牢？"玄武笑道："昔日，女娲娘娘下凡助人生计，令圆融神为众生婚配，当时，我麾下牛宿同去相助，结果看到圆融府上的侍婢织女，便凡心大动，对织女心生爱慕。上界之后，牛宿与织女暗中来往，私交甚密，被天廷发现，故而牛宿被打入天牢。"火德一听，原来牛宿因与织女私情而被打入天牢，眉头一皱，心上又出一计，于是起身告辞，笑道："如此，我当去拜见女娲娘娘，再谋良策。"说罢，一拱而去。

话分两头，这日，神农琊去拜见女娲。他进了蕊珠宫，见园中景色幽美，也顾不得观赏，径直朝里走去，一路曲径雕栏，琪花瑶草，玉竹碧窗。穿过一扇拱门，见里面花儿草儿嫣嫣葱葱，呈芳竞秀。又往里走，见一座红柱金殿，门匾上有“清元殿”三个大字，雕斗画梁，曲曲花墙，巍峨清幽，又进去看，这里面的花草更门外盛一些。神农琊自语道：“不知道娘娘居住在何处？”正思间，见琉璃琥珀小山后面，有一排玉竹，隐隐站着一位仙婢，颇有倾城之色。神农琊上前问道：“我是孟章神君神农琊，特来拜见女娲娘娘，请小姐引我前去。”那个婢子原来是嫱娟，见他来拜女娲，便纤腰弯下盈盈施礼，掩口道：“先在这里候着，小婢去通报娘娘。”说着便转身进去。女娲刚到蕊珠宫，正要歇息，就见嫱娟入内报道：“娘娘，外面有个人，说他是孟章神君，特来拜见。”女娲愣一下，忙道：“快请他进来。”神农琊入内，跪拜完毕，女娲见他神色紧张，问道：“孟章神君，出什么要紧的事了？”神农琊叩道：“在下听说，那蚩尤被姬轩辕追杀到兰池城，城破之后便自尽了，在下特来禀报娘娘。”女娲闻言，伤心不已，垂泪道：“天王逼他至此，我也无能为力。”神农琊又道：“在下闻报，那姜炎被黄帝近臣钟颀追杀，兵临滇池城下，围城已有数月，城中缺粮少水，饿殍遍地，怕是那姜炎也朝不保夕了！”女娲忿然转身，怒道：“蚩尤死，本宫尚且能忍，要让姜炎死，本宫绝不能忍！那姜炎是碧霞轮回之身女登之子，他若死了，碧霞定会伤心欲绝。”神农琊急道：“是否帮姜炎一回？”女娲紧锁眉头，正在思谋，却见婢子娼翚进来了，欠身报道：“娘娘，火德真君前来拜见。”女娲忙道：“快快请入。”火德真君进来，女娲抬头一看，看他带着织女，便挑了挑眉问道：“火德前来有何事？”火德真君见神农琊也在场，互相拜过，织女见神农琊也在，瞅他一眼，低下头去。火德真君跪地回道：“在下来此，专门为姜炎之事。”女娲大喜，扶他起来，问道：“真君有何良策可助姜炎，但说无妨。”火德忙道：“在下闻说那牛宿神已被天廷打入天牢，不过，他倒是能助姜炎。”神农琊闻言，吃惊地瞅了织女一眼，一副恍然大悟的神情。女娲思忖片刻，问道：“牛宿？他有何本领能助姜炎？”火德回道：“姜炎入世之时，正逢牛宿值日，他定知姜炎于凡间的运道，若能将运道提前，姜炎或能转败为胜，再者，牛宿乃玄武麾下辅神，颇知兵略，若能下界帮助姜炎操练兵士，做个阵前军师，对姜炎也大有裨益。”女娲笑道：“真君是想，让本宫将那牛宿放出来么？”火德低声道：“这……在下以为，若能让他戴罪立功，下界帮助姜炎，也算得是一桩好事儿。”女娲正欲说话，却见火德身旁的织女跪在地上抹泪抽泣。女娲心上疑疑惑惑，瞥她一眼，问道："你这是怎么了？"织女连磕三头，嘤嘤泣道："小婢请娘娘赦免牛宿，就让小婢陪他一同下界吧。"神农琊一愣，摇摇头轻叹一声，闭上眼睛。女娲斜睨她一眼，怒道："你要陪他下界？亏你还说得出口，要不是你不守天戒，与他私通，他焉能被打入天牢！现在的婢子都无法无天了，动辄就动了凡心，若诸神都像你们这样，那还了得！"织女见女娲生气，自觉心虚，满面通红，无言可答。娼翚和皃嬥进来奉茶，神农琊接过，又放在桌上，低声劝道："请娘娘息怒，这侍婢是在下从圆融府上请来的，也正是为了此事。"女娲呷一口茶，轻声道："你不说我也认得她。织女，你起来吧，既然你与牛宿有此一段尘缘，那本宫就准你与牛宿下界。但本宫有个条件，你们在界下要好生帮助姜炎，不得有误。"织女又跪地拜谢。神农琊斜睨着她，一时愣怔了。女娲对火德道："你择时去一趟天牢见聚灵神，就说是本宫允准的，放了牛宿。不过牛宿与织女下凡投生的事儿，不知道由谁来办才好？"火德躬身回道："此事还请娘娘定夺。"女娲转身看神农琊发呆，笑道："孟章神君，你怎的一语不发？"神农琊回过神儿，低头笑道："哦，在下明白娘娘之意，这件事儿，就让在下去办吧。"女娲起身道："如此甚好，你们各自去忙吧，本宫要歇息一会儿了。"神农琊和火德、织女各自告辞不题。

却说神农琊领着牛宿和织女下界，一路无话，直接来到冥界幽冥宫，找到陆正，说了女娲要令牛宿和织女投生阳间为人的事儿。陆正安排牛宿和织女先去偏殿等候，又与神农琊饮茶，陆正问道："不知娘娘是何意？让他们投生在谁家，才能帮助到姜炎？"神农琊笑道："若要帮助姜炎，必须投生在姜炎近臣家中，方能接触到姜炎，娘娘之意是，将织女投生在姜炎近臣广成子府上，广成子之妻娉嫭已怀胎十月，临盆在即，恰逢其时。"陆正问道："那牛宿呢？娘娘有何指令？"神农琊呷一口茶，笑道："指令倒是没有，不过，我却不以为一个天界罪犯，娘娘能指望他什么，你还是自己拿主意吧。"陆正急了，站了起来，挑眉问道："哎，我说孟章神君，这话可不能这么说，你既然带来两个人，我可要问明白了，到底是投生一人，还是两人同投？"神农琊正色道："当然是两人同投了。我的意思是，牛宿乃是戴罪之身，此间的分寸，你自己把握。"陆正急道："戴罪之身？那为何还要他来投生？冥界有法度，不可能让戴罪之人投生人道。"神农琊呵呵笑了一会儿，忽然问道："谁说让他投生人道了？这话娘娘没说，我也没说。"陆正一愣，恍然道："我知道了，两人同投一家，而不同道。"神农琊笑道："这可是你说的。"说罢起身告辞，一拱去了。

陆正看他离去，一时纳闷，自语道："这可是我说的？"想了半晌也没想出什么，只好安排牛宿和织女投生。再说陆正将那牛宿与织女灌下黄泉水，投入阳世。有一天，广成子才回家，就听下人道："相爷，咱家牛圈里有一团紫气，好生奇怪。"广成子忙跑去看，见母牛已经生出小牛，小牛浑身泛着淡淡红光。广成子大喜道："这可是祥瑞之兆，你要好生看护它。"说罢又细细端详一会儿，这才从牛圈出来，这时，又见府里的丫鬟大呼小叫地跑来，广成子急问："什么事儿慌里慌张的？"丫鬟回道："是夫人生了！"广成子大喜道："才有了红光之牛，这就又添了贵女，可谓是双喜临门！"十六年后。广成子的女儿也已十六岁，由于她三岁就能挑织，姱嫭便以为她是仙女下凡，也就为她取了个名儿叫织女。那头令广成子称奇不已的牛也长得健硕有力，成为他非常喜爱的坐骑。广成子认为此牛是上天所赐的，于是就称它为天牛。

话分两头。炎帝坚守滇池不出，与滇池的百姓在城池内种田畜牧，与钟颀相持。钟颀纵然有一万大军，此时也是束手无策。钟颀在滇池外屯田驻兵，这一守就是十六年。不见钟颀率军归来，黄帝却有些坐不住了，下令让钟颀无须再等，旨到即刻攻城，胜败在此一举，钟颀无奈，只得与炎帝决一死战。第二天，钟颀忽然就号令张若、风胡、神皇三将率大军攻打滇池城，一时金鼓齐鸣，喊声震天。炎帝闻报，急命广成子迎敌。两军交战，足足打了三个月，广成子见钟颀布云梯，抛巨石，攻城甚急，看来城已将陷，势不可支，急忙去拜见炎帝，跪地泣道："贼势猖獗，国祚颠危，城破只在旦夕，城内粮少兵寡，难以再战，请陛下突围逃命吧！"

钟颀破城，驱兵大进。枳廼、梫僶二将率兵奋勇杀出，势如狼虎。荣将打马飞出将二人接住，战上十几回合，不分胜负，荣将诈败逃去，枳廼、梫僶二将紧追不舍，追了二十里地才觉不对，忙喊道："真是'吃了老娘洗脚水'，我们中调虎离山之计矣！"说着又掉头往城门跑去，荣将回转追来，枳廼、梫僶才跑到半路，就见张若、风胡、神皇三将引兵夹攻而来，梫僶支持不来，早被赶来的荣将一刀砍于马下，见枳廼欲逃，荣将转身又挥一刀，又将枳廼斩杀。炎帝二将瞬时毙命，后方大军已乱了阵脚，张若、风胡、神皇与荣将便乘势掩杀，炎帝众兵见城池已破，料不能免死，尽弃甲抛戈，拜伏于地。广成子和副将吴刚当场被俘，绑于外城墙丹墀之内，至此，炎帝全军覆没。

炎帝闻报，弃家撇妻，单骑逃命，才出滇池城数里，忽然遇见女儿女娃与妻瑶涻搀着女登赶来，四人掩面而泣。瑶涻哀道："眼看城池将失陷，妻女也没个安身处，不知如何是好？"炎帝顿足道："早知如此，不如归顺天命，也不致今日之苦，如今反被姬轩辕害了，寡人上不能保国，下不能全妻儿，眼下进退无路，只有一死罢了。”女娃闻言，跪地泣道：“父王一世英名，岂能因一时失败而自寻短见？我军虽乱，但尚可召集，其中不乏智勇足备者，请父王下令收集残部，拼死保卫，我城池坚固，料姬贼一时也难以攻破，只需坚持几日，姬贼必败！”炎帝摇头叹道：“枳廻和棂俶二将已亡，广成子与吴刚被俘，大势去矣，徒劳无益。”女登急道：“我儿就听女娃一语，或可有转机，为何轻言放弃！”炎帝无奈，只好从之，又从偏僻处返回城池内，召集残部守城。炎帝与妻儿老母在帝廷内坐等，不消一会儿，探兵入内急报道：“姬贼攻城，势不可当，众将谅不能胜，只得请陛下突围出城，再作商议。”女登闻报，晕厥于地，炎帝和瑶浛急忙将她扶起。女登渐醒，泣道：“想不到我儿孙遭此大难，昊天无眼，助姬贼灭我，此恨何以消释。”瑶浛哭将起来，炎帝与女娃也暗自垂泪。正喧哄间，只听得门外脚步声急，炎帝惊问：“有何变故？”门将报进道：“城池怕不能守了，众将来请陛下突围。”炎帝无话，一时瘫软。女娃得知急报，便去城墙察看，果然见黄帝军马临城，喊杀声震天，将士死亡无数，城池旦夕可破。守城将士看到，急道：“公主为何在这险地，箭矢无眼，快快回宫去罢！”女娃惊惶无措，捂着脸一边哭泣，一边朝宫里去了，转瞬到了一间神殿，扑通跪下祷道：“妾女娃生于东海，若妾此生有甚福报，今叩祈于此，今姬贼难与争衡，祈望东海龙神怜悯，救我父母于水火。若妾此生有甚劫难，亦叩请于此，千难万劫只降于妾一身，切勿伤妾父母。鄙意如此，则唯天神裁之，特此驰达，妾若如愿，大恩大德容将来以死相报。”说完燃了三支清香，磕头不迭。

却说海龙神自返仙界之后，女娲非但没有将他与瑶池神在界下私通之事禀报天斗，反而在天斗面前为他们说情撮合，天斗知女娲在人间颇辛苦，且政绩卓著，便爽快答应，海龙神便与瑶池神结为夫妻。这日，海龙神正在灵霄殿偏殿歇息，忽觉心念一动，感知到女娃祈祷，细细了解之后，才知是女登孙女求告，想到她心下凄惨，于是决意助女娃了此心愿，谁知还未动身，便被瑶池神截住，问他去路，海龙神只得将前后事细细说明。瑶池神道：“天意难违，若你去助姜炎反败为胜，将与天廷作对，此大罪你岂能担待得起？天王怪罪下来，你获罪事小，只是连累了女娲娘娘，又于心何忍？”海龙神无奈，只得又退回殿中，心下却焦虑不安，踱了几步忽生一计，便唤来其子黄龙将心事细说一遍。黄龙听罢，亦甚为感动，问道：“当下该如何是好？”海龙神道：“女登于为父有救命之恩，如今事涉天廷，为父不能去救，你且下界去救她吧，此番下界之后，救了女登和姜炎，天廷必不会放过你，所以你就不要再回来了，在凡间东海做个龙王，待将来有了机会，为父再加周旋，接你上界。”黄龙遵命，一拱而去。

却说黄龙私自下界，入东海，将那东海之水吸个饱腹，便来到滇池城，兴风作浪，大雨倾盆三天三夜，四处洪水泛滥，这三天暴雨果然奏效，钟颀无奈，只得停止攻城，令大军后撤八十里。第四日清晨，钟颀出营帐一看，眼前是茫茫一汪池水，约有几十里，而滇池城被水环绕，恰在水中央，大军除非插翅，否则难以攻入城中。钟颀望城叹道："有天神助炎帝，此城一时难破。"且说女娃见天降暴雨三天，便知祈祷灵验，便将祈祷之事告知炎帝，炎帝登上城楼一看，见城池被水环绕，料黄帝一时也难以攻入，故而暗自庆幸，喜道："此城易守难攻，眼下已无危机，此时正好重整旗鼓。"说罢，即又令军民在城内耕种，于水中捕鱼，充实粮草，休养生息。

钟颀宕挨数日，面对汪洋池水无计可施，心中愁闷，虽说军士也撒网打捞鱼虾充饥，但时久不战，唯恐军心疲倦。一日独坐水边，苦思攻城之策，忽然瞥见水中漂一树叶，叶子上有一只昆虫，风一吹来，昆虫驾着叶子顺水而去了。钟颀灵机一动，计上心来，喊来荣将，吩咐道："速令军士上山伐木，制作舟楫，十日之后，全军登舟攻城！"荣将不解，问道："何谓舟楫？"钟颀捡起一片叶子，放置于池水上，用手一拨清波，叶子飘然而去，钟颀指着叶子，笑道："水上所行之物，便是舟楫。"荣将豁然大悟，领命而去。

十日之后。钟颀造得舟楫千余，推至水中，等到半夜，令军士登舟，直发滇池城。炎帝与众将尚在梦中，忽闻城外喊杀声四起，醒来已天亮，这时，有守城将士入报急道："姬贼从天而降，已破城而入，请陛下速逃！"炎帝大惊，慌忙去见女登和瑶涂，告知危机。女娃得知军情，一时慌乱，出宫去看，早见钟颀大军已入城内，肆意砍杀。炎帝知大势已去，本欲出逃，见四周茫茫水域，已无处可逃，心下绝望，于是登上城楼，兵将劝道："末将捕获一叶扁舟，陛下可携家眷逃出，末将等率军拼死断后，陛下去后，可图再起！"此时炎帝已心如铁石，不肯转移，挥泪叹道："唉！此乃天败，非人力所能回天也。寡人如今已老，死有何惜，只是怕遗笑于后世，岂能无恨？唯愿我儿康回为我雪此大恨！"说罢，当即拔剑自刎，坠入水中，女登与瑶涂见状，痛不欲生，双双投水而亡。女娃看到父亲自刎，祖母女登和母亲瑶涂皆投水自尽，跪地仰天喊道："天神，助我还是害我？！"说完，一时急火攻心，当下便气绝身亡。女娃灵体出窍，以为自己并未死，独自在滇池周围游荡，直到夜间，才被黑无常发现，带入冥界，女娃灵体见冥兵凶煞，于是奔逃，冥兵追到天亮也未追到，女娃灵体跑得太快，竟然飞了起来，这时正巧有一只鸟飞过，她却不防一头就撞进鸟的口中，小鸟被这突然飞来的一团磷光击中，早就吓破了胆，灵魂出体去了，女娃灵体入了鸟身，占了鸟的灵窍，竟愈加飞翔起来，低头一看才知自己变成了鸟儿，一时又惊又慌，疾飞不停，一直飞到滇池，看到父亲姜炎和祖母、母亲尸体漂浮于水中，到处是兵士尸首，这才知道自己和亲人皆已身亡，万分悲痛之中，滴下血泪，心内暗恨道："东海龙神害我父母，水围城池，我发誓此生将填平东海，让那龙神无安身之处！"女娃的血泪一滴一滴落在父亲炎帝和母亲瑶淦的尸体上，尸身变化为一撮毛发，小鸟直冲而下，衔着毛发就朝东海飞去，将毛发撒入东海，海面上翻起大浪，乌云滚滚从天边压来。自此以后，鸟儿衔着树枝和碎石，不停填海，年复一年，日复一日，经过滇池一带，必会哀鸣不止，滴下血泪，当地百姓每日见鸟飞过，必有血滴落下，便知此鸟是女娃魂灵所化，于是皆朝远去的飞鸟大声哭喊道："女娃！女娃！"如此叫喊，年复一年，日复一日，终于被顺风耳听到，以为界下的女登呼唤女娲，急入蕊珠宫报告。女娲听说女登呼唤，急忙下界去看，才知女登和炎帝妻女都已身亡。女娲站在阁楼上，见女娃化的鸟儿又飞回来，滴血哀鸣，女娲泣道："飞鸟天上空填海，不及界下鹊架桥。"说罢，吹出一丝仙气，伸出手儿，只见那鸟儿就停落在女娲掌上，女娲对它道："你知东海茫茫，难期填平，又何苦徒劳？今日，你就随本宫去仙界吧，本宫赐你名为'精卫'，做个逍遥仙子侍奉左右，也不枉入世一回。"说完，就见鸟儿一头栽下便死了，女娃灵体随女娲往天界去了。而在泰山女登出生的地方，百姓为了纪念女登，拜她为天神，并在泰山为她修建了庙祠，每天都有人去祭拜祈福。女娲得知后，上报天斗，赐封女登为辅神，号"碧霞元君"不题。

且说姱嫭和织女得知广成子被俘，痛不欲生。为能救回丈夫，姱嫭对逃回的将士道："谁能救我夫君回来，我誓将小女嫁他为妻。"这些败兵残将岂敢再去送死，都低头不语。就在此时，牛圈里的那头天牛突然奔来，前蹄刨着地面，朝着织女吼叫一声，而后飞奔而去，织女和姱嫭大惊，面面相觑，不知所以然。半晌元妃，就听下人急入道："夫人，相爷回来了！"姱嫭和织女听说，又惊又喜，忙出去迎接，出门一看，见那天牛浑身是血，驮着气若游丝的广成子。广成子死里逃生回来了。一见到妻子和女儿，广成子自然是悲喜交加，叹道："幸好我有这头天牛，它出生时就有红光祥瑞显现，如今能救我躲过血光之灾，这也是老天保佑我。"说着正要进屋里去，突然就听见天牛在织女旁边吼叫不止，织女见天牛受伤，只是默默流泪，抚摸着天牛的脖子泣不成声。广成子不解，便驱赶天牛，但天牛始终不肯离去。广成子问道："这是何故？"姱嫭心里明白，见瞒不住，便将前后事情一一分说明白。广成子听罢大怒，拔剑指向天牛，怒道："只誓与人，不誓与牛！"天牛听到这句话，忽然暴躁起来，吼鸣不止，声音甚是悲凉。广成子恼羞成怒，对那天牛吼道：“你虽然救我，但毕竟你是个畜类，哪有人嫁给畜生的道理？如果你再纠缠不休，我就让人把你宰了！”织女听说父亲要杀天牛，就跪地哭道：“天牛毕竟救了父亲一命，请父亲手下留情，不要杀它。”广成子见女儿如此，那天牛又不肯离去，便令人射杀了天牛。天牛死后，不消一会儿，忽然，一阵风刮过，牛尸却不见了，只剩一张牛皮。广成子觉得奇异，正要去细看，突然又来一阵强风，只见牛皮卷着织女腾空飞去了，而这一天正是七月初七。媇嫭见女儿不见了，昏厥于地。广成子惊恐万状，就与众人去寻织女，到半路时，见钟颀率领大军进城，又听说炎帝也自刎了，更是惊魂不定。找了半天，终于在他被俘的地方找到那张牛皮，一看牛皮鼓囊囊的，打开牛皮，见织女已经死了，白骨森森，惨不忍睹，虽然骨骸和毛发还在，尸体却已化成虫子。广成子垂泪道：“此乃天虫，为织女所化。”广成子和众人又发现，周围竟长出很多树，果实血红，叶子上爬满天虫。广成子叹道：“我原不知，不想我女儿和那天牛都是天神转世来的。”一夜之间，这件事儿家喻户晓，人们把这虫子叫作天蚕，将那树叫作桑树，每逢七夕，常有男女在桑林中约会。消息一直传到涿鹿之地，人们见到很多地方都生出桑树，树上结满血红桑葚，奇怪的是就连桑干河的水也没有了。黄帝闻报后，很是惊奇，便亲自去看，果然见河水干涸，于是感叹不已。

那钟颀得知炎帝自刎，便杀牛宰马，大享士卒，又下令将所降士兵分编各营。听说广成子突然被一头牛劫走，大为吃惊，问手下道：“真有此事？”手下回道：“亲眼所见。”钟颀又令荣将追击，将那广成子擒来。第二日，钟颀又令将广成子和吴刚押来，钟颀见二将进来，问道：“广成子、吴刚，你二人也是姜炎手下名将，今日你国被我黄帝所灭，你二人可有话说？”广成子大哭道：“亡国之臣，还有何话可说，臣无能，致使愧对我帝，如今被俘，唯望以死谢罪。”吴刚跟着道：“今日只愿一死，速见我帝于幽冥为幸。”钟颀见他们如此光景，心生怜悯，恻然道：“果然是忠勇之士。你们可愿随我入朝为官，共事黄帝？”广成子含泪道：“蒙军师不杀，已属过分，又承手足相待，此恩此德何以为报，愿终身随侍军师！”说罢，二人大哭不止。

却说钟颀大捷，招抚了广成子和吴刚，率领大军返回涿鹿。黄帝灭蚩尤，大败炎帝，一战而定天下，于是封疆列土，将天下分为八十一国，并册封诸侯，令他们治理各诸侯国，从此民熙物阜，万众归一，常听农人在田间地头，唱道：

姬室创业成龙祖，分封诸侯安国土。龙德在田泽民心，一挥九制展宏图。

凿楹纳书满王宫，衡石程书广造福。自此祥瑞罩千湖，一江春水绿万谷。

钟颀大捷，回府大宴众将，直到天黑方才散席。钟颀自在书房读了一会儿书，正要歇息，就见侬雨掌灯入内，灯光之下，见侬雨妆扮娇娆，钟颀觉得不便，问道："已至夤夜，你不在闺房歇息，忽然到此做什么？"却说侬雨自幼被钟颀带回悉心照料，每日耳闻目睹钟颀，深知他是个善良正直的人，又颇具才华，如今长成十五六岁，情窦初开，逐渐对钟颀产生感情，早就将国恨家仇忘却脑后，见钟颀询问，先是愣了一下，含羞答道："妾并非淫奔之女，因爱慕军师，今又闻军师打了胜仗，故来庆贺，军师若不弃卑贱，妾愿一订终身。"钟颀闻言，哈哈大笑道："蒙小姐见爱，但是老夫一直视小姐为女儿，你这一说，倒是惊煞老夫了，全当你一句戏言，快快去歇息吧。"侬雨低头道："妾并非戏言，望军师怜之。"钟颀叹道："你年龄尚小，我并不责怪，只是实话告知你，此事断不可行，请勿再说。快去歇息吧。"侬雨见钟颀不肯，也不好再说，只得退出。钟颀见她走了，却彻夜无眠了，暗思道："女大不中留，看来该给这女子寻个夫君了。"如此想着，三更才睡着。

一早起来，钟颀去拜见姬轩辕，见黄帝愁眉不展，钟颀问道："圣上似有心事？"黄帝踱步叹道："朕知父母皆为天神，因私自下界而神力尽失，朕自幼听父母说天界事，之后颇好仙慕道，今朕已垂垂老矣，一心思虑传位之事，朕有二子，长子'挚'，因家母疑其为蚩尤之子，十分厌恶，故不肯让他入籍轩辕氏族，一改金天氏，并取此'挚'字为名，意为挚兽。而家父则独爱长孙挚，因家父名为轩辕昊，故而家父赐其号为'少昊'，此子虽聪慧伶俐，只是体弱多病，恐命不长久，朕欲立其为帝，只是家母不允，故其不能继承帝业。次子昌意，顽劣无知，朕有心传位于他，皆因其子颛顼聪明智慧，颇有大志。朕想问军师，册立之事，不知有何良策？"钟颀思忖半晌，问道："不知元妃之意若何？"黄帝沉吟道："元妃西陵嫘乃是挚生母，自然希望立挚为后继之君。"钟颀深深一揖，回道："圣上有此意，到也不难安置。"黄帝大喜，问道："哦？如此说来军师已有主意，就请明言。"钟颀徐徐道："废长立幼萧墙祸起，此断不可为，不如先立少昊，少昊若有不测，再立昌意不晚，如此一来，名正言顺，无所后顾。"黄帝颔首道："军师之言正合朕意。只待几日，朕与家母以及元妃西陵嫘商议后再定。"黄帝说完，又瞅钟颀，见他面有难色，似有难言之隐，于是问道："军师因何事愁烦？"钟颀笑道："昔日灭蚩尤，得其女儿侬雨，如今芳龄十六，正值豆蔻，臣奏请圣上为帝子昌意纳妃，侬雨当是不二人选。”姬轩辕疑道：“哦？天下女子如云，况她是逆贼蚩尤之女，为何就是不二人选？军师有何高见说来听听。”钟颀拱道：“回禀圣上，蚩尤并非逆贼，其有国在先，圣上吞其国再后，只是他不肯归附罢了，若圣上不计前嫌，肯纳蚩尤之女为儿媳，必使人民称颂，天下归心。”姬轩辕笑道：“朕就知道你会这么说，好吧，朕准了，就令我儿昌意迎娶依雨，只是不知女枢肯应否？”钟颀见黄帝已允姻亲，满心欢喜，笑道：“臣遵旨，至于涂山氏女枢，虽为女子，然而聪颖善良，颇知大义，若闻圣上赐婚，定领会圣上之隆恩，岂不肯应？”黄帝颔首笑道：“军师果然心细，此事就这么定了，毋庸再议。”钟颀又叩拜道：“圣上英明。”说罢便起身告辞，回府准备，唤来依雨，遂将圣旨与她说了。不料依雨听罢，死活不肯答应，又哭又闹。钟颀无奈，厉声道：“你敢抗旨，惹得龙颜大怒，怕是我也吃罪不起呢！”说罢便甩袖而去。次日，王宫派马车来娶，宫女俱到，将彩礼一一放下，摆列得黄白争辉，苍翠夺目。一会儿，管屈来了，对钟颀唱道：“圣上赐新人彩缎金花，金玉福寿杯、玉绦、蟒衣、玉带、朱履等若干。请新人笑纳！”钟颀道：“谢圣恩！”依雨上了马车，心里恨道：“好狠心的钟颀，你的依雨要与你分别了，今生不成连理，愿来世续姻缘！”想着便在马车轿子里哭哭啼啼起来。昌意当日娶了依雨进门，款待了客人。散席之后，自回房成亲。依雨坐在床上，忽然，昌意走进房来，唤道：“娘子，春宵一刻值千金，快快睡吧。”依雨不答，昌意替她脱衣裳，上床成亲，依雨暗自落泪，一任狂风雨欺，游蜂浪蝶，事已至此，只得认命了。

三天之后，依雨照例回门儿。钟颀见她高高兴兴，心里也好受一些了。依雨和往常一样，给钟颀做了肴馔，又取来宫中美酒，给钟颀斟满，笑道：“妾给军师敬酒，一为妾新婚，二为军师平定姜炎庆贺。”钟颀岂知这杯中乃是毒酒，只是满心欢喜，端起酒杯一饮而干，依雨见状，又连忙斟一杯奉上，钟颀又是一饮而干，依雨再斟上一杯，钟颀又饮了，开始头晕目眩，渐觉不适，问道：“小姐为我斟的什么酒，怎么喝了难受？”依雨泣道：“军师，妾为你斟的是毒酒，妾有二恨，今日必消了，一是军师杀我父母，二是军师逼我嫁人。”说完，便拂袖而去了。钟颀无话，只得忍住，用尽内力方将剧毒压住，勉强挨到次日，黄帝登殿早朝。

黄帝端坐龙台，文武齐聚堂上，朝殿内紫烟绕香，瑞气青袅，一片肃穆之象。又听内官扯着嗓子喊道：“有奏早报，无事退朝！”话刚说完，一身紫袍的钟颀出列，跪地执笏奏道：“微臣奉天命而下界辅佐陛下，斩蚩尤于兰池，灭炎帝于滇池，班师回朝之时，臣又在泰山筑坛祭神，为我朝祈福，而今天下一统，万民归心。微臣当回天廷复命，请陛下准奏。”黄帝惊道：“爱卿何出此言！朕蒙爱卿相助，方安天下，当与朕同享荣华，岂能弃朕而去？”钟颀奏道：“微臣奉天命来助，岂敢贪功图赏，望陛下开恩，准臣之愿。”黄帝见钟颀执意请辞，心甚伤感，哭泣道：“爱卿要离朕而去，朕将失国之重器，今后由谁来辅佐朕？”钟颀回道：“若陛下能明是非，辨忠奸，国将兴盛。臣为陛下推荐一个国器，名叫屈轶，请陛下重用。”黄帝急道：“那屈轶现在何处？速请来觐见，朕必将重用！”钟颀即令人端来一物，群臣看去，原来是一盆草，众皆哂笑。黄帝惊问道：“爱卿，朕只见得此草，但不知国器在何处？”钟颀指盆草道：“陛下，此草正是屈轶，乃是国器。”黄帝闻言不悦，问道：“爱卿戏朕乎？”钟颀跪叩道：“臣岂敢欺君，此草乃是臣采神山之水土，悉心种植，陛下请看，此草虽然叶茂，然而只有单枝，虽说其貌不扬，但它却能知善恶，可辨忠奸，陛下若得此草，必能使政治清明，人心归向。”黄帝疑道：“既然如此神奇，爱卿可否一试？”钟颀回道：“臣遵旨。”一会儿，果然见草枝倾斜过去，指向潜入朝中的管屈，管屈心虚，当即求饶道：“臣罪该万死，求陛下饶命！”钟颀指着管屈骂道：“你卖主求荣，潜入朝中替蚩尤通风报信，此事能瞒得过陛下，却瞒不过这‘指佞草’！”黄帝大怒，就下令将管屈处死，此后，朝中果然再也没有奸佞之臣了。

钟颀体内剧毒发作，再次叩请黄帝准他归天，黄帝得到屈轶，稍加安慰，忙从龙座下来，扶起钟颀道：“爱卿平身，朕明日设宴，为爱卿饯行。”钟颀再拜谢恩不题。话说钟颀回到府上，因念黄帝之恩德，感激涕零。到了晚上，做了一梦，梦到府院内出现一道白光，细一看，原来是杨天佑来到，钟颀忙道：“上神亲临，不知有何见谕？”杨天佑道：“你助黄帝安邦定国，匡扶社稷，已是功盖天下，天王令我来传诏，命你回天廷复命。”钟颀惊道：“如此着急，莫非天廷有何变故？”杨天佑道：“你是天王的天卜神，连你都不知，我又如何知道？”钟颀叹道：“自下界以来，便很少知道三界之事。”杨天佑道：“天王即将轮回，急召众神朝议。”钟颀从梦里惊醒，再睡不着，想梦里情景，已知将死。第二天，黄帝设宴为钟颀饯行，令宫媛歌舞伺候，又令御膳呈上佳酿。一会儿，有内官道：“六膳佳酿皆已齐备，请陛下用膳。”黄帝瞥一眼，见有莼菜，有腊鱼、珑璁餤、鹭鸶饼；五香鹿肉、马肉、桂花栗子、驼蹄餤；烧野鸡、猪肘、红菱藕粉；鸭肉、羊腿、春分餤、鎗糟炙、五色馄饨等。黄帝叹道：“军师曾与朕言，‘阴之所生，本在五味；阴之五宫，伤在五味’，朕平时颇知养生，今日肴馔如此丰盛，为军师饯行，不得不如此，往后一概减免，多多食素为好。”说罢，又令乐师奏乐，一时凤箫鸾管，丝竹并奏。左右文武都已到齐，唯独不见钟颀前来，黄帝左顾右盼，问道："军师为何还不前来？"说着，又令吴刚去钟颀府上再请。

钟颀中毒，已无力起身，见吴刚奉旨来请，钟颀道："我要走了，请你转告圣上。"吴刚问道："听说恩相下界时，乃是直下天门的，如今要回去了，却如何上天？"钟颀笑道："我本是人神，下来时容易，上去时也容易，我只须留下肉身，元灵即可回去。"话音刚落，就听院内一声巨响，似有一物从天而降。钟颀和吴刚出去看，见天上落下一口玉棺。钟颀长叹一声道："天王召我，我要走了！"说完便躺入玉棺内，吴刚一看钟颀真死了，悲痛欲绝，拔剑道："恩相！我来也！"说完也自刎于玉棺内。

黄帝闻报，一时天旋地转，栽倒在地，歌舞戛然而止。群臣恐慌，广成子急命移驾寝宫。躺在龙床不久，黄帝醒了，哀呼道："为何会如此？"广成子劝道："陛下莫悲伤，那钟颀本是人神下凡，如今登霞而去。"黄帝泣道："朕失良臣，如断手足！"黄帝一时悲伤不题。

话分两头。且说天牛和织女死后，元灵尚在滇池一带飘飘荡荡，被白无常发现，带入幽冥，陆正得知是牛宿和织女二神元灵，对他们道："你们既是仙灵，我当奏明天廷，引渡你们返回仙界。"天牛和织女却不乐意，织女跪叩泣道："我们两个奉女娲娘娘之命来助炎帝，不想未能如愿，如今姜炎已死，此时我们若上界去，必是死罪，今后便无出头之日，只求判官能放一条生路，将我们投生到阳间为人，做个恩爱夫妻，也好行善修真，归一之后再入仙界。"陆正想了想，笑道："这也不难，只是投生阳间，要走那奈何桥，喝那黄泉水，记不得前生的事儿，即使到了阳间也是陌路人，至于能否成为夫妻，那要看你们二人的缘分了，不知你们可愿意？"天牛和织女跪地叩道："判官大恩，容将来再报！"说完又三拜谢恩。

天牛和织女在陆正安排下投生到涿鹿，天牛生于一个农户之家，六岁时父母双亡，他一个人放牛为生，人们都叫他牛郎。而织女生在一个猎户之家，天缘凑巧，十四年之后，两人意外相遇。十四岁那年，织女的父亲在一次打猎中却被老虎吃了，母亲又一病不起，母女二人陷入绝境，没吃没喝，几乎奄奄一息。凑巧那天，牛郎放牛到中午，又遇酷热天气，非常口渴，只好找人家去要水喝，正好就走进织女家，见母女二人气若游丝，便杀了自己的牛，烧水煮肉，救下母女二人。母亲见牛郎善良，做主将织女嫁与他，二人男耕女织倒也快活。

织女种植桑园养蚕，将蚕分给村人，教大家养蚕，又教她们纺织，人们都亲切称她为"蚕女"。蚕女做的精美丝织辗转流入涿鹿王宫，西陵嫘知道这出自蚕女之手，便让黄帝号召百姓养蚕，生产缫丝，百姓便称西陵嫘为“嫘祖”。织女之事引起黄帝注意，道：“世间竟有如此奇女子，朕当去探望，请她进宫纺织。”黄帝在广成子的陪同下，来到蚕女桑园，看到园中一个女子正在采桑，见她一束纤腰，一头青丝发，一双玉手灵巧可爱，再细看去，香鬓云鬟，清辉玉臂，美若天人，不禁神摇魂荡，痴痴地望着女子发呆。广成子见状，明白几分，问道：“陛下何不移驾？”黄帝如梦方觉，醒了过来，问道：“这是谁家娇女，真是仙姿玉色。”广成子回道：“陛下，此女便是蚕女。”黄帝正要近前，却见一个俊朗男子到了蚕女身边，拿着丝巾为她擦拭汗珠，两人甚是恩爱。黄帝惊道：“娇女嫁否？”广成子回道：“正是，此人便是蚕女之夫，名叫牛郎。”黄帝失望至极，怏怏回宫。此以后，蚕女美貌在黄帝脑中挥之不去，竟几日茶饭不思，神思恍惚。广成子得知，进宫劝道：“有夫之妇，陛下何作此念？”黄帝竟潸然泪下，泣道：“朕爱蚕女，若得此女，朕虽死何憾？”广成子劝道：“陛下且莫如此，恐将失了民心。”黄帝不理广成子劝诫，以征兵名义，将牛郎征入军中，派到偏远地方守边。临行前，牛郎和蚕女双双跪地，对视无语。半晌，牛郎泣道：“我去之后，生死无期，妻可寻个良家人嫁了去。”蚕女知是黄帝想霸她为妃，于是取一根红线来，将自己头发细细盘结起来，一边泣道：“夫君且莫乱说，只管安心服役，你我两情相爱，妾当生死不渝，岂能再侍他人？妾今结发，除非妾死它不开，非夫君之手不解。”牛郎挥泪而别，走后不久，黄帝几番诏令蚕女入宫，被蚕女回绝，因蚕女纺织名声在外，只怕民众非议，黄帝不敢强抢，只得作罢。三年之后，牛郎服役归来，见蚕女仍在桑园中，头发盘结完好，跪地泣道：“结发为夫妻，恩爱不相离。”牛郎回来后，黄帝听说他们结发为誓的事儿，颇为感动，便不再追究，让他们团聚。

一日，黄帝忽然见姮娥前来，报道：“陛下！安圣母娘娘仙逝了！”黄帝一听，两眼一黑，身子一软便倒在龙榻上……

第十二章　姮娥飞天

笪殷入仙界碧霞归一　蟾蜍吃神汤姮娥飞天

却说女姬肉身离世后，姮娥因悲伤过度，郁郁而终，两个元灵一同归天。轩辕昊得知女姬归一，便去南天门迎候。女姬见到轩辕昊，埋怨道："妾并未请奏登霞，师尊他为何让我归一？"轩辕昊叹道："岂能久居人间？况师尊即将轮回，召集众神回宫议事。"女姬叹道："妾在凡间辅佐姬儿，师尊令妾归一，始终心中不甘。"轩辕昊一听说的是姬轩辕，当下便怒道："他堂堂一个人间帝君，竟然思谋夺人妻女来，这成何体统，也不怕诸神耻笑！"说完，女姬也无言以为，只好与姮娥回紫微宫。

再说钟颀归一，往仙界途中思道："昔日天王因疑我，故让我下界轮回，此时又急召我上界，不知是何缘故？"快进天门时，就觉身后有人来，回头一看，却是吴刚，不觉一惊，忙问道："将军怎的也来了？"吴刚擦汗道："恩相步伐好快！末将追之不及！"钟颀疑道："将军欲随我去仙界？"吴刚叹道："恩相此去，末将在人间也生不如死，不如跟随恩相，侍奉朝夕。"钟颀无奈，也只好收留他，安顿好后，又去拜见天斗。天斗见钟颀返回天廷，大喜道："本王知你忠心耿耿，辅佐姬轩辕，功不可没。"钟颀跪拜道："臣只有一片侍主之心，愿为天王效死命！"天斗扶起钟颀，踱了几步道："本王近日见泰阶星忽隐忽现，想必是往去轮回的时机来了。本王对那照石放心不下，故召你回宫商议，请勿见疑。"钟颀拱道："臣唯天王命是从，此乃为臣之道。"天斗又问："本王听说黄帝在凡间寿长八百岁，不等其归一回来，本王便轮回去了。果若如此，本王放心不下，若令他现在就归一，不知可否？"钟颀一听，暗思道："想必是天王担心那照石下落，这才问我来，我该如何作答，若说可以归一，那姬轩辕必是死路一条，我若说不可，又当如何辩解？"想到这里，突然就有了主意，又拱道："不可。"天斗问道："为何？"钟颀答道："轮回途中，非自然归一者，其结果是坠入幽冥，反而使照石下落不明。"天斗沉吟道："若那姬轩辕久在凡间，只怕魔天王阴灵一旦知道他是照石转世，必然会加害，本王思忖再三，不如将那姬轩辕召上天廷，暂立为天帝，如此，便无人再敢觊觎照石，只等本王归一回来，再即天帝位，你说，如此可好？"钟颀沉思片刻，回道："臣以为可行。立姬轩辕为天帝，谁人敢弑帝而篡逆？如此照石则可保全，只等天王归来，复登大宝，再取照石，两相不误，实乃万全之策。"天斗若有所思，沉吟道："你且退下，待本王细细想来。"钟颀默然退下。

话分两头。女登离世之后，她的元灵碧霞在冥界逗留数月，陆正安排她与姜炎的灵体返回仙界。刚到南天门就被门神拦下，问道："两位是何灵身，为何没有仙体？"转而又斜睨姜炎灵身，问道："你这个牛头怪，又是从哪里来的？"见碧霞和姜炎不说话，便喝道："天门重地，若无渡印符，任何人不得入内！你们快快离去，否则休怪我不客气！"碧霞盈盈欠身，问道："请问门神，什么是个渡印符？"门神道："非有神位者，若来自诸星海的人神，需持本星海神府人神渡印符；若来自灵界的神仙，需持有大雷音寺的渡印符；若来自冥界的元灵，需持有幽冥宫的渡印符。"碧霞道："我是蕊珠宫侍婢碧霞，今日轮回归一回来，还请门神通融。"说着就抽出云鬓上的碧翠簪子递了过去。门神见状，一只手掩鼻，一只手连连摆道："你当这仙界是什么地方？这些凡间才有的市侩气息，你怎的带来仙界了？真是恶臭的味道！快去吧！不然我令门吏打你们下界去！"说完又招来两个天兵驱赶碧霞和姜炎，就在这时，忽然又来一个冥神，人未至声先到："门神且慢！"门神站定一看，喝问道："你又是何人？"冥神深深一揖道："小神乃是冥界渡善，来送碧霞和姜炎二位元灵归一。"说着就递上两片渡印符，门神接过细细一看，笑道："原来是冥界的渡印符，此时已经无用了，请回吧。"渡善奇怪道："渡印符乃是天廷所赐，为何就无用了？"门神正色道："冥界有人叛乱，女娲娘娘已下指令，但凡冥界渡印符，近日不得使用。"渡善急道："我们上界一次不容易，往返颇费精力，要不这样，你可派门吏前往蕊珠宫通报女娲娘娘，让她派人来接如何？"门神急道："若有女娲娘娘手令便好！"说完就派门吏去蕊珠宫通报。女娲听说碧霞与姜炎归一回来，忙领着碧玉和精卫亲自前去迎接，到了南天门，端详一会儿，见果然是碧霞和姜炎。碧霞见女娲来了，一句话不说就放声大哭，女娲忙抱着她，哽咽道："我才见你高兴，你却哭起来了，惹得我也伤心。"碧霞只得揩了眼泪。女娲见渡善跪在一边，扶起她来，笑道："陆正可好？"渡善答道："判官一切都好。"女娲道："你且先回去，告诉陆正，笪殷曹之事，本宫自有计较。"渡善听了，拜过，自下南天门去了。女娲又见门神低头站在一旁，厉声问道："谁阻挡来着？"门神见女娲不悦，急忙跪地道："小神确实不知她是蕊珠宫的仙子，请娘娘恕罪。"碧玉斜睨门神，笑道："她就是碧霞，轮回到人间便叫作泰山！"门神忙道："小神眼拙，叩请女娲娘娘、碧霞元君宽饶！"女娲瞥了门神一眼道："你可真是，有眼不识泰山！"说完携碧霞和姜炎去蕊珠宫了。那门神望着她们的背影，暗思道："听说碧霞轮回到凡间，此时真的归一回来了。"

女娲与碧玉、碧霞、姜炎快到蕊珠宫的时候，见火德真君已经在宫门等候了。碧玉低声道："母后，门口站了一个人。"碧霞听到碧玉叫"母后"两个字，心里惊了一下，不由地瞥了一眼碧玉。女娲笑道："那是火德真君，是我让他来的。"说着就站住，瞅着碧玉道："你先和姜炎在这里等着，我和碧霞有几句话说。"说完又拉着碧霞的手儿走，一直走到了宫门外的亭轩，又拉着她坐下。碧玉远远见女娲和碧霞坐在亭子里，她便小嘴儿一歪，肚里也犯起了嘀咕，暗思道："母后该不会是让碧霞做了大少夫人吧？这会儿碧霞回来，那须菩提还能记得我么，看来我的苦日子要来了。"如此想着，不觉得蹙起了眉头，一时满腔愁绪，心内云诡波谲。女娲仔细端详碧霞一会儿，见她灵体作淡装出，剪水双瞳，袅娜无伦，就和过去一模一样。女娲低声问道："碧霞，我有两件事儿须和你说。"碧霞低头问道："娘娘有什么事儿要给小婢说？"女娲笑道："你看你，这会儿你是天廷敕封的元君了，好歹也是一个辅神呢，怎么还小婢小婢的，你不是谁的婢子了，这个要记住，免得外人听见了还说我压制你呢！"碧霞听话地点点头，瞅着女娲。女娲又道："这件事儿，我先说第一件。碧霞，你也晓得的，之前我把你和碧玉许配给了须菩提，虽说没有办婚礼，可不用我说，你们都有夫妻之实了，可你却突然就轮回去了，在凡间与那少典成为夫妻，又有了孩子，不知须菩提……"话还未说完，碧霞掩面悲啼道："娘娘，我虽然在凡间与那少典结为夫妻，可那是我的肉身，而我灵体依然白璧无瑕，心里还是须菩提，娘娘莫非要我与他分离么？若真是这样儿的，我就死在这里，也算是回家了。"说着便要往亭柱上撞，女娲大惊，慌忙将她拽住，此时心肠早就软了，怎舍得她寻死，女娲笑道："碧霞，你是误会为母的意思了。"碧霞一听"为母"两字，心里又惊又喜，这才好转了，泣道："母后，我是不会和须菩提分离的，他是我夫君，若是他嫌我，我自了断，也不后悔，不怨谁，若是他还记得我，我怎么忍心离他而去？"女娲叹道："为母并非让你们分离，只是你回来只有灵体，而没有仙体的，你们又如何在一起？"碧霞蹙眉问道："归一回来，不是仙体自成么？为何我却没有？”女娲道：“你来时没有渡印符，是我来接你进来的，本来是有了渡印符，门神便要你去渡引阁见那渡引吏，渡引吏给你喝下隔戒露，你才能恢复仙体的。”碧霞急问道：“那我这就去喝隔戒露。”女娲叹道：“喝了隔戒露，你就记不得前生今世的事儿了，你哪里还认得我，认得须菩提？就连这仙界的一切人你都不会认得了，你真的要喝隔戒露么？”碧霞摇头，哀泣道：“我不要喝隔戒露，我要和母后在一起，我要和须菩提在一起，求母后救我！”说着就跪在女娲面前。女娲扶起碧霞，叹道：“若不喝下隔戒露，除非昊天此时怜悯你，给你恢复了仙体，否则就是母后也无能力为你恢复仙体的。”碧霞无话，只是哭泣。女娲又道：“暂且先这样儿的吧，待以后再说，你上界来还未见过宫里的人呢，母后这就领你进宫去。”碧霞急道：“母后还有一件事儿呢？”女娲笑道：“唉，你不说我还差点儿忘了。你带姜炎上界，在这蕊珠宫里也不是个办法，再者须菩提见到也不好，你说是不是？”碧霞乖巧地点了点头儿，低声问道：“那该怎么办？”女娲道：“你看，火德真君来了，是母后让他来接姜炎，让他跟着火德去修行吧，将来也谋个神职，为天廷效力。”碧霞听话地点点头儿，道：“一切全听母后安排。”说罢，就跟着女娲来到碧玉和姜炎身边，又去见火德，一路无话。火德见女娲和碧霞，深深一揖，见碧霞并不认得自己，火德也无话。女娲笑道：“本宫就把姜炎交给你了，你须好好栽培。”火德拱道：“请娘娘放心。”说着就要姜炎跟他去，姜炎舍不得碧霞，眼泪汪汪地瞅着，碧霞哽咽道：“好孩子，如今归一到天界了，你我母子缘分已至此了，今后你是你，我是我，在这天界各自生活吧。”姜炎也无话，跪地磕了三个头，而后跟着火德去了不题。

碧霞跟着女娲和碧玉进了蕊珠宫，穿过拱门，早就见花花绿绿的一群人在客厅前等候了，尚翠前来，福了一福，笑道：“母后万福，少夫人千福，元君安好。”碧霞纳闷，问道：“怎的？怎么尚翠这的问候？”女娲入座，笑道：“你下界之后，为母为碧玉和尚翠两人与须菩提举行了婚礼，如今，她们俩是须菩提的夫人了。”碧霞一听，心里苦楚，不觉双泪涔涔而下。尚翠见状，去搂抱碧霞，结果却扑了空，尚翠惊道：“明明抱着碧霞姐姐了，却怎么就像是抱着了虚空？”女娲掩口，不禁扑哧一声，笑了出来道：“碧霞现在只是灵体，还未得仙体，你们也只能看得见，摸不着的。”尚翠瞅着碧霞，惊奇地打量着，就在这时，娇珠来了，碧霞一看，小美女身后又跟着一群美女，是婁翜、嫱娟、娋犟、皀嬥、媚凤、玉奴、香哝、斓姁等，都是花红柳绿的一团锦绣。碧霞一个都不认识，只是看呆了。大家进了客厅，满屋子人都欢笑，一会儿须菩提也笑着进来，身后跟着如花似玉的好嫘，见了婁翾，两人相视一笑。须菩提和好嫘双双跪拜女娲，又从碧霞开始，依次和碧玉和尚翠几位见面，碧玉凝神打量着好嫘，见她玄发翛曜，明眸秾艳，文静端丽，尤其是微微一笑，那一双酒窝动处，就似能将沙浮复苏，又是一个玉润珠耀，令人销魂的主儿。碧玉剜了须菩提一眼，却被女娲一眼瞥见，女娲知她肚里醋翻，拉过须菩提问道："这个女子是谁？"须菩提回道："母后，这便是孩儿麾下镇天将军戌闰升的姑姑，叫个戌闰好嫘，她与婁翾姐姐是故交，特来相见。"女娲盯着碧玉笑道："呃，既是戌闰升的姑姑，便是你们的长辈呢，岂能与你们一起的，快来坐我这里吧。"好嫘对女娲福了一福，乖巧地坐在女娲身旁。

碧霞一见须菩提，双眼早就流下泪来，须菩提也痴痴地望着碧霞，像珍宝一样看着她，一会儿，又伸手去拉她的手儿，却像拉着虚空，须菩提惊道："这怎的一回事儿？"碧玉小嘴儿一撇，娇嗔道："碧霞姐姐才归一回来，还没得仙体呢！"碧霞眼泪盈眶，小嘴儿一撇，笑道："看把你急的，妾的仙体过几天也就恢复了呢。"说到这句，碧霞脸儿一红，急忙抬起小手儿捂住了嘴唇。须菩提不好意思地瞅了一眼女娲，女娲笑道："你这一去，虽说天界只有百余天，可人间也是百余年呢，就连为母都想你的不行，何况他呢！"碧霞这才不觉得尴尬了，娇声道："我也想念母后，想了一百零三年呢！"女娲拉过碧霞让她坐在腿上，爱怜地抚弄着她的长发，笑道："谁又不想呢？你问问碧玉和尚翠，哪个不想你的！"碧玉和尚翠微笑，轻轻地点着头儿。须菩提愣怔了一会儿，问道："母后，为何你就能摸着碧霞呢？"女娲笑道："你若好好在灵界修行，到了为母这般境界，自然也就能捉住虚空了。"说着又扶起碧霞，拉过须菩提道："我儿，你们去后园的亭子里耍去，为母这会儿也累了。"说完就走了，嫱娟、媌翚、皀嫪三个婢子忙跟着去伺候。婢子们都簇拥过来围着碧霞，你一言她一语的，碧霞也不知如何应答，只是笑吟吟地看着她们。须菩提忙令香咴和斕姁先去亭子里铺设地毯，安置桌椅，碧霞和碧玉、尚翠、须菩提、娇珠，还有媚凤和玉奴两个婢子，三人一行，五人一伙地来到后园。琪花瑶树，清泉鸟鸣，繁华锦绣，不详记叙。

众人坐定后，就见轩辕姝涵领着洛雅也来了，身旁是一少年，自有一番动人的气宇。但见他：

长身玉立，玉影翩翩。琼树瑶林，风姿濯濯。秋水神凝，泽金璞玉。春风扑面，貌绘华琳。光彩肤耀，九龄风度。骨藏文琛，满腹锦绣。

众婢看见了，不由得将玉手儿掩口，痴痴地看着他。娇珠起身，四顾一下，而后朝姝涵撇着嘴儿，又学着姝涵的样儿朝她做口型道："你—怎—的—来—啦？"姝涵只是笑盈盈的，也不答话。碧玉先看见了，暗吃一惊，心内道："这婢子也太胆大了，上回与这少年偷情，被我发现，我本念在娇珠面上，没有告知娘娘，如今她却明目张胆地又带了来，这番我便不管了，叫娘娘去收拾她！"须菩提定睛一看，原来那少年正是轩辕健，心里也打起鼓来。瞬息，又见姝涵纤体婉柔，袅袅婷婷，翩若惊鸿，虚鬟密发，丰姿娟媚，须菩提不敢正视，一时心绪飘然起来，如秋风吹散落叶，不知要飘去哪里。呆了半晌，又觑一眼，见姝涵低头垂颈，鬓皷眉蹙，又痴痴地凝视轩辕健。须菩提心内叹道："天界有这般绝色女子，这才是素颜，若再稍加梳整娇妆，那岂不是三界第一美人了。"

碧玉见须菩提发呆，照准他胳膊就狠掐一下，须菩提疼得龇牙咧嘴，就是不敢出声，转脸盯着碧玉问道："你又掐我，这又怎的了？"碧玉低声道："看你贼眉鼠眼的，是不是又瞧上那个婢子了？"须菩提急了，附耳对她道："你可知道那少年是谁？我可认得的。"碧玉疑道："是谁？他才来，你如何认得？"须菩提悄声道："了不得，他是轩辕健，自称为昊天，乃是盘古龙帝的转世呢，你信不信，就连我的驱五雷法和玄冥掌都是他教我的！"碧玉听了，又仔细瞅了轩辕健一会儿，喃喃道："果然有些不同，确有帝王气象。"须菩提又低声道："你再瞧那个叫轩辕姝涵的女子，哪里是个婢子的样儿？她便是他的人呢，你老怀疑我作甚？你也不想想，若轩辕健真是盘古的轮回，她不就是未来的帝后么？我哪里有非分之想！以后莫再怀疑我了！"碧玉笑笑，低声道："好了，不怀疑你就是了，不用这么急赤白脸的。"说着又紧挨着他坐定。

轩辕健与姝涵、洛雅坐在一起，娇珠见碧玉脸色不好，于是给她递眼色，碧玉会意，也不便发作，任大家一起玩耍。此时，洛雅起身，来到碧霞身边，欠身道："听说元君姐姐归一回来，我接引归真佛令我来送上礼物探望。"碧霞忙起身，欠身回道："佛祖眷顾，妾真心感谢。"洛雅从袖内取出一个玉佩递给碧霞，众人凑上去一看，原来是紫玉镌刻的阿弥陀佛像，那眉眼和面相却像是活的一样儿，洛雅笑道："这便是西极灵界的阿弥陀佛像，戴着它能保佑你呢。"姝涵一听，抿嘴含笑，瞅着轩辕健，他又紧紧攥着她的手儿，示意她不要说话。碧霞看了一会儿，笑道："看着眉脸却好像在哪里见过的。"洛雅笑道："哪里能见过的，阿弥陀佛可不是随便可以见到的，除非修行到了至高境界才能见到。"娇珠又凑上去，劈手夺来道："让我看看。"说着就仔细端详了一会儿，忽然掩口一笑道："确实像一个人。"说着就瞅着姝涵笑。姝涵又朝她蹙眉噘起小嘴儿，一会儿将笋指儿掩着朱唇，又弄着口型道：“不——要——说——了。”娉珠明白她的意思，便忍住不笑。这时就听斓姁惊道：“确实像姝涵妹妹身边的那个后生。”娉珠忍不住扑哧一声又笑了出来，碧霞和洛雅也朝轩辕健看去，此时也觉得越发像他了，碧霞吐了吐舌头，低声道：“就是像他呢，我就说好像在哪里见过的。”娉珠瞅了洛雅一眼，见她眉毛挑了起来，一脸的懵懂。娉珠又咯咯地笑了起来，碧玉和须菩提听着奇怪，起身也凑了过来，须菩提问道：“笑什么呢？”碧霞赶忙将那玉佩顶在头上礼拜起来，道：“我佛保佑，我佛保佑。”须菩提这才又回去坐下，碧玉白了娉珠一眼，也将自己腕儿上的念珠儿脱下来，递给碧霞，碧霞伸手去接，却见那串儿珠子从她掌心穿过，掉在了地上。碧玉笑道：“姐姐怎么真的是个空气人了。”说着又捡起念珠儿，对碧霞道：“妹妹也送你一个礼物，这个比那个阿弥陀佛好，此物叫作‘菩提子’，是菩提树上的果子，带着它便能吉祥如意了。”话刚说完，又见娉珠笑了起来，笑到弯腰。姝涵瞅着娉珠，啮指含笑，一只玉手儿指着她，粉脸儿上露出嗔怪之色。碧霞见娉珠不住地笑，似乎也听明白了碧玉说的话儿，不觉脸上泛起红晕，碧玉也觉出意思来了，脸上白一块青一块的，将念珠儿又戴在了腕儿上，嗔了一声娉珠道：“有什么好笑的！”说着姗姗地回到须菩提身旁坐下。娉珠又坐到姝涵旁边，姝涵就去胳肢她来，把她胳肢得一个劲地笑，直笑得说不出话来。闹了一阵子，就各自散去了。

娉珠与姝涵、轩辕健来到清元殿偏殿门口，轩辕健对姝涵道：“你们进去吧，我回太阳宫去了。”姝涵努着嘴儿，拉住他紧紧地抱着他。娉珠看着他们，无奈地摇头儿，见姝涵舍不得他走，便急道：“怎的还要让我难堪么？这会儿碧玉还记恨呢，你们要亲嘴儿咂舌儿的出去再说，别在这儿了，叫人看见又惹祸了呢！”轩辕健又笑道：“姝涵听话，快进去吧。”姝涵还是不依，一点儿都没有要分开的意思。娉珠急得顿脚，一会儿又踮起脚朝正殿看去，低声问道：“圣主，你能看见娘娘那窗帘儿卷起了没有？”轩辕健笑问道：“卷起了如何，没卷起又如何？”娉珠叹了一声，急道：“卷起了就是娘娘还在殿里，没卷起便是娘娘不在殿里。”轩辕健笑道：“不消看我就知道，你母后不在殿里，她这会儿去玉京宫上朝了。”娉珠放下心来，笑道：“你怎么不早说，害我又急又怕的。”姝涵这才松开轩辕健，撇了撇嘴儿，对着娉珠嗔道：“这会儿能让我们进屋里了么？”娉珠掩口一笑道：“能了，我不是怕给你惹祸么？”说着便举起玉手儿，翘两个笋指儿在她脸蛋儿上轻轻拧出个飞吻来，然后又掀开了珠帘儿，姝涵嘤咛一声，拉着轩辕健就进去了，又对娉珠道：“你不把我们撵出去，还掀帘子干吗？”娉珠上前，握着姝涵的手儿，赔笑道："方才真的是怕被人看见了告给娘娘，这会儿娘娘不在，便不怕的了，你却计较起来，不论怎的，只要不连累你，我即使当下死了也愿意的，莫说这屋子不是我的，这蕊珠宫若是我的，我全都给了你，然后我在你身边当个小丫鬟，伺候着你们，可好？"姝涵扑哧一笑，嘤咛道："我怎的能让你做个丫鬟，不是说好的么，将来有一天，我就让你做个妃嫔什么的，你说可好？"娉珠一听，两颊一红，又觉轩辕健在旁看着，忙羞得转过柳腰，捂着脸儿半晌不语，姝涵又转过去，抱着她哄道："咦，看我的小乖乖，羞成什么样儿了呢！"不料娉珠却捂着脸儿嘤嘤哭泣起来，惊得姝涵不知所措，忙问道："这是怎的了？"娉珠勉强一笑道："没事儿的，你说话向来都没深没浅的，我都习惯了的。"姝涵低声道："那你还生气？"说着就去了榻前，拉着轩辕健道："快，你不是头痛么？这会儿才下三时不到，你赶紧歇一会儿，到了望时我叫你。"轩辕健笑道："也好，只是一定叫我，省得再睡过去了，被人看见又说三道四的。"姝涵掩口，粉脸飘红，回眸一盼，娇声道："你怎么还记得？不要说了吧。"娉珠过来就给轩辕健和姝涵脱鞋子，姝涵惊得站了起来，问道："姐姐要干吗？"娉珠跪下，一边给轩辕健脱靴子，一边道："现在屋里没人，我在你们跟前还装什么二少主，今天这里只有你们两个主子，我不仅要给你们脱鞋子，还要为你们铺床叠被的，这也算是尽了人臣之礼。"姝涵一听愣了，啮指瞅着轩辕健，见他默默点头儿，只好过来坐在榻前，翘起脚，看着娉珠为她脱鞋子。收拾整齐了，娉珠又端上两杯茶，轩辕健和姝涵都接了，两个人一块儿一口一口地喝着，娉珠又去撩下窗帘儿，笑道："饮茶之后就早些歇着，这屋里就你们俩，一个帝王，一个帝后，想做什么做什么的，我就是你们的保卫，去外面给你们放哨了。"姝涵才呷了一口茶，一听这话，忍不住扑哧一笑，将茶水喷了一地。娉珠俏皮地朝姝涵挤了挤眼睛，关上门出去了。

这厢里，姝涵仍与轩辕健同床共衾，轩辕健一出闪念，又换了一套龙纹天衣，仍要穿上睡下，姝涵阻住，粉脸飞晕，娇嗔道："呆头，你睡觉不脱衣裳已有一月了，这会儿与妾同榻还有什么打紧的，我两个都脱得光光的睡上一觉吧。"轩辕健只得依允，睡将下来，笑道："我都穿惯了睡的，脱了倒觉得不惯呢。"姝涵小嘴儿一撇，蹙眉娇嗔道："听你这话儿，倒是妾像个淫女了，妾早知的，你是盘古轮回，我是那形天转世，你是阳气，我是阴气，缺一不可，每次你头痛的时候，只要我们一经那个什么的，接了阴气便就好了。方才你说头又痛的，只怕是又缺阴气了，若不是为这的，妾才不愿意呢。你忘了么，你还说什么'男女恩爱乃是人之大伦，只阴不成，就阳不生，此乃人道，断不可废'的话儿么？怎么这会儿又不是了呢？"

轩辕健搂着她，笑道：“确实如此，何曾变过？”姝涵努着小嘴儿道：“那这会儿是怎的了？”轩辕健叹道：“上次惹的祸事儿还在呢，这里始终不是个安身之所，若再被发现，女娲定不饶你，你让我怎么忍心？”姝涵怨道：“妾就知道这一天早晚要来的，索性什么都不怕了，这会儿你怎的又怕了？”轩辕健又叹道：“怎么我总觉得会出事儿呢？”姝涵问道：“你不是无所不知的么？真的要出事儿了？”轩辕健沉吟道：“才轮回入世时，我是无所不知，尚有元灵大能，而如今渐渐长大，又觉得大能慢慢消失，也不知怎的了？”姝涵轻轻嗐了一声，叹道：“这边是轮回，未轮回时你是盘古，轮回入世你便是轩辕健了，虽说仍是盘古元神，但是这仙体确有限制的，妾所担心是往后苦难还多呢，只是还未临到，到时候你保护不了妾，妾也无能力保护你时，那该怎么办？”轩辕健睡意正浓，只迷迷糊糊道：“如今轮回，只能随大道而行了，且行且看，我既是盘古，既是昊天，还怕寰宇不由我么！”说着就睡去了。姝涵见他睡着，静静地痴望着他，又给他轻轻盖上玄锦，自己长吁短叹了一会儿。快到望时，娏珠轻轻地敲门，轩辕健就醒了，娏珠进来道：“只怕娘娘快回来了呢，一会儿婢子们又来这厢里伺候，一准儿就被瞧见了，你们两个还是回避一下的好。”姝涵见轩辕健一语不发，默默下榻，穿上龙靴，脸色两腮一动一动的，越显憔悴，姝涵不觉得两行清泪簌簌而下，忍着不哭，只抹了泪儿将他送出门口，一路无话不题。

话分两头。却说这日天斗升殿，元真童子在宫外迎接众神，只见龙幡凤盖，碧鬟红袖簇拥而来。众神上朝，灵霄殿内紫气旋绕，清香氤氲。天斗在御座正襟危坐，众神三叩九拜之后，天斗徐徐道：“本王看那泰阶星忽明忽暗，有显现之状，便知轮回时机已然到来。”众神不语，女娲出班奏道：“恭贺师尊往去轮回，不知师尊有何旨意？”天斗四顾一下道：“是该安排一下了。火德真君何在？”火德真君出班，拱道：“小臣在。”天斗道：“你去天牢，将笪殷昊释放，另宣轩辕昊、笪殷昊、女姬入宫觐见。”火德真君闻言，愣怔住了，转脸瞅了瞅女娲，见她面带难色，只好低头道：“小臣遵旨。”正要退出，女娲忙道：“且慢。”火德只好停住，站在伏羲昊旁边。天斗问道：“女娲，为师下旨，你为何阻拦？”女娲奏道：“禀师尊，笪殷昊素有不臣之心，若将他释放，只怕会祸乱天廷，请师尊明鉴。”天斗叹道：“为师开天辟地以来，历时不知几天年。今众星皆有所统，诸神各有所封，为师司掌天廷至今。为师将去轮回，焉能不思帝统之事，故而想让诸神都来朝议。你说笪殷昊有不臣之心，为师岂能不知，但是你可知道，那天牢岂能约束了他？若不是为师坐镇天宫，他怕是早就出来了。如今，唯有释放他出来，劝诫他改邪归正，与你们共同辅佐天主，这才是万全之策，倘若为师往去轮回，他自己逃了出来，那便是让他有了造逆的理由，为师之心意，你可知晓？”女娲闻言，一时无话可说，只得退入班中。火德正在犹豫，就见钟颀出班奏道：“禀天王，臣以为天王所言极是，当释放笪殷昊归来朝议。”女娲闻言又是一愣，时下又无良策，只得任他谏言。火德见天斗低头沉思，又朝女娲瞅去，见女娲微微颔首，这才退出去宣诏。不消一会儿，笪殷昊、轩辕昊、女姬皆到，跪拜完毕，列在女娲一旁。天斗道：“想必你们都知道了为师为何召见你们，都说说看。”轩辕昊四顾一下，见诸神都不发话，出班奏道：“天廷不可一日无主，就请师尊当廷下旨册立新主，弟子等唯命是从。”笪殷昊一听这话，出班跪地，奏道：“师尊要去轮回了，理应确立天廷帝统，三界初定，天廷岂能无主。弟子以为，师尊当从我们五个弟子中选定一位继位者，暂承帝统，无论克承者是谁，弟子定当全力辅佐，以死效忠，只等师尊归一回来即位为止。”天斗听后，暗思道：“十八氏族之中，唯独笪殷氏族人神居多，可谓是门庭赫奕，党坚势盛，倘若笪殷昊趁我轮回之际，迫害诸神而窃居天位，日久必为三界大患，我须试探他一二，看他是何居心。”天斗望着笪殷昊，缓缓道：“笪殷昊，你的话也不是没有道理，不过此事非同小可，为师不可不慎。那么以你之见，你认为你们五个当中，谁能承此大位，不妨说来听听。”笪殷昊起身，拱手回道：“弟子以为，我们当中并无继位者。”天斗奇怪道：“怎么？方才你奏请在你们当中选定继位者，为何现在又说没有继位者？”笪殷昊拱道：“弟子觉师尊无意在我们当中选定承大位者，故而说并无继位者。弟子以为，为三界太平计，当从十八氏族中选定继位者，以安民心。”天斗愣了一下，问道：“那么，以你之见，十八氏族中，应当选哪个人神来继承王位呢？”笪殷昊奏道：“弟子以为，十八氏族中只有笪殷、笪燕、勾弋三氏，家族显赫，其中笪殷氏尤其鼎盛，此为昊天福佑笪殷氏之故，所以，弟子以为，当立笪殷氏族人神为新主，这才是众望所归。”天斗已看透笪殷昊野心，暗思道：“钟颀曾说笪殷昊野心勃勃，今闻其言，果然如是。如若不确立新帝，我一旦往去轮回，笪殷昊必反！”想到这里，天斗沉吟道：“笪殷昊，三界事大，为师轮回事小，确立天廷新主之事，待为师细细思之。为师念你忠心可嘉，赐你居住囲山之侧的麟鹤宫吧。”笪殷昊闻言一愣，然后叩首谢恩。天斗又对众神道：“退朝。”天斗退朝，自往太真殿歇息，想起笪殷昊在朝堂上一席之言，心里甚不是滋味儿，他踱来踱去，自言自语道：“我有六弟子，除伏羲昊和女娲之外，其余皆不成器。轩辕昊私通女姬，是为争权；笪殷昊暗交玄女，是为篡位；他们心怀叵测，各怀其志。然而燃灯成佛，于灵界不问大统。此时我若仓促离去，三界必将大乱，后果将不堪设想。”如此想着，心中惴惴不安。

话分两头，却说人间有熊国，黄帝忽闻姮娥说其母女姬归天，悲痛万分，白天哭晚上哭，连日不理朝政。一连哭丧二十四日，这才下旨将女姬衣冠葬于善元牛心山。黄帝又摆驾黄河，对天哀呼道：“母兮，母兮，子之天也；子兮，子兮，母之魂也；魂兮，魂兮，安去何方？天兮，天兮，慈心何在！慈息安在兮，心焦黄；慈母委离兮，人凄惘！”一时惊涛拍岸，水啸风吟，白浪滔天。千里眼、顺风耳、日游神、夜游神、龙神、河神得知消息，入宫奏报。天斗闻之，惊道：“姬轩辕在凡间已过八十岁，尚且如此仁孝，真乃大善者也。”说完，急传福寿神前来，问道：“那姬轩辕乃仁君，其孝可嘉，可否再赐其寿四十一秋？”福寿神道：“凡人得天王赐寿，自然可以。”天斗道：“那你速去办吧。”福寿神领命而去。福寿神前脚才走，日游、夜游二神后脚就迈了进来，日游神跪地启奏道：“天王为何要赐寿给凡人？”天斗笑道：“只赐姬轩辕一人而已。”夜游神拱道：“小臣所说的正是姬轩辕，只怕天王赐他长寿不好。”天斗问道：“有什么不好的？”日游神道；“帝业须代代相传，方为长久。黄帝若得赐寿，可活一百二十一岁，必拖死后人，将来他寿终之时，只恐后继无人，届时帝业旁落，又将群雄争霸，以至天下大乱。”天斗笑道：“不然，人间四十一年，天上四十一日而已。等他寿终，再召他回到仙界，人间帝位他可传给其孙。”二神听天斗如此说，也就不再谏了。天斗又召来钟颀，问道：“姬轩辕聪慧，以玉为兵，统治人间百年，若将其请回天廷，立为玉帝，暂统天廷，本王方能安心，你以为如何？”钟颀回道：“臣以为可行。”天斗又道：“届时令你来辅佐玉帝，本王往去轮回，也就没有后顾之忧了。”钟颀欣然领命。

女娲见笪殷昊已被释放，无可奈何，只好去南灵殿见玄女，说道：“天王隆恩，将笪殷昊释放，如今又赐他麟鹤宫一座，往后你们母子便有了依靠，可谓是一家团圆了，本宫特来恭贺你。”玄女问道：“娘娘，我儿笪殷项可好？”女娲笑道：“本宫安排的事儿，你还不放心么？他就在灵界大雷音寺修行，一切安好。”玄女闻言，跪叩于地，连连谢恩。女娲扶起她道：“都是姐妹，何必行大礼？你且准备一下，想必过会儿笪殷昊便来接你回去。”玄女点头儿，眼泪簌簌而下。女娲辞别玄女，才走不久，笪殷昊便至南灵殿，接了玄女回到麟鹤宫。玄女不等坐定，便嘤嘤哭道：“如今天王赦免了我们，但不知项儿现在可好，你也不去找找看，若是没有项儿，妾也不活了。”笪殷昊劝道：“娘子勿忧，项儿自有天命，岂能有什么不测？女娲将他安置在灵界，我这就去寻他来。”说完就往灵界去了。

且说笪殷项长在灵界佛堂，天天耳闻佛法，日日观佛参禅，日久天长，竟也通晓了玄奥微妙之理，不觉间就已经能与诸佛说法了。他与须菩提常在一起学习佛法，两厢很是友好。几年之后，笪殷项俨然长成一个丰姿英俊，神清骨秀的天神。一天，接引归真佛和辟支佛、空王佛等将笪殷项和须菩提二人唤来，接引归真佛道："为师召你们前来，吩咐个事儿。"说着从怀中取出襁褓，递给笪殷项，笑道："女娲娘娘送你来我这里时，并未告知你的身世，也不知你父母是谁，但却留下了这个，上面写着一个'项'字，想必这就是你的名了。如今你已成人，须菩提也已学成，是时候自主身事了，若你们两个愿意继续留在灵界修佛，为师就为你们引渡，如若不然，为师则不能留你们了。"笪殷项闻言，泣道："恩师要弟子往哪里去？"接引归真佛合掌道："在这西极星灵界之外，另有一个锦绣繁华、璇霄丹阙的世界，那便是众神的世界，也许你的父母就在那里，你何不去找来，与亲人团聚。"笪殷项不解，问道："弟子怎么去得了那仙界？"接引归真佛道："一回生二回熟，你从未出过这雷音寺，当然不知去路了，为师令你师兄须菩提送你前去，可好？"笪殷项和须菩提俱是点点头儿。须菩提与笪殷项跪地三叩首，起身含泪告辞，正要走，又听接引归真佛道："且慢。"两人又转回来，笪殷项问道："恩师还有何吩咐？"接引归真佛又从那襁褓内取出照石，叹道："此乃你父母所留之物，为师觉得非同寻常，你有此宝石，将无所不能，为师本不愿给你，但毕竟不属于为师之物，你就拿回去吧，记住，切勿作恶，你要好自为之！"笪殷项接过照石，见小巧玲珑，晶莹剔透，便觉爱不释手。须菩提看到了那枚照石，又听接引归真佛说有了此石便无所不能，甚为好奇。接引归真佛送他们出了雷音寺，又叫住笪殷项，劝道："你且记住，出了这佛门便是锦绣世界，无论你道行有多深，法力有多大，都不可为非作恶，更不可逆天暴物，倒行逆施，否则昊天必不饶你，到那时，为师也帮不了你。"笪殷项一一记下，三拜之后，便跟须菩提离去。

须菩提领着笪殷项到了灵山，须菩提便停下不走了。笪殷项奇怪，问道："师兄为何不走了？"须菩提伸手道："为兄见你那块石头很是稀奇，你拿来让为兄看一看。"笪殷项不愿意，笑道："不过就是个石头，有何稀奇的？你就带我回仙界吧，到了那里，我便将这石头送与师兄罢了。"须菩提不信，笑道："为兄知道你撒谎。"笪殷项怨道："我们师出同门，师兄却不相信我。"须菩提摇头，叹道："唉，虽说是同门，却不同宗。我师尊乃是阿弥陀佛和燃灯佛祖，你师尊是接引归真佛，若论起这宗统，那便有天壤之别了。"笪殷项闻言，斜睨他问道："师兄是说，我的道行不如你么？"须菩提抱着胳膊，笑道："当然了，不然我怎么是你师兄呢？如果你肯让我看看那石头，我就教你几招如何？”笪殷项闻言，摆下姿势，笑道：“石头在我身上，若师兄非看不可，就自己来取吧！”须菩提笑道：“师弟，你这是不要命了么？我不消一掌就能打死你，我看还是算了吧，那石头你自己留着，我也不看了！”笪殷项不服，笑道：“师兄说不消一掌便能取我性命，我固然不信，就当切磋一下如何？让我也见识一下师兄的法力。”须菩提一听这话，心里不是个滋味儿，便想给他点儿教训，于是也摆开姿势，念起了驱五雷诀儿，抬手朝着那山头击出一掌，只见一道白光射出，地动山摇起来，只听轰隆一声巨响，那半个山头就坍塌了。笪殷项惊得面如土色，须菩提哈哈大笑道：“看到了吗？为兄小试锋芒，此间便是这番模样儿了，倘若真的击中你，你安能存活？”笪殷项闻言，大怒道：“师兄休要辱我，接招吧！”须菩提阻止道：“且慢！”笪殷项问道：“我还没出招呢，你为何阻拦？”须菩提笑道：“实话说吧，就你师尊教你的那个什么‘玄轮大法’，对我来说就如浮云，别说你师尊，就算再加一个辟支佛和空王佛，那也不是我的对手！快别自讨苦吃了，我们赶路吧！”笪殷项气得面红耳赤，也不等须菩提准备，就击出一掌，只见一道蓝光拖曳光尾朝须菩提射去，须菩提见状，立即还击，也是一道红光嗖嗖扑去，一蓝一红两道光团撞击一起，只听一声巨响过后，俩人都被一股强力反弹回来，二人皆倒在地上。须菩提翻身起来，吃惊地盯着笪殷项，暗思道：“他什么时候有了这般大法力？”笪殷项也是惊愕不已，呆呆地望着双手。须菩提惊道：“师弟，你哪里学来的如此大法？”笪殷项觉得莫名其妙，回道：“我也不知。”须菩提忽然想起他身上的照石，笑道：“想必是你身上的宝石，竟然有如此大的威力，果然是个好宝贝！”笪殷项听后，大笑道：“果然是！如今我得了这宝贝，无人能敌我了！我自己回去了，就不劳师兄相送了！”须菩提笑道：“也罢！师弟保重！”说完一拱而去。

见须菩提远去，笪殷项转头前行，正巧遇着寻他的笪殷昊，就问他道：“你可是仙界之神？”笪殷昊见这翩翩少年，疑惑道：“正是，你欲往何处去？”笪殷项道：“我正要去仙界，但不知那仙界之路如何走，若大神愿意，请与我同往。”笪殷昊问道：“你姓甚名谁？”笪殷项深深一揖，笑道：“小神无姓，名项。”笪殷昊大惊，转而搂住他叫道：“项儿！你可是我的项儿，为父算是寻着你了！”笪殷项觉得奇怪，挣脱他，问道：“我无父母，你是不是认错了？”笪殷昊道：“为父与你母亲玄女在界下凡间生下你，当时天廷来抓为父和你母亲，后来女娲将你送来灵界修行。今天为父得赦免，故而来寻你，却不想在这里遇见你了，岂非昊天垂愍，助我父子团聚。”笪殷项疑道：“如此说来，你有何凭证？”笪殷昊道：“为父当年将一枚照石放入你的襁褓中，并在襁褓上写下一‘顼’字，不知你可曾见到那襁褓和照石？”笪殷顼这才相信，心里欢喜，于是取出那照石，笑道：“父亲，你说的可是此物？”笪殷昊一看，笑道：“此乃为父为你所留，你有了它，将拥有至高法力，从此，三界将无人能敌。”说着便往仙界去了。笪殷顼回到麟鹤宫后，见到了玄女，母子团聚，自是欢喜不已。

一日，笪殷顼酒后酣睡，于梦中神游到一座宫殿，抬头看去，那宫殿却悬浮在空中，上不着天下不着地，有四条天龙盘在宫殿。再看周围，硕大的星球足有几百个，有远有近，泛着橙色光芒。他觉好奇，就想进宫看看，刚入宫门，就见一条龙变成一位少年从宫中走出，手执青光剑朝他劈面砍来。笪殷顼大惊，冷汗倒流，大呼道：“你是何方神圣？我与你并无冤仇，你何故要害我？”少年按下剑锋，大斥道：“我乃轩辕健，特来取你性命！”说完又变成天龙朝他扑来，笪殷顼吓得脸色苍白，暗思道：“不曾听过轩辕健，也敢来唬我，不如我施展个仙法，让他也知道我的厉害。”于是摇身一变，变出一个青斑大虎，张牙舞爪，咆哮着向天龙扑去，几个回合不见胜负。天龙又现回人形，举着利剑怒道：“孽畜！我不曾想杀你，你却变化来伤我，看剑！”说着就挥剑劈去，只见一道金光射来，将它击倒，又现出原形来。笪殷顼料不能敌，只好跪地求饶道：“请大神饶我！”轩辕健怒道：“岂能饶你？你窃取天位，妄称天尊，我若不杀你，必有后患！”只见剑如闪电，嗖嗖砍来。笪殷顼急忙躲逃，大呼道：“大神冤枉！”轩辕健这才停手，收起利剑道：“如此说来，姑且饶过你一回，你要记住今日之言，若言而无信，行忤逆之事，我再来取你性命！”说完，举剑朝他大吼一声，笪殷顼大吃一惊，慌不择路，一头栽进了湖中，大呼救命。

玄女正在后殿歇息，却听见笪殷顼大声呼救，急忙进偏殿来看，见笪殷顼仰卧在床，四肢乱颤，寝帐盖在脸上，面如土色，口中连道：“救命！救命！”玄女忙将他推醒。笪殷顼汗出浃背，睁眼见是母亲，这才松一口气。玄女惊道：“顼儿，为何惊吓至此？”笪殷顼翻身坐起，喘息道：“孩儿做了一梦，好不险恶。”玄女问道：“是何梦境？”笪殷顼就将梦中情景细细说了一遍。玄女疑惑道：“这三界哪里有个叫轩辕健的？”笪殷顼问道：“既无此神，却显于孩儿梦中，岂非怪事？”玄女笑道：“只是一梦罢了，不要大惊小怪，等你父亲回来，你问问便知了。”说完一时无话，只等笪殷昊回麟鹤宫，玄女就将笪殷顼梦中之事说来。笪殷昊惊道：“三界不曾有轩辕健，只怕此梦凶恶，此事不可不防。”玄女颇担心，问道：“那如何是好？”笪殷昊道：“我虽被废王位，但与那太乙真神私交甚好，不如请他前来，可解得梦中玄机。”说罢，便派童子前往天极宫去请。太乙真神见麟鹤宫派童子来请，不敢怠慢，随童子前往。笪殷昊见太乙前来，就请教他梦中之事。太乙真神先是看了笪殷顼一眼，然后取出占星盘，左右转动，掐指细占，不觉脸色渐变。笪殷昊疑问道：“真神可知此梦是何征兆？”太乙暗思道：“此梦兆示笪殷顼日后必祸乱天廷，我若如实相告，岂不是更助长其野心？”想到这里，太乙拱道：“我细察此星盘，见瑞星失位，煞星凸显，乃知此梦甚是凶恶，令郎当深居简出，方能化解此厄。”笪殷昊急问道：“不知是何方神仙害我儿，愿垂一语，以保全小儿性命。”太乙摇头笑道：“三大王请勿忧。此瑞、煞二星，并非是那四方星君和二十八宿神，只是吉凶之象罢了。”笪殷昊转身对笪殷顼道：“既是凶煞之梦，顼儿当谨记太乙真神之言，不可四处游走，小心闯下大祸。”笪殷顼忙向太乙躬身一拜。笪殷昊让玄女请出二童子，对太乙道：“此二童聪慧，我知真神身前无人侍奉，故将二童送上，全请笑纳。”太乙本想辞谢，又怕笪殷昊见疑，只好领着二童拜谢而去。太乙走后，笪殷昊非常担心，又怕天斗发现笪殷顼，于是考虑再三，与玄女商定后，就将笪殷顼暗中送往凡间躲避。

话分两头。且说笪殷顼到了凡间，因非轮回，全然是个神仙灵体存在，能千变万化。在凡间几天，就不想在民间生活，一心想入王宫。为引黄帝注意，他常在人前展示仙术，上天入地，变东变西，人们以为他是天神下凡，纷纷前来膜拜。消息传到黄帝耳里，于是派广成子前去查访，想将天神请进宫来。笪殷顼见黄帝派人来请，就跟广成子进宫，黄帝见他风度翩翩，谈吐优雅，又博闻广识，非常器重，当即拜为内臣，专司占卜之事。

次日上朝，群臣入殿，拜完起身，却见那指佞草屈轶枝头一歪，指向笪殷顼，群臣窃窃私议起来，笪殷顼见众目睽睽，不明白为何故，也就没有在意。黄帝大惊，指着笪殷顼，怒道：“你这奸佞之人，莫非想混入朝中害朕不成？”笪殷顼不解，跪叩问道：“圣上，为何说在下是奸佞之人？”黄帝指着屈轶道：“此草乃是军师钟颀在时为朕留下的，它可辨忠奸，枝头所向者便是奸佞之人。”说着就将屈轶指出奸佞，杀管屈一事与他说了一遍。笪殷顼这才明白，不慌不忙看向那屈轶，果然枝头歪向自己。笪殷顼一愣，转而哈哈大笑道：“那钟颀不过是借草杀人罢了！他早知道管屈是个奸人，故而借此草使他现形，而非此草有这般神奇。”黄帝疑道：“既然如此，此草为何单指向你？”笪殷顼笑道：“这有什么神奇的，我叫它指向谁，它就指向谁。”黄帝怒道：“一派胡言，神草每每灵验无误，你敢欺朕！”笪殷顼见黄帝不信，抬手施法，猛地向屈轶打出，只见屈轶枝头一歪，直愣愣指向黄帝。群臣大惊，汗不敢出。笪殷项笑道：“若圣上只信此草，莫非圣上也是奸佞不成？”黄帝一看大惊，面红耳赤，怒道：“罢了，罢了！钟颀欺朕矣！快将此物给朕扔出去！”说罢，下令退朝，甩袖去了后殿。

话说黄帝曾与钟颀商议传位于长子少昊挚，只因女姬阻拦而未能册立，那少昊挚因女姬厌恶，一直未获宠信，自在宫中虚度八十有三，郁郁而终，可怜膝下无子，黄帝只得传位于次子昌意，不料这昌意因迷恋依雨之美色，那依雨得知钟颀归一而去，更是恨上加恨，本来就无意于昌意，就将那慢性毒药每日与他同酒喝了，昌意不到四十岁就一命呜呼了。黄帝年迈，又连丧两子，渐渐心灰意冷，无心问津朝政，便携元妃西陵嫘、次妃方雷女节、三妃彤鱼丽娱、四妃嫫母巡驾周游，回宫途中，西陵嫘病逝，黄帝见凡胎肉体生死无常，越发消沉，羡慕神仙和那些半人半神者。一天，黄帝召来笪殷项，叹道：“朕已是百岁之人，若能像你这样儿年轻就好了。你既然是神仙，可有长生不老之术？”笪殷项想了想，笑道：“这有何难，臣颇懂炼丹之术，若圣上吃了臣所炼的仙丹，自然可以长生不老。”黄帝闻言大喜，问道：“朕闻人祖达旦和伊娃寿八百岁，最终尚有一死，这凡间哪里有长生不死之人？”笪殷项笑道：“圣上有所不知，女娲造人之时，乃是以金童和玉女二仙元灵造人祖，故达旦和伊娃乃是半人半神，其寿可至八百岁。但就凡人而言，皆是人祖之灵所化，魂灵托生于肉体，人死之后其灵魂尚在，不绝不灭，轮回六道，于世间反复生死。人皆不知长生之术，故而不得不死之身。”黄帝问道：“就请大神教朕。”笪殷项徐徐道：“人活在灵，灵离则人亡。而魂灵有七，附在六魄，魂魄盛衰在于丹田。养好丹田，则魂魄可长居人体，否则魂魄则有离去之时。丹田有三，眉间为上，心间为中，脐间为下。三丹田形成气海，只要用外丹和内丹养之，则必得长生。”黄帝又问道：“何谓内丹、外丹？”笪殷项踱步，笑道：“臣可采阴阳水，和以丹砂、药金置于丹炉，炼制九转丹，此便是外丹，每日给圣上内服，丹气下沉，至与天地合德，则太虚自有一点真阳从鼻窍而入，与我之灵丹合而为一，内征外应，浑然混合，自然长生。至于内丹则在修身，眉间丹田，在于目观，若圣上不闻时事，闭目潜养，则上丹田之元气可定；心间丹田，在于心思，若圣上无思无虑，静心安神，则中丹田之元气可定；脐间丹田，在于情欲，若圣上禁情割欲，怡志养神，则下丹田之元气可定。上田以精养之，中田以气养之，下田以神养之，如是三丹乃定，日久则妙气凝空，肉身与日、月、星三元合一，灵魂入定气海，圣胎可出丹青，使肉体得以长青，再加以外丹相辅，别说是长生不老，若得天缘，在那灵魂出定之时，还可以脱胎成仙。”黄帝大喜，以为得了真经，于是急命人建造丹房，派人侍奉笪殷项熔炼仙丹不题。

话分两头。女姬闲来无事，便邀请女娲和玄女去囲山游玩。女娲不便拒绝，那日正巧又是碧霞恢复了仙体，一时高兴，便带着碧霞和碧玉欣然而往。来到囲山，见女姬携苏蝬和妹喜、妲娥三个仙婢在芃树间赏游。经过之东时，见一块巨大化石上停着一只碧色大鸟，长尾绚丽，闪着金光。女姬喜爱不已，惊喜道："这是昊天赏给我的仙禽，我要抓它回宫里去饲养。"说着又令苏蝬和妹喜去抓。女娲上前阻拦，劝道："此仙禽乃是碧凤，妹妹最好不要动它。"女姬不听，见苏蝬和妹喜已抓住碧凤，就抱在怀中，转身往紫微宫走去。女娲无奈，摇头不语。女姬没走几步，忽然就从芃树上飞下一只红色的大鸟，朝她哀鸣不止。女娲又上前劝道："此乃玉凰，碧凤之伴，妹妹最好放回碧凤。"女姬哪里听得进去，反而责怪女娲道："莫不是姐姐想要它，只是让我放下，你好暗中拿了去？！"女娲听女姬这么说，只好叹息一声作罢。女姬避开玉凰，只想逃走，见玉凰挡在前边飞旋不去。女姬怒道："还不给我将这畜生撵走！"苏蝬和妹喜、妲娥一听，急忙驱赶玉凰，却怎么也赶不走，妲娥急了，捡起一根芃木棍子就朝玉凰打去，不料却正中玉凰，只听哀鸣一声，玉凰便坠地而亡。女娲大吃一惊，怒道："妹妹，你好大胆！我曾听说，这碧凤和玉凰乃是泰初神灵，你今天打死它，必会召来祸事！"女姬瞪女娲一眼，嗔道："不过就是一只鸟儿，你管天管地，还管我这个不成，我即便打死一百只畜生，又能犯了哪条天戒，会有什么祸事！"才说完，就见怀中碧凤悲鸣起来，血泪染红女姬仙衣。女娲正要怒斥女姬，突然见玉凰坠亡之地，腾起一团白色云气，一个少年出现在眼前，女姬见陌生，不知是轩辕健，以为是来索要仙禽的，于是气呼呼问道："此禽已死，你待怎样？"轩辕健不说话，女娲仔细一看，觉得面熟，怀疑是盘古龙帝化身，于是携碧霞和碧玉站在一边，也不说话，只怕泄露了天机。轩辕健道："此乃泰初之石女所化，你今天将玉凰打死，乃是凶兆，你儿子姬轩辕也将如同此鸟，被人害死。"女娲暗暗吃惊。女姬气愤道："我不管什么九女十女的，不过就是一个畜类，打死它又何妨？我偏不信你这些昏话！"话刚说完，再一看去，轩辕健已经不见了。

女姬与苏蝬、妹喜、妲娥回到紫微宫，轩辕昊见到这只碧凤，觉得是罕见之物，就用琪藹建造一方瑶台，将碧凤放上面，每天用八珍玉食喂养，时时赏玩，百般逗弄，但见碧凤卧在瑶台上，不吃不喝，不叫不鸣。女娲回蕊珠宫，将此事告诉了伏羲昊，伏羲昊大惊，便去紫微宫看碧凤，轩辕昊见伏羲昊登门来看，颇为得意。伏羲昊仔细看了一会儿，摇头道："我听说碧凤不独生，但见其类而后鸣，三日不鸣，四日必亡。”轩辕昊问道：“今不得其类，如之奈何？”伏羲昊见问，肚里转道：“碧凤可怜，不如就借此机会放生了去。”想到这里，笑道：“你可取来一面镜子，悬在碧凤眼前，它看到自己就会鸣叫的。”女姬疑惑道：“师兄如何知道的？”伏羲昊盯着她，笑道：“我也是从《昊经》中得知的，师妹为一己之私而霸占碧凤，因而害死玉凰，它若能在镜中看到自己，便会想起玉凰，自然就伤心而鸣了。”女姬闻言，羞愧不已。轩辕昊半信半疑，便取来镜子悬在碧凤眼前，果然见碧凤照着镜子，忽然哀鸣起来，叫声凄婉。轩辕昊大为惊奇，凑近去看，忽然，碧凤展开双翅，冲镜而入。女姬不由惊道：“怪了！碧凤怎么飞进去了！”轩辕昊大吃一惊，趴在镜前细看，见镜中俨然另一个世界，碧凤刺破长空，翱翔于九天之上，一只红色的玉凰飞来，与碧凤结伴而去了。

轩辕昊叹道：“凤凰破镜重圆，感深肺腑。”女姬看到此情景，惊诧不已，对着镜子望去，忽然一股白光射出，她感到双目灼痛，昏厥于地。轩辕昊大惊，苏叆和妹喜忙将女姬扶起，女姬泣道：“我什么都看不到了。”轩辕昊忙求伏羲昊道：“师兄，这可如何是好？”伏羲昊摇头，笑道：“这倒也不打紧，歇息几日，心内忏悔，自会复明的。”轩辕昊叹气道：“碧凤破镜，实为恶鸟，这面镜子怕是有了邪气，快将它丢下界去吧！”伏羲昊忙道：“不可！既然此镜有了邪气，为何要丢下界去祸害苍生？这镜子交给本王，本王自会妥善处置。”轩辕昊就将镜子交给伏羲昊，女姬眼睛生痛，一时无话，伏羲昊取了镜子告辞不题。

话分两头。几天之后，黄帝等不到笪殷项呈上仙丹来，就亲自去丹房探看。笪殷项拜过之后，叹道：“炼丹之药皆已备齐，只是少了一物，故而不能炼丹。”黄帝急道：“朕富有天下，四海之内难道没有你所要之物？你且说来，无论是什么，朕这就派人取来。”笪殷项摇头道：“此非凡间之物，乃是天水。臣这就去天界，取下此水，便能炼出丹来。”黄帝无可奈何，只得允准他去。

却说笪殷项到了仙界，四处寻找天水，碰巧看到轩辕昊端着金瓶往紫微宫走去，轩辕昊不认得他，他却认识轩辕昊，便上前问道：“不知上神手中所持何物？”轩辕昊见一个少年，并不认识，便随口道：“此乃五色之水。”笪殷项一听，便知正是他要找的天水，便深深一揖，问道：“敢问上神，此水从何处来，我也好取些来用。”轩辕昊心里一惊，暗思道：“我娘子梦里受盘古太师点化，特让我来太阳宫取瑶台上的五色水洗眼，以图复明，我若告知此人，他进入太阳宫破坏，一旦被师尊知道，那便是大祸临头了，我岂能泄露机密？”想到此处，便问道：“你是何人？要此水做什么用？”笪殷项也怕轩辕昊知道他在界下，如果被天斗知道，必然连累父亲，于是撒了一谎道："在下只是口渴而已。"轩辕昊一听，觉得荒唐，冷笑道："一派胡言，此水珍贵，焉能做解渴之用！"说完不理他，径直往紫微宫去了。笪殷顼不罢休，取出身上照石，默念道："昊天灵灵，隐我之身。"果然仙体就消失了，轩辕昊走到宫门口，转身看去，见少年已不在，于是进宫，岂知那笪殷顼却悄悄跟在他身后，溜入宫内。女姬见轩辕昊取来五色水，就令苏叆和妹喜蘸了擦洗眼睛，之后又令姮娥喂她，只喝了一口双眼就复明了。女姬顿觉五色水可口，还想喝，这时隐身在旁边的笪殷顼急了，怕天水被女姬喝完，便劈手一把夺过杯子跑出殿外。没想到这一碰，玉杯中的一半水就洒在了姮娥身上，姮娥惊叫一声。轩辕昊和女姬大惊，见姮娥手中的玉杯好端端的就飘了起来，一直飘出宫外。又看那姮娥，满脸生出癞疮，再细看，满身都是，眨眼间就变成了一只四脚怪物，浑身癞疮。苏叆和妹喜吓得尖叫一声，掩面退后，轩辕昊惊道："莫非是这天水有毒？"女姬急道："横竖不管了，就将这怪物丢下界去吧，若留在这里，必会让师尊知道，我们偷了太阳宫的天水，这可是不赦之罪！"轩辕昊忙施法，手里抟来一阵阴风，卷起怪物就朝南天门飞去，正巧与笪殷顼一同坠下界去，掉到了黄帝的后花园。

却说姮娥变成怪物掉入黄帝的后花园，又跳入池中，白天园中有人，它怕被人看到，便躲在水里不出来，每到夜间才出来。每天看天上的月亮，就想起仙界来，伤心不已，哀叫不止。如此年复一年，时时观天望月，久而久之，双眼固定在了头顶上。

一日，又被千里眼和顺风耳发现，千里眼道："这凡间之物或是成精了，怎么就时时望月哀鸣？"顺风耳道："月亮乃是广寒仙子望舒的龙珠儿化成的，此事当报给她才好。"千里眼道："应龙少阴乃是太阴神，当报给太阴神才是。"顺风耳急道："他们可不是一家人么？"千里眼道："那就报给望舒吧！"于是去了广寒宫，正好见她在，便道："小神在凡间发现有一只怪物，每日望月哀鸣，不知是何缘故。"望舒疑道："莫不是月中有异象，我这就去察看，若查明真相，自会上奏天廷。"说着便要去，千里眼和顺风耳告辞，一拱而去。

再说凡间那怪物。一日夜里，黄帝游园望月，但见月光如洗，万里无云，不一会儿，皓月当空，银光遍地。那月亮本为太阴之精，尤其至深秋阴气皎洁之时，更是异于平日，此刻已夜阑人静，冉冉云霞，如祥云萦绕，那月里的精神越发显现出来，凝成华彩一团，千层明丽，分外耀眼。黄帝看到怪物，就召来广成子，问道："此为何物？朕看其貌，为天下最丑。"广成子笑道："此乃蟾蜍，臣见其双目朝天，好高骛远，恐是天上之物。"黄帝疑惑道："天上之物，为何在凡间？"广成子冷笑道："笪殷项亦是天上之物，此时也在人间，有什么奇怪的？"黄帝闻言，指着他呵呵笑道："爱卿妒才，故有此言耳。"广成子拱道："臣实非妒才。那笪殷项炼丹以求圣上长生，如此荒诞之事，圣上却寤寐求之，以至朝政荒废，江山凋零。"黄帝颇不高兴，微怒道："笪殷项乃为官事，非为私事！为朕事，是为天下事！"说完甩袖离去。

七日之后，笪殷项终于炼成仙丹，呈献给黄帝。黄帝见两颗活泼泼圆陀陀、闪灼辉煌的龙虎金丹，大喜不已，便要服下，却又见笪殷项跪地，叩道："此丹须用神汤服下才好，请圣上允准臣往后园煎汤。"黄帝疑惑道："煎汤之事只令御厨即可，何劳爱卿去后园？"笪殷项奏道："此灵丹以炼以烹，浊尽清纯，须至露天处煎汤，才能吸纳天地之灵气，用此神汤降入口中，化为金液而直射于丹扃之内，方可起效。"黄帝闻言，已迫不及待，喜道："就让朕陪你去后园煎汤，可好？"笪殷项笑道："真龙在旁，更精神汤。"黄帝听了眉飞色舞起来，即令宫人在后园设置炉灶陶罐，开始熬汤。黄帝坐在后园玉亭中等待，只见皓月升空，又听见那蟾蜍鸣叫起来，不胜其烦，恨不得将那蟾蜍捉来煮了。这时又瞥见广成子在旁边，看笪殷项煎汤，面有愤愤之色，黄帝指着池中的蟾蜍，问道："爱卿，此鸣者，为官乎？为私乎？"广成子见问，冷笑一声，答道："在官地者为官，在私地者为私。"黄帝听了，哈哈大笑起来，笪殷项听见黄帝大笑，也凑了上来。笪殷项问道："圣上为何突然发笑？"黄帝捧腹笑道："蟾蜍若知官私之事，岂非得道升天了？"正说话间，那池中蟾蜍已嗅到神汤味道，于是从池中蹿出来，趁人不备，吐水灭火，将那药罐子打翻，神汤流了一地，都被蟾蜍吃了去，这一幕正巧被广成子看到，也忍不住大笑起来，道："也未可知呢，或许那蟾蜍也能成仙。"话音刚落，就见园中突然就腾起一团紫云，笪殷项回头一看，惊叫道："不好！"只见那汤罐翻落在地，就在这时，紫云散去，只见那蟾蜍化成一个雾鬓云鬟、冰肌玉肤的紫衣少女，只见她双眸星转，一笑百媚，盈盈一转，飞天而去……

第十三章　玉帝登极

姝涵才惊三界反被囚　黄帝乘龙升天为玉帝

太古十三年。

天斗驾临灵霄殿早朝，众神赶来金阙朝拜，三叩九拜后，众神就班鹄立。天斗问道："圣天母女娲为何不朝？"话音刚落，伏羲昊闪出，趋跪丹墀道："禀师尊，女娲育麟在即，不能来朝。"天斗颔首道："昔日倒是说过，为师却忘了，却令她天上地下的忙碌，辛苦她许多。"伏羲昊拜谢过，又入班中。天斗又问道："太乙可在？"太乙出班，跪叩道："小臣在。"天斗道："以往本王凡遇卜卦之事皆问内廷天卜神钟颀，却未曾问过你来，说说看，最近三界有何异象？"太乙奏道："小臣细察乾象，见祥云拱紫微，吉星照黄道，此为昌运之兆。"天斗闻奏大悦，笑道："天象吉祥，实为幸致，看来本王往去轮回之日已临近。"太乙又奏道："天王开化诸星，创造众生万物，圣明有象，小臣近日占卜得知，蕊珠宫内隐逸奇才，请奏天王拔擢录用，以效力天廷，伏乞天王裁察。"天子闻奏，问道："哦？你说的可是须菩提，本王已封他为镇天大元帅，小小年纪，已是位高权重，你为何又奏请拔擢？"太乙奏道："小臣说的不是须菩提，而是一个奇女子。"说到这里，班中的钟颀闻言，心里暗吃一惊，思道："只怕要坏事了，他怎么发现轩辕姝涵的，若被天王知道她是未来帝后，岂不是扯出了龙帝轩辕健？如此只怕又掀起一场血雨腥风，不行，我当阻止方好。"正要出班来奏，却听天斗又问太乙道："奇女子？本王闻蕊珠宫崇文尚武，奇女子多了，不知你所说的奇女子有何奇特之处，值得你来奏荐？"太乙奏道："小臣伺察星象，见泰阶星之上阶，下星倍明且稳，圜光有青紫气，此主有贵女在世，小臣经细查，原来是蕊珠宫里有一女，竟有帝王之气。"天斗大惊，暗思道："此星象所示莫非是女娲？"天斗问道："你可占卜到此女为何人？”太乙道：“此女名为轩辕姝涵，乃蕊珠宫一婢女。”天斗半信半疑，问道：“伏羲昊何在？”伏羲昊出班道：“弟子在。”天斗问道：“你府上可有此女？”伏羲昊拱道：“弟子府上人多，既是婢女，弟子却不知情。”钟颀忙出班跪叩道：“禀报天王，臣有话要说。”天斗沉吟道：“正好，你是内廷天卜神，说说看，一个婢子怎么会有帝王之气？”钟颀瞅了一眼太乙，冷笑道：“臣时时关注天象，未曾发现什么女子有帝王之气，何况是个婢子。一定是太乙误占，天王岂能相信这些虚妄之言？臣也知此女子，不过懂得些文章笔墨罢了，有些小才而已，但却称不上是什么奇女子。”天斗颔首道：“星象之事，多为虚妄，但也不可不察，宣诏，即令元真童子携礼，往蕊珠宫传召婢女轩辕姝涵入宫觐见。”说罢，即命元真童子取玥供二十方，七彩玄缎十匹，紫金砚台一方、水晶玄笔十支、龙纹玄笺百幅、屯山石玄墨十笏，又对元真童子道：“速去宣诏，令女娲率领婢女轩辕姝涵朝见。”

元真童子领宫婢来到蕊珠宫，女娲闻报，出殿来接旨。元真童子见女娲扶栏凝睇，如有所思，便令宫婢将天廷所赐礼物奉上。女娲见宫女捧入若干赏赐，心内疑惑，问道：“师尊因何赏赐我？”元真童子笑道：“娘娘，这可不是赏赐娘娘的，此乃天王赏赐给蕊珠宫婢女轩辕姝涵的。”女娲听了惊奇，转身问嫱娟、娋翚、皃嬥等婢子道：“宫里有这个婢女么？”嫱娟、娋翚、皃嬥三个婢子惊得掩口，娋翚抢先道：“娘娘，是有这个婢子，与二少主住一个殿里呢。”女娲眉头一皱，笑道：“你两个去叫婗珠来。”嫱娟和皃嬥闻言，提着裙摆就咚咚咚地跑去了。

婗珠与姝涵两个正在园中花丛中追玉蝶，忽然见嫱娟和皃嬥气喘吁吁地跑来，就停住了，婗珠挑着细眉，细细打量嫱娟一会儿，嫱娟觉得奇怪，不自在起来，低头拈带。婗珠正要问话，皃嬥却欠身急道：“二少主，娘娘叫你去呢。”姝涵一听，心里一紧，明眸闪闪地瞅着婗珠。婗珠瞅一眼嫱娟，问道：“母后叫我做什么？”嫱娟低头答道：“就知道是玉京宫来人了，赐下许多礼物，说是给姝涵妹妹的，娘娘却忘了姝涵妹妹是哪个，便叫你去问呢。”婗珠瞅着姝涵，惊道：“平白无故的，天王召见你做什么？”姝涵努了努小嘴儿，低声道：“我怎知道，你去看看吧。”婗珠笑道：“莫不是哪个王公又看上了你，天王要给你赐婚吧？”姝涵一听，粉脸通红，生气地揪着衣襟，嗔道：“你竟敢亵渎……”婗珠忙去抱她，笑道：“咦，看我的小乖乖，气成什么样儿了呢！”姝涵闻言，掩鼻扑哧一笑道：“你快去吧，别让娘娘等急了的。”婗珠又附耳道：“你在这里等着，若是好事儿，我便来叫你的，若是坏事儿，我就不来了，你若不见我来，就赶紧逃去。你可记住了？”姝涵瞅她一眼，点点头儿，此时见她泪水盈眶，自己也禁不住两行热泪簌簌而下。

娇珠与嫱娟、皂嫘又来见女娲。娇珠看了看元真童子，又扫了一眼那些礼物，见尽是些笔墨之类，心里才放松了。女娲拉过娇珠问道："宫里可是有个叫轩辕姝涵的，与你住一起？"娇珠笑道："怎的没有，母后忘了，昔日玄女送来她们几个婢子，其中就有个叫姝涵的。"女娲隐隐约约记起来，眼睛一亮，笑道："可是那个生得十分娇美的婢子？"娇珠忙点头儿，笑道："是了，是了！"女娲又问："那婢子几岁了？"娇珠笑道："就连她自己都不知道自己几岁，上次问过了，她说十三岁。"女娲望着元真童子，疑惑道："轩辕姝涵才十三岁，也从未出入宫廷，毫无建树，师尊为何要赏赐于她，还要宣她进宫觐见？"元真童子道："娘娘有所不知……"于是就将太乙奏报之事细细说了一遍。女娲疑道："既然如此，本宫就领姝涵去觐见，免得师尊又疑本宫，这样的逆天大罪，本宫可担待不起。只是婢子尚且年幼，只怕见了师尊和众神臣，一旦上朝慌张起来，有失体面可如何是好？"元真童子笑道："既是奇女子，也不至于此。"女娲颔首，又对娇珠道："你去把姝涵领来，就说我要带她去进宫面圣。"娇珠一听大喜，撒娇道："母后，就带上女儿也去看吧。"女娲笑道："好好好，就带着你去，也好给她壮个胆儿，省得她一个人害怕。"娇珠一听，转身飞也似的就跑去了。

娇珠到了后园，见姝涵一个人揪弄着花草，便悄悄来到她身后，伸出一双小手儿将她两眼蒙住，姝涵用力掰着，笑道："姐姐别闹了，你这一身香味儿，还能瞒得过人么？"娇珠松开，又攥着她的手儿，笑嘻嘻道："走吧，好事儿呢，我母后她要带你进宫面圣。"姝涵问道："面圣做什么？"娇珠一边拉着她走，一边笑道："听说天王听太乙真神占卜出你是个奇女子，想看看你有什么才华呢。"姝涵努着小嘴儿道："我有什么才华，这个天王也真奇怪。"娇珠掩口笑道："放心好了，我听家父说，天王是个女身，故而不思立后纳妃，他又吃不了你，你怕个什么。"姝涵笑道："我不是那个意思，只是不知他见我做什么。"娇珠笑道："不管他，去了便知。"一会儿就到女娲跟前，女娲抬眼瞅去，见姝涵生得美如珠玉，淡若烟云，举止幽闲，活脱脱一个惊鸿艳影，心里十分喜欢，就拉着她的手儿笑道："你这样儿的绝色，怎的就成了本宫的婢子，岂不是委屈你了，本宫这就收你为义女，你觉得可好？"姝涵吃了一惊，瞅着娇珠，娇珠一听这话，心里早就沸腾起来，连忙点头儿。姝涵福了一福道："谢母后爱怜。"娇珠过来一把拉住她，又蹦又跳，笑道："我有个妹妹了！"嫱娟、娼翚、皂嫘见状，忙跪地叩道："三少主千福！"女娲笑道："都起来吧，去给我女儿梳妆一番。"婢子们簇拥着姝涵就进屋里去了，娇珠亲自为她细匀脂粉，梳掠鬓鬟，忙了好一会儿。

女娲见娇珠和婢子们簇拥姝涵出来，看她临波凝睇，面如凝脂，腰如束素，窈窕娉婷，愈堪娇媚。拉着她的手儿道："我儿，天王知你年幼有才，因此赏了你许多礼物，又令为母带你入宫朝见，你可喜欢？"姝涵微微一笑道："既是天恩隆眷，又有母后抬爱，孩儿当然喜欢。"说罢，便跟着女娲和娇珠出了蕊珠宫，只见女娲携着她们两个，一闪身就到了玉京宫玄天门。女娲挽着姝涵与娇珠入宫，到了灵霄殿紫金玄门，就听元真童子喝道："圣天母娘娘、婢女轩辕姝涵觐见！"女娲忙领姝涵和娇珠登上玉阶，拾级而上，将衣抠起，径直到殿前。众神齐刷刷看向女娲和两个女子，交头接耳，窃窃私语。娇珠先看到父亲列在班中，双目微闭。行至丹陛，轩辕姝涵抬头见天斗坐在殿上，就瞅了一眼女娲，女娲先自跪奏道："弟子遵旨，领义女轩辕姝涵见驾。"天斗望着一会儿，笑道："徒儿平身，着你义女近前。"女娲谢恩拉着娇珠趋入众神之列，站在伏羲昊身旁，只留姝涵还站在那里，姝涵瞅着女娲，有点儿不知所措，女娲忙给她使了一个眼色，令她近前朝见。姝涵会意，不慌不忙，凌波微步走到丹陛当中，盈盈下拜。天斗定睛往下一看，不觉愣住，众神齐看去，只见轩辕姝涵生得：

翠袖锦披，似金凤彩云；霓裳熠煜，若鸾凰映水。媚眼秋波，翻成一眼尾；细细腰支，如瑶台倩影。雁落鱼沉，风走云惊，红颜娉婷，何处觅轻盈。凌波微步香，语时眸子开。愁眉一蹙娇颦，惊鸿一瞥霞飞；轻纱雾裙，轻扶纤柳窗前；细语呢喃，燕雏不敢争鸣。脉脉凝睇送柔情，流光转盼露华容。婉娈袅娜，粉面融融。脸斜半面娥，盎然拂煦风，一笑倾瑶殿，再笑倾九天。烟视媚行，醉倒花前鸟朦胧，含羞妍妍，痴迷海棠一点红。秋水盈盈，平添妩丽几分，环佩晶晶，红粉佳人娉婷。青丝绿鬓，香肩引来细腰蜂；玉臂嬥嬥，小轩蝶扑篱墙东。斜凭曲槛，新燕吟呓，看花花谢无颜色，遇水水竭有枯容。细雨霏霏下，围山带泪倾，层峦空有景，春去了无痕。纤手卸妆浓，莺唇落胭红；生来娇小一美人，赛过天外月半轮。

天斗在御座看见轩辕姝涵盈盈秋水，娇媚惊鸿，亦是十分欢喜，又见她跪地叩道："圣天母女娲娘娘、大大王伏羲昊之义女轩辕姝涵朝见，吾王亘古无极！万福！万万福！"天斗一听，不禁大喜道："女娲，为师不信蕊珠宫闺阁中竟有如此美人！听说她是你宫中的婢女，怎么又成了你的义女？"女娲出班回道："弟子府上婢女众多，怕是外人不晓得呢，这便是弟子收养的义女轩辕姝涵。"天斗忙对姝涵道："快快平身！"见姝涵起身玉立，天斗又问道："本王闻你是一个奇女子，你可有什么神奇？"姝涵莞尔一笑，奏道："小女子哪有什么神奇，只怕是太乙真神抬爱，误占了小女子，方能登入朝堂面圣，不胜荣幸。"天斗又道："既来面圣，不要过谦才好，有何神奇，不妨展示给本王看看。"姝涵奏道："小女子不过就是喜欢写写画画，稍懂些诗文罢了。"天斗笑道："哦？既有文采，不妨当面作一文辞如何？"姝涵不知为何，轻轻摇了摇头儿，瞅向女娲，女娲又瞅了瞅伏羲昊。伏羲昊见状，附耳道："府上何时来的这个婢子，我却一点儿都不知道，她哪里懂得什么诗文，若是像个锯了嘴的葫芦，当廷出丑，岂不惹人耻笑？"女娲两手儿握汗，朝姝涵点点头儿。姝涵望着天斗，微微一笑道："就请天王命题。"女娲这才松了一口气，只待她如何应对。天斗笑道："轩辕姝涵，你既为女娲义女，本王就令你以女娲下界造人造物，以及女娲其人，作辞赋一篇，你觉得如何？"姝涵点点头儿，低头沉思。钟颀睁开眼，瞥她一眼，暗思道："既是形天转世轮回，一篇文章算得了什么，只要不露神奇大能便好，定可渡过此劫。"伏羲昊见姝涵低头沉思，悄声问女娲道："她能作得出来么？"女娲笑道："既然是太乙占卜她是奇女子，定有过人之处，否则何能称奇？"婗珠更是急得顿脚，拽着女娲问道："母后，姝涵妹妹她能作得出来么？"女娲连忙掩口道："嘘——禁声！"

姝涵抬头，微微一笑道："天王，小女子已成稿，可否吟诵？"天斗喜道："就请吟来。"姝涵不慌不忙，一气呵成，只听她吟道：

> 大气崩倾于凡间，雄雄焦火，玄黄翻覆，生灵涂炭。天使女娲淬炼云石补天，运五色之气蕴蒸于太虚；或阴或阳，或明或暗；或红糁抹天，或霞飞霄元；玄风冲汉，迸洒仙霈紫瑞浮烟；精气渊环，抟聚五灵沐泽天畔。
>
> 女娲下凡，造人化物，昭露仁善，五行生胜，阴阳始终，循转于人生之间。惟日孜孜，孳孳不倦，而令天人交感，使太虚之气下垂，尘寰之气上腾，能教五色之气布挥苍穹，覼施蠡祥于宅园。盛哉奇哉！仰天歆叹，云舒霞卷，见天衣燦爛；穹穹厚厚，看镂金铺翠，周天熠然。极天际地，仙鹅焚羽蔽晧天之翼；九重天高，飞仙女飒洒苍旻之花。焞燿银河，覆映江海；紫微金阙，昊天统御。不动不移，五行穿宇宙之空；不针不线，阴阳织天地之绣。不寒不暑，温凉调和，不迟不疾，地利人和。姿态万方，缥缈若临虚镜；莫可名状，众物生生不息。
>
> 娘娘姿容，沉鱼落雁，落霞为之深隐，锦凤不敢高飞；羞惭琼花瑶草，惊

恍长天碧水。姝媛粉黛，无不望而失色；倩娇婉娈，焉能与之争媚；更有品德，众生莫不敬佩。呜呼噫嘻！是诚昊天之德昌晖四域人民，承一人而流芳，传亿载亘古而昭美。妾身才蔽识浅，空暹疏陋，赋咏谫薄，雕镂藻绘，僭言甚矣。

万福娘娘！使妾瞻云就日，望风怀想，素心依依。

万福娘娘！大能无量，博爱宽洪，于世界施恩扬善，亘古未有如斯之治化。

万福娘娘！创世以来，有邦有家，盖普天丰功茂德，万世未有如斯之郁盛。

谨赋。

姝涵吟毕，再盈盈一拜。朝堂之上，响彻众神雷鸣般掌声，天斗霍地起身，直下丹陛来，牵着她的手儿，大喜道："果然是奇女子！果然是奇女子！"又转身对太乙道："太乙，你占卜无误也，此女果然神奇，天廷有女如此，乃我三界之洪福！"说罢又四顾众神，见众神各个颔首称颂，又低头问姝涵道："姝涵，你今年几岁了？"姝涵奏道："小女子方交十三岁。"天斗闻言，更喜道："这便更是神奇了！十三岁女子能作如此辞赋，岂非昊天造化乎？"说着又松开她，登上御座。娇珠早就喜欢得蹦跳起来，钟颀连忙过去，扯住她低声道："怎的敢在朝堂喧哗，肃静些个！"娇珠这才安静下来，躲在女娲身后。

天斗大悦，笑道："女娲与伏羲昊、钟颀、太乙留下，其余诸神退朝。"说罢，又命元真童子赐宴。天斗又挽着姝涵的手儿，朝后殿走去，女娲、伏羲昊、钟颀、太乙、娇珠跟入。到了偏殿，见御膳早端端正正摆列好了，女娲与诸神坐于东南一角，于西南一角独设一席赐姝涵入座。坐定之后，便见宫御乐师六个跟了进来，皆是美色，琼肴瑶馔方献上，玄音并举，仙娥又飘入，于席前齐舞。天斗偷眼看姝涵，见她恭恭敬敬坐于位上，只是微启朱唇，稍稍而饮，对仙娥舞蹈却无兴致，垂目不视。天斗看了半晌，暗思道："这小女子倒很端方，看来她觉得这宫中歌舞也不稀奇。"歌舞罢了，天斗对女娲道："你有女儿如此，当悉心照顾才好，今日为师大开眼界，十分欢喜，此时也觉得困倦了，为师看你们也累了，就此散席吧。"女娲等拜过之后，领了姝涵和娇珠出宫去了。

且说女娲与姝涵、娇珠回到蕊珠宫，众婢都围了上来问安。女娲心里欢喜不已，尤其听姝涵在朝堂上吟得那篇辞赋，更是让她心潮荡漾。女娲笑道："今个本宫收了义女轩辕姝涵，特别高兴，往后姝涵就不住在清元殿偏殿了，本宫将那宸恩殿赐给她住，你们几个婢子要悉心侍奉，别把我女儿委屈了。好了！本宫设宴，让你们好好地乐上一回！”众婢听了都欢呼起来。娇珠又黏着女娲撒娇道：“母后，就让我与姝涵妹妹住在宸恩殿吧，也好与她做个伴儿。”女娲搂着她笑道：“真是个缠人的小妖精，好好好，就让你和姝涵住一块儿。”娇珠乐得合不拢嘴儿，挽着姝涵的玉臂说说笑笑。

一时间，园子里绿舞红飞，红亭中飞觞醉月众婢忙得不可开交。宴席上不尽的富贵繁华，长亭内摆了一顺儿琉璃儿，七色玻璃映得琪花瑶草分外娇艳，琉璃儿上洗盏添杯，增肴换酒。女娲与娇珠、姝涵、婺叕坐一起，须菩提与碧霞、碧玉、尚翠坐一起，众婢对花而坐，争媚夺艳。

散席之后，娇珠与姝涵回到清元殿偏殿，娇珠笑道：“今天在朝堂上可是吓得我心都要跳出来了。”姝涵转脸问道：“怎的就吓着你了？”娇珠掩口笑道：“我以为你不敢说话呢，不了你却油嘴呱嗒舌的说了个没完。”姝涵笑道：“嘁，我没觉得有什么好怕的。”娇珠道：“那是你，若换了我，天王在上，众神在下，要我一个站在朝堂，肯定是一句也说不来了。”姝涵笑问道：“你怎么不说我的辞赋作得好，只是嫌我话多么？”娇珠笑着道：“我说的就是这个意思。”姝涵只是笑笑，忙着收拾东西，娇珠瞥见她在收拾紫金砚台和水晶玄笔，又凑了过去，笑道：“这砚台玄笔可是天王亲赐给你的，我看全天下也只有你一个了。你那么多，就给我一个吧。”姝涵笑道：“紫金砚台就一方，我可舍不得给你，玄笔十支，怕这会儿都放在宸恩殿了，等搬过去了你自己拿，想要多少都给你吧。”娇珠努了努嘴儿道：“好吧，只是我不稀罕那些个，我只想让你给我画一幅像，那比什么都珍贵呢。”姝涵笑道：“这个还不容易？你怎的不早说。”说着就取出笔墨颜色和素笺铺在案上，就为她画起像来，一边照着她画，一边问道：“上次你说要设法子将我元灵珠儿从娘娘那里偷出来的，你可还记得？”娇珠笑笑，低声道：“本小姐早有打算了，妹妹放心就是了。”姝涵瞅她一眼，仔细地往画上涂着颜色，问道：“你有什么打算的，我看你每天只顾画画儿，以为你忘了呢，刚刚想起这事儿，我才问你的。”娇珠飞了一个眸子，咯咯地笑了起来。姝涵放下画笔，笑道：“怎的了，是不是我画得不好？”娇珠忙道：“不是这画儿，我想起我的打算就忍不住笑。”姝涵笑道：“快告诉我，看行得通么。”娇珠便附在她耳边，一五一十地详细说了，姝涵听着扑哧一笑，轻轻摇头道：“计是个好计，只是有点阴损了。”娇珠细眉一挑，道：“什么阴损，他们能做得出阴损的事儿来，就不许我使损招儿了么。”姝涵叹道：“咳，好吧，活该他们被你瞧见了。不过，还真是除了她之外，没人能为我解忧呢，你须做得缜密，别走漏了风声，万一做得不好，反而画虎不成了。”婷珠道：“我自缜密，不消妹妹费心的。”不一会儿，姝涵已将婷珠的像画完了，婷珠远远近近地端详了半晌，喜道：“这画的比照镜子还真呢。”姝涵正要说，却听见外边有人说话，好像是要进屋里来了。姝涵伸了伸舌头，赶忙坐在案前的椅子上低头整饬着笔墨颜料。婷珠转身一看，原来是婆娑和斓姁、嫱娟三个婢子来了，看她们也不进来，只是悄悄地透过珠帘儿往里看。

却说女娲安排婆娑、斓姁、嫱娟三个来宸恩殿侍奉姝涵，三个婢子听说天斗亲自召见她，便觉得稀奇，想仔细瞧瞧她，原来是想从窗子上看的，却见窗子上挂着一顶碧翠绉纱的帘子，于是就透过珠帘儿朝里望，见一个十三四岁的女孩坐在桌案前，明眸善睐，身材纤巧，穿一件青色绉纱裙子，香肩粉颈，玉腕酥胸，丰姿娇媚，态度温存，看着这身打扮更觉动人。婷珠不耐烦道：“你们鬼鬼祟祟地瞅什么，还不进来的。”婆娑闻言，笑嘻嘻地进来了，斓姁和嫱娟跟了进来，低头福了一福道：“二少主、三少主千福！”婷珠头也不回道：“罢了。你们怎么来了？”婆娑笑道：“娘娘让我们来侍奉姝涵妹妹的，以后我们就是宸恩殿的婢子了。”婷珠一听这话，这才转过身去，打量了婆娑一番，笑道：“呃？我还以为你是个特殊的，除了娘娘，你不会伺候别人呢，怎的这一回却来当婢子了？”婆娑脸微微一红，笑道：“娘娘的话，我哪里敢不听，但凡娘娘说什么，我就做什么，莫说伺候你们，就是让我去伺候阴灵，我也得去呢。”婷珠笑道：“我们还担待不起，好吧，既然这样儿，这宸恩殿的婢子就由你管了，凡是大大小小的事儿，都须听三少主的话，别说你们，就连我也得听她的话。”婆娑笑道：“这个自然。”婷珠又瞅了瞅斓姁，问道：“你不是凤来阁的么？怎么也来了？”斓姁低声回道：“是娘娘将小婢安排来这里的。”婷珠又问道：“香咴呢？”斓姁回道：“她在少主和少夫人、二少夫人那边伺候呢。”婷珠嗯了一声，又问嫱娟道：“你呢？不伺候娘娘了？”嫱娟瞅着她笑道：“娘娘让小婢来伺候两位少主。”婷珠又嗯了一声，说道：“你们怎么还不快快收拾东西，还愣着作甚？”婆娑道：“方才不是和你说话来的么。”婷珠白她一眼道：“现在说完了，快拾掇吧，全搬到宸恩殿去罢。”姝涵笑道：“也不用全部搬吧，有些个东西就留在这里了，又没什么用处，这床榻和桌椅，还没那边的好呢，只是这些画画儿的、珠玉细软的东西，还有锦被绣褥的须搬过去的。”嫱娟笑道：“三少主不是有神奇的么，还搬个什么的，去宸恩殿再使个法儿，全部变出来不就行了。”姝涵听了一愣，婷珠闻言，嗔道：“让你搬你就搬，哪来那么些絮叨？”嫱娟讨了个没趣，努着嘴儿去收拾东西了，又叫斓姁拿盒子装细软，两个人忙了起来，婺翜一言不发，自去收拾画儿，见大多都画的是美人儿，有倚栏无语的，有临风拈带的，有或坐或立的，各臻其妙。还有一个美人儿，态致与别的不同，手内执着利剑，举目远眺，威风中略带温柔，背景是囲山殿宇和芃树桃树等诸景，点缀周密，极其工细。婺翜定睛一看，原来是女娲娘娘，心里暗思道："将娘娘画成这般神态，看来画者对娘娘是又敬又畏，好像对娘娘还有些个纠结。"婺翜收拾完了，又收起案上的那幅画儿，一看是娇珠的画像，便赞不绝口道："怪不得天王要召见三少主呢，这画儿画得如此逼真，这就和镜子里映出来的一样儿，就这个足见三少主神奇了。"娇珠忙道："这一轴是才为我画的，不用收拾了。"婺翜笑道："即烦三少主也照我的样儿画一幅罢。"姝涵摇头笑道："才画完的，这会儿却不想动笔墨了，哪一天再对个时间，碰我高兴了，就一定允你。"婺翜点头儿笑道："那小婢先在这里道谢了。"收拾停当了，婺翜和斓姁、嫱娟搬着东西去宸恩殿不题。

话分两头。却说散席之后，须菩提对碧玉和尚翠道："今天我和碧霞去云灵轩，你们去凤来阁吧。"说完就与碧霞去云灵轩了，碧玉白了他们一眼，知道他们要单独在一起，便不由得叹了一口气，对尚翠道："就让他们在一起说说话儿吧。"尚翠赌着气道："怎的？他们在一起还能说什么，不过就是卿卿我我的，这不明不白的成什么事儿了，让人笑话，母后也不说句话儿，当我们是什么了。"碧玉一边走一边道："这哪有你的事儿，我和碧霞都是母后许给他的人，虽说碧霞轮回去了，如今又归一回来，可她仍然是须菩提的夫人，这是默认的事儿了，怎么你还想让母后给他们俩办个婚宴么？你不嫌丢人，我还嫌丢人呢。"尚翠笑道："我倒没什么，只是碧霞姐姐如今是少夫人，你是二少夫人了，我成了三少夫人了。"碧玉冷笑道："这可不消操心，此一时彼一时，如今碧霞姐姐算得什么夫人？她不过是一个偏房小妾罢了。"说着甩了甩翠袖，径自走了，尚翠紧跟在后面。

却说须菩提与碧霞到了云灵轩，见玉奴一个人在门口站着，便问道："怎么你一个人？香咴和媚凤呢？"玉奴欠身回道："她两个在少夫人和二少夫人那里的。"须菩提沉吟道："斓姁呢？"玉奴答道："少主不知么？斓姁被分到宸恩殿二少主和三少主那里了。"玉奴说着掀起珠帘儿，须菩提和碧霞就进去了，玉奴跟着进去，须菩提长叹一声道："行了，你也去吧，一个人在这有什么意思！我们不需要人伺候，我是母后亲生儿子却受冷落，倒让那两个非亲非故的小主儿僭先了，赶明儿我让母后干脆把我也分给人家当婢子算了！"玉奴掩口一笑，悄悄退了出去。碧霞笑道："计较那些个做什么，以前我也是个婢子呢，都惯了，不需要别人伺候的。"须菩提解衣入帐，对碧霞道："碧霞，我与你一头睡了吧，有些个话儿要说的。"碧霞瞧着他，问道："有什么话儿非要在榻上说？"须菩提笑道："我只是觉得困倦，你啰唆什么的，说几句悄悄话儿也不行？"说着就钻进了被里偷偷猫她，细看她粉脸含花，凝腮映颊；眉如新月，发绾乌云，肌飞白雪。须菩提道："你却不来么？"碧霞笑道："那你自己睡吧，我就坐在这里，你想说什么我就听着。"须菩提低低道："你也来睡吧，一起说话儿才好。"碧霞无奈，只得去了榻上，笑道："现在说罢！"须菩提见她肢体轻盈，身材娇小，便急得拉住她的手儿道："既是夫妻，怎的不合被儿睡？"说着便将她拽了上来，碧霞脸上绯红，钻进被子，须菩提便伸手去摸她身上，腻滑如酥，笑道："仙体恢复了？"碧霞已被他调动春心，任他摸弄。须菩提道："何不解衣？"碧霞羞得转过脸去道："我就不解。"须菩提不能自持，一双手就像是两条不听话的泥鳅，上下乱窜，摸至胸前，一对温软小乳，须菩提道："怎么比原来还要软滑了？"碧霞遍体酥麻，嘤咛道："妾才恢复仙体，与处子无异。"须菩提见她情动，便笑道："怎不把天衣一发去了，亲热地睡一回？"碧霞娇喘道："羞人答答的，妾才不要。"须菩提笑道："有什么羞的，我们都是夫妻了。"说着又要解她小衣，碧霞拨过他的手，笑道："别啰唣了，谁和你是夫妻了？我才回仙界的。"须菩提捧过她粉面来，亲个嘴儿道："早就是夫妻了，你怎么还扭捏起来。"须菩提说完便要强脱她衣服，见脱不去，又胡乱摸弄一通，碧霞羞得连推带搡，急道："快别闹吧，你若无计娶妾，就勿害妾，如今这般，全看在前世情分上的，何必得寸进尺呢，若只是要要，妾有何颜面更事他人！"说着就哭将起来。须菩提停手，与她拭了泪，又问道："你才轮回凡间不过几十天而已，怎的就是前世了？"碧霞泣道："对妾来说就是几十年，归一回来，以往种种也都是前世之事了，如今妾如重生，实为处子。"须菩提叹道："唉，你要怎样儿的才行？"碧霞又翻起身，坐下来瞅他道："你怎么和碧玉、尚翠办婚礼的，就给我怎么办个。"须菩提又叹道："我自去和母后说吧。"碧霞下地，又坐到桌旁道："你也不用长吁短叹的，蕊珠宫里有规矩的，岂能无所顾忌呢。"须菩提无奈，只好又穿好衣服下榻来，碧霞问道："你去哪里？不是困了么？"须菩提低声道："我去找母后说我们的事儿。"说着披衣下床，开门出去。碧霞也不拦他，由他去了。

却说娇珠才陪姝涵到了宸恩殿，便去找女娲，还没到大殿，就在轩廊旁瞅见须菩提正垂头丧气地走来，娇珠轻盈一闪，躲在柱子后面，见须菩提才从婢子住的偏殿走过，又被伸出的一双小手儿拽了进去。娇珠一看原来是嫱娟的偏殿，娇珠眼觑着，忍住了笑，暗思道：“这贱婢子上次与须菩提苟且被我看到，我没点破，如今越发明目张胆了，待她做完好事儿再说。”须菩提被嫱娟拽进屋里，向嫱娟一揖道：“亲娘，今日我母后就在殿中歇息，你怎么还这么大胆的，若被别人瞧见怎么好。”嫱娟笑道：“瞧见不过就是一死！你呢？可知道人而无信，不知其可的，要说今天这样儿的，也是被你逼的，自从碧霞那贱人回来之后，你就把我丢到西天门外了，你何曾在我身上用半分情儿？你这个喜新厌旧的薄情人。”说着又掩面啼哭起来。须菩提连忙抱着她，哄道：“我何曾忘记你了，这不是不得机会么？”嫱娟又破涕为笑，娇嗔道：“现在得机会了，就在一起吧。”须菩提握住她的手儿，笑道：“且慢着，你先去看看外面有没有人，如今这宫里人多，小心罢。”嫱娟笑道：“没甚相干，谁会管一个婢子的屋里？”须菩提对着她跌足，急道：“我和你做这勾当，只怕碧玉和尚翠她们派人盯着呢。”嫱娟只好去，掀起帘儿四顾一下，又缩了回来将门关上，笑道：“我就说没人来的，你却不信，现在心里可踏实了吧。”须菩提作揖道：“好吧，我现在来了，任凭你处置，可好？”嫱娟瞧他一眼，扑哧一笑道：“我何曾处置你了？”须菩提道：“你别闹了，如今碧霞回来了，你若作我小妾，我母后未必就肯，这种事儿是断不容的。小姐还是与我算了罢。”嫱娟闻言，挣脱他，哭道：“你若娶了妾，多少也安稳，你不娶妾，妾也不活了。”说着就要撞墙上去，须菩提急杀了，连忙拖住她纤体，苦苦哀求道：“我须菩提不是这样儿的人，但什么事儿须有个规矩，你也别急，容我慢慢想法子。”嫱娟突然不哭了，又倒进他怀里，娇声道：“既如此，说话可要算话的。”须菩提忙道：“你莫管，我与母后商量。”嫱娟又高兴起来，拉着他就要上榻，须菩提无奈摇头，也不推拒，再者又恰巧在碧霞那里碰了一鼻子灰，心里正憋着一股子火气无处宣泄，只得跟她入帐，笑道：“我怎么就遇到你这么一个煞星。”嫱娟嘴儿一撇道：“你若不愿意那就走吧。”须菩提一把拉住她，笑道：“不要恼了，我今天受了碧霞许多恶气，今日正好报仇，咱们就好好地耍耍罢。”嫱娟生气道：“你这说的什么话！你当我是什么了？”嫱娟气得真正要哭起来，须菩提见她哭泣，如芍药笼烟，梨花带雨，分外娇艳，便觉甚是怜惜，就抱着她款款深深的安慰道：“小姐放心，我只是戏言，岂能当真。”嫱娟顿足道：“看来我看错人了，昔日白白给你糟蹋了身子。”须菩提只是好小姐，好亲娘的哄她，嫱娟泣道：“你再说一次，对我可是真心的？”须菩提将她扑倒榻上，替她解带褪衣，嫱娟作势不肯，又听他啧啧道：“好个美人，我怎的就不是真心呢。”她这才酥软下来，任他褪衣。须菩提嘻嘻笑，又自己卸下天衣，钻入翠帏。嫱娟一弯玉臂枕着粉颈，须菩提凑了过去，鼻子抵她鬓云，顿觉气润流香，此时便不顾一切，捧住嫱娟的脸儿，樱唇相接，如此又兴浓浓做一个携云握雨，好不快活。

却说娦珠在轩廊里等了一会儿，便蹑手蹑脚挨到嫱娟绮窗前，细听半晌也不见动静，料想此时已无变局，暗喜道："这俩鸳鸯必入彀中了。"如此想着，不觉自己兴奋，又悄悄挨到屋门前，将手叩门，故作大声问道："嫱娟，你在不在屋里？"这一声叩门一声问，把个须菩提和嫱娟吓得魂飞魄散了，正在兴头上，此时却成了霜打的茄子，一时蔫了。须菩提善念一出穿上天衣，皱眉瞪眼，悄悄问道："娦珠怎的就来了？"嫱娟还在忙着穿衣裳，埋怨道："我怎么知道！这该死的衣服，什么时候能变作天衣多好的。"此时，娦珠又叩门，问道："在不在？不在我就进去了。"须菩提着忙了，跳下榻悄声急道："好奶奶，你快些个应她一声罢，进来撞见看怎生好呢！"说着便挨到墙边，悄悄打开窗子跳了出去。嫱娟穿好衣裳，应道："来了来了，谁们叫门了，害我觉都睡不好。"娦珠从外边听到，掩口一笑。嫱娟打开门，福了一福道："二少主千福。"娦珠瞥她一眼，见她钗横鬓乱，于是问道："没人来过？"嫱娟心里装着鬼，急忙道："没人来过。"娦珠直接就跨了进去，坐在春凳上，抱着胳膊玉臂，笑问道："你才睡醒？"嫱娟挽着头发笑道："睡的好好的，却被二少主叫醒了。"娦珠撇了撇嘴儿道："哟，只怕不是我吵醒的吧，嘴是两张皮，你说归你说，以为我就信了？"嫱娟闻言，心里一惊，表情不自然起来，红着脸儿道："二少主尽说笑，小婢哪里敢撒谎的？"娦珠朝榻上榻下地瞅了一会儿，发现须菩提的一双靴子竟好端端地摆在地上，不禁掩口，冷笑道："唉，我听我父亲说，那凡间的皇亲国戚或大家贵族，都是乱伦无德的，说什么'妻不如妾，妾不如偷'，起初我还不信，今天我算是亲眼见识了，看来凡间这恶风已经吹进天门来了。"嫱娟规矩地站在一旁，低头笑道："二少主的话儿小婢却听不懂，什么天上人间的，很是有趣呢！"娦珠霍地站起，把嫱娟吓得娇躯一抖，只听娦珠冷笑道："你可真是装一佛像一佛，若不亲眼撞见，还真被你骗了过去呢！"嫱娟脸儿红到了粉颈上，慌乱道："什么装佛一佛的，小婢实不懂的。"娦珠立眉道："有人在灵界修行，就没给你说这句话么？"嫱娟摇摇头儿。娦珠走到她跟前，指着她怒道："怎的？以为我眼睛怎么的？一问三不知，装傻充愣的，我问你，我哥哥的靴子如何在你屋里？"嫱娟闻言，朝榻下一瞥，果然见须菩提的靴子却摆在地上，这下就像泄了气的皮球儿，一时没了主意，只心里暗暗叫苦道："我的爷，跑的时候怎的就把小靴子也忘记穿了！这不是害死妾了么！"想到这里，也无可奈何了，只得认命了，由她宰割。娦珠见她无话，便笑道："你这没良心的，少夫人对你不薄，你却与须菩提有染，你如何对得起少夫人？若被少夫人知晓了，不揭了你的皮才怪呢，再若让娘娘知道了，我看非把你扔出南天门去。”嫱娟一听，身子一软扑通就跪下了，哀求道：“求二少主饶了小婢吧！”娇珠冷笑道：“饶你？我为什么要饶了你？我家门风都让你败坏了，怎的就能饶了你。”嫱娟急了，哇的一声哭了出来，磕头如捣蒜，哀求道：“二少主就饶过小婢一回，就是让小婢上刀山下火海，小婢也甘愿的。”娇珠笑道：“呵，刀山火海你都不怕，还怕娘娘和少夫人么？”嫱娟嘤嘤泣道：“小婢是不怕死的，只是连累了少主，惹娘娘生气，小婢就罪不可赦了。”娇珠扶起她，笑道：“你这张嘴儿真会说。”嫱娟站在那里不敢出声，一直抹眼泪儿。娇珠见状，问道：“刚才你说让我饶了你，你愿意为我上刀山下火海，这话儿可是真的？”嫱娟闻言，觉她有宽宥之意，便使劲地点点头儿。娇珠一本正经道：“唉，其实呢，这也没什么的，哪个耗子不偷油，说来也不怪你的，只要你仔仔细细把我说的事儿给办了，我便不难为你，替你们保守秘密。”嫱娟抽泣，问道：“二少主说的可是真的？”娇珠踱步笑道：“不仅如此，我还会择机在我母后面前为你美言，成全你和我哥哥的美事儿，省得你们以后偷偷摸摸的。”嫱娟一听大喜，又跪地磕头道：“二少主大恩，小婢当效死为报！”娇珠扶她坐下，笑道：“你不是侍奉娘娘那么久么？你可知道娘娘的首饰细软放在何处？”嫱娟点点头儿道：“小婢知道的，就在娘娘寝殿里间。”娇珠接着道：“如此便好，你去帮我取个珠儿，是一颗炫红色的珠子，娘娘珠子多了，我偏就喜欢那一颗，你给我取来，这件事儿就一笔勾销，不然就当我什么也没说。”嫱娟一听，惊道：“二少主是让小婢去偷娘娘的东西？”娇珠正色道：“什么是偷东西？是让你取来，知道么？”嫱娟一撇嘴儿，转动双眸道：“那还不是偷么。”娇珠粉脸一沉，嗔道：“你到底取还是不取？你不取，那我走了，你可别后悔！”嫱娟连忙道：“我取，我取，小婢取来就是了。”娇珠笑道：“这还差不多。你可记住了，是一颗炫红色珠儿。”嫱娟问道：“可是，小婢已经不在娘娘殿里伺候了，小婢要以什么理由进得去呢。”娇珠想了想道：“你可以找个机会取吧，我料娘娘很快就要临盆了，到时候婢子都得去伺候，到时候你乘乱哄哄的时候，潜入寝殿里间，只将那珠儿取出来收好即可。”嫱娟一听，喜上眉梢，笑道：“还是二少主有办法，小婢一定会取到珠儿的。”娇珠笑道：“好的，办好这件事儿，以后我就拿你当自家姐妹看，其余的事儿都不消你操心的。”说完就走，嫱娟激动得哭也不是笑也不是，抹了一把鼻子就送娇珠出去不题。

且说须菩提从窗子逃出去，三脚并两脚逃往云灵轩，走在路上才觉得双脚凉哇哇的，低头一看就傻眼了，拍着自己的脑门儿，连连叫苦道：“唉！这个蠢脑子，怎么就忘了穿靴子，这一回完了，也不知娇珠看到没有，嫱娟这贱婢子，可是把我害苦了！”说着便逃进屋里，却一头撞到了碧玉，碧玉见他慌慌张张，就上下打量了他一番，噘着嘴儿，而后问道：“靴子呢？怎的就光脚来了？”须菩提一时答不上来，忙着找一双靴子套上，这才慢吞吞道：“别提了，真是倒霉，刚去宫外边遇到一个妖魔，直追我来，将我吓得半死，这不一路逃了回来，连靴子也丢了么。”碧玉晓得他扯谎，便戳着他的脑门儿道：“谁信呢？你说谁信呢？你不是单手打死青龙，独身退了阴灵么，怎么一个妖魔就将你吓成这样儿了？”须菩提闻言，结结巴巴，半晌不能对，又吃吃笑道：“我逗你耍呢，其实这靴子它是这样儿的，它本来在我脚上，谁知……”说到这里，却见娇珠突然进来了，须菩提忙给她使眼色，娇珠掩口咯咯地笑个不停。碧玉急了，一把扯住他的襟子，立眉问道：“谁知怎么了？是不是又去偷人，被人撞见，连靴子都没穿就跑来了？”须菩提忙道：“这可不能乱说的，谁说我偷人了！”不等碧玉说话，娇珠道：“嫂嫂别闹了，我哥哥刚才在院里的大芃树上抓鸟儿，一不小心从树上掉了下来，结果靴子也被撕破了，他穿不上就光脚跑回来了。”碧玉半信半疑，瞅着娇珠，须菩提忙道：“我说什么来的？你还不信我，非要平白无故折磨我。”碧玉问道：“那靴子呢？”娇珠掩鼻笑道：“被我扔了啊，放在院子里多难看的。”碧玉这才松开他，羞赧不过，掩口笑了起来。须菩提嗔道：“你每天咋咋呼呼的作甚？”碧玉娇声道：“你这样儿跑了进来，我怎的不疑？若不是娇珠看到，我才不信你的话呢。”须菩提正要说话，却听珠帘儿窸窸窣窣响动，回头一看，尚翠来了。尚翠问道：“你们说笑什么呢？”碧玉忙道：“没什么，和娇珠说笑呢。”尚翠道：“碧玉姐姐，娘娘叫我们过去呢。”碧玉问道：“有什么事儿么？”尚翠笑道：“我哪里知道的。”碧玉拢了拢钗环，急道：“那就快走吧，别让娘娘等久了。”说着便跟尚翠去了。

娇珠见碧玉和尚翠走了，这才转身来，问须菩提道：“你羞也不羞？”须菩提笑道：“好妹妹，多亏你为我解围，不然我就完了。”娇珠嗔道：“你也不害臊的，更恶婢子苟且，你说两位嫂嫂知道了，可不是要伤心死了，如果再让母后知道了，她可怎么受得了，母后随时都可能临盆了，你就好好惹她生气吧！”须菩提连忙起身作揖，急道：“哎哟，我的亲妹妹，你可不能告诉她们，这事儿万一让她们知道了，那嫱娟就成为第二个邠夙了，非让人折磨死不可。”娇珠笑道：“呵呵，你们背地里干的好事儿，却让我不说？我却不能让你们败坏了娘娘的门风！此事儿我肯定是要说的，不然，我如何对得起两位嫂嫂和娘娘？”须菩提急得发昏，深深揖道：

“好妹妹，你就饶过哥哥一回，你说要我做什么，哥哥一并都依了你，可好？”婷珠忙道：“此话当真？”须菩提又作揖道：“千真万确，决不食言！”婷珠就将姝涵和轩辕健在红玉亭里睡觉，碧玉和尚翠又如何看到，又想要告知女娲的事儿细细说了一遍。须菩提一听就笑了，瞅着婷珠道：“这么说，你的好妹妹姝涵倒有把柄捏在我手里了。”婷珠急道：“你可别掉以轻心的，我觉得你的把柄更大，她就算有错，那也是和我一样儿，是个外人，而你就不一样了，你和那贱婢子不是第一遭了，上次我也瞧见过，只恐一时撞破，难于收结，就没拽出你们的尾巴罢了。”须菩提惊道：“怎的？上次是你来偷窥么？”婷珠头儿一歪，笑道：“啐，你以为你们做得好事呀，我偷窥什么，只是路过碰巧看到罢了。幸好是我，若换成娘娘，看不把你们的腿儿打断了。”须菩提拱手，垂头一叹道：“说吧，你想要我做什么？”婷珠笑道：“什么也不做，只是管住你两个娘子的嘴儿，别给母后告状就是了。”须菩提点头道：“就指甲盖这么大点事儿？”婷珠笑道：“是了，就指甲盖这么大点事儿。”须菩提舒了一口气，叹道：“唉，你既如此，何不对我明说？为甚还搞这么些个弯弯绕绕？你真是歪心肠儿，故弄玄虚捣什么鬼？累我每天担着鬼胎，梦魂都不得安宁。”婷珠掩口笑道：“谁教你装什么腔儿，自己干了坏事儿，每大还一本正经的样儿。”须菩提摇摇头，拍拍胸口道：“放心，有我在，准让她们都将嘴儿闭上，一句都不说的。”婷珠笑道：“如此，一言为定，你不让她们说，我便不说你和嫱娟的丑事儿，如果她们说了，我便将你们这丑事儿也抖露出来。”须菩提恨得牙痒痒，只得笑道：“这个自然，这个自然。”婷珠轻盈一转身便出去了，须菩提一脸无奈，直挺挺立在那里。

婷珠又回到宸恩殿，见都收拾好了，自己的屋子也整理得明丽堂皇，心里也高兴，见到嫱娟，婷珠又朝她眨了眨眼睛。婆罴和斓姁见婷珠来了，就出了外间。姝涵笑道：“这好一阵子你去哪里了？怎么才来？”婷珠闭住门，凑到姝涵跟前，在耳边低语道：“我可是办大事儿去了，今日之事可谓是一箭双雕。”姝涵瞅着她，微微一笑，问道：“呃？什么一箭双雕的大事儿，你且细剖来，让我听听。”婷珠遂将如何两次撞破须菩提和嫱娟偷情，又如何胁迫嫱娟偷灵珠儿，又如何胁迫须菩提让碧玉和尚翠保密的前后事儿，细细说了一遍。婷珠说罢，笑道：“就这么款款轻轻的工夫就干成了两件大事儿。”姝涵听了又好气又好笑，掩口笑道：“你一个女孩子就能对付了一帮人？怎的就如此奸诈的？”婷珠笑道：“我弄他们，就如弄猢狲一般的，有甚难处？好妹妹，这一回你就能放心了吧。”姝涵笑道：“听得我都害怕，你真是个军师的料子，不去带兵打仗可惜了的。”婷珠笑道：“这可不是我使诈，我本来也不会告密的，若要让我将那些风流事儿与娘娘道，我还嫌害臊呢，无奈他两个千央万央的，揖也不知作了多少回，我也只得替他们瞒着呢，但是，总得也为我做点事儿吧，索性我就说了，这么好的机会为何不利用呢？”姝涵笑道：“好吧，既已如此，也只能这样儿了，如果事成了，我倒也不用太担心了。”说着，两个又饮茶细谈不题。

话分两头。且说碧玉和尚翠来到清元殿，见女娲正在饮茶，便来拜过。女娲问道：“这一向宫里可好？”碧玉被莫名其妙一问，一时竟没反应过来，直愣愣地瞅着尚翠，尚翠蹙眉，噘着嘴儿不知嘟哝着什么。女娲越发奇怪，盯着碧玉和尚翠问道：“哎，你两个哑了么？”碧玉见女娲脸色愠怒，以为知晓了姝涵与那少年的事儿，思忖道：“莫不是娘娘听人说了什么？我若说了出来，岂不是惹恼了娇珠，我若不说，母后必责我管家不严，竟出这些个伤风败化的事儿。”想到这里，也无可奈何，只得回道：“宫里一向都好，只是姝涵妹妹近来有些个顽皮，妾只当她贪玩戏耍，也就没有过问。”尚翠一听脸色大变，不住地拿手儿碰碧玉。女娲见状，觉得事情不简单，便放下茶盅，问道：“哦？姝涵怎的了？顽皮什么？”碧玉见女娲并不知情，一时有些后悔，无奈事已至此，也不得不说了，于是就将姝涵与轩辕健在娇珠的偏殿里厮混的事儿，细陈一遍。女娲惊问道：“你说的可是真的？”碧玉忙点头儿道：“妾如何敢欺瞒母后，这事儿尚翠也亲眼所见，母后可问她。”女娲瞅着尚翠道：“确有此事？”尚翠蹙着眉头，轻轻点头儿。女娲又问道：“那个叫轩辕健的是个什么人？哪里来的少年怎的会来我宫里的？”碧玉回道：“妾也不晓得他是哪里来的，若不是姝涵妹妹勾引，他如何能进得来？”女娲闻言，怒道：“怪我看错姝涵这丫头了，如此轻薄的人，我原不该容她留在宫里，更不该认她做了女儿，她如此胡行，难免给蕊珠宫弄出一个话把儿，岂不坏了我家门风。”碧玉低头道：“母后说得有理，只是已经认作了女儿，现在也不好遣发她了。”女娲瞥了碧玉一眼，正色道：“谁说为母要遣发她了？这个事情，到为母这里为止，你们两个谁也不要对外声张，为母自有说法。”碧玉听了，不觉暗暗高兴，心内道：“须菩提见了姝涵这婢子就魂魄全丢了，我怀恨已久了，只是没个发泄的机会，她既做了这般勾当，也别怪我不留情面，如今娘娘知道了，必饶不了她的，只怕她也安身不牢了，除去她，我也少了一份担忧。”女娲见碧玉发呆，便道：“没事儿，你两个去吧，陪须菩提和碧霞他们去耍，母后要歇一会儿了。”碧玉和尚翠退出，又令娰翚和凫嬥关好门，守在门外。

女娲见碧玉和尚翠走了，心里疑道：“昔日盘古太师曾说，他将轮回归来，那日女姬打死碧凤，忽然就出现一个少年，颇有太师的三分神态，那少年可是轩辕健？那么这个姝涵究竟是谁？”想着想着，坐卧不安，徘徊于地，一时间，她以往在太阳宫南灵殿与盘古声音对话的情景，清清楚楚在她脑中闪回：

盘古：那形天元灵珠儿焉能被你轻易吞下，它可是有灵气的，只等为师入世之后，她不久也会入世，将来为师轮回体必会入主天廷，掌管三界，是为龙帝，她本是为师灵体的阴气，自然也要与为师合一，所以她便是母仪三界的帝后。

女娲：太师，那形天元灵珠儿何时入世？又将入世何处？

盘古：为师入世后三年，她必入世，那珠儿既然在你府上，她自然会轮回到你府上。为师告诫你，她在你府上，你切记要仔细照顾，万不可怠慢。

……

想到这里，女娲不由得一个激灵，慌忙进入里间，在密室内取出那枚炫红色的灵珠儿，定睛看去，却见宸恩殿左边一间屋子，娍珠正在梳妆，再看见右边一间屋里琳琅满目，十分华丽，榻前悬一顶粉红琪花纱帐，紫金钩带，上面罩一顶白绫帐儿，用玉色雾纱镶滚边，榻上是淡黄绣花斜纹褥子，迭着一双鸾凤纱被，上面放一双玄锦丝织香枕。再看榻前摆一张翡翠圆桌儿，上面放一盆雕玉盆景，靠墙一带碧翠纱，嵌着玻璃轩窗，窗外玉竹横窗弄影，窗前有一张琉璃方桌，上面玄帛笔砚罗列，侧面墙上挂着一幅美女图，女娲细细一看，画上的却是自己，持剑瞭望，威风凛凛。女娲又看了半晌，却看不见姝涵在屋里，只好收起灵珠儿，呆坐一会儿，心里五味杂陈。

次日，婺翜和斓姁、嫱娟三个俱来给姝涵和娍珠请安，姝涵叫她们一起到殿后的亭子里去玩儿，说着又拉着娍珠也去了。斓姁见娍珠和姝涵来了，笑道：“两位少主，此时闲得无聊，不如我们一起玩丢绢帕儿吧。”娍珠嘴儿一撇道：“谁还玩这么老土的游戏？”斓姁被顶了回来，低头退了回去，婺翜瞅着她掩鼻而笑，斓姁朝她吐了吐舌头，白了她一眼。娍珠回头见姝涵凭栏而望，就跟了过去，姝涵见那亭子周围花草幽艳悦目，静香袭人，笑道：“这时候才觉得心里舒畅许多，姐姐若替我拿回灵珠儿，我也就能安心了。”娍珠笑道：“妹妹放心好了。”姝涵正要说，忽然瞥见碧玉姗姗地来了，身后跟着香哝。姝涵悄悄问娍珠道：“她怎么来了？我今日也不知怎的，见了她就心惊肉跳的，预感没有什么好事儿。”娍珠一听，紧紧攥住姝涵的手儿，转身问碧玉道："嫂嫂，你来这里作什么？" 碧玉愣一下，笑道："怎的？我就不能来了？" 未等婷珠说话，姝涵忙笑道："嫂嫂请坐，我让婢子奉茶来。" 碧玉笑道："不用了，我怎敢让天王的座上宾为我奉茶？" 姝涵闻言，莞尔一笑道："这里又不是玉京宫，嫂嫂在自己家里，我们又是自家姐妹，怎么倒生分起来了？" 说着又笑了一笑，上前拉着碧玉坐在一块儿。婷珠道："嫂嫂一般不会串门儿，来则必有事，还是请入正题吧。" 碧玉笑道："怎么就不串门儿，你们才搬进新屋子，我便来看看的，莫非是嫌我么？" 婷珠冷笑道："我打你脸上一看便略知端的，不过你也别太高兴了，如果我姝涵妹妹有一丁点儿的不好，我可不依不饶，到时候大不了鱼死网破，看谁怕个谁。" 碧玉霍地起身，傲慢道："哟，你真有些个孩子气，看你这话儿说的，好像我是专门下毒来的。" 婷珠冷笑道："就怕是比下毒还狠呢，看你那得意样儿，准没什么好事儿。" 碧玉一甩袖子，嗔道："像你们这般跋扈的人，迟早吃亏的，我今天来还真有点事儿，那就是母后叫姝涵过去，快去罢，莫去迟了，好不好的，去了自见分晓。" 说完转身就和香哝走了。婷珠和姝涵都站了起来，面面相觑，一时无话。

话说婷珠不放心，跟着姝涵去了，到了清元殿，见娋翚和皂孋堵在门口，娋翚欠身道："娘娘吩咐了，若是二少主和三少主都来了，只让三少主一个人进去，请二少主回去。" 婷珠听了心里一惊，暗思道："坏了，果然姝涵预感应了，看来碧玉那贱人已给娘娘告密，这可是要出大事儿了。" 婷珠想着，瞅了一眼姝涵，见她脸色苍白，又紧紧攥着她的手儿，笑道："既然如此，妹妹就进去吧，母后或是有话要对妹妹单独说的，我去了反而不便，妹妹勿多想，只管去见母后，我在宸恩殿等妹妹回来。" 说着又盯着娋翚和皂孋，问道："我母后在何处？" 皂孋低头回道："就在上房里等呢。" 婷珠惊道："什么？上房？上房不是见客的地方么？为何在那里？" 娋翚和皂孋一语不发，还是低着头儿。姝涵转身对婷珠道："姐姐先回去吧，我见过母后就回来了，你不要操心我了。" 婷珠也不说话，转身就走，才走两步就鼻子一酸，眼泪簌簌地下来了，怕忍不住哭出来，便捂着脸儿跑了。

姝涵见婷珠跑了，知道她伤心，便转身跟着娋翚和皂孋去了上房，进去之后，见女娲端坐堂上，脸色铁青，姝涵感觉事情不妙，一时也无奈，只得盈盈下拜道："孩儿见过母后。" 女娲一挥袖子，娋翚和皂孋便退出去，闭上了门。女娲一拍桌子道："姝涵！你好造化！" 姝涵半晌不语，抬头瞅了女娲一眼，回道："孩儿有甚造化？若说造化，便是有幸被母后收为义女了，在这繁华蕊珠宫享福。" 女娲冷笑道："你莫装弄，我说的可不是这个，你是形天的轮回转世，我哪里敢收你做女儿？再者说，形天的轮回到我府上也是我府上的荣幸，享福却也是应该的。”姝涵大吃一惊，又故作镇定道：“什么是形天？孩儿又怎的就是转世了，孩儿不懂，还望母后赐教。”女娲又冷笑道：“你既不懂，那我也不消说了。可是有一件事儿，我必须要问个明白，你须仔细回答，不然，我们母女便是恩断义绝，到此为止了！”姝涵抬头问道：“母后，到底是什么事儿？”女娲问道：“我也不管你和什么人在我宫里厮混，毕竟是孩子们，玩耍也不奇怪，只是我想找到，前一段时间来你闺房的少年，叫什么名字？”姝涵想了想，蹙眉道：“他叫轩辕健。”女娲又问道：“此人现在何处？你与他又是如何认识的？”姝涵见问，暗思道：“我万不能透露轩辕健的机密，万一让她知道了，谁知道还要出什么花儿，即使死，便让我一个人去死罢，决不可倒连累了他。”想到此处，冷冷答道：“孩儿不知道。”女娲霍地站起身来，怒道：“你是不知道，还是不想说？”姝涵咬定道：“孩儿既不知道，也不想说。”女娲愤然来到姝涵面前，气呼呼道：“好样儿的，真是个硬骨头，看来我们没有母女的缘分，既然如此，那就别怪我无情，你与人厮混，败我门风，这便要以家法惩治！”姝涵低头道：“娘娘不认我这个女儿，我也无话可说，我现在这里给娘娘磕头，谢娘娘对我的大恩。”说着就跪下磕两个头。女娲本来要打姝涵，却忽然感觉肚子疼起来，这时也不好动手，只好抬手指着门口，怒道：“你到院子里跪着去，没有我的允许，不准你起来！去罢！”

姝涵起来，慢慢走出上房，娋翚和皃嬥见她出来，慌忙低头。姝涵到了院子，扑通一下跪地，垂着头，眼泪簌簌坠下。这一跪便是两个时辰，腿脚都麻木了，又坚持不到一会儿便栽倒在地。娋翚和皃嬥忙进入，欠身对女娲道：“娘娘，不好了，姝涵她晕倒了。”女娲心下十分恼怒，便步出上房，看到晕厥于地的姝涵，又对娋翚和皃嬥吩咐道：“快去扶她起来，送她去宸恩殿后面的一个地牢，那地方是我储藏兵器的，莫要让人发现，我这里有一根紫金绳儿，你们把门儿拴好了，倘若丢失一件兵器，我就把你们关进去！”说着便一伸手，就见一根蓝光闪闪的紫金绳儿到了女娲手中，女娲递了过去，娋翚接了，慌忙和皃嬥去扶姝涵，两个人架着姝涵就去了宸恩殿后面的地牢，也不叫醒她，就将她放在地牢里，娋翚便取出紫金绳子，往门插销上一套，正欲打结时，却见那绳儿闪出一缕蓝光，自行就给拴牢了，娋翚和皃嬥见状，急匆匆就走，才转过来，就遇到了婞珠，双手叉腰瞪着她们，两个婢子大惊，只好低头站住，慌忙欠了欠身。婞珠走到她们面前，厉声问道：“你们两个在做什么？！”娋翚和皃嬥素知婞珠的脾气，也不敢隐瞒，只得一五一十说了。婞珠听了这个消息，心下骇然，险些晕了过去，镇定一下，对两个婢子道："我也不难为你两个，现在就给我把地牢的门儿打开，我只进去看一眼姝涵妹妹就好。"妱翚慌忙跪下，泣道："只怕是娘娘的紫金绳儿拴的，便打不开了。"娍珠怒道："快起来，这就跟我去，将门儿打开，此事只有我知你们知，我也不会告知别人，这紫金绳儿我却知道，我是打不开的，谁来拴的谁就能打开，你就跟去试试看，若真的打不开，我也不怪你们。"妱翚和皃嬥一时也猜不出娍珠是何主意，便跟着她悄悄地来到地牢，娍珠望着门上的插销，又道："你们刚才是谁拴的，谁去解开。"妱翚无奈，只得伸手去解，果然手一碰那紫金绳儿便脱落了，妱翚又捡起来拿在手中。娍珠急入内，觉得地牢里无限凄惶，又见姝涵云鬓遮面，蜷缩在角落里瑟瑟发抖，娍珠忍不住哭道："姝涵妹妹！"哭着便将姝涵扶起来，见她痴痴呆呆，一句话也不说。娍珠将姝涵裙裾一掀，心疼兮兮地问道："让我瞧瞧膝盖可是跪肿了？"说着就看见双膝红肿，姝涵却一脸冷静，痴呆呆地望着远处，娍珠不知如何是好，一会儿又摸着姝涵的小手儿，泣道："真正要痛死我的心了，早知如此，你何必来这个无情的家！"说完又抱着她啼哭了一会儿。娍珠泣道："妹妹暂且忍耐，我这就去求母后放你出来。"说完，捂着脸低头跑出地牢，妱翚见状，赶紧关了门，又将那紫金绳子套了上去，自和皃嬥往清元殿去了不题。

话分两头。话说笪殷顼为黄帝即将煎好神汤，却被姮娥化身的蟾蜍偷食，见姮娥飞升而去，黄帝两眼发直，竟说不出话来。笪殷顼瞅着打翻在地的汤罐发呆。黄帝半晌才问道："这却是何故？"笪殷顼摇头道："想必是这园中精怪偷吃了这汤药，成仙而去了。圣上勿忧，只要有这仙丹，臣再去煎来神汤就是了。"黄帝捏着仙丹，若有所思道："蟾蜍吃了这药汤都能成仙，若是朕吃了这仙丹，岂不成天神了？"笪殷顼笑笑，不发一言。广成子见黄帝痴迷于此，心中甚为不悦，默默转身离去。再说广寒仙子望舒听千里眼和顺风耳说凡间有精怪时时望月哀鸣，于是就亲自去月亮察看，见并没有什么异常，正要离开，却见翩翩飞来一个仙女。望舒定睛一看，不是别人正是姮娥，惊问道："妹妹从哪里来的？为何到了这里？"姮娥见是望舒，就哭着将事情经过说了一遍。望舒知道轩辕昊去太阳庙取五色水的事儿，便问姮娥道："这么说来，女姬娘娘已经复明了？"姮娥点点头儿。望舒一时无话，只好领姮娥返回仙界，到南天门时，姮娥踌躇不安，不敢进入。望舒问道："可是不愿再去紫微宫了？"姮娥低头道："妾经历此事，再不想去侍奉女姬，还请望舒姐姐收容。"望舒笑道："不想去就不去了，有幸归一而来便是造化，你就随我住在广寒宫吧，我常在太阳宫，很少住在广寒宫里，如今你来了，也不至这宫殿里空着，这也是好事呢。”姮娥喜极而泣，跪地谢恩，望舒扶起她道：“这是命数呢，女姬想必知道你在界下了，岂料你吃了神汤又回来了，你可放宽心儿，就住在广寒宫里，再也不怕谁了。”姮娥欢喜，连忙道：“是的，是的，妾再无忧虑了。”说着就跟望舒去了广寒宫不题。

再说轩辕昊将镜子交给伏羲昊，被他带回蕊珠宫，又入清元殿见女娲。寝室内，灵兽香鼎袅袅弥漫青烟，女娲斜倚在榻上，妱翚和皛嬥在旁侍奉。女娲问伏羲昊碧凤的事儿，伏羲昊将细呈始末，一一道来。听说女姬照镜失明一事后，女娲惊道：“果有这么神奇的事儿？拿镜子我来看看。”伏羲昊忙道：“若娘子照了镜子，双目失明，该如何好？”女娲笑道：“我无愧于碧凤，它怎的就害我？”伏羲昊只好将镜子给了她，女娲好奇照照镜子，也未发觉有什么特别之处，就将镜子放在榻前的几案上，瞅了一眼伏羲昊道：“也不见有神奇，为何师妹就被它所伤了？”伏羲昊道：“她是自作孽，遭了报应也未可知。”女娲越觉困乏，便不再理睬，卧在凤榻上歇息，伏羲昊见女娲无事，转身就去别殿了。碧霞和碧玉领着精卫来拜见女娲，女娲对碧霞笑道：“多时也未听你抚琴了，你这就抚琴一曲给我听吧。”碧霞姗姗过去，掀起珠缀帘子，来到银制屏风之侧，坐在八角流彩青螭圆凳上，只见她雾鬟倾下，金缀玉绕，一身蝉翼纱衣，尽是紫光宝气。她拨弄琴弦，十指纤纤，轻拢慢捻之间，眉色浅浅，眼若碧波水帘。前半曲只是调弦定响，后半曲方渐入正调，指尖玲珑飞舞，音色攘攘纷纷，恍如金戈动日。女娲笑道：“此曲时而凄然以怒，时而壮然以悲，听得人心惊，可换个曲子。”再听一转声，如诉如寄，如慕如思，神情飞度，悄然至深，女娲忽然想起轩辕姝涵，忍不住潸然泪下，叹道：“此为凤求凰之减调，听着悲伤，快停下来吧。”碧霞按停琴弦，笑道：“什么都瞒不过娘娘，今日也不知怎的了，弹什么都悲悲戚戚的，待下次娘娘想听时，妾再细弹吧。”女娲正在蒙眬中，忽见几案上那镜子发出七彩之光，照得寝殿内千条紫气、万道霞光。女娲大惊，端起镜子来看，光芒突然消失，女娲忽然有了旷心怡神之感，又过一会儿，突然腹部一阵疼痛，女娲脸色苍白，额头坠下汗珠儿。碧霞和碧玉、尚翠、精卫慌了，直奔过来，碧霞惊呼道：“娘娘怎么了？”女娲气喘吁吁道：“我怕是要生了！”碧霞和碧玉不知所措，忙令尚翠和精卫去报伏羲昊，又与妱翚和皛嬥她们端水的端水，送茶的送茶，一时忙乱起来。这时，只听得珠帘儿作响，碧玉转身一看，见是嫱娟来了，便问道：“你不在宸恩殿，来这里做什么？”嫱娟回道：“二少主闻娘娘临盆，让小婢来瞧瞧，只怕人手不够，也来搭个手儿。”碧玉也未多想，此时又听女娲撕心裂肺喊叫，表情痛苦，又慌作一团，嫱娟见她们都围着女娲，便悄然潜入密室，在妆台匣子里翻腾，匣内尽是瑶簪宝珥，翠羽明珰，果然瞧见一枚炫红色珠儿，于是急急藏于袖中，又乘着乱哄哄出来，站在旁边。碧玉回头，见嫱娟在一旁，怒道："贱婢子，还愣着作甚，还不去看看尚翠和精卫，怎的这么久，也不见请大大王前来？"嫱娟一听，暗喜，便脱身而去，也不去寻尚翠和精卫，径自朝宸恩殿跑去了。

却说娇珠听闻女娲生产，想到自己今后势必被冷落，又念起姝涵仍在地牢中，生死未卜，不觉潸潸哀恸，此时又恨碧玉无情，女娲狠毒。正在暗自神伤，忽见嫱娟悄然走至，娇珠见婺裰和斓姁也跟了进来，便道："你们两个先去殿外守着，切莫让外人进来。"婺裰和斓姁便退了出去。嫱娟见娇珠喜忧参半，便笑问道："二少主悲悲戚戚的，此时愈觉得丰姿秀丽呢。"娇珠低声道："禁声，什么时候了，还说这些个废话，你可取到了珠子？"嫱娟忙道："小婢怎的敢逗二少主耍来，若未取到珠子，小婢怎么敢进来？"娇珠又惊又喜，连忙问道："珠子在哪里？快快给我！"嫱娟忙从袖中取出珠子递与娇珠，娇珠一看，果然炫红无比，喜道："阿弥陀佛，这下我姝涵妹妹可得救了！"嫱娟惊道："二少主说什么？谁得救了？"娇珠忙掩口，转而笑道："我随口说的罢了！"嫱娟也未多想，又道："我来时，见昔日与三少主姝涵在一起的那个少年就在殿外轩廊里站着，可是来找三少主的？三少主已多时未见了，也不知去了哪里？"娇珠一听轩辕健来了，又惊又喜，忙道："姐姐你先去吧，我眼下还有重要的事儿要做，今日之事概不能与外人道，待我这边的事儿都好了，我自会谢姐姐的。"嫱娟听娇珠改口叫姐姐，欣喜欲狂，便转身去了。娇珠收好形天元灵珠儿出殿去，见婺裰和斓姁、嫱娟三个站在殿外，笑道："你们三个进殿里去耍吧，这会儿给你们放假了。"婺裰和斓姁、嫱娟欢喜，一哄而入。娇珠趋步下阶，来到轩廊，果然见轩辕健独自站在廊柱旁。轩辕健忽闻轻轻步响，趋出一看，见娇珠浅笑低鬟，翩然而来，他忙向前深深一揖。娇珠第一次与他单独相处，不免娇羞满面，低声道："多时也未有你的消息，怎的就突然来了？"轩辕健忙问道："我知姝涵被女娲拘禁，她现在可好？"娇珠见问，瞅着他只是摇摇头，唏嘘泣下。轩辕健喟然叹息道："唉，让我姝涵受苦了。"沉吟之际，娇珠近前将一弯玉臂抱住他，泣不成声。轩辕健轻拍她香肩，低声安慰道："只恨墙高人隔，近在咫尺，又不能相见，如之奈何。"娇珠娇躯一转，推开他来，泣问道："你不是圣主么？你不是昊天盘古么？你无所不能，为何不救姝涵妹妹出来？难道你还怕她女娲不成？"轩辕健叹道："此处不便说话，你可知幽静处，我与你细说。"娇珠点点头儿，在前引路，轩辕健遂同着她，弯弯曲曲转过几层廊庑，直抵后园红亭，娇珠傍着阑干，轻撩蝉鬓，见轩辕健坐在玉墩上默然叹息，她凝视着他，一脸愁容。轩辕健低声道："昔日见面时姝涵也在跟前，我本欲与你细话，不料姝涵恐人发觉，以致匆匆而别，也不及罄谈，今特来相会非为别事，便是要告知你详情，只有我们努力营救，方保无虞的，若再逡巡，只怕一堕女娲局中，便很难挽回了。此世之事，我与姝涵之命皆系于此，还请勿视作等闲，倘若迟留进退之间，姝涵若不能活，我也将万劫不复，来世又将若何，难以先知。"娇珠泣道："承蒙帝王与帝后垂爱，妾岂不知感。自事发以来，妾亦尝终夜思维，只因怕姝涵妹妹被害，妾与帝王帝后分离，后无寄足之地，念之凄恻，如今妾已取回姝涵妹妹的元灵珠儿，只待伺机再见妹妹，与她还灵，不知可救得她么？"轩辕健叹道："你方才问我，既是昊天盘古，但三界无有做不来之事，何以能坐以待毙，眼看夫妻决裂。我又何尝不想营救，只是我元灵虽为盘古，只是轮回入此世，纵然有大能，但无力干预许多，一来为避免三界大乱而涂炭众生，二来我既轮回，当以善行为本，决不能倚法力行杀戮之事，只能等待时机。至于姝涵得元灵珠儿能否自救，我尚不知道，以我了解，若女娲固自囚禁，只怕她也是无可奈何，即使勉强救出，又能逃往哪里去呢？如今女娲权倾朝野，她若执意加害，我们难逃一劫。"娇珠闻言，以袖掩面，呜咽起来。轩辕健起身道："我也怅恨，只是无可奈何，不如就先试试，再若不行，我再思良策可好？"娇珠又抱着轩辕健，泣道："须好好活着，但你们有个三长两短，贱妾也不活了！"轩辕健一时无措，正欲开口，忽听外面传来嬉笑声，娇珠唯恐被人知觉，急急松开轩辕健道："你快去吧，千万珍重！"轩辕健转身离去，娇珠凝眸怅望。娇珠见他走了，便回至宸恩殿，见娄叒和斓姁、嫱娟也来到门口，问道："你们笑什么？"娄叒回道："回禀二少主，娘娘生了个女婴，大家都高兴，我们得知了消息，也欢喜得不行。"娇珠淡淡一笑，独自入寝殿，坐在榻上长吁短叹，过了两个时辰，又出殿去，只说探望女娲，悄然独自往清元殿而去。

却说等伏羲昊和尚翠、精卫赶回来时，女娲已半卧在榻了，怀里抱一个软香温玉的女婴。碧霞和碧玉、尚翠、精卫见女婴娇皮嫩肉，面如凝脂，非常喜欢，争抢着要抱。众皆欢喜，女娲见伏羲昊立在一旁，愁眉不展。女娲觉他心里疑惑，问道："大王有何心思？"伏羲昊道："这孩子来历不明，怎能不使人愁？"女娲笑道："你疑什么？"见他一言不发，便将吞下元灵珠儿的事儿如实说了。伏羲昊低声道："莫非你吞下的就是泰初形天所化的元灵珠儿？"女娲摇摇头道："不是，那枚元灵珠儿被我收着，昔日吞下的是个舍利珠儿。"伏羲昊也未多问，说道："娘子又诞一子，乃是喜事，我当去报师尊知道。”女娲笑道：“是该报师尊知晓，不过，去之前你得给女儿取个名字才好，师尊若问起来，你也好回复。”伏羲昊道：“只怕师尊也不在意，此刻他还有什么思采顾这些个？”女娲疑道：“怎么？师尊要去轮回了么？”伏羲昊点头道：“恐怕是如此，我听钟颀说，泰阶星已经显现了。”女娲沉思片刻，问道：“你须时时关注，师尊往去轮回，可有交代之事？后继之君为谁？”伏羲昊摇头道：“眼下尚不清楚。”女娲叹道：“总会有个结果的。好了，你先给女儿取个名字吧。”伏羲昊想了想道：“就叫伏羲谦如何？”女娲笑道：“此子乃我感孕而生，与你无干系，何故叫她姓伏羲？”伏羲昊笑道：“不然怎样？难道要对外头说她是野生？”女娲掩口，笑问道：“为何名谦？”伏羲昊沉吟道：“谦，尊而光，卑而不可逾。天道亏盈而益谦，地道变盈而流谦，鬼神害盈而福谦，人道恶盈而好谦。此名上善，就如此定了吧。”女娲笑笑，忽然又想起须菩提，又忍不住落下泪来。

却说天斗命钟颀随驾往西天门观望泰阶星，见两星一阶，上下三台，光亮无比。天斗欣然叹道：“本王终于等到轮回之日了。”说完急令回宫，准备料理天廷后事。天斗问钟颀道：“姬轩辕已有多少岁了？”钟颀回道：“整一百岁。”天斗心事重重，踱了几步道：“本王将去轮回，你切记，我去之后，天廷但有不决之事，就去问女娲。”钟颀点头道：“小臣谨记。”钟颀退出后，天斗令元真童子密召女娲入宫。女娲听说天斗密诏，急随元真童子进宫，在太真殿内跪候天斗。过了一会儿，天斗姗姗而至。女娲跪叩道：“弟子多时不曾奉诏，不知师尊天体安否？”天斗令女娲起来，喟然长叹道：“时机已至，为师将去轮回，故召你进宫商议天廷后事。”女娲泣道：“师尊此去轮回，不知何日归来，若此间天廷有个三长两短的，叫弟子如何为之。”天斗叹道：“为师归一之后便是亘古真身，此乃善事，你切勿悲伤。”女娲泣道：“叩请师尊降下法旨。”天斗道：“诸弟子当中，唯你令为师信任。轮回在即，为不使宫中生变，为师托付你两件事。”女娲泣道：“弟子定以死效命。”天斗徘徊，沉吟道：“其一，为师涅槃六日之后，你下界将姬轩辕召回天廷，为师立他为玉帝，暂统天廷，你与伏羲昊、钟颀、神农琊等神辅佐之。此事机密，万不可泄露。恐立帝之时宫中生变，为师有密诏授与你，若有大逆不道者，你就以此诏示之。”女娲叩首道：“弟子遵旨。”天斗接着道：“其二，为师疑玉帝之位不能久长，你切记竭力辅佐，若不能辅佐，只得顺应天命。”女娲惊道：“果至如此，弟子当如何？”天斗叹道：“若你师兄当中有窃居天位者，你不可兴兵强阻，以免招来大祸，三界之事，以公为大，你与诸神竭力辅佐就是了。”女娲问道：“弟子谨记。但若所琢非玉，昏庸无能，又当如何？”天斗入座道：“天道渊渊，谁能尽知？顺其自然而已。”女娲心绪大乱，神思恍惚。天斗起身道：“须菩提杀青龙，当时众神多有非议，为师又见那白虎、玄武、朱雀三神有复仇之心，故令其在灵界以求自保，你切勿多心。”女娲已泣不成声。天斗慢慢走向殿门，又道：“为师去准备了，你勿辜负为师重托。”女娲叩首泣道：“弟子铭记师尊法旨。”见天斗离去，女娲哭泣片刻，直到元真童子上前扶起。

太古十四年。

天斗领女娲、钟颀、元真童子三人去囿山，一边走一边道：“为师曾得昊天启示，但见泰阶星显现，便至菩提树下坐化。今泰阶星已出，为师轮回时机已到，为师去后，尔等切记为师之言，万不可疏忽。”女娲和钟颀领命。天斗慢慢走向菩提树，而后合掌闭目静坐于树下。约莫一会儿，只见菩提树下腾起一股紫烟，笼罩天斗身上，菩提树上突然开出许多花来，绚烂多彩，女娲和钟颀暗暗惊叹，又过了一会儿，紫烟散去之后，再看菩提树下已空空如也，已经不见天斗身影。钟颀低声道：“天工涅槃了。”元真童子跪地叩首。女娲忍着眼泪，望着菩提树不语，又过了许久，又见菩提树花儿皆消失了，这才各自回宫去了。

话分两头。天斗涅槃六日后，女娲不敢停歇，遵照天斗遗命秘密下界，来到涿鹿王宫见姬轩辕。见人间变化很大，早已不是昔日情景了，女娲感叹道：“天上几十日，人间几十年，我久未来凡尘，如今看去已是个锦绣世界了。”说着边走边游览。却说黄帝虽年老，但精神矍铄，此时正召集广成子、俞跗、桐君、鬼臾区、岐伯等群臣，笑道：“今日秋高气爽，朕率领你们去郊外围猎如何？”群臣好不喜欢，广成子遂令人置办帐房，备办茶点，安排停妥，往郊外打猎，在山下扎好帐房。黄帝头上也扎抹额，身穿古香色素团花绣袄，脚蹬青绸战靴，系上弓箭，在广成子陪同下走出宫门，百名刀手步兵，在两旁护卫，即转过墙外，只见已有一队人马，每人持一面五色方旗在前引导，远远望去，这队人马就像一朵五色彩云往前飞去了。约莫半个时辰，已到郊外山脚下，见帐房边已有俞跗、桐君、鬼臾区、岐伯等文武百官伺候迎接。黄帝直径到帐房内坐下，当有侍臣献进茶来，几个婢子接着转送。围场布好之后，黄帝出帐上马，群臣各人持器械，遂出帐房，飞身上马，纵辔而去。

入得围场，先有一队士兵赶着飞禽走兽，四下飞奔，黄帝与子孙、俞跗、桐君、鬼臾区、岐伯等群臣遇到飞禽走兽便射，飞上飞下，往来驰骤，追得那些兔鹿獐麂逃避无门，正追赶着，忽然一道紫光闪现，眼前出现一个轻纱女子，黄帝与众臣不知是女娲，纷纷勒马站住。黄帝问道："今日围场，这是谁家女子敢在此阻拦？"说罢，一骑当先，飞马前去，众人俱已随来。黄帝指着女娲问道："你是何人？敢在此阻挡朕围猎？"女娲笑道："上天有好生之德，你身为帝王，却为何带头杀戮？"黄帝听了奇怪，笑问道："围猎禽兽，岂能与杀戮等同？北方游牧者，若不围猎，何以生存？再者如修剪花花草草，若不裁剪，何以能茁壮茂盛？围猎之理亦如此。"女娲笑道："我闻钟颀曾言，黄帝姬轩辕颇懂养生之道，常说缮生之首要，乃是不杀生，今日所见，便知钟颀言过其实。"黄帝闻言大惊，下马跪拜，问道："朕不知上神驾到，请问钟颀在天阙可好？"女娲扶起黄帝，笑道："姬轩辕请起，钟颀安好，切勿挂念。"众人见黄帝跪拜，皆慌作一团，纷纷下马跪叩。黄帝又问道："不知上神尊号？"女娲笑道："我乃是女娲。"黄帝闻言大惊，再三叩拜，泣道："在下不知是女娲娘娘驾到，失礼之处，请娘娘包容。"女娲又将他扶起，笑道："你在人间为帝君，不必与我施大礼。"黄帝起来又问道："不知我父母在天阙可好？"女娲回道："令尊令堂俱好。"黄帝大喜，遂令迎接女娲回宫，笪殷顼见女娲到来，早就一溜烟儿返回仙界去了。

黄帝令设宴，女娲入席，与广成子坐在一起，女娲见是广成子，笑道："原来是炎帝的良臣！"广成子惊道："娘娘认得我？"女娲笑道："当然认得。"广成子抹泪，叹道："只可惜炎帝败死，我无能辅佐，却成了黄帝的臣子。"女娲劝道："天道如此，何须悲愁。"广成子问道："娘娘下凡可有天意？"女娲就将欲接黄帝入天廷为玉帝的事儿告知了广成子，广成子又惊又喜，急忙上前附耳告知黄帝，黄帝听后大惊，问道："朕服用仙丹数年，果然成仙了。娘娘下凡来，是要接朕上天？"女娲道："正是。请陛下早作安排，而后随我上天。"黄帝大喜，对女娲道："朕已百岁之人，长子少昊、次子昌意崩薨，其余儿女皆已老，不能打理朝政，只有传位于太孙颛顼，不知天意若何？"女娲笑道："陛下圣明，天意祥瑞，陛下大可放心。"黄帝问道："朕归天之后，可否见父母？"女娲想起女姬，不禁潸然泪下，低声道："当然可见。"黄帝起身道："如此，朕复有何求！请娘娘稍等片刻，朕欲传诏，以定国事。"

黄帝升殿前召来颛顼问道："朕有心禅位，不过却难以放心，朕召你来，想看看你对治国的见识。"颛顼跪地回道："祖父曾言，'道若川谷之水，其出无已，其行无止。'孙儿以为，治国之道如是，无为而治，无为而无不为是也。"黄帝问道："何以无为？"颛顼答道："天下之事莫过于怀仁，孙儿上缘祖父之道而行之，学祖父之道而赏之，加以弗损，天下亦平也。"黄帝又道："你有这个领悟，朕把江山交给你，也就放心了。不过，朕还想问你一句，你说天下之事莫过于怀仁，那你可知何谓功罪？”颛顼答道：“功莫美于去恶而为善，罪莫大于去善而为恶，孙儿日慎一日，其此已也。”黄帝闻言大喜，频频颔首。

一时间，黄帝升殿，文武百官齐聚堂上。黄帝道：“朕将归天，爱卿听旨。”群臣跪地三呼万岁。黄帝问道：“太孙何在？”颛顼忙上前，跪地启道：“孙儿在此候旨。”黄帝对群臣道：“朕传位于颛顼，朕去之后，广成子辅政，众卿辅佐之。”黄帝说完离开龙座。广成子、俞跗、桐君、鬼臾区、岐伯群臣抱头痛哭。颛顼悲痛欲绝，膝行于地，匍匐在黄帝脚下磕头不止，额头上都磕出血来。黄帝摆驾与女娲一起到泰山，走上青石崖，群臣追随而来，大放悲声。四方百姓听说黄帝要登天了，都纷纷来送，哀号声不绝。女娲对黄帝道：“陛下可令众臣和龙辇回宫去了！”只见女娲香袖一挥，一条金龙从天而降，长啸一声。女娲对黄帝道：“请圣上登龙升天。”众人惊讶地看着青石崖上，见金龙降落崖上之后，腾起一阵七彩祥云，女娲和黄帝都不见了，金龙一声长啸，腾空而起，眨眼就无影无踪了，只见黄帝所穿的龙冠、龙袍、龙靴都纷纷坠落崖下。众人知道黄帝已经乘龙升天。颛顼登基之后，举国丧四十九天，将黄帝的衣冠葬在太行山以西。

姬轩辕登龙之后，立即就变成了一个面如冠玉的青年。飞入南天门之后，才看到了仙界的景致。只看那——

天门：两侧玉狮雄赳赳，重门瑶鼎威沉沉。天廷：四方有金柱盘龙，中央有银桥立凤。玉珠璀璨耀玄黄，云雾迷蒙锁幻紫。天宫宝殿：玉京宫、蕊珠宫、麟鹤宫、紫薇宫、广寒宫、神乐宫，宫宫相连通瑶池；文武殿、太真殿、天香殿、灵霄殿、朝阳殿，殿殿交错达龙寝。亭楼玉阁：望亭台、观云台、斩仙台，台下长不谢琪花；祈香炉、乾坤炉、九鼎炉，炉中有不老瑶草。沉月阁上彩绡绮，神光晖焕；碧园轩下百花艳，灵气飘香。

霞光万射映彩霓，紫烟弥靡吐青雾。翡道翠廓，道道金穿玉缕；珠台宝柱，处处龙腾凤翔。九龙金殿，玉嵌金镶屯洪福；十凤阁前，凤歌鸾舞集恬梦；天阙珍奇般般有，仙阁异宝样样齐。玉廷金銮妆帝都，宝殿霓彩扮灵山，麒麟对对台前卧，玉兔双双阶上追。

姬轩辕被眼前景致陶醉，女娲笑问道：“圣上，这仙界景致如何？”姬轩辕边走边道：“果然好景致，仙山琼阁本来有，世间凡人未曾见。”说完，又见南天门门神带着百余个天兵上前跪地叩迎。姬轩辕问道："娘娘如今是天廷之主否？"女娲知他疑惑，笑道："臣奉天命而迎圣上入天廷，即天帝位，故而诸神见圣上而行礼，圣上勿疑。"姬轩辕大惊，跪地叩道："恕我无知，我已登仙成神，已然知足，安敢望此？娘娘切勿戏言。"女娲忙扶起姬轩辕，笑道："圣上乃是天王所封，如今已是君临三界的天廷玉帝，岂能在臣下面前行此大礼，若让诸神看到，将置臣下于何地。"姬轩辕听后大骇，忙道："姬安敢妄想在天界称帝？"女娲见姬轩辕胆小，很是无奈，又怕诸神非议，正色道："此乃天命，圣上勿辞，臣下送圣上入主灵霄宝殿。"姬轩辕不敢继续向前，站住不动，女娲又去请，他忐忑不安道："姬不敢承天廷大位，只想与母为伴，请娘娘恩准。"女娲见姬轩辕固执，于是佯装愤怒，厉声道："天廷圣地，岂能由你儿戏！如若再辞，我即将你推下界去，纵然不死，也是魂飞魄散！"姬轩辕大惊，惶恐不安，战栗道："愿从娘娘之意，请起驾进宫……"女娲这才收了怒色，带姬轩辕入宫，这时早有紫微宫侍仙看见，飞报与轩辕昊和女姬。

经过望亭台，女娲见苏嫒和妹喜以及几个童子簇拥着轩辕昊和女姬络绎而来，只得驻足。女姬脱开侍婢，也不理女娲，径直上前，伸出玉手摸着姬轩辕的脸庞哭道："姬儿！你终于归一而来了！"姬轩辕也不敢回话，只是战战兢兢地望着女娲。女娲没想到轩辕昊和女姬会在这时候前来认亲，心中不快，但母子相见，也在情理之中，于是就对姬轩辕道："此乃汝母女姬。"姬轩辕惊愕地看着女姬，吞吞吐吐地道："母亲在凡间之时年迈，为何如此青春？"轩辕昊急忙上前，扶住姬轩辕的双肩道："姬儿，你不认得为父了吗？"姬轩辕摇摇头，左顾右盼。女娲有点不耐烦了，走到姬轩辕面前道："圣上请看！"说着香袖一挥，只见出现一道紫光，画了一个弧线，就变成一层透明如水的光屏，就如一面水镜挂在他面前。姬轩辕在镜前一照，见自己已不是那白发苍颜的老人，而是一个白齿青眉的俊朗少年，他摸摸自己的脸，惊讶道："这是……"女娲道："圣上已入仙班，自不必是那凡尘之人。快快见过你父母，我们进宫去吧。"姬轩辕听后，才明白父母容颜不老之故，本想跪地叩头，却见女娲凤眼一瞥，他立即又紧张起来，只是躬身行礼，对女姬和轩辕昊道："孩儿见过父亲，见过母亲。"女姬欢喜，拉着姬轩辕道："快快随为母回宫去。"姬轩辕正要走，却听女娲一声厉喝："站住！"轩辕昊一惊，驻足而视。女姬转身怒道："师姐这是何意？莫非不让我母子团聚么？"说完拉起姬轩辕就走，女娲"噌"地拔出利剑，苏嫒和妹喜一听这利刃的声音，不觉浑身一颤，女姬也惊了一下，转身看去。只见女娲右手按剑，左手抬起香袖，怒形于色，指着女姬道：

“师妹，非我不通情理，阻你母子团聚。我奉师尊之命接圣上入宫登极，你却要让圣上去你宫中，这又是为何？”轩辕昊忙上前施礼道：“师妹息怒，师妹息怒，我等岂敢阻挠圣上登极，只是未曾知晓此事，请师妹见谅。”女姬却冷笑一声道：“圣上乃是我儿，即使圣上登极，何须师姐劳心？待我母子相聚，明日再登大宝不迟。”女娲怒道：“圣上乃是天廷玉帝，岂能不顾大局，师妹如此戏闹，成何体统！”女姬撇开姬轩辕，冷笑道：“我知师姐之心，莫不是师尊未立你儿须菩提，你记恨于心，却在这里难为于我？你手持利刃，难道想造反不成？”话说完，姬轩辕战栗不安，无所适从。

女娲心中又气又急，唯怕久留在此，笪殷昊一旦生变不好收拾。但此时又不便说出来，只好收起剑刃，两眼发直。就在此时，元真童子忽然来到，身后跟着气喘吁吁的钟颀，钟颀后面，金童、玉女、千里眼、顺风耳、雷神、电神、风神、雨神、山神、地神、天蓬、杨天佑、日游、夜游、望舒、太阴、太阳、武德、文曲、土德、金德、木德、水德、火德、佑圣、聚灵、圆融、太乙、神农琊、白虎、朱雀、玄武、海龙、江龙、天河、瑶池、东岳、南岳、中岳、北岳、西岳、东斗、西斗、中斗、南斗、北斗、司命、司禄、福寿、度厄等众神也是急匆匆赶来，站立在一旁。

轩辕昊和女姬见元真童子和钟颀等众神来到，这才低头，站在一旁。钟颀见左右都是轩辕昊府上的人，怒视一眼，甩了甩袖子，然后来到女娲面前跪下，众神见此，都纷纷向前，一字排开，齐齐跪地。钟颀对着女娲三叩首，道：“臣等拜见女娲娘娘。”众神也跟着三叩首，三呼道：“拜见女娲娘娘！”女娲见到这情景，心里一惊，也不知如何是好，正要上前扶起，却见钟颀从袖子中拿出诏旨举过头顶，道：“奉天王遗旨，敕封黄帝姬轩辕为玉帝，拜女娲娘娘为圣天母娘娘，监朝理政，辅佐玉帝，三界众神皆由女娲娘娘一体节制！”话音落地，众神齐拜：“谨遵天王遗旨，辅佐帝君。臣等恭祝娘娘万福！”女娲便明白这是天斗临走前给钟颀的密旨，这才松了口气，将剑按入鞘中，见女姬不屑一顾的样子，女娲凤眼一瞪，大喝一声：“武德安在？！”武德真君起身出列，杨天佑和天蓬跟在左右，身后又跟进几员天将，大步走近女娲，单膝跪地道：“臣在！”女娲指着女姬怒声道：“将女姬给本宫拿下！”武德抱拳道：“遵令！”然后与杨天佑和天蓬二将前去，不容女姬挣扎，就将她按住，押到女娲面前，然后喝道：“跪下！”女姬不跪，粉脸已无血色，只拿眼睛瞪着女娲，只见那武德朝着女姬的腿弯儿就是一脚，女姬只得扑通跪地，女娲喝道：“打入南灵殿偏殿，听候本宫发落！”三将得令，将女姬五花大绑，姬轩辕见女姬身系缧绒，不觉就颜面低泣起来。三将牵起女姬押往。此时，轩辕昊和姬轩辕已吓得目瞪口呆，动弹不得。

见女姬被押走，女娲这才走到姬轩辕面前，跪地拜道："请圣上起驾回宫！"那姬轩辕已是六神无主，只得连声道："好，好，起驾回宫！"女娲在前引路，钟颀、元真童子在后，众神紧跟往灵霄殿走去。队列之中，太阳神角龙和太阴神应龙凑到望舒跟前，悄声问道："你们何曾见过娘娘如此威武？！"望舒睁大眼睛，长睫毛上挂着光亮，瞅着二神掩口而笑。太阳神正要说话，旁边的火德忙道："此一时彼一时！切勿再言！"见快到殿门前，众神肃穆而行。

笪殷项在女娲接姬轩辕上界之前就已到仙界，见到这情景，忙回麟鹤宫去。笪殷昊听嬙蕙入内报道："三大王，娘娘，少主回来了！"才说完，笪殷项就进来了，玄女忙叫嬙蕙奉茶，笪殷项坐下来饮茶，一言不发。笪殷昊和玄女忽然见笪殷项回来，暗吃一惊，忙问道："你不在那凡间，为何忽然回来？若被天王发现，那该如何是好！"玄女也慌道："项儿，此时为何回来了？"笪殷项笑道："父王母后尚在梦中乎？"笪殷昊疑道："何出此言？"笪殷项笑道："只怕是那天王早就死了，你们却不知呢！"玄女忙道："休要乱言！若被天廷知道，将是死罪！"笪殷项急道："孩儿并未乱言，我刚才路过那玉京宫，见女娲娘娘和众神已经请姬轩辕入灵霄宝殿了！"笪殷昊惊道："什么？！有此事？难道师尊他……"说着将脸转向玄女，玄女瞪大眼睛低声道："莫非师尊已往去轮回了？"笪殷项道："什么轮回，不是涅槃吗？这一世死了，等下一世还不知能去哪里呢！"笪殷昊怒道："坏了！女娲等隐瞒不报，原来早有预谋！姬轩辕何德何能？敢受此大宝！"笪殷项叹道："唉！孩儿听从父王的话，已让姬轩辕服那仙丹多时了，眼看就要杀死老贼，却没想到女娲娘娘下界将老贼接走，这下他倒真成了神仙！孩儿已是无计可施了！"笪殷昊怒道："岂能让他们得逞！本王现在进宫问个明白！"说完抽出宝剑，气冲冲往玉京宫而去，笪殷项紧跟其后。

女娲请姬轩辕入灵霄殿，金童和玉女已秘密安排天兵披甲持戈埋伏在大殿周围。金童拜道："娘娘，天王在时曾吩咐小神，恐笪殷昊生变，故令小神伏兵于此，以防不测。"女娲急道："圣上驾到，速召诸神来朝，即刻举行登极大典。"那姬轩辕不曾见过灵霄殿情景，进入之后，见层层金阁耸入云霄，楼宇巍峨；彩光四射满玉宫，瑞光万道照贝阙。殿内祥烟缭绕，殿前是一方天池，池上紫气回荡，两旁各有九根盘龙柱直通苍穹，再看那御座下云蒸雾腾，顺玉阶而上，仿佛御座悬浮在空，两旁各有两只灵兽麒麟守护。女娲见姬轩辕衣冠不称，便将其拉住，对着他吹一口仙气，只见他身上便换了一套紫金绉纱九龙服，宽阔白亮的雕花玉带，腰间拖着印绶牌穗，在金童和玉女的搀扶下摇摇摆摆登上玉阶，坐上御座。此时，姬轩辕才发现自己换了一身衣装，心内吃惊未停，又抬头瞥见三界诸神齐聚大殿，仙界有八十一神，灵界有接引归真佛、辟支佛、空王佛，冥界有冥王笪殷曹和判官陆正，姬轩辕更是惊魂不定，只得硬着头皮呆坐。

女娲取出诏书宣道："本王承运轮回太虚，天廷当立帝君以安三界。天命大道，唯归有德，女姬之子姬轩辕贤明圣达，德隆望尊，可承大位。今本王传位于姬轩辕，即玉皇大帝位，君临三界。"众神跪地三呼："玉帝无极，玉帝无极！"话音刚落，只听殿外一声大喝道："且慢！"众神一惊，转身看去，原来是笪殷昊和笪殷顼进入殿内，手握利剑。女娲见笪殷昊果然逆反，手握剑柄上前问道："师兄来参加圣上的登极大典？"笪殷昊怒气冲冲，哼了一声，步入堂前，怒目环视着站在堂上的众神，而后对女娲道："师尊既已涅槃，为何隐瞒不报？你假传王旨，立这个无能无德之辈为天帝，你是何居心？"女娲厉声道："本宫奉师尊遗命请圣上登极，你带剑入宫，莫非想篡逆不成！"笪殷昊指着御座上战栗不已的姬轩辕，怒喝道："我等随师尊开天辟地，何时见过此人有半点功劳？你说师尊传位于他，有何凭证？"女娲取出诏书道："有师尊诏书在此。"笪殷昊冷笑道："本王从未知师尊有此遗诏，不足为信。"说罢，又剑指姬轩辕道："我倒要问问你来，天王几时见过你？你又何时见过天王？"那姬轩辕已经吓得魂不附体，战栗道："非我望此大位，实乃被女娲娘娘所逼，我愿退位，请勿动干戈。"话刚说完，堂上已是唏嘘一片。笪殷昊环视左右，然后对女娲笑道："姬轩辕已自招，你还有何话说？"女娲急道："圣上初登大宝，你手持利刃闯入，咄咄相逼，恐吓圣上至此，我受师尊密旨，岂能假传？师尊在时，料你必反，今见果然如此。"笪殷昊道："你们阴谋篡政，本王怎能坐视不理？"这时，钟颀上前道："三大王，天王在时也曾授密诏于臣，立姬轩辕为玉帝，令女娲娘娘摄政。"笪殷昊瞥一眼钟颀，冷笑道："我当是谁，原来是大师兄的门客，这里是你说话的地方么？！"女娲怒道："武德、天佑何在？将此逆贼给本宫拿下！"只见杨天佑和武德领兵进入，杀气森森地朝笪殷昊走来。笪殷昊笑道："就凭你们也想擒拿本王？"说完就击出一掌，这时，他倒忘了照石不在他身上，只见武德和杨天佑轻松避过，又冲上前来将笪殷昊摁住。笪殷昊望着笪殷顼喊道："我儿！杀了这些个乱臣贼子！！"笪殷顼前来，大喝道："放开我父王！"武德和杨天佑哪里肯听，只使出浑身之力押着，笪殷昊弯着腰，头都快碰到地了，痛苦呻吟。笪殷顼见武德和杨天佑不理，摆开姿势就击出一掌，只见三道金光射出，整个灵霄殿都晃动起来，众神慌乱起来，见武德和杨天佑跌伤在地，口吐鲜血，更是惊得瞠目结舌。

女娲大吃一惊，心里想道："笪殷昊之子年幼，竟有如此至高法力，我看众神之中无人能敌，这该如何是好？"正在愣怔间，笪殷项护着笪殷昊往殿门退去，女娲挡在门前喝道："逆贼休逃！"说着就冲了过去。笪殷昊冷笑道："本王本不想难为你，不想你却来寻死！我儿，将这篡逆的女娲给父王拿下！"笪殷项面对女娲本来有些胆怯，犹豫一会儿，还是听从笪殷昊的话，立即摆开姿势，翻转双手运力，调气入身，只见殿前天池中的紫气都被挪移了上来，整个殿里的云气都随着他的双手移动起来，形成了一个旋涡盘在女娲面前。女娲并不怕，剑指笪殷项斥道："逆子，敢在灵霄殿撒野！"笪殷项心里着慌，乱了主意，一掌击出，只见一道蓝光如瀑布般朝女娲射去，女娲顿时感到一阵强力袭来，若被击中难免粉身碎骨，说时迟那时快，就在这千钧一发之际，只见忽然有一道紫光从女娲身后射出，与那道蓝光相撞，顿时炸开，顿时殿内剧烈摇动，众神大吃一惊，抬眼看去，却见须菩提和伏羲昊站在门前。女娲见须菩提出手相救，眼泪夺眶而出，跑去站在他身后，须菩提急道："母后勿惊，孩儿在此，我看谁敢造逆！"笪殷项见须菩提来，自知打下去也是难分胜负，于是对笪殷昊道："父王，我们走吧！"笪殷昊见此情景，恍似被人劈面一掌，浑身打一个冷噤，只得跟笪殷项飞出殿外，仓皇逃去了。众神安静下来，在女娲带领下进行姬轩辕登极，在女娲授意下，姬轩辕宣诏天廷改元，称为"玉帝元年"。众神三叩九拜，只听姬轩辕低声道："众卿平身。"登极毕后，众神逐一散去。

玉帝登极大典完毕，女娲令金童和玉女去南灵殿释放女姬，并安排姬轩辕去紫微宫与女姬和轩辕昊团聚，姬轩辕见了女姬，又抱头痛哭一番，轩辕昊叹道："师妹女娲大忠大义，我不如她，心中着实有愧。"女姬听说，更是泣不成声，呜咽道："今日都是为母心高气傲，错怪师姐，为母对不住师姐，让她受委屈了。"三人长吁短叹一番。聚餐完毕，姬轩辕又在宫女簇拥下回玉京宫，往卧龙殿歇息，殿内焕然一新，只见绒绢帏幔，玉簟纱衾，只是多了一间暖阁，阁内金炉银榻，锦被霞床，姬轩辕没情没绪，垂了头坐在榻上，心中五味杂陈，就这么呆坐了两个时辰。当日女娲又令元真童子授意，玉帝传宴招待众神，众神齐集拢来，入了座，一班宫女仙娥俱来斟酒侑觞，众皆畅饮，宴罢之后，众神又各自回去不题。

话说笪殷昊昏了半晌，懵懵挣挣回到宫中，面无血色，将须菩提出手救女娲的事一一与玄女说了。见玄女一脸茫然，他又上气不接下气，瞅着笪殷项道：“为父窃那照石，以为得此便可独步三界，无神可敌，不想须菩提竟有如此大法力。一定是那接引归真佛授其秘法，独不传你，下次为父见了他，定要问他个明白！”玄女听见，急忙插话道：“我看佛祖也不见得有此大法，须菩提如此厉害，定是女娲之故。”笪殷昊不解，问道：“此话从何说起？”玄女徐徐道：“你如何就知道这照石唯独你有？我听说天下之物有阴皆有阳，成双成对的，想必是天王还有一枚照石，秘密授与女娲，她又给了须菩提，故而他才能敌得过项儿。”笪殷项闻言，摇头道：“须菩提并无照石，他送孩儿来仙界时，行至半途，还说孩儿这石头是个稀罕物儿，欲要夺之，孩儿不给，我们因此又打斗一番。若他有此物，为何还要我的？”笪殷昊正在猜疑，又见嬀蕙入内报道：“三大王，娘娘，冥王笪殷曹特来求见。”笪殷昊一听，忙令玄女和笪殷项退入偏殿。

笪殷昊整理衣冠，随即出迎，见笪殷曹着一身素纱道袍，笑问道：“卿为何这身打扮？莫非是偷入天阙？”笪殷曹揖道：“天门戒备森严，如今连我冥界的渡印符也无用了，门神道奉的是女娲之命，冥界之神不得擅入天阙，在下无奈，只得乔装，从中天门潜入。”笪殷昊请他入内，笪殷曹还未坐定，就听其怒道：“女娲矫诏篡政，着实可恨！何时才能消灭女娲一党，也好散散本王心中闷气！”笪殷曹拱道：“在下有一计，或可为大王解忧。”笪殷昊眼睛一亮，问道：“卿有何计，速速说来！”笪殷曹拱道：“姬轩辕上界之时，传位于其孙颛顼。在下与那姜炎之子共工氏康回相交甚密，康回为报父仇，早有灭姬轩辕一脉之意，只是一直未得机会，在下只消三言两语便可使他举兵，若杀了颛顼，那姬轩辕思孙心切，定会忧愤而死，届时那玉帝之位必将又归大王。”笪殷昊一听，连声说妙，而后问道：“姜炎凡间尚有子？那共工氏康回现在何处？”笪殷曹道：“姜炎有一子，名叫康回，因其生来喜水，姜炎属火，父子相容不下，自幼便派遣边地做部落首领，如今在凡间中原，为共工氏部落之主。”笪殷昊叹道：“只是不知康回有何本领，若敌不过那颛顼，最终也是枉然。”笪殷曹拱道：“共工氏天生有奇能，可调用大水为兵，凶猛无比，若要举兵，定能成大事！”笪殷昊疑道：“凡间一俗子而已，有何等奇能？”笪殷曹拱道：“那康回出生时，口中含有一块奇石，在下细查生死簿，见此人不在记录，方知他是半人半神。”笪殷昊奇怪道：“姜炎之子乃是半神半人？焉有此奇事？此人定有来历，你可细细查过？”笪殷曹回道：“后来在下确实查过，康回之母瑶涂曾在太行山一带捡到一枚珠子，把玩时不慎入口吞下，故而受孕时得了灵气，才有了这半人半神的儿子。”笪殷昊更奇了，问道：“可知这珠子的来历？”笪殷曹环顾四下，见无动静，便附耳低语道：“据说，这是女娲之物，叫个什么‘女娲石’，昔日蕊珠宫婢子碧霞，曾借此珠子下界，不慎遗失，不料被这妇人捡去了，故有此事。”笪殷昊豁然明白，沉吟道：“碧霞元君，就是那姜炎的生母女登，原来是碧霞轮回。”笪殷曹道：“正是！”笪殷昊拍掌道：“好！如此一来，即使不能杀死颛顼，但足以使凡间大乱，届时会闹得天廷不得安宁，本王再伺机而行，大事可定！”说完哈哈大笑起来。

第十四章　三昊叛乱

碧玉害帝后再陷囹圄　三昊叛天廷占星自立

玉帝元年。姬轩辕登极之后的第七天，诏告三界，封女姬为王母娘娘。女姬知是女娲恩赐，自是感激，从此更对女娲毕恭毕敬，不敢怠慢。天廷朝政事物大多是女娲打理，直到玉帝熟稔三界政务，这才让他亲政。八十一星海各神府的各氏族族长轩辕敖、伏羲昇、笪殷元、笪燕雀、五龙炙、大庭岘、神农蚩、西陵柘、勾弋厷、平茜寐、涂山阂、攸辛廉、夸娥夫、尧禹皎、胡臾芎、戌闰桀、巴岿仁、采文夔等驻星守将，在女娲震慑下无不听命于天廷，玉帝权威渐渐稳固。

话分两头。娉珠到了清元殿，见女娲躺在榻上，面色憔悴，妱翚和皃嬥在一旁侍奉。娉珠叩拜过女娲，果然觉女娲对她态度却不如昔日那样亲热了，只是淡淡寒暄几句。娉珠见状，心中明白，只说了一些多多保养之类的客气话儿，便黯然退了出去，正巧又遇到须菩提往偏殿去了，见他招手，便跟了过去，进入殿内，见碧霞和碧玉、尚翠都在，嘻嘻笑笑地谈论伏羲谦。

娉珠进屋坐下，须菩提见她不悦，问道："妹妹怎么了？"娉珠勉强笑道："没怎的，只是想回牧夫星去了。"须菩提惊道："好端端的，怎的又想回去了？有什么事儿，你只给兄长说，兄长替你做主。"娉珠摇摇头儿，低声道："没什么事儿，你又能替我做什么主？"碧玉见状，暗思道："娉珠如此伤心，只怕是因为母后有了伏羲谦，便冷落了她，看她如今这个样儿，哪里还像以往那样儿嚣张，这真叫作什么'人无千日好，花无百日红'的，可怜之人必有可恨之处呢！"想到这里，便笑道："妹妹就在这里住着吧，虽说不是十分称心如意，也可将就着的，为何又要回去呢？"娉珠闻言，瞥她一眼道："嫂子这话说的，我怎的就听不懂了，我怎么就不称心如意了？'将就'二字说得更是莫名其妙了，看来，嫂子也不希望我寄人篱下，我一个外人在你家住着，毕竟算个什么？”须菩提瞪碧玉一眼，怒道：“你就不能少说一句！”碧玉只好低头不语，娇珠接着道：“嫂子说的话，我也不敢分辩，只是聚首几年，姐姐妹妹们一向都热热闹闹的，如今却看我如浊物，我要走了，你们不见我这个浊物，或许便觉清亮了许多，我走了倒也没什么，反正从哪里来的又回哪里去，只是我与姝涵妹妹相处很久，感情深厚，总是也舍不得她，如今她被母后关在地牢里，哥哥嫂嫂不替我想想，也得替她想想，让她如何活下去？”碧玉努着嘴儿，生气道：“那是她自作自受，如今各人顾各人，我不能替你，你也不能替她，惹恼了母后，谁也别想好过，自己的生死都不晓得呢，我还哪里管得了别人死活。”娇珠咬牙道：“嫂子好手段，可真是‘杀人如草不闻声’的，只是望嫂嫂小心点儿，亏心事儿做多了，会遭报应的。”碧玉气得转过身去。须菩提闻言，惊道：“怎么，蕊珠宫什么时候还私设了地牢？我怎么不知道？”娇珠冷笑道：“哥哥不知道的事儿还多着呢！”须菩提知是女娲所为，想劝也没话可说，尚翠见娇珠暗自垂泪，只是陪着下泪。

娇珠起身出去，须菩提追了出去，娇珠转身道：“你不在里面和她们一起，跟出来做什么？”须菩提道：“好妹妹，不论如何，都不要回去，你若想去地牢，我自去求母后吧。”娇珠泣道：“别去求母后，你这样，只怕是母后变本加厉，越看越牢了！我正想去看看姝涵妹妹的，眼下也只有娼翚和皀嬥那两个婢子能打开牢门儿，你若真有心帮我，就叫她们俩来为我开个门儿，我进去和妹妹说句话便好了。”须菩提低声道：“你放心，既然如此，我就不去找母后说，你先去地牢门口等着，我这就去私下里见那两个婢子，叫她们来开门。”娇珠点点头儿，恍然若失地走向地牢去了。过了一时，果然见娼翚和皀嬥来了，也不问不说，直接将牢门打开，然后站在门口把守，娇珠进去一看，见姝涵披头散发，越发没有精神了，只是低头坐在地上。娇珠上前，一把抱住姝涵大哭不止。姝涵双目呆滞，冷冷道：“你这是何必呢？好好的少主不做，为何要来搅这浑水，岂不是自寻烦恼了？”一句未说完，娇珠大哭道：“我知道妹妹恨我，可我也无能为力，我求母后了，母后断不肯应我。”姝涵冷笑道：“嗳！这是我薄命，不能同你常在一处了，倒连累了你时时为我伤心。”娇珠赶忙起身，看了一眼牢门口，见无动静，便取出那枚元灵珠儿，递给姝涵，泣道：“妹妹，那珠子我给你取来了，你拿去吧，如果你恢复了元灵，便使出大能来，能逃多远就逃多远，再也不要来这里了！”话犹未了，只见手中的珠儿散出阵阵红光，瞬间便脱离了娇珠的手儿，直入姝涵的身体，眨眼就消失了。娇珠忙问道：“可是恢复了元灵？”姝涵点头儿，苦笑道：“即使我逃了出去，又能去哪里？”婷珠急得顿脚，泣道：“先逃出去再说！”正在说着，就听媌犁在牢门口叫道：“二少主，我们回去吧，就怕娘娘发现会过问，我们一个婢子，实在担待不起的。”婷珠怒道：“急什么？！”媌犁又道：“娘娘见我们不回去，必会让人来寻的，若被发现了，对两位少主都不好的。”婷珠一听也没话可说，只是瞅着姝涵。姝涵起身叹道：“我这就走了，你要保重才好。”说完，倏地化为一道白光，冲牢门飞出了。婷珠暗喜，不由叹了一口气，带泪而出。婷珠才出来，媌犁和皀嬺忽见一道白光冲出，不知何事，便朝地牢中一看，吓得哆嗦一下，媌犁惊道：“这到底怎么了？”婷珠停住了脚，又听皀嬺道：“方才明明见二少主和三少主一起说话呢，怎么突然就不见了？”婷珠笑道：“姝涵走了。”媌犁和皀嬺转过脸来看她，这才恍然醒悟，媌犁一跺脚，急道：“不好了，姝涵逃走了，我们可如何是好？”皀嬺也急了，慌忙道：“快去禀报娘娘吧！”婷珠笑道：“报给娘娘也晚了，姝涵已经走了。”媌犁和皀嬺也不理她，匆匆朝清元殿跑去。

却说媌犁和皀嬺急入清元殿，女娲见她俩神色慌张，细问缘由，媌犁便将始末细呈了一遍。女娲问道：“姝涵怎的会化成一道白光逃去了？”媌犁道：“小婢也不知，竟不敢相信有此异事。”女娲闭目，约莫一会儿道：“皀嬺，你去里间，将妆台匣子与我取来。”皀嬺便进去取了出来，女娲打开盒子一看，发现那枚形天元灵珠儿不见了，心里明白了一大半，当下大怒，将匣子摔在地上。众婢吓得哆嗦一下，低头不敢窥视。女娲怒问道：“这段时间，除了你们，可有其他婢子进来过？”媌犁和皀嬺相视一下，连忙摇头，忽然媌犁想起什么，便道：“好像娘娘临盆那天，宸恩殿的婢子嫱娟来过。”女娲怒道：“精卫，你去将嫱娟叫来！”精卫慌忙出去，正往宸恩殿去，半途碰见须菩提，见她神色不安，须菩提问道：“你往哪里去？”精卫站住，低头答道：“娘娘要我去请嫱娟来。”须菩提一听，心里脑中嗡地一声响，心儿扑通扑通跳了起来，急问道：“娘娘叫嫱娟为什么事儿？”精卫答道：“好像是她偷了什么东西，惹得娘娘发怒了！”须菩提急道：“好了，你且在这里等她，我去叫她出来。”精卫不解，瞅了一眼他，也不好细问，只好点头儿应了。须菩提忙来到宸恩殿偏殿，推门而入，嫱娟见须菩提来了，喜出望外，什么也不说就扑到他怀里，娇声道：“还算有点儿良心，妾也算没白疼你呢。”须菩提心烦意乱，推开她道：“此时都火烧屁股了，你怎的还有这个心思呢！”嫱娟闻言，觉得不对，急问道：“怎的了？”须菩提反问道：“怎的了？你到底偷了我母后什么宝贝东西，惹她恼怒，这会儿叫你过去问话呢！”嫱娟一听，脸色发白，扑碌碌小鹿在心头乱撞，急忙里没什么主意。须菩提顿脚问道：“到底偷了什么？”嫱娟战战兢兢答道：

“只是一个珠子，是二少主叫妾偷的，不怪妾，妾实冤枉。”须菩提叹道：“你说你们都做的什么好事儿，娍珠要那珠子有何用？为何非要你去偷来？”嫱娟连连摇头泣道：“妾不知，妾也不知。”须菩提来回踱着方步，无计可施，只是道：“你去了可小心答话，据实说来便好，切不可替娍珠隐瞒而自遭罪受！”嫱娟连忙抱着须菩提，哭道：“你要救我，你要救我！我怀了你的孩子！”须菩提闻言大惊，连连叫苦，一时也乱了方寸，只得泣道：“此事万不可说出来，即使死也不能说出来，否则你可就害苦我了！我自会设法救你的。”说罢，见时间不多，便领她出了偏殿，见到精卫，须菩提道：“走吧，我也跟你们去。”

且说女娲正在内堂发怒，又见精卫带嫱娟进来，看她打扮得娇艳妩媚，不觉心上更气，指着她骂道：“你这个贱婢子，擅入我殿内偷窃，快快与我跪下！”嫱娟吓得面如土色，自觉心虚，只得跪伏在地，连连泣道：“不怪小婢，不怪小婢，是二少主叫小婢偷的！”女娲听了大怒，对精卫道：“去，把娍珠给我带来！”精卫只好出去又叫娍珠，才出门儿，却见娍珠和须菩提来了。娍珠进内一看，便知事情败露，只得跪下，女娲怒道：“取我的鞭子来！”须菩提一路上细问过娍珠，大概知得此事，忙到厅前向女娲道：“母后且息怒，却是她两个的不是，请母后饶她两个初犯罢。”女娲怒道：“这等偷盗之事，还什么初犯不初犯的！留在蕊珠宫后患无穷！”说着又向嫍翚和皃嬥骂道：“聋了么？还不快取鞭子来！”须菩提忙又跪地，祈道：“母后饶过她们罢。”女娲哪里肯听，见皃嬥拿来鞭子，劈手夺过，扬起鞭子就抽嫱娟，嫱娟又惊又怕，痛得在地上打滚儿。娍珠见状，泣道：“母后，是孩儿让她偷的，却与她无关，母后要打就打孩儿罢！”女娲怒犹未息，一边打嫱娟，一边道：“一会儿再问你话，你真以为我下不得手么！”再抽了几鞭子，就见嫱娟晕过去了。女娲又转向娍珠，叱问道：“为母视你为己出，爱你如珍，你可该做此偷窃之事？”娍珠低头泣道：“孩儿自今改过了。”女娲丢下鞭子，气喘吁吁道：“我也不管你改不改过了，从今后我们母女恩断义绝，你自去找你父亲吧，我念在钟颀面上，不打你，也不骂你，望你好自为之。”娍珠见女娲主意已定，也不好再说什么，磕了三个头，拜别过女娲和须菩提，又来拜辞碧霞和尚翠，尚翠垂泪吩咐道：“你多保重。”说着眼泪簌簌而下，娍珠含泪而别，去玉京宫找钟颀去了。

女娲见娍珠走了，姝涵又下落不明，一时暴跳如雷，怒气冲天，忽然抬手抟来一团风儿，卷起嫱娟就朝南天门飞去了。须菩提急问道：“母后这是做什么！”女娲怒道：“留此贼女，迟早祸害门庭，为母已将她打入界下，随她自生自灭去吧！”须菩提闻言，益发急得气都转不来了，又不好明说，只得在心内叫苦道：“嫱娟啊嫱娟，这次我可是没有办法了，你千万别怪我，你死了自会在冥界，待我有机会再去救你吧！”须菩提一句也没得说，痴痴呆呆站着。女娲又道：“好个姝涵，这个贱人偷我灵珠儿，我必捉来严惩！”不由分说，便叫精卫去宫内与武德星君传令，立即捕拿轩辕姝涵。

却说轩辕姝涵本来逃了出去，快到太阳宫时，却见一股狂风卷着嫱娟朝南天门去了，便知她被打入界下，料想到娇珠必遭毒打，于是又反转回来，才到囿山南谷时，却见武德星君领一队人马前来，不由分说便将她团团围住。姝涵自知不能逃，束手就擒，被武德又押回蕊珠宫。女娲见姝涵被抓回来，抓着姝涵的头发就打，仍不解气，又取来鞭子，狠抽几十下，只见娇躯红一道白一道，血似涌泉，只听姝涵叫道：“痛杀我也！也不知我做了什么，罹此不幸！”睁眼见碧玉、尚翠、娋翚、皃嬥、精卫都在，一时又惊又羞，不觉气满胸膛，四肢厥冷，依然晕厥过去。女娲指着娋翚和皃嬥，怒道：“把她关进地牢去！”尚翠本来想劝说，结果见女娲火冒三丈，于是也不敢强去，只得掩面抽泣。女娲亲自看着她们将姝涵拖入地牢，又进入地牢，吩咐娋翚、皃嬥、精卫三个取来绳子，将姝涵兜胸盘住，穿过臂膊吊在梁上，离地仅三寸许，只让她脚尖落地。姝涵痛得醒来，见到了如此地步，一身无主，只得闭着眼睛，随她们怎的。女娲又骂道：“我好心收留你，因你有才我十分敬重你，把你认女儿，让你独住宸恩殿，就连我儿须菩提也不曾有一个金殿，尚且住在阁里，你说，我何曾亏待你了？你几次三番偷小哥，我早就知道的，我何时管过你，把你当宝贝，谁知你不但偷小哥，还偷我的珠儿，你这样的贱人，打你算是轻的！”如是骂着，又提起皮鞭，一口气又打了三十鞭子。可怜姝涵，几曾受过这般苦楚？身子是吊住的，脚尖只得沾地。姝涵求生无术，欲死不能，只得哀求道：“母后，真正打不得了，让我死了你再打吧。”女娲越发气了，骂道：“咦，你倒想的好事儿，我今天就要打你打到死了。”又一口气打了二十鞭子。姝涵心胆俱碎，气若游丝，哀道：“母后，那灵珠儿本来就是我的，你不知道的，真的打不得了，你就拿剑给我利索一点儿，要了我的命吧。”女娲怒道：“你的珠儿？你快给我交出来，不然我真要你的命呢！”骂着又抽了十多鞭子。这番姝涵气要接不来了，哀求道：“母后，实在打不得了！那珠儿已与我仙体合一了，我如何取来给你，它是我的元灵，我如何给了你，索性你把我杀了，这珠儿或就归你了。”女娲怒道：“好，我只活活打杀你，再取珠儿！”可怜姝涵痛得心胆俱裂，哀求道：“母后，得饶人处且饶人，你打死姝涵值甚的？你饶了姝涵，今后凡事都听母后的，如若不听，你再打我也可的。”说到伤心之处，旁人无不替她落泪。

这时，就听见地牢门口急急忙忙的脚步声，只见婁裂和斓姁来了，低头站在一旁，身后紧跟着的是钟颀和婖珠，还有须菩提和戌闰升，婢子们也不敢阻拦，任他们闯将进来，碧霞也牵着伏羲谦的手儿姗姗入内。女娲见来了许多人，放下鞭子，定睛一看是钟颀，越发来气，拿起鞭子又要打，钟颀见状，急忙跪伏于地，须菩提与戌闰升、婖珠跟着跪下，头不敢抬。钟颀叩道："娘娘手下留情，不可再打了！"婖珠见姝涵浑身鲜血，头发尽散，口徒白沫，眼睛淌血，哭号着爬到姝涵脚下，跪在地上将她抱起，尽量不使她吊着，一边抱死，一边哭号道："我的妹妹呵！你前辈子造了什么孽，这辈子要受这个罪呢！"女娲看婖珠这般光景，又见众人一起跪下替她讨饶，一时也心软了，放下鞭子瘫坐在一旁，泣道："你们都要气死我么？家里出了贼，你们却不让我惩治，这是什么道理？"婖珠哭号道："母后，珠儿是我偷的，你要打就打死我吧，若能让母后消气，我愿用我贱命换姝涵一条命的，母后可应了孩儿？"须菩提闻言，也忙叩道："母后，就饶了姝涵妹妹吧，好歹也是母后认的女儿，真打死了，外头听见也不好。"戌闰升忙道："跪请娘娘宽赦，在下本不该劝说娘娘家事，然而须菩提与我情同手足，既是兄长家人，如同在下家人，故而不得不斗胆央求。"女娲见须菩提和戌闰升求告，暗思道："须菩提如今在朝为官，就连手下的戌闰升也请来为她求情了，他们一同共事，好歹也有个依靠，我若再这般打下去，这情面上实过不去了的。"女娲掩面泣道："好了吧，不打了，不打了，你们替我放她下来。"尚翠、妱翚、皃孋、精卫、婁裂、斓姁等一听，连忙涌了上去，七手八脚地将姝涵放了下来，婖珠将她抱在怀里，不停呼喊。伏羲谦虽小，也看得见闹哄哄的光景，脱开碧霞的手儿，自己也跑到婖珠身边，伸出小手儿摸着姝涵的脸颊。女娲瞅了碧霞一眼道："你将她带来做什么？这是什么地方，还不快带回去！"碧霞闻言，忙拉着伏羲谦出了地牢。

钟颀将事先准备好的药丸递给婖珠，婖珠掰开姝涵沾满血迹的嘴儿，将药丸给她喂了下去，又将她紧紧搂着，嘤嘤哭泣。女娲起身道："就留婖珠和婁裂、斓姁三个照顾她，等她好了还去宸恩殿歇着吧，婖珠，你还是我的女儿，就不要再走了，在宸恩殿陪你姝涵妹妹。"婖珠哭着应了一声。女娲又道："其余人都回去，各自去忙。钟颀，你来的正好，请跟我去客堂用茶，本宫有事与你商议。"钟颀深深一揖，跟女娲出去了。碧霞和碧玉、尚翠回头看了姝涵一眼，默默退了出去。须菩提摇头叹气，又叫着戌闰升径自出宫去了。

女娲与钟颀在客堂坐着，开始一言不发，妱翚和皃孋、精卫在旁小心奉茶，茶罢，摆上食点来，馨香美味，丰盛品物，已非昔日光景。女娲又令上酒，钟颀知她心中烦忧，也只好举杯奉酒。三盅过后，钟颀问道："娘娘，恕在下斗胆相问，轩辕姝涵才一个十三岁的小姑娘，即使偷了什么珠儿，也不至于娘娘动了如此大的怒气，娘娘为何要打她到了这般地步？"女娲瞥一眼他，又连饮两盅，这才慢慢道："本宫打她，并非因为她偷了珠子，再者那珠子也不是她偷的，确切说应该是你女儿叫人偷了给她的。"钟颀放下酒盅，又道："这个在下就更不明白了，既然如此，为何还要惩罚她？应该惩罚的是小女婷珠才是，莫非娘娘只看在下薄面，放了婷珠，偏偏惩罚姝涵？"女娲叹道："先生只说对一半儿。"钟颀揖道："还请娘娘赐教。"女娲笑道："先生是装作不知，还是故意试探本宫？"钟颀疑道："在下听不明白。"女娲又端起酒盅，问道："先生真不知姝涵是谁？"钟颀见问，心内道："看来娘娘已知道姝涵身份，我且装作不知，看娘娘还有何话可说。"钟颀饮了一盅，瞅着女娲摇摇头。女娲笑道："既然先生不知道，那本宫就告诉先生，那轩辕姝涵便是形天轮回，如今盘古太师也轮回入世，叫作轩辕健，本宫虽然不晓得他人在哪里，但可以确定，他曾几次来我府上与姝涵私会。"钟颀疑道："既然娘娘知道，为何还要打她，今日若不劝阻，姝涵必死无疑，在下疑惑，娘娘为何非要置她于死地？"女娲簌簌落下泪来，叹道："先生既知盘古轮回归来，那轩辕健迟早为帝，姝涵为帝后，难道就从未想过将来之事么？"钟颀不解，问道："帝王帝后将出，统御三界，将来美好，娘娘担心什么？"女娲苦笑道："你真的相信将来美好？轩辕健为帝，姝涵为帝后，这本也毋庸置疑，不过，如今局势，笸殷昊与轩辕昊野心勃然，岂能坐视？若姝涵做了帝后，身后并无任何势力支撑，本宫若支撑也落得个师出无名，将来三界大乱势在必然，请问先生，三界浩劫，众生面临涂炭，将来之事又如何能置之不理？若现在放手不管，先生认为将来谁能收拾局面？"钟颀闻言大惊，急道："娘娘之意是，谁为帝后？"女娲道："本宫也不瞒先生，本宫正欲让小女伏羲谦为帝后，如此以本宫势力，可控制将来局面，平息叛乱，拯救三界。先生以为若何？"钟颀拱道："盘古形天俱来轮回，乃自然之道，只怕娘娘倒行逆施，后患无穷。"女娲试问道："若本宫杀了轩辕姝涵，然后可有后患？"钟颀又吃一惊，忙道："替换帝后也未不可，只是若杀害帝后，恐怕招致大祸，请娘娘三思！"女娲笑道："本宫也只是说说而已，岂能颠覆正统，做出弑杀帝后之事来，你知道本宫所忧即可。"钟颀内心不禁打颤，一听这话，虽说稍有安慰，但仍是忧心忡忡。女娲见他已无心思饮酒，便道："先生累了，回去歇息吧。"钟颀忙起身深深一揖，便告辞退出。女娲见钟颀出门，便趴在桌子上放声大哭起来，钟颀隐约听见女娲哭号声，停一下，一时又无话可说，只摇摇头，轻叹一声便径直出宫去了。

且说姝涵渐渐恢复了气色，娢珠在宸恩殿寸步不离服侍她。姝涵一直不说话，只是瞅着娢珠傻笑。娢珠喂了药丸，又扶她躺下。姝涵摸她的手儿道："你越来越像个婢子了。"娢珠笑道："也就在你面前，我就是个婢子呢。"正说着，皃孊进来道："两位少主，外面来了一个姐姐，叫作囿圉娟，说是来给三少主瞧伤来的。"姝涵挣扎着要起身，娢珠忙按住道："你起来做什么，叫她进来就是了。"皃孊闻言，便又转身出去，请囿圉娟入内，娢珠转身一看是个丰致的仙女，娢珠不转睛地看着她，以前也不曾见过，但看她：

明眸烟鬟，如碧玉笼霞；秋波细剪，似寒梅映雪。纤腰袅娜，行来如细柳随风；眉黛含颦，微笑似海棠带露。低语时玉口含香，盼转间沉鱼落雁，盈盈欠身尽娇媚，亭亭玉立最风流。

娢珠问道："我也去过两次太阳宫的，怎的没见过这位姐姐？"囿圉娟欠身一福，笑而不答，只四顾着屋内，见锦花璀灿，罗幔低垂，纱窗半掩，香气氤氲。姝涵笑道："囿圉娟姐姐在太阳宫里深居简出，却是一个最好的医女，你当然没见过了。"囿圉娟忙问道："女主可曾好些么？"娢珠抢道："还是那样儿，也未见好。女主没人爱没人管的，终日在这里不是挨打就是挨骂，也不知道该爱她疼她的那个人去哪里了，好没良心呢。"囿圉娟瞅了娢珠一眼，也不答话，见姝涵掩鼻而笑，囿圉娟过去解开纱锦被子，看她星眼蒙眬，面色憔悴，轻喘微微。又细细瞧了一遍伤情，见还有青紫色痕迹，忍不住落泪，问道："这宫里就没王法了么？哪个人这般狠毒的。"娢珠随口道："还能有谁，当然是蕊珠宫里的主人了，我不说你也晓得，现在问这个有何用处。"囿圉娟泣道："这就吃些个药吧。"姝涵笑道："吃过娢珠姐姐的药丸了，不然怎么能好许多，此刻怕见不得人呢。"囿圉娟道："我有极好的药呢，只一颗服下就好的。"娢珠冷笑道："不要就耍嘴儿，外伤好治，内伤难医，我看还是静静地躺着休养才是正经，此刻纵有神针妙手也是无用的。"姝涵忙道："妹妹可不知道囿圉娟姐姐，她可是真正的医女，任你什么病，她都能药到病除的。"娢珠半信半疑，瞅着囿圉娟，笑道："果真如此，赶快喂药吧。"囿圉娟坐下来，拉过她的玉腕儿，见戴着一副玄金雕花镯子，露出两颗八棱晶石，亮如明眸。囿圉娟为她诊了诊脉，又泪水盈眶，不觉一阵子伤心，忍住了泪，泣道："女主心里万般苦，却总还是笑盈盈的，若换做我，只怕早就抑郁而死了。"娢珠忙道："果然是这样说的，所以内伤是吃药也不见效的。"囿圉娟低声道："不难，我取一枚药丸，一服即见效的，药固然要吃，还须女主戒思虑，这病原是从心上来的，只要心开了，病就好了。”说着便向袖中取出小锦囊慢慢解开，拿出一枚膏子小药丸，叫娉珠取水。娉珠端来一盅水，怨道：“你倒说得轻巧，只是她的心如何就能开了？你回去后叫轩辕健来，她这心儿方能开的，不然即使服了灵丹，怕也好不了的。”姝涵忽闪着双眸，只是痴痴地抿嘴而笑，囿圉娟在姝涵耳边，轻轻说道：“女主吃药。”说着扶起她的头儿来，姝涵慢慢服下，囿圉娟又放她睡好。囿圉娟笑道：“女主歇着，两个时辰后就痊愈了。”说完起身告辞，姝涵见她要走，伸出手儿，又不停咳嗽起来。娉珠急了，红着脸儿急呛囿圉娟道：“你这喂的什么药，怎么反而咳起来了！”姝涵闻言，急得摇头儿，囿圉娟忙拉着她的手儿，姝涵这才问道：“圣主可好？”囿圉娟摇头。姝涵急问道：“他怎的了？”囿圉娟低声道：“与女主一样儿的，也是抱病在床，不过也无甚大碍的。”姝涵泣道：“圣主的病必是为我起的，这分明是我害了他。”哽咽了一会儿，又嘤嘤泣道：“圣主抱病，势在烧眉，岂可忽视？即到此地，我也说不得羞了，你回去千万告知他，我虽受了些小罪，可没什么事儿，不论怎的，我对他的相思一毫一厘都不减的，你回去千万不要对他说我病了，我怕他只为我担心，你只说我好好的，这些个话儿你可记牢了？”囿圉娟抹泪儿道：“嗯，女主的话儿我记牢了。”说罢捂着脸儿急步走出去了。娉珠见囿圉娟走了，又凑到姝涵面前，抱怨道：“我就想让轩辕健过来看看的，你却让她回去不要说，他若听你没事儿了，更不来了。”姝涵轻喘道：“他有他的事儿呢，叫他来做什么，万一来了被娘娘发现，只怕他也逃不脱，被关进地牢，你叫我死么！”说着眼泪止不住落下来，娉珠见状，忙又握着她的手儿劝道：“好了好了，好妹妹，我只一句话就将你急的这样儿了，那我不说了，一切由着你好吧。”姝涵微微一笑，点点头儿。一个时辰后，姝涵果然痊愈，精神也恢复如常了，她下得榻来，盈盈一转身，周身笼着一团紫色光雾，霎时就换了一身云裳，再看去，又是容光焕发，冰清玉洁，美艳无比了。娉珠羡慕道：“我什么都不服，就服你这个，不论怎的，永永远远都是崭新的。”姝涵也不答话，牵着她去院子里耍，外边的婢子们见了，都驻足回望，艳羡不已。

次日酉时，碧玉领着媚凤和玉奴来到宸恩殿，娉珠听斓姁入报，气得站起身来，骂道：“那个贱人还有脸来这里！”姝涵忙劝道：“嫂子来看我，也是好心呢，你就别计较了，好好待她吧。”娉珠转身就走，边走边道：“你一个人待她吧，我是见不得这个人，等她走了我再来。”说着出去了，进了别的殿里。姝涵无奈，只得出去将碧玉接入，媚凤和玉奴就站在门外，看碧玉和姝涵进里间了，婆娑瞪着媚凤和玉奴，低声道："三少主会客时不喜欢门外有人，你们两个还是去大门处等着吧。"媚凤和玉奴知道她怄气，只好转身去了大门旁的凉亭里。姝涵让坐，又叫斓竘奉茶，见斓竘出去了，碧玉问道："姝涵妹妹可好些了？"姝涵欠身谢道："承嫂子挂念，这会儿又特别来看我。我昨日服了药，这时清爽了些儿，现在痊愈了。"碧玉抿了一口茶，笑道："我说这件事儿还是怪嫱娟那个婢子，要不是她听娇珠的话儿，为你偷来什么珠子，母后断不会动此大怒，活该她被打下凡间，这一回宫里头也清净得多了。"姝涵笑道："嫂子说的也是，不过也不怪她们，总是因为我的缘故。"碧玉看着她道："不说这些个糟心的事儿了"。姝涵笑道："以后也不会有这些个糟心的事儿了。"碧玉放下茶盅，问道："姝涵妹妹，不是嫂子说你，你也该明白你的处境了。母后本来是下了死手的，我不说你也知道，现在只是等你伤好了再作计较，嫂子不是怕母后再打你，只怕母后将你同嫱娟那婢子一样给打下界去呢，你若在仙界，不论怎的也好说，娇珠也不至于怨恨我，你若被打下界去了，只怕娇珠会恨我一辈子呢！"姝涵闻言，心中七上八下，暗思道："看来碧玉知道些个什么消息，不然怎的来说这些个话，这话儿千真万确的，即使死了，只要我元灵还在仙界，我尚与轩辕健有个盼头，万一被打下凡间，那便是两界相隔了，那时便万念俱灰，永无出头之日了。这可怎么好？且听她说说看。"想到这里，姝涵问道："嫂子是让我离开蕊珠宫么？何必绕这么多曲折呢。"碧玉叹道："你说的不错，嫂子是想让你离开蕊珠宫，那也是为了救你，我知道母后乘了嫱娟偷珠子的这个瑕玷，拿这事儿不会放过你的，所以才好心来告知你，你自己拿主意吧。"碧玉起身要走，姝涵忙道："嫂子且慢。"碧玉又坐下，问道："想通了么？"姝涵点点头儿，低声道："我也想离开这里，可嫂子你看看，这宫里宫外的都有人看守，我插翅也难逃呢。"碧玉笑道："插翅也难逃？只要你想逃，怕是连翅膀都不用，直接化为一股青烟就去了吧。"姝涵低声笑道："嫂子就说笑了。上次在地牢，那是因为我元灵恢复了，当时我也不知道怎么一闪念就化成烟儿走了，也就只那一次，再后来我也试了，再也化不成烟儿了，若能化成烟儿，我早就走了，还能挨母后那一顿毒打么？"碧玉一想也对，点头儿道："这话我信，别说是你，换做谁也受不了那种罪的。"姝涵接着问道："求嫂子赐我妙计，我如何能离开这里？"碧玉笑道："不难，两个时辰后，你独自去凤来阁，我领你出去就是了。"姝涵急道："嫂子当真？"碧玉起身道："若不当真，我就不来这里和你说了。"姝涵忙道："那就这么说定了，两个时辰后，我自去凤来阁见嫂嫂。"碧玉只是一笑便出去了。

娇珠在轩窗远远望见碧玉带着媚凤和玉奴出去了，又回到寝殿内，盯着姝涵问道："那贱人对你说什么了？"姝涵莞尔一笑道："也没什么，只是问问我伤好了没的。"婷珠气呼呼道："她假惺惺的装什么好人！"姝涵摇头，微微一笑道："哎呀，不论怎的，那假情假意总也是一分情意呢，总比她不管不问、不理不睬的好吧？"婷珠瞧了她一眼，过去胳肢她，笑道："你怎的就这么善的呵。"姝涵被她胳肢得受不了，便躲闪在一边，只是咯咯笑个不停。婷珠又去拉她，姝涵以为她又来胳肢，便又转身一躲，婷珠笑道："我不闹了的，只求妹妹一件事儿的。"姝涵掩口笑道："什么事儿还要求我的呢？"婷珠笑道："昔日只要你为我画了一幅像，现在正好闲着，你就为自己画一幅像送与我，好歹我也要留着，不论何时有你有我，我方觉称心的。"说着便翻箱倒柜的，取出颜料碟儿摆在桌上，又翻出几张玄帛展开，取一方紫玉尺压着帛边儿。准备停当后，婷珠朝姝涵招手儿，笑道："快来画呀。"姝涵在那头儿捂着粉脸，又朝婷珠眨眨眼睛，一笑露出两颗小虎牙儿，抬起两只小纤手儿括在嘴儿边做着口型，道："我——就——偏——不！"婷珠见状，掩口一笑，又努着嘴儿道："你这时间久了，我就当哑语了呵，一看就知道的。我问你，你过来不？不听话儿是么？小心我去胳肢你的。"姝涵扑哧一笑道："好了，你还没胳肢呢我这身上就痒痒的，我画，我画还不成么。"说着就到了桌前，对着水晶纽金丝纹八宝镜，坐在琉璃椅上，婷珠取一支玄笔点上清水，研磨颜料，又递给姝涵，她接过来握着，粉袖半遮白瓷手儿，露出纤纤玉笋般的五指，她先往镜子里端详自己一会儿，婷珠也站在背后看着镜子，见镜子里的姝涵越发标致，金钗云鬓，斜倚削肩，玲珑巧鼻，宛如玉琢，樱桃朱唇，红若珊瑚。姝涵瞧着自己，暗思道："都说红颜薄命，确乎如此，我这般倾天之色怎的不经风浪呢，只怕苦日子还在后头呢。"想到此处，便持笔于玄帛上描绘起来，先画出粉面，再绘出眉黛，淡墨轻笔点出明眸双目，接着抹完雾鬓红唇，这就叫婷珠拿起来看看，婷珠不紧不慢，用两根绣针儿将画钉在八宝镜上银梁上，这才细细打量，一会儿看姝涵几眼，一会儿又看画像几眼，轻轻摇头道："是有几分相像的，画得也是无人能比，但我看这像，倒不像妹妹本人的。"姝涵放下玄笔，忽闪着大眼盯着婷珠，啮指问道："你说哪个地方不像？"婷珠轻叹道："面颊粉色有点儿浓了，还有这鼻梁儿也不翘的。"姝涵往镜子里再端详，也觉得不好，忽然扯过玄帛揉成一团儿扔地上了。婷珠急忙捡起来，又铺展在桌上，顿脚急道："还没画完，怎的就扔了呢？"姝涵笑道："作画时须心无杂念才好，现在我心乱如麻的，再者我这手儿也被你母后打断了，现在还未全好，握笔久了生疼的，等我以后好了再画就是了。"婷珠听了不禁鼻里发酸，两眼泪水簌簌而下，画像顿时泪痕斑斑，姝涵忙问道："好好的，姐姐这是怎么了？"婷珠叹道："你方才说心乱如麻，怎的又想起挨打的事儿，不是答应我要忘了么。"姝涵正要说话，只见婁裂突然进来，福了一福道："二少主，娘娘那边的精卫来了，说娘娘叫你过去呢。"娇珠一听，心惊肉跳，瞅了一眼姝涵，见她愁云满面。娇珠笑道："姝涵妹妹，千万记住要好好的在这屋里等我，我快去快回的。"姝涵轻轻地点点头儿。

姝涵见娇珠走了，约莫着也快两个时辰了，便也悄悄潜出，一个人拐弯抹角地来到了凤来阁，果然见碧玉一个人在轩廊柱子后站着。姝涵上前去，低声道："嫂子我来了。"碧玉牵着她的手儿，低声道："快走，快走！"姝涵见就她一个人，挣脱碧玉，急道："嫂子莫不是戏耍我吧，就我们两个如何出得去？"碧玉将粉脸一沉，嗔道："怎的？我带你出去哪个敢拦？你是要我叫几个人来护送你出去么？果真那样儿，便是扯旗杆放炮，生怕别人不知道了，若能走得脱才怪呢！"

姝涵犹疑不定，万般踌躇，心里思道："我若不依她，业已合谋于彼，就怕她临了翻转面皮反说我要逃了，反而害我，我若随她去了，就怕我走不脱，被人捉住，她仍反咬一口，免不得又被折磨。"如此想着，进退两难，碧玉见她不愿走，急催道："咳，你到底走也不走？若是不走，你便回去，以后若遭难，你别怨嫂子不帮你，你若要走就快走，一会儿婢子们出来了，想走也难了。"姝涵两泪交流道："若侥幸逃脱，姝涵不忘嫂子大恩，若未走脱，还须嫂子多担待，就说不是逃去。望嫂子全始全终，万不能半路丢下我。"碧玉道："你可真把我当成恶人了。"姝涵忙道："姝涵绝无此意，这就与嫂子走。"说完便跟着碧玉朝宫门外走去。也不知穿了几个小角门儿，又欲穿过清元殿后园，早就被园子里摘果子的皃嬥和娼翚远远看到，只看清有姝涵，却看不清碧玉，隐约觉得背影极像，于是大声问道："那边的可是少夫人、三少主？你们这是要去哪里的？"姝涵慌了，不敢转身，低声问道："嫂子，已经被她们俩瞧见了，还要逃么？"碧玉低声回道："禁声！你只管走，她们能怎的！"姝涵无奈只得低头跟着走。娼翚和皃嬥见姝涵不搭理，便飞奔去见女娲。

碧玉见娼翚和皃嬥走了，对姝涵道："姝涵妹妹，嫂子看那两个婢子跑了，定是去告诉母后了，我看走不脱了，横竖还会牵连我，嫂子给你找了个所在，你就委屈一下，好好安住在这里吧。"姝涵慌道："我说此计不可，只你我二人，如今被人发现，如何解释得清楚，嫂子害我也，这后园里哪里有个藏身处？"碧玉转身拉着姝涵走到芃树后的一口深井旁，冷笑道："妹妹，你看你藏身此处如何？"姝涵低头一看是一口井，惊诧不已，正要看碧玉，却被她一把就推了下去，只听得井中扑通一声闷响，姝涵便不见了。碧玉在井口探看井下，只见粼粼水波。碧玉捂着脸儿哭道：“妹妹，你不要怨我，我也是没办法才下此毒手的，只要你在这蕊珠宫一天，这宫里便不得安宁，我也就没有好日子过了！”说完便跑了。

却说姝涵被碧玉推入井中，吞了几口水便沉入井底了，昏迷不醒，也不知什么时候醒来的，睁眼一看，自己却躺在一方水晶榻上，榻前坠着金玉细珠的帘幌儿，姝涵翻身起来，下榻来看，见自己置身于一座宫内，满目紫气云光，有门有窗，门上垂着玉莲丝贯明珠儿的帘子，隐约可见帘外有白光，而光却不能透进来，只见门窗外皆是清水，冒着水珠儿，而殿内却干燥，不见滴水。姝涵觉得十分奇怪，再看那窗上挂的是五色明宝珠帘儿，殿堂上有珊瑚宝座，周匝用金花银镂宝钿，熠熠生辉，宝座前置一方玉案，上面摆着一鼎金银凿镂的香炉，青烟缭绕。姝涵下榻来，在堂上转圈儿浏览，这时候就见一个身着黄衣的俊俏男子徐步前来，身后跟着三个仙婢，一个身着绛碧绫裙，第二个身着丹纱纹裙，最后一个身着紫纱纹裙，个个皆丰姿娇媚，婉转窈窕。姝涵心内惊道：“我分明被碧玉推下井来，这却在何处？莫非我死了，来到了幽冥宫么？”想着不觉恸由心起，泪从眼落，嘤嘤低泣。又见那人领着三个仙婢过来，一句不说就跪在姝涵面前，姝涵惊道：“你又是何人？我被恶人推入井中，却为何在此？”那人叩道：“井龙神叩见女主！”姝涵惊道：“怎的？井龙神？我怎么没听过？”井龙神跪道：“女主确实被人推入井中，便是此井，小神奉太阳宫玉龙望舒所托，特将女主救起，女主所在正是小神龙宫。”姝涵又惊又奇，令他起来，问道：“什么，这井底焉能有偌大一宫殿来？”井龙神深深一揖，笑道：“虽说宫在井中，只是空间不同而已，女主莫怪。”姝涵指着门帘儿问道：“为何帘外却见得白光？”井龙神笑道：“女主莫奇，帘外却能见白光，因为帘外乃是井口，井外之光映入而已。”姝涵越发不能解，一时也想不明白，索性不细问了，便道：“我不想在这里，请龙神将我送出井外。”井龙神思忖片刻，问道：“送女主至井外容易，只是女主不怕恶人又要加害么？”姝涵忙道：“即使如此，也愿往井外去的。”井龙神拱道：“既是女主之意，小神焉能不从？”说着便令三个仙婢领姝涵出宫，才掀起珠帘儿，便入水中，姝涵憋闷不行，闭眼正要大喊，却张不开嘴儿，这时一道奇光袭来，将她卷起，再睁眼时已经在井外园中了，姝涵浑身湿漉漉地坐在井旁。

姝涵见四下无人，正欲起身离开，却见女娲领着碧霞和碧玉、尚翠、娇珠，还有娚翚、凫孋、媚凤、玉奴等婢子前来了。只听凫孋惊道：“三少主就在那里呢！”众人抬眼望去见姝涵湿透，无不惊愕。娇珠大惊失色，慌忙跑了过去，抱着瑟瑟发抖的姝涵，泣道："妹妹，你这是去哪里了，怎的浑身是水？"姝涵不说话，只是瞅着碧玉，碧玉见状，神色惊慌，低头不敢看。女娲怒道："怎的，想逃跑？将她送到我殿里来！"妱翚、皃嫽、媚凤、玉奴上前，一起动手，将姝涵又推又搡地往前驱。娍珠恨得只瞪着那些婢子，因见女娲在旁，便不好发作。姝涵此时悔又悔不得，死又死不及，只瞪眼瞧着碧玉，吃吃道："嫂子，你好狠……"话未说完，就听碧玉斥道："真不要脸！母后待你那么好的，你就想着逃跑，快快带走，凭母后发落！"姝涵无奈，只将双眼闭着垂泪。

回到清元殿，女娲坐在紫金玉案前，妱翚和皃嫽奉茶。姝涵站在堂前，两条玉臂垂下，湿透的雾裙越发将她一苗纤体绷得紧致，就像一塑精美玉雕。女娲来到她面前，仔细打量她，玉面焕发，樱桃朱唇，双目微细，烟视盈盈，宛若一波秋水。女娲仔细瞧了半晌，叹道："可怜我的姝涵，也是个薄命！你告诉为母，你刚才去哪里了，怎么从水里出来似的？"姝涵泪水盈眶，低头不语。女娲又问道："姝涵，听说你要逃走？"姝涵朱唇轻启，低声答道："是碧玉嫂嫂说母后要将我打下界去，故而劝我逃走的，我害怕，便从了她。"女娲见姝涵光景，问道："逃去哪里了，怎的身上是水？"姝涵瞥了一眼碧玉，碧玉吓得转过身去，捂着脸儿，心里咚咚跳着。姝涵本想说碧玉推她下井的事儿，又怕女娲知道井中龙宫，因自己而牵连了龙王，便低声回道："是我不小心掉进园中的池子里了。"女娲冷笑道："你从实供招，到底是怎的回事儿？为什么要逃？碧玉什么时候要和你逃了？"问着就取过鞭子来，姝涵看见鞭子，娇躯不住地发抖，娍珠看见女娲拿去鞭子，胆已惊碎，捂着脸儿不敢再看。姝涵更不敢说话了，就瞅着女娲手里的鞭子，女娲又放下鞭子，瞥一眼碧玉道："碧玉，你去地牢将那银拶指儿取来，今天我也不打，就拶她指头儿便好。"碧玉闻言，知女娲要拶她，益发吓坏，心里想道："若她招架不住，供出我来怎好？不管怎的，就是一口不认，谅她也无奈。"想着便让皃嫽去地牢取那银拶指儿。不消一会儿就取来了，女娲将那银拶指儿在姝涵眼前晃动，姝涵哆嗦着，死盯着它不放。女娲问道："姝涵，你说碧玉骗你出逃的，那碧玉就在跟前，她说根本就没有这回事儿，你为何要扯上她呢？"姝涵急道："是碧玉嫂嫂劝我出逃，又将我引入园中的。"女娲看向碧玉，碧玉冷笑道："回母后，我是不会做这种事儿，想必是姝涵妹妹急了，想把我扯出来与她垫背呢。"娍珠闻言，瞪着碧玉嗔道："嫂子，姝涵妹妹可从不说谎的，倒是嫂子的心思让人难捉摸，你做这样儿的事一点都不奇怪。"碧玉急了，掩面哭道："我真是要受这不白之冤了，说我带她逃走，叫她亲自说出来，当我是什么人了，你们一个个都来图赖我。"女娲急忙过去搂着碧玉，笑道："碧玉，你先别急，等姝涵慢慢说来，若真没有这事儿，她赖也赖不上的。"碧玉挣脱女娲，上前一把拽住姝涵道："你这丫头乱咬人！你几时见过我来的？我又几时同你走的？你可有证据？！"婗珠也冲过去，劈手打下碧玉的手儿，骂道："嫂嫂真蛮不讲理，说话就说话，怎的还动手了？"女娲又过去拉过婗珠，瞅着姝涵道："你就承认了吧，伏个罪便罢了，为母不打你的。"姝涵瞅瞅女娲，又瞅瞅碧玉，低声道："嫂嫂说不曾与我逃，便不曾了。"碧玉两颊通红，指着姝涵怒道："你这个不要脸的贱婢子！你怎的还咬我来，我几曾与你逃的，你说个明白！"骂着又扑上去，将姝涵甩了一耳光，姝涵捂着脸，哆嗦着瞅着碧玉。女娲见状大怒，走上前去，照碧玉脸上劈面就是一巴掌，打得响亮，一时把碧玉打懵了，捂着脸站在一旁。女娲等着碧玉，怒道："为母尚在这里，你怎的如此放肆！姝涵有错没错自有为母问个清楚，谁任你又打又骂的，她再怎么不是，也是我认的女儿，怎的就是贱婢子了？"碧玉挨了打，不敢再说话，低头拈带。姝涵冷笑道："嫂嫂，你别怨母后打你，你既然如此绝情，那我也不替你遮盖了，你劝我逃走，说母后等我伤好了还会打我，还说要将我打下界去，我因害怕，便问你如何是好，你问我可愿意逃离么，我害怕就说愿意，又问你如何逃得出去？你说要带我出宫去，我本不愿出逃了，因怕逃不脱的，你又说若被发现你一身担着。昊天在上，你可愿意起誓你没做过？你将我领进园中，当时娼翚和皃孋两位妹妹也曾见过，你见她们走了，便将我强行推入井中，想要了我的命，你如此狠毒，人饶得了你，昊天定不肯饶你的！你将我堕入深井中欲要杀我，我因你是嫂嫂，毕竟是母后的亲媳妇儿，我有心袒护着你，想完你个体面，不料你却变本加厉，欲置我于死地，你不思量替我说一句好话，倒急着来和我撇清，这也罢了，你还上来打我！姝涵可欺，昊天不可欺！你敢不敢发誓？！"一席话下来，将个女娲惊得目瞪口呆，愣愣地看着碧玉，碧玉心虚，低头不语。女娲过去，抬起碧玉的头儿，正色问道："碧玉，姝涵说的可是真的？"碧玉双目紧闭，两行泪水簌簌顺颊而下。女娲已明白，将她推开，怒道："碧玉，你怎的如此狠毒？姝涵哪里招惹你了，却让你起了杀心？"碧玉闻言，抽泣起来。婗珠再也忍不住了，跑过去抱着姝涵大哭起来，呜咽道："你怎的就这么不听话，我叫你在屋里等着我回来，你怎的就自己出去了！今日你若被害死了，你叫我怎么活呢！"说着又哭。女娲心烦意乱，见婗珠伤心，也不好强阻，任由她去。碧霞和尚翠以及众婢听了，惊得面无血色，都瞪着碧玉看去。碧霞道："依姝涵妹妹所说，分明是碧玉害她，碧玉你这样儿做，可是太毒了些个！"女娲又坐下呷一口茶，徐徐吩咐道："碧霞，你叫香哝和媚凤来，扶碧玉去她屋里歇着吧，家里出了这等奇事儿，为母也无计了，碧玉是须菩提的媳妇儿，我也不便惩罚她，他们家的事儿，就让他们去解决。”叮嘱完毕，又转头问姝涵道：“你被推入井中，却是如何上来的？”姝涵见瞒不住了，只得将井龙神搭救的事儿细细道了一遍。女娲奇怪道：“怎的我蕊珠宫一口井中还有什么龙神？”思忖半晌，当下又无法证实，便又对婗珠道：“婗珠，你领你姝涵妹妹去宸恩殿歇着吧，这个事儿待为母细细查访。”婗珠应了一声，便扶着姝涵出去了，才出门就见婁爰和斕姁早在门口等着，个个表情痛苦。两个婢子见婗珠和姝涵出来，急来扶住，径直朝宸恩殿去了。

婗珠和姝涵回宸恩殿，才进去，婗珠就将门闭上，又将她扶上榻半卧着。婗珠扯过地上的一个凳儿坐在榻边，抚着姝涵的雾鬓，轻轻问道：“妹妹，你如此聪慧伶俐的一个人儿，怎的还能被碧玉给骗了？”姝涵微微一笑道：“我原来想她确实是想帮我的。”婗珠笑道：“吃一亏长一智，别的话我也不多说，只是以后离她远点儿，就当从不认识她，你可记住了？”姝涵点点头儿，两人又一同闲聊不题。

话分两头。

人间涿鹿王宫。

颛顼帝为老母女枢庆寿，先是大宴贵族群臣，而后又往郊外围猎，这时又回宫外的祈天殿为老母设坛祈福。颛顼帝出行，排场如何？但见：

羽旄璇盖，凤氅鸾旗。士马踏弩跨剽尘，扬鞭一挥指云路。隆隆远去是凤凰车、銮旗车、阘戟车，飘纚着晶帘绮幕；隐隐漫卷是梅红伞、杏黄伞、青罗伞，尽皆为碧翠斑斓。玄武旗、日月旗，上下左右成彩练；金翅扇、孔雀扇，相间那玉柄宝幢。奉茶献酒的全是紫袍金带，银鞍赤马盈容；扶护宸舆的皆为擐甲持戈，兽铠铁盔焕烁。席捲起滚滚红尘，看长空青雾弥漫。恍如鑾辇大捷归，应似鑾驾游猎出。

颛顼帝入宫接母亲女枢至祈天殿，将近殿门时，宫乐师容成子奏响乐器，天师史皇率羲和、常仪、沮诵、仓颉、隶首、孔甲等，以及八十一童子身着青衣、皂衣出殿俯伏迎迓。祝融、季禺等诸公子、广成子、计蒙等朝臣俱在道旁跪叩，颛顼先来扶起广成子，说道：“前辈何须下跪，快快请起。”广城子颤颤巍巍起身，也未多说，只跟着颛顼进得殿来，宫婢退出，天师史皇与童子迎上殿，颛顼看那法坛与金殿，却也铺设得鲜艳齐整。但见那：

琼陛九阶分，宝殿金阁多。数不尽凤烛流光，及万盏神灯溢彩。累累黄旗紫盖，层层纛幡彤幢。静听三界天籁音，卧观九重缀银河。琴钟楹鼓，娇娆姝麗抚琴唱；女伶鸣丝，袖口玉笋弄弦急。此时阿媛笑开颜，妩媚宫婢舞云裳。銮舆凝神貌俊雄。凤驾月妃丰姿绝。桃红柳绿春天，芳年华月付帝家；宫人多少泪妆，寒床辗转一梦愁。今日繁华红尘好，谁知将来空有恨。

再看大殿两根银柱上各有一副鎏金字对联，上联儿写道：“地上天宫，显昭丹心赤忱，一朝有忠。”下联儿书曰：“天下玉殿，降施鸿露宸恩，万寿无疆。”

天师史皇引颛顼与女枢及嫔妃上殿，有几个青衣童子忙着铺下羊绒红毡，另有两个皂衣童子用银盆盛水而来，后面两个童子则捧着香盒，史皇净手上香，颛顼跪拜三下奉香。有一个稍大的童子也上了香，拜了三拜。颛顼携女枢及嫔妃又游览一遍，史皇方引至一旁的锦椅，一一坐下，童子奉茶。羲和禀道：“法坛文表已备齐，请天师作法祈福。”史皇换了素衣道袍，容成子响动乐器，羲和、常仪、沮诵、仓颉、隶首、孔甲跟随史皇来到坛前。史皇拈香喝礼，众天师及童子跪拜毕。坛前玉案上铺着龙凤锦织，上面摆满赐福天官笺文，启请金、木、水、火、土五德真君笺文，度厄化煞灵符、启请监坛神将等文牒。还有玉符云篆、五方五老真文、上冥府延寿笺文，消灾、祝寿云篆、上奏玉皇大帝表文。史皇蘸朱砂笔在各表上画了符，又交羲和、常仪、沮诵、仓颉、隶首、孔甲等俱画了字，而后拈香，再拜而退。

祈福完毕，颛顼携女枢及众嫔妃回宫，众臣各自回朝不题。

话说冥王笪殷曹化身来到阳间，往中原南丘见共工氏部落首领康回。康回得知来者是冥王，便与他谈起炎帝亡国自刎的事来，一时哀伤叹息。笪殷曹揖道：“姬轩辕杀炎帝，夺了本该属于你的江山，如今他的孙子颛顼做了人间帝王，而你却偏安一隅，毫无用兵之志，难道你忘了令尊枉死的仇恨么？”康回叹道：“父母大仇，我康回岂能忘记？只是那颛顼为帝，拥有天下，而我以一隅之地，如何与之抗衡，未免也太不自量力了。”笪殷曹笑道：“本王掌管冥界，愿在冥界助你立志复仇，光复江山社稷。”康回闻言，大喜道：“好！如有大王相助，我何愁有仇不能报得！”说罢，转而又问笪殷曹道：“你为冥王，却为何要来助我？与你有何好处？”笪殷曹叹道：“不瞒你说，本王与令尊生前曾为至交，只因当时我助蚩尤抵御姬轩辕，却不能顾令尊，待本王去救时，已经晚了，令尊含恨自尽，本王伤心不已，立誓要为令尊报仇雪恨。”康回越发敬重笪殷曹，两厢一拍即合，只等待机会。

且说笪殷昊一心想夺回天廷大位，无奈戒备森严，使他无计可施。一日在殿内榻上歇息，逐渐入梦，蒙蒙眬眬来到囲山，看到那棵菩提树，隐约见天斗坐在菩提树下闭目不语，他上前正欲去参拜，却又不见天斗。正在疑惑，忽然见那棵菩提树长高，越长越高，他又惊又奇，上前抱树杆仰面而望，又见菩提树瞬间变成一根笔直木头直捅天上，棍子半腰是滚滚云雾，再也看不到头，就像一木支撑着天地。又觉自己抱着这根木头用它撑着天，生怕这根木头倒了，天便会塌下来，于是紧紧抱着，不敢松开，忽然凭空一声炸雷，惊得他双手一松，倏地就惊醒了，方知为奇特一梦，他便翻身坐起，自言自语道："此梦预示我要成为这三界之主。"说着，急派人去请太乙真神前来询问。

太乙真神正在天极宫修炼，本不想去麟鹤宫，但自笪殷昊大闹灵霄殿之后，他又不敢得罪，思前想后，还是决定前去摸一摸底，刚入得殿内，就见笪殷昊笑呵呵地迎了上来。请入客堂上座，令婢子嬿蕙奉茶与果品。呷啜间，见太乙眉发花白，吃惊道："怎的几日不见，太乙真神就须发苍白，一至于此？"太乙一拱笑道："小神无心操劳天廷之事，一心修真，时间久了，就变成这般模样儿了。"笪殷昊一愣，笑道："看来，太乙修成大道了！"太乙躬身一拜，笑而不答。笪殷昊又道："太乙前来，本王之心甚慰。"太乙小心问道："三大王召见，小神岂敢怠慢。不知大王有何吩咐？"笪殷昊便将梦中情景细说一遍。见太乙低头沉思，笪殷昊问道："梦中一木撑天，不知此主何征兆？"太乙听罢，察觉笪殷昊有篡逆之意，便笑道："三大王，一木撑天，乃'未'字也，此梦警示大王宜安守，未可擅动。"笪殷昊听了，恍然有所悟，喃喃道："哦……原来梦示如此啊。"太乙拜辞，行至半路，又想笪殷昊野心勃发，若不报知女娲恐有后患，想到这里，便转身朝蕊珠宫去了，不料却被笪殷项暗中看到，急忙回麟鹤宫。

女娲见太乙突然造访，问道："太乙轻易不来，来必有事。"太乙便将笪殷昊请他释梦之事说了。女娲忧心忡忡，叹道："笪殷昊野心昭然，谋逆之心已久，若不加以阻止，只怕天廷大祸将至。"太乙颔首，问道："为今之计当如何？"女娲正色道："笪殷昊父子越发骄纵，将来必滋事端，事不宜迟，笪殷昊释梦一事，有劳真神随本宫入朝，奏明圣上，请圣谕再行定夺。"说罢，急忙入宫，太乙跟随女娲见玉帝。玉帝听说笪殷昊欲谋反，害怕起来，问道："三界大事，朕躬出来，弗敢自专，娘娘乃股肱之臣，还请一体节制……"女娲见玉帝无主张，当下无奈，只得召来武德、杨天佑二神商议，女娲道："既知笪殷昊有篡逆之心，当立即拿下问罪，岂能等其坐大？"武德拱道："娘娘英明，如今当乘其不备，拿下再说。"杨天佑赞同，女娲即下令，由武德和杨天佑兵围麟鹤宫，擒拿逆贼。谁知前去之后，却遇到笪殷顼阻击，将那照石握在手中，左劈右砍，使得五千天兵大半阵亡，所剩无几，武德和杨天佑见状不妙，仓皇逃回不题。

笪殷昊听笪殷顼说太乙去了蕊珠宫，又消灭前来围剿的天兵，知道机密泄露，勃然大怒道：“太乙老贼！本王待他不薄，他竟背义忘恩，投了女娲！”笪殷顼急道：“孩儿剿杀了天兵几千，女娲娘娘若得知，必又来擒拿我们，不如我们先逃……”话犹未了，就被笪殷昊喝止道：“她算什么娘娘！他们那一干乱臣贼子，也配你恭敬！”笪殷顼改口道：“女娲她必不会放过我们，是留是逃，请父王快出权宜之策。”笪殷昊急得团团转，思忖半晌道：“为今只有挥戈反天，才是万全之策，可保我等无虞。”笪殷顼见父亲茁茁实实的不松气，只好问道：“父王以为如何反天？”笪殷昊吩咐道：“那四方神君昔日皆归为父节制，如今只有东极天龙宫孟章神君神农琊听从于女娲，其余三神君因与神农琊不合，尚可听得为父一言半语，我儿速去请他们三个前来拜茶，为父自有算计。”笪殷顼得令，往南极天元宫、西极天玄宫、北极天真宫请陵光、监兵、执明三神君。三神听笪殷昊有请，皆不敢贸然前往，只得去天龙宫拜见孟章神君神农琊，见面后三神一言不发，只是泪如泉涌，逐一前来握手唏嘘。神农琊见状，惊问道：“你们有何伤心事，一至如此？”白虎便将笪殷昊召见，因不敢去见，故而犹豫等等如实陈述。神农琊得知情况，正色道：“三大王大闹灵霄殿昭昭在目，我知他今日必生变，故而请你等前去策划，此大逆不道之事，你等当好自为之！”白虎闻言，知神农琊不愿入伙，便来到他前面拜了两拜，那神农琊正生着气，也只得还了两礼。三神进退两难，踱了几步，只得拜辞而去，又聚集在南极天元宫唉声叹气。白虎叹道：“三大王有请，若我等不去，只怕得罪于他，他儿子有神力，我等迟早被他加害，如若前去，又会落下个通贼的罪名。”朱雀正色道：“三大王对我等不薄，若不去也不好，不如就前去看看，听他如何说的，再做决断。”玄武也道：“反与不反，先听三大王之意再说，在此猜疑算什么？神农琊说三大王策反，他有何凭证？”白虎忙道：“言之有理，不如先去探探再说。”说罢，三神便去了麟鹤宫。

笪殷昊见三神前来，请入喝茶。一时无话，只是低头品茶。笪殷昊见三神不发一言，疑问道：“卿等何故面有愁容？”白虎见问，回道：“我等见过神农琊，他说三大王要策反，劝我等不要前来。”笪殷昊拍案而起，怒道：“神农琊贼子！若非本王力荐，他安有今日之荣赫！此贼背恩负义，本王必不饶他！”说完便将笪殷顼唤来，令道：“你现在就去东极天龙宫，将那神农琊的头颅提来见为父。”笪殷顼听了不知所措，走也不是，不走也不是，朱雀忙起身，拱手劝道：“三大王息怒，神农琊自恃清高，不足与谋，何必要动怒杀他，再惹起祸端来。”白虎也道：“杀神农琊无异于自取其祸，引火焚身，三大王三思！”笪殷昊此刻听了二神劝告，就像是“蜡枪头戳石块，卷回半截儿”去了，只好悻悻作罢，起身踱步道：“如此看来，此番天廷势必与本王为敌，本王如不乘早运计铺谋，必将不得善终。”白虎听他和一句，确定笪殷昊有谋反之意，心下一惊，手中的茶盅不由抖了一下。笪殷昊接着道：“昔日，我随天王开辟诸星，创立三界，功盖天下，如今却被天廷步步相逼，以至于无容身之地，女娲矫诏篡政，欲将我等赶尽杀绝，此时若不奋起一搏，将死无葬身之地，不知诸神愿相助否？”三神面面相觑，面有难色。笪殷项怒目而视道：“三位尊长莫非不愿效力？”朱雀见笪殷昊起杀心，急起身拜道：“小神岂敢不从，愿效犬马之力。”玄武也紧跟道：“夺天廷者，必三大王也，小神愿誓死跟随，效死尽忠！”白虎见二神已投，十分无奈，只得起身拜道：“小神愿服事三大王，敢不唯命是听。”笪殷昊哈哈大笑，拍手道：“如此甚好！如此甚好！将伯之助，本王义不敢忘，只待本王君临三界之日，诸神当为功臣！”三神跪地拜道：“谢三大王天恩！”笪殷昊又大笑一阵，徘徊道：“本王得知，你等麾下有近十万天兵，当合集一处，随时听候本王调遣。”白虎神拱道：“愿听大王节制。”笪殷昊大喜道：“好！诸神听本王号令！即命我儿笪殷项为主将，诸君为副将，率十万天兵先取台琴星海，再取西麟星海等诸星，本王要割星而据，独立天界，分庭而治！”三神又拜，领命而已。笪殷项问道：“父王，为何舍近求远，非要先取那台琴星海？”笪殷昊笑道：“我儿有所不知。昔日为父分封诸星海驻星守将时，曾与那台琴星守将神农蚩相交甚密，故而为父举荐其子神农琊入朝为官，他父亲曾与我于天门高阁立誓，宁死不相背约，今他背盟，不义在先，我大军先取台琴星，师出有名，一旦拿下台琴星海神府，再图其他星域，大事可成。”笪殷项又问道：“那西麟星有何好处，为何要取？”笪殷昊笑道：“西麟星为本族人神所据，我今举义，定成云合响应之势，那守将笪殷元视我为父，岂能不从？但取台琴、西麟二星，一东一西，可成夹击之势，尽收前后左右诸星，如此，不消几日便可夺得半壁天阙，而后顺势直取天廷，那女娲和玉帝又能奈我何？”笪殷项听后，不胜惊喜，三神唯唯是从，急出而去。

白虎、朱雀、玄武三神集结麾下兵将出西极、南极、北极三星，共十万天兵出动，欲取台琴、西麟二星神府。笪殷项亲率白虎、朱雀、玄武及天兵十万奔赴台琴星神府。那日，守将神农蚩正在园中与妻妾游玩，忽然听得星门守兵急来入报，道：“有天兵十万直往星门而来！”神农蚩不以为然，笑道：“那是我儿神农琊回来探亲，何须惊慌？”在一旁的谋士神农虞闻言，忙劝道：“哪有提十万兵力来探亲的道理？将军可曾知道，那笪殷昊大闹灵霄殿，早有篡逆之心，如今十万天兵忽至，岂能是神农琊，分明就是贼兵来犯，欲占我台琴星！”神农蚩一听惊出一身冷汗，急忙道：“快！随本将出星门察看！”神农蚩提三万大军赶到星门，果见十万天兵浩浩荡荡前来，军旗像繁星，剑戟如闪电，看上去眼花缭乱。神农蚩问身旁将士道：“那旗上打的是谁的名号？”将士回道：“将军，是那白虎、朱雀、玄武三位天神名号。”神农蚩疑惑道：“本将与白虎、朱雀、玄武三神素无往来，他们为何引兵至此？”又见天兵长驱直入，并无半点停下来的意思，神农蚩大吼一声道：“不好！速速关闭星门，令众将弓箭伺候！”说完即登上星门高阁眺望，只见十万天兵已至星门前，气势汹汹。神农蚩站在高阁上喊道：“监兵、陵光、执明三神君，忽然引兵至此，意欲何为？”只见天兵列阵，并不答话，神农蚩再喊一遍，这时从军中出来一个头戴王冠的大神，笑呵呵来到阵前，大声道：“将军识得我乎？”神农蚩定睛一看，原来是笪殷昊，忙拜道：“末将不知三大王驾到，不曾远迎，还望恕罪，但不知大王率大军至此，欲要何为？”笪殷昊笑道：“将军在高阁之上，可曾记得昔日高阁之盟？如今天廷无道，女娲矫诏篡政，本王举义至此，故来投将军，不知尊意若何？”神农蚩大吃一惊，险些坠下，幸好被神农虞扶住，才未跌下高阁。那神农蚩偏偏天生就是一把长胡须，看上去非常威武，不想这一慌乱，气喘吁吁起来，只吹得长须时起时伏。见神农蚩大汗淋漓，长须乱颤，笪殷昊笑问道：“将军长须如戟，如何这般无丈夫气？”众将听见哈哈大笑起来。神农蚩气得暴跳如雷，上气不接下气，怒道：“三大王为何行造逆之事？蚩虽不才，但不敢首为乱阶！奉劝三大王临崖勒马，莫自取其祸，留终天之恨！”笪殷昊笑道：“将军此言差矣！本王自有昊天福佑，岂能自行取祸？倒是将军大祸临头，尚不自知，本王大军当前，岂能由得你来！”此时，神农虞抱拳喊道：“三大王举兵造反，昊天岂能助你？我等奉命驻守此星，焉能不以死效命天廷，即使三大王取了此星，也难逃天廷讨伐，请三大王三思！”笪殷昊闻言，并不怒，转身问白虎和朱雀道：“门楼喊话者是何人？”白虎和朱雀细看半晌，朱雀摇头不语，白虎却道：“小神认得此人，他是智囊神农虞，此人有大才，我等不可轻敌。”笪殷昊问道：“此人有何才具？”朱雀便将神农虞此人细细说了一遍。

原来，神农蚩有一妻一妾，妻是神农琊母亲夸娥氏，妾为夸娥氏之妹夸娥嫔，是个才貌双绝的仙子，能诗会文，在台琴星海颇有声名。夸娥嫔虽是神农蚩妾，只因姐姐夸娥氏缘故，并不曾与神农蚩有夫妻之实，神农蚩多有怨言，终无良策，只等时间久了她自会顺从。当是时，神农蚩因愁身旁无智囊，终日茶饭不思。一日做梦，梦到飞来一支金笔，落在夸娥氏头上，他颇为好奇，上前拿在手中，忽见那金笔之端忽然发出彩光，绽开五色花一朵，甚是美妙，他又摘那朵花儿，花朵却消失不见了，金笔又飞向夸娥嫔，在她衣襟上写下一个“片”字。梦醒之后，神农蚩思梦中之事，不得其解，于是告诉妻妾。妻夸娥氏道：“梦笔生花，预示夫君将得大才，不过这梦中‘片’字，乃是不祥之兆，此为‘片甲不存’之意。”神农蚩捋长须，叹道：“爱妻所言甚是，若我不得贤才，无人辅佐，将来难以长久。”夸娥嫔却不以为然，笑道：“妾以为不然，梦虽有兆，但皆为反相，此梦预示夫君当张榜招贤，方得济世之才。”神农蚩疑道：“此话怎讲？”夸娥嫔笑道：“梦笔而生花，而笔落于妾身，又题一‘片’字，此梦乃是让妾以身试才。”神农蚩惊道：“爱妾将如何以身试之？”夸娥嫔笑道：“梦相乃反，‘片’字反转过来为‘爿’字，招贤之时，谁能背对妾身而写出此字者，必是大贤者。”神农蚩又问道：“若能写出此字者，当如何？”夸娥嫔笑道：“‘爿’字，乃一分为二之意，夫君欲得大贤，当妻以妾，方能如君所愿。”神农蚩忙摆手道：“不可，不可，我岂能将爱妾嫁给别人？”夸娥嫔叹道：“妾身以为，其一，台琴星海无人能写出此字，除非他是大神，有未卜先知之才能；其二，反手握笔者，可曾有人见过？若天下真有此人，那必然是大神无疑，夫君舍妾身而得大贤辅佐，有何不可呢？”神农蚩细细一想，颇觉有理，于是笑道：“那就依爱妾之言，以身试之，我看此间并无此大神，若真有此大贤，我得贤者，舍爱妾亦在所不惜。”第二日，神农蚩便在台琴星神府公榜招贤，榜文道：“台琴神府公主夸娥嫔以身试贤，能者妻之。”一连三天，围观者甚多，但无一人揭榜，这让神农蚩喜忧参半，喜的是不失夸娥嫔，忧的是未得大贤者，于是一筹莫展。直到第三天临了，忽然来了一人神，自报名为神农虞，看完榜文一笑，揭榜而去，被看守榜文的士兵拦下，带入神府，从东墙一个角门进去，又朝西两间竖头屋入内，见轩窗明亮，窗下摆着一张白玉几案，对放一把椅子。案后墙上挂着一轴古画，乃女娲造人图。士兵令其在原地候着，一会儿便领来神农蚩，神农虞知是神农蚩，躬身行礼。神农蚩见有人揭榜而来，心下吃惊，召近细看，见此人相貌平平，暗思道：“此人必非贤者，侥幸前来而已。”神农蚩瞥他一眼，先自去了，令二婢子引神农虞入后殿，穿过中间一条玉砌甬道，见道两旁是两排玲珑篱笆，篱内有一畦红菊，俱有二尺余高，行至后殿前院，又见曲栏台阶，跨入阶上长廊，东西各有一朱门，入得西门，婢子站住欠身道：“请先生入内等候。”神农虞进入里间，见轩窗下一长椅，墙上悬挂一幅青竹画儿，画下置一雕纹琴案，正对着窗外数竿翠竹，一树红梅，清雅幽静。再细看那画儿上两边题有联句，上联为：“或许今生无尘缘。”下联是：“暂将春心付弦笼。”款书为：“戏仙子题。”神农虞一瞧便笑了，暗思道：“‘戏’，娭也，一看便知是夸娥娭亲题，果然是个才女。”神农虞见屋内罗帐绣衾，芳香袭人，便不敢轻易走动，只是站在堂上等候。当时，夸娥氏妻妾闻有人揭榜，便随神农蚩往后殿客堂去瞧，入内坐定，神农虞细看夸娥娭，看她美若天人，但见：

轻涂莺粉，盈盈出奁香玉；斜溜翠鬟，莺莺笼烟娇娆。忙掩花容独不语，一笑轻挽青螺髻。媚妆花饰，丰融眉蹙春山；珥珰凤环，桃腮黎涡一对。红绡婧服，披垂雾袖蝶裙；金钗莹闪，美中三分婀娜。正是：惊鸿翩妍更俏丽，霞晕一片如彩云。

那夸娥娭一见神农虞，便觉其气宇不凡，一表人才，当下芳心大动，心中认定他就是大贤者。神农蚩打量他一番，试问道：“你叫何人？来自何方？”神农虞深深一揖道：“不才神农虞，来自水镜星，特来拜见将军及公主。”神农蚩见其瞅着夸娥娭发呆，心中不悦，轻咳一声，问道：“先生既已揭榜，想必大有奇才。”神农虞回过神儿来，深深一揖，回道：“不曾有奇才，只懂得吟诗作画而已。”神农蚩闻言，冷笑道：“台琴星域能吟诗作画者何止千万，为何只有你一人前来揭榜？先生勿过谦，有何本领，展示与本将一看。”神农虞正欲开口，却听夸娥娭笑道：“不忙着试才，请先生吟诗一首听听再说。”神农虞瞅着她，徐徐吟道：“今朝揭榜进府院，樵楼遇得一婵娟。羞花独开淒清宫，入寐梦来春嬛绵。”夸娥娭一听，羞晕飞上眉梢，掩面微笑。神农蚩按下怒火，冷颜问道：“先生可能反手握笔？”神农虞见神农蚩心有怨气，便小心答道：“此区区小事，焉能难我？”神农蚩不屑，又问道：“你可知今日所写何字？”神农虞上前一步，拱手反问道：“依着榜文所承诺，今日我若写得出此字，将娶了公主夸娥娭为妻，将军说话可算数？”神农蚩见问，犹豫片刻，又转脸见夸娥娭盯着他，这才缓缓道：“言必有信，行必有果，本将并非硁硁然之人，先生何必见疑，放心便是了。”神农虞大喜道：“好！请赐笔来！”神农蚩令婢子奉上笔，神农虞接过，转过身子，背对着夸娥氏，众皆看去，见他果然能反手握笔，不禁啧啧称奇，夸娥娭欢喜不已，神农蚩却大吃一惊，又见他于白帛上写完，回转过来，将那白帛上拎起来，赫然见一“爿”字落在帛上。神农虞问道：“将军请看，可是此字？”神农蚩一看，果然是“爿”字，后悔莫及，咬牙不语。夸娥嫔已心下默许，便对神农蚩道："既得大贤，夫君当言而有信。"神农蚩急道："此……本将乃戏言也，夸娥嫔乃本将之妾，岂能复嫁于人。"神农虞闻言，呵呵笑了起来，而后随手扔下白帛，正色道："将军既然不肯，为何要张榜公示？如此轻诺，必然寡信，寡信者必然多灾多难，贤者不事无信之人，告辞！"说完就要离去。神农蚩见好不容易招来一大贤，此时却要离开了，急忙起身劝道："智囊留步！"神农虞又回转过身，神农蚩叹道："智囊果乃大智者，本将愿信守不渝，拜智囊为师。"于是，遵守承诺，当日便为神农虞与夸娥嫔办了婚宴，席间饮酒之时，神农蚩两眼不离神农虞双手，神农虞见状，呵呵一笑，问道："将军疑我手乎？"神农蚩尴尬一笑，举杯道："不疑，不疑，本将只见你两手如绵，可以反握，故奇之耳。"神农虞正色道："两手如绵，有如这前襟后裾，彼此相连，将军乃是我主，如今又成我亲，我自会至死效忠。"神农蚩忙笑道："正是，你我连襟，毋庸见疑。"当下大喜，又重整杯盘，再添肴馔，开怀畅饮不题。

言归正传。且说笪殷昊听白虎和朱雀说门楼上喊话者是神农虞，便大喊问道："你是何人？敢在本王面前聒噪！"神农虞面不改色，厉声斥道："你们身为天廷大神，竟敢兴兵忤逆，即使颠覆天廷，试问三界谁能服你们！我知你们拥兵十万，想破这天门不难，除非从我身上踩过去！"笪殷昊哈哈大笑，而后问道："你不怕死？"神农虞噌地抽出利剑，在自己头上磨几下，而后大声道："死便死了！难道我这颗头颅还不比那磨刀石？"说罢，不慌不忙走下高阁，不假思索，举剑自刎，尸体扑通一声倒地，横躺于星门前，笪殷昊与白虎、朱雀、玄武见此情景，不由倒退几步，众兵惊得咋舌缩颈，霎时人声沸腾。朱雀神叫道："好英雄！只是我等纵有十万天兵，也不能从尸体上踩过，我闻踩尸而过者为天下人所不齿，不如暂且退去，以为后图。"笪殷昊暗吃一惊，对白虎和朱雀、玄武三神叹道："想不到这台琴星竟有这般柱天踏地之人。"神农蚩见神农虞自刎殉国，瘫软于地，哀呼道："连襟去也，如断我筋骨！"说罢哀号连连，笪殷昊挥手道："大军撤回！"只见十万天兵浩浩荡荡远去，腾起滚滚云雾。

笪殷昊率兵至西麟星神府，笪殷元和笪殷顼、震碑已在天门外迎候，笪殷昊见震碑现身这里，斜睨他半晌，阴阳怪气问道："为师以为你死了，却不想在这里见到你。"震碑憨笑道："弟子被逼无奈，故而逃来这里，请师父恕罪。"笪殷昊笑道："你何罪之有，今后随为师征战罢了！"震碑拱手领命。

却说神农蚩一边为神农虞举丧，一边派兵飞报天廷。玉帝闻报，犹如晴天霹雳，心头弼弼乱跳，忙召女娲进宫商议对策，女娲听说笪殷昊纠集白虎、朱雀、玄武等十万天兵造反，心内暗叫大事不好，转而问玉帝道："监兵、陵光、执明三神窃天廷十万精兵，眼下只有孟章神农琊所统五万精兵，若要以寡敌众，无异于以卵击石，当如之奈何？"玉帝慌了神，只是道："朕问娘娘，娘娘反来问朕，平叛之事，就请娘娘做主。"女娲遵旨，急召钟颀、神农琊、杨天佑、武德、天蓬入蕊珠宫商议用兵，筹划两日，第三日准备行军，却听千里眼和顺风耳急来报道："娘娘，笪殷昊势如流星，已攻克银蛇、圣安、白虎、天狮诸星神府，而玉狮、天兔、天平、天狼、乌枭等诸星海神府望风而降！其他诸星神府守将见贼势大，皆欲献门投降！"女娲大惊，怒问道："诸星失守，那五龙炙和大庭岘二位驻星守将何在？"千里眼和顺风耳同声答道："已降笪殷昊！"女娲听后，两眼发直，一时说不出话来。停了半晌，女娲对武德道："神农虞忠烈，其家眷当厚待，你速领几个干练将士，前往台琴星寻找神农虞之妻夸娥娭，若找到了，请速速接回。"武德领命急去，不消几个时辰便接回了夸娥娭。女娲见她泪痕未干，安慰道："神农虞捐躯，本宫深感痛心，你切勿悲伤，今后就暂住蕊珠宫吧。"夸娥娭见家破人亡，已无退路，只得应了，女娲为她赐名婉镜，与精卫住在一阁，与蕊珠宫众婢一同侍奉左右。

第二日，女娲又闻笪殷昊率兵长驱直入，杀奔天极星而来，便问杨天佑道："贼十万大军呼啸而来，如何御之？本宫以为，敌众我寡，当下不可与敌正面交锋，将军有何妙计？"杨天佑问道："娘娘之意是？"女娲叹道："先固守其他星海诸神府，以免被贼攻克。"杨天佑领命，前去布防。女娲又对天蓬道："天极星乃天廷所在，不可不防，贼若此时攻克南天门直入，天廷将不保。银河乃是天阙屏障，将军可领三万天兵御敌。"天蓬领命急去。杨天佑布防毕返回，女娲又急召须菩提和戍闰升前来，吩咐道："四大天门事关社稷存亡，南天门尤为重要，你们二人须严防死守，不可忽视！"须菩提与戍闰升领命而去。女娲对诸神道："我们兵分两路，直取鹿雅、玄冥二星，切断反贼，然后移兵，再取玉龙、龙角、海云、天鹅、南天、天爵诸星。"众神领命，女娲又对神农琊和武德道："本宫自为主将，钟颀为军师，杨天佑随本宫先取鹿雅星，鹿雅星东连天极星，乃天廷之门户，南靠海云、龙角、玉龙、麰来四星，西近罗刚、双子、仙鹤、武仙、墨律五星，北临天爵、南天、天鹅、玄冥诸星，一旦取得此星，进可图四方诸星，退可守天廷。二位将军领两万天兵，本宫令千里眼和顺风耳随军相助，即刻进兵墨律、武仙、仙鹤、双子、罗刚、麰来诸星。"众神领命，一拱而去。

因无敌兵袭扰，神农琊和武德星君进驻墨律、武仙、仙鹤、双子、罗刚、麰来六星神府，分兵驻守。女娲率两万天兵奔至鹿雅星域星门，不料遭遇鹿雅星海驻星守将涂山阕阻击。女娲于阵前怒道："将军身为天廷驻星守将，天恩雨露，不曾薄待，莫非将军已投笪殷贼乎？"涂山阕回道："今观三界局势，实不明底蕴，故而本将既不投贼寇，也不投天廷！请娘娘退兵回朝。"女娲冷笑，问道："如此说来，将军欲要自立天阙？"涂山阕拱道："娘娘有所不知，本将绝无自立之意，只因三界大乱，不知未来，本将暂居此星神府，顺天应时而已。"钟颀闻言，低声对女娲道："涂山阕性尤狡猾，其欲从壁上观，见机而行之，此番娘娘若取胜，他便提兵投奔娘娘，若笪殷获胜，他又倒戈投奔笪殷，这般不忠不义之徒，娘娘须多加提防。"女娲点头儿道："不急，且待本宫问问他。"女娲站定，厉声问道："将军方才所言，不知三界未来如何，此话当怎讲？"涂山阕拱手叹道："娘娘尚且不知，大大王伏羲昊与二大王轩辕昊已自立门户了！"女娲一听大惊，转脸问钟颀道："果有此事？"钟颀摇头道："在下亦有所耳闻，只是未知真假，故而未曾奏报。"涂山阕见女娲不言，又喊道："请娘娘回天廷去吧，恕末将难以从命！"女娲只得暂退二十里扎营，一边派太乙前去打探消息，太乙半晌回来，气喘吁吁道："轩辕昊已与牧夫星海神府守将轩辕敖联合，私征十万精兵占领牧夫星神府，不消两日，已夺取貂狮、鹿豹、巨蟹、大伏仪、小伏仪、摩羯、冰辰、仙灵、天马、仙王、金鱼、孝母、天鸽、乐发、南冕、北冕诸星海，今在牧夫星神府建都，自封为'太极元祖'，伏羲昊自立一事，尚未探明。"女娲闻报大惊，急问钟颀道："那笪殷昊造反早有预谋，然而轩辕昊造反，本宫不得其解，他是玉帝之父，为何要造反？"钟颀思忖片刻，回道："轩辕昊乃见风使舵之徒，因得知笪殷昊和伏羲昊割星为祖，想必他也想趁机造逆，妄想自据。"女娲踱方步，长叹一声道："唉！想不到三位师兄各怀鬼胎，野心勃勃。你且在此守营，以防涂山阕突然倒戈，本宫这就去会会那伏羲昊，问问他为何造反。"说罢，又吩咐太乙道："劳烦真神再去玉京宫一趟，向玉帝如实奏报三王造反之事。"太乙领命，急往玉京宫而去。

且说玉帝听太乙奏后，大惊失色，捶胸踩脚，无计可施，只得去见女姬，泣道："笪殷昊为贼，他欲窃取神器，朕无奈也只好罢了，今朕之父提兵造反，割星自据，这却又是为何？"说罢哭泣不停。女姬听闻后，又惊又气，泪流满面道："姬儿勿忧，你父叛逆之事，为母确实不知，他既然拥兵造反，便与逆贼无异，姬儿勿念父子之情，当一鼓而歼之！"玉帝摇头不语，女姬肝肠寸断。

却说伏羲昊本来无心过问天廷政务，一日得知笪殷昊和轩辕昊皆暗中起兵造反，并割星自据，心中甚不是滋味儿，一时不甘落后，虽说野心勃然，只是因惧女娲，一直未等透露，只私密与须菩提道："笪殷昊和轩辕昊为乱，日后必称帝，为父看玉帝暗弱无能，其天位难保，不如趁此乱世，早做良图，届时，若你母后有难，我们也好有个退路。”须菩提闻言，欣然同意，与伏羲昊私下秘密操纵而已。不消半日，伏羲昊便鼓动须菩提以保卫星域为名，一举占领天西星海神府，驻星守将巴屺仁逃往飞天星神府向采文夔求救，采文夔惊道：“伏羲昊与女娲娘娘夫妻，其子须菩提又为镇天大元帅，皆拥天廷玉帝，为何此时却起兵造逆？”巴屺仁顿足叹道：“咳！你问我来，我问谁去？”采文夔还未及发兵，便被须菩提一体拿获，二守将被俘，无奈之下，只得投靠伏羲昊了，须菩提见大功告成，抽身离去，朝臣并不知其参与造逆。伏羲昊在天西星海神府建都，自封为“天极圣祖”，招兵买马，不出三日，又接连攻占戟通、天燕、宝瓶、天鹰、天坛、白羊、女宾、巨龙、金牛、三神、北极、西极、南极、东极、飞天、玉津诸星海，天廷闻讯震动，惶惶不可终日。

女娲急令须菩提前往宝瓶星海神府，将戌闰桀一府人接出，安置在天极星，又只身来到天西星神府，守兵见女娲来到，慌忙入报，不等伏羲昊出迎，女娲便闯了进去，见伏羲昊正在宫邸与部下宴饮，抽剑指问道：“夫君好大胆，竟敢忤逆，你与那笪殷反贼何异？”伏羲昊慌了神，急忙迎上前去，作揖笑道：“娘子息怒！我岂有造逆之心，只是我若不夺诸星，必为笪殷昊和轩辕昊所夺，他们一旦得势，我一家人焉有立足之地？再者说，我夺了诸星，娘子今后如有不测，也好有个靠山。”女娲立眉怒道：“啐！一派胡言！谁要你做靠山？！你既为反贼，本宫从今与你恩断义绝，誓不两立！你好自为之！”说罢，只将手中之剑抬到颈前，伏羲昊面如纸色，以为女娲要自刎，上前劝道：“我观三界大势，一治一乱，原是循环不息的。除非昊天龙帝轮回归一，三界方为亘古一统，否则，现在的时局，兵戈扰攘，离合纵横，已经在所难免，我曾看那《昊经》中亦有此预言，近来观察星象，为期不远了！”女娲闻言，知他心意难以回转，便举剑“噌”地割下一络头发，连同利剑丢在伏羲昊脚下，含泪道：“哀莫大于心死，你有何颜面对我？又有何颜面对三界诸神？从此分道扬镳，你好自为之吧！”说罢愤然离去，伏羲昊呆望女娲背影，一时无话。

女娲只因迫于兵力，势不能敌，心内实不甘服，又担心玉帝猜疑，于是未去鹿雅星营地，而是转往天极星，急趋入朝，先拜见过玉帝，将三昊叛乱据实陈奏。玉帝闻笪殷昊、轩辕昊、伏羲昊兵不血刃，已获诸多星域，吃惊问道：“三王如此厉害，不消几日，便要夺取天阙了，如此下去，天廷也难保全，卿可有良策？”女娲回道：“不急，三昊叛乱，非一日可平，只待臣慢慢计划。”玉帝无奈，又得听从。

话分两头。笪殷昊一连攻克数星域，于西麟星神府大宴群臣将领，当下便与大庭岘、五龙炙、白虎、玄武、朱雀、笪殷项商议军务。笪殷昊道："本王虽得数星，只怕好景不长，那女娲岂能善罢甘休，你们须时时警惕。如今轩辕昊连占十七星海，于牧夫星建都，伏羲昊亦占十七星海，于天西星神府建都，二王虽说各自为王，毕竟轩辕昊为玉帝之父，护犊之情不能不防，伏羲昊为女娲之夫，关键时刻也是向着天廷，说来说去，轩辕昊和伏羲昊以及天廷玉帝都是一家，唯独本王孤身一人，他们若联合起来攻打而来，我们焉有退路？事到如今，本王与你们皆为一体，只有休戚与共，方能保全家小，不知你们有何良策？"大庭岘回道："玉帝姬轩辕初登大宝，诸事皆由女娲做主，我们焉能取胜？以末将来看，不如访求绝色美女，献于玉帝，若能于御前常吹枕边风，定能使玉帝疏远女娲，只要女娲不主政，玉帝昏庸之辈，待我们休养生息，逐渐壮大，而后逐一消灭轩辕昊与伏羲昊势力，届时大王何愁不能入主天廷？"笪殷昊闻言，笑道："卿言甚是新鲜，本王细思，颇有道理，但不知去何处寻访绝色？"大庭岘转眼瞅向五龙炙，拱道："五龙炙将军有一妹，名叫五龙霙，年已及笄，孤作冰人，可谓是个绝色，若能将她献于玉帝，大事可成。"笪殷昊看向五龙炙，笑问道："卿可愿否？"五龙炙心中虽不悦，但此时已无计可施，只得回道："能嫁天帝，自然是室妹之福，不过愿与不愿，不由末将说了算，还须问问室妹心意。"笪殷昊笑道："此事交由王妃玄女去问便好。"大庭岘又道："只一人美色怕是不行，须两位才好，左右吹风，可保万全。"五龙炙冷笑道："无耻至极！大丈夫当沙场争战，方显英雄本色，岂能以小人行径夺取天下？本将以为大庭岘曾为驻星守将，必有过人之处，今日一见果然有一套，文治武功未曾见有，那种借美色献媚之能，倒是炉火纯青，不知将军府上可有美色，为何不早献出？"大庭岘闻言，顿时脸红脖子粗，气得发抖，却说不出话来。笪殷昊见状，笑道："唉，两位爱卿当以大局为重，为何因此作口舌之争？不论何计，只要有利于我们，一律不拘泥，能够取胜，才是王道。"大庭岘又道："末将府上有婢女神农娗，颇有姿色，末将愿为此大计献于玉帝！"笪殷昊大喜，拍掌道："好，就以卿之美人计，或兵不血刃，便可取得成功！"当下大计一定，便分头行事，笪殷昊叫玄女去劝说五龙霙，本想难以说服，谁知话一出口，那五龙霙当即答应，而神农娗更是毫不犹豫便同意了，两位美色俱来到神府，笪殷昊一看，果然生得窈窕，且善于诗画。笪殷昊便将美人计告知玄女，笑道："有此二位美女为伴，可使那姬轩辕唯本王之命是听。"玄女大喜，便与她们二人精心妆扮，着雾縠轻绡，饰金宝珠翠，置于后苑，教导绣刺和歌舞之技。五龙霙和神农娗心灵性巧，稍加指点便一一熟谙，不消几日，歌舞刺绣俱皆纯熟。笪殷昊再送往玉京宫之前，观看二女技能，先听歌声婉转，又看起舞翩翩，不减囲山飞燕，轻盈娇艳，令人目眩神摇。笪殷昊大喜道："有美人如此，玉帝焉能不销魂？"玄女问道："美人有了，只是谁能送进宫去？"笪殷昊笑道："大庭岘仍是天平星海神府驻星守将，由他送去，岂不更好？"玄女点头不语。

笪殷昊觉时机成熟，当下便命大庭岘撰了表文，大意是天平星海神府贡献美色于玉帝，玉帝成人，理当选后纳妃，女娲当还政于玉帝之类。又差大庭岘携两位美色往玉京宫贡献。玉帝阅了表文，命大庭岘引两个美色入朝，至殿前，翠袖朱唇，俯伏丹墀，玉帝见五龙霙和神农娫，果然闭月羞花，心内大喜。大庭岘奏道："二美人吟诗作赋，歌舞刺绣，样样精通，请圣上笑纳。"玉帝闻奏更加欢喜，命将两女收入后宫。玉帝问大庭岘道："朕听说天平星海已被笪殷昊所夺，卿也投了笪殷昊，为何此时却来贡献美色？"未等大庭岘答话，太乙就出班奏道："圣上以神武之姿，端理三界，如今三昊叛乱，正当励精图治，剿灭逆贼，奈何受神府进献美色？"玉帝闻奏不悦，大庭岘见状，跪伏奏道："圣上，太乙素与女娲来往密切，生怕圣上立后亲政，故而谏阻，请圣上明察！"太乙谏道："圣上明察，大庭岘所守诸星皆被逆贼侵占，大庭岘何以能来敬献美色？分明是其与逆贼合谋，以美色引诱圣上，离间君臣之计！"玉帝温语宽慰道："二位爱卿所言各有道理，即使笪殷昊遣大庭岘远来进献美色，固有求和之意，其心可嘉，若朕屏而不受，未免绝笪殷昊之望，反而来强攻，该如何是好，不如收下美色，再思灭贼方略。二卿且退，朕自有主张。"太乙大喊道："笪殷贼篡逆，何以与其求和？圣上不可如此，不可如此！"玉帝怒道："退朝！"太乙见玉帝不从其谏，只得作罢，匆匆赶往蕊珠宫禀报女娲。

单说玉帝纳了五龙霙和神农娫为妃，见二美人生得性格温柔，姿容妖艳，又且颇娴诗句，看美女盈盈在前，正是金迷纸醉。玉帝一时沉溺美色，终日左拥右抱，筵乐无度，笙歌聒耳，绝不问朝政，政务丛脞，早把剿灭三昊的心思消磨殆尽了。一次又于后宫宴饮，迨至半酣，那美女奏请献艺，玉帝大喜，忙令表演，再看歌舞翩然，玉佩铿锵，珠喉婉转，真是两个娉婷妙女，嫩若芙蕖。神农娫斟一杯酒，伸出笋尖玉手捧来，递与玉帝，玉帝不觉心醉魂销，连饮几杯。神农娫又执壶斟起，五龙霙躲过酒壶，正色道："酒色乱性，圣上终日如此，荒废朝政，天廷将危矣，这酒万万不可再吃了。"神农娫瞥她一眼，噘起嘴儿，娇嗔道："怎的就吃不得了？圣上为玉帝，谁敢造逆？再者说，那笪殷昊不是说了么，只要天廷让他偏安一隅，他便不会造逆，替圣上镇守诸星域，为圣上分忧的。”神农娫又百般劝诱，五龙霙虽嫉恨，但因来前被玄女警告，毕竟一同使得美人计，此时也无话可说，只得由她去魅惑玉帝。玉帝搂着神农娫，笑道：“爱妃所言极是，有笪殷昊替朕分忧，朕正好与爱妃游戏，何必操心。”五龙霙闻言，暗自叹息，玉帝又来劝酒，五龙霙只是不饮，玉帝见五龙霙坚拒不饮，冷冷道：“爱妃不用酒，想必是累了，就请内房去歇着罢。”五龙霙生怕神农娫独自一人迷惑玉帝，便不愿离开，赔笑道：“不消歇息，妾还等着为圣上吟诗呢。”玉帝大喜，拍手笑道：“哦，朕还未听过爱妃吟诗呢，就请吟诗一首，朕当自饮一杯。”五龙霙微启朱唇，莺莺吟道：“新人归来旧人去，有人妍笑有人哭。岂把时光付流苏，只恐江山近穷暮。”玉帝听罢，面色渐变，神色忧虑，停杯不语，神农娫更是气恼，一甩红袖姗姗离去，一时无话，不题。

太乙又造访蕊珠宫，女娲听妱翚和皀嫱入报后，吩咐道：“请真神进来。”妱翚和皀嫱又退出，妱翚欠身对太乙道：“娘娘正在梳妆，让上神入里间说话。”太乙先是一愣，只得进去，拜过女娲之后，女娲问道：“太乙前来，本宫就知道天廷有事儿了。”太乙便将玉帝收纳笪殷昊美色之事翔实陈述。女娲端坐妆台，婈翜和精卫、婉镜正在侍奉她梳妆，半晌一语不发。太乙又小心问道：“娘娘，当下该如何是好？”女娲叹道：“太乙，你说得太晚了，美色未入宫前，本宫尚能阻止，而如今美色已入后宫，圣上沉酣声色之时，本宫再行入谏，他焉能听得进半句？”太乙问道：“小神才下朝堂，便急来呈报。”女娲随手扔下玉梳，嗔道：“圣上得美人，纵情酒色，可惜师尊在时未明察，令本宫扶了这的一个昏庸之主，若再这样儿下去，不知悔悟，唯恐外患内忧，大乱相乘，别说征伐逆贼，如今倒要给逆贼一个杀昏君的口实，反被逆贼所征伐了。本宫出征在外不过一天，朝政就变到这样地步！你们这些大臣在朝，为何不谏阻？！”太乙战战兢兢，跪地回道：“小神焉能不劝谏，只是圣上不听，小神无可奈何。”女娲倏地起身，叹道：“起来吧，这事儿本也不怪你们，要说有错，只错在本宫一人。本宫总理朝政，却单单忽略了此事，怎的就没有个防备，凭什么人儿也能够随意出入朝堂。其实本宫早就想戒备宫廷，只是怕圣上误会，说本宫专权，压制帝廷，又难绝诸神悠悠之口，故而一直未曾行动，今日之祸，本宫难辞其咎。”太乙闻言，长叹一声道：“娘娘，小神……”女娲摇头道：“太乙勿再说了，你且回去，容本宫细细思之。”太乙只得徐徐退出。女娲对着瑶镜竟然泪流不止，吓得婢子们慌成一团，婈翜急问道：“娘娘怎么了？”女娲叹道：“你留下来，叫她们都出去，我想静一会儿。”精卫和婉镜闻言，欠一欠身，低头退出去了。婈翜赶忙为女娲奉茶，女娲问道：“姝涵近来可好？”婈翜愣了一下，回道："与娇珠在宸恩殿，平时也不见出门，须是好着呢。"女娲点点头儿道："这便好了，省的我又操心家里，又操心外边的。"婺裂小心翼翼问道："小婢见娘娘忧郁，心里也实难受的，不知如何能为娘娘分忧？"女娲转身，拉着她的手儿叹道："唉，三界大事，你怎的能为我解忧？我已经累了，累了许多年了，真想好好歇息一番。"婺裂低头道："娘娘不说，小婢方才也听得出一点半点儿的，兴许小婢真能解得此忧呢。"女娲笑问道："哦？你也操心起朝政了，那么说来听听，你有何良策？"婺裂害羞拈带，笑道："既然笪殷昊能为玉帝献美人计，娘娘为何不将计就计，也献上美人，扶持成帝后，每日伴君，也好时时约束着玉帝，既能防着宫里那两个美人使坏，又能时刻为娘娘打探消息，更不至于得罪了笪殷昊。如今看来，此虽说为下策，但如若娘娘不捷足先登，只怕晚了玉帝会将宫中那二美人其中之一册立为帝后，到时候更将棘手，此双全其美之计，不知娘娘以为如何？"女娲闻言，双眸发亮，一边沉思一边点头儿，忽然又牵她的手儿，喜道："果然是个妙计！果然是个妙计！"婺裂见女娲赞同，心内欢喜，女娲笑道："不料我府上的婢子却聪慧如此，要比朝中一些神臣强出百倍了。可是……不知当进献何人去为好？"婺裂低声问道："娘娘觉得进献谁为好？"女娲灵机一动，点头儿笑道："本宫心里有数了。"女娲面带喜色，姗姗走出殿门，婺裂本欲推荐一人，却见女娲已有心思，只好将话儿又咽了回去。

话分两头。宸恩殿内。姝涵与娇珠多时不出门，只时时形影不离，姝涵斜倚榻上，见娇珠在身边陪伴，又是端茶又是叠被的，心内着实过意不去，此时又见娇珠捧着水晶盘，为她剥果子吃，一时心内酸楚，不觉流泪。娇珠见状，急问道："好端端儿的，这会儿又怎的了？许是想他了？"姝涵抹了泪儿，微微一笑道："不是。你时时刻刻在我这里守着，怎的不去娘娘那边儿，莫是娘娘她怨你，不叫你过去了？"娇珠摇头儿，笑道："不是这样儿的，你又瞎猜什么了，你这不是病着么，我不照顾你，你看这宫里上下的人，谁来照顾你，一不小心你就被人害了，我哪里放得下心呢。"说着叹了口气。姝涵撩了撩雾鬓，问道："近来宫中情形如何，娘娘有什么心思，你不去那边儿，又如何知道消息？"娇珠叹道："能有什么事儿呢？即使有事儿，也轮不到我们操心的。"姝涵急道："你还是去瞧瞧，我这里有婺裂和斓姁照顾，你担心什么？"娇珠撇了撇嘴儿，摇头道："我还不至于糊涂，这些个婢子的来路你也是知道的，一个个没有根基，真个是墙头草随风摆，哪里能靠得住。起初要作一处，你变戏法儿给她们，那时候一起缠绵，说什么好姐妹，到头来全是假的，如今你被娘娘冷落了，她们一个个都躲得远远的，哪里还记得共患难的，自从你险些儿被碧玉杀害，我是一步也不敢离开你的，你喜不喜欢我在这里我都不管，若是嫌我，你便将就着些儿，慢慢就惯了。”姝涵忙道：“这是哪里的话儿，谁说我嫌你了，我就是不忍心，你为我也是操碎心了。你不是我的婢子，这是何苦呢！”婂珠笑道：“反正我不管，别说是婢子，就是为你当牛做马我都愿意的。”姝涵忍不住笑道：“你又说呆话了。”正说着，就见妱翚和皀嬥、精卫、婉镜进来了，婂珠心下疑惑，才要问来，却见女娲也进来了，姝涵一见女娲影子，心里就咯噔一下，顿时慌了起来，婂珠知她害怕，便紧握她的手儿。婂珠才起来，婹叕和斓姁跟着进来，一个给女娲奉茶，一个忙端来椅子放在榻前。女娲款款坐下，握着姝涵的手儿，笑道：“你现在时时就在屋里，也不出门去了，这是何意？为母可从没见过如你一般无情的人了。”姝涵忙挺起身子，低头道：“草木尚有情，人孰能无情？孩儿不想再出门儿了，生怕给母后惹了祸。”女娲笑道：“你若有情，岂能把芃叶儿等得急急落了，桃叶儿催卷了，琪花儿被你逼得变红了，就这的你也不出门去瞧一瞧的，你看园子里没有你，只觉冷冷清清的，你说你有什么情呢？”姝涵微微一笑，也不答话。女娲又叹一声道：“唉，都怪为母上次闹脾气，倒是可怜我的姝涵了。”这话一出口，姝涵没哭，婂珠听了却呜呜咽咽哭了起来。女娲挂着两行泪，安慰道：“你快别哭了，为母这才好，你又惹我作什么。”婂珠呜咽着答应了。女娲又瞅着几个婢子，问道：“你们可好好地侍奉二位少主了？”斓姁忙欠身回道：“就小婢和婹叕二人侍奉着，二位少主心疼婢子的，从不让我们侍奉。”女娲叹道：“你们这些个婢子的心，当本宫不知么？平时都亲热的不得了，一瞧别人有了难，便树倒猢狲散了，现在姝涵病着还未好，你们若是照旧待她，也算你们的真心，可恨的是这人总是向暖不向寒的，一旦见有人失了势，瞬间一山倾倒，也就不管不问，不理不睬了，那还算好的，更有人甚至就像碧玉那样儿，倒翻过手儿来推她一把也有可能的，我算是真正看透了的。”这一席话出口，姝涵心里又惊又暖，一时觉得委屈，鼻子一酸，双泪簌簌落个不停。女娲又叫婹叕和斓姁扶她躺下，她便从椅子上挪坐在榻沿儿上，女娲抚着姝涵的雾鬓，笑道：“别哭了，为母知道你也是从乐境一下子就落进了苦境。”见姝涵抽泣，女娲停了一刻，哽咽道：“只是可怜天下谁知道我的苦呢，我这苦却是连我自己也说不上来的。”姝涵瞅着女娲，泣道：“母后何必伤心？有什么苦楚尽管说说出来，孩儿若能解的，自不会坐视。”女娲转身对婂珠道：“婂珠，我忘了告知你，你父亲方才派人来说，有个急事儿要寻你来，你赶快去吧，看是什么事儿，若是要紧的事儿你自忙你的，若是没什么事儿，你再转回来。”说完又对几个婢子道：“你们都出去耍会儿吧，为母有话与姝涵单独说说。”娇珠慢吞吞转身，十分不放心，半信半疑地瞅了几眼女娲，实在也无奈，只得与几个婢子徐徐退出去了。女娲见她们都退出去了，这才又起身，长吁短叹一会儿。姝涵不安起来，问道：“母后为何叹息，有什么难过的事儿么？”女娲叹道：“亏着有你时时把为母放在心上，晓得来问我一声儿，唉，却不像你哥哥须菩提和你那两个嫂子，哪里还晓得问我半句，就像是戏场散了、锣鼓歇了的人，根本就是不管不问的。若你了解为母的心思，替为母分担了忧虑，也不枉为母素日疼你之情，也算是报答为母了。”说着嘤嘤泣泣地哭了起来。姝涵见女娲伤心，一时心软，竟也不知所措，惶惶问道：“母后有什么忧虑？可说与孩儿听听。”女娲不说话，更是声泪俱下，姝涵也跟着哭起来。一会儿消停了，女娲取出绢帕儿替姝涵拭泪，一边说道：“你也大了，为母想将你嫁给那玉帝，立你为天廷帝后，母仪三界，你觉得可好？这件事儿你若依了为母，为母便将你当亲女儿待的。”姝涵听到这里，痛得那柔肠就像刀搅一般，忽然脑里嗡的一声，眼前一片黑，几乎晕厥，只强忍着挣扎着坐起来，哭问道：“母后你说什么？”女娲只好将笪殷昊献美女入宫为妃，她也想将姝涵贡献给玉帝并立为帝后的事儿细说一遍。姝涵早就身心麻木，暗思道：“看来我逃不脱这无底深渊了，还未从狼窝里逃出来，马上又要将我送去虎穴了，横竖都是要我死的，甚至比死的还要可怕，此刻我又能说什么呢？”姝涵只是摇头儿，哀求道：“就请母后饶了孩儿吧，孩儿是不要嫁人的，死也难从命的，如不然，娘娘就杀了孩儿也图个双双干净，母后干净，孩儿也干净的。”女娲心底火起，强忍着怒气，又安慰道：“好女儿，为母是要你嫁给玉帝，又非一般人的，用不了多时便做了三界的帝后，断不失你的体面，你不是要替为母分忧么？你若应了，这便是分忧了。”姝涵摇头泣道：“除此而外，什么忧孩儿便替母后分担了，只是这个却宁死不行的。”女娲笑问道：“怎的？怕羞么？还是怕你父母不愿意？为母这就派人去给你父母下聘礼，如何？”姝涵摇头道：“孩儿无父无母，昊天就是孩儿的父母，娘娘为何苦苦相逼？你怎的不将你的女儿嫁给那玉帝去？为何单单逼我？”女娲霍地站起，指着她怒道：“为母也就三个女儿，娇珠的脾性你也知道的，她是死也不嫁人的，况她父亲是朝中重臣，当初将娇珠暂寄在这里的，我虽认她做了女儿，可她的终身大事还由不得我做主。小女伏羲谦尚小，如何嫁人？现在唯有你能替我分忧了，你却不愿意，既然无父无母，我便是你母亲，今天就替你做主了！”姝涵闻言，愣愣地瞅着女娲，忽然疯了一般哭喊道：“大胆女娲！你敢将龙帝之后逼嫁予人！就不怕将来龙帝登极，你女娲家族灭门么？！”女娲听了，怒火冲天，暴跳如雷，气呼呼道：“这个贱人，怎的如此大胆！”说着便扯起姝涵的头发就拉下榻来，又是捶，又是踢的，动辄还劈了几掌，那女娲可是有功力的，一般的女孩儿挨得她这几掌怕是早就香消玉殒了，可怜姝涵自是不同，不消一会儿，只见姝涵两颊青一块紫一块，一弯玉臂被掐的像个紫茄子。姝涵躺在地上，口角鲜血直流，瞪着眼睛喘道："呆头！你还不快来救我么？"女娲不知姝涵叫得是轩辕健，只觉她出言无状，越发恼怒，便伸出手儿来，抟来一团紫光，朝姝涵撒去，只见一根赤红光带飘了过去，将姝涵牢牢捆住，女娲又抽下紫金簪子，就将那簪针扎刺着姝涵的玉臂，又朝她啐了一口，骂道："呸！见世报忘的贱人！在我蕊珠宫偷男人，偷我珠儿，我都宽恕了你，如今让你为我做点事儿，你却死也不依！你这的贱人，破甑一只，你当自己是个宝贝么！我让你嫁玉帝是抬举你，玉帝若知你与那轩辕健私通，岂能要你！你以为你美得么？美又怎的了？我便将你这脸皮儿割下来，看你还美不美？！"说着一边伸手，善念一出，掌中便落了一把尖刀，就要朝姝涵的脸上划去，姝涵躲过去，哀求道："母后饶我吧，割了孩儿脸皮也好，最好是杀了我！我是不能再嫁人的，不然这三界将要毁灭了的！"女娲将刀尖划着姝涵的玉面，只见一道血口子裂开，血流不止，女娲怒道："这辈子你休想走出蕊珠宫地牢半步！"姝寒只觉得浑身疼痛，脸上灼热，撕心裂肺地哭喊起来。

却说那须菩提在凤来阁，隔着几个院落，都将姝涵哭喊声听得真真切切。当时须菩提正在与碧霞和碧玉、尚翠三个一起说笑，就听见一阵阵哭喊声传来。碧霞和碧玉、尚翠都安静下来，蹙着眉头。须菩提怒道："也不知道母后是疯了还是傻了，怎的就变成了这样儿，姝涵妹妹到底怎的了，犯得着她这般折磨，没完没了的了！上次就已经折腾过了，这番又像审贼的一般，逼拷的她哭天喊地，让人寒毛支煞的。再这的下去，怕我蕊珠宫将来没什么好结果呢！"碧玉听见了，说道："你知道为什么，怎的母后就不逼拷别人，单单就逼拷她来？你们还怪妾当时要下死手害死她，妾却是看明白了，姝涵若不死，以妾来看，母后也活不了的，这其中总有个大秘密呢，妾虽不知道是什么，但总觉得出母后心里的苦楚！"须菩提瞪她一眼，怒道："你这个贱人！我看你也没什么好果子，心如蛇蝎，你比我母后还毒三分！"碧玉听了又羞又气，顿足泣道："你竟然这样儿说妾来！那贱人是你什么人，你为何还要护着她的？！"须菩提大怒，一脚踹开面前的春凳儿，吼道："是我什么人？伏羲谦是我妹妹，婷珠是我妹妹，姝涵也是我妹妹！"话刚落地，碧玉哭了起来，这时候就见伏羲谦进来了，搬起翻倒在地的春凳儿，呆呆地瞅着须菩提和碧玉，张着小嘴儿问道："哥哥嫂子，这是犯了什么病？怎的就和一个春凳儿也过不去了？"碧霞一听，扑哧一声笑了出来，尚翠也掩鼻笑了，碧玉被惹得哭笑不得，一把拉过伏羲谦搂在怀里，一边笑一边抹泪儿。须菩提怒气才消，又一屁股坐在春凳儿上，自言自语道："你说奇不奇，那轩辕健自称三界第一，又自称盘古龙帝，又是什么昊天的，天下还有他该怕的么？怎么自己的女人受这等大罪，他也不快来救人，这都两次了，真他娘的横竖就不见他一个人影儿！这软货只是口里装好汉！到底是个什么鸟人！"说完又去躺在榻上，扯过鸾锦被子盖住自己的脸，碧霞和碧玉、尚翠听得一头雾水，不知所云。

却说女娲折腾完毕，撇下姝涵就走了，只留姝涵一个人蜷缩在地，哀伤哭泣。婳珠去了玉京宫玄宸殿见钟颀，见他正在案上写写画画，便一头扑进他怀里，撒娇问道："父亲，急唤孩儿有何事呢？"钟颀放下玄笔，抱起婳珠笑道："你这个疯丫头，没事儿不在蕊珠宫里和姐妹们读书画画，却跑来烦扰为父，谁倒是叫你来了，为父才从军营回来，有许多事儿要做呢！"婳珠闻言，不解问道："那女娲娘娘说是你派人唤孩儿回来，有什么要商量的。"钟颀一愣，松开婳珠，而后呵呵笑道："傻丫头，为父料你中了娘娘的调虎离山之计！只怕她有什么事儿须避着你，才故意支开你的。"婳珠一听，顿时花容失色，急着往外跑，一边道："坏了，坏了！这下坏了！"钟颀急忙追出，问道："婳珠，怎的了？什么坏了？"婳珠大声道："姝涵妹妹怕又遭罪了！"说着一溜烟就消失了。钟颀一听，知是女娲又难为轩辕姝涵，便长叹一声，摇摇头转身进了屋里。婳珠发现上了女娲的当，后悔不迭，一路上跑着急得直哭，才到蕊珠宫宸恩殿中，见婁翜和斓姁蹲在殿门口嘤嘤哀泣。婳珠感觉不妙，也不问话，直接就推门进去了。

姝涵正哀哀哭着，见婳珠气喘吁吁地进来了，便止住了哭，连忙起身，抬起雾袖遮住脸儿，坐在榻上。婳珠见只有姝涵一人在，急问道："娘娘对你说了什么？"姝涵抽泣道："也没什么。"婳珠走近一看，见姝涵玉臂上一片紫青，当时就捂着脸儿哭了起来，泣道："娘娘要做什么？她到底要的是什么？非要这般折磨你的！"姝涵忍住哭，低声道："姐姐不要伤心了，这又不是第一次，我也惯了的。"婳珠问道："是不是她又打你了？下手重么？"姝涵摇头儿道："比起上一次，算是轻的了。"婳珠不放心，凑近她道："你总是遮住脸儿作甚？快让我瞧瞧。"姝涵躲着不依，只说无事，婳珠越发怀疑，上去就扳过她的手儿，定睛一瞧，险些儿就晕了过去，只见姝涵半张脸皮儿没了，血淋淋的一片很是可怖。婳珠摇摇晃晃站立不定，哇的一声大哭，半晌没换过气儿来，只张着嘴儿瞪着眼儿，姝涵吓坏了，赶紧起身在她后背拍了一把，婳珠这才换上一口气，哇的一声哭了出来，只听哀号道："我的妹妹啊！"一句喊出一头便栽倒在地。姝涵慌了，赶紧扯了一片丝绢裹在脸上，一边大声喊道："来人，快来人！"婺裂和斓妁急入，见姝涵裹着脸儿，一手指着地上的婖珠。婺裂和斓妁大惊，急忙将婖珠抬上榻，又是喂水，又是擦汗，忙忙碌碌地伺候了一会儿，方见婖珠好转。婖珠目光呆滞，痴痴道："你们都给我滚出去，姝涵妹妹受罪时为何不见你们一人进来阻拦，这会儿跑进来给谁献殷勤，从此你们都散了吧，这里就我和姝涵妹妹，横竖死活都在一起，再也不需要你们了！"婺裂和斓妁闻言，泣不成声，也不敢强扭，只得低头退出。

又过了半晌，婖珠从榻上下来，拉着姝涵躺在榻上，扯过锦被给她盖上。婖珠又出去取了一盆水，拿着帨巾替她慢慢擦洗脸上的血渍，又替她洗了玉臂。姝涵蹙着眉，不声不响，见婖珠面无表情，她心里也是痛苦不堪，这心病一犯，当时便病体恹恹了，只觉得四肢无力，渐加沉重。婖珠守在她身旁，问道："妹妹，那女娲到底因何事怀恨，竟然下手损你玉容？"姝涵蹙着双蛾，长吁一口气儿，叹道："还不是因为我不听话么？她要让我嫁给玉帝为妃，说什么要立我为后，是为我好，反正我是宁死不愿的，我与轩辕健乃是天成夫妻，将来轩辕健一统三界，登极称帝，我本就是正统帝后，谁还稀罕那个什么玉帝的帝后来！娘娘逼嫁，我必然是死，我若从了她，就背了与轩辕健深盟，简直禽兽不如，将来有何颜面对苍天后土？再者说了，我与轩辕健本为一体，他是盘古轮回，我是形天轮回，此阴阳二气若不合一，但若分离，迟早宇宙毁灭，三界消亡！娘娘明明知道，却一再相逼，不知道她安得什么心思。"婖珠惊问道："逼嫁？嫁给玉帝？"姝涵便将前后事儿一一道出。婖珠怒道："妹妹且自宽心，若娘娘逼妹妹改嫁时，我就对娘娘直言，就让我与那玉帝成了亲事儿，也不要赘得你来。"姝涵掩面，笑道："呆姐姐，你就乱说什么，不是说好了要将你与我夫君做个妃的么，怎么这会儿又想嫁给玉帝了？"婖珠斜睨她，细眉一挑道："姐姐不是为了舍身救你么？谁倒想嫁给那个玉帝了，要不是为你，死也不愿去的，玉帝简直昏庸无能，也不知道天王当时为何要传位于他！"姝涵忙道："禁声！这话可不能乱说的，小心隔墙有耳的。"婖珠故意大声道："有耳就有耳，我怕的什么？这天界可不管制议论，便是玉帝听见了，有错改之，无错加勉，断不会将我打入天牢，即使打入天牢，也比此间苟且活命要强出百倍的！"姝涵一听急了，忙将玉指儿掩着朱唇，示意她不要再说，又弄着表情，做着口型道："不——要——说——话——啦！"婖珠一看，忍不住扑哧一笑，又仔细瞧去，惊道："我娘，你可真是厉害！这脸儿几时好的？那脸皮儿这快的就长上了么？"姝涵抬起手儿，轻轻打一下她的胳膊，娇嗔道："去你的！你这是绕着弯儿骂我呢，还是夸我呢！"婖珠又抓住她的玉臂细细端详一回，见她玉臂上紫青已了无痕迹，便掩口一笑道：“当然是夸你了，若换作我，被恶人揭去了脸皮儿，这一辈子怕是也恢复不了的，你几时见过眼珠子掉了还能再生出来的？这下我可是死心塌地了的，你就是帝后轩辕姝涵，三界寰宇，独此一人，无人可替代的！”姝涵听了这话儿，忽地想起轩辕健来，又微微一笑，将目光落在琉璃几案上，娡珠也随她望了过去，见几案上铺着玄帛和玉砚，玄笔上的墨色尚且鲜艳。娡珠起身笑道：“怎的，什么时候又画画儿了？”姝涵笑而不语，娡珠走了过去，将那玄帛捧起一看，原来是姝涵题的诗，一边看着不由吟咏出来。

姝涵题诗曰：

妾像一洼碧水池，何曾不容尘与世。
可怜空有如玉颜，更入苦海无人知。

回文道：

知人知面不知心，雁落鱼沉又奈何！
自把青春流岁月，梦醒半生唯戚嗟。

题轩辕健诗曰：

芳容配得郎如玉，姝貌自来为君生。
长叹鸳鸯两分离，凤凰于飞至虚空。

回文道：

空虚飞来交凰凤，地异离人远天香。
生来为君守贞孤，望穿天宇盼成双。

娡珠吟罢，止不住泪如雨下，姝涵忙道：“看便看了，又哭什么，只是笔墨游戏而已。”娡珠哽咽道：“妹妹好诗，反复迴文，两韵俱和，这怎的就是笔墨游戏，我看皆是妹妹的心境呢，这个我先留着，待轩辕健再来时，我与他看，看他是不是对得起你。”姝涵轻轻叹道：“唉，也不知他来不来了，再见之时，多应在那凡尘黄泉了。”娇珠将那玄帛叠起来收好，怨嗔道：“你说的什么话！怎的就到凡尘黄泉了？”姝涵叹道：“你以为我是故意这么说的？轩辕健曾说，我在仙界遇到的灾难，都是劫数，必须要经历的，即使能抵抗也不能躲避，受也得受，不受也得受，只有度过了这些个劫难，我与他才能地久天长，直到亘古无极。”娇珠翻了一白眼儿道：“说的好听，他自己怎么不经历这些个劫数？”姝涵掩口一笑，轻声道：“谁说他不经历了？轩辕健说了，他今后要经历的劫数是最大劫数了，只是现在还不晓得是什么，总之难逃一劫呢。”娇珠忙道：“快别说了罢，最好就是谁也不遇着什么劫，都好好儿的方罢，你若与圣主有个三长两短的，那岂不是痛死我心了！”姝涵点点头儿，两个人又谈了一会儿，就又歇了。

却说女娲劝姝涵嫁玉帝不成，自在清元殿内怄气，又闻玉帝为五龙炙家族施恩，封为贵族，食禄天廷，又为五龙霙御赐龙凤天衣、金花、锦织、珠玉等，择日便要举行册封帝后大典。女娲后悔不迭，连连叫苦道：“我真愚也！真是被阴灵附体了，却为何下毒手割了姝涵的脸皮儿！这下可好，她如此丑陋了，即使强送她入宫，那玉帝也不要了。”才说完，就见碧玉进来了，女娲见她来，心中不悦，问道：“你不与须菩提在一处，来这里作甚？”碧玉低头道：“母后何必为那贱人惋惜，若妾那日将她杀死，也不至于让她害母后伤心了。”女娲冷笑道：“罢了，还提这些个作甚，我已将她毁容，与死无异了，你这下可满意了？”碧玉回道：“她毁容不毁容的与妾何干？妾是说，她那个人本身就不干不净，自来蕊珠宫便与那少年私通，不止一次了，有好几次妾都看在娇珠面上没有戳破。”女娲惊道：“果然与轩辕健已私通么！”说罢心中暗思道：“看来可确定与姝涵在一起的就是盘古的轮回体轩辕健了，昔日盘古太师未轮回前与我说过，这姝涵要轮回到我府上，我一直未曾当真，玄女送她来时我就觉得有些儿蹊跷，如今看来，一切已成定局了！”碧玉见女娲不言，又阴阳怪气道：“更有一段奇事，妾想母后也未知呢。”女娲问道：“还有何事？”碧玉遂把姝涵进蕊珠宫后，住在红玉阁和宸恩殿时，施展神奇，变出许多摆设和肴馔，与众婢一同享用的事儿说了出来，又将姝涵瞒着女娲，带着娇珠去太阳宫见轩辕健，又将轩辕健曾传授须菩提驱五雷大法与玄冥掌，轩辕健又自称盘古轮回，而姝涵是将来之帝后的事儿，细细说与女娲，女娲大惊，问道：“你是如何知道的？”碧玉回道：“一半儿是听婢子说的，一半儿是听须菩提说的。”女娲听罢终于释然，只得含糊应道：“原来如此，你切记着，此事不要再与外人说道了！你且回去吧。”碧玉应了，转身退出。女娲望着珠帘晃动，暗思道：“看来轩辕健将来必一统三界，这帝王是做定了，我须看紧姝涵，将她幽禁起来，而后设法将伏羲谦与轩辕健撮合一处，了此良姻，只是，轩辕健一切明明白白的，又怎么肯与我儿伏羲谦合卺？唉，这真是个麻烦的事儿！”这边才想着，正要出宫去见钟颀，却见婁翾进来了，福了一福道：“娘娘，那给玉帝献美色的事儿可有眉目了？”女娲叹道：“如今玉帝快要立后了，若要改变这个局面，除非献上绝色，否则玉帝岂肯回转？我本要将姝涵嫁给玉帝，谁知那贱人宁死不愿，我一时气愤便将她毁容，现在要寻个绝色来，实在不易。”婁翾听了，觉得不对，便疑问道：“娘娘何时毁她容了？小婢来时才见过姝涵的，一个人儿好好的，只是稍微有些个病态，全身上下都好好的，没有丝毫伤痕。”女娲闻言大惊，问道：“哦？你可看清楚了？”婁翾笑道：“小婢看得清清楚楚。”女娲惊魂不定，暗思道：“姝涵确为形天轮回，我伤她颇重，不想她仙体却能自主恢复，这天造亘古之身，岂能是我们所能伤害的，今后不论如何也不能再打骂她了，只须将她幽禁便好。”想到此处，即对婁翾道：“走，你随我去瞧瞧。”女娲领着婁翾来到宸恩殿，婽珠见女娲进来，慌忙欠身拜道：“母后万福。”女娲面有愧色，只是微笑。又来到榻前，见姝涵睡着了，便坐在她身旁，细细端详着她。婁翾正欲叫醒姝涵，见女娲轻轻摇头，便又退了回去。姝涵感觉有人来，睁眼一看原来是女娲，不由地惊颤一下，惶恐地瞧着她，将身子坐起来。女娲见她害怕，也未说话，又见她伶俜瘦弱，远山颦蹙，貌若残花，虽说体肤皆好，但终不是旧时的模样儿，不禁泪下，低声问道：“我儿病了，可好些了么？”姝涵见闻，勉强答道：“母后不要担心，孩儿这时候觉得身子可些儿了，不像前时梦寐不宁，心窝作痛了。”女娲笑道：“好了就好，为母这就去置办嫁妆，良缘天定，勉强又何必呢。”姝涵已知她心如铁石，岂能回转，便由着她说，自己只是低头不说一句。女娲叹道：“唉，母后错了，再也不打骂我儿了，你便放心吧。”说着叹一声气，转身出殿去了。

婽珠见女娲走了，便急挽着姝涵的手儿，姝涵却莞尔一笑，忽然，见她下榻来，一转身儿便换了一套天衣，此时已是神采奕奕，容光焕发，纤体妖娆。婽珠惊道：“这是怎的了？想好要嫁了么？”姝涵笑道：“要我嫁人，就是要我死。这便是要死了，故提前准备好的，否则死了难看。”婽珠叹道：“都说不要你担心的，大不了我替你去就是了，何必又生生死死的，好叫人难受。”婁翾听见了，前来说道：“两位少主也不必担心的，谁也不用嫁的，此事小婢已有妙计。”婽珠闻言，瞅着她看了一会儿，问道：“你？你有何妙计？莫非你要替姝涵妹妹嫁过去么？”婁翾摇头儿笑道：“也不是小婢，自然有人愿意嫁过去的。”姝涵急问道：“谁愿嫁给玉帝？”婁翾笑道：“小婢已与她约好，不一会儿就来了，到时候，就让她替三少主入宫就是了。”娍珠大喜，笑道：“果然如此，我就谢你一辈子的！”婁叕笑道：“这不消谢我的，是她自愿嫁去的。”娍珠睁大眼睛，疑问道：“自愿？还有自愿嫁给玉帝的人儿？这人确实不简单。”婁叕点头儿道：“确实不简单，她说嫁给玉帝是为了天廷社稷，她去了可时时提醒玉帝，少走些个弯路，哪怕用她十年的青春换取仙界十年的太平也是值得的。”姝涵笑道：“确实不简单，不料这天界还如此奇女子！”话刚说完，就见斓姁领一个女子进来了，欠身道：“两位少主，妤嬛姐姐来了。”姝涵定睛一看，又转向娍珠问道：“这位姐姐，昔日不是见过么？”娍珠急忙笑道：“是了，是了，妤嬛姐姐就是与婁叕一起来的。”妤嬛掩鼻，欠身笑道：“两位少主，这可不能叫我姐姐的，我是镇天将军戍闰升的姑姑，就连镇天元帅须菩提都叫我姑姑呢，你们也该改口了的。”姝涵笑道：“妤嬛姑姑何须多礼，这次若嫁给玉帝，今后便是帝妃了，我们当拜你才是呢。”如此这般，大家说笑了一会儿，便忙着准备。此时，女娲让娚犟和皃孆送来嫁妆，皆是玉佩珠翠之类。娍珠暗中将婁叕拉过来，悄声问道：“这个冒名顶替，若被娘娘知道了，那边是大罪，不但救不了姝涵妹妹，反而连你也牵连进来。”婁叕听了，笑道：“娘娘知道三少主宁死不从，怎好再强令她入宫，妤嬛嫁玉帝，娘娘也是知道的。”娍珠听了不胜欢乐，随即就告知了姝涵，姝涵听了，终于释然，当下欢喜起来，忙着给妤嬛梳妆不题。

却说玉帝得知女娲为她选了帝妃，自然不敢怠慢，一时张罗着大婚，便将册立帝后的事儿搁置了，一来是怕女娲起疑，二来也好为新人留着位置，只待将来再看册立谁为好。闲话不说，且说妤嬛被送进玉京宫，入大殿举行婚礼，只听得殿内殿外玄音奏动，笙箫鼓乐，欢笑盈门。少焉，堂上点一对三昧真火合卺龙烛，堂前张灯结彩，悬挂珠帘。妤嬛头戴珠冠，身穿霞绣，玉帝则是束发金冠，身穿锦袍，众宫女簇拥着登上华堂，瞻拜礼毕，玉帝见她丰姿楚楚，亭亭弱质，不由得眉开眼笑，便当廷下诏，册立妤嬛为贵妃，一堂欢腾。

众神等饮宴，尽欢方散。玉京宫欢天喜地，女娲却在蕊珠宫暗自伤神，年幼的伏羲谦却在一旁剪弄花草。须菩提去拜见女娲，伏羲谦见他来了，一溜烟跑了进去，对女娲道：“母后，我兄长来了。”女娲回头看去，见须菩提前来，不由轻叹一声。须菩提见她伤心，便问道：“母后何故悲伤？”女娲叹道：“还不是因为你父王，如今我与他已恩断义绝，再不相往来。”须菩提劝道：“父王也是怕三界动荡，只怕前途不明，见轩辕昊与笪殷昊皆已独霸一方，局势不可预测，父王如此做，也是为我们将来有个落脚之地，母后却为何动怒呢？”女娲霍地起身，怒道：“身为天廷神臣，断不可行造逆之事！为母誓与天廷共存亡，岂能随他造反？今他大逆不道，为母颜面扫地，如何辅佐玉帝？你切记不要与他同谋，小心落得个乱臣贼子的恶名，严防天门，确保天阙安危！”须菩提应道：“母后放心。”

话分两头。却说鹿雅星海神府驻星守将涂山阂，见女娲离去多时也未见回来，营中只有钟颀坐镇。涂山阂自语道：“唉！我已伤透女娲娘娘之心！可是娘娘又岂能知我心思？那笡殷昊已取得十多个星域，实力大增自不用说，单说笡殷昊心狠手辣，一旦开战又不知涂炭多少生灵，再有他儿子笡殷顼手中握有照石，所向披靡，有万夫不当之勇，我小小鹿雅星，即使抵抗也不过以卵击石，白白牺牲而已。”如此左思右想，坐卧不宁，想来想去最终决心降笡殷昊。见鹿雅星守将涂山阂请降，笡殷昊大喜道：“本王得鹿雅星，便唾手可得八十一星海也。今天廷势弱，故不能守，涂山阂闻风丧胆，投书来降，本王断不可坐失良机！”说罢，即令笡殷顼和玄武、笡殷元镇守西麟星，自任主帅，领兵五万，与震硉、朱雀、玄武等神开赴鹿雅星收服交割。

女娲安顿好家事，便又回到鹿雅星阵中，见星门一如往常，毫无动静，便问钟颀道：“那涂山阂未曾出来？”钟颀摇头叹道：“涂山阂坚守神府，闭门不出。”女娲召来杨天佑，如此这般地交代一番，令他率一队人马去星门前喊话。杨大佑打马飞奔而至，对门喊道：“涂山阂听着，笡殷昊逆天犯顺，罪不容诛，我军闻报，笡殷昊今率兵五万来攻取鹿雅星，眼下有倒悬之危，你还不归顺天廷，共同御敌，反而操戈同室，难道你要自绝于天廷，自绝于女娲娘娘吗？”等了半晌，才听星门震动片刻，只听传出涂山阂的话来，喝道：“天佑将军，请听本将一言，还望转告娘娘，本将镇守此星，如今逆贼势大，我若轻易归降天廷，一旦逆贼杀来，鹿雅星将灰飞烟灭，寸草不生！我既不降逆贼，也不降天廷，如此相持，料逆贼也无可奈何，我鹿雅星尚且可自保！我敬畏娘娘为众神之母，不忍刀兵相见，请娘娘速回！”杨天佑闻言，跨上天马飞报于女娲，问道：“娘娘，看来涂山阂已投靠逆贼了，如之奈何？”女娲又道：“有劳将军再去喊话，告知涂山阂，若弃暗投明，本宫既往不咎，免他一死，否则，待本宫破门之后，概不留情，必当诛之！”杨天佑遵令，又打马复奔至星门前，大声喊道：“反贼涂山阂听着，女娲娘娘有令，你若弃逆归顺，则既往不咎，若执意造逆，将格杀勿论！”杨天佑见无动静，正要再喊，却见星门内有乱箭射出，随行五六个天兵已当场毙命。杨天佑大惊，望门喊道：“鹿雅星众将士听着，女娲娘娘有令，涂山阂造逆与你们无关，你们现在投降，皆可免一死！仍为天廷良将，否则不然，一律格杀！你们的父老子女皆要连坐，最后一次机会，望你们早降！”话音刚落，涂山阂部下众将都目目相觑，杨天佑见此情景，又连喊几遍道：“顺天者昌，逆天者亡！”喊罢，就听门内天兵骚动起来，只见已有数千天兵破门而出，纷纷归降。涂山阂大吃一惊，正要杀出，却见杨天佑率军趁机涌入星门，顿时锵金铿玉，杀声一片。涂山阂大败，跨马要逃去，杨天佑手持金枪，打马直追，到了跟前挥枪一刺，却被涂山阂操戟挡回，打马飞逃去了。

女娲引兵进入星门，自在神府内指挥作战。杨天佑见涂山阂逃脱，悔恨不已。女娲笑道：“将军不必自责，涂山阂乃是猛将，并非贪生之辈，本宫料他定会回马复来，将军只须小心设防，引兵出战就是了。”杨天佑领兵又出星门，果然见涂山阂回马来战。杨天佑跨上天马，迎刃而去，大喝道：“反贼！汝已逃去，安敢又来！”涂山阂笑道：“我麾下兵卒尽受你煽惑，虽说倒戈卸甲，却非你真能！方才你侥幸胜我，现在我就来与你这个天廷大将见个高低！”杨天佑怒道：“败军之将，安敢口出狂言！看我枪来！”说着便挥枪刺去。只见涂山阂摇身一闪，不惊不慌飞下马来，然后轻退几步站定。杨天佑收枪，问道：“你这是何诡计！看我取你首级！”说罢，又朝涂山阂刺去，不料又是空刺一枪，杨天佑暗吃一惊，肚里转道：“我分明刺中他，为何却又落空？”正在纳闷，忽见涂山阂口吐蓝气，双手翻转，接着就击出一掌，一团蓝气袭面而来。杨天佑急挥枪挡去，结果不敌，却被那蓝光一撅两段，自己从马上跌了下来。杨天佑一个鲤鱼打挺翻过身来，手指涂山阂，怒道：“你用这仙术赢我，算得什么英雄？有本领就与我真刀实枪来战！”话刚说完，又见涂山阂脚下有蓝光盘绕，将他冉冉托起，眨眼就到杨天佑身前，大笑道：“我有仙术，你有否？这便是真刀实枪，你若有，也请使出，我不惧你。”杨天佑听后，面红颈赤，怒火烧身，不容分说，拔出利剑就朝他照面劈去，却又落了个空，再看去，涂山阂早飘到远处了。杨天佑无奈，只得收兵，垂头丧气地来到女娲面前，报道：“娘娘，那贼有仙术，末将纵有拔山之力，也奈何不得他了。”女娲笑道：“本宫知道，将军勿忧，本宫这就授你妙法一门，叫作‘殪龙二掌’，你再去试试看。”说完便密授法术给杨天佑。杨天佑得法术，喜不自禁，又打马冲出星门，来到阵前叫骂道：“反贼，有胆敢再战否？”涂山阂看他如此光景，便知两三分，大笑道：“你不敌我，却又去拜师，不知得了什么雕虫小技，尽管使来！”杨天佑听他讥讽，恼羞成怒，大喝道：“此一时彼一时，方才我是试探虚实，现在就来取你性命！”说罢，调气入身，翻转双手，霍地一掌击出，只见两道紫光射去，涂山阂大惊，急忙出掌迎去，如此这般，你一掌我一拳，往来几番回合，难分胜负，只见那阵前风吼雷鸣，电掣星驰，正是——

龙骧虎啸，剑声震荡，风碎云裂，穹苍骤变。鬼哭神嚎，天河倒泻，烟封玉阙，电流星散。

女娲来到星门观战，见这一场恶战，不由感叹道："涂山阂真勇将也，我这殪龙二掌，招不过三，自师尊传我后，至今未遇到劲敌，而他却能战上数回合，我若得此猛将，叛乱何愁不平？"又看他恋战，暗思道："涂山阂有诸般神术，如此下去恐胜负难测，不如我略施小法，以助天佑。"然后默念法咒，只见指间已有三道金光直射而去。涂山阂正在酣战，忽见三道金光袭来，欲躲不能，结果被击倒在地。杨天佑一惊，正在纳闷，那涂山阂却趁其不备，摇身一变，腾起一阵紫烟逃之夭夭了。杨天佑顿脚道："贼又逃去了！"又回神府，报告女娲。女娲笑道："涂山阂小败，自然不服将军，稍候必来索战，将军再擒之不迟。"杨天佑只好三出星门。

果不其然，涂山阂打马复来，杨天佑跨马迎击，又是大战三回合，不见胜负。涂山阂再不恋战，施法突袭杨天佑一掌，打马回逃。女娲看到，轻轻一转身，随着一团紫光来到涂山阂跟前，斥道："涂山阂哪里逃！"说着合掌击出，只见数道金光射去，打得涂山阂从天马跌下，仓皇失措。杨天佑与几个士卒上前将他揿住，立时拿下，缚扎停当。女娲传令道："押上来！"杨天佑将涂山阂押到凤驾前。涂山阂死不下跪，只听左右士卒齐喝："娘娘在此，还不跪下！"涂山阂鼻青眼紫，问道："娘娘，你是天帝吗？你若不是天帝，我岂能给你下跪！"女娲不计较，问道："天廷因你骁勇善战，封你为驻星守将，你久食天廷俸禄，为何要起兵逆反？"涂山阂嗤之以鼻，回道："姬轩辕气数已尽，笪殷昊兵多将广，不日将入主龙廷，我顺天应时，何反之有？"女娲厉声道："住嘴！何谓玉帝气数已尽？笪殷贼忤逆，昊天必诛之！"涂山阂笑道："我敬娘娘是天母，故不肯死战，既然被娘娘所擒，无非一死而已，又何须多言。"女娲抬起雾袖，掩面泣道："皆是我所造之神，如同我子，却为何忤逆至此！"涂山阂闻言，大吃一惊。女娲又道："本宫有眼无珠，错造逆子，独不见朗朗乾坤，大道犹存，此乃是昊天之过！我擒你何用，不如这就松绑，也好让你拔刀弑母来！"涂山阂又是一惊，汗流浃背，扑通一声跪下，潸然泪下，泣道："娘娘，在下知罪了！"女娲见状，并不责罚，令杨天佑将他扶起，封其为副帅。杨天佑低声道："娘娘，岂能轻信这逆贼之言？"涂山阂听见了，叩首道："伏念娘娘造我之恩，我岂敢矫情使诈？一片丹心，还请娘娘明鉴。"女娲笑道："你勿多虑，本宫自然相信你。"说罢，令众将备战，以防笪殷昊突袭。半路上，杨天佑不解，试问钟颀道："娘娘不听我言，若此贼出尔反尔，悔之晚矣！"

钟颀笑道："娘娘所为极是。涂山阂乃仗义之士，岂能两度背主，将军多虑矣！"杨天佑听后，当下涣然冰释。

再说笪殷昊与震碑、朱雀、玄武等屯兵于乌枭星，准备第二天进驻鹿雅星，想到涂山阂请降，笪殷昊自是兴奋，于是设宴庆功，正在言欢，忽闻兵卒来报道："三大王！女娲率兵已夺鹿雅星！"笪殷昊勃然变色，置杯不饮，怒道："涂山阂真无用之辈，自拥兵三万，竟如此不堪一击！"说罢摔杯而起，直往寝殿。众将吊胆惊心，不欢而散。涂山阂归降女娲之后，立功心切，夜不能眠，自去拜会钟颀，问道："明日贼军大举来犯，军师可有退敌之策？"钟颀明白涂山阂之意，试问道："颀之计，乃按兵不动。"涂山阂惊道："这是何善谋！贼军五万袭来，军师要坐以待毙么！"钟颀起身，徘徊片刻，呵呵笑道："不知将军有何妙计？"涂山阂拱道："末将以为，兵不厌诈，可用诡异诈伪之战法。不如末将率千骑前往贼营，诈称鹿雅星已为轩辕昊所破，依笪殷昊之性情，必挥戈轩辕昊而去，此调虎离山之计，军师以为如何？"钟颀听罢，知道他想用苦肉计，又怕他意志不坚，便想激他一番。沉默片刻，钟颀入座，看着他连连摆手，又呵呵笑道："阁下这番便辞巧说，也只能骗得过别人，又岂能瞒得过我？阁下要杀我等，就请在此动手就好，何劳前去投贼？"涂山阂大惊，急赤白脸道："军师疑我？末将虽不才，但绝非卖主求荣之徒！军师若疑，可将末将就地斩首！"说完，惶惋跪地，双手抬剑呈上。钟颀忙扶起涂山阂，笑道："将军息怒，将军息怒！颀适才戏言耳！我岂能不知将军之忠勇！"涂山阂方为释然，怨道："大敌当前，将军却有心说笑！"钟颀笑道："将军出此妙计，宜早行动。"涂山阂领命，随即前往。钟颀速入府内，将此事报给女娲。女娲惊道："凶险之计，军师当劝阻才好，若他行事不密，必招杀身之祸。"钟颀拱道："娘娘勿忧，下臣已密派兵卒前往牧夫星散布消息，只说笪殷昊统兵十万杀奔牧夫星而来，那轩辕昊得此消息，岂能安睡？此诚可证涂山阂所言不虚，笪殷昊不战自退，鹿雅星之危可解。"女娲释然。

却说涂山阂挥刀自残，乘天马奔至乌枭星神府，求见笪殷昊，进入府内，跪地便拜。笪殷昊见他满身伤痕，狼狈不堪，怒问道："将军自何处来？"涂山阂大哭道："三大王息怒，三大王看末将之头尚在否？"笪殷昊冷笑道："本王看你头颅尚好。"涂山阂哭道："头在就好，末将头颅在，那鹿雅星就在，末将头颅不在，那鹿雅星必失矣。"笪殷昊正色道："将军过于看重自己的头颅了，即使将之头不在，那鹿雅星也跑不到哪里去。"涂山阂忙道："正是，鹿雅星岂能有失！末将正为此而来！"笪殷昊打量他一番，冷笑道："不过，本王倒希望你是那位无头将军。"涂山阏问道："三大大王这是何意？"笪殷昊笑道："听说有魇魅，名叫獝狂，骁勇善战，即使头落于地，也能够奋起杀敌，故被称为无头将军，而本王见你头完好，很是失望。本王来问你，那鹿雅星现在如何？"涂山阏匍匐向前，叩头道："末将与那女娲交兵，先是大败女娲……"笪殷昊冷笑道："本王谅她一女流之辈有何能耐，果不其然，一击即溃！"涂山阏见笪殷昊自鸣得意，转而道："然而后来……"笪殷昊脸色一变，问道："后来如何？"涂山阏佯装悲痛，大哭道："后来轩辕昊率十万大军骤然而降，趁机打劫，末将奋起抵抗，最终寡不敌众，以致全军覆没……"话还没说完，笪殷昊立时大怒，喝道："然而，全军覆没，唯独将军之头尚在。"说着又冷笑几声，转身对震碑令道："将此贼推出，立即斩首！"涂山阏抱住笪殷昊的腿，乞饶道："三大王息怒！末将提头来见，有妙计献上，一举可得鹿雅星！"笪殷昊按下怒火，笑道："哦？将军勿惊，适才戏言也，不知将军有何妙计？"涂山阏忙道："末将探知，那轩辕昊虽有十万天兵，然而兵力分散，屯于冰辰、仙灵、天马、仙王、金鱼等星，今牧夫星神府全无一兵一卒，三大王若此时趁虚而入，唾手可得，一战得牧夫星，又何愁鹿雅星不破？"笪殷昊大悦，扶起涂山阏道："本王险些误杀忠良！若砍去将军之头，安得如此妙计！"说完又道："本王这就进兵牧夫星，为将军复仇如何？"涂山阏忙叩首，谢恩道："谢三大王为末将做主！"笪殷昊笑道："将军不忙谢恩，此战非同小可，将军当为前锋。"涂山阏拱道："不可。那轩辕昊尚且不知末将突围而出，以为末将仍困于鹿雅星神府，他若见我来，必然生疑，一旦回师牧夫星，三大王此去必败！"笪殷昊大怒道："将军前来使诈，敢怀二心！"说完又令推出，涂山阏大叫道："末将之心昭昭，虽死而无憾！"笪殷昊道："果真如此？"涂山阏忽然起身，拔剑断臂，血溅三尺，怒道："末将但有二心，犹如此断臂！"笪殷昊大惊，叹道："本王适才试问之，将军又何必认真！"说完，扯下衣襟为涂山阏包扎，又令震碑送他出府。涂山阏已是大汗淋漓，辞别震碑后打马直奔鹿雅星，见女娲于星门等候，于是下马跪地而拜。女娲见涂山阏断臂而归，鲜血盈襟，惊道："将军行此苦肉计，真英雄也。"然后扶起，令钟颀送入府，又令军中医神为其疗伤。

笪殷昊听信涂山阏之言，亲自领五万天兵，与震碑、朱雀、玄武等进发牧夫星，到了星门一看，果然不见一兵一卒，于是叹道："涂山阏果不负本王，今见牧夫星了无一兵，正好出击！"震碑道："弟子率兵攻入神府！"笪殷昊挥手令道："即刻占领神府！"大军还未进入星门，忽听后方杀声震天，鼓角齐鸣。笪殷昊大惊，回头望去，见轩辕昊提兵杀来，势不可挡。笪殷昊惊慌失措，打马南逃而去，不料南边又遇数万兵马掩杀而来，笪殷昊五万兵士四散溃逃，眨眼间就剩下三万，其余皆被轩辕昊歼灭。三万残部丢盔弃甲，跟随笪殷昊一路奔逃，险些丢了性命，幸而有震硉和朱雀、玄武等神护驾，直逃到乌枭星方才脱险。进入大营之后，笪殷昊脸色铁青，大怒道："真乃奇耻大辱也！但得涂山阕此贼，当挖其心肝，碎其头颅，以雪本王之恨！"震硉、朱雀、玄武见笪殷昊暴跳如雷，一时也是战战栗栗，汗不敢出。笪殷昊怒火攻心，两眼呆直，不发一言，正在此时，忽听门将入报："三大王，冥王笪殷曹求见！"笪殷昊闻报，一跃而起，急道："快快有请！"

第十五章　大禹治水

共工撞不周赤地大旱 水德降洪灾大禹治水

话说笪殷昊忽闻笪殷曹火急火燎前来求见，一时如饮玄露，脑中灵光一闪，急忙出迎。笪殷昊衣袂飘飘，大步流星朝前走，不想却与笪殷曹碰了个正面。笪殷曹跪拜，笪殷昊顺势扶起他，笑呵呵瞅了他一会儿。

入内坐定之后，笪殷昊开门见山道："本王只怕一失足成千古恨，思前想后决定了这件大事儿，宁可粉身碎骨，也不背主为寇。然而……本王万万没想到，一向对天廷忠心耿耿的大师兄伏羲昊也举旗造反了！眼下他独占十七个星海，自立为祖，好不自在！更让本王始料不及的是，我那位平时不声不响的二师兄轩辕昊也造逆了，他也割据了十八个星海，自立为祖。二王起誓与天廷抗衡，真是让本王自叹不如啊，唉！你说我这大师兄造反，本王尚可理解，但我二师兄如此，却为了哪般？他的儿子姬轩辕乃是三界之主，他却要与自己的儿子争夺星域，父子尚能反目，我等反有何奇？！如今看来，本王当初决定并无不当，如今之世，能平治三界者，舍我其谁啊？哈哈哈，这一失足倒成千古笑了！本王只恨未能早些个动手，却让他们占了上风！"笪殷曹闻言，唯唯诺诺一番，拱手笑道："三大王说的极是，三界大乱，群雄虎争，拨而理之，非三大王者更有其谁？三大王至圣至明，驱兵拥众，实乃是乱世之英雄也，治世之奸雄……"笪殷昊一听，脸倏地黑下来，怒目而视他道："嗯？！放肆！"左右见了这般情景，惊骇不已。笪殷曹愣了一下，方知自己说错话，不觉惊出一身冷汗，即改口道："在下出口无状，该死！该死！在下之意乃是，三大王乃盖世英雄，盖世英雄也……"

笪殷昊一脸恼羞，不耐烦地摆手，没好气道："罢了罢了！你少说这些好听话，你既已到此，我们就说些个正经事儿，本王问你，那共工氏康回现在怎样了？他准备何时举义啊？”笪殷曹忙回道：“在下正为此事而来。”笪殷昊先是一愣，继而斜视他一眼，缓缓问道：“他要反就反，你来找本王做什么？”笪殷曹眼珠儿骨碌一转，回道：“康回让在下来问三大王，若此番举事成功，那凡间之主位，该由谁来坐？”笪殷昊眉头一紧，来回踱步，盯着他道：“得天下者为王，自古如是，他何必多此一问。”笪殷曹忙道：“三大王，那康回之意乃是，即便他成为人间帝王，也要名正言顺方好。”笪殷昊疑惑道：“哦？他这岂不是废话了？他若为人间帝王，天廷自会为他加封，难道打下来的江山，就名不正言不顺了么？”笪殷曹躬身笑道：“当然，三大王所言极是，这不论天上还是人间的，谁家的江山不是打下来的，到底还是打下来的江山才坐得稳呢。”笪殷昊正色道：“你明白就好，你且转告他，最好速战速决，本王已经无耐心等下去了！”说罢，转身朝帐外走去，笪殷曹紧随其后，又道：“不过……”笪殷昊止步，转身问道：“不过什么？”笪殷曹小声回道：“如今三界已成鼎足之势，不知这凡间之事到底由谁说了算？”笪殷昊拢拢袖口，冷笑道：“愚钝！你们真愚钝！他若为人帝，自然是他说了算，难道天神要与一个凡人争帝位吗？”笪殷曹连连说是，拱手道：“三大王放心，在下让他立刻举事就是了。”笪殷昊咬牙，低沉道：“欲要反，则从速！如此一来，那玉帝和女娲就无安宁之日了，本王乘机挥兵，便可直取天廷！”笪殷曹唯唯退下，领命而去。

再说女娲与钟颀、杨天佑自取鹿雅星以来，除被笪殷昊、轩辕昊、伏羲昊侵占的诸星域外，其余星域闻玉帝暗弱，犹怕女娲援军不力，纷纷独立，坐观形势，以待投诚胜者。女娲率大军，未出三日，连取台琴、仙女、玉富、天爵、南天、天鹅、海云、龙角、玉龙、婡来、罗刚、双子、仙鹤、武仙、墨律、玄冥诸星域，几战下来，天廷兵力增至三十余万。女娲本想一鼓作气再克几星，忽闻三昊皆窥伺神器，用兵攻掠，唯怕天廷有失，只得暂时停战，返回天廷。

玉帝坐享承平，沉溺酒色，厌闻外事，无心理政。因女姬数次诘问，只得悻悻走出温柔殿，出宫拜见女姬。女姬怒道：“好个逍遥帝王，身居天阙，既不往嫏嬛修读，亦不去金殿听朝，只是时时狎妮妃嫔，你当这天宫富贵逍遥是该你的么？当前诸星失守，只怕我们母子命不久远了。你不自爱，何得昊天庇佑？你不思天王遗命付托，何以服三界众望？你辜负女娲娘娘扶匡，长此沉湎，莫非想坐以待毙么？！”玉帝战战兢兢，回道：“三昊叛乱，女娲娘娘奋力剿贼，母后勿忧。”女姬斥道：“娘娘已休兵罢战回蕊珠宫了！所琢非玉，难以成器，想必娘娘对你已失望至极！若你还想稳坐凌霄宝殿，保你我母子二人性命，从此改过，切莫沉水入火，自取灭亡！”玉帝惊得一身冷汗，唯唯道：“孩儿这就召见娘娘，当面询问，以后不敢堕落，请母后宽心。”女姬颔首道：“为母言尽于此，你好自为之便罢！”

玉帝送走女姬，急召女娲进宫。女娲至凌霄宝殿，速至陛下，不等女娲跪拜行礼，玉帝急下鸾阶，忙道：“娘娘御前不必行此大礼，朕闻娘娘已收复数星，捷报连连，正当乘胜出击，剿灭逆贼一统寰宇，却为何反而收兵回朝？”女娲回道：“圣上勿惊，三昊坐拥数星，其势甚厚，遽谋篡窃天宝，不得不防。此时臣若孤军深入，只怕首尾不顾。如今臣已收复十六星域，兵增三十万，实力雄壮，逆贼岂敢轻举妄动，臣已安排周密，严防死守，今稍作修整，观察形势，再图远征不迟。”玉帝大喜道：“有娘娘赤心辅佐，朕无忧矣。”女娲沉思良久，正色道：“伏羲昊、轩辕昊、笪殷昊随时兴兵来犯，圣上应选用良才，择贤而用，调遣诸星域防守御敌。”玉帝颔首道：“诸星域神府驻星守将俱在位，为何又要选派？”女娲道：“此番三昊叛乱，诸星域守将有拥兵坐视，选蠕观望者；有拥兵自固，独霸一方者；更有拥兵作乱，侵扰邻星者，收复诸星域后，大多被臣问罪。”玉帝沉吟道：“既如此，全凭娘娘做主，择优录用，朕一律准之。”女娲领旨，徐徐退出。

却说女娲径直回蕊珠宫，闭门谢客，独坐清元殿，取来玄帛丹墨，细细斟酌诸星域的守将人选，并逐个将名字写下来，遣杨天佑呈送天廷。玉帝与嫔妃于后宫紫汤池娱乐嬉戏，令元真童子把守，禁止诸神觐见，见杨天佑来了，知他欲见玉帝，忙拦住笑道：“圣上此时正欢，不见朝臣，将军若有要务面圣，请报于交令官婳郦，由她入奏方好。”杨天佑疑道：“天廷何时有了交令官？请问那婳郦在何处？”元真童子道：“圣上设此神位，就为防朝臣贸然求见，为图个清静罢了。那婳郦在玉京宫外有个传玉殿，昔日不曾造得的，也就临时才造得，故而你未见过。”杨天佑无奈，摇着头去传玉殿见交令官婳郦。杨天佑出玉京宫玄天门，左寻右觅，果然见有一处楼宇殿阁，璀璨煌丽。近前一瞧，门额有“传玉殿”三字，耀金映翠。入内沿着一条小径直通正殿，处处锦罽珠玑，无非玛瑙真珠，琥珀琉璃，车渠琬琰。殿内奢华，挂绣披锦、楹梁上各种花鸟图案，门窗几案，皆镶嵌金银珠玉，溢光流彩。杨天佑直入正殿，见两个仙婢伴着一个仙娥说笑，见杨天佑进来，仙婢问道：“来者何人？”杨天佑揖道：“文武殿辅神杨天佑。”那仙娥便是婳郦，粉面凝脂，纤腰袅娜，姗姗迎来，盈盈一拜道：“原来是将军，这可是稀客，不知尊驾前来，有何见教？”杨天佑将女娲奏册递给她，叹道：“圣上久不临朝，本将不得觐见，烦请仙娥将此奏册面呈圣上，事关紧急，切莫迟缓。”说罢告辞而去。婳郦见是女娲奏册，自不敢怠慢，急捧着册子入宫，至紫汤池见驾。玉帝娱戏正酣，见交令官立在一侧，一脸不悦，问道：“你有何要事？”交令官回道：“回禀圣上，女娲娘娘送来奏章……”玉帝面有怒色，瞥一眼婳郦，挥手道：“你且放下，退去吧！”交令官只得将奏册玉盘交与宫女，而后退出，宫女捧着玉盘正欲退去。帝妃五龙霙斜倚锦榻，一听女娲二字，一个激灵坐起身，急道：“慢着，既是女娲奏章，定有大事！”宫女又将玉盘留下，而后退下去了。玉帝赤条条地躺在七色玄水中消受。神农娫见五龙霙翻看奏册，一时也来了兴致，跳出池子，也凑过去看。五龙霙合上册子，嗔道：“五龙炙是本宫之兄，本是圣安星海守将，这名册中却将他除去了！圣上，你倒看女娲安什么心，此事断不能由着她！”玉帝愣了片刻，面有难色，见五龙霙虎着脸，便可怜巴巴望着她，怯生生道：“岂能如此？军机要务，后宫岂能过问，这些个都是娘娘选定的守将，朕尚且不敢擅动，岂能由你？”五龙霙闻言，细眉立了起来，嘲讽道：“这可是了得呢，女娲选定的又怎样？圣上乃是三界之主，她女娲也就是个臣子而已，难道玉帝还怕一个臣子么？”见玉帝低头不语，五龙霙又道：“如今三昊拥兵诣阙，三界已成鼎足之势，陛下若以女娲所选任之以将，必是自取其祸。”玉帝疑惑道：“朕却不信，娘娘辅佐朕以来，举贤任能，力保天阙，朕方能安乐，爱妃却为何说自取祸患？”五龙霙呀地叫了一声，骇得玉帝哆嗦一下。五龙霙故作气恼，嗔道：“陛下真糊涂！妾细看这名册，便知那女娲唯亲任用，诸星守将都成了她的人，那陛下岂不是被她架空了？眼下三昊虎视眈眈，宫廷里万一有个什么三长两短的，看谁来勤王保驾！”玉帝倏地起身，本想发怒，转眼见五龙霙脸色不好，复又落座，低声叹道：“娘娘贤良，因任授官，以匡社稷……”话未说完，五龙霙便牵起裙袂上前，戳着玉帝脑门，声色俱厉道：“你张口闭口娘娘、娘娘的，试问这天帝之位是她女娲的还是圣上的？你可别忘了那伏羲昊是谁，他可是女娲的夫君，如今他自封为祖，女娲为何不去剿灭他？如果女娲倒戈，投她夫君而去，圣上与妾又往何处安身？”玉帝听了，觉得她说的也有几分道理，一时起了疑心，问道：“唉！那将如何是好啊？”五龙霙趁机道：“这也不难，只要选用沾亲带故的人，不然谁个愿为陛下尽忠！妾等各有亲眷，不信就凑不齐那十八个驻星守将，有他们出生入死，陛下大可放心。”玉帝展开眉头笑道：“爱妃所言极是，葭莩之亲，无间可乘，朕的亲人断然不会害朕，如此朕可高枕无忧矣。不过，不可尽皆否之，也给娘娘留些儿情面，至于其他驻星守将，就依爱妃之言吧。”于是，五龙炙之子五龙邗被任命为仙女星海神府驻星守将，神农尒被任命为玉富星海神府驻星守将。守将任用之事尘埃落定，玉帝长久不朝，这便是头一遭召集诸神上朝，诸神以为天宫有什么大事，齐聚灵霄殿。玉帝慵懒入座，漫不经心道：“朕召众卿来朝，只是宣诏。”诸神跪地听旨。

赍宣神宣道：“**玄昊天德，玉帝有旨，敕封钦此：**今笪殷昊、轩辕昊、伏義昊三王弃天王遗命不顾，手握重兵，劫掠城邑，蹂践生灵，纵凶极逆，今割据一方，侵及宫省，以臣而篡君，阴谋颠覆适统，窥天廷之大宝，倾危宗社，威胁朝廷，实大逆不道。朕愍其戾悍，盼其悔悟，故含隐观其始终。然而主危国急，众神胥怒！前台琴星神府驻星守将神农蚩力敌笪殷昊贼逆，军师神农虞怀仁抱义，饮血捐躯，朝野震惊，茕茕在疚，深为哀悼。圣天母女娲娘娘一怒兴师，敌忾献功，驱驰拯世，致讨寇庭，已收复仙女、玉富、天爵、南天、天鹅、海云、龙角、玉龙、燓来、罗刚、双子、仙鹤、武仙、墨律、玄冥诸星域，朕心甚慰。因诸星域守将缺失，朕酌情选才，封五龙邗为仙女星海神府驻星守将，神农尒为玉富星海神府驻星守将，涂山阂虽拥兵自重，而及时悔过，戴罪立功，实为忠顺之士，仍封其为鹿雅星守将。诸星域驻星守将，今俱钦定，旨到即任。女娲娘娘文武兼资，朕授其统揽天下兵马，总理天廷军机政务，如出朕裁，众神唯女娲娘娘之命是听，不得有误。三昊狂狡，昏荒悖逆，危逼天廷，日以滋甚，是可忍也，孰不可忍！望众神戮力一心，和衷共济，毋负朕命！**讫毕。天廷玄封，玺诏三界。**”

宣毕，满堂皆惊，窃窃私议，而后众目皆投向女娲。女娲暗叫不好，心里暗思道：“除伏羲廖和神农蚩两位守将未动，原本精挑细选的守将人选几乎都被玉帝否去，所任用守将竟然连我都未曾听过。”女娲始料不及，竟一时愣在阶前。玉帝见状，知她心中不快，急道：“退朝。”而后在宫女簇拥下去了后殿。诸神连连摇头，纷纷退去。

女娲一言不发，钟颀见状，劝道：“圣驾离去，娘娘也回宫吧。”女娲点点头儿道：“圣上亲政，看来不需本宫来辅佐了。”钟颀笑道：“不然，在下看圣上此番所任诸将，都是后宫嫔妃的亲信而已，在下看来，这并非圣上本意，乃是嫔妃们的意思罢了。”女娲怒道：“后宫干政，天廷将无宁日，本宫岂能坐视祸起！你去叫上神农琊，随本宫进殿面圣！”钟颀不敢违拗，只好叫来神农琊，随女娲去觐见玉帝。元真童子见女娲忽然来到，急报玉帝。听说女娲进宫，知她因朝上宣诏一事而来，便躲入中宫，不肯接见。女娲是个急性子，不听钟颀和神农琊阻拦，径直闯入中宫，宫女见了大声叫道：“娘娘来了！娘娘来了！”玉帝听女娲又来中宫，吓得瑟瑟发抖，躲在案后。帝妃五龙霙见状，轻蔑瞥他一眼，便自己出宫去迎，见了女娲也不行礼，反而质问女娲道：“未得召见，娘娘便私闯中宫，这是要造反吗？”女娲厉色道：“臣岂敢造逆犯上？此来只是劝谏圣上，如此任人唯亲，就不怕大祸将至吗？”五龙霙问道：“陛下乃三界之主，难道他不能主天廷的事？你竟敢说陛下唯亲是用，这不是犯上是什么？”女娲冷笑道：“诸事皆由圣上做主，本宫只是尽责而已。”话刚说完，玉帝就来到面前，连忙道：“娘娘勿忧，若朕所用之人不当，娘娘自去选用即可。”五龙霙冷笑道：“果真如此，那真要大祸临头了。所举者都是娘娘自己的门人，谁能保证娘娘安的是什么心？”女娲正色道：“本宫因任而授官，循名而责实，你何曾见有一人是本宫的门人？”五龙霙无言以对，女娲转而对玉帝道：“圣上，选贤任能，设官分职，得贤能者才有益天廷，非其才则贻患三界，此圣上不可不察。臣不敢自专，既然圣上谕旨已下，又岂能当成儿戏，臣当遵圣旨而行，不过臣有言在先，新任的这些个诸将，不论他是谁，若胆敢触犯天条，臣自会秉公处置，绝不留情！”五龙霙听罢，“哼”了一声背过身子去。女娲盯着五龙霙背影，笑道：“帝妃娘娘也是一个明事理的人，怎么倒犯起糊涂了？后宫不得干政，这可是天廷律令，莫说你一个帝妃，就是那帝贵妃也未曾干预过朝政之事，你为何不学学贵妃娘娘呢？”五龙霙冷笑道：“不就是娘娘送来的那个美人儿么？叫什么妤嫘的，这里有娘娘主政，她还干得什么政！”玉帝闻言大惊，转脸呵斥道：“帝妃放肆！娘娘乃天王亲封圣天母，任社稷之托，总理朝政，你岂能妄议娘娘！”女娲一听，笑道：“后宫嫔妃也是娘娘，臣终究还是臣，只要能体察大局，不要坏了朝纲才好。”玉帝连连道：“娘娘所言极是，后宫安能干政！”五龙霙恼羞成怒，又不敢反驳，只得气呼呼回殿去了。

话分两头。妤嫘虽生得月瘦烟轻，雪韵花姣，风情旖旎，却是一个秉性严正的人，女娲送她入宫前，百般劝诫，要她以天廷大局为重，不可与其他妃嫔同流。妤嫘虽然也和五龙霙、神农娗二位妃子往来，但从未有过丝毫轻狂态度，后宫之中，也就属妤嫘刚正不阿，故而深得玉帝宠爱，就连五龙霙和神农娗二妃见了妤嫘，也怀着畏怯之心，不敢轻易在她面前调笑。妤嫘知道玉帝风流，喜新厌旧，若是让他轻易得手，此后怕他不知珍惜，故而自大婚以后，种种借口，就是不让玉帝亲近，玉帝因她是女娲送入宫的，并册封为帝贵妃，也不敢去招惹她。玉帝无法可施，只得常去妤嫘宫内走动。妤嫘每见玉帝来，便从从容容迎见，礼数规矩一应俱有，与他轻描淡写寒暄几句，便端坐下来，再不开口，连眼角儿也不朝玉帝瞅一瞅。见她冷若冰霜，玉帝心下畏惮，纵有千言万语，一时也难以出口了，觉得好生没趣，心内纳闷道：“如此绝色，莫非就不晓得风月？”如此想着，闷闷不乐，筹思无策，只得献些殷勤，慢慢使她软化，从此以后，见着她便只是问长问短，十分关心。妤嫘自从见了玉帝，不愿和他说话，并非因性情如此，也不是憎厌玉帝，只是听了女娲的话，想将他套牢实了，女娲曾告诫她道：“此花不开那花开，后宫从不缺粉黛，一朝折了花枝后，忘却旧人迎新来。你要记住，不到他真心待你，万不可自投怀抱，直到他服服帖帖，唯你是听，这才能做个长久夫妻。”每想此话，就奉为圣旨，从不敢遗忘。

话说妤嬛，因独坐深宫，百无聊赖，便带了随身宫女，来到后苑消遣。后苑各种胜景，乃是玉帝特地动了几千万方玥供为她建造。亭阁楼台，异卉奇花，满目繁花，真个是景色宜人，花木扶疏。妤嬛同宫婢行至玄湖旁，忽与玉帝相遇，见了妤嬛，玉帝满面含春道：“朕方至此处游览，爱妃就来了，看来爱妃与朕颇有天缘。”妤嬛见了玉帝，看他朱唇粉面，风流倜傥，心内也暗自欢喜，但却要继续装作冷漠，竟一时无从回避，只得提起翠袖，欠身一福，微笑道：“圣上有五龙霙和神农娗二妃陪着，为何不见她们也来？”玉帝笑道：“此内苑只为朕与爱妃所建，她们岂能进得来！”妤嬛面色微红，轻声道：“圣上何必如此，妤嬛经当不起，妤嬛不在乎这些个膏粱锦绣。”玉帝见她毫无风趣，心中有些憋屈，索性怀着怨气问道：“爱妃不喜欢，朕以后就不提这些个了。朕想知道，爱妃既然不愿入宫为妃，为何却要进宫来？莫非是女娲娘娘强逼你来么？”妤嬛忙道：“哪里是女娲娘娘强逼我来的，当然是我自愿嫁给圣上的。”玉帝喜道：“既然如此，为何总是冷冷冰冰，不瞅不睬？莫非是朕有过失？”妤嬛听了这话，低垂粉颈，低声道：“皆不是。如今三昊叛乱，尚未平息，三界注目天廷，望眼欲穿，此时圣上当励精图治，与女娲娘娘同心协力，剿贼平叛才是，岂能因贪恋美色而失众望呢？若是如此，妤嬛身为贵妃，虽不能母仪三界，但也绝不愿成为三界罪人。”玉帝闻言，羞愧无地，心内思道：“贵妃并非不爱朕，而因怕朕耽于美色而误了朝政，真贤惠女子，朕实不如。”如此想着，心头怏怏，而后叹道：“爱妃良苦用心，朕知道了，自此勤政，爱妃放心就是了。”妤嬛见他知趣，温存回复，却能体贴她的意思，倒觉得他也十分可怜，便上前挽着他的胳膊，娇嗔道：“妾非指责圣上，只是朝中政务多听女娲娘娘谏言，勿因小失大。妾虽由女娲送入宫中，却非女娲之人，圣上勿疑妾乃为女娲美言，所说皆因大局。妾自宝瓶星神府而来，尚有子侄效力天廷，一门忠勇，一心只为圣上，绝无二意。”玉帝大喜，问道：“爱妃所说子侄是何人？现在何处任职？”妤嬛笑道：“他叫戌闰升，圣上问他做什么？妾不求圣上拔擢，只凭他真本事获天廷嘉奖才好。”玉帝听了越发敬重，不知不觉便到了妤嬛宫内，宫女见玉帝驾到，便取了香茗献上。玉帝与妤嬛饮茶，密密切切谈起心来，几个宫女瞧妤嬛云鬓微蓬，斜插金钗，和玉帝携手并肩坐在一处，异常亲密，便径自退去。不消一会儿，二人便垂帘解扣，鸳鸯枕上，山盟海誓，翡翠衾中，颠鸾倒凤。两人如胶如漆，似鱼得水不题。

且说玉帝忽在玉京宫设宴，封赏众神，钟颀被封为安国神君、内廷宰相；杨天佑被封为护国神君、轩辕将军；涂山阂被封为英武神君、永烈将军，这一次又让女娲始料未及。众神正在宴饮时，涂山阂上奏道：“圣上，臣有本启奏。”玉帝正在宴乐，不悦道：“朕为卿等飨贺，但有事改日再奏不迟。”涂山阂跪道：“启禀圣上，三昊之乱危及天廷，虽初获大捷但未得全胜，如今伏羲昊、轩辕昊、笪殷昊厉兵秣马，虎视眈眈，天廷岂能不防？臣愿提兵转战讨伐三昊，以保天廷社稷。”玉帝不准，回道：“女娲娘娘凯旋，当休养生息，不宜再战。”涂山阂道：“圣上，眼下士气正旺，当力挫三昊，乘势收复诸星。”玉帝不悦道：“女娲娘娘一战而胜，足见天廷神威，贼逆岂不闻风丧胆，不日将解甲投戈。朕拥此十八星已知足也，你们不得再谏。”涂山阂叩首泣道：“圣上！焉得如此恬逸，逆贼欲动，天廷有累卵之危！圣上明鉴！”玉帝霍地起身，挥袖道：“朕意已决，卿勿再奏！”说完走下玉阶，只听元真童子喊道：“圣上起驾！”金童和玉女等内官簇拥玉帝去往后殿。

话分两头。笪殷曹回幽冥宫后，又化身一人去共工氏部落，秘密见康回。笪殷曹一见康回，跪地叩道：“小神拜见陛下！”康回大吃一惊，忙扶起道：“上神乃是冥王，而我只是一个部落首领，冥王何以跪拜？为何又称我为陛下？”笪殷曹笑道：“小神才见过三大王就来这里道喜，得知陛下已是这凡间之帝，故而来拜。”康回惊道：“如此说来，天界愿立我为这人间之帝？”笪殷曹笑道：“当然，三大王不日将入主龙廷，登极称帝，陛下若能发兵剿杀颛顼，也算是助了三大王一臂之力。三大王说了，一旦你灭了颛顼，这人间之帝统便非你莫属。”康回大喜，抽出剑道：“好！在下明日举事，还烦劳上神相助！”笪殷曹拱道：“只待你率兵攻进涿鹿王宫，将那冥门前的两头石狮移开，本王自有算计。”康回不解，问道：“何谓冥门？”笪殷曹沉吟道：“黄帝姬轩辕在位时，天神钟颀为军师，修葺涿鹿王宫，将那宫门分为干、巽、坤、艮四门，干为天门，于西北间；巽为地门，于东南间；坤为人门，于西南间；艮为冥门，于东北间。因东北间为冥界魔魅进出之门，可直达阴间，是为冥门。宫门建成之后，钟颀为防止魔魅进入王宫，就在这冥门处放置两头石狮以为镇邪，意在辫避魔魅。只要你将那石狮移去，本王即刻令众魔魅入宫，届时涿鹿王宫大乱，你便乘机而入，一旦见那颛顼，乱刀砍死！你即登龙座称帝，天下一举可定。”康回听得入迷，心花怒放，当下拍手笑道：“好，好！以冥王之计行之！”

却说颛顼帝正在涿鹿王宫宴饮，大将计蒙察觉康回反迹，不敢隐匿，进宫入报道："共工氏部落康回势大，有造逆之心，如今屡屡侵犯其他部落，抢人钱财，掠人妻女，大有犯上之意，请圣上早做打算。"颛顼帝惊道："共工氏安敢如此？朕令广成子为帅前去讨伐。"计蒙谏道："广成子老矣，臣自带兵去伐。"颛顼帝思忖片刻，道："可让祝融和季禺二子与你同去。"计蒙以颛顼之子祝融、季禺为先锋，率领兵丁万余人，直往共工氏部落进发，近共工氏部落王廷时，便择了一处山头扎下营寨，只等第二日进攻康回。季禺不解，问道："将军为何在山头扎营？若共工氏将山围住，我们岂不成了瓮中之鳖？"计蒙笑道："公子勿疑，谁是瓮，谁是鳖，此时还不好说，不过营地扎在山头要比扎在山下安全，既可防猛兽偷袭，又可防康回劫营。"季禺又问道："防猛兽尚可理解，然而如何防敌来劫营？倘若康回放火烧山，我们往何处躲去？"计蒙哈哈大笑，摇头道："康回之法，惯用水，不会用火，公子勿忧。倘若他用火来攻，乃是引火自焚，因你兄长祝融会用火，火听祝融，不听康回。"季禺颔首，又问道："倘使康回用水来攻，又如何应对？"计蒙摇头叹道："公子，这正是本将防他之处。我们若扎营在山下，他用水攻，我们将无处可逃，然而公子请看，我们扎营于山巅，岂有水往高处流的道理？他若用水来攻，正好淹死他的军队，谅他也不会如此。"季禺大悟，笑道："还是将军思虑周密，我不如也。"说完二人又大笑起来。

康回得知颛顼大将计蒙与祝融、季禺率兵来伐，并在王廷二十里开外扎营寨，急召心腹大将泰逢前来商议，康回道："颛顼大军远道而来，必然人困马乏。寡人若去劫营，将军以为如何？"泰逢是半人半神者，能够千变万化，他自然不怕，笑道："正合我意。"大将嚣夷闻言，劝道："还是不去为好，末将听说颛顼大军扎营于山巅，居高临下，我们如何劫得营寨？"康回笑道："寡人也知敌营在山巅，但是泰逢有大法，可呼风唤雨，只须一夜大风大雨，寡人倒要看看那计蒙往何处安睡？我军将山围住，正好关门打狗，来一杀一，来十杀十，若能擒得颛顼两位公子，便能挟制颛顼让位于寡人，他如不从，寡人先杀公子，再取涿鹿。"说罢，即调兵遣将，周密布置，暗地将山团团围住。只见泰逢飞起，也不知道念的什么诀儿，一时间狂风大作，暴雨倾盆，刮得计蒙大军营寨片甲不存，木棍、兽皮、连带兵器皆被席卷而去，几百兵士失踪，大军慌乱，开始四散，准备往山下逃去，计蒙大惊，大喝道："都不许动，山下有康回士兵，下去必死！你们都扒着岩石，只等风停雨过，再作他计！"兵士们再不能下去了，只得听令，各自寻找抓处，趴在地上，一动不动，任凭风吹雨打，一直挨到天明。兵士被折磨一夜，无精打采，士气低迷，无心再战。计蒙大败，垂头丧气，顿足叹道："本将计划周密，奈何天助康回！”说着又思窃逃下山，但见康回大军将山围个结实，无可奈何，只得对峙。季禺受了一夜风雨，已然成了落水狗般，只恨身上无毛，不能将水抖落，打着冷战来到计蒙身旁，怨嗔道：“我说不要在山上扎营，你偏不听，结果如何？全军将士饱受风雨之苦，一心只想降了那康回，不愿再受罪了。”计蒙自知理亏，无言以对，只是低头叹息。此时，祝融赶了回来，急道：“为何不突围下山？若再来一夜风雨，岂不葬身于此了！”计蒙叹道：“山下有贼，岂敢妄动？”祝融拱道：“将军莫怕，此时无风雨，且待我施大火，将他们烧死山下，而后士气必然大振，一鼓作气，冲下山去，与康回决一死战！”计蒙闻言，如遇救星，霍地起身，喜道：“本将倒是忘了，还有祝融你啊，本将开始以为圣上不放心，派二位公子来监军，如今才知公子季禺多智，公子祝融有才，这才理解圣上为何要你们随军了！”祝融正欲施法朝山下喷火，季禺阻道：“兄长遇到对手，此时喷火，空费气力，不如保存实力，以解危急。”祝融问道：“为何空费气力？大火一出，寸草不生，就算康回大军皆为金石，也经不起我这三昧真火，都将化为灰烬！”季禺摇头叹道：“唉！为弟岂不知你有三昧真火，可康回亦有天河赤水，你出火他发水，一火一水，双双克灭，这不是空费气力么？”祝融正思间，计蒙笑道：“咳！季禺公子这一回却错了，祝融公子无须多虑，只须喷火就是了，本将管保全胜。我们居高临下，火势直扑而去，他康回纵有天河赤水也无能冲上来，不论什么水，都往低处流，他若敢用水来灭火，难道就不怕他的万余将士被活活溺死么？！”祝融闻言大喜，笑道：“我这就让他们变成烤貑豕！”说罢，计蒙、季禺皆哈哈大笑。祝融摆下阵势，口中也念了诀儿，只见掌中抟出一个火球直冲山下，刹那间炸了开来，山下一时大火四起，只听见阵阵哀号声。祝融继续喷火，山下已化为灰烬，那康回猝不及防，万没想到祝融会来这一招，只得少发一些天河水，将自己周围护罩住，只救了一半兵士，另一半眼看着被活活烧死。泰逢无计可施，急问康回道：“陛下擅用水，何不以水攻之？”康回叹道：“敌在高处，寡人居低处，若使大水攻之，无异于自掘坟墓！”话刚落地，又听山上喊杀传来，只见计蒙率大军掩杀而来。康回知不能阻挡，于是下令撤军，仓皇逃去。计蒙全军安全转移山下安营扎寨，宰牛杀羊，宴犒军士。计蒙向祝融和季禺道：“今日之功，多亏公子祝融出奇制胜，那康回一败至此，元气大伤，恐难再起，平定康回指日可待！”祝融拱道：“我也只是尽了本能而已，将军莫过矜张，此番大胜，有赖将军调度有方，全军将士临危不惧，勠力同心之故也！”季禺闻言，揖道：“将军切莫轻敌，疆场之事，势不两立，此一时彼一时，康回枭雄也，岂能善罢甘休？我等须小心防御，时时警惕。”计蒙拱手笑道：“两位公子所言极是，本将这就布防。”说完便去调兵遣将，再度谋划不题。

却说康回领着数千败卒残兵，奔回王廷。泰逢道：“计蒙大胜，其势更猛，我们恐怕一时难以争胜，不如迁移王廷，找个好去处休养生息，再图霸业。”康回叹道：“寡人以为计蒙不谙军务，不料却被他杀得尽绝，几近覆没，若寡人落荒而逃，如何雄霸一方，图谋中原？寡人要重振大军，与那颛顼决一死战！”泰逢拱道：“陛下放心，此番再战，末将有玄术之法可助破贼，我军必胜！”康回颔首，沉吟道：“那冥王笪殷曹约寡人起兵举事，他要暗中相助，寡人一败至此，也未见他一兵一卒，真气杀寡人也。”说罢，又自叹息一番。再说计蒙调兵遣将完毕，忽闻探兵来报道：“康回重整兵马，以图再战！”季禺忙道：“康回再来，必统领大军，试图雪恨，岂不闻哀兵必胜，不可不防，但少有疏忽，必致惨败。”计蒙问道：“如今只有血拼到底，力图取胜，莫非公子另有良策？”祝融闻言，笑道：“将军放心，康回手下颇多奇能异士，而我不惧，他有何大能，尽管使出，我亦有玄术，自有运用。”计蒙大喜道：“有公子在此，我无忧矣。”

翌日，黎明时分。康回领三万大军，一鼓而出，向前二十里路，便与计蒙大军对锋。计蒙身披金甲，手执大刀，冲出阵营，指康回厉声问道：“康回！昨日大败，安敢再来搦战？”康回打马出阵，怒道：“计蒙！你一个凡胎肉身，岂能是寡人对手，还不下马投降！”计蒙哈哈大笑，喝道：“我虽肉身，而公子祝融却非凡胎，你可忘了昨日之败，又敢前来送死！”康回骂道：“无耻之徒！侥幸获胜而已，今日寡人定将你们碎尸万段！”说罢挺矛杀去，直取计蒙，计蒙料敌他不过，拨马退回营中，康回大喝一声道：“众将冲锋杀敌，报仇雪恨！”说罢，只见三万大军如潮水般涌来，计蒙急令大军迎敌，两方兵马冲撞在一起，拼命厮杀，泰逢见敌军迎来，忽地陡起一阵狂风，瞬时黄沙漫天，计蒙大军已看不见对方，只听得那边金鼓齐鸣，自相残杀，哀号连连。黄沙过后，计蒙再看去，见血流满地，尸横遍野，不见一人是敌军，亡者皆是自已兵士。计蒙急令撤军，率残兵逃回营寨。

却说计蒙回寨中，垂头叹息，季禺见状，说道：“康回有大将泰逢，乃为半人半神者，以玄术作战，我军恐难取胜，须再思良策。”计蒙见祝融在帐中踱步，问道：“祝融公子可有制敌之策？”祝融思忖片刻，回道：“我父王曾传我‘太一神符’，此符为我曾祖父黄帝所传，乃是昆仑西王母助我曾祖父灭蚩尤时，所助玄符，我深得其妙，待明日再战，我用此符作法制伏，定能破敌。”计蒙大喜，重整兵马不题。又挨到天明，还未出兵，忽闻康回率领三万人马又来搦战。计蒙忙令大军出寨迎战，祝融忙道：“将军只须列阵，不必出战，待我使太一神符，自有妙法。”康回一马当先，泰逢随后，率三万径赴阵前，康回见计蒙列阵待发，兵士寡少，不足一万，便在阵前笑道："计蒙！昨日一战可晓得寡人厉害否？寡人损你许多兵马，而今只剩这数千残兵败将，安敢对我三万大军？还不下马受降，寡人可饶你性命！"计蒙闻言，瞅着祝融，祝融低声道："将军莫怕，我已经施太一神符，将我兵马作法罩护，你只管叫战，任他如何掩杀，皆不能伤我兵士一人。"说完念了诀儿，将太一神符悬挂于阵前。计蒙暗喜，遂叫骂道："康回！你以邪法侥幸取胜，今日我却不怕，你敢来战否？"康回大怒，忙令泰逢用法，只见泰逢念着诀儿，一霎时狂风骤起，卷着黄沙掀天腾地而来，康回三万大军立时又不见踪影，只听得厮杀声震天，越杀越猛。祝融已窥透其术，将那太一神符向上一挥，只听霹雳一声巨响，大雨倾盆而下，风力渐弱，尘埃落定，就见遍地尸首。康回见泰逢已施法，却不见动静，心下惊疑，欲待逃奔，恐众军耻笑，只得左右挥刀劈杀，杀的却是自己人，计蒙大军毫无损失，依然雄赳赳列于阵前，自己三万兵马自相残杀，几乎所剩无几。康回大惊道："撤兵！"喊罢逃命而去，一口气跑了四五十里地，见仅剩残兵不到两千人。康回于林中扎营，对泰逢道："寡人有三万大军，若是真刀实枪死拼，那计蒙未见就能得胜，你却非要施什么玄术，如今折我全部兵马，真是奇耻大辱。"泰逢无话可说。计蒙见康回全军覆没，自顾逃命去了，便下令占了共工氏部落王廷，安排好防守，又令大军班师回朝，与祝融、季禺回宫复命。

康回大败，万念俱灰之时，忽然见笪殷曹神出鬼没竟然来到，康回怒问道："冥王为何来迟？"笪殷曹拱手笑道："陛下并未攻入涿鹿王宫，那两头石狮子尚在，本王纵有数万冥兵也难以到达阳间，如何助得陛下？当务之急乃是尽快拿下涿鹿王宫门口那一双石狮子，冥兵才能杀出来，以助陛下取胜。"康回叹道："寡人如今损兵折将，只剩两千兵马，如何能靠近涿鹿王宫？"笪殷曹拱道："兵不在多，贵在调度。陛下何不乔装成农人，潜入宫邸周遭，伺机杀出，也不用恶战，只搬走那一双石狮子即可，这有何难？"康回叹道："不想寡人三万兵士却惨遭灭亡，此番再战，恐难再胜。"笪殷曹道："此并非颛顼兵力取胜，皆因祝融懂得玄术，以神力而取胜，怨不得陛下。泰逢虽有玄术，然而祝融玄术更胜一筹，岂能不败？"康回问道："祝融只会用火，而此番并未用火，寡人也未发水，是怕伤及自身，故而双方皆未用水火相攻。不知除此而外，那祝融所用是何玄术？"笪殷曹叹道："昔日，昆仑不周山有西王母婉姈，乃是天界二大王轩辕昊之侍妾邠夙转世轮回，她赐黄帝姬轩辕太一神符，大败蚩尤，无人可敌。此神符后来传到颛顼手中，颛顼又赐祝融，学得精妙，故而借太一神符之力以挫陛下。"康回大悟，怒道："原来如此！

寡人明日便令士兵乔装，潜入涿鹿，将那宫邸前石狮搬走，大王可率冥兵出战，一举消灭颛顼，霸业可得！”说罢，又令设宴，与笪殷曹把酒畅饮。

第二日。康回召集两千兵士，俱妆扮成农人，以开渠引水之名，暗中向涿鹿进发。事不机密，被广成子发现，感觉不妙，急忙进宫奏报颛顼帝。时值颛顼正在后花园与嫔妃游玩，听广成子奏报，并不惊慌，反而笑道：“那共工氏治水，正好有利于朕，卿何须担忧？”广成子急道：“康回领两千兵士北上，手持利器，名为治水，而实为暗中造逆！”颛顼帝缓缓道：“只区区两千兵力，何惧之有？爱卿提兵去将他捉来就是。”当晚，广成子准备向南进兵，阻击康回，却被颛顼帝急召回来。颛顼问道：“后妃突然卧病，说见魇魅在窗前偷窥，这是何故？”广成子思忖半晌，拱道：“此为魇魅瞰家。魇魅窥望家室，预示祸害将至。”颛顼惊问道：“预示何事？有何祸害？”广成子摇头叹道：“臣以为预示康回谋逆而来，欲害圣上，此不可不防。”颛顼急问道：“爱卿大军即刻出发，康回安能得逞？只是这宫中魇魅，当如之奈何？”广成子道：“此时正值年关，魇魅犹来求食。当年钟颀在时曾说，饿魅不能享受祭祀，故而每逢年关便来人家乞食，若不得食，则必害人。”颛顼惊道：“可有驱除魇魅之策？”广成子道：“可以使魇魅者，钱也。”颛顼半信半疑，瞪眼问道：“魇魅不在人间，可使钱么？”广成子笑道：“钱无耳，可使魇魅也。”颛顼疑问道：“钱虽听不到人言，可这毕竟是阳间之物，魇魅如何使得？”广成子道：“圣上可令宫人以帛造币，焚烧之，魇魅不识，得钱便会散去。”颛顼拍手哈哈大笑，叹道：“妙哉！只骗魇魅而已！”广成子急忙告辞，颛顼又问道：“明日魇魅复来，又当如何？”广成子沉思片刻，拱道：“圣上勿忧，只令人杀鸡挂于门前，以除不祥。”颛顼帝然之，亲自送广成子出门。

广成子领五万兵进发，在太行山以南，正巧与康回两千人相遇，康回见广成子带兵忽然来到，知道事已败露，于是令兵拿起武器，摆开阵势，与广成子大战一场。二将立于阵前，广成子喊道：“康回！你要造反，当我不知么？快快束手就擒，或可饶你不死！”康回大声叫道：“姬氏不仁！共工氏当立！”广成子问道：“我帝施仁布德，唯恐不及，你为何说我帝不仁？”康回怒道：“姬轩辕杀我父炎帝，窃夺天下，我为炎帝之子，此国仇家恨，岂能不报？”广成子这才明白就里，知劝说无用，只好令大军进攻。广成子五万兵如潮水般涌向康回，结果自然而知，鼓声雷震，箭弩一起施发，众兵围裹将来，喊杀之声震动。康回两千兵见寡不敌众，不战即溃，被广成子杀得一个不剩。康回朝西南方向逃去，泰逢断后，广成子令祝融与计蒙围住泰逢厮杀，泰逢不敌，死于祝融剑下。广成子自率兵紧追康回，一路追杀而去，直追到华山漳关方罢，康回站在华山上怒视广成子。广成子大喊道："康回！你一败至此，还有何话可说？"康回大笑一声，怒道："我若死，你们也休想活命！"说罢盘腿坐在山巅，口中念着诀儿，不消一会儿，忽听得半空中一声雷震，刮起热风，一时太阳就如火炉烘烤，酷热难忍，大军乱成一团，惶惶不安。广成子见康回施法，以为他使水来淹，没想到却恰恰相反，康回不但不使水，反而将江河之水抽干，一时黄河干涸，长江断流。广成子大吃一惊，急令撤兵，仓皇逃回涿鹿王宫，急奏颛顼帝不题。

康回因大败，转怒于西王母，转而朝昆仑山怒奔而去，走了七天七夜方才赶到，立定山头远眺，但见：

怪石嶙峋，高峻危颠。几柱凌云绕尖峰，山中天池水澄清。连峦雪松妆翠岭，紫气东来迎龙凤。前有天路九曲，后倚玉嶂千重。凡间此地出天神，福地自来由天定。

话说西王母婉妗正在玉宫静坐，忽觉一阵冷风袭人，不禁一身冰凉，抬起纤指一掐，方知有生人驾临昆仑仙境。西王母急令九尾狐与雪山虎二仙子去打探，吩咐道："我知来者不善，杀气颇重，你们带来见我。"二仙子领命急出，果然在昆仑山西北见到一个人矗立山头，威风凛凛，二仙便上前去问。康回问道："我乃康回，特来不周山拜见西王母，二位可知她人在何处？"雪山虎道："你为何拜见王母？"康回拱道："心中有一二事不明，故来请教！"九尾狐道："请你随我们进宫拜见西王母。"说罢转身就走，康回紧跟她们前去，绕过峡谷，见一大山洞，十分深邃，洞门乃是彩玉雕成，奇光异彩。随着又转过碧岩，眼前出现一座巍峨宫邸，金碧辉煌。康回止步，问道："这是个什么地方？"雪山虎回道："这便是西王母所居。"康回不再问，凛然而入，进得门来，但见雪松、碧树、雪莲、翠竹、清溪夹道。再行几步，又见一座玉桥，两边峭壁千寻，半空飞下瀑布，漱玉喷珠。走过玉桥，又见琪花异卉，凤凰仙鹤，应有尽有。又入一道宫门，金殿银阁，直耸云霄，处处可见奇珍异宝。殿内悬着一颗明珠，光芒四射，如同白昼。阶下列着两行神怪，有的人首豹身，有的人身虎头，有的如神似仙，有的相貌怪异，康回心中疑惑，暗思道："寡人闻不周山多神怪，果不其然。"康回又抬头望去，殿上两旁站着彩衣仙女，捧炉的捧炉，执剑的执剑，肃然侍立，当中有一白玉琢成的兽皮九龙宝座，前面垂着一帘鲛绡，镂金错采，玲珑剔透，光耀闪闪。堂前开满琪花瑶草，碧树珊瑚，锦绣珠玉，争奇斗异。这时，有宫娥掀帘，两柄翠羽下便是西王母，彩衣云裳，妙相端严。康回见她高髻蟠云，肌腻骨柔，宝光袭人。

康回来到丹墀下，就听西王母道："请康回入内。"康回暗吃一惊，暗思道："西王母安知我姓名？"如此想着，如在梦中，九尾狐与雪山虎将他迎入，婉妗即赐座，而后令二仙子赐他玉液一杯，康回正渴，接过便饮，但觉满口芳香，沁入心脾。又来一仙娥，端来玉盘，上面放着几只玉李，莹莹鲜艳，婉妗道："君连日大战颛顼，想必腹中饥饿，这是我昆仑山玉李，请君食之。"康回饿得紧，取过送入口中，但觉坚硬无比，无法下口，仙娥见了掩鼻一笑。婉妗笑道："君且莫急，此玉李须以玉井之水洗之，方能食用。"说罢，就见又一仙娥捧来玉盆，康回定睛一看，盆内有水，七彩嫣嫣，仙娥取玉李置于水中，又取出呈给康回，康回试咬之，顿时变得酥软，香甜可口，康回一连吃了七八个方觉饱腹。康回本来兴师问罪，不料被西王母这一厚待，又见西王母乃一柔弱婉转女子，心中怒气顿消，只是开口问道："仙娥居住极地，为何却助那颛顼？"婉妗笑道："康回，为何以上辈之事问我？我赐姬轩辕太一神符，助他消灭蚩尤。"康回无言以对，默坐而已。婉妗问道："姬轩辕与令尊姜炎之恩怨，皆为祖辈之事，如今你因私仇而征颛顼，此为舍大义而取小义，昊天岂能助你？两番大战惨败，你怨我所赐太一神符，心中不能平静，故来问罪，而今我在这里，君若杀我，请在此动手。"康回忙道："你有何罪，我为何要杀你？此番惨败，是我劫数难逃，我只是心中疑惑，故来询问，别无他意。"婉妗问道："君有何疑惑须解？"康回拱道："我闻仙娥乃是天界之仙，下凡轮回而已，为何却帮助姬轩辕消灭蚩尤和姜炎？我正是姜炎之子，故我不明白，莫非蚩尤和姜炎就做不得凡间帝王么？"婉妗笑道："我正是天界之神，仙名郊夙，未轮回前，我乃是轩辕昊侍妾。我助姬轩辕，并非为私情，实为不忍三雄连年征战而荼毒生灵，我若不助姬轩辕，蚩尤当崛起，他不似姬轩辕温善，若得帝统，天下人必受其害，你父姜炎，也难逃他毒手。我助姬轩辕平息战乱局面，使之统一，生灵免遭涂炭，仅此而已。"康回冷笑道："仙娥说的好，你助一方灭两方，难道死去的万万兵士不是生灵么？"婉妗摇头不语，康回起身告辞。婉妗仍命九尾狐与雪山虎二仙子相送，才出宫门，只听得耳边呼呼风响，顷刻已至不周山，康回转头望去，已不见二仙，就连那熠熠生辉的楼阁殿堂也消失得无影无踪，犹如恍然一梦。再看眼前，只有巍巍不周山赫然而立，康回哈哈大笑几声，凌空飞起，而后一头撞向不周山，粉身碎骨，顷刻之间，一声震天巨响，只见不周山拦腰撞裂，崩塌下来，一时山摇地动，翻天覆地，山川为之移位，河川为之变流，日月为之变色。

且说康回一命呜呼，魂魄脱离灵窍，神游空中，暗自思道："我既已绝今世，不如早去冥府，选视权贵之家，以为投生计，若得转世，必雪我恨。"如此想着，悠悠荡荡，飘至太行山一地，见青雾旋绕，结成一片。康回魂魄暗思道："此处青雾凝结，必是那幽冥关。"于是直入关口去，还未走得几步，就与那黑无常碰了个正面，黑无常端详片刻，揖问道："上神为何来到冥界？"康回魂魄觉得奇怪，问道："谁是上神？我乃是康回，今已死，魂离躯壳，特来请投生。"黑无常笑道："上神真会说笑，卑职岂能有眼无珠，上神分明就是水德真君，怎能是那康回？"康回魂魄闻言，无奈道："你少啰唆，我焉有闲时与你闲扯？快快与我选个权贵之家，若能投生于王宫更好，此事若成，我少不了奖赏你的。"黑无常笑道："上神勿急，卑职乃冥府小吏，做不得上神的主，卑职引你去见判官，由他做主，你看可好？"康回魂魄只得跟他向前徐行。约行九里，便见巍巍一座宫殿，"幽冥宫"三字熠熠生光，清晰可见。黑无常引入内，众冥吏皆回目朝他望去，康回魂魄疑惑，只往判官殿中走去。判官陆正见康回魂魄，亦仔细看了半晌，忙拱手问道："水德真君驾临，不知有何要务？"康回魂魄急道："你们阴曹职司引魂渡魄，为何见我康回却不认得，总说我是什么水德真君？"判官陆正骇然道："康回？昨日撞了不周山，本府急派白无常前往西边极地去请其魂魄，尚未回来，你如何说你是康回？"康回魂魄顿脚，急问道："那为何又说我是水德真君？"陆正立视良久，沉吟道："有请上神随本府去里间说话。"二人到了里间坐定，陆正笑道："上神既否认是水德真君，我便请一人来辨认如何？"康回魂魄道："你乃冥府判官，你尚不能认得我，谁能认得？"陆正摇头道："我冥府有谛听，一听便知上神来历。"说罢，唤来谛听，问道："你听听此魂魄是何方神仙？"谛听遵命，附其魂魄旁，细细探听，而后大呼道："此乃仙界水德真君也！"陆正问道："为何他自称康回？却不认得自己？"谛听拱手回道："昔日女娲娘娘造化众神，取一奇石造水德真君，当时奇石中间有一元珠脱落，被女娲娘娘收藏，名曰'女娲石'，后来蕊珠宫碧霞借此珠之力下界，遗失此珠，又被炎帝之妃瑶浛拾得，误吞而生康回，故而康回死，此魂魄仍为水德。"陆正恍然大悟，转而瞅康回魂魄，问道："原来如此。你不识得水德真君么？你本该直抵天阙，去找水德，与他元灵合二为一，却为何误入幽冥？"康回魂魄听了，问道："若是如此，我便如何抵达天界？"陆正忙道："你宜急急往天界投世，毋得再耽搁，否则你灵必消散而去，悔之晚矣。"康回魂魄问道："如何去得？"陆正道："本府亲自送你去天界。"说罢，抬袖一挥，二人便飘游宫外，霎时就见已到北极星金斗宫，行至宫门前，陆正揖道："上神自进去，但见水德真君，直接靠近，你灵便自入他体内。”康回魂魄道：“宫里宫外有神兵把守，我如何进得去？”陆正笑道：“勿忧，你乃元灵，尚无仙体，非大神皆不能见，你且直入。”说完一拱而去。康回魂魄无奈，只得进宫，果然见无人阻拦，好似视而不见。那水德真君正在睡觉，梦中忽见自己披着紫雾穿墙而至，笑问道：“你可认得我？”水德真君于梦中道：“你是谁？怎么是我？”康回魂魄道：“我便是你，特来合体。”言毕，直投他身体来，水德大惊，一时惊醒，才知恍然一梦。

话说康回怒撞不周山，天塌地陷，日月变色，不过数日，河湖水竭，普天大旱，粟麦枯槁，人失耕稼，民劳物悴，人且相食，惨不忍睹。大旱岁荒，民不聊生，骨骸遍野，一时有童谣传遍，人间一片喧扰。听那歌谣道：

康回怒撞不周山，一腔怨气撒周天，玉帝玉帝怎无眼，孙儿颛顼有何颜？说我黎民何所去，无吃无喝是可怜。说我黎民何所依？易子相食和泪咽！康回康回魂归兮，望达天廷诉我愿！康回康回归来兮，降下甘露救灾患。自此不拜颛顼帝，为你立祠永弔奠！

童谣四海传遍，直达涿鹿帝廷，颛顼帝闻之震怒，急召群臣朝议。广成子、计蒙、史皇、羲和、常仪、沮诵、仓颉、隶首、鲫先、孔甲等重臣无一不到，跪在御前。颛顼帝怒道：“赤地大旱已有三年，滴水不见，颗粒无收，今有歌谣传遍天下，飘入宫廷，进了朕耳，众卿可曾听过？”广成子首先出班，奏道：“数年大旱，万物凋敝，百姓处于酷热之中，此为康回施旱，撞塌不周山之故，实与圣上无关，街头小儿造谣，不足为信，望圣上俯察。”颛顼帝起身，怒问道：“俯察什么？虽为谣讹，多少也代表一些民意，如今民怨沸腾，盗贼蜂起，卿等有何救灾良策？”广成子闻言低头不语。此时，史皇出班奏道：“圣上，天意好生，必不灭人间，臣愿率众设雩坛祈雨，望圣上恩准！”颛顼帝叹道：“准奏，即刻设坛求雨，拯救苍生！”史皇领命，即率羲和、常仪、沮诵、仓颉、隶首、鲫先、孔甲等，以及数百童子设坛，不小半日，便见一坛设于宫外。

雩坛方正，广一丈二尺，狭六尺，高三尺，陛三级。坛前阔六丈，雕石主埋于坛南正中，方一尺，长二尺五寸，去坛二尺，上露尖拱，其余皆埋土中。坛前置案桌，长二尺三寸，阔一尺九寸，高一尺一寸；上供六面桃木神牌，底座阔约八寸五分，高四寸五分；神牌厚九分，阔四寸五分，高二尺二寸，红漆黑字，上书日游、夜游、海龙、江龙、天河、瑶池六神名号。坛前悬鼓，以备集众时用。祭器为二木桶、五口锅、二牲匣、一祝板、三酒尊、二祝案、六铜盏、十二陶楪，坛左右置二青铜香炉、一盥盘、一陶瓮酌水杓、一帨巾。祭品为一豕一羊、香烛、酒果、金银等诸物。以史皇、常仪二人祭礼，史皇主祈，常仪丰报，又以六人事神，鲫先司告，羲和司祷，沮诵司誓，仓颉司罚，隶首司禳，孔甲司会，会首为每日一人轮当。前祭一日，史皇及羲和、常仪、沮诵、仓颉、隶首、鲫先、孔甲各斋戒一日。史皇先令童子清洁坛所，于雩坛西北掘瘗坎，用于埋祭牲、玄符、玉帛。祈雨前宰牲，令童子捧陶楪取血，寘于祭器。祭品准备停当，众祭者各捧置于神位前，燃烛焚香，入就拜位。童子擂鼓，城中百姓闻声皆来，离坛半里地跪伏。众祭者立定，执壶取酒，立于神位之左。只听鲫先唱道："一鞠躬，一拜，二拜，再拜！兴！一拜，二拜，再拜，兴！平身。"史皇与众祭皆鞠躬，再拜、后兴，而后再拜、再兴，而后平身。史皇取血洒入瘗坎。引礼者引会首诣五土神位前，鲫先唱道："跪！"众祭者于神位前下跪，举铜盏，史皇逐一斟酒。鲫先又唱道："三祭酒。"史皇又三次将铜盏中酒水洒于地，完毕，鲫先又唱道："俯伏！兴！平身。"众祭者又至神位之右，鲫先唱道："跪！"众祭者于神位前下跪举盏，史皇复斟酒。鲫先又唱道："三祭酒。"史皇又将铜盏中酒水洒于地。完毕，鲫先又唱道："俯伏，兴，平身。"而后唱道："复位。"众祭者复位，鲫先唱道："鞠躬。一拜，二拜，再拜！兴！一拜，二拜，三拜！兴！平身。"众祭者照做不误，凡此种种，十分烦琐，三言两语不能详尽陈述，故而此处不赘。

最后，史皇取出祝文，焚烧于瘗坎。祝文曰：

某年某月某日，有熊国颛项帝率史皇、羲和、常仪、沮诵、仓颉、隶首、鲫先、孔甲等，以及天下黎民谨致祭于日游、夜游、海龙、江龙、天河、瑶池六神曰：唯六神妙用神机，博爱造化，生育万物，足我民食，安我民居，天下臣民莫不感恩。今逢大旱，民不聊生，谨具牲礼，恭仿祈祭，伏愿诸神怜悯，施恩降甘露，以救万民，神祇鉴之，史皇、羲和、常仪、沮诵、仓颉、隶首、鲫先、孔甲等钦承上命。尚飨。

祈瘗完毕，众臣返回朝中，只留数童子净坛添香。

百姓之后可自发求雨，人皆呼应，各雩祭于社祷告。小儿欢呼道："颛项帝，忙雩祈，小童求雨天公喜！"各忙祈祷不题。

话分两头。玉帝正在灵霄殿听朝，众神齐聚堂上，元真童子唱道："圣驾临朝，众臣有本早奏，无本退朝！”话刚落地，就见日游、夜游、海龙、江龙、天河、瑶池六神不约而同出班，齐声奏道：“臣等有本要奏！”玉帝惊诧不已，众神臣皆面面相觑。玉帝问道：“卿等有何要事呈奏？”日游、夜游二神打头道：“圣上，臣于界下查访，见那凡间赤地大旱，已有三日，万物凋敝，苍生哀告，今设坛祈求天阙，望圣上施恩，降下甘露，拯救黎民。”玉帝大惊道：“天上一日，凡间一年，那人间岂不是大旱三年之久了？自女娲娘娘造人化物之后，凡间一向升平，为何一至如此？”海龙神忙道：“凡间旱灾三年，请圣上下旨拯救！”玉帝问道：“海龙神，你与江龙、天河、瑶池三神主司下三重世界水域之事，如今大旱，你们该当何罪？”海龙神急道：“圣上，此番大旱，非自然之灾，乃是共工氏康回施法枯竭江河湖泊之水，又撞塌不周山，以致山川震动，诸水变流，即使臣等有心施雨，也无力降水，还请圣上明察！”玉帝沉吟道：“如是，当如之奈何？”此时，北斗星君出班奏道：“眼下只有令水德真君下界以降甘露，方能拯救苍生。”玉帝忙问道：“水德真君何在？”水德真君出班，跪道：“小神在此。”玉帝道：“你即刻下界降甘露。”水德真君拱道：“凡间已无水，仅施雨岂能消灾？无异于杯水车薪。小神以为只有降下天河赤水，方能使江河湖泊溉灌，请圣上恩准！”玉帝道：“你自去取水下界便好，此蝇头小事，何须朕来复准？”火德真君抬头瞅着玉帝，无奈道：“这……”玉帝问道：“爱卿有何为难？”水德真君拱道：“圣上，那天河赤水自始皆由天廷管制，只有圣上赐玄瓶方能取来，若无此玄瓶，小神安能自取？”玉帝疑道：“哦？天河之水浩瀚，何吝一瓶？”水德真君摇头，拱道：“圣上有所不知，这天河赤水与凡间五行之水不同，一滴可成江河，十滴可成湖海，若倾一瓶之水，可使凡间洪水泛滥，臣有半瓶便足矣。”玉帝笑道：“如此甚好，请元真童子取玄瓶来赐与爱卿，切不可延误，当速速下界才好！”元真童子取来玄瓶递上，水德真君接过，又问道：“圣上，小神施水，何处施放？当施几滴？”玉帝惊道：“怎么？这个也要问朕？”火德真君道：“圣上明鉴，赤水不比五行之水，威力甚大，须有圣旨裁定，方能布施，否则一旦有失，谁能担得此责，还请圣上谕旨。”玉帝思忖片刻，沉吟道：“哪里有旱情，便往哪里施水，毋缺毋多，卿自酌情而定。”水德真君领旨，匆忙出殿，直奔天河而去。

且说水德真君来到天河边，正要拿玄瓶取水，忽然脑中闪出一念，暗思道：“颛顼贼害我康回致死，我焉能助他？今天赐良机，此时我不报仇，更待何时！”想到此处，将玄瓶沉下，满满灌了一瓶赤水，便往南天门去了。水德真君俯察尘世，见颛顼每日携众臣在坛前求雨，越发憎恨，便又飞升苍穹，一气之下取出玄瓶，也不及多想，就将那一瓶赤水哗哗倒出，倾瓶而归。

话说颛顼与众臣在坛前求雨，一连数月不见有一滴雨水降下，于是跪在坛前，忏悔道："寡人无德，请上天降罪于寡人一身，可怜苍生，勿祸百姓。"话刚落，只听晴空霹雳，狂风大作，暴雨倾盆而下，只将那雩坛也冲塌在地。颛顼又惊又喜，慌忙回宫，面对群臣，大喜道："天帝闻朕所祷，故降急雨，不久苍生复苏，天下黎民便得救了。"众臣皆大欢喜，百姓欢呼雀跃。颛顼帝正为天降雨露而得意，不料这暴雨一下就是三个月，江河湖海已然灌满，大雨不停，洪水开始泛滥，真是一灾方过，又来一灾。颛顼帝见旱灾变为水灾，又惊又惧，气得咆哮朝堂，怒道："尔等求雨太甚也，故天帝以为犹不足，连降雨水，如今遍地洪滔，不久将水淹王宫，别说百姓，朕都无处安身了，这可如何是好！"群臣无策，默然不语。

天上一天，凡尘一年，天廷才短短一日，那凡间已洪水滔天。日游神和夜游神慌忙入报，玉帝问道："昨日奏报说凡间大旱，民不聊生，今日为何又说凡间大水，民不聊生，这到底是怎么一回事儿？为何一至如此？"日游神回道："水德真君不遵旨，圣上付他玄瓶，他自说半瓶赤水足矣，结果他自满灌一瓶，圣上令他某处几点某处几点，他却置若罔闻，结果将那一瓶子赤水全倒了下去！而后回来了，以此水量来看，凡间将有九年之水。"玉帝闻奏，天威大怒，传令将水德真君下狱问罪，众神臣叩头俯伏，不敢言语。玉帝怒道："此为天灾，朕亦无计可施，凡间大水，交由凡间帝王自去治水，众卿勿来烦扰朕躬！"说罢散朝而去，众神无奈，各个嗟叹不题。

话分两头。却说凡间洪水只增不退，人间已成水国，涿鹿王宫塌了半边，几近废墟，淹死、饿死者不计其数。颛顼帝受到惊吓，见山河破碎，千疮百孔，一时急火攻心，不几日便忧愤而死了，遗诏敕封高辛氏部落的首领、他的侄子姬俊继位，封号"帝喾"，又令广成子、计蒙、史皇辅政。帝喾下令迁都，往太行山以南的叫作"有辛"的地方建都，自此，帝喾开始大规模治水。

再说笪殷昊乘乱，便从乌枭星发兵，连克宗神、水镜、麒麟、大熊、夸尺、爵骑、猎户、朱雀、无尘、英明、凤子、绘织、双龙、南王、金树、天网、天灵、河灵诸星域。夸尺星海神府驻星守将西陵柘不敌，登星门高阁自刎殉职，死前让其妻西陵璄带着尚在婴孩中的孩子逃奔天极星投奔女娲。朱雀和绘织二星海驻星守将勾弋厸、平茜寐打开星门投降。笪殷昊得胜而归，于西麟星王宫大宴众将，自此以后，笪殷昊统治二十八星海，实力大增，由是自立为"无极太祖"，并大建宫殿，册嫔妃无数，又封其子笪殷项为"笪殷王"，封震硉为大元帅，封白虎、朱雀、玄武三神为诸星之王。

冥王笪殷曹闻康回兵败而亡，只得密报笪殷昊，道："康回大败，怒撞不周山而死。"笪殷昊叹道："共工氏忠烈，这人间帝统当传于其后人。"席上，笪殷顼请奏攻取天极星，再图天廷。笪殷昊不准，说道："如今女娲当朝，虽说天廷只统辖十八星海，然而其势仍大，不可争锋，为今之计，不如按甲休兵，定土分封，以为后图。"笪殷顼又道："父王自举事以来，三分星域已得其二，此乃昊天所赐，此时正好一鼓作气，趁机直取龙廷，承天帝之位，父王为何却按兵不动？"笪殷昊道："如今为父与那玉帝何异？现在即使夺得龙廷，三界已然不服，况伏羲昊和轩辕昊虎视眈眈，此时不宜兴兵，只须坐观形势。"笪殷顼无奈，只好作罢。

玉帝三年。广成子病死，百余寿。帝喾致力于治水，直至累死坝堤上，享年七十二岁。帝喾临终有遗诏，道："洪水不治，朕死难瞑目，朕传位于子挚，复治水患，子若不治，当旁求四方，以招大贤，禅授帝祚。若再不治，复传禅后人，直至洪水退去。"帝喾的儿子挚继位，继续治水，然而并不竭力，整日沉溺酒色，九年之后，洪水不减，帝喾之子尧站出来，遵照先帝遗诏，请求帝挚禅位，帝挚无奈，只好禅位于尧。尧帝时，洪水有增无减，百姓苦不堪言，尧帝不敢贪图安逸，励精图治，一心想治理洪水，但始终得不到能治理洪水的人才。

女娲得知后，可怜凡间苍生，于是召来海龙、江龙、天河、瑶池四神询问，女娲道："人间洪水泛滥，尧帝励精图治，从未停歇，却不见洪水退去，这是为何？"江龙神回道："洪水泛滥，乃是东海有神驭水回流之故。"女娲问道："那东海有何神灵作恶？"江龙神瞅了一眼海龙神，海龙神忙道："当年魔天王阴灵将阴阳二鱼投入界下，入东海而为害。颛顼之子姬鲧，常率部落人捕杀，阴阳二鱼大怒，回东海之水注入江河，使其倒流，以为复仇。"女娲问道："这姬鲧有何本领，竟与阴阳二鱼作战？"天河神回道："颛顼帝生前，曾往东海视察水灾，一天夜晚，梦中见一人鱼自海上出来，容华绝代，不同凡艳，疑为仙子。人鱼与颛顼帝于梦中交欢，因赐封'海妃'，海妃离去之后，帝醒来见榻上有一子，呱呱而泣，疑为海妃所生，便抱回宫中养育，是为姬鲧，此子长大后，颛顼帝封其为东海部落首领，治理水患。后来经小神查访，姬鲧实为半人半神，神通广大，见阴阳二鱼，以为是水妖，故而捕杀，但终未得手。"女娲吩咐道："既是如此，你四神立即下界，去见姬鲧，传本宫之令，助其捕杀阴阳二鱼，以平水患。"四神领命，急下界去。

海龙、江龙、天河、瑶池四神来到姬鲧部落，传达女娲命令，姬鲧生疑，说道："我只管我部落事物，天下之事，若非奉诏，我实不能为。"四神明白姬鲧之意，便托梦于帝尧。帝尧当晚做一梦，梦中见姬鲧变成一条大鱼，张口喝干陆地洪水，顿时遍地鸟语花香，一片盛世之象，又在梦中见四个神仙，对他道："我等乃是天神，特来为你举荐一个贤能之人，他就是东海部落首领姬鲧，只有他才能治理这人间洪水。"梦醒之后，帝尧认为天降兆示，便遣人请来姬鲧，封他为东海王，令他治理天下洪水。当时，帝尧的一员大臣，名叫彭祖，颇得帝尧宠信，谏阻帝尧封姬鲧，跪道："姬鲧不可用，用则必为祸患。"帝尧问道："朕派他去治水，有何祸患？"彭祖回道："姬鲧只是个渔夫，他焉能懂得治水？臣闻东海洪水泛滥，姬鲧几十年都无能为力，他尚且不能治自己领地的洪水，又怎能治得了这天下的洪水？臣举荐一人，名叫舜，若圣上禅位于此人，天下之水必治。"帝尧思忖片刻，沉吟道："东土临海，水患已久，此灾不在姬鲧，朕令其治水，他既敢接旨，想必自有良策。他若不能治，再请舜来亦不迟。"彭祖见劝说无效，只得作罢。

姬鲧领旨回到东海，下令百姓采石堵水，部众道："几十年都不曾退去这洪水，现在又治，岂不是劳民伤财？"姬鲧道："只要杀死阴阳二鱼，洪水自然退去。"于是制造扁舟，下海杀鱼。如此追杀三年，死伤无数，也未捕获，反使阴阳二鱼恼怒，大作风浪，以致洪水越来越猛。彭祖对尧帝道："姬鲧治水，水愈猛锐。"尧帝无奈，见洪水越来越猛，黎民涂炭，便遵先帝遗命，听从彭祖谏言，禅位于舜。舜帝即位，召集大臣朝议，询问洪水之事。彭祖奏道："姬鲧治水，以堵为主，越堵越乱，而其捕杀东海神鱼，一致洪水愈猛，百姓哀怨。"舜帝大怒，令道："洪水泛滥，乃姬鲧之罪，不杀此人，朕何以向天下谢罪？"说罢，令祝融去诛杀姬鲧。祝融领命即去，见到姬鲧，问道："姬鲧！你捕杀鱼神，致使洪水不退，你可知罪？"姬鲧正在和阴阳二鱼搏斗，还未答话，就见祝融施法向他投来三昧真火，姬鲧猛一转身躲过，不料那火窜入海面，阴阳二鱼毫无防备，被这突如其来的三昧真火烧着，痛不欲生，咆哮翻滚，海水骤然上升，洪水愈加泛滥。阴阳二鱼化成一道蓝光腾空而起，扑向姬鲧，姬鲧被击中腹部，倒地而亡。姬鲧死后，灵魂不散，被冥王笪殷曹发现，便将他接入冥界。姬鲧抱怨，发毒誓道："即为魔魅，也要雪此大恨！"笪殷曹为他取名叫梼杌，名列混沌、穷奇、饕餮四护卫之首。

祝融见姬鲧身亡，被蓝光剖腹，露出一婴儿，祝融怜悯，将婴儿一并带回宫中。舜帝以为是天赐圣人，大喜，赐其名为大禹，并交给妃子姒莘抚养。姒莘自得此子，一改往日郁郁寡欢，展开笑颜。原来，帝尧有二女，娥皇和女英。舜为大贤，百姓拥戴，尧帝便视舜为继承人，将这二女同时嫁于舜为妻。尧帝如此作法，引起长子丹朱嫉恨，他疑父王此举，是想禅位于舜。丹朱岂肯拱让帝位，便挑拨娥皇和女英，说道："父王令你二人嫁于舜，就是为了杀舜啊。"娥皇和女英大惊，问道："父王为何杀舜？"丹朱道："父王以你二人试探舜，看他是否有高攀龙门之意，结果那舜竟然不拒，父王疑舜有篡位之心，故欲杀之。"娥皇和女英不辨真相，对丹朱深信不疑，听到帝尧欲要杀舜，悲恸不已。丹朱劝道："为今之计，你们要反其道而行之，才能保住舜的性命。"娥皇问道："如何反其道而行之？"丹朱道："你们去父王面前告舜之罪状，就说此人无才无德，且贪财好色，欺压百姓，强抢民女，因而宁死也不嫁舜，如此一来，父王以为舜胸无大志，自然不会杀他的。"娥皇和女英听后觉得有道理，即进宫去见帝尧。帝尧听了女儿哭诉，一眼看透丹朱阴谋，于是将计就计，问二女道："舜果如你们所言？如是，为父将此恶徒杀之。"娥皇和女英一听，大惊，急改口道："舜非恶人，乃是丹朱所教是言。"帝尧笑道："为父知道如此。"帝尧怕丹朱对舜下毒手，对二女道："你们速去请舜来见父王，父王要禅位于他。"娥皇和女英一听大喜，便去寻找舜，此时女英多一个心眼，问帝尧道："父王，舜为帝，我姊妹二人谁将为后？"帝尧为让她们速去召舜，随口道："先到者为帝后。"娥皇和女英得令，随即向蒲坂进发。娥皇出宫，牵马骑上，飞奔而去，女英不甘落后，为能更快到达，便选两匹骡子套上车驾，一路追上，眼看就要追上，不料骡子突然停下要生驹子，等再去追时，娥皇已到了舜那里，早和舜骑马返回尧宫了。女英因帝后之位被娥皇所夺，归罪于两头骡子，鞭打骡子，气愤道："你们误我大事！我若为天神，就让你这等畜生绝后！"帝尧见舜平安进宫，当日设坛禅位于舜。帝舜入主王宫，便纳貌若天仙的姒莘为后，娥皇和女英伤心欲绝，在舜迎娶姒莘时，让她乘坐的正是女英所乘车驾，仍是那两头骡子，女英咒道："女子骑骡子，婚后无儿子！"当晚，帝舜与姒莘洞房花烛，娥皇和女英痛恨帝舜背叛誓言，相约投入湘江自尽。不想此事传入天阙，进入女娲耳朵，女娲大受感动，遣聚灵神入冥府召回娥皇和女英二人魂魄，赐封为湘君、湘妃二仙子，收入蕊珠宫。更为有趣的是，曾被湘妃诅咒的骡子，此后果然绝后。

话说大禹长大，从养母姒莘那里听说其父事迹，立誓继承父亲遗志，治理洪水。帝舜让他去治水，大禹遵命，带领他部下皋陶和伯益、奚仲三人，率民众挖河开山，依疏通和堵水之法，开九州，又令伯益教人们凿井蓄水，令奚仲改良车驾，提高运输功能，百姓生息得以复苏。大禹在外奔波十三年，终于退水成功，天下得以大治。舜帝见大禹德才兼备，深受黎民爱戴，又觉得对姬鲧惩治太过，十分惭愧，为弥补过失，便禅位于大禹。舜帝死后，大禹杀祝融报仇，而后封皋陶、伯益、奚仲为宰相，一统九州。伯益和奚仲上奏道："九州大治，当铸九鼎以祈上天福佑。”大禹准奏。

伯益和奚仲铸造九鼎，大禹率群臣去鼎前礼拜，正拜时，忽然地震，三只大鼎突然坠地，将大禹砸伤，皋陶惨叫一声，应声倒地，群臣急将大禹和皋陶抬进宫里。大禹伤重不治，奄奄一息，弥留之际，留下遗诏，遵照先帝的惯例，将帝位禅让于皋陶，然后悄然长逝。皋陶见大禹死，悲痛欲绝，尚未登基便一命呜呼。为稳固大局，宰相奚仲推举皋陶之子伯益为帝，群臣不解，奚仲道：“父死，子即位。”话一出口，大禹之子姒启忽出，忙道：“宰相奚仲说了，子袭父位，我父王已死，我当为帝。”说完，率领部下霸占王宫。此时，伯益正在宫中梳洗更衣，准备登基大典，刚穿上龙袍，便被姒启率众堵在殿内，伯益惊得瞠目结舌，姒启怒道：“伯益，你敢篡位？”说罢，令部下将伯益龙袍扒下披在身上，又令部下将伯益乱刀砍死。姒启登大位，结束“禅让”制度，凡间天下从“公天下”变为“家天下”，从此步入夏王朝。

伯益死后，魂魄入冥界幽冥关，遇到父亲皋陶，父子抱头痛哭，被黑白二无常带入冥界，判官陆正听说皋陶和伯益冤屈后，大为感到震惊，即将此事上报天廷。玉帝听后，悲痛不已，决意惩罚帝启，召来风、雨、雷、电四神，令道：“姒启无道，你们下界降大风大雨三日，以示惩戒！”四神领命下界。

四神下界而来，帝启全然不知，正在御花园与后妃赏花戏蝶，忽然，雷声大作，狂风飚起，电闪如火，乌云滚滚从天边压来，顿时大雨倾盆。帝启忙与后妃躲入宫殿，见大臣奚仲在旁，便问道：“晴天白日的，为何忽然如此？”大臣奚仲道：“陛下枉杀伯益，因而天公作怒。”帝启听了不悦，愤然入内殿而去。大雨连下三天三夜，黄河水暴涨，洪水又一次泛滥，尤其使南方陷入绝境，很多人都死于洪水之中。女娲得知之后，为免凡间众生遭受灾难，急令燃灯佛祖下界拯救，燃灯佛领命，携如来佛、观音菩萨一同下界而去不题。

第十六章　逆天阴谋

轩辕健遭暗害忘姝涵　伏羲谦制莲台献诸佛

却说轩辕姝涵在宸恩殿傍着妆台，打开紫金镂银镜奁，卸下雾鬓烟鬟，又重梳挽云髻，文静默坐，天然妩媚。轩辕健许久不见姝涵，于是自太阳宫出来，来到蕊珠宫，悄然朝宸恩殿走去，但见碧竹成林，花草相间，中间轩阁红亭，幽兰抱紫，艳蝶飞回，再往里经过花园，只见一少女玉姹，宫腰纤细，年当笄岁，同几个婢女，弯腰折花。轩辕健躲不及，竟被她瞧见，他便急忙转过红亭去了。这少女便是女娲之女伏羲谦，忽见生人来，注目良久，见少年长身玉立，机畅神流，虽说年未弱冠，瘦靥细肩，而着实爽朗可爱，疑他为女子，又看他转身之态，风情洒落，逸致翩翩，又像是个俊郎。伏羲谦盈盈转身，轻轻唤道："湘君、湘妃，你们两个过来。"湘君、湘妃听见，捧着花儿姗姗过来，盈盈一笑，欠身问道："四少主折好花儿了么？是不是要回去了？"伏羲谦蹙眉道："刚才见一个少年从这里转过亭子去了，你们可曾看到了？"二婢子摇摇头儿，伏羲谦便随至红亭，张望半晌，却不见轩辕健，又问道："前边是去哪里的？"湘君回道："前边是宸恩殿，二少主和三少主的殿阁，小婢才来，未曾去过，四少主要去么？"伏羲谦沉思一会儿，摇头儿道："算了，我们还是回去吧。"说着便回身去了瑶轩阁。

轩辕健穿过一带粉墙，来到宸恩殿，见姝涵的楼阁珠帘微卷，帷门半掩，便悄悄挨身进去，见里面玉砚玄琴，衣香鬓影。斓姁听见珠帘儿窸窸窣窣，转头来看，见轩辕健来了，早就听闻他和姝涵的事儿，也不敢说什么，只是朝里间叫道："二位少主，有人来了。"姝涵本在娇珠房间里画画儿，只听婢子喊叫"有人来了"，便觉得心头惊跳，娇珠忙挨到门口，探头一瞧，见是轩辕健，又缩回身子掩鼻一笑。姝涵挑了挑细眉，盈盈问道："谁来了？"娇珠低声笑道："你自去看吧。"姝涵明白三分，倏地起身就出去了，一看是轩辕健，莞尔一笑，秀眼含着娇媚频传柔情，一会儿眼泪就簌簌地落了下来。轩辕健觉得鼻子发酸，眼角满满噙着泪水，急忙低了头，轻声问道："你可好？"姝涵一听"你可好"三个字，再忍不住，急步过去就扑进他怀里，嘤嘤咛咛低泣起来。斓姁见状，不敢在场，便轻轻巧巧地出去了。姝涵捻弄着他抹额垂肩的玉丝巾，哽咽道："既是这般不可改的命运，又说什么好不好的，只是颟颟顸顸地熬过来罢了。"轩辕健正要说话，就见婵珠出来，笑道："你们两个进里间去说话，在这的多不方便，被人瞧见，怕又招来晴天霹雳了。"姝涵脱开他，挽着他去了自己的绣阁香闺。婵珠便出外放哨，守在大殿门口一步也不离。

轩辕健进了姝涵房间，琉璃镂金炉香烟缭绕，满屋芬芳馥郁。姝涵笑道："才置了香薰，就一直在婵珠屋里，也没过来收拾，现在倒觉得呛。"说着便抬起玉手儿开了纱窗，放下碧翠雾帐。轩辕健来到桌案前，见有一幅画儿，像是才画出来的，颜色尚鲜，只见是一束花儿，花瓣儿粉红，上面的露珠儿似莹莹滚动着，两只玉蝶儿在翩跹振翅。轩辕健问道："你画的？"姝涵过来倚着他的肩，低声道："百无聊赖，虚度时日罢了。"轩辕健一笑，又看别的画儿，见一玄帛上画着一阁，清雅整洁，轩窗栅格精雕细琢，一张玉案上置一摞书，一盆兰花颇为素雅。案前坐着冥府判官，身着黑色蟒袍，头戴青色纶巾，手握玄笔，似在写着什么。轩辕健笑问道："你是怎么画出来的？"姝涵瞅他一眼，笑道："就是这样儿画的呵，怎么？画的不好么？"轩辕健侧脸望着她，问道："你见过此人？可知他姓甚名谁？何许人也？"姝涵掩口，微微一笑道："妾却不知，信手画来而已。"轩辕健摇头道："我却不信，这分明就是真的，和我所见是一个样儿的。"姝涵噘着小嘴儿哼了一下，挽着他的胳膊，轻盈转身，将他拉到春凳坐下，而后道："妾梦里梦到的，隐约听他说，将来他要保护你的，还说什么'若凤凰两伤，只等红尘往，纵是生天因，何愁离梦长'。梦中听他说的哀哀戚戚，妾不明其理，但也不愿细想，想必是说君与妾又要分离去哪里，好似只教妾认命来的。"说着就伤心落泪，轩辕健揽她入怀，抚她雾鬓道："你画的那人叫陆正，乃是幽冥界判官，人是真的，可他说的话儿未必就真。姝涵，不论生死别离，你我终归一起的，否则阴阳相离，紫宙寰宇也不得完整了。"姝涵靠着他胸膛，泣道："妾知结果，但不知这其间伤痛黯苦、绵绵恨怅怎生发付？"轩辕健两行清泪坠下，抱紧她道："姝涵，你只须历这一劫，便与我永不相离，而我须历万万劫，方能集元精、元灵、元神合一而归天心一窍，致达三昧真定，太一入得真空，那时灵体系于九极，乾坤大定，成为亘古世界。你等我回来，我们一刻也不分离。”姝涵惊愕，怯怯问道：“你要去哪里？”轩辕健叹道：“万万劫数，天阙凡尘，无不亲历，至于其详，历劫方知。”姝涵闻言，无话可说，唯默默垂泪而已。轩辕健挽她至榻上，掀起绣花幔帐，躺一起对着脸儿对视，又搂她亲昵起来。姝涵知他欲求欢，噘了噘嘴儿，只将一双纤手儿轻轻推开，见轩辕健蹙眉一叹，姝涵轻咬着朱唇儿，烟眼媭媭水灵。轩辕健见她愁眉蹙额，问道：“姝涵，可有心事儿么？”姝涵点点头儿，含羞笑道：“妾已有天孕，你若离去，子将何如？”轩辕健暗喜，惊道：“果真有孕？”姝涵又倚着他，娇嗔道：“莫非妾诓你的么？”轩辕健笑道：“这便是喜事儿了，有子在身旁，你也有个伴儿了。”姝涵点点头儿，忽又颦眉蹙頞，轻声道：“妾有一事相求，还请夫君应允。”轩辕健问道：“你我哪有什么分说的事儿，你只去做就好，我都允了的。”姝涵以袖掩口，媚曼一笑道：“你可当真？这事儿必须你允了才行的。”轩辕健问道：“能有什么事儿，当然是真的了。”姝涵长出一口气，低声道：“你知娇珠的，她待妾如至亲，且对你有情意，自妾儿次承诺要她做你妃子，她亦当真，这都多久了的，豆蔻已过，妾只怕她虚担了妾妃空名，委屈服侍妾来。妾与她亲如姐妹，夫君若能纳了她，妾并不妒媢，唯盼夫君允了此事，还我心愿。”轩辕健闻言，轻轻摇头，又低下头不敢看她。姝涵摸他脸颊，叹道：“妾真情实意，夫君莫怨，虽然妾不知将要经历何难，总之知道你必去历劫的，你也替妾和娇珠想想，她又不忍弃妾，精心照护，妾何忍让她孤苦无望？”轩辕健叹道：“你说什么都行的，我怨事小，你怨我悲，如是非我所想，所以，一任由你就是了。”姝涵笑道：“妾知夫君唯疼妾宠妾，心里感激不尽呢，不过你们头一遭圆房，不能背着妾的，一来昭启妾真心相待，二来有妾在旁，便无损妾与君天然阴阳，夫君可允？”轩辕健低头道：“一任由你。”姝涵轻咬嘴唇儿，笑盈盈瞅他，只把轩辕健瞅得一脸尴尬。

姝涵思定，对着帘外连声唤道：“姐姐，奉茶来。”娇珠在门外听见叫唤，便挪了进来，站在帘外问道：“妹妹叫我作甚？”姝涵笑道：“叫你奉茶。”娇珠撇了撇嘴儿，轻声道：“你们还没完没了了？做了该做的，见好就收，省得我在这里担惊受怕的。”说着又转到她屋里斟茶去了。轩辕健低声问道：“娇珠颇有怨言，何故？”姝涵回道：“她怕有耳属垣，暗中有眼，担忧风声漏泄于女娲娘娘知道，她倒是甘心受责，只怕一时受辱，玷渎了圣主女主。”轩辕健担心道：“你却不怕？万一此时女娲来了，如何是好？”姝涵媭媭眼，将玉手儿掩口，笑道：“她去灵界了，怕一时回不来的，宸恩殿没有别殿的婢子敢来，只怕娇珠驱逐。”正说着，娇珠捧茶进来，见姝涵和轩辕健躺在榻上，瞥一眼笑道：“怎的还赖在榻上？快起来饮茶，而后该走的走，该留的留，别叫人撞见了惹祸。”姝涵戏道：“茶且放着，姐姐也请来榻上，我们一起说说话儿。”娇珠一愣，两朵红晕自两颊溢出，将茶盘往几案上一放，双眸乱转，羞嗔道：“刚才不是喊渴了，要我奉茶，这会儿又说什么来的？”姝涵见她羞怯，知她不肯，便坐起来，正色道：“娇珠，你可还认我这个女主？”娇珠一听吓傻，未曾见过姝涵如此威仪，只好慢吞吞过来跪于榻前，低头回道：“娇珠岂能不认？圣主女主在上，娇珠敢不恭敬。”姝涵掩口默笑，而后正襟危坐，说道：“你若非假心假意，为何不听我的吩咐？”娇珠听了，气得咬牙，偷偷瞅了姝涵一眼，忙又低头道：“回女主的话，娇珠未曾假心假意，一腔赤诚，请女主明鉴。”说着又瞅姝涵，见姝涵掩口窃笑，娇珠倏地起身，跑去胳肢她，胳肢得姝涵咯咯直笑，娇珠噘着小嘴儿，娇嗔道：“妹妹闲得无聊，就知捉弄我玩儿。”姝涵拉过她，笑道：“谁倒捉弄你了？妹妹曾夙诺要你做他的妃子，这便是时候了，你不要磨蹭误了良时，请到榻上来。”娇珠惊得睁大双眼，瞅了瞅侧卧于榻的轩辕健，又瞅了瞅姝涵，羞得粉面通红，低声道：“妹妹不可说笑，也不怕旁边还有一双耳朵？”姝涵蹙眉，噘着小嘴儿冲她生气，见娇珠掩口而视，便将手儿括在小嘴儿边上，做口型道：“你——要——听——话！”娇珠会意，轻轻摇头儿，姝涵催唤道：“你真不愿还是不敢？错过此时，只怕一会儿我又反悔了，你可别怨我。”娇珠努着嘴儿扭捏着，拈带盈盈。轩辕健转过身来，瞅着娇珠，因平时未曾上心，此时要纳她为妃，便打量她片刻，见娇珠丰致娉婷，娇小婀娜，一时也呆了。姝涵见状，摸摸他耳朵，微微一笑道：“你怎么不说句话？”轩辕健回过神儿来，忙道：“娇珠不怕的，姝涵都说了，总之你们姐妹一场，也不生分，你若不嫌，便做我二妃吧，往后我便少来这里了，再说姝涵已有天孕，也需你爱护，往后你姐妹相依相偎，也不致孤独，我也就放心了。”娇珠羞晕已过，点点头儿，拈带道：“妾知道了，须稍作安顿，便来侍奉二主。”说着走出屋子，叫来婺翜和斓姁，千叮万嘱道：“姝涵妹妹与那轩辕健正在里屋说话儿，你们两个去殿外大门守着，不论是谁来，皆不能放进来，若是被人撞破，我和你们没完的。”婺翜应了一声，斓姁忙问道：“若是娘娘来了，小婢如何对付得了？”娇珠思忖片刻，正色道：“若果真娘娘来了，你们便大声喊叫，我听见了自会出来应对。”斓姁又问道：“大喊甚的？”娇珠顿脚，急道：“就喊凤凰！凤凰！”婺翜掩口一笑，斓姁笑颜一展，回道：“知道了！”说完便与婺翜去了大门。

娇珠安顿停当，又回来，仍站在榻前，横竖都觉尴尬。姝涵将她拽上榻来，笑道：“怎的还羞羞答答的。”娇珠躺在姝涵身边，一脸羞晕，将脸儿埋进锦被内。姝涵扯开锦被，笑道："谁叫你睡我这里的，你睡他那边去吧。"娇珠推拒不肯，低声道："怎的如此，即使圆房，须夫君与妾独处，妹妹也在这里，让妾如何服侍？"姝涵将双手搂定她，笑道："怪我了？昔日在太阳宫时，你不是巴不得么，我这会儿允了你，你却又磨蹭起来了。"娇珠捂着粉脸，低声道："羞人答答的，如何是好？"姝涵笑道："你当这是戏言么？他叡圣之躯，即纳妃妾也当遴择而不轻许，既我已允诺，便是极认真的，你我亲同姐妹，共侍一主亦是昊天真命，将来主承帝位，我是帝后，你便是帝妃。"娇珠笑道："妹妹既为妾做主，妾岂敢不从，只是这……"姝涵急道："怎的？什么从不从的，难道是我逼你来的么，你若不愿，早早说明，我可不强人所难的。"娇珠忙扯起锦被，掩面道："妾哪里说不愿了，只是当着妹妹的面儿圆房，可是难为妾了。"姝涵胳肢她，笑道："你当我是巴巴儿地就看你们圆房的？这是你们头一遭圆房，也证明我的光明磊落，何况夫君与天神有别，我曾说过，他是盘古轮回，我是形天转世，他是元阳，我是中阴，阴阳二气缺一不能，你们圆房，我须做个交融玄混，不然你那灵体岂能受得起，就不怕夭殇了？"娇珠一听害怕，愣怔怔地瞅着她，姝涵急道："你不要假惺惺的了，勿将良时虚过，一会儿女娲娘娘回来，再没有机会的。"说着便撩下绡幌，娇珠红着脸儿翻身过去，侧卧在中间，姝涵笑问道："可解天衣？"娇珠捂着脸儿，娇声婉转，恐轩辕健听见，只是不停地点头儿，姝涵又道："你对着我作甚？你夫君在那边儿，你还不转过去？"说着盈盈一笑，背过身去。

娇珠娇憨羞缩，这才慢慢转过身去，只将一双纤手儿遮住粉面。轩辕健瞅着她，也不动作，双目一闭一合，看似睡意正浓。娇珠透过指间缝隙窥他，见他困倦，低声唤道："夫君。"唤罢，即蒙被而藏，轩辕健尚少年心态，童心大发，以为娇珠戏耍，便扯过锦被钻进去。抬眼细看，见她雾鬓蓬松，衾褥绯红，一映她凝脂肌肤，腰肢如玉，宛若一带红萼。见娇珠娇躯转辗盈盈，轩辕健悄声道："爱妃玉体真好看。"娇珠捂着脸儿，小鹿儿心头乱撞，嘤咛道："妾不敢言，夫君自便。"轩辕健挽过玉臂，娇珠羞晕不行，眉黛掩烟，侧眼斜盼，微微喘道："妾为处子，夫君可怜。"轩辕健悄声笑道："可怜什么？不如这就穿上天衣，各自去了罢。"娇珠芳心已动，岂肯罢停，噘着小嘴儿嘤咛道："妾体已被夫君窥见，况已触碰，夫君岂可弃妾而去？"轩辕健低声笑道："我也是此意，既已为我妃子，当行夫妻之实。"说着就要幸宠，娇珠颦眉，半脸斜偎，因花蕊未开，他稍一轻试，她便觉苦不堪言，千推万阻不肯依从，又见他重蹙愁眉，乃复允从，努着嘴儿泣道："初施骤雨，何堪忍受，夫君行云勿纵。"轩辕健细细温存未敢纵行，心知姝涵在旁，犹怕弄出声响，一时乍就乍惊，欲进不能，又因锦衾内闷热，两厢香汗如珠，惶惶无措。娐珠唯怕房事不圆，含羞搂抱，频接香吻，两厢一时按捺不住，衾裯内狂风暴雨，席卷一阵，娐珠怕姝涵听着，不敢呻吟，一任风雨肆虐。那厢姝涵无一丝睡意，虽说背对鸳鸯，然而两行清泪不绝，早已湿透花枕。

雨收云散，一双鸳鸯又接香吻，温存片刻。娐珠此时越发爱惜轩辕健，抚摸他胸膛，含羞悄声道："羞死妾了，怎的见姝涵妹妹？"轩辕健悄声回道："你先起来奉茶就是了，此番尴尬之情，即可消化。"娐珠黏黏糊糊，依依不舍，轩辕健捧她粉面，又道："如今已为夫妻，我们夫妻三人如同一家，不可生分。"娐珠这才起身，善念一出，使天衣加身，下榻来偷窥姝涵，姝涵闭目，佯装熟睡。娐珠去斟新茶，才入自己屋里，便见婁叕正在斟茶，娐珠急欲趋避，却来不及了，婁叕回头，见她鬓乱钗斜，春意盈面，惊得目瞪口呆。娐珠忙整妆容，惊问道："你怎么在这里？谁来守门的？"婁叕盈盈一拜，笑道："二少主勿忧，斓姁在门口守着，小婢来为少主们斟茶，才准备端过去呢。"娐珠接过茶盘，忙道："不用了，你快去守着门口吧，这边也快好了的，饮了茶便走。"婁叕急出而去，慌得娐珠坐也不是，站也不是，不停踱步。姝涵见娐珠出去了，忽然转身就抱着轩辕健，低泣道："夫君不论去何处历劫，切记时时惦念我母子和娐珠三人。"轩辕健忙道："不消吩咐，这个自然之事，我岂忍抛弃妻子？"说着安慰她一会儿，姝涵听见珠帘儿响动，又闭目佯装熟睡，轩辕健天衣恢复，于一旁侧卧。娐珠捧茶进来，轻轻叫道："妹妹醒来吧。"姝涵转身睁眼，见她两颊春花，娇羞盎然，于是坐起，接过茶盅笑问道："姐姐早起了？"娐珠粉脸飘过一朵红云，低声道："妹妹饮茶，时间不早了。"娐珠又捧茶与轩辕健，羞面盈盈，不敢直视，轩辕健接过茶呷一口，就听姝涵笑道："哎，这个茶真奇了，怎的和平时的味儿不同了？怎的？姐姐成了帝妃，这茶水都变了么？"娐珠羞答答问道："怎么就不同了？还是我屋里的那个茶。"轩辕健亦道："奇香无比，甘润绵甜，果然是好茶！"说着又递给娐珠置于茶盘。娐珠纳闷儿，接过姝涵的茶正要品尝，忽尔却见他们两个倒头睡酣，娐珠放下茶盘，速唤道："姝涵！姝涵！"见不醒来，又唤轩辕健，亦然不起，娐珠大惊，猛想起这茶是婁叕斟的，又端起茶盘贴脸闻一闻，心中明白三分，正急得不知所措，又听见外面斓姁大声喊道："凤凰！凤凰！"娐珠知道女娲来了，心里彻底明白原来是中计了，慌得两手儿一松，茶盘哗啦一声坠落于地。

却说女娲与精卫和婉镜闯入，只见斓姁伸着粉颈大叫凤凰，迎上去就一把扯住，照她小脸儿就扇一巴掌，怒斥道："什么凤凰凤凰的！哪里来的凤凰？"斓姁被打懵，捂着脸儿跪在地上哀泣。娇珠挂下绡帐，急忙出来拜道：“母后万福。”女娲瞪她一眼，也不理会，直朝殿中走去，娇珠急忙上前拦住，问道：“母后怎么忽然来了？”女娲站定，瞅着她笑问道：“哦？忽然么？”娇珠赔笑道：“平时母后来都令婢子提前招呼的，孩儿也好为母后备上茶点，这会儿忽然就来了，不知有什么要紧的事儿？”女娲沉下脸，冷笑道：“无事，只是过来瞧瞧。”说着又往里走，娇珠也不好拦，只得上前去卷帘儿，迎进去带入自己屋里。女娲坐定，四顾一下，问道：“姝涵在哪间屋子？”娇珠忙道：“姝涵妹妹此时不在，去园子里耍去了。”女娲起身道：“哦？这不巧的，她不在便好，我好找找被她盗去的那颗珠子。”说着又出去，要进入姝涵香阁，娇珠忙堵在门口，笑道：“母后……”女娲怒道：“起开！”说着一把扯开娇珠，掀起帘子就闯了进去。

话说女娲闯入姝涵房内，娇珠暗叫不好，捂着脸儿悔恨不迭。跟进去后，却见姝涵坐在案前，鬓坠髻散，雪韵花姣，再看那绡帐流苏，款款垂下，隐隐可见轩辕健躺在榻上沉睡。女娲左看右瞅，问姝涵道：“榻上之人是谁？”姝涵听得，走过去撩起绡帐，轻声道：“这是我的夫君，他才病了，在这里歇息的。”女娲笑起来。娇珠忙过来曳了姝涵，站在一旁。女娲笑问道：“几时合婚的？”姝涵正色道：“昊天眷顾，我与夫君生来便是夫妻。”说着眼泪簌簌而下。

这时，就听院子里咚咚作响，跑来几个兵士，不打一句招呼，直闯而入，见了女娲，拱手拜道：“娘娘万福！”女娲指榻，令道：“床上那个郎君，你们抬到清元殿偏殿去将息好了，关了殿门，外面不可传出。”几个兵一声答应，上去搀的搀，抬的抬，将轩辕健放到春凳上。姝涵上前阻拦，被女娲劈手拉开，嗔道：“他们五大三粗的，撞着你的怎么办？”娇珠已惊得魂飞魄散，疯了似的抱住轩辕健，喊道：“快醒来！快醒来！”岂知轩辕健早被迷倒，焉能唤醒？娇珠跪在女娲脚下，哀求道：“母后，母后，万万不能的，母后若害了他性命，九重坍塌，寰宇崩毁！”女娲冷笑道：“你当母后是什么人了？我怎么会还害他性命？只是给他医病罢了。”说着将她一推一扯，拽到身边，一手攥着姝涵，一手攥着娇珠，令兵士道：“抬走！”几个兵士得令，抬起轩辕健就出去了。姝涵和娇珠动弹不得，瘫倒在地，珠翠狼藉于地，二人大放悲声。

女娲又拽着姝涵和娇珠稳坐绣榻，笑道：“姝涵，为母不责你，只是有几句话问你。”姝涵嘤嘤泣道：“你想问什么就问，想说什么就说。”女娲瞅她一眼，叹道：“怎的，现在就连叫一声母后也不愿了？莫非母后欠你许多么？我问你，你无父无母，玄女送你来蕊珠宫时，你不过只是一个婢女，我收你为义女，百般娇宠，何曾慢待过你？我再问你，潜入我宫闱，招风惹草，与人狎媟，乱我家法，我因此只打你一次，你盗取我的灵珠儿，因此我第二次打你，除此而外，我何时未视你如己出？我问你，你说你与轩辕健是夫妻，我亦不驳你，少年才子，豆蔻佳人，你情我爱一概难免，我皆都依从你，但是，你可知道这是我的宫邸？我也不消再说，我的本心并非作威作福，只你今日又明目张胆在我宫邸行淫，此实不能忍。”姝涵闻言，红上梨涡，一抹泪儿直问道：“母后，孩儿也不辩解，横竖都是错，悔不该进入珠宫，悔不该连累夫君，孩儿只问你一句，你打算如何待我夫君？”女娲瞥她一眼，冷笑道：“说来说去，好像是我真欠你什么了！你既然还认我这个母后，我仍当你是我女儿，我实话对你说，轩辕健已不可能与你成为夫妻了，我当然不会害他性命，也不会少他一根毫毛。我会请灵界佛祖，将他今世记忆消除，让你妹妹伏羲谦与他成婚，替你帝后之位。”姝涵泪如绠縻，哽咽不能止，望女娲泣道：“女娲，既到这般地步，可否容我说几句话？”女娲听她竟然直呼名讳，顿时一愣，怒视她一眼，厉声道：“本宫让你说话，不过本宫有言在先，今后你就在地牢中生活吧，本宫将以玄封大法鐍闭此牢，牢中所需一应供给，就让婷珠照料你，也算本宫念你们素日之情谊。”婷珠急忙劝姝涵道：“妹妹，再不能说一句话的，就恳请母后宽恕吧。”说完又转身跪于女娲前，哀求道：“母后，你就宽恕姝涵吧，不要将她关在地牢，母后，你就宽恕她一次吧。”女娲不理不睬，姝涵泣道：“姐姐别求她了，她本意就是如此，铁石心肠，已不能回转。”女娲瞅着她问道：“你不是要说话么？怎么不说？”姝涵泣道：“我当然要说话。我终于算明白了，一切的一切，都是因为这个原因，我说怎的就如此恨我，一心想置我于死地，原来你有野心的。其实你什么都知道，你什么都明白，只是未曾暴露你的心机，如今我都明白了，可是女娲，你可曾想过，混沌之初就有了我这个帝后，你想强夺是夺不去的，一旦铸成大错，将会天翻地覆，只能害了伏羲谦妹妹，只能贻害三界。轩辕健与我成婚，机缘到时，三界自然过渡，龙帝将统御三界九重世界，你若强行拆离我们，倒行逆施，立假帝后，届时贼逆篡位，三界大乱，生灵涂炭，你可愿意承担此责？”女娲神色顿变，不敢直视，低头冷笑道：“三界已经大乱了，请问龙帝在哪里？何时统御三界九重？”姝涵泣道：“就只差那么一步了，三昊虽乱，但也只是强占星域，并未互相战争，并未进犯天阙，龙帝只待旋转玄灵球便能一统众星，而你将他记忆消除，强迫婚嫁，立假帝后，从此天阙落入逆贼之手，将永无安静之时。”女娲问道：“你说的玄灵球可在太阳宫南殿封藏？本宫也见过，本宫将它取来，旋转一时，九重岂不一统？”姝涵冷笑道：“女娲，你想统御三界，成为天帝，此只荒诞一梦，岂能如愿？那玄灵球除轩辕健之外，无人可启封。”女娲叹道：“不说了，无人可知我心中烦忧，伏羲谦嫁与轩辕健，便成为帝后，龙帝统御三界有我势力捍卫，谅逆贼也无力颠覆，反之，他即使登极，你即使是帝后，势单力薄，又如何统御九重？届时三界大乱，生灵岂不愈加涂炭？我意已决，不能回转，话尽于此，是非恩怨留给后人评判吧！”说完便起身，甩袖而去。姝涵脚下一软，摇摇欲坠，娐珠慌忙急搀她起来，泣道：“妹妹，夫君自有天相，万望妹妹勿焦虑，千万珍重。”说罢，两人抱头呜咽。

却说轩辕健被兵士抬入清元殿偏殿，依然瞢腾大睡。女娲来到偏殿，娼翚、皃嬥、婯翜、斓妁、精卫、婉镜等相随，入得殿中坐定，见轩辕健大睡不醒，如死人一般。女娲至榻前，细细端详，见他清姿瘦骨，眉宇轩豁，雪肤兰质，腻理柔容，韵致幽闲，不觉暗暗惊叹，肚里转道：“轩辕健果然是盘古太师轮回，只可惜转生于乱世，不逢其时。我若消除其记忆，令伏羲谦嫁他，两厢恩爱，也过个平静日子，倘若轩辕健统御三界之时，小女可为帝后，即使三昊割据，逆贼作乱，只要有我在，以保卫天阙正统为名，他们亦不敢轻动。”思前想后，便吩咐婯翜和精卫前往西极灵界请如来佛祖与观音菩萨。婯翜问道：“若佛祖问小婢事由，小婢当如何作答？”女娲思忖片刻，沉吟道：“只说本宫有请佛祖与菩萨拜茶。”婯翜领命，与精卫往灵界拜请。

婯翜和精卫持蕊珠宫令牌出西天门直往灵界，方到时便见灵山巍然屹立，临到梵天，见山麓苍翠间，紫烟缭绕，隐约可辨鳞鳞红瓦，矗天宝刹，连绵精舍。二仙婢徐徐行至小雷音寺，远远看到数沙弥捧香鱼贯而行，再往前走，正巧遇到洛雅出来，撞个正面，洛雅见她们两个来，看装着首饰，便知她们是自蕊珠宫而来，遂上前合掌施礼，问道：“二位姐姐可是蕊珠宫的仙婢？”婯翜忙合掌回礼，答道：“正是，奉女娲娘娘之命前来请佛驾入宫拜茶。”洛雅又问道：“不知女娲娘娘要请哪个佛身？”婯翜回道：“娘娘只说请如来佛祖与观音菩萨。”洛雅一听，凝睇如有所思，心里想道：“娘娘为何突然请佛祖和观音菩萨拜茶，其中必有隐情。”想到此处，便道：“请二位姐姐随我来。”说完便引她们至小雷音寺一精舍，又合掌道：“请二位姐姐安坐片刻，我这就去入报佛祖。”说完转身出去，婯翜与精卫只得坐等她来。

洛雅入观音精舍，将蕊珠宫来人邀请之事一一细报。观音菩萨合掌道：“女娲娘娘有请，并非为拜茶，而是有机密之事让本座与佛祖亲为，此事关重大，本座须拜见佛祖，当面呈报。你且去精舍陪两位仙子，本座稍作计议就来。”洛雅即鞠躬，合掌庄然道："弟子告退。"而后退出。观音菩萨至大雷音寺，面见如来佛祖，还未开口，就听如来佛祖道："本尊已知详情，女娲娘娘既有请，焉能拒绝？你稍作准备，便与本尊往蕊珠宫做客。"观音菩萨合掌道："弟子有一事不明，还请世尊赐教。"如来佛祖道："观世音有何疑问？"观音菩萨合掌，问道："世尊明知蕊珠宫欲谋危事，为何仍要前往？莫非世尊明知不可为而为之否？"如来佛祖道："观世音，本尊岂能不知好歹？轩辕健乃是我佛轮回体，即盘古，亦即阿弥陀佛，本尊知我佛天资俊爽，无奈世路凄其，注定历万万劫，今消除我佛前世记忆此为一劫，然而劫后有益，可使我佛清净耳根，消却烦恼，以绝忧患，不然，我佛每回首前尘，徒增浩叹，百害无一利。只等我佛历经万劫之后，登极为帝，统御三界，方成亘古世界。"观音菩萨道："世尊言有至理，使弟子不可置一言。弟子又不解世尊若谋改劫数，岂不延误天下苍生？姝涵乃是帝后，却于蕊珠宫含辛茹苦，非躬历其事，不能知也。今女娲娘娘欲囚姝涵，使其不能与轩辕健相见，睹此情况，悲慨不已。姝涵绝世名姝，必郁郁为轩辕健而死，帝后若死，我佛焉能存活？而今女娲娘娘利令智昏，宁将帝后下入地牢，此又岂能不顾，唯乞世尊愍怜薄命女郎。"如来佛祖道："轩辕健本是盘古、阿弥陀佛化身，自能化被万方。此番历劫，若本尊故意不为，亦无补秋毫，矧今日女娲娘娘嘱请，若是趋避不去，势必开罪，更有何益？"观音菩萨合掌道："善哉，既是如此，弟子所疑顿消，愿随世尊前往开化。"说罢，稍静坐一时，佛驾便往蕊珠宫而去不题。

再说姝涵被女娲填于地牢，而后施法将牢门玄封，又往娇珠身上吹一口玄气，令她陪伴姝涵，此番与昔日不同，姝涵不得出入，犹如陷于天井。地牢无人看守牢门，牢内不设一婢，唯有娇珠一人可往返自如，娇珠曾试着牵姝涵的手儿同出，谁知到了牢门口，便见一道红光劈来，将二人隔开，娇珠在牢外，独姝涵仍在牢内。娇珠泣道："我妹妹今至此地步，只怕再也没有出路了。"姝涵岂肯甘休，于牢内轻轻一转身，便见牢中云雾突现，奇光异彩，万紫千红，等光芒渐渐散去，就见置身于金屋了，陈设精雅，与宸恩殿香闺别无二致。娇珠惊道："妹妹，快变回去吧，不可让女娲知道，否则只怕连这地牢也住不得了。"姝涵冷笑道："她让我苦，我偏不苦，既为形天轮回，岂能任她宰割？出不得牢笼也罢，便以此井为家，我儿出生之后也好有个安身之所。"娇珠忙道："若女娲看见，怎肯依你？"姝涵道："她再也不来了，即使外人来看，一切瞬间变回，是不能察觉的，等人走了之后，又恢复金屋原样儿。"娇珠嘤然而叹道："女娲绝情，其心甚于蛇虺，只叹妹妹命薄，被她夺了夫君，又囚于地牢，唉！今无良当道，一至于此！"娇珠心里也暗想与轩辕健有一日夫妻，回首恰如幻梦，想起与轩辕健正在情浓，却忽然分散，那个令人温存的盘古龙帝又生死未卜，想着想着不觉黯然肠断。娇珠暗思道："我妹妹姝涵红颜薄命，空有绝世姿容，如今被女娲所害，今怀天孕而入地牢，将来母子茕茕，困苦于此，未知何时出头。"想着便对着牢门唏嘘长叹。忽然又想婆叕，恨得咬牙，心内骂道："怪我无眼，百密而一疏，一向未看出婆叕这个贱婢，原来是女娲安插的奸细，与女娲同谋，茶中放了迷露，以致我夫君不醒，中她奸计。"娇珠从精卫口中得知女娲去请了如来佛祖和观音菩萨，忽然又想起洛雅在灵界修行，便觉此事尚有个着落，有些个涯岸，便对姝涵道："你有个好姐妹在灵界，叫洛雅的，若是女娲请佛祖来施法消除夫君记忆，何不让洛雅帮忙从中周旋，让佛祖大发慈悲心，放过夫君一马？"姝涵叹道："也不知她能否帮得上我，佛祖若只听女娲，岂能听她一个比丘的话呢？如今别无他法，你去试试吧。"说着便觉希望渺渺，茫茫无际，也不知那泪珠儿是从何处来的，扑簌簌的只管坠落。娇珠见状，将姝涵揽入怀中，泣道："即使夫君命该如此，却不该带累了妹妹，见妹妹辛苦，姐姐这心上好生难过，姐姐此时也不怕了，好歹与妹妹追随一处，纵然万死亦无憾了。"姝涵握着娇珠的手儿，泣道："如今患难相扶，若天道有心，必使夫君化险为夷，异日与姐姐欢娱同享，誓不相负的。"娇珠哽咽道："但得妹妹宽容提携，此后如生死骨肉，永不离弃。"娇珠说罢，抹了泪儿，自出地牢去往灵界了。

娇珠来到灵界，见星斗灿烂，花影横阶，寄望于洛雅，心中也惬意不少。那日洛雅在精舍打坐完毕，正坐在小雷音寺小轩前仰望星斗。因听接引归真佛细说了姝涵被女娲关入地牢，想起姝涵过得惨苦，轩辕健又不知下落，一时百结衷肠，愁绪万千，不觉滚滚泪下。此时忽然又见娇珠造访，便握住娇珠的手儿，惊问道："妹妹，可有消息？"娇珠饮泣，将事情一一备述。洛雅落泪道："原来姝涵是形天轮回，轩辕健是盘古转世，听你说了这些儿，又想起我佛也曾细说过，我便更深信不疑，事已至此，只叹天道无常，不知妹妹有何打算？"娇珠凄然泪下，问道："姝涵落难，夫君又将被佛祖和菩萨消除记忆，姐姐可愿帮助么？"洛雅叹道："我已见过蕊珠宫婢子来请佛祖和菩萨，也曾在观音驾前求情，然而此事已无可挽回，佛祖决意往蕊珠宫去。"娇珠见说，泪水纷纷滚下。洛雅又道："妹妹连日悲恸，自当珍惜玉体，不要伤感。"娇珠顿脚，泣道："我妹妹姝涵被监禁，夫君又不知生死，怎能不叫人伤感？"说罢又大哭。洛雅挽她玉臂，安慰道："妹妹，姝涵既被监禁，不知怎生脱得那地牢？"娇珠泣道："女娲以大法玄封牢门，再难逃脱了。"洛雅叹道："我修书一封，烦请妹妹转与姝涵，也宽解一下她的愁肠，此事不急，我有亲人在天廷后宫，乃是帝妃五龙霙，我这就去拜见，将事说明，或玉帝可出面干预，化解了此灾，也未可知。”娉珠闻言，感激涕零，深深下礼道：“姐姐大恩大德，无以报答。”说罢作别而去。

娉珠返回地牢，见姝涵据榻而坐，默默流泪。娉珠过来，握她手儿，叹道：“事已至此，妹妹勿悲伤了。”姝涵急问道：“姐姐不曾与洛雅说么？女娲令佛祖施法加害夫君，使其消除记忆，一旦如此，你我再无寄望，只怕要困死于此了。”娉珠摇头儿，泣道：“我去见了她，也说了，只怕此事她也无能为力。”姝涵问道：“为何？她若相助，可将实情陈述，佛祖岂肯助恶成害？”娉珠泣道：“妹妹，我不知说什么才好，洛雅留有玄帛书信，你自看吧。”说罢从袖中取出玄帛一卷，交于姝涵，忙展开看来，见书云道：

呜呼，妾知姊与俊郎自此永诀矣！妾已三戒俱足，不容行杀伐之事也，不然何以能坐视冤状？自圣安星一遇，姊与妾义结金兰，渥眷之情，犹如昨日，妾非草木，岂不感欤？然妾固是有难言之恫，身在灵山困于净戒，否则岂忍姊危苦飘摇之躯受尽磨难？今于雷音寺哀泣，伫聆梵音，默察其声，方始大悟，生死轮回众相，莫衷一是，尘尘刹刹，事事相望，会遇无因。伏祈姊千万珍重，毋愁为幸，又复何云？洛雅含泪顶礼。

姝涵见信，咬唇嗔怒，泣道：“昔日，夫君因怕我在太阳宫被恶人发现招祸，故曾携我往圣安星，托付于洛雅，只道洛雅元灵是夫君取锁骨所化而成，定能赤心侍主，我看洛雅为性情中人，待我甚厚，意极可亲，不想她却如此胆小怕事，今见此信，便知其一心向佛，全无相助之意。”娉珠叹道：“洛雅一个比丘尼，怎的与佛驾说上话，此事也不怨她，错在女娲一人，以权大施淫威，迫人就范，实与他人无干。再者洛雅说要去见帝妃五龙霙，试试看能否使玉帝出面干预，事情或可有望，我们只待消息便好。”说完两厢又相拥而泣，一时无话。

却说如来佛祖与观音菩萨随娄翙和精卫来到蕊珠宫，入正殿客厅等待女娲会面，约莫一会儿，娄翙至佛前欠身道：“娘娘有命，请佛祖与菩萨贲临偏殿拜茶。”佛祖与观音菩萨又随至偏殿，入座之后，少须，便见女娲携须菩提与伏羲谦入内，一一拜过，饮茶叙话。如来佛祖见须菩提，笑问道：“须菩提慧根深厚，为我沙门中人，在仙界一向可好？”须菩提拱道：“弟子无一日不思宝刹，如今效力天廷而已。”如来佛又瞅伏羲谦，见她华容绝代，貌甚庄肃，笑道：“少主身在贝阙珠宫，观其神色，颇具金姿宝相。”女娲闻言，颦蹙问道：“不知佛祖所说，是清虚中宝相，还是玄阙内宝相？”佛祖笑而不答。女娲转脸对须菩提道：“你且去镇守天门，母后与佛祖说会儿话。”须菩提又分别拜辞如来佛与观音菩萨，退出去了。女娲搂着伏羲谦，笑问道：“佛祖既来，必知本宫心思，此间说话不妨，请佛祖开示。”如来佛祖合掌道：“娘娘慧明，我应邀至此，正为此事而来。但有一言，我须澄明，请娘娘三思再定。”女娲问道：“佛祖有话直说。”如来合掌道：“消除轩辕健记忆不难，我也愿意为之，此既为盘古轮回万万劫中之一劫，始终难逃劫网，再者以小劫而换大劫，也是至善之事，我更不会推拒，只是……”女娲急问道：“只是什么？”如来又道：“少主虽可强扶为帝后，但终归不是天命帝后，我虽能施法曲折劫数，只是昙花一现而已，盘古与形天轮回途中，自有大道归正之时，将来真相必然显露，只怕后果不得善终。”女娲问道：“佛祖，有什么后果，不妨细细道来。”如来佛合掌道：“将来三界大统，帝王和帝后元阳中阴合一，九重亘古，帝后轩辕姝涵必不宽恕娘娘所为，倘若大行罪罚，必然累及家门。少主虽可短暂为后，但三界难以认同，只是看在娘娘威仪而不深究，娘娘可曾想过，少主将来何去何从，亲人骨肉又将面临何等命运？”女娲闻言，掩面哀咽，神色凄怆，伏羲谦伸手儿为她拭泪，不觉亦作啼妆。女娲满怀悲感，叹道：“本宫为三界而取大义是也。昔日，本宫曾听伏羲昊说，《昊经》道‘龙帝自请入凡轮回’云云，本宫虽不知详情，但笃信《昊经》预示，请问佛祖，本宫如不绸缪，若龙帝轩辕健将来入凡轮回，三界又将由谁统御？三昊虎视，逆贼为乱，天下大乱之责由谁承担？本宫宁可累及后人，也不愿坐视三界浩劫，唯愿佛祖体察。”如来佛与观世音菩萨闻言，皆合掌施礼。如来起身，肃容合十道：“谨受教。娘娘深明大义，本尊岂能不知，既然如此，本尊任凭娘娘行事，请娘娘允许我与观世音尊者探视轩辕健，以施法消除其关涉帝后轩辕姝涵之记忆便可，并不伤大体，请娘娘勿过伤心。”说罢合掌一拜。女娲欠身一拜，泣道：“甚善，本宫导佛祖至偏殿。”如来合掌沉吟道：“阿弥陀佛。”

再说轩辕健沉沉睡去，女娲引如来佛祖与观音菩萨进入偏殿，自己领着伏羲谦悄然而去。如来佛端详榻上的轩辕健，见他形容劳困已极，便令观音菩萨配合，悄然做了法事，而后又退出，不消细说。又过两个时辰，轩辕健渐渐醒来，只觉昏昏蒙蒙，恍如隔世，挣扎坐起，睡眼懵瞪，见室内络饰金彩珠翠，璀粲溢目，却不知身在何处。心中纳闷，一时茫然无措。此时，如来佛与观音菩萨入内，手中拿着茶盅，并玄膏一碟，轩辕健打量他们一番，问道：“这是什么地方？我怎么在此？”如来佛放下茶盅与玄膏，与观音菩萨近前，跪地三拜，泣道：“我佛圣安，请受弟子一拜。”轩辕健正色道：“不必礼拜，快请平身。这究竟为何事？我却被锁拿至此，此时身在何处？”如来佛又将荼盅与玄膏捧上，而后道：“此乃女娲娘娘好意，送与我佛充饥。”说着便放在他旁边几案上。轩辕健直视如来与观音，问道：“你们胆敢合谋，拘禁我在此，莫非要造逆不成？”如来佛合掌道：“岂敢造逆，我佛只是大病新瘥，忘记而已。”轩辕健问道：“我有何病？”如来佛回道：“方才失足坠入枯井，幸被女娲娘娘救起，此刻已痊愈。”轩辕昊已记不起轩辕姝涵，只是问道：“可知我妻婷珠在何处？”如来佛祖思忖片刻，回道：“婷珠皆好，我佛安心歇息。”轩辕健起身道：“此处非我宫邸，安能久坐？”如来佛合掌道：“我佛自幼住在蕊珠宫，只是因病而将许多事都忘记了。”轩辕健细细一想，茫然不知，只好自己出殿去看，如来佛与观音菩萨见事已成功，便辞别女娲返回灵界不题。

说到如来佛和观世音菩萨来历，原来，燃灯佛祖下界至凡间，收释迦牟尼如来佛和观音菩萨为弟子，经历曲折，颇有些传奇。当时，燃灯佛在西土乞食传道，人们因其长发蓬松，破衣烂衫，都不愿意接近。这期间，只有一男孩崇信燃灯佛所宣扬的佛法。一日，见一女子捧青莲花，男孩便上前讨要，那女子道：“须眉男儿，要花作甚？”男孩指着一旁的燃灯佛，笑道：“此花清妙，欲求一支，供奉佛祖。”女子见燃灯佛邋遢，疑为乞丐，回道：“你也不怕污了这花？”男孩回道：“花虽清妙，不过同尘合污罢了。”女子笑道：“此花金贵，不与俗人，若索取此花，须你下跪。”男孩不假思索，扑通一下跪地，女子笑道：“我闻君子之膝如铁，岂肯为花草屈？”男孩合掌道：“佛能含垢纳污，愿为众生屈，我为何不能？”女子心中一动，就给他一支青莲花，男孩恭恭敬敬接过，又膝行向前献给燃灯佛。燃灯佛大喜，接受供奉，拈花笑道：“你能观世音，有大慈悲心，来世当作观世音菩萨。”燃灯佛收男孩为弟子，入灵界后，便封他为观世音菩萨，与普贤菩萨、文殊菩萨以及地藏王菩萨一起居在大雷音寺，侍奉燃灯佛左右。

再说如来佛祖，也是燃灯于凡间度化的佛弟子。燃灯佛带弟子来到迦毗罗卫国传法，这里也发洪水，听说人皆逃至一僧院避难，每天念诵佛经，令燃灯佛欣慰。燃灯佛与弟子去僧院看望，半路遇到僧院一童子，见其神态不俗，面有贵相，便问道：“你欲往哪里去？”童子合掌答道：“梦见将有圣佛前来，正欲去拜望。”燃灯佛笑道：“我便是圣佛，请引我去僧院看望众人。”善慧童子不疑，跪拜而已。燃灯继续往前，善慧童子见燃灯佛赤脚行走，欲过一摊泥泞时，忙上前去匍匐于地，将自己长发铺于污泥上。燃灯佛问道：“污秽之地，童子何故如此？”善慧童子答道：“我佛金体，岂能惹尘，请踏弟子云发而过，受弟子供奉。”燃灯佛来到童子面前，笑道："你有佛心自清洁，何处见得尘埃？"童子再看去，那一摊污泥已全然不见。燃灯佛问道："你叫什么名字？家在哪里？"善慧童子起身，合掌恭敬回道："我叫乔达摩悉达多，我是国王长子，在此欲求佛法。"燃灯佛道："善男子，见你如我来世，我赐你号如来，收你为我佛弟子。"于是同行，如来修行得道，宣扬"八正道""灭道四谛"诸佛法，使弟子们明白脱离生死轮回之道。乔达摩悉达多八十多岁时涅槃归一，直达灵界，燃灯佛封他为如来佛，居在大雷音寺。

燃灯佛和如来、观音归一灵界前夕，曾与南海中阴阳二鱼交战。当时，燃灯佛师徒三人以扁舟渡海，燃灯佛突然合掌道："这两个孽畜，本在东海，怎么却来到了南海？"话音刚落，就见海面掀起大浪，掀翻扁舟，燃灯佛携如来和观音飞到岸上，燃灯佛对如来和观音道："此为阴阳二鱼为祸。二鱼乃是泰初灵兽，此时机缘已到，待为师度化之。"说完将手中的无患子扔进海中，只见无患子瞬间披光带彩，一道金光将阴阳二鱼牢牢套住，阴阳二鱼不肯上岸，摆动未定，忽然，只听"咔嚓"一声，二鱼脖子瞬间折断，身首异处，无患子只拉上来两只鱼头。燃灯佛合掌道："阿弥陀佛！既然如此，将鱼头带回安置，待为师召回二鱼之灵，度往灵界。"于是，令如来和观音将两只鱼头搬到一洞中安置，白天敲打黑鱼头，夜晚敲打红鱼头，口中弥弥喃喃诵着幡经。每敲打时，阴阳二鱼的灵便觉疼痛难忍，不过七天，二鱼之灵不堪忍受，只好回到燃灯佛身边，被观音收入净瓶之中。如来与观音敲打鱼头念佛，被过往一老僧窥见，不知何解，入内问道："何故敲打鱼头诵经？"如来一边敲打，一边吟道："木鱼原来无肚肠，阵阵敲在魂灵上。万法元来一梆子，佛陀头上生紫光。"老僧忽然大悟，回至寺中，用红木制成鱼头，每日敲打诵经，称其为"木鱼"。

话分两头。女娲见轩辕健记忆消除，也不刻意去打扰，只是秘密安排婢子们暗中盯着，不叫他出蕊珠宫去。轩辕健转悠了几处殿院，又不认识一个人，只好又转回到偏殿里去，自己站在窗前发了一会儿呆，又睡去了。

娇珠陪着姝涵，直到她睡着了，才出地牢，想找个婢子来打问轩辕健的消息，没走几步却见伏羲谦一个人朝这里走来，娇珠连忙迎过去拉住伏羲谦的手儿，问道："妹妹，不在自己屋里的，怎么来这里了？"伏羲谦蹙眉问道："是不是这里有个地牢，里面还关着一个姐姐？"娇珠暗吃一惊，四顾无人，眯斜着双眼，问道："妹妹听谁说的？"伏羲谦回道："方才母后与佛祖说话，我无意中听到的。"娇珠忙道："说来话长，这儿也不是说话的地方，你随姐姐来我屋里坐。"说着引伏羲谦来到宸恩殿，伏羲谦跟着娇珠进屋里一看，外屋两间，翠帷绡纱，满墙字画，陈设雅致精细。伏羲谦看了一阵子，笑道："姐姐这屋子可真幽雅。"娇珠笑笑，将她请到正面座上，这时斓姁却来了，娇珠一愣，将她拉到外间，立眉问道："怎么，娘娘还让你伺候我？"斓姁点点头儿道："娘娘说二少主这里没人伺候可不行，就让小婢来了。"娇珠咬牙问道："萎裂那个贱婢子呢？如今在哪里？"斓姁低声道："出宫去了，也不知道娘娘让她去作什么，小婢只知她不做婢子了。"娇珠哼了一声道："她不做婢子了？只怕是做了亏心事儿，也不敢在这里了吧？"斓姁低头拈带，娇珠又道："你去娘娘那里吧，我这里不需要你伺候。"斓姁瞅了娇珠一眼，小嘴儿一努，两行眼泪就流了下来，泣道："二少主不要小婢了么？就让小婢为你奉茶吧。"娇珠冷笑道："再也不敢让你们奉茶了，上次茶盅里下的迷露，这番定然是毒药了。"斓姁泣道："那却不是小婢做的事情，萎裂自来，从头到尾小婢就不知她来历，她做的事儿小婢也一无所知。"娇珠见她说的恳切，想起那次见女娲来，她一个人喊"凤凰、凤凰"，因此还挨了一顿女娲的打骂，娇珠便知她是好的。娇珠让她去备茶，自己进里间去了。见伏羲谦仔细看着姝涵为她画的那幅肖像画，笑问道："妹妹也喜欢画画儿么？"伏羲谦摇摇头儿道："不会呢，这就和长上去的样儿，哪里能画得出来？"说着又瞅娇珠，见她眼睛一红，似哭不哭的样儿。伏羲谦问道："姐姐这是怎么了？"这一问，娇珠便抽泣起来。斓姁端茶进来，伏羲谦接过茶，问道："你是这里的婢子？"斓姁点点头儿就退出去了。伏羲谦又拉着娇珠坐下，问道："你我虽不是同胞姐妹，但你始终也是我姐姐，有什么话就说出来，憋在心里作甚？"娇珠委屈，一腔怨言正无处释放，经她这么一问，忍不住泣道："你两个姐姐遭了大难，可能妹妹也知道个大概。我和你二姐姝涵来蕊珠宫后，因我是内廷天卜神钟颀的女儿，你二姐姝涵才艺过人，母后便发了慈悲心，将我们姐妹收为义女，一直受母后的雨露重恩。不论姝涵还是我，和婢子们，从那以后如同风吹雨打，各怀着各的心思，形同陌路了。回想姝涵才来时，我们是何等的欢乐，转眼之间，就变得四面萧条了。自从你二姐姝涵和轩辕健的事儿暴露后，母后就像变了一个人儿似的，对你二姐百般折磨，如今竟被关进了地牢，再也逃不出母后的手心了，如今是除了死，再也没有别的活路了。你可知道，母后就要将你许配给轩辕健为妻了，妹妹，你可要千万记住姐姐的话，万万不能答应这个事儿，你若伤了你二姐姝涵的心，将来这姐妹怕是做不得了……"说着鼻子一酸掉下泪来，伏羲谦听着也禁不住落泪。伏羲谦大惊道："这事儿是真的么？母后她为什么要这的对二姐？我怎么丝毫都不知道？"娇珠正要将前后事情细细道来，不料只听身后一声断喝："谦儿！你怎么来这里了！"伏羲谦和娇珠回头一瞧原来是女娲来了，再看斓姁也在门口，已经吓得在一旁战战兢兢。娪珠未免有些悚惧不安之状，伏羲谦亦有羞涩之态。女娲径直过来，一把将伏羲谦扯过搂在怀里，一边又瞪着娪珠，斥道："怎的，可是狗急跳墙了，来挑拨我们母女，也不知你是如何想法，那姝涵与你无亲无故的，你倒至死心踏地的护着她，不惜跟我翻脸，难道你在这蕊珠宫哪里有不满的么？难道你也觉得我欠你了么？"娪珠低头道："母后想多了，孩儿并无恶意，只是与妹妹闲聊罢了。"女娲瞪她一眼，又对伏羲谦道："别听她信口胡说，全是哄骗你的话儿，以后，你也别来这里了！"伏羲谦瞅着女娲问道："母后，娪珠是我姐姐，我为什么就不能来这里？"女娲霍地拉起她就走，斥道："怎的，一个个都要反了，听着，这蕊珠宫还是为母做主！为母不让你来你就不能来！"说罢，牵着伏羲谦，怒气冲冲就走，还未至清元殿，伏羲谦红着脸儿挣脱女娲的手儿，自己提着裙摆一溜烟转身跑了，女娲叹了口气，只好随她去了。

女娲到了后殿，坐了一会儿又不放心，想到伏羲昊叛乱而去，须菩提又成家立业，而独有一个女儿伏羲谦竟然也对她耍起脾气来，不禁叹道："唉，女儿大了，不由娘了。"说着就忍不住落泪。坐了片刻仍不放心，便到瑶轩阁看伏羲谦，见她手儿托着香腮，弱态恹恹地独坐，女娲便坐到她身边，伏羲谦见女娲颦蹙，转身靠在她怀里，娇声劝道："母后不要恼的。"女娲抚她削肩，叹道："为母也不是不让你去那边耍，就怕她们嘴里胡说八道的教坏了你。"伏羲谦低头拈带，轻声道："孩儿还有些个话儿要对母后说，不说又憋在心里头不畅快，说又怕母后气恼。"女娲握着她的手儿，笑道："我女儿懂事儿了，你尽管说，你说什么话儿为母不听的？"伏羲谦道："我闻'知足不辱，知止不殆，可以长久'，我们一家人都好好的在一起不好么？只为姝涵姐姐来我家，母后便受了许多闷气。母后开天辟地，造化众神众生含辛茹苦，如今才得了这般一人之下万人之上的地位，却为何还不满足？轩辕健和姝涵姐姐本来就是天造地设，那的威权岂能是随意颠覆的？母后就因为一个珠子将姝涵姐姐毒打一顿，甚至都用刀割了她的脸皮，关入地牢，这番又因为争个未来的帝后之位，又设计消除轩辕健记忆，将姝涵姐姐囚禁于地牢，孩儿就是不明白了，母后为什么要争这个的？即使母后用了那掀天的手段达到了目的，又能做什么呢？难道孩儿成为帝后，就是母后最终所望么？到时候我们还不是在宫里担惊受怕的。母后若能放下私念，未来仍不失倚着轩辕健的宠信，母后竭力辅佐，与现在玉帝也无二致，为何母后就能扶持玉帝，偏偏就不能扶持轩辕健？母后这样儿做法，只怕召来大祸呢，如今玉帝比不得昔日离不开母后，他有群臣有嫔妃，哪个不妒忌母后？笪殷昊、轩辕昊、伏羲昊又自立为祖，哪个又不把母后看成眼中钉肉中刺？

他们就等着寻找母后的把柄，到时候以这些个借口来对付母后，母后一个人怎对付得了这许多人？最最可怖的是，孩儿即使成了轩辕健的帝后，他是被消除了记忆，可这事关盘古的事情又拿不定的，倘或一朝他记忆恢复了，我们岂不是露出了破绽，即使不会引来杀身之祸，但最终也落个没趣味。母后如今位极神臣，又封了圣天母娘娘，我哥哥又是镇天大元帅，受天廷恩宠，都这样儿了，母后还想要什么？不如就放了我姝涵姐姐，就让轩辕健来我们家住，她们在一起，我们一家人其乐融融的，这不是更好的么？”女娲静静听着，时不时瞅着她微笑，听她说完了，女娲笑问道：“说完了？”伏羲谦乖巧地点了点头儿，怯生生地瞅着女娲。女娲摸着她的手儿，笑道：“好女儿，你能有这个想法，为母都始料不及，我女儿果然聪慧，不令为母失望的。”伏羲谦大喜，瞅着女娲问道：“这么说，母后答应孩儿了？”女娲笑道：“答应你什么？母后只是觉得你能自己想事情了，但母后并不认同你的话，很多事不是你想的那么简单，你给我记住，永远要听你母后的话，不许你有任何违背，将来你会感激为母的，总有一天你会明白为母的良苦用心。”说罢，松开伏羲谦的手儿，转身走了，伏羲谦望着女娲背影，呆呆地站在那里。

伏羲谦劝说女娲不动，也只好忍着，一时觉得无趣，便又去清元殿找婢子们，路过云灵轩时，见须菩提走出来。须菩提忙上前作揖，伏羲谦道了一声“哥哥千福”。才说完，就见女娲不知从哪里走了出来，须菩提见女娲一脸愠色，不明就里，一闪身子就躲去了。女娲令精卫、婉镜在瑶轩阁陪伏羲谦，自己去前殿，刚来到阶前，就见如来佛驾临，女娲一愣，笑问道：“佛祖又来，有何见教？”如来佛合掌道：“本座来此，只为求一宝。”女娲道：“佛祖戏言了，本宫哪里有什么宝贝？”佛祖道：“宝贝就在贵府，请随本座去看。”女娲道：“后殿乃是小女们居处，哪里有什么的宝贝？”说着引如来入后园。如来佛一路无话，转过几座庭轩，见伏羲谦在红亭台上独坐，上前问道：“少主怎么独自在这里？”伏羲谦忙起身，合掌道：“见过佛祖。”佛祖笑道：“本座来此，只为求得一宝，不知少主可愿相赠？”伏羲谦疑惑道：“我不曾有什么宝贝。”佛祖笑道：“宝贝就在园中瑶池。”说着就与伏羲谦同往瑶池。伏羲谦望着池水，问道：“宝贝在哪里？”佛祖朝那池中一挥袖子，就见池水翻滚，光彩溢目，有无数青枝绿叶自水面盈盈而出。伏羲谦大喜，问道：“这里怎么开花了？”佛祖合掌笑道：“池中有七莲。一茎生数花的是嘉莲，双头并蒂的是瑞莲，茎直叶阔的是王莲，这都是灵界之物，可见少主与灵界有缘。”伏羲谦喜道：“果然是灵界之物，这般清秀。”佛祖合掌道：“池中生莲，说明你便是万花之尊，乃为镜花神。”说完，只见池中腾起万千彩光，盘绕伏羲谦身上。伏羲谦不解问道："何谓镜花？"佛祖道："静观其池，犹如明镜，满眼皆莲，法相如是。若水月镜花，空灵静妙，能辨善恶，且以善为乐，虽见恶但无视其迹，水月镜像，无心去来。"伏羲谦听后，似懂非懂，问道："佛祖说的宝贝便是莲花么？"见佛祖颔首，合掌道："若少主能将这莲花送与灵界，便与我灵界结缘，你自种下福田，便得无数福报。"说罢一鞠躬，而后将身一转，突然消失。女娲也未挽留，望着伏羲谦道："这池中莲花皆为佛祖所赐，你也该回礼。"伏羲谦问道："如何回礼？"女娲道："你让湘君、湘妃、精卫、婉镜几个去池中采莲花来，而后制作莲台送与灵界诸佛，这便是回大礼了。"伏羲谦拍手道："这个简单，不过是借花献佛罢了。"说罢便找婢子去忙了。

伏羲谦与众婢制作了七个莲台。又带众婢，携七莲台去灵界拜望佛祖。如来佛祖知是伏羲谦来献莲台，与诸佛早在殿内等候了。伏羲谦入内，见如来佛高坐云台，左右是观音、普贤、文殊三菩萨，殿堂两侧是五百罗汉。伏羲谦献上宝莲，大殿上忽然飘起白雾，彩气成绮，一时梵音大作，诵经不断。伏羲谦与众婢恭敬入座，合掌聆听。送了莲花宝座，又辞别诸佛，与众婢回蕊珠宫。才入瑶轩阁，拾起案前笔墨，于玄帛题一首诗道："紫霞袭灵界，金光抱诸佛。贡瑞莲花台，无相法王座。"然后转身对精卫和婉镜道："今天真高兴呢，总觉自己头一回做了一件大事儿。"说罢又与众婢言笑，不题。

女娲本想去太阳宫，正要出门，就见涂山阕来了，便请入品茶。见涂山阕心事重重，女娲问道："本宫好久也不曾入宫觐见了，不知朝中可好？"涂山阕回道："听说笪殷昊上表天廷，愿纳贡臣服，唯请圣上敕封。"女娲闻言，惊道："那圣上是如何回复的？"涂山阕叹道："圣上已下诏，封笪殷昊为王。"女娲摇头叹道："圣上如此，岂不是将许多星域拱手让与逆贼！"涂山阕问道："娘娘可有打算？"女娲思忖片刻，吩咐道："烦劳将军去鹿雅星神府镇守，以防不测。"涂山阕道："末将愿往！"女娲又问道："本宫记得将军麾下曾有一偏将笪燕宝，性情刚直，可以大用，不知他现在何处？"涂山阕回道："前几日被圣上罚下界去了。"女娲暗暗吃惊，问道："这又是为何？"涂山阕摇头叹道："是他自取其祸罢了。"

原来，玉帝因下诏招安笪殷昊，遭到众神臣谏阻，玉帝不纳，众臣多有不平，为安慰众臣，便在神乐宫设宴，请钟颀、涂山阕、杨天佑、天蓬等神臣。当时，笪燕霍已在内廷供职，借机做了安排，将其子笪燕宝、笪殷霎也召来入席，意在获得玉帝赏识。玉帝宴请之意，众臣心知肚明。可是，涂山阕又在宴上请奏讨伐三昊，被玉帝当场驳回，那笪燕宝也是个烈性子，见玉帝无意用兵，便在御宴上喝了个酩酊大醉，借酒吟诗一首道：“承福享玉宴，安逸忘征战。觥筹交错声，座上听郛言。感叹金阙深，原是别家殿。何时出真龙，平我心中怨！”说者无心，听者有意，玉帝听笪燕宝讥讽他无能，大有期盼新君之意，当场大怒，下旨将笪燕宝打下凡间。女娲听涂山阕说完，进宫见玉帝，见女姬也在，不便奏请讨逆，只是和女姬说话。玉帝知道女娲前来必有事，问道：“娘娘驾到，必有事面奏，却为何一字不提？”女娲见问，起身回道：“臣闻圣上久不临朝，不知是何缘故？”玉帝吞吞吐吐说不出话来。女姬见玉帝在女娲面前战战兢兢，心中大为不快，正要发作，又听女娲道：“本宫欲兴兵讨伐笪殷昊，请圣上旨意。”玉帝道：“笪殷昊已臣服，何必又贸然启伐？”女娲正色道：“笪殷昊野心昭然，圣上却一纸诏书将天廷二十八星海拱手让与他，若笪殷昊兴兵而来，又当如何？”玉帝唯唯道：“他若再度造反，再伐不迟。”女娲道：“逆贼缓兵之计，圣上焉能不察？”玉帝问道：“如此，将如何应对？”女娲道：“将计就计而已，他既然已讨得封赏，必自以为得计，本宫乘机兴兵，打他个措手不及，诸星海便可一举收复。”玉帝强颜笑道：“君无戏言，朕既已下诏，此番突然收回诏旨，他若以此为由，兴兵来犯，如何抵敌？”女娲厉声道：“圣上如此优柔，天廷危在旦夕。”女姬气恼，起身道：“圣上已亲政，诸事当由圣上裁决，师姐御前咄咄相逼，是何意图？”女娲道：“如此大事，我若不问，等笪殷昊来犯，就来不及了。”女姬冷笑道：“师姐说得好听，你只说三师兄，为何不提大师兄？师姐就不怕他兴兵来犯？”女娲冷笑道：“事有缓急轻重，先收服那笪殷昊，再兵伐伏羲昊和轩辕昊才是上策。”女姬无言以对，愤然离去。玉帝道：“娘娘且请回府，容朕细思之。”女娲只好作罢，回蕊珠宫了。

翌日，女娲再次请奏出兵，玉帝不准。女娲一气之下回蕊珠宫去了。玉帝坐不安席，只听身后道：“圣上不准女娲娘娘出师，却因何故？”玉帝循声望去，见是内廷侍官笪燕雀。玉帝斜睨他，问道：“你一个侍官，安敢在此妄言？”笪燕雀跪道：“在下见圣上心急，故而斗胆一问。”玉帝叹道：“唉！朕不想与女娲娘娘反目，只是朕已下诏，恩准笪殷昊请降，并封他为王，若娘娘兴兵去伐，岂不是惹恼了那贼，贼若来伐如何是好？”笪燕雀又道：“女娲娘娘岂敢抗旨？”玉帝长叹一声道：“朕担心娘娘心中有怨，若要执意发兵，那将如何？”笪燕雀道：“在下以为，圣上不如准了女娲娘娘所奏，令她率师出征。”玉帝叹道：“朕就担心出师不利。”笪燕雀道：“女娲娘娘善战，必能大捷。”玉帝怒道：“你懂什么，兵家之事，变幻莫测，岂有常胜将军？”笪燕雀拱道：“在下有一计，可保万无一失。”玉帝问道：“哦？你也有计？”笪燕雀回道：“笪殷昊在麟鹤宫尚有家眷寄居，圣上可拿下为质。”玉帝问道：“他宫中有何家眷？”笪燕雀道：“尚有笪殷昊之妾平茜氏，还有玄女之弟勾弋俩。”玉帝道：“笪殷昊统治半壁星域，后宫佳丽无数，又何惜一妾？”笪燕雀道：“笪殷昊或不惜一妾，但那玄女断不会不惜一弟。”玉帝以为妙计，喜道：“朕封卿为内廷大臣，就劳卿去办理这件事儿。”笪燕雀喜出望外，即领兵去麟鹤宫密捕平茜氏、勾弋俩一干人等。

话说女娲面圣请奏出兵讨伐笪殷昊，玉帝不准，于是肚里窝着怨气，才回蕊珠宫，不到一盅茶的功夫，元真童子就来宣旨，令她率兵出征。女娲心里纳闷道：“方才我请奏出征，圣上不准，怎的不消一会儿又令我出征？”思前想后，不明所以，又暗思道：“不论如何，肯让我出兵就好，事当以大局为先。”女娲稍作安排，二度进宫，召钟颀、涂山阂、杨天佑、天蓬、武德等来文武殿商议进兵之策。

西麟星，笪殷昊王宫后花园。当下笪殷昊携玄女和后宫嫔妃来至燕亭，见那七宝花儿开得蓓蕾朵朵盈枝，叶儿婀娜半卷，芬芳扑人眉梢。玄女细细赏玩，不禁赞道：“这花儿光彩晃曜，香气郁然，果与此间众花儿不同，异趣盎然，西麟星有此仙品，疑是从仙界移来的。”笪殷昊笑道：“爱妃果然好眼力，此花儿可是顼儿自西极灵界移来的，道是七宝花，系如来佛祖发念，于七宝池中化出水晶、宝石、白玉、紫金、珊瑚、玛瑙、琉璃，遂生七宝花，所以绽放时尽做彩色。顼儿往灵界求得这一株，很不容易呢！”说罢又携玄女步入亭中，见肴馔美酒已经摆好，遂入席欢饮，又令众人神婢子们在亭旁歌舞。笪殷昊满心大悦，连进数觥，正要与玄女及妃嫔举杯，忽见笪殷顼火急火燎跑来，一边大喊道：“父王！母后！”玄女大惊，起身问道：“我儿怎么了？何故惊慌？”笪殷顼急道：“玉帝已下旨查抄潜邸，舅舅及家小皆被他拿了！”玄女闻言，花容失色，问道：“可是天极星麟鹤宫？”见笪殷顼点头如捣蒜，玄女那腰肢儿一软，瘫倒在地上。笪殷昊忙搀扶起玄女，一边怒道：“哼！本王上表玉帝，愿称臣纳贡，就是因家小尚在麟鹤宫，让其勿扰，谁料想这贼言而无信，竟将他们拿了！”说完起身，咳地闷叹一声，拔出利剑狠狠扎在地上，背后长发也甩在了胸前。笪殷顼拱道：“父王，当下怎么处？”笪殷昊抬手又将长发撸到背后，怒道：“传本王号令，发兵二十万，先取鹿雅星，而后直捣天阙！”笪殷顼得令，急忙布置去了。

笪殷昊自为主将，笪殷顼、震硑、白虎神、朱雀神、玄武神为副，率二十万大军向鹿雅星横冲而去。女娲接到鹿雅星守将涂山阂急报，令天蓬和镇天副将戌闰靖驻守天廷四门，令钟颀为军师，镇天元帅须菩提、文武殿辅神杨天佑、镇天将军戌闰矸、武德星君为副，亲率二十万神兵准备迎敌，此时又听到探兵入报道：“娘娘，笡殷贼军已至河灵星。”女娲令钟颀取来星图察看，见河灵星北靠天灵星，南倚鹿雅星，于是令道：“须菩提、戌闰升、武德听令！”须菩提、戌闰升、武德三人出列，拱道：“末将在！”女娲令道：“你三人率十万天兵直取天灵星！”须菩提问道：“贼兵在河灵星扎营，母后为何令我等攻打天灵星？”女娲答道：“本宫自率十万大军去救鹿雅星，你三人只打天灵星就是了！”武德星君恍然大悟，笑道：“这便是一个好计！”须菩提拱道：“母后，笡殷昊闻报定会令笡殷项去救天灵星，孩儿以为，那笡殷项有照石在身，其力可敌十万大军，万不可轻敌，不如让武德率八万大军先去天灵星，我与戌闰升将军领兵两万去半路截杀笡殷项，先消灭其锐气，如此可获全胜！”女娲笑道：“所言极是，我却未想到这一层，就依你之计吧。”须菩提与武德星君领命，各分兵去了。

笡殷昊大军扎在河灵星，忽然接到探兵来报道：“玉帝已下旨处死了平茜氏和勾弋俩一干家小！”笡殷昊脸色大变，怒道：“此番一战，定将那玉帝碎尸万段！”当时急火攻心，就卧病在榻了。还未喘息定，又听到探兵进来报道：“大王，那女娲令须菩提率十万大军直捣天灵星去了！”笡殷昊又惊又俱，从榻上翻起，喘息道：“女娲奸诈，欲分我兵力！速传我项儿进来！”探兵急出，一会儿笡殷项忙入，笡殷昊令道：“天廷攻打天灵星，你速率十万大军前去御敌，天灵星决不可丢失！”笡殷项叹道：“父王，只怕现在去救，为时已晚，天灵星遥远，待孩儿未到，恐怕已被须菩提取了。孩儿以为，如今不可分散兵力，应当一鼓作气，直取鹿雅星方为上策！”笡殷昊咳嗽一阵子，喘得脸红脖子粗，指着笡殷项，怒道：“幼稚小儿！天灵星一旦有失，其余诸星都难保全，你不得疑惑，速速去吧！”笡殷项顿脚，拱手急道：“父王，孩儿若取了鹿雅星，那女娲自会令须菩提回军来援，天灵星之危将不战而解，此时孩儿分兵去救天灵星，正中女娲分兵之计！父王为何不察？”笡殷昊怒喝道：“快去！你胆敢抗旨不遵？”笡殷项无奈，只得领五万兵马去救天灵星，临行前对震硉道：“我只领五万兵前去，将军可自领十五万兵攻打鹿雅星，我父王不懂用兵，你且不可按兵于此，否则我军必败无疑，将军切记！”震硉应了，笡殷项率兵急赴天灵星不题。

第十七章　飞马斩将

菩提徒手大败笪殷项　戌闰飞马斩将真英雄

却说笪殷项率五万大军开往天灵星，行至半路，不料须菩提忽然杀出，一时间慌了神，又急又气。须菩提拱道："师弟，欲往何处去？"笪殷项瞪眼问道："须菩提！你别欺人太甚！几次三番与我作对，几次让你侥幸逃脱，莫非以为我怕你不成？"戌闰升见敌军行兵布阵，五万之众瞬间排成一字长蛇，气势凶猛，于是在一旁低声劝道："少主，敌军势大，我方仅两万兵，须小心应对……"须菩提低声回道："笪殷项好斗，故是仗着照石在身与我单挑，无关兵多兵少。我曾试过，他虽有照石，而与我不过打个平手，我若挫其锐气，敌军见他不能胜我，必然心虚，此时你再率兵掩杀过去，敌军必败！"戌闰升道："就依少主。"须菩提对着笪殷项笑道："师弟，别以为你有照石就能赢我，不如咱们单枪匹马战几回合，也好让阵前两军看看如何？"笪殷项二话不说，抟转双手，调气入身，只见万道蓝光流动，两军阵中立时感到一股强波袭来，撩得跨甲战袍乱颤。戌闰升大吃一惊，骤然变色，急忙道："少主千万当心！"须菩提不慌不忙，已然调气入身，抟转双手，念起了驱五雷诀儿，一时天昏地暗，飞沙走石起来。

阵前两军哪里见过这般法力，惊得目瞪口呆。只见笪殷项突然合掌击出，三道蓝光射向须菩提，须菩提出掌迎击，也有三道紫光射去，两处光芒撞在一起，猛如飓风，顿时天摇地动。接着你一掌我一拳，从下打到上，从上打到下，万光交错，一如利刃，只把两军士兵吓得连连后退，惊呼不止。战了五六个回合，笪殷项见须菩提猛攻，便想使出死招，一战而决胜负。笪殷项取出照石在掌中拍两下，只见几道蓝光展开，又渐变成红光将自己包围，顿觉浑身充满力气，又调气入身，接连击出三掌。须菩提见有千万道彩光如金刀银剑般直刺而来，忙使出"玄冥掌"猛力迎击，三道金光立时射出，两光交织各不相让。两军未曾见过这一场恶战，还在愣神中，只听戌闰升在阵前喊道："出兵退敌！"话音刚落，两万大军一起杀出，敌军猝不及防，乱成一团，笪殷项见状，怕大军有失，急令撤兵，率军逃去了。戌闰升见须菩提无恙，上前道："若此时追击，可擒笪殷项！"须菩提道："不可，笪殷项五万大军毫发未损，若此时贸然去追，无异于垂饵于虎口！"说罢，率军回天灵星会师不题。

却说笪殷项退回河灵星，见震硨并未出兵鹿雅星，怒问道："我行军前令你攻取鹿雅星，你为何按兵不动？"震硨叹道："非我不愿出兵，乃是大王阻止。"笪殷项问道："我父王现在如何？"震硨回道："大王令我等驻守河灵星，自领二十万大军回西麟星了。"笪殷项长叹一声道："河灵星暂无妨，女娲自不敢贸然前来，你自驻守，我回西麟星面奏父王，请他出兵！"说罢急往。来到西麟星王宫，步入正殿却不见一人，又去后宫，见门外有侍婢把守，里间传出淫声浪笑不绝于耳，笪殷项气汹汹闯入，其中一婢子大叫起来，笪殷项大怒，照头一剑劈死，其余侍婢吓得瘫软在地，不敢出声。进入南宫，眼前红绡纤素，鼻边珠络飘香。笪殷项握剑进入内殿，隐约看到雾绡细纱中，笪殷昊搂两个嫔妃睡在宝枕上，娇喘莺莺，香息微微，姣容映着腰肢露玉。嫔妃听得有人进来，侧眼斜顾，见笪殷项持剑怒视，一时吓得她噤若寒蝉，双手儿掩口战栗。笪殷昊见被儿子撞破，恼羞成怒，指他吼道："你！出去！快出去！"笪殷项气不打一处来，甩帘而出，直往中宫去找玄女。进入殿堂，见玄女坐在窗前抹泪儿，笪殷项便知她伤心，问道："母后这是何故？"玄女泣道："为母劝你父王计议军事，他却被后妃所迷，一概不理，为母斥责后妃，不料被你父王当面掌掴，为母岂能不忧伤？"笪殷项怒道："孩儿去杀了那贱婢！"玄女慌忙拉住他道："我儿不可如此！你父王岂能饶你？"笪殷项顿足怒道："天兵将杀来，情势危急，父王不思抵御，皆美色所误！他不饶我，天兵又岂能饶他！"玄女惊道："战事如何？"笪殷项叹道："孩儿去救天灵星，大败而归，天灵星失守！"玄女忙道："你速往南宫报于你父王，岂容耽误！"笪殷项急往南宫去，还未入殿，就听身后震硨急道："少主！武德星君率八万大军掩杀而来！"笪殷项大惊失色，忙令道："快去御敌！"震硨叹道："大王有令，不得动一兵一卒，如何御敌？"笪殷项无奈，又叹一声，怫然转身，疾行往南宫。笪殷项入得宫闱，又听得里间娇啼不胜，踌躇一会儿，持剑闯入，榻上春情，一映入眼中。两个冰雪玲珑的妃子见状，春梦初惊，撩乱鬓云，玉钗斜横，扯过锦被遮住玉体。笪殷昊抬头一看，大惊道："逆子！谁令你进来的？手持利刃，你要弑父不成？！"笪殷项怒将剑按入鞘中，笪殷昊披着锦袍下得榻来，上前照笪殷顼脸上劈了一掌，笪殷顼踉跄退了几步，怒视他泣道："父王借我之力侥幸取得诸星域，大战在即，父王却在这里淫逸……"还未说完，笪殷昊喝道："住口！住口！住口！"笪殷顼怒道："武德率兵杀来，父王将何以御敌？"笪殷昊一惊，慌忙道："武德率军而来……快！我儿快率兵出击！"笪殷顼急出，传令震硉、白虎、朱雀、玄武等，率二十万大军破门杀出。

武德星君见笪殷顼率兵倾巢而出，那笪殷顼怨气填胸，又添新恨，一路猛攻猛杀，又借照石之力，顷刻间，武德八万大军大败，伤亡惨重，后来所剩无几，武德星君无奈，只得逃往天灵星去。笪殷顼率兵紧追不舍，来到天灵星，却见星门两侧旌旗蔽日，恐有埋伏，只得在门外观望。等待一会儿，笪殷顼不耐烦道："星门外不见一兵一卒把守，我疑此间只有驻星守将与三万兵力，须菩提大军未必在此，不如杀将进去，取了此星再说。"震硉拱道："须菩提有驱五雷法，又有玄冥掌，门内情形不明，必有应兵，少主不可轻进，以免中他埋伏。"笪殷顼一听此言，怒道："须菩提小术何足为异，我有照石加力，万人莫敌，此时正好砍开星门，生擒这厮，以泄前时其半路偷袭之愤！"说完便下令攻入。

涂山阕早就听得敌军来犯，令数万兵于门内坚守。须菩提闻报，和戌闰升正欲提兵杀出，却被涂山阕拦下，拱道："笪殷贼不堪一击，何劳二位亲征，我麾下良将颇多，笪燕靖和笪燕凌尤其勇猛，皆愿为先锋，先挫逆贼锐气，倘若不胜，少主与将军再出战不晚！"须菩提忙道："贼二十万大军，我军不足八万，即使全军出击也无胜算，将军不可轻敌！"涂山阕笑道："本将亦有此忧，故而先遣二将去挫他锐气！"说完急令二将迎敌，又对须菩提道："少主自与逆贼交战，本将接到娘娘密令，率本部三万人马开赴南天星御敌。"须菩提问道："南天星并无贼兵侵犯，我母后为何令你去那里？"涂山阕拱手笑道："娘娘妙算，知那笪殷顼必逃往那里，故而令我守株待兔。"说罢即率兵自后门而出了。

话说笪燕靖和笪燕凌二将领命，挥起剑戟，打马飞出，戌闰升观其背影，摇头叹道："为何令他二人出战？此二人乃无名之辈，不是前去送死么？涂山阕如此安排，意在杀此二人！"须菩提沉吟道："涂山阕用兵谨慎，只当一探虚实。"说罢，就见笪燕靖和笪燕凌二人已冲到阵前，还未出招，只听那震硉一声大喝，二人便魂飞魄散，仰面栽于马下。笪殷顼忽然见星门杀来二将，以为是何等英雄，不料却被震硉喝死马下，不禁哈哈大笑起来。戌闰升怒道："震硉嚣张，笑我军中无人，逆贼士气必大振，我去会一会此贼，灭一灭他的威风！"说着便跨上天马，须菩提忙拦下，笑道："贤弟，那震硉乃笪殷昊以照石所造之元神，英勇过人，你能敌么？若不能敌，让我去便好！"戌闰升冷笑道："少主勿小视我也，震硉乃我囊中物！"说着纵马飞出。笪殷顼大笑未止，忽见星门内又杀出一将，举目一看，问震硉道："认得此贼么？"震硉道："镇天将军戌闰升，虽有耳闻，但未曾交手，我先派几个兵去扰扰他，看他有何本领。"说着就令二十个兵挥戈迎去。戌闰升挥大刀一马飞驰，连斩十八人，直冲到震硉面前，望着他的头就挥刀劈来，震硉大叫一声道："好家伙！"便飞起来举矛相迎。两个人一马一步，一来一往，好一场恶战，不下五十回合。戌闰升坐在马上和震硉交手，也觉十分吃力，暗思道："此贼果然厉害，不可使他有喘息之机方好，乱杀一通，若不赢他，也可灭其威风。"一边想着，又大喝一声，猛挥一刀劈来，震硉急忙躲过，戌闰升借此空当儿，翻身下马，飞步又战三十回合，仍胜负难分。笪殷顼在阵前观看，不觉兴趣超然，肚里转道："不料仙界还有这等人物，果是一员猛将！"须菩提早看准时机，心里也想道："戌闰升如此酣战下去，最终两败俱伤，误了战机，我看笪殷顼那厮看得入迷，不如乘机率兵掩杀过去，那厮必败无疑。"笪殷顼扶着下颌正看得精彩，忽见须菩提引五万天兵从天门杀出，直捣中军而来，敌军不曾防备，笪殷顼不及下令，敌军已然大乱。笪殷顼一时慌了神，大叫道："我中奸计矣！快撤！快撤！"震硉本想再战，见笪殷顼、白虎、朱雀、玄武等领兵逃遁，只得停手，掉转飞逃，一边叹道："笪殷顼法力无边，并非贪生怕死之辈，只是一度被蛇咬，十年怕草索而已！"须菩提大喝一声道："快追！"戌闰升又跟大军追去。须菩提一边追赶，一边大喊道："圣上有旨，捉住笪殷顼者封将军，杀死笪殷顼者封正神！"笪殷顼不听便罢，听了更是惊慌，见身后天兵如潮，鹰视狼顾，早就忘了身上还有照石，只顾逃命，震硉紧跟逃去，将白虎、朱雀、玄武和众兵远远抛在后面，戌闰升飞马追上三神，只两三回合，就将玄武神挑于马下，戌闰升正要再补一刀，直取他性命，忽见白虎神提枪奔杀而来，大喊道："狂贼！安敢伤我手足？快下马受死！"戌闰升原地不动，只等他冲杀过来，白虎神才挥枪，就被戌闰升猛劈一刀，白虎神两眼一翻，跌于马下。戌闰升见玄武神于地上挣扎，骂道："好贼势！两刀不死，可惜了娘娘造的天界正神！"骂着挥刀又砍，却见朱雀神又持双锏杀来，喝道："安敢杀我贤弟！快拿命来！"戌闰升猝不及防，左臂正中一锏，勃然大怒，回转头来，挥起大刀便将朱雀神斩于马下，又打马转回，一刀结果了玄武神性命。正是——

飞马斩将真英雄，星门阵前气势汹。勇战逆贼戮其魂，留得威名振三军。

笪殷顼一路飞逃，只得就近逃往南天星，涂山阕与驻星守将佽辛廉早已领兵等候。笪殷顼勒马站定，远眺而去，见星门外铠胄兜鍪，杀气腾腾；缨拂彤霞，遮天蔽日；旗幡招展，威风凛凛，上书“女娲”二字，金光耀目。笪殷顼对震硉道：“女娲怎么在此？”震硉回道：“女娲有军师钟颀，听说此人为内廷天卜神，有未卜先知之能，怕她早就料到我们会来这里。”笪殷顼不知涂山阕虚张旗号，壮其声势，一时心中惧怕，忙道：“女娲诡计多端，不可与之争锋，我们率大军暂避他处，再作良图。”说罢，率二十万大军徐徐退去。笪殷顼进退不能，只得在半途扎营，独坐帐中，正想此后前路渺茫，好生愁闷。急闻震硉来入报道：“大事不妙！白虎、朱雀、玄武皆被戌闰升斩杀！”笪殷顼闻三神阵亡，又惊又怒，拍案道：“女娲在南天星，鹿雅星无天兵镇守，即刻发兵，直取鹿雅星神府！”说罢又率大军直奔鹿雅星而来。女娲得知笪殷顼领二十万贼兵杀来，即往星门阵前观战，那笪殷顼与震硉率军前来，又见星门外旗幡招展，上书“女娲”两个金光大字，一时摸不清头脑，问震硉道：“女娲方才还在南天星，为何又在鹿雅星？”震硉回道：“女娲果然诡计多端！”笪殷顼怒道：“几番逃窜，犹如丧家之犬，使我大军斗志丧尽，此番非战不可，决个胜负！”女娲见笪殷顼来攻鹿雅星，知他必有决战之心，即令杨天佑迎敌。杨天佑引兵十万杀出，于星门外列阵，震硉欲飞马前去，笪殷顼道：“将军留于阵中，我去会这厮！”震硉道：“天廷一将而已，何须少主亲自出马？”笪殷顼道：“杨天佑好战，又得女娲私授大法，你非其对手。”说完飞身去迎，杨天佑见笪殷顼亲自来战，便一掌击出，只见三道红光直袭笪殷顼，不料笪殷顼只一挥手，周身便被一团奇异红光包围，犹如护罩，三道红光前去，化为乌有。笪殷顼喝道：“天佑，你小法安能胜我？还不下马受死！”杨天佑知道笪殷顼有照石在身，法力无边，又使出女娲所授“殪龙二掌”再战，不过两回合，便被笪殷顼打得败下阵来。杨天佑又令先锋一万出阵去战，皆被笪殷顼几招化成青烟，杀于阵前，杨天佑惊道：“此贼凭照石之力，视我一万大军如无物！这可如何是好？”笪殷顼大吼道：“天佑，还不来降，更待何时？！”杨天佑怒道：“逆贼休想！”笪殷顼大笑道：“谁能敌我？！”话音刚落，只听一个声音从天而降，道：“我能敌你！”笪殷顼抬头一看来者，大吃一惊。

第十八章　玄女进宫

饮恨提头笪殷项请降 寻欢失政玉帝囚忠义

却说笪殷项一时杀红眼，正欲斩杀杨天佑，却听到有人喊道："我能敌你！"众将看去，原来是须菩提飞身而下，笪殷项见状，恨上心头，不容分说就打斗起来，一个身上有照石，有无边法力，一个曾得轩辕健点化，有不测之大能，两人恶战几十回合，直战到精疲力竭也难分高下。震硉于阵前观看，见笪殷项被须菩提缠住，又怕女娲下令突击，便令二十万大军出战，谁知被早埋伏好的戌闰升、武德星君领五万天兵突然杀出，一时二十万大军被拦腰截断，杨天佑见状，急令十万大军出击，前后夹击，震硉二十万大军一乱涂地，慌不择路，溃不成军。

女娲见时机已到，派出传令兵道："传本宫军令，全军追击逆贼，直取西麟星神府！"传令兵飞出，直奔须菩提与杨天佑、戌闰升、武德四将，传了女娲军令，天兵见贼兵逃窜，士气正旺，一路追杀去了。杨天佑又令众兵大喊道："格杀笪殷项！活捉笪殷昊！"这一喊让笪殷项方寸大乱，也顾不上与须菩提韧战，只得飞逃而去，震硉急道："少主为何罢战？"笪殷项道："我军已乱，只你我二人焉能取胜？速速整军去救西麟星！"须菩提、杨天佑、戌闰升、武德见笪殷项败逃，一路奔杀，克宗神、水镜、麒麟、大熊、夸尺、爵骑、猎户、朱雀、无尘、英明、凤子、绘织、双龙、南王、金树、天网、天灵、河灵诸星，逆贼闻风丧胆，纷纷归降。笪殷项十万大军望风而溃，各自逃命去了，震硉见大势已去，急奔往西麟星王宫告急。

笪殷项集结残部十万，急欲奔往银蛇、圣安、白虎、天狮、玉狮、天兔、天平、天狼、乌枭诸星域，以图保卫西麟星。不料大军方动，就被女娲亲率十万大军迎头重击，又有须菩提、杨天佑、戌闰升、武德在阵前助战，一时斩首万余级，多数敌军缴械投降，女娲夺得兵器、天马无数，一战大捷，收复银蛇、圣安、白虎、天狮、玉狮、天兔、天平、天狼、乌枭诸星域。笪殷顼十万大军已所剩无几，只好逃往西麟星而去，女娲急令须菩提、杨天佑、戌闰犴、武德星君率全军围攻西麟星，连同降兵三十余万，浩浩荡荡向西麟星开去。

笪殷昊正在宫中与嫔妃把盏，一头是玄女颦蹙独坐，一头是笪殷昊搂抱着雾鬓蓬松、绡衣不整的二美妃恣意调笑，尽情献媚，千般娇态，万种风流。正在欢乐，忽然见震硉连滚带爬进来，便知大事不妙，玄女与二嫔妃惊得花容失色，纷纷站起。笪殷昊忙问道："震硉，为何如此惊慌？"震硉张口结舌，双目圆瞪，手指门外半晌说不出话来，笪殷昊暴跳如雷，上前一把揪住震硉，喝问道："究竟何事？！"震硉哭道："大王！女娲率天兵三十万前来，大王所统之星域尽皆失去了！"笪殷昊惊惧不安，急问道："啊？女娲现在何处？"震硉道："就在星门外！"笪殷昊闻报，一时急火攻心，一手捂着胸口，一手拔剑，踉跄几步，又大声问道："我顼儿何在？我顼儿何在？！"玄女与二嫔妃见此情景，吓得胆裂魂飞，都逃去了，宫中一时大乱。笪殷昊心底涌起悲凉，叹息道："今有此祸，皆我之过。"话音刚落，就见笪殷元、大庭岘、五龙炙，勾弋丛、平茜寐纷纷入内，震硉急出外探查军情。笪殷元见笪殷昊垂头丧气，长吁短叹，于是向门外一挥手，他的三个儿子笪殷汤、笪殷郇、笪殷卓依次入内，跪伏于笪殷昊面前。笪殷昊叹道："卿等各自去逃命吧。"笪殷汤乘势跪下，叩道："大王，在下有一计，可解眼下之急。"笪殷昊不禁皱眉，叹道："女娲来了，女娲来了。"笪殷汤问道："大王与那女娲同出一门，也不过是大王的师妹而已，为何大王对她栗栗危惧？"笪殷昊斜睨他一眼，叹道："你们晚辈知道什么？我那个师妹，别看她长得柳弱花娇，实则是个男人性情，异常犷悍，与她较量，败多胜少。"笪殷汤又道："在下有一计可敌女娲。"笪殷昊有气无力，问道："卿有何计？"笪殷汤拱道："请大王修书一封，在下愿往轩辕昊和伏羲昊二王处求援。"笪殷昊摆手，冷笑道："轩辕昊乃玉帝之父，恨不得本王速死，伏羲昊乃女娲之夫，他们岂肯发兵来救？"说完叹息起来。平茜寐上前拱道："大王，此计虽非上策，但不妨一试。如今两位大王割据一方星域，可谓唇齿相依，若我被天廷消灭，天廷定会乘势而进消灭二王，他们焉能坐以待毙？"笪殷昊闻言，犹豫不决，此时又忽然听到殿外笪殷顼喊道："父王！父王！"

笪殷昊见笪殷顼回宫，浑身伤痕累累，目不忍睹，急问道："我儿，你可是来救为父的？"笪殷顼跪地哭道："父王，二十万大军覆没，孩儿兵败至此，请求父王和母后出宫避逃。"笪殷昊瘫坐在地，叹道："逃往何处去？"笪殷顼摇头道：

“此时不知道，先逃出去再说。”话犹未了，又见震硉入报道：“大王！女娲大军兵临星门外了！”笪殷昊大惊道：“啊？！如此，我命休矣！”笪殷项见笪殷昊已是六神无主，急忙去寻玄女，来到中宫，见殿内轩窗半掩，红绡欹垂，空无一人，又急忙转往别处去寻，才穿过长廊，抬头瞥见二位嫔妃倚柱低泣，笪殷项不见则罢，一见怒火腾升，噌地拔出利剑，朝二美人走去，二妃见他持剑前来，顿时胆战魂惊，玉容惨淡，红袖颤颤，连连后退，笪殷项逼近，剑指二妃斥道：“好个祸国误君的淫女！”二妃珠泪沾襟，连连求饶，笪殷项岂肯罢手，连刺几剑，二妃当场毙命。笪殷项收剑急去，在后园玉亭中找到玄女，见她已是神情恍惚，面无血色，笪殷项跪地泣道：“请母后随孩儿逃离！”玄女一语不发，笪殷项搀起她就走，才出亭子，抬头却见笪殷昊提剑而来，嘴里不停道：“我先杀你，我先杀你！”笪殷项又上前，夺下笪殷昊手中剑，泣道：“父王！快随孩儿逃出宫去吧！”一时，震硉、笪殷元、大庭岘、五龙炙、勾弋厸、平茜寐、笪殷汤、笪殷郇、笪殷卓等皆赶来了，跪在地上请求笪殷昊出逃。笪殷昊已神志不清，只被众人架着乱跑，才来到宫门前，就听到星门外杀声震天，再定睛一看，前后二门已被堵得水泄不通。笪殷项见插翅难逃，放下玄女哀叹道：“大势已去，已难逃出了，我只有出宫请降，或可保大家一命！”笪殷昊瘫软于地，喘息道：“项儿，项儿，你前来，为父有一计，可保你母子平安。”笪殷项扑通跪地，哭道：“父王，如今这死棋肚里还有个甚仙着？”笪殷昊喘道：“我儿，你这就砍下为父首级，投奔女娲，如此便可保你母子二人！”笪殷项大惊，痛哭道：“父王！欲叫儿弑父么？！”笪殷昊急道：“我儿！为父将死之人，何惧一死，你听父王之言，提为父之首级去见女娲，只说儿番造逆都因为父所逼，今见娘娘攻来，故杀父来投！只求保全你母子二人。”笪殷项摇头，泣道：“父王，此计焉能瞒过女娲，她已兵围王宫，就等我们束手就擒，此时去投，女娲焉能相信！”笪殷昊叹道：“女娲即使不信，也会念及为父与她兄妹之情，绝不会为难你母子二人。为父此计，只为给那玉帝看，将来你必入得天阙，为我报仇！”笪殷项不敢从命，只是摇头哭泣，震硉等众人见状，皆痛哭流涕。笪殷昊捡起利剑握在手中，喝斥道：“项儿，你这般心慈手软，何能成得大器？！项儿！过来取头！”说完便挥剑自刎。众皆大惊，玄女扑上尸体，大放悲声。笪殷项扶起玄女，目光恍惚，听外面喊杀声渐近，只好跪地三叩，又举起利剑大喊一声劈下，笪殷昊便身首异处了。笪殷项满脸血迹，提着头颅奔向星门。女娲正在门外等候，见笪殷项提着一颗头颅出来，暗吃一惊，忙挥手止战。见笪殷项跪地哭道：“贼首已枭裂，祈求娘娘饶恕！”女娲与须菩提、杨天佑、戌闰升、武德星君走过去，女娲仔细一看，原来是笪殷昊首级，一时头晕目眩，“啊！”的一声，晕厥于地，须菩提慌忙扶起，女娲大哭一声，唤道：“三师兄！”唤着，眼泪奔涌而出。女娲转身，怒目瞋视笪殷项，问道：“逆子安敢弑父？”笪殷项叩首泣道：“笪殷项率众请降，今父逼我造逆，今杀父来投，唯求姑母怜悯，饶我母子不死。”女娲听得一声“姑母”，更是长泪不绝，一言不发，猛地挥手甩了笪殷项一记耳光，令人将他和玄女一起绑缚，令须菩提和武德星君押往天阙，暂入天牢。

女娲带领杨天佑和涂山阂、戍闰升查抄王宫。到东宫一处偏殿时，忽听见屋里有人抚琴，音律美妙，犹如林籁泉韵，不禁暗惊道：“此间已是家破人离，谁人能处之泰然？”于是进入看去，见有一个十三四岁的女子，娇蹙愁眉，时而娇波回倩，时而倾环低面，独自在案前抚琴，毫无半点儿惊慌之色。涂山阂、杨天佑和戍闰升见状，抽出利刃站在左右，女娲使了个眼色，三人才徐徐退下，戍闰升转身时，却见少女不经意回眸，惊鸿一瞥，不觉呆住。女娲近前，以剑锋一按琴弦，乐声戛然而止。女子盈盈站起，欠身不语，女娲问道：“你是谁家女子？叫什么名字？”女子细声答道：“我是勾弋仏之女，小名鹿慧。”女娲笑道：“可是守将勾弋仏之女？”鹿慧小声答道：“正是。”女娲又问道：“你母亲在何处？为何是你一个人？”鹿慧答道：“自小未见过母亲，只听父亲说她在冥界任职。”女娲惊问道：“你母亲叫个什么？”鹿慧问道：“你要杀我父母么？”女娲笑道：“不杀，本宫只问逆贼，焉能乱杀无辜？”鹿慧莺莺道：“我母亲叫婵嫣。”女娲听了，更是大吃一惊，暗思道：“原来是孟婆之女，却怎么会在这里？”女娲一时也顾不上细问，便牵着她的手儿，问道：“人皆逃去了，你为何不逃？”鹿慧答道：“逃也是死，不逃也是死，倾巢之下，安有完卵？”女娲闻言，感慨不已，令涂山阂将鹿慧领出，吩咐道：“鹿慧有胆有识，好女子也，不必入册奏报，就安置于蕊珠宫为婢吧。”涂山阂遵命，安排鹿慧与其女涂山婞暂住鹿雅星海神府。女娲又令杨天佑、戍闰升二将搜索各宫各殿，将笪殷元、笪殷汤、笪殷郇、笪殷卓、大庭岘、五龙炙、勾弋仏、平茜寐等残余近千，一网打尽，全部牵出投入天牢，听候玉帝发落，只有那震硉见势不妙，早逃得无影无踪了。

却说五龙炙下狱，帝妃五龙霙泪眼盈盈，对玉帝道：“妾兄如父，将妾养育大，今兄身陷牢狱，妾安能苟活？”玉帝见她玉容惨淡，也觉可怜，只是无奈道：“你兄造逆，罪在不赦！朕为天界之主，安能法外开恩，为众神所訾议？即使朕有心赦他，那女娲娘娘又岂能饶他？你教朕如何为之？”五龙霙一时气愤，怒嗔道：“圣上贵为天帝，岂能受命于女娲？”玉帝摇头不语，只是唉声叹气。五龙霙见玉帝不肯赦免，又往女姬那里哭闹，女姬唯疼爱五龙霙，见她伤心欲绝，不住安慰道：“勿忧，为母替你做主。”女姬偏爱五龙霙，是因为五龙霙生女最多，一共五个女儿，即天寿和天庆、天阳、天昌、天显；帝妃神农娫生两女，分别是天羽和天荣，帝贵妃好嬛生一子，名叫笃娲。虽说玉帝嫔妃皆各有子女，然而女姬最爱五龙霙，听她哭诉，即牵着她的手儿来到卧龙殿找玉帝算账。玉帝见女姬来到，自然不敢怠慢，恭敬有加，百般顺从。女姬怒道：“你是玉帝，却时时被那女娲耳提面命，天廷大事儿都由着她做主，这倒也罢了，毕竟天王遗命令她辅政，可你竟然连自己的亲眷都庇护不得，你还是个什么天帝！”说完抱着五龙霙泪流不绝。玉帝被母亲这么一闹，一时也没了主张，只是道：“罢罢罢！朕赦免五龙炙就是了！”说完即召来内廷大臣笪燕雀，当面吩咐道：“朕欲赦五龙炙，你速去将他从天牢接出来。”笪燕雀领命而去，可是到了天牢，五龙炙拒绝出狱，对他道：“请转告圣上，为人臣者，君忧臣劳，君辱臣死，今我主笪殷顼和玄女皆在牢中，我身为臣子，既不能为他们分忧，也只有陪他们一死了！”笪燕雀无奈，只好又回来，将五龙炙所言一一禀报。玉帝闻言，心里窝火，便对女姬和五龙霙道：“朕赦免他，可他执意如此，这可如何是好？”五龙霙一听，又哭天抢地起来，女姬见状，又搂着她安慰半晌，转而又对玉帝道：“既然如此，你为何不将那笪殷顼和玄女也一并赦免了去？”玉帝惊呼道：“笪殷顼与玄女乃逆贼，朕岂能赦免了他们，朕既有心，而群臣岂能答应？”女姬怒道：“你是天帝，谁人胆敢抗旨？你金口玉言，只下个赦令，他们能怎的？”玉帝叹道：“五龙炙本为天廷守将，竟投贼而去，又随笪殷昊造反，本已罪无可赦，朕只赦他一人，已是迫不得已，如今母后又让朕将他们尽皆赦免，朕如何向女娲娘娘交代？”女姬勃然怒道：“女娲！女娲！又是女娲！你且看看，你还像个天帝吗？”玉帝垂头不敢说话。女姬问道：“那笪殷顼一个小儿，何罪之有？他父造反，与他何干？为母听说笪殷顼亲自砍下他父亲的头来归降天廷，这还不足以赦免他与他母亲的罪么？你若善待归降者，逆贼感怀你圣恩，自然愿来归降，你若惩治归降者，哪个逆贼还愿意归来？！”玉帝闻言，心里一动，吞吐道：“只是女娲……”五龙霙气鼓了两腮，泣道：“女娲又怎的？昔日须菩提杀死孟章神君青龙，女娲怎不问罪？她也有私心，妾为何就不能有私心？”玉帝惊道：“竟有此事？”五龙霙又大哭起来。玉帝召来笪燕雀询问，那笪燕雀正为二子笪燕靖和笪燕凌之死怀恨在心，听玉帝问须菩提杀孟章神君青龙一事，便寻思复仇，回道：“确有其事，昔日，须菩提仗着自己法力过人，全然不把众神放在眼里，不仅打死孟章神君青龙，前日天灵星一战，须菩提与涂山阂明知笪燕靖和笪燕凌二将非敌对手，竟强令出战，二将竟被震碑斩杀，如此狂徒，圣上若不严惩他，龙威何在？天威何在？”玉帝疑道：“朕以为女娲娘娘光明正直，无纤毫之私，不想她亦有偏私……”女姬瞋目道：“只因你软弱，女娲才如此猖獗。”玉帝愤然道：“朕欲拿须菩提问罪，然而兵权皆由女娲节制，如之奈何？”笪燕雀拱道：“只要圣上降诏，臣亲自缉拿他便是！”女姬忙道：“慢着！那笪燕靖和笪燕凌可是你儿子？你一人去缉拿须菩提，怕有挟私报复之嫌，众神焉能信服？”玉帝急问道：“母后有何良策？”女姬起身道：“此事安排精妙，方能消释众神之疑，还须委任一人。”玉帝思忖片刻，忽然拍手道：“有了！”女姬问道：“你有何人可用？”玉帝笑道：“朕倒是忘了，贵妃妤嬛有一子侄，名叫戌闰升，现就在须菩提麾下任镇天将军，朕即封他为天廷御卫大臣，统领内廷御卫兵，让他去抓捕须菩提，众神断无疑惑。”女姬笑道：“我儿果然圣明，终于可自主了。”玉帝大喜，令笪燕雀道：“传朕旨意，封戌闰升为御卫大臣，旨到以后，你二人即去擒拿须菩提问罪！”笪燕雀如获至宝，急往传诏，戌闰升接旨，心里惊疑，然而也不敢抗旨，只得与笪燕雀领千名御卫直奔蕊珠宫拿人。

须菩提见笪燕雀与戌闰升来拿他，听了诏旨，哈哈大笑一阵，怒视戌闰升，笑道：“贤弟，此后，可来天牢把盏乎？”戌闰升一时无地自容，回道：“奉诏而已，少主不必疑我。”须菩提从容就范，被打入天牢不题。

钟颀听闻女娲一病不起，遂入宫觐见玉帝。玉帝在御花园，钟颀入内见有御卫重重把守，才至园门口就被笪燕雀拦下，持剑厉声道：“未得奉诏，不得觐见！”钟颀冷笑道：“你一个内官，竟然阻拦天廷宰相！”说罢甩袖径直入内。玉帝见钟颀前来，问道：“相邦为何至此？”钟颀拜道：“眼下朝中危机四伏，圣上为何不察？”玉帝问道：“朝中升平，有何危机？”钟颀跪地奏道：“笪殷顼一党皆为反贼，罪逆深重，圣上为何大赦？那须菩提剿灭叛逆，战功赫赫，圣上却听信谗言，将他打入天牢，圣上如此，岂不让众神寒心？”玉帝听钟颀这一席话，心中慌乱，忙搀起钟颀，急道：“快快请起，有话慢慢说。”钟颀泣道：“女娲娘娘闻讯，一病不起，除娘娘之外，谁能匡扶圣上？”玉帝惊道：“娘娘病了？”钟颀接着道：“今天廷起兵讨逆，虽获小胜，但尚有轩辕、伏羲二王虎视天阙，圣上却枉伤忠良，岂非自断手臂？”玉帝越发坐不住了，左右为难，徘徊不定，一边搓手一边道：“唉！圣谕既出，岂能收回？”钟颀躬身道：“今已铸成大错，圣上不可一错再错！”玉帝叹道：“只怪朕一时糊涂！”钟颀急道：“请圣上速速决断！”玉帝问道：“朕当如何做？莫如摆驾蕊珠宫，拜望娘娘再作计议。”钟颀想了想，拱道：

“圣上英明。”玉帝说完，急召元真童子和金童、玉女准备仪仗。

玉帝登銮驾，邀钟颀同乘，在宫婢和御卫簇拥下向蕊珠宫而去。女娲正在蕊珠宫为伏羲谦梳头，碧霞和碧玉、尚翠颦蹙愁眉坐在一旁，香哝、媚凤、玉奴在一边低头站着，妱翚和皃嬥、婉镜则捧着香奁侍奉，女娲与伏羲谦正说笑，忽然，湘君、湘妃入内，福了一福道：“禀娘娘，宫外有千余御卫护送銮驾而来。”女娲一听，手中的梳子不小心从手中滑落在地。伏羲谦转过脸儿，睁大眼睛瞅着女娲，问道：“母后，出什么事儿了么？”女娲忙对妱翚道：“你领少主去鹿慧那里，其余人随我出宫迎驾！”伏羲谦不肯出去，妱翚只好叫来鹿慧陪她。女娲携众婢出宫迎驾，玉帝见女娲携众婢跪迎，急令銮驾停下，疾步上前扶起女娲，笑道：“娘娘请起，朕安敢受此大礼！”女娲笑道：“圣上初登寒邸，臣敢不出迎。”玉帝随女娲和钟颀入正殿就座。伏羲谦和鹿慧透过碧纱窗窥视玉帝，伏羲谦瞅了一会儿，低声对鹿慧道：“姐姐，我观圣上全无帝王相，其后必有大难。”惊得鹿慧忙抬起纤手儿掩口，惊道：“妹妹勿说，小心隔墙有耳。”伏羲谦低声道：“谁的耳朵有这么长？”鹿慧低声道：“我听说天廷有顺风耳，他的耳朵就这般长。”伏羲谦掩口而笑。玉帝坐定，饮茶而已。钟颀对女娲道：“娘娘，圣上一时听信谗言，赦免了笪殷顼等众，又误拿了须菩提，故来探望娘娘。”玉帝揖道：“请娘娘宽恕。朕圣谕既出，岂能收回？朕欲挽回，不知娘娘可有良策？”女娲笑了一笑，问道：“圣上何错之有？”玉帝一愣，踌躇片刻，又道：“娘娘怨朕，朕岂能不知？”女娲笑道：“须菩提妄杀孟章神君青龙，此乃前朝之事，天王早已赦免，如今圣上欲加以追究，可以拨乱为治，以肃天威，这无可非议。只是赦免笪殷顼等众，确实不妥，圣上乾坤独断，既然圣谕已下，无法挽回，若朝令而暮改，何以树我天威？”玉帝瞅着钟颀，吃吃道：“这……”钟颀对女娲道：“娘娘……何故如此？”女娲正色道：“君无戏言，不可更弦。”玉帝不敢多言，只唯唯诺诺，又说了一会儿话，玉帝便起驾回宫，于途中问钟颀道：“你以为娘娘如何？”钟颀不解，反问道：“圣上以为如何？”玉帝叹道：“都说娘娘心存私念，看来皆是信口胡说。”钟颀叹道：“圣上贵为天帝，后宫之言勿听！”玉帝无话，思绪万千。

女娲本想玉帝自此后会悔过自新，岂料事情远非如此，玉帝才回宫便将那些恩恩怨怨一股脑儿抛却脑后，与后宫嫔妃宴饮娱乐，帝妃五龙霙竟将她哥哥五龙炙也请入宫内，陪玉帝花天酒地，有道是“日远日疏，日亲日近”，玉帝和五龙炙一来二往，逐渐密切。有话说得好，“吐珠于泽，谁能不含”，五龙炙见火候已到，恃宠擅权，怂恿玉帝将笪殷顼和玄女也请进宫来，秘密安置在神乐宫内，一时珍馐百味，琼浆玉液，歌舞升平。内廷元真童子和金童、玉女见玉帝如此荒淫，遂将内幕暗中说与钟颀，钟颀大惊失色，又转而报与女娲，女娲闻讯神色不动，徐徐道："圣上欲自取其祸，你为相邦，当时时劝谏才好。"钟颀见女娲已是"眼中流血，心里成灰"了，一时无奈，只得回宫伺机进谏。

所谓一波尚未平，一波又卷起。玄女能歌善舞，玉帝见她虽为人之母，依然朝烟翠锁，潇洒轻盈，顿时垂涎思慕，依着酒力，不住醉眼斜睨，玄女亦是眉目传情，百般撩拨，玉帝不觉身脉酥荡，一时神魂都难以把捉了。笪殷顼看在眼里，恨在心底，散席之后，回麟鹤宫，劝玄女道："母后为何如此作践自己？只教儿汗颜无地。"玄女笑道："欲成大事者，当舍即舍，待我儿将来成了天帝，谁还敢多嘴多舌？"笪殷顼惊道："母后之意是……"玄女道："我儿，你若不为天帝，岂能对得起你父的项上之头！为母粉身碎骨，也要将你扶上天位！"笪殷顼恍悟，自此也不管玄女如何作风，只是一味逢迎。

一次宴罢，笪殷顼与笪燕雀告退，后腿还没有跨出门去，玉帝便令退宫婢，玄女起身要走，玉帝趸近一步将她拉住，笑道："我打发婢子，你却要去哪里？"那玄女顺势将身子一歪倒在他怀里，玉帝笑道："好一个窈娆身子，叫朕怎生不喜欢？"玄女听得心花怒放，不禁红飞双颊，柔情似水。接着二人搂搂抱抱进了寝殿，颠鸾倒凤，好不得意，不消细说，自此之后，玄女便不时进宫与玉帝幽会，投怀送抱，与后妃无异。有道是好了伤疤忘了疼，又所谓爱及屋上乌，玉帝对笪殷顼倍加宠信，对他道："将军大义灭亲举家而降，实属忠勇之士，朕当拜为上卿，亦是社稷之福。"玄女在一旁借叶衬花，顺风吹火道："圣上法外施恩，大赦我等，那伏羲昊和轩辕昊听闻，也当感念圣上天恩，俯首来降。"笪殷顼拱道："他们若不来降，我提大军去请他们来降就是了。"玉帝乐不可支，点头儿道："嗯，卿所言极是，朕怀柔三界，仁泽众星，众神及人神皆感恩戴义，又何忍刀兵相见？他们必会入宫来降的。"玄女献媚道："圣恩浩荡。不过小儿年少，尚未得封授，何以为圣上分忧呢？"玉帝得意忘形，张口就道："这有何难事？朕即封笪殷顼为天廷右宰相，与相邦钟颀同朝为朕效力。"玄女和笪殷顼相视一笑，笪殷顼跪谢道："臣效死勿去！"弹指之间，笪殷顼已位极群臣，钟颀闻讯惊出一身冷汗，忙去蕊珠宫拜见女娲。女娲闻言，大惊道："没想到玄女还有这般心计！圣上大祸将至。"钟颀急道："危如朝露，娘娘若坐视不理，天廷危矣。"女娲叹道："圣上败德辱行，又使贼逆当朝，奈之若何？"叹息一阵，便与钟颀进宫一探究竟。

女娲与钟颀刚到宫门前，就与五龙炙碰了个正面，五龙炙见女娲，慌忙低头站立，言不敢出。女娲到他跟前，咣地抽出剑，吓得五龙衮哆嗦一下，两腿一软跪在地上，叩头道："娘娘这是……"女娲提剑撩起他长发，问道："本宫看看将军这项上是何物。"五龙衮不解，浑身战栗，叩头道："娘娘饶我！"女娲冷笑道："本宫不杀你，我且问你，帝妃是你妹妹，你为何害她？"五龙衮问道："不知娘娘何意？"女娲斥道："无头无脑的东西！笪殷项和玄女可是你引入后宫的？玄女之毒计，岂能是你所能察觉的，她就要取帝妃而代之，将来你们这项上之头还能保住么？"说完急入宫中。五龙衮哆哆嗦嗦，急忙跟进去寻找五龙霙。

女娲听说女姬也在宫中，便转身直往后宫去见女姬。女姬正与婢子吃果子，宫婢入报道："女娲娘娘来了！"女姬正要起身，就见女娲进来了，心里一慌，半个果子也掉在了地上。女娲问道："师妹可好？"女姬瞥她一眼，答道："好什么，战战兢兢，苟且偷生罢了。"女娲道："我不和你斗嘴！我是来问你，天廷大祸将至，你可知道？"女姬嗔道："我儿虽为天帝，不过是个傀儡罢了，一切由师姐做主。"女娲愤然道："好个傀儡！我且问你，大赦叛贼一家可是你出的主意？"女姬冷笑道："是又如何？我为圣母，难道还做不得这点儿主么？"女娲怒道："好！我再问你，封那逆贼笪殷项为右宰相，可是你出的主意？"女姬回道："辅政的人是你，我从不干政。"女娲又问道："那玄女入后宫为妃，可是你出的主意？"女姬一听，惊问道："师姐，你说什么？！"女娲正色道："到底谁是谁的傀儡？"女姬慌了，吃吃道："竟有这等事情，我却一概不知。"女娲忍不住落泪，泣道："师妹，如果有一天，天廷出了什么大事儿，你不要埋怨我，我已经仁至义尽了！"说完，挥袖往神乐宫去了，女姬知她去找玉帝，一时惶恐，缩着身子紧跟着去了。

第十九章　后宫乱政

信谗言怒罢免摄政王　施监禁错启用伪贤良

女娲愤然来到神乐宫，笪燕雀见状，正要通报，却被女娲拿剑抵住脖子，令他退后。笪燕雀吓得六神不在，悄然跪地。见女娲入殿内，女姬也跟入，眼前一幕让女娲和女姬都始料未及，只见红纱帐里，玉帝与玄女赤身裸体抱在一起，情景不堪入目，女姬惊得两眼发直，怒斥道："无耻！"玉帝和玄女闻声，慌忙穿回天衣。女娲径直来到玄女面前，玄女魂飞魄散，跪地拜道："天母……"话没说完，就听女娲呵斥道："站起来！"玄女懒洋洋站起，女娲抬手打她一个耳光，又斥道："淫妇！而今笪殷昊死了，你却快活了！"玄女钗横鬓乱，面红耳赤，泪眼愁眉，任由她骂。玉帝满头大汗，不敢正视，女娲转脸道："圣上，还不去扶你母亲。"玉帝这才跑过去将女姬扶起，不想女姬也抬手给他一个耳光，骂道："逆子！无耻之徒！为母看你现在，已知道了你将来！"说完哭着奔出殿外。玉帝正要追出，却被女娲叫住，问道："圣上，玄女如何处置？"玉帝失魂丧胆，兢兢打战，回头瞅见玄女正咬着朱唇儿偷窥他，便结结巴巴回道："此贱人……任凭娘娘发落……"女娲冷笑道："臣岂敢，圣上后妃，还是圣上裁决的好！"说完收剑离去。女娲出门，见笪燕雀跪在地上，也未理睬，与钟颀等一道出宫去了。

却说五龙炙赶来中宫，见五龙霙与宫婢玩丢绢帕儿，上去就一把扯下来了。五龙霙疑道："兄长怎么了？"五龙炙问道："圣上近来可与你在一起？"五龙霙道："圣驾多时未来中宫了，想必是朝政繁忙……"五龙炙打断道："他有甚朝政？眼下情景，为兄看你也来日无多了！"五龙霙花容失色，惊道："此话怎讲？"五龙炙叹道："听说圣上又纳后妃，整日醉生梦死，你可知那后妃是谁？"五龙霙惊道："是个谁？未曾听说。"五龙炙沉吟道："正是那笪殷顼之母玄女！"五龙霙大惊，埋头大哭起来。五龙炙怒道："你哭个甚？就知道哭、哭、哭！"五龙霙哭道："妹妹不活了！"五龙炙冷笑道："这倒极好，你死了，玄女正好夺了你这帝妃的凤銮！"五龙霙哭道："那我该如何是好？"五龙炙叹道："都怪为兄当初不该让你救他们出来，如今倒好，叫进虎来宫里窝，惹来蛆虫钻耳朵了！"五龙霙泣道："我这就去找圣上！"五龙炙阻道："事已至此，找他作何？你听为兄的话，往后领着你那些个姐妹，拢住圣心就是了，不信她单枝能压得过群芳！"说完摇头晃脑出宫去了。

玄女挨了打，心中气闷，见玉帝垂头丧气坐着不动，更是来气，她强忍愤恨，佯装垂泣。玉帝见玄女娇容憔悴，哭得梨花带雨，心里又急又疼。玄女泣道："圣上暗弱无断，谁家女子如我这般，竟受此奇耻大辱。"玉帝越想越气，拔脚来到殿门外，喝问道："笪燕雀何在？"笪燕雀早已是惊弓之鸟，散魂未定，又听玉帝召唤，起身上前叩首道："臣在此，臣在此。"玉帝大怒，一脚将他踢翻在地，骂道："你是个御卫大臣，却是怎么御卫的？这深宫大殿岂能是谁想进就进，想出就出的！"笪燕雀连连磕头道："圣上饶命，臣已尽力，无奈那女娲手持利刃闯入，她是摄政王，臣岂敢……"玉帝大声喝断，对着殿外骂道："什么摄政王，朕即降诏，罢了她的摄政王！"玄女听见，暗自高兴，又作悲戚状，越发娇啼起来。笪燕雀大喜道："圣上英明，臣万死禀报，那女娲挟势弄权，无视圣上，此乃天廷之灾，社稷之祸！圣上理当亲政！"玉帝怒道："摆驾灵霄殿，召众神上朝！"笪殷雀急去，令元真童子传诏，金童和玉女侍奉銮驾。

再说女娲回到蕊珠宫，伏羲谦就黏了上来，笑道："母后，都道帝廷美好，你再若去时，便带着孩儿去看看吧。"女娲笑道："若不奉诏，龙廷岂能擅入？再者你去那里作甚，狗走狐淫，放辟邪侈之地，不看也罢。"伏羲谦惊道："母后，何谓狗走狐淫？"女娲自知失口，将她搂来笑道："为母是说，如今那龙廷奸邪当道，不干不净之地，还是不去为妙。"伏羲谦娇嗔道："哼，不领我去罢了，等我姝涵姐姐入主龙廷，我就能去看了。"女娲一愣道："你不说她我竟忘了，姝涵可好？"伏羲谦蹙眉，用那五轮八光左右两点瞳仁，瞅着女娲含嗔道："好什么，母后将她关在那里，她能好过么？"女娲又一愣，抚伏羲谦雾鬓，叹道："她在那里，总比这里安全的。"伏羲谦正要说话，就见娋辇和皃嬛掀起珠帘进来，欠身道："娘娘，宫里元真童子传旨来了。"女娲即出殿去看，就见元真童子愁云满面，低声道："圣上召众神臣上朝。"女娲见他面有难色，笑问道："怎的？圣上有何事要议？你为何愁得这般模样儿了？"元真童子回道："娘娘上朝就知道了。"女娲一时无话，只得进宫。众神臣闻玉帝忽然升殿，感到不妙，来到灵霄殿，就见两侧立着千余带刀御卫，威风凛凛。玉帝见众神臣到齐，还未等女娲坐定，便下诏道：“自今日起，朕要亲政，罢去女娲娘娘摄政王之位，兵权归于朕躬，封钟颀为左相，笪殷顼为右相，仕朝辅政。”笪殷顼和钟颀双双跪地接旨谢恩，而后，只听钟颀大喊道：“圣上不可罢免女娲娘娘！”玉帝正色道：“朕意已决，众臣不得再谏！”群臣见他态度坚定，已知再谏无益，只得忍气吞声，唉声叹息一番。玉帝龙袖一振，驾退回宫。群臣各自散去，女娲则呆立在原地，久久不语，过了好一阵子，就像一梦醒来，不觉暗自落泪，黯然离宫。

却说笪殷顼自得了宰相位，自然是春风得意，骄横跋扈。众神见他一朝受宠，又有照石护身，皆不敢冲撞。笪殷顼去神乐宫觐见玉帝，入内见玄女面色娇润，如飞鸟依人，两人胶漆，亲密无间。玉帝问道：“朕罢免女娲，心中不忍，今欲赦免须菩提，卿意下若何？”笪殷顼一愣，奏道：“圣上，须菩提法力无边，岂能放虎出山？”玉帝听说严重，战栗一下道：“他……须菩提法力无边？比卿如何？”笪殷顼正色道：“臣与他数次交手，屡战屡败，险些个丢了性命。”玉帝沉吟道：“难怪女娲能连克诸星域，大破西麟星王宫。”笪殷顼闻言，想起笪殷昊来，心中悲恨交加，此刻隐忍不发。

再说五龙炙出宫，走到半路又折回来，直入中宫找五龙霙，叹道：“圣上已被那妖女迷惑了心窍，我等将来必死无疑。”五龙霙脸如土色，泣道：“如今铸成大错，计无所出。”五龙炙忙道：“为兄倒是有一计。”五龙霙急道：“兄长有何妙计？”五龙炙叹道：“当初形势所逼，为笪殷逆贼所迫罢了，不然为兄岂能投贼！”五龙霙急道：“说这些个，于事何补？”五龙炙道：“能克笪殷顼者，唯有须菩提，为今之计，就是将他救出来，我等或可有一条活路。”五龙霙道：“怎的去救？”五龙炙道：“这就要看妹妹了。”五龙霙怨道：“早知如此，当初我又何必拿他！”五龙炙道：“此一时彼一时，如今只有须菩提可遏制笪殷顼。”五龙霙愁眉一挑，忽然灵机一动，转悲为喜道：“有了！我怎的倒把她给忘了！”五龙炙急问道：“妹妹说的是谁？”五龙霙莞尔一笑道：“贵妃妤嬛，如今也只有她能与圣上说上一言半句了。”五龙炙默然颔首，五龙霙自去中宫不题。

当时，女娲正在和前来探望她的千里眼和顺风耳一起说话，却被笪燕寉视为女娲同党，领御卫前来，尽皆抓进天牢，与女娲关在一起，女娲问道：“狂贼！你奉得何人诏旨？”笪燕寉哈哈大笑，道：“当然是右相笪殷顼的命令！”女娲突然被抓，蕊珠宫一时慌乱，碧霞和碧玉、尚翠哭得死去活来，伏羲谦痛不欲生，泣道：

“先是我兄长被抓，这番我母后又被抓，蕊珠宫怕是要大祸临头了！”

话分两头。娇珠得知消息，心中暗道：“天道好还，无往不复，故有今日报应。”娇珠回地牢去，见姝涵伫立绿窗前，轻轻瘦瘦的身影儿，低束褶裙，细腰纤不盈掬。娇珠过去挽着她的玉臂，见她凝望窗外，愁眉不展，便问道：“妹妹怎的？为什么又发愁？”姝涵叹道：“娘娘在天牢里受罪，也不知几时才能得赦？”娇珠嗔道：“她让你这般受苦，你却一副好心肠儿，倒替她发愁。”姝涵蹙眉道：“我姝涵不好了是一人，若娘娘不好了，让碧霞和碧……”说到碧玉二字时，见娇珠翻白眼，忙掩了口儿改口道：“若娘娘不好了，尚翠、伏羲谦她们如何好？这全府上下百余人，怕是惊魂不定呢。”娇珠撇了撇嘴儿，扭过身子坐在了榻上，姝涵知她生气，便也转身坐了过来，苦笑道：“怎么了？我也只是说说。”娇珠瞅着她，眼眶一红，几乎落下泪来，半晌才道：“难怪你被人欺负，你看看你，你自己尚在地牢，这会儿又关怀起天牢里的人了，你说说你这的善良，怎的不被人欺呢？”姝涵唉的一声长叹一口气，沉吟道：“我就要闷死了，时时刻刻就在这地牢里，本想着叫伏羲谦妹妹也来说会儿话的，只是这里除了你能出入，别人想来还进不来呢，如今外面风雨交加的，人心惶惶，现在看起来我们倒是最安全的了。”娇珠立眉，噘着嘴儿道：“快别说了，我就知道你下一句要说甚了。”姝涵翘起一纤玉指儿，轻轻地刮了刮娇珠的鼻子，婆娑眼儿笑问道：“呃？那你真厉害呢，可未卜先知了，你倒是说来听听，我下一句说什么？”娇珠瞥了她一眼，大声道：“你不就是想说，哎呀，这得感谢母后呢！她把我关在这里就是为我安全呢！”姝涵睁大眼睛，朱唇儿含笑，瞅她道：“喔，这的你都知道？果然未卜先知，一字不漏呢，全被你说中了呢。”娇珠笑道：“哪里是未卜先知的，这便是太了解你了，你心里想什么，要说什么，一猜也就晓得了。”姝涵展开细眉，笑道：“呃？这的，好吧。那你说，我心里此刻想什么？”娇珠一听，伸手儿胳肢起她来，笑道：“你心里除了他还会想谁。”姝涵啮指，缩着身子躲闪着，咯咯地笑个不停。娇珠笑道：“妹妹，几时都见你咬指头儿，就像个孩子，改改吧。”说罢停手，接着叹息一声。姝涵见她颦蹙，轻声问道：“你又怎的了？”娇珠叹道：“唉，蕊珠宫里突然就变得萧萧森森了，我刚来时，见婢子们进进出出的，仿佛就要离去了呢。”姝涵惊道：“真的么？那你不去瞧瞧，她们都走了，伏羲谦妹妹怎么办？如今哥哥还在牢里，母后也在牢里，她那么小的，谁给照顾？你去看看吧。”娇珠起身，摇摇头儿道：“唉，好吧，我要不去看，怕你还忧心忡忡的呢。”说着便出了小阁，回头朝姝涵轻轻一笑，挥挥手儿才穿出地牢。

话说娇珠慢慢吞吞地来到云灵轩，见香哝、媚凤、玉奴、娼翚、皛嬥五个婢子抱在一起哭着，只听娼翚泣道："我是死在这里也不会走的，娘娘迟早还会回来的，我要等娘娘回来了还要侍奉她的。"皛嬥跟着道："姐姐不走我也不走的，等娘娘回来。"媚凤抽噎道："我也不想走，只是父母催得紧，怕我在这里受了牵连呢。"香哝和玉奴只是哭，一句话不说。娇珠再看门外芃树下，精卫、婉镜、鹿慧、斓姁四个围着伏羲谦站在一处，再看伏羲谦，娇小的身影单薄，粉脸憔悴，见之惹人生怜，痴愣愣地瞧着那些个婢子们。斓姁眼尖，瞧见娇珠来了，提着裙子就咚咚地跑了过来，就像是见了好久都没见过的亲人，斓姁欠身道："二少主千福！"伏羲谦听见了，叫了一声"姐姐"，也跟着跑了过来，紧紧靠在娇珠怀里，娇珠抚着她的削肩，问道："妹妹，怎的在这里？碧玉和尚翠嫂子呢？"伏羲谦指着门道："在里间。"娇珠挽着伏羲谦的手儿就进了里间，见碧霞和碧玉、尚翠各坐在一处，双眼含泪，默默无语。娇珠问道："二位嫂嫂，就只坐在这里哭，有什么用处？"碧玉坐在春凳上，瞥她一眼道："那要做什么？"娇珠指着门外道："婢子们是聋子放炮仗，就要散伙了，你们也不去瞧瞧，就看着她们走么？"碧玉没好气道："爱走不走的，当谁稀罕呢！"碧霞笑道："好了吧，一家人就不要吵了。"伏羲谦瞅着碧玉道："嫂嫂，我娇珠姐姐不是那个意思，这好聚不如好散，娇珠姐姐的意思是，那几个婢子在我宫里伺候了主子们那么久，临走了也不能不理不睬的，好歹出去说个暖心的话儿。"说着又瞅着娇珠问道："姐姐，你说是不是？"娇珠点了点头儿，笑着紧握伏羲谦的手儿。碧霞笑道："妹妹长大了，比我们这些当嫂嫂的还懂事呢。"碧玉一听，转向碧霞冷笑道："哟，这话儿可说的好，还未过门儿呢，就自称嫂嫂了，这可让我们这两个真嫂嫂的脸儿往哪里搁呢。"尚翠急道："姐姐就不能少说两句！"碧霞一听，两颊飞红，也不答话，转身就出去了。

娇珠唤来斓姁，问道："哪里有酒呢，快寻些儿来。"斓姁想了想，又摇头儿。碧玉也不看，只是低头道："进少主屋里找，那碧纱橱里全是好酒。"斓姁转身去了须菩提的房间，取出一壶酒来。娇珠又道："取六只琉璃杯来。"斓姁又取了六只琉璃杯，跟着娇珠和伏羲谦出来。娇珠边走边道："今天是谁要走呢？"香哝、媚凤、玉奴、娼翚、皛嬥五个婢子闻声，纷纷转身看去，见娇珠和伏羲谦来了，又纷纷欠身，低头不语。娇珠笑道："瞧瞧你们，这天下没有不散的筵席，好聚好散，也是常情，本来高高兴兴的事儿，偏就被你几个弄得生离死别似的。"众婢各有各的心事儿，一时不知从哪里说起，一听娇珠这番话，又低头抹泪儿。娇珠笑道："来吧，与我坐下来说说话儿，不论谁走，咱们都是好姐妹，就当我和我妹妹今天代我母后为你们饯行。”众婢一同齐至，席地而坐，娡珠笑道：“斓姁，斟酒来。”斓姁端着酒壶倒酒，妱翚忙笑道：“这送行酒小婢可不喝的，小婢哪里也不去。”皃嬥忙招手儿道：“也算我一个，我也不离开的。”娡珠笑道：“你们不走就别在这里凑热闹了，去里间伺候两位少夫人吧。”妱翚和皃嬥欠了欠身，低头往里间去了。娡珠笑道：“那就是香哝、媚凤、玉奴三个姐姐要走了么？”三个婢子低头拈带，不出一声。娡珠令斓姁给她们三个挨次斟了酒，又转来给娡珠斟一杯酒，伏羲谦举着空杯，眼巴巴地瞅着娡珠，努着嘴儿道：“姐姐，我的酒呢？”娡珠瞧她细眉微蹙，扑哧一声笑道：“你饮的什么酒？姐姐是为她们饯行的，你尚小，犹如嫩花，不能饮的。”伏羲谦摇着纤体，努嘴儿道：“不，我也要为她们三个饯行。”娡珠拗不过，就让斓姁为她也斟了，伏羲谦这才笑满了粉颊上一双酒窝儿。娡珠举杯对三个婢子道：“香哝、媚凤、玉奴，妹妹愿姐姐回去之后，都要好好儿的，今日一别，唯愿来日再相逢。”伏羲谦亦举杯，甜润润声音道：“祝愿姐姐们一路平安。”香哝、媚凤、玉奴同举杯，齐声道：“谢二少主和四少主！”说着都饮了，娡珠瞅着伏羲谦，而后将酒饮了，伏羲谦端着琉璃杯子就喝，将一个粉脸儿都快装了进去。娡珠忍不住又笑，等她饮了，笑道：“以后不许你喝酒！此番依了你了，下次你若喝酒，母后知道了，还不怪我么！”说着就取出绢帕儿，伏羲谦接过，擦了擦嘴儿灿烂一笑。娡珠又斟了三杯酒，令斓姁送到香哝、媚凤、玉奴面前，自己又斟满一杯，举杯道：“姐姐们再饮了。”说着忍不住落下泪来，忙抬起玉手儿拭了拭，又笑道：“这杯酒我替我母后为你们饯行，平日里姐妹们一处，虽然我们当主子的又是打又是骂的，但心里却都当姐妹的，我母后也从不管教，自忙自的，姐妹们也是各玩各的，在这里也没有什么不自在，你们要走得舒舒心心的，我母后也就舒心了。”香哝、媚凤、玉奴三个听了，皆停杯不语，只是簌簌落泪。娡珠又道：“你们此去，都安然无恙的，我在这里就放心了。来吧，饮了这杯酒，就此作别，姐姐们珍重！”说着就一饮而尽，香哝、媚凤、玉奴三个相对凝睇，含泪饮了，而后一一作别不题。

话分两头。聚灵神至监牢中跪拜女娲，泣道：“娘娘受苦了。”女娲叹道：“受苦是福，若在宫廷，只怕苦更重呢。”聚灵神又道：“娘娘保重！”女娲瞅他一眼，问道：“须菩提可好？”聚灵神回道：“少主已被圣上赦免，回府邸去了。”女娲疑道：“圣上为何要赦免他？”聚灵神回道：“小神听说是贵妃妤嫘请圣上赦免的，圣上听贵妃道，‘逆贼作乱，此时关押功臣，恐伤了天兵天将之心，无人愿效死力，倘若逆贼攻入，谁人来勤王？’于是就赦免了少主。”女娲闻言，沉吟道：“妤嫘是个明白人，终未让我失望。”女娲得知须菩提被释放，心里也平静了，又吩咐聚灵神道：“你若见了须菩提，劝他以慎为重，以忍为先，可以多食，勿以多言。”聚灵神拱道：“小神定当转告。”须菩提出天牢，直奔蕊珠宫，进门就喊“母后”，进了院子，不见一个婢子，又去了清元殿，见伏羲谦和鹿慧、精卫、婉镜在一起，忙问道：“母后呢？”伏羲谦见须菩提发若白霜，惊道：“兄长，才几天时间，你怎的就白发苍苍了？”须菩提也不答话，只是问道：“母后现在何处？”伏羲谦泣道：“母后被天廷抓走了，现在天牢里，你怎么回来的，在牢里没见着母后么？”须菩提摇摇头，勃然大怒，转身就朝玉京宫走去，路上遇到聚灵神，将女娲所嘱咐的话儿一一转告。

须菩提只好忍耐，又返回蕊珠宫，正在愁闷，忽见钟颀来访，于是请入客厅叙话。须菩提想起女娲被打入天牢，泣道：“圣上如此昏庸，但如之奈何？”钟颀道：“圣上暗弱，如今笪殷项把持朝政，铲除异己，娘娘故有此难。”须菩提怒道：“待我去见他，定取他性命！”钟颀忙劝道：“笪殷项就怕少主寻仇，才将娘娘下狱，少主若要伤他，娘娘就会遇害。”须菩提连声叹息，急道：“那就任其跋扈？”钟颀道：“少主当以待时机。我料定圣上定会降诏，重新启用少主，以安众神之心。”须菩提怒道：“我岂能与贼同恶相济！如今朝政荒谬，国命委于奸邪之人，我羞于为伍！”钟颀道：“少主息怒，欲成大事就要学会忍耐，不妨暂且与那笪殷项交好，取得他信任之后，再伺机雪恨也不晚。”须菩提听后，颔首道：“就依相邦之言。”说罢，送走钟颀，自在云灵轩独坐。一会儿，就见娟珠领着伏羲谦进来了，欠了欠身问道：“哥哥为何独坐？心绪不乐？”须菩提道：“也没有不乐的，你父亲刚才来了，与我说了些话儿。”娟珠问道：“我父亲去哪里了？”须菩提道：“刚才走了。怎的，你父亲来了，你都不知道么？也不出来见个面儿。”娟珠撇了撇嘴儿，嗔道：“他在宫廷为官，心里只有天下，哪里还有我这个女儿！”说着，就挑拣了一些芃叶儿，放入水晶盖碗儿，举起玄壶斟满递与须菩提。须菩提接过去，呷了一口，笑道：“天牢里若有这一口儿好吃的，我也不想出来的。”伏羲谦瞅了他道：“哥哥觉得天牢里好，为什么不回去？”须菩提眼也不抬，一只手摆道：“去去去，你个小孩子懂个甚。”伏羲谦噘着嘴儿，生嗔道：“你一本通书看到老，怎的就见我是小孩子了？”娟珠听了，掩口而笑。须菩提放下盖碗儿，一双眼瞅着伏羲谦，果然是眉黛纤纤，腰肢嫋嫋，莹莹白腻凝素雪，神凝秋水娉婷婷，一日不见，当刮目相看。须菩提笑道：“我妹妹几时长大了？”伏羲谦脸儿一红，转过身子去。须菩提问道：“妹妹今年十几了？”伏羲谦挑眉道：“妹妹岁数你都晓得，还好意思问我，再说了，哥哥说话真是奇怪，我几岁了与你什么相干？”须菩提听了，站起身来“哎哟”了一声，笑道：“哥哥就问问你，怎么就不许了？”伏羲谦努着嘴儿道：“好像你话里藏着坏话呢。”须菩提笑道：“不是藏着坏话，是想问你一句话。”伏羲谦问道：“什么话？”须菩提笑道：“你猜，你猜。”伏羲谦又背过去，嗔道：“不说算了，我猜不着。”须菩提笑问道：“只是想问你来，妹丈可曾来过？”娇珠听了，急道：“这是什么话？妹妹尚小，哪来的夫君？”伏羲谦忽然转过来，骂道：“你疯了不成？”须菩提连忙笑道：“我怎的就疯了？不是母后给你做了主的，要嫁给轩辕健么？”娇珠插嘴儿道：“轩辕健早已和姝涵妹妹结为夫妻了，哥哥怎么还说这个。”须菩提笑道：“这有何妨？又不是秘密了，谁不晓得？再说，母后已经请如来佛祖消除了轩辕健的记忆，只怕从今往后也记不起姝涵妹妹了。”娇珠一听，眼前一黑，险些儿跌倒，须菩提知自己说漏了嘴，忙掩口，急道：“娇珠你怎么了？我是信口胡说的，你可别当真。”娇珠知道他无意中说了真话，此时也无可奈何，只得站定，低声道：“没什么的，消除记忆算什么，没害了他性命，也算是他的福分了。”须菩提笑道：“也是，如今他又要娶我伏羲谦妹妹，可真是便宜那厮了！”伏羲谦咬着唇儿，把脸儿一红，又指着他道：“你这个当哥哥的还了得么？我去向母后说，看打不死你的！”说着就要走。须菩提忙上前拉住，笑道：“你去哪里找母后？”伏羲谦站了一会儿，低泣道：“等母后回来了，我再说罢。”须菩提乘机岔开话儿，叹道：“如今母后不在宫里，几个婢子也都走了，我殊觉得冷清呢。”伏羲谦挑他一句道：“活该！”说着就拉着娇珠的手儿出去了。

却说女娲被玉帝罢官，又被打入天牢，众神惊骇。西极灵界大小雷音寺诸佛和诸菩萨听到消息，一座皆惊。燃灯佛祖召集众佛于灵山商议，燃灯佛道：“女娲乃三界创世大神，受师尊委托主持天廷，如今被打入天牢，受不白之冤。你们当随本座去参见玉帝，劝他大发慈悲，释了女娲。”接引归真佛合掌道：“仙灵两界素无干涉，世尊如何劝得玉帝？”燃灯佛笑道：“接引归真佛，那笪殷顼可是你的弟子？”接引归真佛回道：“须菩提和笪殷顼。”燃灯佛问道：“天道如是，一好一坏，如同一阴一阳，相克相生，繁衍世界。”空王佛合掌问道：“世尊，既如是，又为何去劝？”燃灯佛微笑道：“你无仙体。”空王佛不解，合掌不语，燃灯佛见如来佛侧立一旁微笑，问道：“如来佛为何发笑？”如来佛合掌回道：“本性使然。”燃灯佛颔首道：“昔日，本尊亦有此问，阿弥陀佛言：‘三千万大千世界有三千万中千世界又有三千万小千世界，方成九重世界。灵界以大善至善至上，无涉一尘一粒，然而众生平等，故开辟灵界，诸佛与诸菩萨以上皆入悟境，只有灵身而无仙体、肉体，亦无欲界之性情，但若欲界有堕落事，势必殃及九重繁衍，我灵界须施行度化。’我佛之语常在耳边，扎根心底，如今仙界有堕落事，又岂能坐视不理，理应前往劝化，是为上善。”空王佛合掌问道：“仙界也属欲界么？”燃灯佛回道：“除我灵界之外，仙界、八十一星海人神界、界下幽冥界、人界等皆为欲界，欲界众生多为情欲、色欲、食欲、淫欲所困，男女相参，多诸染欲，徒增烦恼。”空王佛闻言，合掌道：“阿弥陀佛。”辟支佛上前，合掌问道：“笪殷项行堕落事，接引归真佛有孽么？”燃灯佛回道：“无。度化在其心，堕落在其性，因果自负。”辟支佛又问道：“世尊，如来佛消除我佛轮回体记忆，助女娲囚禁帝后形天之转世身，有孽么？”燃灯佛闭目道：“辟支佛，本尊对你说，世界诸事本无对错，只有因果，种因得果，只看结果如何。”辟支佛合掌道：“果有好坏，我佛欲得哪只？”燃灯佛笑道：“好坏是本性，不好不坏是自然。”辟支佛问道：“既然如此，玉帝恶行亦为本性使然，又为何劝玉帝？”燃灯佛回道：“小儿强解事，适当开释之。”辟支佛问道：“何以开释？”燃灯佛合掌道：“上天言好事。”辟支佛合掌，低头归位。众佛、诸菩萨皆合掌道：“阿弥陀佛。”议论罢了，燃灯佛携如来佛、接引归真佛、观音、文殊、普贤三菩萨入玉京宫觐见玉帝。

却说玉帝见了燃灯佛与诸佛和菩萨，设宴款待，笪殷项列席。席间，玉帝问道：“灵界属天廷否？”燃灯佛合掌道：“有为时属，无为时不属。”玉帝又问道：“有为无为，所指灵界还是天廷？”燃灯佛回道：“彼此而已。”玉帝问道：“佛观朕，有为还是无为？”燃灯佛道：“有为，当为善为，无为也不非为。”玉帝问道：“朕之为，善为还是非为？”燃灯佛道：“湎于酒色，乃是不为，不为恶于善为，囚禁女娲乃是非为，不如不为。”玉帝冷笑道：“三昊作乱，灵界有何作为？”燃灯佛合掌道：“坐听风雨，卧观成败。”玉帝斜睨燃灯佛问道：“既然如此，佛祖为何说朕囚禁女娲是非为？”燃灯佛道：“昔日天王涅槃时，将天廷诸事托付于女娲，故女娲下界迎接圣上入主天阙，若女娲非为，则圣上不能升仙，况焉有今日之天位？今圣上反而囚女娲，乃是非为。”玉帝听罢，面有惭色，呆坐半晌，不能作答。笪殷项见状，合掌问道：“世尊，灵仙两界渺不相涉，为何今日来到天廷？”燃灯佛闭目问道：“问者何人？出自何门？”笪殷项道：“弟子笪殷项，出自灵界沙门。”燃灯佛微微睁眼，笑问道：“你能来，我怎的就不能来？”笪殷项一时无语，思忖半晌，又问道：“请问世尊，沙门中人亦问欲界么？”燃灯佛笑道：“法海无边，你几时见过佛光私照？”笪殷项一愣，又合掌问道：“弟子在仙界任职，无功德否？”燃灯佛合掌道：“阿弥陀佛，种瓜得瓜，种豆得豆而已。”笪殷项又问道：“世尊，弟子有过失否？”燃灯佛摇头答道：“人心未易知，灯台不自照。有无过失，你自知道。”笪殷项合掌，默坐而已。玉帝闻言，皤然有所悟，低头不发一语。燃灯佛见状，起身告辞，又携如来佛、接引归真佛、观音、文殊、普贤三菩萨回灵界不题。

却说燃灯佛走后，玉帝百感交集，想起女娲便心中涌起万千愧疚，坐卧不安，便将钟颀召入后殿，问道：“朕将女娲娘娘下狱，此事诸神有何议论？”钟颀回道：“怨气沸腾，只迫于笪殷项淫威，敢怒不敢言而已。”玉帝叹道：“朕自知有愧，不知该如何挽回？”钟颀拱道：“为何不将娘娘释放？”玉帝摇头道：“朝令夕改，只恐自伤龙威。此事莫急，若得机会，朕自会大赦。”钟颀叹道：“只怕时间越久，积怨越深。”玉帝斜睨钟颀，问道：“朕若用须菩提为天廷左相，如此可消释积怨，卿意如何？”钟颀忙跪道：“圣上英明，臣甘愿辞职，让位于须菩提。”玉帝笑道：“唉，卿误会也，卿仍为栋梁，只不过另有任用。朕启用须菩提，任其为左相，封你为太师，朝中有不决之事，仍问爱卿。”钟颀大喜，拱道：“臣遵旨。”玉帝即令元真童子去蕊珠宫传召。

须菩提随元真童子进宫面圣，才入玉京宫玄天门，便见戌闰升引御卫把在门口，御卫见须菩提来，哗啦一声举起长戟往面前挡住，戌闰升回头一看，忙喝道：“还不闪开！真是门缝里看人，你们以为自个是什么东西！一朝权入手，看取令行时，你们这般嘴脸，也是没有了。我说过多少回了，做我们这一行的，须瞪大眼珠子，怎么就成了一群玉刺猬，见谁都想扎？你们也不看看这是谁，这可是镇天大元帅，你们也敢挡驾！”须菩提抱着胳膊瞅他半晌，笑道：“行了，行了，老友，你倒是会见人下菜碟儿。”戌闰升忙迎上去，深深一揖，笑道：“拜见少主！”须菩提沉着脸道：“少主？老友拿我入狱时，可曾识得我这个少主？”戌闰升忙笑道：“天廷辇毂之下，愚弟奉旨拿人，哪个敢通融？多有得罪，还请菩提兄海涵！”须菩提拱手笑道：“老友说得极是！一会儿我便也是职责所在，得罪你一回，还望老友体谅！”未等戌闰升答话，须菩提哼了一声甩袖就去了。须菩提跟着元真童子到了灵霄殿，跪拜玉帝，玉帝惺惺作态，走下玉阶扶起须菩提，掩面无泪干泣半晌，叹道：“卿随女娲娘娘征战，有盖世之功，本当封为上卿。只是朕听信谗言，一时失察，心中实不安。”须菩提回道：“知臣莫若君。臣唯君命是从。”玉帝又道：“女娲娘娘持刃私闯宫禁，朝中颇有微词，朕实实无奈，故将娘娘下狱，今后若得机会，朕定当赦免，请卿勿要怨朕。”须菩提回道：“圣上赏罚严明，臣岂能有怨言？”玉帝问道：“朕封爱卿为左相，与笪殷项共理朝政，卿之意若何？”须菩提问道：“左相乃是钟颀，臣无德无能，安敢望此？”玉帝笑道：“卿不可自谦，以卿之大才，可担此大任。钟颀升任太师，卿勿忧虑。”须菩提跪拜道：“谢圣上隆恩！”玉帝笑道：“卿快快平身，这就回府稍作安置，便入宫议政吧。”须菩提长揖，徐徐退出。走出玉京宫时，望见戌闰升与御卫还在玄天门把守，便昂首挺胸向前，来到他面前，踱着方步。戌闰升拱道：“菩提兄，可面圣了？”须菩提斜睨他道：“这可是你一个小小的御卫大臣可问的？”戌闰升笑道：“菩提兄知我，请多多包容方好。”须菩提笑道：“老友，有道是‘宰相肚里能撑船’，本相岂不包容你？”戌闰升闻言，知须菩提被封为宰相，心里自是高兴，长揖笑道：“恭喜菩提兄！”须菩提又将脸儿一沉，正色道：“今罢了戌闰升御卫大臣一职，即刻往布吏司交出官印信牌！老友，请回府去吧。”戌闰升瞠目结舌，沉吟道：“这……”须菩提笑笑，拂袖去了。

须菩提回蕊珠宫，碧玉和尚翠见他归来，不胜欢喜，碧霞也暗自高兴，忙叫媢翚和皀嬺奉茶，须菩提四顾一下，缓缓坐下，问道：“伏羲谦呢？”碧玉回道：“在瑶轩阁，与鹿慧妹妹和精卫在一起。”须菩提沉吟一下，呷一口茶。娦珠忙问道：“哥哥去了宫廷，那玉帝怎么说的？”须菩提便把玉帝封他为左相的事儿，细细说了一遍。才说罢，就见婉镜进来，欠身道：“禀少主，麟鹤宫里的婢子嬨蕙来了，说天廷右相笪殷顼设宴，请少主去呢。”须菩提愣了一下，自语道：“那厮请我吃饭，定没什么好事儿。”碧玉忙道：“笪殷顼与你交恶，你不要去了，谁知他怀着什么坏心思。”须菩提起身道：“怕他不成？我若不去，他反而以为我惧他，我去了他能如何？我倒要去看看那厮出什么阴谋。”说完也不顾碧玉喊叫，一溜烟就出门去了。

须菩提才来到麟鹤宫，正要叫门，就见红彤彤两扇门开了，有两个冰绡胸抹的仙婢迎来了，福了一福道：“有请左相，我家少主已恭候左相多时。”须菩提不理，直接入内，那麟鹤宫景致果然不同，但见：

> 琼楼圜阙，雾锁松窗。琅琳作瓯瓦，璇玉为玫阶。霏霏一缕紫烟来，娓娓几朵彤云绕。翩跹蝶舞，裳裳纷飞窈娆；婉转流莺，菲菲回旋起翅。茂草椁花展旖旎，紫墀轩屏映兰堂。帘帷鸳绡，晶滢翡翠铺石梯；琥珀珊瑚，门廊宽敞显华奢。美曼媵婢皆姝艳，俏眼一笑含媚趣。深壁固垒一斗城，疑是九天矗瑶坛。

须菩提见这深宫大院，暗思道：“我以为蕊珠宫富丽堂皇，仙界绝无仅有，今看此处，不想这麟鹤宫竟更胜三分。”笪殷顼见须菩提来了，忙笑盈盈迎进来，二人到客堂，分宾主而坐。嬆蕙入内献茶，茶味馨香，须菩提呷了一口，沁齿滋心，如饮甘露，心神不觉顿爽。一盅还未饮毕，又有婢子入内道："飨宴完备，请左相入席。"笪殷项邀须菩提又经过轩廊长亭，入一重桃门，见有八九个仙婢姗姗来迎，只听得泠泠仙乐，又闻习习香风。梯级而上，满眼蟠青丛翠，进入一红瓦云亭，雕梁绣柱。亭上几案摆着酒宴，饮馔盘盅光彩熠熠。须菩提道："师弟好福气。"笪殷项笑道："这算什么福气！玉京宫里的那才是福气。"须菩提呷一口，问道："师弟，为何突然宴请我？"笪殷项笑道："我早就想宴请师兄了，只是未得佳时，今闻师兄被封为左相，特设此宴恭贺。"须菩提笑道："那就恭敬不如从命了。"笪殷项举盏，笑道："你我同朝为官，当精诚团结，以往种种恩怨，饮了这杯酒，当一笔勾销。"须菩提道："树欲静而风不止，只怕我有心，他人无意，不能如愿。"笪殷项听这话里有话，问道："哦？师兄说的这个人是谁？"须菩提笑道："师弟勿疑。我说的当不是你，如果是你，我也不会来吃你的饭了。"笪殷项听了哈哈一笑，问道："师兄，我看你是多虑了。如今这天廷除了你，就是我，谁还会与我们为难呢？"须菩提佯装醉酒，左右摇晃，吃吃道："不说也罢，不说也罢！"笪殷项忙道："我以为师兄海量，不想却如此不胜酒力！不说就不说了，但如果有人为难师兄，我绝不会坐视不管的！"须菩提伸出手乱摆着，又佯装坐立不稳，只将几案上的酒盅也碰翻在地，他又坐定，乜斜醉眼，笑道："为兄……为兄闻、闻后宫有淑爱，才色无双，独占花魁，圣、圣上自此无视三宫，只是此女干政，师弟，为兄不能如意，不能如意啊。"笪殷项一听，便知他说的正是自己的母亲玄女，脸色骤然大变，一时如坐针毡，见须菩提盯着自己，脸红耳赤，只得强颜欢笑道："哦？小弟未曾听闻。"说罢，转身对宫婢道："师兄醉了，扶他回府歇息。"须菩提晃着身子，一边走一边回头看笪殷项，笑道："为兄不劳相送，不劳相送！"说罢，哈哈大笑，而后出宫去了。

笪殷项见须菩提走了，气得七窍生烟，遂将酒肴掀翻，拔出剑来乱砍乱劈一通，一时帐落绡散，吓得众婢惊沮，腆然而奔。笪殷项又提剑至后殿，怒不可遏，宫婢见了都躲避去了，笪殷项怒叱道："不知廉耻的贱人！让我逮住必杀你为快！"才说完，就见一个婢子探出头来，娇姿艳冶，一瞥惊鸿。只见笪殷项持剑走过来，吓得她惊叫一声，正要低头跑了去，却被笪殷项一声喝住，来到她面前，见她活脱脱一双妙目，柔媚有余。笪殷项问道："你叫什么名字？"那女惊得瑟瑟发抖，颤巍巍答道："小婢名叫雪婵。"笪殷项扔了剑，不问三七二十一，抱起她来就进了香阁，骇得雪婵心头儿突突地跳，两颊飞红，娇躯乱颤，此时又不敢明推强拒，只得蹙着眉头，咬着牙关，含泪任他蹂躏了。玄女听见殿内又是哭喊声又是打砸声，忙来察看，转了一圈儿也不见一个婢女，才转身要走，又听见香阁内有嘤嘤哭泣声，心下疑惑，便去纱窗窥看，只见雪婵绿鬓蓬松，钗环凌乱，光着身子蜷缩于榻上，嘤嘤低泣，一双玉膝遮住雪白两乳。笪殷顼正在穿衣，一脸愠怒。玄女暗思道："这逆子怎的做出这等强奸之事？"笪殷顼掀起珠帘儿出来，却见玄女直挺挺站在门口，玄女伸手就打他一耳光，怒斥道："无耻！"笪殷顼捂着半张红赤赤的脸，瞋目怒视玄女，忽然抬手也掴了她一耳光，怒喝道："你这淫妇，安配为母？！"玄女捂着火辣辣的半张粉脸儿，瞠目结舌，半晌方泣道："为母怎么有你这的儿子？"笪殷顼转身，怒道："父之教不先，母之率不谨，寡廉鲜耻，我何以能独善？"玄女听了，无言以对，当下又羞又怒，一气之下拂袖而去。自此以后，笪殷顼每日饮酒作乐，与雪婵厮混，雪婵服服帖帖，侍奉得无微不至。笪殷顼醉生梦死，玄女看在眼中急在心里，一时无奈，只好听之任之。

这一天，笪殷顼和雪婵在园中赏花玩景，忽听到元真童子前来宣道："圣上升殿，宣召右相笪殷顼入宫！"笪殷顼问道："圣上临朝有何要事？"元真童子道："朝议帝统。"笪殷顼听到"帝统"二字，心里一惊，仿佛才从梦中醒来，急忙撇下雪婵，跟着元真童子往玉京宫去了。

第二十章 姒启建夏

姒启家天下始建夏朝　笪殷助族人谋取帝统

却说笪殷顼听说玉帝升殿，朝议帝统之事，心中就如十五个吊桶打水，七上八落，一路上问东问西。笪殷顼问道："宫廷之中安否？"元真童子道："大安。"笪殷顼又问道："圣母安否？"元真童子道："皆安。"笪殷顼再问道："众神安否？"元真童子被问得不耐烦，瞅着笪殷顼，懒洋洋回道："俱安！"笪殷顼放慢脚步，捏着下颌思忖片刻，见元真童子走远，又追上问道："圣上安否？"元真童子有些个莫名其妙，肚里想道："此贼眼里只有自己，对他人不闻不问，此时却嘘寒问暖，这般寻根问底的，却是何故？"笪殷顼见元真童子一双眉头紧锁，问道："为何不说？"元真童子笑道："回右相，我也几日没见过圣上了，今日才见圣上，说要临朝，我也未细看，不知圣上安与否。"笪殷顼暗自吃惊，转而又问道："几日不见圣上？"元真童子偷瞥了笪殷顼一眼，见他眼珠子滴溜溜转，笑问道："右相有何谘疑？"笪殷顼脸色一沉，沉吟道："我能疑什么？只是问问而已。"说罢一甩袖子，撇下元真童子，自己一闪身去了玉京宫。

话分两头。且说大禹帝死后，禅位给皋陶，皋陶还未受禅便死了，宰相奚仲对群臣道："父死，子即位。"群臣问道："谁人即位？"奚仲道："皋陶之子伯益。"群臣便忙着为伯益筹办登基大典。不想奚仲一句"父死，子即位"传到大禹的儿子姒启那里，姒启大喜道："相邦道，'父死，子继位'，我是大禹帝之子，我父死了，我当继位。"又闻群臣要拥立伯益即位，大怒，率兵甲冲入宫中。当时，伯益正穿上龙袍准备登基，却见姒启引兵而入，伯益道："你私闯宫陛，欲弑君么？"姒启怒道："我为君王，只弑乱臣贼子！"说完便将伯益杀死在殿中，而后披上龙袍，登基称帝，昭告天下道："普天之下，莫非王土，部落小邦，莫非王臣，天下之富，皆归朕一人。”帝启建立夏王朝，建都阳翟。

帝启篡位之事惊动天阙，玉帝召来钟颀，问道：“帝启废禅让自立，凡间天下以后如何？”钟颀回道：“‘公天下’变为‘家天下’，凡间帝统不受天阙干预，帝启死后，大位传给其子，其子传与其孙，子子孙孙，代代相传。”玉帝闻言震惊，怒道：“朕承昊天之德，曾于凡间一统中原，再而称帝，这凡间本是我轩辕氏族统治，朕归天之后，江山虽几度易主，但皆为我轩辕氏族继承大统，并选有德者以禅祚，朕达仙界后，后人尧、舜二帝又将帝位禅让给禹，这禹本来也是朕之后人姬鲧的儿子，因他是从其父破腹而出，故舜帝将他送给后妃夸娥氏姒莘抚养，轩辕氏姬姓之帝祚从此易为夸娥氏姒姓人手中，这倒也罢了，可禹帝的儿子姒启篡位，废除禅让，欲世袭帝祚，凡间江山成夸娥氏姒姓一家，这是何故？”钟颀回道：“圣上凡尘为帝时，大道行于人间，厚德载于天地，君与臣大公无私，故帝位禅让于有德之人。如今那人间帝王将国家窃为一家之私，世代相传，这正是人间大道不明，厚德不在的缘故，所以才致天下为家了。”玉帝又道：“凡间大道不存，因何缘故？”钟颀见玉帝问，思忖片刻，叹道：“昔日，女娲娘娘造人于凡间，人皆奉为天母，凡间处处有天母庙，时时都有人祭祀，而如今，圣上却将女娲娘娘下狱，冥王笪殷曹又在阳世惑乱人心，从此人多信魔道，而不信真神，大道便不复存在了。”玉帝疑道：“凡间如此，与女娲获罪有何相干？”钟颀忙道：“圣上如能赦免娘娘，则三界太平，否则必然大乱。”玉帝问道：“太师，你莫不是借此事，来为女娲求情吧？”钟颀跪地，叩道：“圣上说臣为公，臣便是为公，圣上说臣为娘娘求情，臣便是求情，娘娘一人系三界，臣实难分开。”玉帝面有愠色，起身道：“既是凡间天母庙无人祭祀，朕派人去祭祀就是了，至于女娲之事，容朕再议。”钟颀无奈，眼看玉帝悻悻离去不题。

且说笪殷顼至灵霄殿，见众神臣都已立在堂前左侧，八十一星海十八个人神氏族族长也立在堂前右侧。玉帝入座，元真童子扯嗓子喊道：“圣上临朝，众神升殿！”文武群臣叩道：“圣上无极！”玉帝道：“朕闻凡间帝王大禹死后，其子姒启篡位，以致龙域禅制崩摧，朕承昊天之德，曾于人间为帝，人间帝统当归轩辕氏姬姓，如今却被姒姓篡夺，欲行世袭，朕实不忍。众卿有何看法？”笪殷顼闻言，才知道原来玉帝临朝是为人间帝统的事儿，并无兴趣。玉帝问须菩提道：“左相之意若何？”须菩提禀道：“臣以为凡间龙域，帝统当复归于轩辕氏族。”话刚出口，笪殷顼就出班来，四顾一下，而后问道：“凡间谁为帝，与我仙界有何相干？”玉帝忙道：“卿言差矣，帝统当归有德者，天下大定，方能造福黎民。若帝统旁落恶人，若再行世袭，必致天下争霸。我仙界众神享受凡间香火供养，如此紧要之事，你岂能说与仙界无关？”笪殷顼顿时无话可说，退入班中。众神开始窃窃私议，钟颀见状急出班来，徐徐奏道：“昊天有好生之德，故女娲娘娘下界造人，将人类依八十一星海人神世界之十八氏族分为轩辕氏、伏羲氏、笪殷氏、笪燕氏、尧禹氏、神农氏、夸娥氏、大庭氏、五龙氏、涂山氏、西陵氏、勾弋氏、采文氏、胡臾氏、巴屺氏、攸辛氏、平茜氏、戌闰氏。凡间之人姓氏，姬、孔、范、江姓为轩辕氏；殷、滕、吴、魏、蒋、田姓为伏羲氏；毛、子、王、李、阎、尹姓为笪殷氏；刘、万、常、杜、韩、丁、沈姓为笪燕氏；荀、陈、邓、萧、龙、冯姓为尧禹氏；姜、朱、顾、傅、钟、卢姓为神农氏；姒、赵、施、邱（丘）、夏、谭姓为夸娥氏；蒧、杨、钱、姚、方、金姓为大庭氏；僖、黄、牛、韦、薛、贾姓为五龙氏；芊、马姓为涂山氏；高、梁、侯、罗、董、曹、武、任、陆、廖姓为西陵氏；风、嬴、邹、石、孟、秦姓为勾弋氏；姞、周、苏、叶、史、吕姓为采文氏；儇、胡、赖、汪、戴、崔姓为胡臾氏；曾、程、蔡、段、熊、郭姓为巴屺氏；林、何、雷、宋、谢、唐姓为攸辛氏；彭、郝、潘、袁、隗、孙姓为平茜氏；邵、于、董、余、郑、许姓为戌闰氏。盘古开天辟地后，天王令女娲娘娘开辟八十一星域，唯以凡间世界为诸神轮回之所，凡间尤为重要。若凡间大道昭昭，厚德行于天下，天帝才能获得昊天佑祚，岂能说凡间与仙界无关呢？”笪殷顼听了钟颀一席言，暗思道：“凡间帝统如此重要，我岂能轻易将帝统让与他族，应推举我笪殷氏族继承。”想到此处，便又急着出班，奏道：“圣上，臣以为自女娲下界造人之后，人间帝统已历伏羲氏、神农氏、尧禹氏三族，当下若天廷欲使凡间龙域易主，帝统当归笪殷氏族人。”玉帝听了，暗思道：“笪殷顼为其族人图谋帝统，如此一来，十八氏族族长必会争夺，不如不动为妙，以免生出事端。”想到这里，玉帝起身道：“众卿不必再议，朕倒要看看那夸娥氏族姒姓如何统治龙域，传旨，赐夸娥氏姒姓帝祚五百年，若姒姓失德，天廷将终其帝祚，于十八氏族中选有德者继承帝统。”说完就走，元真童子宣布散朝，然后随驾去神乐宫。

却说姒启为帝，放情纵欲，穷奢极侈，猝死于宴席。姒启之子太康继位。有道是有此父斯有此子，太康荒淫无度，整日歌舞升平，民怨四起。自天廷召集众神臣与十八氏族族长议过“帝统”之事以后，笪殷顼一门心思尽在凡间王祚，便暗中派震硉下界谋划。笪殷顼道：“大羿死后，其后人为逃避夸娥氏姒姓迫害，改姓为有穷氏，其实为我笪殷氏族人，其中有一个叫后羿的人，如今乃是有穷部落首领，你先去幽冥界，与冥王笪殷曹设计让后羿举事，杀太康终其帝祚，辅佐后羿登基。”震碑奉命下界，笪殷曹听震碑说明来意，摇头叹道：“本王早已不问阳间之事了。”震碑大为不解，问道：“你我同是笪殷王所造化的，而今笪殷王虽亡，然少主笪殷项尚在，视你我为亲人，今少主相求共谋大业，你理当报效才是，为何现在却退避？”笪殷曹无奈道：“并非本王不念天恩，实在是无力而为！自那灵界地藏王菩萨入冥界，此间大小事务已不由本王做主，还有判官陆正，素来效命于女娲娘娘。如今本王势单力薄，如何出力？”震碑无奈，只好告辞，笪殷曹送他出界，叹道：“请你回禀少主，本王虽不能出兵，但可以孤身一试。”震碑问道：“你打算如何？”笪殷曹笑道：“本王可托梦给那后羿，若其有异志，自会起兵举事。”震碑君道：“如此甚好！若其并不为所动，我再化身成一人寻他，此事必成。”笪殷曹叹道：“即使后羿篡得帝座，恐也难以长久，本王看夸娥氏姒姓帝祚正兴旺，岂能一战而终？”震碑道：“尽力而为罢了。”于是拜辞而去。

再说大羿后人改姓有穷氏，迁徙到北方深处，靠打猎为生，部落日渐壮大，大羿的后人后羿以擅射著名，被拥为首领，当时，他带兵侵入一个叫寒的小国，杀国君伯明氏，掳走伯明氏之女宝娈。原来，寒国宗族中有一个叫寒浞的人，是辅佐寒国君主伯明氏的人，他对伯明氏之女宝娈垂涎已久，宝娈当时还小，况且伯明氏为保社稷，那时已答应将宝娈嫁给有穷部落首领后羿为妻，寒浞不甘心，为得宝娈，茶饭不思，寒浞一度带兵出战，数次击败后羿，深得伯明氏宠信，甚至赋予兵权，大赏寒浞，寒浞道：“陛下若要赏赐臣，就请将宝娈赐与臣为妻。”伯明氏道：“寡人只此一女，留作大用，你勿作此念。”被拒绝之后，寒浞记恨在心。寒浞暗中拜会后羿，两人如王八看绿豆，当即对上了眼，密谋停当，再次兵犯寒国，这一次，后羿大军长驱直入，顺利兵临城下。国君伯明氏难以相信寒浞竟是叛徒，寒浞闯入宫中，将刀抵住伯明氏脖子，伯明氏问寒浞，道：“寡人不曾薄待于你，你为何要加害？”寒浞怒道：“我有意娶宝娈为妻，你为何不允？”伯明氏叹道：“上有天，下有地，人各有女婿。寡人曾许诺在先，宝娈亦钟情有穷氏，又如何强嫁给你？”寒浞听了，一刀砍断伯明氏脖子。伯明氏死，寒浞去后殿寻找宝娈，劝道：“后羿破宫而入，国君被贼所杀，我前来护送你出宫！”宝娈早已从宫女口中得知父亲被寒浞所杀，痛恨欲绝，暗下决心要为父报仇，见寒浞来逼宫，佯装痛哭道：“国亡，父死，妾愿随你去。”寒浞非常得意，带宝娈出宫。宝娈痛恨寒浞，更痛恨后羿，杀父之仇、亡国之恨已扎根于心底。后羿见王宫城门打开，便知寒浞已得手，立即领兵进宫，见寒浞押一少女出来，上前去看，一眼就被宝娈倾国倾城的美色迷倒，宝娈知他是后羿，便有意向他投去媚眼儿，那花容月貌，楚楚可怜的模样儿更让后羿神魂颠倒。后羿一个眼神，几十个兵士就将寒浞团团围住，寒浞大喊道：“这是为何？”后羿道：“寡人灭此国，得此城，城中之物，皆归寡人。”寒浞没想到后羿会强夺宝娈，虽肝肠寸断，但也不得不俯首称臣。寒浞每见后羿与宝娈出双入对，恨与宝娈天各一方，不得想见，以致沉郁烦懑，但他并不死心，越发对后羿忠心耿耿，终于博得后羿信任，被封为宰相，获得兵权。一天，后羿做了一梦，一位天神于梦中道：“太康无道，帝祚将终，你可举兵，杀太康而代之。”梦醒之后，后羿将梦中之事告于妻子宝娈，宝娈道：“太康帝祚将终，天赐帝祚给夫君，若不夺之，必为他人所夺。”后羿大喜，笑道：“就依美人，兵进阳翟！”后羿虽好色，但从不问除宝娈之外的美色，他有一个习惯，白天打猎，晚上问政，不论多晚，只要他高兴，便随时召见群臣入殿。这一次也不例外，躺在床上召见宰相寒浞。寒浞见后羿与宝娈在床，宝娈故作伤心悲痛。寒浞看在眼里，痛在心上，后羿下旨道：“寡人欲取夏国，你明日率大军攻打阳翟帝都。”寒浞大喜，领命而去，心里已有盘算。

一天，太康带家眷和他的五个兄弟到洛水北岸打猎，却被突袭而来的后羿大军包围，当场被寒浞杀死。太康的弟弟中康惊闻噩耗，火速继承帝位，发兵抵御，不料因寡不敌众而大败，逃往斟鄩，建立国都。后羿夺取太康帝位，携美人宝娈入主王宫。后羿好打猎，一次出宫打猎，寒浞趁机与宝娈私通，宝娈哭道：“妾本为将军之妻，只恨被后羿所霸占，受此屈辱，若不是将军尚在，妾早就不活了！”寒浞想与宝娈成百年之好，听宝娈如此说，一时反意萌生。寒浞得知后羿身边有个贪财的奴仆，于是重金暗中收买。后羿一次宴饮，被奴仆酒中下了迷药，昏迷不醒，寒浞乘机闯入杀了后羿，霸占宝娈为后，夺了后羿之位。

且说中康继位，为吸取太康教训，对朝廷进行大力整顿，封羲和为司天官，专门负责观察天象，任命胤侯执掌兵权，势头很快就有了好转。笸股顼得知中康重视天象，于是计上心头，施法为凡间演一场惊心动魄的日全食。就在这一天，对于凡间来说突发一件大事，只见太阳一点一点消失，天色由灰变暗，再由暗变黑，人们惊恐万状。中康大惊，暗思道：“太阳消失，国将有难，若不舍财将日及时召回，恐帝位难保。”于是急道：“速传司天官羲和前来，设坛救日！众臣随朕焚香礼天！”中康又令财官啬夫取金银珠宝，尽摆上祭坛，又慌慌张张率百官举行救日之礼，朝廷上下鸡飞狗跳，一时惊恐混乱，却迟迟不见羲和前来。中康帝大怒道：“羲和司掌天象，为何不察日食？今又迟迟不来参加救日之礼，真是罪该万死！”说罢又令宫卫去找。当时羲和正醉卧在府中榻上，鼾声如雷，全然不知外边发生了何事。几个宫卫进入羲和府中，见他酣睡，便又入宫奏报。中康帝闻讯，暴跳如雷，召来执掌兵权的胤侯，怒道：“羲和未及时上报日食，你将羲和拿下，立即斩首！”胤侯遵旨，领兵冲进羲和府，见羲和尚在梦中，便一刀砍下其头颅，血溅三尺，羲和之头迷茫眨巴几下眼皮，滚落于地。

寒浞得知斟鄩宫中大乱，乘天黑火速发兵，一举攻灭了中康。寒浞称帝，贪侈骄纵，多聚珍宝美色，也开始了犬马声色。好景不长，太康后人少康纠集人马，卷土重来，一举攻灭寒浞，夺回帝位。此后，夸娥氏姒姓的夏朝帝统果然延续了五百多年，经历了杼、槐、芒、泄、不降、扃、廑、孔甲、皋诸帝，直到发、癸二帝时，再度改天换地。

夏王朝走向鼎盛，笪殷顼为让自己家族之人获得帝统，每日愁眉不展。玄女闻知，对笪殷顼道：“昔日你父王在时，曾与冥王笪殷曹密谋，将家族之女简狄嫁于帝喾为妃，简狄生子契，契因助禹治水有功，被封为司徒之职，其封地在一个叫商的地方，因而称为商族。契死后，其子昭明继位，昭明死后，其子相土继位，如今已是商邦帝君。商族乃是笪殷氏族人，你何不去凡间商国，在相土后人中寻一能克承帝统者？”笪殷顼大喜，忙令震硨下界，化身前去打探，果然得知商王名叫王亥。

王亥聪明，发明牛车和瓷器，并教人饲养淡水鱼，国力逐渐强大。王亥虽有才，却不是一个做帝王的能手，在此方面就是一个庸碌之辈。他听从震硨建议，以贸易之名前往夏国有易部落刺探军情，临行前将国事委于其子上甲微，自己与大臣迁壬扮成商人驾牛车，满载瓷器和纱罗，来到夏朝地界，在各部落间买卖，以此想打探夏国王宫消息。然而，那王亥却是个好色之徒，时间一久，将刺探军情之事忘得一干二净。他到有易部落进行贸易，受到有易部落人盛情款待，王亥竟忘记自己是商国君主，而是商国来的一个大财主，志得意满，以帛和牛为诱饵，色胆包天地在有易部落做起了引诱和奸淫女人的勾当。迁壬规劝王亥道：“大王应当离开这里，不然将有血光之灾。”王亥并不理会，笑道：“此间美女如云，正好享乐，回去作甚？美人有色，寡人有钱，寡人温柔居中，哪里有什么血光之灾？”迁壬无奈，只好作罢。不料那王亥依然我行我素，恣意妄为，有易部落的男人见这个外来的商人自以为手头有瓷器和纱罗，便公然大行奸淫之事，引发公愤。

很快王亥的事情被有易部落首领绵臣得知，绵臣怒道：“那王亥有多少资财？”臣子答道：“牛羊无数，瓷器如海，绢帛如山，有倾国之财。”绵臣踱步道：“寡人欲夺之，可否？”臣子答道：“王亥乃商王，陛下以何名夺其资财？”绵臣笑道：“王亥好色，寡人以色诱之，而后杀之，夺其资财，名正言顺。”臣子道：“臣闻王亥与河伯仆牛交情甚密，故其色胆包天，于我有易淫乱，若陛下杀王亥，必令河伯仆牛反目，若商国以复仇之名攻我有易，如之奈何？”绵臣笑道：“咦！寡人妃子芪，乃河伯仆牛之女，今送与王亥淫之，寡人乘机而俱杀之，夺其资财，何谓无名？河伯仆牛因此恨，岂能助王亥？此事可成。”臣子大喜道：“可行。”于是一番密谋，王亥末日临近。第二天，绵臣对妃子芪道：“寡人听说商国来了一个商人，颇多瓷器绢帛，你取些金银买一些来。”芪笑道：“妾早就想去买些绢帛来了，只是怕陛下不允，故而未去。”绵臣道：“此时去吧，快去快回。”芪便领着一婢前往王亥帐中，令婢在外守候，自入内观看，果见瓷器绢帛精致玲珑，心中大喜，盈盈道：“妾有金银，可买瓷器绢帛，请运入我府邸。”王亥见芪美若天人，有惊鸿乱玉之姿质，一时魂魄把持不定，竟笑道：“若得美人倾心，我不要金银，可尽皆拿去。”芪见王亥风流人士，一笑倾心，王亥见状上前搂住，芪羞晕满面，娇啼不从，半推半就而已，王亥扯下一堆绢帛，将芪推倒，腾身而上压折花枝。二人情正浓时，突然绵臣引几个大汉持刀前来，吓得站在帐外的婢子瘫坐在地，这时，迂壬发现大事不妙，忙潜入帐后将那婢子拉入隐蔽处，捂其嘴儿道：“不可出声，若被发现，必死！”婢子吓得不敢作声，靠着迂壬身子蜷缩在帐后。绵臣听得帐中娇声聒耳，知鱼已上钩，便与兵甲进入大帐，见王亥与芪妃赤条条缠在一起，一个粉残钗乱，徐舒腰肢，一个淫笑燕燕，握云覆雨。绵臣大喝一声道：“大胆王亥，敢淫寡人妻！”王亥方如从梦中惊醒，慌乱从玉人上下来，还未及说话，一个大汉便手起刀落，将王亥斩首。芪扯起绢帛遮羞，跪地求饶，绵臣冷笑道：“淫妇！你父仆牛勾结殷商，欺寡人太甚，你也有今日！”说罢挥铜剑劈死，可怜香消玉灭，眨眼天娇美人，化成了一缕幽魂。迂壬魂飞魄散，带着芪妃的贴身婢女一路狂奔，来到有易部落不远的河伯仆牛帐中，将大事始末一一陈述。河伯仆牛大怒道：“绵臣贪财，借我女性命以嫁祸，你速回奏上甲微，令其引兵伐绵臣，与寡人合兵一处，杀绵臣，灭有易！”迂壬从命，奔赴商国报丧，上甲微闻讯大怒，即登基，率兵伐有易，杀了绵臣，将所掠财物与有易部落分给河伯仆牛一半，而后两厢联盟，大捷而归。王亥如此结果令篁殷项失望至极，只得暂时放下了窃夺夏朝帝统，不题。

第二十一章　天亡夏朝

履癸贪美色夏朝覆亡　成汤用贤良商朝开国

玉帝于太真殿打坐，不觉入寐，恍惚中见两个仙娥披着紫光姗姗而来，盈盈下拜。玉帝遂上前扶起，问道："敢问仙娥，为什么来这里？"其中一仙娥道："妾来自九天太虚真境，名叫云婑和妡婵。"玉帝瞅着她二人，果然是冰清玉洁，又问道："朕自来仙界，从未听过九天太虚真境，那是一个什么所在？"云婑笑道："你一个仙界元神而已，岂能知道，妾等修炼万万年，方飞升至九天太虚真境，成为亘古之神。"玉帝闻言大喜，问道："朕如何才能到那太虚真境？"妡婵笑道："圣上也望成为亘古之神？"玉帝忙道："众神皆望成为亘古之神，不死不灭，亘古长存，朕自然也有此望。"云婑与妡婵相视一笑，云婑道："圣上真性本善，可入得太虚真境地，既然圣上此刻就想前往，那就请随妾来吧。"说着便拉起玉帝飞升而上，才至半空，忽然一阵狂风，只听妡婵大叫一声道："不好！有恶神施法阻拦，怕是圣上不能入得真境了，妾等先行一步，若有机缘，再来引圣上吧！"玉帝回头一看，隐隐约约见一人手中捧着照石兴风，仔细看去，好像是笪殷顼模样儿，再定睛一看，又觉不是。正在纳闷儿，却见云婑和妡婵一撒手儿飞去了，自己却坠下云端，跌入深渊，玉帝大惊，大喊一声道："谁来救朕！"

却说钟颀正要往太真殿拜见玉帝，忽听得殿内一声大叫"谁来救朕！"惊得他一身冷汗，忙入殿内，见玉帝躺在地上四肢乱蹬，便慌忙去推醒。玉帝见自己还在殿内，才知是一噩梦。玉帝见钟颀在身边，放下心来，暗思道："忽然梦见有二仙女来，只是醒来记不得名字了，梦中又见笪殷顼来阻我飞升，这梦到底是何征兆？"钟颀见玉帝发呆，问道："圣上怎么在此睡着了？"玉帝叹道："朕得一梦，正要待太师详察。"钟颀问道："圣上梦见什么？"玉帝徐徐道："梦见有两个仙娥来到朕面前，要携朕飞升太虚真境，忽然被一阵狂风阻断，朕便坠落下来，现在仍心有余悸，不知此梦主何吉凶？”钟颀闻言，笑道：“只是寻常一梦，圣上不必多虑。”玉帝忙问道：“仙界果有太虚真境？”钟颀答道：“圣上，太虚真境乃在九重霄上，仙界元神只有经历渡劫，或潜心修行，方能飞升成为亘古之神，然而至今未有人入得太虚真境，圣上梦到，此乃大吉之兆，望圣上潜心修行，以早日成为亘古之神。”玉帝恍然大悟，笑道：“闻太师之言如梦方觉，既已有吉梦启示，朕当悉心修行，千难万险，亦所不辞，只恐此梦不祥，恐难遂朕望。”钟颀问道：“为何？梦境乃反，圣上何须多虑？”玉帝轻叹一声道：“梦中见一神手捧宝石，施法兴风，阻断朕飞升也，朕细看像是笪殷顼，又觉不像，不知这是何意？”钟颀思忖片刻，回道：“恐怕笪殷顼要窥探大位，圣上不得不防。”玉帝笑道：“唉，朕知你与笪殷顼素来不合，且莫以此虚妄之梦而妄加猜疑。”钟颀无奈，只得闭口不提。

过了几日，玉帝便一病不起，卧榻不醒。天廷一时大乱，女姬闻讯前来探视，心急如焚，即令元真童子秘而不宣，阻群神臣朝见。女姬问钟颀道：“圣上如此，可有办法治愈？”钟颀叹息道：“圣上入仙界时，乃是乘龙升天，入得天门来，虽肉身受紫气仙露而获重生，形貌皆青春，然而其元灵却与肉体七魂融合，得附仙籍。圣上之病，不在龙体，而因梦中欲飞升太虚，自剥离七魂而元灵随仙娥而去，结果中途被恶神阻断，七魂坠入界下，而元灵却未得飞升，元灵失七魂，故而不完整，以致大病，今看圣上病情，唯恐危在旦夕。”女姬大惊，问道：“你是太师，又是天卜神，莫非就无拯救良策么？”钟颀思忖片刻，叹道：“也不尽然，只是，圣上欲康复，须有人在界下凡间点长明灯，用添油法，方能延续天寿。”女姬不解，柳眉一挑，问道：“一灯一油，怎的能续天寿？”钟颀回道：“若是凡人，只要一息尚存，用此法皆可复命，神仙元灵相同，若用添油之法，续尽灯而复明，魂返灵生，即如枯荄回春。”女姬喜上眉梢，笑道：“如此，圣上便有救了。只是女娲庙在何处？”钟颀回道：“女娲庙在蒙山之国，这倒不难找，只是下界之祭司，须拣选心腹之人，方可用得此法，不然无用。”女姬问道：“这又何解？”钟颀道：“若非心腹之人，定不能尽心尽力也，一旦油干灯绝，必然不能接命，接命则圣上能够长生，不接命则圣上必然夭死，于懵懵中而去矣。”女姬心中越发惊慌，怨道：“圣上一直都好端端的，为何就忽然做此噩梦，定是有人蓄意谋害。”钟颀摇头，徐徐道：“此事与他人无关，圣上自损阳元罢了，自与玄女厮混，便不知节制，虽为神仙，然而并非亘古之神，气数亦有限，更应体盛时知保，体衰时知救，然而圣上贪欲，沉迷美色，渐渐消磨衰耗，元阳慢慢斯去，阖辟之机骤然一停，便得此梦，若非命不该绝，梦中时呼吸之气立断矣。幸好梦中坠下，如今只要办法得当，尚可一救。唉！生死机关，世人知之者甚少，不肯向道，生时有病痛烦忧，死后入幽冥六道轮回，可谓悲哀！”女姬起身道：“太师不必喋喋不休，只说了许多，本宫焉能晓得玄机，本宫只问你，若遣送仙子下凡入女娲庙点明灯，添灯油，即使有种种个好处，只是圣上在这仙界宫中，如何能受用呢？”钟颀笑道：“此功法最是简易，界下焚香添油，紫气冉冉而入混沌大气，圣上虽在天界，只要坐卧行住常怀此心，一念藏于夹脊之窍，则混沌真气随鼻引入，一吸而进，与身体之混元真精细细凝结，沉入丹田，上可通天谷，下可达尾闾，继而周流血脉百节，以此无涯之元气，续我有限之躯体，自然容易。”女姬又问道：“如此，何时能康复？”钟颀答道：“直到真元之气凝神于夹脊之窍，守而不离，久久纯熟，则元灵中有玄水滋养，自然消妄念，去其邪火，降其动心。若要康复，还须靠自身努力，才能圆满。”女姬忙道：“圣上只是呼吸真元而已，自身如何努力圆满？”钟颀道：“杂念邪火来自美色，妄念一止，真息自会显现。真息一现，则真息无息，一旦息无，则命根永固；真息一现，真念无念，一旦念无，则性体常存。息念俱消，则性存命固，何愁不能圆满。”女姬恨道：“本宫要驱逐玄女，从此不得再靠近圣上一步！”钟颀拱道：“欲救从速。”女姬道：“找个下界的祭司不难，难在祭司如何点灯添油，还请太师细细教之。”钟颀道：“这是自然。”

且说女姬召来贴身侍婢妹喜，对她道：“本宫令你下界，于女娲庙行祭司之事，你可愿意？”妹喜泣道：“小婢愿往，赴汤蹈火，在所不辞，只是舍不得娘娘。”女姬流泪叹道：“圣上康复之后，你即可归来，我们又能在一处了。”说着又和妹喜抱头痛哭一阵子。临行时，钟颀吩咐道：“南天门门神将送你下界，不经投生，而是仙体直入凡间，你可住在夏王宫的女娲庙，每日添灯油，勤焚香，以祈圣上早日康复，帝祚永固。”妹喜跪叩道：“请先生教我，如何点灯添油？”钟颀吩咐道：“除非亘古长生者，否则生命如无根之木，全凭气息维持命根，一息不来，便命非我有。此番让你下界去女娲庙行祭司之事，就是为了使圣上康复。添油接命，须每日坚持，不可中断，虽说种种玄况不一，但有我在仙界操持，不用多虑，你只要细心行持就好，于凡间每一个时辰添油，保证明灯不灭，一天十二时辰连续不断，玄元之气入混沌，圣上吸入，周流于背脊二十四节，便可改天命。”妹喜跪叩道：“小婢知晓了，定会尽心尽力，祈圣上康复。”钟颀再问道：“我所说之话，你可记住了，切记点灯添油，万万不可中断。”妹喜再叩道：“小婢铭记于心，请太师放心。”钟颀听罢，拜辞女姬，领妹喜往南天门不题。

却说笪殷项得知玉帝昏迷不醒，命悬一线，便秘密召集笪燕雀、笪殷元、笪殷汤、笪殷郇、笪殷卓等来到麟鹤宫，密谋政变。笪燕雀心事重重，说道："此事重大，若只有我们，恐难以成事，若须菩提同谋，大事可定。"笪殷项笑道："须菩提不满玉帝久矣，我若约他起事，他必会响应。"说罢又邀来须菩提，将玉帝昏迷之事一一告知，须菩提道："圣上昏迷，故而久不临朝，此时你我应竭力辅佐圣上才是。"笪殷项道："玉帝暗弱无能，既已命在旦夕，乃昊天所不庇佑，此时你我杀入宫中，杀了玉帝，另立新君，你我同掌神器，岂不美哉？"须菩提斜睨他道："哦？事成之后，师弟欲立何人为新君？"笪殷项道："玉帝之子笃娲，师兄意下如何？"须菩提霍地起身，怒道："我看你想立你自己为帝吧？竟敢妄想篡政！只要我在，你休想！"笪殷项笑道："师兄息怒。你既不愿同谋，我也不勉强，只是你母女娲，我就保证不了安全了。"须菩提闻言，暗思道："明枪易躲，暗箭难防，这厮一肚子坏水，为篡位而不择手段，丧心病狂，母后尚在天牢，他有照石在手，若行暗害，可如何是好？"想到这里，须菩提又缓缓入座，低声道："除造逆之事，其余我愿从之。"笪殷项哈哈大笑，说道："不劳师兄费力，你只须坐视不理，便是帮我了，事成之后，师兄仍为相邦。"须菩提拍案，怒道："你们做什么我不管，只要不害我蕊珠宫就是了！"笪殷项起身踱步，慢吞吞道："我怎么能相信你，你一句话说不管，就不管了么？万一到时候你横加干涉，我又岂能得逞？"须菩提又起身，怒道："你要怎样？"笪殷项笑道："师兄息怒，若师兄能自废法力，小弟即刻释放女娲娘娘，从此不再难为你们，不知师兄愿意否？"须菩提冷笑道："看来我这一身法力，却让你不能安睡。让我自废法力也不难，只是你让我如何相信你这个出尔反尔的小人？"笪殷项呵呵一笑，瞅着须菩提道："那以师兄之意，如何才能信我？"须菩提怒视他道："好说，既然要我自废法力，那就请你将那枚照石给我，如此我才能信你。"笪殷项闻言哈哈大笑起来，突然止笑，怒道："师兄，你该不会是做梦吧？我若将照石给你，只怕从此以后真的就不能安睡了。"须菩提道："你让我自废法力，我要你交出照石，这有何不可？"笪殷项冷笑道："你废不废法力都不重要，你母女娲却逃不出天牢。"须菩提踌躇多时，而后道："好吧，我母在牢中受难，我不能救她，要这一身法力有何用处？只要你信守承诺，勿伤我蕊珠宫里的人，我便答应你。"笪殷项道："我一言既出，绝不失信！"须菩提大声说道："好！"说罢，即当笪殷项的面，自断筋脉，废除了自己的法力，笪殷项见状，哈哈大笑，拂袖而去。

却说须菩提废法力，笪殷项自此再无忧虑，便又召集笪燕雀、笪殷元、笪殷汤、箕殷郇、箕殷卓密谋，决定举事，却忽闻女姬入得天牢，将女娲给放了出来。箕殷顼大失所望，怒道："我怎么把她忘了！"箕殷元不解，问道："女娲虽复职，有何可怕的？"箕殷顼瞥了他一眼，嗔道："不怕？你项上有几颗头颅，敢去捋这虎尾巴？"箕殷元低头道："如今须菩提已无法力，三界再无少主对手，那女娲即使把持朝政，又能将少主奈何？"箕殷顼叹道："我所怕者并非女娲，女娲复职理政，众神皆已知道，再者玉帝尚未死，如果现在就举事，恐众神不服，一旦群起而攻之，我们未必就能取胜，反而落得个弑君篡位的恶名，如何统御三界？此事只能暂时搁置，以待时机。"箕殷元颔首道："若要成事，就必先让玉帝丧命，如此，你再入主宫阙，众神也没有应对之策了，只能顺从。"箕燕雀问道："玉帝只是昏迷，此时杀又杀不得，如何让其丧命？"箕殷元道："我看未必，我听说女姬遣婢女妹喜下界，往凡间女娲庙行祭司之事，虽不知她要做什么，但可确定是为了让玉帝苏醒，倘若能阻止她在凡间祭司之事，不消多时，玉帝必死无疑。届时，我们再举事，大事可成。"箕殷顼惊道："真有此事？"箕殷元笑道："妹喜已经下界去了，仙体不经投生，直入凡间。"箕殷顼又道："如此，如何令那婢子听我们的话？"箕燕雀忙道："妹喜乃是我女，她焉能不从父命？"箕殷顼大喜，忙对箕燕雀道："就烦劳你促成此事，我若夺得天帝之位，便将人间帝统易主为箕燕氏家族之人，让你们家族享受凡间香火供奉，你看如何？"箕燕雀喜道："一言为定！"

且说女娲被女姬释放，回到蕊珠宫，钟颀和涂山阂、杨天佑、武德、火德、太阴、太阳、太乙、望舒等众神前来探望。女娲叹道："我儿须菩提自残，圣上将兵权授与箕殷顼，大祸将至矣。"钟颀顿足，长叹一声道："少主自废法力，箕殷顼从此再无敌手了！"女娲摇头儿道："圣上昏迷，天廷防务不可懈怠，只恨本宫已无权指挥天兵天将，无力保驾，只能等待圣上苏醒，再行请命。今内有内贼妄图篡政，外有轩辕昊、伏羲昊势力窥视神器，众神须事事小心。"说罢又令须菩提召来御卫大臣戌闰升，令其严密保卫宫禁。

却说夏朝帝发原本是个好帝王，忽然却变得专权暴滥，忌害忠良。朝中文武百官不敢再请谏朝政，最后只剩下几个奸臣，整天阿谀逢迎。不出一年，夏朝纲纪崩摧，天下一时大乱。帝发死后，其子履癸继位，箕殷顼对箕燕雀道："若帝癸和你女儿妹喜结为连理，妹喜将为元妃，其若有子，当继承帝位。"箕燕雀大喜，伺机而动。帝癸即位之后，残暴成性更胜于帝发，民不聊生，不堪重负，百姓舍家弃田，纷纷逃往商族部落。钟颀对女娲道："帝癸一不思朝政，二不祭神灵，三不拜先祖，暴戾恣睢，骄奢淫逸。"女娲叹道："身为国主，在于勤民，民则无怨言，混沌大气中则无怨气，无戾气，紫气方可盛旺，神自会庇佑之。帝癸不勤民，则是不敬神。不敬神，神不舆救，其自食恶果而已。”天上一日，凡尘一年，天界才过了一天，便觉那凡间怨气太重，戾气冲天，仙界时时可感知，女娲不胜其烦，忙召集诸神升殿朝议。众神臣道：“帝癸残暴无道，故民有怨气，请娘娘严惩帝癸。”女娲道：“帝癸气数未尽，岂能此时终其帝祚！”钟颀奏道：“若圣上不严惩帝癸，人类将不能存活，这怨气戾气充斥混元大气，越积越多，难以散去，天廷将无宁日！”女娲道：“不论何界，当一切顺应天命，岂能让凡间之人烦扰天廷！今封设天聋地哑二神，主司众界下凡间人类的祈求、诉怨、告讼、祷福之事，从此人类的求告声仅止于天聋地哑，二神再拣选重大者奏报天廷！”说罢，令众神推举，封了天聋和地哑二神，居文武殿。钟颀摇头叹道：“咳，从此人间叫天天不应，喊地地不答了，人所求无应，必会远离神灵了。”

话分两头。帝癸初承大位，灭蒙山国，得女娲庙。恰好又逢二月二，群臣奏请帝癸到女娲庙祭祀。妹喜在庙中祭祀，每天挑灯添油供奉女娲。有一天，被帝癸宦官看到，密奏给帝癸。帝癸听说庙里有一女子貌若天仙，往庙中窥视。帝癸进入庙中，见油灯明亮，见一美女手挑莲灯添油。帝癸上前去看，却忽然不见了，心中疑惑起来，大怒道：“何人在此装神弄鬼？再不出来，朕叫人拆了此庙！”说完，仍不见美女出来。妹喜见帝癸色眯眯闯进来，正要躲避，又听帝癸要拆毁女娲庙，吓得踉跄一步，弄出环佩声来，帝癸听见声响，又道：“那边可有人？”妹喜窈窕而出，脉脉道：“奴在。”帝癸侧眼斜窥，见妹喜淡妆素服，腰若约素，云娇雪嫩，当即魂飞目断。帝癸笑道：“不想蒙山国竟有如此绝色美人儿，你定是那神仙降凡，果然非寻常之辈……”妹喜见帝癸色心不死，忙要闪避，被帝癸拦下，吩咐宦官道：“此庙即为寡人寝宫，今夜寡人与美人在此下榻。”遂叫宦官将锦茵绣褥，移入庙中。帝癸抱住妹喜求欢。妹喜逃脱，嗔道：“陛下狂暴如此！亵渎神灵，就不怕惹怒天廷吗？”帝癸笑道：“朕即是天子，天父岂能罚朕？！”说着又扑来，那妹喜早已听从其父笪燕霍之言，哪里是真心推拒，不过是吊他胃口罢了，便道：“陛下若想幸奴，便将奴收入后宫，册为元妃，如此奴才肯相从。”帝癸大喜，笑道：“寡人这就封你为元妃。”妹喜回睇周眄，婉转道：“无凭无据，奴怎可轻信？”帝癸又赌咒又发誓，惹得妹喜心花怒放，帝癸见她妩媚娇柔，一时骨节酥溶，便入妹喜香闺，只见一扇绿纱窗儿几株幽兰吐芳，香气袭人。帝癸见她髻乍拖云，越发莺雏燕娇，袅袅婷婷，早已把持不住，问道：“你真的是仙女？叫个什么？”妹喜答道：“奴叫妹喜。”帝癸眉飞色舞，笑道：“好，好！寡人封你为元妃，你便时时刻刻陪着寡人如何？”妹喜嘻嘻答道：“那是自然。”帝癸笑道：“真是个可人的美人儿。”说着将她搂在怀中，抱在膝上问道：“你既是仙子，为何只身在这女娲庙？”妹喜娇滴滴道：“奴奉天帝旨意，来此焚香添油，以祈天帝康复。”帝癸笑道：“你真会戏谑寡人，天帝焉能生病？”妹喜笑道：“天帝也是个有血有肉的主儿，为何就不生病？”帝癸将手伸进妹喜衣内，在胸上胡乱摸弄，身子都酥麻了半边，笑道：“果然细嫩如脂，人间女子却没有这样儿的肌肤。”这时，五六个宫女掌了灯进来，铺床叠被，将龙凤衾、鸳衾枕拾掇得整整齐齐，关门闭窗，而后落下帷帐退出。帝癸搂着粉嫩脂香的妹喜半晌，神魂荡漾已久，越发把持不住，抱了妹喜嘻嘻笑道：“快去榻上，让寡人看看仙子的玉体与凡人有何不同！”妹喜含笑道：“大致相同，陛下难道不知，女娲娘娘是以仙界金童和玉女的模样儿造的人？”帝癸将她放入榻上，吃吃笑道：“寡人不信，女娲娘娘在何处造的人？”妹喜细眉一挑，笑道：“在太行山一带，怀仁之地。”帝癸笑道：“那是个传说而已，若说造人，还得你我一起，方能为之。”妹喜一听，羞晕满面，帝癸忙解衣就寝，笑道：“快些解衣。”妹喜口里应承着，却倚着床帏不动，帝癸急道：“快些解衣。”妹喜虽是天仙，尚不经事，羞得满面娇红，就是延挨半晌，不肯脱衣。帝癸生气道：“寡人册封了你为元妃，你仍这般扭捏不肯，这是为何？”妹喜娇声道：“陛下可怜奴罢”。帝癸哪里听进去，将手去拉扯她，却见她穿的云裳，没个开口处，心下惊疑道：“都说天衣无缝，今天一看，才知道这妹喜果然是个仙子，寡人有此天福，乃天帝所赐也。”如此想着，又附在妹喜耳边甜言美语哄了半晌。妹喜不敢应承，急得个帝癸去扯她衣服，无奈那衣裳如长在皮肤上一般，竟褪不去一丝一缕，妹喜东撑西抵就是不肯，帝癸嗔道：“你好大胆，横竖不行，却要怎样？”妹喜娇嗔道：“奴只怕陛下幸了奴后便遗弃了，故而担心。”帝癸忙道：“寡人已发下毒誓，若负了妹喜，寡人便丢了性命，失了江山。”妹喜掩口笑道：“这可是陛下亲口说的，若有负于奴，天帝在上，便是件件应验的。”帝癸忙道：“那是，那是。”两厢又说笑一会儿，妹喜才上了榻，一念闪出，去了天衣，帝癸双目扫去，神魂摇荡，正欲就势轻薄，妹喜将娇躯往后一缩。帝癸笑道：“真是个玉雕成的身子，凡胎岂能与之相比？”说着便扯过锦衾儿盖了，钻入被中细看，见她玉腿间只有牝户，却不见谷道，大吃一惊，帝癸霍地掀开锦衾，惊问道：“妹喜，怎就没有谷道？”妹喜捂着粉脸儿，扑哧一笑，嘤咛道：“奴乃仙子，怎么会有凡人那肮脏的东西。”帝癸啧啧称奇道：“莫非你们神仙，不吃不喝么？”妹喜笑道：“神仙想吃就吃，不想吃就不吃，吃不吃都不觉饱，也不觉饿，即使吃喝，也是只进不出，因而洁净。”帝癸奇怪道：“真是奇了！就说人人都想成仙，到底还是神仙好！”说着又钻入锦衾，只见绡帐颤动嬉笑不断，妹喜鬓坠髻散，娇啼连绵姿态愈妍。闺帏中事，莫过于此，不提也罢。

且说妹喜成为大夏元妃，为能让帝癸改过自新，重振朝政，劝他不要饮酒，不要猎色，帝癸贪酒好色，岂能听从，久而久之便不胜其烦，逐渐疏远妹喜，与宦官在宫外山庄建造宫殿，并派官员在民间各处搜罗女子，又将殷商所献琬、琰二美人封为妃，充入后宫。一天，终于见群芳中一娇脱颖而出，明艳妖娆，柔媚嫣然，臂上戴着一枚碧玉环，盈盈走来，环佩清脆，悦人耳目。帝癸大喜，问道：“你叫什么名字？几岁了？”女子答道：“妾叫袁姒，年方十六。”帝癸见她姿色不亚于妹喜，于是将她藏在殿中，时时淫乐。谁知这女子是山神奉女娲之命，特意来毁坏帝癸江山的，帝癸得袁姒，转眼就忘了妹喜，将她遗弃于后宫，自己整天在山庄宫内纵恣酒色，不闻窗外。

妹喜见朝政日渐荒废，对帝癸失望至极，泣道：“君负奴矣！天要取你性命，江山必失在你手。”说罢，自在后宫亭子小石磴上独处，心上恍恍惚惚，方蹙眉悲叹一声，就听见亭子旁的小道上几个人匆匆忙忙进来，妹喜定睛一看，原来是几个人抬着几只大箱子不知要去哪里，妹喜心里疑惑，上前喊住，问道：“你们是何人？为何出入后宫？”为首的回头一看，一时愣住，便知来者正是元妃妹喜，暗喜道：“我竟有缘与元妃妹喜在此相遇。”遂上前作揖回道：“我是商国伊尹，来为帝王敬献珍宝。美人可是元妃妹喜，为何在此？”妹喜见伊尹身材修长，眉目清俊，又听他称自己为美人，心里倍感温存，笑道：“商国不只敬献珍宝，还有美人儿吧？你们送来琬、琰二人，惑我君主，请问是何居心？”伊尹一笑，回道：“臣为君死，我主商汤被帝王拘押，故投帝所好，送美色珍宝以交换我主，是不得已而为之也。”妹喜问道：“帝既得美人，可放了商汤么？”伊尹回道：“已释放，我主已回殷地，我又送来珍宝无数，以为答谢，请问元妃，帝可在后宫否？”妹喜敛笑，将长袖一拂，嗔道：“帝贪酒好色，早将后宫移往山庄，此间冷清，圣驾岂能在此？”伊尹闻言，笑道：“承蒙元妃指点，我这就将珍宝送至山庄，面呈圣上。”妹喜回身，莞尔一笑道：“你主商汤既已释放，你还急的什么？只让下人送去就是了，再说你去了未必就能见着那昏君，他忙着渔色，可有闲暇见你？”伊尹道：“这……”妹喜乘机道：“请君入奴闺中拜茶。”伊尹听得，喜出望外，便令手下送珍宝往庄园去了，自与妹喜携手同入殿去。伊尹得妹喜宠爱，已觉魂飞神荡，满心欢畅，又是鞠躬又是作揖，问道：“我得何缘，过蒙元妃如此见爱？”妹喜笑道：“君乃商国栋梁，奴慕名已久，今有缘与君相逢，乃奴之幸。”伊尹本是一个坐怀不乱的君子，但也只对人罢了，早闻妺喜乃是仙女降凡，却不相信，今日见了妺喜，才知坊间传闻不虚，活脱脱的一个凝脂莹玉，云鬓轻盈，纤腰婉约，非凡花可比。伊尹揖道："只恐我这一身污质，染了仙姿玉体。"妺喜含羞道："天缘凑巧，君何须过逊。"说着进入香闺，轻放绡纱珠帘，帘内之人，更鲜妍绝世，韵致无双，伊尹魂飞魄舞，同入帷帐，解衣宽带不题。云雨过后，妺喜穿衣整妆，坐在镜前轻挽雾髻，哀哀而泣。伊尹大惊，整衣下榻，将她搂入怀中，问道："元妃为何伤心？"妺喜泣道："昏君强霸奴身，幽禁于此，今得见君方觉开怀，只叹美景短暂，却又要分离了，故而伤心。"伊尹笑道："元妃乃天仙，我有幸得宠，今日已魂杀于此，安肯离去？"妺喜抹泪儿，微笑道："只怕昏君不允，君若图长久恩爱，还须再思良策。"伊尹道："元妃既是天仙，昏君焉能囚得？元妃脱身易如反掌，有何发愁？"妺喜摇头儿，叹道："君不知也，奴虽为仙体降凡，然而与凡人无异，只恨身在凡间，纵有仙术，也无法施展。"伊尹叹道："唉！只恨元妃入得帝王家，我伊尹纵有拔山之力，奈何昏君有千军万马，如何能救得了元妃！"妺喜泣道："求君救奴，速回殷地，若得兵马便来杀了昏君，救奴出去，做个永久夫妻，切莫中道弃掷奴身，使奴空叹！"伊尹拱道："请元妃放心！伊尹绝不负你，待我回到殷地，请奏我主伐履癸，救元妃出去。"说罢又相拥恩爱一番不题。

一天，帝癸带袁姒游山，见山上有庙宇，帝癸问宦官道："朕不曾见过此处有庙，此庙从何而来的？"宦官不知，只听袁姒笑道："妾知此庙。"帝癸问道："哦？朕常在此，却不曾见过，爱妃又如何知道？"袁姒答道："此乃山神庙。"话音刚落，就见庙门大开，走出一素衣白须之人，目光炯炯，神态翩然。帝癸问道："此山神乎？"袁姒道："正是。"帝癸便携袁姒去看，到了庙门口，山神邀请帝癸和袁妃入庙中喝茶。入内坐定后，帝癸问道："你是何人？"山神答道："修行之人。"帝癸问道："既是修行之人，必是神仙，可知寡人国运如何？"山神捋须答道："我看陛下龙颜有凶煞之象，国运气数将尽。"帝癸大惊，脸一沉问道："既是神仙，可有破解之法？"山神笑道："只要陛下远离酒色，专心朝政，拯救黎民，国运便可续也。"帝癸唯独不爱听此话，便道："你这老贼，怎么说话与元妃一样儿的，你可是元妃妺喜派来劝说寡人的？"山神无奈，不再劝谏。喝完茶，山神送帝癸和袁姒出庙，刚出来庙门，忽然见一群黑猿跑来，叽叽喳喳，拍胸顿足，兴高采烈的模样儿，好像是来迎接他们。帝癸正在纳闷，这时，只见袁姒解下胳膊上的碧玉环递给山神，而后摇身一变，也变成一只黑猿，抓耳挠腮，长啸一声，便跟着群猿飞奔离去了。帝癸大惊，脸色苍白，双腿战栗，半晌说不出一句话来。山神瞅着帝癸，举着碧玉环，笑道："陛下，此碧玉环，我曾系在一只母猿的脖子上，不见它已有十六年了，今日物归原主，可谓缘分。"帝癸一听，啊了一声，当即昏厥于地。

帝癸回到宫中，卧病不起，一天，妺喜见帝癸病情好转，前来探望，问他道："陛下，思那妖女否？"帝癸以为是妺喜羞辱他，恼羞成怒，一气之下将妺喜一剑砍死，仙体不同肉身，竟然不腐，帝癸见妺喜绝世姿容一时横死，后悔不迭，于是下令建造晶宫，将妺喜尸体藏于其中，常来观瞻。妺喜死后，元灵伤心欲绝，来到冥界，地藏王菩萨念她可怜，引渡她返回仙界。

妺喜回到天廷后，与女姬、苏嫒团聚，自是欢喜，听说玉帝已然康复，便将自己遭遇告知女姬，女姬气愤至极，去找玉帝，要玉帝严惩帝癸。玉帝听了妺喜哭诉，大怒，急召须菩提、笪殷项、钟颀问询。笪殷项叹道："履癸无道，残暴不仁，臣闻其因酒浊而杀厨人，如此昏君，应当伐之。"玉帝闻言，惊道："哦？履癸为何如此？"钟颀摇头道："履癸闻仙露清澈，欲饮而不得，时天下之酒皆浊，焉有清酒？此昏君一怒而杀厨人，真荒唐也。"玉帝拍案，怒道："终其帝祚！"须菩提问道："终其帝祚，之后当由何人继帝统？"笪殷项趁机奏道："凡间龙域国有商族部落，汤王怀柔天下，可继承帝统，圣上可令其伐履癸，取而代之。"玉帝知道是笪殷氏族在人间的部落之人，于是就问钟颀道："汤王是明君否？"钟颀回道："成汤真是贤明仁德的君主啊。"于是就将成汤的事迹，细细说了一遍。

原来，自王亥之后，成汤即位，广施仁政，使国力再度兴盛。成汤把都城从"商"迁到"亳"，并重用两个贤良，一个便是伊尹，尊为阿衡，一个叫仲虺，也是重臣。伊尹不忘妺喜，得知妺喜死讯，更是痛恨不已，一心想为妺喜复仇，于是辅佐成汤征战，征服许多部落，并灭了东方的"韦""顾""昆吾"三个附属国，商的国力更加强大。汤王贤明仁德，深受百姓拥戴。冥界地藏王菩萨认为成汤具有佛心，上报到灵界大、小雷音寺，受到诸佛和诸菩萨关切。一次成汤出游，见有猎人张网围猎，猎到不少动物，猎人们高兴喊道："看，又捕到不少，都入我们的网了！"成汤正巧路过，下马劝道："将它们都放了吧！"说着就亲手打开网的三面，对动物们道："欲左则左，欲右则右，天下之大，来去自如。"百姓和众臣被成汤的仁慈之心感动，从此减少猎杀动物。钟颀介绍完成汤事迹后，对玉帝道："成汤之仁德，都能泽于禽兽，何况于人呢？"玉帝听从钟颀的建议，下诏让诸神下界助成汤继承帝统。

在众神帮助下，成汤命伊尹发动对帝癸进攻，经过十一次激战，帝癸力不能敌，万念俱灰，一把火烧毁王宫，又去晶宫将妹喜尸体火化，抱着她的骨灰，率领残兵败将逃到一个叫南巢的地方，一个月后，一个大雨滂沱之夜，帝癸抱着妹喜骨灰在长泪中离世。

凡间夏王朝灭亡，成汤建立商王朝，自称武王。

玉帝十四年。

蕊珠宫。伏羲谦闲来无聊，让湘君、湘妃二婢去广寒宫请望舒来玩，二仙婢回来道：“少主，广寒仙子不能来了。”伏羲谦奇怪道：“好好的，为何就不能来了？”湘君回道：“她道是太阳庙出了大事情，要与应龙少阴、烛龙少阳、角龙天听回去守护大殿呢。”伏羲谦疑惑道：“什么是太阳庙？从未听说过。”湘妃笑道：“少主，太阳庙在天廷御苑内，那里有一座囲山，山的南边就是太阳庙，好大的一座宫殿。”伏羲谦努着嘴儿道：“那倒也是，天廷新奇事儿多着呢！”说着低头拈带，对二婢道：“你们去玩吧，我去找母后问问这庙里的事儿。”二婢掩口一笑，退出去了。伏羲谦出瑶轩阁，穿过玉亭，顺着雕栏去往清元殿，才转出来，就见鹿慧和婉镜在芳亭游戏，伏羲谦笑道：“好个贪玩的婢子！”这一叫吓了鹿慧和婉镜一跳，见是伏羲谦在宫廊里，婉镜首欠身道：“少主，娘娘不在殿里，小婢就在这里等。”伏羲谦纳闷，问道：“母后去了何处？”婉镜回道：“小婢也不知，娘娘出去时不曾吩咐过。”伏羲谦觉得无趣，又转出来，路过宸恩殿，就独自进殿去了，见殿中空空荡荡，又走入内殿寝室，也是空荡荡的一间屋子，伏羲谦暗思道：“原来我姝涵姐姐就住在此间，这时却被母后关在地牢，唉，真令人揪心。”想着就要出去，忽然瞥见墙上挂着一幅画儿，皆是阁楼殿宇，细细看去，好像泛着异样光芒。伏羲谦自语道：“好美的一幅画儿！”再看落款，是“轩辕姝涵”四个字，伏羲谦越发好奇，暗思道：“姝涵姐姐画的画儿就像是真的。”想着便定睛细看，突然画中泛起一层层光晕，赤、橙、黄、绿、青、蓝、紫七色交错，伏羲谦大吃一惊，目不转睛地看去，只见那七彩光好似滚滚彩云，画中出现一个广袤苍穹，隐约能听到龙啸凤鸣，又见一凤一凰拍打着翅膀，拖着华丽的尾羽冲云破雾，好像就要冲出画中来了。伏羲谦下意识地偏偏头，凤和凰又转身冲进滚滚彩云中去了。伏羲谦不敢相信，环顾四周，见屋里并无异常，可画中景象依旧，她忐忑不安地抬起玉手儿，朝那画面摸去，这时，画中出现一座豪华雄伟宫殿，金檐上有四条天龙盘绕，又过了一会儿，出现殿内景物：高耸的太碑石，还有玉阶和龙座，隐约还有“盘古龙帝……轩辕健”等字样儿。伏羲谦暗思道：“这莫非就是玉帝所在的龙廷……”忽然，画中情景转向偏殿，里面更是琳琅满目，再看去，见有五色水如丝如雾般从天而降，倾洒在瑶台上，再看瑶台，上面有“诞龙台”三个大字。伏羲谦有点儿目乱睛迷，好奇地伸手儿去摸，这一摸，画中又出现变化，瑶台上走下一个翩翩少年，眉清目秀，丰神飘洒，器宇轩昂，活龙鲜健。伏羲谦又一惊，不识得这是谁，就忍不住多看了几眼，不一会儿就目注心凝，神迷意夺了。直到一阵清风吹来，画中景象如被卷去了似的，静止不动了，她这才回过神儿来。伏羲谦恍然转身，又回瑶轩阁去，躺在榻上，竟然一病不起。

女娲回到蕊珠宫，碧霞、碧玉、尚翠前来问安，精卫和婉镜、鹿慧、娼翚、凫嬥等侍奉她去内殿休息，见众婢愁眉苦脸，女娲问道：“这都是怎么了？”婉镜低声回道：“少主在自己的屋里，多时都不出来了，闷恹恹的甚无情趣，怕是病了。”女娲本来已经躺下，忽然翻身，盯着精卫问道：“她怎么了？”精卫回道：“也不知怎的了，听鹿慧和婉镜说，那会儿还在找娘娘呢，这会儿就觉不对了，小婢去问她，她也不理，不说一句话的，像是有什么心事儿。”女娲自言自语道：“我去看看她，小小的一个人儿，她有什么心事儿呢！”说着就去了瑶轩阁，见伏羲谦躺在榻上，闷闷不乐，女娲问道：“你怎么了？”伏羲谦见女娲进来，起身问道：“母后去哪里了？”女娲笑道：“就去宫里一遭，才回来，你怎的就这样儿了？”伏羲谦低头，脸上浮起一阵红晕，女娲看着爱怜，摸摸她的脸儿道：“这是怎的了？”伏羲谦扭过身子，轻声道：“也没什么的，就是觉得乏。”女娲道：“也是，一直在这宫里头，没有病也憋出病来了！为母想去界下凡间看看，你可愿随往？”伏羲谦忙下榻来，笑道：“母后，这两天都闷慌了，这就带我去吧！”女娲笑道：“好，好，我就知道你这病是装出来的呢。”说着爽朗一笑，便叫鹿慧取来镜奁，让精卫匀面，婉镜掠鬓，又让娼翚取过衣裙服侍她穿好，凫嬥殷勤小心地伺候女娲梳头换衣，收拾停当，女娲挽着伏羲谦的手儿向拱门里出来，领着她去了。众婢正着急，见她和女娲说说笑笑出来，这才松了一口气，婉镜拍着胸口道：“阿弥陀佛，少主没事儿了。”精卫和娼翚、凫嬥一听，扑哧一笑，婉镜也不好意思了，低头拈带。

却说女娲带着伏羲谦去界下，见民生康泰，女娲大喜。豫州地方山神和地神前来迎驾，为女娲介绍人间情况，才知凡间殷商已是成汤之后帝辛统治，帝辛智勇双全，爱民如子，深得民心。她们又来到殷地朝歌察看。这一天又逢人间二月二，帝辛召集文武百官和诸侯去女娲庙祭拜，宰相笪燕宝主持祭祀大典。原来，笪燕宝在天廷御宴上吟诗讥讽玉帝，被打下凡间，在冥界轮回几百年，才投生到商朝帝辛统治时期。笪燕宝未喝那孟婆汤，便知自己轮回几百年以及三界之事，所以他仍然取名为笪燕宝，他非凡才智得到朝廷宰相比干赏识，就将他引荐给帝辛，经过一段时间，帝辛发现笪燕宝上知天文下知地理，以为他是仙人下凡，非常器重他。祭祀女娲庙大典开始，正巧女娲带伏羲谦看到这个场景，伏羲谦对女娲道：“人皆拜母后为天母，可见母后德高望重。”女娲笑而不答，心里喜悦，就带她近前去看。帝辛在文武百官簇拥下踏上红地毯，往庙中走去。笪燕宝在庙门前的祭台上，取出一只金钵盛满水，烧了九炷高香，口中念着诀儿，这时，帝辛和群臣忽然看到，那金钵中生出青莲花，帝辛率众臣和诸侯王叩拜女娲塑像。女娲和伏羲谦灵体就在塑像前，只是人肉眼看不到。帝辛三叩九拜，祈求丰年，而后又心内祈道：“若女娲娘娘有知，请前来朝歌，本王定香火供奉！”起身之后，转而又想道：“若果有仙界之神，当能听到本王所言，但为何却无半点儿回应？”这话被庙中的女娲和伏羲谦听到，掩口一笑。伏羲谦低声对女娲道：“母后为何不现出真身来，也好让他看到，免得他这般疑神疑鬼的。”女娲笑道：“且等等再看。”这时，帝辛唤来笪燕宝，问道：“朕方才祷告之言，神仙可曾听见？”笪燕宝答道：“神仙都听见了。”帝辛疑惑道：“既然听见了，为何却无半点儿回应？”笪燕宝答道：“陛下，昔日，人祷告上苍，祈望天神降福保佑，全无应验，是因为神仙听不见人语。自有香火之后，人若焚香求告，所言所思皆随青烟而直达天阙，所拜之神都能听见。后来，仙界有了天聋和地哑二神以后，人所求之事都被二神阻截，然后择要奏报天帝，再由天帝下旨令诸神分理，故此，未必人人所求都能如愿。”帝辛不高兴，埋怨道：“朕贵为天子，天子所求，天父岂能坐视不理？”笪燕宝道：“此时，陛下所拜之神乃是女娲娘娘，而并非天帝。”帝辛怼怨道：“那女娲娘娘可曾听到？为何不显神迹？”这时，伏羲谦对女娲道：“母后显出真身让他看看吧。”女娲笑道：“好吧，去他所疑，往后也好虔诚拜神。”帝辛心中忧郁，正要起驾回朝，却见祭台前一阵清风拂过，台前帷幔绡纱在香烟袅袅中掀了起来，帝辛抬头一看，忽然看到女娲庙内圣像有七彩祥云掠过，再一看那圣像，栩栩如生，分明就是一个活人，婀娜多姿，翩若惊鸿，真正是一个绝色美人，帝辛一霎间目断魂飞，竟然忘了眼前的是天神，那眉梢眼角儿尽是春色，不禁戏亵道：“若朕后宫有这般空前绝后的美人儿，朕也不枉活了这一世。”话刚出口，就被女娲和伏羲谦听到，伏羲谦惊得脸色大变，女娲更是勃然大怒，斥道：“如此无德昏君，本宫怎能为他赐福！”说完，一挥袖子，携伏羲谦返回仙界。

帝辛正在女娲像前发愣，忽然祭台前刮来一阵强风，卷尘沙袭来，祭台骤然倒塌，贡品滚落一地，帝辛慌忙抬袖遮脸，急道：“快来救朕！”这一吼群臣都像炸了锅，以为有刺客，乱作一团，侯王姬昌急领数千名兵甲前来护驾，将女娲庙团团围住，搜了一个底朝天，也不见有人。帝辛知道自己亵渎了神灵，心中不安。笪燕宝更是心知肚明，警告道："陛下亵渎女娲娘娘，大祸将至。"帝辛惊惧，问道："何以解此灾祸？"笪燕宝回道："若陛下能清心寡欲，勤政爱民，或能免此祸。"帝辛慌忙摆驾回宫，一连几天心神不宁，神思恍惚。没过多久，帝辛忘了笪燕宝告诫，竟然沉溺美色中，不能自拔，更是凡见到美色，都好像全是女娲模样儿，逢女便叫："女娲！女娲！"从此以后，帝辛疏远朝政，荒淫无度，每次与美人淫狎时，眼里心里皆是女娲，嘴里不停道："美人儿，朕封你为王后！"时间久了，后宫美色知道帝辛心思，纷纷打扮成仙女模样儿，在帝辛面前自称为"女娲"，一个个做出媚人状态，不顾廉耻，一味献媚争宠。帝辛一夜之间封了三百个王后，陷入美人窝里，饮酒作乐，几乎都忘了宫外世界。

第二十二章　武王灭商

姜炎下界助周伐商纣　芃桃奉诏轮回布大道

却说轩辕健被消除记忆后，回到太阳宫，再也不去蕊珠宫了，一天心里懵懵的，就连云芡、妡婵两个仙婢都觉出异常，一时也不好问，只得跟在他身后，在园子里各处走走。众婢因轩辕健生得俊俏，说话又和和气气，也乐得同他亲近，轩辕健见云芡和妡婵、望舒有时进来屋里玩耍，也搭着话儿说笑两句。轩辕媓察觉出异常，但不晓得真相，便一再嘱咐望舒和云芡、妡婵，让她们不要去太阳宫外游玩，怕的是冤家路窄，万一被人撞见了，传说到宫廷里，被邪神知道了惹来麻烦，自此以后，婢子们都深居简出。

娇珠好久不见轩辕健，又从须菩提口中得知他的记忆被消除，心里忐忑不安，便出蕊珠宫去太阳宫寻他，一路上思道："也不知道他记忆消除了，还认得我么，若认得还好，留得青山在不怕没柴烧，我可慢慢叫他认得姝涵妹妹，若连我也不认得了，那就没做奈何处了。"没有姝涵同行，她便只能步行着去了，走了三个时辰才到太阳宫，进去一看也不见一个人，一时又觉得身子困倦，到园子里的一座亭上歇息。亭内四面窗棂有风透进，园子里花草香气，扑鼻而来，好不惬意，一会儿娇珠便睡意浓浓了。轩辕健恰巧也往芳亭来，慢步至亭前，正要跨上玉阶，就见亭子里躺着一个婢子，轩辕健以为是妡婵，便叫道："妡婵，是你在那里么？"见不应答，他便上前仔细一看，认得是娇珠，正静静地睡在那里，纤腰一束，娉娉袅袅，苗条可人。轩辕健暗思道："娇珠好久都不见了，怎么会在这里？"想着便伸手去摇她，突然又见娇珠绿茵茵的抹胸，一点玉乳时隐时现，不觉神呆，娇珠醒来，蒙眬烟视，见是轩辕健，小心儿怦怦地跳了几跳，顿时两颊红晕映红玉面，如桃花初绽，接着坐起来，将那双玉臂儿一展，伸过去勾住了他的脖子，就将他紧紧搂住，不由得嘤嘤哭泣起来。轩辕健笑道："巴巴地到了这里，正好歇息着，怎么见了我就哭了？"婷珠松开他，又上上下下地瞅了他一会儿，娶娶眼儿，将头儿一偏，问道："你可知我是谁？"轩辕健捧着她的粉脸儿，端详了半晌，吃吃笑道："你怎么了？不信你和一个外人勾肩搭背的，你是我的婷珠，你是我妻子，怎么我就不知道了？"婷珠扑哧一笑，忙将玉手儿掩口，又努着嘴儿道："夫君，你怎么都不去蕊珠宫了？害得妾好想你。"轩辕健摇摇头，叹道："那里又不是我家，我总觉经常去叨扰不好，那会儿我还想去的，不想你却来了。"婷珠笑道："你都把姝涵妹妹忘了么？"轩辕健蹙着眉，问道："谁是姝涵妹妹？"婷珠闻言，忙将玉手儿掩住口，睁大眼睛直愣愣地盯着他，半晌说不出话来，心里思道："完了，完了，果然被消除记忆了，这下可怎么办，我姝涵妹妹可怜的，唉，只可惜那地牢被玄封，除我谁也进不去，要不然我领夫君去看看姝涵，说不定什么都记起来了呢。"想到这里，问轩辕健道："夫君，你有妻子名叫轩辕姝涵，你只是出了事故忘记了，我是你的妾，你可记住了？"轩辕健闻说，摇摇头，见婷珠蹙眉撇嘴儿的，又急忙点点头。婷珠又扑进他怀里，撒起娇来，就在这时，又听身后说道："你们两个在这里作甚？"轩辕健回头一看，见是母亲轩辕媓站在亭外，于是低声道："快起，我母后来了。"婷珠忙一骨碌爬起，整整装束，福了一福道："母后万福金安！"轩辕媓见是婷珠，早知道她与轩辕健已私订终身，便过来抱着她，笑道："我还以为是哪个婢子哄我儿耍呢，原来是你，好媳妇儿，何故来迟？怎的不早些儿来看为母？"婷珠一听轩辕媓一句"媳妇儿"，一句"为母"的，便知她已知自己与轩辕健私订婚约的事儿，鼻子一酸，竟倒在轩辕媓怀中哭了起来，轩辕媓忙哄着，安抚了半晌才消停下来。

轩辕媓又挽着婷珠，徐徐走进亭中坐下，轩辕健也坐在身旁。云艿和妡婵来了，双双跪地，对着婷珠磕头道："女主万福。"婷珠一听，不知所措，只将一双小手儿捂着嘴儿，眉间含笑，瞅着轩辕健。轩辕媓笑道："好了，都起来吧，你们就知道哄我，当着我面儿叫什么女主，我一不在时，你们便又没大没小起来，姐姐妹妹的叫得欢。"云艿和妡婵掩口一笑，退立一旁。轩辕健向云艿道："婷珠才回来，困乏的，你们取茶来吧。"云艿就和妡婵应了一声去了。轩辕媓看了婷珠半晌，问道："蕊珠宫里没有事儿么？怎的今天自己就来了？我媳妇儿姝涵呢？"婷珠见问，一时不知如何回答，低着头眼泪簌簌落下，轩辕媓急道："有什么话儿就说，是不是她在那边又不好了？"婷珠泣道："母后，可知道你的姝涵，在蕊珠宫里吃尽了苦？没人管没人问的，被女娲娘娘关在地牢里，如今身怀六甲，却出不得牢门，每日不是对着墙，便是对着我，再见不到任何人了。”轩辕媓听了娇珠一番说话，大惊失色，不由得乱了方寸，急道：“这是怎的了！女娲为何要将她关入地牢？我今儿才晓得，要不是你来说，真正我还不知道呢！我也说怎么姝涵久不来了，想必其中有什么缘故，原来是被人囚禁了！”说着，又朝轩辕健看去，泣道：“你这个不孝的儿子，每天只顾自己玩耍，你把我的姝涵丢在那里，被人关起来，你也不管不问，要不是娇珠与我说，我死也不知呢！”轩辕健看母亲哭了，慌了神儿，忙跪在她面前，连连叩头道：“儿子该死，却不知道母后在说什么，谁叫姝涵？我却不知道，等我知道了，再去寻她回来，补我的孝敬。”轩辕媓见轩辕健这般光景，一时糊涂了，一会儿看看娇珠，一会儿又看看轩辕健，惊得说不出话来。娇珠怕轩辕媓着急，便忙将女娲如何因姝涵的元灵珠儿而毒打姝涵，如何逼迫姝涵嫁玉帝不遂，又割下姝涵脸皮儿，又如何请佛祖消除轩辕健记忆的事儿细细说了一遍。

轩辕媓听了，放声大哭起来，指着轩辕健呜咽道：“你滚出去罢，我没有你这个儿子，我的姝涵，可怜我的姝涵，命怎的这般苦，这是谁造的孽，就要我的姝涵来担着这些个罪！”轩辕健此时更加心神慌乱，这时见云旻和娇婵捧茶而来，轩辕健给她们使眼色，云旻和娇婵见轩辕媓哭得伤心，只好退在原处站定。轩辕媓哭了一会儿，骂道：“女娲也真歹毒，竟然如此对我的姝涵！我怕外人知道我在太阳宫，惹来麻烦，便没让她知道我在这里，也一直瞒着轩辕健的身份，不想她知道了轩辕健和姝涵的事儿，仍然加害！这个恨，我可是一定要解的，看看她女娲有何本事！”轩辕健不知所措，只是赔笑道：“母后息怒，孩儿会问个明白的。”轩辕媓霍地起身要走，回头对轩辕健道：“等你问明白了，怕我的姝涵早死了！”轩辕健无话可答，唯有红着脸跪着。轩辕媓又道：“娇珠，你们两个好久都未见了，自在一起说话儿吧，为母要去设法子救我的姝涵了。”说罢，头也不回，竟自出亭而去，云旻和娇婵也慌忙跟着去了。

话分两头。帝辛一如往常，与后宫美色在朝歌御园游戏，一次喝醉了，靠在锦榻上就睡着了，蒙胧中看到园中腾起一阵烟雾，见一只鹿，头上有五枝玲珑玉角，闪着亮光。帝辛好奇近前去看，鹿却一直往前走，他也不停追，追到河边时，鹿不见了，却见一个仙姿玉貌的少女站在河岸上，帝辛怀疑这少女正是那只鹿所变，拜问道：“姑娘可是天仙？”轩辕媓回道：“正是。”帝辛本性难改，一时心花怒放，又问道：“上仙驾临王宫，可是来找朕的？”轩辕媓警告他道：“子受，你贵为人间天子，不思朝政，以致奸佞作祟，黎民生不如死，你就不怕上天责罚么？”帝辛哪里听得进这些话，笑道：“你看朕这王宫，美如天阙，不如你也来朕身边，朕封你为王后。”轩辕媓暗思道：“这帝辛天性善良，正直勇猛，比其父帝乙圣明，为何今日见他竟如此寡廉鲜耻？”如此想着便仔细看去，隐约见其灵体闪闪烁烁，跃跃欲出，轩辕媓心里一惊，暗思道：“分明有天神附其体，欲坏他社稷。我本想规劝帝辛重振社稷，以坏了女娲的复仇之计，好让她来找我，我再借机救妹涵出来，不料却被人先入手了，唉，不如早早回去，再思良策。”轩辕媓无奈，瞥向河水，忽然见河水中帝辛的身影，越发像是笪殷昊模样儿，轩辕媓肚里转道：“笪殷昊死了，莫非其灵未入聚灵阁，而投生到凡间了么？或未投生，其灵下界附体帝辛而已。”想到这里，见帝辛仍盯着自己，只得斥道：“你看看这河中是什么？”帝辛往河里看去，竟看到自己倒影，一张脸忽然变得狰狞不堪，形同骷髅，再仔细一看，身后突然冒出一个凶神，举着一把利斧朝他砍来，他才躲过，却见那凶神却是自己的影子。帝辛受到惊吓，大叫一声坐在地上，去看仙女，仙女早不见了踪迹。帝辛转身离开时，又见那手举利斧的凶神，顿时大惊失色，喊道：“快来救我！”这一声却惊得众嫔妃们都围过来看，见帝辛靠在锦席上，单手托腮，流着口水尚在梦中，于是急忙叫醒他，帝辛醒来，才知是做了一个梦。帝辛给嫔妃们说了梦里情景，笑道：“朕见神鹿来此御园，想必是有仙女要来宫中与朕相伴，只是这园中萧条，不似仙境，朕要兴建此园，仙女必复来。”说罢，下旨搜集天下奇花异草和金银玉石，大造宫苑。历时三年终于建造完毕，就像仙境一般，帝辛赐其名为“鹿台”。

帝辛召集群臣进园观赏，问笪燕宝道：“朕有此仙境，仙女可至否？”笪燕宝摇头，叹息道：“陛下若能敬天爱民，向善修行，可与三皇五帝一样，死后便可列入仙班，又何须耗尽天下之财，取民脂民膏兴建鹿台，陛下只为贪图安逸淫乐，上天不再祚佑陛下了。”帝辛大怒，令侍卫将笪燕宝乱棍打出不题。

却说女娲在人间受辱，回到蕊珠宫仍然怒火未消，斥道：“那个帝辛，胆敢亵渎本宫！若不念他勤政为民，还算得一个好帝王，本宫定不饶他！”过了几天，女娲召来天聋和地哑，问道：“凡间黎民如今怎样？那帝辛可勤政为民？”天聋和地哑见问，如实禀报道：“帝辛即位初爱民如子，从不近美色，以致人到中年，不娶妻室。之后一次打猎摔成重伤，病愈之后，便突然变得残暴不仁，听说曾在御苑遇到仙女，自此便一心思慕，并仿仙境建‘鹿台’，纵意声色，荒淫无度，今奸佞当朝，民生凋敝，苦不堪言。”女娲大怒，召来钟颀商议。钟颀道：“成汤在时，恩德泽及死海，万民莫不敬仰，其王祚传至子孙十三任帝乙。帝乙死后，其子帝辛即位，不思朝政，民生涂炭，看来商朝气数已尽。”女娲已有灭殷商之意，说道：“本宫已有消灭殷商之意，只怕圣上知道了不允，故而迟疑。”钟颀回道：“不然，商朝乃是笪殷氏族之人所统，如今帝辛失道，理应灭之，再将凡间帝统归于轩辕氏姬姓，正合圣上之意，圣上又如何能怪罪娘娘呢？”女娲问道：“何人能为此计？”钟颀想了想道：“在下以为，火德真君有一弟子，可为此计。”女娲道：“哦？此神是谁？”钟颀笑道：“姜炎。自姜炎跟随火德真君以后，修行大有长进，如今德才双全，足可堪当大任。”女娲笑道：“本宫怎的把他给忘了。”说完，急令鹿慧和婉镜去召火德真君和姜炎入蕊珠宫。很快，火德真君领着姜炎来蕊珠宫拜望女娲，在中殿商议灭商之策。女娲问道：“商汤一统九州，国力昌盛，深得民意。而如今那帝辛坐吃江山，残暴无道，本宫欲以灭之，但不知如何终其帝祚？”钟颀瞅着火德真君，笑道：“帝辛无道，而其国中有名叫姬昌者，大有成汤之德，深受百姓爱戴，为今之计，只有火德真君派其弟子姜炎下界，辅佐姬昌举事，摧毁帝辛，如此大事可成。”未等火德真君发话，姜炎闻言，马上拱手拜道：“弟子愿下界效力！”女娲叹道：“此虽是妙计，但犯上作乱之事，人所不为，又如何让那姬昌举事？”钟颀和火德真君一时无语，陷入沉思。女娲正在苦思，却听见殿外院子里传来一阵嬉闹声，只听娰翚叫道：“婺翜姐姐，多时不见你了，你去哪里了？怎么突然就回来了？”婺翜笑道：“娘娘可在殿里？”皃嫪忙道：“小声些儿，娘娘正在屋里会客。”说着三个婢子又转去别殿了。女娲听到这里，灵机一动，忙道：“有了！”钟颀忙道：“娘娘有甚妙计？”女娲笑道：“美人计。”于是叫精卫唤来婺翜。婺翜拜女娲与诸神之后，回道：“娘娘，小婢去那太阳宫周遭看了几天，不见有人进出，因宫门上有恶龙把守，小婢未敢轻入。”女娲笑道：“哪里是什么恶龙，那可是天龙，这个火德可是知道的。”火德忙道：“应龙和角龙还常在守护太阳宫么？”女娲叹道：“圣地至重，岂能不守，我们先说正事吧。”女娲说着又转向婺翜，笑道：“婺翜，你可愿去界下走一遭？”婺翜答道：“全听娘娘吩咐。”女娲笑道：“如此甚好。”又转向钟颀和火德真君道：“婺翜下界可成此事。那帝辛贪爱美色，若婺翜进宫，定能使他神魂颠倒。”话一出口，羞得婺翜低头拈带，却不自在。钟颀思忖半晌，笑道：“这倒也是一计。”姜炎忙劝道：“婺翜妹妹莫怕，还有我在，你放心就是了。”女娲笑道：“有姜炎帮你，你怕那昏君不成？”婺翜道：“小婢不知该如何行事？”女娲贴着婺翜耳朵，如此这般地交代了一番，婺翜红着脸，掩口一笑。女娲又对姜炎道：“你与婺翜一同下界，你自见机行事就是了。”姜炎领命，当即和婺翜下界去了。

姜炎和婺翜下界，姜炎化身为一个老者，去了姬昌为君的诸侯国，以等待时机。而婺翜来到朝歌，潜入鹿台御苑。那天帝辛和众“王后”们在鹿台宴饮作乐，看到湖中的鱼，然后兴致大起，笑道：“这水中之鱼饥饿，朕颇了解鱼之所思，鱼让朕蒙着眼睛捉你几个美人儿，但被朕捉到者喂鱼。”说罢，命令众“王后”排成一队，然后他用丝巾蒙住眼睛去捉。众妃害怕被他捉到喂鱼，早就躲起来，帝辛左一把右一把抓摸，全都捉了虚空，知道众妃们都躲藏起来，生气地扯下丝巾，正要发火，抬头却看到一个美女。帝辛不敢相信自己的眼睛，暗思道：“这个美女一定是仙女下凡来找我的。”于是二话不说，便一把搂住她道：“美人儿！朕这不是在梦中吧？”这美女正是婺翜，见这帝辛果然好色，便腰肢一扭，轻盈闪在了一旁。帝辛哪里甘心，一边追一边道：“朕自从那天见你之后，茶饭不思，为你建了这人间仙苑，没想到你果然来了！”谁料这庭苑深深，没追几步，婺翜就消失在假山中了。帝辛失望，茫然望假山出神儿，不料婺翜又出现了，他怕吓走仙女，这一次便不追了，只是央道：“请问仙子芳名，既来此间，为何不与朕同乐？”婺翜生气道：“妾乃妲己，是姬昌王之妾，本来探望太后莫氏，误入鹿台，不想陛下如此无礼！”帝辛惊道：“你说什么？”说罢就见妲己消失在花丛之中。帝辛想道：“朕乃一国之君，尚未有此艳福，他姬昌不过是朕的属臣，却有如此一个绝色美妾！”帝辛越想越气，回宫之后，召来费仲、飞廉、恶来三臣，问道：“朕闻姬昌戎政于岐周，不知他如今怎样？”费仲答道：“姬昌在岐周戎边，率我天朝之兵攻打戎狄部落，几番大捷，边庭太平。”帝辛怒道：“姬昌反心昭然，竟敢自封为王，罪不可赦！”费仲惊道：“竟有此事？”飞廉拱道：“姬昌称王已久，臣闻先帝时，他自称为西周之国王，本以为是居心叵测者谣言，如今看来确有其事，姬昌金屋藏娇，据说前些天又得了一个美人儿叫妲己。”帝辛大怒，拍案道：“妲己对朕说，她是姬昌王之妾。飞廉、恶来，你二将速率兵往岐周，将姬昌绑来见朕！”飞廉、恶来二人领命而去。

且说姬昌不知大祸将至，那天正在后园陪姬考、姬发、姬鲜、姬旦、姬度、姬振铎、姬武、姬处、姬封、姬季载十子舞剑，却听宫人来报道：“陛下令飞廉、恶来二将发兵至此，要拿大王问罪！”姬昌大惊，顿足叹道：“我说过多少次，不要称王，不要称王，你们总是不听，如今陛下定是为此事而来，看看如何收拾！”忙又派人打探，已知兵围王宫，便对众子道：“为父听闻陛下沉溺酒色，甚是无道，今兴兵来此，定是听信奸佞谗言，以为我周国兴盛，危及朝歌，故前来杀我。尔等速去躲藏，为父若死，长子代父王位，使我后嗣不绝。”说完，就见飞廉、恶来二将怒气冲冲前来，姬昌跪地道：“臣不知所犯何罪，将军为何引兵前来？”飞廉怒道：“大胆姬昌！你自封为王，大逆不道，该当何罪？”说罢便将姬昌五花大绑。

姬考吩咐众兄弟们保护母亲太姒从后门逃走，自己放心不下父亲，便去察看，见父亲姬昌被邦，一怒之下挥剑去救，被恶来下令乱箭射死，然后又令众兵闯入王宫抄没家财，搜寻妲己，却不见金屋，也未见美人，于是羁押姬昌返回朝歌。

姬昌次子姬发继承王位，带领兄弟保护母亲太姒逃到周河，听闻父亲被押走，兄长又死于恶来之手，大家都痛不欲生，母亲太姒一病而亡。九个兄弟乱作一团，又怕帝辛派人追杀，便一直东躲西藏。一日，姬旦对姬发道："周河上有个老者，颇具仙风，王兄何不去看看？"姬发一时没有主意，只好跟着姬旦去看，见周河上有一叶扁舟，上面坐一个老者在垂钓。姬发见老者，疑惑道："就是此人？"姬旦不答，姬发前去一揖，问道："舟中之人是谁？"这老者正是姜炎所变化，此刻正在垂钓，见姬发施礼相问，就将那渔竿儿拉了上来，姬发和众兄弟伸颈去看，那鱼钩儿却是直的，钩针上还滴着水，姬发低声道："老叟愚也。"姬旦却不以为然，他劝姬发道："王兄，大智若愚，我看此人必是大贤，你还不敬拜？"姬发摇头笑道："天下哪有用直钩钓鱼的！如此愚人，焉能助我克成帝业！"姬旦忙道："老者乃是神仙中人，因不忍杀生故而如此，王兄求贤，焉能以貌取人？"姬发叹道："如此，且问问再说。"姬发又朝姜炎高声问道："敢问老者姓名？"姜炎不看他，答道："老夫姓姜，名尚。"姬发又问道："老者用直钩垂钓，鱼儿焉能上钩？"姜炎将鱼竿儿扔在一边，起身道："公子钓誉，老夫钓鱼，彼此彼此罢了。"姬发不解，问道："此话怎讲？"姜尚走下扁舟，来到他跟前，打量他半晌，笑道："我看公子虚骄恃气，未必能克成帝业，不过沽名钓誉之辈罢了，而老夫直钩钓鱼，不求闻达，但求随缘而已。"姬发大悟，即叩拜道："如若不弃，愿拜为师，助我伐无道昏君，拯救黎民。"众兄弟忙跟着跪拜。姜尚忙扶起姬发，笑道："那帝辛昏君倒是一个昏君，但不见无道，老朽愿为大王效力，顺天命而已！"此后，姬发封姜尚为太师，封姬旦为宰相，举贤任能，练兵秣马，公然与帝辛分庭抗礼，并传檄各地举义，建立周朝，自称武王。

帝辛回到朝歌，逼问姬昌妲己下落，姬昌道："臣闻苏氏部落族人有女，名叫妲己，臣只闻其名，未见其人。"帝辛怒道："狡辩！朕亲自于鹿台见过此女，她亲口说她是妲己，是你的妾，你为何不认！"说罢又严刑拷打，直到将他打死，也未问出个结果。又听说姬昌之子姬发造反，便召集群臣商议平叛之策。其时朝歌有臣，名叫比干，听说帝辛杀了姬昌和姬考，心里本来就不平，奏道："陛下妄杀忠良，这是何故？"帝辛怒道："姬昌势大，自封国王，反心昭然，故而杀之。"比干奏道："陛下贪色，偏信奸佞，以致朝政荒废，民生凋零，时下怨声四起。今陛下又滥杀无辜，以致群臣恐慌，陛下若不改过，贸然兴兵伐周，商朝必亡。”帝辛勃然怒道：“老贼，你当朕不知你这老贼心思！莫非替姬发说情不成？先帝在时，曾有意立我为君，而你与朕兄微子启、微仲、子期三人密谋篡政，对朕多有诽谤，那微子启、微仲、子期三人暗中与姬昌来往，妄想卖主求荣！而今你又来御前胡言乱语，想让朕放那姬贼，是何居心？”比干回道：“昔日，陛下亵渎天神女娲，惹怒天阙，臣昨日夜观天象，见北斗天枢、摇光二星，忽明忽暗，预示陛下大祸将至，请陛下设坛禳星，乞求天神宽恕，如此可望太平。”帝辛起身怒道：“朕闻北斗有七星，皆由天神司掌，朕却不信。上古之人云‘圣人心有七窍’，朕更不信，你常以圣人自居，然而却居心叵测，群臣之中，就你心眼儿最多！朕想看看，你心是否真有七窍。来人！将老贼拿下，剖其腹肠，摘下其心呈上！”兵甲一拥而上，将比干拖了出去，只听一声惨叫，比干死在血泊中，兵甲将比干的心置玉盘中呈了上来，帝辛见心脏在盘中跳动，近前细看，而后笑道：“哪有七窍，朕分明见老贼黑心一颗，还不扔出去喂狗！”说罢，兵甲奉命将比干心脏捧出喂狗。帝辛开始发兵征剿姬发，飞廉、恶来率兵连克数部落，竟然在苏氏部落族发现一女，名叫妲己，于是将其解送朝歌，帝辛见苏妲己虽然天姿国色，但与自己那日在鹿台中所见的仙姿不同，问她道：“妲己，你可是姬昌之妾？”苏妲己见问，一头雾水，回道：“妾年方十六，尚未出阁，如何为人妻妾？”帝辛这才恍悟，原来真是冤了姬昌。帝辛将苏妲己纳入后宫，封为王妃不题。

费仲见帝辛爱妲己，沉溺酒色，劝谏道：“妲己非姬昌之妾，姬昌冤死，陛下何不昭雪，安抚姬氏，若兴兵发周，必致惨败。”帝辛道：“妲己虽与姬昌无关，但姬昌自封为王，反心昭然，如今其子反迹已现，岂能不伐？”费仲叹道：“我朝歌大军分兵伐诸部，飞廉远伐东夷，如今只有恶来一军，胜败实难预料。”帝辛怒道：“朕意已决，不得再谏！”此后，姬发在姜尚帮助下，率军大战于牧野，恶来阵亡，姬发攻进朝歌，飞廉率大军挥戈勤王，因多数士兵为东夷战俘，中途倒戈，飞廉还未至朝歌就闻帝辛自焚于鹿台，于是饮恨而死，自此殷商灭亡。

话说帝辛灭亡后，姬发将朝歌九鼎和黄钟大吕搬入王宫，举行建国大典，令乐师奏黄钟之乐，听大吕之声，观云门之舞，率文武百官祭祀天神。姬发一手拉着姬旦，一手拉着姜尚，笑道：“你二人并肩作战，助本王一统九州，真可谓是黄钟和大吕，黄钟之声，大吕合之，故有今日之胜。姬旦乃是本王之弟，功高不赏，而太师则不同，本王就以这大吕赐太师为姓，以示器重。”姬发为了让姜尚安心辅政，并赐婚给他，姜尚在人间留有后人，从此姓吕。姜尚活了一百六十岁，归一之时从人间度来不少神仙，其中有李靖与哪吒、金吒、木吒父子四人。不料此事惹怒笪殷顼，听说女娲暗助姬发灭亡商朝，大发雷霆，将女娲告到玉帝那里，玉帝不理其奏，笪殷顼无奈作罢，只得再待时机不题。

值姬满统治时，是为周穆王。当时西方犬戎不朝贡，姬满大为恼火，欲派兵征讨，大臣祭公谋父闻讯，谏阻道："圣上当以德服天下，西地遥远，犬戎不朝，或因此故，圣上只要遣使垂问即可。"姬满大怒道："他们不来朝贡，寡人御驾亲征，亲自去取！"祭公谋父劝阻不成，只得随驾亲征，结果一战被犬戎击败，姬满回朝，忧愤交加，以致一病不起。昆仑一战惊动西王母婉妗，为使姬满罢干戈，便入定，使灵出窍去前往点化他。姬满于病榻上得一梦，一个仙女入宫觐见，姿容冠世，美貌堪佳。姬满恍惚问道："你是何人？"仙女答道："妾自昆仑山来。"姬满又问道："卿乃仙女乎？"婉妗笑道："妾正是西王母杨回。"姬满惊道："仙人来见寡人何事？"婉妗笑道："愿携圣上往仙界一游。"说着便携起姬满出殿，腾空而上，直达中天乃止，来到一宫殿，其中自是金玉满堂，锦绣富丽，数百个仙娥歌舞侍奉，琼浆玉液、美食肴馔应有尽有，姬满与婉妗每日或游历于中天，或娱戏于仙宫，醉生梦死，乐不可支。不觉已过十年，竟然忘返。婉妗问道："思汝国否？"姬满答道："不思。"婉妗又问道："思王位否？"姬满答道："否否。"婉妗笑道："既如此，何以攻城略地，以致民坠涂炭？"姬满不能答，婉妗叹道："圣上不在天界，而在我昆仑山仙洞矣。"姬满恍悟，四顾一下，果觉在西域昆仑，一时又觉在天阙，心下狐疑，惶惶然，姬满便道："寡人思念故土，请求仙娥送还。"婉妗笑道："圣上已至故土矣。"说罢挥袖而去。姬满骤然寤觉，翻身急看，见自己确实在王宫中，见旁边宫娥奉上美酒尚温，肴馔亦鲜，抬眼一看，见祭公谋父坐在身旁，姬满问道："寡人十年不在宫中，你可见从何而来？"祭公谋父道："圣上入寐，不过十日而已，为何说十年不在宫中？"姬满惊道："寡人做了一梦，与西王母欢娱，十日竟如度过十年，不可思议。"祭公谋父道："一梦而已，何须惊疑。"姬满下榻道："寡人欲再度亲征犬戎，令你随驾。"祭公谋父叹道："上次征伐，兵败而归，此番为何又出兵？"姬满笑道："此番往西域，不为朝贡，只为见西王母。"祭公谋父道："西王母乃传说之人，不足为信。"姬满喃喃道："否否。西王母名曰杨回，与寡人梦中十年，岂能是传说？"说罢即刻发兵往西域而去。

且说周穆王五十二年，姬满再次发兵往西域，乘骅骝八骏专程往昆仑山寻找西王母，于山间遇到四仙女，问道："尔等何人？"绿衣仙女答道："我是许飞琼，西王母御前侍女。"红衣仙女答道："我乃董双成，西王母御前侍女。"紫衣仙女答道：

“我乃段安香，西王母御前侍女。”白衣仙女答道：“我是贾陵华，西王母御前侍女。”姬满问道：“既是仙女，为何都是俗名？”许飞琼笑道：“我等在凡间，也曾是人生父母养，食人间烟火的俗人，有缘得西王母点化，修行成仙，故有俗名也。”说罢，领姬满朝昆仑山仙洞中走去，途中见昆仑山上腾起一片紫云，见西王母立于山巅，姬满细看去，果然与梦中仙女一模一样，西王母下来，挽着姬满走入玉宫，四侍女献上万岁冰桃、千年雪藕，姬满方知原来西王母确有其人。

宴罢，西王母携姬满游瑶池，竟与梦中之景一致，姬满问道：“王母乃仙人，为何有俗名？”西王母答道：“我随圣母女娲姓杨，因每日思返回天阙，故叫作杨回。”姬满又问道：“王母与寡人曾在此虚度十年，确有其事乎？”西王母笑道：“我与圣上神游十日而已，圣上肉身怎么能同去呢？”姬满恍然有所悟。游毕瑶池返回，忽见西方天际出现十二道白虹，南北通贯，昼夜不灭。姬满问道：“天出异象，征兆若何？”西王母道：“此乃西方如来佛祖涅槃，归一天极也，故而有此天象。”姬满又问道：“凡人果可修道成仙成佛乎？”西王母笑道：“圣上可想看你元灵真容？”姬满不解，问道：“何谓寡人元灵真容？”西王母答道：“若圣上能停止征战，一心向善，虔诚修仙礼佛，必能得道升天，而后成为真神，我让你看的正是你成仙之后的容貌。”姬满将信将疑，笑道：“寡人如何得见？”西王母笑而不答，又携姬满来到天池，笑道：“此为布伦托海，圣上真容，就在其中。”姬满闻言，颇为吃惊，笑道：“天池浩瀚无际，岂能见得寡人真容？”话刚说完，就见西王母将那鬟髻上的環曲珠簪儿抽出来，朝那天池轻轻一挑，只见云起云涌，不一会儿，那天池竟然斜挂了起来，好似一面巨大水镜，西王母笑道：“圣上请看。”姬满朝那水面望去，果然见水中有自己的影像，仙衣飘飘，仙骨道风。姬满喜道：“寡人看见矣，原来寡人之真容如此！寡人即刻罢兵回朝，从此偃武兴文，休养生息。”说罢，辞别西王母，班师东去。姬满回朝，果然一心修仙礼佛，于终南山筑千余尺高中天台，居住其中，清心寡欲，虔诚修行，后又建造寺院，供奉阿育王第四女所造的释迦牟尼金像，姬满最终得道升天不题。

玉帝十六年。

凡间龙域已是东周灵王姬泄心统治时期，当时人心失道，诸侯互相侵犯，国土不宁，灵王虽忙于调停，战事仍然不断，民不聊生。芃、桃四神来见玉帝，奏道：“凡间人心失道，臣等愿携天条轮回界下，教化众生。”玉帝问道：“教化万民乃是灵界之事，尔等下界何为？”芃神答道：“西极灵界虽有众佛弟子在人间布道，并未达中土龙域，臣等下界教化，使万民归心，一心向善，如此，周朝得昊天佑祚，可成万世基业。”玉帝大喜，封芃、桃二神为布道神，另二神仍然守护天门。桃神奉命下界轮回，当时周王朝正逢诸侯争霸，民生凋零，桃神元灵不入冥府，自己又一时找不着投生地，便在王廷所在洛邑闲游。一天，桃神元灵游到花果山，看凤和凰落在一块青石上，他知凤和凰是二石女所化，上前问道：“你二神为何在此？”凤和凰见是桃神到来，现了灵体，其中一石女反问他道：“听说你当了天门的守护神，你不在天门守卫，却为何下界来？”桃神就将奉命下界布道的事儿说了一遍。二石女对他道：“我们听到此地有人奏乐，便下界来听。”桃神奇怪道：“难道仙界乐声不比这人间的动听么？”二石女笑道：“此人所奏之乐，犹如凤鸣凰吟，故而吸引我们来此，这笙乐美妙，胜过天籁之音。”桃神问道：“为何我听不到人间美乐？”二石女叹道：“此人是灵王的长子姬晋，灵王爱其笙乐，就立他为太子，从此他于深宫为灵王奏乐，再也不来这花果山了，我们离开仙界十天了，本想一会儿就回仙界去，却见你来了。”桃神一脸愁苦道：“唉！我已来这界下十年了，至今未寻到适于投生的母体，这可如何是好！”其中一石女灵机一动道：“我倒有办法，又能使你称心，也能让我如愿。”说着，转身对另一石女道：“姬晋喜欢农女娌氏，只是他父王反对，下旨将娌氏囚禁，故而他才到这花果山吹笙抒怀。如今，他被其父立为太子，更不得自由了，郁郁成疾。不如接他去南方，让他为我们每天吹笙，灵王见姬晋死，必会释放娌氏，桃神正好可投生于她，如此岂不两全其美？”另一石女笑道：“此计甚妙。接他去南方，过了四十九天，我们就带他去仙界做个神仙，也不枉他在这凡间一世。”桃神笑道：“虽是妙计，但也残忍。”二石女道：“不然，他病入膏肓，即使我们不接他，他不日将死，与其到冥界做个孤魂，不如引渡他上界成仙，这可是莫大之善事。”桃神道：“你二神如何接他去南方？”二石女道：“他死之后，花果山有仙鹤，我们素来交好，烦它载着姬晋的灵体随我们前去就是了。”说完之后，三神开始实施计划。

如同往常，姬晋在宫内为他父王姬泄心吹笙，桃神元灵和二石女灵体进入王宫去看，听到这悒悒之乐，九曲回肠，令他们为之怆然。一曲奏罢，姬晋跪地再三叩首，灵王掀起珠帘儿问道：“我儿这是何故？”姬晋泣道：“儿不久将要离开这人世了，儿叩求父王怜悯娌氏，放她出去吧。”灵王猛地将珠帘儿放下，怒道：“不准！你是天朝太子，她一个卑贱庶女，焉能结为夫妻！乘龙配凤，门当户对，此乃天道之常，人事之正，何必多言！”只见那珠帘儿如碎玉般抖动起来，发出琳琅之声。桃神见状，对二石女道：“想不到世俗之人果然寡德而无道，我听圆融神曾道：‘凡人交往而不论志趣，逐名趋势，攀高结贵，多是那有利则来，无利则去之徒，姻缘之事实难为'，我原来不信，今日亲眼所见，才知事实如此。"二石女道："看着也伤心，不如现在接他走吧！"说完吹出一口仙气，弹指而出，那姬晋立即口吐鲜血，倒地身亡了。灵王见太子暴死，肝肠寸断，抱着尸体痛哭不止，谁知那姬晋灵魂出体，见二位神仙来接他，高兴不已。才出宫门，二石女就变化为凤和凰，鸣叫一声，只见瀑布下有一只仙鹤飞来，载着姬晋灵体，跟随凤和凰去了南方。几天之后，有人见到太子骑鹤吹笙的情景，于是飞报入王宫，灵王听后越发思念姬晋，可怜他为娌氏女而死，就释放了娌氏女。此后，灵王一病不起，一晚梦见太子骑白鹤前来见他，梦醒之后，对群臣道："儿来接我，我当离去了。"说完也一命呜呼了。灵王死后，灵魂出体去找儿子，不觉就来到幽冥关，被正欲去王宫拿他的白无常碰见，白无常暗思道："那些为恶的、缺德的、享乐的人死后，见我都是拼命逃跑，离这幽冥关越远越好，而他却自己找上门来了。"白无常朝灵王大喝一声道："姬泄心！哪里去？！"灵王犹如在梦里，见对面来个牛头鬼，手里拿着一根青绳，就知道来到幽冥关，大吃一惊道："朕寻儿至此，你可看到朕之子？"白无常道："你道你还是灵王不成，不要自称朕了！小心冥王听着送你下地狱，快随我去吧！"说着就扔过青绳来，那绳子转了一圈儿将灵王绑了个结实。白无常押灵王去判府，正巧判官陆正经过，见灵王被押来，将他们喝住，问白无常道："他是阳间帝王，我看他阳寿未尽，你为何将他拿来？"白无常答道："他自己来的，正好被我碰着了。"陆正怀疑，问灵王道："你来这里作甚？"灵王哭道："我儿暴死，见他骑鹤来接我，我就追来了。"陆正惊道："什么？太子死了？"灵王跪地叩道："正是，正是。"陆正问道："这是谁所为？扰乱阳间秩序，毁坏帝统，触犯天戒，简直罪不容诛！"于是又唤来生死簿吏，说道："你查一下阳世的灵王和太子的阳寿。"簿吏翻开生死簿，第一页便是阳世间帝王将相的寿考，一看慌了神，答道："灵王姬泄心阳寿尚有二十六载，太子姬晋阳寿尚有六十二载。"陆正怒道："既然如此，是谁个追其魂，夺其命的？"生死簿吏战战兢兢，不知如何回答。陆正忽然想到灵王刚才说太子骑鹤而来，就吩咐黑、白无常道："尔等速去，将那花果山仙鹤擒来！"黑、白无常领命去花果山，果然见有一只白色仙鹤，就将它魂魄抓入幽冥判府。仙鹤在陆正追问下道出实情，陆正知是神仙所为，更是愤怒，对仙鹤道："你身为凡间仙禽，怎能做出违背天理的事儿来！今罚你去卵生道轮回，脱了你这身仙皮！"第二天，人们发现仙鹤倒在湖中死了，仙鹤本来是胎生，自那以后都成生蛋孵卵之禽了。原来，这仙鹤本是伏羲昊在凡间时养的一只天鹅，后来得了仙气，成为仙鹤，与当时"龙、凤、凰"并称为仙界四灵，在凡间很少看到，自仙鹤被打入卵生道轮回凡间以后，仙鹤便成了凡禽，就为人们常见了。

再说凤和凰将太子姬晋带到南方楚国，栖落荆山一方青石上，每天听姬晋吹笙，一连过了四十九天，那青石竟变成了白玉。凤和凰飞升那天，被一个名叫卞和的人看到，卞和见凤凰停落青石，便知青石中定有宝气，于是将青石砸开，果然看到一块色泽橙黄的璞石，他带着璞石进献楚厉王，不想这楚厉王不识宝石，认为卞和来骗财，下令将他左脚砍了，赶出宫去。不久，楚厉王死在兄弟间的争斗中。卞和抱着璞石来到荆山，大放悲声，被后来继位的楚武王得知，又将他召进宫，问道："你欺君犯上，本该处死你，而先帝只砍去你一只脚，你应该庆幸才是，为何却在荆山上哭？"卞和泣道："凤凰落脚的地方，会是普通的石头吗？"楚武王为让他死心，就令玉匠辨别，谁知这玉匠也是有眼无珠，认定这是一块普通的石头，卞和不服，在宫里又哭又闹，大骂朝廷上下没有一个智者，楚武王大怒，又令人砍去他的右脚。

楚武王听说随国君主有一颗绝无仅有的蛇灵珠，兴兵去伐随国，虽然抢来蛇灵珠，他却暴死途中。原来，轩辕昊利用牧夫星海神府驻星守将轩辕敖势力，夺取十七星海之后，背弃盟约，竟然要杀死轩辕敖，轩辕敖只好带他的七个儿子逃下界去，藏身于江河海域，他为东海龙王，他的七个儿子则成为各水域龙王：长子名为麒麟，为渤海龙王；次子名为熬螺，为北海龙王；三子名为巨蛳，为南海龙王；四子名为蛟蟒，为长江龙王；五子名为浮恼，为黑河龙王；六子名为貔貅，为黄河龙王；七子名为朝昊，为洞庭湖龙王。在逃下界之时，七龙子中唯独四子蛟蟒遇到麻烦，由于那界下凡间一度成为天廷惩治众神的地方，同时也成为走投无路之神仙的避难所，但是，到凡间须要借助四天门通道。那天，轩辕敖带七子慌乱中逃跑，他和第五子浮恼从元天门跳入通道，长子麒麟和第三子巨蛳、第六子貔貅从南天门跳入通道，第二子熬螺和第七子朝昊从西天门跳入通道，都很顺利来到凡间，并在各自水域建了龙王宫。唯独第四子蛟蟒运气不好，他却走错天门，竟从中天门跳下了，他却不知，那中天门通道是天廷惩罚重罪之神的专用通道，从中天门而下，就会丧失神力，脱胎换骨，与凡物无异，这蛟蟒自中天门通道而下，几乎是坠落的，龙角和龙足全都不见了，等坠到凡间楚国，落在长江岸边之后，本来好好一条龙竟成了一条大蟒，落在地上时还被碰伤了头。就在这时，随国君主恰好乘船在长江上游览，忽然见一条大蟒在岸边呻吟，头上鲜血淋淋，随国君主见大蟒身上还冒着青烟，认为是天龙从天而降，于是靠岸，亲自带御医为它疗伤。蛟蟒伤好之后，趁夜间游进长江去了，做了长江龙王。为报答随国君主救命大恩，龙王蛟蟒在君主睡着时，口中衔一颗硕大龙珠来到榻前，将那珠子放在枕边就走了，而后给君主托梦。君主梦到一条大蟒来到面前，口中吐出光芒四射的宝珠，对他道："我乃是东海龙王之子蛟蟒，特献上此珠以报大恩。"君主突然惊醒，才知是一梦，他翻起身来一看，原来枕前果有一枚宝珠，将整个寝殿照得明如白昼，便叫它为蛇灵珠。

且说楚武王抢到蛇灵珠，没想到回来途中被突然爬进车驾的两条毒蛇咬伤，中毒身亡，他儿子楚文王继位，将那枚蛇灵珠供奉在先王灵堂之上，视为国宝。当他得知卞和在荆山抱璞而死，相信卞和的话是真的，命令工匠剖开璞石，果然得到一块凝脂般的宝玉，楚文王厚葬了卞和，为了纪念他，就将这块宝玉命名为"和氏璧"，从此楚国有了两件稀世之宝。

话分两头。那娌氏女被释放后，也是一病不起，她母亲以为是热病，每天摘一些草根煎给她吃，这草也长得稀奇，植株上有白色柔毛，果实如人头状，看上去就像是一堆白发，所以人们都叫它为"白头翁"，吃了很久也不见病有好转。桃神元灵急了，等不到娌女康复，自己便不能投生，见娌女家院子外有一棵李树，只得暂寄一枚李子上，只等她病好之后再投胎，不想这一等就是八年，元灵所寄生的李子都长出八个核来。一天中午，娌女来到李树下纳凉，桃神元灵见机会来了，就挣扎一下，将李子落下，正巧砸在娌女头上，娌女见一枚水灵灵李子，便狼吞虎咽吃了，没过几天，她那一身病就痊愈了，娌女觉得神奇，就将那八个李子核小心收藏起来。数月之后，娌女肚子大了，娌母惊道："一个黄花闺女，怎的就怀孕了？"娌女指着院子外那棵李树，泣道："皆是李耳！"娌女未婚而孕的事传了开来，周围的人纷纷议论，娌母不堪羞辱，便带着娌女离开那里，朝东走去。娌母因年迈死在途中，挺着大肚子的娌女见母亲死了，自己又行动不便，就哭号着祈求神灵护佑，恰好被轩辕煌听到，轩辕煌吐了一口仙气儿，一道紫气直达界下，那娌女哭着，忽然就见一头梅花鹿朝她奔来，伏在她面前，娌女跨上鹿背朝东走去，在一个山清水秀的地方安居下来，梅花鹿离去了，为了感念梅花鹿的搭救之恩，娌女便将这个地方叫作"鹿邑"。娌女挺着肚子等了整整一年零八个月，才临盆分娩，孩子生下来后，娌女见孩子须发全白，俨然像个小老人，就给孩子取名为"老子"，老子生下来就会说话，看到自己须发全白，就问娌女道："我怎么这般模样儿？"娌女取出保管多年的八个李子核，嗔道："皆是李耳！"长大后，老子就为他自己取名为"李耳"。

却说李耳年纪轻轻就白发白须，人们都称奇不已，因他博学多才，逢人就谈神论道，得到很多人敬仰和追随。这事情后来就传到了王宫，被周景王姬贵召入宫中，每天问道于他，由于他相貌奇特，有碍观瞻，便登不得金殿朝堂，姬贵就封他为史官，实际则成为藏在宫中的幕僚，老子也不见怪，乐得清静。周景王姬贵死后，其子东周君姬匄继位，正逢诸侯争霸，王室已顾不得“谈神论道”，老子受到冷落，为了布道，百十岁的他辞去史官之职，一路西下出函谷关，隐居终南山，又过了几十年欲往西去，临行时对弟子尹喜道：“为师奉玉帝之命下界布道，历时已百年，不久将归一天界，为师欲再往西去。你当继为师遗志，将我平生所传之道，你且悉心记载下来，继而布道，乃至传至后世方好。”尹喜领命，叩首泣道：“弟子恐有负恩师重托，只是恩师叫我如何光大道门……”老子从枕下取出一块绢帛，展开来，指着八个李子核，徐徐道：“为师夜观天象，知这周室气数将尽，天下将归于秦，故而出函谷关来到秦国，在此布道。我知秦国运不长，为师去之后，道门将兴于后世汉朝，然后衰落于大唐。为师有八枚李子核，你带去晋国，凡是你在晋土所经之地，每到一处种植一颗，将来道门必复兴于大唐。”尹喜不解，问道：“为何去晋国？”老子叹道：“为师在仙界之时，曾听火德真君弟子姜炎说，他下凡助姬发灭殷商，曾奉女娲娘娘密旨，特意告知周公旦，姬发死后由他摄政，辅佐姬诵，可借机封赐其弟叔虞，治尧都之地，正是唐国，而后世大唐必兴于此。然而，后世必有一朝，西极灵界如来佛祖的弟子达摩将至此布道，并在大唐时大兴，唐朝皆以佛门为尊，为使我道门复兴，这八枚李子核将来会化成八仙，继我之志，光大道门，以致佛道一家，人间方能出现盛世。”尹喜恍然大悟。

原来，周武王姬发死后，其子姬诵继位，为周成王，因他年幼，由周公旦摄政。一日成王姬诵与其弟叔虞在桐树下玩耍，树上落下一叶，成王捡到后戏言道：“朕以此封你。”周公旦听后，默记于心。等成王长大，周公旦奏请道：“请陛下为叔虞封赐。”成王问道：“为何要封赐叔虞？”周公旦道：“陛下年幼时就已封赐了叔虞。”说着便将他以桐叶封赐的事儿说了，不料成王反悔道：“朕幼时戏言，何必当真？”周公旦道：“天子无戏言。”成王无奈，只好将尧帝故都赐封给叔虞为侯国，国号为唐。

李耳归一之后，尹喜听从他的话，将老子奉为太上老君，并将他一生的论道编写成经书，取名为《老子》，继续以此布道。尹喜晚年时，遵从老子遗言，来晋国布道。叔虞死后，其子姬燮即位，将国号“唐”改为“晋”。尹喜来晋国布道，已是晋出公姬凿统治时期了，尹喜布道在这里却遇挫折，原来晋人唯独信奉的乃是一个名叫重耳，一个名叫重阳的神仙。尹喜发现，晋国百姓不但信奉这二神，而且每逢九月九都禁火，滴食不进，破忌者都被抓去砍头了。尹喜细细打听，才知道，原来他们所敬奉的二神是晋文公重耳和他的大臣介子推，被晋国赐号为重阳神。当年，晋文公重耳逃亡时，大臣介子推跟随服侍他十九年，十九年后，重耳复国，并建立晋国，称霸于诸侯。文公在封侯时，却把跟随了他十九年的介子推给忘了，介子推非常失望和伤心，担心自己了解逃亡十九年的重耳的所有事情，重耳会杀他灭口，就躲进深山之中。第二天，重耳才想起介子推来，为自己一时的疏忽懊悔不已，忙去找介子推，却发现介子推不辞而别，重耳对手下大臣道："寡人落难时，子推尚随寡人，而今寡人富贵，子推却离寡人而去，不知这是何故？"后来听说介子推藏身于绵山，重耳便亲自上山去找，找了一个月也没找到，于是就下旨在绵山建立一座行宫，名为"重阳宫"，每天住在重阳宫等候介子推，这一等就是三年，也不见介子推出山。重耳一急之下，令放火烧山，想把介子推逼下山来，可是熊熊大火烧了一天，还是不见介子推出来，重耳就上山去找，所见情景令他痛心入骨，原来介子推抱着一棵树被烧死了，重耳大哭道："子推宁抱木焚死，也不愿见寡人，此皆寡人不义之罪。"从此后，重耳每日哀思如潮，每月逢十五便到绵山重阳宫，来祭奠介子推，一连三年从不间断，最后于重阳宫郁郁而终。

重耳死后，其灵到冥界仍在寻找介子推，被神荼和郁垒带到幽冥宫笡殷曹那里，笡殷曹了解之后，大骂道："如你这样背信弃义之人，当入地狱！"于是下令将重耳打入地狱，冥吏将重耳解送到判官陆正处，陆正又将介子推召来，重耳与介子推相见，各说各的委屈，彼此方知道错怪了对方，抱头痛哭。陆正深受感动，对他二人道："尔等不该轮回到人间，当渡往仙界为神才是。"说罢就令判府簿吏崔命将二人解送去仙界。刚出幽冥关，经过绵山，这时忽然出来一个神仙挡住去路，对判府簿吏崔命道："我乃是天廷使臣，路过此处，不知你要将此二灵送往何处？"崔命道："奉判官陆正之命送二位义人往仙界去。"神仙道："请君将他们交于我，你回府复命去吧。"崔命将介子推和重耳交给神仙，自己回冥界了。神仙见崔命走了，就对介子推和重耳道："我看你主仆二人重义轻生，操守犹如劲松，刚烈堪比严霜，如此仁义之人世间少有，你们随我回仙界侍奉我。"介子推问道："多谢天神渡我们，但不知你是何方神圣？"神仙道："我乃轩辕健，居于仙界太阳宫。"重耳问道："天神可知我后人王祚如何？"轩辕健道："崔吏回去复命，必为冥王笡殷曹所知，那笡殷曹岂能不怒，将祸害令子。姬欢初登王位，明日乃是人间九月九日，应九九归一之道，令子将在山下重阳宫为你出丧，并宿于重阳宫，此间山下必出大火，令子必烧死于宫中，王祚将终。"重耳听后大惊，忙跪求道："请天神救我后人！"轩辕健道："你们已成为神仙了，可在你想要显现的人面前显现出真身，明日令子为你俗体出丧之时，你们可以告知他实情，让他避难。”重耳和子推听从了轩辕健的话。

第二天，果然见襄公姬欢率文武百官，来到绵山重阳行宫出丧祭奠。姬欢燃香跪拜时，忽然间烟雾中显现了神迹，他看见重耳和介子推，姬欢大惊，忙道：“父王何以在此？”重耳道：“我已成神，已非你父亲。我是天神重耳，他是天神重阳，我们来此，是要告诫你，不可在此行宫久留，当领众人离开此处，并令沿山民众系茱萸于左臂，登上绵山，饮菊酒而避难。”说完之后便消失了。姬欢惊疑，问身旁文武道：“尔等方才可见到神仙？”众臣都莫名其妙，摇头不语。姬欢在烟雾袅绕中发呆，想起父亲的话，急忙令众人上山。姬欢道：“寡人见重耳、重阳二神显现，说山下将有灾难，请众随寡人上山避难！”说完，即令沿山居民都依照神仙的话，人人左臂系茱萸，登绵山，喝菊酒。果然到晚上，山下出现大火，将重阳宫和房屋烧为灰烬，民众下山回到家中，见家畜全被烧死了。从此以后，人们都信奉了重阳和重耳二位天神，姬欢下令在各地修建重阳宫，国人每月十五都要进宫供奉香火，并严令国人九月九日禁火，否则杀无赦。尹喜了解情况之后，知道在此布道不易，便将李耳留下的八枚李子核，种植到晋国的八个地方，从此隐居绵山，直到老死归一不题。

话分两头。那日桃神下界之后，玉帝忽听到武德星君来报道：“圣上，界下西方冥界阴灵造反，打上西天门来了！”玉帝闻报，差点儿没瘫坐在地上，大呼道：“阴灵乃泰初之神，已匿迹多年，为何现在又打来了！”说完急召钟颀来见。钟颀回道：“阴灵来犯，灵界可御敌，圣上勿惊。”果然，一会儿又听武德星君入报道：“阴灵被西极灵界诸佛打败，逃回界下去了！”钟颀又道：“阴灵不久将重来。”玉帝得知灵界可击败阴灵，再听钟颀说阴灵又会来攻，便也不着急了，于是不紧不慢问道：“可有良策阻他来犯天廷？”钟颀回道：“自女娲娘娘下界在太行山造人以来，这凡间已过几十万年，其间人类几度迁徙，一部分人去了凡间西方之地繁衍生息，只因脱离中土时间太久，西方之人不通教化，疏远神灵，又信邪魔外道、灵巫之师，妄谈祸福。后来，女娲娘娘与伏羲昊与阴灵大战，阴灵大败而逃，苟活在界下西方冥界，一时间魔界兴起，人皆以魔为神，阳间已亡之人，多被他留在冥界为兵。然而阴灵无日不思重返仙界，但有机会，他必会引魔军来犯。”玉帝问道：“何计可退阴灵？”钟颀思忖片刻，回道：“今桃神化名李耳在中土布道，广收弟子大兴道门，如今龙域国之人皆信神灵，敬天爱人，民风淳朴。为今之计，圣上若能再派一神下界，去那凡间西方布道，使众人信奉天帝众神，就不会被那阴灵蛊惑，久而久之，阴灵难以为继，将会不攻自灭。”玉帝想到了芃神，欲令他下界轮回，到西方布道。钟颀又道：“伏羲昊于太行山一带教化民生时，那些人就已离开中土去了西方，故而后人并不知仙界众神，若芃神下界去西方布道，空口无凭恐难令人信服，臣以为，莫如下臣先将这仙界诸事写下来，编成经典，再由芃神携其下界，传经布道，可望成功。”玉帝低头沉思，喃喃道：“甚好，经典当以朕为主，众神为辅，令凡人拜朕为天帝……”玉帝的话还没说完，钟颀心里反感，打断道：“臣定会遵旨编写。”玉帝无奈，只得令他去编写布道之经卷。钟颀用三天时间将经卷写成，取名为《极经》，而后呈玉帝御览，玉帝看过之后大喜，即刻召来芃神，对他道：“此乃《极经》，是朕与人类之约书，你去界下西方布道，若西方之人信奉众神，守约向善，待他们肉身死后，灵体不必去那冥界轮回，可直达天界八十一诸星。”芃神领命而去，走到西天门时，钟颀赶了上来，拦住他道：“此《极经》我是奉旨所写，其中多有疏漏，我知上神乃是泰初大神，界下布道之时，上神可自便。”芃神会意，躬身向钟颀施了一礼，然后下西天门去了。

芃神奉命下界，在凡间西方寻找投生之地时，并不像桃神那般大费周折，刚来到西方一国，见一农户家有一个叫麦尔彦的少女，正在井前打水，芃神元灵就入井里去了，顿时井水泛出光来。麦尔彦提上木桶，见桶里的水泛着七彩光，感到好奇，就用木瓢舀起来看，顿时头晕目眩，就在井边睡着了，入了梦境，梦里踩着云端来到一座高大的宫殿前，刚要进去，就见宫门上飞下一只龙朝她大吼一声，她吓得后退几步，再去看时，又见门上没有龙，于是快步进入，来到西殿前，刚要进入，忽见檐上又飞下一条龙，口中喷着火焰挡在面前。麦尔彦害怕，转身就要回去，又看到眼前出现滚滚白云，感觉就像置身于九天玉霄，这时又见一个天神持一根十字玉杖从云中走来，来到她面前，仔细一看，见天神长发披肩，眉清目秀，玉面素衣，对她道：“麦尔彦，我乃是龙帝盘古，你是我选中的圣女，我有使命给你，你已怀灵而得天孕，数月之后你会生下一子，这是天界降下的神灵，他将使这四方众生蒙福。”麦尔彦感到很幸福，问道：“龙帝，这是什么地方？”盘古道：“这是太阳宫。”麦尔彦问道：“龙帝，这是什么门，天龙为什么要挡我？”盘古笑道：“此乃亚门，因你是凡人，天龙不会让你进入亚门，等你归一之后，自然就能进入了。”麦尔彦低头思索一会儿，低声道：“亚门……”然后抬头，却不见天神了，她转身去找，却见天龙张开血口朝她扑来。麦尔彦大叫一声惊醒了，见自己还在井边，原来做了一梦。麦尔彦到家就怀孕了，后来生下一子，想起梦中的情景，就给孩子取名叫“亚门”。

亚门长大之后，果然天资聪明，天上地下无所不知，对天界的事儿记得清清楚楚，也知道自己是奉命下界布道的芃神。此后，他带着母亲在凡间西方布道，游遍四方，果然使很多人都信奉了天帝及众神，弟子们都将他奉为神子，由于亚门在布道时经常提到“约书”，人们也就将他称为“约书”。

魔天王阴灵得知天廷派下芃神来布道，人们都信奉起天神，很多人都追随了他，阴灵本来就为此事愤怒，再一看《极经》，见其中未提及盘古以及泰初四神，倒是把玉帝说得天花乱坠，更是怒上加怒。一天晚上，亚门独自在山洞静坐，阴灵前来见他。他们原来都是泰初之神，彼此都很清楚。阴灵怒道：“好个天帝之子，你是与盘古同出的泰初之神，都是那轩辕昊和女姬的祖宗了，怎来到了这里却成了姬轩辕的儿子？”亚门回道：“来到这地，天为大，玉帝乃是天帝，我奉命来布道，就是天帝之子了。”阴灵怒道：“仙界一群恶神邪仙，乱臣贼子！他们都是那逆贼天斗所造化的恶灵，却妄称什么天神！他们不知泰初也就罢了，而你身为盘古太师的侍神，却也行此悖逆之事！我若不杀你，我就枉为太师所化的阴阳之气了！”说完气呼呼离去。

第二十三章　笸股弑帝

保家园戌闰菩提坠崖　黜女娲天尊弑帝篡位

第二天，亚门在密室布道，堂内坐着数千弟子。亚门刚刚讲到“天神造人”这一节时，阴灵变化成一人，忽然领着数百名带刀的人闯进密室，将密室的大门和窗户都封守住，众人都吓得坐在地上不敢动，阴灵上前去，一把揪住亚门，对众弟子道：“听着，这个被你们称为‘约书’的人，完全就是一个骗子，他谎称自己是天帝之子，我问你们，你们中间有谁见过天帝？”众人都窃窃私议起来，有的人伏地哭泣，有人祷告道：“天帝保佑……”而更多的人则是站起来朝亚门吐口水，并跟着阴灵骂他是骗子。有人大喊道：“我们从未见过天帝！”众人乱成一团，又听阴灵喊道：“听着，他如果真是天帝之子，他就能逃出我手中的刀！他若死在我的刀口之下，那么，从此以后，你们不要再相信他的话了！”众人欢呼起来，齐声喊道：“杀了他！杀了约书！”阴灵将刀架在亚门脖子上，对他低声道：“芃神，你没想有今日吧？你以为这是仙界么？还是让我替你脱了这一身肉皮，早早地回仙界去吧！”亚门大惊，暗思道：“我这肉体死了倒不要紧，也不过是白来这人世一遭，灵体回仙界也就是了，可回去要被玉帝问罪，一旦上了斩仙台，那时就万劫不复了。”想到这里，亚门对阴灵道：“你与我既同出一门，为何要加害我，念在盘古太师的情分上，你就饶过我一命，让我完成这布道之业。”阴灵哈哈大笑，怒道：“你说什么？大声点儿，让这地的人都听到！”见亚门瞪着眼睛不说话，阴灵低声道：“你早知有今日，为何信口乱说！你原来也记得盘古太师！我今天就要问问你，谁是天帝？是盘古太师，还是你对众人所说的玉帝？还是你这个自称为天帝之子的‘约书’？你若不说，我就一刀砍死你！”亚门央道：“我若说出来，岂不是出尔反尔？布道之业岂不是要前功尽弃了！”阴灵怒道：“你这个无耻之徒，我管你什么布道之业！”见阴灵要下杀手，亚门想逃跑，可是回头一看，大门和窗户都有阴灵的人把守。亚门万念俱灰，闭上眼睛，扬起脖子等阴灵举刀，就在这时，忽然听到上面有声音道：“上神！”他睁眼一看，见屋顶上有一天窗，天窗里竟有个仙女和他说话，人们看不到神仙灵体，阴灵变化的肉体也看不到神仙，只以为亚门被吓疯了，开始自言自语。仙女对亚门道：“上神，出来吧！”亚门对仙女道：“门和窗都有他们的人守着，我出不去！”仙女怕声音太大被阴灵觉察，于是指着自己的双肩和头道：“如果你两肩能出得这天窗，还怕你的头出不去么？”亚门不解，于是学着仙女的动作，抬起右手指着自己的左肩和右肩，低声道：“如果我的两肩能出那天窗，我的头还出不去么？”说完又指了一下自己的头。阴灵听到了，大声问道：“你说什么！”话音刚落，只见一道光射下来，亚门就腾空升了起来，冲出天窗逃走了。这一幕却被密室里的人们看得清清楚楚，他们都模仿着亚门升天的样子，用手指点着双肩和头，犹如在胸前画着十字。他们这才相信了亚门就是天帝之子，纷纷学着亚门升天时的动作，口中都念着：“约书，亚门！”眼前情景将那阴灵弄得晕头转向，他不明白这亚门怎么就眨眼间从天窗升天而去了，还没反应过来，只见密室内的所有弟子都朝他们涌来，要打他们，阴灵见势不妙，趁乱中逃跑了。

却说芃神和仙女往仙界而去，芃神于途中问仙女道：“上仙乃何人？为何下界救我？”仙女盈盈一笑道：“你再看看我是谁。”芃神看去，惊叫道：“原来是望舒！你怎么下界去了？”望舒笑道：“太阳宫出事了，故而应龙、角龙和烛龙就让我去界下请你回来！”芃神一惊，问道：“太阳宫出了何事？”望舒笑道：“我听圣母娘娘说，圣主忘记了自己是谁。”芃神惊问道：“有这等奇事？为何如此？”望舒摇头叹道：“听说是女娲娘娘与灵界如来佛祖消除了圣主的记忆。”芃神目瞪口呆，半晌问道：“他们为何要消除圣主记忆？”望舒摇头儿道：“谁晓得，圣主就连女主都忘记了呢，一概都不知了。”芃神正欲再问，却听身后有人追来，喊道：“二神等等！”芃神和望舒齐看去，见是桃神来了。望舒掩口一笑，对芃神道：“你看，桃神归一了。”芃神道：“他赶得倒很是及时！”三神说说笑笑，直去太阳宫，来到光门，见应龙少阴盘旋在门上，低鸣一声。望舒和芃、桃二神赶忙向西殿走去，见角龙天听和烛龙少阳在角门上守护。进入殿内，见满殿奇光异彩，二石女已站在瑶台两侧了，再细看去，见轩辕健坐在御座上，云芖和妡婵立在左右，微笑不语。二石女见桃神来了，一个掩口笑着，对另一个说道：“看，李耳来了！”桃神见二石女窃笑，忙道：“圣主在此，你们还说笑！”诸神跪成一排，等待轩辕健发话。等了好久，轩辕健才像从睡梦中醒来，用陌生的目光望着他们，诸神困惑不解，面面相觑。轩辕健问他们道："你们几个是谁？"芃神低声道："坏事了，圣主真不记得我们了。"芃、桃二神相视一下，叩首道："弟子叩见盘古太师！"轩辕健下御座，绕过芃、桃二神，径直来到跪在一旁的重耳、重阳身边，笑道："二神别来无恙？"二神叩首道："拜见恩师。"轩辕健又对望舒道："望舒姐姐。"望舒盈盈下拜道："圣主万福。"芃、桃二神急道："弟子叩见太师！"轩辕健转身问道："太师是谁？"芃神对桃神叹道："太师全然不记得前生之事了！"桃神叹道："总有记起的时候。"望舒笑道："我们只要保护太阳宫就好。"三神说完各自离去，芃、桃二神依旧去天门当值，望舒则回了广寒宫，应龙、角龙、烛龙在一起，守护太阳宫各殿不题。

话分两头。笪殷项奏请问罪女娲遭玉帝拒绝，心里越发憎恨玉帝，便去找笪燕雀密谋举事。笪殷项摩拳擦掌，恨道："千日为臣，不如一日为君，我意已决，当从速发动政变，杀玉帝而夺天位！"笪燕雀拱道："欲取玉帝而代之，须先拿下女娲。"笪殷项说道："须菩提自废法力，他已不能敌我，那女娲一介女流，能奈我何？拿她易如反掌！"笪燕雀摇头道："不然，女娲虽为女流，然而其势不小，仙界众神无不敬仰，只要她在，我等起事谈何容易。"笪殷项踱步道："我本想参奏女娲，将她问罪，不想玉帝那厮因惧怕女娲而不肯拿她问罪，照你说来，我怎能将她拿下？"笪燕雀忙道："为今之计，唯有……"于是附耳在笪殷项面前密语一番，笪殷项听后，哈哈大笑道："昊天助我，真是个妙计！"说罢各自去了。

却说笪燕雀与笪殷项密谋之后，便进宫拜见玉帝，奏道："臣闻伏羲昊欲发兵百万攻打天阙，不知圣上可知道？"玉帝大惊，问道："朕不曾犯他，他为何要来犯朕？"笪燕雀叹道："唉！伏羲昊割星为祖已有多年，其势可敌天廷，昔日他又听闻右相笪殷项迫害其子须菩提，于是大怒，欲兴师问罪。"玉帝惊道："如是，何以能退敌？"笪燕雀奏道："圣上可拿下笪殷项，交给伏羲昊处置，如此，伏羲昊自会退兵。"玉帝摇头道："笪殷项法力无边，须菩提都奈何不得他，朕又怎能拿得了他？"笪燕雀又道："圣上若拿不了笪殷项，只能将女娲问罪，将其打入天牢，若那伏羲昊前来，就以女娲为质，令其退兵，天廷之危可解。"玉帝听了，思忖片刻，大喜道："有道理，卿之计妙也！"说罢即令天蓬引兵前往蕊珠宫。

天蓬奉旨，领着数千御卫围住蕊珠宫。婉镜和鹿慧在宫门外看到，大呼一声不好，一路小跑就朝清元殿跑去，半路上遇到斓妁，撞了个满怀，斓妁站定，掩口问道："急什么？怎的了？"鹿慧瞧了一眼，问道："你是谁个？"斓妁答道："我是伺候三少主姝涵的斓妁。"鹿慧有点儿莫名其妙，瞅她一眼问道："三少主？"才问着就见婉镜瞪了斓姁一眼，急忙拉着鹿慧就走，边走边道：“别听她瞎扯！天兵都围上门儿了，还不去报娘娘！”鹿慧来不及多想，便急着和她一同跑去了，入殿见女娲正在镜前梳妆，妱翚和皃嬥在一旁伺候着梳头，鹿慧欠身道：“娘娘，天蓬引兵来将宫殿围住了！”女娲听了，愣了一下，手里的嵌紫金簪子也掉在了妆台上。女娲忙起身，出门去看。天蓬将几百兵士留在宫门，只引两个兵士走进来了，才转过轩廊，就见女娲前来，天蓬长揖道：“娘娘，恕天蓬无礼！”女娲问道：“天蓬引兵前来所为何事？”天蓬犹豫一会儿，低声道：“圣上下旨，令在下拿娘娘去天牢。”女娲惊问道：“圣上为何如此？”天蓬拱手回道：“圣上说……说娘娘造逆，暗通伏羲昊提兵来犯，故而……”女娲怒道：“那就走吧！本宫入天牢也罢了，只是圣上如此，定会死于笪殷顼之手！”天蓬跪地三叩，然后起身跟着女娲朝宫外走去。碧霞和碧玉、尚翠见女娲被带走，一时哭倒在地上，婉镜和鹿慧在一旁扶起，朝云灵轩去了。精卫见事不妙，跑到瑶轩阁告诉了伏羲谦。伏羲谦又惊又急，跟着精卫跑去看，来到宫门时，见天蓬和女娲已经走了。伏羲谦又去清元殿后园找娗珠，摸索着找到地牢，却见牢门被紫光玄封了，进入不得，只又哭着跑了回来，去找碧霞和碧玉。

天蓬与女娲正往囲山走去，忽然见一神领着数百天兵赶到，大喝一声：“天蓬哪里去！”女娲回头，问天蓬道：“此人是谁？”天蓬答道：“笪殷元之子笪殷卓，在笪殷顼身边效力。”女娲问道：“他来做什么？”天蓬回道：“在下不知。”笪殷卓持刀前来，斜视女娲一眼，而后令众兵道：“将女娲拿下！”女娲和天蓬俱是一惊，天蓬取出长戟挡在女娲面前，怒视笪殷卓，喝道：“逆贼胆敢放肆！”说着又听身后一声大喊道：“住手！”天蓬和女娲应声看去，原来是如来佛祖和观世音菩萨来到。笪殷卓怒道：“大胆，灵界之人敢在这里放肆！”如来佛祖合掌道：“今笪殷顼欲篡位，尔等又来蕊珠宫作恶！”话刚说完，天蓬指笪殷卓怒道：“险些被尔等陷害，看我拿你命来！”说着挥戟就朝笪殷卓刺去，天蓬麾下几百天兵一拥而上，将笪殷卓所领天兵全部杀死，笪殷卓与天蓬战了两个回合，招架不住，仓促而逃。天蓬见笪殷卓逃跑，跪地对女娲道：“小神不明真相，险些害了娘娘，请娘娘恕罪，眼下天廷危急，请娘娘回蕊珠宫暂避。”女娲急入蕊珠宫，天蓬则率众兵在蕊珠宫门前守卫，如来佛与观音返回灵界不题。

钟颀听玉帝要拿女娲问罪，知道是笪殷顼阴谋，忙入宫去劝玉帝收回成命，不想被玉帝令侍卫轰了出去。玉帝担心伏羲昊引兵来犯，急召众神升殿朝议，涂山阂、杨天佑、武德星君等一班文武直入灵霄殿，却不见笪殷顼前来。玉帝问道：

"右相何不来朝？"涂山阂拱道："相邦贼心昭然，怕早是与天廷势不两立了！"玉帝大惊，问涂山阂道："朕不薄待他，他安敢有此心？"涂山阂叹道："圣上，如今女娲被禁，兵权在笪殷项之手，笪殷项又有照石在手，这天廷上下，谁人能敌他？！"玉帝大惊，面如土色，问道："笪燕雀何在？"元真童子答道："笪燕雀携家眷逃出南天门投伏羲昊去了！"玉帝大汗如雨，喘道："乱臣欲行篡逆，如之奈何？"杨天佑急道："圣上勿惊，臣等在此护驾。"话刚说完，又听千里眼和顺风耳入内报道："伏羲昊传檄诸星，欲兴兵五十万攻打墨律星，驻星守将格戈埭告急！"玉帝犹如惊弓之鸟，浑身发软，颤颤道："为何一时之间盗贼蜂起？昊天欲亡我也！"话犹未了，就听御卫大臣戌闰升满身血迹闯入殿内，急报道："圣上！笪殷项引兵六万，已将西天门和南天门包围，这时自领一万天兵杀入宫禁了！臣寡不敌众，莫可奈何，请圣驾速速逃离！"众神一听大惊，看向玉帝，谁知玉帝已经晕厥于宝座上。涂山阂急对戌闰升道："我与武德星君在此护驾！将军请保护诸神各自出宫躲避！"戌闰升忙领诸神臣从宝殿后门去了，涂山阂对杨天佑道："天佑！事不宜迟，请火速往蕊珠宫告知女娲娘娘！"殿内顿时乱作一团，涂山阂忙与武德星君架起玉帝出后门，往深宫内躲去了。

却说笪殷项举着照石开路，所向无敌，一万贼兵势如破竹，三千宫廷御卫尽皆被戮，贼兵将玉京宫里外包围，只见旌旗拂雾，戈戟横空，宫内杀气腾腾。戌闰升一人拼杀，斩了数百贼兵，奈何已力不从心，只得砍出一条血路直奔凌霄宝殿而去。笪殷项见戌闰升跑去告急，便知玉帝定会躲入后宫，又与笪殷元以及笪殷汤、笪殷郁、笪殷卓父子四人一起领兵涌到后宫，往内中杀入，吓得宫婢们魂丧胆裂，东躲西逃，慌不择路。笪殷项领兵各处搜寻玉帝，才入寝殿，就见帝妃五龙霙领着几个宫婢慌忙逃窜，笪殷项上前，一把扯住她雾鬓，喝问道："圣上躲在何处？胆敢隐瞒，就地丧命！"五龙霙已吓得脸色惨白，四肢一软倒在地上，钗横粉残，双目眵眵，吃吃道："本宫未见圣上……"笪殷项揪着她鬓发又扯起来，将剑按住粉颈，怒问道："你这个淫妇，此时还敢称宫道殿的！你每天媚惑圣上，竟然推说不知，你可是不想活了？！"五龙霙见他举剑，战战兢兢道："相邦饶命！相邦饶命！圣上或在太真殿，或在神乐宫，贱妾确实不知。"笪殷项冷笑道："你身为帝妃，若不求本尊，本尊尚且饶你一命，你既乞饶，本尊焉能放过你？"说着举起剑来，才要抹她脖子，就听轩廊那头大喊一声道："逆贼！逆贼！"笪殷项按剑看去，见五龙炙气喘吁吁地赶来，身后跟随两个宫婢。笪殷项笑问道："五龙炙，别来无恙？"五龙霙见哥哥五龙炙来了，忙哭喊道："哥哥救我！"五龙炙盯着五龙霙，怒道："妹妹！死有何惧！你为帝妃，母仪三界，切不可丢了帝廷体面！"又转向笪殷顼呵斥道："逆贼！一朝得势，你就妄想篡夺神器！将来你亦不得好死！"笪殷顼笑道："就看眼下你当如何，将来之事不消你来操心了！"说罢朝笪殷汤飞了一眼，笪殷汤提剑上来，二话不说就一剑刺入他心脏，五龙炙捂着胸口倒地挣扎，口吐鲜血，瞅着五龙霙道："为兄一错再错，致有今日之祸，妹妹……"话未说完，便瞪着眼一命呜呼了，五龙霙心胆俱裂，大呼道："哥哥！"正要爬过去，笪殷顼便抽剑一抹脖子将她杀了，宫婢们见帝妃齎恨眕盱的样儿，惊叫不迭，慌忙逃跑，笪殷顼岂肯饶过，一使眼色，贼兵一涌前去，将几个婢子刺杀在地。

再说戊闰丮听从涂山阏吩咐，领诸神臣从宝殿后门出宫，又亲往中宫去接贵妃好嬛，只见她镇定自若，流泪叹道："姑母身为贵妃，母仪三界，岂能离宫逃命？不论生死，我都要与圣上在一起，你去护送安圣母娘娘女姬，帝妃、七仙女，以及我子笃娲逃往蕊珠宫去，切莫留于贼手，以免受辱！"戊闰丮劝道："姑母，有道是'生有地，死有处'，昏君无道，几番迫害忠臣，宠信奸佞，以致有今日之祸，姑母何必为他牺牲？姑母三思！"好嬛眼泪簌簌而下，泣道："姑母入得帝王家，身系天廷尊严，鹿死尚且不择音，姑母还有选择么？"戊闰丮无奈，只得跪拜三下，含泪而出。戊闰丮又急忙去寻找帝妃五龙霙，见她已被笪殷顼杀害，于是转入后宫找其他人，只听得床榻下有环佩窸窣声，低头一看，发现女姬和帝妃神农娫蜷缩在榻下颤抖不已，急忙请出，女姬惊恐万状，瞅着戊闰丮问道："你是何人？欲杀我么？"神农娫躲在女姬身后低声抽泣。戊闰丮拱道："莫怕，我是御卫大臣戊闰丮，笪殷顼造逆，已破宫阙，我特来护驾，请二位娘娘随我逃出宫去。"女姬上下打量戊闰丮一番，疑惑道："逃往哪里？"戊闰丮揖道："请前往蕊珠宫。"女姬思忖片刻，哽咽道："好，就请将军带路。"戊闰丮拱道："二位娘娘请。"女姬携神农娫的手，不料她却大哭道："我不去，我不去！我为帝妃，岂能弃宫而去！"女姬一愣，劝道："贼已攻入，焉能坐以待毙！"话方说完，忽然见神农娫伸手抓下雾鬓上钗环，咬着牙一头撞向柱子，女姬扑过去一看，见她已头破血流，一命呜呼了，再细看去，见她凤眼圆睁，却是死不瞑目。女姬捂着脸儿哀号着跑了出去，戊闰丮紧紧握住剑柄，长叹一声紧跟着出去，又辗转寻着了七仙女、笃娲、元真童子等诸神，集合一处，等贼兵少些时，便冲杀出后宫，一连砍杀十多个贼兵，方从角门逃出，赶往蕊珠宫去了，一路遇到两队贼兵，不容分说，只是奋力拼杀，争夺出路。

笪殷顼又来到了太真殿，忽然就见涂山阏与武德星君冲了出来，侧耳一听，殿内哭号声不断，隐隐听得是玉帝哀号。笪殷项取出照石，怒视涂山阂与武德星君，喝道："识时务者为俊杰，你们若想死，本尊只好成全！"涂山阂怒道："逆贼！胆敢来弑君篡位！"笪殷项哈哈大笑几声，怒道："天命归我笪殷项，昏君帝祚气数已尽，识相的就闪开，否则格杀勿论！"武德星君大怒道："逆贼！逆贼！"喊着就打将过去，笪殷项一手握着照石，一手反掌击出，一道白光射向武德，武德一个跟头栽倒，想再翻身来战，此时已动弹不得了，只得红着眼叫骂一通，就见几个贼兵过来将他绑缚。涂山阂欲拔刀打来，那笪殷项将手一指，那刀就如长在了鞘中，纹丝不动，贼兵相继而上，将涂山阂制服，笪殷郁才拔剑，笪殷项喝止，笑道："勿伤他性命，本尊初登大宝，正是用人之际。"涂山阂啐了一口，骂道："逆贼休想！"笪殷项冷笑一声，令道："将二位将军送入偏殿暂歇，本尊以后问话。"几个贼兵闻声前来，推搡着涂山阂和武德就去了。笪殷项抬脚踹开殿门闯将进去，见玉帝拥着贵妃妤嬛垂泪，便踱着步走向玉帝，怒视眈眈，寒气逼人，玉帝窥他一眼，不由得哆嗦起来，低头道："右相，为何如此？朕不曾薄你，今日为何突然行此篡逆之事？"笪殷项仰面呵呵一笑，直视他道："玉帝，姬轩辕，看你如今这模样儿，哪里像个天帝？"玉帝颤抖道："朕，朕……"笪殷项怒喝道："本尊面前，你还敢自称为朕？你若真是天帝，断不会有今日之祸，你这般昏庸无道之主，好好的天界被你搞得四分五裂，焉能配得上为帝？即使本尊不杀你，宫外那轩辕昊和伏羲昊二贼也会杀你！"玉帝泣道："轩辕昊乃我父亲，岂能杀我？"笪殷项哈哈大笑道："你父亲割星为祖，分庭抗礼，可曾想过你是他儿子？"玉帝无言以对，笪殷项正要再骂，却见妤嬛霍地站起，指着他骂道："你曾随笪殷昊造逆，被女娲问罪下狱，本该取了你性命，而圣恩浩荡，几番庇护，赐你金殿银阙，令你母子家眷居住，并封你为相邦，赋予兵权，使你行走朝堂之上，你怎的如此黑了心肠？！"玉帝乘机道："朕不负你，你为何负朕？"笪殷项踱步走到妤嬛面前，瞅着她看了半晌，笑道："贵妃可是戍闰升之亲眷？"妤嬛怒视道："是又如何？一人一事，何干亲眷？"笪殷项揖道："本尊敬重贵妃，不过本尊有一言相告，还请贵妃垂听。本尊实不该篡逆，然而请贵妃举目看看，自圣上登极以来，三界大乱，大半星域皆为轩辕昊、伏羲昊二贼窃据，天廷几番平叛，以致生灵涂炭，八十一星海人神怨怨哀哀，那二贼窥伺间隙，弹指之间便可挥兵而来，勿说圣上与贵妃无安身之所，就是本尊与诸神臣亦无活命之路。今日，本尊已失臣节，纵有忏悔之意，然可回天乎？如今天命归我，宫阙易主，三界归于我所统，再创新天！"妤嬛杏眼微嗔，斥道："你一个逆贼，妄言什么天命？圣上纵然不才，也是天王遗命所立至尊，为三界君父，凛凛威严，岂容侵犯！你今提兵逼宫，妄想篡夺天位，竟在本宫面前微言大义，不知羞耻乎？你若深明大义，就请罢兵请罪，圣上不予追究，可免你一死！”笪殷顼斜睨她，笑道：“离弦之箭，安得回头！你不过一个后宫美色，怎敢于本尊面前巧言相毁？念你于后宫安分，不曾涉政，本尊不杀你，但昏君休想活命！”说完噌地拔出剑来，玉帝一听，扑通一声跪下，匍匐于地，抱住笪殷顼两腿，哀求道：“念你我君臣一场，还望饶我一命！”妤嬛急上前，扯起玉帝的锦袍，扶起他，厉声道：“圣上身为天帝，焉能如此！”又回头骂笪殷顼道：“逆贼！你仗着兵权在手，弄兵宫廷！圣上纵死你刀下，然而龙威正统覆蔀天下，三界众神焉能任你篡逆！”笪殷顼怒道：“笪殷卓何在？”笪殷卓慌忙上前，笪殷顼道：“请贵妃入偏殿，令贴身宫婢侍奉好了！”笪殷卓随即上去，举剑威逼，妤嬛夺过利剑，架上粉颈，含泪泣道：“昊天不佑，致有今日，妾虽无力杀贼，岂能被贼所辱！今唯一死而谢天下！”说着刎脰而死，一缕香魂归了九天。正是：逆贼兴兵来篡逆，愁煞美人斩贞魂。只叹三界风云起，含恨问天天不应。

玉帝见妤嬛自尽，惊得魂不附体，又见笪殷顼持剑逼来，倒退几步跌落于地，摆着双手道：“非我要当天帝，皆为女娲强逼我入主宫阙，非我之过以致三界大乱，皆为女娲摄政有失，不知我何处得罪了你，你要杀我？”笪殷顼冷笑几声，怒道：“如此怯弱小人，你安能为帝？”玉帝爬起来要跑，却被笪殷元、笪殷汤、笪殷郇、笪殷卓父子四人阻住，推来推去，犹如三虎戏猴，弄得蓬头散发，狼狈不堪。笪殷顼转身盯着他四人，怒道：“不得无礼，天威赫赫，岂容尔等戏渎？笪殷汤，你与笪殷郇领一万天兵将蕊珠宫守住了，勿让女娲与须菩提踏出宫门半步！但有出宫者一律斩杀！”笪殷汤和笪殷郇领命急出，笪殷顼又转向笪殷元道：“南天门三万天兵由何人统领？”笪殷元回道：“由震硨和大庭岘统领。”笪殷顼道：“甚好！有他二人镇守南天门，本尊无忧矣！”说罢，又问道：“那西天门三万大军谁在统领？”笪殷元拱道：“由平茜寐统领。”笪殷顼忙道：“平茜寐一人焉能镇守？西天门乃灵界往来要道，须严防灵界侵入，你与笪殷卓速前去助阵，若有失误，本尊拿你父子二人是问！”笪殷元和笪殷卓领命，一拱而去。

笪殷顼安排停当，又来逼迫玉帝，他拔出利剑扔在玉帝脚下，玉帝吓得哆嗦不停，笪殷顼喝道：“你也是一朝天帝，当死得体面，请自裁谢罪，莫逼本尊亲自动手！”玉帝不从，只是抱头哀哭。笪殷顼上前捡起剑刃，朝他后颈猛劈下去，未听他出声便已气绝身亡了。几个宫婢见玉帝被杀，哀哀啼哭，惊逃而去，边跑边喊道：“圣上死了！圣上死了！”未跑几步，便被追来的贼兵乱刀砍死。

话分两头。杨天佑入蕊珠宫告急，女娲听说笪殷项已占领宫禁，一时呆坐不起，须菩提急得地上团团转，而后指着门口，怒问道："母后，为何阻拦孩儿？何不让孩儿进宫去杀了那贼！"女娲眼泪顺着两颊流下来，叹道："大势去矣。你已自废法力，去了也是白白送死。"须菩提气得三尸乱爆，七窍生烟，一边踱步一边道："母后有昊灵宝剑在手，怕那贼不成！母后不去，请将宝剑赐与孩儿，让孩儿取他性命来！"女娲泣道："为母何尝不想，只是那昊灵宝剑自为母上界之后，也无威力了，为母试过几次，岂能不知！看来昊天福佑笪殷项当朝，以致他能得逞，我们也只有顺天应命了！"杨天佑拱手问道："天廷三十万天兵，即使兵权在笪殷项手中，岂能尽皆效命于他？娘娘何不调兵遣将前去勤王？"女娲回道："本宫自出牢狱，兵权皆归笪殷项，如今大军皆在诸星域驻扎，防御轩辕昊和伏羲昊逆贼，即使现在叫他们前来勤王护驾，恐怕为时已晚，况后有二贼伺机进犯，若大军回撤，二贼必乘机犯我星域，到时候怕是连这天廷也保不住了！"杨天佑听罢，摇头作罢，须菩提长叹一声入座，一时无话。

女娲与须菩提、杨天佑等正在客厅内唉声叹气，却见戌闰升满身满脸血迹闯了进来，身后跟着女姬、七仙女、笃娲等诸神，女娲见状大惊，起身问道："宫内情形如何？"戌闰升上气不接下气，喘道："在下拼死保护他们逃出宫来，途中听说圣上已被逆贼斩首，贵妃妤嬛自尽，帝妃与五龙炙被逆贼杀害，涂山阂与武德星君二人被逆贼所擒，宫廷已被逆贼占据，在下来时，那笪殷汤和笪殷郇二贼率一万贼兵掩杀而来，恐怕此刻已到蕊珠宫了！"女娲听说玉帝已被杀害，眼前一黑，目瞪口呆，一时说不出话来。立在女娲身后的婺翆听说妤嬛自尽，心口一疼，忍不住捂着脸儿低泣，女娲回头看去，也拉着她的手儿默默流泪，婺翆心上更疼，心里思忖道："娘娘待我如女，今遭突变，此时不报大恩，更待何时？我且潜入后宫，若得这逆贼欢心，也好见机行事，若能为妤嬛报仇自然是好，即使报不了此仇，与娘娘一个方便也好。"想到这里，身子一转就悄然退出了。须菩提见女娲伤心，怒道："逆贼弑君，不可不诛！"钟颀连连摇头叹息。正惊慌之时，又见天蓬气喘吁吁入内报道："娘娘，蕊珠宫已被笪殷汤、笪殷郇二贼包围！"女娲闻言，仰面叹道："大势去矣！"

且说笪殷项杀了玉帝，第二日领甲兵入凌霄宝殿，才进殿内，脱去单袍披挂，露出龙袍锦衣，登上御座，一班贼兵跪地拜叩，三呼无极。笪殷项道："传诏文武神臣，四方星域众神，令知本尊已入主天廷，荣登大宝。诏告三界，本尊登极改元。"众神闻讯，大是骇然，忙打听蕊珠宫女娲动静，等了几个时辰，就见女娲领着钟颀、杨天佑、须菩提、戌闰丮等诸神入朝拜见新君，便知前朝已冰消瓦解，随后都跟着入宫去了。

众神臣进凌霄宝殿，但见：紫绡双垂，金舆旁边绕红粉；珠帘高卷，宝座一片祥光凝。笪殷顼手握照石，满脸杀气，在殿上正襟危坐，金童和玉女手执拂尘立在左右，再看笪殷元、笪殷汤、笪殷郇、笪殷卓、震硉、大庭岘、平茜寐等贼戎装披挂，手执利刃，排列两旁。宫廷御卫皆换了新装，旌旗弄影，剑戟森森；里三层，外三层，九千天兵连玉砌，将个玉京宫牢牢把控。

笪殷顼见女娲、钟颀、须菩提、戌闰丮、千里眼、顺风耳、雷神、电神、风神、雨神、地神、山神、天蓬、杨天佑、日游、圆融、海龙、江龙、天河、瑶池等神；东岳、南岳、中岳、北岳、西岳、文曲、木德、火德、金德、土德、聚灵、太乙、东斗、西斗、南斗、北斗、福寿、福禄、上生、度厄等神俱到，四顾一下，令道："带上来！"只见御卫将涂山阂和武德星君绑缚入内，二神扫视一边，见女娲等众神皆已归顺，只得低下头来。笪殷顼抖抖衣冠，正色道："众卿听我肺腑之言。今二界离乱，生灵涂炭，本尊举大义诛杀昏君，拯救二界，天命归我笪殷氏，只是顺天应命登极而已，众卿有何话可说？本尊虽德薄，依仗众卿辅佐，切莫因恨而拒我。事至如今，只有同心协力，以大局为重，岂能因私废公。本尊虽入主天廷，并无称帝之心，故以天尊暂居龙阙，若昊天降有德之人现世，本尊定当让出天位，尽神臣之礼，绝无反悔。"话刚说完，笪殷元昂昂然走出，来到御前，高声喊道："天尊登极，众神跪拜！"笪殷顼一班贼党立即跪下，旧臣皆不跪，只瞅着女娲，女娲一言不发，停了半晌才跪下来，众神臣自然不敢违拗，纷纷跟着跪下，三呼道："恭祝天尊，亘古无极！"笪殷顼道："众卿平身，今改元为'天尊元年'，大赦三界，释放涂山阂、武德星君等神臣，众卿神位不变，仍为天廷效力！"说罢，即令笪殷元宣布退朝不题。

笪殷顼登极之后，十分恣意，竟封笪殷汤为右相，笪殷郇为太尉，笪殷卓为京御卫大臣，震硉、笪殷元、大庭岘、勾弋丛、平茜寐为内臣不题。

不久，又将玄女迎进帝宫，封为圣母娘娘，自以臣礼拜之。封雪婵为贵妃，见后宫迷楼繁华奢，毅然迁入，将兵围守，戒备森严。又令元真童子主管宫婢，但凡姿色俱佳宫婢，皆收入后宫，恣行淫乱。且说婆裂通过元真童子潜入后宫，化名为璩嫒，在贵妃雪婵旁侍奉。一日，雪婵见笪殷顼十分留意璩嫒，便唤来细看，见她眉黛点翠，星眼含娇，一笑纤姣，秋波婉转，目光藏媚，烟视乍合乍离，一身紫绮，更显得袅袅婷婷，蛮腰风流。雪婵拉过她来，蹙眉问道："你这个丫头从哪里来的？”璩嫒知她生疑，便低头答道：“小婢来自鹿雅星，才应召入宫的。”雪婵很是怀疑，叫来元真童子问道：“圣母玄女管着天香殿，这宫里往来的婢子都有造册的，你去查查这婢子的来历。”元真童子回道：“贵妃娘娘，这婢子是在册的，不消查了。”雪婵立眉道：“先前一批我都见过的，怎的见这婢子如此面生？”元真童子忙笑道：“贵妃娘娘是花中之王，她们这些草儿叶儿的哪有娘娘的姿容，眼睛鼻子长得都一样儿的，娘娘哪里记得住？娘娘若不信，小的这就去拿册子来让娘娘亲自过目。”雪婵本来想查的，一听元真童子这些甜言蜜语，很是受用，一时心花怒放，笑道：“算了，我看就你嘴里含着蜜，本宫不看册子了，说的也是，这宫里红花绿叶的，本宫都看不过来了，哪里还记得她呢。”璩嫒才躲过一劫，暗自庆幸，谁知没过一天，就又惹来麻烦。雪婵是极聪明的，虽说未查璩嫒身份，但也未忘记派贴身的婢子涝葯于暗中盯梢。

第二天，笪殷顼来中宫看雪婵，雪婵正巧去玄女那里，只有几个婢子和璩嫒在，璩嫒上前奉茶，却被笪殷顼一把攥住手儿，惊得璩嫒尖叫一声，被涝葯瞧见了。笪殷顼被她一声尖叫弄得一时没趣，起身就走了，涝葯便一溜烟去玄女宫邸秘密报给了雪婵，雪婵闻言大怒，绷着粉脸就来找璩嫒，一把扯住问道：“你这个贱婢，敢勾引天尊？如实招来。”璩嫒回道：“哪里有这事儿？娘娘叫小婢怎的说？”雪婵气恼非常，一挥翠袖，嗔道：“岂有不打自招的贼？涝葯，你取那玄鞭来，我揭这婢子的皮。”涝葯忙跑去偏殿，搬来一只长方形的紫玉匣子，取出一根鞭子呈与雪婵，那鞭子上毛毛刺刺，轻轻一抖尚见电光冉冉，雪婵接过手来抓着鞭梢抖了一抖，笑道：“璩嫒，你可知道这玄鞭来历？这可是玉帝老母女姬殿中的镇殿之宝，据说女姬在潜邸时，曾用这玄鞭亲手打死了婢子邠夙，以后便将这鞭子供在北宫，以震慑像你这样儿的贱人，如今女姬被逐出北宫了，这鞭子落在本宫手里，尚未用过呢，今天就拿你来试试这鞭子，大不了送你去陪邠夙。说！你招也不招？”璩嫒见了那鞭子自然害怕，又见雪婵如此嚣张，便努嘴儿道：“娘娘叫我招什么？”雪婵怒道：“你还嘴硬，何时与天尊勾搭上的？真的不招么？快来与本宫跪了。”璩嫒见状，没奈何，只得慢慢跪下，泣道：“贵妃娘娘，饶了小婢罢。”雪婵举起鞭子道：“贱婢子，你别抱住葫芦不开瓢，倒是招也不招？”璩嫒脸儿一红，泣道：“前一会儿，天尊来了，小婢上去奉茶，不料天尊便攥住了小婢的手儿，要调戏……”雪婵气得发抖，打断她道：“住口！你还说天尊调戏你？是你勾引天尊，是也不是？”璩嫒摇头儿道：“没有，没有！”雪婵举起鞭子就打，打得璩嫒疼痛难忍，满地打滚，娇躯上道道血印子。元真童子在门外窥见雪婵真动手打媭娞，忙偷偷去找笪殷顼。雪婵又抖了抖鞭子，盯着璩嬛冷笑道："你可知道了这鞭子的厉害？我且问你，是不是故意潜入宫来勾引天尊的？实话说便罢，不然就送你见邠夙。"璩嬛哭道："断无此事，你叫小婢说什么？要打就打死罢。"雪婵越发生气，怒道："我打死你就像打死一只雀儿，不怕你来与我讨命。"说着又举起鞭子打，打了一会儿，就丢下鞭子，噘起嘴儿道："嘁，累死我了，这个贱婢至死不说，先将她关起来，等我缓好了再打！"说着就令涝芶将她拖了出去，关在偏殿内，自己又哑子做梦说不清，便带着涝芶往北宫找玄女告状。

且说笪殷顼本在太真殿歇息，见元真童子来说雪婵正在打婢子，问道："她一个贵妃，教训婢子有何大惊小怪的？"元真童子道："本也没什么，只是贵妃非要说这婢子勾引天尊，故而小的来报，天尊还是去瞧瞧，免得让婢子污了天尊的名声。"笪殷顼一听，便知是璩嬛，忙起身道："多亏你想得周到，这就去瞧瞧她去。"于是来中宫看，见雪婵不在，又听偏殿啼哭声，便对元真童子道："在外边守着，若贵妃来了就通报一声。"吩咐罢了，又轻手轻脚地进去，见璩嬛坐在春凳上哭泣，便笑嘻嘻地凑到身边轻声道："璩嬛，本尊爱你姿容姣好，你怎的不知？你总这的倔犟，如果你从了本尊，封你做个帝妃，那贵妃还哪里敢如此待你？如若你不从，她仍然以为你勾引本尊，一定是饶不了你的，她既说你勾引本尊，你又何必背个虚名？不如现在就坐实了，本尊封你做帝妃，她还能将你怎的？"说着就伸出一手来摸她的胸，璩嬛一手劈开他的手，泣道："方才贵妃娘娘欺侮小婢，天尊为何又来欺侮小婢？"说着将手儿一推，将他推开。笪殷顼急道："你怎不听劝？你一个婢子，本尊封你为妃，你还要如何？"璩嬛嗔道："谁倒稀罕来？笪殷顼，别以为你篡了天位就能欲所欲为，别人怕你，我可是不怕你的，大不了一死，你能如何？"笪殷顼本要发怒，见她忽然起来就要撞到柜子上去，急忙拦腰抱住，见她娇柔小巧，泪添粉面，又一万个舍不得，忙央求道："卿卿，你要我死么？"璩嬛挣扎着，一脸娇羞，怒道："你放手不放手？"笪殷顼笑道："卿卿，我不放手你便怎的？我就封你为帝妃了，你还待怎的？"璩嬛见时机来了，故作生气道："帝妃又算什么？还不是被贵妃捏在手里，迟早也是被害死，我看你这赫赫威风也是假的，你怕那雪婵，见她就像见了圣母，这宫里谁人不知？落到你们手里，横竖一死，我是什么念头也没了。"笪殷顼霍地松开她，怒道："你休胡说！本尊怕过谁？别说那贱人，就是我母后来了，我也不惧，我今日就要她们看看，封你为帝后，入主中宫，要她住到南宫去！"璩嬛泣道："这是断断不可的，知道你在哄我，若是真的，便当朝下诏，公开册立，我便信你。"笪殷顼没奈何，正色道："你就在这里等着，等本尊的好消息！”说完咚咚地就去了。

话分两头。娇珠虽在地牢里陪姝涵，却从斓姁口中得知了笪殷顼弑玉帝篡位的事儿，便将宫廷变故道与姝涵得知，姝涵听妤嬛自尽，忍不住落了一会儿泪，咬着唇儿，泣道：“妤嬛是替我死的，若是娘娘不逼我嫁玉帝，她也不会进宫去了，要死的也是我，便不是她了。”娇珠忙道：“你可不要这的说！她乐得进宫呢，做了一回贵妃，死也是为天廷殉节，你又争着认什么罪呢。”姝涵抹了泪儿，问道：“逆贼窃取神器，娘娘如今成白身了，我料定会斩草除根，来蕊珠宫生事，娘娘有准备么？”娇珠又听她这么一问，直惊呆了，嗔道：“总是忘不了替人着急，我看你命该如此，你管她准备不准备的，最好是逆贼打进来将这里毁了，我也好接你出去！反正我是心如铁石，对蕊珠宫之恨断无转移的，你要肠儿软，什么也不要操心，就让我替你恨着罢！”姝涵忙伸纤手儿，捂住她的嘴儿，叹道：“切不可如此说，女娲娘娘好歹也是义母呢，她有她的心思，朝她那边想便是有理的，你切记住，宁可人负我，我断不能负人，否则岂能做得了榜样儿，将来你我一同母仪三界，须做个贤良母。”娇珠想起轩辕健已消除记忆，全然记不得姝涵了，心内伤心，鼻子一酸，泣道：“只是你身在地牢，焉知外头世界？如今还想将来的事儿，可知将来之事不容你作主，如何是好？万一你有个不好，只叫我一个人怎生区处？”姝涵含泪道：“你不必忧疑，昊天不负正统，你何时见那亘古的囲山和太阳宫变了颜色？”娇珠握着她的手儿，垂泪道：“妹妹，我一定要让你出去，一定要让你出去的，我们一起去太阳宫，找夫君去，我们再也不分离了。”二人说到伤心处，不免潸然堕下泪来。

却说女娲独自在清元殿园中饮茶，正在悲凄之际，只见须菩提领着戌闰升进来了，女娲问道：“你们怎么来了？可有荽爂的消息？”须菩提揖道：“宫里戒备森严，孩儿安能进入？莫说进宫，便是打听个消息也找不见个人。”女娲问道：“你来有什么事儿？”须菩提道：“听武德星君道，笪殷顼派人去戌闰王府拿人，要胁迫戌闰升，他这会儿要急着回去救人，特来告知母后。”女娲忙道：“告知什么，还不去回去救人，若没处去，便接来蕊珠宫。”戌闰升拱道：“娘娘勿忧，在下料定笪殷顼不会太过难为，即使无处可去，在下也会在别处安置家人，何忍连累娘娘。”女娲叹道：“你们一个是镇天元帅，一个是镇天将军，如今其实也就是个门神，不论怎样要谨慎，守好天门，莫要让逆贼捉住把柄再行加害，你且去救人吧，让须菩提陪你一同去，快去快回，小心逆贼有变。”须菩提和戌闰升应了一声，拜辞而去。

且说须菩提与戌闰升跨上天马，急往戌闰王府赶去，路上戌闰升问道：“少主，你觉奇不奇怪，逆贼为何要去拿我家人？”须菩提摇头道：“我觉不奇怪。”戍闰尕问道：“为何？”须菩提笑道：“武德星君与我说起此事时，我也如此问他，他道，那笪殷项在朝中问起你姑母妤嬛殉节的事儿来，问他如何被立为贵妃的，笪殷元便说，‘皆因戍闰尕骁勇之故，玉帝爱其才，爱屋及乌，便纳了妤嬛，立为贵妃’云云，笪殷项又问，‘戍闰尕乃宝瓶星一人神，有何骁勇？可知此人底细？’无人能答，当时问及太乙，太乙答道，‘戍闰尕虽为宝瓶星人神戍闰桀之子，可他却不尽然是人神，据说其母怀二子，梦中吞灵珠，戍闰尕先其弟戍闰靖一天出生，三日能言，七日能行走，曾对众人一手指天，一手指地，道天大地大唯吾独尊，我自天生，保护吾帝，是吾使命。此事天界众神皆知，想必天生其才，自有独特之处’云云。笪殷项听太乙如此说，便笑道，‘可笑，本尊疑为讹传，若昊天予其保护使命，玉帝焉能被本尊所灭？他为何不保护？’太乙不答。笪殷项又道，‘既是大才，当为本尊所用，令太尉笪殷郇、京御卫大臣笪殷卓速往戍闰王府，接其家小入宫，本尊将好生安置，使其归附本尊，效命天廷’云云。你想，他去拿你家人，意在收你，这有什么奇怪的？”戍闰尕思忖片刻，笑道：“如此说来，逆贼并非要拿人，而是要接人回去另行安置。”须菩提笑道：“有何区别？你家人一得安置，笪殷项便是拿了他们，届时你不得不听命于他。”戍闰尕道：“我当然知道，如此小计，焉能瞒得过我？就看逆贼能否拿得住我了！”说罢，打马驰去，须菩提会心一笑，打马紧跟而去。须菩提与戍闰尕来到戍闰王府，就见笪殷郇与笪殷卓已在距府门十里地扎下营寨，须菩提见状，笑道：“看来逆贼不拿下你们，誓不罢休，这都已经扎下营寨，准备长期作战了。”戍闰尕笑而不语，打马向营地驰去。那笪殷郇与笪殷卓二人正在帐内把盏，就见兵士进营报道：“须菩提与戍闰尕来见，已到寨门了！”笪殷郇起身道：“哦？我正欲去找他，他却自己来了，快快请入。”兵士答应出去，笪殷郇与笪殷卓立在帐前等候。一会儿，帐门掀开，见须菩提与戍闰尕入内，笪殷郇与笪殷卓躬身相迎，施礼坐定。戍闰尕拱道：“太尉为何引兵至此？”笪殷郇笑道：“不知二位将军因何到此？”戍闰尕道：“太尉说笑，我戍闰府就在前方十里之地，本将自然是回家省亲，别无因由。”笪殷郇笑道：“本官适才戏言耳！实话说，本官奉天尊旨意，正要前往贵府，接令尊令堂及家小回宫，天尊将赐宫殿，另有安置。”戍闰尕冷笑道：“谢天尊隆恩，不过，家父家母已习惯在此居住了，无意往天廷享福，还望太尉回复天尊。”笪殷卓插话道：“先别急着推辞，我有一言请静听。以将军之才，得天尊赏识，正好建立功名，为天廷出力，将军为何反而拒绝？”戍闰尕笑道：“如此说来，天尊厚爱，本将去也得去，不去也得去了？”笪殷卓拱道：“哪里，哪里。我是说，将军深得天帝赏识，可谓大好机会，前途无量，方今天帝雄才大略，可谓是天降明君，将军勿要犹豫。”须菩提闻言，哈哈大笑起来。戌闰升勃然变色，怒问道：“你说的是哪个天帝？”笪殷卓正色道：“当然是当今天帝。”戌闰升怒道：“就是笪殷项那逆贼么？本将以为他自称天尊而不肯称天帝乃是出于真心，没想到如此快就想称帝了！本将已知二位来意，不过本将难以奉命，请二位回宫去吧！”笪殷卓满面羞惭，怒道：“将军敬酒不吃吃罚酒！天尊赏识将军之才，不便加兵，特命我等来好言劝谕，不料将军迷而不悟，只怕要逼我们动手了！”戌闰升一听大怒，喝道：“既要苦苦相逼，又何必多言，二位放马过来，本将在府上等候！”

却说戌闰升一怒约好打斗时间，回到府上备战，戌闰靖已搭好弩箭，就等贼逆前来。须菩提来到戌闰升跟前，连连摇头道：“你怎的三句不对就怒了？真一个火筒脾气！”戌闰升笑道：“少主勿忧，少主法力已废，不可在此惊险之地，只管在府上拜茶。”须菩提一听，怒道：“将军竟小看本帅！焉能袖手旁观，既然来了，便拼上了性命的，共患难罢了！本帅之意是，贼势凶猛，引兵至少一万人，你我加上戌闰靖与家丁若干，不过百人而已，三拳敌不得四手，纵然将军有万夫不当之勇，又如何取胜？”戌闰升瞅着须菩提，呵呵笑了起来，指点着他道：“大帅莫不是火筒，一点即燃乎？”须菩提听了也大笑起来。笑声未散，就见郇、卓二引兵而来，将个王府围定。两阵对垒，只见郇、卓二贼自旗影里出马，再细看去，笪殷郇头戴金盔，身挂玄甲，腰系玉带，足穿锦靴，手提长矛出阵，指着戌闰升，厉声道：“区区百人，焉敢抗我数万天兵！”戌闰升手执长刀，腰悬玄剑，瞪眼怒道：“笪殷郇，尔等逆贼杀入我府，今日就与你分个高下！”笪殷郇大怒，二话不说，挺矛直取戌闰升，戌闰升也挥刀迎去，两马来往，兵刃碰撞，好一场厮杀，长矛毫无破绽，长刀不可抵挡，敌阵擂鼓鸣金，摇旗呐喊，二人杀了七八回合，就见笪殷卓打马来援，举着利剑横冲直撞，须菩提见状，亦打马驰去，四人纠缠在一起，又一场好战，只八九个回合，戌闰升与须菩提便败下阵来，拨马就逃。须菩提大喊道：“岂能回转！若逃便朝一侧，不可引兵入府！”戌闰升应了一声，打马朝左侧逃去，须菩提紧跟而上，郇、卓二贼紧追，先遣几个贼兵如饿狼扑食，眼看就要追上，于府门前守卫的戌闰靖眼疾手快，彍弩连射，就见先头几个贼兵栽于马下。须菩提和戌闰升狂奔不止，郇、卓二贼急追不舍，喊道：“捉住此二反贼！天尊必有重赏！”一万大军狂追而去。二人逃了一路，却见一座山崖，深不见底，左右已被贼兵堵实，无处可逃。须菩提勒马站定，大汗淋漓，吁吁叹道：“真是盲人骑瞎马，自赴死路！我本要往右，你偏要向左，这下可好，这崖下乃是八部三昧真火，你我要死于此地了！”戍闰升急道：“何谓八部三昧真火？天马飞越不过么？”须菩提下马顿足，长叹一声道：“咳！老友不知也，这八部三昧真火与通常三昧真火更是不同，此火内外四重，上下两两相对，以乾☰、兑☱、离☲、震☳、巽☴、坎☵、艮☶、坤☷八部相溶交错，故而为八部三昧真火！就连火德真君手里的那三昧真火，也是我母后自这里取得火种，老友可听说过天廷设有烊龙池？皆取自此火也！”戍闰升惊道：“未曾听闻，烊龙池在何处？欲烊何龙？”须菩提急道：“莫管其烊何龙，你我今日必烊于此地！”戍闰升道：“少主莫急！我回马突围，少主可紧随我而出，切莫迟疑！”须菩提斜睨他道：“老友莫不是戏言？背后贼兵一万,二贼凶猛，亦非等闲之辈，你一人之力何以突围？万不可鲁莽。”戍闰升笑道：“进退皆要死，我非怕死，乃实怕死于此火也。”须菩提瞪眼问道：“为何？”戍闰升伸颈望入崖下，见熔火焱焱，摇头叹道：“突围而去，不过死于乱刀之下，痛不过皮肉而已，若纵身跳崖，必沉入熔浆，痛在骨髓，实难忍也。”须菩提急道：“勿再说了，听得我心惊肉颤！”话音才落，就见郇、卓二贼步步紧逼而至，笪殷郇大笑道：“反贼！何处逃也？还不跪地受缚！本太尉尚能为尔等留得个全尸！”须菩提与戍闰升进退不能，只得拼死，二人合力又斩杀数百贼兵，已是精疲力竭，须菩提挥泪泣道：“老友，你我乃英雄，岂能留下尸首任贼戮辱！以我之见，还是纵身跳崖，死个干净！”戍闰升摸一把满脸血水，笑道：“少主所言极是，烦劳乘我不备，将我拉下即可！”话才说完，须菩提便扯住戍闰升，一个倒翻便坠下崖去。郇、卓二贼见戍闰升与须菩提双双坠崖，惊得目瞪口呆，急往崖岸去看，见崖下熔火汹涌，笪殷郇闭目叹道：“二位忠烈，真英雄也。”说罢提兵回朝不题。

却说须菩提与戍闰升坠入崖下火海，只觉眼前一黑，痛入心肺，不省人事，本已为自己死了，过了好久，便觉浑身清凉，如沐春风。须菩提睁眼，却是漆黑一片。须菩提急问道：“老友可在？”戍闰升闻声，睁眼看去，眼前亦是一团漆黑，回道：“少主，我们可是死了？为何我两眼漆黑，却看不到一物？”须菩提挣扎起来，叹道：“我也失明矣。”戍闰升问道：“少主，我们在何处？为何不觉烤灼，不像坠入三昧真火中，这里是何处所在？”须菩提急道：“我岂能知道，若不复明，倒不如死去呢！”说着又挣扎，忽然听得一声道：“二位勿动！”须菩提与戍闰升大吃一惊，不约而同问道：“谁人在此？”那人笑道：“不消多问，复明后自见。”又过了一会儿，只觉得两眼有水滴浸入，时热时凉。须菩提吼道：“你是何人？为何要无辜加害？”那人道：“我若加害，此时二人已化为灰烬矣。”须菩提正欲问来，却听戊闰升喜道：“少主，我能看见了！”须菩提转脸看去，突然眼前一亮，只见戊闰升正坐在自己身旁，眼前薄雾弥漫，碧树参天，犹如置身于秘境。须菩提急忙起身，四顾看去，却无一人。戊闰升问道：“恩人在何处？”才问罢就见轩辕健捧着两碗玄露前来，递给二人道：“请尽饮之，眼疾可痊愈。”须菩提与戊闰升接过，瞅着轩辕健愣了半晌。须菩提问道：“你怎么在这里？这是何处所在？”轩辕健笑道：“此处为栖天谷，乃我的修行之所。”须菩提起身，四顾无人，又问道：“这里是何星域，我怎么从未见过如此景象？”轩辕健瞅他一眼，笑道：“须菩提，八十一星域之外，上有太虚，你们身在太虚层，此间除我，未有仙人来过，你们自然未曾见过，何必惊怪？”须菩提思忖片刻，问道：“我们明明坠崖，为何却至太虚？”轩辕健道：“二位确已坠崖，幸好我自崖下经过，救得二位至此，只是稍晚一步，致二位双目被真火所伤，我自破指，滴血而入眼，二位方复明。”戊闰升忙揖道：“多谢圣主救命之恩！”轩辕健笑道：“将军焉知我为圣主？”戊闰升拱道：“家母曾数次告知，在下之灵来自圣主肋骨，故觉亲近，今突然蒙难，又巧遇圣主相救，故而知之。”轩辕健道：“不必谢我，将军既知来自我肋骨，必知彼若受难，痛在我心，故有感知，救你如救己，何恩之有？”须菩提忙道：“这么说，我倒要谢恩了，你是来救他的，顺手救了我而已，否则我焉能活命？”轩辕健笑道：“大帅自有天命，岂能枉死？我救大帅，亦是天神救汝也。”须菩提拱道：“今深信君为昊天龙帝转世矣！”轩辕健笑而不语。须菩提又道：“我因逆贼逼迫自废法力，全无圣主所赐大法，今既相遇，可复教我乎？”轩辕健笑道：“大帅饮此玄露，法力已恢复。”须菩提大喜，小试一手，果现风卷残云之状，当即跪拜道：“谢圣主厚爱！”戊闰升亦跪拜道：“唯圣主之命是从！”轩辕健笑道：“二位既已痊愈，我送二位回去可好？”说着便走，须菩提和戊闰升紧跟其后，走出一片迷雾，轩辕健笑道：“前方有一玄门，二位出去即可直达仙界，恕不远送！”须菩提回头道：“圣主且慢，我有一事不明，请圣主赐教。”轩辕健笑道：“你还有何困惑之事？”须菩提道：“圣主之妻轩辕姝涵乃我之义妹，今被家母幽禁于宫中地牢，圣主为何不救她出来？”轩辕健茫然而视，沉默半晌，而后叹道：“我曾闻娇珠与天圣母轩辕媓多次提及轩辕姝涵，而如今毫无记忆，不曾相识，也未曾有丝毫牵念，故无意于此。既有此人在蕊珠宫幽禁，还望大帅回去劝诫令堂好生善待，不可以圈禁，常怀慈悲，吉运相随，何乐而不为？”须菩提闻言，一拱而去，与戊闰升一起走出玄门不题。

须菩提和戊闰升返回仙界，很快就走漏了风声，笪殷项早已听见戊闰升于笪殷郇、笪殷卓面前骂他是逆贼，气得面皮紫涨，想抓住他来碎尸万段，忽听他二人死里逃生，立即召入郇、卓二人来问。笪殷顼问道："你二人可亲眼所见他们坠下山崖？"二人同声答道："正是。"笪殷顼疑道："那崖下尽是八部三昧真火，若坠下岂能逃生？"郇、卓二人摇头不语。笪殷顼怒道："须菩提、戍闰升二人，公然与天廷为敌，杀戮天兵，讪谤天尊，是大逆不道！即刻捉拿戍闰升治罪！"笪殷郇领命，转而问道："那须菩提当如何处置？"笪殷顼道："女娲与须菩提皆恨本尊，虽说大权旁落，然而其势不小，暂不可妄动，待本尊抓住时机，再治其罪。蕊珠宫如将死之毒龙，要么不动它，要动它彻底将它制服，不然它若发怒攻击，只怕我们吃不消。"郇、卓二人遵旨，徐徐退出。

话分两头。却说玄女深居北宫，终日淹淹闷闷，看着宫婢们进进出出，好生无趣。雪婵领着婢子涝药又来了，玄女大惑不解，笑问道："才回去怎的又来了？"雪婵双眉颦蹙，低头不语，接过婢子奉上的茶盅又端上递给玄女，玄女接过呷上一口，又放下茶盅，瞅了她一眼，似乎觉出了她的心思，便挑起细眉笑道："天尊贵为帝君，有时拈花惹草的也是常事，你若见着了万万不可气恼，不然生气的是你自己，吃亏的仍是你自己。你稳坐你的贵妃，但凡那些个小节，就不必过心了。"雪婵本欲倾诉怨言，直抒胸臆，忽然听玄女这番话，也就将那一肚子的委屈咽了回去，转脸又瞅见玄女姿格娇冶，含笑随口道："母后如此貌美，怪不得那玉帝如此垂爱的。"雪婵一句无心的话儿，却让玄女羞愧难当，两颊一红，粉脸一沉道："你如今是后妃了，怎的在本宫面前信口乱言！"雪婵原本就是玄女于潜邸时的一个婢子，自然晓得玄女的脸色，见玄女动怒，不禁暗暗叫苦，吓得掩口低头，不敢再看。玄女越想越恨，霍地站起来，怒道："本宫累了，你没事儿就回去吧！"雪婵见惹怒了玄女，也不敢逗留，只好领着涝药转回中宫来，气呼呼地坐在榻前，涝药瞅她气得花枝乱颤，忙奉上茶去，又欠身低头，劝道："贵妃娘娘，你可别怪小婢多嘴，有句话儿小婢当说与你听。"雪婵呷一口茶，放下茶盅，斜睨她问道："什么话儿？你且说来，我不怪你，这宫里头横竖也就只有你一个待我是真的了。"涝药一边窥她，一边低声道："如今小姐也是贵妃了，比不得在潜邸时，圣母自有威严，娘娘岂能在她面前说那些个话儿？岂不闻'当着矮人，不说短话'，圣母最忌讳的便是说起她与玉帝那些个丑事儿呢！有道是'舌柔顺终以不弊'，娘娘可要记着了。"雪婵叹道："我本是无心，本想夸她美貌来，不想献花不成，反被刺伤了。唉，都是璩嬛那个贱婢子害的！我饶不了她的！"说着又去偏殿里找璩嬛不题。

却说雪婵方离开北宫，笪殷顼就来北宫拜见玄女，见玄女脸色难看，问道：

“母后何故生气？”玄女轻叹一声，而后掩面抹泪儿，泣道：“唉，也不知道我是做了什孽，忍辱负重将你扶天神位，自己却落下个淫惑的恶名，外头人劖言讪语，如今连自己人也冷嘲热讽。”笪殷顼忙问道：“母后听谁恶言了？”玄女便将雪婵刚才前来说的一句话告知了他，笪殷顼怒道：“我当初并无意立她为妃，可母后非要让我立她，这下可好，那贱人平日里横针不拈，竖线不动，入了后宫越发骄恣了，竟敢对母后大不敬！”玄女忙道：“我儿不可恼怒，回去只对她稍加训诫就好。”笪殷顼乘机道：“我可管不了她。不过孩儿倒是有个办法，她自以为她这个贵妃是后宫之主，那我就再立一个帝后，让这个帝后去管她，我看她还能如何嚣张！”玄女急道：“好是好，不过立后是万万不可的，你今虽为天尊，君临三界，名义上也只是暂统天阙，仍未称帝，你若立后，又将引发战端，不可因一美色而误大事。等你扫平叛乱，称帝之时再立后也未晚。”笪殷顼闻言，也觉有理，又道：“那就降雪婵为妃，我要立个新贵妃！”玄女怕他性急，又惹出事端来，便也不好阻止，只是笑问道：“我儿欲立谁为贵妃？”笪殷顼道：“后宫有个婢子叫璩嬛，颇得孩儿欢心，我有意立她为贵妃，还望母后允准。”玄女看他说得斩钉截铁，知他主意已经拿定，便笑道：“母后准了，就这么办吧，也好约束约束雪婵，否则，她那性格怕是要乱了后宫的。”笪殷顼见玄女竟然赞许，如获珍宝，立即就奔往太真殿，令笪殷元拟了诏书和金册，备好珍宝、锦织、璧帛、簪铒等物品，又令元真童子入后宫宣诏。

再说雪婵闷了一肚子怨气，回到中宫就去偏殿找璩嬛，见璩嬛端端坐在偏殿的春凳上，就像没事儿人似的。雪婵对身边的贴身侍婢涝药道：“取玄鞭来，既是没人为本宫做主，本宫就自己做主，将这贱婢打死，也好给后宫这些个花儿草儿的提个醒儿，本宫可不是病猫，好让她们认得本宫也是一条虎！”涝药又取来玄鞭，交与雪婵手里，璩嬛见雪婵又来打，站起身道：“此一时彼一时，贱婢这会儿可不同往日，你可打不得了，你若敢碰我一个指头儿，你可不要后悔，到时候我可是要加倍奉还的。”雪婵听这话里头藏话，先是一愣，后越发气得慌，举起鞭子就打，璩嬛轻盈一躲就躲过了，雪婵骂道：“好不知羞耻的贱人！别捏鼻头做梦了！我知你讨了天尊的欢心，可你始终就是个贱婢，有道是‘履虽新不为冠’，你是井底之蛙，不知天高！”雪婵就要举起鞭子来抽，却见元真童子和七八个宫婢进来了，宫婢们手里端着大大小小的紫金盘、水晶盒，低头站定，又听元真童子高声宣道：“天尊有诏，降贵妃雪婵为妃，即刻迁往南宫，册封璩嬛为贵妃娘娘，居住中宫，旨到即行，不得延误！”雪婵一听诏旨，花容失色，如五雷轰顶，一屁股瘫坐在地上，珠泪粉披，手里的鞭子也丢脱了，惊得那涝药只捂着嘴巴瞅着璩嬛，见她挽好云鬓，整整衣装，接了诏书，盈盈下跪道："谢天尊册立封赏。"雪婵又羞又怒，只见元真童子对两旁宫婢使了个眼色，宫婢们二话不说架起雪婵就出了中宫。宫婢们前来将珍宝和璧帛等俱摆在璩嫒面前，花花绿绿的耀人眼睛，元真童子笑道："恭喜贵妃娘娘入主中宫！"约莫一会儿，璩嫒便在七八个宫婢的伺候下，将那云裳自头换到脚，俱是全新丝绢锦绣，越发娇姿艳冶，袅娜临风，来到北宫，见笪殷顼与玄女端坐堂上，她盈盈走近前去，纤手加额，跪拜道："贱妾拜见圣母娘娘、天尊陛下。"乐得个天尊手舞足蹈，狂喜起来，他岂能知道，雪婵独自在南宫肝肠寸断，哭得昏天黑地。

却说西极灵界燃灯佛闻知笪殷顼篡位得逞，带领诸佛与菩萨等来西天门，才至门前，就被笪殷元、笪殷卓、平茜寐挡住，笪殷元拱道："不知佛祖前来有何贵干？"燃灯佛合掌道："特来拜见女娲娘娘。"笪殷元道："请佛祖回灵界，天尊有旨，近日戒严，凡仙界之外，灵界诸佛、星宫众神、诸星域人神、冥界众神等，未得奉诏，不得进入仙界！"燃灯佛闻言，合掌道："阿弥陀佛。我灵界一向不干预仙界之事，我灵界自有法戒，亦不必遵天律，请上仙让路。"笪殷元还未发话，就见笪殷卓举剑斥道："你敢口出逆言！三界焉有不属天廷管束之人？诸神焉有法外之地？识相的速速回转，否则休怪我动手！"燃灯佛正要劝诫，却听身后一声大喊道："莫非我等驻星守将也入不得天门乎？！"众神佛回身望去，见神农尒、平茜骋、西陵蜃、尧禹灵四位驻星守将前来，身后有四万天兵，严阵以待。笪殷卓怒道："各位驻星守将，引兵前来，莫非要造逆不成？！"神农尒哈哈大笑，回道："我等不是笪殷顼小儿，弑君篡位，罪不可赦！我等身为人臣，岂敢造逆？只是前来凭吊圣上罢了！"笪殷元怒道："天廷有旨，天门戒严，外神一律禁入！"西陵蜃举刀怒指笪殷元道："既不让凭吊圣上，我们就去拜见女娲娘娘！笪殷顼小儿管天管地，管不了我们拜客访友吧！"平茜骋接着道："闪开！你若让我们四个和佛祖们入内便罢，若胆敢说个不字，我身后四万大军将一起进去了！"笪殷卓正欲发火，却被平茜寐拽住，拉至一旁，低声道："此时不可火拼，若激起兵变，这四贼怕是要逆天，暂且忍耐，只让佛祖和菩萨，以及他四人进去，兵士留在天门外，等他们去见女娲，我们包抄蕊珠宫便是了。"笪殷卓闻言，道了声好，便又来拱道："既然你们是去拜见女娲，那就请吧，只是兵士不得入内！"说罢，即令放行，燃灯佛、如来佛、接引归真佛、观世音菩萨、普贤菩萨、文殊菩萨等徐徐入内，四位驻星守将也依次进入天门。笪殷卓望着他们背影，抽身离去，直奔玉京宫而去。

且说燃灯佛等径直来到蕊珠宫，一一拜过女娲，坐下饮茶说话。燃灯佛问道：

“娘娘焉能坐视笪殷项篡夺天位？”女娲见众人都瞅着自己，流泪道：“昔日师尊在时，曾留下密令，待师尊往去轮回之后，让本宫辅佐玉帝，本宫当时就问过师尊，‘若所琢非玉，当如何？’师尊道，‘顺其自然。’故本宫并未强势干涉，今日看来，这一切乃是注定。”燃灯佛与众神听了，皆缄口不语，低头沉思。

话说笪殷项正欲与璩嬛入洞房翠帷，却见元真童子急入报道：“禀天尊，京御卫大臣笪殷卓觐见！”笪殷项一手拉着璩嬛，一手摆道：“出去，出去！传旨下去，本尊大婚，此时不见任何人！”元真童子忙退了出去，却与火急火燎的笪殷卓撞个满怀，元真童子忙道：“天尊正在与贵妃……”话未说罢，笪殷卓就一把将他推开，怒道：“事急无君子，我这就闯一闯这凤阙！”元真童子拦阻不住，只得由他进去了，笪殷项正在闺中拉着璩嬛的手儿，呼道：“爱妃！爱妃！本尊特来寻你。”说着便宽衣解带，正抱住求欢，就听外面脚步一阵急响，咚咚地走进个人来，急忙又将衣裳穿上，回头一看是笪殷卓，便勃然怒道：“你怎敢私闯后宫？！”笪殷卓拱道：“火烧眉毛，不得不闯！”笪殷项问道：“何事火急？”笪殷卓回道：“逆贼四万天兵围上西天门了！”笪殷项大惊，连忙起身出殿，边走边问紧随的笪殷卓道：“可知是何星域守将？”笪殷卓便将神农介、平茜骋、西陵璺、尧禹灵四位驻星守将引兵前来，又与灵界诸佛菩萨一起去蕊珠宫拜见女娲的事儿细说一遍。笪殷项怒道：“分明想聚众谋反！此刻时机已到，你即刻率兵三万包围蕊珠宫，本尊要亲往蕊珠宫一趟！”笪殷卓道：“遵旨！”说罢一拱而去。

且说女娲与佛祖、四驻星守将正在发呆，忽见精卫和婉镜慌慌忙忙奔进急道：“娘娘，不好了！天兵打进来了。”女娲瞅着众佛菩萨以及四位驻星守将神，低声道：“你们可看到了？笪殷天尊搜进门来了，难道你们真要逼我与他翻脸么？”燃灯佛起身道：“此间事还须娘娘斟酌，既然娘娘亦有苦衷，本座概不干预。”说罢便与菩萨们出门，由角门而出，一闪身便消失了。女娲又对神农介、平茜骋、西陵璺、尧禹灵四人道：“你们率军各回星域神府，千万不可妄动，若被逆贼捉住把柄，只怕今后想安身立命也没有机会了！”四位守将躬身一拜，低声道：“娘娘保重！”女娲听了，哭着道：“去吧，去吧，本宫自有个处理。”四守将退出，也出角门，往西天门去了，来到天门正巧见诸佛与菩萨们出去，西天门只有两门神，且是芃桃二神，见他们一起出来，即放行，任他们率兵离去。

笪殷项在前头走着，见蕊珠宫庭内庭外摆列千百种琪花瑶草，五色缤纷，高高下下，错落有致，甚是幽妍，不觉放慢脚步。笪殷元、笪殷卓、平茜寐领众兵一层一层搜进来，笪殷项即由花畦畦边绕过，走出一带玉竹小径，迎面一扇拱门，题曰“镜花”，两边堆砌着假山，尽是仙草，芬芳华丽，犹如锦城一般。笪殷顼进了拱门，直到客厅前，只觉得一阵香风过处，精卫却跑了出来，环佩叮咚，笪殷卓一把扯住精卫，拔出剑来问道：“女娲在哪里？”精卫不怕，转而立眉，叱道：“你是个什么人，敢问娘娘？”笪殷卓一愣，皱了皱粗眉，怒道：“想不到蕊珠宫里的一个婢子也如此无礼！”正要砍杀，却听身后女娲斥道：“住手！本宫在此，你胆敢放肆！”笪殷卓收剑入鞘，松开精卫，站住不动，只拿眼瞧着笪殷顼，女娲忙令精卫道：“叫内眷们都去云灵轩，不要出来！”精卫跑着就去了。笪殷顼来到女娲身边，深深一揖，呵呵笑道：“女娲娘娘可好？”女娲正色道：“天尊无端兴兵前来，本宫看来好不了！”笪殷顼忙转身，呵斥笪殷卓道：“尔等焉敢在蕊珠宫造次？还不令这些个带刃的强盗滚出去！”笪殷卓只得令兵士退出蕊珠宫，守在宫门前。笪殷顼又转向女娲，施了一礼道：“只要娘娘还愿意称呼我一声天尊，那么任何事儿都好说了。”女娲斜睨他，问道：“天尊忽至我宫邸，有何见教？”笪殷顼笑道：“久不见娘娘，特来拜茶。”女娲冷笑道：“既是来拜茶，天尊为何不遣人来知会一声儿，忽然驾临，本宫也未准备，只得以粗茶来招待了。”笪殷顼笑道：“蕊珠宫焉有粗茶？”说罢直入客厅坐下，女娲亲手斟茶而后奉上，笪殷顼接过茶呷一口，瞅着女娲道：“怎么不见婢子来侍奉，劳你亲自动手？”女娲道：“自我赋闲以来，婢子们都走了，家中只有子女。”笪殷顼又问道：“佛祖与菩萨不在这里？”女娲道：“刚才确实来造访，提起轩辕昊与伏羲昊造逆的事儿，说了一会儿就走了。”笪殷顼问道：“听说驻星守将也来拜访娘娘，为何知本尊在此，还不出来迎驾？”女娲道：“他们早就走了，本来要问本宫，轩辕昊有进犯之意，该不该出兵，本宫说，本宫已不再打理军务，此事应该上报天廷裁决，而后他们就入宫觐见天尊去了，莫非天尊未见他们？”笪殷顼一愣，沉吟道：“本尊来拜望娘娘，故而未等他们入宫觐见。”稍停一刻，笪殷顼又问道：“须菩提也不在府上？”才问完，就见须菩提从客厅里间出来了，深深一揖，拜道：“末将见过天尊陛下。”笪殷顼听见须菩提也见他称天尊陛下，心中大喜，呵呵笑道：“师兄，你我同出一门，又何必见外呢？本尊听说你大难不死，故而前来看你。本尊知道你与那戌闰升杀不少天兵天将，因念女娲娘娘面上，本尊不予追究，那你说，戌闰升该当如何处置？”须菩提回道：“笪殷郇、笪殷卓二人兵围戌闰王府，本来就不必要冲突，但因戌闰升一句气话，二将就反目，一时打了起来，我们岂能敌得过数万天兵，拼死自卫而已，误伤了天兵。再说，戌闰王府在天极星东，也是我母后当初为防御轩辕昊、伏羲昊贼兵来犯，特意安置在那里的，若贼兵前来也好有个通风报信的人，天尊为何偏要将他们捉来？”笪殷项闻言，笑道：“本尊不知娘娘一片苦心，只想收服戌闰升为天廷效力，不想却引发这场干戈。”须菩提拱道：“既如此，何不放了戌闰升，反而要治其罪？”笪殷项起身道：“误伤天兵也是伤，一干天兵横死在你们刀下，岂能不治罪？如此本尊如何向三军将士交代？本尊赦免你，皆因女娲娘娘情面，不然定斩不赦！”说罢，甩袖而出，女娲令须菩提送出，自留在客厅内。

第二十四章　龙帝出山

轩辕健降血雨救戌闰　笪燕霍献爱女求富贵

却说戌闰羾被关进天牢，三日之后，就见笪殷卓领兵前来，与聚灵神说了几句，就将他押往玉京宫去，绑缚在灵霄殿内，笪殷顼登上御座，瞅他半晌，而后怒道：“你可知罪？”戌闰羾动弹不得，怒视笪殷顼道：“天兵无故前来拿我家人，我岂能坐视不理？我杀天兵乃是自卫，何罪之有？”笪殷顼怒道：“强词夺理！”说罢一面又令笪殷汤道：“本尊要公开处决此贼，即刻宣诏，令仙界诸神往玄天门外观斩，以示警告！”笪殷汤领命，令御卫将戌闰羾押出，又令笪殷卓派遣京御卫张贴了告示，敲锣击鼓宣告半晌，一时间仙界众神皆知，便都来玉京宫玄天门外集合。女娲闻讯，忙召唤女姬、钟颀、须菩提、伏羲谦、娇珠、鹿慧前去探望，女姬因担心被天兵发现，从头至脚做了装扮，方才跟了去。笪殷顼摆驾玄天门外，端坐在龙椅上，诸神臣皆立在两旁，刑台周遭列无数将士，俱戎装带甲，执战持戟。戌闰羾被五花大绑于刑台上，笪殷卓大声道：“戌闰羾身为镇天大将，竟妄图篡逆，杀戮天兵天将近千人，欺天灭法罪不容诛！天尊下诏，公开正法，以示警告，旨到遂斩！”戌闰羾喊骂道：“贼兵无故犯我府邸，我杀贼自卫，何罪之有？只是你笪殷小儿想当天帝，自己弑君篡位，却为何说我篡逆？”御卫各执器械，上前押着戌闰羾按在铡刀下，正要落下铡刀，就只听戌闰羾大声叹道：“龙帝！臣不能于御前效力了！臣去之后，望圣上保重！”话刚说完，就听见一声炸雷，忽然下起血雨来，御卫赶忙将戌闰羾拖出来，立在一旁，呆望着奇异天象。女娲在人群里观望，忽然见下起血雨，大惊失色，再看众神身上淋雨，近乎染红了衣裳，再看自己身上却无一丝血迹，又急忙看女姬、钟颀、须菩提、伏羲谦、娇珠、鹿慧等都不曾着雨，暗思道：“天出异象，而众神皆被血雨所淋，唯独我母子几个不曾着雨，这是何征兆？”再看那笪殷顼与众神臣，满头满脸被血雨淋透了，就如方从血水中爬出来的。笪殷顼大惊，问笪殷汤道：“此贼方才说什么龙帝？可是玉帝？为何天降血雨？”才问完，血雨便停了，笪殷汤回道：“此乃戌闰犴所施小术，以图蒙混陛下。”笪殷顼密敕左右停刑，忙道：“不可不慎，暂将此贼收监。”戌闰犴又被左右御卫架起，才要走，就见刑台下人声鼎沸，笪殷顼急忙看去，忙道：“且慢！”御卫又停下，架着戌闰犴一同看去。

话说众神忽然看到扑来一团蓝光，光芒散去之后，便见一素衣少年翩翩而至，头顶光晕，光辉照耀，神清骨秀，器宇轩昂。笪殷顼不由站起来，举眼细看，见他丝纶束乌发，发髻盘一颗翠蓝明珠，龙眉凤目，炯炯眼神，目中略有忧郁之色。笪殷顼与诸神目目相觑，心中疑惑，这时，只见人群中的须菩提、火德真君、望舒、娣珠等忽然跪下，伏地叩首。戌闰犴面露喜色，徐徐跪下，笪殷顼见状，走下御座，来到少年面前，对着他瞠目结舌。女娲见火德真君和娣珠也跪下来，暗吃一惊，心里想道：“这火德真君和娣珠也认得轩辕健么，他们却为何也要行跪礼？”这时，伏羲谦见须菩提和娣珠都跪了下来，自己也跟着跪了下来，莫名其妙拿眼瞅着娣珠，娣珠掩口一笑，低声问道：“你可知道那人是谁？跪个什么？”伏羲谦低声回道：“我看姐姐和哥哥都跪下了，我就跟着跪了。”娣珠笑而不答，只低头跪着。女娲见少年面熟，细细一想，就问女姬道：“附宝，你可曾见过此少年？”女姬看了半晌，惊道：“昔日我捉了那碧凤，这少年就出现过，当时姐姐也看到过的。”女娲又问钟颀道：“你可曾见过他？”钟颀一边瞅着轩辕健，一边回道：“我从未见过。”女娲弯下腰来，附耳问须菩提道：“轩辕健怎的和蕊珠宫那日昏迷时又不一样了？这会儿看他，更显神采焕发。”须菩提低声笑道：“母后，他正是轩辕健，曾给孩儿传授驱五雷法和玄冥掌法，昔日孩儿自废法力，母后你猜现在如何？”女娲疑问道：“现在如何？你的法力恢复了？”须菩提点头道：“孩儿给母后说过，可母后并不信我的话，我与那戌闰犴分明坠入八部三昧真火，醒来时却安然无恙，却见轩辕健在，并医好了我们的眼睛，他当时说我们皆在太虚世界，又恢复了孩儿的法力，今日母后既亲眼所见，还不信么？”女娲沉吟道：“莫忙，且先看看他本事如何。”须菩提笑而不语。

笪殷顼瞅了半晌，见笪殷卓近前，紧握剑柄。笪殷顼低声问道：“此人是谁？你可曾晓得？”笪殷卓瞥了一眼轩辕健，摇头回道：“许是来自什么星域，管他是谁，先拿下再说！”笪殷顼低声道：“他孤身前来，定然成竹在胸，尔等切莫轻敌，先打探清楚再说。”说罢一挥手，众御卫得令，纷纷转身，将剑戟指向轩辕健。轩辕健视而不见，龙行虎步，径直朝笪殷顼走去，脚下拖着两道紫色光带，众御卫慌忙架起剑戟试图阻止，只是近不得他身，瞬间就被一股无形之力逼退三步，踉踉跄跄。笪殷顼见状，一惊非小，顿觉这位少年法力非同凡响。轩辕健走近笪殷顼，目不转睛地盯着他。笪殷顼拱道："你是何人？因何至此？"轩辕健答道："我乃轩辕健，见你滥杀忠良，故而降下血雨，以示警戒。"笪殷顼闻言一惊，问道："方才血雨是你所施？"轩辕健正色道："若非如此，你岂肯罢手？"笪殷顼斜睨他道："本尊乃三界之主，天帝是也！正法逆贼，与你何干？你竟然施妖法扰我法场，该当何罪？！"轩辕健踱步道："贼喊捉贼。你以为如此便可掩人耳目么？岂不知三界诸神谁人不知你面目？你弑君篡逆，倚强恃暴！只是大道至善，未曾降罪于你，已是大开天恩了，本想你会善待臣民，施行仁政，不料你却倒行逆施，背天而行，难道你就不怕昊天震怒么？"笪殷顼勃然怒道："大胆！本尊面前，你安敢口出狂言！开口闭口昊天，你是昊天么？岂可代昊天而训诫本尊？来人！将此狂徒给我拿下！"数千御卫一拥而上，还未接近轩辕健，一个个就如蒙头撞上了墙壁，纷纷被弹了出去，跌落在地。笪殷顼倏地取出照石，拍了三下，接着连击三掌，只见三道白光如利刃般射向轩辕健，他竟岿然不动，白光在他身上而后又散开，就如滴水进了湖面，惊起一圈儿涟漪，而后又平静下来。笪殷顼惊得魂不附体，暗思道："此少年法力如此强大，竟连我照石都敌他不过，我绝非其对手，莫若忍耐，免得自招祸端。"如此想着，急忙将那照石收起。轩辕健转身，笑问道："那是我的化骨，怎么在你的手上？"笪殷顼又吃一惊，肚里转道："他说这是他的化骨，这究竟是何意？"笪殷顼见奈何不了他，一时手足无措，急忙转身令道："起驾回宫！"笪殷汤、笪殷郇、笪殷卓俱是心惊胆战，簇拥着笪殷顼銮驾匆匆回去了。女娲见轩辕健未动一毫一发，竟有无穷内力，心内暗自震惊。

轩辕健见笪殷顼与近臣率御卫离去，又转过身来，直接走到娇珠面前，将她轻轻搀起，娇珠脸映朝霞，本欲撒娇亲昵，因女娲在旁，也未敢动，只是低头拈带。轩辕健又扶起火德真君、须菩提，又将望舒扶起，问道："你怎么来了？"望舒垂首，不敢说话。轩辕健见还跪着一个少女，细看也不认得，转身就走。伏羲谦跪了半晌，见须菩提和娇珠都被那少年扶起来了，唯独没有理会她，努着嘴儿道："喂，你怎么不来扶我起来？"轩辕健闻言，一愣站定。娇珠见轩辕健站住了，心里暗暗叫苦道："唉，谁叫你站住的，快走快走！"女娲见伏羲谦还跪着，要扶她起来，不料她却生气了，就是不让女娲扶她，轩辕健转了回去，将她轻轻扶起，一声环佩窸窣，伏羲谦盈盈地站了起来，娇珠一眼瞥见，肚里转道："夫君别看她，别看她，千万别看她！”不曾想轩辕健朝伏羲谦看去，见她眉宇开朗，肤凝玉沽，柔弱花娇，窈窕纤体穿着蝶花云裳，淡雅幽清，亭亭玉立。看了半晌，却不认得，暗思道：“娐珠和母后常所说的轩辕妹涵，可是此女子？”轩辕健疑惑地瞅向娐珠，见娐珠低头咬唇儿，也不看自己，于是转脸又盯着伏羲谦，伏羲谦见他瞅自己，小眉微微一蹙，凝目之间已目交心通，不觉溢出万千柔情来，将那嘴角儿一展露出一丝笑妍，羞涩地将头儿埋向一边，靠在女娲怀里，痴痴望着他。女娲借机细看，见轩辕健翩翩鸾凤，骨秀神清，觉眉目间含着一股威严气象，睹之令人可亲可畏，不觉也愣住了。轩辕健又转身，朝前走几步，就消失在一道茫茫蓝光中。娐珠心里打起鼓来，暗思道：“这下可真的坏事了，我见伏羲谦那小心儿撞上鹿了，若娘娘真将她嫁了轩辕健，可让妹涵妹妹和我怎么办？”女娲见伏羲谦目痴心凝，附耳低声笑道：“公子都走了，你还傻傻地愣什么神儿。”伏羲谦一听，心中荡起一波涟漪，撩起一点春心，满怀清风玉露，不觉两朵红晕已浮上两颊。女娲看她这般光景，心里陡然一动，思忖片刻，笑而不语。

女娲与女姬、须菩提、娐珠等又回蕊珠宫。不到一会儿，钟颀、涂山阂、杨天佑、天蓬、武德、火德、太乙、圆融、望舒等诸神又来拜望。众神在中殿客厅就座，女娲令妱翚、皃嬥、精卫、婉镜上茶。诸神心绪万千，一时默默不语，只听得见细微茶饮声。女娲搂着伏羲谦瞅着诸神，伏羲谦姿态秀曼，笑依在女娲腋下，垂头拈带，撩拂秀发，秋波流动，有时凝想，女姬在一旁拉着她的手儿。须菩提觉得心中堵着块石头，叹息一声望着女娲，又挑眼看了看轩窗。女娲呷一口茶，抚弄着伏羲谦的雾鬓，笑问道：“你们一个个都怎的了？为何不言不语的令人闷昏？”钟颀呷一口茶，笑道：“此刻也不知说什么，不过以我看，这天道似乎要变颜色了。”望舒和火德相视一笑，低头不语。须菩提笑道：“变了颜色不好么？总比那弑君篡位的逆贼要好得多。”女姬听须菩提一句话，止不住呜呜咽咽暗泣起来，女娲忙攥住她的手安慰，忙令精卫和婉镜送女姬去后殿歇息。涂山阂叹道：“眼下要紧的是如何进宫参政，若娘娘依然赋闲，我担心那笪殷顼又使什么坏心，我不是怕他加害，而是担心他为祸天廷，又使生灵涂炭。”太乙起身，徐徐道：“这不消说，有笪殷元、笪殷汤、笪殷郇、笪殷卓父子把持朝政，生灵涂炭已是难免了，恐怕将来笪殷顼坐稳了帝位，天界将再度陷入暗日，这颜色一变，可是永久的。”女娲惊道：“太乙，你说的暗日，可是泰初时期曾经历过的暗日？”太乙回道：“正是，天界暗日时，伸手不见五指，天王受死魔、心魔、恶魔三魔灵体指点，擢发成芯而造神灯，三魔灵体化元灵而入灯芯而燃灯，神灯后来又转化为神，是为燃灯佛祖，才有了后来的灵界，这些个事情我本不知，在座的也只有女娲、女姬两位娘娘经历过，必然也知道，我也是曾听伏羲昊大王说起过。”女娲点点头儿，疑惑道：“那你说笪殷项窃取了天位，这天界就要进入暗日么？”太乙叹道：“小神只是占卜所知，此事钟颀应该也有所卜，不知有何高见？”钟颀笑道：“暗日之事，卦象显示忽明忽暗，或有或无，想必也不一定发生，也不一定不发生。”武德真君闻言，忙问道：“到底发生还是不发生？”钟颀摆摆手，笑道：“莫急，莫急。在座既然都是娘娘的座上宾，我也就直言不讳了，就请诸位听我慢慢道来。泰初时，天界陷入暗日，只有两个原因。第一，泰初四神，即轩辕龙、伏羲肱、笪殷聂、勾弋鹏，皆为盘古太师弟子，盘古往去轮回，遗命立轩辕龙为天王，轩辕龙的弟子也就是咱们的天斗天王，天斗弑师篡位，杀了龙、肱、聂、鹏四位大神，造化女娲娘娘、伏羲王、笪殷王和女姬娘娘，又自取肋骨造化轩辕王。他又率领五神开辟众星域，创造众生万物。唉，说起泰初历史，三言两语不能尽述，我就不啰唆了，总之天斗弑君篡位，乃导致天界首次陷入暗日。第二，天界第一次陷入暗日，恐怕与其他重大事件有关，不过这个事件无人能知道了。太乙说天界将再度陷入暗日，也不是不可能，笪殷项弑君篡位，与泰初天斗弑君篡位如出一辙，昊天如何降示，不得而知了。所以我说，天界是否再度陷入暗日，或可或不，实难论断。”太乙呵呵笑道：“这一点我却可以肯定，天界再度陷入暗日，并非因为笪殷项弑君篡位，既然天斗天王的天位都是篡夺而来的，就说明不是正统，天王遗命所立的姬轩辕也就名不正言不顺了，自然也非天位正统，既然皆非正统天帝，昊天岂能因他们而陷入暗日呢？”武德星君又道：“太乙，别绕弯子了，到底为何要陷入暗日，你有一说一罢了，何必啰唆的！”杨天佑笑道：“怎么就冷灰里爆出火来，你说的这些个事儿，我可是头一回听说。”天蓬急道：“自然是头一回，那个时候，娘娘还没造出你我来呢！”武德星君忙道：“别打岔，听太乙接着说！”太乙又呵呵一笑，徐徐说道：“天王在时，将那斗率宫分拨给小神，专司熔炼玥供与玄丹，而今斗率宫已不归我司掌了，笪殷项交由笪殷元秘密司掌，我听斗率宫几个徒儿说，笪殷项正在阴谋熔炼一种灵丹，听来实实可怖。”女娲惊道：“练的什么灵丹，有什么可怖的？”太乙四顾一下，低声道：“笪殷项逆贼，竟然密令冥王笪殷曹，于凡间制造灾祸，或地震，或水火之灾，或瘟疫之灾，涂炭生灵，收集魂灵，而后送往天阙，于斗率宫秘密熔炼灵丹，那笪殷项偏偏就信笪殷元的话，道是‘九万九千九百九十九个魂灵可熔炼灵丹一枚’，谓之‘九生丹’，吃了那灵丹，便可凝聚天地万物之灵气，可得亘古不死之身，如此丧心病狂之举，可谓令人慴怖。”女娲顿时又愁上眉尖，惊道："啊？竟然有此恶事？"众神听了都惊得目瞪口呆，面面相觑。杨天佑怒道："逆贼如此凶恶，我等还说什么要去参政，难道要我们去给逆贼做臣子么？助纣为虐之事，我宁死不为！"女娲沉思片刻，对杨天佑道："杨天佑所言也不是没有道理，只是此时万万不可使气性。他既已篡得天位，也是昊天所赐，再者三界不可无主，诸位只有尽人事罢了。"杨天佑低头道："我不愿认贼为君，你们谁愿去效命便去，我是断不肯糟蹋自己的。"众神纷纷点头赞同，女娲见状，不由垂泪，泣道："你们真糊涂！若我等都不去，岂不是更让那逆贼得逞了？我等都放手不管，逆贼岂不更加欲所欲为，那凡间众生岂不更遭涂炭了？若果真如此，那我们才真的是助纣为虐！"杨天佑听了，忙起身拱道："在下愚钝，请娘娘宽恕！娘娘一席话小神已醒悟，在座的皆视娘娘为天母，安能不听命于娘娘，一切听凭娘娘吩咐就是了。"女娲点头儿道："既如此，当听那笪殷顼传召，众人都要唯命是从，以真心侍主，不可心怀怨恨而坏大局，尽力规劝笪殷顼，勿使其倒行逆施，残害生灵。"众神闻言，跪地领命，而后一一拜别而去。

且说望舒最后一个离座，迟疑一会儿，欲言又止，轻叹一声转身要走，女娲笑道："你急着去哪里？你与他们不同，你是自家的人，若无急事，坐坐无妨。"说着又见伏羲谦黏了过来，遂搂着伏羲谦坐在腿上，笑道："你都这么大了，怎的还缠着母后，自己去玩可好？"伏羲谦小眉一蹙，努着嘴儿。女娲无奈，又陪着望舒闲谈，只有媌晕和凫嬥二婢侍立在旁。女娲猛想起前一会儿在玄天门外法场见她给轩辕健下跪的事儿来，即细问望舒原委。望舒回道："不瞒娘娘说，轩辕健正是盘古太师轮回，我既为太师所造玉龙，见了圣主，岂敢不行君臣之礼？"伏羲谦似乎就认真听了一句，猛地转脸瞅着望舒，上上下下打量她一番，斜睨她问道："你是玉龙？"望舒掩鼻一笑，女娲忙笑道："你知道什么，这有什么奇怪的，就把你惊讶的。"伏羲谦瞅了女娲一眼道："望舒姐姐怎的是龙呢？"女娲笑道："嗯。你望舒姐姐元灵真的就是一条龙，只是那条龙失去了龙珠，只能变化成仙体示人了。"伏羲谦扭着头儿，拈带道："我才不信，望舒姐姐这么美妍，岂能是龙呢？"女娲笑道："你若不信，改天让望舒姐姐变一回龙你看看。"说着就见鹿慧走了进来，伏羲谦忙噘起嘴儿，问道："鹿慧姐姐，你信不信望舒姐姐是龙？"鹿慧走过来拧了她一下，嫣然道："你信我就信，你要不信，我也不信。"说着，将伏羲谦拉了过去与自己坐一起，一弯玉臂勒着她的纤腰，见她胸前也微微地隆了起来，望舒瞥了一眼笑道："少主真长大了呢，真是聪明。"伏羲谦格外得意，抿着嘴儿同鹿慧说话，望舒问道："这个婢子是谁？我倒是头一次见的。"女娲笑道："她不是婢子，是我收复星域时收养的义女，名字叫鹿慧，唉，家里遭了变故，她不喜欢多话，倒是一个温存性儿。”鹿慧见望舒问她来，不好意思地转过身子去。女娲笑道：“去给我儿拿点儿吃的来。”伏羲谦噘着嘴儿道：“我不觉枵腹，吃个甚的。”女娲立眉道：“你怎的一天都不吃？神仙不吃不喝却饿不死，可到真饿着了，亦会伤及元灵，多少也须吃一点儿才好，滋灵养神，不可疏忽。”鹿慧便进里间拿吃的来，伏羲谦只拿一个玉桃儿，轻轻咬了一口又放入盘中，女娲看见了，正色道：“快吃！又想瞒着我，你不吃不喝的，不生病才怪！”望舒忙问道：“少主生病了？”女娲叹道：“就是虚弱，动辄愁闷，我问那钟颀要了些丹药，服了也不见好。”望舒转念一想，忙道：“我宫里有个医女，叫作囿圄娟，生来就懂得医术，没有她看不了的病呢，娘娘若允，我便叫她来给少主看看。”女娲笑道：“这可好了，若真有这般奇人，当速速请来才好。”望舒道：“我来时她还在广寒宫，我这就去接她过来。”女娲忙道：“唉，这点小事儿为何要烦劳你亲自去，我让精卫和婉镜去广寒宫接她过来就是了。”望舒笑道：“如此也好。”女娲便吩咐精卫和婉镜前往广寒宫，自己又与望舒说话，忽然想起什么，便问道：“望舒，你说既然轩辕健就是天帝盘古，他为何不入主龙廷，偏偏就看着笪殷顼篡逆？”望舒见女娲问起，暗思道：“既然她问到了，我何不借机替姝涵求个情，叫她放出来。”想到这里，莞尔一笑，回道：“娘娘有所不知，太师轮回归一，这才入世，已不记得前世之事了，最近也不知怎的了，竟然连他的妻子轩辕姝涵也不记得了呢。”女娲闻言，惊望了她一眼，问道：“哦？你怎么晓得？”望舒低首笑道：“不瞒娘娘，我也常在太阳宫的，姝涵和圣主的事儿我岂能不知？”伏羲谦听得认真，只见她蹙起了细眉，嘟哝道：“啊？那个轩辕健和我姝涵姐姐是夫妻啦？”女娲忽然生气道：“不要乱说，哪里有这个事！只是流言蜚语罢了！”吓得伏羲谦赶忙掩口，低头拈带，拿眼睛瞅着女娲。这时，只见婼翚来了，报道：“娘娘，二少主来了。”伏羲谦和鹿慧忙起来欠一欠身，娇珠也欠身回礼，这才入座，望舒见娇珠花貌玉容，腮边两个微涡儿，盈盈含笑。望舒心里暗赞道：“不愧为天生的帝妃，看她那样儿，倒和姝涵有七分神似了。”望舒问道：“娇珠自哪里来？”娇珠本要说从地牢里来的，又怕女娲气恼，便回道：“才从我嫂嫂屋里过来的。”望舒又问了碧霞和碧玉、尚翠她们，听说俱安，便又笑盈盈对女娲道：“娘娘有娇珠和伏羲谦这两个女儿，可真是一对儿活宝，都冰雪聪明的，讨人喜欢。”女娲沉吟道：“嗯，什么活宝，倒是两个都脾气火暴，将来也不知道怎的呢。”伏羲谦和娇珠听了都咯咯地笑了。望舒笑道：“娘娘要将伏羲谦嫁与轩辕健，这事儿轩辕健知道么？”伏羲谦听见了，只是低头拈带，瞅着娇珠做鬼脸儿，只装作未听见。女娲听望舒问起，先是一愣，然后笑道："还未提及，我看吧，哪天去一趟太阳宫，亲自找轩辕健说去，这可是事关三界的大事，我也不消细说，你也知道我的心意。唉，如果我媓姐姐归一回来，这些事儿都好说了，只可惜她不在，我也不知道如何做了。"伏羲谦此时心里就如小鹿儿乱撞，不由两颊飞红，婷珠见状，低头咬唇儿，一语不发。望舒见婷珠神色，越发想帮助姝涵，又笑着回道："其实娘娘不知，圣母一直都在太阳宫里。"女娲抬头盯着望舒，惊问道："什么？媓姐姐不是轮回去了么？如今归一了么？"望舒回道："早就归一了，我也说不清，总之圣母就去人间走了一遭，也未久留，便归一回来了，只是那时候天王尚在，她一直怕天王会拿她来，故而一直瞒着众人，直到玉帝时也不敢透露她在太阳宫里的消息，如今玉帝没了，笪殷顼篡位，圣母觉得都是新人，也没有什么威胁，这才愿意公开露面了。"女娲大喜，拍手道："媓姐姐若在，我就不愁了。"望舒见女娲高兴，便又笑问伏羲谦道："少主，可愿意嫁给轩辕健？"伏羲谦盈盈拈带，其实对轩辕健有爱慕之意，见女娲和望舒都说了出来，反不好意思，将粉脸儿一红，低头不语。婷珠摸了摸她脸颊，低声道："心里可是喜欢了？"一句话羞得她不敢再看婷珠了，只将那娇娇柔柔的身子轻轻一歪，一头倒在女娲怀里，把那粉脸儿藏了起来。又沉默了好半会儿，只见望舒突然跪下来，拭泪泣道："娘娘，此时看着她，我就想起了姝涵，我这心里就如万刃剟刺，你就大发慈悲放了姝涵吧，她和轩辕健才是天造正统，你将她关在地牢，这对你有什么好处？你若想将伏羲谦嫁给轩辕健，只要两厢愿意，这也不是不行的，何必又要将他们拆离呢！"婷珠听望舒这么说，竟忍不住捂着脸儿哭了起来。女娲瞥了望舒一眼，霍地站起身，怒道："休想！我当政至今，没有一件事儿不清楚的，如果真像你所说的，我若放任不管，到时候轩辕健即使君临三界，怕也是坐不稳天位！"望舒仰面望着女娲，呜咽道："娘娘！那玉帝都能稳坐天位，轩辕健乃正统帝王，盘古真身，他为何就坐不稳天位？"女娲叹道："玉帝有我辅佐，他焉能不稳坐帝位？"望舒急道："娘娘既能辅佐玉帝，为何就不能辅佐龙帝？"女娲正色道："你别忘了，玉帝即使有我辅佐，最终也落得个被逆贼弑杀的下场！笪殷顼为何能篡位？知道么？是实力！是家族的势力！那轩辕健有什么？他才入世，一无良臣猛将，二无家族势力，他如何坐稳天位？那只有一个办法，就是与伏羲谦大婚，立为帝后，如此便可借我及我家族势力来荡平逆贼，一统三界！你们谁能了解我的苦衷？"女娲说着说着低泣起来，接着说道："你们都以为我心如蛇蝎，害了姝涵，岂不知道我每次伤害她的时候，最痛的人是我？！知道么？是我！她也是我的义女，我岂能不心疼！可我有选择么？我只有让她恨我，让她怨我，让她知道天命是可以改变的，三界大统面前，天命也须让步！”说完瘫坐在椅子上，默默流泪。望舒闻言，一语不发，只是哭泣。停了半晌，望舒又跪了归去，泣道：“我也不知从哪一处想起的，一想到姝涵我就无法忍受她承受的苦难！我也不请求娘娘放她出来了，唯有一个请求，就请娘娘允我去见她一面，倘能如愿，以慰我心罢。”女娲扶起她，点头儿泣道：“好吧，我让你去见她，让你去见她。”说着又瞅着娉珠，细问姝涵近日的光景，娉珠泣道：“她就在地牢里，能好什么呢，只是看着水晶盆里的琪花儿，开了败，败了又开，日复一日，年复一年罢了！”女娲闻言，抹着泪儿长吁短叹一会儿，娉珠再不敢多说，唯有隔着伏羲谦的削肩，坐在对面偷觑而已。

几个人正在愁闷，只见精卫和婉镜进来道：“娘娘，囿圉娟来了。”女娲忙拭了泪儿，笑道：“快请进来吧。”说着只听珠帘儿摇响，只见囿圉娟就进来了，身后随着两个少女，三人笑着盈盈下拜道：“娘娘万福。”女娲笑道：“医女，我听望舒说，你能医治千病万病，这可是真的？”囿圉娟笑道：“尽管试试看。”女娲点头儿笑道：“那可真好，一会儿给我女儿伏羲谦瞧瞧，看她哪里不舒服了，每天蹙眉长叹的，不吃不饮，可是急死我了。”囿圉娟微微欠身，女娲又看她身后那两位少女，细细地打量一番，都是玉软花柔，姿色艳绝，笑问道：“她两个是谁？”囿圉娟拉过一个回道：“这是胞妹囿圉媁。”又拉过一个笑道：“这是外妹西陵婓。”女娲见囿圉媁清姿依约，柔情脉脉；又见西陵婓细骨珊珊，丰致可人，暗地赞叹不已。囿圉媁、西陵婓各个问好，又与女娲请了安，挨次坐下。囿圉媁拉过伏羲谦，笑道：“让姐姐瞧瞧你怎的了？”伏羲谦笑道：“你看我像个有病的么？”囿圉娟扑哧一笑，掩口看着娉珠和囿圉媁和西陵婓她们，见大家都在笑，伏羲谦努着嘴儿道：“你们笑什么？有病么？”一句话儿又惹得大家笑了起来。女娲见她们几个说说笑笑十分高兴，亦皆为绝色，笑道：“这九天灵秀之气都被你几个人尽占了，怎不叫人又妒又羡又恨呢。”大家一听又笑了一会儿。囿圉媁笑道：“妹妹，有没有病的，要瞧了才知道呢。”娉珠对伏羲谦道：“快让姐姐瞧瞧脉吧。”伏羲谦就将玉腕儿伸了过去，囿圉娟把了一会儿脉，笑道：“也没什么病，只是妹妹不可再忧郁忧愁，否则气上逆，上逆则温气不行，六腧不通，凝于血中不散，易成内伤，积遂成疾，故而食不甘味，渐渐不思饮食矣。”伏羲谦笑道：“似乎说的有三分道理呢。”女娲立眉道：“有什么道理！你小小年纪每天忧愁个什么？”伏羲谦脸一红道：“唉！我都不知我忧愁个什么，只觉天生如此，怕将来有我愁的事儿呢。”众人又说了一会儿，囿圉娟起身告辞，领着囿圉媁、西陵婓走了，望舒与女娲说了一会儿后方散，女娲临走时拉过望舒的手儿，吹了一口玄气儿，低声道："你和娇珠去看看姝涵吧。"伏羲谦听见了，忙抱着女娲的腰道："母后也给我吹一个来，我也要去看姝涵姐姐！"女娲拗不过她，只好也给她手儿上吹了一口，她便高高兴兴地跟着娇珠和望舒往地牢里去了。精卫、婉镜、娼犟、皃嬥四个婢子至后殿陪女娲歇息。

话说娇珠领着望舒，牵着伏羲谦的手儿来到地牢门口，只见三个人才靠近门，那玄封线便闪出三道光，一会儿便散了开来，等她们都进去了，又倏地合在了一起。进入地牢，又穿过一个夹道，便见一个香阁，外面看上去玲珑别致，入内后却显得宽敞空阔。娇珠见姝涵蹙眉独坐，笑道："妹妹，你看谁来看你了。"姝涵回头看见望舒，喜出望外，心中一酸就扑过去倒在望舒怀里，望舒连忙抱住，突然伤心哭泣，只看得伏羲谦站在旁边，蹙着细眉，噘着嘴儿低头拈带，不由得扑簌簌掉下泪来。过了半晌，姝涵才松开望舒，破涕为笑，释然道："俗云天下无不散的筵席，离即有合，这不是我们又见面了么。我们虽近在咫尺，如隔天涯，好在有娇珠妹妹在，可以常通音讯，或许有一天，我和夫君，娇珠、圣母，还有你，云巭和妡嬋她们，仍可聚一起也未可定呢。我虽身在牢中，纵然日夜悲思，可又能怎样呢？你们仍在外面，我还在里面，终究也是一样儿的，我若再惶惶凄凄的，害得你们也是分外悲苦，一个人悲苦就够了的，为什么还要你们都悲苦呢，如此想着，倒反也好多了。"姝涵说完瞅着娇珠，娇珠瞅着她，又暗中朝伏羲谦努了努嘴儿，姝涵这才瞧见，赶忙过去扯了她来坐在身边，抹着眼泪笑问道："可是我的伏羲谦妹妹？"伏羲谦一下子靠在她肩上，哇地就哭了，呜咽道："姝涵姐姐！"那边娇珠和望舒见状，转过脸儿去，颦眉泪眼，不忍相看。好一阵子后，伏羲谦也不哭了，只拿小手儿替姝涵拭泪，望舒一抬眼，见姝涵坐在榻前，玉颜如旧，只觉得消瘦许多，越发楚楚可怜了，不由得心上一酸，一直酸到了头顶上，那眼泪怎么忍都忍不住，汹涌而出。伏羲谦两只小手儿握住姝涵的腻腕儿，痴呆呆望着她，一句话也说不出口来，只挣了好半刻，方挣出来两个字道："姐姐！"娇珠早哭得像泪人一般，捂着脸儿不忍看她们。姝涵望着伏羲谦点点头儿，笑道："妹妹，你可要好好儿的。"伏羲谦泣道："妹妹知道姐姐受苦，只是母命难违，我做不得主。"姝涵强忍着泪儿，笑道："姐姐不让你做什么主，你只要过好了，姐姐就高兴了，现在，将来，不论你身在何处，只望你永永远远不会忧伤，不会痛苦，姐姐也就很高兴了。"伏羲谦乖巧地点了点头儿道："嗯！"娇珠和望舒见她两个人这等模样儿，无不叹息，又偷偷地抹起泪儿来。望舒走到姝涵身旁坐下，泣道："自从你被幽禁于此，我心里就像丢了一件紧要的东西，一日之中九个时辰，天时、元时、酉时，中时、南时、光时，望时、亚时、角时，竟没有一个时辰能放得下，再也没有欢喜，今日总算见你一面，我这心里尚疑是在梦中，本来有一肚子的话儿想和你说，怎的此时此刻竟一句都说不出来了。”说着又哽咽起来。姝涵泣道：“我又何尝不是，你们不来看我还好，既来了，一会儿又要离去，我便愈觉得寂寞，此刻方解几分愁苦，一会儿又要添许多烦忧，唉，也不知道熬到什么时候才是个头呢。”两人哭一会儿，又笑一会儿，惹得娇珠和伏羲谦也不知陪去多少眼泪，直到望舒和伏羲谦又告辞离去不题。

话分两头。笡殷顼回到灵霄殿在御座上发呆。金童和玉女、笡殷元、笡殷汤、笡殷郇、笡殷卓低头站立在侧，恍如在梦中，大家一时无话。过了好一会儿，笡殷顼起身，慢吞吞问道：“那个轩辕健从何而来的？”众皆不语。笡殷顼又问道：“他与那轩辕昊可有关系？”笡殷汤回道：“绝无关系，轩辕昊乃是天王所造化，无父无母，无兄无妹，只有姬轩辕一个儿子。”笡殷顼问道：“那么，他与那牧夫星海神府的轩辕敖可有关系？”见笡殷汤不语，笡殷顼问道：“你可知道？为何不说话？”笡殷汤回道：“轩辕敖有七子，长子名麒麟，次子名熬螈，三子名巨蛳，四子名蛟蟒，五子名浮惢，六子名貔貅，七子名朝昊。轩辕昊与轩辕敖私立盟约，轩辕昊曾与轩辕敖道，‘若得诸星域，我为东王，将军为西王，此后你我共享天下’，然而，轩辕昊与轩辕敖取得十七星海之后，骤然变脸，背盟败约，自相屠灭，轩辕昊强占牧夫星海神府，轩辕敖被迫携家眷与七子逃下界去了，今藏于东海，令其龙子龙孙统治凡间各方水域，其子中并无一个名叫轩辕健的。”笡殷顼走下玉阶，踱着方步问道：“如此说来，轩辕健与戌闰升却有关系，不然他怎么会去救戌闰升？”笡殷汤奏道：“天尊，无论此人与戌闰升有无关系，臣以为不紧要。天尊初登大宝，那轩辕昊岂能善罢甘休，当务之急乃是收拢众神之心，以防轩辕昊、伏羲昊进犯。”笡殷顼点头道：“此言甚是。”笡殷郇奏道：“帝妃神农娫死，神农尒串通平茜骋、西陵璗、尧禹灵三位驻星守将密谋造反，应将四人立即革职问斩，以防生变！”笡殷郇出班拱道：“我这就去缉拿他们！”笡殷汤转身喝道：“站住！”笡殷汤奏道：“天尊，神农娫含恨而死，神农尒乃是其亲眷，焉能无动于衷？即使反抗也在情理之中。臣以为非但不能杀他们，还应下诏加封，好言抚慰，令他们继续驻守诸星神府。如此恩荣并济，他们自会感恩戴德，为天廷效力。”笡殷郇反驳道：“这岂不是引火自焚？不如斩草除根，以绝后患！”笡殷汤道：“此时诚不可大行杀戮，若杀此四将，将与众神决绝，后果不堪设想。”笡殷顼道：“罢了！本尊依相邦之言，本尊亲自前往，招抚四将，以示隆恩。”翌日，笪殷顼果然亲往玉富星、天爵星、南天星、天鹅星四星神府招抚，神农尒、平茜骋、西陵璗、尧禹灵四将本以为笪殷顼前来剿杀，已如惊弓之鸟。又听得天尊不问罪，反要加封，这才放下心来。笪殷顼道：“帝妃受到惊吓自尽，此非本尊所愿，诸将勿要误会，今封尔等为太保，仍然为驻星守将，为天廷效力。”四将闻言，对笪殷顼感恩怀德。笪殷顼乘机安抚夸娥夫、采文浚、攸辛岘、平茜埕、伏羲禳、勾弋剡、胡臾苏、盘古圳、格戈埄、巴屺卓等诸星守将，使他们服服帖帖。

再说伏羲昊墨律星一战，只想警告玉帝不要为难蕊珠宫。小胜之后便回天西星王宫，与内臣巴屺仁、采文夔宴饮，准备第二次进攻。忽听投奔而来的笪燕雈说天廷事变，笪殷顼已经篡位。伏羲昊大怒道：“野生小儿，安敢篡逆！”笪燕雈劝道：“圣祖息怒，暂且忍耐，眼下只需坐山观虎斗。”伏羲昊斜睨他问道：“为何？你携妻子来投，家小安然，而本王亲人皆在贼手，你让本王坐视不理，是何居心？”笪燕雈拱道：“笪殷顼弑君篡位，那轩辕昊岂能不报仇雪恨？他必兴兵伐之，只待二虎相争，两败俱伤之时，圣祖再引大军突击制胜，乘势入主龙廷，岂不双全齐美？”伏羲昊哈哈大笑道：“将军不愧为智囊。”

单说玉京宫这边，笪殷顼采纳笪殷汤谏言，大赦三界，大宴众神，重新启用前朝大小神臣，重用须菩提，释放戌闰升，并封戌闰升为司兵大臣，掌管兵卫司，令震硉为副辅佐，赐戌闰升号为“游弋灵官”。戌闰升问道：“何谓游弋灵官？”笪殷顼笑道：“游弋灵官，不必奉诏即可去任意地方，不受限制。”戌闰升奏道：“臣弟戌闰靖膂力绝伦，勇猛无比，臣手下还有两员大将，一个名叫叒疍，一个名叫戌闰罡，二人武艺精熟，皆为悍将，臣欲令他们在军中效力，还请天尊允准！”笪殷顼一概准之，笑道：“但凡将才，多多益善！”戌闰升大喜谢恩。

为使三界众神臣服，笪殷顼又将天斗、女娲、笪殷昊列为“三尊”。众神看到笪殷顼“怀柔”之后，逆反心理平息许多，又见女娲默认笪殷顼统治，一时大多神臣跟着一边儿倒，也都跟着接受了，只有神农琊拒绝封赐，神农琊暗思道：“将来祸害天阙者，必为笪燕雈，此贼不除，宫廷必有大变。今笪殷顼篡逆，我岂能认贼为君，眼下莫若先投靠伏羲昊大王，将来若能辅佐伏羲昊大王壮大，杀进天廷来，消灭笪殷顼，也不枉我出仕一回。”如此想着，便去投靠伏羲昊，一边又想伺机杀了笪燕雈。

御宴尚未结束，尧禹皎忽然奏道：“轩辕昊兴兵二十万来伐，直捣我海云、墨律二星神府，驻星守将夸娥夫告急！”笪殷顼道：“轩辕昊远在牧夫星，怎么来得这么快？”尧禹皎回道：“贼军自北冕星而出，经天鹰、天坛、白羊三星而来。”笪殷项疑道：“天鹰、天坛、白羊三星乃是伏羲昊所统星域，轩辕昊如何经此而来？”笪殷郇起身奏道：“轩辕昊与伏羲昊暗通已久，此番兵伐，定是二昊联合所为。”笪殷项怒道：“轩辕昊借道是为报仇，伏羲昊与之，乃是野心使然，想夺我龙廷而已，本尊将御驾亲征！”笪殷项亲率大军，与笪殷郇、尧禹皎、尧禹卢等众将征伐。笪殷项亲率二十万大军，经僰来星，到玉龙星扎营，试图在此阻击轩辕昊。次日，轩辕昊攻破龙角，杀入神府，驻星守将采文浚逃往玉龙星报信。笪殷项得报，急令笪殷郇、尧禹皎、尧禹卢率兵御敌，到龙角星后，让尧禹皎和尧禹卢父子出战。这对父子兵得笪殷项重用，岂肯放过立功机会，于是率兵直冲龙角星，士气高涨，刀劈如暴风，挥剑如骤雨。尧禹皎一马当先，风火交加，杀得敌军血肉横飞；尧禹卢一夫当关，刀刃齐下，拼得你死我活，如潮奔浪滚。轩辕昊大军无力抵挡，节节败退，直退至北冕星。这场在众神看来原本是势均力敌的一场战争，却在尧禹皎和尧禹卢父子的奋力拼杀下得以大捷。从此以后，尧禹皎和尧禹卢二帅声名大振，这让涂山阂、杨天佑、天蓬、武德、火德五位天帅大感意外。

轩辕昊大败而走，笪殷项摆驾至海云星神府。尧禹皎、尧禹卢父子将轩辕昊追到北冕星，准备乘势剿灭，收复他所统治的诸星域，此时却收到笪殷项令班师的旨意，只好收兵回海云星神府。轩辕昊犹如惊弓之鸟，率兵投奔伏羲昊，暂避于飞天星不题。

御驾入海云星神府后，笪殷项令夸娥夫大宴众将，夸娥夫难得如此殊荣，尽职尽忠，亲自布置御膳。笪殷项入席，旁边有笪殷郇、尧禹皎、尧禹卢及众将领，说笑了一会儿，就听夸娥夫亲自传膳道：“御宴齐备，恭请天尊！”笪殷项更是欢喜。只见几十个宫婢将佳肴呈上，但见：

> 五彩缤纷，香培玉琢。座前翠帏花争妍，玉阶琪树披绿裳。金鼎中，奇香袅绕；曲席前，珍果清芬。观宝盏银盅款款来，烹龙煮凤样样走。轩輶深，朱棂芳，鸟道羊肠；灵酒杯，慢啖啜，高情逸兴。神前素果盘盘珍，仙旁斋筵碟碟新。桂酒雪梨，桃红果绿。芳春侍女往来勤，婧妙仙子忙饮戏。

为嘉奖尧禹皎、尧禹卢父子二帅，笪殷项令随驾宫乐师为他们作歌，赞美这对父子兵。举杯间，音乐美妙，传来歌声：

八面呼应刀刃锵，四方天将剑锋掣。飞马腾蹄听鸣锣，沙场玄戈煔灼。尘埃漫天折幡旗，热血遍地染玉阙。兵强悍，单刀直入；卒不怕，气吞山河。摩拳奔杀敌无数，扬枪挥斩贼许多。杀敌致果为功烈，血战到底显殊卓。将军阵前问战事，精兵交马保家国。义薄云天进伐贼，挥斥八极举旌捷。残兵败将独自愁，暮角哀咽祭魂魄。日薄虞渊何兴隆，把酒一盅醉戍歌。万恨千愁空悲切，山穷水绝无来世。

笪燕雀本打算死心塌地跟随伏羲昊，当他听说笪殷顼已赦免笪燕氏族，并将笪燕宝召回，封为天廷重臣，心又不安分起来，竟打起了女儿笪燕仪的主意。他秘密派随从前往天极星见笪燕宝，探听笪殷顼的态度。笪燕宝令随从转告笪燕雀道："祈望父亲回头，若天尊问罪，自有孩儿担当。"笪燕雀见儿子盼他回来，一时归心似箭。为离开伏羲昊，他便对伏羲昊道："轩辕昊大败，逃至飞天星，天廷不久必来追击，若飞天星有失，将危及圣祖，不如令猛将前往守之，以防万一。"伏羲昊觉得有理，问道："不知谁可当此重任？"笪燕雀拱道："我愿往飞天星驻守，天廷若知，必不敢贸然来犯。"伏羲昊正愁无人可遣，见笪燕雀主动请缨，自然是满心欢喜。笪燕雀走后，才投靠至伏羲昊麾下任幕僚的神农琊，见机而动，便问伏羲昊道："我看笪燕雀此人不足为信，圣祖却为何派他去守飞天星？"伏羲昊笑道："你就是多疑，笪燕雀既诚心来投本王，他岂能背叛我？此事不必怀疑，你勿再谏阻。"神农琊无奈，只好暗中跟踪笪燕雀，看他要何去何从，不想一路跟去，却见笪燕雀举家而走，虽经过飞天星，但并未入飞天星神府，而是径直往天极星而去了。神农琊便断定笪燕雀使了一个金蝉脱壳之计，弃伏羲昊而去了，他又一直跟到西天门，又见笪燕宝早在门外迎候，神农琊本想暗中将笪燕雀杀死，却一直无机会得手，只得悄然返回去，将所见一一奏报给伏羲昊。伏羲昊闻讯，大怒道："此贼两度背主，岂能善终！此贼潜入本王宫中，熟知我军情，他此番回去，必于我不利。"神农琊忙道："留下此贼必为后患，我愿往天极星暗杀此贼，还请大王允准。"伏羲昊一听大喜，遂令神农琊前去行刺。

话说笪殷顼听说笪燕雀归来，本想治他叛逃之罪，念在笪燕宝分上，便暂且忍耐。而笪燕雀成竹在胸，遂以请罪为名，将笪殷顼请到府上，美酒佳肴伺候，趁笪殷顼醉酒蒙眬之时，令女儿笪燕仪献舞。笪殷顼见她肌映流霞，娇丽尤绝，便想纳入后宫。笪殷顼问道："舞者是谁？"笪燕雀见他倾心，忙回道："小女仪，年方十九。"笪殷顼魂摇魄乱，见她手里端着玉盘，上面放两片沾露绿叶儿，笑问道："盘中是何物？”笪燕仪瞅了一眼父亲，羞盈盈道：“露叶。”笪殷项问道：“哦？此物有何用？”笪燕仪抛了一个媚眼，一双纤手儿拿起两片绿叶儿来，轻轻一倾，便有几滴露珠儿坠入杯中，笪燕仪婉转道：“天尊饮此甘露，可解酒困。”天尊看她娇滴滴眼波，拿起叶儿道：“露叶复露叶，渡江不用楫。”笪燕仪听美言，知是天尊夸她眼波，春心一动，越发娇气袭人，笪殷项已不能自持，竟将她揽入怀中，笪燕雀见状，掩面退出。

笪燕仪被册封为帝妃，令雪婵满腹妒火。雪婵本想借贵妃璩嫒之手破坏仪妃，不想不但没有破坏，反而让仪妃更加得宠。那日，天尊挽着笪燕仪走过玉桥，仪妃见南宫华美，问笪殷项道：“如此华美宫殿，不知有佳丽否？”笪殷项笑道：“南宫之主乃是雪婵。”笪燕仪一愣，便不走了。笪殷项问道：“爱妃为何止步不前？”仪妃泣道：“妾本以为天尊爱妾，故纳为妃，不想却是一场空梦，这后宫本有帝妃，妾又算什么！”说着啼哭起来，谁知这一幕被滂葤窥见，进入报给雪婵，雪婵出来，看到笪殷项和仪妃在，上前福了一福，冷嘲道：“妹妹想入南宫，我让与妹妹就是了，尽管哭个什么。”仪妃羞愧难当，不知如何应答，只是看着笪殷项。笪殷项怒视雪婵，而雪婵不罢休，接着又一番热讽。雪婵冷笑道：“妹妹可别忘了，这后宫佳丽如云，不止你一个美人，且不说那贵妃璩嫒美艳绝伦，就是后殿那四十个侍姝，个个也是如花似玉，你何必只妒我一个？”仪妃一听，花容失色，惊恐望着笪殷项。一听雪婵揭了老底，笪殷项一怒之下甩袖离去。

却说神农琊前往天极星刺杀笪燕雀，无奈进不了西天门，一时计上心头，竟抽刀自残手臂，涂了一脸血迹，而后奔向西天门，门神见他前来，急忙阻拦，喝问道：“你是何人竟敢闯入天门？！”才问完，定睛细看，原来是神农琊，忙又拱道：“怎么是上神驾到了？你这一身血迹，不知……”神农琊喘道：“我奉密旨前往海云星探听消息，现在有紧急军情须奏报天尊。”门神见神农琊负伤，以为海云星出了大事儿，急忙要遣门吏带他前去见笪殷卓，神农琊忙道：“笪殷卓我就不必见了，我自去灵霄殿面奏天尊。”门神笑道：“上神不可使小神为难，小神也是奉命行事，一切面圣者必先去笪殷卓那里，再行引见，上神岂能不知？”神农琊思忖片刻，拱道：“既然如此，就请门吏带路！”门吏将神农琊带至笪殷卓那里便走了，神农琊见笪殷卓上上下下打量他一番，心里不安起来，只怕笪殷卓识破，便低头一言不发。笪殷卓冷笑一声，问道：“众神皆入朝执事，唯有你不从，你不是赋闲在家么？怎么就去了海云星？”神农琊拱道：“将军有所不知，我拒绝入朝为官，实为与天尊所设计谋也，就是为了使伏羲昊相信，好潜入他王宫打探消息，如今已有重大军情，特来面奏天尊。”笪殷卓疑惑道：“哦？此乃天尊秘计？

我却未曾听过。”神农琊笑道：“既然是秘计，将军自然也不知道了。”笪殷卓心下释然，问道：“既然如此，那你有何军情须面奏？”神农琊道：“伏羲昊欲兴兵海云星，军情危急，故来禀报。”笪殷卓见他满脸血迹，又问道：“将军何以重伤？”神农琊道：“末将途中遇到伏羲昊哨探阻截，故而负伤。”笪殷卓心里一惊，暗思道：“神农琊杀出重围来传军报，可见此事不虚，军情事大，不如就让他去面圣，免得延误了军机。”想到此处，笪殷卓忙道：“将军真英勇也，既然如此，你快去面奏天尊。”神农琊心内大喜，又镇定说道：“还请将军引见。”笪殷卓笑道：“哎，既然此军机乃是你与天尊密议，我又如何去引见，莫不能让天尊疑我窥探机密，这可万万使不得，还请将军自行去面奏。”神农琊拱道：“既然如此，末将就烦劳你了，告辞！”说完一拱而去。

神农琊顺利潜入内廷，并未去灵霄殿，而是直往后宫，途中又遇到戍闫犴，神农琊心里一紧，本要躲避去，却已被发现。戍闫犴上来，见他负伤，于是问道：“将军这是何故？”神农琊忙道：“我有紧急军情须面奏天尊，方才去了灵霄殿，却不见天尊，便来此处寻找，不知将军可知道天尊下落？”戍闫犴笑道：“天尊不在朝堂，便在瑶床，此人人皆知，将军何必明知故问？”神农琊道：“请将军为我带路。”戍闫犴摇头笑道：“既然将军要面奏天尊，还请将军自往，这后宫所在，我无事岂能擅入？”神农琊拱道：“那我就自去面奏。”说罢又往里走去，才转过一处楼阁，就见笪燕崔急匆匆朝后宫走去，神农琊一路尾随，直到一僻静处，见时机到了，便抽出剑来，本想从背后将笪燕崔一剑斩杀，不料正要动手，却见三个宫婢慌忙奔逃去了。神农琊心下纳闷，只见南宫大门紧闭，不见再有人出来，这时转身又去看笪燕崔，却早就不见他人影了。神农琊顿足叹息一声，才要转身回去，又见那三个宫婢又掉头跑回来了，神农琊一把扯住一个，问道：“站住！你们为何慌慌张张？”三个宫婢见他浑身是血，吓破了胆，慌忙跪地，低头答道：“南宫出事了，雪婵妃要杀天尊！小婢们害怕，想逃出去，却碰见了贵妃璩嬛，于是又折了回来！”神农琊大吃一惊，问道：“后妃为何要杀天尊？”三个宫婢摇头道：“小婢们不知！”说完又起身逃走了。神农琊未多想，便急忙闯入南宫，听得里面嘈杂，手握短剑，猛一脚踢开殿门，却见笪殷顼被赤身裸体绑在龙榻上，嘴里塞着绡纱，叫不出声来，而雪婵也赤裸上身，手中利剑正架在天尊脖子上。雪婵本想杀死笪殷顼，没想到忽然闯进一个人，一时也愣住了，神农琊暗思道：“贼君，你也有今日，死在妃子手里也是你报应。”如此想着便想悄悄退出去，不料却见几个御卫冲了过来，喊道：“你是何人？竟然手持利刃站在这里？”神农琊见不妙，朝殿内大喝一声道："大胆刺客！安敢弑君！"说着上前一剑便将雪婢刺死在地。几个御卫见是来护驾的，便上前为笪殷顼松绑，天尊喘着粗气，指血泊中的雪婢，吞吐道："贱妃，她……"话没说完，神农琊便假装无辜，跪地拱道："末将不知是帝妃，以为是刺客，情急之下一时失手，还请天尊恕罪！"天尊这才吐出剩下几个字："她……罪该万死！"神农琊松了一口气，便与御卫护送笪殷顼去了卧龙殿，才到殿门口，笪殷顼站住，转身问神农琊道："你曾拒绝入朝，今日却为何前来护驾？"神农琊怕事情败露，便对笪殷顼深深一揖，回道："臣衣冠不整，浑身血迹，此时不便入内细禀，请准臣去沐浴更衣，而后见驾。"笪殷顼也未多想，便笑道："将军请自便。"神农琊拱了一拱，转身离去，又顺着原路一路逃往伏羲昊那里去了。

话分两头。神农琊刺死雪婢，南宫一群宫婢吓得魂飞魄散，乘乱逃跑，又被前来寻找天尊的璩嫒撞到，喝住询问。听说雪婢被杀，璩嫒大吃一惊，本想去问天尊私藏四十个侍姝之事，此刻听雪婢被刺，一时吓得花容失色，惊道："贱妃安敢弑君，死有余辜！"说完又连忙转身去找笪燕仪。仪妃见璩嫒前来询问，泣道："天尊后宫藏娇，确有四十侍姝，皆为前朝后宫侍婢，其余贱妾不知。"璩嫒怒问道："那四十侍姝现在何处？"仪妃回道："在群凤殿。"璩嫒喝令众侍卫跟她去群凤殿，在殿外就听得笙歌鼎沸，进去果然看到四十侍姝在殿内倚姣作媚。璩嫒忽然驾到，四十侍姝慌作一团。璩嫒怒形于色，厉声问道："天尊何在？"众侍姝不敢回话，低头不语。璩嫒冷笑道："尔等安敢在此逞娇斗媚，惑乱后宫？"有侍姝名叫嫃玉，仗着天尊宠爱，也不怕璩嫒，起身回道："禀贵妃，贱妾等虽然位卑，但哪一个也比贵妃来得早，也不知是谁惑乱后宫呢？再说了，我等也是天尊亲封的后宫嫔妃，怎么就是惑乱后宫了？"璩嫒恼羞成怒，厉声道："侍卫何在，将此贱女拿下，押入后园斩首！"侍卫领命，将嫃玉牵出，只听嫃玉骂道："好毒妇！你拿仪妃无奈，却弑我何为！"话音刚落，就听一声惨叫，香消玉碎了。这时，众侍姝哭天喊地起来，璩嫒怒道："尽皆拿下，轰出宫去！"众侍卫押着李姝就去了后花园，竟然当场斩杀，无一幸免。璩嫒回中宫不久听说众侍卫并未将众侍姝赶出宫去，以为是天尊之意，遂将笪殷卓召来，问道："本宫令侍卫将众侍姝赶出宫去，让她们自寻出路，然而他们却不听本宫号令，莫非这是你的意思？"笪殷卓不知道众侍姝已被杀，回道："贵妃息怒，那四十侍姝乃是天尊之嫔妃，岂能轻易驱逐？"璩嫒正色道："天尊偎红倚翠，不思朝政，为臣者岂能坐视不闻？"笪殷卓笑道："宫闱后妃之事，臣等不便过问。"璩嫒无奈，只得问道："众侍姝现在何处？"笪殷卓不知情况，随口道："恐怕正在群凤殿宴饮。"璩嫘道："雪婵已亡，那南宫居者为谁？"笪殷卓感到奇怪，反问道："贵妃为后宫之主，却不知后宫之事？仪妃现为南宫之主。"璩嫘叹道："你且退下吧。"笪殷卓告辞退出。璩嫘见笪殷卓离去，即传凤鸾起驾，只见两排宫女，臻臻簇簇，直往群凤殿。天尊正在与仪妃追欢作乐，宫婢见璩嫘突然驾到，慌忙大喊道："贵妃娘娘驾到！"

第二十五章　血溅宫闱

天尊信谗言误杀璩嫒　菩提舍小义大败伏羲

话说笪殷顼见璩嫒闯入殿来，醉眼蒙眬问道："贵妃为何有兴驾临？"璩嫒微怒，冷笑道："天尊好兴致！"笪殷顼忙道："只是娱乐，兴致却寡。"仪妃早听说璩嫒有沉鱼落雁之貌，虽说前时与她有一面之缘，但因当时情急，未敢细细端详，这番见她忽然驾临，便一心想看个仔细，于是忍不住窥去，果见她粉妆玉琢，娇媚绝伦，心下思道："本以为我有绝世容颜，却不想贵妃姿色胜我三分！"想着竟愣在了那里。璩嫒感觉仪妃偷窥，嫣然一笑道："妾闻南宫有倾天之美色，以致天尊无心理政，故而来拜望。"笪殷顼笑道："哪里有美色胜过贵妃的！来来来，陪本尊欢饮！"璩嫒也不看仪妃一眼，莲步移往筵席，乘机回眸而视，见仪妃依然注目凝神。璩嫒故意接话道："妾若真有绝世之容，中宫也不至冷清，不知南宫美人在哪里，天尊为何不请出一见？"天尊醉意正浓，听璩嫒这般说，便笑道："近在眼前。"璩嫒和仪妃俱是一愣。仪妃妒从心来，从天尊一旁起身走到璩嫒面前，盈盈拜道："贱妾拜见贵妃娘娘。"璩嫒明知是仪妃，故作不识，笑问道："这美人是谁？"笪殷顼笑道："此乃南宫之主笪燕仪，乃内臣笪燕雀之女。"璩嫒冷笑道："哦，原来是仪妃，妾以为南宫是雪婵姐姐呢，雪婵去哪里了？"笪殷顼闻言不悦，冷言道："雪婵胆敢弑君，已被本尊斩首。"璩嫒正视天尊道："雪婵死，不过一妃，后宫尚有四十侍姝，天尊就不怕她们弑君？"天尊不知四十侍姝已死，以为璩嫒并不知四十侍姝，便笑道："什么四十侍姝？宫中闲言，贵妃勿听。"璩嫒欲言又止。天尊转向仪妃，笑道："贵妃驾到，仪妃何不起舞助兴？"仪妃无奈，只得从命。过了一会儿，只闻钟笙响起，仪妃翩翩而来，清歌妙舞，艳惊四座。但见：

衣绣云鬓，流风回雪，静秀玉容春滋萌，窈娆纤腰环玉手。蛾眉婀娜，秀弱娇婉步萦盈；绮腻冰容，绝世无双比妍媸。前无佳致，姚润春黛如朣胧；今有玉钗，天娆倩影似花瑞。

正是：群芳不压夜来香，诸仙难赛此红颜。

璩嫘强颜欢笑，果见这仪妃不简单，能歌善舞，又生得一副冰肌玉肤，不由担心起来。仪妃一曲舞罢退下，璩嫘正要和天尊说话，却发现他已睡着，就问仪妃道："天尊在此歇息？"仪妃轻轻点了点头儿。璩嫘起身退席，众侍女簇拥而出，仪妃欠身相送。到殿门外，璩嫘回视仪妃道："天尊不思朝政，沉迷酒色，本宫以为，此非你我之福。"仪妃只是低头诺诺。璩嫘乘辇往中宫去了。不料璩嫘前脚刚走，笪殷顼就醒了，见仪妃进来，窃笑道："璩嫘如猛虎，本尊惧怕也。"仪妃笑道："妾也害怕。"笪殷顼问道："你怕什么？"仪妃想起笪燕寉说璩嫘杀尽四十侍姝一事，一直胆战心惊，见天尊问来，终于找到机会，倒身扑进天尊怀中，潸然泪下，掩面而泣。笪殷顼问道："爱妃这是何故？"仪妃泣道："妾听说贵妃暗中杀尽四十侍姝，故心中害怕，恐有一日妾也难逃一死！"笪殷顼大惊失色，两脚一软，怒问道："有此事？！"仪妃泣道："妾岂敢欺君？"笪殷顼提剑愤然往中宫走去。璩嫘梳妆，见侍女尖叫着进来，慌忙看去，见笪殷顼握剑在手，怒色满面。璩嫘问道："天尊欲杀妾么？为何还不下手？杀了妾，可立仪美人。"笪殷顼本来怒气冲天，见她镇定自若，立即气消骨软了。璩嫘夺过他手中剑，架上粉颈泣道："妾不才，致君失礼而宴起，乐色而忘德，其罪在妾。君若能听妾一言半句，临朝归政，妾虽死而无怨！"笪殷顼脸上忽青忽红，已觉无地自容，忙去夺剑，叹道："爱妃！且勿自裁，本尊无德，非爱妃之罪！"璩嫘泣道："既知错，君就改了罢！"笪殷顼一时无言，自此便也勤于政事了。

再说伏羲昊举兵来犯，笪殷顼令笪殷郁、戍闰升、尧禹皎、尧禹卢出征。

神农琊杀了雪婵，一心想打问雪婵来历，便去麟鹤宫见震硙，两厢坐定，神农琊见震硙有茫然自失之貌，趁机道："将军随天尊戎马至今，此时当在灵霄殿参政，为何却在府中独饮？"震硙叹道："你是来看我笑话么？若非失时落势，我怎能独自消愁？"神农琊问道："将军有何愁闷？"震硙叹道："我素有大志，不料天尊却不重用我，竟让我拜在戍闰升手下，我岂能甘心！今又得知我师妹雪婵也不知被哪个贼人杀害了，我疑乃是天尊亲手所杀，而天尊却说是雪婵要杀他，是有人紧急护驾才逃过一命。唉！思前想后，我故而愁闷。"神农琊闻言大惊，遂将打问雪婵的念头灭了，转而进言道：“笪殷项非明主，荒淫无度，必自召干戈。他既弃你不用，如自断手臂，此诚非你之过。”震碑一听，沁入肺腑，只将那玉杯攥于手中，用劲捏了个粉碎，切齿道：“我又能奈何！”神农琊趁机道：“将军颇不得志，何不择明主而侍？今我已投靠伏羲昊大王，大王颇爱人才，将军何不去投靠，与我一同扶持，若大王成事，你我皆为股肱之臣，岂不美哉？”震碑知神农琊与伏羲昊交情深厚，即道：“若上神不弃，还望引荐！”神农琊道：“以将军之才，何愁无用武之地。”二神议定，立时就投奔伏羲昊而去了。笪殷项正在更衣，璩嬛问道：“伏羲昊举兵来犯，天尊可有御敌之策？”笪殷项道：“本尊已令众将出击，必能大捷。”璩嬛道：“妾闻女娲娘娘善用兵，何不令她去击敌？”笪殷项道：“女娲不肯为本尊所用，况她与伏羲昊乃是夫妻，让她去御敌，岂不是抱薪救火？”璩嬛道：“天尊兴兵伐伏羲昊，妾以为不妥。”天尊一愣，转身问道：“为何？”璩嬛道：“神农琊与震碑投奔伏羲昊，伏羲昊得神农琊辅佐，又有震碑为将，天廷岂能得胜？”笪殷项问道：“哦？神农琊有三头六臂？”璩嬛一时无语。

仪妃连日不见天尊来南宫，心中焦急，疑为天尊被璩嬛所困，越发恨之入骨，于是将笪燕雀请来。笪燕雀见仪妃哭哭啼啼，怒道：“为父将除璩嬛。”仪妃问道：“计将安出？”笪燕雀道：“不必多问，此事机密，往后你自会明白。”仪妃不再追问。笪燕雀离开南宫回府，却与戌闰尣遇到，笪燕雀一拜道：“我闻贼兵将至，你却在此消闲，莫非你念及与伏羲昊旧情，故按兵不动？”戌闰尣道：“你这逆贼，何出此言？你曾为伏羲昊内臣，岂会忍心杀你旧主，只怕你也不愿我出征攻打他！”笪燕雀四顾无人，低声道：“我是怕你此番出征，凶多吉少。”戌闰尣问道：“你何出此言？”笪燕雀忙道：“且不说那伏羲昊有神农琊和震碑相助，就说这朝中，恐怕有内贼里应外合。”戌闰尣斜睨他问道：“哦？竟有此等事？”笪燕雀附耳问道：“你可知谁是内贼？”戌闰尣盯着他道：“我看你贼头狗脑，就像是个内贼。”笪燕雀连忙摆手道：“将军说笑，我岂能是内贼？我听仪妃说，那璩嬛与伏羲昊暗中常有消息往来，将军不可不防。”戌闰尣思忖片刻，冷笑道：“只怕你老贼为了你女儿当贵妃，从而故意陷害贵妃，也未可知呢。”笪燕雀脸色一变，怒道：“将军不信也罢，何必恶言中伤！”戌闰尣“哼”了一声甩袖而去。

伏羲昊、神农琊、震碑连克天狼、乌枭、银蛇三星神府，直取天极星而来，笪殷郇、尧禹皎、尧禹卢不敌神农琊，一战下来逃回天极星。天廷震惊，笪殷项心急如焚，仪妃乘机谗言道：“天兵之所以大败，乃内贼所为。”笪殷项惊道：“何人为内贼？”仪妃道：“妾得知贵妃璩嬛暗通伏羲昊，故逆贼对朝中机密了如指掌，我天兵岂能不败？”笪殷项疑道：“贵妃与伏羲昊非亲非故，焉能与贼暗通？”仪妃撇嘴儿道：“这就难说了，天尊尚且在梦中，妾多方打听得知，这璩嬛自进宫就来路不明，他与伏羲昊有无关系，谁知道呢！”笪殷项大怒，一语不发，即往中宫去了。笪殷项提剑闯入寝殿，指着璩嬛破口大骂道：“贱人！潜入宫中，想置我于死地么！”璩嬛不解，问道：“你我夫妻，妾有何过错，使你如此震怒？”笪殷项怒道：“贱人！你休想隐瞒，你是如何进入宫阙迷惑本尊的？你若不从实招来，本尊绝不饶你！”说完拔剑挥去，砍去璩嬛左臂，璩嬛惨叫一声倒地，血染衣襟，惨不忍睹，泪眼凝视他道：“奸佞谗言害妾，妾即使浑身是口也难辩白，妾心在君，然君心何在？妾知世有无妄之福，就有无妄之祸，今日看来，皆在天报，今妾枉死君手，复有何言？唯愿君心无悔！”天尊怒道：“斩杀你这贱人，本尊何悔之有？悔不该当初中你奸计，以致引火烧身！”璩嬛微笑一下，双眼一闭，香魂断绝，众侍女看到血腥，大声惊叫，夺门奔逃，正好被前来请见的笪殷汤看到，拽住一个侍女便问道：“何故奔逃？”侍女见是右相，跪地泣道：“天尊杀了贵妃娘娘！”笪殷汤大惊，忙奔至偏殿，见璩嬛失去一臂，横尸在地。笪殷汤“啊”一声险些晕倒，跪地痛哭道：“天尊！这是何故？！”天尊见笪殷汤，怒道：“伏羲昊连克我三星海，皆是贱人通敌所致！若不杀之，何以解恨！”笪殷汤已哭不出声来，一口气憋在喉咙里，哽咽半天才喘回来，大声道：“天尊！为何枉杀贵妃娘娘？！”天尊一愣，剑指笪殷汤，斜睨他问道：“卿此言，却是何意？”笪殷汤顿足道：“贵妃通敌，实乃无中生有之事，那仪妃为取代中宫，故嫁祸贵妃娘娘矣！”笪殷项脑中嗡嗡作响，顿时站立不稳，急问道：“卿如何得知？”笪殷汤道：“这后宫之事，臣焉能不察？臣知璩嬛娘娘乃蕊珠宫侍婢，名为婺翾，因女娲担心天尊沉迷酒色，疏于朝政，故令婺翾潜入后宫，化名璩嬛侍奉御前，后来有幸被天尊宠爱，入得中宫，每每以忠言警告天尊勤政！此女娲之美意，贵妃娘娘起初不肯，然而渐与天尊有了真情，天尊为何听信仪妃一面之词而杀之？”笪殷项弃剑跪地，痛苦不已，大哭道：“卿何不早言！何不早言！”笪殷汤已心胆俱裂，泣道：“天尊！臣来时已晚矣！”笪殷项伏在婺翾尸体上，哭道：“错杀爱妃！追悔何及！”

此后，笪殷项哀哀欲绝，整日扼腕长叹。笪殷汤与须菩提去劝慰，笪殷项道：“枉杀我爱妃，刺心切骨之痛，何以抚平！”璩嬛被笪殷项斩杀，唯有仪妃满心欢喜，当得知阴谋败露，仪妃只得丢卒保车，泣道：“非妾谗害，乃听父所言，故而道与天尊，以为防备，不料天尊真杀了贵妃，实非妾所愿也。”见笪殷项不语，仪妃又道：“贵妃横死，朝中多有怨言，请天尊将贱妾之父笪燕寉问斩，可平众神怨气！”笪殷顼本想废了仪妃，看她深明大义，便不忍废她，亦未追究笪燕雀。笪殷顼思念璩嬛，无心理政，时常去御苑散步，一天恍惚间看到花前站着一女，很像是璩嬛，见她白净娟秀，海棠含春，两弯秀眉，清澈透明，婷婷袅娜，往台阶上姗姗而来。笪殷顼暗惊道："这不是璩嬛么！"顿时，旧情新恨一时涌上心头，恰似死者复苏，梦中邂逅。笪殷顼急追上去道："爱妃！"然而再定睛一看，却什么都没有，于是落魄而归，挥墨题诗一首道：

宇庭花魄依幽娟，鸟扑蝶影戏琼轩。丽神娇面今安在，无日不思我璩嬛。风推翠幔斜雨痴，满园暮色诉情怨。幽幽此恨无绝期，时时宫中自悯怜。

话说玄女见笪殷顼郁郁不乐，问道："你已是天帝了，统御三界，为何终日悲悲戚戚，一蹶不振？"天尊突然拉住玄女的手儿道："孩儿罪该万死，自枉杀贵妃以来，寒心消志，为日已久，时时独坐怀忧，哀思如潮，情不自禁，只为璩嬛一人，如今只想一死了之！"玄女怒道："荒唐！岂能为一女子而消神丧志？"笪殷顼只是垂头哭泣。玄女劝道："你若消沉如此，必会招来祸患。若说美人，仙界多得是，何必为璩嬛而寻死觅活！玉帝有七女，难道比不得一个璩嬛吗？"天尊一愣，忽然想起七仙女，不觉心思摇动起来。

伏羲昊兵临西天门外，笪殷顼急召笪殷汤、须菩提、笪殷郇、钟颀、杨天佑、戌闰升、涂山阂、武德、火德等入朝觐见，商议用兵。笪殷顼环顾众神问道："贼军欲图龙廷，如之奈何？"须菩提拱手道："天尊，臣……"说到这里，见群臣都有惊诧之色，于是垂下手来，欲言又止。笪殷顼见须菩提每次在朝上从来不言不语，这次却忽然启奏，便笑道："哎，卿这是何意？我虽为天尊，但仍视卿为兄长，你我之间不必拘礼，卿方才有话要说，为何又不说了？"须菩提拱手道："臣愿与钟颀、杨天佑、涂山阂前往讨逆！"笪殷顼大喜，笑道："朝堂之上，师兄不可戏言耳。"须菩提正色道："臣愿亲率大军讨贼，但若有失，臣愿以死谢罪！"话一出口，就听笪殷郇哈哈大笑道："天尊，那伏羲昊乃是须菩提之父，须菩提主动请缨，不知是前往投敌，还是击敌？"笪殷顼犹疑难决，须菩提见钟颀和杨天佑等给他使眼色，只好退下站在一侧。笪殷顼见笪殷汤面有忿忿之色，问道："右相有话要说？"笪殷汤拱道："伏羲昊大军就在西天门外，大战在即，满朝如此狼顾狐疑，岂能退敌？！"笪殷郇斜睨他，问道："不知兄长这是何意？"笪殷汤冷笑道："朝堂之上只有君臣，没有兄弟。"笪殷郇奏道："天尊，臣之所忧，那伏羲昊与须菩提乃是父子，忠孝两全之事自古未有，倘若须菩提临阵投敌，反戈一击……”话犹未了，笪殷汤跪地奏道：“天尊！臣听说疑事无功。若须菩提真有投敌之意，岂会等到今日？天尊既用之则勿疑之。臣以为，天尊当准须菩提所请，令其统率大军征讨伏羲昊！”笪殷项听到这里，突然噌的一声拔出剑来，众神俱惊，笪殷项以剑击地，笑道：“好个疑事无功！传旨，准须菩提出战！今日之议，不得有二！”须菩提和钟颀、杨天佑、戌闰升领命，即令姜炎、佑圣、吴刚、有禹宪等众将发兵。

话说须菩提一战击退神农琊和震硉。伏羲昊见二将大败而归，问道：“本王闻二位将军已然兵临天阙，为何反一败至此？”神农琊叹道：“圣祖不知，在下本稳操胜算，不想此番一战，却是少主须菩提亲自领兵抵御，在下岂忍刀兵相向，只得节节退回。”震硉怨道：“战场之上无父子！军师如此用兵，焉能不败？”伏羲昊怒道：“此为笪殷项贼故意为之！”说罢，又令震硉前往牧夫星王宫邀请轩辕昊共商征讨天廷。

单说须菩提大败伏羲昊，接连收复十三星海神府，而后令钟颀、杨天佑、涂山阂班师归朝，经过罗刚星，须菩提道：“军士皆疲惫，令往罗刚星神府稍作歇息。”大军快到罗刚星星门时，忽然一阵飙风吹来，士兵们一时慌乱，钟颀忙令兵士不要乱动。大风停止，见众兵安然无恙，只有戌闰升不见踪影。杨天佑和涂山阂寻找无果，只好返回。须菩提叹道：“戌闰升不知所踪，一时也难寻着，我等先引军回朝复命，以免笪殷天尊生疑。”于是，即令大军先行回朝。

原来，戌闰升被一阵大风吹到罗刚星海一个未知星球，醒来时，自己躺在一个山谷中，四周全是沙石。戌闰升不知回天极星的通道，已然身处绝境。戌闰升望天大呼道：“昊天何以亡我！”忽然远处现一道光亮，细看去，见一团彩云从山岩中飘来，戌闰升见是轩辕健，问道：“我不知何故就到了此地，连日来不见一人。”轩辕健笑道：“将军呼天，天就来了。”戌闰升道：“误入此星，今欲往天极去，不知如何到达？”轩辕健笑道：“将军所在乃是九天之外，如何能去仙界？”戌闰升大惊，问道：“我领兵去罗刚星海，却为何到了九天之外？”轩辕健道：“将军遇到大风，应当原地不动才是，只是将军误入其他通道，方来到九天之外的凡境，此星尚未造化，并无生物，到这里只有等死罢了。”戌闰升大惊，沮丧道：“不想我会死于此处！”轩辕健笑道：“我来就是为救将军，怎么会死？”说着便脱下龙靴递给戌闰升，笑道：“若不借我龙足，如何能越九天？”戌闰升穿上一试，果然有升腾之感，纵身一跃就跨出去了，坠入一蓝色通道，眨眼就看到南天门。

话说笪殷项见须菩提、钟颀、杨天佑、涂山阂率军凯旋，即令神乐宫大宴众将。宴饮时，却唯不见戌闰升，笪殷项问道："大军凯旋，戌闰升何在？"钟颀就将被大风袭击的事儿说了一遍。笪殷项惊问道："戌闰升不知所踪？"笪殷郇忙道："怕是去投伏羲昊了！"笪殷汤冷笑道："哪有弃大军而不顾，只身去投敌的？"笪殷郇愤愤入座，无话可说。正在大家疑惑时，只见戌闰升回来了，从容坐在席上。笪殷项瞅他一眼，问道："将军去了哪里？"戌闰升回道："只是遇大风而迷路，故而来迟。"笪殷项正要细问，却见笪殷卓凑到近前，于是问道："有何要事？"笪殷卓在他耳旁低语片刻，笪殷项便急忙离席，跟着笪殷卓直往后宫，诸神见状，纷纷退席，各自去了。

话分两头。女娲在蕊珠宫轩廊台阶前赏花，就见元真童子急忙赶来，低声道："娘娘，笪殷天尊来拿女姬和玉帝之女了！"女娲一惊，急忙道："本宫自有应对，你且回去，勿使笪殷项见疑。"元真童子急辞而去，女娲匆匆去找女姬她们。

玉帝之女天寿等姐妹和伏羲谦正在后园题诗作画，见女娲急匆匆赶来，说了笪殷项来拿人的消息，七仙女闻讯，慌作一团，不知所措。天寿道："我们自去逃吧，在这里反而连累了娘娘！"伏羲谦道："姐姐们能去哪里呢？"天昌泣道："好妹妹，若因我们而害了你们，叫我们怎么活？"伏羲谦笑道："有我母后在，谅那贼头也不敢怎样的，不怕他们！"女娲忙道："就与伏羲谦先藏起来。"说完就让伏羲谦领着去瑶轩阁旁的偏殿内。众姐妹不免泪沾红袖，相拥而泣。这时，婉镜慌张进殿道："少主，笪殷项领兵来了，娘娘千叮咛万嘱咐，让你们千万别出来。"伏羲谦急问道："我母后在何处？"婉镜回道："娘娘出宫去看了，叫婢子们都回避，此刻也不知外面怎样了。"七仙女一听，又惊慌起来。

第二十六章　仙女出阁

轩辕健救人假结连理　笪殷项贪色欲霸玉女

女娲听说笪殷项领兵前来，就将女姬和七仙女等悉数藏入偏殿，自己出宫来迎，出宫一看，却见笪殷项与须菩提说说笑笑，一路走来，数千御卫将蕊珠宫围个水泄不通。笪殷项问须菩提道：“师兄，这蕊珠宫之华美，堪比玉京宫，本尊听说，蕊珠宫乃是上古之时所建，可是如此？”须菩提答道：“臣不知上古之事。”

女娲疑惑，迎上前去。笪殷项见女娲迎来，施礼道：“有劳娘娘亲自出迎。”女娲笑道：“不知圣驾引兵而来，所为何事？”笪殷项一时支支吾吾。须菩提跪地拜道：“母后万福。”女娲瞪他一眼道：“起来吧，你陪天尊来做客，为何引兵前来？”须菩提低头不语。笪殷项笑道：“娘娘勿要逼问，本尊得知玉帝之七女皆藏匿于贵府，又闻玉帝有一孽子藏匿于此处，故而来搜拿，并无冒犯之意。”女娲闻言，问道：“玉帝七女所犯何罪？”笪殷项将手一挥，就见御卫呈上几卷玄帛，笪殷项抓在手里，对女娲道：“贼女题写反诗，故而拿之。”说着便将玄帛递给女娲，女娲接过，展开玄帛看来，只见玄帛上的颜色尚未干透，细看去，确实为七仙女所题诗词。

天寿题道：

肠断玉阙夜夜恨，憔悴红颜垂泪痕。
高楼香阁满风云，愁到深处入芳心。
但说天廷艳阳天，片叶便知庭院深。
依依思来千绪愁，三年都在不言中。

天阳题道：

妾于宝池弄宫钗，岂知宫闱飞来灾。

我本将欲渡银河，惊闻天阙已垂殆。
怎奈长泪空自流，惴惴难安尽伤悲。
单影如在旧梦里，萧风瑟瑟悲中来。

天荣题道：

离宫方得一觉醒，多少愁云总是情。
本为净土美仙界，岂料朝中少真神。
谁家玉燕翅折断，惊魂之处哀哀鸣。
琴弦能拨伤心处？哀叹过后复泣吟。

天昌题道：

且莫探我是何心，历来未曾有欢欣。
幺弦常作长恨歌，情极总把泪沾襟。
露珠点点入香泥，寒心累累霜满痕。
都说七仙是公主，长恨身在帝王宫。

天显题道：

惆怅叠叠复层层，雁过哀鸣哭苍穹。
窗外金雀啾不停，飞鸟安得悉我心。
千言难尽伤心处，长泪之时谁与共。
今与花神把酒醉，醒后何人能扶同。

天庆题道：

鬓间轻染几痕霜，含恨又来添离伤。
伤情愁思知几许，春花冢下是魂香。
短亭长阶谁凝眸，多少庭花扮娇娘。
好时安敢舒愁颜，坏时怎奈泪千行。

天羽题道：

痴情女儿独怅惘，梨花带雨泪沾香。
絮语抽出丝丝结，千言划成道道伤。

残花迎来蝶飞影，娇娥梦里也惝惘。
莫道宫中富贵多，不知帝王家炎凉。

伏羲谦题道：

莲池碧波泛清愁，红鱼欢欢实无忧。
廊阁轩楹为谁红，梁前燕子何衔愁。
佳丽一笔绝春色，心弦九曲情长久。
强贼若来生横祸，有神自会戮其首。

女娲见最后一片玄帛竟是伏羲谦所题诗，暗吃一惊，慌乱揉了一个小团滑入袖中，脸色惨白，急忙转身对须菩提道："要搜便搜，本宫不会阻拦，只是你别去后园就好，小心惊吓了你妹妹！"说完自进殿里去了。笪殷项令御卫收起玄帛，便令须菩提亲自带御卫搜查，笪殷项跟在身后，为不让笪殷项怀疑，须菩提搜查了各殿，女娲和娇珠、碧霞、碧玉、尚翠、精卫、婉镜、鹿慧、湘君、湘妃、娋翚、凫嬥、斓姁等仙婢站在前院的玉亭里等候。经过后园时，须菩提犹豫一下，转身对笪殷项道："天尊，各殿均已搜查，并不见玉帝之女与那孽子。"笪殷项盯着后园门道："这后园是何去处？"须菩提回道："后园乃是室妹香阁，平时与外界无来往，断无可疑之处。"笪殷项见女娲面有忿色，犹豫一下，本不想去搜查了，可是一想到七仙女的美貌，又忍不住道："倘若玉帝孽子就藏匿于此，岂能不查？"须菩提犹豫片刻，拱道："请圣驾稍候，臣领兵去搜就是了！"笪殷项道："可疑之处，都不要放过，一定要仔细搜查！"女娲一听暗叫不好，见笪殷项就在门口，只好眼巴巴看着须菩提进入后园。须菩提带御卫进入园中，刚走到瑶轩阁时，就见伏羲谦站在门口，怒目而视。须菩提又惊又急，赔笑道："妹妹不进屋里，在这里干什么？"伏羲谦怒道："此处是我的殿阁，我不在这里要在哪里？不知兄长领着这些贼兵闯入我殿中，想干什么？"御卫们看着须菩提。须菩提迟疑片刻，笑问道："妹妹可曾见过七个女子和一婴儿？"伏羲谦一听大怒，骂道："兄长这是羞辱我不成？怎么说出这样冒渎的话来！"须菩提见妹妹恼怒，怕惹她生气，便不再搜了，就对御卫们道："此处无可疑，请随我出园！"御卫们只好跟须菩提出门，到了门前，却见笪殷项已进来了。须菩提止步，拱手道："天尊，后园各殿并无生人。"笪殷项问道："当真无生人？"见须菩提面有难色，笪殷项道："我知你不便走动，不如本尊亲自去搜，若无生人，本尊即刻起驾回宫。"须菩提无奈，只好退在一边。见笪殷顼直往里走，女娲跟了过去，狠狠地瞪了须菩提一眼，低声斥道：“好个狗奴才！”说着又朝他的脚上狠狠踩了一下，须菩提痛得切齿，汗湿衣襟，气不敢出。

笪殷顼一边走一边叹园中景物之美，见四处雕楹碧槛，溅玉飞珠，露红烟绿，浮翠流丹。但见：

> 神光萦抱霞径，缕缕闪放异彩；灵气盘曲河塘，丝丝拂煦碧波。玄风雕形，红嫣嫣飘溢染鹫岭；妙雨闲愁，哑沙沙倾诉前尘影事。日丽泰清，静若处子暗遗香；月圆花好，然如玉树惜贞燕。星移斗转，千岩竞秀披霓衣；云兴霞蔚，万壑争流穿玉裸。只见那碧月榭、紫轩榭、金燕榭、玉琴榭，臻臻相邻，闺帏上，愁妇草绿；青凤岭、红霞岭、黄鹤岭、白玉岭，座座峙嵘，窗绡上，翥凤翔鸾。看那镜花池、碧月池、双色池、紫莲池，茎蔓茝兰吐香馨；又有文香苑、品茗苑、迎仙苑、淑芳苑，玉树琼枝露春意。石楼左右，有玉脂芝、樊桃芝、萤火芝、龙仙芝，枝枝都涎玉沫珠。苑囿南北，有玉井莲、凤眼莲、千叶莲、转子莲，蓬蓬皆沐雾浴露。梅花匝、菊花匝，依着兰花匝，敦如眷红偎翠。玄圃台、含真台，靠着问鱼台，宛似柳烟花雾。琪花轩，瑶草丛，红红绿绿赛春花；游鱼宅，飞燕阑，朝朝暮暮竞翡翠。源源清泉流水绕，愈流愈滤，丹丹彩霞抹穹苍，越抹越荼。总吟诗，将美景比金黛；常谈霏，且叹嫣红姹紫。说瑶宫春寒料峭，怨愁盘五冬六夏。

伏羲谦见兄长才离开，笪殷顼又领兵进来了，于是钻进瑶轩阁躲藏。七仙女和女姬、苏叆、妹喜等躲在旁边偏殿内。伏羲谦暗思道：“若贼越过瑶轩阁，我就出去阻拦。”伏羲谦撩起窗幔，眼看笪殷顼和御卫就要到瑶轩阁门口了，正要冲出去，就见女娲紧跟上来，柳眉倒竖，大声道：“天尊留步！”笪殷顼见女娲阻驾，脸色一沉，转身勉强笑道：“娘娘，这园中好景致！”女娲笑道：“后园香闺绣阁，乃是小女住所，天尊引兵而至，恐多有不便，理应回避才是。”笪殷顼故作惊讶道：“哦？本尊实不知，惭愧，惭愧！”即令御卫止步，转而又对女娲道：“此园中独有令爱？”女娲冷笑一声道：“小女简出，与外界从无往来。”笪殷顼指着瑶轩阁，笑道：“如此深宫大院，令爱却独处于此，本尊却不信，可否进这殿中一看？”女娲挡在门前，抑制怒火，笑道：“小女怕生，还请圣驾见谅。”笪殷顼一时无语，站也不是，走也不是，只好望着须菩提，笑道：“须菩提，劳烦你亲自入殿搜查。”伏羲谦在殿内听得清楚，气愤不行，正要冲出来理论，忽然被一人从后面拽住，揽入怀中。伏羲谦吓得花容失色，慌忙抬头看去，却惊得她瞠目结舌，只把那明眸紧紧盯着，一时骨软筋酥，浑身无力，一脸儿的娇羞藏不住，柔情露出眉睫间，只在他怀里嘤咛一声，惊讶问道："怎么是你呢？"原来是轩辕健，只看他镇定自若，低声道："不要说话，看我来对付他们。"伏羲谦又羞又喜，努着嘴儿道："哥哥怎么混入我卧室，哥哥却不避嫌疑，独不畏礼法乎？"轩辕健道："畏甚礼法？你瞧那外面那个贼，就是来这里捉你的，这时候顾得什么嫌疑？"伏羲谦咬了咬朱唇儿，抱着他胳膊，将那粉脸儿紧紧贴着他胳膊上，问道："哥哥为什么来救我？"轩辕健顾不上答话，便要将她扶到一边，谁知这伏羲谦竟也忘了外头的事儿，只将那娇躯缩在他怀里，装傻充愣儿。就在此时，殿门突然打开，只见须菩提身后跟着两个御卫站在门口，笪殷项和女娲同时望进殿内，只把里间的情景看得清清楚楚，只见伏羲谦玉面羞晕，缩在轩辕健怀里。大家俱是一愣，目瞪口呆。伏羲谦这才回过神儿，慌忙站起身子，惊恐不安地望着女娲。女娲本来惊魂未定，见他们这般光景，倒也放心了，见伏羲谦蹙着两行小眉，噘着小嘴儿望着自己，竟忍俊不住，抬起香袖掩口一笑，也不去管了，只将粉脸侧向一边。轩辕健抬了抬袖子，对须菩提笑道："进来也不通晓一声，这是何故？"须菩提竟不知如何是好，只得看向笪殷项，笪殷项见到这般光景，语无伦次道："这……"笪殷项问须菩提道："你妹妹既许轩辕健，曾过门否？"须菩提吃吃道："未曾过门，但室妹发誓坚操不易，愿嫁与轩辕健。"笪殷项盯着他问道："他是外面之人，你说你妹妹不出闺门，如何与他熟识？"须菩提惊讶万分，瞅着女娲，见女娲窃笑，心中已明白三分，于是也装聋作哑起来。女娲灵机一动，笑道："天尊，小女新婚，本宫未曾晓谕天廷，多有失礼。"笪殷项脸上红一阵白一阵，勉强笑道："娘娘，令爱新婚乃是喜事，理应报于本尊，天廷当飨贺才是，如此悄无声息，岂不委屈了令爱？"说着又转向须菩提道："须菩提，令妹大婚，你却说未曾过门？"须菩提左右不是，吞吞吐吐道："室妹新婚……臣大战归来，故而不知……"女娲笑道："天尊既来之，本宫即设喜宴，还请圣驾垂顾。"笪殷项正愁没台阶下，听女娲一说，只得笑道："甚好！传召众神臣与宫乐师前来，本尊特赐御宴，为令爱贺喜！"笪殷项即令元真童子传诏。

女娲忙令众婢在前殿张灯结彩，内廷金童和玉女也忙了起来，几百宫女捧膳而来，尽是香茗、香醅、金碟、玉盏、锦盒、碧盘等，不消一会儿，殿内就摆满八珍玉食，琼浆玉液。但见：

流光异彩，芳馥悠长。楼台宫媛移莲步，堂前侍姝拈霞带。露红凝霭，馨香漫天来。轻歌曼舞喜九重，高情逸态庆琼海。鸾凤和鸣结清佳，美景良辰惹歆爱。新娘娇美，贤郎俊杰。喜溢眉梢把盏欢，福熹盈门运满宅。天仙颂祷齐燕聚，诸方神佛祈虔切。紫气麟瑞私翚锦，玉洁松贞终交拜。

元真童子传诏毕，就见众神来贺。笪殷顼与女娲、燃灯佛、如来佛、接引归真佛、辟支佛、空王佛坐在上席，左边是钟颀、杨天佑、天蓬、太乙、圆融、涂山阂、戌闰犴、武德、火德、尧禹皎、尧禹卢、观音菩萨、普贤菩萨、文殊菩萨；右边是笪殷元、笪殷汤、桃神（李耳）、笪殷郇、笪殷卓、笪燕宝、笪燕嫑、大庭岘、勾弋丛、平茜寐。下席是姜炎、佑圣、吴刚、有禹宪、千里眼、顺风耳、天聋、地哑、雷神、电神、风神、雨神、地神、山神、日游神、夜游神、海龙、江龙、天河、瑶池、东岳、南岳、中岳、北岳、西岳、木德、金德、水德、土德、聚灵、东斗、西斗、南斗、北斗、福寿、福禄、上生、度厄等诸神。

天廷众神都来蕊珠宫贺喜，女娲又暗中吩咐精卫和婉镜道："你即刻送七仙女和女姬、苏嫒、妹喜等人暂往灵界大雷音寺躲避。"精卫疑道："婢子带着天廷要拿的人去了，只怕进不了大雷音寺的门呢。"女娲笑道："你只管去好了，洛雅就在灵界，她岂能将你们拒之门外？"精卫领命，即与婉镜领着七仙女和女姬、苏嫒、妹喜从角门偷偷出去，直往灵界去了。笪殷顼见女娲离开好长时间未回到席上，心里疑惑，便暗中令笪殷卓领几个御卫去蕊珠宫后园搜寻女姬和七仙女。笪殷卓进去搜个仔细，见后园各殿空无一人。笪殷顼纳闷，肚里转道："听说女姬和七仙女藏在蕊珠宫，如今看来都是谣言，我险些又冤枉女娲娘娘。"想到这里，心中甚是懊悔，自端起玉盏独饮起来。

瑶轩阁内。姰翚和皃孋忙着给伏羲谦梳妆，碧霞和碧玉、尚翠、鹿慧、湘君、湘妃忙着拾掇绣房。众婢对这突如其来的婚礼惊讶不已，大家都顾不得细想，匆匆操办起来。女娲看伏羲谦换好衣服走出来，只见她娇面丹颊，纤身殊丽，春晕一缕，心中甚是欢喜。女娲对碧霞和碧玉笑道："一会儿你领她们出来，我去席上看看。"碧霞和碧玉应了一声接着给伏羲谦弄妆束。

女娲走出去后，见轩辕健立在廊柱前发呆，也不理他，独自去席上招呼了。轩辕健进去又慢慢将身子移到春凳上，坐在伏羲谦旁边，望她的长睫，低声问道："我可明白告诉你的，我可是来救你的，为何这里却真的办起婚宴了？"旁边碧霞和碧玉听见了，掩鼻而笑，伏羲谦粉脸掠过一缕红晕，瞋目道："我何时说要嫁你了？等他们都走了，你从哪里来的就回哪里去吧。”轩辕健低声道：“我怎么知道，本来在太阳宫里睡着了，梦里好像见你遇到这帮逆贼，知你有难，就过来帮你的，谁知道我醒来就真的在这里了。”伏羲谦瞅了他一眼，嗔道，“是你鬼行到我闺房的，他们都看见了，你还有何话说？今儿个你也看见了，众神来贺，皆知道你我大婚，你若此刻要什么把戏，将我害了，我一个女孩如何活人？我死了都不放过你的。”轩辕健又低声问道：“什么是个鬼行？”碧霞和碧玉忍住不敢笑，只听鹿慧扑哧一声笑了出来，手里的玉梳子也掉在地上了，鹿慧笑弯了腰，佯装去拿玉梳子。伏羲谦转脸儿道：“笑什么？你们都出去吧，这里不要伺候了。”尚翠忙悄悄地摆手儿，领着大家出去了。伏羲谦抬起一弯玉臂挽着发髻，看着镜子里的轩辕健，正色道：“我怎么知道，你平白无故就窜了出来，鬼迹鬼没的吓着我了呢。”轩辕健看她们都走了，盯着伏羲谦问道：“这大婚可不能当真的，等他们走了我就回去，这可是你说的。”伏羲谦噘着嘴儿道：“我又不认得你，等应付了那逆贼，你自去回就是了。”轩辕健听她这么说，笑道：“我来救你，倒像是我欠你了一样儿，那可说好了，这是假婚礼，只要过了今天，我们就各走各路。”伏羲谦一听这话，将那脸儿一沉，轩辕健正要再说，却被伏羲谦伸出纤手儿按住了嘴唇，轩辕健直愣愣地瞅她，只见那伏羲谦烟视媚媚，芳心萌动，嘤咛道：“那不可能，除非叫我死了。”轩辕健无奈，只得出去找娇珠，转了半晌，也不知娇珠在哪里，穿过清元殿一处台阶时，只听见一处小角门儿有人喊道：“公子！”轩辕健回头一看，一个娉婷媚媚的婢子正朝他招手儿，便走了过去，问道：“你是谁，叫我么？”那婢子道：“我是斓姁，公子可是在找三少主姝涵？”轩辕健摇摇头，斓姁急得直顿脚，又问道：“公子可是找二少主娇珠？”轩辕健忙点点头儿。斓姁拉着他笑道：“公子请跟小婢过来。”轩辕健跟着斓姁进入角门，转过一个夹道来到一洞门前，笑道：“二少主娇珠就在里面，公子可进得去此门么？”轩辕健瞅了一眼，摇头儿道：“此门已玄封，门禁森严，我岂能飞渡耶？”斓姁问道：“小婢素知公子与别人不同，别人进不去，公子却未必，试试如何？”轩辕健无奈，只得抬脚进去，不料却毫无障碍，一步就跨了进去。再看洞门又被玄封住，已看不见斓姁，只听见她在门外道：“公子进去吧，娇珠她就在里面。”轩辕健只好往洞内走去，又穿过一个夹道，便见一间香阁。轩辕健暗思道：“娇珠与母后曾说，那个轩辕姝涵被关在地牢，莫非就是此处？”正想着却听阁内转出哭泣声，只听见娇珠泣道：“姝涵妹妹，如今这阴差阳错就成了这样儿，说什么也晚了，伏羲谦妹妹已与夫君在蕊珠宫内大办婚礼，我实在不忍再看下去了，才回来陪你。”又听姝涵泣道：“女娲如此，将自绝于昊天，自绝于三界，自绝于帝王，自绝于帝后！只是可怜了伏羲谦妹妹，她却不知将来界下轮回，将要遭受生死离别，虽身在牢外，但心却困在牢内，我在此所受的苦难，定要在她身上重过一遍，只是她却不知，成为女娲的棋子，任由摆布。更有女娲，她根本不知颠覆正统意味着什么，将来她要遭受的痛苦胜过我千万倍，哀莫大于心死，身体的痛苦远远比不上心里的痛苦，而这一切孽作必将加倍奉还！”婞珠泣道：“妹妹别说了，别说了，为什么会如此？为什么？”又听里面呜呜哀泣，轩辕健不由道：“难道确有轩辕姝涵此人？”话音刚落，就听里间婞珠问道：“是谁在外面？”又听婞珠喃喃道：“唉！是我傻了，这地牢除了我，还有谁能进来呢？”轩辕健心里疑惑重重，索性就掀起珠帘儿钻了进去，笑道：“谁说只有你才能进来的？”姝涵和婞珠回头望去，不约而同惊道：“夫君？！”姝涵见轩辕健忽然来了，又惊又喜，竟哇的一声哭了出来，站起来就扑向他怀里，呜呜咽咽哭个不停。婞珠转过脸儿抽泣，轩辕健莫名其妙端详着怀中的轩辕姝涵，抱也不是，不抱也不是，只是垂着双手疑惑地望着婞珠。姝涵忽然止住哭泣，抱着轩辕健泣道：“你怎么了？可是不认得我了？”婞珠赶忙来，轻轻推了推轩辕健，泣道：“夫君，这就是你妻姝涵，你的帝后轩辕姝涵！”轩辕健这才将她搂住，默默地盯着她，轻声道：“姝涵，我怎么从没见过你？”这一问，将姝涵的心儿顿时凉了半截儿，她推开轩辕健，呆呆地望着他。婞珠见状，泣道：“女娲消除了你的记忆，你可知道？你现在都不记得了！”姝涵抹了泪儿，勉强笑道：“这不怪夫君的，他被消除记忆，又怎么能怪他呢？”婞珠问道：“如何能让夫君恢复记忆？”姝涵垂泪，慢慢摇头儿道：“我也不知道。”轩辕健过去，拉着姝涵的手儿道：“姝涵，你受苦了。”姝涵一听越发止不住哭，一直摇头儿，泣道：“你不是说了么，我要遭受磨难，这便是我形天的轮回之苦；你不说过么，只有经历了这些磨难，我们才能够亘古在一起，亘古不分离。这些个你都忘了么？为什么要让我一个人遭受这个苦难？为什么你什么都不记得了？为什么？”姝涵一边哭泣一边摇着轩辕健的胳膊。轩辕健道：“姝涵，虽然我现在对你的一切什么都不记得了，但是总有一天会记起来的，你放心，我不会让你一个人受罪，我不会丢下你一个人的，我会救你出去。”姝涵一听，又扑进他怀里，大放悲声。婞珠急忙问道：“夫君，果真要与伏羲谦成婚么？”轩辕健摇摇头儿道：“有姝涵和你，为何还要与她成婚？我不会和她成婚的。”婞珠问道：“可是，如今箭在弦上，不得不发，今纵不娶伏羲谦，后置她于何地？”轩辕健道：“我来救她而已，只待他们都走了，便不作数。”姝涵握着轩辕健的手儿，微微一笑道：“唉，这倒是何必？你有心我与婞珠便知足了，不论如何，你切记要保护好自己，至于伏羲谦妹妹，你自与她说明，切不可勉强。”轩辕健点点头儿。娇珠正要说话，却听见珠帘儿摇响，抬眼一看，是女娲进来了，姝涵立即闪出一念，将香阁内的陈设都收了去，只见又置身于地洞内了，四壁萧然。姝涵见伏羲谦眼圈儿粉红，看似才哭过的，小脸儿藏在女娲身后，不敢看姝涵和娇珠。娇珠赶忙欠身，拜道：“母后万福。”女娲也不吱声，只是来到姝涵面前，端详她片刻，姝涵也不理她，却将脸转向伏羲谦。女娲笑道：“姝涵，你怎么还生母后的气？今天你妹妹与轩辕健大婚，你可高兴？”轩辕健忙道：“娘娘说什么？我几时要和你女儿大婚了？我与她说好了的，今天相遇只为救人，只等那些个客人一走，便不作数的。”女娲微微一笑道：“说得轻巧，你说不作数，难道要我女儿守活寡不成？好，今天当着姝涵和娇珠的面儿，我也说一句，这件事儿我不管，总之你自己看，若你要为了一个人而害另一个人，那是你自己的事儿，我这辈子就作了一次孽，就是幽禁了姝涵，那么如果这是报应，我这个做母亲的也认了，将来伏羲谦恨我也好，不认我也好，我都认了。”伏羲谦听见了，忙去拉住姝涵的手儿，泣道：“姝涵姐姐，我……”姝涵握着她的手儿笑道：“怎么了？都嫁人了还哭哭啼啼的，叫人看见了怎么说。”娇珠瞅着姝涵又偷偷抹泪儿。女娲又道：“这么说你也不愿意看你伏羲谦妹妹守活寡？”姝涵霍地起身，瞅着女娲笑道：“母后，当着伏羲谦妹妹的面儿，有些话可不能随便说的，什么叫守活寡？你也知道守活寡么？是不是伏羲昊让你守了活寡，你就将怨气撒在我身上？让我也在这里守活寡？”女娲闻言，气得直哆嗦，抬手就要打姝涵，轩辕健见状，急忙挡在姝涵面前，怒道：“娘娘不要欺人太甚！我虽忘记与姝涵的事儿，可我现在总算知道了她是我的妻子，我岂能容你再将她关在这地牢中？今后你若再敢动姝涵一下，别怪我轩辕健不客气！”姝涵又道：“母后，你别忘了，现在守活寡的人是我，将来守活寡的可是伏羲谦妹妹，一个婚礼并不算什么，甚至我知道他们可以在仙界有短暂的生活，母后，将来你会知道我说的是什么，到时候你也会有我的痛苦和无助。不争了，既然母后乐意倒行逆施，那就让我们不愿意看到的结果早一些显现吧！”伏羲谦见女娲和轩辕健争执起来，不由得哇的一声哭了，呜咽道：“母后就饶了姝涵姐姐吧，让她和轩辕健在一起，我和姐姐都嫁给他，这还不行么？为什么非要把姝涵姐姐关起来？”姝涵一听伏羲谦这一番话，更是伤心欲绝，忍不住落泪，女娲忙拉起伏羲谦抱在怀里，怒视着轩辕健，转而又笑道：“你说得好，如果你还知道这些，那就现在跟我出去，与我女儿将这婚礼办了，否则你永远也别想让姝涵从这里出去，也妄想她在这里不被我打骂！”轩辕健怒道：“无耻！强盗！”女娲一边走一边道：“无耻的人如今坐在凌霄宝殿的御座上，强盗如今在天门外兴兵作乱，将来，你会看到无耻的人和强盗是如何对你的！不过，还是谢谢龙帝给我的评价，这也算是最完美的了！”说完便拉着伏羲谦走了，出去后又朝门洞吹了几口玄气，而后冷笑道：“这也是最后一次让你进了这个门，以后便是妄想！”轩辕健又气又恨，在地上踱着步子，姝涵挽着他道：“夫君别生气，就让婷珠陪你去吧，好歹完成和伏羲谦的婚礼，不论怎么样的，这一切已无法避免了。”说完就送婷珠和轩辕健出门，婷珠叹息一声，又带着轩辕健去大殿客厅不题。

婷珠与轩辕健从角门里出来，二人只好又去瑶轩阁，见伏羲谦补妆，婷珠挽着她的手儿笑道：“妹妹不许再哭了，可记住了？”伏羲谦点点头儿，又瞅了轩辕健一眼，努起了嘴儿。轩辕健叹息一声，无奈摇头。此时又见女娲与望舒进来了，坐在春凳上说话。女娲问道：“我媓姐姐怎么说？她怎么不来？”望舒叹道：“圣母说了，既是关乎三界大局之事，听凭女娲娘娘安排就是了。”女娲叹道：“唉，看来媓姐姐还在生气呢。”望舒笑道：“倒也没有生气，一直问我少主生得如何？喜人不喜人的，我都据实说了，圣母听了也很高兴。”伏羲谦一直都在细细聆听，只见她嘴角上绽开一丝笑容，只通过妆镜偷偷看着望舒，婷珠看在眼里，心里也明白了一大半儿，暗思道：“我原以为这丫头并不知情，也是被逼嫁人的，如今看来全然不是，这丫头早就有此心意，可知其城府深不见底。”正想得出神儿，就听女娲对望舒笑道：“真的么？那我就安慰一些了，唉，将来我再登门赔罪吧！”望舒正要说，这时听见尚翠在门外叫道：“娘娘，喜宴备好了，天尊请你们过去呢。”女娲忙催促伏羲谦，笑嘻嘻地与望舒先出去了。

众神都在席间谈笑，女娲在挨着笪殷项和燃灯佛一旁的几案坐了。笪殷项问女娲道：“你这乘龙快婿轩辕健，不知是何方神人？来自何处？”女娲担心笪殷项知道实情，行谋害之事，便笑道：“他是散仙，云游四处，我也不知他来自何处，只是他与小女密切，我看他们少年多情，就由着他们在一起了。”笪殷项正要问话，只听鹿慧上前道：“娘娘，少主到了！”碧霞、碧玉、尚翠搀着伏羲谦出来，众神看去，那伏羲谦翠凤珠珰，丰姿冶丽。圆融神在一旁唱礼，命伏羲谦和轩辕健上拜，又交拜，对众再拜，礼成。众神、仙，诸佛、诸菩萨等望去，见轩辕健神采奕奕，挽着伏羲谦的手儿缓缓走来，笪殷项将目光投往伏羲谦，立时目若悬珠了，但看：

蕊女如玉，顾盼生姿。眼开眉微展，妍姿艳丽质。纤腰秀项，如柔枝展嫩条；雾鬓云鬟，似细柳绕宫眉；星转双眸，看冰肌映玉骨；好一个柳娇花媚，皎皎甚白皙。又看少年真俊才，丰神异彩似朝日。结成连理凤鸾，好天良夜入兰闺。说来说去皆为妙，果真是目娱心适。手挽娇倩心相随，瞻瞩情郎如醉痴。皆言宫门多好事，后庭安得美如斯。鸿骞凤立何其贵，今为三界创盛世。

笪殷项目不转睛，已是目断魂飞，不觉喃喃道："九天玉阙，唯此一佳丽。"轩辕健挽伏羲谦靠须菩提旁边坐下来。笪殷汤见笪殷顼这般光景，怕他失态，便侧身附耳提醒道："天尊，可否开席？"笪殷顼回过神儿来，问道："爱卿何事？"笪殷汤低声又问一遍："众神皆至，可否开席？"笪殷顼忙道："好，传膳开席！"只见宫女纷纷传膳而来，酒果满案，珠围翠绕，各色名样都齐了。宫乐列队奏乐，瑟琴笙磬同音，凤箫鸾管齐鸣，六个仙媛怀抱琵琶唱道：

眉黛韶丽，霓裳飘逸，睑底闪媚眼，妍容如凝脂——秀骨丰肌带香腮，云鬟雾鬓绕纤指。绝色佳人最娇艳，窈娆少女赛琼瑰。多情多媚多嫽俏，或真或梦或情痴。瘦身纤纤入香闱，莲步碎碎入璇室。阙下美人到瑶池，秀阁宫女怎相似？春英争放欲破蕾，真似树桠比穹枝。

伏羲谦见望舒领数个宫媛翩翩起舞，她也站起身来，香袖一挥，只见缤纷的花瓣儿散落下来，纷落在宫媛彩衣上，一阵五色祥云飘过，生出许多莲花，宫媛个个生得玉软花柔，婉转可人，在莲花中婆娑而舞，碎步轻盈，纤腰妙曼，罗袖飘飘，玉环哕哕。一时彩丝飘飘，束带飞旋；一片露红烟紫，绚丽多彩。

伏羲谦偎依在轩辕健身旁，两人在座，光彩相映，恍若玉树琼枝。笪殷郇见伏羲谦婀娜娇美，心中惊叹不已，又看笪殷顼和女娲相谈甚欢，心里思道："须菩提一战大捷，功勋卓著，如今倍受笪殷顼宠信，女娲必将得势复出，何不乘势示好，往后在朝中也有个照应。"想到这里，笪殷郇举起玉杯，恭敬来女娲座前，笑道："娘娘，令爱真是绝色佳丽，我听众神说少主貌似莲花。"女娲知笪殷郇来献媚，故意不应答，只是微微一笑。笪殷郇见女娲不理，忽觉自己说错话，于是想了想，又道："不对，不对，应当是莲花貌似少主。"伏羲谦正在饮中，听到这句话，忍不住扑哧一笑，手中的玉杯一晃，竟把酒洒在女娲的衣襟上，女娲也忍不住笑了起来。须菩提觉得无聊，便故意与戌闰玨搭茬，问道："你如今司掌行军，可知轩辕昊和伏羲昊欲攻打天阙？"戌闰玨笑道："令妹大婚，少主怎么问起军务了？"须菩提叹道："逆贼一日不消灭，恐怕太平日子也到尽头了。"戌闰玨问道："若伏羲昊夺得天阙，少主便不用担心，何必发愁？"须菩提道："以我母后之脾性，伏羲昊夺得天阙也是逆贼，况我母后说了，伏羲昊并非将帅之才，他也夺不了天阙，即使侥幸夺得，我母后也与他势不两立，不论是谁敢妄想篡位，便是三界公敌。”戌闰丮道：“放心吧，逆贼若来，我们合力击之，只是便宜了笸殷天尊，我们越卖力，他越享受太平。”须菩提道：“先不管这些，保卫住天阙再说吧。”戌闰丮道：“好，到时候见机行事。”须菩提问道：“你弟弟戌闰靖呢？为何不在席上？”戌闰丮笑道：“他们几个安得能来上席，他们正在下面欢饮。”须菩提伸长脖子一看，果然见戌闰靖他们在远处的一桌上饮酒。

却说戌闰靖、戌闰罡、冣亘、佑圣四将围坐一桌，四将贪杯，一时嘻嘻笑笑起来。冣亘瞅着宫媛目不转睛，戌闰罡在一旁窃笑，一会儿问他道：“你可有诗了？”冣亘饮了一杯，斜睨他笑道：“没有，你又来耍笑我。”戌闰罡转脸对戌闰靖道：“兄长，他是一个真正的粗鄙之人。”戌闰靖忙摆手道：“去去去，严肃点儿，这里可容不得你放肆。”冣亘笑道：“你们可见了，我们的戌闰丮大哥正在入迷。”戌闰罡忙道：“此话怎讲？”冣亘低头笑道：“他正在看一个女子，以我的经验判断，大哥对此女颇有兴趣。”戌闰罡忙道：“莫说笑，我兄长非好色者。”冣亘咧着嘴道：“你这话说得过分，何谓好色？大哥那是爱美，岂不知好色与爱美，完全不同也，岂能同日而语？”戌闰罡道：“我知你巧舌如簧，不与你说。”冣亘指着与碧霞、碧玉、尚翠、娇珠在一桌的鹿慧，笑道：“看到否？大哥所爱者此女也，真可谓芳颜融融，袅娜娇娆。”戌闰靖听见了，顺直望去，而后道：“休乱说，那是女娲娘娘的义女鹿慧，我兄长不曾相识。”冣亘笑道：“不相识才要相识，否则大哥直瞅着她作甚？”戌闰靖忙道：“去去去，我兄长已有婚约，乃涂山阂将军之女涂山婞，岂能再中意他人？”冣亘笑道：“唉，英雄难过美人关，此事不好说。”戌闰罡正要说话，只听佑圣接过话来，饮了一杯叹道：“是也，英雄难过美人关，我佑圣戎马半生，千军万马，血溅沙场，我皆不怕，唯怕我夫人。”戌闰罡问道：“你这是何意？”佑圣叹道：“我夫人乃美人也。她说一我不敢说二，她的话胜过圣旨。此非英雄难过美人关乎？”戌闰靖问道：“莫非与夫人不合？”佑圣叹道：“每次回府便被夫人耳提面命，好不心烦！”戌闰罡笑道：“这有何难？女人靠哄，岂不闻‘哄了一日是两晌’，你只管哄她，让她高兴，你便也好过了。”佑圣又饮一杯，摇首叹道：“无用，无用也！”冣亘瞪着眼睛看佑圣半晌，笑道：“我看你这德行，当然是无用了！你夫人是‘曾着卖糖君子哄，如今不信口甜人’，你想哄恐怕也哄她不住了。我倒有个妙方，可解你之烦忧。”佑圣问拱道：“望不吝赐教。”戌闰罡忙道：“可不能听他的，此人向来没个标准，听他的也只能笑笑，万不可当真的。”佑圣摆手道："无妨无妨，说得对我便听，说得不对，我当作了耳旁风。"叵蛪举杯笑道："是个自家兄弟，爽快！"说完一饮而尽，佑圣道："快说，是何妙方？"叵蛪低声笑道："这个妙方有些个风流，不过却很受用，你道是为何嫂夫人总是说翻脸就翻脸？说这是'英雄难过美人关'也倒是，不过让我说来，这便是'抽了鸡巴变了脸'，你可懂得我的意思？我与你的妙方就是，蔫杆儿杵她可不行，切要记住，每次完事儿了你且莫忙着取出来的，只在里头挺硬了攮着，保管夫人此后事事必依着你的，还胆敢对你说半个不字呢！"戌闰罡在一旁已笑得面脸通红，捂着肚子不敢作声，只将头藏在桌子下，戌闰靖虎着脸，背过身去，口内暗暗嘀咕道："真下流之人也！"佑圣听了叵蛪的话儿，抓耳挠腮半晌，瞪着眼问道："将军之物，尚有此功能？"叵蛪打着哈哈道："此妙方已传汝，切勿再问。"这一问一答，戌闰罡再也忍不住了，竟旁若无人地拍案大笑起来，叵蛪也忍不住，噗的一声，将一口酒儿喷了出来，那酒水星子一直飘到了笪殷天尊的脸上。笪殷顼忽然觉得有水雾飘到脸上，摸一把脸，忙朝远处看去，见戌闰罡与佑圣、叵蛪三将大笑不止，心里不悦。笪殷卓见状，伸长脖子怒吼道："大胆！竟然在席间如此放肆！"戌闰靖忽然转身，紧紧握着剑柄，怒视戌闰罡与佑圣、叵蛪三人，三人见笪殷卓怒骂，这才发现惊动了圣驾，忙闭口不言，正襟危坐。笪殷卓提着剑正要过去，被笪殷顼一把拉住，笑道："哎，算了，今日喜宴，众将高兴，多贪几杯也无事的，切莫扫兴。"笪殷卓只得坐下继续陪酒。宴罢之后，笪殷顼起驾回宫，众神也都各自回去。须菩提怕女娲因自己带兵来搜家里，挨一顿训斥，便跟着钟颀和杨天佑一溜烟儿跑了。伏羲谦见众神散去了，粉脸儿一沉，也不理会轩辕健，哼了一声扭身就去了瑶轩阁。女娲一头雾水，见轩辕健只是摇头儿，便笑道："再生气也不必在一时，她心里不痛快，你去说说话儿，若是道理讲得通，你想走便走，蕊珠宫里没人拦你。"轩辕健揖道："我先行告辞，我改日再来拜望。"说完转身就要出宫，娇珠忙跟了过去。女娲正要去瑶轩阁看伏羲谦，却见精卫和婉镜回来了，于是询问女姬和七仙女的事儿。精卫回道："小婢送她们去了灵界，洛雅出来迎了，如今女姬娘娘和她们都由菩萨们照应着呢。"女娲很高兴，又问道："玉帝之子可在灵界？"精卫正要说，婉镜和洛雅也跟着过来了，洛雅回道："玉帝之子是我送往灵界的，如今改了名字叫碧绿，都好好的，此刻在女姬娘娘身边了。"女娲这才舒了一口气，笑道："洛雅今后就在蕊珠宫里吧，不去灵界了。"洛雅道："我也是这个意思呢，佛祖说我修行已满，不可久留灵界了。"女娲一时无话，又带着洛雅和鹿慧去找伏羲谦。

且说女娲见轩辕健告辞走了，而伏羲谦独自去了瑶轩阁绣房，心中担忧起来，前去探看。见伏羲谦一个人托腮坐在案前，神色黯然。女娲抚她雾鬓，故意问道：“我儿这是怎么了？大喜之日，为何郁郁不乐？轩辕健去了何处？”伏羲谦竟嘤嘤啜泣起来。女娲叹息一声，朝殿外喊道：“精卫，婉镜，你们来陪少主吧。”精卫和婉镜进来，女娲这才心事重重地出去。

话分两头。轩辕昊听伏羲昊来请，共商讨伐笪殷项之事，就与震硅一起来到天西星王宫。神农琊笑道：“我得两个大好消息。”伏羲昊问道：“何事？”神农琊回道：“少主伏羲谦与轩辕健大婚，笪殷项亲自赴宴，此为一好事也。第二个好消息便是，女姬和天寿、天阳、天荣、天昌、天显、天庆、天羽七女今已安然到达灵界大雷音寺，从此再无危险。”轩辕昊一听大喜，又急问道：“玉帝之子现在何处？”神农琊笑道：“此子改名曰‘碧绿’，今也在灵界安置，由女姬娘娘照顾。”轩辕昊欢喜道：“昊天不绝本王也。”伏羲昊斜睨轩辕昊，问道：“怎的？如今得知家眷俱安，师弟便不思伐贼乎？”轩辕昊挥袖而起，正色道：“我焉能不伐逆贼？之前不伐，唯恐投鼠忌器，如今女姬与孙子们皆平安转到灵界，此时正好讨贼。”伏羲昊大喜道：“好，时机一到，你我联军伐贼。”轩辕昊与震砗也未久留，一盅茶未了，便告辞去了。神农琊问伏羲昊：“圣祖为何急于伐笪殷？”伏羲昊反问道：“军师是何意？讨伐逆贼一直都是你的主张，为何有此一问？”神农琊叹道：“圣祖，轩辕昊之所以急讨逆贼，乃因其家眷已平安无忧，而圣祖却不同，女娲娘娘尚在天极星，须菩提又是当朝重臣，伏羲谦大婚亦在蕊珠宫，此时急于兵伐，有投鼠之忌，实于圣祖不利。”伏羲昊点头道：“本王亦有此忧。”沉思片刻，忽又问道：“小女伏羲谦所嫁何人？”神农琊笑道：“据说乃一散仙，名曰轩辕健。”伏羲昊问道：“未曾听过此人，天廷才俊尤多，为何单嫁一散仙？”神农琊道：“虽说是一散仙，但却非同寻常。昔日，我曾在玉京宫玄天门前，见过笪殷项与轩辕健交手，轩辕健一指未动，那笪殷项以照石之力，也奈何不得他。”伏羲昊问道：“轩辕健想必是轩辕氏族之人神，但不知其父母是谁？”神农琊道：“不知。”伏羲昊又问：“可与轩辕敖有关？”神农琊笑道：“无关。”伏羲昊沉吟道：“这就奇了，难道，他出自虚空不成？”神农琊笑道：“或是昊天造化，也未可知。”伏羲昊双眉一挑，喃喃道：“莫非他是盘古龙帝轮回……”说到这里，缄口不语。神农琊十分疑惑，问道：“圣祖说什么？”伏羲昊忙摆手笑道：“没什么，只是心有所疑。”神农琊也未再问，沉思而已。

再说笪殷项回到宫廷，想起蕊珠宫婚宴情景来，顿觉得宫内凄凉，心中充满孤独之感，瞬时又想起七仙女来，不免又唉声叹气一番，自在堂内踱来踱去，忽然瞥见内廷金童和玉女在屏风后鬼鬼祟祟，小声争吵，便上前去看。金童和玉女见笪殷项站在面前，又急又慌，玉女忙将手中的绢帕藏于袖中。笪殷项怒道："你们在争夺什么？袖中所藏何物？拿出来！"玉女吓得直哆嗦，低头不动。笪殷项又喝斥一声，玉女怯怯娇娇，云鬟半偏，莺莺道："也没什么，只是小婢的绢帕儿。"笪殷项见她金凤斜簪，杏脸娇红，桃腮粉浅，一时淫念萌生，呵斥金童道："你为何要抢那帕子？可是其中有甚机密？不说本尊便拿你开刀！"金童早就吓破了胆儿，吞吐道："那，那，帕子有七仙……"话未说了，玉女已瘫坐在地上，笪殷项已知道个大概，又呵斥金童道："你还不快滚，杵在这里作甚！"金童吓得魂不附体，转身就飞逃了。笪殷项见金童出去了，转身过来，与玉女比肩并坐，玉女羞涩战兢，不敢近前。笪殷项又凑将过去，细语低笑道："你可知本尊脾气？"玉女心胆俱裂，连连摇头儿。笪殷项竟把她纤腰抱住，玉女不敢躲闪，只是双手抱膝，缩成一团。笪殷项道："快将帕子拿出来，本尊必不怪罪你的。"玉女红着脸儿道："实在没什么，不过就是个绢帕儿。"笪殷项脸色一沉道："你敢抗旨？"说着就拉过玉臂，手伸进雾袖中掏去，将那帕子扯出来，见帕子上有字题诗道：

曾经花下与君谈，点点星空妆庭轩。跹跹蝶儿飞来伴，疑似落霞一片天。

笪殷项再细看落款却是"天阳"二字，便知是玉帝之女。笪殷项提着帕子在玉女眼前晃动，问道："天阳是何人？"玉女见问，不敢说出实情，不觉红生杏脸，吃吃道："小婢不晓得。"笪殷项又问道："你既与玉帝之女天阳有往来，可知她们现在何处？"玉女花容失色，忙道："这是我在阶前捡到的，并不认得谁是天阳。"笪殷项又问道："是在何处阶前捡得的？"玉女不能回答，笪殷项哈哈大笑，忽而又阴沉着脸，怒道："可知暗通贼逆乃是死罪？！"玉女哆嗦一下，蜷缩在一处。笪殷项一把将玉女提起，推倒地上，撕扯云裳，欲试春香。玉女用力推持，紧捂裙带，羞红粉脸，泣道："天尊非礼，何以轻薄若此？"笪殷项将强分其玉股，淫笑道："既然你要替玉帝之女隐瞒，那你就来替她们，本尊不得她们，得着你却也很好，看你春色迷人，胜过她们三分，本尊心愿足矣。"玉女料知难免，又惊又惧，左支右持，渐觉疲惫，一双小手儿护着两点酥胸，哀泣央道："小婢才十六岁，天尊可怜吧！"笪殷项瞪眼道："正好破瓜时节，本尊乐得效劳。"玉女哀泣道："天尊可怜吧！"笪殷项喘道："要我可怜也行，只要你说出七仙女现在何处，本尊便放了你。"玉女岂肯说出，只是呜呜哀泣，笪殷项更觉摄魄销魂，正要迫入，忽然见杨天佑风风火火闯了进来，笪殷顼腾地翻起身，怒问道：“未得传召，你何敢私闯宫闱？”杨天佑见天尊这般光景，再看那玉女又羞又惊，整饬着衣妆，心里明白一大半，忙上前扶起玉女，急道：“云华妹妹，你这是怎的了？”玉女大惊，便知是杨天佑有意救她，于是捂着脸儿越发哭得厉害，笪殷顼亦暗吃一惊，问道：“玉女乃宫中小婢，怎么是你妹妹？”杨天佑瞪着红眼道：“玉女乃臣外妹，小名云华，自幼一同长大，一同入宫。”笪殷顼羞愧不已，语无伦次道：“这个，本尊实在不知，实在意外，那个，玉女为何是卿之妹……卿急来有何要事？”杨天佑拱道：“臣姨娘病重，托臣请出玉女回家探亲，臣闻便来请奏，遇到金童说天尊正在堂内审讯玉女，索要什么绢帕儿，故来入内问询，不想却见……”笪殷顼怒问道：“你可知那绢帕儿是谁的？”杨天佑忙道：“当然知道，昔日搜查女姬寝宫，捡得此帕带回家中，不料被外妹看到，十分喜爱，便给了她，外妹与玉帝之女实不相识，请天尊明察。”笪殷顼思忖一会儿，沉吟道：“原来如此。既是来接玉女省亲，那就带她去吧。”杨天佑闻言，急忙扶玉女退了出去。

且说杨天佑与玉女走后，笪殷顼觉得烦闷，正在自斟自饮时，见仪妃进来了，于是与她同饮。仪妃见笪殷顼心情不好，问道：“天尊有何忧愁事？”笪殷顼放下玉盏，叹道：“不知何故，心中甚烦闷。”仪妃曾听玄女要拿来七仙女填充后宫的事情，就知道笪殷顼为此发愁，就问他道：“去了蕊珠宫，没搜寻到玉帝之女么？”笪殷顼道：“她们就不在蕊珠宫里。”仪妃笑道：“妾知道她们去了何处。”笪殷顼眼前一亮，问道：“你怎么知道？”仪妃回道：“妾听父亲说，女娲将玉帝之女和女姬都偷偷送往灵界，现就在大雷音寺躲藏。”笪殷顼摇头道：“恐又是笪燕雀妄言，他说的话本尊再不能相信。”仪妃急道：“父亲虽有过错，但也不会时时说谎，这一次可是他亲眼所见的。”笪殷顼问道：“他在哪里见到的？”仪妃回道：“今日天尊传召众神往蕊珠宫赴宴，独未传召父亲，父亲在囲山闲游时，亲眼看到蕊珠宫里的侍婢，领着女姬和玉帝之女经过那里，径直去了灵界。”笪殷顼大喜，笑道：“若果真如此，本尊即令笪殷卓前往灵界缉拿。”仪妃忙道：“妾岂敢欺君，愿当死罪。”笪殷顼忽然将玉盏掷于案上，怒道：“女娲欺我太甚！我偏要将她们拿来，我倒要看看女娲能如何！”说完，即令赍宣神笪燕霎去传旨，令杨天佑和笪殷卓前往灵界去拿女姬和七仙女。

第二十七章 秦统六国

麒麟助秦王统一六国　天佑救亲眷被斩下界

却说杨天佑无意之间救出玉女，便带回府上，令婢子伺候玉女梳洗，换了衣装出来相见。杨天佑在宫中时未经细看，一路上也忙着逃跑，也未端详，这时见玉女出来，不觉间就目定神凝了，但看她：

婀娜纤腰，似风前玉树皎皎；盈盈粉面，若月下一树梨花。翣眼点点泪痕，乍疑露水玉容；细眉蹙然时，含脉脉媚态娇。更比仙娥美几许，看珠蕾春来萌发。

杨天佑看了，不觉呆滞一时，魂销半晌，便问道："玉女，方才是天尊欲强迫你么？"玉女含着泪道："正是，只因他怀疑妾知七仙女下落，为此逼奸，幸有将军出面相救，不然妾必被他所辱，去死不过半寸。"杨天佑怒道："逆贼无耻，我欲杀不能，枉为七尺须眉。"玉女泣道："多谢将军搭救，妾不知何以为报！"杨天佑道："我当谢你救我家人，若你说出七仙女下落，我家人命休矣。"玉女大为惊讶，问道："七仙女乃将军之亲眷？"杨天佑道："正是，女姬乃我姐姐。"玉女掩面泣道："真可怜几个姊妹，被贼追杀，也没个藏身处。"杨天佑道："你如今也没有藏身处了，经此一事，那逆贼岂能善罢甘休，你若回去，必为他所害。"玉女点头儿道："是也。妾也不知何去何从。"杨天佑心里想道："我不想竟遇着如此一个美貌佳人，只可惜红颜薄命，就要大祸临头了，不知何计以救之？"想到这里，叹道："如今没奈何耳，你只有离开仙界，或往西极灵界，或下凡去，只是仙界再无立身之地了。"言至此，玉女又扑簌簌落下泪来。杨天佑道："你不必悲伤，我可安排你往灵界或凡间，只须你说一声儿，到底去哪里才好。”玉女泣道：“难得将军为妾操心，只是妾也不知去哪里才好。”杨天佑道：“只要逃离仙界，便可躲过逆贼追捕。若往灵界，可暂避于雷音寺，将来逆贼有暴毙之时，你可再回来，若逆贼久长，你只能在灵界修真，别无出路了。若往界下凡间，最多轮回一世，便也归一到了仙界，只是凡间苦海，恐你不堪忍受。”玉女问道：“妾不知去哪里才好，望将军指点。”杨天佑摇头道：“至于去哪里才是万全之策，容我细细思之。”见杨天佑只是踱步，玉女忽然过去，跪在面前道：“妾受将军救命之恩，苦无以报，妾虽出身宫婢，今已长成，情愿与将军纳为妻妾，执壶把盏，以尽报效。”杨天佑忙扶起她道：“岂敢，岂敢！我断无此心，请勿如此。”玉女泣道：“将军虽无此意，妾身实有此情，今走投无路，将军若拒我美意，欲要杀妾否？”说罢又跪了下来。杨天佑见玉女生得性格温柔，又且姿容妖艳，心中早起涟漪，便又扶她起来道：“卿真有意嫁我否？”玉女低头嘤咛道：“妾已无容身之地，莫非要骗将军什么不成？”说着转身取来酒器，斟两杯酒，伸着笋尖一般的玉手儿，盈盈捧来。杨天佑见玉女如花，不觉魂销心醉，不好意思起来，只得坐下接过饮了，玉女又执壶斟一杯。杨天佑暗思道：“酒能乱性，我身为天将，随时可能引兵出战，这酒是不可再吃了。”想罢，便起身道：“我不胜酒力，况有公务在身，再吃不得了。”玉女苦笑道：“将军怕什么，即使此刻有军情，也不在这一盏酒，将军有心，妾亦有意，既结为夫妻，这便是喜酒，与妾同饮一杯方好。”说着又自饮一杯。杨天佑虽是天将，也经不住眼前一个舌吐丁香，如花似玉的美人，这时更是心猿意马，捉缚不定了，玉女又捧了一盏酒，自吃了半盏，剩却半盏捧与杨天佑。见玉女红晕生颊，杨天佑愈觉欲火难禁，忽又转念想道：“我杨天佑若行此事，非真英雄也。”想到此，便接过了酒顺手泼在地上，玉女见状，蹙着双眉，嘤嘤低泣道：“所谓‘老米饭捏杀不成团’，将军厌恶妾矣，又何必勉强。妾虽自献，而非淫奔之女，实以将军乃英雄，又于妾有救命大恩，迎妾来将军家，故妾愿以终身相托，将军绝情至此，使妾何处自处？”杨天佑闻言，不觉情动于中，揽过玉女道：“我并非嫌弃，卿又何必这般说。”玉女顺势倒进他怀里，娇嗔道：“若将军不纳，妾唯有一死。”杨天佑发誓道：“愿与卿生死相依，永不分离。”玉女引动春心，两颊飞红，心头霍霍地跳，自然是嬿婉新婚，闺帏春梦不题。

杨天佑见笪燕霎前来，立时将脸沉下来，轻蔑看他一眼，问道：“你来我府上有何贵干？”见笪燕霎吞吞吐吐，似有难为之情，心中纳闷，暗思道：“平时如笪殷卓者都是飞扬跋扈之人，从不把我放在眼里，今天来的这个赍宣神，乃是仪妃之兄，难道他还惧我不成？”想到这里，不冷不热问道：“上神既来传旨，为何闭口不言？”笪燕霎一时慌了神儿，支支吾吾半晌。杨天佑冷眼一瞥道：“若无旨意，恕本帅不能奉陪！”说完就走，笪燕霎见状，忙道：“天尊有旨，令大帅与笪殷卓前往灵界缉拿玉帝诸女！”杨天佑一惊，心里想道：“女娲娘娘冒死将我姐姐女姬和外甥们送入灵界，我若去拿，岂不寒了女娲娘娘和姐姐的心，我若不去拿，这抗旨之罪也是难逃。”想到这里，摇头叹道：“天尊如此，是要杀我也。”笪燕霎摇头叹息一声，悒悒不乐回宫复命。见笪燕霎不声不响走了，杨天佑正在发愁，见钟颀前来，如见救星，忙拱道：“请将军救我。”钟颀看他愁颜戚容，笑问道：“哦？将军有何大难？”杨天佑道：“天尊令我和笪殷卓去灵界缉拿女姬和玉帝诸女，我不知该如何处置。”钟颀笑道：“我上不得恩宠，手中又无实权，又如何救将军？”杨天佑急道：“你果真见死不救？”钟颀笑道：“能救将军者，非我也。方才救星就在眼前，将军怎么让他走了？”杨天佑疑惑道：“是谁？”钟颀摇头道：“来时我见笪燕霎出去，此乃救星，将军为何视而不见？”杨天佑猛一拍头，心中懊悔。钟颀低头一笑道：“笪燕霎乃是笪燕雀之子，仪妃娘娘之兄，绝非一般内臣可比，将军所忧之事，于他而言何足挂齿，将军将他放走，岂不是自绝生路？”杨天佑笑道：“以上神妙算，定能设计救我，我又何必去求他？”钟颀连连摇头道：“此番实无良策，天尊运计铺谋，意在一举两得，将军就要大祸临头了。”杨天佑不解，问道：“此话怎讲？”钟颀叹道：“天尊已知道蕊珠宫藏女姬与玉帝诸女，并将她们送往灵界，亦知将军乃是女娲娘娘门人，明知将军不肯奉旨，却令将军去拿，意在敲山震虎，是欲借将军之头来威慑女娲娘娘。反之，若将军奉旨去拿她们，不但与女娲和女姬反目，反而落下口实，到时候别说女娲，单说你姐姐与你外孙、外孙女们获罪，以将军之志，又何以能苟且偷生？去与不去，将军都难保性命。”杨天佑惊道：“既都是死，我倒不如自尽，也好留个清白。”钟颀笑道：“将军若自尽，一世清白将万劫不复，谈何保全。”杨天佑瞠目道：“果如上神所说，那我是求生不能，求死不得了？”钟颀摆手笑道：“也不尽然。倒是有一险计，不知将军愿听否？”杨天佑拜道：“愿听赐教。”钟颀附他耳边，如是这般地说了一番。

且说伏羲昊与震碑正在密谈，忽见轩辕昊慌里慌张来了。伏羲昊问道：“师弟有何急事？”轩辕昊撩起袍襟入座，喘道：“大事不好，我听说笪殷项下旨往灵界捉拿女姬和诸孙女，故来请师兄相助。”伏羲昊惊道：“笪殷项怎么知道的？”轩辕昊道：“朝中口杂，岂能隐瞒？为今只有出兵讨伐，否则女姬和诸孙女被抓，师妹女娲也罪责难逃！”伏羲昊一愣，起身道：“笪殷项安敢如此？上次若非我儿须菩提出战，本王早就将他斩于龙廷了。他若敢动蕊珠宫，本王定将他碎尸万段！”说完又让震硉去传神农琊，而神农琊却不在府上。

原来，杨天佑依钟颀之言去找神农琊，对他道："笪殷天尊要拿女姬和玉帝子女，你可知道？"神农琊问道："此事与我无关，将军为何问我？"杨天佑摇头道："女姬与玉帝子女若被擒获，女娲娘娘也难逃罪责，你怎么能说与你无关？"神农琊笑道："将军想救自己的姐姐和外孙女们，又何必和我扯上关系？你为何不去找你那个姐夫轩辕昊，岂不更省事？"杨天佑叹道："我素知你深明大义，故而来商议，我若去找轩辕昊，万一走漏风声，我性命也难保。"神农琊道："将军是想让我将女姬和玉帝子女送往轩辕昊那里，但是你可知，我若如此做了，伏羲昊必会疑我，莫说你性命难保，我也会落个死无全尸的下场。再者，我若将她们接来天西星王宫，等于将她们带入虎口，伏羲昊必以她们为人质要挟轩辕昊，将来必成三界大患。如此两难之事，实不可为。钟颀真糊涂，怎能出此险计？"杨天佑听后，觉得有理，叹道："先生高识远见，非我所能及。既然此计凶险，就请先生赐我脱身之计。"神农琊沉思少刻，沉吟道："你只管奉命行事，到时候我自有妙计为你脱身。"杨天佑拜道："我之命在于先生，万望垂怜！"神农琊道："放心就是了，保你有惊无险。"杨天佑告辞而去。

神农琊见过杨天佑之后，来到天西星王宫，见轩辕昊也在。二王正在发愁，见神农琊忽然来到，不约而同问道："军师怎么才来？"神农琊道："只是去界天闲游片刻而已，见玄天紫宫有七星生出异光，故来相告。"伏羲昊惊道："哦？是何征兆？"神农琊道："恐是界下有事，故而玄天有兆。"伏羲昊道："界下之事与我等何干？眼下笪殷顼欲拿女姬及玉帝诸女，我等正为此发愁，不知军师有何良策？"还没等神农琊答话，轩辕昊不耐烦道："师兄好不啰唆，若不是西极星海乃是师兄之星域，我早就发兵了，这时已然攻入龙廷，斩杀逆贼！"神农琊笑道："不知二大王发兵是为救亲眷，还是为取天廷？若为救亲眷，只恐大军未到，亲眷便命丧西极了；若为取天廷，此时断非良机，兴兵强取不易。"轩辕昊一听，泄了气，只是叹息。伏羲昊问道："军师之意若何？"神农琊道："不如先去界下看看。"轩辕昊冷笑道："军师好兴致。"伏羲昊问道："若去界下能解眼下之急，本王倒是想去一游，不知军师是何意图？"神农琊道："二王有所不知。界下群雄并起，战事纷乱，凡间帝统必将有变。此为笪殷顼所急之事，若闻二王已下界，他哪里还有心思去缉拿女姬和玉帝子女？"伏羲昊道："果然妙计。"轩辕昊疑道："逆贼为何关切凡间帝统？"神农琊道："天帝岂能不问凡间帝统？太古之时，娘娘造人，圣祖治土，所为者何？就为凡间众生太平，以为上天供奉香火，祈望昊天祚佑。以天为法治理天下，众生可得安泰，说明帝统有德，而帝统有德，则说明昊天有祚，昊天有祚，天位就会源源不绝。笪殷顼最是在意此事，若闻二王下界，必然有所行动，自无暇于他事，届时我等伺机而动，何愁诸事不成？”轩辕昊听后甚觉有理，便商量下界的事，伏羲昊问道：“如何让那逆贼知道我等下界？”神农琊笑道：“自西天门通道下界，天廷自会获悉。”

话说杨天佑与笪殷卓领数千天兵去灵界缉拿女姬和七仙女，到西天门时，忽见一队兵马出现，定睛一看，旗幡上写着伏羲昊和轩辕昊名号，大吃一惊。笪殷卓问道：“伏羲昊和轩辕昊来西天门做什么？”杨天佑反问道：“莫非是前来阻截我等？”笪殷卓冷笑道：“区区数骑，安能为战？二贼或有阴谋，我不可不慎。”杨天佑忽想起神农琊说的话来，知是神农琊设计，便对笪殷卓道：“末将看此情形，恐怕是二王要下界去了。”笪殷卓疑道：“他们为何下界？”杨天佑道：“不如回宫上奏天尊，万一误了事，你我担待不起。”笪殷卓即刻回兵，与杨天佑急入玉京宫玄天门。笪殷顼听说伏羲昊和轩辕昊自西天门通道下界，警觉起来，急召千里眼和顺风耳，令他们去察看。二神在南天门看了半晌，便将凡间战乱之事如实奏报。笪殷顼道：“昔日，那女娲暗中助轩辕氏姬姓家族灭商而承帝统，本想能使凡间太平，可如今周室四分五裂，战火连天。如此触怒昊天，岂非要绝本尊之帝祚？”说罢，又急令杨天佑道：“暂不缉拿女姬和玉帝子女，你领兵守住西天门，以防轩辕昊和伏羲昊突袭。”说着，又对笪殷汤道：“本尊认为，没有必要召集人神十八氏族族长商议，既然姜炎奉女娲之命下界，助周室夺了商帝祚，那么，如今就令姜炎在笪殷氏族人神中，选出一个神仙下界轮回，以克成人间帝统，凡间生灵涂炭，必须一统。”笪殷汤遵命，忙去给姜炎传旨，姜炎不免有一点狐疑，先去拜访了火德，遂将事情细细说了，而后问道：“天尊为何要在笪殷氏族中选个人投生？”火德道：“你照做就是了，那笪殷顼是想让自己的族人继承凡间帝统，想必十分重视，此事你可怠慢不得。”姜炎问道：“我当如何做？”火德答道：“天尊让你从笪殷氏族人中选一个人神轮回，你便去选一个来，投生到凡间的笪殷氏族人神后人家中便是了。据我所知，眼下笪殷氏族在凡间的后人，也只有嬴氏家族是个望族，你选一个来，投生至嬴氏家，此事不愁不成。”姜炎听了，只好前往西麟星神府，召集笪殷氏族人众，从中选中一个名叫笪殷宸的人神，说明了天廷旨意，要他投生凡间嬴氏家族，笪殷宸虽不情愿，但也不敢抗旨，姜炎便送他去天牢聚灵神那里，令其喝了一味汤药，叫作“拘灵汤”，那笪殷宸身体就消失了，只剩下元灵。姜炎带着笪殷宸元灵，将他交给日游神送下界去投生。当时，曾逃界下的东海龙王轩辕敖的长子——渤海龙王麒麟在渤海龙宫闲得无聊，便化为人形出海闲游，碰巧看到日游神携着笪殷宸元灵四处游走，他便觉蹊跷，暗思道：“这笪殷宸死了，元灵当去聚灵阁才是，日游神为何带着笪殷宸的元灵来到凡间此处？难道要他来投生么？”想到这里，便上前去询问，二人互相拜过，麒麟问道：“不知道上神来这凡间所为何事？”日游神揖道：“奉旨携笪殷宸元灵来凡间投生，寻找嬴氏家族，我正在犯愁，不知去何处寻来，不想却碰巧遇到了你，这岂非天助我也，你既是渤海龙王，想必对这一方了如指掌，就劳烦你找一个嬴氏的好人家，最好是王室出身。”麒麟听了，将眼珠子一转，笑道：“这倒不难，只是……不知他为何要投生到凡间？”日游神便将事情前后详细告知了他。麒麟暗思道：“笪殷顼杀玉帝篡位，至今仍在四处搜寻我们父子，我怎能让他派笪殷氏族的人神来投生，乱我轩辕氏后人王统？”想到这里，笑道：“既然要投生王室，一时也难寻托胎之人，不如先到我渤海龙宫稍作休息，从长计议。”日游神一听，说了声有理，便带笪殷宸元灵去渤海龙宫，麒麟设宴款待，趁日游神大醉时，麒麟便以笪殷宸元灵调戏龙宫后妃为名，将他一刀斩了。待日游神酒醒之后，才知自己闯下大祸，急上界报于姜炎。姜炎闻言大惊，怒道：“此皆因你贪酒之故，误了我大事！这件事儿若让天尊知道了，你我必死无疑！”日游神慌忙道：“都是我一时疏忽，上了渤海龙王麒麟的当，事已至此，犯下大罪，还请救我！”姜炎叹道：“唉！此事万不可声张，你且回去，我自会设法应对。”日游神拜谢之后，垂头丧气离去。

姜炎即下界到渤海龙宫找到麒麟，叱问道：“笪殷宸与你无冤无仇，你为何杀他？”麒麟见是姜炎，不敢傲慢，躬身答道：“本王好心款待他，谁知他竟调戏我爱妃，我岂能饶了他？”姜炎冷笑道：“无稽之谈，那笪殷宸来凡间，也只是一个元灵，全无仙体，如何调戏？”麒麟知事情已然败露，只好认罪，赔礼道：“我杀笪殷宸虽有罪，然而并无错。天尊杀了玉帝，又在追捕我父王及兄弟，又欲让笪殷氏的人来取代我轩辕氏的人间帝统，我岂能坐视不管？所以一怒之下将他杀了。”姜炎叹道：“我也知笪殷顼无道，但他如今是天廷之主，你如此鲁莽行事，只是自取其祸，且不说你，日游神视你为友，来此与你把盏，你今害他不浅，此事若被笪殷顼知晓，日游神必被斩杀，你一个小小龙王又岂能安生？”麒麟胆战心惊，后悔不迭，急忙问道：“上神可有权宜之计？”姜炎思索半刻，低声道：“我家族在人间亦有后人，名叫吕不韦。你可化成人去找他，共谋此事。既然笪殷宸被你所杀，也只能将错就错，万不可再让天廷知道。你是渤海龙王，想必有办法帮助人帝一统诸国。此事在天廷不过百日，笪殷顼得知凡间一统，便不再见疑，只有这样我们才能保全性命。”麒麟听后，欣然从命。

姜炎走后，麒麟苦思冥想，果得一计。麒麟见姜炎后人吕不韦是个风流人才，又是珠宝商，颇有财力，因而结识秦王之子异人，两人关系密切。麒麟遂安排龙宫中一个婢女到人间，附体一个歌妓身上，撮合歌妓与吕不韦相识，被纳为妾。异人在吕不韦府上见到这个美人，魂不守舍。麒麟见机会到来，就变化成人，取上龙宫中的蛇灵珠去拜访吕不韦。这枚蛇灵珠原是随国先王留下的镇国之宝，后被楚武抢走。楚武王死后，长江龙王蛟蟒请来大哥麒麟去取。麒麟来到楚国，群臣将和氏璧与蛇灵珠供奉在灵堂，举办国丧时，忽来一阵大风，下起暴雨，当时人们见一条巨龙从天而降，冲入庙堂，衔起蛇灵珠，又连同那和氏璧一起带走，和氏璧与蛇灵珠都被麒麟带回龙宫。蛇灵珠此时正好派上用场，麒麟知珠宝商吕不韦爱财如命，就将蛇灵珠带去拜望他。吕不韦从未见过这枚稀世珠宝，就对这位自称为“龙公子”的人道：“我见公子，才知世间富贵。”龙公子笑道：“君言差矣，世间富贵在王宫，区区珠宝焉能比？君若能入王宫，何愁天下富贵不归君有？”吕不韦道：“王宫沉沉，草民安敢望此？”龙公子问道：“我看君命极贵，君何不为此计？”吕不韦道：“计将安出？”龙公子道：“秦王之子异人与君交好，你若辅佐，便可得王统。”吕不韦笑道：“异人乃秦室一落魄公子，今在赵国为质，其上兄弟众多，他何以能为君宰？”龙公子道：“后宫芈妃倍受恩宠，秦王常问政于她，而芈妃贪财，君若以此珠宝献她，令其劝秦王立异人为太子，此事可成。”吕不韦大喜道：“即使秦王宫，也无人见过这枚珠宝，若得公子之珠宝，此事必能成功。”转念一想，又问道：“异人为太子，我何以取得天下富贵？”龙公子笑道：“事在君为。我知君有一妾，颇有姿色，异人早有贪花之念，君若舍之，异人必视君为心腹，君助他成为太子，他继承秦国大宝，君有此立主之功，何愁无王侯将相之位？若君之妾再生一子，立为太子，君为相父，以此开基起运，统一诸侯国，天下归君所有，又岂在一隅之财？”吕不韦恍然大悟，仍心存疑虑，问道：“即使我助他成为太子，但不知他何时继承王位？”龙公子道：“我看秦王不久将死。”吕不韦拜道：“公子乃神人也。”吕不韦依从龙公子，将已有身孕的爱妾送给异人，对异人道：“我之所以如此，是想辅佐公子成就王业，将来能辅佐君王治理天下。”异人道：“我有兄弟二十余人，况我在赵国为质，何能继承王位？”吕不韦道：“我愿倾尽家财，玉成此事。”果然，吕不韦以献宝为名见到秦王芈妃，将龙公子的珠宝送给她，希望她能助异人成为太子。秦王虽有二十多子，但无一个是芈妃亲生的，如今忽得一枚稀世之宝，又能立一个将来听任于她的太子，她便答应下来。在芈妃劝说下，异人被立为太子。麒麟作祟，使秦孝文王三天后暴病而亡，异人被接入秦王宫，继承王位，儿子嬴政在吕不韦周旋下被立为太子。后来麒麟又作祟，秦王异人三年便暴病而死，太子嬴政即位，后来灭六国而使天下一统。

天尊三年。笪殷顼得知人间九州一统，并由笪殷氏族的嬴政君临天下，便不再操心人间帝统之事，再度搜拿玉帝子女。轩辕昊和伏羲昊只去凡间走一遭又回仙界，在神农琊和杨天佑帮助下，从灵界将女姬接走，只有七仙女和碧绿留在灵界，由普贤菩萨身边的童子褚静照看。杨天佑以为事情机密，不料被他身边副将勾弋襄出卖，勾弋襄原本在有禹宪麾下效力，因笪殷顼怀疑杨天佑与神农琊有联系，便令有禹宪暗中去查，有禹宪使用苦肉计，将勾弋襄毒打一顿，驱逐出去，杨天佑见他可怜，将他收留在身边，此刻反成了引狼入室。杨天佑和神农琊往灵界时，令勾弋襄在西天门驻守，不想他刚去灵界，勾弋襄便告了密，有禹宪将杨天佑与神农琊将女姬暗中接走一事败露，杨天佑当即被押往凌霄宝殿。笪殷顼怒视杨天佑，将他从头看到脚，从脚看到头，而后斥道："树怕伤根，人怕伤心，卿伤我太甚，以致无心冉思御敌。昔日，本尊念你忠勇可嘉，故拜卿为军帅，不想卿却暗藏私心，里勾外连，坏我大事，不知卿为何如此？"杨天佑摇头，已无话可说。笪殷顼见杨天佑不发一言，便令左右御卫道："杨天佑暗通逆贼，罪不可赦，即刻押往斩仙台斩首！"众神臣一听大惊，交头接耳，不知如何是好。笪燕嫑见势不妙，凑到仪妃耳边道："杨天佑罪不至死，请娘娘垂怜。"仪妃嘴角上扬，白了笪燕嫑一眼，并不理会。万急时刻，涂山闵跪地奏道："且慢行刑。"笪殷顼知他求情，大怒道："将军有何话说？"涂山闵道："逆贼未平，斩杀良将，只恐众将难安，请天尊开恩，免杨天佑死罪。"笪殷顼怒道："暗中通敌，与逆贼何异！本尊决不宽恕！"天蓬、武德、火德、尧禹皎、尧禹卢见状，纷纷跪地呼号，为杨天佑求情，武德星君急道："杨天佑乃难得将帅，还请天尊开恩！"笪殷顼冷笑道："如此将帅，确实难得一个！拖出斩首，众卿不得再谏！"说罢，不顾众将谏阻，硬是令御卫将他拖了出去。笪殷顼道："封勾弋襄为银蛇星神府驻星守将。"说罢退朝，与仪妃往后宫去了。笪燕嫑见笪殷顼决意处斩杨天佑，急忙去钟颀府上通报，钟颀无奈，又去找须菩提。须菩提急忙与他进宫，一边走一边怨道："天佑既找过先生，先生为何不授以计谋搭救？现在让我去求笪殷顼，也未必有用，我这个左相，有名无实罢了。"钟颀顿足叹道："唉！奈何天佑不听我言，却从了神农琊之计！神农琊顾头不顾尾，总是自作聪明，真糊涂至极！"须菩提叹道："先生请勿自责太甚，事已至此，也只能死马当活马医了。"说着和钟颀到了灵霄殿，听元真童子说天尊在中宫，又忙赶往中宫，元真童子去通报，二人在偏殿等候。一会儿，笪殷项怒气未消，便带仪妃来偏殿接见，冷眼问道："左相前来，有何要事？"须菩提躬身一拜，而后拱道："杨天佑何罪，天尊要将他问斩？"笪殷项踱了几步，沉吟道："杨天佑欺君罔上，暗通逆贼，劫走天廷重犯，不该斩么？"须菩提拱道："天尊执法无私，可谓圣明，只是，臣有一言不知当讲不当讲。"笪殷项冷言道："卿有话请讲，直说无妨。"须菩提拱道："既然天尊执法严明，那么同是天尊的臣子，天尊却为何薄此厚彼？"笪殷项立眉问道："哦？本尊所厚者为谁？"须菩提拱道："笪燕雀罪不容诛，天尊却不管不问，而今他却在麟鹤宫逍遥快活，请问天尊，这不是厚此薄彼么？"仪妃一听，花容失色。笪殷项一愣，摆手冷笑道："断无此事，断无此事，笪燕雀已然伏法，岂能在宫中享乐？"须菩提问道："天尊岂能视而不见？不信可问仪妃娘娘。"笪殷项转脸瞅向仪妃，见她目光游移不定，坐立不安。笪殷项气不打一处来，越发怒道："太尉何在？！"笪殷郇慌忙入报道："臣在！"笪殷项愤然道："笪燕雀罪该当诛，而今却逍遥法外，你身为太尉，为何不拿下问罪？"笪殷郇看着仪妃，低头不语，笪殷项手指笪殷卓，怒道："立刻将笪燕雀牵出斩首！"说罢甩袖而去。

杨天佑与笪燕雀被御卫们五花大绑，一起被押出西天门，到了西极星善元宫。当时金德真君正在殿内打坐修行，忽听刑吏入报道："堂上请真君。"金德真君觉得古怪，睁眼问道："来者何人？"刑吏答道："御卫大臣笪殷卓。"金德真君一愣，问道："可还有随同者？"刑吏答道："只有几十个御卫，押着两个钦犯前来。"金德真君忙起身换了衣服，叫内侍取出辨冤本，随刑吏到大堂上来。笪殷卓见金德真君来了，拱手道："奉旨处决重犯，有劳真君。"说着便递上玄帛诏旨，金德真君一看，摇头暗思道："原来是钦定立斩罪犯，唉！杀了笪燕雀如杀一只羊，只是杀了杨天佑，实在可惜。"金德真君将玄帛收起，说道："既是钦定罪犯，即刻行刑。"说罢入座，又问杨天佑道："天佑将军，行刑前可有话说？"杨天佑道："死人焉有话说？我两天未合一眼，瞌睡至极，只望快些斩首，好让我睡上一觉。"金德真君摇头叹息一声，又问笪燕雀道："你可有话说？"笪燕雀扑通一声跪下，泣道："罪人理当问斩，只请宽限一时，我有书信给仪妃娘娘，求真君代罪人呈上，便是死也瞑目了。"金德真君正色道："你乃是钦定死囚，事已至此，给谁写信也无用了。"笪燕雀啼哭不止。杨天佑见状，哈哈大笑道："贵妃都救不了自己的父亲，我杨天佑一死何足惜？"金德真君暗思道："我若不斩他，乃是抗旨不遵，我若杀了他，定被众神怨恨，不如将他仙体斩了，留下一条灵身，转往界下投生去吧！"想到这里又长叹数声，令道："将二人押往斩仙台！"二人被绑缚于斩仙台，两旁两根柱子高入霄上，上有一联道："这一刀斩断贪心欲念一缕邪灵，那三界消灭煞神恶仙九天真命。"再看最顶端横着一面玄金斩刀，紫光烁烁，上镌一行字曰"敕令斩仙"，柱子上垂下九条玄铁链条，明光闪闪。金德真君手执一令牌，上有"雷火"二字，举手掷出，只听霄上一声炸雷，一道明光闪过，那斩刀就嗖一声落下，金德真君忙回指一弹，一缕白光射向杨天佑，保住了他的元灵。杨天佑与那笪燕雀被立时枭首，金德真君痛心闭目，刑吏背过身子，笪殷卓含笑而去，真是痛者痛，快者快。可怜杨天佑，壮志未酬身先死，反至一命不保，竟死于昏君之手！令众神嗟叹不已。

且说杨天佑被斩，元灵飘飘荡荡来到囲山，欲出天门，却被天牢聚灵阁的捕灵神逮住，问道："你不是被处斩的杨天佑么？都说'斩仙台上无生魂，一刀下去灵消散'，怎的你元灵还在？"杨天佑元灵落定，见捕灵神身有八翅，虎面鸟嘴，便问道："你是个什么鸟人？我怎么从未见过？"捕灵神一听恼了，正欲将玄索套上，就听身后一声大喊道："上神且慢！"捕灵神回头一看，迎上去作揖，笑道："天卜神何以驾到？"钟颀忙道："就差一步，险些被你将天佑将军带走，若到天牢，那聚灵神见他元灵尚在，岂不上奏天尊将他再斩一次？"捕灵神转脸一看，钟颀身旁还有一个美艳的女子，遂问道："这又是谁？"钟颀道："此天佑将军之妻，名曰云华，愿与天佑将军生死相随，故托我救他们一同逃离。"捕灵神笑问道："如此说来，你是来劫人的？"钟颀拱道："天佑将军乃忠义之士，还望上神通融！"捕灵神道："仙界他是待不住了，即使我不拿他，还有京御卫拿他，不知你欲将他往何处安置？"钟颀拱道："不瞒上神，我欲将他送到冥界，请冥府将他投生凡间，若他修行圆满，自然归一。此事还须上神协助才好！"捕灵神思忖片刻，笑道："尊驾让我如何协助？"钟颀道："烦请上神送他们夫妻下界。"捕灵神道："我以何名义送出南天门？"钟颀道："上神乃捕灵神，就说奉天牢聚灵神之命，送元灵下界轮回即可，门神自会放行。"捕灵神笑道："这个好办，只是我若帮了你，你也须帮我一个忙才显公平。"钟颀忙道："事不宜迟，上神有何事须我相助？"捕灵神笑道："好说。昔日，女娲娘娘造众神、人神时，只因我元身乃是一只鸟儿衔来的囲山之石，却被娘娘误点，故有幸成为这天界一神，但我这容貌却十分丑陋，我问过娘娘，我何时才能恢复神仙模样儿？娘娘答道：'若天界再无元灵入天牢之时，你才能恢复神仙面貌。'我当时忘记问了，劳烦你见了娘娘问一问，这三界何时才能无元灵入牢。若有结果，请前来告知！"钟颀想了一下，笑道："我定会问娘娘，请上神放心。"说罢，深深一揖。那捕灵神便送杨天佑与玉女从西天门下界不题。

第二十八章　龙廷一手

七仙女下界戌闰兵败　伏羲谦坠梦钟颀预言

却说文殊菩萨引钟颀和李耳来到大雷音寺，与燃灯佛和如来佛互相拜过，燃灯佛道："不知二位驾到，有何见教？"钟颀拱道："特为玉帝子女而来。"燃灯佛道："方才笪燕霎也来过，已去聚仙殿探望过玉帝子女。"钟颀笑道："我与布道神李耳商定，欲送玉帝子女下界轮回去，如此可免杀身之祸。"如来佛问道："不知女娲娘娘可知此事？"钟颀回道："娘娘也是此意。"燃灯佛合掌道："善哉。若得二位上神相助，玉帝子女可免此劫。不过，玉帝子女并未触犯天戒，岂能打入界下轮回，不知二位送她们下界如何安置？"李耳回道："并非叫她们去界下轮回，只是暂去凡间躲避，我在凡间布道时，曾令凡间弟子种下八棵李树，她们到了界下，我自会接引。"众佛和菩萨放下心来。如来佛带着钟颀和李耳去聚仙殿见到七仙女和碧绿，如来佛对七仙女道："笪殷顼要抓尔等回去，布道神李耳前来救尔等往界下暂避，尔等可愿往？"天阳、天荣、天昌、天显、天庆、天羽一时不知所措，都抬眼看天寿。碧绿却高兴道："好，好，姐姐们，咱们就去界下吧！"天寿叹道："逆贼无道，我们岂能坐以待毙，不如就去凡间暂避。"天庆愁眉蹙额，叹息一声。天寿领天阳、天荣、天昌、天显、天庆、天羽、碧绿，朝如来佛深深一拜道："多谢佛祖救命之恩！"李耳道："众仙子快随我去南天门！"天寿急道："上神，若去南天门必被天廷发现，我们怎能逃脱？"李耳笑道："莫怕，我亦曾是门神，自有妙计。"

李耳携七仙女和碧绿快到西天门时，对众仙道："你们暂时委屈一下，藏于我袖中，到南天门我再让你们出来。"众仙子顾不了许多，只见李耳手一挥，一阵紫雾笼罩在众仙身上，众仙立即化成一股紫烟飘入李耳长袖中。李耳进西天门，赶往南天门而去，途中遇到赤脚大仙玄真子，玄真子见状，大惊道："你们怎么在这里！”天庆见是玄真子，即哭了出来。李耳低声道：“莫要吵嚷！”玄真子与那天庆有私情，疑是她们将要下界去了，便来到天庆身边，一语不发，只急得团团乱转。这时，门神听到嘈杂声，便出来探看，见是桃神领着诸仙，便知他要送众仙下界，笑道：“通道已开，快送众仙下界吧！”李耳回道：“我先下去接引，而后你再将她们送下！”门神拱道：“好说！好说！”李耳一跃天门跳了下去。门神忙对诸仙道：“快跳！快跳！”七仙女和碧绿探头一看，见天门外七彩云霓，好似旋涡，碧绿害怕，缩身藏在七仙女身后，七仙女也不敢跳下，踟蹰不前。门神见状，笑道：“众仙莫怕，只管跳下去，那边有布道神李耳接引。”七仙女和碧绿摇头，看着天寿，天寿咬着牙纵身跳下，接着是天阳跳下，天荣、天昌、天显、天羽、碧绿也紧跟着跳下去了。到了天庆这里，见她望着玄真子，哭得梨花带雨，依依不舍，泣道：“妾去了，此生再不能相见了！”正要跳时，却被玄真子一把拉住，急道：“你不能去凡间！我岂忍心让你坠入苦海，就让我代你去吧！”说着纵身一跳，天庆大惊，急忙去拦，玄真子急了，怕她坠落，忙抓住她的脚，门神大惊，拉着天庆向后一拽，天庆绣鞋就脱了，此刻通道收回，玄真子抱着绣鞋掉下界去了。

钟颀急忙赶回天廷。轩辕昊和女姬听闻笪燕霎和钟颀、李耳去了灵界，怀疑是去缉拿七仙女和碧绿，情急之下发兵二十万挺进银蛇星海神府，以此给天廷施压。笪殷顼斩了笪燕雀，还在气头上，就见笪殷郇和戌闰升前来急报：“轩辕昊与伏羲昊歃血为盟，兴兵八十万来犯，银蛇星告急！”笪殷顼大惊，令元真童子急召众文武神臣往灵霄殿朝议。约莫一会儿，须菩提、笪殷汤、笪殷郇、钟颀、笪殷卓、涂山阂、天蓬、武德、火德、尧禹皎、尧禹卢等众神齐聚灵霄殿。笪殷顼问道：“轩辕昊犯我银蛇星，如之奈何？”一边问着，一边侧脸窥向须菩提。众神臣无一人出奏，笪殷顼走下龙阶，徘徊于地。须菩提正欲出奏，却见笪殷元已执笏上前了，只好又退回原位。笪殷元奏道：“启禀天尊，据诸星海神府报呈所知，驻兵匮乏，仅能自保而已。”笪殷顼疑道：“这是为何？各星神府何不征兵？”笪殷元回道：“诸星海连年大战，元气尚未恢复，实已无兵可征。”笪殷顼怒道：“岂有此理！天廷力保诸星太平，这些人神竟不思回报，只待敌军杀来，安有安乐太平！无论如何，必令强征！”笪殷元退下。笪殷顼又问戌闰升道：“你是兵卫司司兵大臣，说说有何御敌之策？”戌闰升吞吞吐吐道：“贼兵八十万，而我天兵仅有二十余万，恐怕……”话犹未了，笪殷顼就一挥袖子，瞪他一眼，戌闰升悄然退下。笪殷汤出奏道：“天尊，眼下敌强我弱，倘若决一死战，无异驱群羊攻猛虎，臣以为不如求和。”笪殷顼忽然转身，怒道：“如何求和？”笪殷汤道：“遣使宣诏，给轩辕昊、伏羲昊各割让一个星海，以示求和诚意，如此可保我天廷太平，待天廷壮大之后，再伐贼不迟。”笪殷顼沉思片刻，问须菩提道：“左相之意若何？”须菩提道：“臣附议。”笪殷顼叹道：“好吧！满朝无一良策，只能乞和了，着令大理司执法大臣平茜寐前往！”说完罢朝而去。平茜寐奉命出使牧夫星轩辕昊王宫，对轩辕昊道：“天廷愿割让无尘星海与大王，以示求和诚意，请大王罢兵结好。”轩辕昊深感意外，笑道：“以和为贵，至仁至善，本王求之不得。不过，本王只有一个要求，只要笪殷顼小儿不再为难本王诸孙女，本王便不再袭扰天廷，否则，本王决不答应。”平茜寐忙拱道：“在下一定回禀，一定照办。”平茜寐交割无尘星海神府之后，又来到天西星伏羲昊王宫，对伏羲昊道：“天廷愿割让英明星海，以示求和诚意。”伏羲昊大笑道：“笪殷小儿若早如此，何劳本王大动干戈？此番诚意本王权且收下，请你转告笪殷小儿，勿与本王为敌，否则割让再多星海也无用！”平茜寐战栗一下，忙道：“岂敢，岂敢！天廷既肯议和，定不会背约，故而割星拱让，还请大王笑纳。”伏羲昊大笑道：“如此甚好！”平茜寐交割英明星海神府，急返回天廷复命。

笪殷天尊五年。

奉天司笪燕宝奏报凡间帝统变化一事，笪殷顼听说凡间帝统已经历刘汉王朝，进入魏、蜀、吴三国争霸，大为震惊，怒问道：“本尊令姜炎下凡助秦成为天下共主，秦始皇帝嬴政已然统一龙域九州，本想他之后乃有二世皇帝、三世皇帝，以至万世，传之无穷，不想却被笪燕氏族所灭，此间可有阴谋？”笪燕宝问道：“天尊莫非怀疑乃是臣从中作祟？”笪殷顼叹道：“我不疑卿，而是疑轩辕昊和伏羲昊，他们此前下界，难道毫无动作么？”笪燕宝回道：“臣也疑此事，定是轩辕昊和伏羲昊改了那嬴氏帝统风水，以至秦朝帝祚永终而付与刘汉。”笪殷顼怒道：“哼！既然如此，那界下蜀国也不得善终！”笪燕宝问道：“蜀汉正强，欲灭魏、吴而一统中原，何以能终其祚？”笪殷顼反问道：“怎么会这样？”笪燕宝回道：“臣听说，轩辕昊早已令其族人轩辕翊下界轮回，如今乃是蜀国丞相，名叫诸葛亮，此人才智过人，颇有用兵谋略，故使魏、吴两国常败，倘若有他辅佐蜀汉，不日便会复承龙域九州帝统。”笪殷顼问道：“那魏、吴两国可有贤才？”笪燕宝道：“魏国有贤才，名叫司马懿，只是魏主不用。”笪殷顼道：“令大庭岘下界，附体司马懿，助曹魏克吴蜀，一统九州。”笪燕宝即领命去了。

盖闻天才、地才、人才谓之为“三才”，何谓天才？则为日月星辰，风雨雷电，故天地常有鬼斧神工，天然造化之事，人力所不能为，其才轻清而上浮，故谓之天才。何谓之地才？则为心系天下，身负山川社稷者，忧国忧民，天然成性，常被讥为杞人忧天，其才重浊而下凝，得日月之精，天地之气，山川之灵，江河之秀，无师自通，韵古博今，五花八门，种种不一，远非凡人可比，若非天神下降，岂能有大智大才？故谓之为地才。何谓人才？则为堂堂正正，自食其力，丰衣足食，惠泽一方。其才聪慧善良，虽不知天命，然而能一心向善，从不投机钻营，强取豪夺，贪财好賄等，从不为种种不法，可谓世间俊杰，故谓之为人才。此间说的正是司马懿和诸葛亮两位地才，皆有呼风唤雨、经天纬地之才，如唐朝袁天罡、李淳风之流皆属同类，无一不是天神轮回凡间。

话说大庭岘附体司马懿，做了一个地才，大展才华，故得魏主重用，牵制诸葛亮，直到其后人灭曹魏而代之，后取吴蜀两国而得天下。大庭岘附体司马懿之时，暗中改了大庭氏族人间后裔杨氏族人风水，杨氏开始逐渐壮大。在凡间经历西晋之后，又在轩辕昊和伏羲昊神力干预下，西晋于三十七年后衰落，致司马氏帝统进入东晋时期，国土分裂为十六小国，互相争霸，最终被笪燕氏族后裔刘裕篡夺帝统，建立南朝宋政权，后来又四分五裂，凡间帝统又被大庭氏族后人杨坚所夺，建立大隋，九州方得一统。而这一次，布道司布道大臣李耳送七仙女和碧绿下界，投生于晋地，借机终止大隋帝祚，让其人间后人李氏取而代之，建立大唐。凡间帝统之事皆为天界干预，分分合合，悉属此因，此处不赘。

笪殷天尊六年。

轩辕昊听说七仙女和碧绿被天廷布道司打下界，以为是笪殷顼所为，勃然大怒，兴兵二十万大举进攻，兵临银蛇星海星门，急报传至天廷，笪殷顼大怒，将李耳打入天牢问罪，召集众神臣升殿朝议。笪殷顼问笪燕宝道：“神仙下凡可记得仙界之事？”笪燕宝回道：“仙界之事尽知。”笪殷顼问道：“如此说来，神仙下界轮回，于界下也有神力？倘若借神力干预凡间，岂不大乱？”笪燕宝回道：“天尊英明，仙界之人惧怕下界，一旦下界投生为凡人，一身奇才异能，其中有为善者，也有为恶者，逞奇炫异，惊骇天下，被凡人视为神仙。”笪殷顼闻言不悦，问道：“神仙下界之后如何能有神力？”笪燕宝回道：“皆因投生之后依然记得仙界之事，可谓智门一开，神力自出。”笪殷顼沉吟道：“本尊欲禁止此事，可有良策？”笪燕宝回道：“臣闻冥界使生魂投胎之前，须过得那奈何桥，饮那黄泉水，绝其记忆，转生之后全然不记得前生后世之事，冥界有冥神叫孟婆婵嫣，主司此事，故将此水谓为‘孟婆汤’，此法颇有效果。”笪殷顼忙道：“既然冥界有‘孟婆汤’，我仙界也当有‘戒公汤’，有劳卿造此汤，置于四大天门，着令门神主司此事，但有打入凡尘者，皆以‘戒公汤’饮之，绝其智门。”笪燕宝领命，急去奉天司，与属臣平茜星和轩辕宇制造戒公汤。

话说天廷闻轩辕昊大举进犯，笪殷项召众神朝议，问道：“轩辕昊兴兵来犯，众卿可有良策？”戌闰升执笏奏道：“臣愿率兵二十万前往御敌。”笪殷项见须菩提默不作声，便问他道：“相邦何不献策？”须菩提回道：“臣偶染小恙，本欲奏请出战，只怕贻误军机，故而未敢请奏。”笪殷项笑道：“那就准游弋灵官戌闰升提兵伐贼，笪殷郇为副帅，武德、天蓬为主将，其余各将由二帅自行设置。”说罢退朝去了。戌闰升即回军营点兵，令戌闰罡、冣笸为先锋，与笪殷郇、天蓬率二十万天兵杀往银蛇星，到达星门却未见贼兵。笪殷郇问星门守兵道：“驻星守将安在？”兵卫慌里慌张前来道：“将军正在神府休憩。”笪殷郇大怒，带兵来神府，将银蛇星海神府驻星守将勾弋襄当场拿下。笪殷郇怒道：“闻银蛇星告急，本太尉率军飞驰来援，尔却在府上逍遥自在！二十万大军经三十余星海方至此，途中不曾见一个贼兵，尔一个驻星守将，安敢戏弄天廷？！”勾弋襄忙叩头道：“太尉息怒，末将安敢于府中消闲，只因不久前，轩辕昊聚兵二十万围堵天门，甚是猖獗，后来不知何故，尽皆退去了，末将便回神府苦思良策！”笪殷郇立眉问道：“那你思出个甚妙计？”勾弋襄拱道：“末将思前想后，想必是那逆贼见太尉引兵前来，故而望风遁逃了！”笪殷郇听勾弋襄说罢，大笑道：“逆贼安能不惧我？你且起来！”说着将勾弋襄扶起，又道：“本太尉率大军一路劳顿，速设宴来。”天蓬闻言，忙拱道：“太尉，大战在即不宜把盏，当先排兵布阵。”笪殷郇入座，转脸问道：“今无一贼兵前来，正好痛饮解乏。令驻兵固守星门，待逆贼日久懈弛，然后出大军击之，有何不可？”天蓬忙道：“只怕戌闰升将军……”笪殷郇一听，霍地站起，指着天蓬怒道：“什么戌闰升将军？难道他还能管得了本太尉饮酒么？”天蓬无奈，不再劝阻，任由他去了，自己去了门外等候。戌闰升率中军方至，见笪殷郇已入神府，便来察看，见天蓬坐在台阶上，便问道：“将军为何独坐？”天蓬摇头道：“来时并无贼兵侵犯，太尉正在里间饮酒，末将不胜酒力，故在此闲坐。”戌闰升直接闯入府中，见笪殷郇与驻星守将正在宴饮，一时火起，怒斥道：“你身为副帅，率军前来当先布阵才是，却为何在此欢饮？”笪殷郇将酒盅一摔，怒道：“戌闰升！你大胆！本太尉何时轮到你来管了？”戌闰升怒道：“朝中汝为太尉，军前汝为吾副帅，安能不从军法？”笪殷郇拍案而起，怒道：“我偏饮酒，你待怎样？！”戌闰升大喝一声道：“军中行刑官何在？”几个别样衣装的将士入前，齐拱道：“末将在！”戌闰升令道：“副帅笪殷郇目无军纪，着令乱棒打出！”将士左顾右盼不敢执行，武德和天蓬忙入内看，笪殷郇暴跳如雷，骂道："戌闰升，你敢造反！"武德和天蓬忙来劝解，二人又乱骂一通，不欢而散。

戌闰升与笪殷郇及众将连守半月，仍不见轩辕昊来犯，笪殷郇道："大军空耗时日，不如班师回朝。"戌闰升赞同，一时传令下去，大军收戟待发。勾弋襄忙道："将军何故班师？倘若轩辕昊突然袭来，又当奈何？"戌闰升还未说话，笪殷郇便道："半月未见贼出一兵一卒，想必已闻风丧胆，岂敢来犯？"话刚说完，就听探兵来报道："轩辕昊率大军来了！"戌闰升大吃一惊，忙令众将披甲执戟，整装备战，天兵们如梦方醒，揉眉擦眼，全无锐气，军中怨声沸腾。戌闰升喝道："传令下去，逃战怯战者斩！"先锋武德、戌闰罡、戜亞先出星门迎敌，笪殷郇与天蓬所率左右两军士气低迷，无心再战，二将只得喝令驱战，大军徐徐涌出星门，门外喊声震天，大有破门之势，大军才出去又被杀回来，戌闰罡喊道："贼兵围得铁桶一般，此刻插翅难飞，不可强攻！"说罢，与武德、戜亞又勒马转入星门。笪殷郇见状，顿足道："只恨我一时大意，以我堂堂天廷太尉，拥兵数十万，却不能发一矢、获一贼，今却困于此处，岂不坐以待毙！"戌闰升吼道："兵临门下，岂可束手待毙！请太尉随本帅率军从北星门掩杀出去！"武德忙上前道："轩辕昊未必认得你们，还是末将来引兵突围！"说完就令先锋戌闰罡、戜亞先出北星门，武德披挂提刀，打马杀出。轩辕昊四路大军眼看就要攻破东、南、西三星门，却见北门忽然打开，武德真君率兵冲出。轩辕昊急道："急令大军堵截！勿使逃脱一个！"轩辕昊举枪骂道："武德星君！还不下马受死！"武德拍天马上前，怒骂道："逆贼，窃据众星海不说，今又犯我天阙，本将奉天尊之命讨逆，还不缴械投降！"轩辕昊哈哈大笑道："武德听着，你我皆臣事于玉帝，而玉帝被笪殷项弑杀，篡夺了天位，你当随本王诛杀此逆贼，为何反与本王为敌？"武德笑道："你儿子姬轩辕昏庸无能，故而灭亡，天道如此，岂能强为！"轩辕昊怒道："本王大义讨逆，尔等休想活命！"说完挥枪出战，大军如潮般杀来，喊声震天，忽然三星门大破，四下形成夹击之势，武德、戌闰罡、戜亞三将左劈右砍，各杀数百贼兵，已是疲惫不堪，忙令突围，驻星守将勾弋襄奔逃不及，当场毙命，天廷大军四散溃逃，损失大半。戌闰升、武德、戌闰罡、戜亞、笪殷郇、天蓬领兵杀出一路，惶惶逃往天极星方向，所率二十万大军仅剩七万余。逃回路上，武德星君问戌闰升道："笪殷郇要班师，将军为何不阻反而允了？岂不知将军为主帅，如今惨败，必获大罪。"戌闰升叹道："我岂能不知兵法？只是天尊既命我为帅，却又派他来充当副帅，分明是监视我也。笪殷郇乃太尉，此战若败，罪在我身，此战若胜，功在彼身，他便会居功自傲，越发器张跋扈。”武德星君叹道：“将军与笪殷郇交恶，只对他一人即可，岂能以十几万将士性命作儿戏？”戌闰犴勒马站定，盯着武德道：“十几万将士葬于笪殷郇之手，而非我之过。太尉质疑用兵，何时听得我一言半句？此番吃了败仗，我为主帅自当领罪，但天尊任用笪殷郇为副帅，难道就没有过错么？再者笪殷郇此战失利，必受惩处，这也不是个坏事，笪殷郇权力越小，三界危害就越小。”武德星君摇头道：“若是女娲娘娘挂帅，绝不会如此。”戌闰犴打马道：“若天尊让笪殷郇此贼为统军副帅，女娲娘娘是绝不会挂帅的。”说完打马朝前奔去了。

轩辕昊一战拿下银蛇星海神府，又亲率大军乘胜追击，一路连克圣安、白虎、天狮、玉狮、天兔、天平、天狼诸星海神府，于天狼星海神府驻扎，以图再伐。不题。

话分两头。此时正值琪花盛开，女娲闲来无事，便吩咐婢子们备茶于后园亭苑，又叫伏羲谦、碧霞、碧玉、尚翠、娇珠、鹿慧、洛雅一同赏花。不一时茶点备齐。女娲在娲犟、皂嫘的陪同下来到后园，款款走上玉阶，至亭苑就座。碧霞、碧玉、尚翠、娇珠、鹿慧、洛雅围坐一起说笑，各个冶容秀骨，柳娇花媚。园中琪花放玉，芃树吐绿，桃花破蕾，万紫千红，玉栅溢彩，七宝池旁有一眼天泉，浮翠流丹，清冽可鉴，好一个迷人景致。湘君和湘妃拥着伏羲谦一径到亭苑里，与女娲上坐了，湘君与湘妃从旁，女娲瞅着她笑道：“以前见了为母就滚到怀里来了，怎的现在不了？这会儿绷着个脸儿，越发像个大人了。”伏羲谦抿嘴一笑不作声。鹿慧和洛雅斟上茶来。女娲捏着伏羲谦的手儿，叹道：“我们在此对花赏玩，不知你哥哥驰驱战场，这时候可好否。”伏羲谦撇了撇嘴儿，端起茶奉上，笑道：“母后且宽怀饮啜，我哥哥忙着立功，他那个人心硬，什么事儿都做得出来，连他自己家尚且引兵搜查，战场上对敌，自然也不吃亏的。”女娲瞅一眼碧霞、碧玉和尚翠，见碧玉立眉翻眼儿的，便笑道：“你就看不得他，其实你哥哥也疼你的。”伏羲谦努嘴儿，呆呆凝望亭前芃树。女娲叹了一声道：“你也不去看看他，什么时候才来？真要把你撇下了？”伏羲谦忙道：“爱来不来，我不稀罕的。”说着眼圈儿红了。碧霞见状，笑道：“只饮茶颇枯燥，不如作诗来，也添些个趣味儿。”尚翠笑道：“除了伏羲谦妹妹，这里谁会作诗呢？”只见斓姁在一旁偏着头儿道：“还有二少主，也会作诗的。”娇珠听了笑道：“我哪里会作诗，不过胡乱吟两句罢了。”伏羲谦叹了一声道：“我虽会吟诗，可并无好句，还是天寿、天阳、天荣、天昌、天显、天庆、天羽七个姐姐素精音律，佳吟颇多。”女娲听见了，附耳笑道：“那天我看了你们几个写的诗，我看她们几个倒没写什么，就你写的那诗才是反诗，幸亏为母眼尖手快，不然就闯下大祸了！”伏羲谦笑道：“当时气愤，随手写了几句，也未想后果。”女娲一笑，转脸对娚翚道：“取笔墨玄帛来，叫她们要吧。”伏羲谦急道：“还是算了，我哪里有这个兴致呢。”说着又转脸儿问娙珠道：“娙珠姐姐，你呢？”娙珠忙摇头儿笑道：“我也无兴趣。”女娲笑了笑，长叹一声道：“唉，那便算了。你们哪里有文采，要说写诗，谁也不如姝涵，那可是天造，学是学不来的。”尚翠笑道：“既不作诗，就要个别的，我见碧玉姐姐有个神奇的簪子，可对着水能画出彩虹来呢。”伏羲谦忙道：“真的么？碧玉嫂嫂，快将你那簪取下来，画一个看看。”碧玉笑道：“这簪子还是母后给我的嫁妆呢。”碧霞瞥她一眼，笑道：“叫你画你就画，啰唆个什么！”碧玉将娇鬟轻轻一拢，抽出玉簪儿来，举起纤手儿往空中划了一个弧，忽然天空就出现一道大彩虹，众人仰面望着，满心欢喜。碧玉笑道：“这神奇也只有我的这个簪子做得到呢。”尚翠戏她道：“炫弄个什么！除了这簪子，你还有何物？”碧玉脸儿一偏，笑道：“我有碧玉年，故有碧玉簪，我有碧玉壶，壶中栽满碧玉花，花阡旁有碧玉椽！”说着咯咯地笑了起来。碧霞戏她道：“可有碧玉蹄？”这话儿一出，只见碧玉把眉一蹙，惹得女娲和众婢都哄笑起来。女娲笑道：“碧玉簪，碧玉壶，都是为母当初给你的嫁妆，那时候为母还舍不得呢，现在看来，什么东西好也不如一家人欢乐一起，不分不离的好。”婉镜弯着玉指儿掩口笑道：“碧玉蹄有何用，不如四少主有个‘碧玉郎’呢！”伏羲谦听了，微微一笑道：“就像这彩虹，虽美，然而最终也会消失。”说着蹙眉叹息。女娲望着伏羲谦笑道：“我儿，他不在你想的，他真要来了，你又给他脸子，换成谁也不乐意的，如今他是你夫君，你不待他好些儿，他愿意来么？”伏羲谦羞晕满额，低头拈带。女娲见伏羲谦又要伤感，便对碧玉道：“拿来簪子给我儿看看，这个簪子当时要是有我儿在，我是舍不得给你呢，早就给我儿了。”碧玉一笑，将簪子递了过去，伏羲谦接过细看，果然晶莹剔透，彩光熠熠的。伏羲谦转悲为喜，问道：“母后，只这一个簪子有这神奇么？”女娲笑道：“三界之中绝无仅有。”伏羲谦又问道：“这簪子是哪里来的？为什么就独有一个？”女娲笑道：“这个碧玉簪是婉妗送予我的。”伏羲谦和娙珠不约而同问道：“婉妗？”众婢都将目光投向婉镜，弄得她倒不好意思起来，莫名其妙瞅着女娲。女娲笑道：“不是咱们府上的婉镜，我说的是西王母，就是轩辕昊府上的婢子邠夙，在凡间轮回时叫作杨回，归一后叫作婉妗。”伏羲谦笑道：“西王母在哪里？”女娲道：“如今住在紫微垣北极宫。”伏羲谦又问道：“她一个婢子，为何叫作西王母？”女娲笑道：“因为邠夙是二大王轩辕昊的妾，邠夙死了，为母将她元灵从聚灵阁救出来，从西天门投下，到了凡间西域昆仑山轮回，而后她附体于一雪虎，有了仙体，由于能够运行法力，故而能千变万化，因女姬与轩辕昊是夫妻，玉帝称女姬为王母，那邠夙又是轩辕昊的妾，玉帝按理也该称她为王母，所以，昆仑山精灵和地仙，皆称她为西王母，所以她就叫西王母了。”伏羲谦听了，愣怔了半晌，一时无话，只是抿嘴而笑。婗珠好奇问道：“这么说，这碧玉簪便是西王母送给母后的答谢之礼了？”女娲笑道：“这簪子原本就是为母的，不，现在应该说来是轩辕姝涵的，为母下界造人前曾往太阳宫去见轩辕媓，却见到了盘古太师的灵身，他赐为母一把昊灵宝剑，为母在取剑时，见有一个簪子，当时不知这是谁的，现在才知那是形天遗留下来的簪子，也不叫碧玉簪，碧玉簪是为母将簪子作为嫁妆送与碧玉后，她自己就叫成碧玉簪了，其实它叫作‘環曲珠簪’，自带神力，为母在界下常以此簪点化生灵。说来话长，当时下界造人，为母教会女姬造人之法，为母在怀仁造人，遣她去善元造人，并许诺成功之后便给她奖赏，后来为母便将这支簪子给了女姬，也不知怎的这簪儿却到了邠夙手里，邠夙虽然死了，可这簪儿的确不同，仙体死了它便能随了灵体，为母送邠夙元灵下界，她自取名叫婉妗，归一之后自成仙体，便将这簪儿送给为母，作为答谢，可她哪里知道，这簪儿原本就是为母的。”婗珠自言自语道：“是姝涵妹妹的……”伏羲谦接着道：“原来是这样儿，一个簪儿却有这么多故事呢！”女娲笑道：“婉妗用这簪子在人间使出不少神奇，就连凡间的周穆王姬满都被她迷住了，皆因这支簪子，还从中原跑去西域看她呢。”伏羲谦伸了伸舌头，笑道：“啊？还有这回事？母后讲来听听。”女娲笑道：“也没什么，那时凡间周穆王欲伐西域犬戎，西王母为避免战乱，邀请周穆王姬满游昆仑山，为使姬满看到归一之后的真容，便用这環曲珠簪儿将那天池挑了一挑，那天池便斜挂起来了，姬满终于看到真容，这才相信自己原来能修真成神，于是罢兵回朝，潜心修真，终得正果。至今那天池还倒挂在那里呢。”伏羲谦问道：“为什么？”女娲笑道：“当时西王母送走姬满，返回仙洞，侍婢贾陵华、许飞琼、董双成、段安香急忙来见她，许飞琼问她道，‘那斜立的天池还未放回原处，如何是好？’西王母答曰，‘一时竟忘记了，就让它立在那里吧，但若凡间女子有缘，来这里看看那池水，便能有了花颜月貌，岂非善事？’所以，水镜便永久斜挂在那里，后人在那里建造了望镜台，只要凡间女子在那镜台前望着水镜多站一会儿，容貌便会美丽。”伏羲谦笑道：“果真有那么神奇？”女娲笑道：“凡间西域有布伦托海，便是此天池。”说罢，女娲与众婢又说笑一会儿，不题。

话分两头。常言道，兵败如山倒。戌闰升、笪殷郇、武德、天蓬率残部一路狼狈而逃，快到西天门时，却见有个白衣翩翩的少年站在西天门外眺望，只见他身着龙袍，头戴帝冠，额上花冠缀玉，犹如赤瑙雕镂，其光璨璨，面若白玉，其势甚威。笪殷郇指着天门问戌闰升道："此少年乃轩辕健乎？"戌闰升笑道："确是轩辕健，蕊珠宫少主大婚，轩辕健为凤婿，太尉吃了喜酒，亲眼所见，又何必问我？"笪殷郇打马前去问话，才到跟前，见他却在远处，再追前去，他仍在远处。笪殷郇纳闷，疑道："真是个'望山跑死马'，轩辕健方才明明就在眼前，却为何总是到不得跟前？"戌闰升笑道："吾闻《昊经》曰：'真龙见首，不见其尾'，轩辕健乃真龙也。"笪殷郇斜睨他道："《昊经》何在？此皆妄说也，大大王伏羲昊故弄玄虚，假托太古神之说，荧惑人心，与自己谋利，若果有《昊经》，其安敢造逆耶？"戌闰升一笑不语。笪殷郇瞅着武德星君，问道："此虚幻否？为何近若眼前，却遥不可及？"武德星君连连摇头，笑道："不知，不知。"笪殷郇问道："你果不知？尔等瞒得过天尊，却逃不过我眼，戌闰升将军险些被斩，轩辕健突来法场，降下血雨，我看有几个人竟然伏地跪叩，其中就有你武德，不知你为何要跪他？轩辕健究竟是何人？"戌闰升暗吃一惊，急忙瞅武德一眼，武德星君笑道："太尉差矣，我见天尊起身走向轩辕健，故而跪叩，此乃君臣之礼，太尉何必见怪？倒是我见有那么几个神臣，于天尊面前全无人臣之礼，其心叵测。"笪殷郇竖眉瞪眼，怫然道："你！"天蓬在一旁窃笑，笪殷郇又摆手道："罢了，罢了！"才说完又听见身后有天马嘶鸣声，众皆回头看去，见笪殷卓打马前来。笪殷郇和戌闰升、武德、天蓬四将迎了上去。笪殷卓一拱，对笪殷郇道："天尊已知尔等兵败，故急召兄长与诸将进宫见驾。"笪殷郇也不答话，驱马就走，诸将策马跟去。

至灵霄殿，正要入拜，却见笪殷顼抬脚走出，立于阶前，一言不发地盯着诸将，千里眼和顺风耳紧随过来。笪殷郇见笪殷顼面有愠色，躬身退在一旁。笪殷顼怒道："尔等大败而回，却不速来复命，在那西天门逗留什么！"笪殷郇惊汗而下，跪地奏道："臣方才见到轩辕健在西天门，身着龙袍帝冠，浩气凛然，故而……"笪殷顼大惊，急问道："轩辕健何在？为何身着帝袍王冠？"笪殷郇回道："臣等追赶，却近前不得，想必皆虚幻之象。"笪殷顼暗思道："我虽居帝位，而三界非议至今，他们见轩辕健身着龙袍帝冠，莫非昊天帝祚将有变？"想到这里，已无心再问战况，只是来回踱步，约莫一会儿，又突然站定，瞅着戌闰升、武德、天蓬，问道："你们可见到此景象？"戌闰升回道："确有此景象。"笪殷顼心事重重，转身朝殿内走去，一边道："尔等且退下，本尊少时再召。"诸神躬身一拜，皆退去了。

却说须菩提正在园中亭苑内把盏浇愁，想起香哝、媚凤、玉奴离去，嫱娟在界下又无音讯，不免一番长吁短叹。正愁间，忽见精卫走进来，欠身道："少主，外边钟颀和戌闰升来了。”须菩提听见说他们二人来访，回过神儿忙出去迎接。见面互相作揖了，钟颀便笑道：“少主好雅兴，自斟自饮，乐在此间。”须菩提拱道：“稀客稀客，多时未见二位，此刻忽至，令人惊喜。”钟颀笑道：“所谓‘偷得浮生半日闲’，我也是刚刚从宫里出来，本来欲与少主把盏尽欢，所以约了戌闰将军，不速而至，不想少主已独自酌饮了。”须菩提连忙请入亭台，各自坐下，又叹道：“我也为些个俗冗愁闷不行，心中有羁绊，故而借此消愁。”说着又令精卫道：“去再取酒盅，添些新酒。”精卫去了。钟颀问道：“莫非少主担心界下某事？”须菩提点头儿道：“倒是有一个事，一会儿再请教先生。”说着又转脸问戌闰升道：“你不是领兵去平贼了么？怎么回来了？”戌闰升叹道：“唉！不敌轩辕昊，此一战损兵折将无数，大败而归。”须菩提问道：“折损多少兵马？”戌闰升答道：“二十万大军仅剩七万。”须菩提摇头道：“不料你一战却惨败至此，何故？”戌闰升道：“笪殷项既封我为主帅，却又遣笪殷郇为副帅，这布兵行令，不便处可想而知。”须菩提又问道：“如此大败，笪殷项未问罪么？”戌闰升道：“并未问罪。”须菩提疑道：“这却不大可能，其中必有蹊跷。”说着看钟颀一眼，钟颀道：“此罪免不了，迟早要问，只是怕笪殷项此时顾不得呢。”须菩提道：“哦？轩辕昊都快兵临天门了，他还有比这个更紧要的事儿么？”钟颀笑道：“这个你得问戌闰将军。”戌闰升便将笪殷郇见轩辕健幻景而后奏报笪殷项之事详细说了。须菩提听了，忙问道：“那贼有何举措？”戌闰升摇头道：“什么也没说。”须菩提道：“笪殷项事在心中，别看他表面正直，有言道，‘莫信直中直，须防仁不仁’，他越不说话，越要防他才是。”戌闰升捏着茶盅，怒道：“笪殷项胆敢预谋我主，我便是拼了一死也要与他要个结果！”钟颀叹道：“莫说他了，说说你在那凡间有何困扰事？”须菩提道：“先生可未卜先知，就请教先生。”钟颀问道：“请教何事？”须菩提道：“一个被打下凡间的仙婢，过去在蕊珠宫，我只想知道她今在何处？”钟颀瞅着他问道：“此女子与你有关？”须菩提道：“无关。”钟颀笑道：“与你无关，何以占卜？”须菩提道：“有一点儿关系。”钟颀笑问道：“到底有关还是无关？”须菩提笑道：“有关。”钟颀掐指念诀儿，而后道：“此女子今在冥府，因机缘未到，故尚未投生。”须菩提道：“她定要投生么？”钟颀道：“也不尽然，只是她若不投生轮回，如何归一仙界？”须菩提思忖片刻，问道：“若投生凡尘，不知其寿几何？”钟颀道：“凡尘之初，人皆为女娲娘娘取五行之土所造，如人祖达旦和伊娃，以及女娲娘娘和女姬所造首批人类，皆长寿也，以至有八百岁高寿者，最低寿者也一百二十岁。太古时，女娲娘娘造化万物生灵，令圆融神主持人类婚配，方有繁衍，此后生育之人，皆有天元、地元、人元，三元各有六十寿，共计一百八十岁。至于各人其寿几何，实不好说，若知养生、戒慎者，最高寿可至一百八十岁，否则，毕竟肉身，自会损失。天元之寿，决于固定精神，若精神不振，则天元之寿减矣；地元之寿，决于善恶，若谋为过当，以致恶业太重，则地元之寿减矣；人元之寿，决于养生，若饮食不节，纵欲无度，则人元之寿减矣。当禁忌时不知回避，当吝惜时不知自爱，精神日以损耗，病体日以侵来，其寿日以促灭矣。”须菩提颔首，又问道：“凡人于天界外，其之寿数，天、地可决之否？”钟颀笑道：“女娲娘娘造人，非一抔土之易事也，虽为血肉之躯，然而血肢皮肤，髓脑筋骨，水脏精脏，神经脉络等俱全，细致入微，可谓内中包罗八万四千毛窍、一万二千精光、三万六千出入、二万八千形景，无一非其神元以主之。人可主肉体，而天元、地元皆由天、地主之。至于谪仙轮回凡间，其寿命尽决于天元、地元，无关于人元。”须菩提闻言，自语道：“不知嫱娟她在界下……”钟颀转脸问道：“少主方才说什么？”须菩提忙道：“没什么，没什么。”接着又沉吟道：“看来我不得不去冥府一遭了。”钟颀忙道：“正合我意。我也要去冥府一趟，既然凑巧，我便与你同去。”须菩提斜睨他，笑道：“莫非是先生预先知我心事，故而来此？”钟颀笑而不答。戌闰升忙道：“先生既有异能，何不给我看看？”钟颀瞅看了他半晌，笑道：“我即吟诗一首，你自细细品味。”三人说着话，就见鹿慧与精卫都来了，为他们一一斟茶，戌闰升瞅见鹿慧，不好意思低头，钟颀莫名一笑，徐徐吟诗来，诗云：

君自宝瓶来仙台，谁说人神不自在。
阂山勒马听涂歌，何必婞很遭剋害。
凡尘此劫遥迢路，孟婆十汤卓夺裁。
只言入冥出午门，龙廷一手天地开。

见戌闰升眉头紧锁，须菩提瞅着他笑道：“听此诗，老友似乎有难也。”戌闰升问钟颀道：“莫非我此战失利，将有牢狱之灾？”钟颀闭目不言。须菩提道：“老友性刚直，婞很二字犹为轻，应该算得刚愎了，即使无关此战成败，将来也必引火烧身。”钟颀笑道：“一切自有天命，怪不得别人，只须走一步看一步而已。”戌闰升问道：“先生之言甚是。不过最后一句，‘言入冥出午门’‘龙廷一手’之语当作何解？”钟颀道：“进出一方金殿午门，意为手握大权，位极人臣。”戌闰升笑道：“这么说，我先得祸，又因祸得福，看来还是不错。”须菩提笑道：“凡事须小心，多多提防才是。”正说着，一旁的鹿慧一边添茶，一边道：“先生可否给我占算一下，看看我的命运如何？”戌闰升瞅了一眼鹿慧，转过脸去。钟颀见状，笑道：“哦？不知这位仙婢是？”须菩提立即道：“先生，此乃舍妹鹿慧，我母出征时收养。”钟颀连忙拱道：“失敬，失敬！我不知乃是少主阁下，还望海涵。”鹿慧一抿笑道：“我哪里算得少主，只是侍奉娘娘的一个婢子罢了，先生不必客气。”钟颀思忖片刻，沉吟道：“我素来不与未出阁之女子占算天机也，此乃大忌，不过你既然问起，我也不好回绝，亦赠诗一首与你，自去品味吧。”鹿慧笑道：“若先生不便，就当小婢未说，不必勉强。”钟颀笑道：“不妨不妨，我也只是吟诗一首而已。”说着也吟了一首，诗云：

仙魂似有谪落时，无限春意唯自知。
不与人道惊梦浥，苦海尽头是相思。
花开花谢曾几多，忘却新愁又旧事。
就恨人间离恨天，敢问归一是否迟。

须菩提、戌闰升接诗细细吟玩，俱笑道：“好诗！好诗！”鹿慧将手中玄壶往几案上重重一放，脸色一沉，嗔道：“什么好诗！”说罢，转身就与精卫走了，头也不回一直穿过角门，出了园子。戌闰升与钟颀齐道：“这……”须菩提转脸望着角门，又莫名其妙盯着钟颀，两手一摊，问道：“这又是何故？”钟颀笑道：“看来我这一首好诗，却害得我们酒也饮不得了。”戌闰升问道：“此诗声口超卓，极好也，为何鹿慧不悦，反而气恼？莫非诗中暗藏玄机？”钟颀叹道：“是好是坏，只有听者知道，至于其中深意，如人饮水，冷暖自知。”

三人正谈笑风生，忽见斓姁进来，福了一福道：“二少主婂珠在外面，说要见父亲一面，有紧要的事儿说。”钟颀听见，不欢喜道：“她能有什么事儿，不知我在陪少主和将军把盏么？”斓姁忙道：“那小婢就如此回她。”须菩提忙道：“慢着。”斓姁才转身又转回来，须菩提对钟颀道：“我婂珠妹妹难得见你一回，你们父女就好好聚一聚吧。我与戌闰升在此稍坐一会儿就好。”钟颀轻叹一声道：“唉，好吧，我这个女儿最是俏皮，我若不去，怕是与我没完呢，二位请自便，我去去就来。”说罢，三人又作揖告别。

且说婂珠在园门外等候，见钟颀出来，忙迎了上去。钟颀问道：“你有何事？最近也不知道忙个什么，也不来见父亲一面。”婂珠叹道：“父亲莫怪，我也想看望父亲，只是姝涵妹妹她……她独自一人在地牢，我哪里走得开？”钟颀四顾一下，低声问道：“在这里不说，可否找个安静处？”娉珠忙道：“父亲随我来宸恩殿吧，有一个偏殿，虽说现在没人住了，可那里倒是很安静。”钟颀忙道：“就去那里。”走过一条长巷，转过一处桥榭亭台，便来到宸恩殿。坐定后，钟颀先问道：“为父问你，你可是与那轩辕健有私情？”娉珠听了反觉羞愿，便转身去端茶，一边说道：“父亲。”钟颀疑道：“有一说一，有二说二，为父就要听你亲口说，到底有无此事？”娉珠将茶水奉上，钟颀接过呷了一口，目不转睛地盯着她。娉珠坐了下来，一弯玉臂垂下，只是拈带。钟颀问道：“怎的不说？”娉珠低声道：“女儿不孝，未曾受父母之命，媒妁之言，今确与轩辕健已结为夫妻，请父亲责罚。”钟颀放下茶盅，又问道：“果真？”娉珠轻轻点点头儿。钟颀问道：“那姝涵乃是轩辕健发妻，难道她也愿意？”娉珠抬眼瞅了钟颀一眼，叹道：“就是姝涵妹妹要我嫁轩辕健的。”钟颀问道：“如此说来，并非我女儿本意，而是被帝后逼迫的？”娉珠只是拈带，一语不发。钟颀霍地起来，吓得娉珠赶忙站起来，不敢正看，只是偷眼而觑。钟颀踱着方步，笑道：“我女儿莫怕，不想我女儿真有此极贵之命，为父早就细究你命理，确有大贵之相，本以为你来仙界，或可能入宫做个妃子，现在看来，乃是龙帝之妃也。”娉珠本以为钟颀会大发雷霆，不料却听到这一番话，一抹桃红映了粉脸儿，背过身子去，回道：“女儿与轩辕健情投意合，并不是姝涵妹妹逼的，是我愿意的。”钟颀颔首道：“好！此为昊天之意，非你我可决断之，既然女儿有此姻缘，不论将来好坏，皆与龙帝生死相依吧。”娉珠嗯了一声点点头儿。钟颀又坐下叹道：“唉，这是女娲娘娘执意逆天而行，囚禁帝后，只怕是将来这恩恩怨怨不易消释。”娉珠忙问道：“父亲是否已知将来之事？”钟颀叹道：“险象环生，不可预知也。”娉珠泣道：“我倒没什么苦处，只是我姝涵妹妹身在囚笼，一步也出不去，只怕时间久了吃不消呢，如今女娲娘娘已将伏羲谦嫁给轩辕健，目的已经达到，为何非要囚禁姝涵？父亲快想想办法吧。”钟颀叹道：“唉！为父有何办法？女娲娘娘势欲熏心，此刻听不进只言片语，她想做的事儿，谁人能拦挡得住？”娉珠听了又抽泣起来，钟颀又叹道：“你照顾好帝后罢，将来的事儿，好坏总有个结果。”见娉珠不说话，钟颀又长叹一声便出门走了。

娉珠见钟颀走了，自己伤感一会儿，想到姝涵又放心不下，便朝地牢去了，才过了轩廊，就见洛雅来了，见礼已毕，洛雅问道：“好久未见姝涵，只知道她被娘娘幽禁了，不知道人在哪里？你若知道，千万与我一个方便，让我去见见她罢。”洛雅与姝涵本是旧友，不须细说，洛雅虽住在蕊珠宫，但因娉珠是二少主，便处处谦逊，说话间就一连福了几福。娉珠拉住她，苦笑道："我们还分什么彼此，况且你我都在这蕊珠宫的，你若拘泥礼数，倒让我觉得生分了。至于姝涵，就在地牢里，不过，莫说你见不了，就是除了我和娘娘，谁也进不了那地方，地牢的门儿早被娘娘施法玄封了。"洛雅闻言，叹息一阵子，又问了问姝涵的近况，娉珠便说了，两人又相对而泣一会儿，不题。再说伏羲谦自与轩辕健办了婚礼，便再也未见过他一面，心里实实苦恼，也不与湘妃、湘君、精卫、婉镜她们说话，姁翚和皃嫘两个婢子听说，便与女娲说了，女娲无奈，心里怨恨轩辕健，一时也想不出个好办法，也只得由她去了。伏羲谦与精卫和婉镜讨来酒，自己胡乱吃几杯，一觉又睡过去一天。女娲知道了，越发着急，便来探望她，见她躺在榻上，粉悴烟憔，鬓乱云偏，女娲唤道："我儿，这是怎么了？"伏羲谦不理不睬，攥着衾被一角儿，两眼呆呆地瞅着轩窗。女娲便叫来鹿慧和精卫、婉镜几个婢子，一一问过。女娲又坐在榻前，捂着脸儿泣道："快起来吧，这的睡下去，便是活人也得死了。"说着就将她搀扶起来，伏羲谦笑道："若能死了倒是好的。"女娲立眉嗔道："尽说什么混话！"这时，精卫和婉镜来扶她下床，伏羲谦嗔道："你们别扶我！"说着甩开她们来，自己来到妆台前坐下。女娲忙又跟过去陪着坐了，伸手儿给她挽着雾鬓，叹道："你这是怎么了？若是为了那个没良心的，为母这便与你去寻他来，问一个明白了，为何就把我女儿撇下不管了。"伏羲谦吃吃笑道："我夫君不要我了，我们还寻什么？"女娲一愣，越发觉得她疯痴了，赶忙吩咐鹿慧道："去我屋里，将妆奁子取来！"鹿慧应了一声儿，去不多时取来一副，镜梳首饰俱全，还有一只七彩异光的小水晶瓶子，伏羲谦伸手儿就握在手里，端详了一会儿，见这小瓶子玲珑可爱，脂泽宛然，又放在鼻子前闻一闻，顿觉云香犹滞。伏羲谦一会儿笑，一会儿又蹙着两弯细眉。女娲一边给她梳头，一边道："这是个稀罕的东西，据说只要吃一滴，可驻十天年青春，这可是婉妗交我的，说这瓶里是玄冰露，人间九千年日月精华方生出这么点儿，一共也没有几滴，她自昆仑山归一来时，蓄在腋下，来到仙界又将腋窝割开，一滴一滴挤出来，蓄在这个小瓶子里，专门叫人送来给你的。"说罢又拿起瓶子要打开了，伏羲谦劈手夺过扔在地上，努着小嘴儿怫然道："谁要这个破东西呢！我要驻什么青春的，我可是佛灵珠儿投生的，青春永不逝，给那些个人神用去吧。再说了，有什么用？我夫君能因为我吃一滴这个什么玄冰露，便要我了么？"女娲闻言，大吃一惊，想起自己不小心吞下了摩尼珠儿，怀了伏羲谦，不想她自己却说了出来，暗思道："莫非我儿知道自己来历？"想到这里，又叫鹿慧捡起那瓶子，小心放起来。又赔笑道："好，不吃就不吃，我女儿不用吃这个的。"

伏羲谦自言自语道：“夫君，我自有深意，只是你对我薄情。如今你欲做负心郎乎？”说着又咨嗟一回，抬起手儿抓乱鬅髻，扳下翠簪儿来。女娲见状，瘫坐在椅子上，泣道：“这却是为何？我到底造了什么孽的，你成这样儿了，却叫我怎的？”伏羲谦笑道：“重梳，重梳。”嘴里念叨着，自己又拿起玉梳子，遂对镜梳完，又到女娲面前央道：“母后引我去找夫君吧。”女娲忙道：“好好，这就去。”说着又去搂抱她，才抱到怀里，就见伏羲谦头儿一歪就昏睡了过去，鼻息微微，无半点儿动静。女娲见状，长叹一口气，将她抱到榻上，而后命婢子搬来一只小琉璃凳儿，自己坐在门口守候着。

且说伏羲谦不觉蒙昽睡去，觉得自己离开了瑶轩阁，先出了拱门，又穿过轩廊，一味地乱走。此刻心里昏昏沉沉的，想去见了轩辕健当面重托一番。心里已经响起了说辞，道：“夫君你知道我的这颗心，全是为着你的，倘夫君允肯，那自不必说了，若仍是不允，妾也必无生理了，只望夫君怜念我母后，好好照应着些儿。”心里又想去见轩辕姝涵，与她当面说个透彻，就算是死也瞑目了。又乱走一会儿，渺渺茫茫不知身在何处，不似在蕊珠宫的光景，定睛一看，荒草连天，一望无际，只觉冷雾蒙蒙，凉风飕飕，不由得心惊肉颤。伏羲谦踌躇不定，忽然见迎面过来一人，青衣披纱，手执拂尘，笑嘻嘻招手道：“不知少主驾临，请随我入府上拜茶。”伏羲谦犹豫片刻，厉声问道：“你是何人，敢闯入我家园子？”那人笑道：“分明是少主来到我的府邸，怎么说我在你家的园子？”伏羲谦问道：“你的府邸在哪里？”那人手执拂尘一指，笑道：“你转身看看，就在那井里。”伏羲谦转身一看，果然有一口井，吓得面无血色，望着那人怒道：“大胆，井里安有府邸？你是什么人，敢欲谋害我么？”那人笑道：“少主息怒，我乃井龙神是也。你且跟我来，我知你是要去找你的夫君，我却对你有个说法，你莫犹豫，若是错过了机会，将来必永堕入幽冥地狱，万劫不复的。”伏羲谦羞得正要躲避，忽然被那人扫了一拂尘，不禁身子向后倒去，“哎哟”一声就坠入井中，本以为自己要死了，突然感觉一股热气袭来，顿觉神怿气愉，抬头看去，自己正走入一条笔直大道，两旁水幕斜挂，微波粼粼，不似水井，隐约间又好像记得了前世今生之事，只是急切体会不到。一会儿又赶来七八个宫婢，珠绕翠围，将她迎入一座大殿，细一看大殿门上有“井龙水晶宫”五个大字，皆是琉璃紫金镶嵌的，进入宫殿，就见殿内宽敞，金碧联辉，富丽堂皇，伏羲谦此时心内也不怕了，见那人身着紫袍金带，来到她面前，稽首道：“井龙神拜见少主。”伏羲谦缓缓坐下，笑道：“起来吧，你是龙神，安能拜我？”井龙神起身回道：“在下只是蕊珠宫井龙神而已，少主乃我主，我岂敢不拜！”伏羲谦笑问道："哦？就我家里园子里一口井就有龙神，那不知天界有多少井，有多少井龙神？"井龙神拱手回道："只有八口井中有龙神，女娲娘娘乃太古真龙，我等皆为其徒子徒孙，娘娘所居之地，岂能无井龙神？"伏羲谦疑道："啊？你说什么？我母后是太古真龙？"井龙神回道："正是，正是。"正要再问，又见殿门外波光闪闪，好似有光线自外间映入，伏羲谦问道："门外有水，光自何来？"井龙神笑道："回少主，那就是井口。"伏羲谦惊得目瞪口呆。一会儿，宫婢来奉茶，伏羲谦接过呷一口，顿觉清爽惬意。伏羲谦又问道："你适才说什么我要永堕入幽冥地狱，这是何意？请你从头指示，使我免于堕落，我也正有一段孽缘无法解脱，敢求上仙明谕。"井龙神颔首道："少主果然聪颖，一点即悟。我正为解少主孽缘而至，我要只是说，你未必肯信，望少主随我到前面看一样东西，你即了然矣。"伏羲谦疑道："看什么？"井龙神笑道："少主勿疑，随我来便好。"说罢转身向侧门而去了，伏羲谦急急地跟着井龙神同行，出了侧门就见一弯湖水，安静且明亮，宛若一面镜子，伏羲谦问道："此处有什么要我看的？"井龙神回头，指着湖水道："请少主看那湖面。"伏羲谦看去，果然隐隐显出一幅画面来，里面竟然是轩辕姝涵被女娲毒打，割了脸皮，又被碧玉推入井中的情景。伏羲昊惊心骇目，捂着脸儿不敢再看，一会儿又睁眼看去，见姝涵正在地牢里哀哭不绝。伏羲谦泣道："我看到的便是我姝涵姐姐，她果然被害了么！"井龙神手一指，叹道："那却算不得什么，请少主再看。"伏羲谦随着他所指望去，果见隐隐一带天门，被云雾遮护，就见西天门二字，其余也看不清楚，忽然见须菩提押着轩辕健来到天门前，几个天兵将轩辕健摁在地上的一个镇灵玄架上，将那七寸玄沤钉拿来，举着天锤，一寸一寸钉入他的手和脚，血流如注，直到将他钉在镇灵玄架上，看着触目惊心，又见几个天兵抬起镇灵玄架，推下了西天门。伏羲谦大惊，侧目问道："我哥哥安敢如此？！"井龙神又道："莫急，莫急，请少主再看。"伏羲谦再看去，少顷，又见水面中出现一情景：

伏羲谦与娇珠到了一带天门面前，细一看天门深锁，两根玄石柱顶端一匾，题着"中天门"三个金碧大字。天门旁边有一座紫金宫，娇珠上前叩门，一个八九岁垂髫小鬟开门出来，一张瘦削削的脸儿，雪白粉嫩。伏羲谦仔细一看，似乎认得，就见小鬟急问娇珠道："姑母，中天门禁地，尔等至此，欲要何往？"娇珠指着伏羲谦，急忙道："我不是姑母，我是你庶母，这是你母后，欲轮回界下，请去察知门神一声。"小鬟把伏羲谦望了几眼道："这不是我母后，我母后在蕊珠宫地牢里，庶母常在那里，岂能不知？"说着即回身入内去了。伏羲谦悄悄问娇珠道："姐姐，将才分明是我女儿，为何不认得我了？”娽珠叹道：“她如今自知底细，瞒是瞒不过去了。”伏羲谦方欲再细问，只听得殿内鼓瑟齐鸣，那小鬟又出来道：“庶母请进吧，门神有请。”二人跟进去，见案上螭炉紫烟缭绕，十二对仙娥手执玉麈、锦扇、金炉、秉圭，排列两旁，门神头戴峨冠，端然正坐中央。娽珠引着伏羲谦上前参见道：“我们欲往界下去，请求通融。”门神慌忙下来，匍匐在她们面前不敢仰视，回道：“岂敢，岂敢，只是二位娘娘未获天尊允准，岂能私自下界，恕在下不敢通融。”娽珠忙道：“门神不必如此，快快请起。”门神起来，赐她们二人一双金丝绣墩坐下，门神自在金丝绣墩上坐了。门神拱道：“二位娘娘宿根在此，何故往界下去？私自往界下，稍不慎便投生于绝地，或永堕幽冥，岂不是让女娲娘娘痛彻心腑么？再者说，龙帝已入幽冥，如今生死未知，不如二位娘娘暂在天阙等候，若龙帝真是盘古转世，昊天正统，自会打上界来，到时候与二位娘娘自会相聚，如果这时下界，即使在下通融，下界也不知后果，万一有个三长两短，以致前功尽弃，岂不可惜？”娽珠颔首道：“门神所言甚是，只是我母后女娲一时昏昧本性，将我姝涵妹妹囚禁，又将我伏羲谦妹妹嫁给龙帝，是为帝后，既然龙帝在冥界，我们便入冥界寻夫，生死相依，不离不弃，即使永堕地狱也在所不惜，还望门神怜悯，放我二人下界。”门神摇头，叹道：“二位娘娘当在仙界勉力修持，不可下界去，在下明说，虽然下界得女娲娘娘庇护，与轩辕健二度轮回体于凡间皆为姻缘，也无法了却这一世因果。反而伏羲谦娘娘中道悔悟，自道出假帝后始末，一切将重新来过，于人间分离，二位娘娘灵体与肉身分离，只留七魂六魄支撑肉身，一个元灵在天廷后宫独守，一个元灵在灵界一心向佛，而肉身却承受离人磨难，种种恩怨情仇一时难以消释。”伏羲谦泣道：“为甚是这般？既然元灵脱俗，为何却让我肉身承受离人磨难？”门神回道：“轩辕健肉身亦在磨难中，若肉身与你肉身继续婚姻，你让那帝后情何以堪？帝后若震怒，旧恨新恨齐入来，女娲娘娘及一门亲属将死于凶变，肉身人间亲人将无一存活。”伏羲谦摇头道：“我固不信，我姝涵姐姐会如此待我。”门神回头叫小鬟来到面前，问伏羲谦道：“娘娘可认得此人？”伏羲谦道：“我女轩辕丁。”门神摇头轻叹一声，转身又问小鬟道：“丁剑，你可认得你母后？”小鬟回道：“自然认得，不过她不是我母后，我母后如今在地牢，乃是帝后轩辕姝涵。”门神又问伏羲谦道：“娘娘尚在幻觉乎？轩辕丁乃是姝涵亲生，被女娲娘娘所夺，寄予你名下收养，为何却说她是你的女儿？”伏羲谦道：“收养就不是女儿么？我与我姝涵姐姐分何彼此，她之女如我之女也。”门神瞅着伏羲谦道：“此一时彼一时，娘娘，轩辕丁必为救母而坠入凡间，虽被笪殷顼加害，阴差阳错，但你们始终相逢，你肉身必恶此女，请问，娘娘还将她视为己出么？”伏羲谦怒道：“我女儿矣，我焉能不视如己出！”门神摇头儿道：“娘娘息怒，请听在下细细陈述。就如娘娘现在这里，必然是如此想法，是如此感情，但是，一旦到了那界下，一如梦境适得其反，仙凡思维、感情截然不同，只怕不由你了，你肉身在凡间不容轩辕丁，亦不容婞珠，更不容轩辕姝涵，请问娘娘，你能容乎？你方才问在下，轩辕姝涵安能如此待你，你再细细思之，以仙人之思维，她又岂能容你与轩辕健肉体继续姻缘？焉能让你肉身亵渎龙帝？仙界有仙界的道理，人间有人间的道理，一来一往，依然不能相容，前一世争斗，后一世依然争斗，最终只会落得个自取灭亡，这便是娘娘你元灵为何下界轮回，又于中道返上天界之故也。”伏羲谦闻言，低头深思，婞珠劝道：“既然如此，伏羲谦妹妹于人间中道归来，那肉身之事与我们有何干系，不去管便罢了，由他们去自生自灭。”门神叹道：“二位娘娘肉身也是如是想法，仙界亲人与她们何干，任由被帝后杀绝而不闻不问，既然如此，二位又何必非要去界下招惹祸患？但是，在下不得不明确一点，那轩辕健肉体自与二位娘娘肉体不同，他已为龙帝轮回，盘古为帝父，轩辕健为帝灵，其肉身乃为帝子也，三位一体，岂能分开？必会念及帝后，与娘娘肉身断绝，并非无情无义，实乃‘一人在两界，忧患灵肉身’，不得已而为之罢了。”伏羲谦泣道：“我断乎不能相信。”门神回头对一仙娥道：“将那《极经》取来，与娘娘察看。”仙娥应了一声入内，半晌捧出一只玛瑙盒子来，交与伏羲谦，婞珠顺手打开盒子，果然有一部经卷，只看碧莹莹一团绿光。正欲打开，却被门神按住，笑道：“二位娘娘想看此经卷不难，只是看之前须饮一物。”婞珠问道：“是何物？”门神回道：“只是玄液一盅，以此情结仙体，方能阅览经卷，了悟此中因果，否则打开亦是无字书。”说着又令仙娥赐玄液。伏羲谦与婞珠各接过银盅，呷一口，顿觉满口清芬，即如玄露灌顶，神清气爽。再看那《极经》，钿轴已然徐徐展开，璀璨明亮，轴上铣着“极经宝鉴”四字古篆，打开来，便见是玄帛上并无只字半语，却如悬挂的一面明镜。婞珠与伏羲谦惊讶望去，见境内隐隐数座金殿贝阙，再细看去，犹如玄天门情景，见一方牌楼，上有“轩辕宫”三个紫光水晶大字。又见碧瓦金甍的三间正殿，闳壮接云，正中一殿有殿额，上嵌“乾坤殿”三个琉璃大字，殿中有一男一女端坐，细看原来是轩辕健和轩辕姝涵。一会儿又转入另一画面，见轩辕健在界下凡间一条路尽头，忧郁落寞状，转身与一女子作别，决然离去，那女子却在路的另一头，再看那女子面貌，忽隐忽现，伏羲谦心中方恍然，那女子面庞似曾相识，竟是自己俗身。

伏羲谦正在惊讶之际，忽然听见井龙神道：“少主！少主出来！”伏羲谦猛地回转，见井龙神在一旁，而自己正站在一片湖水旁观看。伏羲谦问道：“我就在这里，你为何唤我出来？”井龙神回道：“我见少主看得仔细，险些入定也，若不及时唤出来，万一仙体入定，而元灵闯入湖面幻境中，那更是一度天地了，只怕陷入其中，万劫不复。”伏羲谦吃了一惊，再看时，那湖水中已是烟云弥漫，朗无一物。伏羲谦呆呆观看，问道：“幻境中情景，果然是真的么？”井龙神见她神色若明若昧，便执拂尘朝她背后一扫，喝道：“少主还不醒悟来，要等到几时？！”只觉得自己又往下坠落，伏羲谦惊慌不安，大喊一声“哎哟”，惊得一身冷汗，急开眼看去，见自己却在寝室内，女娲闻声赶来，抱着她喊道：“我儿！快醒醒！”伏羲谦翻身坐起，星眸慵展，见女娲在身边，方知刚才是一场噩梦。再细思梦中之境，竟然真真切切，顿时了然明悟，一时心底将那些个愁怨情痴一扫而尽了。

女娲忙问道：“你可好了？”伏羲谦笑道：“此刻颇为清爽，不想睡了，现在只是渴得慌。”女娲听了又惊又喜，忙令精卫和婉镜取茶，一时茶端进来了，伏羲谦捧着一口气饮了两杯，抿嘴笑道：“这茶真好吃。”女娲见伏羲谦这一觉醒来，忽然精神抖擞，倒有些儿不安了，急问道：“你怎的了？一惊一乍的吓死为母了。”伏羲谦笑吟吟道：“母后只管放心，我一切都好好儿的。”女娲细看她脸上有红有白，说话声音也与平时一般，毫无半分病容，心内诧异，问道：“你真的没事儿么？为何方在梦里惊叫？”伏羲谦瞅了女娲一会儿，握着她的手儿道：“母后是最疼爱女儿的，女儿现在有一件心事儿须与母后商量，还望母后应允。”女娲叹道：“什么事儿未曾允过你的，不论什么事儿，只要为你好，为母必然允了你，你且说来听听。”伏羲谦笑道：“女儿于梦中得仙人指点，已知我今生后世，前因后果，母后若为了女儿好，切不可明知故昧而自遗伊戚，就请母后放了姝涵姐姐，让她与轩辕健在一起好好的，如此我们将来才有个好的结局，我既与他成婚，即使是个名分也已知足了，我便终身不再嫁与他人，只愿去那灵界修为来世。若女儿再贪恋不醒，将来必定遭了天谴。母后如若不信，觉得女儿说胡话，女儿发个毒誓，绝无半点儿虚言，这一觉梦里确实梦到许多未来之事，不可不察呢。”女娲听了惊得目瞪口呆，怔了半晌道：“你说的什么疯话，为母却一毫不解，好端端儿的怎的了？梦中之事多渺茫，安能真就相信？好女儿，为母见你全好了，才消了三分忧愁，你又何苦来让为母担心！你切勿乱想，我这就领你去太阳宫找轩辕健去，他若执定不允，为母就是与他拼命都要逼他与你在一起的，也要让他遂了你心愿，这些个事，都交在为母身上。”伏羲谦听了，急得跳下床榻来，捂着脸儿顿脚道：“母后非要我下界去受那些个苦难么！”说着就哭了起来。女娲叹道：“好女儿，咱们现在去太阳宫，见了那个克星再说好么？为母答应你，若你这番见了他，仍要如此，为母便不再强迫你，你要断了婚姻去灵界修行我也不反对，只是若要姝涵出来，为母还得权衡一番的。”伏羲谦点点头儿，只盈盈向她一笑。女娲想定主见，便回密室换一身衣服，领着伏羲谦直奔太阳宫去了。

话分两头。笪殷项惊闻戌闰升与笪殷郇目睹轩辕健身着龙袍帝冠幻景，心中不安，密召笪殷元、笪殷汤、笪殷郇、笪殷卓四人商议，遂令笪殷郇将目睹轩辕健幻景之事一一详告。笪殷项问道：“既有幻景，想必确有其事，不得不防，卿等有何良策？”笪殷元拱道：“可派兵去蕊珠宫搜查，若发现轩辕健私藏龙袍帝冠，便将他拿获，治他反叛谋逆之罪！”笪殷汤忙道：“不可轻易行动，蕊珠宫乃女娲府邸，若贸然前往搜查，只怕伤了左相须菩提之心。”笪殷卓道：“如此说来，你的意思是不去搜查了么？”笪殷汤道：“也不是不查，须借故将须菩提调离才好搜查。”笪殷项笑道：“轩辕昊逆贼率大军正在逼近，本尊令须菩提亲自挂帅前往讨贼，再命人搜查蕊珠宫，岂非一举两得？”笪殷元喜道：“天尊果然妙计！”议定之后，笪殷项即令须菩提挂帅，火德真君与武德星君为副，钟颀为军师，提兵二十万前往天狼星海御敌。

须菩提接旨，颇为不安，问钟颀道：“笪殷项一向疑我，为何却突然令我率军御敌，此间可有阴谋？”钟颀思忖片刻道：“贼心难测，少主当心才是。”须菩提道：“我正欲与军师一道去冥界拜望陆正，这时却要奉旨讨逆，我若不去，则笪殷项必治我抗旨不遵之罪，如之奈何？”钟颀笑道：“少主岂能不去？少主手握二十万大军，谅笪殷项也不敢放肆，少主何忧之有？”须菩提叹道：“也罢！即刻发兵！”说罢，即令天蓬、涂山阂、李靖、哪吒、金吒、木吒等众将帅为先锋，率十万大军一路向天狼星海进发，又令火德和武德率兵十万，夹击圣安、白虎、天狮、玉狮诸星。天蓬、涂山阂等一战即破天兔、天平、天狼等星，轩辕昊率军逃窜。不过三日，又听说武德与火德大军已将轩辕昊所侵占诸星神府尽皆收复，须菩提便快马将捷报传至天廷，并下令在天狼星神府摆宴庆功。须菩提大醉，于神府内歇息，钟颀前来劝道：“少主明日便可班师回朝。”须菩提斜倚在榻上，问道：“士气正旺，我正欲一鼓作气直捣牧夫星，消灭轩辕昊，军师却为何让我班师？”钟颀摇头道：“万万不可。”须菩提翻身坐起，疑问道：“有何不可？”钟颀回道：“少主可还记得昨日轩辕昊阵前一席话？”须菩提疑惑，斜睨他问道：“轩辕昊之言不足为信，这可是军师亲口说的。”钟颀叹道：“其言并非全不可信。”须菩提低声道：“军师这是何意？”钟颀笑道：“少主莫急，听我慢慢道来。轩辕昊固然谬论，但有一言不可不察，即‘笪殷顼性残不仁，刁滑奸诈，实乃无道昏君’，天界有轩辕昊与伏羲昊两大势力在，尚可牵制笪殷顼，我等也有用武之地，笪殷顼必不敢轻易加害我等，倘若少主消灭轩辕昊和伏羲昊，笪殷顼从此再无外患之忧，必会铲除异己，树置所亲，到那个时候，我等难免会落个鸟尽弓藏，兔死狗烹的下场，三界尽握在他手中，这以后恐怕更不得安宁！”须菩提低头沉思片刻，点头儿笑道：“军师高见远识，所言极是，我实未想到。”钟颀又道：“我也只是据实而言罢了。”须菩提问道：“可是我发兵之前，军师为何不及早提醒？”钟颀叹道：“我忽闻笪殷顼怀疑轩辕健私藏龙袍帝冠，欲令勾弋丛搜查蕊珠宫，故而劝少主班师，以防不测。”须菩提长叹一声，钟颀问道：“少主何故叹息？”须菩提道：“若笪殷顼非天廷之主，我若见他便一掌劈死，只是他今乃是天尊，我若杀他，便落个弑君之罪名，眼下进退两难，唯有叹憾。”钟颀说道：“只要少主权衡利弊，暂避锋芒，待龙帝归来，必能重振天廷。”须菩提陷入沉思，久久不语。半晌之后，即传令全军翌日班师。

却说女娲领着伏羲谦去太阳宫，一闪念已到了宫殿门首，门外一带琪花瑶草，穿过一条琉璃路，女娲径直来到门前，见大门紧闭，女娲拍打几下，不一会儿大门徐徐开启，云巭和妡婵出来了，见是女娲母女，心里虽不高兴，又不好怠慢她们，只是福了一福，一句话也未说，就引女娲和伏羲谦入内，路上女娲即问道：“轩辕健可在？”云巭回道：“在后园里。”女娲笑道：“哦？他一个人？”云巭回道：“就他一个人，这几天一直都闷在后园，好像心里有什么事儿，只怕是想姝涵想的。”女娲瞥了她一眼，嗯了一声，沉吟道：“该想的人他不想，不该想的人他却想。”云巭和妡婵闻言，掩鼻一笑，继续往里走。进入偏殿客堂，轩辕媓早就坐在桌旁饮茶，女娲欠身拜道：“许久未见，不知媓姐姐已归一，媓姐姐一向可好？”轩辕媓见了她没什么好气，只是转过脸，一言不发。女娲知她气恼，也未计较，拉着伏羲谦拥在怀里，笑盈盈地坐下了。妡婵上了两盏茶，退在一侧，云巭端上果品，也退在一侧，目不转睛地瞅着伏羲谦，见她两条细眉颦蹙，低头捏弄着裙角儿，时不时还瞅轩辕媓几眼，模样儿十分可爱。轩辕媓呷了一口茶，头也不抬地问道：“你来做什么？我好不好你不知道么？不想你还认得我这个姐姐的。”女娲笑道：“妹妹晓得姐姐生气，特来给姐姐赔不是。”轩辕媓瞅着她道：“既来赔不是，我倒有个要求，若妹妹还认我这个姐姐，就请将我的姝涵放出来，让我们一家团聚，我便既往不咎，咱们还是一家人。”女娲半晌不说话，见轩辕媓盯着她不松开，苦笑道：“姐姐，为何要厚此薄彼，我家伏羲谦已与轩辕健大婚，难道伏羲谦就不是你媳妇儿么？”说罢，就抹泪儿哭了起来，拉着伏羲谦起身欲走，轩辕媓忙道：“怎的？你把我姝涵囚禁起来了，我就不能说两句？你要去哪里？”女娲泣道：“既然姐姐不认这个媳妇儿，我母女还在这里做什么？看姐姐脸色么？”轩辕媓起身走了过去，拉住女娲道：“要走也得吃了饭再走，再者我还没见见我这新媳妇儿的面呢，怎么能说走就走？”说着又将女娲拉到椅子上坐了下来。轩辕媓瞅了一眼伏羲谦就愣住了，暗思道：“这可是伏羲谦？果然生得姿容绝丽，我看这天界除了她能与我姝涵媲美，再也没有第二个人呢。”想到这里，便盯着伏羲谦不放，把个伏羲谦看得不好意思起来，一头扎在女娲怀里。轩辕媓笑道：“这可是伏羲谦？”女娲拭了一把泪笑道：“正是，她就是认生，故而如此，在家里她可不是这样儿的。”轩辕媓笑道：“害羞什么，快过来，让为母好好看看我这儿媳妇儿。”女娲抱起伏羲谦，瞅着她笑笑道：“你听见了么？还不去你母后那里的。”伏羲谦努着嘴儿，浅浅一笑，而后转身过去就扑到轩辕媓怀里，叫了一声“母后”，接着哇的一声哭了起来。轩辕媓搂着她，轻轻拍着她的背儿，心疼道：“哦……哦，好了，好了，看我儿媳妇儿心疼的，这是怎的了，怎么见我便哭了呢！”女娲在一旁道：“这孩子心里委屈的，婚礼都办了，就是不见轩辕健在哪里，这几天可伤心坏了，疯疯癫癫的，我怕她出个什么事儿，便带来见姐姐，顺便也见见轩辕健，让他们一起说个话儿的。”轩辕媓接着安慰伏羲谦道：“不要伤心，不要伤心，轩辕健那个坏家伙，为母替你打他，看他还敢不敢欺负我媳妇儿了。”伏羲谦这才慢慢转过身来，挨着轩辕媓坐着，不停地瞅着她。轩辕媓笑道：“我可是真喜欢这个儿媳妇儿呢，生得这般乖巧。”轩辕媓握着伏羲谦的手儿笑问道：“身体可好些儿了？”伏羲谦笑道：“回母后的话儿，我其实并没有什么病，只是这两日情绪稍有不佳。”轩辕媓又凑近细看她，虽带着几分病容，或颦或笑，越发地袅娜轻盈。女娲问道：“不知轩辕健在哪里，也不来看看他新婚妻子。”轩辕媓闻言，看了一眼云旲和妡婵，问道：“圣主去哪里了？”妡婵笑道：“还能在哪里，就在后园里呆坐呢。”轩辕媓脸一沉，嗔道：“快去叫他过来看他妻妾，难道要我女儿去请他不成？”伏羲谦一听女儿两字，知轩辕媓喜欢她，便又转脸儿瞧女娲，女娲也高兴，冲她笑笑。妡婵应了一声便要出去，伏羲谦赶忙道：“姐姐先等等。”妡婵站住瞅她，只见伏羲谦从袖子里取出一块锦帛，递给妡婵道：“把这个给他吧。”妡婵笑道：“知道了，小女主。”伏羲谦一愣，问道：“你叫我什么？”妡婵笑道：“小女主，姝涵是我们这里的女主，你就是小女主呵。”伏羲谦脸儿一红，低头笑道：“知道了，你快去吧。”轩辕媓和女娲见状，都笑了起来。

且说云癸和妡婵两个仙婢出得门来，便笑嘻嘻朝后园去了，没走几步云癸就站住了，四顾无人，对妡婵笑道：“把那锦帛拿出来，瞧瞧是什么。”妡婵笑道：“看什么，圣主的东西我们怎可以随意看呢？无非就是定情物儿什么的。不过我还真喜欢这个伏羲谦，生得那么美，和姝涵一样儿了。”云癸小嘴儿一撇道：“不看就不看。哼，谁说她和姝涵一样儿了？气质上差姝涵半截儿呢。”一边说一边进了后园，来到轩辕健跟前嘻嘻笑个不停。轩辕健道：“没大没小的，只管笑什么？”云癸噘着嘴儿道：“不是你说的不要多礼么，怎么就说起大小了？”轩辕健笑道：“我也不计较。怎么，你们一来，肯定是没什么好事情，不然怎肯来呢？”云癸和妡婵一个挽着他的左臂，一个挽着他的右臂，搀他起来道：“圣主，你新媳妇儿找上门儿来了，圣母娘娘叫你过去呢。”轩辕健一愣，脸色大变，问道：“不是都说了是假婚礼么？她怎么就来了？”妡婵笑道：“嗯，她还有一个东西给你呢，也不知道是什么，你看看吧。”说着便取出伏羲谦的锦帛，递与轩辕健。轩辕健接过，打开来看，云癸和妡婵也拢过来同看，只见上面写道：

夙闻红颜薄命，妾亦如是，与夫君邂觏之缘，以致坠入相思。燮眼夫君避去，既后唯有斜雁，不见音讯。虽婚会奢华，高朋满座，犹不足以蔽掩虚荣；虽强颜作笑，筵前劝酒，又岂知妾心悲凉？弦乐宴歌，有声皆恨。听轸琴痴望，望夫君于凝情。于兹二十六日矣，妾所萦愁者，无价宝易求，有心郎难得！空守星移斗转，任凭铅华消褪。妾非金凤，何敢悽悽觅真龙？亦非烟絮，岂能依依逐清风？昔者龙驭幸临，恂乃二姓之好，唯愿陪欢杯盏，共枕于鸳帏。后知我夫君与姝涵姐姐盟以姻好，天造地设，独一无二，使妾之心死，不能复苏焉！妾之虚愿，贪心妄想，醒矣！尽矣！妾心非石，唯数日心摇若失，相思填臆，意怏怏近乎狂，魂癫癫以如痴，妾若罔死，可慰离绪乎？心碎肠断，从此决绝。片语如晤，聊表心意，足矣，毕矣！

伏羲谦信后附诗一首道：

不尽惆怅因一人，丽容憔悴只为君。
君若厝疑妾情愫，应看玉腰瘦几分。

云癸和妡婵看完惊得捂着嘴儿张望轩辕健，忍不住落下泪来。轩辕健看完，亦愣了半晌，慢慢收起锦帛，长叹一声道："唉，这叫什么事儿，叫我怎么做。"云巭低声道："我怎么觉着姝涵和伏羲谦都这般可怜。"妡婵急道："可怜什么？不论怎的，还是让女娲娘娘把姝涵妹妹放出来才好。"云巭嘴里嗯嗯着，连忙点头儿。轩辕健与云巭和妡婵，一同至偏殿客堂，猛地见伏羲谦一手掀着珠帘儿，默默立在门首望着，更觉她姿容消瘦，楚楚可怜。伏羲谦见轩辕健来了，羞得连忙背过身子去，便进了里面挨着轩辕媓坐下了。轩辕健进来，与女娲问了好，轩辕媓嗔道："好个没心肺的儿子，你结婚了，却把你媳妇儿一个人扔在那边不管不问的，你是要怎么的？"轩辕健连忙作揖道："母后息怒，孩儿……"伏羲谦听了轩辕媓那句话，一阵心酸，又滚下泪来。轩辕媓道："快过来坐在我儿身边。"轩辕健勉强笑着趋步上前，挨着伏羲谦坐了。轩辕媓笑道："我们在这好生碍眼，让他们小两口一起说说话儿吧。"说着向女娲丢了个眼色，二人便出外去了，云巭和妡婵退出，将门儿闭了。

轩辕健赔笑问伏羲谦道："我闻得你病了，可好些儿了？正想着过去瞧你呢，只是……"伏羲谦努着嘴儿，低头拈带，低声道："只是什么？妾若不来，我知你不会去的。我本无病，不过一时急火攻心，睡了几日便好了，还是我母后嚷着传出去说我病了，其实没什么事儿的。妾来这里，非为别事，有句话儿和你商量，不论真假，毕竟我们夫妻一场，不来和你说说也不是为妻之道。"轩辕健笑道："谁说是假的？"伏羲谦一愣，瞅着他半晌说不出话来，抬起玉笋般的指尖儿掠过云鬓，灵眸四流，回波欲笑，又把那双细眉尖儿微微一蹙，低声道："夫君，不是说只算帮忙的，尽皆是假的么？"轩辕健忙从袖子里取出锦帛，在她面前一抖，笑道："这可是你写的？"伏羲谦一瞧，两颊飞起一抹红，赶忙将一双笋指儿掩了双眼，盈盈地扭过身子去。轩辕健起身踱步子道："我与你有何仇怨，只是你母后囚禁姝涵，令她与我分离，见不得光景，莫说我心中实不忍，就说你却忍得么？"伏羲谦也慢慢站起来，泣道："我来此，就是为了这个的。"说着遂细细将那梦里的情景由头至尾说了一遍。伏羲谦转过身去，一边抹泪儿，一边徐徐泣道："姻缘是勉强不来的，姝涵姐姐与夫君天造地设，正统夫妻。夫君且放心，妾只是来道别的，既有仙人托诸梦寐，指示妾迷途知返，妾若执迷不悟，必永堕尘劫，历转不已。今日妾告知于夫君，从此你我天各一方，了却前因，妾言尽于此，夫君明了妾心妾意，妾已经知足了。"轩辕健未想到伏羲谦忽然说出这一番话来，走过去，扳过她的香肩，望着她笑问道："好吧，你说的可是真的？"伏羲谦痴痴地望着他，使劲儿点了点头儿，那表情斩钉截铁，毫厘不能回转似的。轩辕健瞅着她扑哧一笑，说道："何为天意？我即为昊天，我即是天意。你梦中不过见了井龙王一面而已，只把自己说得如此幽幽凄凄，你以为断了姻缘，去那灵界就好么？不论结果好坏，一切都是劫数，就如我劝你母后释放姝涵，她不愿释放，就如玉帝被笪殷顼弑杀，这些个事情谁能阻挡，又如何改变？有些个事情一旦注定，是改变不了的，你即使强迫改变，也自有它的结果，这个结果也许是好，也许是坏，也许先好后坏，不如顺其自然的好呢。”伏羲谦闻言，好似一个焦雷从头顶飞过，怔了好半会儿，哽咽道：“妾何曾改变过初心，然而却不由得妾，母后有母后的私心，夫君也有夫君的道理，顺其自然对妾而言犹如幻梦，妾何曾为自己主张过？”说着，不由得放声大哭起来，轩辕健无奈，摇摇头儿走了过去，伏羲谦一下就扑倒在他怀里。女娲与轩辕媓正在隔壁偏殿内饮茶，先时只听他二人唧唧哝哝絮话，猛然听得伏羲谦大哭，众人兀然吓了一跳，忙忙地一起走入，轩辕媓急问道：“我儿，怎的了？”女娲见伏羲谦抱着轩辕健，掩口一笑，拽了拽轩辕媓，使个眼色，轩辕媓会意，两人又赶忙与婢子们退出去了。

伏羲谦看准轩辕健性情大变，已是死心塌地，两个人又挨着一处坐了，说说笑笑，不一会儿又忽然皱着一双细眉，痴痴地瞅着他，瞅了半晌又长叹一声，眼泪便簌簌地坠了下来。轩辕健追问道：“这又怎么了？”伏羲谦不应，尽管低头揾泪，那一个可怜的情态，好似风吹菡萏，雨打桃花，画是画不出来的。轩辕健低低地问道：“可是怨恨我呢？”伏羲谦猛地摇着头儿，一言不发，只把个粉脸儿偎着他的肩膀，拉着他的手儿呜呜直哭，泪儿如乱滚的银珠儿一般。轩辕健叹道：“不哭了可好？真是‘急惊风撞着慢郎中’，你有什么难处，和我说个明白，我也好替你分忧，你不言不语，却叫我怎么好。”伏羲谦拭了泪痕，抬起头儿瞅着他，叹道：“我也知道想起我姝涵姐姐，她那么苦的，有道是‘河里孩儿岸上娘’，我却一点儿办法也没有了，夫君若是能救她出来，那该多好，妾同姐姐们一起服侍夫君。”轩辕健叹道：“你母后一句也不听，依然故我，不晓得将来我入主天廷，她却如何与我见面，与姝涵如何见面。”伏羲谦紧锁双眉，泣道：“我母后她就是‘胳膊只折在袖子里’，说起来也叫作孽，可她就是不从，我求过她几次，一点儿用都没有的。”轩辕健道：“原来你是为姝涵着急，你这样儿，我心里也安慰多了。”正说着，云奚敲门儿道：“圣主，小女主，圣母叫你们过去那边吃喜酒。”伏羲谦一听，破涕为笑，拉着轩辕健的手儿，羞涩道：“夫君，我们去看母后吧。”轩辕健点了点头儿，一边走一边道：“若你能再劝你母后释放了姝涵，我们才好做个夫妻，不然姝涵那边，我实在不忍，岂能背离她呢？”伏羲谦回道：“让妾再试试吧。”伏羲谦与轩辕健手拉手儿来到了偏殿，见酒席已经摆列好了，便双双入座，挨着轩辕媓坐下了，女娲见他们好了，心里自是高兴，席间无话，吃喝完毕，轩辕媓瞅着轩辕健笑道：“你领媳妇儿去转转，她才来，还没见过太阳宫呢。”轩辕健应了一声，与伏羲谦出去了，云英和妡婵跟在身后陪着。

轩辕媓见没人了，对女娲笑道：“现在你可放心了？看他们这样儿，我都喜欢得不行。我无其他要求，只望你将姝涵放回来。”女娲叹道：“轩辕健或是真心也未可定，我不妨姑且答应了姐姐，博得个大家欢喜，若是轩辕健变了，我随后再想法儿挽回便是了。”轩辕媓听了一愣，笑道：“你这话儿真是叫人难过，姐姐我是这么想的，只要你欢欢喜喜的不动气，凡事总是好商量的。我晓得你的意思，是怕你将来有些个担心，并不是我不遂你的愿，只要能让你放心了，我便有想法的，咱们岂能由着孩子们任性？”女娲听了，摆着手儿道：“唉！姐姐多虑了，你这话儿是要折杀我么，我只是说姝涵和轩辕健在一起了，将有多少人觊觎天位，将有多少人阴谋叛乱？说个实心话儿，我让轩辕健立我女儿为帝后，好歹妹妹这里也有个照应，不论是谁，他要反天，总得看我的面儿上，料他们也没有那个贼胆，姐姐何必当我是私心呢，天王当时遗嘱，也不过就是让我照应好天廷，我现在是有苦也说不出，只是叫姐姐也把我当成了坏人。”轩辕媓倒笑起来，又安慰了一番，最后笑道：“其实也没有那么严重的，就算姝涵为帝后，伏羲谦为帝妃，这也不影响大局的，难道妹妹因为伏羲谦是帝妃就不照应轩辕健了么？我知道，妹妹是担心我健儿变心了，不要伏羲谦了，那你却多虑了，伏羲谦这孩子，我自己都喜欢得不行，岂能舍得让她受了委屈？”女娲脸上这才有点儿笑容了，说道：“帝后和帝妃区别大了呢，若伏羲谦是帝后，别人想造反，总得看是谁的势力，想必他们也不敢轻举妄动，若换了姝涵为帝后，她无根无底的，那些反贼什么念头都有了的，谁能晓得会有什么事儿，不为别的，就说一旦造反了，生灵涂炭，万物凋敝，这个我想姐姐也是不愿看到的。不论怎的，就我女儿和轩辕健这事儿，总得让我心里落了地，不然每天提心吊胆的，我也操心我女儿不是么？”轩辕媓叹道：“妹妹的话儿都说到这里了，我岂能不察？我自有办法的，妹妹放心吧，今天我便让你心里踏实了，可好？只是你得答应姐姐，今天让你明明白白看到了，回去以后便将我姝涵放回来了，她是不是帝后我可不管，只要她与我在一起，即使死也要死在我跟前的，如此可好？”女娲笑道：“姐姐总是疑我，若今天他们成了真实夫妻，我回去就放了姝涵，妹妹我这话儿也说了，姐姐放心便是了。”轩辕媓脸儿一沉，即唤道：“云英、妡婵可在？你们进来吧！”云英和妡婵就在门口，闻讯即进来欠身道：“圣母有何吩咐？”轩辕媓望着她们两个，两行热泪簌簌而下，笑着哽咽道：“听我的话，去给圣主送一盏梦灵茶，送他两个去寝殿歇着吧。”女娲听了，嘴角上扬挤出一丝笑容，而云英和妡婵一听，睁大眼睛面面相觑，妡婵忙道：“圣母，那梦灵茶……”话犹未了，轩辕媓摆手儿道：“去吧，我晓得，我自有说法的。”云哭和妡婵福了一福道：“是，圣母放心，小婢这就送去。”说着便退出去了。

却说云哭和妡婵出殿之后，直往南殿走去，一边走一边抹泪儿，一路无话，入殿内取了梦灵茶，细心调制好，满满斟了一盏就送往轩辕健寝殿去了，而后又去了后园，见轩辕健与伏羲谦坐在红亭内说笑，云哭和妡婵走过去欠身一拜，云哭低头道：“圣主，小女主，圣母说了，怕你们累了，要你们去寝殿歇息，过一会儿要用茶了。”轩辕健瞅着云哭和妡婵，笑道：“怎么今天这么着急的？平时我也不歇息，这会儿让我歇息什么？”云哭回道：“圣母只怕小女主不惯，还是歇息一会儿好，这是圣母的吩咐，小婢也只是来传个话儿。”轩辕健疑道：“你两个今天是怎么了？”云哭和妡婵低头不语，伏羲谦道：“那就去歇息吧，顺便也让妾看看你的寝殿，有何不可，何必难为她们呢？再说了，母后既然说了，不要让她操心才好。”轩辕健道：“既然如此，那我们就去寝殿吧。”说着便与伏羲谦去了寝殿，云哭和妡婵奉茶，而后闭门退出。轩辕健坐下饮一口茶，便觉奇香无比，又连饮几口，笑道：“今天这茶水也越发好吃了，以往我怎么就没吃过这么好的茶？”伏羲谦闻言，连忙端起自己的茶呷一口，瞅着轩辕健问道：“有那么好吃么？妾怎么觉得与蕊珠宫的茶也没什么不同？”轩辕健摇头儿道：“确实不一样的，也许你在你家里吃的茶一直都是这个味儿，你当然觉不出来。”伏羲谦疑道：“也没什么特别，莫非你的茶和我的不是一个味儿么？”说着便去端轩辕健手里的茶盏，接过一看，早就见底了，伏羲谦又送到嘴边闻一闻，顿觉奇香袭人，笑道：“确实不同，这一盏茶比妾吃的茶要浓许多。看来，婢子们偏心呢，就给你吃好的，给妾却送来一半的茶水。”轩辕健蹙眉道：“不过一盏茶而已，岂能厚此薄彼？”才说完，只觉眼前蒙蒙眬眬起来，瞅着伏羲谦，横竖看就是轩辕姝涵的模样儿，轩辕健心下颇疑惑，揉了揉眼睛，仔细看去还是轩辕姝涵。轩辕健问道：“你是个谁？”伏羲谦亦觉得奇怪，回道：“怎么？这么快就不认妾了？妾是伏羲谦，你怎么要问？”轩辕健听得明明白白，只听她说道：“怎么，有了新人就不认妾了么？妾是姝涵，你怎么还问？”轩辕健有些纳闷儿，才站起来，又觉得头晕目眩，摇摇晃晃来到伏羲谦面前，痴痴地望她，伏羲谦羞得不行，见他站立不稳，忙扶起他踉踉跄跄来到榻前，将他搀了躺在榻上，笑道：“夫君可是疯了？怎么一回来就这样儿的了？难怪母后让你歇息呢，不然晕倒在后园里，一发不可收拾了。夫君且歇着，等好了的，妾一会儿再来寻你。”说着就要走，轩辕健一把扯住她道：“姝涵，不要离开我。”伏羲谦闻言大惊，娇嗔道："谁是姝涵了？反正我不是。"轩辕健硬拉着她上了榻，笑道："莫要说笑，你就是姝涵，我们才见面，你为何要躲着夫君？"伏羲谦芳心已动，含羞缩身，粉脸通红，努着小嘴儿道："真是羞人了！你快松手吧。"轩辕健道："你是我妻，休要多言，快解衣带。"伏羲谦蒙着锦被，捂着脸儿道："夫君莫要轻狂吧，成何体统？"轩辕健不依，急忙解衣宽带，伏羲谦暗思道："唉，我既与夫君成婚，生也好死也罢，总是他的妻妾了，又何必推拒，不如就从了吧。"才想着就觉自己一丝不挂，已是玉体横陈了，赶忙扯过锦被盖上，而后两只小手儿紧紧捂住脸儿不敢出声。轩辕健只觉是姝涵，此时又被迷昏了头脑，只管大行云雨，只觉得一缕粉香，沁入心脾，伏羲谦正值豆蔻，花蕊未开，只是咬着朱唇儿忍受，一双细眉儿越发颦蹙，他却在混沌状态，只管初施骤雨，她何堪忍耐，玉肌转辗，千推万阻，仍不能脱身，忽然凄吟一声，只觉得生疼，挣扎着将那玲珑玉股儿欲挪开去，不料此时他岂肯松懈，凑上去紧紧跟着，她云鬓蓬松，香汗淋漓，微微喘道："夫君，妾好痛！"说着又将娇躯往上一挣扎便抽脱了，他低头一看，只见衾褥上一片猩红，这才如梦惊醒一般，倏地翻身遽起坐在一边，傻傻盯着她，见她香汗如珠，双手捂着脸儿，忙凑过去问道："我们这是……我们怎么会在这里？"伏羲谦听他这句话，伤心不已，捂着脸儿泣道："夫君说的什么话！"轩辕健吞吐道："你……我……这……"伏羲谦一念恢复天衣，噘着嘴儿翻起身来，斜倚在榻上，泣道："妾身十三年养成，今为夫君所破，夫君却如做贼一般，不肯相认，只管'你你、我我'的，你让妾有何颜面见母后？"说着重蹙愁眉，斜偎半脸，再不愿理他。轩辕健知事已如此，忙去搂着她道："莫要生气，我岂能不认，你是我妻子，从此一处，不分开才好。"伏羲谦闻言，亦抱着他，一脸儿含羞之态，二人又温存一番不题。

女娲与轩辕媓在偏殿内等候，此时已见伏羲谦与轩辕健进来问安，女娲瞅一眼伏羲谦，见她鬓娴波娇，桃花映面，心中已明白八九分。轩辕媓见轩辕健低头不语，就像是做了错事的孩子，一时忍不住偷偷抹泪儿。女娲挽着伏羲谦笑道："媓姐姐，今天在太阳宫也坐了很久了，我们这就先回去了，姐姐若得闲时，便去蕊珠宫吧。"说着又对轩辕健道："伏羲谦先回家里，过三日你便来接她过来，你的妻子，不要让为母操心才好。"轩辕健不答话，只是深深一揖，伏羲谦俯首拈带，一身的羞娇态度，瞅着轩辕健笑道："夫君，三日之后便来接妾。"轩辕健低头嗯了一声。女娲才转身，轩辕媓就在身后道："你别忘了放我姝涵回来，不然我可真要去蕊珠宫寻你了。"女娲转过脸儿一笑，而后就拉着伏羲谦的手儿走了。

却说女娲与伏羲谦一转身便随一团紫光来到蕊珠宫门前，就见碧霞、碧玉、尚翠、精卫、婉镜、鹿慧、湘君、湘妃、娼翚、凫孋等站了一排，翘首盼望。女娲便感觉出了事，忙赶去问道："你们为何在此？"碧玉回道："母后！你走后没多时，天兵就闯入宫里了，将小婢们都赶了出来，这会儿还在各殿中抄查呢！"女娲一听大惊，怒道："快，领着少主暂往门楼躲避，我去看看是谁这么大胆！"说着便要进宫去看，才走两步又转头问道："我的姝涵和娇珠今在哪里？为何不见娇珠出来躲避？"鹿慧忙道："怕是在……在地牢里。"女娲转身就走，边走边笑道："如此我就放心了。谁说我囚禁姝涵是错的？"众婢闻言，急忙簇拥伏羲谦去了门楼。女娲进入前院并未见天兵，又急入后园，只见数百天兵正围住瑶轩阁，将殿内的东西都搬到殿外，并且翻箱倒柜，乱砸一气。女娲怒火中烧，拔剑往前去，怒喝一声道："大胆！尔等逆贼！敢来本宫府上作乱！"众天兵见是女娲提剑前来，都吓得低头垂手，不敢再动。这时，大理司执法大臣勾弋丛从殿内徐徐走出，径直来到女娲跟前，从袖中取出一道圣旨，瞅了一眼女娲，正色宣道："天尊有旨，轩辕健欲行篡逆，私藏帝袍王冠，着令大理寺执法大臣勾弋丛前往蕊珠宫各殿查抄，但有罪证，即将轩辕健及宫中上下等众一体拿下！"宣毕，又对女娲笑道："娘娘可曾听清楚圣旨？"女娲怒问道："不知尔可搜出罪证？"勾弋丛笑道："我来时已晚，罪证已被娘娘销毁，我岂能搜得到？"女娲听了大怒，柳眉倒竖，星眼睁圆，厉声问道："何以见得？"勾弋丛笑道："请问娘娘，那轩辕健与令爱现在何处？据我所知，方才娘娘带他们出宫去了，可曾将那帝袍王冠一同带走了？"女娲见勾弋丛如此嚣张，怒道："我见你一班狗奴作乱，恨不得断尔之骨，揭尔之皮！尔等安敢放肆！"勾弋丛一听此话，转脸命令手下众兵道："将女娲拿下！"女娲还不等天兵上来，一怒之下挥剑杀死几十个天兵，勾弋丛吓得面如土色，女娲冷笑道："若不是看在你与婵嫣有些个瓜葛，又是我义女鹿慧之生父，本宫今日岂能饶你？"勾弋丛闻言，慌忙逃了出去，急往玉京宫报信。

却说须菩提率二十万大军班师回朝，早就打听到勾弋丛虽然搜查了蕊珠宫，但女娲与亲人们皆平安，于是也未轻动，大军移交完毕，便入宫觐见笪殷顼。笪殷顼听闻轩辕昊大败而逃，被其所占星域尽皆收复，当下大喜，在神乐宫大宴众神，封赏众将。席间，笪殷顼频频举盏，好不快活，令道："今大军凯旋，理应祝贺，着令内廷玺主婳郦起舞助兴。"元真童子忙去传召婳郦，不消一会儿便来到大堂之上，乐声响起之后，只见婳郦着帔顶髻出来，珠翠绮绔，肌肤莹澈，散香气扑，好不迷人。笪殷顼点头儿笑道："起舞。"话音刚落，又一欢快音乐奏响，只见婳郦振袖倾鬟，腰细惊风，秋水澄澄，意态媚绝，秀色撩人。这席上，奉天司祭司大臣笪燕宝身旁坐了两人，一个名叫轩辕宇，一个名叫平茜星。此时，只见轩辕宇不由得神魂飞越，一双馋眼呆望着婳郦，意眩神驰起来。平茜星在一旁窥见，低声劝他道："此女乃婳郦，虽说是个玺主，但也是天尊之嫔妃，我看你色眼眈眈，安敢望此？"轩辕宇闻言，笑道："天尊令其舞，是为让我望也，我又何必客气？"平茜星摇头儿，一笑了之。

酒过数巡，众神渐觉深沉，只等退席。这时候，笪燕宝旧病复发，又低唱浅酌起来。人逢喜事精神爽，笪殷项见诸神欢快，令元真童子将笪燕宝和平茜星、轩辕宇叫到身旁就座。笪殷项笑道："本尊见尔等喜悦，必有可喜之事，何不讲来听听，与本尊分享？"笪燕宝醉眼惺忪，笑道："天兵凯旋，岂非可喜之事？"笪殷项摆手道："本尊并非言此。卿既主奉天司已久，不知天廷时运如何？"笪燕宝醉意正浓，笑道："微臣不知，天尊可问平茜星和轩辕宇两位大神。"笪殷项惊道："哦？二神是何来历，卿竟称之为大神？"平茜星和轩辕宇见问，即上前叩头，并自报家门，平茜星拱道："臣乃是平茜氏族人神，祖居绘织星海，偶遇上神并获提拔，才得以在天廷奉天司效命。"轩辕宇叩道："臣乃是轩辕氏族人神，祖居冰辰星海，幸得祭司大臣栽培，才得以在天廷效命。"笪殷项打量他二人一番，问道："既是笪燕宝举荐，定有大才，就请二位说说，当下天廷时运如何？"二神犹豫片刻，平茜星开始掐指念诀儿，而轩辕宇却目不转睛地瞅着婳郦。须菩提和钟颀见状，手里捏了一把汗，钟颀附耳于须菩提道："笪燕宝酒后必失言，我看他大祸将至。"须菩提低声道："军师何以见得他必是大祸临头？"钟颀低声回道："少主若不信，稍候便知。"平茜星见轩辕宇陶醉婳郦舞姿，便轻轻碰了碰他手臂，轩辕宇仍未觉察，盯着婳郦，两眼放光。笪殷项看轩辕宇盯着婳郦出神儿，问道："本尊独爱玺主之舞，卿亦爱此女否？"轩辕宇一惊，定一定神，支吾了一下，然后拱手笑道："臣岂敢。"笪殷项笑道："有何不敢，既有大才，本尊当重重赏赐才好，卿不必多虑。"说着即令婳郦前来，指着轩辕宇对她道："此乃天廷俊才，本尊将你赐与他为妻，汝愿否？"轩辕宇本以为笪殷项席间玩笑，不料却被婳郦当真，盈盈一拜道："妾领旨，谢主隆恩。"轩辕宇见状，大惊失色，慌忙跪道："天尊恕罪，臣岂敢有此妄念。"笪殷项闻言，哈哈大笑起来，而后让婳郦退下。笪殷项又问道："爱卿不必拘礼，告诉本尊，天廷时运如何？"轩辕宇回道："臣不知从何说来。"笪殷项听了这话，顿时觉得不妙，强颜笑道："卿但说无妨。"轩辕宇拱道："臣以为天廷时运不济。"须菩提和钟颀闻言，心里暗叫不好，再看那笪殷项已然脸色大变，故作惊讶，问道："时运不济？那本尊帝祚若何？"平茜星回道："帝运岌岌。"笪殷项越发如坐针毡，低声问道："时运不济，帝运岌岌，如此说来，本尊不能长久？"平茜星和轩辕宇此时已汗不敢出。笪殷项起身踱步，众神皆向他看去，殿内鸦雀无声，忽然就听笪燕宝醉汹汹唱道：

殿堂紫气飘清香，龙廷妍音绕歌梁。畅饮玉液举琼觞，却把时运说短长。群神不知观星宫，雨覆云过真龙降。翊翊鸾绡飞凝脂，翩翩起舞为谁忙？

众神一听，惊得一身冷汗，瞬时酒也醒了，面面相觑，言不敢出。钟颀低声道：“笪燕宝死期将至。”须菩提闻言，瞪大眼睛看笪殷项，又见平茜星和轩辕宇跪在地上战栗不停。笪殷项勃然大怒，指着笪燕宝喝道：“狂悖之徒！狂悖之徒！”笪燕宝哈哈大笑，笪殷项越发恼怒，吼道：“御卫大臣何在？！把这个恃才傲物的狂徒即刻打下界去！”笪殷郁得令，领着几个御卫前来，将笪燕宝牵出。笪殷项怒气汹汹地瞪了平茜星和轩辕宇一眼，随即拂袖而去。不一会儿，又见婳郦来到平茜星和轩辕宇面前，欠身道：“天尊起驾太真殿，有请二位前往侍驾。”平茜星和轩辕宇慌忙起身，匆匆跟随婳郦去了。

且说笪燕宝酒醒，方知自己闯下大祸，但悔之已晚，笪殷郁领御卫将他押往南天门，要投他下界。在南天门时，笪殷郁令门神为笪燕宝取来戒公汤。笪殷郁将汤递给笪燕宝，笑道：“祭司大臣，想不到你亲手制造的美味，今日也要你亲自品尝了。”笪燕宝闭目不言，心内暗思道：“我所制的戒公汤，自有办法避免尽忘三界之事，至少也会记得一半，你们能奈我何？”笪殷郁见笪燕宝不接，心内亦暗思道：“笪燕宝乃是仪妃娘娘之兄，我若灌他喝这戒公汤，他必会忘尽仙界之事，投生于凡间，便无任何神力，他若在凡间不好，仪妃必然忌恨我，不就是一个嗜酒如命的狂徒么？与我无害，我又何必因他而得罪仪妃。”想到这里，便又端着戒公汤去了门楼，将杯中之物偷偷换成一杯酒水，而后又出来，送到笪燕宝嘴边，笑道：“我担心此戒公汤力弱，故而又添了些个，你满饮此杯，到了界下什么烦恼也没有了。”笪燕宝不理不睬，宁死不饮，忽然大骂道：“尔等奸佞，落井下石，不得好死！”笪殷郁怒道：“你已是有罪之人，安敢多言！还不快喝！”说着抽出利剑。门神忙接过杯盏，对笪燕宝道：“大神，饮了此汤慢上路，凡尘多难轮回苦。”笪燕宝抬眼见门神泪眼凄凄，一时心酸，便也跟着落泪，接过杯子一饮而尽，顿觉味道不对，他瞥了门神一眼，又见门神给他使个眼色，心里明白三分。这时，南天门外已升起五色彩云旋涡，笪燕宝知道这便是去冥界的通道，于是大喊一声：“吾去也！”说着就纵身一跃，跳了下去。

第二十九章　密谋害帝

笪殷项密谋欲害龙帝　幽冥界商议投生二神

却说仪妃听说笪燕宝被打下凡间，便急往东宫去见玄女，大放悲声道：“我父被斩，我长兄笪燕霎不知所踪，我次兄笪燕宝又被打下凡间，天尊这是要杀我么？”玄女大惊，令宫婢去宣召笪殷项，笪殷项正在太真殿与平茜星和轩辕宇二神叙话，还未说几句就听玄女急召，于是急忙前去入见。玄女问道：“仪妃之父被你斩首，笪燕霎不知所踪，笪燕宝又被你打下界去，莫非你这是要灭门么？”仪妃掩面啜泣道：“我家遭此灭门之灾，妾安能独活？”笪殷项安慰道：“笪燕宝犯上，若不惩治安能服众？他只是下界轮回，届时自然归一，爱妃何必悲伤。”仪妃泣道：“我兄笪燕霎不知去向，天尊为何不闻不问？”笪殷项道：“笪燕霎去了哪里，本尊一概不知，爱妃勿忧，本尊这就去搜寻，定将他寻来。”说完又忙着返回太真殿。笪殷项徘徊很久，平茜星和轩辕宇垂头跪地，惶恐不安。笪殷项低声问道：“卿说天廷时运不济，帝祚岌岌，可知是何缘由？”平茜星和轩辕宇听说笪燕宝被打下凡间，早已魂不附体，一时也不知如何回答。笪殷项道：“卿勿忧，本尊赦尔等无罪，当下以化解灾厄为重，卿直言无妨。”说着扶起二位，请入座。轩辕宇拱手道：“臣于奉天司当值，察看众星气象，忽见天极星有紫气久聚不散，此乃帝星出位之相，故而臣说天尊帝祚岌岌，实无犯上之意，恳请天尊明察。”平茜星忙道：“眼下伏羲昊和轩辕昊枕戈待旦，随时举兵来袭，故而，臣道天廷时运不济，亦无犯上之意，恳请天尊明鉴。”笪殷项闻言，惊道：“轩辕昊和伏羲昊不足惧，只是那‘帝星出位’，不知是何征兆？”轩辕宇早有准备，便从怀中取出一卷纶帛，呈上道：“天尊，臣此处有谶辞，恳请御览。”笪殷项接在手上一看，上有文字道：“时运在天，其象于玄，观星察宿，其相渊渊。”笪殷项问道：“本尊不谙谶辞之寓意，卿直说就是了。”轩辕宇回道：“臣斗胆奏上，天极星紫气凝聚之地，乃是泰初太阳宫，臣闻太阳宫主人乃是散仙轩辕健，恐帝星出位，乃是兆示其将来必承天位。”笪殷顼起身踱着方步，喃喃道：“兆示他将为天帝？”轩辕宇回道：“正是，轩辕健自称‘龙帝’，且有四象谶辞佐证。”笪殷顼急问道：“谶辞上怎么说？”轩辕宇拱道：“一道：龙出灼池，凡间犹存。龙帝腾出火狱间，练得大乘道无边。蒙受屈害更下凡，轮回凡尘投兵戎。二道：柔柔情澜，结为永久。都道入凡不易还，缘来健儿初遇谦。秋分元神来点化，愁去喜来在乙酉。三道：气象万千，有凤来仪。历经万难终归元，反攻天廷报恩怨。提兵纵横三界地，继往开来始称帝。四道：斗转星移，四方尽收。九月九日收星斗，愁杀邪神惶不休。统一众星平三界，久负盛名亘古流。”笪殷顼听了沉思片刻，问道：“其中‘缘来健儿初遇谦’一句，乃是说轩辕健与女娲之女伏羲谦相遇之事，这究竟是何意？”轩辕宇回道：“轩辕健与伏羲谦结为连理，将借助女娲势力反天廷，而后登极称帝。”笪殷顼心头一惊，怅然道：“昔日笪殷郇曾对本尊说，他目睹轩辕健身着蟒袍玉带，帝冠龙履，如今看来果然如此。”平茜星和轩辕宇相视一愣，低头不语。笪殷顼徘徊良久，又问道：“轩辕健与那玉帝姬轩辕可是同出一门？”轩辕宇回道：“非也，依臣之见，轩辕健恐是那泰初大神轮回入世。”笪殷顼问道：“泰初焉有大神？你既知谶兆，可知他是哪位大神轮回？”轩辕宇回道：“轩辕健自称龙帝，臣以为，轩辕健乃是泰初盘古轮回入世。”笪殷顼摇头道：“此言断不可信，盘古之事本尊也略有耳闻，曾听父王在世时道，泰初只有天王天斗，开天辟地，造化万物生灵。焉有盘古之说，此皆为传言，尔等不必再说。”二神齐声回道：“遵旨。”笪殷顼又问道：“本尊欲杀轩辕健，卿可有良策？”轩辕宇回道：“昔日，祭司大臣笪燕宝制造戒公汤，曾对臣等说，‘若轩辕健喝下此汤，再投入凡尘，他焉能成为天帝？’臣下曾试问他，‘若不如此，天尊可有办法扞护帝祚？’他答道，‘轩辕健法力无边，三界莫可奈何，天尊欲要扞护帝祚，除非能敌轩辕健。’臣下又问其，‘天尊何能敌轩辕健？’他答道，‘除非天尊将界下地球毁灭，然后将众生之灵收集起来，炼制元灵珠吞服，法力定可胜轩辕健。’然而，臣下以为，毁灭界下生灵不可取，为则昊天震怒降下灾祸，唯有将轩辕健打入凡尘，此一计可用。”笪殷顼闻言，叹道：“本尊悔不该将笪燕宝打下界。”说着又踱着步子，忽然连声叫道：“妙，妙，甚妙！若得成功，本尊可高枕无忧矣。”笪殷顼转念一想，又问道：“本尊曾见轩辕健，其法力至高，本尊又如何能将他投下界去？”平茜星回道：“天尊，臣以为此事不难，那轩辕健乃至仁至善者，他若知道天尊要灭绝界下众生，他定会出来劝阻，为了保护生灵，他更会自愿往那下界去。

天尊若得机会，可先将他投入烊龙池，使其尽丧法力，再行投下界去，此事可成。”笪殷项一听，大喜道：“昊天不绝本尊也，故使你二人来辅佐矣！”说完，即封二神同为奉天司祭司大臣，代笪燕宝之职。

却说平茜星和轩辕宇告退之后，一路上惴惴不安。平茜星叹道：“天尊残暴，将来必杀我等灭口，不如偷下界去，免遭大祸。”轩辕宇急道：“我亦有此担忧。”平茜星拱道：“趁其不备，现在就逃下界去，方为上策，你可愿往？”轩辕宇道：“岂能坐以待毙，这就同去！”说着平茜星和轩辕宇便急忙来到南天门，不料却被门神截住，问道：“二位欲往何处？”平茜星揖道：“欲往界下去。”门神问道：“可有诏旨？”轩辕宇忙道：“天尊口谕，命我二人下界观察天象，以了解人间帝统之事，请门神打开通道，切莫延误。”门神闻言，便将天门打开，二神正要跳下，忽听身后喊道：“夫君且留步！”轩辕宇回头一看，原来是婳郦赶来了。轩辕宇惊问道：“怎么是你？”婳郦泣道：“妾已许夫君，夫君焉能弃妾而去？”平茜星见状，拉起轩辕宇道：“你将惹下大祸，不如早去！”说着扯起轩辕宇跳了下去，婳郦见状，紧跟着跳下去了，门神欲要阻拦，已然来不及了。

且说笪殷项召集笪殷汤前来问询笪燕霙下落，方知已被灵界打下界去了，笪殷项问道：“灵界焉能私自将天廷神臣打下界去？”笪殷汤回道：“据说笪燕霙在灵界与守莲童私通，两人双双被罚下界去了。”笪殷项叹道：“如此便怪不得灵界了。”笪殷汤问道：“天尊是否命平茜星和轩辕宇、婳郦三人下界去了？”笪殷项惊道：“焉有此事？本尊未曾下诏。”笪殷汤急道：“门神来报，平茜星和轩辕宇、婳郦三人奉旨下界，说是要去界下观测天象。”笪殷项闻言大怒：“本尊上了那二贼的当，他们定是怕我灭口，故而逃了，而那婳郦更是可恶，想必本尊一句戏言，其竟然对那轩辕宇动了私情，故而也跟去了！”笪殷汤道：“他们三人无关紧要，既然逃了，便由他们去吧，天尊不必动怒。”笪殷项叹道：“我非惜婳郦，乃惜二位智囊矣。”笪殷汤道：“事已至此，随他们去吧。”笪殷项怒道：“天廷神仙岂能轻易下界？”笪殷汤回道：“若门神见奉旨下界者，便不阻拦，南天门通道直连凡间，下界却不难。”笪殷项厉声道：“岂有此理！近日天门戒严，你去将那通道挪个位置，要他们下不得凡间去！”说完又唉声叹气一番，笪殷汤领旨，急往南天门去了。

话分两头。须菩提一心想去查找嫱娟下落，而钟颀却一直为杨天佑之事放心不下，于是二人商定一同往冥界去，为不使笪殷项察觉，二人便一同自元天门通道下界，直往冥界去了。先说那笪燕霙，自坠下通道后，醒来时见四周混混沌沌，暗无天日，不禁叹道：“怪不得神仙皆怕下界来，原来是界下这般土灰模样儿，谁倒愿意到这里来！”说着便顺着灰茫茫一条直道往前走，走几步就远远见有几人徐徐近前，一看吓了一跳，原来是个马首人身的怪物，头戴三尺高冠，手执两条青绳，身后跟着两个狼头人身的东西，鼓睛暴眼，手持利刃，甚是可怖。笪燕霎大叫道：“尔等是何怪物？！”来者答道：“我非怪，乃是黑无常。”笪燕霎疑道：“何谓黑无常？我身在何处？”黑无常答道：“此乃幽冥界，小吏奉命前来，请上神入判府。”笪燕霎听说，大惊道：“天乎！我原被谪降到凡间阳世，却为何到了幽冥界！”黑无常笑道：“上神勿忧。上神自灵界通道而入幽冥，灵体须要经过投生才能还阳。”笪燕霎半信半疑，无奈之下，也只好跟着黑无常前去，途中问道：“你头戴如此高冠，有何用途？”黑无常回道：“我所戴的是‘阴阳绝冥冠’，每在幽冥巡视生魂时，以此冠隔阳，可避我误入阳间。”笪燕霎疑问道：“此去阳间远近？一冠何以能隔阳？”黑无常笑道：“不远也不近。”笪燕霎问道：“此话怎的说？”黑无常笑道：“说近，不过三尺，说远，如隔两世。”笪燕霎疑惑道：“到底三尺还是两世？”黑无常回道：“上神有所不知，那阳世人生老病死无常，太古之时，女娲娘娘创此冥界，以作生魂轮回六道之用，故而万物才能生生不息。生人在阳，昼动夜伏，而冥人在阴，昼伏夜动，互不相干。阴阳世界皆在凡尘，只所居空间不同而已，要说它近，它就在三尺之外，要说它远，则如隔两世之遥。”笪燕霎又问道：“何所谓空间？”黑无常回道：“三尺之外乃是阳界，三尺之内乃是幽冥，虽然皆融在一处，然而魔魅无阳路，人无魔魅道，所以魔魅不见生人，生人不见魔魅，互无妨碍。”笪燕霎问道：“如何从此幽冥去那阳世？”黑无常道：“生魂来此，须经过判府裁判定罪，无罪者判至人道轮回，投生为人；轻罪者判至畜生道轮回，转世为畜生；重罪者判至地狱受刑，重生无期。但有判回阳世者，须先过奈何桥，再饮孟婆汤，而后出幽冥关投生。”笪燕霎听了，不寒而栗，又见黑无常身后跟着几个冥吏，面目甚是狰狞，他又问道：“你身后这是何人？为何皆是兽头人身？”黑无常笑道：“此乃幽冥界狼勇，冥界之兵也，他们是我身边小吏，每遇到阳寿终者，便随我一同前去取魂摄魄。”笪燕霎问道：“为何生得这般模样儿？”黑无常回道：“狼勇本为冥狗。”笪燕霎又问道：“你既是黑无常，想必有那白无常，他又是何人？”黑无常回道：“如我相同。阳寿善终之人，一般都是自然亡于黑夜，我专司摄取其魂魄，解来幽冥界。而也有暴死、病死、横死者，多死于白昼，白无常须出幽冥关到阳间摄取亡者魂魄，解往幽冥界。”笪燕霎急道：“请速引我入见陆判，以使我早作投生。”黑无常躬身施一礼，即引他往判府。笪燕霎一路提心吊胆，快到判府时，见门首有一面高碑，上面赫然镌着四个白色大字：“裁魂判道”，旁边有几行小字：

魈魅百出黑风吹，阴邑万座玄气间。恨海难填众鬼忧，坠入地府为魂旦。
冥门自有阻魂亭，剡灵摄魄为对案。黄泉一曲过阴山，阎罗威武把令传。
牛头马面执戟哮，狼勇冥吏守十殿。九重地狱深无底，两大刑鼎立都关。
锁链珰琅使魂愁，囚笼生寒令魄烦。皆言冥界唯黑白，更是无情离恨天。

笪燕霎到达判府，又见判府殿门前立一面石碑，上面刻一行字道："世人不信奈何桥，却把良心黑掉了。古来难逃长生板，更要死后入阴曹。"笪燕霎正思索，这时，陆正已笑着迎了出来，笪燕霎细看去，见他龙袍玉带，果然是气势巍峨。陆正近前长揖道："闻上神至此，特来相迎。"笪燕霎拱道："我被谪降，戴罪之身岂敢受礼。"陆正笑道："上神乃御前之神臣，我岂能无礼，有请上神入殿拜茶。"说罢又引入喝茶，笪燕霎才呷一口就吐了出来，心中甚不是滋味。陆正见他难以下咽，面色苦楚，便笑问道："上神不好饮茶？"笪燕霎放下茶盅，蹙眉道："并非不好饮，只觉此水甚苦，不知是何好茶？"陆正笑道："此茶名曰'苦海'，初虽焦苦，然须多多饮用，而后方能品出甘味。"笪燕霎连连摆手道："一口难咽，何能多饮？"于是将茶盅推在一旁。陆正只顾自己喝茶，一连喝了三盅，只看得笪燕霎挑眉不断。陆正起身道："时辰已到，我送上神前往轮回道。"笪燕霎急道："且慢，我还有一事相烦。"陆正笑问道："上神有何事？"笪燕霎道："我听说灵界有一名叫守莲的女子也到了冥界，可否让在下见上一面？"陆正笑道："上神有所不知，那守莲童投生到阳世久矣，上神岂能在此得见？"笪燕霎疑道："守莲下界不过才十日，我就到了这里，为何说她去阳世已久？"陆正笑道："冥界一日，阳间一月，故十日乃在阳间已有十个月了。"笪燕霎抱憾不已，又问道："守莲投往谁家了？我投生那里便去寻她。"陆正叹道："天廷有法度，但投生到阳世都要喝那孟婆汤，喝过之后什么也就不记得了，即使去了阳世，上神怕是也寻不着她，倒还不如顺其自然。"笪燕霎听了，神情凄然，失望至极，无奈之下，又跟着陆正来到轮回道前，又经过一条幽冥大道，只觉得阴气逼人，还听到有不少人哭天喊地，声音凄哀，不绝于耳。笪燕霎悚惧不安，问道："此处邪恶，我们要去哪里？"陆正笑道："勿怕，冥界向来如此，过了这幽冥道，便是奈何桥了。"刚过幽冥道，听见众人哭喊声更甚，笪燕霎应声望去，吓得哆嗦起来，但见：

兵是鬼甲，执矛提戟。勇乃狼人，吊拷烧炼。魁脍手握利剑，魑祟身扛刑器。擒魂拿魄出阴差，弑恶灭邪算因果。刵刖剁剐都不少，淹涮浸泡太多刑。

腥血沛沛，白骨斑斑。腥血沛沛，是魁脍行刑阴魂散；白骨斑斑，是魑祟拷打抽剥皮。历来冥府报因果，阳间行恶自有账。查得万物愁，神亦愁，人亦愁，鬼亦愁，灵亦愁；世世都跑不了，令不空传，刑不虚设，禁不通风，坚不可摧。殿头乃冥王，狱司乃阎罗。问案断是非，喊打索招供。斩鬼斩魂，嗖嗖刀光鬼魂哭；判阴判阳，嚯嚯叱声灵魄栗。黑白无常喊，里里外外押魅魈；冥吏狼勇飞，吵吵嚷嚷送牢笼。你来我往皆匆匆，手忙脚乱闹哄哄。

笪燕霎行走在幽冥大道，旁边有恶灵龇嘴獠牙，鬼抓狼嚎，青森森十分可怕，挨着陆正不停哆嗦。陆正见状，正色道："上神勿怕，有我在此，谁敢作难！"众魔魅听到，吓得纷纷退去。走出幽冥大道，忽然眼前一亮，又见一处通明大道，十分宽广，光芒玄黄，朦朦胧胧。笪燕霎稍觉舒畅，问道："此处竟然能见天光，不知是何所在？"陆正回道："此乃阳关大道。"笪燕霎问道："何谓阳关大道？"陆正抬手指着前边，笑道："上神请看，前方那湛明之处，有七色霞霓，那便是阳关玄门，入此门便可直达阳世，因此路直通阳关，故名为阳关大道。"笪燕霎细看，见有一大门，上面有"冥司阳关"四个大字，门两侧各有一根玄柱，柱上各题一联，上联是："西入阴间勿坠十八层地狱。"下联是："东出阳关莫恋九万里红尘。"笪燕霎问道："不知何谓十八层地狱？"陆正回道："上有九重天，下有九重狱。"笪燕霎若有所思，然后又问道："若只是九重狱，又何来十八层？"陆正正色道："上九层是活狱，下九层是死狱。若打入上九层，还有轮回复转机会，但若打入下九层地狱，将永世不得超生。"笪燕霎有所疑虑，问道："不知我出了这阳关，会投往何处？"陆正笑道："上神自然是投生阳世为人，至于在阳世如何，是贵是贱自有天命，我也不知。"说着，来到关前，笪燕霎见面前立两只漆黑大鼎，上面有铭文，好奇问道："这是何鼎？"陆正回道："刑鼎。"笪燕霎问道："上面铭文是何意？"陆正笑道："十八刑律也。"笪燕霎又问道："尽是何律？"陆正也不觉得烦，耐心答道："孝行律、仇怨律、惑误律、纵火律、霸贪律、桀虐律、血食律、毁庙律、邪道律、奸猖律、祸乱律、咒诅律、偷盗律、宰杀律、逃债律、掠敚律、恶觉律、横民律。"真是那——

孝行律、仇怨律、惑误律，岂止万条，面面俱到，心口不一来作奸犯科，此处律法分外明。纵火律、霸贪律、桀虐律，不胜枚举，齐齐周全，世人谓予不信过骄愚，皆到冥府受九刑。血食律、毁庙律、邪道律，细针密缕，牒牒有札，在世无恶不作多造谣，叫尔至此断魄魂。奸猖律、祸乱律、犁舌律，都使人愁，幽幽狱犴，有道是罪孽天理不容，直到投胎赎罪行。偷盗律、宰杀律、逃债律，断根绝种，辈辈遇劫，确因阳世造恶端，将来地狱遭报应。掠敚律、恶觉律、横民律，锅里煎煮，裂肉剜心，这是生前行不正，害命戮生，罪不可逭欺天日，轮回人间成畜牲。逆道乱常寿命短，身死命亡，奈何无常催、冥吏催，将尔魂断；囚卒催、麻婆催，也把命追。时间一到黑白无常来擒，教尔随时赴九阴。人生苦短当把阴德积，阴曹地府好脱罪。凡此种种实难逃，死后知了皆已迟。

笪燕霎已是心惊胆寒，忽见关门垂一帘绚丽水幕，似乎触手可及，走近却发现它在远处。正思疑间，猛然又看眼前一座悬桥，桥上有鬼卒狼勇执幡侍立。桥下是一条黑河，大水滚滚，滔滔汩汩。又听桥下鬼哭狼嚎，令人胆颤。笪燕霎问道：“这是何桥？”陆正回道：“奈何桥。”笪燕霎惶恐不安，怯怯问道：“可是要我过这桥去？”陆正笑道：“正是，喝了孟婆汤，可过奈何桥，魑吏敬相送，直入阳关道。”笪燕霎大惊道：“我也要喝那孟婆汤？”陆正在胡子上捻了一捻，笑道：“魂灵投生，喝了孟婆汤才能尽忘前生今世，也不会记得此桥，过桥时也不觉得怕。如若不喝，过桥则必害怕，一旦坠入河中，如那河中之生魂，就去不得阳世了。”笪燕霎越听越怕，于是往那桥下一看，果然河中有无数人，脸色煞白，披头散发，虽拼死挣扎，奈何上不得岸来。笪燕霎抬头，见桥头有一面石碑，碑头赫然有“幽冥奈何桥”五个大字，碑身上镌刻着一排文字道：

澎汃岂是泼溦？寒浔亦非冰湖。源头直通九宵上，溯滩滔天穿三界。灵魂鬼怪实难渡，精怪魔魍不易行。多少冤魂，妄想腾桥达彼岸；誓为前仇，故不知生死轮回。哮咷无期，啜泣如雷，号天哭日，醒聩震聋。腥风日日不散，煞雨时时有洒。押来黑门，拉上奈何桥堍。细观河岸两侧阴兵布满，何奈插翅也难逃，法桥路长，爬着男女老少灵怪鬼异；霹雳火山，卧着胎卵湿化万千魂府。纵然是诚心祈忏，滚滚奈何无尽苦。

陆正伸出手，便有一盏落入掌中，笪燕霎知是孟婆汤，问道：“我能否不饮此汤？”陆正笑道：“请上神饮之，一为忘却仙界，二为忘却地府，去了人间方能安度。”笪燕霎无奈，只得把盏饮下，而后弃盏问道：“不知那阳世现在是什么世界？”陆正回道：“大唐。”笪燕霎正要再问，却听一声巨响，应声看去，见奈何桥对岸一面大门开了，犹如一条明光隧道。笪燕霎望着那隧道，便不由自主地上桥，朝桥对岸走去，一会儿就到关门前，正在犹豫，忽见两个冥吏出来，回头一看却不见陆正。笪燕霎四处张望寻找陆正，却听冥吏大喝一声道：“看什么！还不速去！”说完便将他一把推出门去，笪燕霎只觉身轻体柔，如一片鸿毛飘然而下，之后便什么都不知道了。

笪燕霎直往阳间去了，生死簿吏崔命问陆正道：“笪燕霎要找那守莲童，上神明知守莲童在地藏王菩萨府上，却为何对他说已投生阳世？”陆正笑道：“他喝了孟婆汤，到了凡间七日之后就记不得我了，我之所以说守莲童已去阳世，是为了分散他心力，若他得知守莲童尚在冥界，就不愿投往阳间了。”崔命急道：“既然笪燕霎已投往阳间，当速投守莲童也去，不然灵界怪罪下来，吃罪不起。”陆正道：“你速去奏明地藏王菩萨，将守莲童解来，速审速投，事不宜迟。”崔命急前去押解，约莫一会儿却空手回来，陆正问道：“为何未押解过来？”崔命回道：“地藏王菩萨说，守莲童佛缘未尽，过一个月之后才能投去人间。”陆正道：“如是，一个月后再投不晚。”

原来，守莲童被地藏王府的渡善童子接到冥界，终日悒悒不悦。一个月后，地藏王菩萨对她道：“你是灵界女子，因触犯沙门清规被我佛罚下，你若潜心修持，还可以再去灵界，不然将会堕入苦海。”守莲童泣道：“我因和笪燕霎玷污佛门而受罚，既然如此，不如轮回到人间，一了尘缘。”地藏王菩萨道：“也是慈悲心，那就去阳间修行吧。”守莲童合掌，施礼拜谢。守莲童便跟着渡善去判府，一路看到尽是魔魅，看去十分凶恶，或半头者，或无下颌者，或独眼者，或面色惨白者，或无手足者。守莲童一路也是胆战心惊，踌躇间，又忽然发现渡善不在身边了，便四下寻找，到一个洞门前，上面有一匾额，上书“幽冥灵关道”。守莲童自语道：“也奇怪了，这冥界竟也有通往灵界之路。”正要进门去看，渡善忽然又来了，挡住她道：“不可入内，此道不通。”守莲童急道：“姐姐刚才去哪里了？丢下我不管，让我好找！”渡善笑道：“我去陆判那里通报，出来时就不见你了，没想到你来这里了。”守莲童道：“我是找你迷路了，才来到这里，觉得此处甚是奇怪，便想进去看看的。”渡善笑道：“有什么奇怪的？”守莲童道：“都说冥界是邪恶汇集之地，为何还有通往灵界之道？”渡善笑道：“妹妹，冥界与那灵界一样，也是一界，并非所谓邪恶之地。你就是从这里下来的，怎么就忘了呢？”守莲童道：“原来如此！那我从这里再回去就可以了！”渡善笑道：“怎么可以！灵冥两界，有来而无回。”

守莲童疑道："为何？"渡善指着洞门道："你已看到了，却不见门上一联：'有因有果堕苦海，无缘无道渡灵境。'你现在还未结缘，自然也就没有去灵界的通道了。"守莲童疑道："照你所说，那灵界之神一旦堕入此地，便无回归之路了？"渡善笑道："也不尽然。灵界诸神，若能在人间为善，一旦修得无量功德，归一之时，接引归真佛自然会来凡间将他接回灵界去！"守莲童道："那我也不怕了。"渡善笑问道："妹妹怕什么？"守莲童道："不怕我佛不来接我。"渡善笑道："妹妹此去阳间轮回，切记不可做恶业，岂不闻我佛说'恶业无边，苦海无涯'，你若做下恶业，将在六道中反复轮回，那罪业可大了，苦不堪言。妹妹若在阳间行善积德，自然是个活菩萨了，我佛自然会渡你回去，你看，那里便是回去的路，将来你肉体涅槃，回来到冥界，再从那里回灵界去。"守莲童顺着渡善所指方向看去，果然看到一个门洞，上面有匾额，写着"幽冥渡善道"几个字。

快到判府时，又见狰狞魇魅时有出现。守莲童大惊失色，汗流如沈，惧而却步。渡善领着守莲童往前走，守莲童低声问道："在灵关道时不见一恶，为何到了此处竟然如此多邪物？"渡善回道："灵关道是圣境，生魂不敢近前。"守莲童道："同在一处，他们却为何害怕？"渡善笑道："灵关道源头就是灵山佛境，褚静童子就是在那里将你交给我的，从那里下来到冥界灵关道，出口处有一只灵猫守在这里，但有鬼邪之气，灵猫便会喷火而杀之，故而邪物不敢近前。"守莲童正要再问，忽看到黑无常持牒迎来，渡善对守莲童道："他是黑无常，妹妹勿怕。"黑无常道："我奉判官之命，引守莲童前往阳关。"渡善转身，握住守莲童的手儿，泣道："妹妹，幽冥殊途，阴阳相隔，凡尘苦多，阳关道上多珍重！"守莲童泪落如豆，泣道："一语之好，莫不敢忘，与君一别，来时再报！"守莲童舍不得走，黑无常催促不停，只得告别。守莲童把手一松，呆了半晌，心中恍恍惚惚，觉得自己身子腾云一般，眼前白茫茫不见一物，走了几步，一路上又觉很生疏，只见身后是巍巍宫殿。

又过一会儿，来到一座桥前，桥头上面有"幽冥奈何桥"五个大字，往桥下看去，黑水急流，听到哭喊震天，守莲童吓得索索乱抖，不敢再看。黑无常停步，转弯又领她到一处，是一座紫色的桃木楼阁，门上有一牌匾，上面题着"汤魂孟婆府"几字，大门左右各有一联，上联曰："无意有意，有意为善虽善不赏。"下联道："有心无心，无心为恶虽恶不罚。"横批道："一念之间。"再一细看，见桃木阁旁边放置着八十一瓮瓿，有大有小，里面装满水，旁边有夜叉守卫。守莲童心有所悟，这时候，忽然见一个女仙走过来，翠绡盘绕，宛若蓝霞，再看她容貌，娇婉纤妍，媚丽欲绝。守莲童很是纳闷，暗思道："没想到幽冥界还能看到这般美仙。"想到这里，却听那女仙问道："你可是守莲童？"守莲童答道："正是我。"女仙斜睨她一眼，又问道："你可认得我？"守莲童摇头儿道："不知神仙姐姐。"女仙正色道："不论你认得认不得，都须喝我这孟婆汤！"说着，又令夜叉道："速取汤来！"守莲童一愣，问道："你是谁？"女仙端汤来到她跟前，轻声笑道："我就是孟婆。"守莲童大惊，暗思道："我以为孟婆是个狞丑老妪，不料她却是个窈窕娘子！"想到这里，忽听孟婆笑道："你为何疑我相貌？"守莲童又惊一下，问道："你安能知我心思？"孟婆道："此间是我司掌，我焉能不知？"孟婆将汤递给守莲童，笑道："喝下这孟婆汤，你就什么也不想了。"守莲童如梦方醒，知那孟婆汤一旦喝下，即使到阳世也记不得前生了，守莲童暗思道："若如此，我便无法找着笪燕霎了，我绝不能喝。"守莲童极力推拒，孟婆见状大怒，令夜叉道："将她架起来，灌汤！"两个夜叉忙来将她架起，将那孟婆汤强行与她灌下，而后又推出阳关不题。

却说须菩提和钟颀来到幽冥界，冥吏见了急忙报于陆正，陆正心下又惊又疑，连忙出去接待，须菩提和钟颀到了幽冥宫前厅，远远望见陆正来了，亦是满心欢喜。陆正见了连连打拱，须菩提深深一揖，礼毕，就座。陆正问道："不知少主与天卜神驾临，有何贵干？"须菩提笑道："我只为见一个故人。"钟颀问道："不知杨天佑可好？"陆正笑道："杨天佑已投生至阳世。"钟颀忙道："原来如此。杨天佑之妻玉女可投生了？"陆正问道："上神说的可是云华？"钟颀笑道："正是。"陆正笑道："他们二人入冥府来，我亲自安排其投生的，二人未喝戒公汤，投生时亦未饮孟婆汤，故而他们将来成人，必能相遇，而后于人间结为夫妻，了断这一世情缘。"钟颀笑道："如是甚好，我正因此事而来，既然你已安排，我便不再操心了。"陆正又问须菩提道："不知少主故人叫什么名字？"须菩提道："名字叫作嫱娟。"陆正听了，吃一惊道："原来是嫱娟，可是蕊珠宫的婢女？"须菩提叹息道："是矣，我真情告之，我一时不慎，与那嫱娟有了私情，她下界时尚有身孕，不知现在何处？母子可好？"陆正笑道："已早做安排，因其有身孕，故而幽冥界暂时无法使其投生，已转至往生殿休养，只待其生育了，再分别将母子二人投生阳世。"须菩提双眉紧蹙，问道："可见否？"陆正回道："一旦到了往生殿，便不能见任何人，以免使其想起旧事影响休养，必导致投生不成，望少主见谅。"须菩提道："不知她母子二人何时能够投生？"陆正笑道："这不好说，或几百年，或几千年，随缘而定。"须菩提愕然道："却又为何？"陆正回道："灵体怀胎而坠界下，实属罕见，须待其生育方可分别投生，否则母子一体无法投生，但灵体于冥界，胎儿何时成形，何时临盆，尽皆未知，因灵体怀胎在冥界生长缓慢，只能慢慢等待。”须菩提听了，竟痴呆了半晌，因连连谢道：“还望判官多多照顾。”陆正笑道：“这是自然。少主之事，包在我身上。”须菩提忙深深打一拱道：“全赖判官，我不敢忘德。”说完又入座，与钟颀吃了三道茶，方才辞去。

却说笪殷顼密召笪殷汤、笪殷郁、笪殷卓商议杀害轩辕健之事，怒道：“轩辕健自封为龙帝，欲篡本尊天位，本尊岂能由他！”笪殷郁闻言，急道：“那就杀了他，以除后患！”笪殷卓冷笑道：“说来容易，岂能轻易杀得了他？他可不是杨天佑。”笪殷郁一拍脑袋，低声道：“我倒是忘了，轩辕健法力无边，我等都近前不得，如何能杀之？”笪殷卓道：“与其强攻，不如智取。”笪殷郁瞪他一眼，问道：“平时见你只会舞刀弄枪，从未献过一计，不知你有什么智取之策？”笪殷卓笑道：“小弟只知智取，至于如何取之，还请二位兄长思来。”笪殷顼见笪殷汤低头不语，斜睨他问道：“右相有何良策？”笪殷汤问道：“天尊非要杀他不可？”笪殷顼问道：“你这是何意？”笪殷汤忙道：“平茜星和轩辕宇所言，皆乃虚妄之事，天廷若杀伐无辜，只恐三界众神不服。”笪殷郁忙道：“兄长总说三界不服，不服又能如何？谁不服就杀谁，看谁敢不服！”笪殷汤怒视他道：“住口！你知什么，轩辕健虽是散仙，在你来看不足挂齿，但他却是女娲的女婿，岂能是你想杀就能杀的？”笪殷郁笑道：“那就杀了他，他的妻子伏羲谦貌美绝世，正好先给天尊，天尊若不要，我便要了。”笪殷汤拍案而起，手指笪殷郁，怒斥道：“你蔑视天伦，安敢望此？收起你的贪心，免得死无葬身之地！”笪殷顼闻言，脸色一沉道：“你为何惧怕女娲？本尊只问如何能敌得了轩辕健。”笪殷汤拱道：“天尊乃是天帝，当包容三界，为何偏偏容不下一个少年？”笪殷顼早有霸占伏羲谦之心，心里急切，见笪殷汤百般阻止，怒道：“莫非你也有不臣之心，安敢抗旨？那轩辕健早晚为祸，若不除之，本尊岂能放心？”笪殷汤叹息道：“只怕惹怒女娲，祸起宫闱。”笪殷顼怒道：“此事你不必再问，本尊自去处置！”说罢便愤然离去，几人不欢而散。

话分两头。自伏羲谦回到蕊珠宫，一连几日也不出门儿，娇珠听说女娲领着她去了太阳宫，便来打探轩辕健的消息。来到瑶轩阁，见精卫和婉镜守在门口，便问道：“伏羲谦妹妹可在？”婉镜连忙起身，福了一福道：“在里屋呢，二少主请进吧。”说着掀起了珠帘儿，娇珠进去一看，伏羲谦就斜靠在榻上，随身穿着绉纱紧身白裙，粉红内衬绒衫，钏珥钗环，金光闪闪，她把玉指尖尖儿按上朱唇，一脸凝神痴思的模样儿。娇珠笑道：“妹妹几时回来的？”伏羲谦回过神儿来，笑道：“才回来，怎么姐姐过来了？”婷珠坐下道：“你姝涵姐姐才睡了，我过来看看你，听说你和母后去了太阳宫，可见到轩辕健了？”伏羲谦也不答话，只见她桃花靥上，平添两朵红云，心口儿突突乱跳。婷珠见她杏眼柳眉，唇红齿白，俨然另一种娇羞风情，心里明白了一大半，便一笑问道：“可是与夫君那个了？”

伏羲谦咬着嘴唇儿，站起身莞尔一笑，拖一把椅子走近梳妆台前坐了，又对着镜子掠一会儿鬓，抹一会儿脸儿，也不去理她。婷珠笑道：“还害羞什么？你们可是夫妻，姐姐问你，你还瞒着的。”伏羲谦轻轻地点了点头儿，一双玉手儿捂着脸儿，不敢抬头了。婷珠见状，心里已然明白，多少涌起一股酸楚，不免失落一回，婷珠笑道：“唉，那便好，说好几时接你过去了么？”伏羲谦捂着脸儿道：“说好了三天之后，也就今天来吧。”婷珠起身笑道：“那你还不拾掇一下，等他来了也好走的。”说着就走，才出瑶轩阁的门儿，便奔回地牢，坐在椅子上掩面痛哭。哭了一会儿，把姝涵也惊醒了，忙起来问道：“姐姐怎的了？”婷珠觉得乏了，便来与姝涵靠在床上，勉强笑道：“没什么的，一时就想哭了。”说到这里，暗思道：“轩辕健处处可人的，伏羲谦见了自然喜欢，如今看她那模样儿，倒是要将轩辕健抢走了，而且轩辕健对于我和姝涵，此刻也没了怜惜心肠，不然他怎么会与她同床共枕呢？唉，看来我和我姝涵妹妹，也只能在这地牢里以虚度时日了。”想到这里，不觉又两泪成行，就如断线的珠子般直往下流，瞬间就把衾枕边儿渍湿了一大块儿。姝涵见她这般光景，知道事有不妙，撑着坐起身来，问道：“你到底怎的了？怎么还准备瞒着我呢？”婷珠见姝涵着急，便将见伏羲谦的事儿说了，姝涵两眼一直，叫了一声“天啊”，便觉得地转天旋，脑子嗡了一声就倒在榻上了，吓得婷珠赶忙摇她，一边喊道：“妹妹怎么了！快醒醒，妹妹！”姝涵醒来，满脸泪水，微微喘道：“只怕我们再也没有生路了，你快走吧，不要陪着我，你也是夫君的爱妾，你应该去他身边，不要在我这里浪费时光了，妹妹我便死在这里了！”婷珠摇着头儿，哽咽道：“死便一起死好了，姐姐一直陪着你的。”说着说着，两人都痴呆呆地盯着空墙，一时无话。

话说轩辕健在云芡、妡婵的陪同下来到蕊珠宫，往里走时，却与斓姁偶然相遇，斓姁只认得轩辕健，却不认识云芡和妡婵，她一边跟着向前走，一边朝轩辕健眉语目挑的，走了一会儿，云芡和妡婵注意到了，见她生得目莹秋水，眉画春山，顾盼动人，宛如玉树临风。仔细一看，又不认得她，看她不停朝轩辕健挤眉弄眼，很是惊讶，便忽然站定了，一把拉过她来到一旁，低声问道：“你是哪里的小姐姐，怎的如此失礼，你可知道我们是谁，只管撒娇抛媚的？”轩辕健一路心绪匆匆，脚下生风，想到与姝涵相逢咫尺，心里也是急不可待的，便未留意跟在一旁的斓姁。那斓姁见问，低声道：“我可是认得轩辕健的，他是我们三少主姝涵和四少主伏羲谦的夫婿。”云婜笑道：“既然认得你还这样儿？什么意思？”斓姁回道：“姐姐不要误会，你们可是先要去瑶轩阁见四少主伏羲谦？”妡婵笑道：“当然了，我家圣主要接小女主去太阳宫呢。”斓姁叹道：“所以我只是想引起你家圣主的注意，我是三少主姝涵的婢子，有句话儿要对他说的。”云婜笑道：“这有什么的，你不早说？我这就叫他来与你说。”说着便在后面叫道：“圣主留步！”轩辕健正往前走，见宸恩殿琉璃窗上有光芒映入，甚是鲜艳，照得纤毫毕露，流光溢彩，也未注意云婜叫他，仍往前走着，暗思道：“这宸恩殿我好像曾经去过，怎么就想不起来了。”云婜见他仍在走，又喊一声道：“圣主！”轩辕健这才转过身来，站定一看，早就将云婜和妡婵落在后面了。云婜和妡婵见他站住了，便领着斓姁小跑过来，云婜喘着气儿，欲言又止。轩辕健瞧见了斓姁，惊讶地望着她，问道：“你，我见过你的，你是伺候姝涵的丫头么？”斓姁俏皮地笑笑，点点头儿道：“正是小婢。公子要往哪里去？”轩辕健笑道：“当然是要去看姝涵和娇珠，上次那个地方我又不记得了，你这就带我去吧。”斓姁高兴得点头儿，才转身要走，却见精卫和婉镜来了，二人来到轩辕健面前，欠身拜道：“娘娘得知女婿驾到，要小婢们来迎。”轩辕健本欲跟着斓姁去找姝涵和娇珠，不料却被精卫和婉镜截住了，心里有些不高兴，回头看看斓姁，见她努着小嘴儿低头拈带，精卫和婉镜狠狠地剜了她一眼，斓姁瞅见了，连忙将玉手儿握住轩辕健的手，微微一笑道：“公子先去吧，我就在门外等公子。”轩辕健点点头儿，便又和云婜、妡婵两个跟着精卫和婉镜去了，云婜和妡婵有些儿胆怯，紧紧拽着轩辕健的衣角儿，出入不离。

轩辕健来到清元殿门口，精卫和婉镜进去通报了，女娲迎了出来，笑嘻嘻道：“女婿来了，还不进来拜茶。”轩辕健深深一揖，拜道：“见过母后。”女娲一听，愣了半晌，这一句“母后”却让她眼睛都湿了，强忍住才没落下泪来。女娲笑道：“既来了便多在一天，不然你将我那心头肉接走了，叫我好想，一时还不知怎么办呢。”说着牵着轩辕健的手儿在客厅内坐下，又挨着他左边坐了，细细打量他，有道是，“丈母娘看女婿，越看越有趣”，女娲看轩辕健齿白唇红，翩翩年少，心里越发喜欢。鹿慧在里间站着，一见轩辕健进来，便翩然避入里间。精卫和婉镜见女娲从未这般欢喜，自然也跟着高兴起来，忙前忙后的去端茶倒水。媌翚和皃嬥让云婜、妡婵坐了，她两个推让再三，却扭捏着不敢入座，女娲笑道：“虽说是一家人了，你们来了这里也是客人呢，不可把自己当作婢子看，快快坐下吧。”云婜和妡婵这才一笑坐了，紧紧挨着轩辕健，云巭一双小手儿紧紧抓着他的腕儿，就怕他要丢了似的。女娲瞅了一眼，也不在意，打量了她俩一会儿，见云巭穿着一身粉色裙子，襟子上缀着一条珠儿，珠子间皆簪一小朵花蕊，荧光闪闪的，背后披着雾鬓，簪着一只蝴蝶结，扎根处也垂着两条细长的碎珠链子，玉腕儿戴着一只紫金钏，纤指上戴着三只碧翠宝戒，瘦瘦怯怯的身段儿，映衬着珠光宝气，益发楚楚美丽。再看妡婵，穿着紫色纱裙，粉颈间挂一条细珠紫金项圈，云鬓半蓬，鬓边别一只蓝莹莹水晶夹针，晶光耀目，粉面朱唇，明眸皓齿，玉容万媚，姿态聘婷。女娲笑问轩辕健道："云巭和妡婵不像是人神，却是哪里来的？真的不像是婢子。"轩辕健瞅着她俩一笑，答道："母后却看得出来？她两个是泰初的仙子，看着小巧，实在年岁或者比母后还要大呢。"女娲错愕不已，暗思道："轩辕健果然是盘古轮回，否则身边怎么会有泰初之神。"女娲紧紧盯着云巭和妡婵不放，吓得妡婵瞅了几眼女娲，赶忙低头，也抓着轩辕健的手儿不松。轩辕健笑道："她们两个怕生，这也是第一次与母后坐一起，母后万不可在意。"女娲忙笑道："你把为母说成什么人了，都是自家的人呢，为母不在意，莫说是你的侍婢，就是你的妾，我也看着喜欢不行，怎的会在意！"说完爽朗一笑。正说时，见精卫和婉镜一个提着白玉壶进来，一个端着果品入内，妱翚和皀孋过去接了，款款放在几案上。精卫忙完这边，一路小跑去瑶轩阁，对躺在榻上的伏羲谦道："快起！快起！"伏羲谦星眸慵启，翻起身来问道："怎的了？天兵又来搜查了么？"精卫连忙摆手儿笑道："不是不是！"伏羲谦又躺下，懒声懒气道："那你急什么，叫我起来作甚？"精卫忙道："啊，你女婿来了！"伏羲谦一听，急忙又翻身坐起，又急忙下榻，三两步就到了妆台前，对着镜子掠一掠鬓发，在镜子里看自己两腮，比往时红润许多，再整整裙襟，便跟着精卫朝清元殿来了。轩辕健四顾一下，问道："怎么不见须菩提？"女娲笑道："他那个人从来不着家的，不是在宫里就是与碧霞、碧玉和尚翠她们在云灵轩呢，宫里事儿多，我这里他也是很少来的。"轩辕健沉吟一声，又问道："那伏羲谦呢？"女娲笑道："婢子们去叫她了，这会儿估计睡着了。"才说完，就听一阵环佩窸窣声传来，见伏羲谦进来了，瞅着女娲和轩辕健笑道："谁说的我睡着了，这不是来了么。"说着又过去福了一福，拜道："母后万福，夫君金安！"女娲一边笑一边让开来座位，自己坐对面了，伏羲谦便挨着轩辕健坐下，低头瞥见云巭和妡婵的两只手儿紧紧抓着轩辕健，伏羲谦便不高兴了，将那小嘴儿努得高高的，一句也不说，紧蹙一双细眉，就将她们俩的手儿掰开，放在一边，自己将一双纤手儿握着轩辕健。云巭和妡婵这才意识到了，此刻也不紧张了，见伏羲谦如此，妡婵忍不住扑哧一笑，掩鼻道："小女主真的好可爱呢！"伏羲谦也不答话，只是笑盈盈地瞅着轩辕健，女娲抬起雾袖，掩鼻一笑道："你们坐着吧，我去后园里走走。"说着起身离开了。

却说女娲出门之后，又打发守在门口的精卫去里间将鹿慧叫了出来，让鹿慧跟着就朝后园去了。一路上鹿慧见女娲面色忧郁，似有悲戚之状，便问道："母后怎么了？刚才还高高兴兴的。"女娲听了，转脸笑道："今天怎的把你这闷葫芦给我说起话来了？"鹿慧见女娲反问，羞怯低头，便也不作声了。女娲叹道："你可是怨恨我？虽然你是我的义女，可总归不如你的亲生父母，你不说我也能猜到八九分，那天你父亲勾弋丛引兵来这里搜查，与我发生争执，你便也听说了。"说罢，又在原地踱来踱去，一语不发。鹿慧弄得呆呆发愣，忽然听女娲又长叹一声，鹿慧定了定神儿，说道："母后，孩儿根本没有那个心思的，自从被母后救出之后，我再也没见过我父亲了，我难过的是我父亲只为笪殷顼效力，却伤了母后的心，只恨自己不能替父受过，要不然母后就惩治我一顿，我心里方能释然。"女娲拉着鹿慧的手儿，笑道："傻孩子说的什么，你为何要替父受过，你父亲有什么过错？他不过也是天廷的神臣，各为其主罢了。"说着便朝地牢走去，鹿慧问道："母后，这是要往何处去？"女娲叹道："去看看你妹妹。"鹿慧暗吃一惊，问道："自母后攻破西麟星海神府，我妹妹鹿瞳死于乱军刀下，我父亲怕她元灵被捉去聚灵阁，便将她送下南天门，听说一直在我母亲那里，除此之外，我还有哪里的妹妹？莫非鹿瞳她在这里？"女娲听了也很奇怪，问道："你还有一个妹妹叫鹿瞳？怎么那时你不与为母说呢？"鹿慧回道："那时兵荒马乱，四面危机，孩儿一时惊慌，也忘记说了。"女娲叹道："我说的不是鹿瞳，而是轩辕姝涵。"鹿慧早听闻过三少主轩辕姝涵，被女娲关在地牢里，却一直未曾见过，本来想问，又怕惹女娲不悦，便欲言又止，跟着女娲往地牢去了。

两人至牢洞门口，女娲手儿一挥，那玄封锁便开启了，女娲牵着鹿慧入内，悄悄往里走，穿过夹道，就听见轩辕姝涵在里面唉声叹气，娇珠知她悲伤，问道："妹妹又想什么？"姝涵叹息道："唉，身居此处，忽忽三年矣，若能出得去，可见夫君，与他在一处多好。即使母后不允，我便在太阳宫焚香燃灯，送我流年，又有何憾！"说着便不觉堕泪，又叹道："人都说我无母，我岂是真的无母么？否否，我自被母后收为义女，居在深宫，虽茕茕一身，然而常于寂静之中，隐约听到母后唤我之声，虽不晓得声音从何而来，但也每每结轖，连绵凝想也。"娇珠听了，不住抹泪啜泣，又听姝涵叹道："母后既然收我为义女，却为何幽禁我于此牢，使我不能与我夫君一见？母后亦知我身世飘零，为何还要置我于死地耶？"女娲听到这里，心底一酸，见尽头有一间香阁，也不招呼，一头就扎了进去，姝涵见女娲突然进来，心中突突乱跳，想要闪出一念收回香阁，此刻却已来不及了。婷珠更是惊恐得瞪大眼睛瞅着女娲，鹿慧倚在门口，惊恐地看着姝涵，不觉两眼发呆，暗思道："姝涵妹妹芳容婉娈，绝色无双，只可惜被囚禁于此，看她脂憔粉悴的模样儿，真让人生怜。"女娲在房间里踱着步子，细细打量着陈设，更觉此处珠箔银屏，奢华无比。女娲冷笑道："我以为你在地牢有多么苦楚，原来却在这一方天外洞府中逍遥，只怕我蕊珠宫也属此间最美了。"婷珠听了，急忙解释道："母后，这香阁是轩辕健施法为姝涵妹妹设置的。"女娲笑道："母后知道这是姝涵自己设置的，与轩辕健无关。"姝涵双目呆滞，望着女娲问道："难道，住在这里就是逍遥么？香阁奢华也成了我的罪么？"女娲一句不说，直走了过去，姝涵以为女娲又要动手，于是娇躯一抖，不由得缩了缩，不料女娲却一把将她搂在怀里，呜呜咽咽地哭了起来，嘴里不停道："可怜的女儿呵，昊天既你有，又何必有伏羲谦呢！"姝涵忽然见女娲如此，万万没有想到，惊得不知所措，婷珠也未料到，只是呆呆地望着她。姝涵啜泣道："母后既有伏羲谦妹妹，若不能相容，就将我杀了吧。"女娲拥着姝涵，泣道："傻孩子，为母岂忍心杀你，你又何曾犯着为母了？虽说不是我亲生，到底心里比亲的还亲呢！为母囚禁你，是为母入世以来做过的最泯灭良心的一件事儿，若你与伏羲谦能够倒个个儿，为母绝不会如此，你何苦是形天转世呢！"女娲说完又嘤嘤低泣起来，鹿慧听了这一句，惊得目瞪口呆，暗思道："难怪姝涵仅此一人，原来是形天转世，我以为盘古形天皆为传说，不想竟然确有其事。唉，女娲娘娘这般加害，到底是争什么呢？！"姝涵泣道："母后回去吧，有母后这片心意，我姝涵也知足了。"婷珠泣道："妹妹乱说什么！既然母后知道真相了，还不求母后放你出去？"姝涵慢慢摇头儿，苦笑道："放我出去？你们以为这地牢能幽禁得住我么？那断不能的，没有什么地方可以囚禁我，没有什么地方能够阻挡我的脚步，天地玄封无非阴阳，我便是玄源，我夫君视若无物之境，我亦视若无物。而我轩辕姝涵，不过是心被囚禁了而已，即使我的仙体出去了，可我的心被囚禁在这里，于我还有甚的意义？我若出去了，夫君便得不到母后的支援，得不到母后的宽容和扶持，于我又有甚的意义？难道你们真的以为我只是为自己么？倘若三界大统必须要经历这些个磨难，于我即是使命。一个人的生命固然尊贵，可有甚的要比使命更加尊贵呢？一个人若仅仅只为了欲望活着，又有甚的意义呢？母后身为创世神，自然明白我姝涵说的是何道理，母后何尝不再抗争？我又何尝不再抗争呢？生命的意义是创造，并不是为了私欲，生命的意义是不断抗争，向着更美好的世界勇往直前，不懈努力，虽然看起来很遥远，但一切具有意义的东西无一不遥远，若皆在眼前，那便是毫无意义了。我轩辕姝涵和我夫君轩辕健，生于三界发育时期，身载创世使命，即使牺牲自己也要改变生命轨迹，生命自然会寻找出路，而我与我夫君，便是万有引力。”女娲听了，只抽泣着点头儿答应。娇珠忍不住淌下泪来，鹿慧掩泪点头儿，姝涵一转身，目光炯炯瞅着女娲，女娲泪眼迷离瞅着她，竟不由自主地跪了下来，哽咽道：“帝后……”娇珠和鹿慧见状，亦跟了过去跪在姝涵面前，姝涵赶忙一一扶起不题。

再说轩辕健和伏羲谦在清元殿坐着，轩辕健附耳道：“你可否带我去看姝涵和娇珠？”伏羲谦愣了一下，转而笑道：“这倒容易，你不是能进得去那地牢么。”轩辕健笑道：“进去便不难，只是不记得那地牢在何处了，你带我一同去吧。”伏羲谦抬起翠袖，掩鼻笑道：“这个使不得。我姝涵姐姐虽生得温柔，但她素性率直，见我们一同去了，便知我们已经……”说到这里霎霎眼睫，晕红粉颊，将一双纤手儿捂着眼睛，撇着小嘴儿，低声道：“倘若姐姐闹出个三长两短，如何是好？”轩辕健笑道：“住了吧，我且问你，她可是你姐姐么？她也很心疼你的，是不是？”伏羲谦点点头儿，笑道：“嗯，是呢。”轩辕健低声道：“然则我们如今是一家人了，我们为什么就不能相见呢？”伏羲谦将手儿放了下来，红着脸儿半晌才道：“羞人答答的，如何好见我姐姐？”轩辕健笑道：“不消说了，她们不计较，是你自己计较的。”伏羲谦起身道：“那就现在去么？若母后来了，怕想去也难了。”轩辕健点头儿道：“你这就带我去。”伏羲谦又问道：“若被我母后发现，那可怎生好？不要给姐姐惹祸了。”轩辕健低声道：“你就说是你想见两位姐姐了，母后能将你怎的？你自与过去不同了，如今也成婚了，她断不会打骂你的。”伏羲谦低头掩口一笑，说着二人便牵着手儿出了门，云芡和娇婵紧跟着轩辕健，精卫和婉镜紧随伏羲谦，高高兴兴地往地牢方向去了。

且说伏羲谦领着轩辕健来到地牢洞口，见洞口垂着荧荧光幕，伏羲谦指着那光幕说道：“瞧，这一回却又不同了，看你能进去么？反正我是进不去的。”轩辕健瞅了她一眼，笑道：“这个能阻我么？”说着径自进去了，而后朝伏羲谦招手儿道：“你也进来吧。”伏羲谦连忙跟了进去，只将四个婢子留在了外面。伏羲谦牵着轩辕健，笑问道：“怎么我也能进来了呢？”轩辕健附耳道：“你说呢？你身上有了我的灵气，这些个小法，当然也阻不得你了。”伏羲谦羞涩地低头，轻轻地咬着朱唇儿，含情脉脉地瞅着他，低声道：“住了吧，不想听这句。”说着两人便进去，穿过夹道，掀起珠帘儿入内，忽然见女娲和鹿慧、姝涵、娇珠在一起哭的哭，笑的笑，险些儿惊出一身冷汗。伏羲谦努着嘴儿不敢看女娲，只拈带瞅着轩辕健，轩辕健对着女娲深深一揖。女娲便招手儿道：“快来坐吧，这却热闹了，一家人都进牢里了。”伏羲谦扑哧一笑，拍着胸口喘道：“母后把我吓死了！”说着过去又倒在女娲怀里黏着，女娲拥着她笑道：“瞧吧，都成婚了还长不大，也不怕你姐姐笑话的。”姝涵笑道：“妹妹本来就小呢。”轩辕健不由得抬头向姝涵看去，恰巧两人的目光撞个正着，彼此心里一动。轩辕健见她躺在榻上，额角上两绺乌发将她半爿粉脸儿遮没了，一弯玉臂搭在绉纱锦衾上面，一双纤手儿乖巧地托着一对儿粉腮，尖尖玉笋上戴着一枚小小的水晶戒，照得脸前点点雪亮。轩辕健有些儿纳闷，见一堂和气，全无紧张气氛。姝涵撩过雾鬓瞅着他，缓缓伸出玉臂来，轩辕健会意，瞅了瞅娇珠，低头过去了，将她拥在怀里，便觉一丝甜润润的香味儿钻进了鼻管中，姝涵娇怯怯地望着他，笑道：“你去和娇珠坐一起吧。”轩辕健又松开她，去了娇珠那里，娇珠因女娲在身边，也不好主动亲昵，只是低着头儿，轩辕健又挨着她坐了，两厢拥抱一下，娇珠早已泣不成声。伏羲谦看在眼里，努着小嘴儿道：“夫君，只晓得抱我姐姐，就不抱抱妾么？”一句话惹得女娲忍不住笑出声来，女娲推开她道：“去吧，去吧，就黏着他去，不要黏着我了。”霎时伏羲谦粉脸儿上便飘了两朵红云，羞得回过头去。姝涵笑道：“害羞什么的，过去坐吧。”伏羲谦就过去挨着轩辕健坐了，而后懒懒地瞅了姝涵一眼，姝涵将露在外面一弯玉臂缩回衾被中，慢腾腾地坐起，瞅着伏羲谦笑道：“怎么，还怕怠慢了你么？”伏羲谦娇羞一笑道：“姐姐，你就别笑我了。”姝涵忍不住落下泪来，苦笑道：“姐姐何时取笑过人。”轩辕健又瞅着姝涵，仍然觉得陌生，见她玉容憔悴，泪满香腮，好似宛转欲绝的一株带雨梨花，心底油然而生一丝怜惜之心，心里怨道：“女娲让我姝涵就受这些年寂寞凄凉的苦况，未免也太过分了！”轩辕健心中暗暗着急，瞅了一眼女娲，正要说话，却见姝涵在一旁轻轻摇头儿，轩辕健欲言又止。女娲见状，笑道：“你三人不论怎的，都结了花烛的，我的心事也算完了，其他闺阃之私事儿，凭你们自己去调停，这是你们家里的事儿，我都不管了。”说着站起来，拉起伏羲谦又道：“你们也难得一见，就在这里说说话儿吧，我们先走了。”轩辕健又起来深深一揖。伏羲谦见女娲要拉着她走，即努起了嘴儿，不肯出去。女娲笑道：“越发不懂事了，你姐姐她们才见着女婿，就让他们在一起说说话儿，你在这里作甚。”鹿慧闻言掩口一笑，轻轻拉过伏羲谦使眼色，伏羲谦无奈，只好跟女娲和鹿慧出去了。

见女娲出香阁，姝涵急忙下榻，欠身相送，娇珠挽着姝涵，只等女娲和伏羲谦、鹿慧都走了，这才叹道：“我不信娘娘会如此，怎么突然变了一个似的，莫非我在梦中耶？”轩辕健皱了眉头，把姝涵的手儿紧紧拉住道：“刚才我就要说让她把你放出来，你却不让我说，这却是为何？”姝涵蹙眉叹道：“她是不会放妾出去的，如果要放妾出去，当初也不会将妾关进来的。”轩辕健又坐下摇头叹息。姝涵挨着他坐了，将头儿靠进他怀里，一双杏眼含了一包泪水，嘤咛道：“妾也想出去，也不是出不去，我们也不能只图个暂时的好。再者她岂肯放妾出去，她的心总是放不下来，你万万不可招她生气，不然将来谁会替你出头呢？”轩辕健听了姝涵一番说话，真个被她刺入心脾，也无从分说，只得长叹一声道：“你这话让我如何担待呢，你为了我不愿脱身，我也勉强不来，只好今后见我的心罢了。只是可怜我的妻多辛苦，皆我之过也。”姝涵趁势将纤腰儿一扭，又倒在他怀里，娇嗔道：“妾的命苦到这般田地，你还这样硬着心肠与伏羲谦成婚了，成婚便也罢了，竟又与她共枕，怎的叫妾不难过呢？”说着又低头拭泪。轩辕健忙道：“你却又计较这些个，我怎的会知道，只是我若不顺那女娲的意思，她又来折磨你，叫我心上怎么好过？”姝涵微微一笑道：“瞧你，妾只不过戏言罢了，我自不计较。”娍珠见他们这般光景，就要缩身退出去，却被姝涵一把拉住，笑问道：“你去哪里？”娍珠眼圈儿一红，将她拉起来，附耳道：“我自由自在的，与夫君沾雨露不难，妹妹今天方与夫君合欢，你拉住我不放作甚，莫非认为姐姐是个妒妇么？”姝涵莞尔一笑，便放了娍珠出去。轩辕健与姝涵又卿卿我我一番，可谓怀中之玉，情意温存，无非云尤雨殢，不题。

第三十章　龙帝受刑

八仙转世健郎赴御宴 龙帝遭害血染烊龙池

却说须菩提本来听湘君、湘妃说轩辕健来接伏羲谦了，要去看看，为妹妹送别，还未出云灵轩便看到元真童子来了，说笪殷项急召，便又忙着赶往玉京宫，才至玄天门，却与钟颀撞个正面，须菩提问道："先生往哪里去？"钟颀揖道："我去玄宸殿。"钟颀问道："怎么？你要进宫见驾？"须菩提点点头儿，蹙眉问道："先生可知天尊为何事急召我？"钟颀眼睛一瞪，怫然道："他能有什么好事儿，无论如何，我们须小心应对。"须菩提叹道："先生自便，待我见过天尊之后，再做商议。"钟颀一揖而别。须菩提来到灵霄殿，见金童迎出来拱道："左相请随在下往太真殿觐见。"须菩提便跟着金童进入太真殿。笪殷项见须菩提来到，笑迎前去，牵手让座，笑道："久不见你，甚是想念，故而召来叙话。"须菩提觉得奇怪，笑道："我不过三日未来朝见而已。"笪殷项笑道："三日不见，如隔三年。本尊今日有要事与你商议。"须菩提笑道："天尊有事只管吩咐。"笪殷项踱着步子，叹道："今伏羲昊和轩辕昊不敢再犯天阙，此皆你之功，本尊思前想后，欲大宴群臣，以示怀柔，不知你意下若何？"须菩提疑惑道："天尊恩赐御宴，此乃内廷之事，为何要问我？"笪殷项笑道："本尊是想让你邀请一人前来赴宴，以彰显我天廷威恩。"须菩提心下明白三分，故作不知，急问道："天尊欲请何人，只须一旨召来即可，哪个敢不来，何须我去邀请？"笪殷项摆手笑道："唉，只怕非你亲自去请不可，轩辕健乃是散仙，向来与天廷无甚交集，本尊又岂能强迫他来。"须菩提问道："既是一个散仙，天尊为何要请他来赴宴？"笪殷项笑道："本尊听奉天司平茜星和轩辕宇二神说，轩辕健颇懂玄术，故想借此机会请教他一二。"须菩提笑道："平茜星和轩辕宇从未见过轩辕健，他们信口之言，天尊何必当真。"笪殷项停了一会儿，转脸问道："莫非你邀请他来赴宴，却有难处？"须菩提笑道："若真是赴宴，这便不难，臣请他来就是了。"笪殷项微微一笑道："好，你这就去请吧，神乐宫设宴，左相不可来迟。"须菩提一拱而去。见须菩提离去，笪殷项又密召有禹宪，吩咐道："你暗中跟着须菩提，只待他与那轩辕健出了蕊珠宫，你立即引兵将宫邸包围！"有禹宪得令，亦一拱而去。

话分两头。李耳先行下界，准备在凡间晋地接引六仙女、玄真子和碧绿，不料下界时，六仙女和玄真子、碧绿跳下天门，进入通道后不久，忽然发现通道改变了方向，众仙因此未能及时下界，游弋于环天、玉天、灵天之间，这一耽搁就是四百天，到达灵天时，阴阳之气也忽然颠倒过来，竟然又坠入一个光道，六仙女、玄真子和碧绿只觉无法呼吸，顿时昏厥，等他们醒来时，发现已在一个荒凉绝地，茫茫无际黄沙，无垠无边红岩，滴水未有，寸草不见，毫无生机。天阳、天荣、天昌、天显、天羽紧紧搂抱在一起，左顾右盼，惊惶不安，天寿拉着碧绿更是东张西望，玄真子低头沉思，一语不发。碧绿急问天寿道："姐姐，我们这是到何处地势了？怎么界下却是这般模样？"天寿摇头儿道："却也奇怪，界下不该如此，早闻女娲娘娘造化凡间世界，岂能是如此荒凉绝地？"天荣问道："姐姐，现在该如何是好？"天寿道："尔等都盘膝静坐，等待李耳接引。"众人闻言便盘膝坐在地上，只等了两个时辰，恍恍惚惚之间似睡非睡，只觉得身子如鹅毛般轻飘飘起来，而心内却十分明白，天寿暗自急道："明明是从天门跳下的，按说不会到了别的世界，我们何故至此？"想到此处，便张口吩咐五个妹妹和碧绿、玄真子，低声道："你们都闭上眼睛，冥想入定，心里只念着要离开这里，或可奏效呢。"玄真子道："有道理。"众人听了，急忙狠命地把心死死沉着，忽然觉得自己离开地面，只觉得四处皆为荒凉绝地，也辨不清方向，渺渺茫茫时，猛然听见背后来了一个人，这才如从定中醒来，睁眼一看自己仍然在原地，又转身看去，见来了一个素衣长发的人，笑道："你们不是去界下么？为何到了这里？还不早早离去，等待何时？"天寿定睛细看，怎么也看不清那人脸面，天阳、天荣、天昌、天显、天羽和碧绿更是暗暗吃惊，不约而同看向天寿。天寿问道："你是何人？这里又是何处所在？"那人笑道："这里便是灵天荧惑，我是轩辕健，你们不认得我，但我却认得你们乃是玉帝之子女。"玄真子闻言一笑，心里明白三分，只是瞅着天寿。天寿问道："荧惑是什么地方？我们明明是下界去的，怎么就到了这里？"轩辕健道："荧惑便是火星，你们下界时，正巧天门被戒严，通道被挪了位置，你们便被困在环天、玉天、灵天之间，一时又被光道吸入，便来到了火星。"天寿又问道："为何这荧惑这般苍凉，却是个不毛之地？”轩辕健道：“荧惑星乃是五行星之一，在金、木、水、火、土五星之中，它已经历第二次灭绝，在二次灭绝之前，它与那界下凡间是一样儿的，有山有水，有花有木，只是没有动物罢了。”天寿又问道：“为何灭绝？那凡间也是一星，为何未经灭绝？”轩辕健回道：“女娲在凡间未造人造万物之前，荧惑星尚有自然生命，至于灭绝，乃是自然轮回法则，不灭焉安得重生？而至于凡间，之前本为洪荒之时，还未到灭绝之日。”天寿问道：“我们正要下界去轮回，如此说来，倒也令人不安，请问凡间何时灭绝？”轩辕健答道：“五行之星与界下凡间皆属于三界之外世界，难逃生灭轮回，如荧惑星，第一次乃是洪荒世界，无山河和湖海，也无草木和鸟兽，只有混沌大气，那便是金世界，九亿九千九百九十九年九月九日之后，第一次世界灭绝，第二次到了木物质世界，那时荧惑星世界皆是花草树木，山水江河，有花鸟鱼虫，皆自然生成，又历九亿九千九百九十九年九月九日，第二次世界灭绝，第三次到了水物质世界，那时荧惑星皆是江河湖海，有少量陆地，有花草树木，花鸟鱼虫，皆自然生成，又历九亿九千九百九十九年九月九日，便到了火物质世界，因陨石撞击，荧惑星地面产生大火，烧毁一切，苍穹大气消失殆尽，太阳夺走了一切生命和水源，又历九亿九千九百九十九年九月九日，便到了土物质世界，你们现在看到的正是这个世界，只有尘土。”天寿惊道：“五行之星与界下凡间，必经历金、木、水、火、土五种灭绝？请问上神，那界下凡间已经历多少时日？”轩辕健答道：“界下已经五次灭绝，女娲造人造化万物，已是第二个凡间轮回，并且已经历过金物质、木物质和水物质世界，凡间遭遇大洪水便是此例，尽管洪水退去，万物尚且在水物质世界，不久便要经历火物质世界了，火物质世界持续九亿九千九百九十九年九月九日之后，便到了土物质世界，就是你们现在看到的荧惑星的模样儿。不过到了那时，凡间成为不毛之地，而荧惑星又将轮回到洪荒世界，如此反复，轮回不止。”天寿问道：“若如此，凡间经历灭绝之后，下次到了木物质或水物质世界，难道女娲娘娘要再度下界造人造化万物么？”轩辕健笑道：“却不一定，轮回之意义在于不断完善，在于追求更高的价值，只有人类一心向善，生命才有价值，如此或可改观，未必会经历灭绝。不过你问得也太多了，你们不过在人间轮回几十年而已，何必有心窥探天机？”天寿正要再问，却忽然看不见轩辕健了，此时又觉得一阵狂沙拂面，忽然惊醒，启眼看时，这才知道是恍然一梦，而眼前已不是荧惑之星了，而是到了灵天一层，又见出现一道光云，如幽深隧道。天寿忙对大家道：“我梦中得上神指点，想必这又得上神帮助，眼前便是往那界下凡间的通道，你们随我跳下去吧！”众人皆应了一声，最先跳下的天寿、天阳、天荣、天昌、天显、天羽六人的元灵突然变成男身，而玉帝之子碧绿的元灵则变成了女身，代天庆而跳下的玄真子最后一个到达灵天，正遇着阴阳之气回转，他的元灵虽然是男身，但却变成天庆的相貌，一只脚还穿着天庆的绣鞋，而另一只则是赤脚。李耳下界之后正值三国魏元帝时期，到并州之后，找到当年他的弟子尹喜种植的八棵李树，在那里等七仙女和碧绿，可是等了很久也不见她们下界来，只怕众仙有失，他又不敢返上界去，于是隐于山林，一等就是四百年，这时候人间已是大唐了。有一天，李耳在树旁一个洞中静坐，忽听外边有响动，出去察看，原来是七仙女和碧绿坠了下来，掉在八棵李树上。李耳近前细看，却是七男一女。李耳便接了他们去冥界，请陆正安排他们转世投生。陆正问道："天寿、天阳、天荣、天昌、天显、天羽本为女仙，如今元灵却成了男仙，而碧绿元灵本为男仙，如今成了女仙，这玄真子又是男身女貌，这不阴不阳的，叫我如何让他们去投生？"李耳笑道："他们是神仙，烦你通融，就不用让他们喝那孟婆汤了，随便投到什么人家即可。"陆正照办，直接送他们出了阳关，投生人间了。这就成为了后来的八仙——天寿转世为李玄，天阳转世为汉钟离，天荣转世为张果，天昌转世为吕洞宾，玄真子转世为蓝采和，天羽转世为曹景休，天显转世为韩湘子，碧绿转世为何仙姑。

八仙之逸事，自古传说颇多，但无一知晓八仙来源者，皆言八仙乃凡人得道成仙云云，殊不知凡胎修真成仙何其难也，若不脱那一身皮囊，便是吃了灵丹神汤亦难成仙。大多传说凡人得道成仙者，必得天神密授真法，或吞丹飞升，或随天神登霞，皆有其缘故，无一平白成仙者。八仙亦如是，原本为玉帝六女一子和玄真子逃下界来，修真成仙，元灵本为天神，投生凡间，若得真元妙法，成仙易也。此处不赘。

但说八仙之一李玄，投生于人间修仙，遇李耳化身点化，渐渐入得了妙门。一日，李玄元灵出窍，直往华山而去，独留肉体于山间。李玄元灵数日乃返，不见他肉体，觅了半晌，方知肉体被猛虎叼去了。踝躞之间，忽然见地上有一饿殍，面貌奇丑，且是个跛子，李玄细看，知此人魂魄已散，神经俱毁，故而疯疯癫癫。李玄见饿殍将死，遂入饿殍之肉体，手执铁拐游历四方。之后，李玄屡次施法救人，恩泽乡里，众人方知跛足之人乃是李玄，故称其为"铁拐李"。却说铁拐李成仙之前，有妻室，并一子，家徒四壁。正值除夕夜，家里穷得点不得灯火，何况其他，一应俱无。其妻哭道："邻家过年，我家受寒，邻家通明，我家没灯。"铁拐李闻之，唯闭目而已。思前想后，突然愤而起身，凿了一木人，欲往邻家偷油。半夜至邻家，但恐人察觉，遂将那木人先送往试探，不料惊了邻家的狗，引来主人，当即挥刀斩之，木人倒地，铁拐李惊逃去了。此后，铁拐李一心求仙，游历各地寻仙访道，遇到李耳化身，授以真道，终于脱离肉体而成仙。其妻含辛茹苦养子成人，其子科考出仕，大婚之日，铁拐李前去探看，但见深宅大院，门庭若市，俄闻笙乐聒耳，又见其妻衣着鲜亮，奔忙于庭院，招待来客。铁拐李见状，叹息不止，遂执铁拐于壁上题诗曰："三十晚上偷灯油，钢刀斩了木人头，儿孙自有儿孙福，谁给儿孙做马牛！"题讫，愤然离去。有来客见了，却不见题诗者，惊疑之余，面壁高吟诗作，其妻听了大惊失色，知道是她夫君曾来过，便出门寻找铁拐李，追至郊外才看见其背影，细细一看，那人跛足驼背，果然是铁拐李，忙令其子紧追，结果无功而返。李玄归隐山林，又见李耳化身，听他道："昔日女娲娘娘于怀仁、善元之地造人，那处有一座寺，名曰'天罗寺'，寺中有聚仙台，乃是女娲娘娘与伏羲昊等诸神歇息的地方，你去那聚仙台打坐一日，便可成仙。"李玄毫不犹豫前往，去了怀仁之地，经打听得知，禅房有天罗寺，李玄大喜，疾奔而去，果见有一座寺院，空空观宇，不见一僧。李玄登上石台，以拐击地，吟道："聚仙台上不见仙，天罗寺中无罗汉。我求羽化登仙去，仙人为何来此间？"吟罢，打坐入定，忽然平地生云，李玄立时成仙，坐化而去了。

话分两头。须菩提回到蕊珠宫，正欲去见轩辕健，就见女娲与碧霞、碧玉、尚翠、娇珠、鹿慧，还有众宫婢正在为轩辕健和伏羲谦送行。须菩提忙上前道："贤弟，可多留一日，那笪殷项要请贤弟赴宴，怎好推辞不去？"伏羲谦听了，立眉嗔道："哥哥休要害人！那逆贼心地不善，我夫君不可轻往。"女娲听了，问道："笪殷项为何要请健儿赴宴？"须菩提回道："说是要与贤弟请教玄术。"女娲摇头儿道："只怕笪殷项会加害健儿。"须菩提笑道："有我在陪着，他能将贤弟如何？"女娲嗔道："你自去回复，就说健儿从来与天廷无涉，不便赴宴，总之我实不放心此贼，还是不去为妙。"须菩提顿足，急道："我已允笪殷项，再者我身为左相，岂能言而无信？若贤弟不去，只怕得罪了那厮，往后处处与我们为难。"轩辕健笑道："我就去吧，我若不去，他岂肯善罢甘休，不如就去会会他，顺便将我的那枚灵骨收了回来。"女娲坚决不准，正色道："笪殷项平请你赴宴，只怕是凶多吉少。"须菩提急道："不去则是抗旨，笪殷项必会问罪，如之奈何？他便是有那照石，但又敌不了贤弟，况且还有我在，母后和妹妹担心个什么？"伏羲谦努着嘴儿道："你算什么左相，不过是个傀儡罢了，便对那逆贼言听计从，若害了我夫君，我们兄妹从此两断！"轩辕健笑道："他奈何不得我，且去看看，他有何预谋，将来也好做个防备。"女娲和伏羲谦见轩辕健坚持，也不便再阻拦，于是就放他们去了。

须菩提与轩辕健来到神乐宫，只见戒备森严，御卫们身披铠甲，威风凛凛站在道两旁，说来奇怪，御卫们看到轩辕健却是身穿龙袍，头戴王冠，其势巍巍，皆大惊失色，纷纷跪伏。须菩提疑惑道："这些御卫从来都目不斜视，今天却为何都来跪我？"转念一想，又觉得蹊跷，又瞅了瞅轩辕健，也没看出什么异常。须菩提止步，问道："御卫们见我们却一路跪伏，不知是何缘故，难道笪殷顼故意设计，要害贤弟么？"轩辕健笑道："我进宫便觉元灵旺盛，蠢蠢欲出，在御卫眼里，见我便是真元之像，天帝是也，故而跪拜。"须菩提细看他一眼，瞪眼问道："我为何看不见你的真元之像？"轩辕健笑而不答，径直走道御卫面前，问道："我非天尊，尔等为何跪拜我？"御卫们忙起身一看，又见轩辕健一身素衣，并无王冠龙袍，甚是疑惑。二人来到神乐宫门前，就听元真童子高声唱道："左相须菩提，散仙轩辕健觐见！"二神直入殿内，见众神臣济济一堂，笪殷顼坐在上席御台上，冕冠垂珠，碧光闪缀。须菩提跪地一拜，笪殷顼笑道："请左相入席。"笪殷顼又瞥一眼轩辕健，轩辕健却长揖道："见过天尊。"话刚说完，只听笪殷卓拔剑呵斥道："大胆庶神，见天尊何不跪拜？"轩辕健侧脸看去，见笪殷卓手把利剑怒视，问道："我乃一个散仙，并非天廷神臣，只是受邀赴宴，为何要行君臣跪拜之礼？"笪殷卓正欲呵斥，忽见笪殷顼神色不悦，只好默默退下。笪殷顼起身走下御台，拉起轩辕健，笑道："免礼，免礼，请君入席。"轩辕健肃坐于须菩提旁边。轩辕健见左右数百御卫带刀待立，问笪殷顼道："既是宴饮，戒备何以如此森严？"笪殷顼愣了一愣，环顾左右道："尔等都退下！"又对轩辕健笑道："武士为护驾，习以为常，君不必多虑。"笪殷顼下旨传宴，不消一会儿就见侧门大开，传膳宫女与歌舞宫女一起涌出，珠歌翠舞，锺、磬、柷、敔齐鸣；琴、瑟、管、箫交响；竽、笙、埙、篪悠扬。百余个侍姝翩翩起舞，彩带飘扬。又见一个宫媛衣着华丽，抚琴高唱道：

> 嶒崚紫宙，缇麾冉冉。极天瑞气，霓彩璨璨。珠殿美，摩霄汉，彰灼尤最；幢戟漫，白兽幡，连绵不断。万户千门，苍翠欲滴。波属云委，瑶台路迷。席间玉浆映瑶樽，朱帷案上珍膳璀。蟠桃肥欲泻，露琼甘如蜜。芝菌嘉菜，阙廷饮会。瓜蘆缠红酥，荷丝绕丹紫。琪花玉树拥天河，绿水云潭抱鸿瑞。歌舞升平，盛极一时。酣醉不忘对饮笑，长眠梦中却神疲。珍馐美馔满玉闼，翡翠金碧呈焕绮。斓斒光莹，冰壶秋月。锱铢锦绶，贵瑰联袂。姝子嫔妃，逐队偎倚。看不尽鲜衣美食和珪瓒，数不清侍姝宫媛与娇丽。这里是金銮宝殿美仙宫，多少神仙睡梦中首善地。

笪殷项一脸喜色，举盏问轩辕健道："君可听过此乐？"轩辕健笑道："未曾听过。"笪殷项举盏，笑道："请君满饮此盏。"轩辕健举盏一饮而尽。笪殷项又举盏问道："君可见过此舞？"轩辕健答道："亦未见过。"笪殷项拍一拍手，只见进来两个嫔妃入内对舞，振袖倾鬟，翩翩翔起，馥芬四溢，满庭奇香。笪殷项瞅着轩辕健笑问道："君看此乐舞如何？"轩辕健正色道："我不近声色犬马，故而不知。"笪殷项脸色一沉，斜睨他问道："哦？你是说本尊是荒淫昏君？"轩辕健忙道："天尊垂问，我不得不答，只是据实而言，别无他意，天尊勿疑。"话一出口，只见满堂窃窃私议起来，笪殷项脸色益发难看。须菩提见状，暗思道："天尊让我邀请轩辕健赴宴，只说要请教玄术，此时半句不问玄术，却只问歌舞之事，这是何诡计？"想到这里，便附耳对轩辕健道："贤弟，若那厮再问你，你只笑不言，但言只说好就是了。"轩辕健低声道："不知为什么，我此时只觉得头晕目眩，怕这酒中有毒。"须菩提大吃一惊，低声急道："贤弟觉得如何？莫非真中毒了么？！"轩辕健道："早知酒中有毒，我就不让你饮酒了。"须菩提低声道："莫担忧，我酒中无毒，我自保护你出宫去。"轩辕健微笑道："只怕是你那驱五雷也保护不了我了。"须菩提惊问道："却是为何？"轩辕健轻叹一声道："你却不知，自你恢复法力，真元尚未稳固，此时断不能饮酒，但若饮之，法力就会消失。"须菩提闻言，惊得面如土色，一手将玉杯捏个粉碎。轩辕健低声道："看来贼欲害我。"须菩提急道："大祸将至，我如何向我母后和妹妹交代？"轩辕健低声道："勿忧，他岂能置我于死地？"说着，就觉恍惚起来。笪殷项见轩辕健有恍惚之色，便对轩辕健道："宫廷中有姣媛，其舞甚美，君愿赏否？"轩辕健笑道："好！天尊赐歌舞，焉能不赏览？"笪殷项嘴角儿微微一扬，立即宣上。须菩提低声道："贤弟，此乃逆贼所施媚惑之计，你为何不拒，反而说好？"轩辕健已坐不稳了，蒙蒙眬眬道："你方才说，那厮若再问时，只叫我说好么？"须菩提闻言，叹息一声，低头切齿，忙思索脱身之计，眼看轩辕健昏昏欲睡，一时心急如焚，然而却一筹莫展。

这时，姝丽舞起，只见那两个嫔娥出来，长袖狂舞，慢慢就靠近轩辕健，须菩提认出是笪殷项嫔妃，便知是逆贼奸计，正要起身阻拦，却见笪殷项瞪他一眼，他只恨自己已无法力，只得又坐下。旁边不远处，钟颀看的真真切切，此时已是汗流浃背。须菩提给钟颀使眼色，让他过来坐他身旁，钟颀不敢，只见笪殷项一直盯着他，须菩提左右为难。须菩提便想过去找钟颀，才起身，那两个嫔妃便乘势一声惊叫，倒了下来，拉住轩辕健衣衿，轩辕健虽昏昏然，然而意识尚且清晰，身子一闪躲开了，嫔妃不罢休，娇嗔着又靠向轩辕健，轩辕健推脱，怒斥道："贱人！好不知耻！”笪殷项见时机到了，愤然起身，怒问道：“何事喧闹？！”宫乐声骤然而止，两嫔妃忙跪地，啼哭道：“天尊，此人调戏臣妾！”众神臣不知发生了什么事儿，都将目光投向轩辕健，见他摇摇晃晃，都以为他醉酒调戏嫔妃，有的叹息，有的摇头，有的窃窃私语。钟颀和涂山阕、戌闰壮、戌闰靖四人，见轩辕健已中笪殷项圈套，皆恨得闭上眼睛，抱头咬牙。笪殷项走下御台，来到轩辕健面前，怒道：“大胆轩辕健！本尊念你颇有才智，故邀来款待，你竟然酗酒滋事，调戏本尊妃嫔，如此厚颜犯上，本尊岂能饶你！”轩辕健已无力站起身，只冷笑道：“你设计害我，当我不知？你大逆不道，昊天岂能饶你？！”笪殷项故作气愤之状，怒道：“笪殷卓何在？！”笪殷卓早就在帷幔后等候多时，即领着数百御卫前来，拱手道：“臣在！”须菩提见状，跪地道：“天尊息怒！轩辕健何曾犯上！请天尊明察！”钟颀和戌闰壮也趁机跪地，钟颀奏道：“天尊，轩辕健已然大醉，岂能作乱？请天尊宽恕！”笪殷项不理，怒视须菩提和钟颀、戌闰壮。千里眼和顺风耳见状，亦离席向前，双双跪地，顺风耳奏道：“天尊，轩辕健并未犯上，臣等可为证！”此话一出满堂哗然，神臣都议论起来。笪殷项见千里眼和顺风耳出来求告，心慌意急，只望着千里眼、顺风耳二神，冷笑道：“众卿之意，难道是本尊爱妃轻薄他不成？本尊若不罚尔等，焉能服众！”说着就令戌闰壮道：“将千里眼牵出打入天牢！将顺风耳打下凡间！”戌闰壮见势不妙，只好令御卫将千里眼和顺风耳牵出，一个被关入天牢，一个被打下界去。

笪殷项又指着轩辕健，令笪殷卓道：“将此贼拖出去，严加惩处！”笪殷卓领命，急令众御卫押轩辕健拖出门去了。众神臣都不敢妄动，笪殷项又举盏道：“众卿请！”接着奏响宫乐，众神臣哪里还有心思宴饮，个个垂头而坐。须菩提已方寸大乱，坐了回去，低头思计，正在此时，几个宫婢前来为众神斟酒，挨到须菩提时，一个宫婢低声道：“少主，是否告知女娲娘娘？”须菩提大惊，抬眼问道：“你是何人？”那宫婢低声答道：“少主不认得我了，我是玉帝之女天庆。”须菩提惊道：“你不是下界去了么，怎么在这的？”天庆回道：“别问那么多，小心被天尊察觉。”须菩提道：“你速去告知我母后。”天庆斟酒毕，退出殿去，飞奔至蕊珠宫通报消息，快到宫门时一看，蕊珠宫早已被有禹宪领两万重兵包围，于是又返了回去。

且说笪殷卓将轩辕健押到天牢刑狱，欲套上金枷，可那金枷就是不合卯，笪殷卓怒道：“你就是真龙，也得把你绑起来！”说着就令刑吏去取青绳来，将他五花大绑。笪殷卓又怒吼一声道：“大刑伺候！”话音刚落，就见笪殷郇走了进来。笪殷卓问道："二哥来这里作甚？"笪殷郇笑道："为兄前来观刑。"笪殷卓笑道："二哥来尚好，若是大哥来了，怕是要放这贼回去了！"笪殷郇笑道："大哥总是慈悲心肠，早被天尊用酒迷倒了，此刻已在席间大睡，怎能来这里？"笪殷卓大笑一阵，下令让数十个恶吏将轩辕健架起，再用青绳反复捆绑，而后道："油浇火燎！"只见众恶吏举起一个大鼎，将那滚滚沸油倾盆浇下，轩辕健大叫一声，浑身已是皮焦肉灼，犹如万刃穿心，痛不堪言。笪殷郇瞅着，将那眉头一皱，以袖掩面。轩辕健怒道："尔等必有恶报！"笪殷卓怒道："今天是你遭恶报！既口出恶言，当以沸油灌口，方能解我之恨！"笪殷郇挥挥袖子道："算了，不可用刑太甚。"笪殷卓两眼一瞪，问道："什么？你怎么也同大哥一样儿了？我是奉旨行刑，你若阻拦，便是抗旨！"说着也不管别的，转身令恶吏道："将那沸油灌入轩辕贼口！"一个恶吏执钳而上，分开轩辕健的口，另一个则以金勺舀油接连灌下，轩辕健顿觉肺腑撕裂，痛入骨髓。笪殷卓笑问道："你若是龙帝，为何会遭此罪？"轩辕健已奄奄一息，轻声道："恶贼……"说完就闭上眼睛。笪殷郇愤然过来，对笪殷卓道："我兄弟三人，就你最心狠手毒！"说完便走了出去，笪殷卓半晌愣在那里，手中的利剑也掉落在地上。笪殷卓怒道："罢了！停刑，押他去烊龙池！"众恶吏又将轩辕健抬到囲山烊龙池。那烊龙池原是天斗惩治阴灵众魔而建造的，池中是三昧真火，火光烛天，池中汤水明明。烊龙池前有一玉碑，上面镌刻着"三昧真火狱"五个大字，旁边有一排小字，写道：

> 烊龙有池台，怒火烈燧。挎八卦艮震坤乾，持太极离坎兑巽。戮绞架，钊剐黄青龙；宰杀砧，碎身抽筋骨。离火烧，油煎火燎。坎水泼，躏煮水淬浸。兑泽淋，褪去黄龙尾。震雷行，剔下青龙脊。巽风吹，火池似炰烙。天乾泽兑，离火艮山。天乾泽兑，乾三连，坤六段；兑上缺，巽下断；汇集着滚滚汹溶。离火艮山，震仰盂，艮覆碗；离中虚，坎中满；燔焫着熊熊灵火。宰龙台后，有戟鞭锏剑，还有那长长短短的刑杖；绞架柱前，有枪棍叉镗，尽是些明明晃晃的兵器。绑的是真金索魂之青绳，打的是紫银摄魄之鞭锏。相生时木火土金水；相克时水火金木土。阴阳水火，灼烙无情。今生投此灵火汤，来世不知是何年。

轩辕健躺在池边就觉灼热扑面，焦味浓浓，突然清醒过来，见自己被恶吏拿脚踩着，便问道："这是何地方？尔等将我掳至此，欲要何为？"笪殷卓笑道："此乃烊龙池，天廷火狱，请君消受！”轩辕健隐隐看到眼前有一池，还未看清楚就被笪殷卓一把推入池中。轩辕健瞬间就沉入池中，也不觉得滚烫，只觉有一股暖流裹在身上，沉入池底后，见眼前有一座火宫，巍巍峨峨。轩辕健暗吃一惊，进去一看，又有一玄门，门前立一碑，上面有“天龙宫”三字，也有几行铭文道：

涧中泉，泉涌如璆；粼映泉，飞溅云涧。泉涌如璆，三千尺白浪洒银；璆如涌泉，绕霞宫温汾交泱。温汾涟，迂邃璇阶照紫薇；霞交泱，金碧荧煌鉴玛瑙。廊左边，紫气瑞景；廊右边，雾涌云蒸。涌泉绵延流仙峤，湲浦婉转洄玉树。斯泉：绕仙天似连似贯，绕冥地似暗似灰，绕灵境似清似静，绕三界似通似明。绕仙天，正是那灵火归元，更是混沌三昧火，霹雳雳焠辉灿烂。绕冥地，正是那冥火归位，聚来九阴真气，越过邃袤苍穹。绕三界，正是那龙火归正，齐崭崭，齐铺铺，疑为九龙衔翠；齐蓁蓁，齐展展，更是飞龙舞凤。燋池中，爞爞之火如天炘，水沸沸滚似炙火狱；烁闪闪明如火焰山。泉壑九曲，时出时入；水转十泽，滢去滢来。出入去来皆非易，到来才知是宫臧。

轩辕健暗思道：“烊龙池？既是火狱，怎么其中还有宫殿？”一边思索，一边走进宫内去看，见宫壁辉煌，瑰丽无比，里面一座金台上立着一尊佛像，合掌端坐，栩栩如生。他正要退出来，只听佛像道：“龙帝何往？”轩辕健大惊，问道：“此间为烊龙池，神灵坠入皆不能活，不知是何人唤我？”说完，就见金台上佛光霞照，金身洞明。轩辕健又问道：“是谁在与我说话？”这时候，见里间有一佛徐徐走出，合掌笑道：“我乃燃灯佛。”轩辕健问道：“你为何在此？就不怕这火烧么？”燃灯佛笑道：“本座本自火中出，不怕此火。”轩辕健问道：“你怎么知我是龙帝？”燃灯佛合掌道：“昔日在蕊珠宫有过一面之缘，便知道你是龙帝。”轩辕健又问道：“我如何才能出得这烊龙池？”燃灯佛回道：“除非你练就大乘道法，否则出不去。”轩辕健问道：“何谓大乘道法？”燃灯佛道：“大乘道法唯我阿弥陀佛之轮回体龙帝能练成，此法于万千法中圆融相通，化诸邪法为正法，融万法为一法，一旦练成，则三界之内无敌，便与昊天融为一体。”轩辕健问道：“如你所说，我若练不成此法，就不是龙帝了么？”燃灯佛合掌笑道：“你是龙帝，必能练成。”轩辕健正要再问，却见燃灯佛乘坐莲花台瞬间离去。

话分两头。神乐宫靡靡之音依旧，众神臣沉默不语，笪殷项坐在御台，悠然自得。钟颀趁机凑到须菩提身边坐了，低声问道：“少主不听我劝，眼下轩辕健是否已被害？”须菩提低声回道：“贼君在他酒中下毒，他浑身瘫软，无法抗拒，现在是死是活，全然不知，我心此刻已然大乱，不知如何向我母后和妹妹交代。”钟颀低声问道：“少主既然法力已恢复，为何不阻止？”须菩提看他一眼，低声道：“问得好。若我有大法，定将那贼头取来，只恨我饮酒之后，无法恢复法力了，等明日恢复了，我再与那贼君计较。”钟颀咬牙含泪，低声泣道：“若这是昊天之意，我不知昊天欲何为？”一会儿，只见笪殷卓进来，趴在笪殷项耳边嘀咕了几句。笪殷项脸上堆满笑容，即起身道：“诸位爱卿，本尊稍有不适，先回中宫歇息，尔等自便。”话刚说完，就见众神都纷纷离席。笪殷项只好散席，与笪殷郇、笪殷卓二人往后宫去了。

却说伏羲谦很久不见轩辕健回来，心里着急，就令精卫和婉镜去宫外看，二仙婢不一会儿火急火燎跑进宫来，大声道：“娘娘，少主！不好了，这里被天兵围住了！”女娲在榻上休息，忽然听见，急忙披着锦衣跑出殿来，急问道：“发生了何事？”精卫喘道：“娘娘，宫门外到处都是天兵！”女娲大吃一惊，暗思道：“天兵为何又来围宫？难道是须菩提和轩辕健闯下祸来？”伏羲谦急忙跑来，听说宫门被天兵围了，料定大事不好，就要嚷着出去看，就在这时，忽然见院内腾起一阵紫气，元真童子来了，就将轩辕健遇害的事儿悄悄告知了女娲，而后又急忙回去了。女娲脸色大变，差点儿跌倒，被赶来的碧霞和碧玉、尚翠三人扶起，伏羲谦觉着事情不妙，已是泣不成声，问道：“母后，可是我夫君有难了？”女娲这一回不比往日，一阵急痛攻心，就见口中涌出血来，滴在素白衣襟上。伏羲谦奔过去，一头扎进女娲怀里，哀哭不止，蕊珠宫上下顿时乱成一团。

第三十一章　珠宫横祸

围珠宫女娲怒杀天将　出地牢姝涵严惩太尉

轩辕健遇害，蕊珠宫被围，女娲已泪干肠断，勉强推开伏羲谦和碧霞、碧玉、尚翠，踉踉跄跄站起来，只觉得头重脚轻，又跌跌撞撞几步冲进殿内，将那玉凤琉璃架上的宝剑取下来，将剑鞘扔地上，又出殿来，径直朝宫门外走去。伏羲谦见状，哭喊着追了出去，吓得碧霞、碧玉、尚翠、精卫、婉镜、鹿慧、湘君、湘妃、洛雅、婼翚、皃孋等紧跟着过去了。

有禹宪在蕊珠宫门外按兵不动，等候笪殷顼旨意，不料一等就是几个时辰，也不见旨意下来，就有些不耐烦了。就在这时，忽然见女娲钗横鬓乱，满脸怒色，手提利剑走了过来，心中陡然一惊，不由自主地向后退了几步。女娲走下台阶，挥剑就朝众兵一阵乱砍，万道光芒随着剑锋如浪波般散开，数千天兵瞬间倒地身亡。有禹宪大惊失色，怒喝道："速将女娲拿下！"话音一落，两万天兵直逼女娲，女娲见贼兵将她包围，越发恼怒，双手紧握剑柄，目光如火，愤怒盯着贼兵。女娲被贼兵围住，正在危急之际，就在此时，只听空中响起几声龙啸声，众天兵仰天望去，一时吓破了胆，手中剑戟纷纷落在地上，只见应龙、角龙、烛龙怒啸而来，飞扑直下。应龙长尾一摆，将数千天兵甩出，粉身碎骨；角龙扬起龙爪，扑腾一番，将数千天兵撕个粉碎；烛龙张开大口，喷出大火，又有数千天兵葬身火海。两万天兵立时大乱，踩得踩，踏得踏，哀号震天。有禹宪见状，方寸大乱，急忙后退。

伏羲谦冲出宫门，只见人群骚乱，却不见女娲身影，知道女娲被困阵中，不由惊慌失色，哭喊道："母后在何处？！"这时，望舒急忙赶来，仰头望着应龙、角龙、烛龙，大声道："不要在此杀戮了，都回太阳宫去吧！"三龙长啸一声，腾飞而去。望舒转身对女娲哭喊道："娘娘！不能再杀戮了！"女娲已是披头散发，血染铢衣，也不理会望舒，只顾挥剑砍杀，一直杀到有禹宪面前，一剑抵住他的脖子，有禹宪身子一软，扑通跪地，拱手泣道："娘娘饶命！末将只是奉命而已。"女娲厉声道："奸贼！你也有今日！"有禹宪见女娲这般模样儿，知道自己活命难逃，反而镇定下来，乞求道："末将深知自己罪孽深重，然而末将不敢抗旨，今日死在娘娘剑下，也是罪有应得。临死之前，我只有一事相求，还请娘娘怜悯。我膝下有一女，年幼丧母，与我相依为命，我死之后，请娘娘收容小女，此刻也就死而无憾了！"女娲怒道："奸贼！休要博我怜悯，原来你也有子女！我子女被你加害，你为何没有一丝怜悯？！"望舒在一边看到，急得直跺脚，慌忙上前阻劝道："娘娘高抬贵手，杀此贼容易，只怕是招灾揽祸，委屈了娘娘！"女娲一手握剑，一手推开望舒，怒道："不杀此贼，昊天不容，留下他迟早祸害三界！"说完又气又恨，一剑封喉，就结果了他性命。众天兵见状，也不顾血泊中的有禹宪，各自奔逃。再看蕊珠宫门外，已是横尸遍地，血流成河。女娲手一松，咣当一声宝剑落地，眼睛一闭就瘫倒在地上，望舒呆立在一旁。伏羲谦看到躺在地上的女娲，直奔过去，扑在女娲身上大哭道："母后！母后！"望舒见状，双泪汹涌，上前扶起伏羲谦劝道："少主不要悲伤，娘娘只是一时昏厥。"伏羲谦扭头靠在望舒肩上大哭起来。望舒见碧霞、碧玉、尚翠、精卫、婉镜、鹿慧、湘君、湘妃、洛雅、婼翚、皃嬥等傻了眼，急令道："都愣着做什么！快扶娘娘进殿歇息！"众人如梦方醒，急将女娲扶回宫中。

话说神乐宫散席后，钟颀陪须菩提出来。须菩提道："轩辕健或许已被贼杀害了。"钟颀叹道："杀害不假，但死活难说。"须菩提垂头丧气，问道："你这话是何意？"钟颀问道："轩辕健若真是龙帝，谁能害死他？"须菩提急道："欲要加害，谁能不死？"钟颀正欲答话，就见金童挡住去路，拱手道："天尊有请天卜神。"钟颀思忖片刻，对须菩提道："天尊召我，我去去就来！"须菩提不理，直往蕊珠宫去了。钟颀为了探听轩辕健消息，匆忙入宫，来到卧龙殿拜见笡殷顼。礼毕，钟颀急问道："天尊急召，不知有何旨意？"笡殷顼踱着步子，问道："女娲的女儿伏羲谦，姿容绝丽，本尊欲纳她入宫为妃，不知可否？"钟颀闻言，大汗骤出，暗思道："竟然有如此厚颜无耻的人，我便是头一遭看到。"想到这里，猛地看笡殷顼一眼，正色道："万万不可。"笡殷顼斜睨他一眼，问道："本尊知你与须菩提交往甚密。你且说说，有何不可？"钟颀拱道："上有天，下有地，人各有女婿。伏羲谦乃有夫之妇，天尊岂能夺人之妻？"笡殷顼愤然道："本尊就是天地，三界之物莫不归本尊所有，我欲取之，有何不可？"钟颀问道："王道荡荡，天尊如此，欲让三界如何看你？"笡殷顼冷笑道："众神皆是本尊之臣，他们该当如何？"钟颀冷笑道："敢怒不敢言而已，背后难免有诛心之论。”笪殷顼问道：“本尊执意如此，又当如何？”钟颀正色道：“得众神则昌，失众神则亡。”笪殷顼怒道：“好！本尊就让你看看，什么是昌，什么是亡！”说完一甩长袖，直往后殿去了。笪殷顼刚到后殿，见笪殷郇气喘吁吁过来，奏道：“天尊，女娲手刃一万天兵，杀了有禹宪！”笪殷顼闻言大惊，怒道：“女娲安敢造反！你速去蕊珠宫，将女娲与伏羲谦拿下！”笪殷郇领兵急去。

且说须菩提回到蕊珠宫，正要进门，见门前尸体遍地，当下脸如死灰，急入清元殿，一边跑一边喊道：“母后！母后！”奔入殿内，见女娲卧在凤榻，面如纸色。须菩提跪在榻前，禁不住大哭起来。女娲翻起身来，瞅着须菩提问道：“我儿为何痛哭？”须菩提双手扶着榻前碧玉椽，哭道：“母后，是我害了贤弟！”女娲也不说话，抬起手一巴掌就扇了过去，打得须菩提捂住脸不敢作声了。女娲大怒道：“我不让你带他去，你非要带他去，你空有一身法力，为何不救他来？是否与那逆贼串通一气害我女婿？”须菩提战栗不已，泣道：“孩儿就是死，也不会害贤弟，只是孩儿由于饮酒，暂且失去法力，等孩儿法力恢复，定去取那狗贼性命！”女娲又怒道：“你何时能堂堂正正？认贼为君不说，还要残害亲人，你这般德行，还活着干什么！”须菩提泣道：“孩儿认贼为君不假，只为母后和妹妹平安。”女娲怒指殿门，厉声道：“睁开眼睛看看，那门外是什么！横尸遍地，血流成河！这就是你所谓平安？！你前脚回来，不消一会儿，他们后脚便会踏进来，将我们全部抓入牢中，然后杀死为母，抢走你的妹妹，这就是你所谓平安？！”须菩提不敢再说，长跪不起，默默流泪。伏羲谦也是无奈，只是瞪着须菩提，一句话也不说。此时，精卫进来道：“娘娘，燃灯佛祖来了！”女娲急忙下榻，说道：“快请！”须菩提忙起身出去迎接，伏羲谦一听佛祖来了，也跟了出去。伏羲谦见燃灯佛来了，哇的一声大哭起来，一时粉泪交坠，滚滚如断贯珠。燃灯佛一面给女娲行礼，一面对伏羲谦道：“少主莫悲伤。”女娲急问道：“贼君虐政淫荒，杀我小婿，又欲霸占小女，为之奈何？”燃灯佛道：“娘娘勿忧。本座刚刚见过龙帝，他此时安然无恙。”女娲又惊又喜，问道：“当真？他现在何处？”伏羲谦抬起手儿一抹泪，瞪大眼睛望着燃灯佛。须菩提更是一惊，喜形于色。燃灯佛回道：“逆贼欲害龙帝性命，故将他投入烊龙池，而龙帝并无危险，在火宫中修炼，一旦练成大乘道法，即能破池而出。”女娲拍一拍胸口，长出一口气道：“昊天不绝我矣！”伏羲谦转悲为喜，心中释然。女娲又问道：“那贼君如何能轻饶我们，必来害我一家，我入牢狱事小，但他强抢小女事大，如之奈何？”燃灯佛合掌道：“娘娘不必担心。届时自有神力相助，会化险为夷。”女娲放下心来，长叹道：“若是如此，本宫无忧也。”伏羲谦听后大喜，众仙婢心里高兴，满肠愁绪顿时都散去了。

燃灯佛刚离去，笪殷郇就带着天兵再次围宫，看到蕊珠宫前遍地尸首，眉头凝成一团，他令众天兵道："快将这些尸体收拾干净，本太尉自进宫去看，未得我的将令，尔等不得入内！"众天兵领命，纷纷忙起来，将尸首抬走。笪殷郇进宫后，见殿前殿后空无一人，正在纳闷，忽见须菩提怒气冲天走来。笪殷郇拱手道："左相在此，失礼，失礼。"须菩提怒道："你来我蕊珠宫作甚？"笪殷郇回道："娘娘杀死上万天兵，犯下灭门之罪，本太尉奉旨前来，请娘娘与伏羲谦入宫，听候发落。"须菩提冷笑道："你倒是说得痛快，不怕我杀了你吗？"笪殷郇忙道："杀我容易，只是怕门外那些天兵不好对付。"须菩提怒道："你跋扈至此了！竟然敢独自前来送死！"笪殷郇拱手道："我非跋扈，而是敬仰女娲娘娘，岂能领兵而入？"须菩提怒道："别假慈悲了！"这时，女娲在殿内大声道："啰唆什么！我自去服罪。"说完在望舒的搀扶下走了出来，众婢也紧跟出来，笪殷郇见女娲出来了，低头作揖。女娲问道："小女何罪之有？天尊也要问罪。"笪殷郇拱手道："娘娘，正所谓兔死狐悲，轩辕健已亡，其妻安能独存？天尊有旨，将封伏羲谦为后妃，请娘娘奉旨。"伏羲谦闻言大怒，提着女娲那把宝剑出来，剑指笪殷郇，怒道："呸！鼠盗狗窃之辈，卑鄙无耻！我只一死而已，又何惧衣冠禽兽？"女娲拉过伏羲谦，急道："你不与碧霞、碧玉、尚翠她们在屋里，出来做什么？"笪殷郇一挥手道："兵卫何在？！"几十个天兵涌了进来，笪殷郇令道："将这些宫婢给我拿下！"天兵涌上去，将众仙婢逼在一处，利刃已架在她们的脖子上，吓得众婢都尖叫起来，望舒回头，厉声道："怕什么！"众仙婢不敢出声了。伏羲谦又举剑指着笪殷郇骂道："逆贼休想！今天只有一死！"笪殷郇见她开口便骂，没有半毫顺从的意思，知道一时难让她入宫，欲要发怒，他又恐激她寻死，又怕笪殷顼治罪，只得在原地站定，等待机会。

却说轩辕姝涵正在地牢里静坐出神儿，元神归来后，只觉眼前闪出一道慧光，便知天兵已包围蕊珠宫，乃是笪殷郇前来逼迫伏羲谦入宫去。姝涵急起身，彷徨不宁，凄然欲泣道："我只道有了伏羲谦，我夫君便可得母后保护，谁知又遭遇此变，如何是好？"娇珠闻言，愕然道："什么变故？"姝涵急对娇珠道："母后和妹妹有难了，我们快去救！"娇珠大惊，问道："什么时候？"姝涵一边走一边道："就在此时。"娇珠紧跟着，来到地牢洞口，一时愁眉不展，叹道："我可以出得去，妹妹果真能出得去么？"姝涵道："我去救人，母后定不会恨我。"说着身子往前一探，只见轻盈盈就出去了。娇珠忙跟着出去，也顾不上问别的，只跟着姝涵去了清元殿门口，果然见众婢被天兵们困住，蜷缩在廊檐下，笪殷郇拿剑指着伏羲谦，女娲已被五花大绑，而望舒蹲在地上，已被天兵控制。娇珠大喊一声道："住手！"伏羲谦见是轩辕姝涵来了，大叫道："姝涵姐姐！"笪殷郇回头一看，又一个绝色，更胜伏羲谦三分，一时惊呆，见姝涵袅袅婷婷，轻似飞燕，姿同娇花，活脱脱一个含香豆蔻，琼枝玉叶。笪殷郇暗思道："女娲怎么还有一个女儿，如此绝色，却是第一次见到。"见姝涵从伏羲谦手里接过剑，嗖的一声就抵住笪殷郇脖颈，斥道："你这贼子，竟敢来蕊珠宫撒野，还不快放人？"笪殷郇问道："你是何人？"姝涵怒道："莫问我是谁，快将我母后与这些姐妹全放了，不然你却不能活着出去！"笪殷郇笑道："我乃奉旨拿人，你岂敢下此毒手，就不怕天廷前来剿杀么？"姝涵笑道："你带几个人前来？"笪殷郇冷笑道："不多，只三万兵力。"姝涵收起剑，斜睨他问道："你到底放不放人？"笪殷郇见姝涵收了剑刃，便以为她胆怯，心中稍有主张，于是大笑道："本太尉不放人，并连你一起捉了。"姝涵又嗖地抬起剑锋，抵住他喉头，怒道："你就是天廷太尉？你可知道我是谁？"女娲闻言，急道："姝涵，为母知道你好意，不过此处危险，你与婩珠先回去，不可惹来祸端。"姝涵冷笑道："谅他们也不敢！"笪殷郇笑道："不敢？你这个小美人儿，本太尉只是舍不得杀你罢了。"姝涵双眉紧蹙，怒道："你大胆，岂不知我是轩辕健之妻，女娲娘娘之义女？莫说是你，就是笪殷项那贼来了，我便一剑封喉，莫说你这三万贼兵要近我身，只怕十万贼兵也近不得！你若聪明，快快放人，稍有迟疑，我只一剑就断送了你性命！"笪殷郇闻言，哈哈大笑，而后道："你一个小女子，安敢口出狂言？"话一落地，就见周围贼兵执戟逼近，姝涵冷笑道："既然逼我动手，就要你们看看！"说着将那昊灵宝剑向空中抛去，众人仰天一望，只见那剑旋转不停，空中便抟起阵阵光芒，十分刺眼，忽然，那剑就分身为万把利刃如雨一般落下，只看剑影密集，又一道白光闪过，地上便出现一阵阵烟雾。笪殷郇定睛细看，数万人马，风流云散，瞬间消失得无影无踪了，笪殷郇吓得魂飞魄散，扑通一声跪地，叩头告饶。姝涵笑道："可见识我的厉害了？"笪殷郇连连叩头道："上神大法，无人可敌，本太尉亲眼所见。"姝涵冷笑道："这不过是小试锋芒而已，若我真用大法，只怕此时连那玉京宫也灰飞烟灭了！"笪殷郇叩头如捣蒜，连连道："正是，正是！"姝涵怒道："还不快去放人！"笪殷郇如得赦令，亲手为女娲和望舒松绑，到了众婢跟前，点头哈腰，连连赔罪。姝涵怒道："也罢，就饶你一命，你回去告知笪殷项那逆贼，逆天而行，自取灭亡！以后胆敢踏进蕊珠宫半步，我便取他性命！"笪殷郇叩头道："多谢上神！"姝涵问道："我所说的，可记住了？"笪殷郇忙又叩头道："谨记，谨记。"姝涵冷笑道："你可如实转告笪殷项逆贼。"笪殷郇听说，忙道："一定转告。"姝涵道："我看未必，或许那笪殷项逆贼也未必信你，我须给你留个记号，让他亲眼看到，方可信你。"笪殷郇急忙起身站定，惊问道：

“你想干什么？”姝涵不答话，只轻轻翘了翘小拇指儿，就见那利刃又来了，一道白光在笪殷郇身前闪过，笪殷郇只觉得下体一阵冰凉，将手一摸，才知自己那一坨儿阳物被她一剑剁了下来，血淋淋染红了锦袍，他却丝毫不觉疼痛。笪殷郇大吃一惊，这才反应过来，抱着下体就一路哀号，奔逃而去，一会儿就不见了。

且说笪殷郇失魂落魄爬进宫去，见笪殷顼正在与笪殷汤、笪殷卓把盏，跪地便哭，惊得三人都站了起来，见笪殷郇浑身是血，蓬头垢面。笪殷顼急问道：“让你去抓人，你这是怎么了？”笪殷郇大哭道：“天尊，我被毁了，被毁了！”笪殷顼惊道：“怎么就毁了？你身上血迹是怎么回事？”笪殷郇便哀号着将所见所闻细细禀报一遍。笪殷顼闻言大怒，转身就要出去，一边道：“岂有此理，一个小女子竟然如此放肆！本尊拿她命来！”笪殷郇连忙摇手道：“天尊断不可去，断不可去！那轩辕健的妻子，道行深奥，犯她恐不能赢，反而被她所伤。”笪殷顼冷笑道：“本尊有照石在手，他岂能伤了我？”笪殷郇急道：“此女子有法术，天尊即使有照石，只恐也奈何不了她。”笪殷卓闻言怒道：“这就奇怪了，蕊珠宫何时还有这么一个人，简直不敢相信！”笪殷顼问道：“那女子有什么法术？你说得她这般厉害，可是被吓昏了头？”笪殷郇哭道：“臣也不知，倒是她让臣转告天尊，若敢踏入蕊珠宫半步，便让玉京宫灰飞烟灭，让天尊人头落地！臣亲眼所见，三万天兵，被她一剑化为烟云，就连一根头发丝儿也看不到了，这还不算厉害么？”笪殷顼哼了一声道：“此妖女竟如此大胆，待本尊去会会她，本尊就不信杀不了她！”说着便往后宫去了。

话分两头。却说仪妃听说笪殷顼欲强抢女娲之女，还要封伏羲谦为后妃，一时乱了方寸，急忙找玄女哭诉。玄女问道：“他是天尊，娶妃纳妾是分内之事，你如今是贵妃，管好后宫就行了，管他那些个做什么！”仪妃泣道：“妾并非怕他纳了妃子来，只怕那女娲的女儿伏羲谦来了，就没妾这贵妃的份儿了，将来也落得个家破人亡而已。”玄女怒道：“一派胡言！女娲有何可惧的？她已被打入天牢，难道还能出来吃了你么！”仪妃泣道：“妾并非惧怕女娲，只是母后有所不知，那伏羲谦可不是一般的人儿，故而十分担忧。”玄女问道：“哦？那伏羲谦还有三头六臂不成？”仪妃急道：“母后！若她真有三头六臂倒也不怕了，只是她比那三头六臂的还要厉害呢！”玄女一惊，问道：“哦？本宫倒是想知道，她怎么个厉害了。”仪妃撇着嘴儿道：“她可是个美娇娇，听说她往那花前一站，花儿立时就谢了，她往那树下一站，那树叶儿都卷起来了！”玄女冷笑道：“信口什么！这些个流言你也当真，自本宫在出这三界之后，就再也没见过什么美仙子了。”仪妃噘着嘴儿，瞪着玄女道：“只怕是母后也美不过她呢！”玄女脸色一沉，怒道：“放肆！”仪妃再不敢言，低头不语。玄女问道：“你见过她么？”仪妃回道：“臣妾并未见过，只是这宫里宫外的人，没有不知道的，就连宫中的婢子们都在背后谈论她呢！”玄女又要说话时，只听到后宫内官喊道：“天尊驾到！”玄女起身，与仪妃急忙出迎。玄女见笪殷顼来了，面色难看，便问道：“你怎么了？”笪殷顼怒道：“蕊珠宫藏匿妖女，杀我天兵无数，我来取了照石，亲自前往杀了她！”玄女问道：“可是传说的女娲的义女轩辕姝涵？”笪殷顼问道：“母后如何知道？”玄女回道：“这事儿传得沸沸扬扬，为母怎么就不知道！”笪殷顼道：“所以更留不得此人了，我这就去杀了她！”玄女又道：“就让仪妃陪我同去，为母也想看看，这女子是个什么人物！”笪殷顼应了一声便去安顿仪仗，玄女和仪妃来到殿外等候。

却说姝涵消灭三万天兵，并打伤笪殷郇抱头鼠窜而去，倒是令女娲大开眼界，暗暗吃惊道：“姝涵说的皆实话，那地牢岂能关得住她？今天见她这般法力，原来我打她，她自己都忍受着，不过就是想为轩辕健君临三界而争取我这个支持者罢了。千错万错不该打她，千悔万悔亦不该关她，既然是昊天正统，我怎能不支持呢？如今这一步走错，步步皆错，我若答应了她，那我女儿伏羲谦又将何去何从？她少不更事，天真无邪，一旦失去轩辕健宠爱，那岂不是死路一条么？不如先等等再看，毕竟轩辕健生死未卜，这天廷走向还未分明，鹿死谁手，也未可知呢。”想到这里，挽着伏羲谦和姝涵、娇珠朝清元殿走去，才走几步，就见元真童子飞来报道：“天尊驾到！”女娲大惊，回头一看，见两对仪仗徐徐移来，先是笪殷汤引驾，身后约有百余宫婢跟随，然后是几十个宫娥，拥着中宫宝辇紧跟而来。女娲问元真童子道：“中宫为何移驾至此？”元真童子低声道：“玄女和仪妃听说蕊珠宫有奇女子，便来观看。”女娲又问道：“天尊此来，未发兵否？”元真童子答道：“娘娘千万小心，笪殷卓在宫门外埋伏三万精兵。”女娲大惊，不由得看着姝涵道：“这里有为母应对，你引着你妹妹和娇珠一起去地牢躲着吧，看来那里是最安全的地方了。”姝涵微微一笑道：“母后勿担忧，我倒要看看笪殷顼要做什么？此番若不给他教训，怕是后患无穷，就让我来对付他。”

笪殷顼来到殿前，与玄女和仪妃下辇来，玄女和仪妃就在包辇前站着，笪殷顼一人来到女娲面前，开口便问道：“女娲，妖女何在？”女娲怒道：“何来的妖女？”笪殷顼正色道：“杀我三万天兵，伤我天廷重臣，这还算不得妖女么？”姝涵正要上去问话，却被娇珠从后面拽住，低声道：“先看母后如何应对，实在不行你再出手，你今日杀伐太重，眨眼就杀了三万天兵，虽为贼兵，也是奉命行事，实在无辜，妹妹再不能枉杀无辜了。”姝涵转过身来，笑道：“谁说我杀了三万天兵？

他们一个都未死，只是到了一个更安全的地方，将来可为夫君效力。”婂珠闻言，恍然大悟，脸上绽开笑颜。女娲与笪殷项互相对峙一会儿，只见女娲手握剑柄，而笪殷项也取出照石。姝涵急忙上前道：“我便是你说的妖女。”笪殷项瞅了姝涵一眼，身子立时酥了半边，暗思道：“我还从未见过如此绝色女子，见了她，方知三界已无美色，但不知这女子是何来历。”姝涵见他愣神儿，便知他生了邪念。姝涵怒道：“难道你的天廷重臣，没有转告我的话么？”笪殷项回过神儿，问道：“你是何人？”姝涵道：“我乃轩辕健之妻。”笪殷项更是惊讶，忙问道：“轩辕健之妻乃女娲之女伏羲谦，怎么会是你？”姝涵道：“我与伏羲谦皆是轩辕健之妻。”笪殷项思忖起来，一时又愣在了那里。

且说玄女和仪妃抬眼望去，见伏羲谦指环臂钏，姣面射露，如出杏花烟润。又看姝涵，更是朱樱翠黛，玉脂娇容，虽然粉颜含怒，越显得柳弱花娇，婀娜之态，倾绝一世。玄女禁不住叹道：“果然是艳色绝代，媚丽无双！”仪妃凤眼一嗔，怨道：“母后，这下可怎么好，她就要入主中宫了！”玄女叹道：“这样的美仙子，只怕是名花有土了，你担心什么，若她们图谋后宫，就不是这般剑拔弩张了！”说罢，急令凤辇起驾回宫，仪妃无奈，也只好跟了回去。

笪殷项睨视姝涵和伏羲谦倩影，已是意眩神驰了，见玄女和仪妃走了，越发大胆，竟然厚颜无耻凑近姝涵，笑道：“轩辕健已死，两位美人儿何不入宫，本尊封你二人为后，岂非美事？”姝涵听说轩辕健已死之语，心中不安起来，惊恐地看着伏羲谦。伏羲谦指着笪殷项，怒斥道：“灭绝天伦的逆贼，你勿要近我们，我姐姐姝涵乃是龙帝帝后，我伏羲谦乃是龙帝帝妃，你若渎我们，昊天定取你性命！”笪殷项大笑道：“美人息怒，本尊即是昊天，安能又惧昊天？”伏羲谦怒道：“呸！等我夫君归来，必杀你这逆贼！”笪殷项脸色一沉，怒道：“本尊已说过了，轩辕健调戏本尊嫔妃，已被处以极刑。本尊好心待你们，你们不谢恩，反来诽谤，难道就不怕罪及灭门吗？”伏羲谦哼了一声道：“但就一死，怕你不成！”笪殷项取出照石，朝姝涵和伏羲谦走来，忽然感觉被强大无比的力量阻挡，就是近前不得，如同隔在墙外。笪殷项将照石攥在手中，猛地朝姝涵击出一掌，只见一道白光袭向姝涵，却渐渐散开，姝涵纹丝未动，再击一掌，她亦毫无反应。笪殷项大惊失色，暗思道：“果然是轩辕健之妻，我这照石竟在她这里全然无效。看来笪殷郇说她一剑消灭三万天兵，绝非虚言，我还是不要招惹她们为好。”姝涵看出了他的心思，怒道：“还不快离开这里！往后胆敢踏进蕊珠宫半步，我便再也不忍了，定叫你们有来无回！”笪殷项闻言，转身收起照石，急令起驾回宫不题。

第三十二章　兵伐天廷

伏羲昊一怒兵伐天廷　笪殷郇首战大伤元气

笪殷天尊七年。

伏羲昊听说笪殷顼两番兵进蕊珠宫，又欲强抢伏羲谦，一时震怒，便召来神农琊商议兵伐天阙之事。伏羲昊道："此时兴兵讨逆，军师以为如何？"神农琊道："非用兵之时。"伏羲昊问道："为何？"神农琊道："天尊倒行逆施，只等天怒神怨，到了那时，大王再振臂一呼，可得三界众神响应，届时再伐，一举可定大统。"伏羲昊听从神农琊之言，按兵不动，只等待时机。果然，几天之后，李靖看不惯笪殷顼暴行，领着金吒、木吒、哪吒三将投奔天西星而来，伏羲昊大喜，收留为将，封震硉和李靖为帅。这时，神农琊进言道："时机已到，大王可传檄三界，举兵讨逆。"

话说伏羲昊久居天西星王宫，后来娶了两个妃子，一个叫宛妃，并有一子叫伏羲戡；一个叫姬妃，亦有一子叫伏羲图。二妃听说伏羲昊要取天廷，是为解救女娲和伏羲谦，不由心里打起了小鼓。宛妃惴惴不安，对姬妃道："如若天廷被破，大王登极，我二姐妹必死。"姬妃不解，问道："若能取得天廷，我们姐妹皆是后宫之主，谁会害我们？"宛妃叹道："大王旧情难忘，你可知那女娲娘娘是谁？她是天阙金凤，而你我只是梁燕，大王若得天位，必恩宠她为帝后，将来我们还有什么活路！"姬妃问道："姐姐为何争长短，她做帝后，我们做嫔妃，相安无事就行了，她为何平白无故害我们？"宛妃急道："你真是顽固不化！那女娲可不比别个神仙，我们倒想相安无事，她却容不下我们，将来你我如何死的都不知道呢！"这话一出，姬妃害怕了，急道："我听说那女娲手握雄兵，南征北战，杀戮时不眨眼，我们没什么好下场！可大王执意要去天廷，这如何是好？"宛妃咬牙道："我们当誓死阻止！不能让大王兴兵，只守着这一方星域就是了！”二妃就去王宫后苑，看到伏羲昊正在射靶，二妃一言不发，笑眯眯地挡在靶前。伏羲昊正在瞄准，见二妃站在靶前，就将弓放下，将她们扯开道：“想死么？”宛妃又拉着姬妃挡在前面，含怒道：“我们想不死也不行了，与其到了那里死，还不如死在大王的箭矢下！”伏羲昊问道：“到了哪里？”宛妃嗔道：“大王要兴兵取天廷，我们将来迟早一死。”伏羲昊怒道：“一派胡言，本王取得天廷，自当登极称帝，谁会杀害你们！”姬妃娇嗔道：“你不杀贱妾，那女娲娘娘可不饶我们！”伏羲昊大笑道：“不会，不会！”宛妃乘势搂着伏羲昊，泣道：“会不会昊天知道！大王守着这一方星域多好，为何要去犯那天阙！大王发兵之日，就是妾等死亡之时！”伏羲昊怒道：“放肆！大军将动，何出此不吉之言？你们知道什么！这王宫比起那玉京宫，还不如那阶下一阁！到时候本王领你们入主天廷，你们便知了。”宛妃和姬妃见说不动他，就在一旁啼哭起来，伏羲昊一怒，扔下弓箭就走了。

翌日，伏羲昊拜震硉、李靖为将，神农琊为军师，亲率大军三十万出天西星海，一路掩杀，直挺墨律星，当日就攻破天门，杀了驻星守军近一万，墨律星神府守将格戈埬逃出，飞奔到天廷告急。

宛妃和姬妃趁伏羲昊出征在外，就召来伏羲戬和伏羲囵二子在后宫哭诉。宛妃哭道：“你父王征伐天廷，意在救出女娲母女，女娲若在，必杀为母，那须菩提素来对你们恨之入骨，岂能容得下你们，将来必被他杀害！”伏羲戬和伏羲囵听后战栗不定，伏羲戬劝道：“母后勿忧，若父王得胜，必登大位，女娲岂敢妄杀我们。”宛妃哭道：“痴儿！为母是宫婢所出，母贱而子卑，你父王岂会念及骨肉亲情。届时他们一家团聚，岂能容得下我母子？”姬妃也哭道：“你父王常常念叨须菩提，从未提及过你们。”伏羲囵闻言，怒道：“自我兄弟出世，就从未见父王与我们亲近过！想必父王只认得须菩提！”伏羲戬急道：“果若如此，为之奈何？”宛妃向姬妃使了个眼色，姬妃泣道：“为母有一策，可保我们母子性命。”伏羲戬和伏羲囵近前细听。姬妃低声道：“你父王若归来，你们暗中将他弑杀，为母立你们同室为王，共治这方星域，与那天廷互不相犯，如此可保万全。”二子听后大惊失色。伏羲戬跪地道：“母后为何教儿弑父！”宛妃厉声道：“痴儿！子不弑父，父欲弑子！将来为母安有容身之处！”伏羲囵一咬牙，扶起伏羲戬，泣道：“兄长，父王欲杀母亲和我们，岂能坐以待毙！就算去了天廷，母亲和我们迟早被女娲和须菩提杀害，不如就听从母后之言，方能保全，得手之后，弟愿拜兄长为王！”伏羲戬一口答应下来。

伏羲昊讨逆檄文传至天廷，笪殷项见格戈埭满脸是血，闯入灵霄殿，声泪俱下道："天尊！伏羲昊三十万大军来犯，墨律星神府已破，贼军所向披靡，势不可挡，就快要兵临天门了！"笪殷项大惊道："什么！墨律星已失？墨律星乃是中天门之门户，却丧失你手，今敌军近在咫尺，你来这里做什么！"说着拔出利剑，将格戈埭就地斩杀，而后急召笪殷汤、笪殷郇、笪殷卓、钟颀，涂山阂、戌闰升、天蓬、武德、火德、尧禹皎、尧禹卢进宫商议。笪殷项问道："众卿可有御敌之策？"钟颀和涂山阂、戌闰升、天蓬、武德、火德皆闭目不语，笪殷项知他们为几番搜查蕊珠宫之事而气恼，不愿献计。笪殷项叹道："本尊良臣猛将众多，然而无一人可为本尊分忧！"笪殷汤出列，执笏奏道："伏羲昊挥兵而来，此事早在意料之中，天尊应有对敌之策。"笪殷项瞪眼问道："本尊方才得知贼军来犯，岂能早有预料？"笪殷汤奏道："天尊捉拿女娲，欲霸其女，害其女婿，当时臣下再三劝阻，然而圣意难违，早知今日之事，悔不慎当初所为，而今强敌来犯，是为复仇，岂不闻哀兵必胜，而今谁又能敌之？"笪殷项怒道："那又如何？难道天廷几十万雄兵奈何不了他们么？"笪殷汤叹道："虽有雄兵，也不能解危。"笪殷项问道："兵来将挡，他伏羲昊能如何？"笪殷汤回道："我军自觉亏心，心孤而胆怯，必将伏尸万里。"笪殷项怒道："你焉能长贼志气，灭自家威风！"说罢，转而又问钟颀道："天卜神有何良策？"钟颀思忖片刻，奏道："臣有一计，定可退敌。"笪殷项大喜道："哦？我知卿必有良策，快请讲来！"钟颀正色道："赦免女娲娘娘，释放轩辕健，对欲霸轩辕姝涵和伏羲谦二人为妃之事，颁布诏书，公开致歉，并宣布蕊珠宫无罪。如此，其一，可平伏羲昊之怒；其二，可令士气大振，一战可退敌去。"笪殷项甚不耐烦，愤然道："罢了！本尊就知你会如是说，此计免奏，再思良策来。"笪殷郇出奏道："臣愿率兵出战！"涂山阂低声道："败军之将，何以言勇！"笪殷郇怒视涂山阂，退入班中。笪殷项又问道："涂山阂，本尊令你为帅，戌闰升为副帅，率天蓬、武德、火德、尧禹皎、尧禹卢，全军出击御敌，你意若何？"涂山阂奏道："臣无力迎战。"笪殷项惊问道："这是为何？"涂山阂回道："虽有臣与戌闰升为帅，然而无良将，此战胜算不大，不宜出战。"笪殷项冷笑道："难道少了李靖父子四将，我军就不能作战吗？可令姜炎、佑圣、吴刚三将出战。"涂山阂忙奏道："姜炎托病不出，吴刚在广寒宫伐树，只剩佑圣一将，焉能成事？"笪殷项怒道："吴刚调戏姮娥，让其伐树，已是十分宽赦了，你却借机为他们叫屈喊冤！听本尊旨意，令笪殷郇为帅，涂山阂、戌闰升为副帅，武德、火德、尧禹皎、尧禹卢、佑圣为将，全军出击！"笪殷郇领旨，急与众将领兵前往。

却说笪殷郇率三十万天兵出天极星中天门，途中问涂山阂道："本帅欲从速破敌，将军有何良策？"涂山阂无心为战，随口回道："只须太尉率主力前往墨律星迎敌，末将与戌闰氕、火德、佑圣率十五万天兵攻打天西星，伏羲昊首尾不顾，焉能不败？"笪殷郇笑道："正合我意，我与武德、尧禹皎、尧禹卢迎敌，将军与戌闰氕、火德、佑圣，率十万兵速去天西星，将他家小擒来！"说完，各自领兵去了。涂山阂出西天门，直奔天西星王宫。笪殷郇引兵来到墨律星神府门前，见李靖和哪吒、金吒三将站在阵前，便骂起来，笪殷郇怒喝道："叛贼！为何挥戈相向？！"哪吒打马飞出骂道："贼军，何必多言，看我枪来！"笪殷郇令武德出战，果然是一场恶战——

抛枪掷叉，鸣金两阵，武德飞马阵前吼，诸兵挥刃戮贼。哪吒登轮猛冲杀，滚滚仙尘天兵退。吓破步卒胆，挫败众神将。惨淋淋，都是猛士血；魂愁愁，来此赴沦亡。

武德与哪吒对战，却都不忍伤害对方，只几个回合，武德便无心再战，佯装败下阵来。笪殷郇见武德大败，顿足叹道："咳！本太尉一直以为武德星君神勇，不想他竟不能敌一小儿！"说着，又急令尧禹卢道："请将军出战，生擒此儿！"尧禹卢得令，打马飞出，挥刀砍去。金吒见哪吒连战二将，于是也飞去助战。笪殷郇见状，命令道："全军出击！"那边，李靖见笪殷郇发起总攻，于是也喝令全军出击，两军齐出，杀成一片，兵戈明明，枪戟锵锵，交融在一起。一战下来，笪殷郇因寡不敌众，被李靖的三十万大军击败，死伤五万余，笪殷郇领十五万天兵仓皇逃回。伏羲昊急令全军乘胜追击，到北极星时，笪殷郇见势不妙，留下武德、尧禹皎、尧禹卢三帅督军作战，自己赶回天廷告急。

却说涂山阂与戌闰氕、火德、佑圣三将率军至天西星。火德避开佑圣，低声问涂山阂道："将军果真要取天西星？"涂山阂摇头道："取它作甚？本帅也只是虚张一下。"火德四顾无人，笑道："将军分兵而走，恐怕笪殷郇那二十万大军难敌伏羲昊三十万大军，早已败退去了。"涂山阂低声道："本帅要的就是这个结果，若笪殷郇战败，天尊无奈，自会拜请须菩提挂帅出战，如此，女娲娘娘与蕊珠宫上下方能平安。"火德低声道："这倒是个妙计，不过，我担心那昏君未必会如此。"涂山阂笑道："眼下形势所逼，已然由不得他了。"火德有所疑虑，又问道："将军分兵御敌，乃虚晃一枪，天尊岂能不察？但若得知，岂能不加问罪，将军当如何应对？"

涂山阂道："本帅自有妙计，只是担心佑圣坏事，故而不敢轻易道破。"火德低声道："佑圣虽与我们交集甚少，但绝非奸佞之人，将军只管按计行事。"涂山阂大喜，拱道："若得将军相助，此事必成！"火德急道："此事义不容辞！"涂山阂一言不发拍马向前。

且说笪殷郇狼狈逃回，笪殷项大惊道："彼我势均力敌，太尉何一败至此？！"笪殷郇跪叩道："臣领二十万大军对敌军三十万，以卵击石，故……故有此败。"笪殷项怒问道："还有十万大军去了何处？"笪殷郇回道："禀天尊，涂山阂引兵十万攻打天西星去了。"笪殷项叹道："兵不在多，在于调度有方，你非那李靖父子对手，故有此败。"笪殷汤见状，上前奏道："北极星尚有驻星天兵七万，加上武德、尧禹皎、尧禹卢所率十五万天兵，一共二十七万，与贼军实力相当，伏羲昊一时难以攻克。"笪殷项急道："卿有何妙计退敌？"笪殷汤回道："眼下当遣使往牧夫星，请求轩辕昊出兵来援！"笪殷项沉瞪大眼睛，冷笑道："妙计，妙计！只怕那伏羲昊尚未杀来，那轩辕昊早就取了本尊性命，你可是此计？"笪殷汤大惊，跪地一拜，长叹道："天尊为何疑我？臣以为眼下也只有此计可救天廷，否则将危在瞬息！"笪殷项走近他，冷笑道："你明知那轩辕昊与伏羲昊乃同党，还要让本尊向他求救，这岂非戏言？！看来你早有异志，若不杀你，必为后患！"笪殷汤泣道："天尊！微臣之心，昊天可鉴！"笪殷郇与笪殷卓见势不妙，即跪地求情，笪殷郇泣道："天尊！我兄弟三人虽无大才，但绝无背主之心，唯效死输忠而已！请天尊明鉴！"笪殷项思忖片刻，暗思道："若笪殷汤通敌，断不会如此明目张胆，我且听听他是何妙计。"想到此处，忙扶起笪殷郇、笪殷卓二人，又扶起笪殷汤，问道："卿快请起，卿一向忠心，本尊岂能怀疑，不过以卿之计，怎能使那轩辕昊提兵来援？"笪殷汤回道："臣闻'香饵之下必有悬鱼，重赏之下必有死夫'，那轩辕昊贪得无厌，微臣愿亲往牧夫星，劝其来助。"笪殷项疑惑道："哦？轩辕昊自领一方星域，所需应有尽有，卿欲以何物相许？"笪殷汤拱道："可将须菩提交给轩辕昊为质，退敌之后，秋色平分，臣料定他必来救援！"笪殷项疑惑道："须菩提与他非亲非故，他会为此与伏羲昊反目么？"笪殷汤回道："轩辕昊贪心不足，早有野心兼并伏羲昊，他若得须菩提，可挟制伏羲昊俯首称臣，继而除之为快，他岂能不动心？"笪殷项拍手笑道："妙计，妙计！不过，卿有没有想过，轩辕昊若兼并伏羲昊，只怕将来尾大不掉，本尊反而被他所制，如何是好？"笪殷汤回道："轩辕昊有勇无谋，伏羲昊岂能轻易服他，须菩提若在轩辕昊那里，伏羲昊必会拼死争夺，天尊坐山观虎即可，只等他们两败俱伤，天尊再兴兵讨逆，一举可平天下。"笪殷项眼睛一亮，大叫道："妙，妙！卿之计，一举两得，本尊无忧矣。"说罢即令笪殷汤造访轩辕昊。

话分两头。笪殷汤突然造访牧夫星王宫，令轩辕昊大吃一惊，暗思道："没想到此时天廷竟敢派人前来游说，还妄想请我出兵救援，简直笑话！"为试探其诚意，轩辕昊故作大怒，将笪殷汤五花大绑，而后问道："本王正欲直取天廷，免得被伏羲昊所夺，你却来做说客！本王若将你送给伏羲昊，以你之见，将会如何？"笪殷汤笑道："不过一死而已。"轩辕昊笑道："你乃是天廷右相，若将你送给伏羲昊，至少可为本王换得两个星海。"笪殷汤听了，哈哈大笑起来。轩辕昊怒道："将死之人，为何发笑？"笪殷汤笑道："我笑大王戏言耳。"轩辕昊冷笑道："本王并非戏言。"笪殷汤正色道："素闻大王愚钝，我原本不信，今日看来，传言果然不假！"轩辕昊大怒道："你竟敢谤我？！"而后叫左右道："拖下去打个半死，将他送给伏羲昊领赏。"笪殷汤急道："且慢！大王先听我一句，再送不迟！"轩辕昊问道："你有何话要说？"笪殷汤笑道："我如草芥，伏羲昊得我，一刀杀之而已，岂能因我而给大王星域？大土是否抬举我了？"轩辕昊笑道："我与他结盟，他自然不会失信于我。"笪殷汤笑道："即使如此，他不过送大王一星半域，而我来拜见大王，是要送大王一半天下。"轩辕昊眼睛一亮，问道："此话怎讲？"笪殷汤拱道："若大王肯发兵助天廷解危，天尊欲将须菩提送给大王为质，大王若得须菩提，何愁那伏羲昊不俯首称臣？他所领之星域，大王唾手可得，岂不是尽得一半天下么？"轩辕昊问道："本王若无意取他星域，你又当如何？"笪殷汤笑道："只怕眼下形势，大王取也得取，不取也得取。"轩辕昊问道："为何？"笪殷汤回道："大王若不出兵救援，等那伏羲昊攻破天廷，他必登极称帝，他岂能容得下大王！"轩辕昊听了，手握剑柄踱来踱去，忽然大声道："妙！妙！不愧为天廷右相，快来松绑！"几个宫卫上前为笪殷汤解绑，轩辕昊即拜为上宾，设宴款待。酒席间，轩辕昊举盏道："昔日本王被须菩提奸计所害，险些个丧命，此番天廷肯将他送来于本王为质，正解我心头之恨！"笪殷汤起身告辞，笑道："既然如此，事不宜迟，请大王火速发兵来解天廷之围，等伏羲昊大军撤去，我将亲自押送须菩提来大王帐下！"轩辕昊笑道："好，一言为定！"再三拜别之后，将他送出星门。

笪殷汤走后，在轩辕昊帐下为臣的夸娥嫱、大庭爻、五龙匽听说以后忙来求见。夸娥嫱劝道："笪殷汤奸诈至极，他能骗得过大王，却骗不过臣。"轩辕昊怒道："大胆！你是说本王愚钝至极？"夸娥嫱忙道："臣岂敢，只是大王若听从笪殷汤之言，必将招来大祸。"轩辕昊道："本王有须菩提为质，不怕伏羲昊不俯首称臣，本王何祸之有？”夸娥婎冷笑道：“只怕到了那时，他不但不会俯首称臣，反而会与大王反目成仇，兵戎相见。大王有须菩提又能如何？如今三分星域，伏羲昊占其一，后宫姝丽应有尽有，他岂能为须菩提一人，而将到手的星域拱手相送？”轩辕昊闻言，徘徊于地，犹豫难决，见大庭爻侧立一旁，默不作声，便问道：“以你之见呢？”大庭爻回道：“伏羲昊最无情无义，他抛妻弃子只为占星为王，而今绝不会为须菩提一人而放弃富贵。反而，若须菩提在这里为质，他定然借此与大王反目，大王放了须菩提也不是，不放也不是，直到与伏羲昊拼得两败俱伤……”话犹未了，夸娥婎便抢道：“两败俱伤之时，笪殷项突然兴兵来讨，不但他伏羲昊死路一条，大王又将何去何从？”轩辕昊如梦惊醒，汗流满颊，大呼道：“本王险些儿中了奸贼之计！早知如此，当将笪殷汤拿下，送给那伏羲昊，还能讨个情分！”说到这里，转念一想，又问三臣道：“若不发兵去救，伏羲昊一旦取得天廷，本王将置于何地？”夸娥婎笑道：“大王尽可放心，那伏羲昊要取天廷不易，我料他不久便会退兵。”轩辕昊道：“哦？卿何以知之？”夸娥婎笑道：“笪殷汤来此求援，伏羲昊焉能不知？只怕他已经坐卧不安了，担心大王会抄其后路而攻取天西星王宫，大军不日必撤！”轩辕昊笑道：“好，他若回宫，必来问我，届时本王再与他修订盟约，共谋征伐天廷之事！”五龙匼忙道：“也别让笪殷汤高兴太早，小臣以为当修帛书一封，送给那笪殷项小儿，就言我将兴兵三十万欲取他人头，也让那笪殷小儿不能安睡！”轩辕昊闻言，与三臣大笑起来。

第三十三章　龙帝归来

逆子弑父圣灵救伏羲　龙帝破池大乘道自成

笪殷汤自牧夫星见过轩辕昊，志得意满回到天廷。笪殷项问道：“本尊见你回来，便知你已说服轩辕昊，不然，你岂能回得来？”笪殷汤便将轩辕昊愿意出兵之事细细汇报一遍。笪殷郇、笪殷卓闻言大喜。笪殷项瞅着笪殷汤，笑道：“天廷解围，卿功不可没。”几人正在得意，忽然见有御卫连滚带爬闯进殿来，笪殷项怒问道：“何事惊慌？！”御卫上气不接下气，将一卷帛书递上，笪殷项见帛书上有血迹所写“战书”二字，立即面如死灰了，急忙打开，看了几眼就甩在笪殷汤眼前，怒道：“本尊以为你去搬救兵，而你却招来了逆贼！”笪殷汤展开帛书一看，原来是轩辕昊所写，扬言举兵来犯。笪殷汤又惊又气，浑身发抖起来，连声道：“轩辕昊无耻无义！我本向他用计，不料却被他算计！”笪殷项不由顿足，急叹道：“这可如何是好？这可如何是好？！”笪殷汤奏道：“眼下之计，唯有下诏赦免女娲，并公开宣布蕊珠宫上下无罪，再令须菩提率军出战，或可挽回大局！”笪殷项听了，左思右想，颔首叹道：“也只有须菩提能战胜反贼了。”转而又道：“不过，本尊已将须菩提罢免，而今又请他来，只怕他不肯效力！”笪殷汤回道：“只要下诏赦免女娲，并公开宣布蕊珠宫上下无罪，须菩提必会前来！”笪殷项忙道：“准卿所奏，你速去宣诏！”笪殷汤领旨，急往蕊珠宫见须菩提。

那时须菩提在云灵轩与碧玉、尚翠二人闲聊，笪殷汤一人前来，无人察觉，便停留在轩窗前窥听。只听须菩提怨道：“夫妻已数年之久，我膝下却无一子半女，不知要你二人何用？”碧玉坐在春凳上暗自抽泣，尚翠背过身子一言不发。一会儿又听碧玉泣道：“你何曾着过家？不是在玉京宫忙碌，便是在外寻花问柳，我即愁死，你也不能回来，让妾与尚翠守活寡，这时候你竟怪妾不育，良心何在？”尚翠抹着泪儿，拿眼瞅着须菩提。须菩提怒道："简直就是血口喷人，我几时寻花问柳了？但凡闲时，便回家相聚，几时在外度过？鸟儿尚且产卵，你们两个人却不如一只鸟儿，竟还强词夺理，归咎于我！"笪殷汤在轩窗外暗自发笑。又听碧玉哭道："妾不如个鸟儿，你为何当初不找个鸟儿做妻妾？"须菩提怒道："贱人只知胡搅蛮缠，却一点儿道理也不说！"碧玉红着脸儿，狠狠地将手儿在须菩提大腿上拧了两把，须菩提疼得眉头一紧，顺手取过一把小刀攥在手里，碧玉见状，气得哇哇直哭，泣道："怎的？这会儿又骂我是贱人了？当初妾被你强霸时，可是你的宝贝儿？如何就成贱人了？你早就想杀我了，快来一刀将我杀了，我在这蕊珠宫做婢子做到现在，因未生育便遭你们一家人嫌弃，不如死了的好！"须菩提叹道："你们就不行的，勿再寻着千百个理由做借口，你看我姝涵妹妹，天天在那地牢里，如今就要临盆了。"碧玉闻言急了，一把扯住须菩提衣襟就推搡，捶打，口里骂道："那个不要脸的贱人，早就见你对她垂涎三尺，她在地牢哪里来的儿子？是不是你与她有了奸情？"须菩提霍地起身，抬手就甩了碧玉一个耳光，大怒道："无耻贱人！竟然说如此灭绝人伦之语！姝涵是我妹妹你可知道？为何你与她过不去？早知你贱人如此，绝不与你为夫妻！再敢口出恶语，我便将你撵出这蕊珠宫去！"碧玉吓得脸色惨白，气得喘不过来，一头就晕厥于地了。尚翠赶忙去抱着，一句也不敢说，只是嘤嘤低泣。须菩提见尚翠可怜，便又抱着尚翠哄道："莫哭，我又没说你什么，也从未嫌弃过你的。"尚翠点点头儿不哭了，只说道："以后不要再骂碧玉姐姐了，她心里可是最疼你的，每天替你操心不完，你这样儿可让她怎么活！"须菩提叹了一声，抱起碧玉进里间将她放到榻上，盖上了衾被，而后又对尚翠道："我本无心，只是说笑，谁知她竟然恶语伤人，姝涵是我妹妹，她竟敢……唉！我也不消说了，碧玉自小就脾气暴躁，我知她无坏心，你好好照料她吧。"尚翠坐在榻边，听话地点点头儿。须菩提转身出外间，心中烦躁，自蹲在桌下拿小刀于地上乱刻乱画。

笪殷汤窥见须菩提出来外间，又蹲在地上拿刀刻画，见桌案上点着两盏脂油灯，暗叫不好，便闯了进去，拱手道："左相在做什么？"须菩提听见是笪殷汤的声音，抬头一看果然是他，不由大吃一惊，慌忙起身，握着小刀指他道："你怎么来了？"笪殷汤深深一揖道："左相息怒，我特来救你。"须菩提怒道："我已不是左相，你来我宫里作甚？可是又带兵来拿人了？"笪殷汤忙摆手笑道："岂敢，岂敢！我是来这里传旨的，少主勿多疑！"须菩提冷笑道："既然是来宣旨的，勿要啰唆。"笪殷汤笑道："毕竟同朝为官，我来拜访，少主竟然不赏一杯茶喝，此非待客之道。"须菩提收起小刀，正色道："请坐。"笪殷汤一笑，便坐在几案前，问道："少主方才在地上刻画什么？"须菩提冷冷答道："闲来无事，无聊之举而已。"笪殷汤正色道："幸好我来得及时，否则少主将惹祸矣！"须菩提笑道："哦？我如今赋闲，有何祸事？"笪殷汤道："少主以脂油燃灯，人神不安，便处在血光之下，以刀画地，恐招不祥事矣。"须菩提笑道："不料右相深谙玄术，佩服，佩服！我这就撤去脂油灯。"说着便将灯盏熄灭，藏于桌下。笪殷汤问道："少主为何燃此灯？"须菩提叹道："唉，我因内人久不生育，心神烦恼，又闻燃此油灯可得子也，故而如此。"须菩提说着就要端茶，却见碧霞掀起珠帘儿笑盈盈地进来了，便将茶具交给了碧霞，而后与笪殷汤对坐了。碧霞斟茶，转身去了里间，笪殷汤瞅着碧霞纤腰，呷一口茶水，放下茶盅，笑道："恭喜少主喜得贵子！"须菩提惊讶道："哦？右相此话从何说起？"笪殷汤笑道："方才这位小姐是谁？"须菩提举盏，呷一口道："自然是我内人。"笪殷汤拱道："恭喜少主，令阁已怀身孕，岂非喜事乎？"须菩提闻言，喜问道："此话当真？"笪殷汤笑道："当然。"须菩提笑道："右相既有此大智，天尊当拜为天卜神才好，何必又要拜钟颀先生。"笪殷汤摆手笑道："哪里，哪里，我比钟颀，犹如燕雀比凤凰，不可同日而语也。"须菩提叹道："其实我何尝不知，右相乃贤良之士也，只是各为其主罢了。"笪殷汤拱道："理应如此，理应如此。"须菩提问道："右相要传什么旨意？"笪殷汤取出圣旨道："恭喜左相复职，天尊特赦女娲娘娘无罪，特赦蕊珠宫上下无罪，今特封左相挂帅征讨逆贼！"须菩提闻言，即跪接旨意，三叩谢恩不题。

且说伏羲昊听说女娲及蕊珠宫被赦无罪，天廷有令须菩提亲自挂帅与他作战，喜忧参半，喜的是女娲与蕊珠宫幸免于难，忧的是他与须菩提父子二人竟要兵戎相见。伏羲昊在墨律星神府召集众将商议，此时又忽然闻报，涂山阕率十万大军已到天西星王宫附近，伏羲昊不免有些忧虑。神农琊对伏羲昊道："须菩提为救女娲，不得已而为之，大王可不与他正面交锋，此战由震硨与李靖二将亲往即可。"伏羲昊点头称是，继续商议布兵之事。

话分两头。涂山阕眺望天西星王宫，忽然对火德和佑圣道："成败在此一举，听我号令，将所有旗幡撤下，换成轩辕昊的仪仗幡旗，而后徐徐前行，慢慢包围王宫，擂鼓布阵！"火德疑惑道："将军这是为何？"涂山阕笑道："解天廷之危。"火德急道："以此解危固然是好，然而将军挥兵至此，正好与伏羲昊恶战一番，为何突然改变主意？"涂山阕叹道："我已如愿，方才得知消息，笪殷项已令须菩提出战，我正好趁此机会，嫁祸给轩辕昊，那伏羲昊闻讯，必然率兵来救天西星王宫，就让他们自相残杀吧！此乃一箭双雕之计，须菩提兵不血刃便可退敌！"火德问道："是否与戌闰丮将军商议？" 涂山阕叹道："戌闰丮因轩辕健生死未卜而无心于战，连日一言不发，你们还是不要去叨扰他了，以我将令行事即可。"火德和佑圣领命而去，不消一会儿，果然见旗幡一换，擂鼓震天，惊得天西星王宫乱成一片，急忙派兵奔往墨律星神府告急。

听说轩辕昊率兵来犯天西星，神农琊和伏羲昊俱是一惊，伏羲昊问哪吒道："王宫如何？" 哪吒回道："轩辕昊十万大军围攻王宫！" 伏羲昊大惊，险些跌倒在地。神农琊急忙扶起伏羲昊，说道："轩辕昊贪我星域，背盟败约，眼看天阙指日可下，不想我后方有难，如今大势已去，请大王即刻回兵救援。"伏羲昊心口一痛，切齿令道："大军回撤，救援王宫！" 伏羲昊放弃墨律星，领三十万大军撤回天西星。当须菩提率二十万大军赶到墨律星时，神府内已是空无一人，一天之后，又与班师回来的涂山阕、火德、佑圣等会师。此事传入玉京宫后，笪殷顼闻报大喜，朝中哗然，皆以为伏羲昊听说须菩提出战，望风而逃了。

伏羲昊率大军心急火燎赶到天西星，早已不见敌军影子，于是派震硨去牧夫星王宫找轩辕昊问个清楚，听说轩辕昊并未发一兵一卒，伏羲昊大为震惊，神农琊大呼一声不好，对伏羲昊道："我中了须菩提调虎离山计！" 当天，伏羲昊大醉，在寝殿睡下不久，忽然听到殿内有响动，翻身去看，原来是伏羲戡和伏羲图二子进来。伏羲昊惊问道："父王并未召尔等，为何忽然至此？" 看到二子手握利刃，怒视眈眈，伏羲昊忽然酒醒，急抽出藏于枕边的利剑，怒问二子道："恶子！欲要弑父么？" 二子不容分说扑了上来，伏羲昊跳下龙榻，急忙呼救，二子挥刀就砍，伏羲昊避之不及，连中数刀，倒在血泊中。伏羲戡和伏羲图正要割下头颅，却听身后一声大喝道："逆子住手！" 回头一看，见一个神仙站在身后，正欲挥刀砍去，手中刀却不见了。二子细看去，见神仙面如冠玉，目若剑锋，神色爽迈，但不知是何来历。伏羲戡问道："你是何神，敢闯入龙帐！" 神仙笑道："我是龙帝轩辕健。"伏羲戡和伏羲图不认识他，惊恐望着。伏羲图怒道："什么龙帝，我们素不相识，你来此作甚？" 轩辕健道："尔等大逆不道，故来阻止。"伏羲戡问道："此事与你有何相干？" 轩辕健怒道："尔等弑父，我岂能见死不救！" 伏羲图道："看你年少，实不忍杀你，请你速速离去，免得丧命！" 说着要取武器，只见轩辕健扬起手来一弹，一根青绳就朝他们飞去，即将他们绑了。轩辕健对着血泊中的伏羲昊小施一法，伏羲昊便苏醒过来，伤口立时痊愈，才看到轩辕健，但眨眼间就不见了，却见伏羲戡和伏羲图二人被五花大绑，躺在地上。伏羲昊挥刀而去，怒斥道："恶子！若不是大神救我，我早死在你们手里了！" 说完将伏羲戡和伏羲图挥剑斩杀，将他们二人的首级送入后宫，宛妃、姬妃看到二子首级，知道事已败露，双双自缢而死。

却说钟颀来到太真殿，见笪殷顼独自于殿内呆坐，上前拜道："臣奉诏而来，听候圣谕。"笪殷顼叹道："本尊素知你能掐会算，你可知那轩辕健现在何处？"钟颀回道："臣未曾占算过轩辕健。"笪殷顼疑惑道："哦？天卜神何必瞒我。"钟颀回道："臣起初卜算过，可未得结果，想必那轩辕健非一般人，岂能是臣能卜算出来的？"笪殷顼叹道："怕他已死去多时了，故而莫测。"钟颀沉默。笪殷顼瞅一眼钟颀，又道："我知你心中不平，若是你在本尊之位，又当如何待他？"钟颀忙回道："臣岂敢望此帝居，天尊欲杀臣，臣引颈而已。"笪殷顼摆手笑道："本尊能杀卿乎？卿虽不为本尊所用，本尊也无害卿之意。我居安而思危，唯祈昊天常佑而已。"钟颀揖道："昊天常佑仁者，此乃明理。"笪殷顼叹道："尔等皆以为本尊不仁，又焉知我之苦心。"钟颀垂头不语。笪殷顼又叹道："卿且退下吧。"钟颀徐徐退出，暗思道："天尊欲想从我这里得知轩辕健消息，可见他也不知轩辕健是生是死。"如此想着，放下心来。

且说轩辕健在烊龙池火宫修炼，以五色幡旗为阵，各为木、火、金、水、土五星位，称之为九宫星格，轩辕健坐镇其中，又取紫林木、紫真火、紫金石、紫灵水、七彩灵合而为沙，然后托在掌中，细沙灿烂如绚霓，烁烁有光。

轩辕健深居于火宫，抱神以静，默默端拱，无视无听，无思无为，万虑潜消，任运自如，已至冥心境界，可谓一尘不染，体含虚极，使万法归于一体。燃灯佛在一旁守护，不知轩辕健是否练成大乘道法，遂问道："吾帝是何感觉？"轩辕健笑道："就如婴儿居于清净之境，体若虚空，安然自在矣。"过一天，又问，轩辕健道："我常觉居上界，体自空寂，无尘可染。说有为功，而却又无为，说无为，而觉我身即世，世即我心，遥相固济，故而实有功夫在也。"燃灯佛问道："吾帝，何谓'居上界'耶？"轩辕健笑道："就如婴儿之'栖天谷'也。"燃灯佛又问道："何谓'栖天谷'？"轩辕健道："人之天灵盖。"又过一天，燃灯佛问轩辕健道："吾帝今日是何境界？"轩辕健笑道："我每入定，便骤然可见心光，腹腔通明，可自见肺腑，而出神时，则可自见眉目，脑海浩瀚，如潮起潮落，自见端坐于虚空，谈玄说法，无极无穷，其境美妙，不可言状。"燃灯佛问道："不知此是何境界？"轩辕健道："心境。"燃灯佛又问道："只此一境否？"轩辕健笑道："我身虽在火宫，然可预知未来，身虽处静室，然可隔墙视物矣。"燃灯佛问道："此为何境界？"轩辕健答道："神境。"燃灯佛问道："可还有境界？"轩辕健笑道："我正襟危坐，有时迷蒙，不分混沌，忽然心窍大开，便见寰宇苍穹，日月星辰，天地河山，历历在目，犹如观掌上之纹，细微可见。”燃灯佛问道：“此又是何境界？”轩辕健笑道：“天眼境。”未等燃灯佛发问，轩辕健又道：“静坐之时，我能听十方之语，犹如耳边之音，能忆前生之事，犹如眼前之景，耳容大千世界，目中包罗万象。”燃灯佛问道：“吾帝，此又是何境界？”轩辕健笑道：“天耳境。”燃灯佛问道：“还有境界否？”轩辕健笑道：“我随时随地，能入得大定，上可见天堂，下能看地狱，观透万世来劫，看清天命宿根。”燃灯佛问道：“此是何境界？”轩辕健道：“宿性境。”燃灯佛问道：“已至此，恐再无境界。”轩辕健笑道：“非也。我能变化神通，自如出入，闭目之间，便可洞见众生内心，即使毫末隐微，亦事事洞明，众生意念未起，我已了然先知。”燃灯佛问道：“这是何境界？”轩辕健道：“心通境。”燃灯佛合掌道：“吾帝弹指之间，已通达六境界。”轩辕健笑道：“一切善恶境界，金殿宝楼，众佛、神、诸仙，皆不可染着。我天谷之神已升入太虚，将我身世身心归融入窍，合而为一也。”

七日之后，轩辕健已练成大乘道法。忽然，轩辕健睁眼问道：“我梦到我自己出去了，遇到伏羲昊二子要弑父，被我救下，不知这是何征兆？”燃灯佛合掌道：“此非梦，而是你果真去天西星王宫救了伏羲昊。”轩辕健大吃一惊，问道：“我明明就在这里，佛祖为何说我去了伏羲昊那里？”燃灯佛回道：“恭喜吾帝已练成大乘道法，仙体虽在此，但元灵可随时脱体而出，并能穿越三界，抵达万千世界。”轩辕健问道：“如此说来，即使我人在这里，我的元灵可去任何地方，做任何事了？”燃灯佛合掌道：“正是。昔日，我弟子释迦牟尼如来佛于菩提树下潜心入定，冥心六载，始得脱离藩笼，终脱俗而升仙，入主灵界，其弟子达摩，于人间修佛，曾面壁九年，方得超越内院，已然成佛，得入灵界。而今吾帝已与昊天融为一体，即使仙体死灭，灵身永在，且已脱离生死涅槃，已成为亘古之神。”轩辕健笑道：“既然已得大乘道法，是否可以出这火池了？”燃灯佛点头道：“吾帝所往来之处，永无阻障。既已通达六境界，吾帝只须闭目入定，于顶门开出一窍，中置一乾坤，先发三昧火以透通孽障，而后聚太阳火猛以冲之，吾帝可在冥想中看见二火腾腾，互相攻击，霎时，只看脑海波浪，一泻千里，遍界红光、弥天紫焰，又忽然听见霹雳一声雷响，此时睁开双目，天门即开也。吾帝一跃而出，便可飞离这烊龙池。”轩辕健笑道：“然也，然也。我已深有体会，如你所说。”

当时已满四十九日，轩辕健在火宫门外倒悬着乾、坤、阴、阳、水、火六把神剑，然后端坐在九宫星格中，准备破池而出，只听他口中念道：“灵丹光泽，真元通玄果；凝神静坐，灵身越三界。龙帝复活，是为天祚。欲得穹昊真精魄，持来与我，归拢仙灵及神佛。孜孜苦凝血，只为苍生承天德，舍我谁能说？自圆大乘道，剿灭邪恶魔。”法咒一出，门外六把神剑拔门而出，六道彩霓紧相随，明光四射，搅动得烊龙池中火浆滚滚，烟尘腾起。轩辕健高声道：“苍苍昊天，归至真元，邪法魔咒，亡于神剑！”说完，只见六把神剑开始极速旋转，轩辕健深吸一口真气，按入丹田，轩辕健身体在九宫格内飞速旋转起来。燃灯佛合掌道：“烊龙池法障已破，帝可破池而出了。”轩辕健合掌运力，只见烊龙池内的三昧之火泛着紫光，渐渐熄灭。轩辕键一跃而起，破开火宫冲出汤火，眨眼就已站在了池畔。

轩辕健破池而出，径自来到蕊珠宫，见四下无人，徐徐进入宫院中，只看到两墀下尽是些异树奇花，冽香四射，但却不见众仙婢往来。轩辕健直往地牢去寻轩辕姝涵，却见地牢已然不见，似夷为平地。轩辕健大惊，暗思道：“难道女娲害了我姝涵么？”心内惴惴时，却见斓姁提着食盒从一带芃树路过，轩辕健大喜，叫道：“斓姁，去哪里？”斓姁吓了一跳，转脸一看是轩辕健，呆了半晌，即放下食盒就跑了过来，握着轩辕健的手儿，痴痴望他一会儿，吃吃问道：“圣主没死？”轩辕健笑道：“是否皆以为我死了？”斓姁眼泪簌簌而下，竟将轩辕健抱住，贴入怀中，嘴里不停念道：“圣主没死，圣主没死。”轩辕健亦热泪盈眶，喃喃道：“我回来了。”斓姁松开他，高兴得跳了起来，拍手儿叫道：“圣主回来了！圣主回来了！”轩辕健问道：“你可知道我姝涵在哪里？为何这地牢却不见了？”斓姁笑道：“女主和小女主在瑶轩阁，娘娘早就将女主放出来了。”轩辕健大喜，问道：“真的？”斓姁嗯了一声，使劲点点头儿，而后牵着他的手儿，笑道：“来，小婢领你去看她们。”说着便去瑶轩阁，到了院子里，却见精卫和婉镜朝这边走来，只听婉镜道：“我怎么就没听到有人喊叫？女主非说后园里有人喊叫。”精卫道：“去看看就知道了，不管有没有，回来禀明就是了。”才走下轩廊台阶，便与轩辕健和斓姁碰了个正面，精卫和婉镜抬头一看，双双惊得瞪大眼睛，一双手儿捂住半脸，上上下下地打量着轩辕健。婉镜愕然道：“是圣主？”精卫喜道：“圣主回来了！”轩辕健微笑点头，婉镜见斓姁牵着轩辕健的手儿，脸色一沉，上去就一手劈开，瞪着斓姁嗔道：“你是女主么？不要脸儿的婢子，怎敢如此轻薄？”斓姁两颊飞红，低头垂手。轩辕健见斓姁落泪，一把牵起她的手儿，笑道：“我们进去吧。”斓姁转悲为喜，嗯了一声高高兴兴地与他进屋里去了，惊得婉镜张大嘴巴，站在那里说不出话来。精卫掩口笑道：“谁叫你多管闲事的？”婉镜惊道：“这是怎的了？难道斓姁她……”精卫忙道：“你可不要乱说！”婉镜撇撇嘴儿道：“斓姁不过就是二少主的婢子罢了，神气什么！”说着与精卫亦尾后而入。

却说轩辕健进了里屋，斓姁松开手儿，低声笑道：“圣主自个进去吧，我还在门外守着，等女主们叫我的时候，我再进来。”说着便去外面台阶上和婉镜、精卫站在一起了。轩辕健掀了珠帘儿进去，见娇珠在外间睡觉，他又进里间，只见姝涵一个人在桌子上画着画儿，伏羲谦亦蜷缩在小榻上睡了。姝涵猛地看见轩辕健，手里的玄笔亦落在了桌子上，咔塔一声，姝涵忙将小手儿去按住，一只手儿掩了小嘴儿，惊呆呆地望着他，轩辕健朝她一笑，她双目一展，弯成了月亮，盈盈扬起嘴角儿微微一笑，忙站起来蹑手蹑脚地朝轩辕健走去，才展开双臂要搂抱时，就见伏羲谦慢慢地翻了个身儿，又睡去了，姝涵忙将纤手扩在嘴边儿，做口型道：“不——要——惊——着——她。”轩辕健只看她嘴儿动着，却听不见说什么，低声问道：“你说什么？”姝涵也不管了，扑到他怀里就将嘴儿堵住他的嘴儿接吻起来，直到轩辕健喘不过气来了，这才松开，将纤手儿撩一撩雾鬓，头儿一偏，低声问道：“夫君从哪里来的？”轩辕健低声道：“烊龙池。”姝涵啊了一声，星眸闪闪，惊得合不拢嘴儿，问道：“真的么？那里可是三昧真火，你怎么出来的？”轩辕健笑道：“练成了大乘道法，已得亘古真身。”姝涵又惊又喜，又扑上去搂抱了，一双小脚儿不停在地上跳动。这时候，又听见动静，姝涵回头一看，见伏羲谦已坐了起来，一双小手儿揉着眼睛，蒙蒙眬眬地瞅着他们。姝涵正面搂着轩辕健，一动也不敢动，呆住了，又吐了吐舌头，掩着嘴儿低头瞅着他。轩辕健低声问道：“怎么了？”姝涵不敢出声，紧紧抱着他，扬起脸儿做口型道：“妹——妹——醒——了。”轩辕健稍稍偏一偏头儿，透过姝涵鬓丝一瞧，见伏羲谦揉着眼睛，不停地朝这边瞅着，姝涵实在忍不住了，忽然扑哧一笑，而后弯腰咯咯笑了起来。伏羲谦定睛一看，努着小嘴儿下了榻，噗噔噗噔地就跑了过来，扑进他怀里就哭了起来，轩辕健安慰着，拉着她的手儿轻轻在一张春凳上坐了下来，伏羲谦一语不发，只是抽泣，轩辕健正要说话，忽听床上的娇珠说梦话道：“若夫君死了，我能去哪里？”又见她将纤身儿盈盈一翻，双眼蒙眬道：“我跳！我跳！”姝涵过来了，又忍不住咯咯地笑了起来，伏羲谦也忍不住扑哧一笑，捂着脸儿埋在轩辕健怀里。姝涵坐上床头，见娇珠眼角挂泪，烟娇湿鬓，一时心酸，不由得摸了摸娇珠的脸儿，娇珠惊醒了，蒙蒙眬眬看床头坐着一个人，忙问道：“何人？”姝涵赶忙将轩辕健拉了过来坐下，与他换个位置。轩辕健小声道：“是夫君。”娇珠一翻身儿爬了起来，伸出一弯玉臂想去抱他，又将玉臂缩了回来，迷迷糊糊道：“我夫君么？你怎么来了？”轩辕健见状，心底一酸落下泪来，泣道：“娇珠。”娇珠这才彻底清醒了，一头触在他胸口，呜呜哭道："你怎么才来？"轩辕健紧紧搂着她，泣道："虽身在火狱，时时都惦念你的。"说着那一双眼睛就红透了，更是一句也说不出来了。姝涵拉着伏羲谦的手儿，瞅了一眼娉珠，叹道："才见面，不好好的说说话儿，只管哭什么？"娉珠取了绢帕儿拭了泪，笑道："我这不是好好说么？"轩辕健道："你不用说的，你的心我都知道。"娉珠笑道："这番来了，就再也不分开了，可好？"轩辕健点点头儿。叙了一会儿，就见精卫和婉镜进来，盈盈一欠身道："圣主、女主，娘娘她来了。"轩辕健闻言，站起身来，与姝涵、娉珠伏羲谦忙迎了出去。

女娲在碧霞、碧玉、尚翠、鹿慧、湘君、湘妃、妱翚、皃孋的簇拥下来到院子里，碧玉远远见是姝涵和轩辕健，就闪在碧霞身后，女娲跟着婢子们来到瑶轩阁门首，四下一望又进去了，一眼就看到了轩辕健，女娲笑道："为母听婢子说瞧见你了，却不信，就来看看你，这一下为母也放心了。"轩辕健深深一揖，并未说话。轩辕健又站定，伏羲谦就紧挨了过去，女娲见她咬着指头儿靠在轩辕健身上，痴呆呆地望着，女娲笑道："进去说话吧，都站在外间做什么。"说着就进了客厅。碧霞、碧玉、尚翠三个就站在院子里，姝涵忙道："嫂嫂们为何不进来坐？"碧霞因未办婚礼，虽然与须菩提以夫妻同居，但却也不好以嫂嫂自居，于是未答话。碧玉因之前虐待过姝涵，此时只是尴尬一笑，也未答话。尚翠见状，便笑道："姝涵妹妹，我们就不进去了，里间地方小，我们进去了母后也坐着不舒坦，就在这里站一会儿吧。"姝涵只好欠身一笑道："嫂嫂们自便。"说着就进屋里去了。女娲坐定后，婢子们忙着端茶，女娲笑道："不吃了，唉，无论到哪里都要吃茶，我都吃腻了的。"说完又四顾一下，叹道："如今女婿回来了，你三个都挤在这屋子里怎生好？为母这就安排一下，姝涵和娉珠还住回宸恩殿去，一人一间大殿，宽敞又舒服，这瑶轩阁本来就是伏羲谦的屋子，她住惯了的，还让她住在这里吧。"姝涵笑道："那可好了，我也早就想搬过去了，我和娉珠姐姐在那里也惯了的。"娉珠点点头儿正要接话，就听湘妃笑道："听说女主是住惯了地牢的。"一句话出来，空气瞬间就凝结了，女娲脑子里嗡嗡作响，怒火蹿了上来，见轩辕健在，又不好发作，只是尴尬一笑低了头去。湘君狠狠在湘妃细胳膊上掐了一把，脸一沉骂道："你个贱婢子，嘴巴是不是欠抽了？"湘妃唰地红了脸儿，低头不敢再看。鹿慧忙上来拉着湘妃，笑道："这婢子是无心的，也只是想凑热闹说句话的。"姝涵走了过来，指着湘妃问道："这小姐姐是谁，以前我怎么没见过？"鹿慧笑道："她是湘妃，过去在凡间的，是母后接引来的。"说着又拉过湘君，笑道："女主，这就是湘君，也是母后接引来的，她们本是一对姐妹，才来宫里不久，女主就不曾见着。"姝涵笑道："不管有心无心的，我也不计较，莫要因此害怕。”鹿慧见女娲低头不语，面带愠色，又见娇珠和伏羲谦皆在一旁努着嘴儿，拿眼瞪着湘妃。鹿慧笑道：“本是无心，只是嘴快。还有更有趣儿的呢，上次钟颀和戌闰犰将军来找少主议事，最后我让湘妃去斟茶，戌闰犰问湘妃道，‘你叫什么？’湘妃答道，‘我是湘妃。’戌闰犰问道，‘怎么叫这个名字？’湘妃这婢子却道，‘不然叫什么？还有一个叫湘君呢！’戌闰犰竟问道，‘那你可是湘君的妃子？’湘妃一时懵了，答道，‘胡说什么的？湘君是我姐姐！’惊得戌闰犰半晌说不出话来了。”女娲一听扑哧一声笑了，众人皆咯咯地笑了起来。姝涵和娇珠、伏羲谦皆笑弯了纤腰儿。姝涵拉着湘妃的手儿，微微拍了拍胸口，笑道：“听着就觉她可爱，真真的娇憨、娇憨的呢。”说着大家又笑了起来。女娲瞅着鹿慧，暗思道：“鹿慧可真聪颖，惹得大家一笑便化解了尴尬，生气的人也不生气了，这孩子将来必成大器。”女娲坐了一会儿，起身道：“我们回去了，你们四个人的闺帏之事，为母就不多说了，姝涵是女主，娇珠和伏羲谦就听她安顿吧。”姝涵低头道：“我会安顿好的，母后放心就是了，明天想和夫君带娇珠姐姐和伏羲谦妹妹去太阳宫拜望圣母。”女娲笑笑道：“甚好，女婿回来了，想必她们也着急，就去看看吧。”说着便出门了，碧霞和碧玉、尚翠、鹿慧等，又和婢子们簇拥着女娲离开不题。

第三十四章　天尊作孽

寻绝地李耳下至人间　害龙帝天尊拘禁女娲

轩辕健出烊龙池，并去蕊珠宫的消息不胫而走，传到笪殷顼耳朵里。笪殷顼大惊，心里七上八下的，长吁短叹，徘徊不定，不住地盯着站在一旁垂手待命的笪殷汤和笪殷郇、笪殷卓。见笪殷顼忧心忡忡，急如风火，笪殷郇拱道："他既然出来了，我便再将他擒来就是，天尊为何担忧？"笪殷顼叹道："轩辕健破烊龙池而出，可见已无人可敌，若他前来寻仇，本尊焉能活命？"笪殷郇怒道："他若敢来，臣必将他斩于宫中，请天尊勿忧。"笪殷卓瞅他一眼，笑道："那轩辕健果然是龙帝入世，我用尽酷刑，油煎火燎尚不能杀死他，就凭你一刀两枪能将他怎的？"笪殷顼听了，暗吃一惊，转脸问道："你说什么？"笪殷卓方知失言，跪地奏道："外皆传闻他是龙帝，臣据传闻而言之。"笪殷顼盯着他道："我并非计较你说他是龙帝，此传闻我早有耳闻，本尊是问你，你刚才说将他油煎火燎，这是怎么一回事儿？"笪殷卓拱道："确实如此，不用酷刑，焉能将他制服？"笪殷顼勃然大怒，斥道："愚蠢至极！谁让你用酷刑的？本尊只令你将他投入烊龙池，你为何要动私刑？"笪殷卓回道："他入烊龙池都安然无恙，况在乎什么油煎火燎！"笪殷顼叹道："尔等误我矣！"事已至此，笪殷顼也只好不再追究，转脸问笪殷汤道："你可有妙计对付轩辕健？"笪殷汤叹道："臣无计可施。"笪殷顼踱步道："昔日，平茜星和轩辕宇曾对本尊说，可将轩辕健打下界去投生，如此一来，仙凡殊途，纵使他有一身法力，也奈何不得我，而后我再设法将他杀死于凡间。你们以为此计若何？"笪殷汤疑惑道："如何能将他打入凡间？"笪殷顼将平茜星和轩辕宇二人所献计策又细说一遍。笪殷顼道："我现在不能敌他，不如就依此计，将界下地球毁灭，收集众生灵魂，炼制灵丹服下，如此就可无敌于三界了！"笪殷汤急道："万万不可！"笪殷项问道："有何不可？"笪殷汤道："为今当行仁政，才能稳坐天位，倘若滥行杀戮，众神必愤怨，昊天必发怒，必将招来大祸也。"笪殷项急道："那以你之见，当以何计应对？"笪殷汤忙道："这也不难。可在宫里宫外，诸星海散布消息，就说天尊欲要毁灭人类，摄取众生之灵炼制大法灵丹。轩辕健闻讯，必来阻止天尊，届时天尊就说，因怕其谋反，故而不得已而为之，除非他能自愿下界，便放弃毁灭凡间。"笪殷项大喜，又蹙眉问道："他若不为所动，又当如何？"笪殷汤回道："轩辕健乃是大贤，岂能弃苍生于不顾，必会成人之善，自愿下界。"笪殷项大喜道："好！就以卿之计！"笪殷卓道："不知现在界下如何，当提早派人下界去看，选一方绝地，到时也好将他投下，令其不得翻身。"笪殷项笑道："正合我意。本尊得知，那玉帝诸子女也逃往界下，平茜星和轩辕宇、笪燕宝、杨天佑等人也在界下，若他们与轩辕健在界下相遇，必然为乱，必要将他投入绝地，方能以除后患。"笪殷汤道："诸神在界下与凡人无异，不能为祸，何必要将他置于绝地？如此反而逼他为乱。"笪殷郁冷笑道："兄长此言差矣，诸神在界下，神力俱在，且可以灵体示人，何以能与凡人相同？兄长忘了，女娲下界造人时，诸神就曾下界，若道凡间真如凡人一般，又如何造得人众？"笪殷项笑道："言之有理。"笪殷汤忙道："女娲造人？此事皆为传说，未必是真，谁人见过她曾下界造人？"笪殷项忙道："我虽未曾见过，但早先就听父王说过，确有其事，我母后也可证实此事，你不得多疑。"笪殷卓瞅一眼笪殷郁，问道："兄长，依你之见，即使轩辕健下界也如同神仙，那将他打下界去，有何用处？他转眼返回天界，又当如何？"笪殷郁思忖片刻，笑道："关键是要找到原因，为何神仙到那凡间却如同在天界一般？"笪殷项笑道："听你之意，你必知道其中缘故。"笪殷郁笑道："我听说仙界有金、木、水、火、土、飌、飇这七种玄气，神仙才得以生存，而凡间只有金、木、水、火、土五种玄气，只能滋养凡间众生万物，神仙在此间，若缺'飌''飇'两种玄气，会仙体消散，只剩元灵，若想在凡间显现，必须借助肉身，只有两种办法，或投生为人，或附身于肉体，但不论投生还是附体，皆受肉体羁绊，故而神力全无，如同凡人。"笪殷项笑道："妙，妙！妙极也。"笪殷郁笑道："只要将飌、飇二玄气收回，不论谁下界，也将经历凡胎肉体，到时候还怕那轩辕健能返回天廷不成？"笪殷汤冷笑道："说得轻巧，若即使轩辕健投生于凡胎，若他自死，元灵返来天界，易如反掌，又当如何？"笪殷项闻言，眉头紧锁，问道："如之奈何？"笪殷郁笑道："不然。神仙投生于肉身，若自尽则属于中断轮回，即使元灵离开也会坠入幽冥六十六天年，他岂敢如此？再者说，肉体凡胎，皆有七情六欲，他肉体在凡间一旦成婚，有子有孙，他何以能舍得自死？”笪殷汤道：“即使在凡间自然老死，不过几十年而已，在天界也就几十天，难道几十天之后，就不怕他返回天界了？”笪殷郇大笑道：“兄长多虑也，打下界之前，令其饮戒公汤，他忘尽天界之事，自会安分。试问几十天时间，若我们仍不能将他杀死于凡间，那就是昊天所定，非我们之力可为了。”笪殷顼笑道：“几十天足矣，定让他灰飞烟灭！”笪殷卓急道：“说了这么多，但不知道如何收回那两种玄气？”笪殷郇道：“这个，恐怕只有轩辕健能做到，他既然是龙帝，又传言乃是盘古之轮回，想必他自有办法。”笪殷顼急道：“若他不肯，又待怎样？”笪殷郇道：“天尊，他若因拯救苍生而自愿下界，下界之前让他收回玄气，他又岂能不肯？”笪殷顼拍手笑道：“妙！妙！妙极！”笪殷郇道：“此时即令李耳下界去探，寻得一方绝地，然后再议。”笪殷顼对笪殷汤道：“那就烦劳右相去传旨。”笪殷汤无奈，领命而出，笪殷顼与郇、卓二人密议行动不题。

且说笪殷汤来到布道司，见李耳在香炉前闭目静坐，便上去招呼，只听李耳道：“相邦出灵霄殿时，我就知道你会来找我。”笪殷汤道：“哦？看来你能胜过千里眼和顺风耳了。”李耳起身问道：“不知相邦有何吩咐？”笪殷汤道：“天尊有旨，令你下界往凡间走一趟。”李耳心下一惊，问道：“去凡间作甚？”笪殷汤徘徊几步，正色道：“在凡间寻一处绝地。”李耳疑道：“哦？何谓绝地？”笪殷汤道：“山穷水绝之地。”李耳问道：“凡间此地甚多，不知天尊欲作何用途？”笪殷汤愣了一下，问道：“你岂敢揣摩圣意？”李耳笑道：“我若不知作何用途，又如何寻得上好绝地？”笪殷汤笑道：“岂有此理，绝地安有好次之分？”李耳笑道：“当然，有可用、不可用之别。”笪殷汤道：“但有触犯天条之神仙，打下凡间绝地。”李耳一想，本想再问，又怕他生疑，于是道：“我这就下界去寻来。”

李耳下界寻找绝地，但不知从何寻来，暗思道：“不如去冥界看看，叫他们来寻得一处绝地，我再回天廷复命就是了。”于是往冥界求助笪殷曹。幽冥关神荼和郁垒二位冥仙，受命于陆正，但发现有天神来冥界，必先带至判府。李耳来到幽冥关，被神荼和郁垒拦住，问道：“欲入冥界，请上神报上姓名，小神进去通报。”李耳道：“我乃天廷布道神李耳，奉旨前来，请二位领我去见冥王。”二冥仙听说是天廷来的，又是奉了天旨，不敢怠慢。神荼忙道：“上神驾临，不必通报，我这就带上神前往。”李耳跟神荼前去，走了很久也不见幽冥宫，问道：“幽冥宫为何如此偏远？”神荼笑道：“不巧，已经路过幽冥宫。”李耳止步，惊问道：“竟然路过，为何不入？你要领我往何处去？”神荼道：“请上神随我去判府一趟。”李耳怒道：“大胆！我乃天廷布道司大臣，你带我去判府作甚！”神荼见李耳误会，赔笑道："上神息怒，我领上神去见判官陆正。"李耳一听，这才放心。到了判府，陆正见李耳前来，忙迎入。李耳将笪殷顼要在凡间寻找一处绝地的旨意告诉了陆正。陆正不解，问道："天廷谪仙，直接打下界就是了，各自去轮回，向来皆如此，为何这次偏要寻一处绝地？"李耳道："或是为了严惩某神。"陆正没多想，就对崔命道："你去将堪舆簿吏叫来。"崔命就去了。李耳问道："冥府还有此类仙职，不知堪舆簿吏是做什么的？"陆正笑道："主司阴阳风水之事。"李耳道："哦？阴阳本为两界，为何冥界还管此事？"陆正道："本来不管此事，可后来不得不管，这却都是因你而起。"李耳惊问道："我从未来过冥界，也从未干预过冥界之事，为何说是因我而起的？"陆正笑道："自上神轮回到凡间布道以后，人间道门中人渐多起来，而且道法都不浅，能画符念咒，驱神使仙，我冥界也无可奈何，这难道不是因上神而起吗？"李耳问道："那也不过是一些求福辟邪之术，焉能影响到冥府？"陆正呵呵一笑道："上神不知，那人间颇多方士道家，奇能异士，皆会呼风唤雨，这且不说，他们还专与冥界作对。冥界转投之人，在出阳关之前，皆有生死福祸的通封，可都被这些方士道家们搅乱了，使我冥府不得安宁。"李耳疑问道："他们何能干预？"陆正叹道："本来阳寿已尽的，他们能以禳星之术续寿数，黑、白无常前去捉拿，大多白跑一趟。更有福变为祸，祸变为福的怪事儿！人之福祸，生死簿上早有安排，不想被他们全改了，我们去察看，发现他们竟有风水之术，不但可取俱风水，还能改变阴宅风水，死人一旦被葬入风水宝地，就占住了冥界空间，我们不但无奈，还得供养着。所以，我就设置堪舆簿吏这一仙职，专门勘察阴阳风水之地，但有发现风水被人先占，立即让生死簿吏记上，将该地从福禄簿上抹去。"李耳这才明白了，说道："人间道门中人看来是良莠不齐，有修行为善者，也有利欲熏心者，更有为非作歹者，冥界当严加惩治才是。"陆正道："这个自然，我们见那歹人，就会将他们灵魂强取来，轻则用刑，重则杀之。"李耳正要说，却见陆正上前迎人去了，又见一冥仙过来，陆正拱道："劳烦堪舆簿吏前来！"那冥仙笑道："判官召唤，岂敢不来！听说上神来了，快引我拜上。"陆正领过来，冥仙长揖道："小仙见过上神。"李耳细一看，觉得十分面熟，问陆正道："这是何人？"不等陆正回答，冥仙道："小仙乃是冥界堪舆簿吏孔丘。"李耳一听是孔丘，大喜道："贤弟，原来是你！"孔丘定睛一看，这才认得老子，惊喜万分，拜道："老聃兄！"陆正纳闷，问道："你们认识？"孔丘笑道："岂止是认识，在那阳世时，我们曾是至交！我初见他时，就认定他是龙，今日一见果然是在天之飞龙！"李耳笑问道："贤弟为何在冥界任职？"孔丘道："小弟不才，被冥府召来效力。"说着，陆正请入殿内用茶，说起寻找绝地的事儿。孔丘道：“要寻人间绝地，须请谛听前来，不用我等费力去查找，他只一听，就知道绝地在何处。”于是陆正又令崔命去请谛听。

陆正、李耳、孔丘正在判府用茶，过了一会儿，只听崔命在殿门外报道：“谛听请见！”陆正道：“快请进来吧！”只见一个身着华丽锦袍的女仙进来了，李耳一看，立即起身，惊得瞪大了眼睛。李耳见谛听进来，抬眼看去，惊道：“顺风耳，怎么是你！”谛听笑道：“我就知道是你来了。不是我是谁，顺风耳已死，谛听方活。我被天尊打下界来，本想冥界要将我投生阳世去，可判官见我能听八方，便舍不得放我出阳关了！”说着大家笑了起来。又坐下来，说起寻找人间绝地的事情，李耳道：“时间不早了，就请你快来听听，哪里有绝地，我好回天廷复命。”谛听闭目，竖起耳朵听去，不消一会儿，忽然睁开眼睛，大声道：“大事不好！”陆正、李耳、孔丘俱是一惊，面面相觑。李耳急问道：“何事不好？”谛听急道：“我听到天尊欲加害轩辕健，寻找此绝地，正是为此！”李耳一听大惊，问道：“这么说来，天尊要将轩辕健打入凡间绝地了？”谛听叹道：“正是如此，一旦被打入凡间绝地，投生之后，求生不能，求死不得矣。”陆正一听，怒道：“哼！天尊无道，行此不义之事，我等岂能听从于他！”孔丘喃喃道：“既然如此，不如将计就计。”李耳急问道：“不知贤弟有何妙计？”孔丘回道：“看来天尊执意要加害轩辕健，故而遣兄长下界来寻找绝地，而据我所知，凡间绝地多在西北方，而福地多在东南方。不如兄长就谎称已在南方找到绝地，一旦轩辕健被打下界来，冥府即刻将他送入南方，投生到富贵人家，也免得在阳间经受轮回之苦。”李耳点头儿道：“也只好如此了。”陆正对大家道：“此事机密，万不可泄露出去。”

却说钟颀被笪殷项召去问过卜算轩辕健的事，本来心里很不放心，没想到又忽然听到外面议论纷纷，说笪殷项要毁灭界下凡间，又派李耳下界去寻找绝地，这下越发不放心了，急至蕊珠宫寻找须菩提商议。到蕊珠宫发现轩辕健正在后园偏殿中与须菩提对饮，钟颀拜过，便将自己疑虑之事一一说了。钟颀叹道：“贼君已知道圣主从烊龙池出来，定会设计复来加害圣主，此事不得不防。”轩辕健笑道：“我倒要看看，他这次要如何加害我。”须菩提倒吸一口冷气，怒道：“再有宴请之事，绝不赴会！”轩辕健笑道：“不，若他再宴请，我非去不可！”须菩提惊道：“这是为何？”轩辕健笑道：“我若不去反让众神生疑，但有召请，我必赴会！”须菩提摇头叹道：“去则去，只是不得再饮酒！”轩辕健笑道：“我今有大法护身，万毒不侵。”钟颀长叹一声道：“我听说贼君惧怕你的大法，决意毁灭凡间，已令李耳下界去凡间寻找绝地了。”须菩提疑道：“奇怪，这和界下有何关系？”钟颀摇首道：

“你们不知，贼君听信平茜星和轩辕宇之计，说只要毁灭凡间，将众生之灵魂聚在一起，炼制成元灵珠吞下，就可获得无边大法，便可与昊天匹敌了。”轩辕健叹道：“暴君欲残害万物之灵，只为我一人。”须菩提问道：“真有此事？”钟颀回道：“千真万确。”须菩提问道：“那李耳去界下所为何事？”钟颀摇首道：“这个不知，怕是去界下察看情形，听说贼君已下旨让那聚灵神在聚灵阁内做准备。”须菩提起身，指天怒道：“暴君如此，昊天岂能饶了他！”话刚说完，就听身后传来声音道：“当然不饶他！”

三神应声看去，原来是女娲领如来佛和观音菩萨来了。如来佛前来，合掌对须菩提道：“见过师兄。”又与钟颀彼此拜了，观音菩萨跟着施礼。须菩提拱手道：“师弟怎么有空前来？”如来佛道：“特来拜望龙帝。”说着又朝轩辕健走来，合掌拜道：“拜见龙帝。”轩辕健问道：“我曾在烊龙池与燃灯佛见过几次，不知他如今可安好？”如来佛合掌道：“世尊已往南天星海，一直不在西极灵界。”女娲问道：“你们三个在这里议论何事？”须菩提答道：“贼君大逆不道，我等在此口诛。”女娲笑道：“只是骂他有何用处？不如不闻不见的好。”须菩提道：“母后说的是。”女娲又道：“佛祖来找你们叙话，我和菩萨去后园走走。”说着与观音菩萨去了。须菩提见女娲离开，问如来佛道：“师弟可听说笪殷顼欲灭界下凡间之事？”如来佛祖道：“已有耳闻，故来相商。”须菩提叹道：“不知师弟有何良策？”如来佛道：“界下之人，皆女娲娘娘所造，繁衍至今，与三界同在，与天仙、人神共存，昊天大德至善，岂能任其杀戮！”须菩提摇首叹道：“不知这茫茫星宇极天，昊天又在何方？可曾听得我等之言？”如来佛道：“昊天就在眼前。”众皆一愣，看着如来佛。如来佛笑道：“龙帝乃是盘古转世，就是昊天。”须菩提叹息一声，低头不语。如来佛又道：“如今危急存亡之时，能拯救界下众生者，非龙帝而不能为。”轩辕健叹道：“如此说来，此祸岂不是昊天所致？只恨我已不记得前生之事，恐怕只因我在前世一时疏忽，故有今日之乱。而今我若杀贼君，贼必急起而施暴，天界诸星海万物生灵，也同样会遭殃，如此以乱救乱，三界灾难纷纷，何时能安各界天宇？而我若坐视不管，谁又能拯救界下众生？着实让我左右两难，不知如何是好！”如来佛听后，合掌不语，须菩提和钟颀则陷入沉思。片刻后，如来佛道：“我闻笪殷顼有两计，一计乃是毁灭凡间，取众生之灵炼制元灵珠，吞服之后，可得至高大法，他再无所惧。另有一计乃是将龙帝打下凡间轮回，届时仙凡两绝，他便不担心龙帝取他尊位，如此他便不会行毁灭凡间之事。”轩辕健叹道：“如若这样，我宁可下界，如他所愿。”须菩提急道：“贤弟不可，笪殷顼残暴不仁，若贤弟下界必被他加害。

贤弟是龙帝转世，便是三界之主，若被他所害，那三界将来何去何从？”轩辕健叹道：“我是昊天转世，不会死于迫害。只待界下危急解除，我也就放心了。”钟颀忙道：“只怕贼君待你下界之后，又要行此灭绝凡间之事，如之奈何？”轩辕健道：“那时，我就能来取他性命了。”如来佛见女娲和观音菩萨又入殿来，不好再多言，只合掌道：“请龙帝三思。”而后告辞，与观音菩萨返回灵界去了。

却说李耳上界来复命，佯装不知真相，对笪殷项道：“臣已在界下寻得绝地，在凡间南滨，那是殊方绝域，山穷水恶，寸草不生。”笪殷项问道：“若往凡间南滨，可是经过南天门通道？”李耳回道：“正是。”笪殷项令他退下，又急召笪殷汤、笪殷郇前来密议。笪殷项问道：“李耳方才来报，已在凡间找到绝域之地，诸事具备，只是如何谪降轩辕健？”笪殷郇瞅着笪殷汤，笑道：“兄长曾道，只要散布灭绝凡间之流言，轩辕健得知后，必会主动请求下界去，而如今流言漫天，为何不见轩辕健前来为众生请命？”笪殷项斜睨笪殷汤道：“右相谬想天开而已，那轩辕健岂会自取灭亡？”笪殷郇忙奏道：“臣有一计，可将轩辕健谪降凡尘。”笪殷项问道：“卿有何妙计？”笪殷郇道：“轩辕健乃是天廷重犯，今破烊龙池而出，更要缉拿归案，严惩不贷！”笪殷项笑道：“你如何能将他擒来？你忘了，轩辕健之妻轩辕姝涵之厉害，她不会坐视不管，即使她不管，那轩辕健岂能束手就擒？”笪殷郇笑道：“擒轩辕健不易，但擒女娲不难，轩辕健自复出之后，被女娲窝藏于蕊珠宫多日，天尊当立即降罪，擒女娲入狱。至于轩辕姝涵和轩辕健，只等他们不在蕊珠宫之时，再动手犹未晚也。”笪殷项道：“昔日下诏将她赦免，今又去擒来？如此反复，恐惹众神非议。”笪殷郇拱道：“此一时彼一时，管他众神有何非议。”笪殷汤斜睨他问道：“这与轩辕健有何相干？”笪殷郇笑道：“女娲囚于天牢，须菩提安能坐视？天尊再降女娲重罪，推上斩仙台……”话还未说完，笪殷汤怒道：“放肆！你欲祸害天廷不成？若杀女娲，三界众神会群起攻之，活剥你皮！将这宫廷付之一炬也难解恨！”笪殷项眉头挑了几下，骤然凝成一团，脸色渐变，然后起身，来到笪殷汤身边，冷笑道：“相邦，出言过于激动了，这是何意？”笪殷汤垂头厉声道：“决不可行此恶计！”笪殷项怒道：“相邦安知本尊会依此计？”笪殷郇见状，怕笪殷项罪责笪殷汤，急忙道：“兄长，小弟话还未说完，我并无加害女娲之意。”笪殷项入座，说道：“请太尉继续。”笪殷郇道：“将女娲推上斩仙台，以此逼迫须菩提，让须菩提诱轩辕健到南天门，趁其不备，推下界去！事成之后，再大赦女娲和其女，须菩提背负恶名，即使众神非议，又与天尊何干？”笪殷项听后，嘴角抽动两下，大喜道：“此计绝妙！事成之后，卿当为左相。”说完大笑起来，笪殷汤汗颜不止，奏道：“此事机密，不可传开，若被伏羲昊得知，必兵伐天廷。”笪殷项笑道：“你所虑甚是。”即令笪殷卓领兵去蕊珠宫缉拿女娲，又令笪殷郇率兵守卫宫禁。笪殷项对李耳不放心，密令聚灵神去冥界见笪殷曹不题。

却说轩辕姝涵和轩辕健带着娇珠和伏羲谦去太阳宫拜望轩辕媓，早就被暗中守候的笪殷卓看在眼里，而太阳宫正在欢快宴饮之时，却不知一场大难正在逼向蕊珠宫。

须菩提和钟颀在蕊珠宫后园叙话，忽听到宫门外一阵喧闹，好像有千军万马掩杀而来，正在惊疑之中，只听女娲进来道：“你去看看门外因何喧嚣？”须菩提和钟颀忙去看，见笪殷卓率精兵数千，将蕊珠宫团团围住。须菩提大惊，怒问道：“笪殷卓！是否前来送死？！”说着就要出手打去，只听笪殷卓喊道：“且慢！我奉诏来拿钦犯，你敢抗旨，就不怕灭门么！”须菩提闻言，只得住手，怒问道：“你提兵前来作甚？谁是钦犯？”笪殷卓高声道：“蕊珠宫窝藏重犯轩辕健，女娲罪在不赦！即刻打入天牢，听候发落！”说完一挥手，众兵就要进宫，却被须菩提挡住，怒道：“要抓就抓我，勿伤我母后！”笪殷卓笑道：“左相乃天廷重臣，天尊并无株连之意。”须菩提正要发怒，却被钟颀拽住，低声道：“再争无益，贼君设计，恐只为擒轩辕健，暂且忍耐，看他们下一步有何阴谋。”须菩提咬牙道：“我母后岂能屡次受此奇耻大辱，我只一死而已，安能让母后受罪！”钟颀劝道：“贼君有备而来，少主若抗旨，笪殷卓岂能甘休，若真打起来，若天兵都死在少主手中，这全府上下都将获罪，越发不可收拾了，请少主三思！”须菩提低声道：“我先杀了此贼，然后再进宫杀那贼君！”钟颀急道：“贼君岂能不防？只怕你这一动，娘娘性命难保，万万不可！”须菩提无奈，只好退向一边，叹道：“想不到我须菩提空有一身法力，今却被贼君死死攥在手心，使我动弹不得！”笪殷卓见须菩提闪开，就令众兵进宫去请女娲，一会儿，女娲果然被押出，须菩提和钟颀双双跪在地上不敢抬头，泪满衣衫。

碧霞、碧玉、尚翠、鹿慧大哭追出，又被众兵挥戟挡了回去，精卫、湘君、湘妃、洛雅神情恍惚，站在院内发呆，一时无所适从。

第三十五章　八仙过海

显神通八仙普救苍生　为救母菩提违心害帝

须菩提见女娲被押走，顾不了许多，就和钟颀急匆匆赶往玉京宫，觐见笪殷项。到宫门外时，却见笪殷郁领重兵把守，不让他们觐见。笪殷郁手握长戟，低头道："我奉旨戒严，尔等勿要使我为难！"须菩提无奈，只好和钟颀在宫门外徘徊。片刻之后，又见元真童子前来急道："天尊有旨，请众神前往斩仙台！"笪殷郁故作惊愕之色，问道："去斩仙台做什么？是要斩杀谁？"元真童子惶惶道："听大理司说，女娲娘娘窝藏钦犯轩辕健，天尊震怒，令将女娲娘娘押往斩仙台，并责令众神前去观斩。"笪殷郁佯装大惊失色，手一松，长戟落地。须菩提两眼一黑，昏倒于地，被钟颀连忙扶起。半晌，须菩提醒来，见笪殷郁已不在，就问钟颀道："我母后将被问斩，如之如何？"钟颀叹道："贼君如此，意在轩辕健。"二人无奈，又急往斩仙台看，见重兵驻扎在斩仙台周围，笪殷项稳坐御台上，笪殷元、笪殷汤、笪殷卓守在两侧，女娲被绑在斩仙台中央的缚灵柱上，披头散发，头顶上方悬着利铡，寒光闪闪。众神在斩仙台下战栗不定，窃窃私议。天蓬、涂山阏、戍闰升、戍闰靖、武德、火德，佑圣等见须菩提和钟颀来了，都纷纷朝他们靠去，涂山阏低声道："少主！此时不反，更待何时？！"戍闰升、天蓬、武德、火德、佑圣满脸愤怒，等待须菩提发话。钟颀低声道："不可。如果这样，还不等尔等出手，娘娘的头就要落地了！"众神闻言，只好作罢，叹息不止。约莫片刻，只见笪殷元前来对须菩提道："天尊有请左相。"须菩提见钟颀点头，便跟着笪殷元登上高台。

笪殷项见须菩提前来，故作遗憾之态，叹道："唉！蕊珠宫竟然窝藏轩辕健，众神臣非议四起，就连诸星海神府也愤然上书，令天廷严惩轩辕健。如今轩辕健却不知所踪，本尊只好将女娲娘娘问斩，以绝三界悠悠之口。"须菩提怒问道："请问轩辕健何罪之有？”笪殷项惊道：“哦？你这么快就忘了？轩辕健宴席间调戏本尊嫔妃，你也在场，岂能不知？”须菩提又问道：“那我母后又有何罪？”笪殷项道：“蕊珠宫窝藏钦犯轩辕健，岂能说无罪？”须菩提面色凝重，闭口不言。笪殷项见状，问笪殷卓道：“为何还不行刑？”笪殷卓道：“时辰未到。”笪殷项又斜睨须菩提一眼，问笪殷卓道：“几时问斩？”笪殷卓道：“稍候即可行刑。”须菩提也不看笪殷项，直问道：“天尊如此行事，必是有事求我吧。”笪殷项笑道：“你这是何意？”须菩提直言道：“天尊不妨明说，若能救我母后性命，我赴汤蹈火，在所不惜。”笪殷项佯装无奈，叹道：“本不该如此，然而重犯轩辕健在逃，尚未正法，他若能前来自首，我岂能罪责女娲娘娘？”须菩提面无表情，问道：“若轩辕健来，天尊欲如何处置？”笪殷项怒道：“轩辕健调戏本尊嫔妃，罪不容诛！然而，念在他是蕊珠宫女婿，本尊可法外施恩，免他一死，将他打入凡间轮回。”须菩提问道：“之后又将如何？”笪殷项问道：“什么之后？”须菩提问道：“轩辕健被打入凡间之后，我母后和妹妹又将如何处置？”笪殷项笑道：“尽皆赦免，尽皆赦免！”须菩提冷冷道：“天尊之言我再不信。今日赦免，明日复擒，厚颜无耻，无以复加。”笪殷项脸色一沉，怒道：“本尊言出必行，若轩辕健被打入凡间，此案即可了结，你母后和令妹尽皆赦免，永不问罪！”须菩提冷面道：“请天尊借一步说话。”笪殷项暗喜，即令旁边的笪殷元、笪殷汤、笪殷郇、笪殷卓退后。须菩提见他们退去，低声对笪殷项道：“好！我就答应你，不过，你若出尔反尔，我宁死也不会饶你！”笪殷项一惊，冷笑道：“哦？何出此恶言威胁本尊？”须菩提冷笑一声，低声道：“我非威胁，我法力已恢复，你即使有那照石护身，也不能敌我！”笪殷项一听，惊恐万分，急忙站起躲避，一手去取照石。须菩提拉住他道：“你且放心，我要伤你，我母后就不会被你推上斩仙台了，何必在此多言。我如你所愿，只要你信守承诺即可。”笪殷项吞吐道：“本尊决不失信！”须菩提听后，转身就走下高台。笪殷项虚惊一场，汗湿龙袍，长吁一声，对笪殷郇道：“速速回宫！”笪殷郇扯着嗓子对台下喊道：“昊天有德，天帝至仁，赦免女娲娘娘死罪！”台下众神终于松了口气，各自散去了，女娲又被押进天牢。

且说须菩提回到蕊珠宫，见碧霞、碧玉、尚翠、鹿慧、精卫、湘君、湘妃、洛雅、妱翚、皃嬥等相拥而泣，就对她们道：“娘娘无事了，不久便会获赦，你们回殿里去吧。”说完叹息一声，去了自己殿里，埋头大哭起来。不久，钟颀来了，须菩提问他道：“贼君要将轩辕健打入凡间，令我诱他去，然后加害，否则我母亲命将不保，这可如何是好？”钟颀愤然道：“岂能任他左右！”须菩提急道：“我已答应贼君，故而他才肯赦免母亲死罪，如今押在天牢，我若不从，他必会又起杀心。”钟颀叹道：“这是无奈之举，暂时救下娘娘，我们再从长计议。”须菩提道：“若要加害贤弟，我实实不忍。”钟颀正色道：“绝不能加害轩辕健，否则娘娘和令妹都不会饶你。”须菩提捏着手心，连连道：“是也，是也，不过我如今进退两难，若不救我母亲和妹妹，笪殷项岂能善罢甘休，我若救了她们，只能害我贤弟！”正在着急时，李耳来拜访，须菩提和钟颀急忙迎入。李耳进门直道：“眼下只有听从笪殷项的话，委屈一下轩辕健，即使被打入凡间，也是到了富贵人家，暂且轮回一世，等他归一之后再做良图。”须菩提犹豫，钟颀坚决反对，李耳劝道：“二位请三思，就算不为女娲娘娘着想，也要为界下众生着想。我听那聚灵神说，聚灵阁已准备万全，就等收集界下众生之灵了。”钟颀一听也犹豫起来，急道：“你可保证轩辕健下界不会被贼再度加害？”李耳叹道：“我才从冥界回来，陆正也有此意，一旦轩辕健被打入凡间，投生到好人家，冥界将竭力守护轩辕健。”钟颀叹道：“只怕是去了凡间，法力全无，与那凡人无异，等不到他归一，就被贼君害死了！”李耳忙道：“断不至此，我听冥界谛听说，轩辕健与我等神仙不同，他虽然投生于凡间，但能灵肉分离，眼见神灵，往来三界，与在天界并无两样。陆正还说，若笪殷项变本加厉，他将倾力助轩辕健在冥界起事，一统三界。”钟颀和须菩提闻言，俱是一惊，对李耳这句话深信不疑。钟颀忙道：“这倒是好事，不过，仙凡殊途，轩辕健如何领冥兵打上天界来？”须菩提道：“这个倒是不难，我听母后说过，那凡间西方冥界的魔天王阴灵曾数度兴兵打上天阙，只是他武力薄弱，不能敌天廷而已。”说到这里时，三神似乎都看到希望，暗暗庆幸起来。

再说聚灵神下界，来到幽冥关时，同样被神荼和郁垒二位冥仙带到陆正那里。陆正见聚灵神奉旨来见冥王笪殷曹，不肯透露一字，为了探听消息，就带他去幽冥宫见笪殷曹，却让谛听在暗中窃听。聚灵神与笪殷曹见面不到一盅茶工夫，就急忙返回天廷去了。拜过笪殷项之后，见笪殷汤和笪殷郇在旁，于是闭口不言，笪殷项对他道：“何须提防？”聚灵神将他和冥王笪殷曹的谈话细细说了一遍。笪殷项脸色一沉，对聚灵神道：“你且回府去吧，本尊择日再召你来。”聚灵神刚一出去，笪殷项就对笪殷郇道：“聚灵神有异心，若不杀之，必然坏事。”笪殷郇明白笪殷项的意思，随后跟出去。笪殷项对笪殷汤道：“李耳大胆！竟敢欺君。”笪殷汤道：“天尊息怒，此时惩治他无益，反而会惊动他们，不如将计就计，也让他们措手不及。”笪殷项问道：“有何妙计？”笪殷汤道：“既然李耳说南滨是绝地，那微臣就依他，然后将那里变为绝地就是了。”笪殷项道：“界下之事，如何去变？”笪殷汤拱道：

“那凡间南海龙王巨蛳与臣素有交情，他曾几次上书天廷，望能得天廷册封，给他个神位，这次臣就让他为天廷效命，将那南滨之地变成绝域！”笪殷项起身道：“好！如此一来，看须菩提他们还有何能耐！”笪殷汤叹道：“只是，那轩辕健非一般神仙，纵然投他下去，若他逃脱，如何是好？”笪殷项听后大笑起来，见笪殷郇进来，笪殷项问道：“聚灵神如何了？”笪殷郇回道：“已被我暗中处死。”笪殷项接着大笑。笪殷汤问道：“天尊为何发笑？”笪殷项道：“冥王笪殷曹献上一计，可保万无一失。”笪殷汤问道：“不知是何妙计？”笪殷项道：“笪殷曹说，只要将他钉在镇灵玄架上，他元灵便动弹不得，他投生凡间，不过是凡胎浊体了，本尊除此大患，再无担忧了！”笪殷汤闻言，急忙下界去南海龙宫找龙王巨蛳。

话分两头。且说聚灵神离开冥界后，陆正问谛听道：“聚灵神与冥王说了什么？”谛听回道：“只问冥王，那界下南方可是绝地。”陆正急道：“冥王如何回答？”谛听道：“冥王告知他，那凡间南滨非但不是绝地，而且还是富贵温柔之乡。”陆正怒道：“不好！聚灵神上界必然会奏报天尊。”谛听道：“那也无事，怕他没有心思另觅绝地了，因为女娲娘娘已被打入天牢，况且须菩提已答应诱害龙帝，天尊已迫不及待。”陆正喃喃道：“堪舆簿吏和福寿簿吏二仙去南滨察看，也不知现在怎样了，真正急煞我！”话刚说完，就听崔命来报：“堪舆、福寿二位簿吏来了！”陆正转身一看，见孔丘和张道陵急如风火地进来，孔丘上气不接下气，喘道：“大事不好，大事不好了！”陆正急问道：“何事惊慌？”孔丘道：“我去南滨之后，见那地方靠海，确实是富贵温柔之地，正要与福寿簿吏张道陵寻找富贵善良人家，不想那南海突然大浪滔天，将南滨之地吞没，万物瞬间即逝，这下倒成真正绝地了！”张道陵道：“是那南海龙王巨蛳兴风作浪！”陆正惊道：“那南海龙王与三界素无往来，为何要如此？”张道陵道：“我见有天神去了南海龙宫，怕是天廷有神仙下界，与那龙王巨蛳合谋所为。”陆正惊道：“不好！如此说来，笪殷项已知道我等所谋，故而将计就计，把南滨之地摧毁了。”孔丘顿足叹道：“这可如何是好！”陆正对张道陵道：“事不宜迟，你速速去仙界，将此事密报于福寿神，他与布道神李耳乃是至交。我等在此等候消息。”张道陵领命去了仙界。孔丘又对陆正道：“天上一日，人间一年，只怕等天神下来，那南滨的人都葬身洪水了！”陆正道：“这该如何是好？”这时，崔命来出了个主意，他道：“在下听说那八仙之一韩湘子在南方云游，不如让幽冥鸟去阳间找八仙来，让他们先去救那里的人。”陆正道：“甚好，先解一时之急，再作计议。”于是崔命就打发鸟儿出阳关，去南方寻找韩湘子。

话分两头。在南方云游的韩湘子在山中丛林中静坐，正入定中，忽然飞来一只鸟停在他面前的空地上，韩湘子从定中出来，见这只鸟两眼明纠纠地盯着他看，头顶闪烁绿色光泽；上身洁白，下体灰黑色，看似不像是人间的鸟儿。奇怪的是无论他走到哪里，这只鸟儿就跟他到哪里，韩湘子就将他带回府上，韩湘子发现这只鸟儿白天怕光，就躲在院子一口瓮中，到晚上才出来。中午时，韩湘子又在定中，忽然听到有声音叫道："韩湘子！韩湘子！"韩湘子出门，并不见人，又觉得那不像是人说话。他就怀疑是瓮中那只鸟儿作怪，于是来到瓮前，敲了敲瓮口道："是何人在叫我？"只听瓮中传出一声道："韩湘子！"他这才确认是这只鸟儿叫他，韩湘子惊奇，这鸟儿竟然会说人话，不可思议。韩湘子觉得鸟儿说得不太像，就将头伸入瓮中说起话来，他说一句，那鸟儿也学一声，不到一会儿就和人说的一样了。下午时，韩湘子出去一会儿，何仙姑就来找他，进门就问道："七哥可在？"忽然瓮中鸟儿也跟着说道："七哥可在？"何仙姑一惊，四下看去，也不见有人在，于是就去门外寻找，仍不见人。进门又问道："湘兄在否？"鸟儿也跟着道："湘兄在否？"这一回听出来了，便跑到瓮边，朝里一看，原来是一只鸟儿，何仙姑大吃一惊，不信这只鸟还会说人话。就在惊疑时，韩湘子回来了，何仙姑道："七哥倒是来了，我刚才叫七哥，听有生人学我说话，我当是又多出一个八哥，原来是只鸟儿！"韩湘子大笑道："八哥，八哥！甚妙，我正愁着给它取什么名字呢，现在有了，就叫它八哥！"何仙姑仔细看了看八哥鸟，对韩湘子道："此鸟不一般，我看它倒是像阴司的幽冥鸟，它来找你，必是有事相求。"韩湘子道："来了两天了，就知道学舌，从未听它自己说过话。"刚说完，就听瓮里道："八仙！八仙！"何仙姑和韩湘子俱是一愣，何仙姑笑道："看吧，我说它不是一般的鸟儿，它如何知道我们有八个？"韩湘子道："快入定中，让元灵出窍去找他们几个来！"于是韩湘子坐下来，一会儿就入定了，灵体出窍而去。一会儿，韩湘子从定中醒来，李玄、汉钟离、张果、吕洞宾、蓝采和、曹景休六仙陆续穿过通道赶来。

李玄进门就道："何事这么着急的？"何仙姑笑道："八哥有事呢。"李玄、汉钟离、张果、吕洞宾都一愣，正要问她，就听蓝采和道："哪里来的八哥，莫不是你又点化了一仙？"何仙姑掩口笑了起来，用手指了指瓮。汉钟离、张果、吕洞宾三仙就去瓮里看，见是一只鸟儿，吕洞宾笑道："这就是你八哥？"众仙都笑了起来。何仙姑脸一沉，嗔道："那就是八哥，不信你问我七哥。"这一句出来，众仙笑得越发厉害了。韩湘子笑道："果然，它就叫作八哥鸟！"众仙一愣，张果问道："你二人将我们从长安请来，就是为了来看它么？"韩湘子道："还是让仙姑说。"

何仙姑道："我只知道它是阴司幽冥鸟，不但能说人语，还知道我们八个呢。"韩湘子道："也许阴司有求于我们。"汉钟离就俯下身来，朝着瓮口道："八哥兄，请问冥界找我等有何事？"众仙又笑了起来。笑声还未落，就听到八哥鸟道："冥王请八仙往南滨之地救人！"这一下都惊呆了，李玄道："果然是阴司的仙鸟。"汉钟离道："还是去南方看看，那里若有灾，我等岂能不管？"众仙就起身同往，韩湘子准备带上八哥鸟，伸手到瓮中，却不见八哥鸟了。何仙姑道："我说了它是幽冥鸟，不能久留阳间的。"

八仙来到南滨，立岸观望，见这里一片汪洋，将陆地隔开了，潮头汹涌，惊涛骇浪。彼岸皆是百姓，惊恐不安，呼号不止。李玄见状，摇头道："这地百姓如何得罪了那南海龙王，竟被龙王残害至此？"吕洞宾道："速速救人要紧。"汉钟离道："只是如何过得这海面去？"何仙姑接道："我们各有法术，将随身物投入海面即可过去，只是不知这水中可有南海龙王兵卒，若他们于水下作乱，难免厮杀一回，我们岂能顺利渡海？"张果笑道："顾不得许多了，贼兵若敢来，拼杀而已，事不宜迟，我们速速渡海，不然那彼岸的百姓怕是活不成了。"众仙道："然也，这便渡海！"说罢，就见曹景休自怀中取出玉牌，光鲜照人，妙不可言，他顺手将那玉牌丢入水中，眨眼就变成了一叶扁舟，他又摇身一闪，再看去已经立于舟中了。蓝采和一笑，将他那玉板也投入水中，只见银海光摇，烁烁艳艳，水中便出现了一条硕大玉板，蓝采和一跃而下，站在玉板上朝岸上众仙深深一揖。何仙姑纤手一展，只见手中荷花旋转而下直入水面，立时化作一个大莲蓬，异光殊彩，她一闪身便到了莲蓬上。再看韩湘子，将手中玉篮投入水中，玉篮即刻变成一只硕大的玉篮，光明灿烂，韩湘子飞过去，站在玉篮里了。吕洞宾将那腰上插的一支玉箫投水中，立时变化为一艘小船，光彩射目，吕洞宾摇身一闪便来到了船上。张果见状，摇头苦笑道："尔等皆以死物投水渡济，我这头驴子却是个活物，该如何是好？"汉钟离笑道："总不能将活驴变成死驴，你只骑着它渡海就是了，还要变化什么？"张果笑道："也是，也是！"说着便又附在驴耳朵旁嘀咕了几句，只见那驴子嘶鸣一声，一飞而起直入水中，张果紧跟着跳下，骑在了驴背上。李玄瞅着汉钟离笑道："你先请！"汉钟离道："不难。"说着便将手中拂尘丢入水中，只见水面上飘起一阵烟雾，那拂尘变成了一根长木，汉钟离飞下，就坐在长木上。李玄将他的铁拐投水中，一团紫光闪过，铁拐变成一叶龙舟，李玄自立其上，众仙相互一揖，而后乘风破浪而渡去，直往彼岸。

却说南海龙王巨蛳正在龙宫把盏，却觉得龙宫摇晃起来，抬头一瞧，见水面上奇光异彩，映得水晶宫莹莹剔透。巨蛳大惊道：“水上是何人施法？速去探看！”说罢，急令其子玄鳌出水巡视。玄鳌得令，领兵将急出，绕海巡视，只见韩湘子坐在玉篮中，漂浮在水面上快速滑过。玄鳌急道：“原来是八仙至此，欲往彼岸救人，真笑我龙宫无人，我岂能让他们得逞！”说罢，令手下兵卒将玉篮拽入海中，韩湘子不防，未出一声立时就被拖入了海中，却无人发现。直到众仙登岸救人时，却不见韩湘子踪影，众仙大惊，李玄急道：“可是龙王为害，将韩湘子掳去了？”张果道：“渡海时未曾看他，不想遭遇此祸。”吕洞宾道：“你们快快救人，我去寻找他来。”众仙便各自忙着施法救人，吕洞宾又乘船原路返回，经过海中心时，见水下摇动，吕洞宾停船，立在船头高声叫道：“龙王巨蛳！我知你掳走韩湘子，识相的赶快放人，不然休怪我捣毁你的龙宫！”这一吆喝，吓得水下的兵卒乱成一团，忙去报知玄鳌。玄鳌问道：“你们可知是何人在水上叫骂？”兵卒答道：“不知是谁，说若不放了韩湘子，便要捣毁龙宫。”玄鳌闻言大怒，即飞出海面，见是吕洞宾，便问道：“你一个凡间的仙人，不过有些仙术罢了，怎敢如此大胆，口出狂言？”吕洞宾道：“我等虽是凡仙，一身肉体，但却不怕你这深水龙宫，你速将韩湘子还我，否则我便捣毁你的龙宫！”玄鳌大笑道：“既然不怕我这深水龙宫，为何韩湘子不自己出去，你却来问我要人？”吕洞宾道：“你将他法器玉篮扣留，将他拘禁，他如何出得来？速速放人，不然玉石俱焚！”玄鳌怒道：“大胆！你若在此纠缠，我连你也一同擒了！”吕洞宾大怒，自背上抽出双剑，直朝玄鳌砍去，那玄鳌见势不妙，沉入水中去了。吕洞宾见状，挥动双剑，只见海面上风起云涌，一时翻江倒海。龙王巨蛳大惊，召来玄鳌问道：“水上是何人作乱？”玄鳌禀道：“父王，八仙过海，欲救彼岸人众，若令其得逞，我们如何向笪殷天尊交代？何况父王已许诺笪殷汤，必摧毁南地生灵，使之成为绝地，若八仙救得生灵，天尊岂能放过我们？我拘禁了韩湘子，那吕洞宾便来要人，狂言到若其不然，便要摧毁龙宫。”巨蛳忙道：“速速将韩湘子放回去！八仙救人，让他们去救，我们既已发了大水，便顾不得其他了。”玄鳌无奈，只得遵令，送韩湘子出水面，吕洞宾见韩湘子被送了出来，这才收了法力，正要去扶他来，不料韩湘子正在气头上，手一伸便抽出剑刃，不由分说就朝身后的玄鳌砍去，玄鳌躲避不及，被一剑枭首，吕洞宾见那玄鳌的头和身子忽然就变成了龙头龙身，吕洞宾站在船上顿足道：“唉！来者乃是龙王之子，你为何将他杀了！”韩湘子收剑笑道：“龙王之子又如何？只许它们为害一方，不许我斩妖除魔么？”吕洞宾忙道：“先不说此，赶快随我去岸上！”韩湘子便与他一起登上岸去。

且说玄鳌被杀，兵卒惊慌失措，急忙入龙宫禀报龙王巨蛳，巨蛳得报，哭喊道："韩湘子真恶毒也！我好心放他归去，不想他却恩将仇报！速召集南海兵力前来，将那八仙悉数擒来，我要为子报仇雪恨！"说罢，手下兵将便是发布号令，一时就集结三万水兵，巨蛳亲自率领，前来岸边袭击八仙。那韩湘子杀了玄鳌，吕洞宾便将实情说了，李玄听了，惊道："闯祸了，闯祸了！你杀了龙王之子，那龙王岂肯罢休？"韩湘子道："恶龙作孽，为害一方，难道不该杀么？"张果道："是该杀，但那南海龙王却不好对付，况且我们只有八个人，龙王若率兵前来，我们岂不是束手就擒？"何仙姑道："反正岸上人众已被悉数救出，龙王若前来厮杀，只是对我们八人而已，我们岂能坐以待毙，只管拼死打斗一回，不知各位以为何如？"曹景休忙道："既来之则安之，只能与他较量一番了！"一言未了，就见天边黑云压来，波涌雾乱，海风乍起。刹那间，只见海雾中涌出千军万马，龙王巨蛳率骁将众兵，杀奔而来。众仙急忙站在一起，面面相觑，李玄道："八个战三万，毫无胜算，看来只能束手就擒了。"龙王巨蛳下令将八仙团团围住，自来到八仙面前，八仙忙作揖，巨蛳怒火中烧，骂道："寡人与你们无冤无仇，为何来我海中逞凶，下毒手杀害我儿？冤有头债有主，寡人也非不讲道理，只要你们将行凶者韩湘子献出，由寡人杀剐，其余人皆不问罪，让你们平安离去，若有半字不从，便让你们葬身大海！"李玄拱道："龙王息怒，韩湘子只是失手杀人，并不知死者乃是龙王之子！你今率大军前来，分明是抗旨妄为，若是讲理，我们便不计较，若不讲理，只一味杀戮，我等无奈，只好奉陪！你们为害一方，胆敢作威，看看这南滨，被你们冲毁多少房舍，淹死多少人众，你为龙王，竟涂炭生灵，天廷必不会轻饶了你的。"巨蛳怒道："住口！寡人乃奉天尊之命行事，何以抗旨？倒是你们无辜来到这里作恶，杀寡人之子，敢问尔等奉了何人诏旨？"李玄闻言一愣，不能作答，这时，何仙姑心生一计，出来答道："龙王奉了天尊诏旨，我等也奉了天尊密旨，前来救民于水火，谁知才来此地，便被你儿子加害，险些让韩湘子丧命！你身为龙王，可知已犯下大罪？！"巨蛳闻言，哈哈大笑道："一派胡言！天尊遣右相笪殷汤来此宣诏，令寡人发大水，使斯地成为绝地，又岂能另有密旨令尔等前来拯救？敢问尔等一帮凡仙，所得密旨是何人所宣？"何仙姑亦从容大笑几声，而后一挥袖子，只见袖口带出一道彩虹，面前出现一面巨大水镜，镜中又显出一个天神来，何仙姑指着镜中之人问道："龙王可认得此天神？"巨蛳定睛一看，不觉心中一惊，暗思道："这人乃是司兵大臣戍闰犰，莫非果然他有天尊密旨授予八仙？"想到此处，又听何仙姑笑道："龙王说右相笪殷汤传旨给你，可知那笪殷汤手中毫无兵权，他焉敢假传诏旨？分明是嫁祸于龙王！而司兵大臣戌闰升乃天尊近臣，手握兵权，他来授我等密旨，有何可疑？”巨蛳怒道：“此分明就是尔等谎言！以为寡人好蒙骗么？那戌闰升何以能轻易下界？再者凡奉旨下界者，天廷必通告凡间诸神，寡人怎么不知？”何仙姑未答话，吕洞宾冷笑几声，抢话道：“龙王真是孤陋寡闻也！岂不知戌闰升将军乃天廷游弋灵官？游弋灵官可不必奉诏，巡游三界，不受限制，难道龙王故作不知，还是装作糊涂？”巨蛳闻言，心中犹疑不定，思忖片刻，又怒道：“即使尔等有密旨，前来拯救人众，寡人并不阻拦，可尔等既杀寡人之子，寡人岂能甘休！今日尔等交出韩湘子便罢了，若不交出，尔等八人休想逃出此地！”韩湘子大笑道：“尔等孽畜在此兴风作浪，残害生灵，我乃是替天行道也！”巨蛳闻言，大怒，即挥起长刀砍杀过来，八仙急忙躲闪，这时忽然三万水兵掩杀过来，张果大惊道：“不好！寡不敌众，须出计谋取胜！”李玄从背上取下葫芦，举起道：“莫怕，我有葫芦！”张果瞅着那葫芦，摇首急道：“这燃眉之急也，你却有心说笑！你取那酒葫芦能作甚？”李玄笑道：“酒葫芦？莫小看我这酒葫芦，其内虽有美酒，也有玄水针三万三千三百三十枚，若倾出来，这三万贼兵将无路可逃！”张果喜道：“既然有葫芦宝器，请速倾之，最好不要杀生，免得折了我们天元之寿！”李玄一边倾倒玄水针，一边笑道：“不杀生，只是让他们尝尝我这玄水针的厉害！昏迷一天半日的，料那龙王也奈何不得我们了！”说着，只见那葫芦口里有细小针头密集而出，闪烁荧光，顷刻间射向三万贼兵，一时大浪滔天，水波滚滚，贼兵尽皆被玄水针刺着，纷纷倒下。龙王巨蛳见状，腾身而起，化成一巨龙盘旋在空中，时而俯冲咆哮，时而长鸣飞升，八仙见状无不害怕，赶忙躲在李玄身后。巨蛳又翻身而下，恢复了人形，大笑道：“寡人不惧尔等！尔等有宝器，寡人亦有宝器！”说着就将腰上一枚琉璃五彩瓶抛入空中，忽然，那五彩瓶口越变越大，射出一道奇光，只觉得有巨大力量要将他们吸入，李玄见状大惊，飞起一脚将铁拐踢上空中，只见铁拐又俯冲而下，深深扎于泥土中，李玄忙道：“抓住这铁仗，勿被那宝器吸走了！”众仙闻说，急忙伸手去抓住铁拐，任由那五彩瓶奇光来吸，铁拐射出一道蓝光，与那五彩瓶之奇光相遇，立时那五彩瓶的吸力变小，众仙方躲过一劫。

蓝采和急问道：“巨蛳如此猖獗，如何降伏？”话犹未了，就见空中一道祥云飞过，汉钟离大叫道：“看！果然有天神下界来救我等。”言毕，众仙看去，却见游弋灵官戌闰升飞身而至，一句不说，只将手中一枚紫金如意抛下，汉钟离举手接过如意，再看去时，戌闰升又消失在祥云之中。何仙姑百思不得其解，自语道：“我编造司兵大臣传密旨，却不想天神果真来了，可是我们并未见过他，他为何要来救我们？”曹景休听见，笑道：“游弋灵官或许恰巧路过，见我等有难，故而来救。”汉钟离将如意摇动，只见如意出现三昧真火，火焰逼人，霞光迷露，那巨蛳才起狂风，忽然被如意之三昧真火压下，化作金光一线，顿时风平浪静。巨蛳又挥刀砍来，汉钟离急执紫金如意，向巨蛳顶上抛去，只见那如意又变大，如巨石崩来，巨蛳骇甚，束手观望，无处躲闪，大叫一道：“寡人休矣！”话刚落地，就见如意压下，将他打入深水中，巨蛳在水中挣扎片刻，见自己尚活着，便大声叫道：“天神勿伤寡人！”只见如意又破水而出，一片金光笼罩海面，两处岸头忽然合并一处，洪水退入大海，那如意化为一道蓝光消失在天际之中。巨蛳见状，急忙逃回龙宫，再不敢出来，八仙等了半晌，不见巨蛳出来，便各自离去不题。

再说福寿神得到消息，立即找到李耳，笑道：“你们暗中做什么好事儿！”李耳纳闷，问道：“天廷升平，无事可做。”福寿神道：“方才冥界福寿簿吏张道陵来了。”李耳一惊，问道：“他有何要事？”福寿神道：“凡间南滨之地，被那南海龙王发大水淹没，那里已是人烟稀少，寸草不生了！”李耳大惊道：“如若这样，大祸将至！”福寿神问道：“何事你要瞒我？”李耳就将事情告诉了他，并叮咛道：“此事机密，万不可泄露！”福寿神道：“若是机密之事，那南滨怎么会被毁灭？一定是天尊知道此事，然后派天神下凡，与那龙王勾结，故有此灾。”李耳问道：“可有良策解此危机？”福寿神思索片刻，低声道：“他们不仁，我们岂能坐视不管！为今之计，唯有请神仙下凡，前往那南滨治水治土，那里便能恢复生机，料那天尊也不会知道，届时若轩辕健投下，照样无事。”李耳急道：“妙计，但不知请谁下界可为此计？”福寿神急道：“我等即刻去见须菩提，然后再议。”说着二神就去蕊珠宫，见钟颀也在，就将事情告诉了他们。钟颀听了，叹道：“请神仙下界倒是不难，只请金德、木德、水德、火德、土德五神就可以了，难就难在如何下界。贼君早有严旨，神仙不得轻易下界，况治水治土非一二神可能为之，若五神一起下界必被察觉。”须菩提即令李耳去请金德、木德、水德、火德、土德五神，他们急忙赶来，表示愿意下界去治土治水。须菩提叹道：“尔等都忘了一件事，现在无法下界去，自玉帝诸女私自下界之后，贼君早有防备，那南天门通道现在只能一次容一个神仙下界。”火德想了想，对众神道：“在下有一计，可使我们平安到界下。”须菩提急忙请教，火德道：“昔日，我本是泰初囲山的商羊，女娲娘娘造人神时，曾令天兵上囲山搜集化石，我上前看时，被天兵发觉，他们欲将我射杀，我为避祸，急忙化为石头，可是也被他们当作化石拿了去，后被女娲娘娘造化成神，赐我火德真君神位。我知道只有商羊才能不受通道所限，如果我等以商羊为坐骑，一同下界，定不会被发现。”钟颀问道：“现在去哪里寻找商羊？”须菩提道：“我常去囲山，要商羊不难，请诸君随我来。”须菩提领着众神来到囲山，钟颀问道：“羊何在？”须菩提对着囲山上的化石，将手一挥，大声道：“化石成羊，快快出来！”只见五块化石腾空悬浮起来，然后落地成羊了。

金德、木德、水德、火德、土德五神骑商羊下凡到南滨，被当地人看到了，都认为他们是天神。火德化身成龙，去南海龙宫将龙王巨蛳教训一番，巨蛳见天神降怒，再不敢兴风作浪。水德和金德用法力使大水退去，木德与土德找来一些残留下来的稻穗，用法力变化成很多稻穗，堆积成山放在那里，人们看到都去争抢，一些用来充饥，一些用来种植，很快恢复这里的生机，从此以后，人们便将这南滨称为五羊城。五神又骑着商羊返回天界。

须菩提听金德、木德、水德、火德、土德五神完成凡间南滨治土治水的事，也就放下心来，但是对于害轩辕健下界的事，他还是心有余悸。但是他们未曾料到，那笪殷曹秘密上界，将金德、木德、水德、火德、土德五神下界的事儿报告了天尊。天尊一怒之下将五神打入天牢。笪殷顼正在为此事发愁之际，玄女对他道：“为母听说，那凡间龙域国西方之地是绝地，当年烛龙从西天门坠下，龙体化为火焰山，将东西之地隔开，故而那魔天王阴灵逃往西方冥界之后，几度想返回中土冥界，都因火焰山阻挡才未能如愿，若将轩辕健从西天门投下，他将坠入绝地，必死无疑。”天尊得了主意，思索良久，不觉喜上眉梢，急令笪殷郇来催促须菩提。笪殷郇见到须菩提，对他道：“你若不行动，天尊将动怒，届时你母将被问斩。”须菩提怒道：“他敢！若杀我母后，我定不饶他！”笪殷郇笑道：“相邦息怒，天尊说了，即使不斩，也当严惩。如果相邦不将那轩辕健推下界去，天尊就将令堂和令妹推下界去，虽不是死刑，但在界下也求生不能，请相邦三思。”须菩提徘徊于地，左右不是。笪殷郇接着道：“请相邦随我前来。”须菩提跟他来到天牢，进入一间玉阁，须菩提抬头一看，只见女娲被绑一根柱子上，脚下有黑水淹过双膝，见她白发蓬松，面色如土，已是奄奄一息。须菩提大哭道：“母后！母后！”喊叫着就扑过去，却碰到一面墙上，额头也被碰破了。笪殷郇叹道：“相邦这又是何苦！娘娘听不到，也看不到你，你也过不去那里，这只是瞭望阁探监之地，天尊令我引你来看看罢了！”须菩提顿足，急道：“天尊何逼我太甚！”笪殷郇道：“如若相邦为难，天尊愿助你一臂之力。”须菩提急了，忙问道：“天尊如何助我？”笪殷郇笑道：“你只将轩辕健诱来西天门，天尊自有良策。”须菩提斜睨他问道：“原来说好在南天门，如何又去那西天门？”笪殷郇笑道：“天尊料定你不会加害轩辕健，欲亲自将他打下界去，你只要将他引到西天门即可。”须菩提道：“这个不难，只要天尊肯放了我母后，我这就去引轩辕健来西天门。”然后就去太阳宫了。

且说须菩提来到太阳宫，见三条龙狂啸不止，就要进去时，就见重阳和重耳二神一同出来了。须菩提长揖道：“圣主可在殿中？”重阳和重耳也不说话，只是躬身施礼一下，然后将他领入。来到西殿门口，就听见莹然细碎之声，抬头一看，见洛雅提着金炉出来了，须菩提忙作揖，洛雅见是须菩提来了，愣了片刻，肚里转道：“虽然圣主未明说，但害圣主者，殆是须菩提，怪不得我方才心惊肉跳的，该来的果然来了。”洛雅想着，便迎上去合掌施礼道：“少主前来，可是要见圣主？”须菩提低头道：“正是。”洛雅笑道：“昔日，少主曾在大雷音寺修行，后来入朝获得权柄，可以行杀戮事了。如今见少主，我此时却恍如隔世，真令人心里凄然。”须菩提神色顿变，不敢直视，叹道：“何必提及灵界，只是人各有志罢了。”洛雅问道：“见圣主可有什么事儿？”须菩提问道：“不知圣主可好？”洛雅微蹙其眉，叹道：“我知少主固有难言之隐，既然不想让我知道，我也不勉强。圣主昨日起有伤心之状，一卧不起，似乎有人要加害他，今日如大病新瘥，好些儿了。”须菩提思忖片刻，霭然道：“如是甚善，吾唯恐圣主有事，故而来探望。”洛雅道：“圣主乃性情中人，意极可亲，待我们甚厚，若有人加害她，岂不是泯灭天良乎？”须菩提默不作声。洛雅又问道：“你说，圣主会遇不幸否？”须菩提恐慌不安，急道：“焉有其事？圣主乃龙帝，谁能加害……”话至此，又道：“只望圣主千万珍重，吉人自有天相，你切勿焦虑。”洛雅即鞠躬，合掌庄然道：“阿弥陀佛。请少主入内拜见圣主。”

须菩提径自入内，见轩辕健着一身龙纹锦衣坐在春凳上，身旁的望舒纱衣绚丽，仪容秀美，正坐在他身旁，红袖间伸出如脂玉臂，拿着玉梳子正在为轩辕健梳头，而在轩辕健身后，云羿和妡婵端着香奁一语不发，双涕霪霪。须菩提只嗅到清香满室，脏腑间有一种清灵空明的感觉。看到这样的情形，须菩提暗暗觉得不妙。

轩辕健早就知道须菩提这几天的所作所为，还没等须菩提开口，他就问道：“兄长，诸事可都安排妥当了？”须菩提暗吃一惊，半晌都说不出话来，过了一会儿问道：“贤弟，为何不见姝涵、娍珠、伏羲谦三个妹妹？”轩辕健回道：“她们都在我母后那里，你放心吧，她们不知道这些事儿。”须菩提沉吟一声，轩辕健道：“我刚才问你的话，你为何不答？”须菩提吞吞吐吐一会儿，低声道：“为兄几日不见贤弟，故来探望，并未做过什么事儿。”轩辕健面色凝重，问道：“母后被贼君囚禁，危在旦夕，兄长何不设法去救？”须菩提叹道：“贼君戒备森严，我如何能轻易救得？”轩辕健笑道：“兄长法力已恢复，即使他有那照石，恐怕也难敌兄长，为何怕起他来？”须菩提正要回话，这时望舒轻声叹道：“也不知圣主在操心什么，竟生出这么些儿白发来！”须菩提应声看去，盯着望舒挽着的长发，隐隐可见一些白发，须菩提心头一颤。轩辕健冷眼一瞥望舒，怨道：“你梳就是了，多说什么！”望舒脸儿微微一红，拿起玉梳，玉指儿在发间轻轻穿梭。轩辕健又问道：“兄长为何不答话？”须菩提忙道：“我非怕他，只是担心贼君害母后，故有所虑。”轩辕健推开望舒的手儿，站起身道：“我得知笪殷顼在西天门置下一口大锅，兄长可知锅中是何物？”须菩提惊道：“未曾听过，贼君欲要何为？”轩辕健道：“锅中是三昧真火，贼君若将此火倒下南天门，兄长可知后果？”须菩提惊道：“莫非贼真要毁灭界下世界不成？”轩辕健叹道：“毁灭凡间也就在一瞬间。不过，我想不到万不得已，笪殷顼断不敢行此恶事。”须菩提不敢抬头，低声道：“贼君残暴不仁，未必不敢行此恶事。”须菩提惶恐不安，似乎察觉轩辕健已知道了所有事。轩辕健笑道：“兄长可愿随我去那西天门看看？”须菩提一惊，又不愿错过机会，急道：“去看看也无妨。”这时，只听啪塔一声，云芖和妡婵手中的香衣掉落在地上。轩辕健回头对云芖和妡婵道：“快捡起来。”云芖和妡婵已是泣不成声，这让须菩提犹如万箭穿心，额头渗出汗来。轩辕健正要走，望舒却一把攥住他的手儿不肯松开，不停摇头，凝泪而视。轩辕健甩开她的手儿，怒道：“三界大事，你知道什么！”望舒脸色掠过一丝惊恐，转身啼哭起来。轩辕健对须菩提道：“既然兄长愿往，我们这就去西天门。”说着就领须菩提出了殿门，重耳和重阳紧随其后，不敢说话。轩辕健对他们道：“尔等留在殿中，若我一时回不来，切记要守护好太阳宫！”重阳和重耳跪地叩首，转身进殿。就在出太阳宫光门时，三条龙挡在门前咆哮，须菩提见天龙眼中尽是泪水，心里大惊，这时候也有点犹豫了。轩辕健瞪了一眼三龙，将手一挥，三龙止住咆哮，飞回殿门檐上，洛雅见状，悄悄跟踪在后。

走了几步，须菩提忽然转身道：“贤弟，我们不去那西天门了。”轩辕健微笑问道：“哦？为何又不去了？”须菩提道：“只怕那贼君不怀好意，欲加害贤弟。”轩辕健问道：“兄长果真不去了？”须菩提低头想了想，犹豫不决的样子，轩辕健道：“兄长行事一向利落，为何今天这样迟疑不定，既然到这里了，不如前去看看。”快到西天门时，须菩提不走了，太阳宫里的情景一度在他眼前闪现。轩辕健问道：“兄长为何止步不前？”须菩提垂泪道：“贤弟，你若落难，会恨为兄否？”轩辕健愣了一下，凝视须菩提，久久不语。须菩提低下头来，也不敢看他一眼。轩辕健走近须菩提，握住他的手，凝泪泣道：“我知兄长心中有万千痛苦，但不知兄长你惧怕什么？你我一起，总有办法对付贼君，你又为何着急？”须菩提低头，徘徊起来。轩辕健见他这样，就对他道：“兄长你看，西天门就在眼前了。”这时候，洛雅突然跑了出来，大声哭喊道：“圣主请回！”轩辕健见是洛雅忽至，惊讶道：“你来这里做什么？快快回去！”洛雅跪地泣道：“此处险恶，恳请圣主回去吧。”轩辕健摇头儿，叹息道：“回不去了。”这时候就听几声冷笑声传来，须菩提抬头一看，果然见笪殷项和笪殷汤、笪殷郇、笪殷卓就在西天门的玉阁旁，门中央置放着一口大锅，三色火焰熊熊，旁边还放着一面镇灵玄架。轩辕健忙对洛雅道：“此处不忍目睹，你回去吧！”洛雅此时已经哭哑，只是不住地摆手儿。看到笪殷项怒视眈眈，须菩提忽想起在天牢所看到的女娲的情景，这一时就没了主意，他忽然拉住轩辕健道：“贤弟！为兄不忍母后忍受苦难，你若见怜，就勿恨我！”轩辕健叹息一声，眼泪就下来了，勉强笑道：“兄长这是何意，我为何要恨你？”话音刚落，就听笪殷项一声大喝：“将轩辕健给我拿下！”

第三十六章　龙帝坠天

西天门轩辕健坠凡尘　太阳宫轩辕姝涵生女

轩辕健见数百御卫手持利刃涌了上来，抬手本想反击，却见笪殷卓领着几个御卫扶住大锅，正在慢慢往下倾倒。轩辕健大喊一声道："且慢！"眼看大锅倾斜下去，只见笪殷项挥一下手，他们这才住手。轩辕健厉声问道："究竟为什么？"笪殷项厉声道："众神都道你是龙帝，难道你不知本尊乃是这三界主宰么？我尚且未称帝，你凭什么称帝？一天不容二主，若有你在，我安有容膝之地？"轩辕健道："君若施仁政，自会使三界众神拥戴，如此倒行逆施，你即在天位，又岂能长久？"笪殷项哈哈大笑，手指轩辕健，对笪殷汤道："这种迂腐之论本尊常有耳闻，已不胜其烦，如今他又出此高论，爱卿你看，他与你何其相似！"笪殷郇跟着大笑起来。笪殷项转而怒道："休要多言，本尊已建好聚灵阁，除非你死，以解我之忧，否则我就将此火降于界下，毁灭凡间，摄取众生之灵以滋我元灵，我得此至高大法，便不再惧你！"轩辕健问道："凡间人莫非不是你之子民？"笪殷项笑道："那凡间人类生性残忍，无信无义，他们不敬天神，岂能是我的子民？！"御卫们见轩辕健无意反抗，一拥而上就将他绑起来，推向镇灵玄架。轩辕健转头，看须菩提低头缩手站在一旁，大声喊道："兄长！为何如此？"笪殷卓手持金刚锤，忽然冲上前来，朝轩辕健腹部猛击几下，喝道："住口！"然后令御卫们将轩辕健按在镇灵玄架上。须菩提望着轩辕健，见他口角渗出血来，无奈摇头，眼泪止不住涌了出来。笪殷项站起身，对须菩提道："须菩提！本尊确实不曾看错你，你对本尊忠心耿耿，本尊绝不亏待你，只等此贼下界之后，本尊即释放女娲娘娘，从此永不滋扰，永不问罪！"说完又朝笪殷卓使个眼色。

洛雅嘤然而呻，悲痛不已，哭着哭着喊出声来道："天乎！天乎！人之无良，一至于此，吾帝亡也！”笪殷卓见洛雅哭喊着扑来，问道：“这是何人！还不快驱了去！”笪殷郇哈哈大笑道：“怕是那个小娘子，为他送行来了，驱赶她做什么，就让她亲眼瞧瞧，也好回去传告消息。”笪殷卓闻言笑道：“正是好主意！”说着就来到须菩提面前，将金刚锤塞到他手上，厉声道：“请相邦用刑！”须菩提一头雾水，瞪眼问道：“什么？为何要我动手？”笪殷卓厉声道：“将他钉在镇灵架上！”须菩提惊道：“如何钉？”笪殷卓随手将四根九寸长的乾坤钉抛在他脚下。须菩提战栗起来，朝笪殷项大声喊道：“为何非要行此不义？！”笪殷项取出照石，攥在手中摸了摸，笑道：“相邦若不愿为，何以示忠心？你我有约在先，难道相邦忘了女娲还在牢中等你去救！”须菩提想起女娲头发全白，在牢中奄奄一息，又见笪殷项咄咄相逼，于是一咬牙，拿起乾坤钉朝轩辕健走去。

轩辕健望着须菩提，双眼含泪，喊道：“兄长！”须菩提闭目不看，几个御卫将轩辕健的左手按在镇灵玄架一端，又将乾坤钉置他手腕上，须菩提大喝一声，举起金刚锤就砸了下去，只见鲜血溅出，溅在他和御卫脸上，须菩提又大叫一声，接着又一锤砸下，这九寸长乾坤钉穿透轩辕健手腕儿，深深扎进镇灵玄架一端。洛雅趴在地上，失声而哭，伸手去挡，却被笪殷卓照面连踢几脚，洛雅翻身倒下又爬起来，见她已是面目全非，血流如注，笪殷卓哈哈大笑，洛雅匍匐前去，又伸手去拉轩辕健，哭喊道：“圣主！圣主！”笪殷卓见状，一怒之下抽出利剑来，朝她手臂上划了两下，就见皮开肉绽了，笪殷卓恶狠狠道：“什么圣主！还不滚回蕊珠宫去！”轩辕健已痛得昏厥过去，几个御卫又将他右手按在镇灵玄架另一端，将一个乾坤钉置他手腕儿上，须菩提已不顾许多了，闭着眼就砸了下去，鲜血迸出，只看得笪殷项和笪殷汤、笪殷郇、笪殷卓心惊肉跳，洛雅趴在地上，一只手儿挣扎着伸出来，嗓子已哭哑，只是愤恨地看着须菩提，泪水和着血水滚滚扑下，笪殷汤闭目仰天，长吸一口气。御卫们见右手也被钉入，接着又将轩辕健龙靴脱下，把他双脚并起，将那乾坤钉置于脚上，须菩提满脸鲜血，一不做二不休，大喝两声又举锤砸下，然后将金刚锤扔在一边，蹲在轩辕健旁边痛哭，心痛地摸着轩辕健的手，闭上眼不敢再看。御卫们都掩着眼睛，气不敢出。轩辕健痛入骨髓，只觉如利刃钻心，忽然就痛醒过来，见自己被钉在镇灵玄架上，全身无力，四肢绞痛无比，心里知道他们接下来就要将他推下西天门了。轩辕健口吐鲜血，痛得无力说话，低声道：“须菩提……”须菩提看了一眼，又闭上眼睛。轩辕健血泪滴下，滴滴落在须菩提手上，气若游丝道：“须菩提，今日一别，不知后会可有期，我姝涵……娇珠……伏羲谦……”说着又昏厥过去。这时，笪殷项身上出现一团奇光，只见一道红、蓝、紫三色光束从他身上出来，闪电般地落在了轩辕健的身上，眨眼间就消失了。

笪殷顼被这情形一时震住，急问笪殷汤道："卿可看到我身上这奇光？"笪殷汤道："确有奇光显身。"笪殷顼低声问道："这是何征兆？"笪殷汤回道："轩辕健已除，天尊将独尊于三界，故而有此祥瑞。"笪殷顼大喜，转脸对御卫们道："推他下去吧！"御卫们将镇灵玄架抬起，猛地推下，只见数道金光射出，西天门下出现了一个光芒四射的隧道，深不见底，有紫色红云骤然闪动，腾焰飞芒，轩辕健背着镇灵玄架坠天而下……

洛雅眼神绝望，双手伸出停在半空，最后只喊出两个字道："圣主！"而后挣扎着爬起来，也顾不得披头散发，满脸是血，便大吼着疯也似的跑了，一直朝太阳宫而去。须菩提撕心裂肺大喊一声，将龙靴收起，抱头痛哭起来，笪殷顼见状，与笪殷汤、笪殷郇、笪殷卓匆匆回宫。

却说轩辕健被投下界，笪殷顼忽然想起一件事，后悔莫及，急忙召来笪殷汤，道："轩辕健下界之时，未饮那戒公汤，投生后依然记得仙界之事，这可如何是好！"笪殷汤叹道："他已下界，有何办法？"笪殷顼忙道："你速去冥界见笪殷曹，令他严密监视轩辕健界下动向，绝他风水，勿让他好活！"笪殷汤急道："臣这就去见他。"笪殷顼又叫住他，吩咐道："笪殷曹在冥界受地藏王府管制，颇不得志，卿此番去冥界警告那陆正，他若有反心，本尊必不饶他！"笪殷汤到达冥界，陆正见天廷宰相亲自前来，自不敢怠慢，于是在幽冥宫设宴，款待笪殷汤。笪殷汤也不明言，只是在席间旁敲侧击道："天廷非议颇多，都道冥王被众冥仙囚禁于幽冥宫中，不知可有此事？"陆正和各簿吏一听，惊得面面相觑。陆正回道："我等敢有不臣之心，请上神明鉴！"笪殷汤一笑了之。在解放笪殷曹之后，笪殷汤对他道："那轩辕健已被打下西天门，不知他会投往何处？"笪殷曹道："乃在西域。"笪殷汤笑道："天尊有旨，他若投生为人，就让他求生不能，求死不得！"笪殷曹忙道："不知圣谕若何？"笪殷汤道："人间流年有日月，龙帝凡尘无风水。"笪殷曹跪地叩道："臣遵旨。"说罢，与陆正等众簿吏将笪殷汤送出冥界。

话说轩辕健被推下界那一刻，重阳和重耳二神正在太阳宫殿内静坐，忽听一声巨响，殿外应龙、角龙、烛龙鸣啸哀哀，二神也为之凄恻。重耳叹道："龙帝已下界。"重阳泣道："须菩提不义在先，龙帝有意成全在后，如之奈何！"重耳道："此非须菩提之过，他被笪殷顼所迫，不得已而为之。"重阳道："帝下界之后，生死难料，当下该如何？"重耳道："龙帝曾说，此乃定数，你我亦复何言。请随我去西极灵界，告知燃灯佛，然后听他如何说。"说完就去了灵界。

二神来到大雷音寺普光殿，见燃灯佛趺坐在金莲台上，合掌微笑，接引归真佛、如来佛、辟支佛、空王佛也坐在旁边。重阳、重耳不解，长揖道："龙帝被害下界，佛祖不怜悯也就罢了，却为何发笑？"燃灯佛道："本座已知龙帝坠入凡间，此乃昊天之意，龙帝安然无恙，诸位放心，将来他必会重返天廷。"重阳、重耳对视一下，重阳问道："既然佛祖已知，可有良策救护龙帝？"燃灯佛道："事已至此，但望众神、佛、菩萨伺机下界，竭力保护，直到龙帝平安归一。"重阳问道："不知界下世界如何，龙帝可活么？"燃灯佛道："龙帝在界下世界，虽然投生为凡人，终有昊天福祚，诸位不必担忧。"重耳问道："龙帝在那凡间可知仙界之事？"燃灯佛道："将有大神点化他，三界之事，他无所不知。"重耳急问道："不知点化龙帝者是谁？"燃灯佛笑道："笪燕宝被打下凡间，本座已让弟子观音菩萨将他引至中土洛阳，他们已结尘缘，自会点化龙帝，此事机密，切莫泄露。"重阳又问道："佛祖，不知那凡间现在如何？"燃灯佛道："那中土大唐乃是恶地。"然后细说了大唐国的情况，重阳和重耳听后，吃惊不小，方知凡间世界，真是——

> 轮回大道，仙神惆怅；坠离天阙，身入凡间。看那尘嚣，乱邪恶多；无道世界，杀戮饕残。真假不分恶压善，罪业深重恶贯盈，贪婪之人弄权术，无德君子贵为尊。那真的善的好的孝的是穷人；那假的恶的坏的邪的是富翁；那有钱的有势的乃猪卑狗险；那有情的有义的皆人微言贱。这凡间有多少人不忠不孝；这凡间有多少人不敬鬼神；这凡间真是狗苟蝇营腐臭；这凡间真是恶紫夺朱烂透。

再说轩辕健坠入凡间中土西域，镇灵玄架落在西方变成一座山，而他灵体却坠落西域冥界。陆正知道后，亲自奔往他坠落的地方去看。轩辕健醒来时，见陆正守在旁边，问道："你是谁？"陆正答道："臣乃是冥界判府陆正。"轩辕健又问："可是来擒我的？"陆正跪地泣道："臣前来救驾。"轩辕健道："你受命于天廷，当臣事于笪殷顼，而我非天帝，你谈何救驾？"陆正泣道："臣知道圣驾是昊天龙帝，被害下界轮回，臣愿随圣驾，唯命是从。"轩辕健道："我是龙帝，我在你眼前洁净，我到此处来，还从此处去。"陆正泣道："唯愿圣驾消除忧愁，臣愿守护圣驾，直到平安归一。"轩辕健道："贼君欲置我于死地，我何以能善终？"陆正拜道："愿有朝一日圣驾攻击他，臣愿效死命。"轩辕健道："三界都在他统治之下，我坠入此世，又如何攻击他？"陆正泣道："臣之恨胜过仁爱，愿追随侍奉圣驾，直到灭亡笪殷项。”轩辕健叹道：“谈何容易！”陆正起身道：“圣驾在阳世之日，比那正午更明，虽然这世界黑暗仍像早晨，就让臣领圣驾出冥界吧。”轩辕健问道：“你要我去何处？”陆正答道：“转投阳世，圣驾岂能在这冥地久留？”轩辕健跟着陆正往前走，不久看到前边出现光幕，就如波光粼粼一面墙。陆正跪地拜道：“这是臣早先准备的阳关，请圣驾走出这里，就抵达阳世了。”轩辕健看看光幕，走前去，就要进入光幕时，又转身问道：“我与君在阳世能否相见？”陆正道：“圣驾之灵体可在三界往来，虽到阳世投生为肉体，但圣驾肉眼可见三界之物，总有一天，臣将亲自拜见圣驾。”轩辕健听了他的话，从容走出光幕。瞬间，光幕消失。陆正怕笪殷曹发现，急忙回幽冥宫去。

话分两头。却说西域之地有一户农家叶氏，其祖上本是南滨人，自南海龙王巨蛳发洪水摧毁南滨，他是幸存者之一，在五羊城生活。后来他后人怕五羊城再遭遇洪灾，就来到西域，娶李氏女为妻，叶氏是私塾先生，李氏女纺织，贴补家用，日子还算宽裕。李氏一心求子，心素三年，忽一日身怀有孕，梦有一飞龙临身，但见九天降瑞，紫云荧煌。乾坤灵秀，天地玄黄，俨若仙界之瑞，恍如天阙之祥。李氏既梦此龙，告于夫君叶氏，叶氏喜道：“我也做过一个天龙的梦，此分明预兆我们将得一个儿子！”言罢夫妻满心欢喜，却不料时间过去很久，李氏虽挺着大肚子，就是迟迟不见生，村人都觉奇怪，认为她怀的是死胎，也有人说她肚里的是一块肉瘤。

那天李氏女在池塘边洗衣，正逢轩辕健灵体从冥界光幕中穿出，来到阳世。李氏女忽然看到水面上腾起一阵烟雾，接着出现五色光环，正惊奇时，突然感到肚子一阵巨痛，腹中蠕动起来，这才知道将要分娩了，急忙往回赶，可是来不及了，她慌忙爬入半道一间柴房，捡起地上一片破烂麻布铺在地上，才躺了上去，就听呱的一声，轩辕健已投胎落草了。李氏女见产下一个男婴，又看红光满室，香气扑人，很是惊疑。轩辕健啼哭不止，脐梗尚未断，李氏女急忙扯断脐梗，哭声戛然而止。正要抱回家里，忽听外边雷声大作，吓得她站在路上进退不是，接下来发生地震，一时鸡飞狗跳，梁断墙倒，李氏女与路人惶惶奔逃，刚到家里，地震就停了。

叶氏回来，见妻生下孩子，自然高兴，但村人却不高兴，见李氏女一直不生，一生便生出个大胖小子，都议论纷纷起来，一时谣言四起，说李氏生下一个怪胎。叶氏也有所怀疑，扯开婴孩来看，忽然发现轩辕健背上隐约有个很大的胎记，仔细一看是个“昊”字，叶氏吃惊不小，就用手去摸，不想轩辕健啼哭起来，叶氏一急，就在轩辕健背上拍了一把，他就不哭了，再仔细看那字，竟然变成了“冥”

字，叶氏惊恐万分，对妻子李氏道："此子不祥，当弃之。"李氏女听丈夫要抛弃儿子，死活不肯，叶氏无奈，只好作罢。晚上，家里忽然来了一个道士，化缘借宿，叶氏接待了道士，吃过饭后，让他看儿子背上的字，并说了当时情况，希望道士能帮他卜算一下。道士朝轩辕健背上一看，大吃一惊道："这字本来是个'昊'字，被你一掌将日头打到了底下，成了'冥'字，六日之内你将大祸临头，贫道不能在你家留宿了。"说完就要离去，却被叶氏拦下，跪求解救之法。道士叹道："若是昊字，此子乃是三阳交泰所生，胞含日月之精，是个九阳之命，将来必然大贵，可如今成了冥字，看来天意有变，此子将来必然大恶，会给家族带来灭门之灾。如果你想化解此灾，只能将此子遗弃。"听道士这么说，李氏女也无奈，只好将不到两岁的轩辕健放入篮子，弃之路旁。

话分两头。曾在天廷奉天司的平茜星和轩辕宇同时逃下界，平茜星转世到长安一个袁姓刺史家里，由于袁刺史发现他两岁能指天数星星，并能用石子在地上摆星图，步罡踏斗，便给他取名叫袁天罡。而轩辕宇则投胎到长安一个姓李的司马家中，李司马为他取名为李淳风，原因是他三岁的时候竟能预测事物，刚开始家人并不把小孩的话当真，可时间久了就不同了，几乎从他小嘴里说出的话，没有一件不应验的，这一点非常像他的祖父，他的祖父是隋朝一个方士，能掐会算，曾一度被隋朝宫廷召进宫里为皇家效力，后来遭奸佞迫害而投河自尽。李司马见儿子有这个才能，颇有他祖父遗风，就为他取名为李淳风，意为敦厚古朴。

而随他俩一同下界的婳郦则投到了太原郡公武士彟家里，武士彟妻子杨氏生下她时，亦是满室红光，奇香扑鼻，家人发现，杨氏卧榻下竟然生出十四枝灵芝，武士彟道："此女非常人，十四岁将出奇。"婳郦转世后，四岁那年，就能舞文弄墨了，一次见父亲在书房写字，她竟然也挥笔写下了一个"曌"字，武士彟惊奇，问道："世上无此字，这是何意？"婳郦指着天道："此字乃是'曌'，是日月在天之意。"武士彟奇道："你又如何得知，如何写出？"婳郦回道："这是天廷的字，故而人间无此字。"武士彟听后，更觉得此女不一般，就以此字为名，给她取名为武曌。果然被武士彟言中，武曌能写得一手好文，惊动了太宗李世民，就将十四岁的她召入宫，见她佩环回雪，神彩惊鸿，一眼就被她勾魂摄魄，当即就心猿顿逸，意马难拴了，于是金口一开，就封她为才人。一天召她来侍驾，却迟迟不见她来，太宗大怒，就要将她问罪，而她呈诗给太宗，道："朝来临镜台，妆罢独徘徊，千金买一笑，一召岂能来？"太宗一看怒气全消，反而非常宠爱她，赐名为"武媚娘"。

袁天罡和李淳风年龄相仿，且都生长在长安，读书也在长安，同年赴考，二人都考中进士。由于下界之前未喝戒公汤，他们都记得仙界之事，他们的特殊才能，被唐太宗李世民所器重，就留他们在朝廷任钦天官，专司天文和卜算的事物。一次忽然在宫内见到武曌，李淳风大吃一惊，低声对袁天罡道："此女就是跟我们下界来的婳郦。"武曌见到他们俩，也是心知肚明，笑道："似曾在哪里见过你们。"两人不说话，长揖一下就离开了，然后去见太宗，奏道："武媚娘乃是天仙下凡，她在天廷时管着天帝御玺，若在这宫中，必为大唐之祸，将来此女定会篡位。"太宗李世民对袁天罡和李淳风向来是深信不疑，但他对一个十四岁的小女孩会篡位的说法不大相信，但心中也有所虑，本想杀掉武媚娘，但由于喜欢她的文采和美貌，就没有杀她，但从那以后，就逐渐疏远了她。武曌刚入宫没几天就受到太宗的冷落，知道是袁天罡和李淳风在太宗面前说了坏话，于是非常嫉恨他二人。为了避免麻烦，二人也很少在宫中，平时都云游四方，寻仙访道，辗转就与转世到人间轮回的八仙相识，并结为至交。

话分两头。再说那叶氏生下怪胎，谣言不胫而走，传至大唐国都长安，被八仙听到了，无不震惊，便聚一起谈论此事。李玄思忖半晌，开口道："我听说近日有天神被天廷打下界来，或许就是此子，老夫腿脚不灵便，不然倒是很想去看看他。"张果疑道："天廷但凡谪降神仙，都是自南天门投下，这回却为何自西天门投下了？"韩湘子也疑道："此事蹊跷，我曾听宫廷里的钦天官袁天罡和李淳风说，泰初盘古的转世轩辕健被笪殷顼迫害，被钉在镇灵玄架上从西天门推下界来，莫非这个婴子就是他？"李玄道："那可是女娲娘娘的女婿。"曹景休道："无论是谁，且先去看看，若是真的，将来我等也好保护他。"何仙姑道："我们这里有个善游的，就让他前去察看。"蓝采和笑道："吕兄去不妥，还是我去吧。"汉钟离道："有何不妥？"蓝采和笑道："都道是'狗咬吕洞宾，不识好人心'，那农家有狗，他就不怕了？"众仙大笑起来，吕洞宾笑道："偏去看看，你们在这里等我的信儿。"说完就借着仙气，穿过通道来到西域。

话说自抛弃轩辕健肉身后，叶氏家里虽然在六天之内并没有遇到灭门之灾，但自此后接连发生事故，先是女儿夭折，后来叶氏一病不起，就连私塾先生也做不得了，本来宽裕的家庭，一时陷入困境。吕洞宾辗转找到叶氏家里，并未见到轩辕健，疑问道："令郎今何在？"李氏女见又来了一个道士，便将事情经过对他说了一遍。吕洞宾摇头，叹息连连，说道："你们真愚钝，可知令郎乃是一个大贵之人。"叶氏心下惊奇，暗思道："为何先来的那个道长说我子不祥，这时来的道长却说我子大贵，这到底是何缘故？”叶氏即问道：“请问道长，为何先来的那个道长说我子乃是不祥之物，而你却说我子乃是大贵之人？”吕洞宾叹道：“先前来的道士若非江湖术士，便是冥仙来访，故意作祟，其言不足信，而我是仙人，我所说的话才是真的。”李氏女一听大哭起来，可是后悔已晚，她不知孩子下落。吕洞宾要走，叶氏求道：“我家贫寒，你既然是神仙，就请赐我富贵。”吕洞宾道：“此乃弃贵子之故。”叶氏一再请求吕洞宾，并道：“你既然是神仙，必能赐我富贵，不然你与那江湖术士有何区别？”李氏女为留住仙人，忙取出藏在缸窖里的黄粱烧火蒸饭，吕洞宾无奈，见他卧病不起，也着实可怜，便道：“请先生将枕头拿来。”叶氏就将自己的枕头递上，吕洞宾展开双手，然后朝掌上吹一口气，闭上眼睛将手俯在枕上，稍候又将枕头递给叶氏，对他道：“我见先生已年过五十，那就赐你半生富贵吧。”叶氏接过枕头道：“这是何富贵？仙人莫非是戏弄我？”吕洞宾道：“现在枕上去，便可得富贵。”叶氏头刚挨上枕头就睡着了，果然是住进了高大华丽的宫殿，过上了锦衣玉食的生活，出门八抬大轿，进门妾美妻娇，一年之后，还被唐太宗召进宫内，做了五十年宰相，一直到一百岁，儿孙满堂，这半生真是富贵至极，叶氏大笑道：“我此生足矣！”就在这时候，竟然看到李氏女一身破衣烂衫走上前来，朝他拍了一把，大声道：“老东西，只管笑什么！还不吃饭！”叶氏抬头一看，吕洞宾还在身旁坐着，而妻子李氏也将黄粱饭端了上来。叶氏这才发现是做了一梦，但梦中似乎真的过了五十年，且感觉真实，叶氏对吕洞宾道：“果然是神仙，我只觉这恍惚中已过百年，富贵至极，为何却只是一梦？”吕洞宾拱手笑道：“人生一世，也不过如此。”说完一拱而去。

却说轩辕健被丢弃后，被路过的金氏女捡了去，这金氏女本来有一女，七岁的时候得病去世，不到一年就捡到一个儿子，自然是非常高兴。此子七八岁便天姿聪明，颖异过人，善读书，且万卷一目下十行，又善写字吟诗，金氏女颇不解，对其夫道：“此子无人教授，何以识得字，吟得诗？”其夫道：“天生如此，确实是个奇才，夫人捡了此子，乃天意也，当悉心抚养才好。”金氏女大喜，更呵护有加。

且说那吕洞宾从叶氏家出来，又经过两个地方，来到一个郡县时，见东边有紫气，就料定叶氏之子在这里，果然找到金氏女家里，见有个孩子，一眼望去，就看到轩辕健灵体，大吃一惊，知道孩子确实是轩辕健的转世，当下就跪拜，泪流满面。金氏女见道士进门就跪地叩拜，以为是在跪拜她，急忙道：“道长为何行此大礼，奴家岂敢承受，快请起来！”吕洞宾也不理她，擦了眼泪，起身就要走，他想赶着回去告诉他们几个神仙，金氏女一把拉住，求道：“道士既然来了，想必与我儿有缘，就请道士为我儿赐个名字。”吕洞宾急着要走，随口道：“名为铭昌。”金氏女不解，问道：“此名是何寓意？”吕洞宾垂泪，低声道：“铭肌镂骨，感我天昌。”说完就走，金氏女追出，早就不见吕洞宾踪影。

话分两头。须菩提为赶时间，就将轩辕健的龙靴套在脚上，飞去天牢接女娲，见女娲昏迷在地，一时慌乱，哭叫道：“母后！母后，孩儿来接你了！”见女娲不醒来，就将女娲背着飞回蕊珠宫，碧霞和碧玉、尚翠、鹿慧正在宫门外眺望，见须菩提背着女娲飞来，也是哭喊着迎了上去。须菩提急道：“快去将那锦被铺在榻上。”碧霞急入清元殿寝室收拾。须菩提和碧玉将女娲放到清元殿寝室榻上，又赶去太阳宫接伏羲谦。

女娲醒后，见自己躺在蕊珠宫寝室内，又见碧霞和碧玉、尚翠、鹿慧在一侧，惊问道：“我可是回府了？”碧霞和碧玉、尚翠、鹿慧忍不住哭了起来，碧霞泣道：“是少主接回来的，娘娘就安心养着吧。”女娲满心疑虑，问道：“须菩提在哪里？”碧玉道：“他没说就出去了。”女娲轻叹一声，然后命碧霞和碧玉侍奉她梳洗更衣，婉镜、精卫、湘君、湘妃、鹿慧、娼犂、凫孋都忙了起来，在为女娲梳洗时，见女娲乌发上生出许多银丝来，婉镜和精卫忍不住哭起来，湘君、湘妃、鹿慧更是掩口跑了出去，躲在玉亭里哭泣。

却说太阳宫内，姝涵和娇珠与伏羲谦与婢子们在一起说笑，忽然见须菩提来了，伏羲谦高兴迎上去，问道：“哥哥怎么来了？”须菩提脸色沉重，低声道：“我是来接你们回去的。”娇珠过来问道：“我们在这里不过三天，怎么就要接我们回去？”伏羲谦问道：“我夫君哪里去了？”须菩提不答。姝涵在一旁静静地看着，一种不祥之感袭遍全身，不由得打了一个哆嗦。就在这时，轩辕媓来了，望着须菩提笑道：“蕊珠宫的公子来了，这却是稀客，天廷的左相，了不得呢。”伏羲谦见须菩提躲躲闪闪不肯说话，扯着他的襟子问道：“怎么不答我？”须菩提勉强一笑，坐了下来，低声道：“都好呢，你们先回家再说吧。”姝涵见状狐疑不定，在旁边站了一时。轩辕媓笑道：“既然来了，何不进屋里坐着去？”须菩提道：“不了，我还要接妹妹们回家呢。”轩辕媓笑道：“知道你忙，可是她们才来三天不到，为何就要急着接回去呢？我儿轩辕健在哪里？”须菩提见问，身子一抖，笑道：“贤弟在蕊珠宫。”轩辕媓笑道：“哦，这孩子，媳妇儿都在这里，他却跑那边去了！”说着就自己朝屋里去了。

娇珠疑惑地瞧着须菩提，问道：“兄长是否有难事？怎么无精打采的？”须菩提低声道：“没事，没事。”才说完就见过了三个女子，姝涵看去，见是囿圉娟和囿阖妠、西陵娄来了。须菩提第一次见她们，看三个女子似乎都一个模样儿，目会秋波，腮点桃花，眉如远黛，腰如细柳，心里不胜羡慕。囿阖娟来到姝涵面前，姝涵低声问道："你何故到这里来？"囿阖娟见须菩提在一旁，便不好说的，只是嘴里含糊答应着。囿阖娟瞧了一会儿须菩提，慢慢将目光停留在他的手上和脚上，忽然囿阖娟看到他手上的血迹，脸色骤然大变。姝涵见状，拉过她低声问道："你怎么了？"囿阖娟笑了一笑，姝涵也笑了一笑，又问道："怎么了？"囿阖娟低声道："女主不是会入定察看么？"姝涵问道："察看什么？"囿阖娟摇摇头儿，便领着囿阖妠和西陵娄转身走了。姝涵越发觉得奇怪，便立在原地，呆呆站了一会儿，入定出神儿，才一会儿就忽然入神，身子一歪便晕厥于地了。娇珠和伏羲谦见状，你望着我，我望着你，不胜诧异，便跑过去扶起姝涵。娇珠问道："妹妹怎的了？"伏羲谦也哭道："姐姐醒来吧！"须菩提感觉不对，心里虚得慌，便想离开，却听姝涵呜呜咽咽地哭了起来。娇珠急问道："妹妹怎么了？"姝涵脸色苍白，眼泪簌簌而下，泣道："咱们的夫君完了。"娇珠和伏羲谦大惊失色，不约而同问道："夫君怎么了？"姝涵这才坐了起来，瞅着须菩提，须菩提心里装着鬼，就要溜走，却被姝涵喊住道："兄长要去哪里？"须菩提头不敢抬，低声道："既然妹妹们都无意回去，我就先回去了。"姝涵泣道："兄长，你脚上穿的是谁的靴子？"须菩提低头一看，才知道竟忘了脱掉这龙靴，不禁心里暗暗叫苦。伏羲谦看见了，跑去撩起须菩提的袍子一看，疑惑道："这不是我夫君的龙靴么？怎的在哥哥脚上？"须菩提心痛不已，闭目不语。姝涵又问道："兄长手上的血迹可是我夫君的？"娇珠一听，大惊，身子一晃就倒在地上了，惊恐不安地瞅着须菩提。伏羲谦哇的一声哭了，双手拍打着须菩提的背，哭道："你把我夫君怎么了？！"须菩提摇摇头儿，扑通一声跪下，泣道："妹妹，兄长我实在无奈，被笪殷顼所逼，为了救母后，便没保护住贤弟，被笪殷顼钉在镇灵玄架上，打下凡间去了！"姝涵听了，双目呆滞，不发一言。伏羲谦已哭得死去活来，娇珠也顾不上了，抱着伏羲谦只管哭了起来。

就在这时，忽然听见姝涵大叫一声。娇珠和须菩提大惊，转脸看去，见她脸色越发惨白，捂着肚子痛得直哭。须菩提也不敢前去，只是急道："姝涵妹妹怕是要生了，快去叫人来！"娇珠一听，也顾不得悲伤了，急忙去喊人，不消一会儿，就见云芖和妡婵、囿阖娟跑了过来，扶起姝涵就朝殿里去了。须菩提转身急往蕊珠宫去了。

须菩提回到宫中，才见女娲梳洗完毕，便拜了一拜道："母后，刚才我去太阳宫，得知姝涵妹妹要生了，便急来通知母后。"女娲听了，急道："怎么就生了？轩辕健呢？”须菩提低头道：“没看见他。”女娲急忙出宫，身子一转便随着一团紫光落地，就来到了太阳宫。正巧遇到望舒出来，对女娲道：“女主要生了。”忙又领着女娲进屋里去，女娲上前细看，见姝涵躺在榻上，香汗淋漓，喘息不定，急忙对云笶和妡婵道：“你们去门口守着，别让生人进来，怕见风的，姝涵要生了！”云笶和妡婵忙出殿外焦急等待。又过了一会儿，就听一声婴儿的啼哭声，女娲抱在怀里，见产下一个女婴，嫩肤白若腻玉，眉目朗彻，啼哭绵绵。女娲喜爱不已，姝涵顿觉好了些儿，又忙从女娲手里接过孩子，抱在自己怀中，苦笑道：“一看眉目就像他父亲。”女婴突然停止哭泣，睁眼凝视，姝涵对女娲笑道：“请母后为我儿赐个名字吧。”女娲笑道：“你的儿，我如何赐名字呢，还是让你夫婿来取吧。”姝涵哽咽道：“不等他了，我儿出生没名字怎么行，既然母后不赐名，我就自己为她取来。我怀她时曾梦到万千的利剑，在我周围护着我，使我心中安宁，就给她取名为‘轩辕丁’吧。”女娲不解，问道：“你都生了，这轩辕健还不回来，也不知道去哪里了。”说着就见云笶和妡婵进来道：“圣母来了。”轩辕媓急忙进来，看姝涵怀里的玉婴，惊喜不已，忙叫望舒、娇珠和伏羲谦也来看，几个人一会儿看看玉婴，一会儿看看姝涵。伏羲谦望着姝涵笑道：“这也是我们的女儿呢！”娇珠一时忘了轩辕健的事儿，故作惊讶，望着伏羲谦笑道：“咦！怎么能是你的女儿呢？想要就自己生一个吧。”伏羲谦羞得急忙背过身子去，女娲笑道：“你们就贫嘴，也不看两个母后都这里的？”众人都笑了起来。

且说轩辕姝涵生了，本是喜庆的事儿，却迟迟不见轩辕健到来。姝涵抱着孩子，勉强与大家说说笑笑，忽然乐极生悲，心中无限悲凉和烦乱，一时粉泪簌簌而下。女娲见状，对云笶和妡婵道：“你们去宫外看看，这时候了，圣主也不见回来，成何体统！”云笶和妡婵知道事情真相，迟疑着。姝涵吩咐道：“你们伺候圣母去歇息吧。”轩辕媓笑道：“为母喜欢安静，我先去歇息，待一会儿再过来瞧你和孩子。”轩辕媓与云笶和妡婵出去了，娇珠和伏羲谦神色悒悒，叹一声就在姝涵身旁坐了。女娲见望舒郁郁不乐，问道：“为何不见轩辕健来？”望舒低头不语，女娲看到她面色凄凄，珠泪簌簌坠下，心上一发疑惑，暗思道：“这是怎的？”又见姝涵和娇珠默然掩泪，伏羲谦亦出涕不语，立刻感到不妙，惶惶地盯着望舒。望舒半晌才抬头儿，泣道：“娘娘，圣主被笸殷项害下界去了。”姝涵和娇珠、伏羲谦又嘤嘤低泣起来，女娲一听，厉声问道：“什么？！这是几时的事儿？”望舒泣道：“早上的事儿。”女娲只觉得天旋地转，脚下一软就跌倒在地上，望舒和伏羲谦一看，急忙扑上去围成一团啼哭起来。等女娲醒来，望舒便将轩辕健被害的事情细说了一遍，姝涵和娋珠、伏羲谦、女娲泪流不断，众婢也抽泣不停。女娲泣道：“逆贼！好狠毒！”伏羲谦哭道：“我哥哥他怎么可以……叫我还如何认他……还是叫我死了吧……”女娲忙抱着伏羲谦安慰道：“我儿勿担心，轩辕健自有昊大佑祚。”伏羲谦挣开女娲，大怒道：“昊天！昊天何在？！”说完大哭起来，不停撕扯自己雾鬓，女娲又搂她到怀中，泣道：“我儿这样，只叫为母怎么活！”母女相拥，凄然泪莹。

第三十七章　龙帝登极

伏羲谦下凡菩提临难　铭昌游冥界龙帝登极

却说自轩辕健被害下界之后，轩辕姝涵、娇珠和婢子斓妁留在太阳宫，伏羲谦跟随女娲暂回蕊珠宫，却每天神情恍惚，独自到后园宝池边哭泣，精卫和婉镜、湘君、湘妃等要跟着她，却都被她喝退。女娲十分担心，就陪在她身旁。伏羲谦忽然低声道："母后，我夫君在何处？"女娲垂泪不语。伏羲谦泣道："母后，孩儿不孝，不能陪伴母后了。"女娲垂泪问道："我儿是何言也？"伏羲谦泣道："母后，我欲去界下寻夫君了。"女娲凝泪，长叹一声道："为母何曾不知你心，只是你如何下界去寻他来？你尚且不知，今非昔比，那界下的'飅''飚'二玄气已被贼君下令收回，只有金、木、水、火、土五种玄气，断不能使神仙存活，再者往界下去都要喝戒公汤，即使到界下也要经过投生才能到阳世，这且不说，即使到了阳世也全然不记得仙界之事，你又如何寻他？投生之后，有了肉体，相貌与仙界之时的模样儿截然不同，就算你们遇到了，彼此亦不相识，又如何寻找他来？"伏羲谦低声道："这些我都知道，孩儿就是寻遍凡尘世界也要找到他，死复何恨！即使元灵化为大气，孩儿也要与夫君同在。"女娲叹道："凡间险恶，你难道不怕？"伏羲谦泣道："凡间虽险恶，但与仙界比又如何？"女娲叹道："仙界若非那贼君，自然胜得过那凡间苦海，我儿何必执拗！"伏羲谦泣道："如今孩儿飘然一身，何惧之有？倘若寻找夫君无果，孩儿自会归一返来仙界，母后不必担忧。"女娲泣道："痴儿！倘若你在凡间有失，为母安能独活！"伏羲谦凄然道："倘若昊天有知，定会保佑我与夫君相遇。"女娲劝阻不了，泣道："好吧，只是那南天门戒备森严，你如何去了界下？"伏羲谦道："孩儿与娇珠姐姐一同去。"女娲摇着头儿，默默垂泪，怅然起身独自出后园去了。

且说须菩提和钟颀、涂山阂、戌闰升、武德、火德、天蓬来到囲山，坐在一偏僻处。见众神怪异地盯着自己，须菩提问道："诸君为何如此看我？"涂山阂正色道："听说少主将轩辕健……"话还没说完，就听须菩提怒喝道："休要再说！是我害的！就是我害了贤弟！"说完抱头痛哭起来，众神见状，低头叹息一声。须菩提泣道："当时家母危在旦夕，诸位亦然目睹，实逼处此，我能如何？试问诸君，若尔等亲人为贼所迫害，尔等又当如何？"钟颀叹道："此非少主之过也，乃是贼君所逼。"众神纷纷安慰须菩提。钟颀道："我听说伏羲昊要举兵来犯，笪殷项必会召见你去迎敌，不知你意下若何？"须菩提道："我恨不能让贼君死！岂能再为他效力！"武德大声道："好！只要少主不去，我等也不去！"钟颀道："此事容从长计议，望君三思。"须菩提斜睨他问道："你这是何意？"钟颀叹道："君若不从命，恐贼君又要加害！"须菩提怒道："他敢！如今我母亲和妹妹都在宫中，自有我保护，他若背信弃义，我拼死而已！"说完飞起一掌就朝囲山岩石击去，众神应声看去，见岩石只被击落下来几块碎片。武德惊道："少主无大法了？！"须菩提暗吃一惊，又抬手击出一掌，一道白光射出，却没有先前的威力了，须菩提叹息一声道："我害贤弟，故而至此！"钟颀叹道："若被贼君知道，大祸不远了。"众神又唉声叹气起来。

再说天西星王宫的伏羲昊听说女娲被笪殷项囚禁，问神农琊道："上次本王欲伐笪殷项，军师说时机未到，今笪殷项背信弃义，正是讨伐良机，军师以为如何？"神农琊道："大王，此时非良机，若行讨逆，战事不利于我。"震硉道："末将愿亲率大军伐之，一战直取天阙！"神农琊道："轩辕昊也有进兵之意，只等大王发兵，一旦我大军开拔，他便紧跟而上，岂不闻'螳螂捕蝉，黄雀在后'乎？只怕我军还未攻克天阙，轩辕昊就将我们围剿了！"伏羲昊道："他敢如此！难道我大军任其围剿不成！届时本王回军一战，直取他牧夫星王宫，再取他性命！"震硉笑道："昔日军师只怕天廷，今日却为何怕起轩辕昊了？"神农琊对震硉道："两军交战，将军岂能轻敌？我非怕轩辕昊，我是怕须菩提。若是须菩提出战，那轩辕昊必从我军后路偷袭，我军在前后夹击之下必然大败，万一被须菩提剿灭，悔之晚矣。"伏羲昊道："女娲被笪殷小儿囚禁，我儿岂能助贼作战！"神农琊叹道："战与不战，这次只怕由不得他了。"伏羲昊决然道："本王决意出征讨逆！军师随驾亲征，震硉率兵十万在东极星驻扎，以防轩辕昊袭我后方，本尊亲率二十万自宝瓶星而出，直取天极星！"神农琊无奈，只好领旨备战。

话说须菩提垂头丧气回到蕊珠宫，女娲故作镇定，问道："轩辕健在何处？"

须菩提一时心慌，竟不能言，半晌才低声道："孩儿不知。"女娲冲了过去，将他劈胸揸住，怒问道："你既不知，为何我健儿的靴子在你脚上？！"须菩提又忘记将靴子换下来，却露馅了，扑通一下跪在女娲面前，哭道："母后，孩儿该死，孩儿未能保护好贤弟，被笪殷顼打下界去了！"女娲泣道："为母听说，是你挥锤将我健儿钉死在镇灵玄架上的，可有此事？"须菩提连连磕头，大哭道："母后！孩儿岂能坐视母后被斩，贼君逼我太甚，动辄以母后性命胁迫，孩儿逼不得已！"女娲气极，眼前一黑，强忍着站起来，拔出剑来就要砍，吓得众婢慌忙进来扯住夺剑，女娲气得发抖，一把推开众婢，剑指须菩提，大怒道："让我先杀死你，然后我再去死！我活着还有何用，只会害了我的谦儿和健儿！让我死！你也死！我们一起死！"须菩提见女娲气成这样儿，心痛万分，一把夺过女娲手中的利剑就架在自己脖子上，哭道："孩儿以死谢罪！只求母亲息怒，保重身体，孩儿也不枉此生了！"女娲又夺过剑来，扇了他一耳光，怒斥道："为母也是战场上杀过来的，不要以此来吓我！你死在这里算什么？你为何不死在西天门？！"这时候众婢都跪了下来，叩头为须菩提求情。女娲正要怒斥众婢，只见碧霞和碧玉、尚翠跪上前去，扯住女娲衣襟，碧玉泪眼凝眺女娲道："就请母后饶过他吧！他若死了，叫我们怎么办！"这话一出，直入女娲心坎，心下一动，心中怒火就消去一大半，女娲垂头望着碧霞和碧玉、尚翠，见她们仪容娴婉，楚楚动人，又看一眼须菩提，只是闭目长叹一声，这手心一软，利剑就掉落地上了。须菩提明白碧霞和碧玉、尚翠的意思，心里感动万千，只是女娲在前，他也不敢表露，女娲见状，一转身往寝殿去了。

却说伏羲谦思念轩辕健，时时刻刻经受煎熬，便坐不住了，于是来太阳宫看望姝涵和娇珠，应龙、角龙、烛龙长啸三声，纷纷卧在地上，看上去很温顺。重阳、重耳、望舒、云羿、妡嬋出来迎接，见到伏羲谦，都行跪拜礼。伏羲谦叫他们起来，问道："姝涵和娇珠姐姐可在殿里？"还没等她们答话，就见姝涵抱着轩辕丁从后园角门里出来，伏羲谦忙跪在地上叩首，姝涵牵她的手儿，问道："妹妹，如何这等恭敬？"伏羲谦起身，微笑道："帝后、帝子在此，我等安能不拜！"姝涵问道："谁为帝后？谁是帝子？"伏羲谦见姝涵不高兴，低声道："在这太阳宫里，姐姐就是帝后，轩辕丁就是帝子。"姝涵勉强一笑道："这话儿我记着就是了，今天就拜托妹妹一件事儿。"伏羲谦问道："姐姐说什么拜托，只管吩咐就是了。"姝涵将轩辕丁放到伏羲谦怀里，长叹一声。伏羲谦急问道："姐姐这是何意？"姝涵泣道："你知我是帝后，我儿是帝子，那么如今吾帝又在哪里？我决意下界去寻他，帝子就随你留在太阳宫吧，只有这里才是最安全的。"望舒和重阳、重耳等大惊。伏羲谦连连摇头儿，泣道：“姐姐，我也要下界去寻找夫君了。”姝涵急问道：“下界之事可与母后商议过？”伏羲谦点头儿道：“母后都知道了。”姝涵忙道：“妹妹要三思，那界下……”伏羲谦打断她道：“那界下险恶。我都知道了，正因为那界下险恶，我才不放心夫君独自在凡间。”伏羲谦将轩辕丁递给姝涵，姝涵握着伏羲谦的手儿道：“我听说天廷收回了界下两种玄气，但到了那界下阳世，都要投生转世为人，然而一旦喝了戒公汤，就记不得任何事了，万一去寻无果，将是徒劳一场，请妹妹三思！”伏羲谦泣道：“这些个我都知道了，我是不怕的，夫君不在我一天也不能独活。”姝涵叹息一声道：“你先去界下，我和娇珠随后就到。”伏羲谦点点头儿。姝涵又道：“你既然决意要下界，事不宜迟，就让望舒送你去南天门。”望舒拉着伏羲谦的手儿，戚然道：“南天门戒备森严，就让我帮少主下界吧。”伏羲谦道：“贼君耳目众多，我岂能连累了你！”望舒叹道：“那南天门的门神原来也是太阳宫的侍仙，我们都认识的，我送妹妹前去，他必不疑我，到了那里，趁他们不备，妹妹跳下去便是了。”伏羲谦道：“请望舒姐姐与我前往！”说完拜别姝涵，与望舒直奔南天门。

南天门的芃、桃二神见望舒带着伏羲谦来了，长揖道：“本应跪拜帝妃娘娘，又怕众神见疑，故而一施小礼，请娘娘勿怪。”伏羲谦笑道：“我只是和姐姐来此看看这南天门景致，二神又何须多礼。”说着望舒就领伏羲谦来到门外的瑶台，佯装看景。芃神笑道：“千万小心，万一失足跌下，再回来就难了！”望舒笑问道：“为何？又未喝戒公汤，掉下去再上来就是了，还怕记不得家门？”桃神笑道：“此时天门通道已转到中三重世界了，即使下去元灵也会被转化了，记不得前世的事儿，就是为防止这个的，若无防备，谁都不喝戒公汤就直接下去了，那样还了得！”望舒笑道：“怎样儿的转化？你莫说谎话吓我。”桃神道：“你没听过玉帝诸女吗？他们私逃下界，就没喝戒公汤，到了中三重世界，再也下不去，直等到人间四百年之后才下界去了，而且是女身变成了男身，男身变成了女身，这可不是戏言，真正有的事呢！”望舒一惊，看了看伏羲谦，低声道：“这可如何是好？万一妹妹下去，变成了男身，即使遇着他，又如何在一起？”伏羲谦扑哧一笑，掩口道：“那倒是好了，遇着结拜个兄弟也是好的。”望舒佯装生气的样子，对芃、桃二神道：“我们女子说说话儿就回去了，你们只管在这里看什么！”芃、桃相视一笑，然后就退去了。望舒见机会来了，忙道：“妹妹可曾想好了？”伏羲谦道：“没有回头路了，我这就下去，姐姐千万珍重！”望舒急道：“妹妹且慢！但坠入凡尘，便要投入凡胎，身上的仙衣云裳可随你下界去，但仙界的珍宝万不可带下界去，请将你鼻翼上的珠子摘下来给我。”伏羲谦正要摘，却听到身后一声哭喊：“少主等等我！”望舒大惊，回头一看，原来是洛雅，便问伏羲谦道：“她怎么来了？”二门神见又来一个，急忙上前拦住。洛雅从袖中取出一只金钗，塞到门神手中，急道：“请二位门神通融。”二门神一瞧金钗，哈哈大笑，转而将那金钗又还给洛雅，怒道：“怎么凡尘的俗气跑来天界了，此处乃天尊辇毂之下，谁敢给你通融？快快离去！”洛雅忙道：“是女娲娘娘叫我来的，还望通融！”二门神听是蕊珠宫的人，摇摇头儿，就放她过去了。伏羲谦见洛雅到来，问道：“你怎么来这里了？”洛雅轻声道：“少主，娘娘知你要下界去，实放心不下，便让我陪你一起下去，将来凡尘里也好有个照应。”说着就见二门神走来，笑道：“几位姐姐莫玩了，赶快回去吧，一会儿天廷便来巡察，若被发现，小神也吃罪不起！”望舒忙道：“不急，我们这就好了。”洛雅怕被门神发觉，一发拦下，顿时心里一慌，就拽着伏羲谦噌地就跳下去了，望舒还没反应过来，就见伏羲谦和洛雅已坠下星云。芃、桃二门神听见声音不对，急忙来看，见只有望舒一个了，望舒见状，急忙道：“坏了！少主不小心掉下去了！”桃神大惊道：“啊？唉！大祸了！人祸了！少主误入凡尘，将于六道轮回，永无归期了！”芃神忙喊道：“还愣着干什么，快到亭子里将通道变一变，让她入凡间去！如果坠落三重世界，只有死了！”桃神进入门亭，将那七色旗子一挥，只见天门下七色云气腾起，开始旋转起来，就如一个巨大的旋涡。芃神叹道：“早知如此，就送她到界下去！”望舒怨道：“为何不早言？我以为你们只听那贼君的话呢！”芃神道：“就知道少主要去界下找龙帝！我们岂敢拦着她！”桃神叹道：“好在她们没喝那戒公汤！”芃神急问望舒道：“你可曾卸下她们身上的金玉珍宝等物？”望舒叹道：“鼻翼上的那颗珠子未来得及摘下，那洛雅一身珠翠，还未及取下，她们就跳下去了！这可都怪你们，总是来这里搅扰什么！”桃神道：“唉！如此，与喝戒公汤有何区别！她们带着仙界之物下界去，通道内便被玄气稀释，即使元灵投胎成人，仙界之事也全然不记得了！”说着三人长吁短叹一阵子。望舒心里着急，怕伏羲谦坠下之后有危险，就去蕊珠宫找女娲。

望舒来到蕊珠宫，将伏羲谦和洛雅跳下南天门的事儿告诉了女娲，女娲叹道：“我儿在此心苦，下界去寻找健儿了。”望舒叹道：“少主和洛雅下界时未将珠玉取下，若轮回转世，恐也记不起仙界之事，即使遇到龙帝，恐也难以相认。”女娲道：“我去西极灵界拜见燃灯佛祖，祈望佛祖能助我儿。”

话分两头。笪殷顼听闻伏羲昊举兵来犯，急召笪殷汤、笪殷郇、笪殷卓商议。笪殷顼急道：“此番伏羲昊来犯，谁能御敌？”笪殷汤道：“可令笪殷郇为主帅，尧禹皎、尧禹卢为副帅率军前往迎敌。”笪殷郇忙道：“臣愿出战，不过手下无将，如何能战？”笪殷汤道：“尧禹皎、尧禹卢可为将。”笪殷郇道：“两员大将如何迎敌？”笪殷汤便不说话了。笪殷项道：“那火德、武德、天蓬、佑圣等食我天廷俸禄，大敌当前，焉能休战？”笪殷汤道：“众将皆听从于女娲与须菩提，令他们前往，必消极怠战以作应付，还不如不去。”笪殷项怒道：“岂有此理！那就令须菩提出战！”笪殷汤道：“须菩提不做相邦了。”笪殷项惊道：“什么？他竟然蔑视天廷！”笪殷汤道：“如今女娲母女被赦免，再无能束缚他了。”笪殷项对笪殷卓道：“宣他进宫，本尊再封他为相邦。他若拒绝出战，当即拿下，再将他问斩示众。”笪殷卓道：“须菩提法力至高，谁能降他？”笪殷项道：“本尊有照石在手，先与他打斗一番，趁他疲软之时，尔等再拿下他即可。”笪殷卓领命，当即就去准备。笪殷郇问道：“即使将须菩提问斩，也不能退敌，反而使伏羲昊大怒，于战不利。”笪殷项笑道：“本尊以须菩提为质，逼其退兵，其安能不退？”笪殷郇道：“如此说来，臣不用备战了。”笪殷项道：“岂能忘战？退去伏羲昊，尚有轩辕昊，本尊料定轩辕昊必然来袭，你领大军直取轩辕昊，打他个措手不防！”安排妥当之后，笪殷郇去备战，笪殷汤去宣召须菩提。

且说须菩提正在和钟颀叙话，却见笪殷汤来宣召，须菩提拒绝道：“我已非天廷神臣，如今乃是散仙，天尊召我作甚？”笪殷汤道：“若不朝见，恐对你不利。”须菩提怒道：“你敢威胁我？”笪殷汤皱着眉头摇手道：“非我威胁，只怕天尊他不肯饶你。”钟颀忙起身道：“太尉先请回去，我等随后就到。”笪殷汤愤然离去。须菩提问钟颀道：“你这是何意？”钟颀急道：“君已无大法，不可如此强硬，贼君诡计多端，不可不防。”须菩提叹道：“我也有此担心。昨日得一梦，梦到一牛凶煞无比，后有两尾，惊醒后心中难安，不知是吉是凶。”钟颀思忖片刻，回道：“一牛二尾，乃是‘失’字，预示你将有所失，此乃不祥之兆。”须菩提道：“如是，那就去见见贼君，看他有何说辞！”说完就与钟颀进宫面圣。

须菩提和钟颀来到灵霄殿，见笪殷汤、笪殷郇、笪殷卓都在。殿中杀气凛凛，十分可畏，钟颀暗叫不妙。果然见笪殷项一脸怒色，问道：“须菩提！本尊并未允准，你为何擅自离职？！”须菩提答道：“我已无心为官，故而辞归。”笪殷项怒道：“蔑视朝阙，你该当何罪？！”须菩提道：“要杀要剐，凭天尊处置！”听他这么一说，笪殷项愣了一下，疑惑地看看笪殷汤、笪殷郇、笪殷卓三人，暗思道：“我本想他要抵抗，与我大战一番，不想他竟然从容就范，这不知是何意图？”笪殷项转身道：“哦？昔日，你说，若本尊失信定不饶的，今日为何却这般从容？”

须菩提道：“我有错在先，理应受罚。”笪殷项暗思道：“须菩提果然大义。不如借此机会将他问斩，以除后患。”想到这里，对须菩提道：“伏羲昊兴兵来犯，而你却在此时辞归，莫非有通敌之意？”须菩提冷笑道：“笪殷项多疑，我若有逆心，此时早就随父提兵来犯了，安能在此束手被缚？”笪殷项怒道：“须菩提造逆，将他推向斩仙台！”笪殷卓随即领刀斧手冲上去，将须菩提绑了起来，须菩提哈哈大笑，从容就缚。见须菩提未有丝毫反抗束手就擒，笪殷项心中着实疑惑。钟颀本来想劝阻，见须菩提如此镇定，以为是他计谋，只好沉默。待押走须菩提之后，笪殷项问笪殷汤道：“须菩提并未抵抗，他是何意图？”笪殷汤道：“须菩提因害轩辕健，故而万念俱灰，只求一死。”笪殷项叹息道：“恶行不义，虽不杀人，但可诛心！哀莫大于心死，须菩提已然死了。”笪殷项又对笪殷郇道：“你速令兵将前往伏羲昊那里，告知他须菩提就在斩仙台，他若不退兵，就立斩不赦！”

且说伏羲昊率大军刚到宝瓶星海神府天门前，就听神农琊道：“笪殷项派人前来了。”伏羲昊问道：“来使有何说辞？”神农琊叹道：“须菩提被推向斩仙台，大王若不退兵，须菩提将死。”伏羲昊大惊，怒道：“卑鄙！笪殷项小儿卑鄙！将来者斩首，大军直取天阙，救我儿出来！”神农琊道：“大王，此时若斩来使，未等大王到达西天门，恐怕少主已被贼君问斩了。”伏羲昊叹息道：“唉！这该如何是好？”神农琊道：“全军速速撤退，以为后图！”伏羲昊听从神农琊的话，立即撤军退往天西星。

轩辕昊本来想伺机而动，忽然听说伏羲昊退兵，也就打消了进兵的念头。

却说须菩提本想自己大法已失，故而束手就缚，以让笪殷项无计可施，也许会放他一马，不料笪殷项却借机杀戮。看到刑场森威，须菩提知道自己将死，见笪殷项来观斩，不禁心头火起，挣扎起来，破口大骂道：“逆贼！你若得善终，天道就不能信了！”笪殷项大惊，急忙摸身上的照石，这一摸脸色大变，惶恐不安起来，因为照石早就不知去向了。笪殷汤见笪殷项脸色不对，上前急问道：“圣体安否？”笪殷项惊惧不语，汗出浃背，精神恍然。笪殷汤又问：“天尊可好？”笪殷项低声道：“本尊照石不见了，这是何故？”笪殷汤大吃一惊，忽然想起，低声急道：“天尊，那日惩治轩辕健，臣见天尊身上出奇光，继而落入轩辕健身上，可是那照石被他收了去？”笪殷项胆战心惊，低声回道：“昔日曾听轩辕健说过，此照石乃是他的灵骨，莫非真有龙帝一事？”笪殷汤道：“天尊勿忧，应当镇定，若被须菩提察觉，我等大祸将至。”须菩提见笪殷项脸色难看，就知道他要以照石之力杀他了，就垂泪仰天叹道：“贤弟！为兄愧对昊天！愧对贤弟！贤弟若为龙帝，定能救我！”

话音刚落，就听上空炸雷般一声巨响，忽然下起血雨。须菩提见状，大笑道："逆贼！我一死而已，今虽不能杀你，但昊天必会杀你！"笪殷项大惊，急忙躲避，又对笪殷汤喊道："怎么又是血雨！昊天降下此灾，以警示本尊，若将须菩提杀之，本尊焉能长久？"笪殷汤即令赦放，须菩提死里逃生，急忙与钟颀逃离斩仙台。笪殷项狼狈不堪，返回玉京宫，召来笪殷郇、笪殷卓，大怒道："昔日本尊欲惩治戌闰升，天降血雨，此番欲杀须菩提，天又降血雨！这是何道理？"笪殷郇拱道："由此可见，戌闰升那贼与须菩提、轩辕健皆为同党，如若不除，将来必为后患！"笪殷项怒道："然也！有了戌闰升，不怕须菩提那厮能逃脱我的手掌，戌闰升在何处？速去抓捕！"笪殷卓领命，急带兵去了。

话分两头。轩辕健轮回到人间，俗姓叶，名铭昌。幼年时平平，直到十二岁，肉眼便能看到神仙。一天在家门外游玩，忽然看到一个老者前来，手里拄着一根枯藤杖，遍身癞疮，一连三天都在村里闲荡，村人都掩鼻避之若浼，只有铭昌见他颇有仙姿，就去家里取出食物赠给老者。铭昌问道："前辈自哪里来？"老者不说话，直到饱餐之后，才笑道："我乃道士，来此化缘。以小兄一餐之供养，必能得万千福报。你且前来，我赐你福报。"铭昌见他疯言疯语，又闻到他浑身散发着臭气，不想近前。老者凝视问道："小兄为何不前来？"铭昌想了想，就来到他跟前，老者在他脑门上摸了一把，笑道："我已赐小兄福德。"铭昌低头笑笑，也不在意，再看去时，老者已经不在了，铭昌大惊，果然以为真遇到神仙。

当晚，铭昌正要下榻，忽然看到老者进入房中，就惊问道："不见门来，你怎么进来的？"老者道："我是神仙，视物如无物。"铭昌请老者坐下，笑道："前辈若是神仙，可有仙术？"老者道："区区小事。"铭昌试问道："我想吃江南柑橘，不知神仙可能取来？"老者道："请小兄置一盒于榻前。"铭昌就取来一个盒子，放在榻前。过了一会儿，果然见有微风入帘，老者笑道："请小兄打开盒子。"铭昌打开盒子，见柑橘满载其中，尚有绿叶滴露，惊问道："这是从何而来的？！"老者笑道："这是江南枝江县的柑橘。"铭昌啧啧称奇，正要说话，却见母亲金氏女推门，道："我儿与谁说话？"铭昌一看老者，早不见踪影，只好道："母亲无事，请回房休息吧。"金氏女刚走，铭昌就取出柑橘来吃，味道果然可口。吃了一只就躺在榻上睡着了。恍惚间又来到一个陌生的地方，见四周都是灰蒙蒙的一片，辨不清方向。正要往前走，又忽然看到几个魅影若即若离，铭昌大惊，惶惶奔逃，结果脚下一绊，就坠入一个山谷中，又翻起身，见周围荧荧有光，定睛细看，见来者戴着三尺高帽，马面人身，铭昌吓得坐在地上，不敢抬头，问道："你是谁？不要伤我。”黑无常道：“我乃幽冥界黑无常，你阳寿未尽，为何到此？”铭昌大惊道：“方才迷坠此处，不知此处何所在？”黑无常道：“此处正是幽冥界。”铭昌惊道：“我并未死，为何来到阴间？”黑无常道：“既然已来阴司，请随我去判府受审。”正要锁拿，忽然看到一个老者前来，怒斥黑无常道：“放肆！”黑无常低头退去，铭昌一看是白天遇到的那个老神仙，大喜道：“前辈怎么也到了这幽冥界？”老者捋着胡子笑道：“我家在此。”铭昌疑道：“你是魇魅？”老者笑道：“非魇魅，我是冥界之神。”铭昌惊道：“莫非我已死？”老者笑道：“未死。乃是我请小兄前来这幽冥界一游。”说完就领着铭昌走出谷外，一路往前，所到之处，都见奔马嘶鸣，剑戟锵锵，魅卒纷纷伏地跪拜。铭昌心中疑惑，问道：“魇魅为何拜你？”老者道：“非拜我，而拜小兄。”铭昌惊道：“为何拜我？”老者笑道：“你看我是谁？”铭昌见老者摇身一变，但见：

镂金冠霞裳霓彩，腰束带绡是官常。九尺堂堂显气概，珍瑰玉袍见淑祥。鞘室一把剑似钺，镇阴压毒；唅息一缕紫气过，珠邪戮魍。金铜烁烁闪精芒，笏板莹莹泛晶光。异日本在阎罗堂，今朝俯首侍帝王。

铭昌惊道：“好生眼熟！”陆正拱手拜道：“圣驾可认得臣？”铭昌摇摇头儿。陆正道：“圣驾请看此处，臣曾送圣驾经此而出的阳关。”铭昌看去，果然前面有一帘波光粼粼水幕，似曾相识，又过了一会儿，恍然记起了前世的事，惊叫道：“我是轩辕健，而你是判官陆正？”陆正跪地拜倒：“臣叩见龙帝！”铭昌道：“我在阳世，怎么能到这里？”陆正道：“圣驾灵体可往来三界，莫说来这幽冥界，就是去那天界，也是易如反掌。”铭昌正要说话，忽然听到前边传来战马奔腾的声音，陆正急忙俯身道：“圣驾速伏于臣背上，此处不可久留！”铭昌伏其背上，陆正背着他一路急奔。铭昌问道：“为何急逃？”陆正道：“圣驾不见兵至？”铭昌急道：“幽冥界何人要害我们？”陆正喘道：“乃是天廷之兵。”铭昌道：“天兵为何至此？”陆正道：“冥王奉笪殷顼之命，搜拿圣驾。”铭昌疑道：“你非冥王，那冥王是谁？”陆正道：“笪殷曹。”铭昌暗思道：“阳世人都说阴曹地府，果然是有名有氏。”这时已来到幽冥宫，铭昌见宫门之上赫然有“幽冥宫”三字。陆正放下铭昌，引他进入一殿，铭昌暗自称奇，但见：

袅袅紫烟绕帷帏，森森寒气扑人面。沉沉碧壁也深幽，巍巍殿阙更闳严。

门前一队数阴兵，殿内一排文武官。梁梠浮雕黑龙翰，亶翔翩翩似真元。
楼阁台榭通玄霄，堂前玉阶有玉辇。九鼎龙篆香弥漫，墙外更有管乐喧。
座上冥王真骧首，绶带流绚映魋颜。摄统阴司居窎台，镇守冥界不知年。

铭昌见殿前有一方御台，楹间还有紫色板雕，上书一联："凡老、凡少、凡幼，遗世越俗得冥化；天神、地神、人神，入此皆是鬼门生。"铭昌道："此处是何所在？"陆正答道："此处乃是冥王府，请圣驾随我离去，不可久留此处！"说着就领铭昌离开大殿，一路向前走去，看到很多人蓬头垢面，面如敷粉，都急忙闪避，不敢正视。又进入一个大堂，见堂中阴气森凛，铭昌问道："这又是何所在？"陆正答道："此乃冥府刑司。"说完就见几个冥吏持刀挟着两人前来，然后挥刀割其骨肉，白骨赫然露外，二人号哭不止。铭昌见状，犹如利刃剜心，问陆正道："为何施此酷刑？"陆正回道："凡间恶人，岂能不严惩？"铭昌道："凡人有恶行，自有阳间官府拿办，他既然已亡，为何又要来阴间受刑？"陆正道："不然，他们在阳间罪恶满盈，到了幽冥界虽无恶行，但有因果循环，故有此罚。"铭昌想起自己在西天门所受的酷刑，心痛无比，又见冥界也这么凶恶，就告辞道："残暴如此，成何世界！请你送我出阳关！"陆正见铭昌有忿然之色，跪地惊道："圣驾息怒。奉天廷之命，此乃幽冥之责。"说完，急令冥吏停止行刑。铭昌怒道："笪殷顼弑玉帝而窃据尊位，恶行三界，尔等却从其暴政，暴行于冥界，此我所不齿！"陆正言不敢出，只见地藏王菩萨、崔命、孟婆、孔丘、张道陵也急忙赶来，垂手站立在一侧。陆正忙对众冥仙道："龙帝在此，还不跪拜！"地藏王菩萨、崔命、孟婆、孔丘、张道陵慌忙跪地叩拜。这时候，神荼和郁垒二神忽然进入，急道："冥王领兵至此！"众冥仙大惊，慌忙起身，护在铭昌身前。冥王笪殷曹闯入，看到铭昌，问道："来者可是龙帝？"陆正不敢应答。铭昌拨开众冥仙，上前道："轩辕健在此。"笪殷曹一挥手，怒道："拿下！"铭昌见冥吏扑来，忙出掌击出，只见几道金光袭去，冥吏顿时尸骨全无了。铭昌大怒道："你焉能为冥王？！"说着又击出一掌，笪殷曹立时倒地身亡，惊得众冥仙惶惶不安，战栗起来。陆正低声对铭昌道："请圣驾入幽冥宫登极，来日率冥兵收取天廷。"铭昌大喜道："好！宣召众冥神前来，我要登极称帝！"众冥仙一听，面面相觑，急忙伏地而拜道："臣等叩见圣上，圣上亘古无极！"接着簇拥铭昌来到幽冥宫大殿，铭昌登上宝座，众冥仙三叩九拜，铭昌起身道："众卿平身！朕承昊天之运登此大宝，君临三界，卿等当竭力辅佐。即刻诏告三界，改元为轩辕元年，宣诏三界众神来投。"众冥仙又拜。铭昌又道：

“封陆正为冥王，崔命为判官，其余诸仙神位不变，各司所职。”众冥仙遵旨谢恩。

在冥界天廷帝宫休息时，铭昌问陆正道：“阴司众官从何而来？”陆正道：“除神臣之外，其余皆来自凡间，冥界量才任用之。”铭昌问道：“我只知孔丘在冥界任堪舆簿吏，不知还有谁在阴司效力？”陆正道：“圣上可知东方朔？”铭昌惊道：“在阳间有所耳闻。他也在冥府？”陆正回道：“原为冥王府佐幕，专司卜算之事。”铭昌问道：“其才卓越，何不去仙界司职？”陆正回道：“天廷胜过其才者比比皆是，他不过一凡人，如何能入得天阙？”铭昌正色道：“可召他来冥界天廷任职。”陆正遵命。铭昌又问：“朕闻周公旦大才，何不用之？”陆正道：“周公旦罪业深重，打入地狱，至今未出。”铭昌惊道：“此人极善，何罪之有？”陆正道：“此人泄露天机甚多，逆天而行，故在玉帝时就被打入地狱。”铭昌怒道：“玉帝昏谬，周公旦为人极善，功德至上，为何反治其罪？朕初登极，令大赦天下。”陆正遵旨，即令大赦地狱众生。铭昌又问道：“冥府还有何人为官？”陆正道：“王勃新入，尚未任用。”铭昌问道：“王勃年少，何以早亡？”陆正笑道：“奇才者，冥界必收。笪殷曹爱其才，故而将其魂魄索来。”铭昌不悦，怒道：“岂有此理，这与强盗何异？”陆正道：“随才器使，此亦常事。”铭昌怒道：“那也不能暴取豪夺，草菅人命，此非王者之道！”陆正笑而不语。铭昌又问道：“冥界虽大，也不过阳间龙域国之地，那龙域国之外尚有诸国，是否同属冥界？”陆正道：“正是，冥界设有异域司，主司四方冥界之事，有北方冥王、东方冥王、西方冥王、南方冥王。”铭昌若有所思，一会儿就感到困倦了，对陆正道：“朕欲休息，你且退下。”恍惚中又到了来时的那个山谷，快攀到谷腰时，就见很多天兵奔杀而来，大喝道：“轩辕健哪里逃！速拿命来！”铭昌大惊失色，不慎失足坠下，铭昌大叫一声：“谁来救命！”这一喊就惊醒了，看到母亲金氏女在一旁，而自己还卧在家中榻上，于是摸摸头上的汗水，才知道是一夜长梦。金氏女问道：“我儿可是梦魇？”铭昌道：“我梦中杀了冥王，登极而成帝王！”金氏女大惊，道：“我儿休得妄言！”铭昌起身，见榻前盒子还在，打开一看，柑橘也在，就取出给母亲道：“此乃江南柑橘，请母亲品尝。”母亲见一盒子新鲜柑橘，惊问道：“哪里来的？”铭昌笑道：“冥界送来的。”金氏女一听，两眼一黑就昏厥于地了。

第三十八章　入主天阙

戌闰升南天门救鹿慧　轩辕健幽冥界伐天廷

却说轩辕健被笪殷项迫害下界以后，涂山阕暗中将戌闰桀邀至府上，当下两个，坐在密室，促膝细谈。戌闰桀问道："将军邀我前来，定有要事，为何迟迟不说？"涂山阕笑道："我只为奉候台兄而已，不过亦有一事相恳。"戌闰桀道："不妨明说，何须见外？"涂山阕叹道："今看三界局势，颇为不妙，我既不肯为笪殷项逆贼效力，也须早做准备，安置亲眷。"戌闰桀惊道："将军何出此言？三界有甚不妙？"涂山阕叹道："笪殷项倒行逆施，将龙帝轩辕健迫害下界，而轩辕昊和伏羲昊虎视眈眈，觊觎天廷，我岂肯为此贼效命，一旦辞去，恐被此贼所害。"戌闰桀问道："将军有何事相托？"涂山阕道："我非怕死，唯恐我女儿涂山婞将来无人照顾，既我与你曾有儿女婚约，今日可否为他们办了喜宴，我虽死也无憾了。"戌闰桀忙道："此事理应如此，将军何必相求！本王这就令人叫戌闰升前来迎娶。"涂山阕起身深深一揖。

且说戌闰升自在府上郁郁不安，又见戌闰罡前来，将其父戌闰桀欲令戌闰升迎娶涂山阕之女涂山婞的事儿说了。戌闰升闻知消息，叹道："吾帝坠湮，我欲要下界去寻，此时哪里有这个心思！"戌闰罡惊道："兄长如何能下界？若此，岂不是伤了父母心！"戌闰升摇首道："父命难违，我便去迎娶就是了，忠孝岂能两全，我先为父敬孝，而后再去效忠。"准备已毕，亲往涂山阕府上接了涂山婞还家。涂山阕与戌闰桀两家声势赫奕，两方联姻，众星海人神家族无不称羡。亲迎时，涂山氏与戌闰氏族人来贺喜，未到的亦俱差人驰送贺礼，玉帛织锦，盈庭充室。一时亲宾满座，笙管沸天，涂山婞盈盈出来，翠绕珠围，金装玉裹，挽着戌闰升的手儿，两厢交拜已毕，正欲迎入洞房，却听外面一片喧闹，戌闰靖忽然来报道："笪殷卓派兵将府邸包围了！”涂山阕和戌闰犴俱是一惊，忙出外去看，只见笪殷卓带着四个天兵已来到正厅，宣读诏旨道：“奉旨，拿钦犯戌闰犴！”戌闰犴怒问道：“戌闰犴何罪之有？天尊为何要拿我？”笪殷卓高声道：“戌闰犴与须菩提、轩辕健交往甚密，乃是同党，天尊着我拿你归案！”涂山阕怒道：“将军明知我女出阁，却引兵前来捣乱，莫非逼我杀伐么？”戌闰犴忙拱道：“请将军先回，待我完婚之后，自去领罪！”笪殷卓思忖片刻，笑道：“好！我素知戌闰犴将军言而有信，只等你前来自首！”笪殷卓知涂山阕与戌闰犴已联姻，两人皆为猛将，不好对付，只好退兵去了。

当下戌闰犴与涂山婞同赴花烛，欲饮合卺酒之际，涂山婞莺莺道：“妾自与君订婚之后，只等再过二年完婚，不料父亲道逆贼作乱，三界不宁，恐致不测，妾流离患难，故今日令妾与君团圆，妾非不愿，只是不知君在天阙数年，心中尚有妾否？”戌闰犴道：“卿何出此言？你我早有婚约，我岂能忘情？”涂山婞道：“不知婚约之日，妾赠君金簪何在？”戌闰犴闻言，从锦衣内取出金簪，递给她道：“此为卿所赠，我岂能轻易丢失？”涂山婞欣然笑道：“君不负妾，妾亦不负君。”戌闰犴见她笑逐颜开，叹道：“我明日欲下界去寻龙帝，不能与卿长相厮守，只怕苦了卿。”涂山婞蹙眉，泫然泣道：“妾今宵得成伉俪，不想明日要家破人离，不知夫妻相逢，尚有日否？”戌闰犴道：“明日之行，实为笪殷逆贼所陷，吾帝坠灭，我只恨绵力，不得扑杀此贼，唯愿下界寻来，与吾帝轮回一世，若能平安归一，则我心愿足矣。”说着又叹息一番，之后就在闺房中安宿，鸳衾绣帐下，鸳鸯衾里，温存旖旎，欢爱弥笃，自不必细说。第二日，戌闰犴早起去玉京宫自首，想借机激怒笪殷顼，以便让其将他打下西天门。出门之际，回头频望红绡里的涂山婞，意迷魂断，不觉潸然泣下，涂山婞突然惊醒，见戌闰犴离去，玉怨花愁，泪沾衣襟不题。

女娲因为伏羲谦下界而郁郁不乐，心里又放心不下，于是去西极灵界拜望燃灯佛。燃灯佛宽慰道：“请娘娘放心，少主下界转世凡间，如今已是妙龄少女了。”女娲疑道：“果真如此？本宫只觉过了十几日而已。”燃灯佛笑道：“娘娘忘记了，这天上一日，凡间一年。”女娲苦笑道：“我被这些烦心事都扰乱了，这么说来，我也可放心了。但不知小女现在凡间如何？”燃灯佛笑道：“一切安好。少主就在凡间轮回之神的府上。”女娲道：“哦？但不知是何神仙在界下轮回？”燃灯佛道：“昔日，赍宣神笪燕霎和守莲童触犯戒律，被我灵界打下凡尘，意在凡间了断尘缘。在冥界陆正的安置下，他们在人间结为连理，笪燕霎俗名为英勼，守莲童俗名为熙莲，少主下界后就投往他们家了。”女娲道：“这下我可放心了。但是小女下界寻找小婿，不知可否遇到？”燃灯佛道：“本座自会安排，请娘娘安心吧。”女娲拜谢过燃灯佛，回到蕊珠宫，心里总算释然，一时又想起姝涵与娇珠，便让精卫和婉镜、鹿慧去太阳宫探望，不料路过囲山时，被正在搜寻须善提的笪殷卓发现，前来追拿，精卫和婉镜早吓得魂儿破了，鹿慧忙道：“我们一起定是走不脱了，你二人速去太阳宫，我在这里拖住他们。”精卫和婉镜闻言，便拼命跑走了。鹿慧却被笪殷卓掳去玉京宫了，笪殷顼见了鹿慧，体骨皆酥，魂荡情摇，心下大喜，笑道：“没抓住须菩提，却抓了一个姝媛，本尊喜爱，不觉神醉矣。”说完又问鹿慧道：“美人，本尊问你，叫个什么？芳龄几何？”鹿慧早闻笪殷顼残暴，此时已惊得魂魄俱丧，唯低头流泪，不发一语。天尊嘻嘻笑道：“美人莫怕，本尊意欲纳你为妃，同享富贵，你可愿意？”鹿慧闻言，羞愤不已，厉声道：“啐！逆贼休想！只求一死！”笪殷顼大怒，令宫婢将她推入寝殿，正欲施暴，却见仪妃来了，立眉问道：“闻得你爪牙擒来蕊珠宫一个美女，妾可否一睹其芳容？”笪殷顼无奈，自仪妃生了儿子后，笪殷顼对她言听计从，这时见仪妃生气，只得让仪妃进殿去看，见鹿慧被反手绑着，嘴里塞着白绫，仪妃把鹿慧细细地上下打量一番，对笪殷顼道：“此女虽美，你若留之恐有不利。”笪殷顼问道：“为何？爱妃若不来，本尊正欲幸她，有何不利？”仪妃正色道：“妾得一梦，梦到一龙降临，对妾道：‘天尊明日擒来一女子，欲行不轨，若得手，你便遭飞来横祸，你须去阻拦，方能活命’，不料你今日确实捉来一女，岂不是与妾梦境相合？此女断不可收纳，你快将她放了。”笪殷顼笑道：“梦中之事岂能轻信？”见仪妃杏眼含怒，也是无奈，只好令宫婢将鹿慧推推搡搡，架到别室，将门户俱关锁了。鹿慧被幽禁，时时痛哭，想自己身罹贼窝，虽说侥幸被仪妃所救，免于被污，又怕笪殷顼再来加害，就想寻死，落个干净，于是解下腰边绣带，正要悬梁，忽然觉得眼前一黑，便昏昏睡去了，蒙眬之中见轩辕健来了，鹿慧又惊又喜，心上愈加惊异，问道：“圣主不是被逆贼害下界去了么？怎么在这里，我可是在梦中？”轩辕健道：“我肉体沉睡，我回来天界看望姝涵，路过此地，见你被逆贼捉来，故来救你。”鹿慧问道：“今在贼府，圣主如何救得，快快离去，万一被贼发现，又要来害你，可教我怎么办！”轩辕健忙道：“莫怕，我来传你小乘道法，从此便无人能伤你，你可得自救。”说着就扶她起来，乘她不备，忽然就朝她背上击了一掌，她顿觉得一阵灼烧感，骤然获得一身力量，鹿慧问道：“这就传给我了？”见不答话，再看轩辕健，倏忽间已不见了。鹿慧心上一惊，突然醒来，犹觉后背隐隐作痛，暗暗想道：“这是真的？怎的就背上发热，好似真的被他打了一掌。”鹿慧惊疑不定，学着轩辕健击掌的样儿，朝着殿门就一掌击出，只见一道蓝光射向门板，轰隆一声就见墙上开了一个大洞，好不吓人，外边守着的宫婢吓得尖叫，纷纷逃窜去了，鹿慧暗喜道："圣主真来救我了！不想我鹿慧还有出头之日！"说着便走出墙洞，朝外逃去。笪殷顼闻报，急忙领兵役来追，鹿慧慌得只是闭着眼出掌，几百个天兵眨眼间就被蓝光各个消灭，鹿慧朝宫门外跑去。笪殷顼见状，怒道："咦，真是怪事了！这蕊珠宫怎么尽是些个厉害角色？"说着又令笪殷卓派兵急去追拿。

鹿慧跑出玄天门，却被几千天兵围住，急得鹿慧只管闭着眼睛出掌，乱打一气，却被笪殷卓看出破绽，吩咐手下道："小婢子只会一掌，传令下去，前后围攻，将她拿住！"眼看就要被捉，忽然被前来的戌闰升看见了，见鹿慧被天兵围住，欲要捉拿，便冲了过去挡在前面，大怒道："大胆，你们岂敢抢劫人女？！"笪殷卓见是戌闰升来救美，急令列成阵势，怎奈戌闰升脾性暴怒，十分骁勇，大喝一声，吓得贼兵退后十多步。笪殷卓骂道："戌闰升，你昨日大婚，我奉诏去拿你，你说今日前来自首，却为何要阻拦我拿人？"戌闰升怒道："我就是来自首的！但却看不惯你这恶贼公然行凶！"说着便拔剑，砍杀起来，一口气杀了几百贼兵，气力渐渐少怠，不敢再战，便拉着鹿慧道："我们快跑，若落入贼手，必死无疑！"话犹未了，就见笪殷卓下令贼兵一起杀来。鹿慧见状，已是毫无办法，只得靠近戌闰升，急问道："往哪里跑？"戌闰升一边杀贼一边撤退，急道："南天门！"刚说完，就被笪殷卓暗地里射了一箭，正中耳垂。戌闰升痛得大叫一声，拉着鹿慧就逃，到了南天门，笪殷卓便挥手令天兵站定，哈哈大笑道："戌闰将军！莫非要跳下去么？你敢跳下去，此事就了结了！"鹿慧大怒，抬手就朝天兵击出一掌，一道蓝光射去，几百个天兵被击得粉碎，笪殷卓大惊，倒退几步，怒道："小婢子！这番捉住你，必将你碎尸万段！"戌闰升见鹿慧出手不凡，瞪眼惊问道："嘿！你到底是何人？"鹿慧一笑，嗔道："将军真好记性，前几日才从蕊珠宫吃了我的茶，现在就忘了！"戌闰升问道："你便是鹿慧？"鹿慧道："正是。"戌闰升急问道："你怎么会大法？"鹿慧笑道："我乃是龙帝护法，岂能没有手段？"戌闰升纳闷，就见笪殷卓又令天兵步步逼近，戌闰升忙问道："跳不跳？"鹿慧奇怪，问道："嗯？跳什么？"戌闰升急道："跳下去，不跳就被他们捉住了！"鹿慧瞥了他一眼，问道："我为何要跟你跳下去？"戌闰升急道："也罢，你有大法，与他们斗去，我自跳下去见我龙帝了！"鹿慧见天兵越来越多，自知难逃一死，急得也是没办法，急忙问道："跳下去便是凡间，去了那里我们怎么办？"戌闰升急道："岂能直往凡间，先去冥界，能活命再说！"鹿慧忙道："不行！你若不答我，我就死在这里，断不能与你跳下去的！”戌闰升问道：“好啰唆，你叫我答什么？”鹿慧挽一挽头发，斜盼着他一笑，问道：“到了冥界便要投生了，人生地不熟的，如何相处？”戌闰升瞅了她一眼，摇头笑道：“听你这话，好像我在下面有熟人似的！”鹿慧抿嘴一笑，问道：“龙帝不是熟人否？”戌闰升急道：“罢罢罢！我若能与你有缘相遇，绝不负你！”话刚说完，就见几支箭矢飞了过来，戌闰升耳朵生疼，又见箭矢飞来，大叫一声不好，抱起鹿慧退到南天门前，翻身便一跃而下了。

话说铭昌在西域渐大，二十二岁时，听陆正说洛阳九天观有仙人颇有玄术，就前往拜师。这仙人正是昔日被笪殷顼打下界的笪燕宝，由于他下界时门神未给他喝戒公汤，故而知道三界之事。经过长安时，见一番锦绣山河，心里甚是喜悦，来到洛阳，更见热闹非凡，有唱戏的，也有杂耍的，舞龙舞狮的，铭昌叹道：“人间有此繁华世界，胜过冥界千万倍。”打听到九天观，就去拜访。那天笪燕宝刚刚送走前来拜访的八仙，回头进门时，却见天色突变，抬头见太阳出现了重叠的光晕，于是就对身边的弟子道：“日显重环，乃是吉兆。”弟子问道：“不知是何祥瑞？”笪燕宝听到外边锣鼓喧天，就问道：“今天是什么日子？”弟子回道：“二月十六春社。”笪燕宝道：“既然是社日，你去告知香客们，当祭祀土地神。”弟子正要去，笪燕宝又叫住，吩咐道：“街邻那个聋子家里，你也去照看，社日饮酒，可治耳聋。”弟子记下急去办理。

笪燕宝刚进殿内，就见有弟子领来一个前来拜师的少年，正是铭昌。笪燕宝问道：“你自何处来？”铭昌答道：“我自西域来。”笪燕宝见他气质不凡，眉宇间还有紫气，就觉得他与众不同，就道：“远道而来，可见诚心，为师就收你为弟子吧。”晚上，笪燕宝想起铭昌，辗转难眠，直到深夜才睡去，恍惚间看到殿内出现光芒，仔细一看，原来是燃灯佛乘坐莲花台前来，笪燕宝急忙下拜。燃灯佛祖道：“祭司大臣在凡间轮回，可知道那仙界之事？”笪燕宝道：“在下久不问三界之事了。”燃灯佛道：“可知道轩辕健？”笪燕宝道：“有所耳闻，乃是女娲娘娘之女婿，听说是盘古的转世。”燃灯佛道：“他被笪殷顼迫害下界，你可知道？”笪燕宝惊道：“这是何时的事情？轩辕健现在何处？”燃灯佛道：“今天来拜你为师的就是轩辕健。”笪燕宝惊道：“怪不得我看他非同一般，果然是他！”燃灯佛道：“轩辕健已在冥界登极为帝了。”笪燕宝更是一惊，若有所思。燃灯佛道：“女娲之女伏羲谦也在界下轮回，女娲娘娘托本座前来相求，让你帮助他们在人间相遇，结为连理。”笪燕宝问道：“少主因何被打下界？”燃灯佛道：“少主私逃下界，是为寻找轩辕健。她俗名叫紫霞，就在长安麓苑私塾读书，那私塾清远先生乃是你的至交，你去见见少主，点化了她，若能记得仙界之事一二，此事便可成功。”笪燕宝道：“请佛祖放心，在下一定竭力。”这时，笪燕宝就醒了，翻起身来，才知道是个梦。想起梦中之事，知道是燃灯佛真的来过，与他的灵体见面了。笪燕宝睡不着了，出殿去透气，见厢房灯还未灭，就知道铭昌在读书，于是他就进去问话。脚刚踏进去，就见铭昌将灯熄灭，并道：“羞与魔魅争光！”笪燕宝一惊，以为是骂他，就道：“为师来看你，你为何熄灯？”铭昌笑道：“方才我在看书，来了一魔魅近前窥探，故而灭灯。”笪燕宝道：“你可是在说我？”铭昌急道：“弟子岂敢不敬恩师！确实看到魔魅前来。”笪燕宝惊奇，问道：“你肉眼可见魔魅？”铭昌笑道：“常见不怪。”笪燕宝越发喜欢铭昌了，铭昌在那里学习了一年，他将平生所学相面术、星象术、禳星术悉数传给铭昌，就在这一年，笪燕宝去过几次长安麓苑私塾，见到伏羲谦投生的紫霞，并给她讲起仙界的事儿，告诉她轩辕健就在人间轮回，不久便会来长安与她见面。

天廷轩辕元年。

铭昌学成，辞别笪燕宝要去长安。笪燕宝就将他领到密室，叹道：“我知道你是龙帝轩辕健转世。”铭昌大惊，问道：“恩师何以知道？”笪燕宝道：“为师自知。只是我无能照顾好你，让你在这凡间受苦受难，为师心中愧疚不安。”铭昌道：“弟子听说，负重涉远不择地而休，累重家贫不择禄而仕。我既然肩负三界大任，所以在人间一切都由昊天注定，又何必在乎这一世呢？”笪燕宝问道：“思伏羲谦否？”一句话问道铭昌的伤心处，垂泪道：“思念。”笪燕宝道：“你此去长安，找麓苑私塾，伏羲谦就在那里读书，她俗名叫作紫霞，为师已与她见过几次。你们若在人间相遇，当结为连理。”铭昌一一记下，拜谢告辞，直接往长安去了。

铭昌来到麓苑私塾，在那里逗留三天，果然在第四天的时候见到了紫霞。当时紫霞正在一边走一边看书，路过长亭时，铭昌见她弱态生娇，风流秀曼，就认定她不同一般，忽又看到她鼻翼上有一颗紫痣，更是断定她就是伏羲谦的转世。于是上前去，问道：“你可是紫霞？”紫霞一惊，手中的书卷也掉在了地上，抬头一看是个少年，就问道：“公子何以知道我小名？”铭昌捡起地上的书，见扉页上题有一首诗道：“寻郎急从穹阊降，多少苦泪伴凄凉。长路若能同甘苦，共度一生去天苍。”铭昌戏道：“不知谁是你的郎君，可曾寻到了？”紫霞羞晕上额，低头拈带，小声道：“公子不知他是谁，又何必一问？”说着就去抢书卷，铭昌就不给她，笑道：“想要书卷，须将你郎君的姓名说出来！”见紫霞纤秀娇婉，只是站在那里不语，铭昌道：“可是玄名叫轩辕健，俗名叫铭昌的？”紫霞大惊，秋波斜盼，羞转过身去。铭昌到她面前，笑道：“我就是铭昌。”紫霞抬眼，娇波流慧，娇嗔道：“我固疑是你。”于是铭昌就将笪燕宝写的书信转交给清远先生，带着紫霞离开长安，直接去紫霞的家里看望父母，然后就举办了婚宴，囍瑞盈窗，洞房花烛，恩爱至极。婚后第三天，紫霞便能梦到仙境了，还梦到了去蕊珠宫，并见到了女娲和众仙婢不题。

话分两头。笪殷顼得知轩辕健在界下凡间不但平安无事，反而还去冥界杀了冥王笪殷曹，登极称帝了。笪殷顼大怒，对笪殷汤道：“想不到那镇灵玄架也奈何不了他！这究竟是为何？”笪殷汤道：“天尊照石确实是他的灵骨，灵骨回到他身上，即使他在凡间轮回，但灵体依然能脱离肉体，可在三界任逍遥。”笪殷顼怒道：“他要造逆，本尊岂能坐视？令笪殷郇率天兵十万下冥界去剿灭他，相邦以为如何？”笪殷汤道：“冥兵不能敌天兵，此战可胜。”说罢，即令笪殷郇领着十万天兵进发冥界。

且说铭昌与紫霞正在叙话，铭昌忽然就恍惚起来，迷迷糊糊说道：“娘子，我若睡着时，无论发生何事情，你切记都不可碰我，此至关重要，你可记着了？”紫霞害怕，就点点头儿，而后静静地瞅着他，只见铭昌身子一歪，倒头就睡着了。原来铭昌忽然看到陆正来急报：“笪殷顼令笪殷郇率天兵十万征讨冥界，请圣上速速返回冥界天廷朝议。”铭昌肉体睡着以后，灵体轩辕健就去了冥界。

轩辕健担心姝涵和娇珠遇害，便先行往太阳宫去了。来到太阳宫，就听守宫的应龙、角龙、烛龙长啸一声，躁动起来，纷纷落地，围着轩辕健飞来绕去，轩辕健摸摸它们的龙角，笑道：“我就知道你们担心，现在好了，我必灭逆贼，入主天廷！你们去吧！”应龙、角龙、烛龙又长啸一声飞上宫门。轩辕健进入偏殿，见门扇半掩，向里望去，香盈绣帐中，姝涵半卧在榻上，弱体娇娇，穿一身粉色细褶绣裙，长发丝丝如霏雾，玉簪缀明珠。轩辕健看她神色漠然，愁眉凝眸，手里攥着一块绢帕，痴思痴想的模样儿。轩辕健正要进去，就听见姝涵唉声叹道：

芳闺一抹虹丝霞，恍若彩烟凝玉甲。恨贼君，欺我郎君破良家。我与谁来道？茫茫星穹垂泪，汩汩而洒，惓惓也为他。愁满玉颊，尤甚想他，楼榭红绡里皆是相思帕。

轩辕健咧嘴一笑，慢慢进去靠近她，问道：“我娘子在痴想什么？”姝涵一转脸儿，见是轩辕健来了，明眸恍恍一闪，嘤嘤啜泣起来。轩辕健也是伤心，低声道："我好好儿的，你哭什么？"姝涵敛起泪娇嗔道："夫君久去不归，再晚些来了，我便要死了！"轩辕健将她揽入怀中，清泪长流，正要说话时，就见斓姁提着香炉进来，抬头一看是轩辕健，惊得手儿一松，香炉都掉了下来，大叫道："天乎！看是谁来了！"娇珠闻言，紧跟着进来，看到眼前一幕，闪着大眼睛，泪珠儿奔涌而下。姝涵忙跑了过来，牵着娇珠到轩辕健跟前，娇珠羞得不行，低鬟咬唇，过去就抱住他哭了起来。姝涵一抹泪儿，瞅着斓姁又哭又笑道："婢子诈惊什么，这样大呼小叫的！"斓姁激动万分，笑道："小婢这就去告诉圣母！"说着就飞奔了出去。一会儿，只听轩辕媓步履匆匆，一边颤颤巍巍说道："我儿回来了么？我儿回来了么？"身后跟着云巭和妡婵、婉镜和精卫，惊得有些不知所措。轩辕媓急步入内，一眼看到轩辕健，上去就搂在怀里，泣道："真是我儿回来了，为娘听说你被逆贼害死了，也不打算活的，你既回来了，为娘也就好了！"接着又对云巭和妡婵道："快去叫我孙女来，看看他父王。"云巭、妡婵才出去，望舒就过来了，见了轩辕健，急忙过去，跪在面前哭个不停，轩辕健扶她起来，笑道："我只是换个地方而已，不要伤心了。"望舒不由得拥抱他，泣道："圣主再不回来，我们都要去死了，也是没有念头活了。"过了一会儿，就见云巭和妡婵牵着轩辕丅的手儿进来了，只看她眉如新月，脸似春花，乌云发绾，粉光凝腮，袅娜娉婷，一双眼活泼机灵，瞅了轩辕健半晌，噘着嘴儿叫了一声："父王！"这才抱着他哭起来，轩辕健满心喜欢，抱起她笑道："你叫什么？我怎么没见过你呢？"轩辕丅摸着他的鼻子，笑道："我乃昊天圣母轩辕媓之嫡长孙、龙帝轩辕健、帝后轩辕姝涵之女轩辕丅。我母后说，我生下来时，我父王就被逆贼害下界去了，我不信的，就知道父王一定会回来，他们都不信我，现在看看吧，我父王这不是回来了！"说着仰起小脸儿，骄傲地看着大家，一时喧笑满庭。轩辕健告知轩辕媓和姝涵、娇珠，在冥界设立帝廷的事儿，并说立即要发兵讨逆，打上天阙，又让她们耐心等候，很快就将她们接入冥界帝廷暂居。大家听了欢喜不已。

轩辕健又返回冥界，急令陆正前往仙界，安排须菩提将女娲和姝涵、娇珠、碧霞、碧玉、尚翠、湘君、湘妃、妱翚、皃嬥、精卫、婉镜、斓姁等一并接到冥界帝廷。钟颀得知消息后，立即与天蓬、涂山阕、戌闰靖、戌闰罡、火德、武德、佑圣、姜炎、圆融、轩辕媓、望舒、云巭、妡婵、圄圉娟、圄圉妽、西陵娄等逃到冥界不题。

轩辕健召集冥界众神上朝，登上龙阶，挽着姝涵和娇珠坐上御台。

众神三呼道："龙帝、帝后亘古无极！"惊得女娲和须菩提瞠目结舌，轩辕健走下龙阶，来到女娲身边，须菩提想前去打招呼，见轩辕健无意理他，只得缩手站在一旁。轩辕健只挽女娲的手儿上龙阶，一边笑道："请母后坐在朕身边。"说着亲自扶女娲在御台旁边坐了。轩辕健对众神道："朕君临三界，今封女娲为昊天圣母娘娘，诏告三界。伏羲昊、轩辕昊、笪殷顼无道，朕欲兴正义之师讨逆伐贼，传檄诸星！"说完，又封骁勇善战的戌闰靖为大力神，封钟颀为大护法，并吩咐道："你二人须时时在御前侍奉。"二人领旨谢恩。轩辕健问陆正道："我冥界还有多少兵马？"陆正答道："足有百万。"轩辕健道："好！就去校场点兵！"说着便与陆正等去点兵不题。

话分两头。笪殷郁率十万天兵打进冥界，轩辕健未启用须菩提等天将，陆正因问缘故，轩辕健道："朕就是要让他们看看，即使没有他们，冥界也能打胜仗。"笪殷郁在冥界一战失利，被轩辕健诱到奈何桥，尽数杀于黄泉水中，几乎全军覆没。笪殷郁率几个残兵逃回了天廷，轩辕健在三界名声大振，伏羲昊和轩辕昊以及笪殷顼都感到极大威胁。轩辕昊听说轩辕健在冥界登基称帝，并传檄三界，于是气冲冲来找伏羲昊。轩辕昊问道："兄长，那个在冥界登极，自封为龙帝的轩辕健是谁？竟然传檄给本王，要本王'顺应昊天，受命世运'，简直是狂妄可笑至极！"伏羲昊道："你来问我，为兄正想前去问你呢！他是轩辕氏，你也是轩辕氏，他可是与你同出一门，乃是你的亲眷？"轩辕昊怒道："哼！岂有此理。我家门并无此人。倒是兄长你算计得好，我听说轩辕健是令爱伏羲谦的夫君，你既然是他岳丈，不会不知他是谁吧？"伏羲昊道："我亦闻此事。不过我实不知他的来历，伏羲谦非我亲生，乃是女娲感天孕而生，小女之事，我向来不知。"神农琊一听笑了起来，轩辕昊和伏羲昊一愣，伏羲昊问道："军师为何发笑？"神农琊起身看了看他们，笑道："轩辕健乃是一个散仙。"轩辕昊一听，击案而起，怒道："一个散仙，安敢称帝？"神农琊道："昊天之意，安能揣摩？"伏羲昊对轩辕昊道："那轩辕健平平，并未见奇，师弟只须提一兵前去，即可剿灭，何必为此恼怒？"神农琊道："不可。笪殷顼虎视眈眈，等二位大王下冥界去打轩辕健，天廷定会乘虚来取二王的王宫。"伏羲昊问道："那该如何是好？"神农琊道："眼下只有二王合兵一处，先灭笪殷顼，再取天廷，而后再除轩辕健就易如反掌了。"伏羲昊对轩辕昊道："为兄正有此意，不知师弟意下如何？"轩辕昊道："不知取得天廷之后，你我谁来承袭天位？"伏羲昊一愣，接着冷笑道："师弟，你这是何意？为兄理当承袭天位，难道你还要与为兄争帝不成？"轩辕昊冷笑一声，骤然起身，怒道："哼！凭什么！本王屡次率兵征讨笪殷逆贼，而你却每次都按兵不动，即使小有出兵，然而都因须菩提而不战自退！如今却想坐享其成，我安能与你合兵，还是各自为谋吧！”说完就愤然离去。伏羲昊问神农琊道：“轩辕昊不肯合兵，为之奈何？”神农琊道：“大王按兵不动即可。”伏羲昊道：“乱世之时，本王岂能安坐？他若去打天阙，本王就先夺他王宫！”神农琊急道：“大王不可！此时守好诸星就是了，岂可兴兵远伐？”伏羲昊怒道：“军师不必多言，本王岂能错失良机！”

神农琊见轩辕健不肯合兵，而伏羲昊又要兴不义之师，他感到非常失望。李靖此时也看出端倪，就对他道：“末将愿追随上神。”神农琊道：“如此，我等可去冥界，投奔须菩提。”说完就与李靖带着哪吒、金吒、木吒投奔冥界而去。伏羲昊得知神农琊离去，叹道：“智囊弃我而去，我再不能称霸三界了。”

轩辕昊率兵三十万，浩浩荡荡向海云星进发，海云星神府飞报天廷告急。笪殷项听说轩辕昊兴兵进犯海云星，大惊失色，忙问道：“众卿可有良策？”笪殷汤道：“轩辕昊有勇无谋，不足惧，就怕那伏羲昊来犯。”笪殷项道：“如今是轩辕昊兴兵而来，相邦何出此言？”笪殷汤道：“正因如此，故而无所惧，臣有一计，可使他不战而退。”笪殷项道：“是何妙计？”笪殷汤道：“二昊从来多疑，天尊只须令笪殷郇带五万天兵去攻打伏羲昊，轩辕昊将闻风而退。”笪殷项疑道：“相邦莫非是戏言？轩辕昊进兵我海云星，伏羲昊对我秋毫无犯，你却令兵去打伏羲昊，如此倒行逆施，岂非儿戏？”笪殷汤道：“此乃疑兵之计。那轩辕昊若得知天廷直取伏羲昊，定以为天廷已拿下牧夫星王宫，故而转取伏羲昊。”笪殷项道：“他若不信，反而兴兵而来，如何是好？”笪殷汤道：“声东击西。轩辕昊万一不信，直取我海云星，我大军可放心取他的牧夫星王宫了。”笪殷项喜道：“妙！就依相邦之策。”转而又对笪殷郇道：“你速领十万天兵直取伏羲昊！若再有失，提头来见！”笪殷郇遵旨前往。

轩辕健冥界一战大胜，灵体重返肉体。当时紫霞正在铭昌身旁，见铭昌忽而大叫，忽而大笑，忽而战栗，知道是铭昌灵体去冥界了，于是吓得在一旁不敢轻动，过了一会儿，才见铭昌苏醒。紫霞问道：“冥界战事如何？”铭昌笑道：“娘子如何知道？”紫霞叹道：“看你肉体那样，妾就全知了。”铭昌道：“冥界全胜，天兵败退。”紫霞沉默，低头不语。铭昌问道：“娘子郁郁不乐，为何？”紫霞问道：“夫君灵体去后，可知这肉体的事吗？”铭昌道：“并不全知。”紫霞忧愁道：“夫君确实不知，好吓妾身！”铭昌急问道：“出何事了？”紫霞道：“先前还好好的，后来忽然就变了脸色，与妾说话，妾问是谁，他就说是笪殷卓。”铭昌一听大惊，翻起身来急问道：“什么，笪殷卓附在我肉体与你说话？”紫霞泣道：“正是，他还说，若你敢和天尊作对，就要杀死肉体。”铭昌怒道：“贼君不敌我，竟来害我肉体！”紫霞急问道：“那该如何是好？”铭昌道：“无事，我令那大护法和大力神前来日夜守护在肉体左右，但敢再来附体者，格杀勿论！”说完，铭昌即刻望着榻前空地道：“传大护法和大力神前来！”紫霞往榻前一看，惊问道：“夫君在与谁说话？”铭昌笑道：“正是御前侍卫。”紫霞问道：“夫君肉眼可见？”铭昌道：“常见不怪。”紫霞惊问道：“他们就在跟前？”铭昌道：“正是。”紫霞道：“他们若在，妾身就放心了。”她总觉得奇怪，又一想，忽然问道：“如是说来，夫君与妾身在此一举一动，皆在他们眼中了？”铭昌一愣，继而笑道：“正是。”紫霞一听，羞得不行，娇嗔道：“成何体统！快快叫出去吧！”铭昌笑道：“娘子放心，他们虽然可见，但只能看到灵体，而见不到肉体。”紫霞斜睨他问道：“当真？”铭昌笑道：“千真万确！”紫霞一笑，依偎在铭昌怀里，二人又叙话一会儿便睡着了。大护法钟颀和大力神戌闰靖与众侍卫在屋内守护。

第三十九章　一统三界

仙冥军灭逆贼安三界　轩辕健除天尊定乾坤

时值天廷轩辕二年。

铭昌灵体轩辕健又下冥界，商议进兵之事。当听说笪殷顼派笪殷郇去战伏羲昊，轩辕健思索起来，见大智神东方朔在旁，就问道："轩辕昊兵进海云星，而贼君却不思御敌，反而兵伐伏羲昊，对此，爱卿有何高见？"东方朔道："笪殷顼派兵取伏羲昊，意在迫使轩辕昊退兵，而此举必使二昊相互生疑，继而掣肘。此时圣上若兴兵，分三路征讨，便可灭笪殷顼、伏羲昊、轩辕昊，一举可统三界。"轩辕健眼前一亮，问道："哦？爱卿请讲。"东方朔道："可任用须菩提等天神，点将布兵，先令一将提兵三十万，直取海云星轩辕昊，而后再令一将提兵三十万直取牧夫星轩辕昊的王宫，圣上亲率一支兵直取伏羲昊天西星王宫。"轩辕健道："正合朕意。卿速去宣召众神来朝，商议兵伐之事。"东方朔问道："圣上，可否宣召须菩提等？"轩辕健道："岂能让他们在我冥界吃白食？一同宣来！"东方朔低头，以长袖掩口哂笑，躬身退出。

须菩提正在冥界临时天廷所建的圣母宫与女娲叙话，想让女娲在轩辕健面前替他说好话，正说着，见东方朔前来道："须菩提，圣上有旨，众神进帝宫朝议。"须菩提一愣，女娲低声笑道："去吧，你贤弟要用你了。"碧霞一听，在旁边掩口一笑，不小心笑出声来。须菩提怒道："母后在上，夫君在前，你只管笑什么？放肆！"碧霞不敢再言，低头拈带。女娲见状，脸色一沉斥道："敢这样对碧霞元君，你才放肆！要不是看在为娘的面上，她何能受你委屈！快去吧！"须菩提刚一出去，碧霞又扑哧一笑，弯下腰来。碧玉、尚翠、婉镜、精卫、湘君、湘妃也跑了过来，见须菩提出去，就朝着门口齐声喊道："放肆！"然后围在一起嬉笑起来。女娲扑哧一笑道："小心他来拔刀！"众仙婢又笑了起来，娦珠更是挤到碧玉和尚翠中间，挨着她们，笑道："有二位嫂子在这里，他敢！"尚翠红晕上来，将她推开，碧玉也微笑，娇嗔道："去你的！"众仙婢又大笑起来。女娲道："真正叫作寻开心！昔日在蕊珠宫时也不见你们这样乐过，怎么到了这冥界你们还能高兴起来。"精卫笑道："只要娘娘在，无论哪里我们都高兴的。"女娲忽然愁上眉梢，叹道："也不知健儿上朝，议论什么呢。"碧玉笑道："不如我们去看看。"女娲立眉道："朝堂之上，岂能让你们随便进入。"忽然，娦珠转身道："我姝涵妹妹也在那里，我就偏去看她！"女娲笑道："你也不怕他把你撵出来。"娦珠努着嘴儿道："我是帝妃，他若撵出来倒好了，我便回仙界去，再也不来了！"女娲笑道："那你去吧，若能进去，就探听一下，回来给为母报个信儿！"娦珠要走，囿圉娟就追上来道："姐姐，我跟你去吧！"娦珠挽着她的手儿去了帝宫大殿。

陆正、崔命、张道陵、东方朔、孔丘、王勃、须菩提、钟颀、天蓬、涂山阂、火德、武德、佑圣、姜炎、圆融、神农琊、度厄、李靖、哪吒、金吒、木吒等奉诏进殿，列成两班。轩辕健挽着姝涵登上御座，众神跪地叩拜道："龙帝、帝后亘古无极！"此时，只见娦珠挽着囿圉娟低头从阶下一侧悄悄走了上来，站在御座绣幕旁边。姝涵无意中瞥见娦珠，见她牵着囿圉娟缩在御座下，暗吃一惊，只见群臣已注意到她们两个，忙对着娦珠做了一个口型道："快——回——去！"娦珠掩口一直笑，摇着头儿。姝涵无奈，只得掩鼻一笑，见轩辕健神情威严，目光炯炯注视群臣，她赶忙将手儿放下，正襟危坐，娦珠掩面笑个不停。

轩辕健对众神道："众卿平身。"众神纷纷起来，退在两侧等候圣谕。轩辕健起身，在御座旁徘徊，低头思索，忽然瞥见娦珠挽着一个囿圉娟站在御座旁，时不时用水汪汪大眼瞅他一眼。轩辕健瞅了姝涵一眼，见姝涵咬着朱唇强忍住笑，便走到娦珠跟前，弯腰低声问道："此刻正在朝议，你们来作何？还不快去圣母那里。"娦珠噘嘴儿凝眉，望着御座就是不动，轩辕健叹息一声，娦珠低声道："夫君，我也想去和姝涵妹妹坐在一处。"轩辕健急得蹙眉，低声道："胡闹！这并非大典宴席间，天廷有制度，你不是帝后，岂能在朝堂上就座？"娦珠噘着嘴儿，低头拈带。轩辕健见众神都朝这里看来，也不理她了，又转回御座坐了，对众神道："匡救大乱道，以威武为政，诛暴讨逆，乃是三界社稷之计，朕欲兴兵讨逆，荡平伏羲昊、轩辕昊、笪殷顼，众卿以为如何？"陆正出班奏道："臣以为，冥界初战大捷，正好一鼓作气，直取天阙，一统三界。"张道陵出班奏道："臣附议。"崔命、孔丘、王勃见状，也一起出班，齐声奏道："臣等附议！"只有须菩提等低着头，就像一根柱子。轩辕健扫了群臣一眼，见须菩提一班人不说一句话，便又徘徊片刻，暗思道：“这个须菩提，莫非要等朕主动封赐他么！关键时刻却不发一语。”才要回去，又见娇珠不停地招手儿，使眼色，便过去问道：“你怎的不听话，朝堂之上，你……”娇珠莞尔一笑，小声道：“是女娲娘娘让我来这里的，娘娘的意思是，不要冷落了须菩提，好歹给他一个差事儿。”轩辕健摇摇头儿，也不回话，转身又徘徊起来，时不时看须菩提几眼，众神见状，都将目光投向须菩提，须菩提无奈，只得硬着头皮出班，奏道：“臣……”说到这里，欲言又止，汗出额头来。轩辕健走下玉阶，到须菩提面前，须菩提急忙跪下。轩辕健扶他起来，笑道：“兄长请起！”一听这话，须菩提骤然悲上心来，忍不住热泪盈眶，抬头望着轩辕健，抓着他双腕，激动道：“贤弟……圣上！”轩辕健又转身走上玉阶，登上御台道：“封须菩提为天廷相邦，神农琊为司徒；封涂山阕、天蓬、武德、火德为天帅；封姜炎、佑圣、李靖为天将；封哪吒、金吒、木吒为偏将。”被点到的神臣纷纷出列，跪地叩谢。娇珠见此，喜上眉梢，急忙挽着圙圚娟跑去见女娲了。须菩提听自己被封为相邦，深感意外，忙拱道：“今圣上登天位，臣无寸功可纪，荷蒙圣上怜悯，得以升赏，感仰厚恩，铭之五内，臣愿率兵讨贼，以赎弥天之罪！”轩辕健笑道：“须菩提，你实无罪，若不是你将朕躬钉死镇灵玄架，推下西天门，朕躬焉有今日登极之事？你不但无罪，尚且有功，以后不必自责，朕准你率兵讨贼，以扬我轩辕天威！”须菩提闻言，汗流浃背，深深下拜。轩辕健又道：“众卿听旨，朕欲讨逆，成败在此一举！令须菩提、姜炎、戌闰罡率兵三十万直取海云星神府。”二神领命急出。轩辕健又道：“令涂山阕、天蓬、武德率兵三十万，直取伏羲昊天西星王宫！”三神领命急出。轩辕健召来陆正问道：“杨天佑如今在何处？”陆正奏道：“杨天佑在阳世轮回，与玉女轮回体云华结为夫妻，生有一子名叫杨戬，一家人其乐融融，今在华山隐居。”轩辕健笑道：“他倒落个清闲，唉，真将才也，既在阳世轮回，不宜叨扰，只待其归一，再作安置。”陆正一拜退出。轩辕健叹道：“只可惜我肋骨化身戌闰升不在，否则，我也不必御驾亲征了。”说罢叹息一声，又道：“朕与戌闰靖、东方朔、火德、佑圣、李靖帅率兵三十万，直取轩辕昊牧夫星王宫。哪吒、金吒、木吒守卫冥界帝廷！”众神领命，急忙出去各自备战。

却说须菩提与姜炎、戌闰罡率冥界大军开赴海云星海，途中，须菩提问戌闰罡道：“我记得你兄长戌闰升麾下有一员大将，随你从宝瓶星来的，此人勇猛好战，但不知现在何处？”戌闰罡笑道：“少主，此人叫冣蚤，昔日逆贼笪殷顼密令笪殷郇带兵去打灵界，冣蚤自往灵界去阻止，与笪殷郇恶战，大战几百回合，不料寡不敌众，战死了，不过也力挫了笪殷郇锐气，贼兵最终败逃去了。说来也奇怪，冣蛩死了，元灵未去那聚灵阁，却被燃灯佛祖收留，如今被封为欢喜佛，在灵界好不自在。”须菩提勒马站定，瞅着戌闫罡问道：“哦？既被逆贼杀死，有何欢喜的？佛祖为何封他为欢喜佛？”戌闰罡失笑不行，捂着嘴哂笑道：“这个，末将可不好说，但素知此人好色如命，风流成性，佛祖封他为欢喜佛，想必是因此而已吧。”须菩提打马前行，摇头晃脑，嘴里哼道：“奇侅也！奇侅耶？”戌闰罡闻言，觉得莫名其妙，低头想了一会儿，断不明白，只好打马跟了上去。

须菩提大军到达海云星时，正遇到轩辕昊大军，两军当下展开恶战。而此时，轩辕健率大军已经杀到牧夫星王宫门下，没想到牧夫星王宫已被乘虚而入的震硉所夺。只见震硉打天马奔出，执枪叫骂：“轩辕健！你乃是一个散仙，胆敢妄称帝尊，如今犯我星域，请前来受死！”轩辕健不回话，只令火德出战。火德打马飞出，大叫一声道：“本将奉旨诛暴讨逆！逆贼看枪来！”说完就挥枪刺去，震硉大怒，提刀砍来，二将大战三回合，火德不能敌，败下阵来。震硉大笑道：“冥界皆是此等败将，安敢取我王宫！”轩辕健转身对佑圣和李靖道：“震硉骁勇，你二将前去迎敌。”佑圣和李靖打马飞出，你一枪我一剑，大战十回合也不见胜负，只看那——

万马奔腾，甲楯如云。金烁烁枪戟鸣角，黄腾腾麾帜幡幢。天马飞跃，九重云霄皆惨淡；悍将奔至，气冲牛斗逼天朝。兵如虎豹甚嚣张，笑傲战场急飕飕。前锋开道，奋杀阵中尽现强；陷锋骄猛，杀戮军前皆驰骋。环环相围攻敌忙，紧紧相随力雕剿。此与彼：诛暴平乱为天下，谁将三界终一统？

震硉大骂道：“你二将也不能敌我，还不快下马投降，本将饶尔等一命！”佑圣和李靖哪里服输，越战越猛，震硉又大喝一声，只见一条硕大的黑狗从天而降，直扑过来，佑圣从马上跌落，被黑狗咬伤，李靖见状，急忙拖起佑圣，逃回阵中。震硉大笑道：“谁还敢来受死？”轩辕健走下銮驾，站在阵前。震硉骂道：“小子！你休要矜张，我看你年幼，饶你不死，还不快回去！”轩辕健怒道：“你有何本事，竟然放肆！”震硉大笑道：“是我又待怎样？敢来战否？”轩辕健伸手，小试大乘道法，朝着那天狗就是一掌，只见明光烁烁，阴阳二气交汇开来，一道金光朝狗射去，天狗惨叫一声当即毙命。震硉又惊又怒，脸色大变，挥刀砍来，只见轩辕健另起一掌，三道金光射出，连震硉以及他身后的十万兵马，瞬间就被抛出了玄天之外，魂飞魄散了。这一幕，惊得三十万冥兵和戌闰靖、火德、佑圣、李靖是目瞪口呆，半晌回不过神来，火德叹道：“吾帝乃有昊天之力！”轩辕健进入牧夫星王宫，王宫内的众兵都跪地乞降，轩辕健全部赦免，又见女姬在一旁，与妹喜和苏叆哭泣，轩辕健道：“女娲圣母在冥界等候尔等，不如先去冥界，待朕收复天廷和诸星，再送尔等进宫！”女姬一听是女娲，倒也放下心来，只好听从轩辕健的安置，临走时跪地泣道：“求圣上莫杀轩辕昊！”轩辕健道：“他若投降，朕则有赦，他若抵抗，就是自取灭亡！”说完就派火德先行将她们一干等众送回冥界。

轩辕昊不敌须菩提大军，又听姜炎大笑道：“逆贼！你牧夫星王宫已被震磾夺取，你却来夺我星域！”轩辕昊一听大惊，转身看看夸娥嫱、大庭爻、五龙匽，问道：“可有此事？”夸娥嫱道：“不知消息。”这时候，只听身后探马来报：“大王，震磾夺了王宫！”轩辕昊大惊道：“啊？！快撤！快撤！杀回王宫！”轩辕昊提兵来到牧夫星王宫门下，见门楼上旗幡飘飘，上面都是轩辕名号，惊问道：“犯我王宫者乃是轩辕健！众将听令，掩杀进去，活捉小儿！”大军刚动，就见三十万冥兵从天门杀出，轩辕昊急令攻打，虽然杀死不少冥兵，但他的兵马也损伤不少，轩辕昊正要总攻，却听见身后有大军杀来，回头一看，须菩提领着二十万冥兵抄了后路，轩辕昊大惊道：“昊天亡我！”他的三十万天兵所剩只有二十万，但见这样的阵势，各个都没了斗志，纷纷缴械投降。轩辕昊见大势已去，拔剑架在脖子上，大叫一声道：“轩辕健！请勿伤我女姬！”说完就挥剑自刎了。轩辕健收取轩辕昊所侵占所有星海，并当即封设诸星海天尊，驻守神府。

再说伏羲昊正在为震磾夺得牧夫星王宫而高兴，却没想到涂山阂、天蓬、武德三将率兵三十万突然降临，于是出宫御敌，可是由于没有提前准备，被这突然来的袭击打得落花流水，正要突围时，听说震磾全军覆没，轩辕昊也自刎而死，他所率的大军也纷纷缴械乞降，他也大呼道：“昊天亡我！”正要拔剑自刎，忽然被赶来的轩辕健将他手中的剑打落。伏羲昊道：“既然已灭我王宫，又为何赦我？”轩辕健道：“朕赦免你，皆因须菩提。”伏羲昊泣道：“无颜再见我儿！”说完拿起剑来当场自刎。伏羲昊彻底灭亡，他所侵占的诸星域也被轩辕健收复，并封设了诸星天尊。

话分两头。且说轩辕健一战消灭伏羲昊与轩辕昊，消息传到玉京宫，笪殷顼大惊，急召来笪殷元、笪殷汤、笪殷郇、笪殷卓来商议。笪殷汤见形势危急，劝道：“如今轩辕健势大，我不能敌，不如逃出宫去，到其他星海暂避，以为后图。”笪殷顼道：“众星海皆被轩辕健所取，我等出宫，去何处藏身？”笪殷卓道：“天尊！速速出宫，臣等护驾！”笪殷郇道：“不必出逃，臣有一计，可退敌。”笪殷顼急道：

“快快请讲！”笪殷郇道：“兵进西极灵界，将诸佛、菩萨囚禁，以为质，如此可逼退轩辕健。”笪殷项道：“妙计！你领十万天兵速速进兵西极灵界！”

轩辕健安排完诸事之后，对众将道：“即刻班师回朝。”须菩提一惊，问道：“圣上，为何不乘胜直取天廷？”轩辕健道：“兵疲将乏，先回冥界，休整几日再战。”涂山阂道：“只怕笪殷项生变。”轩辕健道：“逆贼已是强弩之末，等死而已，有何变化？”正欲班师，却见地藏王菩萨忽然到来，急道：“笪殷项令笪殷郇率天兵十万暴伐西极灵界，欲囚禁诸佛、诸菩萨为质，我佛慈悲，恐不能持久抵抗，请圣上发兵救援！”轩辕健大惊道：“涂山阂领三十万兵急去救援灵界！”涂山阂领旨急去。轩辕健见须菩提着急，就对他道：“相邦和东方朔可领三十万去取天廷。”须菩提大喜，与东方朔一起领兵急去。笪殷郇正在灵界胁迫诸佛，忽然见灵山后面有无数冥兵排山倒海而来，定睛一看，原来是涂山阂，知道是轩辕健来救援，心下大惊。诸佛见涂山阂来救，已知圣意，就趁着笪殷郇不注意，突然发功击打，笪殷郇军中已经大乱，涂山阂见时机来到，发起总攻，不消一会儿，十万贼兵四下溃散，不知所往。笪殷郇领着一些残兵败将，急忙逃往天极星，向笪殷项告急。笪殷项与玄女、仪妃等嫔妃和宫媛正躲在御花园等待消息，准备随时出逃，却听到笪殷郇喊道：“天尊！祸事来了！请圣驾出逃！”话刚出口，玄女和仪妃慌乱起来，众嫔妃和侍姝都啼哭起来。笪殷项惊魂未定，又见笪殷卓满脸血迹跑了进来，跪地哭喊道：“天尊！须菩提率三十万大军破宫而入了！”笪殷项只觉得天旋地转起来，仰天长叹：“昊天果真要亡我！速护送娘娘出宫！”于是，都跟着笪殷项和玄女、仪妃等出御花园，刚到园门口，见地上躺着一具尸体，近前一看，原来是笪殷元服毒身亡了，笪殷汤和笪殷郇、笪殷卓伏地哀号起来，笪殷项也不理，绕过尸体往外逃去。

须菩提进入玉京宫时，轩辕健已经从中天门而入，直往玉京宫去。轩辕健道：“搜捕笪殷项，勿让他逃脱！”

笪殷项领着玄女和仪妃等嫔妃、宫媛刚来到后宫，就听宫内侍官急来报：“龙帝杀来了！”笪殷项二话不说，拔剑就将侍官斩杀。这时候，已经听到大军向后宫奔来的声音。笪殷汤和笪殷郇、笪殷卓惶惶无策，跪地泣道：“天尊！大势已去。速出宫请降，或能免于难！”笪殷项冷笑几声，然后怆然道：“本尊当初不听钟颀、笪殷汤等忠言，致有此难，而今悔之已晚！”笪殷汤泣道：“天尊！速速逃离吧！”笪殷项凄然而立，大笑道：“昊天何薄于我！”这时候，玄女和仪妃早就逃散了，笪殷项道：“逃往哪里？哪里是本尊容身之处？”笪殷汤急道：“臣等护驾，杀入太阳庙！”笪殷项道：“太阳庙有恶龙镇守，如何进得去？”正说着，就见一个女童直奔而来，笪殷项和笪殷汤等都觉得惊奇，喊道：“何处婢子，逃去哪里？”只见女童前来，挡在前面，厉声斥道：“贼君休逃，轩辕丁在此！！还我父母之命来！”笪殷项细看，是一个幼稚女童，惊问道：“你父母是谁？”轩辕丁怒道：“我父轩辕健，我母轩辕姝涵！尔等逆贼可认得否？”笪殷项瞠目片刻，大笑道：“我败至此，就连三尺小儿也想杀我！”正要拔剑刺去，看到二石女前来挡住，笪殷项不认识她们，便想一并斩杀死，就在此时，忽然见轩辕丁摇身一变，立时就变化成万把利剑，嗖嗖直杀而去，笪殷汤和笪殷郇、笪殷卓大惊，转身看笪殷项，见他已粉身碎骨，还没转过身子来，笪殷郇和笪殷卓也被利剑当场斩杀。笪殷汤见状，已是魂不附体，跪地哭道：“早知如此，何必当初！”轩辕丁收剑落地，来到笪殷汤面前，冷笑道：“昊天有德，不杀善心未泯者，你自去逃命吧！”笪殷汤闻言，急起奔逃，连滚带爬地朝后宫去了。

却说玄女自在后宫闻变，一时宫中人声喧闹，不觉大惊失色，即与仪妃、涝葯、嫱蕙等宫婢逃至南宫密阁藏匿，忽然，听外边走廊上有人喊道：“圣母！贵妃！”玄女已是面无人色，问道：“是何人在喊叫？”仪妃听出是笪殷汤的声音，便胆战心惊回道：“是右相笪殷汤。”玄女松了一口气，便叫涝葯出去叫他，笪殷汤见有人出来，忙跟了过去，进去密阁一看，玄女和仪妃俱是蓬头散发，花容变色，嫱蕙怀里抱着一个婴儿啼哭不止，便知是笪殷项之子笪殷舁，乃是仪妃所生。笪殷汤扑通一声跪下，哀哭道：“圣母，贵妃！完了！全完了！天廷覆灭了！”玄女凄声问道：“我项儿何在？”笪殷汤哀号道：“天尊已被枭首了！”玄女和仪妃闻言，晕厥于地，婢子们叫了半晌才唤醒，玄女泣道：“我到底做了什么？乃致于此？”笪殷汤泣道：“请圣母随臣去逃吧！”玄女摇头儿道：“逃往何处？已无处可逃了，我哪里也不去了，你带着仪妃去逃命吧！”仪妃摇头哭道：“妾要陪着母后，死也要在一起！”玄女坐起来，搂着仪妃泣道：“我们都死了，你的舁儿怎么办？他可是我们笪殷氏王族最后一支血脉了，你要保护好他。”笪殷汤忙道：“请贵妃娘娘随臣逃去吧！保护后主，以图再起！”仪妃死活不愿，泣道：“就请相邦带着我儿逃命去吧，一个婴孩也好匿藏，妾是无法再逃脱了，就死在这里罢了。”笪殷汤见时间紧迫，实不得已，抱起婴孩匆匆穿过暗门，仓皇逃走不题。

轩辕健与戍闰靖进来时，轩辕丁与二位石女碰巧离去，看到笪殷项等灵尸，轩辕健惊问道：“谁下此毒手？”戍闰靖细看去，见尸体骨肉分离，犹如被利刃镂剔，惨不忍视，戍闰靖瞠目道：“圣上，此非剑法平平者能所为，或许有大神来此寻仇，愤而杀之。”轩辕健也未细问，又朝灵霄殿走去，见须菩提匆忙下阶迎接，身后有天兵押着一班神臣跪在阶下，战栗不定。轩辕健细看去，原来是元真童子、金童、天庆、太乙、文曲、天聋、地哑、雷公、电母、风神、雨神、地神、山神、日游神、夜游神、海龙、江龙、天河、瑶池、东岳、中岳、西岳、木德、金德、水德、土德、聚灵、东斗、西斗、南斗、北斗、福寿、福禄、上生、角、亢、氐、房、心、尾、箕、斗、女、虚、危、室、壁、奎、娄、胃、昴、毕、觜、参、井、鬼、柳、星、张、翼、轸等神。

须菩提跪奏道：“启禀圣上，巨寇已悉数剿灭，所有笪殷顼旧臣业已捕获，解来候请圣上发落。”遂转身吩咐兵役道：“押上来！”兵役得令，将一班神臣一一解进。轩辕健逐一细看去，见他们一堆儿跪在阶下，低头啜泣。须菩提大喝一声道：“圣上在此，还不禁声！”群臣哆嗦一下安静下来。轩辕健见天庆满脸泪珠，呜呜咽咽，凄如枝头啼莺，有了几分怜悯，问道：“这宫女是谁？也是旧臣否？”须菩提道：“她是玉帝之女天庆。”轩辕健道：“玉帝之女怎么在这宫中，不是逃下界去了么？”须菩提回道：“就她未逃得去，那玄真子因私情，替她下界去了。”于是将来龙去脉细细说了。轩辕健看了看群神臣，遂问须菩提他们各自情况，一一询问已毕，正欲发话，突然瞥见天庆瞅着自己，似有乞怜之态，轩辕健假作不见，问须菩提道：“前朝旧臣多少人？”须菩提拱道：“共计百余人。请奏圣上，是否就地斩首？”众神闻言，吓得伏地哭号。轩辕健在众神面前站定，叹道：“你们明知笪殷顼为暴君，仍奉如圭臬，唯其马首是瞻，岂不知这是助桀为恶，罪在不赦！每以迫不得已做借口，以图掩饰罪孽，朕洞若观火，不问自明。唉！本为同根，何必相残，朕不杀尔等，只要诚心悔过，便可得以重生。笪殷顼虽恶，亦罪不至死，何况尔等为人臣者，今后切记枕善而居，怜悯天下苍生。”说罢掉下泪来。须菩提拱道：“圣上心怀宽宥之念，臣斗胆请奏，此些个旧臣，皆为逆贼同袍，我母后被捕之际，何曾有一人心存慈悲？圣上蒙难之时，何曾有一人出面谏阻？可见其善心泯灭，禽兽不如，即使杀一万次亦不能免罪！圣上何必怜悯！”众神臣一听，号哭于地，不安之状，触目惊心，跪地叩首，大呼冤枉，再三哀求，望乞饶恕。见天庆双膝跪下，哀声恳道：“圣上，贱妾与帝妃伏羲谦乃至交。”轩辕健叹息一声道：“尽皆免罪，仍复原职，效力于天廷！”须菩提拱道：“臣遵旨！”众神臣连连叩头谢恩，各自散去不题。

轩辕健又下旨道：“逆贼已亡，不可留下后患，包围后宫，清除余孽。”须菩提奉旨引兵入后宫，提剑怒喊道：“后宫嫔妃、宫媛出来，否则杀无赦！”见无动静，须菩提怒道："搜！"几十个天兵提剑操戈，冲进各殿搜捕，将躲藏的宫媛、姝丽等全部赶了出来，众仙女冷汗不止，披发娇啼，须菩提正要下令就地处斩，却被轩辕健喝止，下旨道："女流娇弱之辈，皆被逼无奈，有何罪过？尽皆赦免，遣送回各自家族中去。"须菩提遵旨，嘴里叨咕道："非红颜祸水乎？"说着即令东方朔派兵卒一一遣送。轩辕健对须菩提道："中宫恶地，多不可轻赦，否则玉帝亦不能瞑目，只赐仪妃自尽，不可血刃！"说罢便去灵霄殿了，须菩提奉命，冲入中宫，见玄女和仪妃以及几个宫娥躲在角落里，战栗不已，玉容惨淡，哭作一团。玄女指着须菩提，大怒道："逆贼！你为何杀了我儿，逆贼！"须菩提上去，扯起玄女的乱鬓，照嘴就抡了一拳，怒骂道："你住嘴！淫妇！丧尽天伦，弑杀玉帝，此等贱女虽万死不能赎罪！"说着又举起利刃，照着玄女粉颈，一剑劈下，当场血溅三尺，玄女眼皮儿一翻，倒地毙命了。众嫔妃见状，大惊失色，呼天抢地，粉泪交替，跪地乞饶。须菩提大声问道："仪妃何在？"见有一绝色站起来，鬓乱钗横，愁眉泪眼，须菩提举剑劈下一段白绡，扔了过去，怒道："圣上有旨，赐你自尽，留个全尸。"仪妃神思倦惫，眼色瞢瞢，捧着白绡往偏殿去了，两个天兵持刀守在殿外，不一会儿探入去看，就见仪妃直挺挺悬于梁上。须菩提扫了一遍众姝丽，挥手道："杀！"一时众女啼哭声又起，有宫娥怕死，竟对须菩提秋波送娇，有女甚至抱着须菩提大腿不松，哀号求饶，须菩提一怒踢开，斥道："祸水也！乱三界者，皆尔等淫妇！"说完一声令下，自背过身子去。众天兵冲了上来，对着众女一顿砍杀，可怜十几个绝世姿色，瞬间便香消玉殒了。须菩提清理完毕，便来复命，轩辕健问道："随我去天牢看看，别把千里眼忘记了！"

轩辕健与须菩提来到囲山，直入天牢，聚灵神早就跪在门前等候。轩辕健也未理会他，端坐在门前摆置好的椅子上。轩辕健挥一挥手，须菩提便喝令聚灵神道："牢中可有被囚之人？"聚灵神伏地答道："有两个人。"须菩提道："奉旨，释放二人，来御前见驾！"聚灵神起身，忙进去安顿，不一会儿就见牢吏锁了两个人前来。二人蓬头垢面，不敢抬头。须菩提喝道："圣上面前，还不跪下？"轩辕健瞪了须菩提一眼，怒道："算了，你这是做什么？朕来不是问罪的。"轩辕健又盯着千里眼问道："你可是千里眼？"千里眼低头答道："罪臣正是。"轩辕健问道："可知我是谁？"千里眼回道："千里之遥便知龙帝驾到，罪臣岂能不知？"轩辕健道："你有何罪？今日朕大赦，你可回天廷复职。"千里眼跪地谢恩，又起身站在须菩提一旁。轩辕健来到女仙身旁，扶起她来，那女仙吓得浑身哆嗦，头不敢抬，只是泣道："玉帝饶我！"轩辕健笑道："洛珠，你看看朕是谁？"那女仙正是洛珠，一听这句话，竟真像是熟悉的声音，心中惊异，看他似曾相识的光景，但难以辨认。轩辕健笑道："你可忘了是谁让你来聚灵阁的。"洛珠又定睛一看，才想起是轩辕健，便忍不住倒在他怀里，呜呜哭个不停。轩辕健笑道："洛珠，朕曾答应过你，要救你出来，现在你能恢复仙体了。"洛珠连忙跪下叩首谢恩，轩辕健又将她扶起，洛珠满心欢喜，与千里眼跟着轩辕健返回玉京宫不题。

却说轩辕健到了灵霄殿，挽着帝后轩辕姝涵、帝妃娇珠登上宝座，金童和洛珠站在御座两旁，轩辕健令须菩提、东方朔、涂山阂等前来，吩咐道："今三界一统，天极星易名为轩辕星海，玉京宫易名为轩辕宫，灵霄殿易名为乾坤殿，太真殿易名为玄清殿，后宫易名为集贤殿。诏令冥界、灵界、仙界诸神众佛觐见！"三界诸神闻诏，纷沓而至，灵界诸佛、众菩萨乘莲花座而来。

女娲和蕊珠宫众仙婢也都迁上界来，回到蕊珠宫不题。

轩辕健下旨举行登极大典，须菩提即令摆宴，笙乐细作，望舒领着一群柳腰婉转的众宫娥进来了，一个个花态翩跹，振袖倾鬟，翩翩起舞，大有流风回雪之妙，衿袖袜履之间，散出五色花朵，随风飘下，漂泊满堂。

众神臣，灵界诸佛、菩萨，以及各星海神府天尊上朝，三叩九拜，三呼道："圣上亘古无极！"轩辕健道："今三界大定，八十一星海终一统，朕降恩旨，大赦三界。"众神又拜，高呼："圣上亘古无极！"轩辕健走下帝座，众神臣簇拥而出，祥云弥漫，紫瑞绕浮，光耿云霄，绚丽多彩，真可谓：三界安泰，九州呈祥。

元真童子宣册封诏旨，众神皆得神位：

> 轩辕媓为昊天圣母娘娘，居北宫。轩辕姝涵为帝后，居中宫。娇珠为帝妃，居南宫。伏羲谦为帝妃，居西宫。女娲为太极圣母娘娘，居蕊珠宫。轩辕丁为红座帝亲王，居轩辕宫。

另封设天廷机要、执事仙位：

内廷主神：

大力神：戌闰靖　**大护法：**钟颀　**大智神：**神农琊

首辅左相：须菩提

首辅右相：有禹旦

内廷玺主：望　舒

枢密院主神：戌闰罡　**辅神：**千里眼、顺风耳、金童、玉女、雷公、电母、风伯、雨师、翊圣真君、大力鬼王、八仙、太白、赤脚大仙、日游神 、夜游神、太阴星君、太阳星君、武德星君、佑圣真君、李靖、金吒、木吒、哪吒、巨灵神、圆融（月老）、左辅、右弼、太乙、萨真人、紫阳真人（张伯端）、文昌帝君、天聋、地哑

都察院主神：笪燕叡

司民殿主神：轩辕卡

福寿殿主神：采文嫘

军机殿主神：平茜骋

布刑殿主神：戌闰招

布吏殿主神：管　仲

布兵殿主神：涂山阂　**辅神：**天蓬、天佑

布兵殿三十六天将：蒋光、钟英、金游、殷郊、庞煜、刘吉、关羽、马胜、温琼、王善、康应、朱彦、吕魁、方角、耿通、邓伯温、辛汉臣、张元伯、陶元信、荀雷吉、毕宗远、赵公明、吴明远、诸葛亮、李青天、梅天顺、熊光显、石远信、孔雷结、陈元远、林大华、周青远、纪雷刚、崔志旭、江飞捷、贺天祥

布道殿主神：李　耳

钦天殿主神：神农霍　**辅神：**张衡、祖冲之

束女殿主神：伏羲菸　**辅神：**貂蝉、西施

御医殿主神：囿囿娟　**辅神：**华佗、张仲景

御膳殿主神：伏羲廖

灵界大雷音寺主持：如来佛　**小雷音寺主持：**弥勒佛

冥界冥王：陆正　**判官：**崔命

……

其余神、仙位一应封赐，概不细说。

话说铭昌昏睡不醒，紫霞在榻前已经等候了两天，这时候，忽然见铭昌从梦中惊醒。紫霞惊了一下，问道："夫君何故大惊？"铭昌叹道："我得一梦，与笪殷顼恶战，我被他杀害了！"紫霞道："贼君已亡，何能如此？夫君勿忧！"

铭昌在凡间生活，但每天犹如活在两世间，常常卧榻之后，灵体就返回天廷，或者去到冥界，年年如此。紫霞见铭昌劳累，也常常辗转床头，泪凝枕席，但毫无办法。

一天，紫霞对铭昌道："我们在凡间，何时才能不去管那三界之事？"铭昌道："归一之后。"紫霞叹道："归一尚在几十年之后。"铭昌道："也不过天界几十天而

已。”紫霞道：“日日如此，年年如此，夫君不觉累么？”铭昌道：“娘子，你何尝见那明镜疲于屡照，流水倦于风吹？”紫霞无奈，只有暗自垂泪。

须菩提不忍心，再次面圣时，就对轩辕健道：“圣上肉体日渐殊瘦，身体大不如从前，这是为三界操心所致，圣上须少问政事，保重肉体才是。”轩辕健笑道：“不然，朕貌虽瘦，然三界必肥。”须菩提听后，惊汗不已，默然退出。

诗道：

九重天降无边福，众神受封享荣殊。
世乐喜啼五龙腾，珍兽现身凤麟出。
邪恶尽除恩泽世，照庇凡尘见爽曙。
今后祥瑞常密布，降香紫烟绕万户。

天廷轩辕三年。

在凡间轮回的铭昌路过长安，去华山看当年女娲所立石碑。登到华山顶，看到唐太宗李世民携嫔妃也来游华山。当时晴天响起几声炸雷，太宗问身旁侍驾的袁天罡和李淳风道：“晴天打雷是何故？”袁天罡道：“此处紫气浓重，雷鸣也是祥瑞之兆。”又见四处花儿还未绽开，虽说是初春，但也有萧瑟之感。太宗问道：“你们二人既是仙人，定可以使这里的花儿开放。”李淳风道：“陛下请望华山而拜天帝，微臣击鼓便可催花。”太宗不信，就朝华山之顶叩拜三下，那正是铭昌所站的位置。

太宗拜过之后，就听侍卫们开始击鼓，鼓声大作中，漫山遍野的花儿果然都开放了。铭昌笑了笑，走下华山，正要离开时，忽然听见身后有响动，转头一看，见一只头上长着花角的鹿正站在远处，花角上闪烁着五色奇光……

各位读者，预知后事如何，请看《太古》之《三界》。

殷谦

2018 年 5 月 25 日

于山西怀仁

图书在版编目（CIP）数据

太古 / 殷谦著 .—北京：东方出版社，2018.11
ISBN 978-7-5207-0643-8

Ⅰ . ①太… Ⅱ . ①殷… Ⅲ . ①长篇小说—中国—当代 Ⅳ . ① I247.5

中国版本图书馆 CIP 数据核字（2018）第 242884 号

太古
（TAI GU）

作　　者：殷　谦
责任编辑：房宪鹏　许　挺
出　　版：东方出版社
发　　行：人民东方出版传媒有限公司
地　　址：北京市东城区东四十条 113 号
邮　　编：100007
印　　刷：北京金康利印刷有限公司
版　　次：2018 年 11 月第 1 版
印　　次：2018 年 11 月北京第 1 次印刷
开　　本：787 毫米 ×1092 毫米　1/16
印　　张：60
字　　数：1058 千字
书　　号：ISBN 978-7-5207-0643-8
定　　价：149.00 元
发行电话：（010）85924663　85924644　85924641